本書出版得到國家古籍整理出版專項經費資助

中國文學研究典籍叢刊

堯山堂外紀（外一種）

一

〔明〕蔣一葵 撰
呂景琳 點校

中華書局

圖書在版編目(CIP)數據

堯山堂外紀:外一種/(明)蔣一葵撰;吕景琳點校. —
北京:中華書局,2019.9
(中國文學研究典籍叢刊)
ISBN 978-7-101-14038-5

Ⅰ.堯…　Ⅱ.①蔣…②吕…　Ⅲ.中國文學-古代文學史-史料　Ⅳ.I209.2

中國版本圖書館 CIP 數據核字(2019)第 156192 號

責任編輯:許慶江

中國文學研究典籍叢刊
堯山堂外紀(外一種)
(全四册)
〔明〕蔣一葵 撰
吕景琳 點校
*
中 華 書 局 出 版 發 行
(北京市豐臺區太平橋西里 38 號　100073)
http://www.zhbc.com.cn
E-mail:zhbc@zhbc.com.cn
北京市白帆印務有限公司印刷
*
850×1168 毫米 1/32 · 53½印張 · 8 插頁 · 1000 千字
2019 年 9 月北京第 1 版　2019 年 9 月北京第 1 次印刷
印數:1-2000 册　定價:188.00 元

ISBN 978-7-101-14038-5

《中國文學研究典籍叢刊》出版説明

中國古代學者對文學的認識、思考、研究和總結，是以多種形式書寫、流傳並發生影響的，有的是理論性的專著，有的是隨筆式的評論，有的是作品前後的序跋，有的是作品之中的評點。這些典籍數量豐富，種類衆多，涉及各個時期的不同的文學現象和文學思潮，以及不同的作家作品和文體文類。對這些典籍文獻的收集、整理，在近百年來，一直是學術界著力的重點，取得了很大的成績。

爲了進一步推動這一工作的進展，我們組織了《中國文學研究典籍叢刊》，選擇歷代具有代表性的、比較重要的典籍，採用所能得到的善本，進行深入的整理。因各類典籍情況差異較大，整理的方式也因書而異，不求一律，或校勘，或標點，或注釋，或輯佚，詳見各書的前言與凡例。《叢刊》的目的，是系統地爲學術界提供一套承載著中國古代學者文學研究成果的，内容更爲準確、使用更爲方便的基礎資料。我們熱切地期待學術界的同仁們參與這一澤惠學林的工作，並誠摯地歡迎讀者對我們的工作提出批評指正。

中華書局編輯部

二〇〇六年六月

出版説明

堯山堂外紀一百卷，堯山堂偶雋七卷，明蔣一葵撰。蔣一葵，字仲舒，號石原，又號石原居士，南直隸武進（今屬江蘇常州）人。舉萬曆甲午進士，歷官靈川知縣、京師西城兵馬指揮使、南京刑部主事、郎中等，後致仕家居而卒。

堯山堂外紀收録上起古初，下迄明代「正集不録」的一千二百餘名作家詩賦詞典，間或加以評述，綴其本事；且附小傳，或詳或略，一目瞭然，史料價值較高。鄭振鐸先生説，此書「有豐富的史料，對研究文學史的人特别有用」。不僅在撰寫文學史時，「引用不少」，還「頗想花點時間，將每事來歷寫注出來」。謝國楨先生亦稱此書「最可以推薦」。堯山堂偶雋選録前人駢句，間下評語，今附於堯山堂外紀之後。

堯山堂外紀、堯山堂偶雋僅有萬曆三十四年刻本，吕景琳先生據以標點整理。吕景琳（一九四〇—二〇〇二），山東聊城人，一九六四年畢業於上海復旦大學歷史系，一九六四年至一九八一年就職於中國社會科學院近代史研究所中國通史室。一九八一年調至山東社會科學院歷史所，繼續明史及中國文化史的研究。曾任山東社會科學院歷史所所長、明史學會理事、山東歷史學會理事、明清文化研究中心副主任。

此次整理出版，得到吕先生哲嗣吕文澤先生的大力支持，謹致謝忱。

中華書局編輯部

二〇一九年一月

總目

第一册
堯山堂外紀卷首至卷二十五……一—四二四
第二册
堯山堂外紀卷二十六至卷五十三……四二五—八五四
第三册
堯山堂外紀卷五十四至卷八十一……八五五—一三六八
第四册
堯山堂外紀卷八十二至卷一百……一三六九—一五四二
堯山堂偶雋卷首至卷七……一五四三—一六九六
附録：四庫全書總目提要……一六九七

堯山堂外紀

堯山堂外紀目録

堯山堂外紀顛末……四九
堯山堂外紀叙（一）……五一
堯山堂外紀叙（二）……五三
堯山堂外紀小序……五五
堯山堂外紀卷一
黄虞三代
甯封子……五七
白帝子……五七
許　由……五八
虞　帝……五九
方　回……六〇
夏　禹……六〇
履　癸……六〇
商胥餘……六一
墨　允……六一
周季歷……六二
成王誦……六三
葛　由……六三
穆王滿……六四
長桑公子……六六
尹伯奇……六六
堯山堂外紀卷二
列國
甯　戚……六七
百里奚……六八

楚王軫……六九
吴王闔閭……六九
越王勾踐……七一
趙簡子鞅……七三
魏文侯斯……七四
韓　憑……七四
羅　敷……七五
馮　煖……七六
趙公子勝……七六
楚襄王横……七七
秦皇政……七九
西楚霸王籍……八二
齊王横……八三

堯山堂外紀卷三

漢

高帝邦……八五
張　良……八七
夏侯嬰……八八
淮南厲王長……八八
梁孝王武……九一
蘇　耽……九二
丁令威……九三
陶安公……九三
竇　玄……九三

堯山堂外紀卷四

漢

武皇帝徹……九五
董仲舒……一〇一
東方朔……一〇三
司馬相如……一〇四
灌　夫……一〇六
韓　嫣……一〇六

堯山堂外紀卷五

漢

昭帝弗陵……一〇七
蘇武……一〇八
王吉……一一〇
王褒……一一〇
匡衡……一一三
諸葛豐……一一三
五鹿充宗……一一三
王嫱……一一四
成帝驁……一一五
馮野王……一一六
翟方進……一一七
鮑宣……一一七
揚雄……一一八
蔣詡……一一九

堯山堂外紀卷六

漢

世祖秀……一二一
郭况……一二三
陰長生……一二三
馬援……一二三
張堪……一二四
樊曄……一二四
戴憑……一二五
明帝莊……一二五
周澤……一二七
廉范……一二七
黃香……一二七
梁鴻……一二八
桓驎……一三〇
班固……一三〇

張　霸……一三一
吴　資……一三一
張　衡……一三一

堯山堂外紀卷七

漢

桓帝志……一三三
朱　穆……一三五
仇　覽……一三五
邊　韶……一三五
靈帝宏……一三六
胡　廣……一三七
趙　壹……一三七
皇甫嵩……一三八
獻帝協……一三八
劉　虞……一三九
劉　表……一三九
仲長統……一四〇
蔡　邕……一四一
鄭　玄……一四六
孔　融……一四七
禰　衡……一四八
魏伯陽……一四九
焦　光……一五〇

堯山堂外紀卷八

三國（魏）

武帝操……一五一
文帝丕……一五三
曹　植……一五四
楊　修……一五五
王　粲……一五六
徐　幹……一五七
陳　琳……一五八

阮瑀……一五八
應瑒……一五九
劉楨……一五九
繁欽……一六〇
吴質……一六一
楊豐……一六二
明帝叡……一六二
應璩……一六三
程曉……一六三
嵇康……一六四
阮籍……一六五
鍾毓……一六六
鄧艾……一六七

堯山堂外紀卷九

三國(蜀吴)

龐德公……一六九
司馬徽……一七〇
諸葛亮……一七〇
張裕……一七一
馬良……一七一
秦宓……一七二
支謙……一七三
周瑜……一七三
諸葛恪……一七三
薛綜……一七五
張純……一七六
韋昭……一七六
賀邵……一七八
末主皓……一七八

堯山堂外紀卷十

六朝(晉)

司馬懿……一八一

賈充……一八一
傅玄……一八二
李密……一八三
山濤……一八三
劉伶……一八四
王戎……一八五
孫楚……一八五
賈謐……一八六
束晳……一八七
石崇……一八八
潘岳……一八九
左思……一九〇
陸機……一九二
張載……一九四
夏侯湛……一九四
張翰……一九五
劉寶……一九五
謝鯤……一九六

堯山堂外紀卷十一

六朝（晉）

劉琨……一九七
祖逖……一九八
鄧攸……一九八
葛洪……一九九
郭璞……一九九
殷羨……二〇〇
庾亮……二〇一
桓溫……二〇二
殷浩……二〇四
王羲之……二〇五
謝尚……二〇八
謝安……二〇八

堯山堂外紀卷十二

六朝（晉）

王胡之……………………二二一
習鑿齒……………………二二一
孫綽……………………二二二
郝隆……………………二二三
袁喬……………………二二四
袁宏……………………二二四
顧愷之……………………二二六
戴逵……………………二二八
王珣……………………二二八
王恭……………………二二九
桓玄……………………二三〇
吴隱之……………………二三一
陶潛……………………二三三

堯山堂外紀卷十三

六朝（宋）

武帝裕……………………二二七
文帝義隆……………………二二八
謝晦……………………二二九
謝靈運……………………二三〇
顔延之……………………二三二
何長瑜……………………二三三
王歆之……………………二三四
范曄……………………二三五
袁淑……………………二三六
鮑照……………………二三七
王玄謨……………………二三九
沈慶之……………………二三九
孝武帝駿……………………二四〇

謝　莊……………………………………………二四一
王　彧……………………………………………二四二
何　偃……………………………………………二四三
晉熙王昶…………………………………………二四三
丘靈鞠……………………………………………二四三
袁　粲……………………………………………二四四

堯山堂外紀卷十四

六朝（齊）

高帝道成…………………………………………二四五
褚　淵……………………………………………二四五
王　儉……………………………………………二四六
武帝賾……………………………………………二四七
柴　廓……………………………………………二四九
王　融……………………………………………二四九
謝　朓……………………………………………二五一
劉　繪……………………………………………二五二
張　緒……………………………………………二五三
周　顒……………………………………………二五五
東昏侯寶卷………………………………………二五五

堯山堂外紀卷十五

六朝（梁）

武帝衍……………………………………………二五七
昭明太子統………………………………………二五九
簡文帝綱…………………………………………二六一
元帝繹……………………………………………二六三
蕭　範……………………………………………二六五
釋寶誌……………………………………………二六六
釋法雲……………………………………………二六七
陶弘景……………………………………………二六八
曹景宗……………………………………………二七〇
何敬容……………………………………………二七〇

堯山堂外紀卷十六

六朝(梁)

沈約……二七三
江淹……二七六
江革……二七七
任昉……二七七
到溉……二七九
劉孝綽……二八〇
王僧孺……二八二
柳惲……二八三
吴均……二八四
何遜……二八五
王籍……二八七
王筠……二八七
庾肩吾……二八八
徐摛……二八八
劉之遴……二八九
高爽……二八九
衛敬瑜……二九〇

堯山堂外紀卷十七

六朝(陳)

徐陵……二九一
陰鏗……二九二
虞寄……二九三
張正見……二九三
沈炯……二九四
周弘正……二九五
謝貞……二九五
陸瓊……二九六
伏知道……二九六
江總……二九七
孔範……二九八

長城公叔寶…………二九九
徐德言…………三〇二
沈滿願…………三〇三

堯山堂外紀卷十八

六朝（前趙、後趙、前凉、秦、燕、後凉、北凉）

陳　安…………三〇五
汲　桑…………三〇六
祁　嘉…………三〇六
宋　纖…………三〇七
韓　博…………三〇七
辛　攀…………三〇八
蒲　洪…………三〇八
王　猛…………三一〇
趙　整…………三一〇
梁　讜…………三一一
王　嘉…………三一二
慕容垂…………三一二
吕　光…………三一三
胡　叟…………三一四

堯山堂外紀卷十九

六朝（北魏）

道武帝珪…………三一五
孝文帝宏…………三一六
彭城王勰…………三一七
王　肅…………三一八
褚　緭…………三一九
祖　瑩…………三一九
李　謐…………三二〇
胡武靈后…………三二〇
臨淮王彧…………三二一
河間王琛…………三二一
蕭　綜…………三二二

馮元興……三三
宋世良……三三
温子昇……三三
邢　邵……三四
節閔帝恭……三五
武帝脩……三七
孝靜帝善見……三七
董　紹……三八
鹿　悆……三八

堯山堂外紀卷二十

六朝（北齊、周）

齊神武歡……三三一
高　昂……三三三
魏　收……三三三
陽休之……三三五
盧元明……三三六
王　昕……三三六
楊　愔……三三七
盧士深……三三八
盧詢祖……三三九
顏之推……三四二
蕭　慤……三四二
徐之才……三四三
和士開……三四四
熊安生……三四四
祖　珽……三四五
齊後主緯……三四六
周明帝毓……三四七
高　琳……三四八
王　褒……三四八
庾　信……三四九

堯山堂外紀卷二十一

六朝（隋）

楊　素……三五一
牛　弘……三五二
賀若弼……三五三
崔弘度……三五三
杜公瞻……三五四
薛道衡……三五四
王　胄……三五六
柳　䛒……三五七
煬帝廣……三五七
乙支文德……三六四

堯山堂外紀卷二十二

唐

文皇世民……三六五
孔紹安……三六七
李百藥……三六七
崔信明……三六八
崔善爲……三六八
虞世南……三六九
許敬宗……三六九
杜　淹……三七〇
温彦博……三七一
歐陽詢……三七二
長孫無忌……三七三
蕭　翼……三七四
李義甫……三七四
上官儀……三七五
閻立本……三七五
郝處俊……三七六
杜易簡……三七六
王　勃……三七六

楊　炯……三七七
盧照隣……三七八
駱賓王……三七八
李　榮……三八〇

堯山堂外紀卷二十三

唐

武后曌……三八一
中宗顯……三八二
張　鷟……三八六
張元一……三八七
郭　震……三八九
蘇味道……三九〇
李　嶠……三九〇
崔　融……三九二
喬知之……三九二
沈佺期……三九三
宋之問……三九四
崔日用……三九六
李日知……三九六
李景伯……三九七
趙謙光……三九七
趙仁獎……三九八
陸餘慶……三九八
權龍褒……三九八

堯山堂外紀卷二十四

唐

明皇隆基……四〇一
崔　湜……四〇五
王　灣……四〇六
張敬忠……四〇六
邵　景……四〇六
任　端……四〇七

鄭　繇……四〇七
史　育……四〇八
薛令之……四〇八
李　昂……四〇九
劉　晏……四〇九
劉朝霞……四一〇
黄幡綽……四一〇
葉法善……四一一
高力士……四一三
郭紹蘭……四一三

堯山堂外紀卷二十五

唐

張　説……四一三
蘇　頲……四一四
李　邕……四一六
張九齡……四一七
李適之……四一八
賀知章……四一八
蕭穎士……四一九
王昌齡……四二一
祖　詠……四二三
崔　曙……四二三
陶　峴……四二三

堯山堂外紀卷之二十六

唐

王　維……四二五
孟　浩……四二八
李　白……四二九
杜　甫……四三五

堯山堂外紀卷二十七

唐

顔真卿……四三九

李　泌……四四〇
顧　況……四四一
李　源……四四三
秦　系……四四三
元　載……四四四
楊　綰……四四六
袁德師……四四六
張志和……四四六
陸　羽……四四七
僧皎然……四四八

堯山堂外紀卷二十八

唐

劉長卿……四五一
韋應物……四五二
錢　起……四五四
李　端……四五五
韓　翃……四五五
李　益……四五七
閻濟美……四五八
竇叔向……四五九
冷朝陽……四六〇
戎　昱……四六一
韋　臯……四六二
陸　暢……四六三
朱　滔……四六五
李　錡……四六五

堯山堂外紀卷二十九

唐

韓　愈……四六七
柳宗元……四六九
劉禹錫……四六九
呂　溫……四七二

張籍……四七二
王建……四七三
歐陽詹……四七四
陸長源……四七五
崔護……四七五
杜羔……四七六
鄭還古……四七七
周匡物……四七七
施肩吾……四七八
沈亞之……四七八

堯山堂外紀卷三十

唐

裴度……四七九
權德輿……四八一
王播……四八二
李逢吉……四八三
李翺……四八五
李約……四八六
李涉……四八七

堯山堂外紀卷三十一

唐

李賀……四九一
盧仝……四九二
孟郊……四九三
賈島……四九四
平曾……四九六
楊衡……四九七
張祜……四九七
裴航……五〇〇

堯山堂外紀卷三十二

唐

元稹……五〇三

白居易……五〇七
楊汝士……五一五
薛　濤……五一七

堯山堂外紀卷三十三

唐

牛僧孺……五二一
李　程……五二三
李　紳……五二三
李德裕……五二五
白敏中……五二七
崔　鉉……五二八
馬　植……五二八
章孝標……五二九
姚　合……五三〇
張又新……五三一
胡釘鉸……五三二
郭捧劍……五三三

堯山堂外紀卷三十四

唐

文宗涵……五三五
柳公權……五三六
楊敬之……五三七
王彦威……五三八
劉得仁……五三八
杜　牧……五三九
魏　扶……五四一
范　鄴……五四一
雍　陶……五四二
李商隱……五四三
盧　肇……五四四
裴思謙……五四六
許　渾……五四六

薛　逢……五四六
趙　嘏……五四七
薛　能……五四八
張　揆……五五〇

堯山堂外紀卷三十五

唐

宣宗忱……五五一
鄭　顥……五五二
裴　休……五五三
温庭筠……五五四
段成式……五五八
李群玉……五六〇
韋　蟾……五六一
鄭　薰……五六二
曹　鄴……五六三
陳　陶……五六三
林　傑……五六四

堯山堂外紀卷三十六

唐

陸龜蒙……五六五
皮日休……五六八
方　干……五七〇
許　棠……五七一
任　濤……五七二
李昌符……五七二
李山甫……五七三
袁　皓……五七三
高　蟾……五七四
姚巖傑……五七四
鄭昌圖……五七五
鄭　畋……五七五
高　駢……五七六

馬　真……五七八
周　朴……五七八
韓定辭……五七九

堯山堂外紀卷三十七

唐

昭宗曄……五八一
司空圖……五八二
鄭　谷……五八三
吴　融……五八五
張　濬……五八五
崔　沆……五八六
鄭　綮……五八六
杜荀鶴……五八七
張　曙……五八八
褚　載……五八九
王　轂……五八九
翁承贊……五九〇
路德延……五九〇
裴　説……五九二
曹　唐……五九三
韓　浦……五九四
任　翻……五九四
唐　球……五九五
釋齊己……五九五

堯山堂外紀卷三十八

五代（梁、唐、晉、漢、周）

陳　摶……五九七
李　琪……五九九
王易簡……五九九
馮　道……六〇〇
楊凝式……六〇二
和　凝……六〇二

唐莊宗存勖……六〇四
韋　吉……六〇五
桑維翰……六〇五
王仁裕……六〇六
扈　載……六〇九
孟　貫……六〇九
李　慶……六一〇
于　則……六一〇
李善寧……六一一

堯山堂外紀卷三十九

五代(吴、越、荆南、湖南)

吴越王鏐……六一三
羅　隱……六一五
孫承祐……六一九
毛　勝……六二〇
梁　震……六二一
孫光憲……六二一
李　郁……六二三
馬希振……六二三
廖光圖……六二三
劉昭禹……六二三
徐仲雅……六二四
鄧洵美……六二四
李觀象……六二五

堯山堂外紀卷四十

五代(前後蜀)

王後主衍……六二七
釋貫休……六二九
韋　莊……六三一
盧延遜……六三三
牛　嶠……六三四
顧　敻……六三四

楊　玢……六三五
侯繼圖……六三六
李廷璧……六三六
黄崇嘏……六三七
蜀孟主昶……六三七
僧可朋……六四〇
歐陽炯……六四〇
歐陽彬……六四一
李　昊……六四二

堯山堂外紀卷四十一

五代（南唐）

烈祖昇……六四三
元宗璟……六四四
後主煜……六四五
宋齊丘……六四七
李建勳……六四九
沈　彬……六四九
李家明……六五一
馮延巳……六五二
江文蔚……六五三
韓熙載……六五四
舒　雅……六五五
伍　喬……六五六
孟賓于……六五六
潘　佑……六五七
徐　鉉……六五八
楊　鑾……六五九
張　佖……六五九

堯山堂外紀卷四十二

宋

太祖匡胤……六六一
范　質……六六三

陶　穀……六六三
李　昉……六六六
郭忠恕……六六八
曹　翰……六六八
李　巽……六六九
王嗣宗……六七〇
僧贊寧……六七一
丁文果……六七二

堯山堂外紀卷四十三

宋

太宗炅……六七三
吕蒙正……六七四
張齊賢……六七五
蘇易簡……六七五
胡　旦……六七七
梁　顥……六七七

王禹偁……六七九
孫　何……六八一
羅處約……六八一
姚　鉉……六八一
楊徽之……六八二
楊　朴……六八二
潘　閬……六八三
僧惠崇……六八四

堯山堂外紀卷四十四

宋

張　詠……六八七
寇　準……六八九
王　曾……六九一
朱　昂……六九二
楊　億……六九三
錢惟演……六九六

劉　筠……六九七
王欽若……六九八
丁　謂……六九九
陳彭年……七〇一
鮑　當……七〇一
孫　冕……七〇二
石延年……七〇二
魏　野……七〇五
林　逋……七〇六

堯山堂外紀卷四十五

宋

仁宗禎……七〇九
張士遜……七一一
陳堯佐……七一一
薛　奎……七一二
蔡　齊……七一三
梅　詢……七一三
楊　諤……七一四
王　奇……七一五
張方平……七一五
陳執中……七一六
石中立……七一六
陳　亞……七一八
柳　永……七二〇

堯山堂外紀卷四十六

宋

夏　竦……七二三
晏　殊……七二四
宋　庠……七二八
刁　約……七三一
張　先……七三三

堯山堂外紀卷四十七

宋
韓琦……七三七
范仲淹……七三九
文彦博……七四三
蔡襄……七四五
王素……七四五
余靖……七四六
李師中……七四七
趙抃……七四八
包拯……七四九
趙槩……七五〇
邵雍……七五一
司馬光……七五二

堯山堂外紀卷四十八

宋
歐陽修……七五五
鄭獬……七五九
滕元發……七六一
馮京……七六二
王俊民……七六三
李渤……七六四
褚歸……七六四
黄裳……七六五
焦蹈……七六五
吴儔……七六五

堯山堂外紀卷四十九

宋
梅堯臣……七六七
蘇舜欽……七六九
劉敞……七七一
孫洙……七七六

韓　縝……七七八
楊　蟠……七七八
賈　收……七七九
劉　槩……七八〇
陳　烈……七八〇
李　覯……七八一
張　景……七八二

堯山堂外紀卷五十

宋

神宗頊……七八三
王安石……七八三
王安國……七八九
王欽臣……七九一
曾公亮……七九一
吕惠卿……七九二
盧　秉……七九二
劉景文……七九三
楊德建……七九四
郭祥正……七九四
王　逵……七九五
王　介……七九五
蔡　肇……七九七

堯山堂外紀卷五十一

宋

王　珪……七九九
王　琪……八〇二
元　絳……八〇四
王　觀……八〇五
蔡　挺……八〇六
蔡　確……八〇七
章　惇……八〇九
舒　亶……八一一

堯山堂外紀卷五十二

宋

蘇　洵（蘇軾、蘇轍）……八一三

堯山堂外紀卷五十三

宋

黃庭堅……八三三
秦　觀……八三七
張　耒……八四〇
晁補之……八四二
文　同……八四三
趙令時……八四五
孫　賁……八四六
陳　慥……八四六
王　詵……八四七
李　廌……八四八
佛印禪師……八四八
僧仲殊……八五〇
僧參寥……八五二
周　韶……八五三

堯山堂外紀卷五十四

宋

陳師道……八五五
張舜民……八五六
楊　傑……八五七
米　芾……八五八
賀　鑄……八六〇
司馬櫄……八六二
胡致隆……八六三
潘大臨……八六三
謝　逸……八六四
徐　俯……八六六
韓　駒……八六七

饒　節……八六八
僧惠洪……八七〇
李清照……八七一
朱淑真……八七二

堯山堂外紀卷五十五

宋

徽宗佶……八七五
蔡　京……八七九
張商英……八八一
王　黼……八八二
林靈素……八八三
雍孝聞……八八四
薛　昂……八八四
王安中……八八五
蔡　嶷……八八六
曹　組……八八六
周邦彦……八八七
万俟雅言……八八八
晁端禮……八八九
宋齊愈……八九〇
宋惠直……八九〇
邢俊臣……八九〇

堯山堂外紀卷五十六

宋

呂希哲……八九三
孔平仲……八九三
侯　蒙……八九四
晁說之……八九五
張　壆……八九五
鄒　浩……八九六
張　守……八九七
霍　洞……八九七

孫　覿……八九八
汪　藻……八九九
陸元光……九〇〇
周知微……九〇〇
周紫芝……九〇一
陳師錫……九〇二
何大圭……九〇三
梅執禮……九〇四
孫　薪……九〇五
關　澥……九〇六
陳　蒙……九〇六
康執權……九〇六
范　周……九〇七
鄧　肅……九〇七
陳　東……九〇八
聶　昌……九〇八

堯山堂外紀卷五十七

宋

高宗構……九一一
洪　皓……九一三
張　浚……九一四
胡　銓……九一四
趙　鼎……九一七
韓世忠……九一七
岳　飛……九一九
胡　寅……九二一
王　質……九二一
陳　克……九二二

堯山堂外紀卷五十八

宋

秦　檜……九二三
康與之……九二四

張彥實……九二七
陸士規……九二七
張孝祥……九二八
陳　修……九二九
彭　演……九二九
陳彥才……九三〇
朱敦儒……九三〇
陳與義……九三一
宋自遜……九三一
許左之……九三二
陳　桶……九三二
林　外……九三三
李和父……九三三
宋慶之……九三四

堯山堂外紀卷五十九

宋

孝宗眘……九三五
曾　覿……九三六
于國寶……九三八
吴　琚……九三九
洪　邁……九三九
葉　顒……九四二
魏　杞……九四三
趙　雄……九四三
辛棄疾……九四四
甄龍友……九四八

堯山堂外紀卷六十

宋

周必大……九五一
汪應辰……九五二
王十朋……九五三
范成人……九五四

楊萬里……九五五
朱熹……九六〇
劉光祖……九六二
謝希孟……九六二
真德秀……九六三

堯山堂外紀卷六十一

宋

陸游……九六七
姜夔……九七〇
史達祖……九七一
高觀國……九七二
劉過……九七三
易祓……九七六
李壁……九七七
徐淵子……九七七
戴復古……九七九
嚴羽……九八〇
袁樵……九八一
姚鏞……九八一
曹豳……九八二
卓田……九八二
劉克莊……九八三
王邁……九八四
趙孟堅……九八五
龔孟鍨……九八六

堯山堂外紀卷六十二

宋

韓侂胄……九八七
京鏜……九八九
趙師羼……九九〇
史彌遠……九九二
鄭清之……九九四

馬光祖……九九五
方　岳……九九六
謝方叔……九九七
吴　潛……九九八
賈似道……九九九
文及翁……一〇〇三
葉　李……一〇〇四

堯山堂外紀卷六十三

宋

江萬里……一〇〇五
文天祥……一〇〇五
陳文龍……一〇〇八
陸秀夫……一〇〇九
謝枋得……一〇〇九
鄧　剡……一〇一〇
家鉉翁……一〇一一
信世昌……一〇一一
謝　翱……一〇一二
劉會孟……一〇一二
鄭思肖……一〇一三
汪元量……一〇一四
唐　珏……一〇一五

堯山堂外紀卷六十四

宋（遼金）

東丹王突欲……一〇一七
趙延壽……一〇一八
王　徽……一〇一八
韓繳如……一〇一九
韓　正……一〇一九
趙良嗣……一〇二〇
天祚文妃……一〇二〇
虞仲文……一〇二一

宇文虚中……一〇二二
吴　激……一〇二三
蔡松年……一〇二四
高士談……一〇二六
馬定國……一〇二七
朱之才……一〇二八
翟欽甫……一〇二八

堯山堂外紀卷六十五

宋（金）

廢主亮……一〇二九
劉　瞻……一〇三一
王　寂……一〇三一
趙　可……一〇三三
孟宗獻……一〇三三
景　覃……一〇三三
党懷英……一〇三四
王庭筠……一〇三五
蕭　貢……一〇三七
劉　昂……一〇三八
趙秉文……一〇三九
王中立……一〇四〇

堯山堂外紀卷六十六

宋（金）

章宗璟……一〇四三
趙　渢……一〇四四
周　昂……一〇四五
田　琢……一〇四六
孫　鐸……一〇四八
李純甫……一〇四八
許　古……一〇五〇
王　彧……一〇五〇
董文甫……一〇五一

麻九疇……一〇五三
王予可……一〇五四
王特起……一〇五五

堯山堂外紀卷六十七

宋（金）

密國公璹……一〇五七
苑　中……一〇五九
李獻能……一〇五九
趙　元……一〇六〇
李　汾……一〇六一
呂大鵬……一〇六二
王　渥……一〇六二
史　才……一〇六三
元好問……一〇六三

堯山堂外紀卷六十八

元

楊　奐……一〇七一
王和卿……一〇七二
關漢卿……一〇七三
馬致遠……一〇七六
詹　玉……一〇七九
蔣　捷……一〇八〇

堯山堂外紀卷六十九

元

劉秉忠……一〇八三
郝　經……一〇八四
伯　顔……一〇八七
張弘範……一〇八八
盧　摯……一〇八九
姚　燧……一〇九〇
陳　孚……一〇九二
呂徽之……一〇九五

梁　棟……一〇九六

堯山堂外紀卷七十

元
龍仁夫……一〇九九
趙孟頫……一一〇〇
鮮于樞……一一〇五
馮子振……一一〇七
滕　賓……一一〇九
釋明本……一一一〇

堯山堂外紀卷七十一

元
貫雲石……一一一三
喬　吉……一一一七
張伯遠……一一一九
王元鼎……一一二〇
劉庭信……一一二〇
周德清……一一二二

堯山堂外紀卷七十二

元
李　孟……一一二五
歐陽玄……一一二五
黃　溍……一一二六
袁　桷……一一二七
王士熙……一一二八
黃清老……一一二九
薩都剌……一一三〇
謝宗可……一一三四
段天佑……一一三五
雅　琥……一一三五

堯山堂外紀卷七十三

元
文宗圖帖穆爾……一一三七

范　梈……一一三八
楊　載……一一三九
虞　集……一一四〇
揭傒斯……一一四四
張天雨……一一四六
欣笑隱……一一四八

堯山堂外紀卷七十四

元

順帝妥歡帖睦爾……一一五一
秦王伯顔……一一五三
脱　脱……一一五四
梁王孛羅……一一五五
方谷珍……一一五八
張士誠……一一六〇
李思齊……一一六一

堯山堂外紀卷七十五

元

吕思誠……一一六三
王叔能……一一六三
陳　旅……一一六四
傅若金……一一六五
達兼善……一一六六
達理馬識禮……一一六八
余　闕……一一六八
貢師泰……一一六九
成廷珪……一一七〇
張　翥……一一七一
張　昱……一一七三
王　冕……一一七四
趙　汸……一一七五

陶宗儀……一七六

堯山堂外紀卷七十六

元

潘　純……一七九
高　栻……一八一
顧　瑮……一八三
袁　凱……一八四
陸象翁……一八七
張明善……一八七
唐志大……一八八
柏子庭……一八八

堯山堂外紀卷七十七

元

楊維楨……一九一
倪　瓚……一九八
顧　瑛……二〇〇
丁鶴年……二〇三
復見心……二〇五

堯山堂外紀卷七十八

國朝

高皇帝……二〇九
建文帝……二一二
劉　基……二一四
宋　濂……二一五
朱　升……二一八
方孝孺……二一九
練子寧……二二〇
鐵　鉉……二二一
茅大方……二二三
胡　閏……二二三

堯山堂外紀卷七十九

國朝

劉三吾……一三二三
張以寧……一三二四
花綸……一三二五
任亨泰……一三二七
孫蕡……一三二七
凌雲翰……一三三〇
胡虚白……一三三一
張尚禮……一三三二
張琬……一三三三
彭友信……一三三三
顧禄……一三三四
鄧伯言……一三三五
錢宰……一三三五
應履平……一三三六

堯山堂外紀卷八十

國朝

高啓……一三三七
楊基……一三四〇
張羽……一三四一
徐賁……一三四二
林鴻……一三四三
浦源……一三四四
瞿佑……一三四五
黎真……一三五〇

堯山堂外紀卷八十一

國朝

文皇帝……一三五一
姚廣孝……一三五二
夏原吉……一三五三
解縉……一三五五
胡廣……一三五九
曾棨……一三六〇

王偁……一三六二
高棟……一三六三
王紱……一三六四
林誌……一三六五
高舉……一三六六
王英……一三六六
杜庠……一三六七

堯山堂外紀卷八十二

國朝

章皇帝……一三六九
楊士奇……一三七一
楊榮……一三七三
何文淵……一三七四
吳訥……一三七五
陳繼……一三七六
張鐸……一三七七
黃潤玉……一三七七
陳信……一三七八
陳詢……一三七八
茂彪……一三七九
章孟端……一三七九
吳偉……一三八〇
沈愚……一三八一

堯山堂外紀卷八十三

國朝

于謙……一三八三
王清……一三八六
郭登……一三八六
尹昌……一三八八
徐晞……一三八八
徐有貞……一三八九
湯胤勣……一三九〇

王　偉……一二九二
韓　雍……一二九二
王　越……一二九三

堯山堂外紀卷八十四

國朝

劉　溥……一二九七
劉　珏……一二九八
聶大年……一二九九
劉　泰……一三〇二
陸　昂……一三〇三
王　澄……一三〇四
林　玠……一三〇六
張　錫……一三〇六
沈　宣……一三〇八
劉　英……一三〇八
周　鳳……一三一〇
翟永齡……一三一一
馮　徽……一三一二
沈　質……一三一三

堯山堂外紀卷八十五

國朝

施　槃……一三一五
張　和……一三一六
林　聰……一三一七
劉　儼……一三一七
姚　夔……一三一八
周洪謨……一三一九
卞　榮……一三二〇
岳　正……一三二一
柯　潛……一三二二
陸　㲽……一三二三
彭　華……一三二四

鄭文康……一三二五
黎淳……一三二五
陸釴……一三二六
羅璟……一三二七

堯山堂外紀卷八十六

國朝

程信……一三二九
盛杲……一三三〇
張寧……一三三〇
丘濬……一三三二
吴伯通……一三三四
陸容……一三三五
莊杲……一三三六
張弼……一三三七
陳獻章……一三四〇
胡居仁……一三四三
陳愛……一三四四

堯山堂外紀卷八十七

國朝

李東陽……一三四五
陳音……一三五八
程敏政……一三五九
邵珪……一三六一
楊光溥……一三六三

堯山堂外紀卷八十八

国朝

羅倫……一三六五
畢瑜……一三六六
張昇……一三六六
費誾……一三六七
吴寬……一三六八
王鏊……一三六九

劉戩……一三七〇
王琰……一三七一
傅凱……一三七一
羅鑒……一三七二
趙寬……一三七二
彭福……一三七五
儲巏……一三七六
李旻……一三七七
邵寶……一三七八
程楷……一三七八

堯山堂外紀卷八十九

國朝

敬皇帝……一三七九
鄒智……一三八一
李文祥……一三八二
楊茂仁……一三八三
胡爟……一三八三
盧瀚……一三八四
李瓚……一三八五
趙鶴……一三八五
陳琳……一三八六
張恩……一三八六
魯鐸……一三八七
董玘……一三八八
顧鼎臣……一三八九
魏校……一三八九
馮蘭……一三九〇

堯山堂外紀卷九十

國朝

馬文升……一三九一
楊一清……一三九二
林俊……一三九四

林廷玉……一三九五
喬宇……一三九七
胡世寧……一三九八
王守仁……一三九八
韓邦奇……一四〇一
黄鞏……一四〇二

堯山堂外紀卷九十一

國朝

桑悦……一四〇三
祝允明……一四〇六
沈周……一四〇七
陳震……一四一〇
楊循吉……一四一一
都穆……一四一三
唐寅……一四一三
張靈……一四一七
蔣燾……一四一九
陳玉……一四二〇
鼉夢堂……一四二〇
明月舟……一四二一

堯山堂外紀卷九十二

國朝

李夢陽……一四二三
顧璘……一四二八
邊貢……一四二九
王九思……一四三一
朱應登……一四三三
康海……一四三三
王騏……一四三五

堯山堂外紀卷九十三

國朝

何景明……一四三七

徐禎卿……一四四〇
鄭善夫……一四四一
孟　洋……一四四二
殷雲霄……一四四三
王　韋……一四四四
方　豪……一四四四
孟淑卿……一四四五
朱桂英……一四四六
鄒妙端……一四四七

堯山堂外紀卷九十四

國朝

毅皇帝……一四四九
寧庶人……一四五〇
劉　瑾……一四五二
孫一元……一四五三
王　磐……一四五六
强　晟……一四六〇
陳　全……一四六一
戴宗吉……一四六一

堯山堂外紀卷九十五

國朝

戴大賓……一四六三
楊　慎……一四六四
張鰲山……一四六九
常　倫……一四七〇
唐　皋……一四七〇
薛　蕙……一四七一
舒　芬……一四七二
崔　桐……一四七二
汪應軫……一四七三
王廷陳……一四七四
陳　沂……一四七六

王　臯……………………………………一四七六
黄　佐……………………………………一四七六
敖　英……………………………………一四七七

堯山堂外紀卷九十六

國朝

肅皇帝……………………………………一四七九
蔣　冕……………………………………一四八二
張孚敬……………………………………一四八三
桂　萼……………………………………一四八五
方獻夫……………………………………一四八五
夏　言……………………………………一四八六
嚴　嵩……………………………………一四八九
胡纘宗……………………………………一四九〇
任　即……………………………………一四九二
徐如珪……………………………………一四九二
嚴　訥……………………………………一四九二
張居正……………………………………一四九三
李言恭……………………………………一四九三

堯山堂外紀卷九十七

國朝

文　璧……………………………………一四九五
王　寵……………………………………一四九八
黄省曾……………………………………一四九九
李　嵩……………………………………一五〇〇
高　瑶……………………………………一五〇〇
陳　瓚……………………………………一五〇〇
張　傑……………………………………一五〇一
郎　瑛……………………………………一五〇二
程文憲……………………………………一五〇三
張嘉猷……………………………………一五〇五
何良俊……………………………………一五〇五
田藝蘅……………………………………一五〇七

蕭鳳質……一五〇八

堯山堂外紀卷九十八

國朝

廖道南……一五〇九
高叔嗣……一五一〇
袁袠……一五一〇
陸粲……一五一一
顧明……一五一二
皇甫汸……一五一三
蘇志皋……一五一四
蔡汝楠……一五一五
許穀……一五一五
王維禎……一五一六
朱曰藩……一五一六
喬世寧……一五一七
劉鳳……一五一八
李春芳……一五一九
楊繼盛……一五二〇
諸大綬……一五二一
范應期……一五二一
袁宗道……一五二三

堯山堂外紀卷九十九

國朝

李攀龍……一五二三
王世貞……一五二五
余應舉……一五二八
吴國倫……一五二八
宗臣……一五二九
徐中行……一五三〇
梁有譽……一五三一
謝榛……一五三二
侯一元……一五三五

穆文熙……一五三五
安南……一五三八
占城……一五四〇

堯山堂外紀卷一百

國朝

倭國……一五三七

附録：四庫全書總目提要……一五四一

堯山堂外紀顛末

余生起未燥，先府君小山翁見背，母袁孺人齋素奉佛辟經以供朝夕，課賤兄弟讀舉子書。家每赤貧，歲又大祲，米不可得食，食麥。孺人私啖麩，而以麵啖賤兄弟，不使賤兄弟知也。時余纔六齡，家兄春甫亦僅十齡爾已。余聰穎故遜家兄而善强記，然氣故孟浪，舉子書不喜，喜齊諧諸書，見輒津津有味乎其言之惟恐易盡，蓋年十一二時而所覽睹多矣。家無書，得諸尾生什九。有蓄異書者，徒步數十里外求，必得之。然善愛護書，人不靳與。每乞一編歸，窮之力閱之，夜則就佛前長明燈，閱畢乃已。漏下二十刻，漸有睡思，余强睁兩睛，而家兄噀以火煙，令不至盹，以此目力耗於火光，今遂盲於夜讀。年十五，即挾一經餬口四方，交道日廣，見聞日益博，而童時之癖滋甚。間嘗謂，前代騷人墨士，負有當世重名，其所著撰，琳琳琅琅，膾炙人口，顧稍涉俳諧，見謂無關世教，輒爲高頭巾先生唾棄，迣迣湮滅不傳，尚論者無從窺豹一斑，深可惋惜。夫蟲唫鳥鳴，總屬天籟，矧出自錦腸繡腹者乎？爰命童子以奚囊隨，會解頤處，則以片楮録之。載有正集不録，録散見於稗官野史不經人見也者。歲久，彙次成帙，命曰堯山堂外紀。堯山堂，余讀書堂，名曰堯山，志先君之思也。日月駸尋，年且及强，而復得補弟子員。又三年，乃獲收於鄉荆，而孺人不及待矣。嗚呼！痛心哉！倘余能念母氏啖敹課讀之心，以廿年無用精神，畢用之乎舉子書，則何業弗精者？庶幾早有成立，俾母氏得受一日之養，可免爲天地間罪人，竟溺於宋景文之好，因循以有今日，致身不早，風木徒悲，何嗟及矣！於是取前所録，悉付之祖龍矣。勿以賊夫人之子！蓋甲午九月也。戊戌南還，過白下，見市中有粥是書者，驚汗浹背，亟追其故，則書賈從奚童購得副墨，以授剞劂，殆是甲午前事云。業既流布，不能禁使不行，徒傷雅道，且悖孝思，因摭其顛末，以暴余過，用諗夫罪我者。

是歲秋九月石原居士蔣仲舒書於天界寺中。

堯山堂外紀叙（一）

余蓋與仲舒偕舉于甲午云。余無似，每事必請仲舒，仲舒亦爲余傾倒，不少慳惜。當是時，余與周幼諧氏莊事仲舒不啻先進，仲舒飯亦飯，行亦行，止亦止。仲舒每小憩，輒呼逆旅主人：有何古蹟？何形勝？名碩云何？奇事云何？隨所指而走荒臺斷碑，苔封蘚鎖，僶俛披拭捫摸。余多人偃蹇卧遊，曰：「吾其是聽乎！」黄粱父熟，仲舒蹁躚而至，則相與詮述其事。目力所窮，足跡所到，一過不忘。雖風雲魚鳥，人每四讀不能得，仲舒飛覽得之，歷歷皆可覆誦。飯罷，援筆覼縷，衷以舊聞，間綴一二語于其末。如是累月，蔚然成帙。余時時從巾箱竊窺，曰：「虞初、語林之流亞乎？」顧咤幼諧，幼諧曰：「仲舒志之有年。其獨不聞所謂堯山堂外紀乎？」堯山者，仲舒之愛塾也。余聞之，靡靡以醉，抵掌上下，連日夜不休，盡得其扃匪並少小零丁艱苦、支吾贔屭、太夫人暨伯氏春父緋絖篝火映燈滲泊狀，未嘗不恍然自失。古之質行君子，篤學不倦，何以加焉？仲舒曰：「余不肖，坎壈萬狀，以有今日。此生精力緒餘以應制科，大指乃在著述。咄咄腐鼠，何能輕重余？余固有所以自重已。」遂相携入試。余三人皆下第歸。歸而仲舒行前轍不衰，搜奇剔怪，即詒誚嗜痂，恬如也。無何，余稍稍先仲舒嗚，仲舒或歷落未偶，顧愈益感奮揣摸，悉出匣中書，則爲堯山堂外紀者存焉。因拈以付梓，梓成授余，余受而卒業，曰：「嗚嘻！此亦何必減説苑耶？余觀左氏、司馬氏，自昔號能文章，乃其論述前人行事，纖悉瑣尾，蔑不畢備，一切使酒駡坐之態，摇手附耳之談，具爲纚屬點流，令千載下讀之，凜凜猶有生氣。且文章家縱横不測，大小互證，觀者但自得之，然則傳神寫照，政在阿堵，夫安得以尺璧寸璣而遽謂玄圃不足觀也？當代楊用修、王元美皆好網羅遺軼，點綴情致，令人絶倒。是編也，余竊謂該洽似用修，組繡似元美，而滑稽風雅不啻過之。」余猶憶偕計時，宿雅素館，與仲舒劇談浮白，漏下每十刻，主人告釀竭，問之，則淍一瓻。其歲時垂釣操局，徵歌選伎，仲舒把卷吟賞，人人飽所欲而去。用修在滇，淋漓醉墨，歌者售之，輒獲兼價；元美、于鱗之會，每螯而盡一石。余觀仲舒把臂入林以續蓀紀，乃不載此二事。吁嗟乎！豈猶不欲示人以朴也耶？余且補而入之，以貽好事者。

萬曆丙午人日年弟龔三益仲友義題

堯山堂外紀叙（二）

聞之「六合之外，存而弗論」。又云：「一事不知，儒者所恥。」故蜂蜜而中邊皆甜，何歧内外？鳶魚而上下必察，罔别洪纖。况苞籥時滋，寧遺汲塚？羲繩代謝，不棄黄圖。然仲尼約之寶書，馬遷鳩諸國史，鉤探纂會，又詎可缺如也？乃儒家老生，拘方泥遠，謂非吾博士掌故，擯之不談，咈哉！余以爲，外史之不可廢者三：紘綖之外，孰非天地？龍漢以前，孰非古今？世徒遡鴻濛於昊、頊，窮亥步於幅幀，量彭殤而較嬴朒，則十岳所表不過萬余里，道山所著不越三千年，何異太倉一粺，太初一瞬耶？倘耳目不逮，學闕未周，而遂概之曰幻人之所譸張，碣石之所籠罩，則洞冥之經、拾遺之記、路史之臚傳，何不付之祖龍之焰乎？誠謂騐貳負覈騶牙東方天禄之博不可蓋也，則外史之可以存遺而窮化也。裘集百狐，翠寧一羽？故皇覽殿書，華林悦性，摇山寶海，藻繪驚心，况壤域之各異，則章甫不用於禹，職貢之爲阻，則重澤始達於周，此子雲所以載筆問方言，而漢庭之黄衣虞初所爲紀郡國之稗官小説而述之也，可以資文而贊治也。德虧小物則不成，道迷邇言則不明。莊生不云乎？道在瓦礫，在溺遺。

何其靡也！然滄浪之歌徵訓于自求，泰山之哭悟言于苛政。不惟是也。彼禪那之逗機，每得于微言之巧中，故侶歌于樓臺，結襪者有無心之悟，雞飛于欄楯，聞聲者解小玉之詩。言苟會心，何處不感？可以畜德而契道也。庶幾錯綜文苑，不徒鼓吹説郛而已。

余友蔣仲舒氏，學富炙轂之奇，才高擊鉢之敏。聿自綺歲，雅志編摹。意覯則登，弗拘雅俗。跡同斯筆，不問古今。如開武庫，五兵隨所用之；似張錦機，百綫惟其聚矣。名標外紀，猶慚小道之觀；繫曰堯山，厥有終身之慕。出諸煙燼，寧無呵護者乎？余以十年慨想，一日落成，遂喜而序之，非敢爲仲舒解嘲也。

萬曆丙午春朔友弟吴奕書

堯山堂外紀小序

毘陵，文士之淵藪也。余以謫居，皆得交一臂而窺其一斑。尤深知所爲蔣仲舒孝廉者，雅以著書爲業。窮搜博覽，即門墻柱壁，皆施筆研，不以貧窶廢也。凡翻閲諸書，遇賞心者，輒片紙録之，歲月寖淫而外紀成，好奇之士往往私相傳寫，付之殺青，亦竟莫知爲誰也。今其書具在，大者詞事俱絶，細者談言微中，作者苦心，見者快意，是安能禁其弗傳？而何孝廉之退焉若有所負耶？蓋孝廉之父曰小山公，嘗戒孝廉壹意舉業，毋務涉獵雜書，以分專心，孝廉實私竊好之，乃至今而愴甚風木，若曰：「是書非吾父意也。而繫以堯山堂者，志羹墻之思也。」孝廉之心愈苦矣。昔中郎得論衡，私之帳中，玄晏序三都，免覆瓿上，外紀成于暇日，而既不能秘之，又何以予叙爲非？予固不知孝廉之所以爲真孝廉也，不但以其深于讀書而已。敢輟數語，以質諸孝廉，果有當乎其心否？

萬曆乙巳冬日閩中友弟張大光書于毗陵青士邁。

堯山堂外紀卷一

黄虞三代

甯封子

列仙傳：「黄帝時人。」按：帝紀，黄帝時有甯封爲陶正，或即此人。

黄帝之前，甯先生者，嘗遊崑丘之外。有蘭沙之地，去中都萬里，其沙如細塵，風吹成霧，泛泛而起；有石藍之花，輕而堅勁，千年一開，隨風霏霏，名曰青藍花；又有魚鱉龍蛇飛於塵霧中。先生遊其地，食飛魚而死，卧沙百餘年，蹶然而起，形容復故，乃作遊海詩曰：「青藍灼灼千載舒，百齡暫死食飛魚。」

白帝子

太白之精。

少昊以金德王，母曰皇娥，處璇宫而夜織，或乘桴木而晝遊，經歷窮桑滄茫之浦。時有神童，容貌絶俗，稱爲白帝之子，降乎水際，與皇娥讌戲並坐，撫桐峰梓瑟，皇娥倚瑟而清歌云：「天清地曠浩茫茫，萬象迴薄化無方。浛天蕩蕩望滄滄，乘桴輕漾著日傍。當期何所至窮桑，心知和樂悦未央。」白帝子答歌云：「四維八埏眇難極，驅光逐影窮水域。璇宮夜靜當軒織，桐峰文梓千尋直。伐梓作器成琴瑟，清歌流暢樂難極。滄湄海浦來棲息。」及皇娥生少昊，因號曰窮桑氏。

許由

字武仲。隱居潁水之陽，堯召爲九州長，由不欲聞，洗耳於潁水濱。時有巢父牽犢欲飲之，見由洗耳，問其故，曰：「汙吾犢口。」牽犢上流飲之，由乃棄其瓢而去。

許由者，古之貞固之士也，堯時爲布衣，以清節約聞于堯，堯乃遣使禪爲天子，由喟然歎曰：「匹夫結志，固如磐石。採山飲河，所以養性，非以貪天下也。」堯既殂落，乃作箕山之歌云：「登彼箕山兮，瞻望天下古音虎。山川麗崎，萬物還普。日月運照，靡不記睹。游放其間，何所窮慮叶？歎彼唐堯，獨自愁苦。勞心九州，憂勤后土。謂予欽明，傳禪易祖。我樂何如，蓋不盻顧。河水流兮緑高山，叶甘瓜施兮葉綿蠻叶。高林肅兮相錯連，居此之處傲堯君叶。」

虞帝

白虎通：「舜，僢也。言能推信堯道而行之也。」母曰握登，見大虹，意感而生舜於姚墟，故姓姚氏。

舜時，景星出，卿雲興，於是俊乂百工相和而歌，帝乃倡之曰：「卿雲爛兮！糺縵縵兮！日月光華，旦復旦兮！」八伯咸進，稽首曰：「明明上天，爛然星陳。日月光華，弘于一人。」帝乃載歌：「日月有常，星辰有行。四時順經，萬姓允誠。於予論樂，配天之靈。遷于賢善，莫不咸聽。鼚乎鼓之，軒乎舞之。菁華已竭，褰裳去之。」

舜以樂教天下，天下大治，彈五絃之琴，作南風之操曰：「反彼三山兮，商岳嵯峩。天降五老兮，迎我來歌。有黄龍兮，自出于河，負書圖兮，委蛇羅沙。案圖觀讖兮，閔天嗟嗟。擊石拊韶兮，淪幽洞微。鳥獸蹌蹌兮，鳳凰來儀。凱風自南兮，喟其增悲。」

舜初聞歷山之耕者侵畔，乃往耕焉，田父推畔。後遊歷山，見烏飛，思親而作歌曰：「陟彼歷山兮崔嵬，有鳥翔兮高飛，瞻彼鳩兮徘徊。河水洋洋兮清泠，溪谷鳥鳴兮嚶嚶，設置張罥兮思我父母力耕。日與月兮往如馳，父母遠兮吾將安歸？」

方回　堯時隱士。舜遷負夏，至鄧之墟，有秀士七人，曰雄陶、方回、續牙、伯陽、東不訾、秦不虛、靈甫，皆不辟而至，爲之七友。既禪，七人始逃之。

舜葬蒼梧之野，有鳥如雀，常游丹海之際，時來蒼梧之野，銜青砂珠，積成壟阜，名曰珠丘。其珠輕細，風吹如塵起，名曰珠塵。今蒼梧之外，山人採藥，時有青石圓潔如珠，服之不死。仙人方回遊南嶽，有七言讚曰：「珠塵圓潔輕且明，有道服者得長生。」

夏禹　父鯀，娶有莘氏女曰志，是爲脩己。脩己見流星貫昴，夢接意感，孕歲有一月，堯帝戊戌五十八載六月六日，生禹於僰道之石紐鄉。世傳堯眉八彩，舜目重瞳，禹耳三漏。

禹年三十未娶，行塗山，有白狐九尾，造禹，塗山人歌曰：「綏綏白狐，九尾龐龐。成子家室，乃都攸昌。」禹遂娶之，謂之女嬌。

履癸　是爲桀。死於亭山。子淳維妻其衆妾，遁於北野，隨畜轉徙，號葷育。逮周曰玁狁，漢曰匈奴。傳曰「其先伯禹之後」是也。

桀爲酒池糟隄，縱靡靡之樂，一鼓而牛飲者三千人，群臣醉者持不醉者，不醉者持醉者。而歌曰：「江水沛兮，舟楫敗兮，我王廢兮。趣歸於亳，亳亦大兮！」伊尹退而更曰：「覺兮較兮，吾大命格兮。去不善而從善，何不樂兮！」乃就湯伐桀。

商胥餘

箕子名，食采於箕，故曰箕子。周武王克商，封於朝鮮。箕子施八條之約，遂乃邑無淫盜，門不夜扃，故東夷以柔謹爲風，異乎三方。

紂爲淫暴，作炮烙之刑，箕子諫不聽，乃解衣被髮，佯狂而去之。遂隱而鼓琴以自悲。乃作歌曰：「天乎天哉！欲負石自投河。嗟復嗟，奈社稷何！」

箕子朝周，過故殷墟，感宮室毀壞，生禾黍，箕子傷之，欲哭則不可，欲泣爲其近婦人，乃作麥秀之詩以歌之云：「麥秀蔪蔪，禾黍油油。彼狡童兮，不我好仇！」殷民聞之，皆爲流涕。

墨允

字公信，弟致，字公達。姓墨胎氏，夷、齊其謚也，其先，湯封於孤竹。

周武王已平殷亂，天下宗周，伯夷、叔齊耻之，義不食周粟，隱于首陽山，采薇而食之，及餓且死，作歌曰：「登彼西山兮，采其薇矣。以暴易暴兮，不知其非矣。神農、虞、夏忽焉没兮，我安適歸矣！于嗟徂兮，命之衰矣！」遂餓死於首陽山。

周季歷

殷帝乙七祀卒。子昌立，是爲西伯。嘗寢疾五日，而地動，東南西北，不出四郊。既薨，子發即西伯位，是爲武王。

太王有子三人，太伯、虞仲、季歷。季歷之子昌即文王也。太王寢疾，欲傳季歷以及昌。於是太伯與虞仲去，被髮文身，託爲王採藥。後聞太王卒，還奔喪，哭於門，示夷狄之人不得入王庭。季歷謂：「太伯，長子也，當立。」垂涕而留之。終不肯止，遂委而去，適於吴。是後，季歷作哀慕之歌章，曰：「先王既徂，長賈音允異都。哀喪腹心，未寫中懷。音窠追念伯、仲，我季如何？梧桐萋萋，生于道周。音徐宫館徘徊，臺閣既除。何爲遠去？使此空虚。支骨離别，垂思南隅。瞻望荆越，涕淚交流。伯兮仲兮，逝肯來遊？自非二人，誰訴此憂？」

文王躬脩道德，執行仁義，天下皆歸，其後，有鳳凰啣書於郊，文王曰：「殷帝無道，虐亂天下，皇命已移，不得復久。」乃作鳳凰之歌云：「翼翼翱翔，彼鳳凰兮。銜書來遊，以會昌兮。瞻天案圖，殷將亡兮。蒼蒼之天，始有萌兮。五神連精，合謀房兮。

興我之業，望來羊兮。」文王龍顔、虎眉、日角、鳥鼻，身長十尺，有四乳。

武王既克殷，乃命閎夭封比干之墓，作銅盤銘云：「左林右泉，前岡後道。萬世之靈，於焉是保。」比干墓在衛輝府城北三十里，即武王所封者，有石，題「殷太師比干之墓」。

成王誦 武王子也。中立聽政，四聖維之，周公常立於前，太公常立於左，召公常立於右，史佚常立於後。

成王時，鳳凰翔舞，王作歌曰：「鳳凰翔兮舞紫庭，予何德兮以感靈。賴先人兮恩澤臻，于胥樂兮民以寧。」

葛由 羌人。

成王時，有葛由者，好刻木羊賣之，一旦騎羊而入西蜀，蜀中王侯貴人遣之上綏山，隨之者不復返，皆得仙道。里諺曰：「得綏山一桃，雖不得仙，亦足以豪。」

穆王滿

立時年五十，立五十四年，一百四歲。王南征，一軍皆化：君子化爲猿鶴，小人化爲蟲沙。

西戎獻玉盃，光照一室，置杯于中庭，明日水滿杯，香而甘美。

穆天子少好神仙，常欲使車轍馬跡徧於天下，乃馭黄金碧玉之車，傍氣乘風，御八龍之駿：一名絶地，足不踐土；二名翻羽，行越飛禽；三名奔霄，夜行萬里；四名超影，逐日而行；五名踰輝，毛色炳耀；六名超光，一形十影；七名騰霧，乘雲而奔；八名挾翼，身有肉翅。遞而駕焉，按轡徐行，以匝天地之域，比東遊于黄澤，使宫樂謡云：「黄之池，其馬歕沙，皇人威儀。 黄之澤，其馬歕玉，皇人受穀。」

丙辰三十七年，穆天子遊黄臺之丘，獵於苹澤，有陰雨，天子乃休。日中大寒，北風雨雪，有凍人，天子作詩三章以哀民，其一曰：「我徂黄竹，幅員閟寒，帝收九行。嗟我公侯，百辟冢卿：皇我萬民，旦夕勿忘。」其二曰：「我徂黄竹，幅員閟寒，帝收九行。嗟我公侯，百辟冢卿：皇我萬民，旦夕勿窮。」其三曰：「有皎者鷺，翩翩其飛。嗟我公侯，百辟冢卿：居樂甚寡，不如遷土，禮樂其民。」

乙丑四十六年，穆天子命駕八駿，升崑崙之丘，以觀黄帝之宫，遂賓於西王母，觴于瑶池。西王母爲天子謡曰：「白雲在天，山陵自出。道里悠遠，山川間之。將子無死，尚能復來。」天子答之曰：「予歸東土，和洽諸夏。萬民平均，吾顧見女。比及三年，將復而野。」天子遂驅，升于弇山，觀日之所入，乃紀跡于弇山之石，樹之槐。眉曰「西王母之山」。西王母姓楊諱回。或曰姓緱氏，一名婉衿，一字太虚。又曰龜臺金母。居崑崙之圃，閬風之苑，玉樓十二，玄臺九層，左帶瑶池，右環翠水，女子登仙得道者咸隸焉。董雙成、王子登、許飛瓊、安法興皆王母侍女也。漢武時，以七夕日降承華殿，進蟠桃七顆，命子登彈八琅之璈，雙成吹雲和之笛，飛瓊鼓靈虚之簧，法興歌玄靈之曲。唐、宋間，徐州通判李陶有子，年十七八，素不能作詩，忽詠落花詩：「流水難窮目，斜陽易斷腸。誰同研光帽，一曲舞山香。」父驚問之，若有物憑者，自云是謝中舍。問研光帽事，云：「西王母宴群仙，有舞者，戴研光帽，簪花舞山香，一曲未終，花皆落去。」

穆天子東至大巇之谷，西王母來進嵰州甘霜甜雪。嵰州去玉門三千里，地多寒，雪霜著木石之上，皆融而甘，可以爲菓。又集方士春霄宫，王母乘鳳輦而來，玉帳高會，進萬歲冰桃、千年雪藕，復進素蓮，一房百子。及天子還歸，西王母吟曰：「徂彼西土，爰居其所。虎豹爲群，烏鵲與處。嘉命不遷，我惟帝女。彼何世民，又將去予。吹笙鼓簧，中心翱翔。世民之子，維天之望。」穆王大暑，列播膏燭，覆以冰荷，不使光遠，荷出冰壑，火不能鎔。

長桑公子

宣王時，長桑公子常散髮行歌，曰：「巾金巾，入天門。呼長精，吸玄泉。鳴天鼓，養丹田。」柱下史聞之，曰：「彼長桑公子所歌之詞，得服五星、守洞房之道者也。」

尹伯奇 吉甫之子。

伯奇母死，父吉甫更娶，後妻乃譖伯奇於吉甫曰：「見妾有美色，有欲心。」吉甫曰：「伯奇爲人慈仁，豈有此也？」妻曰：「試置空居中，君登樓察之。」後妻乃取毒蜂緣衣領，伯奇前持之，於是吉甫大怒，放之於野。伯奇乃集芰荷以爲衣，採楟花以爲食，晨朝履霜，自傷見放，于是援琴鼓之而作操曰：「履朝霜兮採晨寒，考不明吾心兮聽讒言，孤息別離兮摧肺肝！何辜皇天兮遭斯愆，痛没不同兮恩有偏，誰能流顧兮知我冤？」會宣王出遊，吉甫從，伯奇乃歌，以動宣王，宣王聞之，曰：「此放子辭也。」吉甫乃收伯奇，射殺後妻。

堯山堂外紀卷二

列國

甯戚

字式。人休不休，人卧不卧。學十五歲，爲齊威公師。嘗祝公曰：「使公無忘在莒，管子無忘在魯，戚無忘車下。」

甯戚欲干齊桓公，困窮無以自達，乃將任車，適齊，暮宿郭門外。公郊迎客，夜開門，辟任車，爝火甚衆。戚飯牛車下，擊牛角歌曰：「南山矸，白石爛，生不逢堯與舜禪，短布單衣適至骭。從昏飯牛薄夜半，長夜漫漫何時旦？」又歌曰：「滄浪之水白石粲，中有鯉魚長尺半。弊布單衣裁至骭，清朝飯牛至夜半。黄犢上阪且休息，吾將捨汝相齊國。」又歌曰：「出東門兮厲石斑，上有松柏青且闌。麤布衣兮縕縷，時不遇兮堯、舜主。牛兮努力食細草，大臣在爾側，吾當與爾適楚國。」公聞之，撫其手曰：「異哉，非常人也！」命後車載之，因授以政。

齊桓公使管仲求甯戚，戚應之曰：「浩浩乎，儵儵乎！」管子不解，歸而不怡，有少妾問焉，仲曰：「非而與知也。」妾曰：「毋少少，毋賤賤。」仲以語之，妾曰：「甯子殆欲室乎？古有白水詩云：『浩浩白水，儵儵之魚。君來召我，我將安居？國家未立，從我焉如？浩浩者水，育育者魚。未有室家，而召我安居？』」浩浩、育育，喻時人皆得配偶以居其室。戚有伉儷之思，故陳此詩見意。

百里奚字凡伯，楚人。奚亡出，居百里，因氏。今南陽府城西有百里奚宅。宅旁有墓，呼七星塚。

百里奚少貧，流落不偶，欲出游以干諸國，其妻以門關烹母雞餞之，久而不歸，其妻無以自給，乃西入秦爲澣婦，遂與奚相失。及晉虜奚，以爲秦穆公夫人媵，奚亡走宛，公以五羖羊皮贖爲相，號五羖大夫。其妻在秦，知之而未敢言。一日，奚坐堂上，樂作，所賃澣婦自言知音，因援琴撫絃而歌者三，其一曰：「百里奚，五羊皮。憶昔時，烹伏雌，炊扊扅。今日富貴忘我爲？」其二曰：「百里奚，初娶我時五羊皮，臨當相別時烹牝雞！今適富貴忘我爲？」其三曰：「百里奚，百里奚，母已死，葬南溪，墳以瓦，覆以柴。舂黄藜，搤伏雞，西入秦。五羖皮，今日富貴捐我爲？」歌畢，奚愕然，問之，乃其故妻，遂還爲夫婦。

楚王軫楚，熊姓，黄帝有熊氏之後。至鬻熊爲文王師，成王封其曾孫熊繹于楚。

楚昭王渡江，有物大如斗，直觸王舟，王使人問孔子，曰：「此名萍實，惟霸者能獲之。可剖而食，吉祥也。」王食之，大美。孔子歸，弟子請問，曰：「吾昔過陳，聞童謡曰：『楚王渡江得萍實，大如斗，赤如日，剖而食之甜如蜜。』此楚王之應也。吾是以知之。」

吴王闔閭都姑蘇。欲西破强楚，楚在西北，故立閶門以通天氣。後伐越，創死，葬閶門外，有白虎居冢上，因號虎丘。其子夫差報越，敗越于夫椒，今常州馬跡山是也。

帝嚳時，太上遣使齎靈寶真文授帝，帝將仙，封之鍾山，至夏禹登位，巡狩度弱水，登鍾山，遂得靈寶真文。禹未仙前，復封之北嶽及包山洞庭之室。吴王闔閭出遊包山，見一人，自言姓山名隱居，入洞庭取素書一卷呈闔閭，其文不可識，令人齎問孔子，孔子曰：「丘聞童謡云：『吴王出遊觀震湖，龍威丈人山隱居，北上包山入靈墟，乃入洞庭竊禹書。天帝大文不可舒，此文長傳百六初，若强取出喪國廬。』」使者反白闔閭，乃尊事之。

闔閭墓中石銘云：「嗚呼！吾之君王，棄吾之邦，遷于重岡。維岡之陽，吾王之邦。」

夫差小女紫玉，年十八，有童子韓重年十九，紫玉悦之，私交信問，許爲之妻。重學于齊、魯間，臨去，屬其父求婚，王怒，不與。紫玉結氣死，葬閶門外。三年重歸，往弔于墓，紫玉從墓側形見，宛頸而歌曰：「南山有鳥，北山有羅。意欲從君，讒言孔多。悲結成疾，没命黄壚。命之不造，冤如之何！羽族之長，名爲鳳凰，一日失雄，三年感傷。雖有衆鳥，不爲匹雙。故見鄙姿，逢君輝光。身遠心邇，何曾暫忘！」歌畢，歔欷流涕。要重還冢，與之讌飲三日夜，盡夫婦禮。臨出，取徑寸明珠及崑崙玉壺與之。重詣王，自説其事，王大怒，謂重發冢，託以鬼神，趣收重。紫玉忽來見，跪而言曰：「昔諸生韓重求玉，大王不許，今名毁義絶，自致身亡，重遠還弔唁，感其篤終，輒與相見，因遺以珠玉，不爲發冢。願勿推治。」夫人聞之，出抱紫玉，忽如煙不見。

越王勾踐

吳王赦使歸國，用范蠡計，求得陰峰之瑤，古皇之驥，湘、沅之鱓，又有美女，一名夷光，二名修明，以貢于吳。吳滅，蠡乘輕舟，遊五湖，變姓名，自號鴟夷子皮。

越王欲謀復吳，范蠡進善射者陳音。音，楚人也。越王請音而問曰：「孤聞子善射，道何所生？」音曰：「臣聞弩生于弓，弓生于彈，彈起于古之孝子不忍見父母爲禽獸所食，故作彈以守之，歌云：『斷竹續竹，飛土逐宍。』」古肉字。此二言之始。

勾踐將入吳，與諸大夫別于江上，勾踐夫人顧烏鵲啄江渚之蝦，飛去飛來，因據船慟哭而歌曰：「仰飛鳥兮烏鳶，淩玄虛兮號翩，集洲渚兮優恣，啄蝦矯翮兮雲間，任厥性兮往還。妾無罪兮負地，有何辜兮譴天。風颿獨兮西往，孰知返兮何年？心惙惙兮若割，淚泫泫兮雙懸。」又歌曰：「彼飛鳥兮鳶烏，已迴翔兮翕蘇。心在專兮素蝦，何居食兮江湖？徊復翔兮游颺，去復返兮於乎。始事君兮去家，終我命兮君都。終未遇兮何辜，離我國兮去吳。妻衣褐兮爲婢，夫去冕兮爲奴。歲遙遙兮難極，冤悲痛兮心惻。腸千結兮服膺，於乎哀兮忘食。顧我身兮如鳥，身翺翔兮矯翼。去我國兮心遙，情憤惋兮誰識！」王聞歌大慟，謂夫人曰：「孤何憂？吾之六翮備矣。」遂入吳，共稱臣妾焉。

越王自吳還國，乃苦身焦思，懸膽于户，出入嘗之。使國中男女入山采葛，作黄絲布獻吳，吳王乃增越封，賜羽毛之飾、几杖、諸侯之服，越國大悦。采葛之婦，傷越王用心之苦，乃作若之何詩曰：「葛不連蔓棻台台，我君心苦命更之。嘗膽不苦甘如飴，令我采葛以作絲。饑不皇食四體疲，女工織兮不敢遲。弱于羅兮輕霏霏，號絺素兮將獻之。越王悦兮忘罪辜，吳王歡兮飛尺書。增封益地賜羽旗，几杖茵蓐諸侯儀。群臣拜舞天顔舒，我王何憂能不移？」越王將歸，有丹烏夾王而飛，故得入國，因起望烏臺。既增封，乃使大夫種齎葛布十萬、甘密九欓、文笥七枚、狐皮五雙，報增封之禮。

越王伐吳，國人各送其子弟于境上，作離别相去之辭，曰：「躒躁摧長惡兮，擢戟馭殳。所離不降兮，以泄我王氣蘇。三軍一飛降兮，所向皆殂。一士判死兮，而當百夫。道祐有德兮，吳卒自屠。雪我王宿恥兮，威振八都。軍伍難更兮，勢如貔貙。行行各努力兮，於乎於乎！」

越王既滅吳，霸諸侯，號令于齊、楚、秦、晉，皆輔周室，秦厲公不如命，勾踐乃選吳、越將士，西渡河，以秦人懼，自引咎，越乃還軍。軍人悦樂，作河梁之詩曰：「渡河梁兮渡河梁，舉兵所伐攻秦王。孟冬十月多雪霜，隆寒道路誠難當。陳兵未濟秦師降，諸侯怖懼皆恐惶。聲傳海内威遠邦，稱伯穆桓齊楚莊，天下安寧壽考長，悲去歸兮河無梁。」

越俗性率朴，初與人交，有禮，封土壇，祭以犬雞，祝曰：「君乘車，我帶笠，他日相逢下車揖。君擔簦，我跨馬，他日相逢爲君下。」

趙簡子鞅

邯鄲縣，古趙國，每年三月日，空巷上簡子冢。冢形如硯，世謂硯子冢。

趙簡子南擊楚，渡漢，津吏醉卧，怒，欲殺之，其女娟持檝走前曰：「妾父聞君渡不測之水，故禱江、淮之神，不勝杯酌，沉醉至此。妾願以微軀，易父之命。」簡子遂釋不誅。將渡，娟攘拳操檝而請，中流發激棹之歌曰：「升彼河兮面觀清，水揚波兮杳冥冥。禱求福兮醉不醒，誅將加兮妾心驚，罰既釋兮瀆乃清。妾持檝兮操其維，蛟龍助兮主將歸，呼來櫂兮行勿疑。」簡子大悦，比歸，納爲夫人。

魏文侯斯

以卜子夏、田子方、段干木爲師。段干，覆姓，其子隱如入關，去干爲段。

魏文侯過段干木之閭而軾之，其僕曰：「君胡爲軾？」曰：「木，賢者也，安敢不軾？」其僕曰：「然則，君何不相之？」於是文侯請以爲相。木不肯受，乃致禄百萬，而時往館之。國人相與誦曰：「吾君好正，段干木之敬。吾君好忠，段干木之隆。」

韓憑

塚在下邳。晉時王玄象任下邳太守，好發塚。或告玄象：憑墓有一女子，近視則亡。即命發之。見一棺上有金蠶銅人數百，一女可二十歲，姿容若生，臂有金釧，斬臂取之，女復死。

韓憑爲宋康王舍人，妻何氏，美而艷，康王奪之，囚憑於獄。何氏因作烏鵲歌以見志，曰：「南山有烏，北山張羅。烏自高飛，羅當奈何？」又曰：「烏鵲雙飛，不樂鳳皇。妾自庶人，不樂君王。」後聞憑自殺，即陰腐其衣，與王登臺，自投臺下，左右引衣，衣不勝手，得遺書于帶中，曰：「願以屍還韓氏，合葬。」王怒，葬青陵臺，與憑塚相望。一夕，梓木生二塚上，根交枝連，又有鳥如鴛鴦，恒棲其樹，朝暮悲鳴，後人謂，此禽即韓憑夫婦精魂，因名爲韓憑鳥。何氏又有寄憑歌曰：「其雨淫淫，河大水深，日出當心。」康王以問蘇賀，賀曰：

「雨淫淫，愁且思也；河水深，不得往來也；日當心，有死志也。」

羅敷 秦氏女子，邯鄲人。

羅敷爲邑人千乘王仁妻。王仁後爲趙王家令，羅敷出採桑于陌上，趙王登臺，見而悦之，因置酒欲奪焉。羅敷善彈箏，作陌上桑之歌以自明，趙王乃止。其一解云：「日出東南隅，照我秦氏樓。秦氏有好女，自名爲羅敷。羅敷喜蠶桑，採我城南隅。青絲爲籠係，桂枝爲籠鈎。頭上倭墮髻，耳中明月珠。緗綺爲下裙，紫綺爲上襦。行者見羅敷，下擔捋髭鬚。少年見羅敷，脱帽著帩頭。耕者忘其犁，鋤者忘其鋤。來歸相怨怒，但坐觀羅敷。」其二解云：「使君從南來，五馬立踟蹰。使君遣吏往，問是誰家姝？『秦氏有好女，自名爲羅敷。』『羅敷年幾何？』『二十尚不足，十五頗有餘。』使君謝羅敷，『寧可共載不？』羅敷前置辭：『使君一何愚！使君自有婦，羅敷自有夫。』」其三解云：「『東方千餘騎，夫壻居上頭。何用識夫壻？白馬從驪駒，青絲繫馬尾，黄金絡馬頭，腰中鹿盧劍，可值千萬餘。十五府小史，二十朝大夫，三十侍中郎，四十專城居。爲人潔白皙，鬑鬑頗有鬚。盈盈公府步，冉冉府中趨。坐中數千人，皆言夫壻殊。』」

馮煖

即馮驩。孟嘗君招致諸侯遊士及有罪亡人，食客常數千人。煖爲市義，卒蒙其力，後世以爲客中翹楚。

馮煖居齊，貧乏不能自存，使人屬孟嘗君，願寄食門下，左右以君賤之，食以草具。居有頃，倚柱彈其劍，歌曰：「長鋏歸來乎，食無魚！」左右以告孟嘗君，曰：「食之，比門下之客。」居有頃，復彈其鋏，歌曰：「長鋏歸來乎，出無車！」左右皆笑之，以告孟嘗君，曰：「爲之駕，比門下之車客。」於是乘其車，揭其劍，過其友曰：「孟嘗君客我。」後有頃，復彈其劍鋏，歌曰：「長鋏歸來乎，無以爲家！」左右皆惡之，以爲貪不知足，孟嘗君問，知有母老，乃使人給其食用，無使乏。於是馮煖不復歌。

趙公子勝

封平原君。秦昭王遺書：「聞君高義，願與君爲十日之飲。」

平原君好士，食客嘗數千人。孔子之玄孫子高穿自魯適趙，平原君與飲，强之酒，曰：「昔有遺諺：『堯、舜千鍾，孔子百觚，子路嗑嗑，尚飲十榼。』古之聖賢無不能飲，吾子何辭？」子高曰：「穿聞賢聖以道德兼人，未聞以飲。」平原君曰：「即如先生言，則此言何生？」子高曰：「生于嗜酒者。蓋其勸勵采戲之辭，非實然也。」平原君欣然曰：「吾弗戲子，無所聞此雅言也。」

楚襄王横

懷王子。宋玉者，屈原弟子，仕王爲大夫。

赤帝女姚姬，未行而卒，葬于巫山之陽，號曰巫山之女。楚襄王一日與宋玉遊于雲夢，望高唐有雲氣，曰：「此何氣也？」玉曰：「此所謂朝雲也。昔先王遊高唐，晝寢，夢一婦人，自稱是巫山之女，王因幸之。去而辭曰：『妾在巫山之陽，高丘之岨。旦爲朝雲，暮爲行雨。朝朝暮暮，陽臺之下。』旦朝視之，果如其言。故爲立廟，號曰朝雲。」楚襄王與唐勒、景差、宋玉遊陽雲之臺，王曰：「能爲寡人大言者，上座。」王因唏曰：「操是太阿剥一世，流血冲天，車不可以厲。」唐勒曰：「壯士憤兮絶天維，北斗戾兮太山夷。」景差曰：「校士猛毅皋陶嘻，大笑至兮摧罘罳。鋸牙雲，晞甚大，吐舌萬里唾一世。」宋玉曰：「方地爲車，圓天爲蓋，長劍耿耿倚天外。」王曰：「未也。」玉曰：「并吞四夷，飲枯河海，跂越九州，無所容止，身大四塞，愁不可長，據地跉天，迫不得仰。」楚襄王既令諸大夫造大言賦，賦畢，宋玉受賞。王曰：「抑未備也。有能爲小言賦者，賜之雲夢之田。」景差曰：「載氛埃兮乘剽塵，體輕蚊翼，形微蚤鱗，聿遑浮踊，淩雲縱身，經由鍼孔，出入羅巾，飄妙翩綿，乍見乍泯。」唐勒曰：「析飛糠以爲輿，剖粃糟以爲舟，泛然投乎杯水中，淡若巨海之洪流，繩蚋眥以顧盼，附蠛蠓而遨遊，寧隱微以無准，原存亡而不憂。」又曰：「館于蠅鬚，宴于毫端，烹虱脛，切蟣肝，會九族而同嚌，猶委餘而不殫。」宋玉曰：「無内之中，微物漸生。比之無象，言之無名。蒙蒙滅景，昧昧遺形。超于太虚之域，出于未兆之庭。纖于毳末之微蔑，陋于茸毛之方生。視之則眇眇，望之則冥冥。離朱爲之歎悶，神明不能察其情。二子之言磊磊皆不小，何如此之爲精。」王曰：「善。」賜以雲夢之田。

楚襄王好女色，宋玉爲賦以諷曰：「或謂玉爲人，身體容冶，口多微詞，出愛主人之女，入事大王。臣身體容冶，受之二親，口多微詞，聞之聖人。臣嘗出行，僕饑馬疲，正值主人門開，主人翁出，嫗又到市，獨有主人女在。女欲置臣，堂上太高，堂下太卑，乃更于蘭房之室，止臣其中。中有鳴琴焉，臣援而鼓之，爲幽蘭白雪之曲，主人之女，翳承日之華，披翠雲之裘，更被白縠之單衫，垂珠步摇，來排臣户，爲臣炊雕胡之飯，烹露葵之羹，來勸臣食，以其翡翠之釵，挂臣冠纓，臣不忍仰視。爲臣歌曰：『歲將暮兮日已寒，中心亂兮忽多言。』臣復援琴鼓之，爲秋竹積雪之曲。主人之女又爲臣歌曰：『内怵惕兮徂玉牀，横自陳兮君之旁。君不御兮妾誰怨？日將至兮下黄泉。』玉曰：『吾寧殺人之父，孤人之子，誠不忍愛主人之女。』」王曰：「止止。寡人于此時，亦何能已。」

楚襄城君始封，衣翠衣，帶玉鉤，履縞舄，立乎水上。大夫莊辛過而説曰：「願把君手，可乎？」襄城君非色，不言。辛遷延稱曰：「君不聞鄂君乎？乘青翰之舟，張翠蓋，會鐘鼓之音，越人擁檝而歌曰：『今夕何夕兮，搴洲中流。今日何日兮，得與王子同舟。蒙羞被好兮，不訾詬耻。心幾煩而不絶兮，得知王子。山有木兮木有枝，心悦君兮君不知。』於是鄂君舉繡被而覆之。」襄城君乃奉手進辛。

秦皇政

虎口，日角，火目，隆鼻，鷙鳥膺，豹聲，長八尺六寸，大七圍，手握兵執矢。名祖龍。侯生數其淫暴，謂萬萬丹朱，千千桀、紂。

始皇祠洛水，有黑頭公從河中出，呼始皇曰：「來！受天之寶。」乃與群臣作歌曰：「洛陽之水，其色蒼蒼。祠祭大澤，倏忽南征。洛濱醊禱，色連三光。」

初，燕太子丹質于趙，與秦皇善，秦皇即位，丹質于秦，遇之無禮，丹怒，欲歸，秦皇不聽，謬言曰：「烏白頭，馬生角，乃可。」丹仰嘆，而烏既白頭，馬爲生角。秦皇不得已，造機發之橋，欲陷丹。丹過之，橋爲不發。比歸，怨秦皇，必欲報之。聞衛人荆次非𨋍賢，使劫秦皇，次非不擇日而發，太子賓客知其事者，皆白衣冠送之至易水上，高漸離擊筑，次非和而歌曰：「風蕭蕭兮易水寒，壯士一去兮不復還。」入秦，獻督亢圖，左手把秦皇袖，右手揕其胸，秦皇曰：「今日之事，從子計耳，乞聽琴聲而死。」乃召姬人鼓琴，琴女秦曲云：「羅縠單衣，可掣而絶；三尺屏風，可超而越；鹿盧之劍，可負而拔。」王從其計，遂體解以狥。次非不解琴，故及于難。後漸離以擊筑得幸，因以筑擊殺秦皇，不中，死。

始皇二十八年，東行郡縣，上泰山陽，至顛，立石頌德，風雨暴至，休大松下，因封爲五松大夫。後人詠松云：「半依嵓岫倚雲端，獨上亭亭耐歲寒。一事頗爲清節累，秦時曾作大夫官。」

始皇三十一年九月庚子，茅盈高祖濛，于華山中乘雲駕鶴，白日昇天。先是時，有巴謡歌云：「神仙得者茅初成，駕龍上昇入太清。時下玄洲戲赤城，繼世而往在我盈。

帝若學之臘嘉平。」始皇聞謠歌而問其故，父老具對曰：「此仙人之謠歌，勸帝求長生之術。」於是始皇欣然，乃有尋仙之志，因改臘曰嘉平。茅盈，咸陽人，得道，隱句曲，邦人因改句曲爲茅君山。時盈二弟，衷爲五官大夫、西河太守，固爲執金吾，治句曲山，衷治常良山，盈爲司命真君、東嶽上卿。漢平帝元壽二年也。內法既融，外教坦平，爾乃風雨以時，五禾成熟，疾癘不起，暴害不行。父老歌曰：「茅山連金陵，江湖據下流。三神乘白鶴，各在一山頭。佳雨灌畦稻，陸田亦復周。妻子保堂室，使我無百憂。白鶴翔青天，何時復來遊？」

秦築長城，起臨洮，至遼東，延袤萬餘里，死者相屬。民歌云：「生男慎勿舉，生女哺用脯。不見長城下，尸骸相支拄！」

始皇作驪山陵，周迴跨陰盤縣界，水背陵鄣，使東西流，運大石于渭北，民怨之，作甘泉之歌云：「運石甘泉口，渭水不敢流。千人唱，萬人謳，金陵餘石大如塸。」是年作阿房宮，以磁石爲門，懷刃者輒止之。又起雲明臺，子時興工，午時已畢，謂之子午臺。

始皇既坑儒焚典，遂欲發孔子墓，取諸經傳。先是，孔子將死，遺秘書懸甕中，始皇登孔子臺，上牀啓甕，得丹書，曰：「後世一男子，自稱秦始皇，登我堂，上我牀，顛倒我衣裳，至沙丘而亡。」怒而發塚。及達沙丘，令修別路，見一群小兒，輂沙爲阜，問云沙丘，從此得病。葬之日，匠人作機巧者，生閉墓中。孔子卒，戒門人作虛墓十間，及始皇發墓，至十間，有兔出，逐之，過曲阜十八里沒，掘之不得，因名白兔溝。

優旃者，秦倡侏儒也，嘗侍始皇，立殿上。秦法重，非有詔不得輒移足，時天寒雨甚，武士被楯立庭中，優旃欲救之，戲曰：「被楯郎，汝雖長，雨中立；我雖短，殿上幸無濕。」始皇聞之，乃令徙立廡下。

秦二世立，欲漆其城，優旃曰：「佳哉漆城！光蕩蕩，寇來不得上。」二世以其故止。

西楚霸王籍

漢書項籍傳：「羽學書不成，去；學劍，又不成，去。」去者，罷棄之意。李謂：「學書學劍，皆以不成而棄去。」少微江氏節其字，謂「學書不成，去學劍，又不成」遂使。學者例以「去學劍」爲句，誤甚。

項王有美人名虞，常幸從，有駿馬名騅，常騎之。及軍壁垓下，諸侯兵圍之數重，夜聞四面皆楚歌，迺悲歌慷慨，自爲詩歌數闋。歌云：「力拔山兮氣蓋世，時不利兮騅不逝。騅不逝兮可奈何！虞兮虞兮奈若何？」美人和云：「漢兵已略地，四面楚歌聲。大王意氣盡，賤妾何聊生？」項王泣數行下。虞姬乃請劍自刎。虞姬葬處，生草能舞，人呼爲虞美人草。

齊王橫

田儋，狄人也。從弟田榮，榮弟田橫，皆豪强，能得人。兄弟三人更王。

秦末，田橫自立爲齊王，後居海島。漢有天下，召橫，至千户鄉自剄。從者聞之不敢哭，爲挽歌歌之云：「薤上朝露何易晞？露晞明朝更復落。人死一去何時歸？」又云：「蒿里誰家地？聚斂精魂無賢愚。鬼伯一何相催促？人命不少相踟躕。」今之輓歌自橫始。武帝時，李延年分爲二曲，薤露送王公貴人，蒿里送士大夫庶人。

堯山堂外紀卷三

漢

高帝邦

字季。日角、龍眼、牛胸、龜背。姓卯金刀。太上皇微時，遊山澤間，有冶鑄曰：「爲天子鑄劍。若得腰間佩刀雜冶，即成神器，可以克天下。昴星精爲輔，以殲三殆。」太上曰：「此物名匕首。」遂解投煙焰中。劍成，授太上。以賜季。按蕭何爲昴星，項羽、陳勝、胡亥爲三殆。季又以始皇三十四年於南山得一鐵劍，長三尺，小篆書銘曰「赤霄」。及貴常服之。此即斬白蛇之劍也。

高帝母媪嘗息大澤之陂，夢與神遇，是時雷電晦冥，太公往視，則見交龍於上，已，有娠，遂產帝。帝命驗曰：「賊起蜚，卯生虎。」賊起蜚，始皇立也，卯，劉字之別。始皇立而劉生。太公名煓，字執嘉。

高帝七年，自將兵三十萬擊韓王信。帝先至平城，步兵未盡到，冒頓縱精兵三十餘萬圍帝於白登七日。漢兵中外不得救餉。樊噲時爲上將軍，不能解圍，天下皆歌之曰：「平城之下亦誠苦，七日不食不能彀弩。」後用陳平秘計得免。

高帝十二年，帝自擊黥布，還過沛，留置酒沛宫，悉召故人父老子弟佐酒，發沛中兒，得百二十人，教之歌，酒酣，帝擊筑自歌曰：「大風起兮雲飛揚，威加海内兮歸故鄉，安得猛士兮守四方！」令兒皆和習之，帝乃起舞，忼慷傷懷，泣數行下。

四皓者，皆河内軹人，一曰東園公，二曰甪里先生，三曰綺里季，四曰夏黄公。秦時政虐，乃退而作歌曰：「莫莫高山，深谷逶迤。曄曄紫芝，可以療饑。唐、虞世遠，吾將何歸？駟馬高蓋，其憂甚大。富貴之畏人，不如貧賤之肆志。」因共入商雒，隱地肺山。及秦敗，高帝屢徵之，不至。後帝欲廢太子，立戚夫人子趙王如意。吕后用留侯計，幣召四皓，同太子入朝。帝大驚，指示戚姬曰：「我欲易之。彼四人爲之輔，羽翼已成，難動摇矣。」姬涕泣，上曰：「汝爲我楚舞，吾爲若楚歌。」歌曰：「鴻鵠高飛兮，一舉千里。羽翼已就兮，横絶四海。横絶四海兮，當可奈何？雖有矰繳兮，尚安所施？」歌闋罷酒，竟不易太子。

戚夫人，即定陶戚姬也。高帝寵之，特與同臨宫中百子池，生趙隱王如意。惠帝立，吕后爲皇太后，廼令永巷囚戚夫人，髡鉗，衣赭衣，令舂。戚夫人春且歌曰：「子爲王，母爲虜。終日舂薄暮，常與死爲伍。相離三千里，當誰使告汝？」太后聞之大怒曰：「乃欲倚女子邪？」召趙王鴆之。戚夫人遂有人彘之禍。

趙幽王友，高帝諸姬子也。初封淮陽王，呂后殺趙王如意，徙友爲趙王。友以諸呂女爲后，不愛，愛它姬。諸呂女讒於太后，太后怒，召趙王，置邸，令衛圍守之。趙王餓，乃作歌，遂幽死。其歌曰：「諸呂用事兮，劉氏微。迫脅王侯兮，彊授我妃。我妃既妬兮，誣我以惡。讒女亂國兮，上曾不寤。我無忠臣兮，何故棄國？自決中野兮，蒼天與直！于嗟不可悔兮，寧早自賊？爲王餓死兮，誰者憐之？呂氏絶理兮，託天報仇！」

張良

天駟房星之神曰王良，故字子房。堯時，有五星自天而霣，一是土之精，墜穀城山下，其精化爲圯橋老人，以兵書授子房。佐漢功成。求於穀城山下，得黄石焉。子房解形於世，其家葬其衣冠與黄石，占者常見墓上黄氣高數十丈。赤眉之亂，人發其墓，但見黄石枕，化而飛去。

漢初，有四五小兒路上群戲，一兒歌云：「着青裙，入天門，揖金母，拜木公。」時人皆不識，唯張子房知之，乃往拜焉。曰：「此乃東王公之玉童也。仙人得道昇天，當揖金母而拜木公。自非冲虚登真之子，莫知其津。木公亦云東王父，亦云東王公。」

張子房隱商山，與四皓爲雲外之友。定太子時，有應曜者，隱於淮陽山中，與四皓俱徵，曜獨不至，時人語曰：「商山四皓，不如淮陽一老。」

留侯有尼父贊，曰：「巖巖孔聖，異代稱傑。量合乾坤，明參日月。」張讚，留侯七世孫也，初居吴縣相人里，時人諺曰：「相里張，多賢良。積善應，子孫昌。」

夏侯嬰　爲沛廄司御，每送客還，過高帝語，未嘗不移日。嘗爲滕令，故號滕公。及曾孫頗尚主，主隨外家孫，號孫公主，故滕公子孫重爲孫氏。

夏侯嬰薨，求葬東都門外，公卿送喪，駟馬不行，跲地悲鳴，使人掘馬蹄下，得石槨，其銘曰：「佳城鬱鬱，三千年，見白日。於嗟滕公，居此室。」乃葬斯地，謂之馬冢。

淮南厲王長　高帝第四子也。子安襲封淮南王，著書，號曰鴻烈。以父諱長，所著諸「長」字皆曰「修」。

厲王長母趙氏女，爲趙王張敖美人。高帝討韓信，還過趙，趙王獻美女，趙氏女得幸，有身。趙王不敢内之於宫，爲築舍於外。及貫高等謀反，發覺，并逮治王，趙美人亦坐繫吏，以其得幸有身聞上，上方怒趙王，未理。美人弟兼因辟陽侯審食其言之吕后，吕后妬，弗肯白。及美人生男，恚而自殺。吏奉男詣上，上悔之，封以爲淮南王。王蚤失母，附吕后，而常怨食其，以爲不强争之，使其母恨而死。文帝即位，王驕蹇不奉法。三年入朝，往見食其，自袖鐵椎椎殺之，馳走闕下，肉袒謝罪。上傷其志，爲親赦弗治。還歸國，益驕。迺命載以輜車，處蜀嚴道邛郵，長不食而死。民作歌曰：「一尺繒，好童童；一升粟，飽蓬蓬。兄弟二人不能相容。」帝聞之，迺追尊淮南王爲厲王，置園如諸侯儀。

淮南王安好道書及方術之士。正月上辛，有八老公詣門求見，鬚眉皆皓白。王使閽人自以其老難問之，八公乃更形爲童子，年可十四五，角髻青絲，色如桃花，王聞，跣而迎，登思仙之臺，盛禮設樂以享，八公援琴而絃歌曰：「煌煌上天，照下土兮；知我好道，公來下兮。公將與予，生毛羽兮；超騰青雲，蹈梁甫兮。觀見瑶光，過北斗兮；馳乘風雲，使玉女兮。含精吐氣，嚼芝草兮；悠悠將將，天相保兮。」歌闋，八童子乃復爲老人，告王曰：「吾一人能望致風雨，立起雲霧，畫地爲江河，撮土爲山嶽；一人能崩高山，塞深泉，收虎豹，召致蛟龍，使役鬼神；一人能分形易貌，坐存立隱，蔽六軍，白日爲暝；一人能乘雲步虚，越海淩波，出入無間，呼吸千里；一人能入火不灼，入水不濡，刃射不中，冬凍不寒，夏曝不汗；一人能千變萬化，恣意所爲，禽獸草木，萬物立成，移山駐流，行宫易室；一人能煎泥成金，凝鉛爲銀，駕龍浮於太清之上。」安乃日夕朝拜，各試所言，種種異術，無有不效。遂授王丹經三十六卷。藥成，未及服，而郎中雷被與伍被共誣稱安謀反，天子使宗正持節治之，八公謂安曰：「可以去矣，此乃是天之發遣王。王若無此事，日復一日，未能去世也。」八公使安登山大祭，埋金於地，即白日昇天。時人傳八公、安臨去時，餘藥置在中庭，雞犬舐之，盡得昇天，故雞鳴天上，犬吠雲中云。伍被，楚人，以才學爲淮南中郎。是時淮南養士數千人，高材者有八，曰：蘇非、李尚、左吴、田由、雷被、伍被、毛被、進昌，號曰八公，而伍被爲冠首。按：雷被、伍被並在八公之列，乃誣安反者，欲引與俱去耳。

淮南王安既與八公相携俱去，莫知所往，淮南小山之徒思戀不已，乃作淮南王曲云：「淮南王，自言尊，百尺高樓與天連。後園鑿井銀作牀，金瓶素井汲寒漿。汲寒漿，飲少年，少年窈窕何能賢？揚聲悲歌音絶天。我欲渡河河無梁，願化雙黄鵠，還故鄉。還故鄉，入故里，徘徊故鄉，苦身不已。繁舞寄聲無不泰，徘徊桑梓遊天外。」

梁孝王武

文帝第二子。初封代王，用賈誼策，徙王梁。廣睢陽城七十里，大治宮室，作曜華宮，築兔園，園中有百靈山，有膚寸石、落猿巖、栖龍岫；又有雁池，池間有鶴洲、鳧渚；爲複道，自宮連屬於平臺三十餘里。平臺亦名吹臺，後有繁氏居其側，里人呼爲繁臺。

梁孝王遊忘憂館，集諸遊士，各使爲賦，枚乘賦柳，路喬如賦鶴，公孫詭賦文鹿，鄒陽賦酒，公孫乘賦月，羊勝賦屏風，韓安國作几賦不成，鄒陽代作。陽、安國罰酒三升，賜乘、喬如絹，人五疋。乘柳賦云：「忘憂之館，垂條之木。枝逶遲而含紫，葉萋萋而吐緑。出入風雲，去來羽族。既上下而好音，黄衣而絳足。蜩螗厲響，蜘蛛吐絲。階草漠漠，白日遲遲。于嗟細柳，流亂輕絲。君王淵穆其度，御群英而翫之。小臣瞽聵，與此陳詞。于嗟樂兮！於是罇盈縹玉之酒，爵獻金漿之醪。庶羞千族，盈滿六庖。弱絲清管，與風霜而共雕。鎗鍠啾唧，蕭條寂寥。雋乂英旄，列襟聯袍。小臣莫效於鴻毛，空銜鮮而嗽醪。雖復河清海竭，終無增景於邊撩。」喬如鶴賦云：「白鳥朱冠，鼓翼池干。舉修距而躍躍，奮皓翅之𦑣𦑣。宛修頸而顧步，啄沙磧而相懽。豈忘赤霄之上，忽池籞而盤桓。飲清流而不舉，食稻粱而未安。故知野禽野性，未脱籠樊。賴吾王之廣愛，雖禽鳥兮抱恩。方騰驤而鳴舞，憑朱檻而爲歡。」公孫月賦云：「月出皦兮，君子之光。鶤鷄舞於蘭渚，蟋蟀鳴於西堂。君有禮樂，我有衣裳。猗嗟明月，當心而出。隱員巖而似鉤，蔽修堞而分鏡。既少進以增輝，遂臨庭而高映。炎日匪明，皓璧非淨。躔度運行，陰陽以正。文林辯囿，小臣不佞。」羊勝屏風賦云：「屏風鞈匝，蔽我君王。重葩累繡，沓璧連璋。飾以文錦，映以流黄。畫以古烈，顒顒昂昂。蕃后宜之，壽考無疆。」

蘇眈　桂陽人。文帝時得道。少以至孝著稱，母食欲得魚羹，眈出湖州市買，去家一千四百里，俄頃便返。眈叔父爲州吏，於市見眈，因書還家，家人大驚。既而辭母仙去。預爲植橘鑿井，及郡人大疫，但食一橘葉，飲一泉水，即愈。

蘇仙公一日白母，道果已圓，升舉有日。忽有數十白鶴降於門，遂昇雲漢而去。後一鶴降郡屋，郡僚子弟彈之，鶴以爪攫樓板，若書字焉，其辭曰：「鄉原一别，重來事非。甲子不記，陵谷遷移。白骨蔽野，青山舊時。翹足高屋，下見群兒。我是蘇仙，彈我何爲？翻身雲外，却返吾居。」

丁令威

遼東人。遼東諸丁譜載：令威，漢初學道得仙。

丁令威少隨師學，得仙道，分身任意所欲。遼東城門有華表柱，令威常蹔歸，化爲白鶴，集柱頭，時有少年舉弓欲射之，鶴乃飛，徘徊空中而言曰：「有鳥有鳥丁令威，去家千歲今來歸。城郭如故人民非，何不學仙離塚壘？」言畢，遂高上冲天。

陶安公

陶安公，六安鑄冶師也。數行火，火一旦散上行，紫色衝天，安公伏冶下求哀。須臾，朱雀止冶上，曰：「安公安公！冶與天通。七月七日，迎汝以赤龍。」至期，赤龍到，大雨，而安公騎之東南上。

竇玄

竇玄狀貌絶異，天子使出其妻，妻以公主。妻悲怨，寄書云：「棄妻斥女，敬白竇生：卑賤鄙陋，不如貴人。妾日以遠，彼日以親。何所控訴，仰呼蒼旻！悲哉竇生！

衣不厭新，人不厭故。悲不可忍，怨不可去。彼獨何人，而居斯處？」又歌云：「煢煢白兔，東走西顧。衣不如新，人不如故。」時人憐而傳之，亦名艷歌。

堯山堂外紀卷四

漢

武皇帝徹

景帝夢神女捧日以授王夫人，吞之而生帝。又夢高祖謂己曰：「王美人得子，可名爲彘。」及生帝，因名焉。七歲立爲太子，上曰：「彘者，徹也。」因改名徹。

帝行幸河東，祠后土，顧視帝京，忻然中流，與群臣飲讌，帝歡甚。乃自作秋風辭云：「秋風起兮白雲飛，艸木黄落兮雁南歸。蘭有秀兮菊有芳，懷佳人兮不能忘。汎樓船兮濟汾河，横中流兮揚素波。簫鼓鳴兮發櫂歌，歡樂極兮哀情多，少壯幾時兮奈老何！」

元狩初，南陽新野有暴利長遭刑，屯田于燉煌郡，郡有渥洼水，利長數於水旁見群馬，中有奇者，與凡馬異，來飲此水。利長先作土偶持勒靽於水旁，馬玩習久之，代土偶持勒靽，收得其馬，獻之，欲神異此馬，云：「從水中出。」帝次以爲天馬之歌，曰：「太一貢兮天馬下，霑赤汗兮沫流赭。騁容與兮跇萬里，今安匹兮龍爲友。」

大宛國有山高，其上有馬，不可得，乃取王色母馬置其下，與交，生駒，皆汗血，因號天馬，一日可致千里。帝伐大宛得之，作歌曰：「天馬徠兮從西極，經萬里兮歸有德。承靈威兮降外國，涉流沙兮四夷服。」

李延年，中山故倡也，坐法腐刑，給事狗監中，善歌，爲新變聲，帝甚愛之，嘗侍上，起舞歌曰：「北方有佳人，絶世而獨立。一顧傾人城，再顧傾人國。寧不知傾城與傾國，佳人難再得！」上歎息曰：「世豈有此人乎？」平陽公主因言延年有女弟，上召見之，實妙麗善舞，由是得幸，是爲李夫人。時人語曰：「一雌復一雄，雙飛入紫宮。」

淮南王安招方術之士，皆謂神仙，上聞而喜，於是方士自燕、齊至者數千人。齊人李少翁，年二百餘歲，色若童子，拜爲文成將軍，歲餘，術未驗，上漸厭倦，會李夫人死，上甚思悼之，少翁云：「能致其神。」乃夜張帳，明燭，陳酒食，令上居他帳中。遥見李夫人，不得就視，上愈益想之，乃作賦曰：「美聯娟以修嫮兮，命樔絶而弗長。飾新宫以延佇兮，泯不歸乎故鄉。慘鬱鬱其悶感兮，處幽隱而懷傷。税餘馬於山椒兮，掩脩夜之不陽。」又爲作詩，令樂府諸音家絃歌之，詩曰：「是邪非邪？立而望之，偏何姍姍其來遲！」初帝深嬖李夫人，死後，常思夢之，或欲見夫人。帝貌顦顇，嬪御不寧。詔李少君與之語，曰：「朕思李夫人，其可得乎？」少君曰：「可遥見，不可同帷幄。暗海有潛英之石，其色青，輕如毛羽，寒盛則石温，暑盛則石冷，刻爲人像，神悟不異真人。」帝曰：「此石像可得否？」少君曰：「願得樓船，巨力千人，能浮水登木，皆使明于道術，齎不死之藥。」乃至暗海，經十年而還。昔之去人，或昇雲不歸，或託形假死，獲反者四五人。得此石，即命工人依先圖刻作夫人形。刻成，置于輕紗幙裏，宛若生時。帝大悦，問少君曰：「可得近乎？」少君曰：「譬如中宵忽夢而晝。」「可得近觀乎？」「此石毒，宜遠望，不可逼也。勿輕萬乘之尊，惑此精魅之物。」帝乃從其諫。見夫人畢，少君乃使舂此石人爲丸，服之，不復思夢。乃築靈夢臺，歲時祀之。

帝思懷李夫人。時始穿昆靈之池，汎翔禽之舟，帝自造歌曲，使女伶歌之。時日已西傾，涼風激水，女伶歌聲甚遒，因賦落葉哀蟬曲曰：「羅袂兮無聲，玉墀兮塵生。虚房冷而寂寞，落葉依於重扃。望彼美之女兮，安得感余心之未寧？」帝聞唱動心，悶悶不自支持，命龍膏之燈以照舟内，悲不自止。親侍者覺帝容色愁怨，乃進洪梁之酒，酌以文螺之巵。帝飲三爵，色悦心歡，乃詔女伶出，侍帝息於延涼室，卧夢李夫人授帝蘅蕪之香，帝驚起，而香氣猶著衣枕，歷月不歇。帝彌思求，終不復見，涕泣洽席。遂改延涼室爲遺芳夢室。鍾山有香草，東方朔獻帝，懷之即夢見李夫人，名「懷夢草」。

車子侯者，扶風人。武帝愛其清浄，稍遷其位至侍中。一朝語家云：「我今補仙官，此春應去，至夏中當暫還，還少時復去。」如其言。帝思之，乃作歌曰：「嘉幽蘭兮延秀，蕈妖娙兮中溏。華斐斐兮麗景，風徘徊兮流芳。皇天兮無慧，至人逝兮仙鄉。天路遠兮無期，不覺涕下兮霑裳。」

元鼎初，帝作柏梁臺成，至元封初，詔群臣，有能爲七言詩，乃得上坐。帝首倡云：「日月星辰和四時。」梁孝王武云：「驂駕駟馬從梁來。」大司馬霍去病云：「郡國士馬羽林材。」丞相石慶云：「總領天下誠難治。」大將軍衛青云：「和撫四夷不易哉。」御史大夫倪寬云：「刀筆之吏臣執之。」太常周建德云：「撞鐘伐鼓聲中詩。」宗正劉安國云：「宗室廣大日益滋。」衛尉路博德云：「周衛交戟禁不時。」光禄勳徐自爲云：「總領從宗柏梁臺。」廷尉杜周云：「平理清讞决嫌疑。」太僕公孫賀云：「脩飾輿馬待駕來。」大鴻臚壺充國云：「郡國吏功差次之。」少府王温舒云：「乘輿御物主治之。」大司農張成云：「陳粟萬石揚以箕。」執金吾中尉豹云：「徼道宫下隨討治。」左馮翊盛宣云：「三輔盗賊天下危。」左扶風李成信云：「盗阻南山爲民災。」京兆尹云：「外家公主不可治。」詹事陳掌云：「椒房率更領其材。」典屬國云：「蠻夷朝賀常會期。」大匠云：「柱枅構櫨相枝持。」大官令云：「枇杷橘栗桃李梅。」上林令云：「走狗逐兔張罘罝。」郭舍人云：「齧妃女脣甘如飴。」東方朔云：「迫窘詰屈幾窮哉！」帝又於望鶴臺西起俯月臺，臺下穿影娥池。每登臺眺月，影入池中，使宮人乘舟，笑弄月影，因名影娥池，亦曰眺蟾臺。

元鼎間，郅支國貢馬肝石百斤，長以水銀，納玉函中，金泥封其上。此石半青半白，碎之和丸轉丹，每呑一丸，彌年不飢渴，以之拭髮，白皆黑。帝常坐群臣于甘泉殿，有髮白者以此拭之，應手皆黑。是時公卿語曰：「不用作方伯，唯願拭馬肝石。」

元封初，帝既封禪，乃發卒數萬人塞瓠子決河。還自臨祭，湛白馬、玉璧，令群臣從官皆負薪塞決河。時東郡燒草，以故薪少，乃下淇園之竹以爲揵。上既臨河決，悼其功之不就，爲作歌詩二章。於是，卒塞瓠子，築宮其上，名曰宣防。歌曰：「瓠子決兮將奈何？浩浩洋洋兮慮殫爲河。殫爲河兮地不得寧，功無已時兮吾山平。吾山平兮鉅野溢，魚弗鬱兮柏冬日。正道弛兮離常流，蛟龍騁兮放遠遊。歸舊川兮神哉沛，不封禪兮安知外爲。我謂河伯兮何不仁，泛濫不止兮愁吾人。齧桑浮兮淮泗滿，久不返兮水維緩。」又曰：「河湯湯兮激潺湲，北渡回兮迅流難。搴長茭兮湛美玉，河伯許兮薪不屬。薪不屬兮衛人罪，燒蕭條兮噫乎何以禦水！隤林竹兮揵石菑，宣防塞兮萬福來。」

元封中，帝遣江都王建女細君爲公主，以妻烏孫王昆莫。公主至其國，自治宫室，居歲時，一再與昆莫會，置酒飲食。昆莫年老，言語不通，公主悲，乃自作歌云：「吾家嫁我兮天一方，遠托異國兮烏孫王。穹廬爲室兮氈爲墻，以肉爲食兮酪爲漿。居常土思兮心内傷，願爲黄鵠兮歸故鄉。」

太初二年，大月氏國貢雙頭鷄，四足一尾，鳴則俱鳴。武帝置甘泉故館，更以餘鷄混之，得其種類而不能鳴。諫者曰：「詩云『牝鷄無晨』。今雄類不鳴，非吉祥也。」帝乃送還西域。行至西關，鷄反顧漢宫而哀鳴。謡言曰：「三七末世，鷄不鳴，犬不吠。宫中荆棘亂相繫，當有九虎争爲帝。」至王莽篡位，將軍有「九虎」之號。其後，喪亂彌多，宫掖中生蒿棘，家無鷄鳴犬吠。

武帝崩後，忽見形，謂陵令薛平曰：「我雖失勢，猶爲汝君，奈何令吏卒上吾陵磨劍乎？」因不見。推陵旁，果有方石可爲礪，吏卒常盜磨刀劍。霍光欲斬之，張安世曰：「神道茫昧，不宜爲法。」故阮公詠懷詩曰：「失勢在須臾，帶劍上吾丘。」

董仲舒

廣川人。漢末有董永者性至孝，貸主人萬錢葬父，許身爲奴，道遇一女，求爲妻，同造主人，織縑三百，一月而畢。辭永去曰：「我天之織女也。」生一子名仲，深于天文術數之學。後乃訛仲爲仲舒。天女嫁永，事本虚誕，而仲舒爲永子，尤妄，不可不辨。仲舒没，門人過其墓，皆下馬，謂之下馬陵，語訛爲蝦蟇陵。

董仲舒嘗下帷獨詠，忽有客來詣，風姿音氣，殊爲不凡，與論五經，究其微奥，仲舒素不聞有此人，而疑其非常客。又曰：「欲雨。」仲舒因此戲之曰：「巢居知風，穴居知雨。卿非狐狸，即是鼷鼠。」客聞此言，色動形壞，化成老狐，蹶然而走。

後漢鍾離意爲孔子脩車入廟，拭几席、劍履。張伯除堂下草，土中得璧七，懷其一，埋其六。牀下有懸甕，問户曹，曰：「夫子丹書。」發之，得素書，云：「後世脩吾書，董仲舒；護吾車，拭吾履，發吾笥，會稽鍾離意；璧有七，張伯懷其一。」

東方朔

小名曼倩。父張夷，字少平，年二百歲，顏若童子。夷死，母田氏寡居，夢太白星臨其上，因有妊，歎曰：「無夫而妊，人將棄我。」乃移向代都東方里爲居，五月旦生朔，因以所居里爲氏，朔爲名。或云：「朔生三日而田氏死，鄰母收養之，時東方始明，因以姓焉。」朔生而目如懸珠，齒如編貝，東郡獻短人，呼朔至，曰：「王母種桃，三千年一開花，三千年一結子，此兒不良，三偷之矣。」俗云：「朔是太白星精，黄帝時爲風，堯時爲務光子，周時爲老聃，在越爲范蠡，在齊爲鴟夷子皮。」又有言：「朔是歲星之精。歲星，東方木星也。朔死，歲星隕。朔娶神君姒宛若爲小妻，生子三人，與朔俱死。」

武帝嘗使諸數家射覆，東方朔自贊曰：「臣嘗受易，請射之。」射連中。時有幸倡郭舍人，滑稽不窮，常侍左右，曰：「朔狂，幸中耳，非至數也。臣願令朔復射。朔中，臣榜百；朔不能中，臣賜帛。」迺覆樹上寄生，令朔射之。朔曰：「是寠數也。」舍人曰：「果知朔不能中也。」朔曰：「生肉爲膾，乾肉爲脯，着樹爲寄生，盆下爲寠數。」上令倡監榜舍人，舍人不勝痛，呼謈，朔笑之曰：「咄！口無毛，聲謷謷，尻益高。」舍人恚曰：「朔擅詆欺天子從官，當棄市。」上問朔何故詆之，對曰：「臣與爲隱耳。」上曰：「隱云何？」朔曰：「夫口無毛者，狗竇也；聲謷謷者，鳥哺鷇也；尻益高者，鶴俛啄也。」舍人不服，因曰：「臣願復問朔隱語，不知，亦當榜。」即妄爲諧語曰：「令壺齟，老柏塗，伊優亞，狋吽牙。何謂也？」朔曰：「令者，命也；壺者，所以盛也；齟者，齒不正也；老者，人所敬也；柏者，鬼之廷也；塗者，漸如徑也；伊優亞者，辭未定也；狋吽牙者，兩犬爭也。」舍人所問，朔應聲輒對，變詐鋒出，莫能窮者，左右大驚。上以朔爲常侍郎，遂得愛幸。

郭舍人復謂朔曰：「願問一事。『客從東方，且歌且行。不從門入，踰我垣墻。遊戲中庭，上入殿堂。擊之拍之，死者攘攘。格鬭而死，主人不傷。』是何物也？」東方朔曰：「利喙細身，晝匿出昏，嗜肉惡燈，指掌所捫。臣朔愚戇，名之曰蚊。」

武帝遊上林，見一好樹，問東方朔，曰：「名善哉。」帝陰使人識其樹，後數歲，復問朔，朔曰：「名爲瞿所。」帝曰：「朔欺久矣。名與前不同，何也？」朔曰：「夫大爲馬，小爲駒；長爲鷄，小爲鶵；大爲牛，小爲犢；人生爲兒，長爲老且。昔爲善哉，今爲瞿所。長少死生，萬物敗成，豈有定哉？」帝乃大笑。

上林嘗獻棗，上以杖連擊未央前殿檻，再叱而呼曰：「朔來，朔來！先生知此筐中何物？」朔曰：「上林獻棗，四十九枚。」上曰：「何以知之？」對曰：「呼臣者，上也；以杖擊檻兩下者，兩木林也；來來者，棗也；叱叱者，四十九也。」上大笑，賜帛十疋。

司馬相如

字長卿，小字犬子，以慕藺相如，故名。初往蜀郡，過昇仙橋，題其柱曰：「大丈夫不乘駟馬車，不復過此橋。」後果乘駟馬歸。將獻賦，夢一黄衣翁謂之曰：「可爲大人賦。」遂作大人賦以獻。賜錦四匹。長安有慶虬之者，亦善爲賦，嘗爲清思賦，時人不之貴，託以相如所作，遂大見重於世。

司馬相如與臨邛令王吉相善，往舍都亭。臨邛中富人卓王孫爲具召之，并召令，酒酣，令前奏琴，曰：「竊聞長卿好之，願以自娱。」相如辭謝，爲鼓一再行，其詞曰：「鳳兮鳳兮歸故鄉，遨遊四海求其皇。時未遇兮無所將，何悟今夕兮升斯堂！有艷淑女在閨房，室邇人遐毒我腸。何緣交頸爲鴛鴦？胡頡頏兮共翱翔。」「鳳兮鳳兮從我棲，得托孳尾永爲妃。交情通體心和諧，中夜相從知者誰？雙翼俱起翻高飛，無感我思使余悲。」是時卓王孫有女文君新寡，故相如繆與令相重而以琴心挑之。文君竊從户窺，心悦而好之。既罷，相如乃使人重賜文君侍者通殷勤，文君夜亡奔相如，相如乃與馳歸成都。居貧愁懣，以所着鷫鸘裘就市人陽昌貰酒，與文君爲懽。既而文君抱頸而泣曰：「我平生富足，今乃以衣裘貰酒，盍歸臨邛，從昆季假貸，猶足爲生。」相如乃俱至臨邛，置酒舍，令文君當壚，相如親著犢鼻褌滌器，以耻王孫。王孫果以爲病，乃厚給文君。

文君姣好，眉色如望遠山，臉際常若芙蓉，肌膚柔滑如脂，十七而寡，爲人放誕風流，故悦長卿之才而越禮焉。及長卿將聘茂陵人女爲妾，文君作白頭吟以自絶，長卿乃止。其辭曰：「皚如山上雪，皎若雲間月。聞君有兩意，故來相決絶。」「今日斗酒會，明旦溝水頭。躞蹀御溝上，溝水東西流。」「淒淒重淒淒，嫁娶不須啼。願得一心人，白首不相離。」「竹竿何嫋嫋，魚尾何簁簁。男兒重意氣，何用錢刀爲？」

文君與相如書曰：「春華競芳，五色淩素，琴尚在御，而新聲代故。錦水有死，漢宫有木。彼物而親，嗟世之人兮，瞀于婬而不悟。」再與書曰：「朱絃斷，明鏡缺。朝露晞，芳顔歇。白頭唫，傷離别。努力加餐，毋念妾。錦水湯湯，與君長訣。」

長卿素有消渴疾，及還成都，悦文君之色，遂以發痼疾，乃作美人賦，欲以自刺，而終不能改，卒以此疾至死。文君爲誄曰：「嗟嗟夫子兮亶通儒，少好學兮綜群書。縱横劍伎兮英敏有譽，尚慕往哲兮更名相如。落魄遠遊兮賦子虚，畢爾壯志兮駟馬高車。憶昔初好兮雍容孔都，憐才仰德兮琴心兩娱。永託爲妃兮不恥當壚，生平淺促兮命也難扶。長夜思君兮形影孤，步中庭兮霜草枯。雁鳴哀哀兮吾將安如？仰天太息兮抑鬱不舒。訴此悽惻兮疇忍聽予，泉穴可從兮願殞其軀。」

灌夫 潁川人。初，魏其侯竇嬰失勢，賓客衰，獨夫不去，嬰乃厚遇之，相引爲重。

灌夫不好文學，喜任俠，諸所與交通，無非豪傑大猾，家累數千萬，食客日數十百人，陂池田園，宗族賓客，爲權利横潁川。潁川兒歌之曰：「潁水清，灌氏寧。潁水濁，灌氏族。」夫剛直使酒，數因醉忤丞相田蚡，蚡乃奏案夫家屬暴横，得棄市罪，族誅。

韓嫣 字王孫。武帝爲膠東王時與相愛，後出入永巷不禁，以姦聞，賜死。

韓嫣好彈，以金爲丸，一日所失者十餘，長安語曰：「苦飢寒，逐彈丸。」京師兒童每聞嫣出彈，輒隨之，望丸所落，便拾取焉。

堯山堂外紀卷五

漢

昭帝弗陵

武帝巡狩，過河間，有紫青氣自地屬天，望氣以爲其下當有奇女，天子之祥。上使求之，見一女子在空館中，姿貌殊絶，兩手勾拳，數十人擘之，莫能舒，上自披手，手即伸。由是得幸，號拳夫人，居鉤弋宮。解黄帝、素女之術，大有寵，有娠十四月而産帝。

始元元年，黄鵠下建章宫太液池中，群臣以爲瑞，上壽稱賀，帝爲歌曰：「黄鵠飛兮下建章，羽肅肅兮行蹌蹌，金爲衣兮菊爲裳。唼喋荷荇，出入蒹葭。音臧自顧菲薄，愧爾嘉祥。」是時帝初即位，年九歲。

始元元年，帝穿淋池，廣千步，中植分枝荷，一莖四葉，狀如駢蓋，日照則葉低蔭根，若葵之衛足也，名曰「低光荷」。實如玄珠，可以飾佩。花葉雜萋，芬芳之氣，徹十餘里。食之令人口氣常香。宫人貴之。每遊宴出入，必皆含嚼。或剪以爲衣，或折以蔽日，以爲戲弄。帝時命水嬉，以文梓爲船，木蘭爲柂，刻飛鸞翔鷁，飾於船首，隨風輕漾，畢景忘歸，乃至通夜。使宮人歌曰：「商秋素景泛洪波，揮纖手兮折芰荷。涼風淒淒揚棹歌。雲光開曙月低河。萬歲爲樂豈云多？」帝大悦，因起游商臺于池上。池中又有倒生菱，莖如亂絲，一花十葉，根浮水上，實沉泥裏，泥如紫色，謂之「紫泥菱」。食之令人不老。

燕剌王旦自以爲帝兄不得立，乃與蓋長公主、上官桀等謀廢帝，事覺，王憂懣，置酒萬載宮，會賓客群臣妃妾坐飲。王自歌云：「歸空城兮，狗不吠，雞不鳴。橫術何廣廣兮，固知國中之無人。」華容夫人起舞而續歌云：「髮紛紛兮寘渠，骨籍籍兮亡居。母求死子兮，妻求死夫，裴回兩渠間兮，君子將安居？」歌畢，坐者皆泣。天子使使者賜璽書，王以綬自絞，夫人隨旦自殺。

蘇武

字子卿。天漢初，使匈奴，留十九年。始以强壯出，及歸，鬚髮盡白。

蘇武初使匈奴時，作詩留別妻云：「結髮爲夫妻，恩愛兩不疑。歡娛在今夕，燕婉及良時。征夫懷往路，起視夜何其。參辰皆已没，去去從此辭。行役在戰場，相見未有期。握手一長歎，淚爲生別滋。努力愛春華，莫忘歡樂時。生當復來歸，死當長相思。」妻答詩云：「與君結新婚，宿昔當別離。涼風動秋草，蟋蟀鳴相隨。冽冽寒蟬吟，蟬吟抱枯枝。枯枝時飛揚，身體忽遷移。不悲身體移，當惜歲月馳。月馳無窮極，會合安可知？願爲雙黄鵠，悲鳴戲清池。」

李廣有孫陵，善騎射，拜騎都尉。天漢中，將步卒五千擊匈奴，轉鬬矢盡，遂降虜。單于以女妻之，立爲右校王。陵與蘇武善，與武詩云：「携手上河梁，遊子暮何之？徘徊蹊路側，悢悢不能辭。行人難久留，各言長相思。安知非日月，弦望自有時。努力崇明德，皓首以爲期。」

始元間，匈奴與漢和親。漢使求蘇武等，謂單于言：「天子射上林中，得雁，足有繫帛書，知武等在某澤中。」單于乃許武還。李陵置酒賀武曰：「異域之人，一别長絶。」因起舞而歌，泣下數行，遂與武决。歌曰：「徑萬里兮度沙漠，爲君將兮奮匈奴。路窮絶兮矢刃摧，士衆滅兮名已隤。老母已死，雖欲報恩將安歸？」武亦以詩别陵，曰：「雙鳧俱北飛，一鳧獨南翔。子當留斯館，我當歸故鄉。一别如秦胡，會見何詎央？愴恨切中懷，不覺淚沾裳。願子長努力，言笑莫相忘。」

王吉　字子陽，琅琊人。事宣帝爲諫議。吉子駿，駿子崇，世名清廉，皆好車馬衣服，其自奉養，極爲鮮明，天下服其廉而怪其奢，故俗傳王陽能作黄金。明帝時復有一王吉，則虎賁郎也。

王吉少時，居長安，其東家有棗樹，垂吉庭中，吉婦取棗啖吉，吉知之，乃去婦。東家聞而欲伐其樹，隣里共勸止之。因請吉還婦。里中語曰：「東家伐樹，王陽婦去。東家棗完，去婦復還。」

王吉與貢禹爲友，時稱「王陽在位，貢禹彈冠」。蕭育與朱博爲友，著聞當代。長安語曰：「蕭、朱結綬，王、貢彈冠。」

明帝東巡泰山，到滎陽，有烏飛鳴乘輿上，虎賁郎王吉射中之，作祝辭曰：「烏烏啞啞，引弓射，洞左腋。陛下壽萬年，臣爲二千石。」帝大悦，賜錢百萬，令亭壁悉畫烏。

王褒　字子淵。與司馬長卿、揚子雲皆産蜀，世稱長卿、淵、雲之文。

宣帝神爵初，頗修武帝故事，聞益州有金馬、碧雞之神，可醮祭而致，於是遣王褒使持節求之，褒祭文曰：「漢持節使王褒謹拜南崖，敬移金精神馬、縹碧之雞：處南之荒，深溪曰谷，非士之鄉。歸來歸來，漢德無疆。廉平唐虞，澤配三皇。」漢書音義：金形似馬，碧形似雞。今碧雞山在（雲南）府滇池西，金馬山在滇池。

王子淵以事到湔上寡婦楊惠舍，有一奴名便了，倩行酤酒，便了捍大杖上冢巔曰：「大夫買便了時，只約守家，不約爲他家男子酤酒。」子淵大怒，曰：「奴寧欲賣耶？」惠曰：「奴父許人，人無欲者。」子即決賣券之。奴復曰：「欲使皆上，不上券，便了不能爲也。」子淵曰：「諾。」作券文曰：「神爵三年正月十五日，資中男子王子淵從成都安志里女子楊惠買夫時户下髯奴便了，決賣萬五千。奴從百役使，不得有二言。晨起灑掃，食了洗滌。居當穿臼，縛箒裁盂，鑿井浚渠，縛落鉏園，斫陌杜埤，地刻大枷，屈竹作杷，削治鹿盧。出入不得騎馬載車，踑坐大呶。下牀振頭，垂釣芻刈。晶結葦臘纑，沃不酪，住酣醼。織履作麄，黏雀張烏。結網捕魚，繳雁彈鳧，登山射鹿，入水捕龜，浚園縱魚，雁鶩百餘。驅逐鴟鳥，持梢牧猪，種薑養芋，長育豚駒。糞除常潔，餧食馬牛，鼓四起坐，夜半益芻。二月春分，被隄杜疆。落桑皮椶，種瓜作瓠。别茄披葱，焚槎發等，壟集破封。日中早熭，雞鳴起舂。調治馬驢。葉落三重，舍中有客，提壺行酤，汲水作餔。滌杯整桉，園中拔蒜，斲蘇切脯，築肉臛芋，膾魚炰鼈，烹茶盡具。

脯已蓋藏，關門塞竇。餧猪縱犬，勿與鄰里爭斗。奴但當飯豆飲水，不得嗜酒。欲飲美酒，唯得染唇漬口，不得傾盂覆斗。不得辰出夜入，交關伴偶。舍後有樹，當裁作船，上至江州，下到煎主爲府掾求用錢。推訪惡，販椶索，綿亭買席，往來都落，當爲婦女求脂澤。販於小市，歸都擔枲，轉出旁蹉，牽犬販鵝。武陽買茶。楊氏池中擔荷。往來市聚，慎護姦偷，入市不得夷蹲旁臥，惡言醜駡。多作刀弓，持入益州，貨易牛羊，奴自交精惠，不得癡愚。持斧入山，斷椠裁轅，若殘，當作俎機木屐及彘盤。焚薪作炭，石壘薄岸。治舍蓋屋，書削代牘。日暮以歸，當送乾薪兩三束。四月當陂，五月當獲。十月收豆，多取蒲苧，益作繩索。雨墮無所爲，當編蔣織箔。植種桃李，梨柿柘桑，三丈一樹，八尺爲行，果類相從，縱横相當。果熟收斂，不得吮嘗。犬吠當起，驚告鄰里。棖門柱户，上樓擊鼓。揭盾曳釾，還落三周。勤心疾作，不得遨遊。奴老力索，種莞織蓆。事訖欲休，當舂一石。夜半無事，浣衣當白。若有私斂，主給賓客。奴不得有奸私，事事當閗白。奴不聽教，當笞一百。」讀券文徧訖，詞窮咋索。仡仡扣頭，兩手自搏，目淚下落，鼻涕長一尺。「當如王大夫言，不如早歸黄土陌，蚯蚓鑽額。早知當爾，王大夫酤酒，真不敢作惡。」後石崇效之，作奴券。黄庭堅效之，作跛奚奴文。

匡衡

字稚圭。家貧無油，鄰舍有燭，每穿壁引其光讀書，元帝朝爲丞相，封樂鄉侯。

匡衡，世農夫，至衡好學，邑大姓家富多書，衡乃爲其傭作，而不求直，願得主人書遍讀之，主人感歎，資給以書，遂成大學，能説詩，諸儒爲之語曰：「無説詩，匡鼎來。匡説詩，解人頤。」鼎，衡小名也。

諸葛豐

元帝朝爲城門校尉。

諸葛豐以剛直著名，舉刺無所避，京師語曰：「間何濶，逢諸葛。」

五鹿充宗

元帝朝尚書令。

五鹿充宗爲梁丘易，元帝好之，欲考其異同，令與諸易家論。充宗辨口，諸儒莫能抗。有薦朱雲者，召入，攝齋登堂，抗首而請，音動左右，諸儒爲之語曰：「五鹿嶽嶽，朱雲折其角。」

石顯爲中書令，威權日盛，僕射牢梁、少府五鹿充宗與結爲黨，諸附倚者，皆得寵位，民歌之曰：「牢邪石邪，五鹿客邪。印何纍纍，綬若若邪。」

成帝初，石顯以罪免歸故郡，道死，其黨牢梁、陳順皆免官，少府五鹿充宗左遷玄菟太守，御史中丞伊嘉爲雁門都尉。長安謠云：「伊徙雁，鹿徙菟，去牢與陳實無賈。」

王嬙　字昭君。元帝時，匈奴入朝，願壻漢氏。以嬙配之，號寧胡閼氏。今秭歸縣有昭君村。卒葬匈奴，謂之青塚。晉以文王諱昭，改胡妃云。

元帝後宮既多，不得常見，乃使畫工圖其形，按圖召幸。宮人皆賂畫工，昭君自恃其貌，獨不與，乃惡圖之。及後匈奴入朝，選美人配之，昭君之圖當行。及入辭，光彩射人，悚動左右。天子方重信外國，悔恨不及。窮按其事，畫工有杜陵毛延壽棄市，籍其資財。昭君在胡，作詩以怨思云：「秋木萋萋，其葉萎黃。有鳥處山，集于苞桑。養育毛羽，形容生光。既得升雲，上遊曲房。離宮絕曠，身體摧藏。志念抑沈，不得頡頏。雖得委食，心有徊徨。我獨伊何？來往變常。翩翩之燕，遠集西羌。高山峩峩，河水泱泱。父兮母兮，道里悠長。嗚呼哀哉，憂心惻傷。」

成帝驁

初，元帝爲皇太子，所幸司馬良娣病死，忽忽不樂。宣帝令皇后擇後宮家人子，得元城王政君，送太子宮。政君，故繡衣御史賀孫女。是歲，生帝於甲館畫堂。宣帝愛之，自名曰驁，字太孫。

帝爲微行出遊，常與富平侯張放俱稱富平侯家人，過陽阿主作樂，見舞者趙飛燕而幸之。時童謡曰：「燕燕尾涎涎，張公子，時相見。木門倉琅根，燕飛來，啄皇孫。皇孫死，燕啄矢。」「涎涎」，美好貌。「張公子」，謂富平侯也。「木門倉琅根」，爲宫門銅鍰，言將尊貴也。後遂立飛燕爲皇后，弟昭儀。賊害後宫皇子，卒皆伏辜。時又有謡曰：「邪徑敗良田，讒口亂善人。桂樹華不實，黄爵巢其顛。昔爲人所羡，今爲人所憐。」桂，赤色，漢家象。「華不實」，無繼嗣也。王莽自謂黄象，「黄爵巢其顛」也。

帝於太液池作千人舟，號「合宫之舟」，池中起爲瀛洲榭，高四十尺。帝御流波文縠無縫衫，趙后衣南越所貢雲英紫裙，碧瓊輕綃，廣榭上，后歌舞歸風送遠之曲曰：「涼風起兮天隕霜，懷君子兮渺難望，感予心兮多慨慷。」帝以文犀簪擊玉甌，令后所愛侍郎馮無方吹笙，以倚后歌。中流歌酣，風大起，后順風揚音，無方長噏細嫋，與相屬。后裙髀曰：「顧我顧我。」后揚袖曰：「仙乎仙乎，去故而就新，寧忘懷乎？」帝曰：「無方爲我持后。」無方捨吹持后履。久之，風霽，后泣曰：「帝恩我，使我仙去不待。」悵然曼嘯，泣數行下。帝益愧愛后，賜無方千萬，入后房闥。它日，宫姝幸者，或襞裙爲縐，號曰「留仙裙」。飛燕父名馮萬金。江都王孫女姑蘇主嫁趙曼，萬金通焉，一産二女，長曰宜主，次曰合德，皆冒姓趙。宜主幼聰慧，家有彭祖方脉書，善行氣術，長而纖便輕細，舉止翩然，人謂之飛燕。合德膏滑，出浴不濡，善音辭，輕緩可聽。飛燕既召入，大幸；合德復召入，俱爲婕妤。飛燕浴五蘊七香湯，踞通香沉水坐，燎降神百蘊香；合德浴荳蔻湯，傅露華百英粉。帝常私語樊嫕曰：「后雖有異香，不若婕妤體自香也。」又嘗謂婕妤爲温柔鄉，曰：「吾老是鄉矣，不能效武皇帝求白雲鄉也。」

班倢伃，左曹越騎校尉况之女，少有才學，成帝選入宫以爲倢伃，後趙飛燕譖其呪詛，考問之，上善其對，遂求供養太后長信宫，作怨歌行曰：「新裂齊紈素，皎潔如霜雪。裁成合歡扇，團團似明月。出入君懷袖，動摇微風發。常恐秋節至，涼飆奪炎熱。棄捐篋笥中，恩情中道絶。」帝崩，充奉園陵，薨，因葬園中。

馮野王 字君卿。馮奉世子九人，而四子通四經：野王通詩，逡通易，立通春秋，參通尚書。

成帝時，馮野王爲上郡太守，其後，弟立亦自五原太守徙西河上郡。立居職公廉，治行略與野王相似，而多知有恩貸，好爲條教。吏民嘉美野王、立相代爲太守，歌之曰：「大馮君，小馮君，兄弟繼踵相因循。聰明賢知惠吏民，政如魯、衛德化鈞，周公、康叔猶二君。」

翟方進

字子威。年十五爲小吏，有蔡父奇其相，曰：「小吏也而有侯骨，當以經術進。」乃謝病歸。

汝南舊有鴻隙大陂，郡以爲饒。成帝時，關東數水，陂溢爲害，翟方進爲相，與御史大夫孔光共遣掾行視，以爲決去陂水，其地肥美，省隄防費而無水憂，遂奏罷之。王莽時常枯旱，郡中追怨方進，言方進請陂下良田不得而奏罷陂，因爲童謠云：「壞陂誰？翟子威，飯我豆食羹芋魁。言不生稻粱惟生豆芋。反乎覆，陂當復。誰云者？兩黃鵠。託神告之。」

鮑宣

哀帝朝拜司隸，以不附王莽見殺。

鮑宣子永，永子昱，三世皆爲司隸，而乘一驄馬，京師人歌之曰：「鮑氏驄，三人司隸再入公。馬雖瘦，行步工。」

揚雄 字子雲，成都人，其父寓巫山，生雄。論者謂鍾十二峰之秀。揚氏自季至雄五世而傳一子。雄子烏，稱神童，九歲而夭，故蜀無它揚。雄作甘泉賦成，夢吐五臟在地；著太玄經，夢白鳳凰集其頂上。

揚子雲家産不過十金，嘗戲作逐貧賦曰：「揚子遁世，離俗獨處。左隣崇山，右接曠野。鄰垣乞兒，終貧且窶。禮薄義弊，相與群聚。惆悵失志，呼貧與語：『汝在六極，投棄荒遐。好爲庸卒，刑戮是加。匪惟幼稚，嬉戲土砂。居非近鄰，接屋連家。恩輕毛羽，義薄輕羅。進不由德，退不受呵。久爲滯客，其意謂何？人皆文繡，余褐不完。人皆稻粱，我獨藜飧。貧無寶玩，何以接歡？宗室之燕，爲樂不槃。徒行負賃，出處易衣。身服百役，手足胼胝。或耘或耔，露體霑肌。朋友道絶，進宦淩遲。厥咎安在？職汝爲之。舍汝遠竄，崑崙之顛。爾復我隨，翰飛戾天。舍爾登山，巖穴隱藏。爾復我隨，陟彼南岡。捨爾入海，泛彼柏舟。爾復我隨，載沉載浮。我行爾動，我靜爾休。豈無它人？從我何求！今汝去矣，勿復久留。』」貧曰：『唯唯。主人見逐，多言益嗤。心有所懷，願得盡辭：昔我乃祖，宣其明德，克佐帝堯，誓爲典則，土階茅茨，匪彫匪飾。爰及世季，縱其昏惑，饕餮之群，貪富苟得，鄙我先人，乃傲乃驕。瑤臺瓊樹，室屋崇高，流酒爲池，積肉爲崤。是用鵠逝，不踐其朝。三省吾身，謂予無諐。處君之家，福禄如山。忘我大德，思我小怨。堪寒能暑，少而習焉。寒暑不忒，等壽神僊。桀、跖不顧，貪類不干。人皆重蔽，子獨露居。人皆怵惕，子獨無虞。』言辭既罄，色厲目張，攝齊而興，降階下堂。『誓將去汝，適彼首陽，孤竹二子，與我連行。』余乃避席，辭謝不直。『請不貳過，聞義則服。長與汝居，終無厭極。』貧遂不去，與我遊息。」

子雲作法言，蜀富人賫錢十萬，願載一名，子雲不聽，以富無仁義之行，正如圈中之鹿，欄中之牛，安得妄載！

王莽篡位後，復上符命者，莽盡誅之。時揚雄校書天禄閣，使者欲收雄，雄恐，乃從閣自投，幾死，京師爲之語曰：「惟寂惟寞，自投于閣。爰清爰靜，無作符命。」

蔣詡 字元卿。

蔣詡爲兗州刺史，王莽爲宰衡，詡奏事到霸上，移病歸杜陵，荆棘塞門，舍中三徑，唯羊仲、求仲從之遊，二人皆治車爲業，推廉逃名，時人謂之二仲。因有諺曰：「楚國二龔，不如杜陵蔣翁。」

堯山堂外紀卷六

漢

世祖秀

字文叔。生時，有嘉禾一莖九穗之瑞，故名。王莽改貨曰貨泉，人以其字爲「白水真人」，帝竟從南陽白水鄉起。

王莽末，漢兵起舂陵，戴侯曾孫玄在平林兵中，號更始將軍，以世祖行大司馬事，後更始委政於趙萌，所授官爵皆群小賈豎，或有膳夫庖人。長安中爲之語曰：「竈下養，中郎將。爛羊胃，騎都尉。爛羊頭，關内侯。」由是關中離心，四海怨叛。時成紀隗囂起兵應漢，更始徵至長安，逃歸天水。囂少病蹇，天水童謡曰：「出吴門，望緹群。見一蹇人，言欲上天；令天可上，地上安得民。」後囂意稍廣，欲爲天子，遂被滅。吴門，冀郭門名也。緹群，山名。

更始時，南陽有童謡曰：「諧不諧，在赤眉。得不得，在河北。」是時更始在長安，世祖爲大司馬，平定河北。更始大臣並僭專權，故謡妖作也。後更始遂爲赤眉所殺，世祖自河北興。

世祖建武六年，蜀中童謡曰：「黄牛白腹，五銖當復。」是時，公孫述僭號於蜀，時人竊言，王莽稱黄，述欲繼之，故稱白。五銖，漢家貨，明當復也。述遂誅滅。

郭况　郭皇后弟也。世祖數幸其第，賞賜金帛，豐盛莫比，京師號况家爲金穴。

郭况累金數億，錯雜寶以飾臺榭，懸明珠於四垂，晝視之如星，夜望之如月。里語曰：「洛陽多錢郭氏室，夜月晝星富無匹。」

陰長生　陰皇后親屬。從馬明生學度世之道，後於丰都山中白日昇天。長生嘗裂黄表寫丹經，一通封以文石之函，著嵩高山；一通封以黄金之函，著華山；一通封以白銀之函，著蜀綏山。今丰都山仙都觀西壁有天成四年人書長生古詩三章。

陰真人鍊丹歌曰：「有物有物，可大可久。採乎蠶食之前，用乎火化之後。成湯自上而臨下，夸父處中而見受。氣應朝光，功參夜漏。白英聚而雪𪏭，黄酥凝而金醜。

轉制不已，神趣鬼騍。金歟玉歟？天年上壽。無著於文，訣文在口。」

馬援 字文淵，初字客卿。援幼而岐嶷，兄甚奇之，以爲將相器，故以客卿字焉。明德皇后，援女也，建武中，選入太子宮，時年十三，爲貴人，明帝即位，立爲后。

建武間，馬援拜伏波將軍，征交趾，緣海而進，隨山刊道千餘里，十八年軍至，始平之，封新息侯。後武陵蠻寇臨沅，援請行。援門生袁寄生善吹笛，援作武溪深行以和之，曰：「滔滔武溪一何深，鳥飛不度，獸不能臨。嗟哉武溪兮多毒淫。」軍至壺頭，不利，卒軍中。

明德皇后美於色，厚於德，帝用嘉之。嘗從觀畫，過舜廟，見娥皇、女英，帝指之戲后曰：「恨不得如此者爲妃。」又前見陶唐像，后指堯曰：「嗟乎！群臣百僚，恨不得如此者爲君。」帝顧而笑。

馬后履行節儉，事從簡約。馬廖慮以美業難終，上疏長樂宮以勸成德政，曰：「傳曰：『吴王好劍客，百姓多創瘢。楚王好細腰，宮中多餓死。』長安語曰：『城中好高髻，四方高一尺。城中好廣眉，四方且半額。城中好大袖，四方全匹帛。』斯言如戲，有切事實。」后深納之。

張堪　字君游。少時志美行勵，號曰「聖童」。爲光禄大夫，數諫。堪乘白馬，光武每有異政，輒曰：「白馬生且復諫矣。」在漁陽八年，妻子寒素如一日，與同里朱暉善，以妻子託。堪卒，暉聞其妻子貧困，自往候視，厚賑給之。

建武中，張堪爲漁陽太守，捕擊姦猾，賞罰必信，吏民皆樂爲用。乃於狐奴開稻田八千餘頃，勸民耕種，以致殷富。百姓歌之曰：「桑無附枝，麥穗兩歧。張君爲政，樂不可支。」

建武中，朱暉再遷臨淮太守，好節概，有所拔用，皆厲行士。諸報怨以義犯，率皆爲求其理，多得生濟；其不義之囚，即時僵仆。吏人畏愛，爲之歌曰：「彊直自遂，南陽朱季。吏畏其威，民懷其惠。」

樊曄

建武中，樊曄爲天水太守，政嚴猛，好申、韓法，善惡立斷，人有犯其禁者，率不生出獄，吏人及羌胡畏之，道不拾遺，商旅委錢物于道旁，曰：「以付樊父。」後還其物如故。涼州爲之語曰：「遊子常苦貧，力子天所富。寧見乳虎穴，不入冀府寺。大笑期必死，忿怒或見置。嗟我樊府君，安可再遭值？」叶

戴憑

建武中，戴憑徵博士，詔公卿大會，群臣皆就席，憑獨立，世祖問其意，對曰：「博士説經皆不如臣，而坐居臣上，是以不得就席。」帝令與諸儒難説，帝善之。後正旦朝賀，令群臣説經，更相難詰，義有不通，輒奪其席以益通者，憑遂重坐五十餘席，京師語曰：「説不窮，戴侍中。」

明帝莊 初名陽，封東海王。

永平中，哀牢王柳貌遣子率種人内屬，帝以其地置哀牢、博南二縣，割益州郡西部都尉所領六縣，合爲永昌郡。始通博南山，度蘭倉水，行者苦之，作歌曰：「漢德廣，開不賓。度博南，越蘭津。度蘭倉，爲它人。」

帝既通博南，益州刺史朱輔宣示漢德，威懷遠夷，白狼王唐菆等慕化歸義，作詩三章。有犍爲郡掾田恭譯其辭語，輔令從事李陵與恭護送詣闕。遠夷樂德詩曰：「提官隗構，（大漢是治）魏冒踰糟。（與天合意）罔譯劉脾，（吏譯平端）旁莫支留。（不從我來）徵衣隨旅，（聞風向化）知唐桑艾（所見奇異）。邪毗⿰糹甚⿰糹甫，（多賜繒布）推潭僕遠，（甘美酒食）拓拒蘇使，（昌樂肉飛）局後仍離。（屈申悉備）僂讓龍洞，（蠻夷貧薄）莫支度由。（無所報嗣）陽雒僧鱗，（願主長壽）莫穉角存。（子孫昌熾）」遠夷慕德詩曰：「僂讓皮尼，（蠻夷所處）且交陵悟。（日入之部）繩動隨旅，（慕義向化）路旦倲雒。（歸日出主）聖德渡諾，（聖德深恩）魏菌度洗。（與人富厚）綜邪流藩，（冬多霜雪）莋邪尋螺。（夏多和雨）藐潯瀘灘，（寒温時適）菌補邪推。（部人多有）辟危歸險，（涉危歷險）莫受萬柳。（不遠萬里）術叠附德，（去俗歸德）仍路孳摸。（心歸慈母）」遠夷懷德詩曰：「荒服之儀，（荒服之外）犂籍憐憐。（土地墝埆）阻蘇邪犂，（食肉衣皮）莫碭麤沐。（不見鹽穀）罔譯傳微，（吏譯傳風）是漢夜拒。（大漢安樂）蹤優路仁，（攜負歸仁）雷折險龍。（觸冒險狹）倫狼藏幢，（高山岐峻）扶路側祿。（緣崖磻石）息洛服淫，（木薄發家）理瀝髭雒。（百宿到洛）捕茝菌毗，（父子同賜）懷稾匹漏。（懷抱匹帛）傳室呼敕，（傳告種人）陵陽臣僕。（長願臣僕）」帝嘉之，事下史官，録其詩焉。

周澤 字穉都，安丘人。少習公羊嚴氏春秋。隱居教授，學徒數百人。

周澤，永平中爲太常，恒齋，其妻憐其年老疲病，窺内問之，澤大怒，以爲干齋，掾吏叩頭争之，不聽，遂收送詔獄，并自劾。論者非其激，發諺曰：「居世不諧，叶奚爲太常妻。一歲三百六十日，三百五十九日齋。叶一日不齋醉如泥，既作事，復低迷。」

廉范 字叔度。

建初中，廉范爲蜀郡太守。成都民物阜盛，邑宇偪側。舊制，禁民夜作，以防火災，而更相隱蔽，燒者日屬。范乃毁削前令，但嚴使儲水，百姓以爲便。乃歌之曰：「廉叔度，來何暮！不禁火，民安作。昔無襦，今五袴。」

黄香 字文彊，江夏人。肅宗詔詣東觀讀所未嘗見書。

黄香博學經典，究精道術，能文章，京師號曰：「天下無雙，叶江夏黄童。」

黄香有奴，號髯奴。常有辭責其鬚曰：「我觀人鬚，長而復黑，冉弱而調。離離若緣坡之竹，鬱鬱若春田之苗。因風披靡，隨風飄颻。爾乃附以豐頤，表以蛾眉，發以素顔，呈以妍姿。約之以紲綫，潤之以芳脂。莘莘翼翼，靡靡綏綏。振之發嘐，黝若玄珪之垂。於是摇鬚奮髭，則論説唐、虞；鼓鬐動鬛，則研覈否臧。内育瓌形，外闡宫商。相如以之閑都，顓孫以之堂堂。豈若子髯，既亂且赭！枯槁秃瘁，劬勞辛苦。汗垢流離，污濊泥土。傖囁穰穤，與塵爲侣。無素顔可依，無豐頤可怙。動則困於惣滅，静則窘於囚虜。薄命爲髭，正着子頤。爲此不能疵其四體，爲智不能飾其形骸。癩鬚瘦面，常如死灰。曾不如犬羊之毛尾，狐狸之毫氂。爲子鬚者，不亦難乎！」

梁鴻

字伯鸞，後易姓運期，名曜，字侯光。鴻少孤，尚節，嘗獨止，不與人同食。比舍先炊已，呼鴻及熱釜炊，鴻曰：「童子鴻不因人熱者也。」滅竈更然之。同郡孟氏，其女名光，狀貌醜而黑，力能舉石臼，擇而不嫁，至年三十。鴻聞，聘之。光每具食，舉案齊眉。

梁鴻與妻子共入霸陵山中，以耕織爲業，詠詩、書，彈琴自娱。慕前世高士，爲四皓以來二十四人作頌。因東出關，過京師，作五噫歌曰：「陟彼北邙兮，噫！顧瞻帝京兮，噫！宫闕崔嵬兮，噫！民之劬勞兮，噫！遼遼未央兮，噫！」肅宗聞而悲之，求鴻不得。

梁鴻久居齊、魯之間。有頃，又去適吴。將行，作詩曰：「逝舊邦兮遐征，將遥集兮東南。心惙怛兮傷悴，志菲菲兮升降。欲乘策兮縱邁，疾吾俗兮作讒。競舉枉兮措直，咸先佞兮唌唌。固靡慙兮獨建，冀異州兮尚賢。聊逍遥兮遨嬉，纘仲尼兮周流。儻云覩兮我悦，遂舍車兮即浮。過季札兮延陵，求魯連兮海隅。雖不察兮光貌，幸神靈兮與休。惟季春兮華阜，麥含英兮方秀。哀茂時兮逾邁，愍芳香兮日臭。悼我心兮不獲，長委結兮焉究？口囂囂兮余訕，嗟恇恇兮誰留？」及抵吴，依大家皋伯通，居廡下，潛匿著書十餘篇。卒，伯通爲求葬地于要離冢傍，曰：「要離節士，伯鸞清高，可令之相近。」

初，鴻友人京兆高恢少好老子，隱于華陰山中，及鴻東遊，思恢，作詩曰：「鳥嚶嚶兮友之期，念高子兮僕懷思，想念恢兮爰集兹。」二人遂不復相見。恢亦高抗，終身不仕。鴻在吴依皋伯通。高士傳：高恢，字伯通。恐是皋、高同音，而伯通同字也。

桓驎

字元龍，沛郡龍亢人。榮曾孫。

桓驎年十二，在伯父桓焉坐，焉告客曰：「此吾弟子，有異材，殊能作詩賦。」客乃作詩示驎曰：「甘羅十二，楊烏九齡。昔有二子，今則桓生。」驎即應聲答曰：「邈矣甘羅，超等絶倫。伊彼楊烏，命世稱賢。嗟予惷弱，殊才偉年。仰慙二子，俯愧過言。」

班固

字孟堅。和帝時，以竇憲賓客收捕，死獄中。所著漢書未就，詔固女弟昭踵成之。昭適曹氏，帝數召入宫，令皇后諸貴人師事焉，號曰大家。

班孟堅白雉詩曰：「啓靈篇兮披瑞圖，獲白雉兮效素烏，嘉祥阜兮集皇都。發皓羽兮奮翹英，容潔朗兮於純精。彰皇德兮侔周成，永延長兮膺天慶。」

曹大家鍼縷賦曰：「鎔秋金之剛精，形微妙而直端。性通遠而漸進，博庶物而一貫。惟鍼縷之列跡，信廣博而無原。退逶迤以補過，似素絲之羔羊。何斗筲之足筭，咸勒石而升堂。」

張霸　字伯饒，數歲知孝讓，號張曾子。

永元中，張霸爲會稽太守。時賊未解，郡界不寧，乃移書開購，明用信賞，賊遂束手歸附，不煩士卒之力。童謠歌曰：「棄我戟，捐我矛，盜賊盡，吏皆休。」

吴資　字元約，太山人。

永建中，吴資爲巴郡太守，屢獲豐年，人歌之曰吴資，其辭曰：「習習晨風動，澍雨潤禾苗。我后恤時務，我人以優饒。」及資遷去，人思資，又歌曰吴資，其辭曰：「望遠忽不見，惆悵當徘徊。恩澤實難忘，悠悠心永懷。」

張衡　字平子，南陽人。作二京賦，十年乃成。衡死日，蔡邕母始懷孕，二人才貌甚相類，人云邕是衡後身。

陽嘉中，張平子遷侍中，宦官懼其毁己，共讒之，出爲河間王相。時天下漸弊，鬱鬱不得志，乃爲四愁詩。一思曰：「我所思兮在太山，欲往從之梁父艱，側身東望涕沾翰。美人贈我金錯刀，何以報之英瓊瑶。路遠莫致倚逍遥，何爲懷憂心煩勞。」二思曰：「我所思兮在桂林，欲往從之湘水深，側身南望涕霑襟。美人贈我金琅玕，何以報之雙玉盤。路遠莫致倚惆悵，何爲懷憂心煩傷。」三思曰：「我所思兮在漢陽，欲往從之隴阪長，側身西望涕霑裳。美人贈我貂襜褕，何以報之明月珠。路遠莫致倚踟蹰，何爲懷憂心煩紆。」四思曰：「我所思兮在鴈門，欲往從之雪雰雰，側身北望涕霑巾。美人贈我錦繡段，何以報之青玉案。路遠莫致倚增歎，何爲懷憂心煩惋。」

張衡定情歌曰：「大火流兮草蟲鳴，繁霜降兮草木零。秋爲期兮時已征，思美人兮愁屏營。」

張衡同聲歌曰：「邂逅承際會，得充君後房。情好新交接，恐慄若探湯。思爲莞蒻席，在下蔽匡牀。願爲羅衾幬，在上衛風霜。」

堯山堂外紀卷七

漢

桓帝志　字曰意。帝所厚者中官，所悦者女寵，惟此兩途。

帝初封蠡吾侯，質帝無嗣，太尉李固欲立清河王蒜，大將軍梁冀貪樹疏幼以爲己功，乃白太后策免固，迎立帝。是月，固幽斃于獄，暴死道路，而太尉胡廣封安樂鄉侯，司徒趙戒厨亭侯，司空袁湯安國亭侯。京都童謡云：「直如弦，死道邊。曲如鈎，反封侯。」

元嘉中，涼州諸羌一時俱反，大爲民害，帝命將出衆，每戰常負，中國益發軍卒，麥多委棄。天下童謡曰：「小麥青青大麥枯，誰當穫者婦與姑，丈夫何在西擊胡。吏買馬，君具車，請爲諸君鼓嚨胡。」

元嘉、永興間，京師童謡云：「城上烏，尾畢逋。公爲吏，子爲徒。一徒死，百乘車。車班班，入河間。河間姹女工數錢。以錢爲室金爲堂，石上慊慊舂黄粱。梁下有懸鼓，我欲擊之丞卿怒。」按：此皆爲政貪也。「城上烏，尾畢逋」者，處高利獨食不與下，若謂人主多聚斂也。「公爲吏，子爲徒」者，言蠻夷將畔逆，父既爲軍吏，其子又爲卒徒往擊之也。「一徒死，百乘車」者，言前一人往討胡既死矣，後又遣百乘車往。「車班班，入河間」者，言桓帝既崩，乘輿班班入河間迎靈帝也。「河間姹女工數錢，以錢爲室金爲堂」者，靈帝既立，其母永樂太后好聚金以爲堂也。「石上慊慊舂黄粱」，言永樂唯積金錢，慊慊常若不足，吏民舂黄粱而食之也。「梁下有懸鼓，我欲擊之丞卿怒」者，言永樂主教靈帝，使賣官受錢，所禄非其人，天下忠篤之士怨望，欲擊懸鼓以求見，丞卿主鼓者，亦復諂順，怒而止我也。

桓帝時，有人辟公府掾者，倩人作奏記文，人不能爲作，因語曰：「梁國葛龔者，先善爲記文，自可寫用，不煩更作。」遂從人言寫記文，不去龔名姓。府公驚，不答而罷歸。時人語曰：「作奏雖工，宜去葛龔。」

桓帝之世，更相濫舉，人爲之謡曰：「舉秀才，不知書。舉孝廉，父别居。寒素清白濁如泥，叶高第良將怯如雞。」

朱穆

字公叔，暉之子。梁冀素聞穆名，辟之使典兵事，拜御史，桓帝徵拜尚書。

朱穆與劉伯宗絶交詩曰：「北山有鴟，不潔其翼。飛不正向，寢不定息。飢則木攬，飽則泥伏。饕餮貪污，臭腐是食。填腸滿膆，嗜欲無極。長鳴呼鳳，謂鳳無德。鳳之所趨，與子異域。永從此訣，各自努力。」

仇覽

字季智，一名香。

仇覽爲蒲亭長，初到亭，有陳元之母詣覽，告元不孝，覽以善言勸慰之，母聞感悔涕泣而去，覽乃親到元家，與其母子飲，因爲陳人倫孝行，譬以禍福，元卒成孝子。鄉邑爲之諺曰：「父母何在在我庭，化我鳴梟哺所生。」

邊韶

字孝先。以文學知名，桓帝徵爲大中大夫。所著有塞賦一篇傳世。

邊孝先教授常數百人，曾晝日假卧，弟子私謿之曰：「邊孝先，腹便便，懶讀書，但欲眠。」孝先潛聞之，應時對曰：「邊爲姓，孝爲字。腹便便，五經笥。但欲眠，思經事。

寐與周公通夢，靜與孔子同意。師而可嘲，出何典記？」嘲者大慙。

靈帝宏　河間孝王曾孫。先封解瀆亭侯。嘗問侍中楊奇：「朕何如桓帝？」對曰：「亦猶虞舜比德唐堯。」

靈帝起裸游館千間，渠水遶砌。蓮大如蓋，長一丈，夜舒晝卷，名「夜舒荷」。宮人年二七以上、三六以下，皆靚粧而解上衣，或共裸浴。西域貢茵墀香，煮湯，宮人以之沐浴，浴畢，餘汁入渠，號流香渠。帝乘舡遊漾，選玉色宮人執篙楫，奏招商之曲以來涼風，歌曰：「涼風起兮日照渠，青荷晝偃葉夜舒，惟日不足樂有餘。清絲流管歌玉鳬，千秋萬歲喜難踰。」

長陵田鳳爲尚書郎，儀貌端正，入奏事，靈帝目送之，因題殿柱曰：「堂堂乎張，京兆田郎。」

靈帝中平中，京都有董逃歌云：「承樂世，董逃！遊四郭，董逃！蒙天恩，董逃！帶金紫，董逃！行謝恩，董逃！整車騎，董逃！垂欲發，董逃！與中辭，董逃！出西門，董逃！瞻宮殿，董逃！望京城，董逃！心摧傷，董逃！」時董卓以此歌主爲己發，大禁絶之，改「董逃」爲「董安」云。

靈帝末，京都童謡云：「侯非侯，王非王，千乘萬騎上北芒。」至中平六年，少帝登躡至尊，獻帝未有爵號，爲中常侍段珪等所執，公卿百官皆隨其後，到河上，乃得來還，此爲非侯非王上北芒云。

胡廣 字伯始，本黄姓。以五月五日生，父母惡之，藏葫蘆中，棄河。流岸側，居人收養。及長，有盛名，父母欲取之。廣以爲：背其所生，害義；背其所養，忘恩。兩無所歸。託葫蘆而生也，乃姓胡名廣。

胡廣周流四公三十餘年，歷仕六帝，練達故事，明解朝章，京師諺曰：「萬事不理問伯始，天下中庸有胡公。」廣常遜言恭色，取媚於時，天下以此薄之。

趙壹 字元叔。光和元年，舉郡上計，是時，司徒袁逢受計，與河南尹羊陟共稱薦之，名動京師。及西還，州郡争致禮命，十辟公府，並不就。

趙壹恃才倨傲，爲鄉黨所擯，後屢抵罪，幾至死，友人救得免。壹作疾邪賦。末云：「有秦客者乃爲詩曰：『河清不可俟，人命不可延。順風激靡草，富貴者稱賢。文籍雖滿腹，不如一囊錢。伊優北堂上，骯髒倚門邊。』魯生聞此辭，繫而作歌曰：『執家多所宜，欬唾自成珠。被褐懷金玉，蘭蕙化爲芻。賢者雖獨悟，所困在群愚。且各守爾分，勿復空馳驅。哀哉復哀哉，此是命矣夫。』」

趙壹又有窮鳥賦曰：「有一窮鳥，戢翼原野。罼網加上，機穽在下。前見蒼隼，後逼驅者。繳彈張右，羿弓彀左。飛丸繳矢，交集於我。思飛不得，欲鳴不可。舉頭畏觸，摇足恐墮。内獨怖急，乍冰乍火。」

皇甫嵩 字義真。

靈帝末，黄巾作亂，以皇甫嵩爲左中郎將，討賊數有功，拜左車騎將軍，領冀州牧，封槐里侯，奏請以冀州一年田租贍飢民。百姓歌曰：「天下大亂兮市爲墟，母不保子兮妻失夫，賴得皇甫兮復安居。」

獻帝協 字曰合。曹丕篡位，廢爲山陽公。

獻帝初有詔曰：「今耆儒年踰六十，去離本土，結童入學，白首空歸，長委農野，永絶榮望，朕甚憫焉。其依科罷者，聽爲太子舍人。」時長安中爲謡曰：「頭白皓然，食不充糧。裹衣褰裳，當還故鄉。聖主愍念，悉用補郎。舍是布衣，被服玄黃。」

獻帝初，京都童謡云：「千里草，何青青。十日卜，不得生。」「千里草」爲董，「十日卜」爲卓，未幾爲王允所殺，乃應其讖。凡別字之體，皆從上起，左右離合，無有從下發端者。今二字如此，天意若曰：「卓自下摩上，以臣陵君耳。」

劉虞

獻帝初，拜太傅。敝衣繩屨，食無兼肉。

初平初，關東諸將奉幽州牧劉虞爲帝，虞不受。時有童謡云：「燕南垂，趙北際，中央不合大如礪，唯有此中可避世。」公孫瓚以爲易地當之，乃攻殺虞，盡有幽州之地，因徙鎮焉。建安三年，瓚爲袁紹所滅，斯亦自易地而去世云。

劉表

字景升。荆州刺史。

初平初，荀越勸劉表南據江陵，北守襄陽。表從之。襄陽有冠蓋亭，在冠蓋山下，靈帝末，有四郡守、七都尉、二卿、兩侍中、一黄門、二侍郎、三尚書、六刺史、二十長史，表以其豪盛，乃即其山道口刊石，銘之曰：「峨峨南岳，烈烈離明。寔繁俊乂，君子以生。惟此君子，作漢之英。德爲龍光，聲比鶴鳴。」

仲長統

字公理。嘗著論曰昌言。後參曹操軍事。獻帝遜位之歲卒。

仲長統有述志詩二首。其一曰：「飛鳥遺跡，蟬蜕亡殼。騰蛇棄鱗，神龍喪角。至人能變，達士拔俗。乘雲無轡，騁風無足。垂露成幃，張霄成幄。沆瀣當餐，九陽代燭。恒星艷珠，朝霞潤玉。六合之内，恣心所欲。人事可遺，何爲局促。」其二曰：「大道雖夷，見幾者寡。任意無非，適物無可。古人繚繞，委曲如瑣。百慮何爲，至要在我。寄愁天上，埋憂地下。叛散五經，滅棄風雅。百家雜碎，請用從火。抗志山棲，游心海左。元氣爲舟，微風爲柂。翱翔太清，縱意容冶。」

蔡邕

字伯喈。母袁公妹，曜鄉姑也。少博學，師事太傅胡廣。邕飲至一石，嘗醉，在路上卧，人名曰醉龍。性沉審，志好琴道。熹平中，入清溪訪鬼谷故居，山五曲，曲有靈跡，每一曲制一弄，曲成，出呈馬季長，歎異之。嘗避怨於吴，顧元歎從學琴，邕歎異之，曰：「卿必成。今以吾名與卿。」顧遂名雍，又是中郎所歎，因用「歎」爲字。吴人有燒桐以爨者，邕聞火烈聲，知其良木，因請裁爲琴，果有美音，時人名「焦尾琴」。又嘗經會稽高遷亭，見屋椽竹東間第十六可以爲笛，取用果有異聲。孔融與邕素厚，邕亡後，有虎賁士貌相類，融每酒後引與共坐，曰：「雖無老成人，尚有典刑。」女琰，字文姬，初適河東衛仲道，夫亡無子，後自胡中歸，重嫁陳留董祀。

古詩：「客從遠方來，遺我雙鯉魚。呼童烹鯉魚，中有尺素書。書中竟何如？上有加餐食，下有長相憶。」此蔡中郎所作。

蔡中郎又有翠鳥詩曰：「庭陬有若榴，緑葉含丹榮。翠鳥時來集，振翼脩形容。回顧生碧色，動摇揚縹青。幸脱虞人機，得親君子庭。馴心托君素，雌雄保百齡。」

蔡中郎短人賦云：「雄荆雞兮鶩鷿鵜，鶻鳩鶵兮鶉鷃嶋，冠戴勝兮啄木兒，觀短人兮形若斯。蟄地蝗兮蘆蝍蛆，繭中蛹兮蠶蠕蝢，視短人兮形若斯。木門閫兮梁上柱，弊鑿頭兮斷柯斧，鞞鞨鼓兮補履樸，脱枘椎兮擣薤杵，視短人兮形如許。」

蔡中郎青衣賦云：「金生砂礫，珠出蚌泥。歎兹窈窕，散在卑微。盼倩淑麗，皓齒蛾眉。縱横接髪，葉如低葵。綺袖丹裳，躡蹈絲扉。盤跚蹀躞，坐起低昂。和暢善笑，動揚朱唇。都冶嫵媚，卓躒多姿。精惠小心，趨事如飛。中饋裁割，莫能雙追。」同時河間張超聞而規之，作誚青衣賦，其略云：「彼何人斯！悦此艷姿。麗辭美譽，雅句斐斐。文則可佳，志卑意微。鳳兮鳳兮，何德之衰。高岡可華，何必棘茨！醴泉可飲，何必洿池！勤節君子，無當自逸。宜如防水，守之以一。秦繆思僁，故獲終吉。」東國宗敬中郎，不言名，咸稱蔡君。兖州、陳留並圖畫形像，爲之目曰：「文同三閭，孝齊參、騫。」

興平中，天下喪亂，蔡文姬没於南匈奴，在左賢王部伍中十二年，生二子。曹操痛邕無嗣，敕大將軍以金璧贖歸。文姬臨行，作詩云：「家既迎兮當歸寧，兒呼母兮啼失聲，我掩耳兮不忍聽。」比歸，操問邕遺書，對曰：「亡父積書四千餘篇，流離塗炭，罔有存者。今所誦憶，裁四百餘篇。」因乞給紙筆，真草惟命。於是繕書送上，不遺一字。

文姬博學有才辯，又妙於音，六歲時，中郎於夜中鼓琴，絃絶，問之，曰：「第一絃。」復故斷一絃，問之，曰：「第四絃。」中郎曰：「偶中耳。」文姬曰：「吳札觀風，知四國興亡；師曠吹律，識南風不競。由此觀之，何足不知？」按晉書后妃傳：景獻羊皇后母蔡氏，邕女也。又羊祜傳：祜，邕外孫，景獻皇后同産弟。祜討吳有功，將進爵，乞以賜舅子蔡襲，詔封襲關内侯。是邕未嘗無嗣，其女亦未嘗爲董祀妻也。

蔡文姬既歸，胡人思慕之，乃捲蘆葉爲吹笳，奏哀怨之音，後董生以琴寫胡笳聲，爲十八拍。其一曰：「我生之初尚無爲，我生之後漢祚衰。天不仁兮降亂離，地不仁兮使我逢此時。干戈日尋兮道路危，民卒流亡兮共哀悲。煙塵蔽野兮胡虜盛，志意乖兮節義虧。對殊俗兮非我宜，遭惡辱兮當告誰？笳一會兮琴一拍，心憤怨兮無人知！」其二曰：「戎羯逼我兮爲室家，將我行兮向天涯。雲山萬重兮歸路遐，疾風千里兮揚塵沙。人多暴猛兮如虺蛇，控弦被甲兮爲驕奢。兩拍張絃兮絃欲絶，志摧心折兮自悲嗟！」其三曰：「越漢國兮入胡城，亡家失身兮不如無生。氈裘爲裳兮骨肉震驚，羯羶爲味兮枉遏我情。鞞鼓喧兮從夜達明，胡風浩浩兮暗塞營。傷今感昔兮三拍成，銜悲畜恨兮何時平？」其四曰：「無日無夜兮不思我鄉土，稟氣含生兮莫過我最苦。天災國亂兮人無主，唯我薄命兮没戎虜。殊俗心異兮身難處，嗜慾不同兮誰可與語？尋思涉歷兮多艱阻，四拍成兮益悽楚！」其五曰：「雁南征兮欲寄邊聲，雁北歸兮爲得漢音。雁飛高兮邈難尋，空斷腸兮思愔愔。攢眉向月兮撫雅琴，五拍泠泠兮意彌深！」其六曰：「冰霜凛凛兮身苦寒，饑對肉酪兮不能餐。夜聞隴水兮聲嗚咽，朝見長城兮路杳漫。追思往日兮行李難，六拍悲琴兮欲罷彈！」其七曰：「日暮風悲兮邊聲四起，不知愁心兮說向誰是？原野蕭條兮烽戍萬里，俗賤老弱兮少壯爲美。逐有水草兮安家葺壘，牛羊滿野兮聚如蜂蟻。草盡水竭兮羊馬皆徙，七拍流恨兮惡居於此！」其八曰：「爲天有眼兮何不見我獨漂流？爲神有靈兮何事處我天南海北頭？我不負天兮天何配我殊匹？我不負神兮神何殛我越荒州？製兹八拍兮擬俳優，何知曲成心轉愁？」其九曰：「天無涯兮地無邊，我心愁兮亦復然。生倏忽兮如白駒之過隙然，不得歡樂兮當我之盛年。怨兮欲問天，天蒼蒼兮上無緣。舉頭仰望兮空雲煙，九拍懷情兮誰與傳？」其十曰：「城頭烽火不曾滅，疆埸征戰何時歇？殺氣朝朝衝塞門，胡風夜夜吹邊月。故鄉隔兮音塵絶，哭無聲兮氣將咽。一生辛苦兮緣離別，十拍悲深兮淚成血！」其十一曰：「我非貪生而惡死，不能捐身兮心有以。生仍冀得兮歸桑梓，死當埋骨兮長已矣。日居月諸兮在戎壘，胡人寵我兮有二子。鞠之育之兮不羞恥，愍之念之兮生長邊鄙。十有一拍兮因兹起，哀響纏綿兮徹心髓！」其十二曰：「東風應律兮暖氣多，知是漢家天子兮布陽和。羌胡蹈舞兮共謳歌，兩國交驩兮罷兵戈。忽遇漢使兮稱近詔，遣千金兮贖妾身。喜得生還兮逢聖君，嗟别稚子兮會無因。十有二拍兮哀樂均，去住兩情兮難具陳！」其十三曰：「不謂殘生兮卻得旋歸，撫抱胡兒兮泣下沾衣。漢使迎我兮四牡騑騑，號失聲兮誰得知？與我生死兮逢此時，愁爲子兮日無光輝，焉得羽翼兮將汝歸。一步一遠兮足難移，魂消影絶兮恩愛遺。十有三拍兮絃急調悲，肝腸攪刺兮人莫我知！」其十四曰：「身歸國兮兒莫之隨，心懸懸兮長如饑。四時萬物兮有盛衰，唯我愁苦兮不暫移。山高地濶兮見汝無期，更深夜闌兮夢汝來斯。夢中執手兮一喜一悲，覺後痛吾心兮無休歇時。十有四拍兮涕淚交垂，河水東流兮心是思。」其十五曰：「十五拍兮節調促，氣填胸兮誰識曲？處穹廬兮偶殊俗，願得歸來兮天從欲。再還漢國兮歡心足，心有懷兮愁轉深。日月無私兮曾不照臨，子母分離兮意難任。同天隔越兮如商參，生死不相知兮何處尋？」其十六曰：「十六拍兮思茫茫，我與兒兮各一方。日東月西兮徒相望，不得相隨兮空斷腸。對萱草兮憂不忘，彈鳴琴兮情何傷？今別子兮歸故鄉，舊怨平兮新怨長。泣血仰頭兮訴蒼蒼，胡爲生兮獨罹此殃？」其十七曰：「十七拍兮心鼻酸，關山阻脩兮行路難。去時懷土兮心無緒，來時別兒兮思漫漫。塞上黄蒿兮枝枯葉乾，沙場白骨兮刀痕箭瘢。風霜凜凜兮春夏寒，人馬饑虺兮筋力單。豈知重得兮入長安，歎息欲絶兮淚闌干。」其十八曰：「胡笳本自出胡中，緣琴翻出音律同。十八拍兮曲雖終，響有餘兮思無窮。是知絲竹微妙兮均造化之功，哀樂各隨人心兮有變則通。胡與漢兮異域殊風，天與地隔兮子西母東。苦我怨氣兮浩於長空，六合雖廣兮受之應不容！」

鄭玄 字康成。師扶風馬融。融勤學，夢見一林，花如錦繡，夢中摘此花食之，及寤，見天下文詞無所不知，時人號爲「繡囊」。玄三載無一業成，融遣還。玄過樹陰假寐，夢一老父以刃開其心，傾墨汁著玄心內，於是遂返，精洞典籍，人以爲「經神」。常居不其成南山中教授，黄巾亂，乃避遣生徒，諸賢於此揮涕而散。所居山下有草如薤葉，長尺餘許，俗謂康成書帶。袁紹嘗餞玄，欲玄必醉，會者三百餘人，皆離席奉觴，度玄飲三百餘杯，而温克之容終日無怠。孔融雅敬玄，屣履造門，告高密縣爲玄特立一鄉，曰鄭公鄉。玄有子爲融吏，融被圍，往赴，爲賊所害。有遺腹子以丁卯日生，而玄以丁卯歲生，名曰小同。

鄭玄家奴婢皆讀書。嘗使一婢不稱旨，將撻之，方自陳説，玄怒，使人曳著泥中，須臾，復有一婢來，問曰：「胡爲乎泥中？」答曰：「薄言往愬，逢彼之怒。」

孔融

字文舉，孔子二十四世孫。十歲時詣李膺，膺甚奇之，太中大夫陳韙戲曰：「小時了了，大未必佳。」融曰：「想君小時必當了了。」韙大踧踖。後爲北海太守，累遷太中大夫。與白衣禰衡放言傲物，衡謂仲尼不死，融謂顔回復生。郄慮與有隙，譖之，爲曹操所害。

孔融作郡姓名字詩云：「漁父屈節，水潛匿方，離「魚」字與旹進止，出行施張。離「日」字，「魚」「日」合成「魯」呂公磯釣，闔口渭傍。離「口」字九域有聖，無土不王。離「或」字，「口」「或」合成「國」好是正直，女回于匡，離「子」字海外有截，隼逝鷹揚。當離「乙」字，恐古文與今文不同。合成「孔」也。六翮將奮，羽儀未彰，離「鬲」字蛇龍之蟄，俾也可忘。離「虫」字，合成「融」玟璇隱曜，美玉韜光。去「玉」成「文」，不須合無名無譽，放言深藏，離「與」字按轡安行，誰謂路長。離「才」字，合成「舉」。」蓋離合「魯國孔融文舉」六字。古詩有離合體，近人多不解此體。余讀文類得北海此詩。如首章云：「漁父屈節，水潛匿方，與旹進止，出行弛張。」第一句「漁」字，第二句「水」字，「漁」犯「水」字，而去「水」則存者爲「魚」字。第三句有「旹」字，第四句有「出」字，「旹」犯「出」字，而去「出」則存者爲「日」字。離「魚」與「日」而合之則爲「魯」字。下四章類此。此離一字偏旁爲兩句，而四句湊合爲一字者。

孔北海好酒及客，恒曰：「坐上客長滿，樽中酒不空，吾無憂矣。」嘗作詩云：「歸家酒債多，門客粲幾行。高談滿四座，一日傾千觴。」

禰衡　字正平。年未及冠而孔文舉已踰五十，相與爲爾汝交。嘗北遊許都，懷一刺，字漫滅無所通。或問當今誰可，禰曰：「大兒孔文舉，小兒楊德祖。」

禰衡常有辭吊張衡曰：「南岳有精，君誕其姿。清和有理，君達其機。故能下筆繡辭，揚手文飛。昔伊尹值湯，吕尚遇旦，嗟矣君生，而獨值漢。蒼蠅争飛，鳳凰已散。元龜可羈，神龍可絆。石堅而朽，星華而滅。惟道興隆，悠永靡絶。君音永浮，君聲永流。余生雖後，身亦存遊。士貴知己，君其勿憂。」

魏武帝圖欲辱衡，乃録爲鼓吏，後朝普天閲試鼓節，作三重閣，列坐賓客。以帛絹製衣，作一岑牟，一單絞及小幝。鼓吏度者皆當脱其故衣，着此新衣。次傳衡，衡擊鼓爲漁陽摻撾，蹋地來前，音節殊妙。既度，不肯易衣，吏呵之，衡便止，當武帝前，先脱幝，次脱餘衣，裸身而立，徐徐乃著岑牟，次箸單絞，後乃著幝畢，復擊鼓摻槌而去。帝笑謂四坐曰：「本欲辱衡，衡反辱孤。」既乃送衡於荆州，爲黄祖掌書記。與祖子射共讀蔡伯喈碑，射恨不繕寫，衡一覽能識之，惟第四行中石盡磨滅，兩字不分明，射馳使寫碑，惟兩字不著。一日，祖大會，有獻鸚鵡者，射請賦以娱賓客，衡攬筆而就，辭采甚麗。後于座上言不遜，爲祖所害。

魏伯陽

吳人。本高門之子，而性好道術，作參同契，其説似解周易，其實論作丹之意。與弟子三人入山作神丹，丹成，乃曰：「先宜與犬試之，若犬飛，然後人可服。」乃與犬食，犬即死，伯陽服丹入口即死，一弟子服之亦死，余二弟子遂不服，乃共出山去。後伯陽即起，將所服丹内弟子及犬口中，皆起，遂皆仙去。二弟子乃始懊恨。

參同契後叙云：「鄶會鄙夫，幽谷朽生。委時去害，依記丘山。循遊寥廓，與鬼爲鄰。百世一下，遨遊人間。湯遭厄際，水旱隔屏。」乃隱「魏伯陽」字。又越絶書絶篇之言曰：「以去爲姓，得衣乃成。厥名有米，覆之以庚。禹來東征，死葬其鄉。不直自斥，託類自明。」又曰：「文屬詞定，自于邦賢。以口爲姓，承之以天。楚相屈原，與之同名。」「去」得「衣」乃「袁」字，「米」覆「庚」乃「康」字，「禹葬會稽」，是乃會稽人袁康。以「口」承「天」，「吳」字，「屈原同名」，「平」字。與康同著此書者，乃吳平也。東漢末，文人好作隱語。孔融隱其姓名於離合詩，魏伯陽隱其姓名於參同契。融與伯陽，俱漢末時人，故文字稍同，則越絶書之著爲同時何疑？

焦光

字孝然，生漢末。及魏受禪，結茅獨止其中，太守董經往視之，不肯語。常食白石，以分與人，熟煮如芋，食之。後不知所適。今鎮江焦山以光得名。

魏伐吴，有竊問隱士焦光，光不應，謬歌云：「祝衂祝衂，非魚非肉，更相追逐。本爲殺牂羊，更殺羖䍽。」後魏軍敗，人推其意：「牂羊」指吴，「羖䍽」指魏。

堯山堂外紀卷八

三國

魏

武帝操

字孟德，小字阿瞞，一名吉利。

武帝使盧洪、趙達撫軍，主刺舉，軍中語曰：「不畏曹公，但畏盧洪。曹公尚可，趙達殺我。」

武帝與曹洪所乘之馬，名曰「白鶴」。時人諺曰：「憑空虛躍，曹家『白鶴』。」

武帝有短歌行，曰：「對酒當歌，人生幾何？譬如朝露，去日苦多。慨當以慷，憂思難忘。何以解憂？唯有杜康。青青子衿，悠悠我心。但爲君故，沉吟至今。明明如月，何時可掇？憂從中來，不可斷絶。月明星稀，烏鵲南飛，繞樹三匝，無枝可依？山不在高，水不在深，周公吐哺，天下歸心。」

武帝有碣石歌四章，一曰龜雖壽，其辭曰：「老驥伏櫪，志在千里；烈士暮年，壯心不已。晉王敦每酒後輒詠此語，以如意打唾壺，壺口盡缺。

文帝丕

字子桓，操長子。初爲五官中郎將，後嗣位爲丞相、魏王，稱受漢禪。其受禪碑，王朗文，梁鵠書，鍾繇鐫字，謂之三絶。

文帝大興軍伐吴，爲水軍，親御龍舟至廣陵，臨江觀兵，會暴風漂蕩，幾至覆没，乃賦詩引還。其詩曰：「西北有浮雲，亭亭如車蓋。惜哉時不遇，適與飄風會。吹我東南行，行行至吴會。吴會非我鄉，安得久留滯？棄置勿復陳，客子常畏人。」

阮元瑜早亡，帝傷其妻孤寡，爲作詩曰：「霜露紛兮交下，木葉落兮淒淒。候雁叫兮雲中，歸燕翩兮徘徊。妾心感兮惆悵，白日急兮西頽。守長夜兮思君，魂一夕兮九乖。悵延佇兮仰視，星月隨兮天迴。徒引領兮入房，竊自憐兮孤棲。願從君兮終没，愁何可兮久懷。」

王宋者，平虜將軍劉勳妻也，入門三十餘年，後勳悦山陽司馬氏女，以宋無子，出之。帝代宋作詩二章，其一曰：「翩翩牀前帳，張以蔽光輝。昔將爾同去，今將爾同歸。緘藏篋笥裏，當復何時披？」其二曰：「誰言去婦薄，去婦情更重。千里不唾井，況乃昔所奉。遠望未爲遥，踟躕不得並。」

甄皇后，文帝后也，惠而有色，先爲袁熙妻，甚獲寵。曹公屠鄴，令疾召甄。左右白五官中郎已將去，公曰：「今年破賊正爲奴。」後爲郭貴嬪所譖，賜死。臨終作塘上行曰：「蒲生我池中，其葉何離離。傍能行仁義，莫若妾自知。衆口鑠黄金，使君生别離。念君去我時，獨愁常苦悲。想見君顔色，感結傷心脾。念君常苦悲，夜夜不能寐。莫以豪賢故，棄捐素所愛；莫以魚肉賤，棄捐葱與薤；莫以麻枲賤，棄捐菅與蒯。出亦復苦愁，入亦復苦愁。邊墻多悲風，樹木何從修。從軍致獨樂，延年壽千秋。」丕既納甄后，孔文舉與曹公書曰：「武王伐紂，以妲己賜周公。」曹公以文舉博學，真謂書傳所記。後見文舉問之，答曰：「以今度之，想當然耳。」

帝所愛美人薛靈芸，常山人也。咸熙初，習谷出守常山，以千金寶賂聘之以獻，至京師，帝迎以文車十乘。車徒咽路，塵起蔽月，時人謂爲塵宵。又築臺高三十丈，列燭臺下，遠近望之如列星。又爲銅表誌里數。行者歌曰：「青槐夾道多塵埃，龍樓鳳闕望崔嵬。清風細雨雜香來，土上出金火照臺。」靈芸未至京師十里，帝望車徒之盛，嗟曰：「昔言朝爲行雲，暮爲行雨，今非雲非雨，非朝非暮。」改靈芸名曰夜來。夜來妙于鍼工，雖處深帷之内，不用燈燭之光，裁製立成。非夜來縫製，帝則不服。宮中號爲「鍼神」。按：歌末七字是妖辭。銅表誌道，是土上出金；以燭置臺下，則火在土下。

漢火德王，魏土德王，火伏而土興。土上出金，是魏滅而晉興之兆。晉以金王也。

曹植

字子建。文帝同母弟，封陳王，謚曰思。謝靈運嘗言：「天下才共一石，子建獨得八斗，我得一斗，自古及今用一斗。」

文帝嘗與陳思王同輦出遊，見兩牛在墻間鬬，一牛墜井死。詔植賦詩，不得言牛，不得言鬬，不得言井，不得言死。走馬百步，要成四十言，不成，即加罪。植策馬而馳，應口即成，曰：「兩肉齊道行，頭上戴橫骨。行至凶土頭，崛起相唐突。二敵不俱剛，一肉卧土窟。非是力不如，盛氣不得泄。」賦成，步猶未竟。

文帝嘗欲害植，以其無罪，令七步中作詩，不成者行大法。植應聲便爲詩曰：「煮豆持作羹，漉豉以爲汁。萁向釜下然，豆在釜中泣。本是同根生，相煎何太急。」帝深有慚色。一作「煮豆燃豆萁，豆在釜中泣。本是同根生，相煎何太急」。

譙樓畫角之曲有三弄，相傳爲曹子建作。其初弄曰：「爲君難，爲臣亦難。難又難。」再弄曰：「創業難，守成亦難。難又難。」三弄曰：「起家難，保家亦難。難又難。」今角音之嗚，嗚者皆難字，曳聲。

子建宜男花頌曰：「草號宜男，既曄且貞。其貞伊何？惟乾之嘉。其曄伊何？緑葉丹花。光采晃曜，配彼朝日。君子耽樂，好和琴瑟。固作螽斯，惟立孔臧。福齊太姒，永世克昌。」

初陳思王求甄逸女，不遂，太祖回，與五官中郎將，植殊不平，晝思夜想，廢寢與食。黄初中入朝，帝示植甄后玉鏤金帶枕，植不覺泣下。時已爲郭后讒死。帝意亦尋悟，因令太子留宴飲，仍以枕賚植。植還，息洛水上，感而入夢，植悲喜不能自勝，因作賦，名曰感甄。又作蒲生行，曰：「茱萸自有芳，不若桂與蘭。新人雖可愛，無若故所歡。行雲有反期，君恩儻中還。慊慊仰天歎，愁心將何愬。日月不恒處，人生忽若寓。悲風來入懷，淚下如垂露。發篋造裳衣，裁縫紈與素。」植以此篇當后塘上行。後明帝見感甄賦，改爲洛神賦。

楊修

字德祖，彪之子。楊震畏四知，楊秉三不惑，楊賜議論切直，楊彪名震四海，孔融稱爲「四世清德」。德祖嘗以寶劍與文帝，帝愛其才美佩之，告左右曰：「此楊修劍也。」

人餉武帝一桮酪，帝噉少許，蓋頭上題「合」字以示衆，衆莫能解。次至楊修，修便噉，曰：「公教人噉一口耳。何疑！」帝作相國門，自出看，題「活」字便去。修即令壞之，曰：「門中活，『闊』字，嫌門大也。」

武帝嘗過曹娥碑下，楊修從碑背上見題作「黄絹幼婦，外孫齏臼」八字。帝謂修曰：「解不？」答曰：「解。」魏武曰：「卿未可言，待我思之。」行三十里，魏武乃曰：「吾已得。」令修別記所知。修曰：「『黄絹』，色絲也，於字爲『絶』。『幼婦』，少女也，於字爲『妙』。『外孫』，女子也，於字爲『好』。『齏臼』，受辛也，於字爲『辭』。所謂『絶妙好辭』也。」帝亦記之，與修同，乃歎曰：「有智無智，較三十里。」

王粲

字仲宣。文帝爲五官中郎將及平原侯植皆好文學，粲與北海徐幹、廣陵陳琳、陳留阮瑀、汝南應瑒、東平劉楨並見友善，號「建安七子」。世目曹子建爲「繡虎」，王仲宣爲「泥下潛蛙」，鄧艾「伏鸞」、陸雲「隱鵠」，皆喻其文。

王仲宣以西京擾亂，依劉表於荆州，表以粲貌醜，不甚禮焉。粲於是登樓作賦，因名仲宣樓。時客荆已久，又作七哀詩，謂病而哀，義而哀，感而哀，悲而哀，耳目聞見而哀，口歎而哀，鼻酸而哀，一事而七者具也。其辭曰：「西京亂無象，豺虎方遘患。復棄中國去，逶身適荆蠻。親戚對我悲，朋友相追攀。出門無所見，白骨蔽平原。路有饑婦人，抱子棄草間。顧聞號泣聲，揮涕獨不還。『未知身死處，何能兩相完？』驅馬棄此去，不忍聽此言。南登霸陵岸，回首望長安。悟彼下泉人，喟然傷心肝。」粲與人共行，讀道邊碑。人問：「卿能闇誦乎？」曰：「能。」因使誦之，不失一字。觀人圍棊，局壞，粲爲覆之。棋者不信，以帊蓋局，使更以他局爲之。用相比校，不悞一道。

徐幹

字偉長。爲司空軍謀祭酒掾屬、五官將文學。

徐幹於清河道中，見挽船士新婚，與其妻別，幹作詩曰：「與君結新婚，宿昔當別離。涼風動秋草，蟋蟀鳴相隨。冽冽寒蟬吟，蟬吟抱枯枝。枯枝時飛揚，身體忽遷移。不悲身遷移，但惜歲月馳。歲月無窮極，會合安可知？願爲雙黄鵠，比翼戲清池。」

劉楨贈徐幹詩曰：「步出北寺門，遥望西苑園。細柳夾道生，方塘含清源。輕葉隨風轉，飛鳥何翻翻？乖人易感動，涕下與衿連。」幹答詩曰：「與子別無幾，所經未一旬。我思一何篤？其愁如三春。雖路在咫尺，難涉如九關。陶陶諸夏別，草木昌且繁。」是時徐在西掖，劉在禁省云。

陳琳

字孔璋。武帝書檄多琳所作。帝素患頭眩，每讀琳檄文，輒喜曰：「此愈我病。」

文帝爲五官將時，得馬腦以爲寶勒，美而賦之，命陳琳、王粲並作。琳賦曰：「爾乃他山爲錯，荆和爲理，制爲寶勒，以御君子。」粲賦曰：「因恣象形，匪彫匪刻。厥容應規，厥性順直。御世嗣之駿服兮，表騄驥之儀式。」

陳琳有飲馬長城窟行，曰：「飲馬長城窟，水寒傷馬骨。往謂長城吏：『慎莫稽留太原卒！』『官作自有程，舉築諧汝聲。』『男兒寧當格鬬死，何能怫鬱築長城！』長城何連連！連連三千里。邊城多健少，内舍多寡婦。作書與内舍：『便嫁莫留住。善侍新姑嫜，時時念我故夫子。』報書往邊地：『君今出語一何鄙！』『身在禍難中，何爲稽留他家子？生男慎莫舉，生女哺用脯。君獨不見長城下，死人骸骨相撑拄！』『結髮行事君，慊慊心意關。明知邊地苦，賤妾何能久自全？』」

阮瑀

字元瑜。少受學於蔡邕，太祖使與陳琳並爲司空軍謀祭酒，管記室。

武帝雅聞阮瑀名，辟之，不應，連見逼，乃逃入山中。帝使人焚山，得瑀，送至，召入。帝時征長安，大延賓客，怒瑀不與語，使就技人列。瑀善解音，能鼓琴，遂撫絃按節，因造歌曲曰：「奕奕天門開，大魏應期運。青蓋巡九州，在東西人怨。士爲知己死，女爲悦己翫。恩義苟敷暢，他人焉能亂？」爲曲既捷，音聲殊妙，帝大悦。

應瑒

字德璉。漢泰山太守卲之從子。

應瑒嘗侍五官將，集建章臺，丕命諸文學賦詩，瑒應令曰：「公子敬愛客，樂飲不知疲。和顔既已暢，乃肯顧細微。贈詩見存慰，小子非所宜。且爲極讙情，不醉其無歸。凡百敬爾位，以副饑渴懷。」

劉楨

字公幹。七子中以曹、劉爲絶唱。

建安七子，唯劉公幹獨爲諸王子所親，五官將嘗宴諸文學，酒酣，命甄夫人出拜。坐中咸伏，公幹獨平視。太祖聞之，乃收治罪，減死輸作署吏。楨嘗有贈從弟詩，云：「亭亭山上松，瑟瑟谷中風。風聲一何盛，松枝一何勁。」其寄意如是，故雖輸作而不悔云。

劉公幹辯敏無對。既坐平視甄夫人，配輸作部，太祖至尚方觀作，見劉匡坐磨石，公問：「石何如？」劉因喻己自理，跽而答曰：「石出荆山懸巖之顛，外有五色之文，内含卞氏之珍，磨之不加瑩，雕之不增文，禀氣堅貞，受之自然，顧其理枉屈紆繞而不得申。」公笑釋之。公幹配輸作部，文帝問曰：「卿何以不謹於文憲？」楨答曰：「臣誠庸短，亦由陛下網目不疎。」

劉公幹大暑賦云：「其爲暑也，羲和總駕發扶木，太陽爲輿達炎燭，威靈參垂步朱轂。赫赫炎炎，烈烈暉暉，若熾燎之附體，又温泉而沉肌。獸喘氣於玄景，鳥戢翼於高危。農畯捉鎛而去疇，織女釋杼而下機。温風至而增熱，歊悒熠而無依。披襟領而長嘯，冀微風之來思。」

繁欽　字休伯。少得名於汝潁。爲丞相主簿。

繁欽文才機辨，長於書記，又善爲詩賦。有定情詩曰：「我出東門遊，邂逅承清塵。思君即幽房，侍寢執衣巾。時無桑中契，迫此路側人。我既媚君姿，君亦悦我顔。何以致拳拳？綰臂雙金環。何以致殷勤？約指一雙銀。何以致區區？耳中雙明珠。何以致叩叩？香囊繫肘後。何以致契濶？繞腕雙跳脱。何以結恩情？美玉綴羅纓。何以結中心？素縷連雙鍼。何以結相於？金薄畫搔頭。何以慰别離？耳後瑇瑁釵。何以答歡悦？紈素三條裙。何以結愁悲？白絹雙中衣。與我期何所？乃期東山隅。日旰兮不來，谷風吹我襦，遠望無所見，涕泣起踟躕。與我期何所？乃期山南陽。日中兮不來，飄風吹我裳，逍遥莫誰覩，望君愁我腸。與我期何所？乃期西山側。日夕兮不來，躑躅長歎息，遠望涼風至，俯仰正衣服。與我期何所？乃期山北岑。日暮兮不來，凄風吹我襟，望君不能坐，悲苦愁我心。愛身以何爲？惜我華色時。中情既欵欵，然後剋密期。褰衣躡茂草，謂君不我欺。厠此醜陋質，徙倚無所之。自傷天所欲，淚下如連絲。」

吴質

字季重。以文才爲文帝所善，南皮之遊甚樂。

文帝嘗召質及曹休歡會，命郭后出見質等。帝曰：「卿仰諦視之。」其至親如此。質，黄初五年朝京師，詔上將軍及特進以下皆會質所，太官給供具。及文帝崩，質思慕，作詩曰：「愴愴懷殷憂，殷憂不可居。徙倚不能坐，出入步踟躕。念蒙聖主恩，榮爵與衆殊。自謂永保身，志氣甫當舒。何意中見棄，棄我就黄壚。煢煢靡所恃，淚下如連珠。隨没無所益，身死名不書。慷慨自僶俛，庶幾烈丈夫。」

楊豐 初名和若，字伯陽。

楊和若，少遊俠，常以報仇解怨爲事，時人爲之號曰：「東市相斫楊阿若，西市相斫楊阿若。」

明帝叡 丕子，甄皇后生也。后被譖死，丕與叡獵，見子母鹿，既射其母，命叡射其子，叡泣曰：「陛下已殺其母，臣不忍復殺其子。」丕釋弓矢，爲之惻然。

明帝時，昆明國獻嗽金鳥，形如雀，色黄，常翱翔於海上，餇以真珠及龜腦，常吐金屑如粟，鑄之乃爲器、服。宫人争以鳥所吐金爲釵珥，謂之「辟寒金」，以鳥不畏寒也。宫人相嘲弄曰：「不服『辟寒金』，那得帝王心；不服『辟寒鈿』，那得帝王憐。」

明帝景初中，童謡曰：「阿公阿公駕馬車，不意阿公東渡河，阿公東還當奈何？」及司馬宣王平遼東，歸至白屋，當還鎮長安，會帝篤疾，急召之，乃乘追鋒車東渡河，終翦魏室。

應璩

字休璉，瑒之弟。明帝時，歷官散騎常侍。朱建平相璩曰：「君年六十二，先此一年，當獨見白狗。」璩年六十一爲侍中，直内省，忽見白狗。衆人悉不見，作急遊觀，飲讌自娱，六十二卒。

應璩古樂府云：「昔有行道人，陌上見三叟。年各百餘歲，相與鋤禾莠。住車問三叟：『何以得此壽？』上叟前致詞：『量腹節所受。』中叟前致辭：『室内嫗麄醜。』下叟前致詞：『暮卧不覆首。』要哉三叟言，所以能長久。」朱子語録：「或云：俗語『夜飯減一口，活得九十九』。先生曰：『此出古樂府三叟詩。』」

漢桓帝時，有馬子侯者，爲人頗癡，自謂曉音律，黄門樂人更相嗤誚，子侯不知名陌上桑，反言鳳將雛，輒摇頭欣喜，多賜左右錢帛，無復慙色。應璩新詩曰：「漢末桓帝時，郎有馬子侯。自謂識音律，請客鳴笙竽。爲作陌上桑，反言鳳將雛。左右僞稱善，亦復自摇頭。」

程曉

字季明。衛尉安鄉侯昱之孫，以祖功分封列侯。

程曉嘲熱曰：「平生三伏時，道路無行車。閉門避暑卧，出入不相過。今世褦襶子，觸熱到人家。主人聞客來，顰蹙奈此何？謂當起行去，安坐正咨嗟。所説無一急，嗒啥一何多？疲倦向之久，甫問君極那。摇扇髀中疾，流汗正滂沲。莫謂爲小事，亦是一人瑕。傳戒諸高明，熱行宜見呵。」

嵇康

字叔夜。其先姓奚，會稽上虞人，以避怨徙銍，銍有嵇山，家于其側，因而命氏，寓居山陽。貧，鍛以自給。與魏宗室婚，拜中散大夫。

東平呂安與嵇康友善，後安兄巽姦通安妻，乃誣安不孝，繫獄。辭相證引，因收康。初康採藥山中，見隱者孫登，謂之曰：「子才多識寡，難乎免於今之世矣！」及是縲紲，乃作詩自責，曰：「嗟余不敏，好善闇人。欲寡其過，謗議沸騰。性不傷物，頻至怨憎。昔慙柳惠，今愧孫登。内負宿心，外恧良朋。煌煌靈芝，一年三秀。予獨何爲？有志不就。懲難思復，心焉内疚。庶勖將來，無馨無臭。采薇山阿，散髮巖岫。永嘯長吟，頤性養壽。」臨刑，語人曰：「袁孝尼嘗從吾學廣陵散，吾每固之不與。廣陵散于今絶矣。」因援琴而鼓，顔色自若。康與安每相思，千里命駕，安後來，值康不在。康兄喜出户延之，不入，題門上作「鳳」字而去。喜不覺，猶以爲忻故作。「鳳」字，凡鳥也。

阮籍

字嗣宗，瑀之子。性好飲，聞步兵厨多美酒，乃求爲步兵校尉。嘗率意獨駕，車跡所窮，輒慟哭而返。又對人能爲青白眼，由是禮法之士，深所讐疾。時兵家女有才色，未嫁而死，阮初不識其父兄，徑往，哭之盡哀。鄰家有婦當壚，阮與王安豐常從婦飲，阮醉便眠其側。夫始殊疑之，伺察終無他意。其嫂還家，籍見與别，或譏之，曰：「禮豈爲我輩設也。」

阮步兵嘯聞數百步，登蘇門山，有真人樵伐者，擁䣛巖側，籍就之，箕踞相對，凝矚不轉。籍因對之長嘯，意盡，退還半嶺許，聞上嗗然有聲，如數部鼓吹，林谷傳響，顧看，廼向人嘯也。籍既降，乃假蘇門先生之論以寄所懷，其歌曰：「日没不周西，月出丹淵中。陽精蔽不見，陰光代爲雄。亭亭在須臾，厭厭將復隆。富貴俯仰間，貧賤何必終。」又歌曰：「天地解兮六合開，星辰隕兮日月頹，我騰而上將何懷？」蘇門先生即孫登也。宋潘子真以「霜威能折綿，風力欲冰酒」之句問黄山谷所從出，山谷曰：「勁氣方凝酒，清威正折綿。」庾肩吾詩也。按：晉阮籍大人先生歌有曰：「陽和微弱陰氣竭，海凍不流綿絮折，呼吸不通寒冽冽。」乃知「折綿」之事始於阮籍。

鍾毓 字穉叔。弟會，字士季。繇二子。夏侯玄以其志趣不同，不與之交。玄既被桎梏，毓爲廷尉，執玄手曰：「太初何至於此？」玄正色曰：「雖復刑餘之人，不可得交。」

鍾毓、鍾會，少有令譽，年十三，文帝聞之，語其父鍾繇曰：「可令二子來。」於是敕見。毓面有汗，帝曰：「卿面何以汗？」毓對曰：「戰戰惶惶，汗出如漿。」復問會：「卿何以不汗？」對曰：「戰戰慄慄，汗不敢出。」毓兄弟小時，值父晝寢，因共偷服藥酒。其父時覺，且託寐以觀之。毓拜而後飲，會飲而不拜。既而，問毓：「何以拜？」毓曰：「酒以成禮，不敢不拜。」又問會：「何以不拜？」會曰：「偷本非禮，所以不拜。」

鍾毓兄弟，警悟過人，每有嘲語，未嘗屈躓。毓語會：「聞有女能作調，試共視之。」於是，盛飾共載。行至西門，一女子笑曰：「車中央殊高。」二鍾都不覺。車後一門生云：「向已被嘲。」鍾愕然。門生曰：「中央高，兩頭羝。」毓兄弟多鬚，故以此調之。

周泰爲新城太守，司馬宣王使鍾毓調曰：「公釋褐政府三十六日，擁蓋守兵馬郡，乞兒乘小車，一何駛乎？」泰曰：「君名公之子，少有文采，故守吏職，獼猴騎土牛，又何遲也。」

司馬景王與鍾毓燕飲，時陳群子玄伯、武周子元夏在坐，共嘲毓。王以毓父諱戲問曰：「臯繇何如人？」毓對曰：「古之懿士。」顧謂玄伯、元夏曰：「君子周而不比，群而不黨。」陳群，太丘長陳寔孫也。寔子鴻臚卿紀，紀子司空群，群子泰，四世於漢、魏、晉間有重名，而其德漸小減。時人語曰：「公慙卿，卿慙長。」

鄧艾

字士載，棘陽人。年十三隨母至潁川，讀故陳太丘碑文「言爲世範，行爲士則」，遂自名範，字士則。後宗族有與同者，故改焉。

鄧艾以口吃不得作幹佐，爲稻田守叢草吏，而語稱「艾艾」。晉文王戲之曰：「卿云艾艾，定是幾艾？」答曰：「鳳兮鳳兮，故是一鳳。」

堯山堂外紀卷九

三國 蜀吴

龐德公

南郡襄陽人，龐士元從父也。隱居峴山南。司馬德操年小十歲，兄事之，故呼龐德公。諸葛孔明每至公家，獨拜床下，公初不令止。後携妻子入鹿門山。

龐德公有《於忽操》三章，其一曰：「於忽乎！不可以爲，其又奚爲？離婁之精，夜何有於明？師曠之耳，聾者亦有爾。東王良之手兮，後車載之。前行險既以覆兮，後逐逐其猶來！雖目盼而心駭兮，顧其能之安施？委繩墨以聽人兮，雖班輸亦奚以爲！」其二曰：「於忽乎！不可以爲，其又奚爲？椽櫨桷榱之累重，顧柱小之奈何？方風雨之晦陰，行者艱而莫休，居者坐而笑歌。不知壓之忽然兮，其謂安何？」其三曰：「於忽乎！不可以爲，其又奚爲？謂雞斯飛，誰得而羈？謂豕斯突，何取於縛？是皆以食而得之，吾於饑而後噫。雞兮豕兮，死以是兮！」

司馬徽　字德操，有知人之鑑。龐德公嘗謂諸葛孔明爲卧龍，從子士元爲鳳雛，德操爲水鑑。

司馬德操括囊畏謹，有以人物問者，不辨其高下，每輒言佳。其婦諫曰：「人質疑于君，君一皆言佳，豈咨君之意乎？」答曰：「如君言，亦復佳。」

諸葛亮　字孔明，封武鄉侯。其先葛氏，琅邪諸縣人，後徙陽都，陽都先有姓葛者，時人謂諸葛，因爲氏。兄弟並有盛名，各在一國，瑾仕吴，亮仕蜀，誕仕魏。于時以爲蜀得其龍，吴得其虎，魏得其狗。

黄彦承高爽開朗，爲沔南名士，謂孔明曰：「聞君擇婦，身有醜女，黄頭黑面，才堪相配。」孔明許，即載送之。鄉里爲之諺曰：「莫作孔明擇婦，正得阿承醜女。」

諸葛亮躬耕壠畝，好爲梁父吟，其辭曰：「步出齊城門，遥望蕩陰里。里中有三墓，累累正相似。問是誰家墓？田强、古冶子。力能排南山，文能絶地紀。一朝被讒言，二桃殺三士。誰能爲此謀，國相齊晏子。」晏子春秋：公孫捷、田開疆、古冶子事景公，勇而無禮，晏子言於公，餽之二桃，曰：「三子計功而食桃。」公孫捷曰：「吾再拜隱虎，功可以食。」田曰：「吾杖兵而御三軍者再，功可以食。」古冶子曰：「君嘗濟河，黿啣左驂，冶潛行水底，逆流百步，從流九里，得黿頸，功可以食。」二子曰：「吾勇不若子，功不逮子，取桃不讓，是貪也。然而不死，無勇也。」刎頸而死。冶曰：「二子死之，冶獨不逮。」又刎頸而死。漢末，曹操既殺孔融、楊修，又送禰衡於荆州，假乎黄祖。三子，皆天下之望也。武侯梁父吟殆爲此設。

諸葛亮表都護李嚴，嚴少爲郡職吏，用情深尅，苟利其身。鄉里爲嚴諺曰：「難可狎，李鱗甲。」

張裕

張裕饒鬚鬚，蜀先主嘲之曰：「昔吾居涿郡，多毛姓，東西南北，皆諸毛也。涿令稱曰：『諸毛繞涿居乎？』」先主無鬚，裕即答曰：「昔有作上黨潞長，後遷爲涿令，去官還家時，人與書，欲署潞則失涿，欲署涿則失潞，乃署曰『潞涿君』。」一坐絶倒。

馬良

字季常，襄陽宜城人也。先主稱尊號，以良爲侍中。

馬良，兄弟五人，並有才名。蜀中諺曰：「馬氏五常，白眉最良。」季常眉中有白毛，故以稱之。

河南西四十里，澗、穀、洛三水之交，有五門。了孫舊傳，馬氏兄弟五人共居此地，作五門客舍，因以爲名。主養猪賣豚，故名爲之語曰：「苑中三公，館下二卿，五門嚾嚾，但聞豚聲。」

秦宓

當時以博識稱。諸葛孔明呼爲學士。

吴使張温聘蜀，温問秦宓曰：「天有頭乎？」宓曰：「有。」温曰：「在何方？」宓曰：「詩云：『乃眷西顧。』以此推之，頭在西方。」温曰：「天有耳乎？」宓曰：「天處高而聽卑，詩云：『鶴鳴九皋，聲聞於天。』若其無耳，何以聽之？」温曰：「天有足乎？」宓曰：「詩云：『天步艱難。』若其無足，何以步之？」温曰：「天有姓乎？」宓曰：「姓劉。」「何以然？」曰：「其子姓劉，是以知之。」

秦宓遠遊詩曰：「遠遊何所見？所見邈難紀。巖穴非我鄰，林麓無知己。虎則豹之兄，鷹則鷂之弟。困獸走環岡，飛鳥驚巢起。猛氣何咆㘅，陰風起千里。遠遊長太息，太息遠遊子。」

支謙 吴高僧。

吴主權已制江左，而佛教未行，有支謙者，本月支人，來遊漢境，傳覽經籍，莫不精究，遍學異書，通六國語。其爲人細長黑瘦，眼多白而睛黄。時人爲之語曰：「支郎眼中黄，形軀雖細是智囊。」

周瑜 字公瑾，舒人。初孫策年十餘歲，已交結知名。瑜與策同年而小一月，便推結分好。策得喬公兩女，皆國色，策自納大喬，瑜納小喬。

周公瑾，少精意於音樂，雖三爵之後，其有闕誤，公瑾必知之，知之必顧。時人謡云：「曲有誤，周郎顧。」

諸葛恪 字元遜，瑾之子。少有才名，吴主權見而奇之曰：「藍田生玉，真不虚也。」及立登爲太子，妙選師友，乃以張昭子休、顧雍子譚、陳武子表與恪並爲中庶子，入講詩、書，出從騎射，待以布衣之禮，謂之四友。

諸葛瑾爲豫州，語別駕向臺云：「小兒知談，卿可與語。」比往詣恪，恪不相見。後於張輔吴昭坐中相遇。别駕唤恪：「咄，咄，郎君！」恪因嘲曰：「豫州亂矣，何咄咄之有？」答曰：「君明臣賢，未聞其亂。」恪曰：「昔唐堯在上，四凶在下。」答曰：「非唯四凶，亦有丹朱。」於是一坐大笑。瑾面長似驢，吴主權使優人牽驢入，題其面曰：「諸葛子瑜。」時恪亦侍宴中，請筆，於題下添寫「之驢」二字。吴主羡其明敏，即以驢賜恪。又使太子嘲恪曰：「諸葛元遜食馬矢一石。」恪答曰：「臣得戲君，子得戲父乎？」吴主曰：「可。」恪曰：「乞太子食雞卵三百枚。」吴主問恪曰：「人令君食馬矢，卿令人食雞卵，何也？」恪答曰：「所出同耳。」吴主大笑。

吴主權引蜀使費禕飲，使諸葛恪監酒，恪以馬鞭拍禕背，甚痛，禕啓吴主曰：「蜀丞相比之周公，都護君侯比之孔子，今有一兒，執鞭之士。」恪啓曰：「君至大國，傲慢天常，以鞭拍之，於義何傷？」衆皆大笑。

吴主權嘗燕見費禕，逆敕群臣：「使禕至，伏食勿起。」禕至，權爲輟食，而諸人不起。禕調之曰：「鳳凰來翔，麒麟吐哺。驢騾無知，伏食如故。」諸葛恪應聲答曰：「爰植梧桐，以待鳳凰。有何燕雀，自稱來翔。何不彈射，使還故鄉。」

曾有白頭鳥集吴殿前，吴主權問群臣曰：「此何鳥也？」諸葛元遜對云：「此名爲白頭翁。」張輔吴自以坐中最老，疑元遜以鳥戲之。因曰：「恪欺陛下，未嘗聞鳥名白頭翁者，試使恪復求白頭母。」元遜曰：「鳥名鸚母，未必有對，試使輔吴復求鸚父。」張不能答，一坐大笑。吴主大會將佐，命元遜行酒，次至張輔吴前，張先有酒色，不時肯飲，曰：「此非養老之禮也。」權謂元遜曰：「卿但令張公辭屈，乃當飲耳。」元遜即難張曰：「昔尚父九十，秉旄伏鉞，猶未告老。今軍旅之事，將軍在後；酒食之事，將軍在前，何謂不養老？」張卒無辭，遂爲盡爵。

吴主亮初即位，以諸葛恪爲太傅，時公安有白鼉鳴，童謡曰：「白鼉鳴，龜背平，南郡城中可長生，守死不去義無成。」鼉有鱗介，甲兵之象也。「南郡城可長生」者，有急，易以逃也。明年，恪敗，弟融鎮公安，亦見襲，融刮金印龜，服之而死。

吴建興初，又童謡曰：「吁汝恪，何若若，蘆葦單衣篾鉤絡，於何相求成子閣。」及諸葛恪死，果以葦席裹身，篾束其腰，投之石堈。「鉤絡」，鉤帶也；「成子閣」者，反語石子堈也。後聽恪故吏收葬，求之此堈云。

薛綜

字仲文，瑩之父。其先田文封薛，因以氏焉。吴主皓追歎綜遺文，命瑩繼作，瑩獻詩三百餘言。

蜀使張奉於吴主權前列闞澤姓名調澤，澤不能答。時薛綜爲選曹尚書，下行酒，因勸奉酒曰：「『蜀』者，何也？有犬爲獨，無犬爲蜀。横目勾身，虫入其腹。」奉曰：「不當復列君『吳』耶？」綜應聲曰：「無口爲天，有口爲吳，君臨萬邦，天子之都。」奉無以對。

張純　字元基。同郡張儼，字子節，朱異，字季文。吳郡顧、陸、朱、張爲四姓，三國之間，四姓盛焉。舊目云：張文、朱武、陸忠、顧厚。

張純少有清才，與張儼、朱異俱童少，嘗同詣驃騎將軍朱據。據聞三人才名，欲試之，因語曰：「老鄙相聞，饑渴甚矣。夫騕褭以迅驟爲功，鷹隼以輕疾爲妙，其爲吾各賦一物，然後乃坐。」純賦席曰：「席以冬設，簟爲夏施。揖讓而坐，君子攸宜。」儼賦犬曰：「守則有嚴，出則有獲。韓盧宋鵲，書名竹帛。」異賦弩曰：「南嶽之幹，鍾山之銅。應機命中，獲隼高墉。」三人皆隨日立成，據大懽悅。

韋昭　字弘嗣，史爲晉諱，改名曜。少好學，能屬文，官中書僕射。撰吳鼓吹曲十二曲。吳人多言祥瑞，吳主皓問昭，昭曰：「此家人筐篋中物耳。」後竟殺昭。

吳鼓吹曲有云炎精缺者，言漢室衰，孫堅奮迅猛志，念在匡救，王迹始乎此也。當漢朱鷺。其曲曰：「炎精缺，漢道微。皇綱弛，政德違。衆姦熾，民罔依。赫武烈，越龍飛。陟天衢，耀靈威。鳴雷鼓，抗電麾。撫乾衡，鎮地機。厲虎旅，騁熊羆。發神聽，吐英奇。張角破，邊、韓羈。宛潁平，南土綏。神武章，渥澤施。金聲震，仁風馳。顯高門，啓皇基。統罔極，垂將來。」

吴鼓吹曲有云漢之季者，言孫堅悼漢之微，痛董卓之亂，興兵奮繫，功蓋海内也。當漢思悲翁。其曲曰：「漢之季，董卓亂。桓桓武烈應時運，義兵興，雲旗建。厲六師，羅八陣。飛鳴鏑，接白刃。輕騎發，介士奮。醜虜震，使衆散。劫漢主，遷西館。雄豪怒，元惡僨。赫赫皇祖功名聞。」

吴鼓吹曲有云伐烏林者，言魏武既破荆州，順流東下，欲來争鋒。孫權命將周瑜逆擊之於烏林而破走也。當漢上之回。其曲曰：「曹操北伐拔柳城，乘勝席捲遂南征。劉氏不睦，八郡震驚。衆既降，操屠荆。舟車十萬揚風聲，議者狐疑慮無成。賴我大皇發聖明，虎臣雄烈周與程。破操烏林，顯章功名。」

吴鼓吹曲有云克皖城者，言魏武志圖并兼，而令朱光爲廬江太守。孫權親征光，破之於皖城也。當漢戰城南。其曲曰：「克滅皖城，遏寇賊，惡此凶孽阻姦慝。王師赫征衆傾覆，除穢去暴戢兵革。民得就農邊境息，誅君弔民昭至德。」

吴鼓吹曲有云章洪德者，言孫權章其大德，而遠方來附也。當漢將進酒。其曲曰：「章洪德，邁威神。感殊風，懷遠鄰。平南裔，齊海濱。越裳貢，扶南臣。珍貨充庭，所見日新。」

賀邵　字興伯，會稽人，晉司空循之父。元帝嘗與循言及吴時事，問：「孫皓燒鋸截一賀頭是誰？」循未得言。元帝自憶曰：「是賀邵。」循沂涕曰：「臣父遭遇無道，創巨痛深。無以仰答明詔。」元帝愧慙，三日不出。

賀太傅作吴郡，初不出門。吴中諸强族輕之，乃題府門云：「會稽雞，不能啼。」賀聞，故出行，至門反顧，索筆足之曰：「不可啼，殺吴兒！」於是至諸屯邸，檢校諸顧、陸，罪者甚衆。陸抗時爲江陵都督，故下請吴主皓，然後得釋。

末主皓　字元宗，一名彭祖。大皇帝孫，爲晉所滅。

吴主初從步闡之請，遷都武昌，揚州之民，泝流供給，甚苦之。時有童謡曰：「寧飲建業水，不食武昌魚；寧還建業死，不止武昌居。」陵抗以聞，乃還都建業。

吴主遣使者祭石印山下妖祠，使者因以丹書獻曰：「楚九州渚，吴九州都。揚州士，作天子。四世治，太平矣。」皓聞之，曰：「從大皇帝至朕四世，太平之主，非朕復誰！」恣虐踰甚。

吴主天紀中，童謡曰：「阿童復阿童，銜刀游渡江叶。不畏岸上虎，但畏水中龍。」晉武帝聞之，以語羊祜，祜曰：「此必水軍有功，但當思應其名者。」時益州刺史王濬，小字阿童，乃加濬龍驤將軍。及征吴，江西衆軍無過者，而濬先定秣陵。

晉既平吴，武帝引見孫皓，帝問皓：「聞南人好作爾汝詩，頗能爲否？」皓正飲酒，因舉觴勸帝曰：「昔與汝爲鄰，今與汝爲臣。勸汝一盃酒，令汝壽萬春。」帝悔之。

晉平吴後，江南有童謡云：「局縮肉，數横目。中國當敗吴當復。」又有云：「宫門柱，且莫朽。吴當復在三十年後。」又有云：「雞鳴不拊翼，吴復不用力。」于時吴人皆謂在孫氏子孫，故竊發爲亂者相繼。按「横目」者，「四」字，自吴亡至晉元帝興，幾四十年，皆如童謡之言。元帝懦而少斷，「局縮肉」，蓋直斥之云。

堯山堂外紀卷十

六朝 晉

司馬懿

字仲達。曹操辟爲文學掾，遷太子中庶子。與陳群、吴質、朱鑠號曰「四友」。操嘗夢三馬同食一槽，謂丕曰：「懿非人臣也。」丕素與懿善，故得免。既而，竟遷魏鼎。

司馬高祖伐公孫淵，過故鄉，會父老故舊飲燕，高祖作歌曰：「天地開闢，日月重光。遭逢際會，奉辭遐方。將掃逋穢，還過故鄉。肅清萬里，總齊八荒。告誠歸老，待罪武陽。」

賈充

始生時，其父逵曰：「後當有充閭之慶。」故名充而字公閭。

初，魏主高貴鄉公帥府衛，出討司馬昭，賈充時爲中護軍，自外入，令成濟弒之。泰始中，人爲充等謡言曰：「賈、裴、王，亂紀綱。王、裴、賈，濟天下。」言亡魏而成晉也。裴謂裴秀，王謂王沈。

賈充前婦是李豐女，名婉，字淑文，淑美有才行。豐被誅，離婚，徙邊。復娶郭配女，即廣城君，名玉璜。後李以赦得還，帝特詔充置左右夫人。郭怒不許。充乃爲李築室於永年里而不往來。嘗與李聯句，賈吟云：「室中是阿誰？歎息聲正悲。」李云：「歎息亦何爲？但恐大義虧。」賈云：「大義同膠漆，匪石心不移。」李云：「人誰不慮終，日月有合離。」賈云：「我心子所達，子心我亦知。」李云：「若能不食言，與君同所宜。」充嘗辟韓壽爲掾，壽美姿容，充女於青瑣中窺而悅之，常懷存想，發於吟咏。婢往壽家具述其事。壽聞心動，遂潛往與女通。充覺女有異於常，因會諸吏，聞壽有異香氣。香本外國所貢，一着人，經月不歇。充計武帝惟賜己及陳騫，疑壽與女私。乃考問左右婢，得其狀，秘之，以女妻壽。

傅玄 晉初，置諫官，以玄爲之。每有奏劾，或值日暮，捧白簡，整簪帶，竦踊不寐，臺閣生風。

古歌有八變、九曲之名，李尤九曲歌曰：「年歲晚暮時已斜，安得壯士挽日車。」傅玄九曲歌曰：「歲暮景邁群光絶，安得長繩繫白日。」全篇無傳，獨八變僅存，其歌曰：「北風初秋至，吹我章華臺。浮雲多暮色，似從崦嵫來。枯桑鳴中林，絡緯響空堦。翩翩飛蓬征，愴愴遊于懷。故鄉不可見，長望始此回。」

傅玄有車遥遥篇曰：「車遥遥兮馬洋洋，追思君兮不可忘。君安遊兮西入秦，願爲影兮隨君身。君在陰兮影不見，君依光兮妾所願。」又燕人歌曰：「燕人美兮趙女佳，其室則邇兮限曾崖。雲爲車兮風爲馬，玉在山兮蘭在野。雲無期兮風有止，思多端兮誰能理。」

李密

字令伯，一名虔。先仕蜀，晉初徵爲太子洗馬，陳情表古本「少事荒朝」，後人誤以爲僞朝，孫霜崖嘗有詩：「『僞朝』料得非公筆，不得當時墨本看。」

李密有才能，常望内轉，而朝廷無援，乃遷漢中太守，自以失分懷怨。及賜餞東堂，詔賦詩，末章曰：「人亦有言，有因有緣。官無中人，不如歸田。明明在上，斯語豈然？」武帝忿之，免密官。

山濤

字巨源。與嵇康、阮籍、籍兄子咸及劉伶、王戎、向秀，常集于竹林，肆意酣暢，世謂「竹林七賢」。子簡，字季倫。

山巨源以器重朝望，年踰七十。貴勝年少，若和、裴、王之徒並共言詠，有署閣柱曰：「閣東有大牛，和嶠鞅，裴楷鞦，王濟剔嫐不得休。」

漢時侍中習郁，嘗於峴山南依范蠡養魚法作池，池邊有高隄，偏種長楸修竹，芙蓉緣岸，菱芡覆水，是游宴名處。山季倫都督荆州時，每出嬉遊，多之池上，置酒輒醉，曰：「此是我高陽池。」時有兒童歌曰：「山公出何許？往至高陽池。日夕倒載歸，酩酊無所知。時時能騎馬，倒着白接籬。舉鞭問葛强，何如并州兒？」强家并州，簡愛將。

劉伶　字伯倫。身長六尺，貌甚醜頇而悠悠忽忽，土木形骸。客有詣伶，值其裸袒。伶笑曰：「吾以天地爲宅舍，屋宇爲幝衣，諸君何爲入我幝中？」偶與俗士相忤，其人攘袂而起，欲必築之，伶和其色曰：「鷄肋何足以當尊拳。」其人廢然而返。伶嘗乘鹿車，携一壺酒，使人荷鍤隨之，曰：「死便埋我。」

劉伶病酒，渴甚，從婦求酒，婦捐酒毁器，涕泣諫曰：「君飲太過，非攝生之道，必宜斷之。」伶曰：「甚善。我不能自禁，當祝鬼神斷之。便可具酒肉。」婦曰：「敬聞命。」供酒肉於神前，請伶祝誓，伶跪而祝曰：「天生劉伶，以酒爲名。一飲一斛，五斗解酲。婦人之言，慎不可聽。」便引酒進肉，塊然復醉。

王戎

字濬冲，渾之子。以平吴功封安豐侯。總角時，與裴叔則同詣鍾士季，須臾去。後客問鍾曰：「向二童何如？」鍾曰：「裴楷清通，王戎簡要。」阮籍先與渾爲友，時戎年十五，隨渾在郎舍。戎少阮二十歲，阮與之交，謂渾曰：「共卿言，不如共阿戎談。」

王安豐婦常卿安豐，安豐曰：「婦人卿壻，於禮爲不敬。後勿復爾。」婦曰：「親卿愛卿，是以卿卿。我不卿卿，誰當卿卿？」遂恒聽之。

孫楚

字子荆。以有才，少所推服，惟雅敬王武子。武子喪，時名士無不至者，子荆後來，臨屍慟哭，哭畢，向靈牀曰：「卿常好我作驢鳴，今我爲卿作。」宛似真聲。賓客皆笑。孫舉頭曰：「使君輩存，令此人死。」

孫子荆年少時，欲隱，語王武子曰：「當枕石漱流。」誤曰「漱石枕流」。王曰：「流可枕，石可漱乎？」孫曰：「所以枕流，欲洗其耳；所以漱石，欲礪其齒。」

孫子荆除婦服，作詩示王武子，其詩曰：「時邁不停，日月電流。神爽登遐，忽已一周。禮制有叙，告除靈丘。臨祠感痛，中心若抽。」王曰：「未知文生於情，情生於文。覽之悽然，增伉儷之重。」

孫楚反金人銘曰：「晉太廟左階前有石人焉，大張其口，而書其胸曰：我古之多言人也。無少言，少言少事，則後生何述焉。夫惟立言，名乃長久。胡爲塊然，坐緘其口？」孔子觀周，遂入后稷之廟，廟當右階之前，有金人，爲三緘其口，而銘其背曰：「古之慎言人也。誡之哉！無多言，無多事，多言多敗，多事多害。」

董京，不知何許人，在洛陽，隱居白社，時乞於市，得殘碎繒絮，結以自覆，全帛佳緜則不肯受。或見推、排、罵、辱，曾無怒色。孫楚數就社中，載與俱歸。又貽書勸其仕進。京答歌曰：「獨處無娱，我以爲歡；清流可飲，至道可餐。何爲栖栖？自使疲單。玄鳥紆幙，而不被害。鳴隼遠巢，咸以欲死。眄彼梁魚，逡巡倒尾，沉吟不決，忽焉失水。嗟乎魚鳥，萬世不悟。以我觀之，乃明其故。知哉達人，深穆其度。」

賈謐 即韓壽子慰祖，賈后女弟出也。后與小吏通，詐爲有身，取慰祖養之，託以諒闇所生，故勿顯。謐雖驕奢，而喜延士大夫，石崇、潘岳、左思、陸機、機弟雲及劉琨等皆附謐，號二十四友。

惠帝元康中，京洛童謡云：「南風起兮吹白沙，遥望魯國何嵯峨，千歲髑髏生齒牙。」「南風」，賈后字也。「白」，晉行也。「沙門」，太子小字也。「魯」，賈謐國也。言賈后將與謐爲亂以危太子，而趙王因釁咀嚼豪賢，以成簒奪也。其後賈謐既誅，賈后尋亦廢死。又有謡云：「東宫馬子莫嚨哅，前至臘月纏汝髮。」是時，愍懷頗失衆望，卒以廢黜，不得其死焉。趙王倫既篡位，洛中又有謡云：「虎從北來鼻頭汗，龍從南來登城看，水從西來河灌灌。」數月，而齊王、成都、河間義兵同會誅倫。按：成都西藩而在鄴，故曰「虎從北來」；齊東藩而在許，故曰「龍從南來」；河間水區而在關中，故曰「水從西來」；齊留輔政，居于宫西，有無君之心，故曰「登城看」也。

束晳

字廣微，踈廣之後，其曾孫避王莽亂，去足爲束。惠帝朝，賈謐請晳爲著作郎，晳嘗辨三日曲水之義，賜金五十斤。又補南陔、白華、華黍、由庚、由儀、崇丘詩六篇。

束晳家貧賦曰：「余遭家之轗軻，嬰六極之困屯。無原憲之厚德，有斯人之下貧。愁鬱煩而難處，且羅縷而自陳。有漏狹之草屋，不蔽覆而受塵。欲恚怒而無益，徒拂鬱而獨嗔。蒙乾坤之偏覆，庶無財而有仁。」

太康中，陽平郡界大旱，晳爲邑人請雨，三日而雨注，衆爲晳作歌曰：「束先生，通神明，請天三日甘雨零。我黍以育，我稷以生，何以酬之，報束長生。」

石崇

苞之子，生于青州，小字齊奴。苞臨終，崇幼，獨不及家財。及爲荆州刺史，使商客航海致富。砌上就苔蘚刻成百花，飾以金玉，曰：「壺中之景，不過如是。」劉寔嘗詣崇，如厠，見有絳紗帳、大牀、茵褥甚麗，兩婢持錦香囊，劉惶遽反，走語崇曰：「向誤入卿内。」崇曰：「是厠耳。」

石季倫妾緑珠嘗作懊儂歌，其詞曰：「絲布澀難縫，令儂十指穿。黄牛細犢車，遊戲出孟津。」緑珠本梁氏女，崇以珠三斛買之，善吹笛，孫秀使人求之，不與，秀怒，勸趙王誅崇。崇正宴於金谷園樓上，甲士到門，崇謂緑珠曰：「吾爲汝得罪。」緑珠曰：「當效死於君前。」即自投於樓下而死。洛陽石崇宅有緑珠樓。金谷，水名，流經崇居，崇構别館，因名。一名梓澤。

石衛尉有愛婢曰翔風，魏末於胡中得之，年十五，無有比其容貌。崇嘗語曰：「吾百年後，當指白日，以汝爲殉。」答曰：「生愛死離，不如無愛。妾得爲殉，身其何朽？」于是彌見寵愛。崇嘗擇美容姿相類者十人，裝飾、衣服，大小一等，使忽視不相分别。又使數十人，各含異香，行而笑語，則口氣從風而颺。又屑沉水香如塵末，布象床，使所愛者踐之，無跡，則賜以真珠百琲，有跡，則節其飲食，令身輕弱。故閨中戲曰：「爾非細骨輕軀，那得百琲真珠。」及翔風年三十，妙年者争嫉之，謂胡女不可爲群，競相排毁。崇受譖，即退翔風爲房老，使主群少。乃懷怨作五言詩，曰：「春花誰不美，卒傷秋落時。突煙還自低，鄙退豈所期？桂芳徒自蠹，失愛在蛾眉。坐見芳時歇，憔悴空自嗤。」石氏房中並歌此爲樂曲，至晉末乃止。

潘岳

字安仁，芘之子，鄉邑號爲「奇童」。後爲河陽令，植桃李滿城，人號「河陽一縣花」。岳妙有姿容，少時挾彈出洛陽道，婦人遇者連手縈之。左思絕醜，亦復效岳遨遊，於是群嫗亂唾，委頓而返。又，岳每行，老嫗以果擲之滿車；張載至醜，每行，小兒以瓦石投之亦滿車。

潘岳有所思，因以「思楊容姬難堪」六字爲題，作離合詩曰：佃魚始化，人民穴處。離「田」字意守醇樸，音應律呂。離「心」字，「田」「心」合成「思」桑梓被原，卉木在野。離「木」字錫鑾未設，金石弗舉。離「易」字，「木」「易」合成「楊」害咎蠲消，古德流普。離「穴」字溪谷可安，奚作棟宇。離「谷」字，「穴」「谷」合成「容」嫣然以喜，焉懼外侮。離「女」字熙神委命，已求多祜。離「臣」字，「女」「臣」合成「姬」歎彼季末，口出擇語。離「莫」字誰能默識，言喪厥所。離「隹」字，「莫」「隹」合成「難」壟畝之諺，龍潛巖阻。離「土」字尠義崇亂，少長失序。離「甚」字，「土」「甚」合成「堪」。

初，潘芘爲瑯邪內史，孫秀爲小史，給岳，岳數撻辱之，秀常啣忿。及趙王倫輔政，秀爲中書令，岳於省內謂秀曰：「孫令猶憶疇昔周旋否？」秀曰：「中心藏之，何日忘之？」岳于是自知不免。俄而，秀遂誣岳及石崇爲亂，誅之。初，崇爲成陽太守，岳送之詩曰：「朝發晉京陽，夕次金谷湄。前庭樹沙棠，後園植烏椑。靈囿繁若榴，茂林列芳梨。飲至臨華沼，遷坐登隆坻。玄醴染朱顔，但愬杯行遲。揚桴撫靈鼓，簫管清且悲。春榮誰不慕，歲寒良獨希。投分寄石友，白首同所歸。」及岳與崇被收，俱不相知。崇已送市，岳後至，崇謂曰：「安仁卿亦復爾耶？」岳曰：「可謂白首同所歸矣。」

潘安仁與石季倫同刑東市，時石謂潘曰：「天下殺英雄，卿復何爲爾？」潘曰：「俊士填溝壑，余波來及人。」

左思

字太沖，欲賦三都，乃詣張載，訪岷、邛之事，遂構思十年，門庭牖溷，皆置筆硯，遇得一句，即便疏之。賦成，以示皇甫謐，謐爲賦序。由是讀書之家，競相傳寫，都城爲之紙貴。初，陸機入洛，擬作三都賦，聞思作之，撫掌大笑，與弟書曰：「此間有一傖父欲作三都賦，須其成，以覆酒甕耳。」左賦出，機絶歎伏，以爲不能加，遂輟筆。

賈充嘗徵左思爲記室，不就，因感人年老，作詩曰：「秋風何冽冽，白露爲朝霜。柔條旦夕勁，緑葉日夜黄。明月出雲崖，皦皦流素光。披軒臨前庭，嗷嗷晨雁翔。高志局四海，塊然守空堂。壯齒不恒居，歲暮常慨慷。」「振衣千仞岡，濯足萬里流。」亦太沖詩語。

左思白髮賦云：「星星白髮，生於鬢垂。雖非青蠅，穢我光儀。策名觀國，以此見疵。將拔將鑷，好爵是縻。白髮將拔，惄然自訴：『稟命不幸，值君年暮。偪迫秋霜，生而皓素。始覽明鏡，惕然見惡。朝生晝拔，何罪之故？予觀橘柚，一皜一曄。貴其素華，匪尚緑葉。願戢子之手，攝子之鑷。』『咨爾白髮！觀世之途，靡不追榮，貴華賤枯。赫赫閶闔，藹藹紫廬，弱冠求仕，童髫獻謨。甘羅乘軫，子奇剖符。英英終賈，高論雲衢。拔白就黑，此自在吾。』白髮臨拔，瞋目號呼：『何我之冤？何子之娱？甘羅自以辨惠見稱，不以髮黑而名著；賈生自以良才見異，不以烏鬢而後舉。聞之先民，國用老成。二老歸周，周道肅清；四皓佐漢，漢德光明。何必去我，然後要榮！』『咨爾白髮，事故有以；爾之所言，非不有理。曩貴耆老，今薄舊齒。皤皤榮期，皓首田里。雖有二毛，河清難俟。隨時之變，見歎孔子。』髮乃辭盡，誓以固窮。昔臨玉顔，今從飛蓬。髮膚至昵，尚不克終。聊用擬辭，比之國風。」

左九嬪名芬，思之妹也，少好學，善綴文，武帝聞而納之。泰始八年，拜修儀，後爲貴嬪，姿陋無寵，以才德見禮。每有方物異寶，必詔爲賦、頌，以是屢獲恩賜焉。賦啄木云：「南山有鳥，自名啄木。饑則啄樹，暮則巢宿。無干於人，惟志所欲。性清者榮，性濁者辱。」

左太冲嘗有感離詩贈芬，芬答詩云：「自我去膝下，倏忽踰再期。披省所賜告，髣髴想容儀。何時當奉面，娱目於書詩。何以訴辛苦？告情於文辭。」

陸機

字士衡，大司馬抗之子，弟雲，字士龍，蔡司徒在洛，見平原兄弟住參佐廨中，三間瓦屋，士龍住東頭，士衡住西頭。士龍爲人文弱可愛；士衡長七尺餘，聲作鍾聲，言多忼慨。尚書閔鴻見士龍小時，即奇之，曰：「此兒若非龍駒，當是鳳雛。」刺史周浚召爲從事，謂人曰：「陸士龍當今顔子也。」後宦人孟玖譖平原有異志，與雲俱被害。是日，昏霧四合，大風折木，平地雪盈尺，人以爲陸氏冤。

陸機百年歌云：「一十時，顔如蕣華曄有輝，體如飄風行如飛，終朝出遊薄暮歸，六情逸豫心無違。清酒將炙奈樂何！奈樂何！二十時，膚彩津澤人理成，美目淑貌綽有榮。光車駿馬遊都城，高談雅步何盈盈。清酒將炙奈樂何！奈樂何！三十時，行成名立有令聞。力可扛鼎志干雲。食如漏巵氣如薰，辭家觀國綜典文。清酒將炙奈樂何！奈樂何！四十時，體方克壯志方剛，跨州越郡還帝鄉。出入承明擁大璫。清酒將炙奈樂何！奈樂何！五十時，荷旄杖節鎮邦家，鼓鍾嘈囋趙女歌。羅衣綷粲金翠華，言笑雅舞相經過。清酒將炙奈樂何！奈樂何！六十時，年亦耆艾業亦隆，驂駕四牡入紫宮。軒冕納那翠雲中，子孫昌盛家道豐。清酒將炙奈樂何！奈樂何！七十時，精爽頗損膂力愆，清水明鏡不欲觀。臨樂對酒轉無歡，攬形羞髮獨長歎。八十時，目明已損聰去耳，前言往行不復紀。辭官致禄歸桑梓，安車駟馬入舊里。樂事告終憂事始。九十時，日告耽瘁月告衰，形體雖是志意非。言多謬誤心多悲，子孫朝拜或問誰。指景玩日慮安危，感念平生淚交揮。百歲時，盈數已登肌肉單，四肢百節還相患。目若濁鏡口垂涎，呼吸頻蹙反側難。茵褥滋味不服安。」機少好遊獵，在吴豪盛。客獻快犬，名曰「黄耳」。機後仕洛，常將自隨。此犬黠慧，能解人語。一日，機戲語犬：「我家絶無書信，汝能賫書馳還取消息否？」犬喜，摇尾作聲。機試爲書，盛以竹筒，繫之頸。犬出驛路，疾走向吴，入草噬肉取飽。每經大水，輒依渡者，弭毛掉尾向之，其人憐愛，因呼上船，載近岸，犬即騰上，速去如飛，逕至機家，口銜竹筒作聲。機家開筒，取書看畢，作答書納竹筒中，復繫犬頸。犬既得答，仍馳還洛。計人行程五旬，而犬往還才半月。後犬死，殯之，遣送還家，葬機村南。村人呼爲「黄耳塚」。

陸士衡在坐，潘安仁至，陸便起去，安仁曰：「清風至，塵飛揚。」陸應聲答曰：「衆鳥集，鳳凰翔。」

陸士龍、荀鳴鶴隱二人未相識，因會張茂先坐，張以其並有大才，可勿作常語。陸舉手曰：「雲間陸士龍。」荀答曰：「日下荀鳴鶴。」陸曰：「既開青雲睹白雉，何不張爾弓，布爾矢？」張曰：「荀何遲？」荀答曰：「本謂雲龍騤騤，今是山鹿野麋。獸弱弩彊，是以發遲。」張乃撫掌大笑。平原初見張華，華曰：「賢弟何不來？」機曰：「舍弟有笑疾，不敢不先陳之。」華鬚偏，遂以錦囊盛之，雲見大笑，華終不怪。又嘗縗絰上船，水中自見其影，便大笑不已，落水幾至死。

張載

字孟陽。弟協，字景陽，亢，字季陽，並有俊才，與機、雲齊名。時稱二陸三張，亦曰三陽。又有語云：「二陸入洛，三張減價。」不無軒輊云。

張載賦貧士詩曰：「芒墟人跡希，隱僻間鄰濶。葦籬自朽損，毀屋每寥豁。炎夏無完絺，玄冬無煖褐。四體困寒暑，六時疲饑渴。營生生愈瘁，愁來不可割。」

夏侯湛

與潘安仁並有美容，喜同行，時人謂之連璧。

夏侯湛文章宏富，善搆新詞。爲郎中，累年不調，作抵疑以自廣，其辭曰：「咳唾成珠璣，抉袂出風雲。」又作家風，載其祖父之德。

張翰

字季鷹，吴人儼之子，時人號爲江東步兵。或謂之曰：「卿乃可縱適一時，不爲身後名耶？」答曰：「使我有身後名，不如即時一盃酒。」

張季鷹辟齊王東曹掾，在洛，見秋風起，因思吴中菰菜羹、鱸魚膾，曰：「人生貴適意爾，何能羈宦數千里以要名爵！」因作歌曰：「秋風起兮佳景時。吴江水兮鱸正肥。三千里兮家未歸。恨難得兮仰天悲。」遂棄官歸。

劉寶

字道真。陸士衡初入洛，咨張華所宜詣，劉是其一。陸既往，劉尚在哀制中，性嗜酒，禮畢，初無他言，惟問：「東吴有長柄壺盧，卿得種來不？」陸兄弟殊失望，乃悔往。

劉道真遭亂，於河側爲人牽船，見一老嫗操櫓，道真嘲曰：「女子何不調機弄杼，因甚傍河操櫓？」女答曰：「丈夫何不跨馬揮鞭，因甚傍河牽船？」又嘗與人共飯草舍中，見一嫗將兩小兒過，並着青衣，劉調之曰：「青羊引雙羔。」嫗答曰：「兩猪共一槽。」道真無以對。

謝鯤　字幼輿。與胡母輔之、畢卓、光孟祖、阮放、羊曼、桓彝、阮孚並以任放爲達，時人謂之「八達」。孟祖避難渡江投胡母，值輔之、鯤等散髮裸袒，閉室酣飲已累日，孟祖將排户，守者不聽，便于户外脱衣，露頭於狗竇中窺之而大叫。輔之驚曰：「他人決不能爾，必我孟祖。」遽呼入，與飲。

謝幼輿鄰家高氏女，有美色，常往挑之，女投梭折其兩齒。時人語曰：「任達不已，幼輿折齒。」鯤聞之，長嘯曰：「猶不廢我笑歌。」

堯山堂外紀卷十一

六朝 晉

劉琨

字越石。輿之弟。少與祖逖爲友，謂人曰：「常恐祖生先我着鞭。」

盧諶先爲劉琨從事中郎將，段匹磾領幽州，求諶爲别駕。琨答諶詩云：「情滿伊何？蘭桂移植。茂彼春林，瘁此秋棘。」言諶棄己而就匹磾也。厥後，琨命箕澹攻石勒，一軍皆没，由是窮蹙不能自守，乃率衆赴匹磾，繼爲匹磾所拘。再贈諶詩云：「朱實隕勁風，繁英落素秋。何意百鍊剛，化爲繞指柔。」其詩託意欲以激諶而救其急，諶殊不領。琨既被害，諶始上表以雪其冤。

祖逖

字士稚。元帝時，爲豫州刺史。戴洋語人曰：「祖士稚九月當死，妖星已見於豫州之分矣。」逖亦歎曰：「此爲我也。」俄卒。贈車騎將軍。劉琨嘗稱祖朗詣曰：「少爲王敦所歎。」

祖逖在豫州，約己務施，課農桑，撫納新附。又收葬枯骨，爲之祭醊。百姓感悦。嘗置酒大會，耆老中坐流涕曰：「吾等老矣！更得父母，死將何恨。」乃歌曰：「幸哉遺黎免俘虜，三辰既朗遇慈父。玄酒清醪甘瓠脯，何以詠思歌且舞。」

鄧攸

字伯道。童時嘗詣鎮軍賈混，混以訟事示攸使決之。攸曰：「聽訟，吾猶人也。必也，使無訟乎？」混奇之，以女妻焉。

元帝時，鄧攸爲吴郡太守，攸載米之郡，俸禄一無所受，惟飲吴水而已。及去職，百姓留牽攸舡不得進，攸乃少停，夜中發去。吴人歌之曰：「紞如打五鼓，鷄鳴天欲曙。鄧侯挽不留，謝令推不去。」

葛洪

字稚川，丹陽句容人。少以儒學知名，尤好神仙導養之法。元帝時，王導薦爲散騎常侍，以平賊功賜爵關内侯，後聞交趾出丹，求爲勾漏令，乃於羅浮山煉丹，自號抱朴子，因以名書。後尸解仙去，號葛仙翁。

葛洪嘗過贛之興國境，見山靈水秀，遂結廬築壇，鑿池洗藥。留四言詩一首曰：「洞陰泠泠，風珮清清。仙居永劫，花木長榮。」今其地有洗藥池。

郭璞

字景純。有郭公者，精卜筮，璞從受業，公以青囊中書九卷與之，由是遂洞五行、天文、卜筮之術。嘗撰前後筮驗六十餘事，名爲洞林。

郭景純有僬僥讚曰：「僬僥極麽，竫人又小。四體取足，眉目纔了。」

郭景純著幽思篇，有句云：「林無靜樹，川無停流。」阮孚歎曰：「泓崢蕭瑟，實不可言。每讀此文，輒覺神超形越。」

郭景純過江，居于曁陽，墓去水不盈百步，時人以爲近水。景純曰：「將當爲陸。」後數年，沙漲，去墓數十里皆爲桑田。其詩曰：「北阜烈烈，巨海混混。壘壘三墳，唯母與昆。」

郭景純錢唐天目山詩云：「天目山前兩乳長，龍飛鳳舞到錢唐。海門一點巽峰起，五百年間出帝王。」後宋高宗中興，建邦天目乃主山。至度宗甲戌，山崩，京城騷動，時有建遷蹕之議者。未幾，宋鼎遂移。王敦起璞爲記室參軍，蘇峻之難，敦將舉兵，使璞筮，璞曰：「無成。」敦大怒曰：「卿壽幾何？」曰：「命盡今日。」日中，敦怒，收璞詣南崗斬之。璞素與桓彝友善，彝每遊，或值璞在婦間，便入。璞曰：「卿他處自可徑前，但不可厠上相尋，必客主有殃也。」彝後因醉詣璞，正逢在厠，見璞裸身被髪，銜刀設醊。璞見彝，撫心大驚曰：「吾每屬卿勿來，非但禍吾，卿亦不免。天實爲之，將以誰咎？」故璞終嬰王敦之禍，而彝亦死。

初，庾翼幼時，嘗令景純筮公家及身，卦成曰：「建元之末丘山傾，長順之初子彫零。」及康帝即位，將改元爲建元。或謂庾冰曰：「子忘郭生之言耶？丘山上名，此號不宜用。」冰撫心歎恨。及帝崩，何充改元爲永和，庾翼歎曰：「天道精微，乃如是耶？長順者，永和也。吾庸得免乎？」其年，翼卒。

殷羨　字洪喬。豫章太守。

殷洪喬作豫章郡，臨去，都下人因附百許函書，既至石頭，悉擲水中，因祝曰：「沉者自沉，浮者自浮。殷洪喬不能作致書郵。」今金陵西南有投書渚。元帝皇子生，普賜群臣，殷洪喬謝曰：「皇子誕育，普天同慶。臣無勳焉，而猥頒厚賚。」中宗笑曰：「此事豈可使卿有勳邪？」

庾亮

字元規，與弟翼先後都督征討軍事，稱大征西、小征西。世謂亮爲「豐年玉」，翼爲「荒年穀」。

咸和初，庾亮專總朝政。時歷陽内史蘇峻志輕朝廷，亮乃修石頭城以備之。因下詔徵峻，峻曰：「我寧山頭望廷尉，不能廷尉望山頭。」遂舉兵反。初，明帝太寧初，童謠云：「惻惻力力，放馬山側。大馬死，小馬餓，高山崩，石自破。」至是，明帝崩，成帝方六歲，爲峻所逼，遷于石頭，御膳不足，此「大馬死，小馬餓」也；「高山」，峻也，峻尋死。峻弟石據石頭，尋爲諸公所破。

孫盛二子，長名潛，次名放，小時同詣庾公，公問潛：「何字？」答曰：「字齊由。」公曰：「欲何齊？」曰：「齊許由。」問放：「何字？」答曰：「字齊莊。」公曰：「欲何齊？」曰：「齊莊周。」公曰：「何不慕仲尼而慕莊周？」對曰：「聖人生知，故難企慕。」庾公大喜小兒對。放兄弟與庾翼子園客同爲學生。園客少有佳稱，一日，詣孫，見齊莊在外，問之曰：「孫安國何在？」即答曰：「庾穉公家。」庾大笑曰：「諸孫大盛，有兒如此。」又答曰：「未若諸庾之翼翼。」還語人曰：「我故勝，得重喚奴父名。」

庾亮初鎮武昌，出至石頭，百姓於岸上歌之曰：「庾公上武昌，翩翩如飛鳥；庾公還揚州，白馬牽旒旐。」庾公初上時，翩翩如飛鳥；庾公還揚州，白馬牽流蘇。」後連徵不入，及薨於鎮，以喪還都葬。皆如謡言。

桓温　字元子。生未期，温嶠見之，曰：「此兒有奇骨，可試使啼。」及聞其聲，曰：「真英物也。」父彝以嶠所賞，故名温。面有七星，劉惔常稱之曰：「桓公鬢如反猬皮，眉如紫石稜，自是孫仲謀、司馬宣王一流人也。」嘗經王敦墓，望之云：「可兒，可兒！」後伐秦，於北方得一巧作老婢，訪之，乃劉琨妓女也。一見温，便潸然而泣。問其故？答曰：「公甚似劉司空。」温大悦，出整理衣冠，又呼問之，婢云：「面甚似，恨薄；眼甚似，恨小；鬚甚似，恨赤；形甚似，恨短；聲甚似，恨雌。」温於是褫冠解帶，昏然而睡，不怡者數日。

桓大司馬嘗題八陣圖云：「望古識其真，臨源愛往跡。恐君遺事節，聊下南山石。」

哀帝隆和初，童謡云：「升平不滿斗，隆和那得久。桓公入石頭，陛下徒跣走。」先是穆帝改元升平，越五年帝崩；「不滿斗」，不至十年也。朝廷惡聞此謡，因改年曰興寧。民復歌曰：「雖復改興寧，亦復無聊生。」哀帝尋崩，大臣迎奕立之，奕夙有痿疾，使左右向龍與内侍接，生子以爲己子。百姓歌之曰：「鳳皇生一雛，天下莫不喜。本言是馬駒，今定成龍子。」又歌曰：「青青御路楊，白馬紫浮韁。汝非皇太子，那得甘露漿。」「白」者，金行；「馬」者，國族；「紫」爲奪正之色。明以紫間朱也。時温欲先立功河朔，以收時望，還受九錫。及枋頭之敗，威名頓挫，郄超乃勸爲伊、霍之舉，温遂與定議，詣建康宣太后令，廢奕爲海西縣公，立會稽王昱。三子非海西公子，縊以馬韁死之。明日，南方獻甘露。

初，熒惑入太微，海西尋廢。簡文登阼，復入太微，帝惡之。時郗超爲中書在直，引超入曰：「天命脩短，故非所計。政當無復近日事不？」超曰：「大司馬方將，外固封疆，内鎮社稷，必無若此之慮。」帝因誦庾闡從征詩曰：「志士痛朝危，忠臣哀主辱。」聲甚悽厲。郄受假還東，帝曰：「致意尊公，家國之事，遂至於此。」因泣下流襟。

簡文作撫軍時，嘗與桓宣武俱入朝，更相讓在前，宣武不得已，先之，因曰：「伯也執殳，爲王前驅。」簡文曰：「無小無大，從公于邁。」一日，在暗室中坐，召宣武，宣武至，問：「上何在？」簡文曰：「某在斯。」時人以爲能。簡文極善玄言，常以劉惔、王濛爲談客。嘗入華林園，顧謂左右曰：「會心處，不必在遠，翳然林水，便自有濠濮間想也。覺鳥獸禽魚，自來親人。」桓宣武下都，問劉惔曰：「聞會稽王語奇進，爾邪？」曰：「極進。然故是第二流中人耳。」桓曰：「第一流復是誰？」劉曰：「正是我輩。」

殷浩

字深源。少與桓温齊名，常有競心。桓問殷：「卿何如我？」殷云：「我與我周旋久，寧作我。」殷嘗作詩示桓，桓玩侮之曰：「汝慎勿犯我；犯我，當出汝詩示人也。」袁躭大妹名女皇，適浩；小妹名女正，適謝尚。嘗語桓云：「恨不更有一人配卿。」

孫盛與殷浩談論，往反精苦，客主無間，左右進食，冷而復暖者數四。彼我奮擲麈尾，毛悉脱落，滿餐飯中。賓主遂至暮忘食。殷乃語孫曰：「莫作强口馬，我當捩卿鼻。」孫曰：「卿不見決鼻牛，人當勞卿頸。」謝尚聞浩能清言，往造之。謝注神傾意，不覺流汗。殷徐語左右：「取手巾與謝郎拭面。」

殷中軍連年北伐，師徒屢敗，桓温因朝野之怨，請廢之。在信安，終日恒書空作字，每恨簡文曰：「上人箸百尺樓上，儋梯將去。」外生韓康伯始隨至徙所，周年還都。殷素愛之，送至水側，乃詠曹顔遠詩曰：「富貴他人合，貧賤親戚離。」因而泣下。殷侯既廢，桓公語諸人曰：「少時與阿源共騎竹馬，我棄去已輒取之，故當出我下。」浩死，浩子涓不詣温而與武陵王晞游，温疑而害之，竟不識也。孝武即位，温入朝，赴山陵，謂從者曰：「先帝向遂靈見。」衆亦見温拜時頻言：「臣不敢。」温又問殷涓形狀，云：「向亦在帝側。」蓋涓爲祟也。温遂遇疾死。

王羲之

字逸少，導從子。郄鑒使門生求壻於導，導令徧觀子弟。門生歸語鑒：「王氏諸少並佳，然惟一人在東床坦腹，若不相聞。」鑒曰：「此正佳壻。」訪之，乃逸少也，遂妻之。子七人凝之、涣之、徽之、操之、獻之，皆有書跡傳世；玄之、肅之二人未見。故東坡詩云：「羲之生五子。」時以王承、王悦及羲之爲王氏三少。

王右軍少重患，一二年輒發動，後答許掾詩，忽復惡中得二十字云：「取歡仁智樂，寄暢山水陰。清泠澗下瀨，歷落松竹林。」既醒，左右誦之。誦竟，右軍歎曰：「癲，何預盛德事耶！」

永和中，王羲之修禊事于會稽山陰之蘭亭，群賢畢集。謝安、謝萬、孫綽與羲之等十一人賦五言詩各一首；謝繹、庾蘊、孫嗣、曹茂之與涣之等十五人或四言或五言各一首；謝瑰、卞迪、卓旄、羊模、孔熾、劉密與獻之等十六人詩各不成，罰酒三觥。羲之五言詩曰：「仰視碧天際，俯瞰淥水濱。寥闃無涯觀，寓目理自陳。大矣造化功，萬殊莫不均。群籟雖參差，適我無非親。」時人以蘭亭集序方之金谷詩序云。羲之得人以己敵石崇，甚有欣色。會稽有孤居姥養鵝善鳴，羲之市之未得，乃命駕自往觀之。姥聞王至，烹鵝以待，羲之歎惜不已。又山陰有道士養鵝，羲之亦往觀之，道士云：「爲寫道德經，當舉群相贈。」羲之欣然寫畢，籠鵝而去。在戢山時，見一老姥賣六角竹扇，羲之書扇上各爲五字，姥初不喜，羲之謂姥曰：「但道是王右軍書，求百錢可得也。」每自言：「我書與鍾繇當抗行，比張芝草猶當雁行。」其書初不勝庾翼、郄愔，及其暮年方妙。

王徽之作桓車騎沖騎兵參軍，桓問曰：「卿何署？」答曰：「不知何署。時見牽馬來，似是馬曹。」桓又問：「官有幾馬？」答曰：「不問馬，何由知其數。」又問：「馬比死多少？」答曰：「未知生，焉知死。」桓又嘗謂王曰：「卿在府久，比當相料理。」王初不答，直高視，以手版拄頰云：「西山朝來，致有爽氣。」

王子猷居山陰，夜大雪，眠覺，開室命酌，四望皎然，因起彷徨，詠左思招隱詩曰：「杖策招隱士，荒塗横古今。巖穴無結構，丘中有鳴琴。白雪停陰岡，丹葩曜陽林。」忽憶戴安道，時戴在剡，即便夜乘小舡就之。經宿方至，造門不前而返。人問其故，王曰：「吾本乘興而行，興盡而返，何必見戴。」子猷嘗暫寄人空宅住，便令種竹，或問：「暫住何煩爾？」王直指竹曰：「何可一日無此君！」嘗行過吴中，見一士大夫家極有好竹，主已知子猷當往，乃洒埽施設，在聽事坐相待。王肩輿徑造竹下，諷嘯良久，主已失望，猶冀還當通，遂直欲出門，主人大不堪，便令左右閉門不聽出。王更以此賞主人，乃留坐，盡歡而去。又嘗出都，尚在渚下，舊聞桓伊善吹笛而不相識。遇桓于岸上過，王在舡中，客有識之者云：「是桓子野。」王便令人與相聞，云：「聞君善吹笛，試爲我一奏。」桓時已貴顯，素聞王名，即便回，下車，踞胡牀，爲作三調。弄畢，便上車去。客主不交一言。其任率每如此。

王子猷詣謝公，謝問：「七言詩何始？」子猷承問，答曰：「離騷『昂昂若千里之駒，汎汎若水中之鳧』。」

王獻之爲吴興守，羊不疑爲烏程縣令，其子欣時年十二，王甚知愛之。嘗夏日入縣，欣著新練裙晝寢，子敬書數幅而去。欣本攻書，因之彌善。欣尤長於隸書，子敬之後，可以獨步。時人語曰：「買王得羊，不失所望。」子敬嘗夜卧齋中，有群偷入其室，盜物都盡，子敬徐曰：「偷兒，青氊我家舊物，可特置之。」群偷驚走。

王子敬有愛妾曰桃葉，其妹名桃根，嘗作歌送之曰：「桃葉復桃葉，渡江不用檝。但渡無所苦，我自來迎接。」又云：「桃葉復桃葉，桃葉連桃根。相憐兩樂事，獨使我殷勤。」桃葉能詩，答歌曰：「桃葉映紅花，無風自婀娜。春花映何限，感君獨採我。桃葉復桃葉，渡江不待櫓。風波了無常，没命江南渡。」後以淫見棄。今金陵秦淮口有桃葉渡云。支道林入東，見子猷兄弟，還，人問：「見諸王何如？」答曰：「見一群白頸烏，但聞唤啞啞聲耳。」子猷、子敬俱病篤，而子敬先亡，子猷問左右：「何以都不聞消息？此已喪矣。」語時了不悲。便索輿來奔喪，都不哭。子敬素好琴，便徑入坐靈牀上，取子敬琴彈，弦既不調，擲地云：「子敬，子敬，人琴俱亡。」因慟絶良久，月餘亦卒。

謝尚　字仁祖，小名堅石。年八歲，父鯤將送客，爾時語已神悟，諸人咸共歎之曰：「年少一坐之顔回。」仁祖曰：「坐無尼父，焉别顔回。」

謝尚爲鎮西將軍，嘗著紫羅襦，據胡牀，在市中佛國門樓上彈琵琶，作大道曲曰：「青陽二三月，柳青桃復紅。車馬不相識，音落黄埃中。」市人不知是三公也。仁祖善音樂，桓宣武嘗語人曰：「諸君莫輕道仁祖，企脚北窗下彈琵琶，故自有天際真人想。」

謝安　字安石，奕弟也。累遷太保録尚書事，贈太傅，謚文靖。王儉稱爲江左風流宰相。紹興府有東山，山半有薔薇洞，即安携妓遊，紱絶頂，有謝公調馬路，白雲、明月二亭遺跡。白雲、明月，即二妓名。

謝安、王坦之、郄超並少有盛譽，時人語曰：「大才槃槃謝家安，江東獨步王文度，盛德日新郄嘉賓。」有人問謝安石、王坦之優劣於桓公，桓公停欲言，中悔曰：「卿喜傳人語，不能復語卿。」

謝安蘭亭集詩曰：「相與欣佳節，率爾同褰裳。薄雲羅景物，微風翼輕航。醇醪陶丹府，兀若遊羲唐。萬殊混一象，安復覺彭殤。」

謝傅寒雪日内集，與兒女講論文義。俄而，雪驟下，公欣然倡韻曰：「大雪紛紛何所似？」兄子朗曰：「撒鹽空中差可擬。」兄女道韞曰：「未若柳絮因風起。」公大笑樂，世稱「謝庭聯句」。道韞，奕之女，左將軍王凝之妻也。聰識有才辨。既往王氏，大薄凝之，反還謝家，意甚不悦。叔父安慰釋之曰：「王郎，逸少子，亦不惡，汝何恨迺爾？」答曰：「一門叔父，則有阿大、中郎；群從兄弟，則有封、胡、遏、末，不意天壤之中，乃有王郎。」封謂謝韶、胡謂謝朗、遏謂謝玄、末謂謝川，皆其小字。王獻之常與宗客談論，詞理將屈，道韞使婢謂獻之曰：「欲爲小郎解圍。」乃施青綾布障，申獻之前議，賓客不能屈。

謝公因子弟集聚，問毛詩何句最佳？玄稱：「昔我往矣，楊柳依依；今我來思，雨雪霏霏。」道韞稱：「吉甫作頌，穆如清風，仲山甫永懷，以慰其心。」安謂：「道韞所稱，偏有雅人深致。」道韞同郡張玄妹亦有才質，適顧氏，有濟尼者遊一家，或問之，對曰：「王夫人神情朗徹，故有林下之風，顧家婦清心玉映，自是閨房之秀。」

謝傅夫人劉，不令公有別房。公頗欲立妓妾，令姪等微達此旨，共訊夫人，因稱：「關雎、螽斯，有不妬之德。」夫人問：「誰撰此詩？」答曰：「周公。」夫人曰：「周公是男子，相爲耳，使周姥撰詩，當無此句。」

王國寶是謝傅壻，專利無檢行，謝每抑制之。後國寶爲孝武帝親暱，遂危搆謝。帝一日召桓子野飲，謝亦在坐。帝命桓吹笛，桓即吹爲一弄，乃放笛云：「臣於箏分，乃不及笛，然自足以韻合歌管，請以箏歌，并請一吹笛人。」帝乃敕御妓吹笛。桓又言：「御府人于臣必自不合，臣有一奴，善相便串。」帝令召之。奴既吹笛，桓便撫箏而歌曹子建怨詩曰：「爲君既不易，爲臣良獨難。忠信事不顯，乃有見疑患。周旦佐文、武，金縢功不刊。推心輔王室，二叔反流言。」聲節慷慨，俯仰可觀。謝傅泣下沾襟，乃越席就之，將其鬚曰：「使君於此處不凡。」

羊曇少爲謝太傅所知，太傅亡後，羊輟樂彌年，行不由西州路，嘗因石頭大醉，扶路唱樂，不覺至州門，因悲感不已，以馬策叩扉，詠曹子建詩曰：「生存華屋處，零落歸山丘。」慟哭而去。

堯山堂外紀卷十二

六朝 晉

王胡之

字修齡。司州刺史。先爲庾公記室參軍，亮在武昌，秋夜氣佳景清，使胡之與殷浩等登南樓理詠。亮曰：「老子於此處興復不淺。」後與謝安相善。或問林公：「司州何如二謝？」林公曰：「故當攀安提萬。」

王胡之常遺世務，以高尚爲情，謝傅常稱之曰：「司州可與林澤遊。」在謝公坐，詠離騷九歌辭曰：「入不言兮出不辭，乘回風兮載雲旗。」語人云：「當爾時，覺一坐無人。」

習鑿齒

漢習郁之後。永和中，爲桓温西曹主簿，温曰：「三十年看儒書，不如一詣習主簿。」苻堅與諸鎮書：「昔晉平吳，利在二陸，今尅襄陽，僅得一人半。」謂習與釋道安也。習跛一足，故戲之。

按：堯時，窫窳、封豨、鑿齒，皆爲人害。鑿齒，齒長五尺，似鑿，習以爲名，故字彥威。

習鑿齒、孫綽未相識，同在桓公坐。桓語孫可與習參軍共語，孫云：「蠢爾蠻荆，敢與大邦爲讎。」習云：「薄伐獫狁，至于太原。」習，襄陽人，孫，太原人。故因詩以相戲。

習鑿齒嘗與孫綽共行，時綽在前，顧鑿齒曰：「沙之，汰之，瓦石在後。」鑿齒曰：「簸之，颺之，糠粃在前。」

釋道安，俊辨有高才，自北來荆州，與習鑿齒相見。道安因自通曰：「彌天釋道安。」習答曰：「四海習鑿齒。」當時以爲名對。梁惠皎高僧傳載鑿齒與安書云：「夫不終朝而雨六合者，彌天之雲也；弘淵源而潤八極者，四海之流也。」故二人摘其語以爲戲。

習鑿齒詠燈詩云：「煌煌見夜燈，脩脩樹間亮。燈隨風煒燁，風與燈升降。」

孫綽

字興公。與許詢、支遁輩皆以文義冠世。王右軍並與之游，日營山水弋釣之娱，歎曰：「我卒當以樂死。」

孫興公絶重張衡、左思賦，云：「三都、二京，六經鼓吹。」因自作天台山賦，初成，以示友人范榮期啓云：「卿試擲地，要作金石聲。」范云：「恐此金石，非中宮商。」然讀至「赤城霞起而建標，瀑布飛流而界道」，輒云：「應是我輩語。」

孫興公作列仙商丘子贊，曰：「商丘卓犖，執策吹竽。渴飲寒泉，饑食菖蒲。所牧何物？殆非真豬。儻逢風雲，爲我龍攄。」時人多以爲能。王藍田述語人云：「近見孫家兒作文，道『何物』『真豬』也。」

孫興公作庾公誄文，曰：「咨予與公，風流同歸。擬量託情，視公猶師。君子之交，相與無私。虛中納是，吐誠誨非。雖實不敏，敬佩弦韋。永戢話言，日誦心悲。」既成，示庾道恩。庾見，慨然送還之，曰：「先君與君，自不至於此。」

會稽孔沉、魏顗、虞球、虞存、謝奉，並是四族之雋，于時之桀。孫興公目之曰：「沉爲孔家金，顗爲魏家玉，虞爲長琳宗，謝爲弘道伏。」長、琳，即存及球字。弘道，謝奉字也。

殷洪遠融答孫興公詩云：「聊復放一曲。」劉真長惔笑其語拙，問曰：「君欲云那放？」殷曰：「𦑣臘亦放，何必其鎗鈴邪？」

郝隆

字佐治。嘗七月七日出日中仰卧，人問其故，答曰：「我曬書。」

郝隆爲桓公南蠻參軍，三月三日會，作詩不能者，罰酒三升。隆初以不能受罰，既飲，攬筆便作一句云：「娵隅躍清池。」桓問：「『娵隅』是何物？」答曰：「蠻名魚爲娵隅。」桓公曰：「作詩何以作蠻語？」隆曰：「千里投公，始得蠻府參軍，那得不作蠻語。」

謝公始有東山之志，後嚴命屢臻，勢不獲已，始就桓公司馬。於時人有餉桓公藥草，中有遠志，公取以問謝：「此藥又名小草，何一物而有二稱？」謝未即答，時郝隆在坐，應聲答曰：「此甚易解。處則爲遠志，出則爲小草。」謝甚有愧色。

袁喬　字彦升，小字羊，江夏相。從桓温平蜀，封湘西伯、益州刺史，簡文問孫綽：「袁羊何如？」曰：「洮洮清便。」

袁羊嘗詣劉惔，惔在内，眠未起，袁因作詩調之曰：「角枕粲文茵，錦衾爛長筵。」唐詩：晉獻公好攻戰，國人多喪，其詩曰：「角枕粲兮，錦衾爛兮，予美亡此，誰與獨旦？」袁故嘲之。惔尚廬陵長公主，主見詩不平，曰：「袁羊，古之遺狂。」

袁宏　字彦伯，小字虎。爲桓温記室參軍。桓喚袁倚馬前，令作露布，手不輟筆，俄得七紙，殊可觀。王珣極歎其才。

袁虎少貧，以運租爲業。謝尚時鎮牛渚，乘秋佳風月，率爾與左右微服泛江，會虎在運船中諷詠，聲既清會，辭文藻拔。非尚所曾聞，遂住聽之，乃遣問訊，答曰：「是袁臨汝郎誦詩。」即其詠史之作也。其詩曰：「周昌梗概臣，辭達不爲訥。汲黯社稷器，棟梁天表骨。陸賈厭解紛，時與酒檮杌。婉轉將相門，一言和平勃。趨舍各有之，俱令道不没。」「無名困螻蟻，有名世所疑。中庸難爲體，狂狷不及時。楊惲非忌貴，知及有餘辭。躬耕南山下，蕪穢不遑治。趙瑟奏哀音。秦聲歌新詩。吐音非凡唱，負此欲何之！」尚佳其率有勝致，即遣要迎，談話申旦。自此名譽日茂。

袁宏始作東征賦，悉稱過江諸名望。時桓温在南州，宏語衆云：「我決不及桓宣城」。時伏滔在温府，與宏善，苦諫之。宏笑而不答。滔密以啓温，温甚忿，以宏一時文宗，又聞此賦有聲，不欲令人顯問之。後遊青山飲酌，既歸，公命宏同載。行數里，問宏曰：「聞君作東征賦，多稱先賢，何故不及家君？」宏答曰：「尊公稱謂，自非下官所敢專，故未呈啓，不敢顯之耳。」温乃云：「君欲爲何辭？」宏即答云：「風鑒散朗，或搜或引；身雖可亡，道不可隕。」温泫然而止。

袁宏東征賦都不道陶長沙侃，陶胡奴範誘之狹室中，臨以白刃，曰：「先公勳業如是，君作東征賦，云何相忽略？」宏窘蹙無計，便答：「我大道公，何以云無？」因誦曰：「精金百鍊，在割能斷，功則治人，職思靖亂。長沙之勳，爲史所讚。」宏機捷辨速，自吏部郎出爲東陽郡，謝安祖之於冶亭，時賢皆集，安欲卒迫試之，執手將別，顧左右，取一扇贈之，宏應聲曰：「輒當奉揚仁風，慰彼黎庶。」合坐嘆其要捷。

桓宣武太和四年上疏，自征鮮卑，袁虎時從宣武，命作北征賦。時王珣、伏滔在坐，桓令滔讀其賦云：「聞所聞於相傳，云獲麟於此野。誕靈物以瑞德，奚授體於虞者？悲尼父之慟泣，似實慟而非假。豈一物之足傷，實致傷於天下。」至此便改韻。珣云：「此韻所詠，慨深千載。今於『天下』之後，便移韻，於寫送之致，如爲未盡。」滔乃云：「得『寫』字一句足韻，或當小勝。」袁即於坐攬筆益云：「感不絶於余心，泝流風而獨寫。」珣諷味久之，謂滔曰：「當今文章之美，當共推此生。」袁虎、伏滔同在桓公府，桓公每遊燕輒命袁、伏，桓公嘗請參佐入宿，袁、伏相次而至，蒞名府中，復有袁參軍，彦伯疑焉，令傳教更質，傳教曰：「參軍是袁、伏之袁，復何所疑！」然袁每以爲耻。桓歎曰：「公之厚意未足以榮國士，與伏滔比肩，亦何辱如之？」

顧愷之

字長康，晉陵無錫人，悦之子，小字虎頭。後拜虎頭將軍。桓温嘗言：「長康體中，癡、黠各半。」世云有三絶：文絶、畫絶、癡絶。

顧悦與簡文同年而髮蚤白，簡文曰：「卿何以先白？」對曰：「松柏之質，經霜彌茂；蒲柳之姿，望秋先零。受命之異也。」王稱善久之。

顧長康初爲桓温參軍，甚被親暱，桓治江陵城甚麗。嘗從江口會賓僚曰：「能目此城者賞。」時長康應聲曰：「遥望層城，丹樓如霞。」桓即贈以二婢。後拜桓墓，作詩云：「山崩溟海竭，魚鳥將何依？」人問之曰：「卿憑重桓乃爾，哭之狀其可見乎？」顧曰：「鼻如廣莫長風，眼如懸河決溜。」或曰：「聲如震雷破山，淚如傾河注海。」

顧長康作殷荆州仲堪佐，請假還東。爾時例不給布颿。顧苦求之，乃得。發至破冢，遭風大敗。作牋與殷云：「地名破冢，真破冢而出。行人安穩，布帆無恙。」

桓南郡玄與殷荆州語次，因共作「了」語。顧愷之曰：「火燒平原無遺燎。」桓曰：「白布纏棺豎旒旐。」殷曰：「投魚深淵放飛鳥。」次復作「危」語。桓曰：「矛頭淅米劍頭炊。」殷曰：「百歲老翁攀枯枝。」顧曰：「井上轆轤卧嬰兒。」殷有一參軍在坐云：「盲人騎瞎馬，夜半臨深池。」殷曰：「咄咄逼人。」仲堪眇目故也。長康好諧謔，人多愛狎之，尤信小術。桓玄嘗以一柳葉紿之曰：「此蟬所翳葉也。取以蔽，人不見己。」愷之喜，引葉自蔽，玄就溺焉。愷之信其不見己也，甚珍之。

顧長康道：「畫手揮五絃易，目送歸鴻難。」畫人，或數年不點目睛，人問其故，顧曰：「四體妍蚩，本無關於妙處，傳神寫照，正在阿堵中。」

顧長康嘗賦神情詩云：「春水滿四澤，夏雲多奇峰。秋月揚明輝，冬嶺秀孤松。」

戴逵 字安道。善琴，武陵王使人召之，乃對使者破琴，曰：「戴安道不能爲王門伶人。」十歲時，在瓦官寺畫，王長史見之，曰：「此童非徒能畫，終當致名。」中年畫行像，甚精妙。

戴安道既厲操東山，而其兄逯欲建式遏之功。謝太傅曰：「卿兄弟志業何其太殊？」逯曰：「下官不堪其憂，家弟不改其樂。」

戴安道與王元琳集于露立亭，臨觴撫琴，有味乎二物之間，遂共爲之讚曰：「醇醪之興，與理不乖。古人既陶，至樂乃開。百客乘之，隗若山頽。自絶群動，耳隔迅雷。萬異既冥，惟無有懷。」

王珣 字元琳，小字法護，封東亭侯。弟珉，字季琰，小字僧彌。兄弟皆壻謝氏。王獻之爲中書令，珉代之。時稱大令、小令。

王珣、郗超並爲大司馬所眷，拔珣爲主簿，超爲記室參軍。超爲人多鬚，珣狀短小。于時荆州爲之語曰：「髯參軍，短主簿。能令公喜，能令公怒。」

孝武帝崩，王珣爲哀策，出本示其族子誕，曰：「猶少叙節物一句。」誕使攬筆益之，接其「秋冬代變」云：「霜繁廣除，風回高殿。」珣嘆美，因而用之。

王珉少有才藝，與珣並有名，而聲出珣右。時人爲之語曰：「法護非不佳，僧彌難爲兄。」

王僧彌與嫂婢謝芳姿通，情好甚篤。嫂箠撻芳姿過苦，東亭聞而止之。芳姿素善歌，而僧彌好持白團扇。嫂令芳姿歌一曲，當赦之。芳姿歌曰：「白團扇，辛苦五流離，是郎眼所見。」僧彌聞之，問曰：「奈何遺卻？」芳姿應聲又歌曰：「團扇復團扇，許持自遮面。憔悴無復理，羞與郎相見。」

王恭

字孝伯。與族子忱少相善，齊聲見稱。司馬太傅爲「二王」目曰：「孝伯亭亭直上，阿大羅羅清疎。」

王孝伯在京行散，至其弟王睹户前，問古詩中何句爲最？睹思未答，孝伯詠「所遇無故物，焉得不速老」，此句爲佳。

孝武太元末，王恭鎮京口，民間忽有謡云：「黄頭小兒欲作賊，阿公城下指縛得。黄頭小兒欲作亂，賴得金刀作蕃扞。」又謡云：「黄雌雞，莫作雄父啼。一旦去毛衣，衣被拉颯棲。」「黄」字頭，「恭」字上也；「小」字，「恭」字下也。時王國寶諂事會稽王道子，權動内外，恭與王珣惡之，乃上表罪狀國寶，遂舉兵反，詔賜國寶死。未幾，恭司馬劉牢之執恭斬之。悉如謡言。

桓玄嘗登江陵城南樓云：「我今欲爲王孝伯作誄！」因吟嘯良久，隨而下筆，一坐之間，誄以之成。其文曰：「隆安二年九月十七日，前將軍青、兖二州刺史太原王孝伯薨。川岳降神，哲人是育，既爽其靈，不貽其福。天道茫昧，孰測倚伏？犬馬反噬，豺狼翹陸。嶺摧高梧，林殘故竹。人之云亡，邦國喪牧。于以誄之，爰旌芳郁。」

桓玄　温之孽子也，小字靈寶。太元末出補義興太守，鬱鬱不得志。登高望震澤而歎曰：「父爲九州伯，兒爲五湖長。」遂棄官歸。及殷仲堪失職，倚玄等爲援，乃以子弟交質，共相結約，推玄爲盟主，玄始得志。嘗問劉太常曰：「我何如謝太傅？」劉答曰：「公高，太傅深。」又曰：「何如賢舅子敬？」答曰：「柤、梨、橘、柚，各有其美。」

桓玄作詩，或時思不來，輒作鼓吹，既而思得，云：「嗚鵠響長阜。」歎曰：「鼓吹固自來人思。」玄被召作太子洗馬，船泊荻渚，王大服散後，已小醉，往看桓。桓爲設酒，不能冷飲，頻語左右，令温酒來。桓乃流涕嗚咽，王便欲去。桓以手巾掩淚，因謂王曰：「犯我家諱，何預卿事？」王歎曰：「靈寶故自達。」

隆安初，殷仲堪爲荆州刺史，童謡云：「芒籠目，繩縛腹。殷當敗，桓當復。」時仲堪恐桓玄跋扈，乃與楊佺期結婚爲援，玄引兵擊殺之，遂有荆州。

桓玄既克殷仲堪，後楊佺期遣使諷朝廷，朝廷以玄都督八州，領江州、荆州二刺史。元興初，司馬元顯稱詔伐玄，玄遂舉兵反，元顯軍潰，玄入建康，自以太尉總百揆，殺元顯。時有謡云：「長干巷，巷長干，今年殺郎君，明年斬諸桓。」「郎君」謂元顯也，及玄敗走，諸桓悉誅焉。

桓玄既篡後，朱雀門中忽見兩小兒，通身如墨，相和作籠歌云：「車無軸，倚孤木，繩縛腹，芒籠目。」路邊小兒從而和之者數十人，聲甚哀楚。日既夕，二小兒入建康縣，至閣下，遂成雙漆鼓槌。明年春而桓敗。「車無軸，倚孤木」，「桓」字也。玄死，果以繩縛其屍，芒籠其首，沉諸江中。又謡云：「草生及馬腹，烏啄桓玄目。」及玄敗走江陵，五月中誅，如其期焉。

吴隱之

字處默，小字附子。王羲之子徽之，徽之子禎之；允之子晞之，晞之子晏之，晏之子崑之，崑之子陋之；皆三世同用之字。胡毋輔之子謙之；吴隱之子瞻之，皆兩世同用之字。

吴隱之介立有清操，桓玄欲革嶺南之敝，以爲廣州刺史。去州二十里有貪泉，世傳飲之者其心無厭。隱之乃至水上，酌而飲之，因賦詩曰：「古人云此水，一歃懷千金。試使夷齊飲，終當不易心。」及歸，妻劉氏齎沉香一片，隱之見之，即投于湖亭之水。隱之嘗爲晉陵太守，在郡清儉，妻自負薪。

義熙初，廣州有童謡云：「官家養蘆化成荻，蘆生不止自成積。」又云：「蘆生漫漫竟天半。」「蘆橙橙，逐水流。東風忽如起，那得入石頭。」時盧循寇廣州，逐刺史吴隱之，自攝州事，號平南將軍。安帝乃假循征虜將軍、廣州刺史。循擁上流數州之地，内逼京輦。果應「天半」之言。後爲劉裕所破，竟不得入石頭。其黨悉斬伐，如草木之成積云。

陶潛字元亮，大司馬侃曾孫也。在晉名淵明，在宋名潛。宅邊有五柳樹，因以爲號。爲彭澤令，歎曰：「吾不能爲五斗米折腰。」卒賦歸去來辭，解印綬去。時周續之入廬山事釋惠遠，彭城劉遺民亦遁跡此山，潛又不應徵命，時謂爲「潯陽三隱」。元嘉中卒，世號靖節先生。

顔延之爲劉柳後軍功曹，在潯陽與潛情欵，後爲始安郡，經過潯陽，日造潛飲，臨去，留錢二萬，潛悉令送至酒家，稍就取酒。貴賤造之者，有酒輒設，潛若先醉，便語客曰：「我醉欲眠，卿且去。」

淵明嘗於夏月高卧，北窗清風颯至，自謂羲皇上人。性不解音，但畜無絃素琴，每朋會，則撫而和之，曰：「但識琴中趣，何勞絃上聲。」

淵明嘗聞田間水聲，倚杖聽之，嘆曰：「秫稻已秀，翠色染人，時剖胸襟，一洗荆棘。此水過吾師丈人矣。」

淵明宅邊多種菊，每携酒吟詠，其間賦詩曰：「結廬在人境，而無車馬喧。問君何能爲，心遠地自偏。採菊東籬下，悠然見南山。山氣日夕佳，飛鳥相與還。此中有真意，欲辯已忘言。」又曰：「秋菊有佳色，裛露掇其英。汎此忘憂物，遠我遺世情。一觴雖獨進，杯盡壺自傾。日入群動息，歸鳥趨林鳴。嘯傲東軒下，聊復得此生。」嘗九月九日出宅邊菊叢中坐，摘菊盈把，忽見白衣人擔酒至，乃江州刺史王弘送酒也，即便就酌，醉而歸。

江州刺史檀韶請周續之與學士祖企、謝景夷三人共在城北講禮，加以讐校。所住公廨，近於馬隊。潛賦詩曰：「周生述孔業，祖謝響然臻。馬隊非講肆，校書亦已勤。」蓋譏之也。

淵明有子五人，嘗戲以詩責之曰：「白髮被兩鬢，肌膚不復實。雖有五男兒，總不好紙筆。阿舒（儼）已二八，懶惰故無匹；阿宣（俟）行志學，而不愛文術；雍（份）端（佚）年十三，不識六與七；通佟子垂九齡，但覓梨與栗。天運苟如此，且進杯中物。」或問坐客，淵明有待兒否？有一人言有之。問何以知？曰：「所謂『雍端年十三，不識六與七』，此豈非有待兒耶！」坐客皆發一咲。

淵明讀山海經詩曰：「精衛啣微木，將以填滄海。刑天舞干戚，猛志故常在。」有作淵明詩跋尾者，謂：「『形夭無千歲』，莫曉其意。後讀山海經云：『刑天，獸名也，好啣干戚而舞。』乃知五字皆錯。」淵明詩，晉所作者，皆題年號。入宋所作，但題甲子。元人鄧文原題其像曰：「詩中甲子春秋筆，籬下黃花雨露枝。便向斜川頻載酒，風光不似義熙時。」貢師泰題云：「竹杖芒鞋白鹿裘，山中甲子幾春秋。呼童點檢門前柳，莫放飛花過石頭。」

廬山釋慧遠結社東林，秘書丞謝靈運於山後鑿二池，植白蓮，呼曰蓮社。潛與慧遠素爲方外交，而不與蓮社之列。一日，過慧遠，甫及寺，聞鐘聲，不覺顰容，遽命返駕。法眼禪師晚參示衆云：「今夜聞鐘鳴，復來有何事？若是陶淵明，攢眉卻迴去。」此法眼特爲陶公揄揚也。慧遠持戒精嚴，送客遠者不過虎溪。一日，偕潛及簡寂觀主陸脩靜，不覺過虎溪數百步，乃相與大笑而別。好事者遂作三笑圖以紀之。

淵明將逝之夕，自作挽歌辭，其一曰：「有生必有死，早終非命促。昨暮同爲人，今旦在鬼録。魂氣散何之？枯形寄空木。嬌兒索父啼，良友撫我哭。得失不復知，是非安能覺？千秋萬歲後，誰知榮與辱。但恨在世時，飲酒不得足。」其二曰：「在昔無酒飲，今但湛空觴。春醪生浮蟻，何時更能嘗？肴案盈我前，親舊哭我傍。欲語口無音，欲視眼無光。昔在高堂寢，今宿荒草鄉。相送出門去，歸來夜未央。」其三曰：「荒草何茫茫，白楊亦蕭蕭。嚴霜九月中，送我出遠郊。四面無人居，高墳正嶕嶢。馬爲仰天鳴，風爲自蕭條。幽宅一已閉，千年不復朝。千年不復朝，賢達無奈何。向來相送人，各自還其家。親戚或餘悲，它人亦已歌。死去何所道，託體同山阿。」桓伊善挽歌，庾晞亦喜爲挽歌，每自搖大鈴爲倡，使左右齊和。袁山松遇出遊，則好令左右作挽歌。一時名流達士習尚如此。

堯山堂外紀卷十三

六朝　宋

武帝裕

小字寄奴。嘗游京口竹林寺，獨臥講堂前，上有五色龍章。後伐荻新洲，遇大蛇，擊傷之。明日至，聞有杵臼聲。覘之，見童子數人，皆青衣擣藥。帝問：「何爲？」答曰：「吾王爲劉寄奴所傷。」帝曰：「王神何不殺之？」兒曰：「寄奴王者，不死。」帝叱之，皆散。仍收藥而反，以傅金創，無不立驗。後人遂名此藥爲「劉寄奴」。

初，武帝引謝晦爲太尉主簿，從征關洛。帝於彭城大會，命紙筆賦詩，晦恐帝有失，起諫帝，即代作曰：「先蕩臨淄穢，卻清河洛塵。華陽有逸驥，桃林無伏輪。」於是群才並作。

武帝將北伐，登城屬詠，謝晦誦王粲詩：「南登灞陵岸，回首望長安。悟彼下泉人，喟焉傷心肝。」不覺流涕，因之輟駕。

武帝丁都護歌云：「都護北征時，儂亦惡聞許。願作石尤風，四面斷行旅。」又云：

「都護北征去，相送落星墟。帆檣如芒檉，都護今何渠。」丁都護，即丁旿也，驍勇有力，帝每欲除異己，必令旿拉殺之。時人語曰：「莫跋扈，付丁旿。」齊高帝欲除異己，亦然，其所任者桓康也。時人亦語曰：「莫輈張，付桓康。」二事既同，而字亦對，又皆協韻，甚奇。

文帝義隆 武帝第三子，初封宜都王。

元嘉十七年，文帝袁皇后崩，百官不敢作聲歌，或因酒讌，止竊聲讀曲細吟，其歌曰：「紅藍與芙蓉，我色與歡敵。莫案石榴花，歷亂聽儂摘。」又曰：「千葉紅芙蓉，照灼緑水邊。餘花任郎摘，慎莫罷儂蓮。」又曰：「思歡久，不愛獨枝蓮，只惜同心藕。」又曰：「折楊柳，百鳥園林啼，道歡不離口。」又曰：「芳萱初生時，知是無憂草。雙眉畫未成，那能就郎抱。」又曰：「憐歡敢喚名，念歡不呼字。連喚歡復歡，兩誓不相棄。」又曰：「五鼓起開門，正見歡子度。何處宿行還，衣被有霜露。」又曰：「打殺長鳴雞，彈去烏臼鳥。願得連冥不復曙，一年都一曉。」又曰：「非歡獨慊慊，儂意亦驅驅。雙燈俱時盡，奈許兩無由。」又曰：「種蓮長江邊，藕生黃蘗浦。必得蓮子時，流離經辛苦。」又曰：「暫出白門前，楊柳可藏烏。歡作沈水香，儂作博山鑪。」又曰：「罷去四五年，相見論故情。殺荷不斷藕，蓮心已復生。」

元嘉十七年，帝徙彭城王義康於豫章，時臨川王義慶爲江州，相見而哭。帝聞而怪之，徵還。義慶大懼，伎妾夜聞烏夜啼聲，扣齋閤云：「明日應有赦。」及旦，改南兗州刺史，因此作歌，其詞云：「籠葱牕不開，烏夜啼，夜夜望郎來。」蓋謂其妾也。後世所傳歌似非義慶本旨，歌云：「可憐烏臼鳥，彊言知天曙。無故三更啼，歡子冒閽去。烏生如欲飛，飛飛各自去。生離無安心，夜啼至天曙。」

隨王誕始爲襄陽郡，元嘉二十六年，仍爲雍州刺史，夜聞諸女歌謡，因而作歌曰：「朝發襄陽城，暮至大堤宿。大堤諸女兒，花艷驚郎目。上水郎擔篙，下水摇雙櫓。四角龍子幡，環環江當柱。人言襄陽樂，樂作非儂處。乘星冒風流，還儂揚州去。」樂録有碧玉歌，亦宋曲也，一名千金意。碧玉，汝南王妾名，其詞曰：「碧玉小家女，不敢攀貴德。感郎千金意，慙無傾城色。碧玉破瓜時，郎爲情顛倒。感君不羞赧，迴身就郎抱。」

謝晦

字宣明。與檀道濟同從武帝北征，入關十策，晦有其九。

初，武帝疾甚，謝晦、傅亮等同被顧命。及少帝廢，徐羨之以晦爲荆州刺史，令居外爲援。文帝即位，誅羨之等，欲并討晦。晦舉兵，及軍敗被執，從子世基坐從。將刑，世基爲詩曰：「偉哉横海鯨，壯矣垂天翼。一旦失風水，飜爲螻蟻食。」晦續之曰：「功遂侔昔人，保退無智力。既涉太行險，斯路信難陟。」

謝靈運玄之孫。小時寄養于杜明禪師，杜明夜夢東南有賢人相訪，因建夢謝亭。晉時襲封康樂公。嘗半日吟詩百篇，頓落十二齒。每文竟，手自寫之，書法兼妙，文帝稱爲「二寶」。與東海何長瑜、穎川荀雍、太山羊璿之及謝惠連，以文章賞會，共爲山澤遊，時人謂爲「康樂四友」。

謝靈運守永嘉，遊石門洞，入沐鶴溪，泊舟溪旁，見二女浣沙，顔貌娟秀，非塵俗態，以詩嘲之曰：「我是謝康樂，一箭射雙鶴。試問浣沙娘，箭從何處落。」二女邈然不顧。又嘲之曰：「浣沙誰氏女？香汗濕新雨。對人默無言，何事甘良苦。」俄而，二女微吟曰：「我是潭中鯽，暫出溪頭食。食罷自還潭，雲踪何處覓。」吟罷不見，康樂遂回。過二三里，其弟亦來訪，與偕回。後人以康樂回處曰大郎回，其弟回處曰小郎回。

謝靈運東陽溪中贈答云：「可憐誰家婦，緣流灑素足。明月在雲間，迢迢不可得。」又云：「可憐誰家郎。緣流乘素舸。但問情若何？月就雲中墮。」劉禹錫泰娘歌「月墮雲中」之句，蓋本於此。

謝惠連十歲能屬文，康樂賞愛之，每有篇章，對惠連輒得佳語。嘗於永嘉西堂思詩，竟日不就，忽夢見惠連，即得「池塘生春草，園柳變鳴禽」。曰：「此語有神助，非吾語也。」區惠恭，本胡人，爲顔師伯幹，顔爲詩筆，輒偷定之，後造獨樂賦，語侵給主，被斥。及大將軍修北第，差充作長。時謝惠連兼記室參軍，惠恭時往共安陵嘲調，末作雙枕詩以示謝，謝曰：「君誠能，恐人未重。且可以爲。」謝法曹造遺大將軍，見之賞歎，以錦二端賜謝。謝辭曰：「此詩公作長所製，請以錦賜之。」

謝靈運別字離合詩云：「古人怨信次，十日眇未央。離『口』字加我懷繾綣，口詠情亦傷。離『力』字劇哉歸游客，處子勿相忘。」離『刂』字，『口』『力』『刂』合成『別』。此離一字偏旁爲兩句，而六句湊合爲一字。

謝靈運尋山陟嶺，必造幽峻，巖嶂千重，莫不備盡。登躡常着木屐，上山則去前齒，下山則去後齒。嘗自始寧南山伐木開徑，直至臨海，從者數百。臨海太守王琇驚駭，謂是山賊。及知靈運，乃安。又要太守使進，琇不肯。靈運贈詩曰：「邦君難地險，旅客易山行。」

會稽守孟顗，事佛精懇。每爲靈運所輕，嘗謂顗曰：「得道應須慧業文人，公生天當在靈運前，成佛必在靈運後。」顗深恨此言。又與王弘之諸人出千秋亭飲酒，倮身大呼，顗遣信相聞，靈運大怒曰：「身自大呼，何與癡人事！」顗益恨之，遂表靈運有異志。帝惜其才，不罪，以爲臨川内史。在郡游放，不異永嘉，復爲有司所糾，乃遣使收之，靈運興兵叛逸。爲詩曰：「韓亡子房奮，秦帝魯連耻。本自江海人，忠義感君子。」禽送廷尉，論斬，帝以謝玄勳宜宥，降死徙廣州。再爲有司所奏，乃詔於廣州棄市。臨刑，作詩曰：「龔勝無餘生，李業有終盡。嵇公理既迫，霍生命亦殞。悽悽後霜柏，網網衝風菌。邂逅竟無時，修短非所愍。恨我君子志，不得巖下泯。送心正覺前，斯痛久已忍。惟願乘來生，怨親同心朕。」靈運鬚美，臨刑，施爲南海祇洹寺維摩詰像鬚。唐中宗時，安樂公主端午鬭草，欲廣其物，馳驛取之，又恐爲他所得，乃剪棄其餘。

顏延之

字延年。與謝靈運齊名。性褊激，號顏彪。有愛姬盪之墜床，其子竣怒，殺姬，延之大痛，坐靈床哭曰：「貴人殺汝，非我殺汝。」忽見姬排屏風壓之，懼而墜地，因病卒。

顏延年疎誕好酒，不能取容當世，劉湛言於彭城王義康，出爲永嘉太守。延年甚怨憤，乃作五君詠。詠嵇康曰：「鸞翮有時鎩，龍性誰能馴！」詠阮籍曰：「物故不可論，途窮無能慟。」詠阮咸曰：「屢薦不入官，一麾乃出守。」詠劉伶曰：「韜精日沈飲，誰知非荒宴？」此四句，蓋自叙也。獨山濤、王戎以貴顯被黜，不在五君之列。湛及義康以其詞旨不遜，大怒，欲黜遠郡。於是延之屏居，不與人間者七載。文帝嘗召延之，頻日尋覓不值，帝曰：「但酒肆中求之。」依旨訪覓，果在酒肆，躶身自挽歌，了不應對。他日醉醒，乃往。文帝問顔延之以其諸子才能，曰：「竣得臣筆，測得臣文，㚟得臣義，躍得臣酒。」何尚之嘲曰：「誰得卿狂？」曰：「其狂不可及。」嘗遇何偃於途，偃遥呼曰：「顔公。」延之怪其輕脱，答曰：「身非三公之公，又非田舍之公，又非君家阿公，何以見呼爲公？」偃羞而退。

何長瑜

司空無忌族也。謝方明使教惠連讀書，靈運以爲當今仲宣，載之去。

何長瑜爲臨川王記室參軍，嘗於江陵寄書與族人何勖，以韻語序臨川州府僚佐，有云：「陸展染白髮，欲以媚側室。青青不解久，星星行復出。」如此五六句，輕薄少年演而廣之。一時人士並爲品目，盡加劇言苦句。臨川怒，以白文帝，除爲廣州增城令。徐湛之産業甚厚，室宇、園池、伎樂之妙，冠于一時，門生千餘，皆三吴富人子，資質端美，衣服鮮麗。每行遊，塗巷盈滿，兩日，悉以後車載之。文帝每嫌其侈縱。時安成公何勖，無忌之子，臨汝公孟靈休，是昶之子，並名奢豪，與湛之以肴膳器服車馬相尚，都下語曰：「安成食，臨汝飾。」湛之特兼何、孟之美。

何勖與殷淳之子孚共食，孚羹盡，勖曰：「益殷蓴羹。」孚徐輟筯曰：「何無忌憚！」

江夏王義恭，性愛古物，常遍就朝士求之。何勖已有所送，而王徵索不已，何甚不平。嘗出行，於道中見狗枷、犢鼻，乃命左右取之還，以箱擎送之，牋曰：「承復須古物，今奉李斯狗枷、相如犢鼻。」

王歆之

王歆之嘗爲南康劉邕相，素輕邕。後歆之與邕俱與元會，並坐。邕謂歆之曰：「卿昔見臣，今能見勸一盃酒否？」歆之因效孫皓歌答之曰：「昔爲汝作臣，今與汝比肩。既不勸汝酒，亦不願汝年。」邕，穆之之孫也，性嗜瘡痂，以味似鰒魚。嘗詣孟靈休，靈休先患炙瘡，瘡痂落床上，邕取食之。靈休大驚。邕答曰：「性之所嗜。」靈休瘡痂未落者，悉褫取以貽邕。邕去，靈休與何勖書曰：「劉邕向顧見噉，遂舉體流血。」南康國吏二百許人，不問有罪無罪，遞與鞭，瘡痂常以給膳。

范曄

字蔚宗。母如厠而産，頭額爲磚所傷，故以磚爲小字。文帝朝，拜太子詹事。

陸凱與范曄交善，自江南寄梅花一枝詣長安與曄，兼贈詩曰：「折梅逢驛使，寄與隴頭人。江南無所有，聊贈一枝春。」

魯國孔熙先以范曄志意不滿，説曄弑帝立彭城王義康，曄猶豫未決。熙先曰：「丈人奕葉清通，不得連姻帝室，人以犬豕相遇，丈人曾不耻乎？」曄門無内行，故熙先以此激之。曄反意乃決。謀泄被收。帝有白團扇甚佳，送曄，令出詩賦美句，曄攬筆書曰：「去白日之昭昭，襲長夜之悠悠。」上爲循覽悽然。

范詹事在獄，爲詩曰：「禍福本無兆，性命歸有極。在生已可知，來緣憧無識。好醜共一丘，何足異枉直。豈論東陵上，寧辨首山側。雖無嵇生琴，庶同夏侯色。寄言生存子，此路行復即！」及臨刑，曄母至市，涕泣責曄，曄色不怍。妹及妓妾來别，曄悲涕流連。曄甥謝綜曰：「舅殊不及夏侯色。」曄收淚而止。

袁淑　字陽源，丹陽尹豹少子也。文帝朝，爲太子左衛率。太子劭謀爲逆，淑切諫，左右引之出，曰：「此何事而可罷。」劭竟殺淑，遂弑帝。

袁淑嘗詣彭城王義康，義康問其年，答曰：「鄧仲華拜衮之歲。」義康曰：「身不識也。」又曰：「陸士衡入洛之年。」義康曰：「身不讀書，君無爲作才語見向。」

袁陽源不附劉湛，大相乖忤，陽源賦詩曰：「種蘭忌當門，懷璧莫向楚。楚少別玉人，門非種蘭所。」尋以久病免官。

袁淑戲作廬山公九錫文，曰：「若乃三軍陸邁，糧運艱難。謀臣停算，武夫吟歎，爾乃長鳴上黨，忼慨應官，崎嶇千里，荷囊致餐，斯實爾之功也。音隨時興，晨夜不默，仰契玄象，俯叶漏刻，雖挈壺著稱，未足比德，斯復爾之智也。若乃六合昏晦，三辰幽冥，猶憶天時，用不應聲，斯又爾之鳴也。青脊絳身，長頰廣額，修尾後垂，巨耳雙磔，斯又爾之形也，嘉麥既熟，寔須精麪，負磨回衡，迅若轉電，惠我衆庶，神祇獲薦，斯又爾之能也。爾有濟師旅之勳，而加之以衆能，是用遣中大夫閭丘廬，加爾使銜；勒大鴻臚班脚大將軍宮亭侯，以揚州之廬江、江州之廬陵、吴國之桐廬、合浦之朱廬封爾爲中驢公。」

袁淑又戲作大蘭王九錫文，曰：「大亥十年九月乙亥朔十三日丁亥，北燕伯使使者豪豨册命大蘭王曰：咨惟君稟太陰之沉精，摽群形於玄質，體肥腯而洪茂，長無心以遊逸，資豢養於人主，雖無爵而有秩。此君之純也。君昔封國殷商，號曰豕氏。葉隆當時，名垂于世。此君之美也。白蹢彰于周詩，涉波應乎隆象，歌詠垂于人口，經千載而流響。此君之德也。君相與野遊，唯君爲雄，顧群數百，自西徂東。俯歕沫則成霧，仰奮鬣則生風。猛毒必噬，有敵必攻。長驅直突，陣無全鋒。此君之勇也。其封爾爲大蘭王。」

鮑昭

字明遠。王子頊鎮荆楚，辟爲參軍，遂築室黄梅。今邑治即昭宅也。文帝好文章，自謂人莫及。昭悟其旨，爲文多鄙言累句。昭本名照，武后時諱「照」，唐人因以昭名之。

鮑參軍見賣玉器者，或人欲買，疑其是珉，不肯成市，作詩戲買者曰：「涇渭不可雜，珉玉當早分。子實舊楚客，蒙俗謬前聞。安知理孚采，豈識質明温。我方歷上國，從洛入函、轘。揚光十貴室，馳譽四豪門。奇聲振朝邑，高價服鄉村。寧能與爾曹，瑜瑕稍辨論。」照初謁臨川王義慶，猶未見知，欲貢詩言志，人止之曰：「卿名位尚卑，不可輕忤大王。」照勃然曰：「大丈夫豈可遂韜知能，使蕭艾不辨，終日碌碌與燕雀相隨？」于是奏詩。義慶大奇之，賜帛二十匹。

湯惠休初入沙門，孝武帝命使還俗。贈鮑參軍菊詩曰：「玳枝兮金英，緑葉兮金莖。不入君玉杯，低彩還自榮。想君不相豔，酒上視塵生。當令芳意重，無使盛年傾。」鮑答詩云：「酒出野田稻，菊生高岡草。味貌復何奇，能令君傾倒。玉椀徒自羞，爲君慨此秋。金蓋覆牙柈，何爲心獨愁。」

鮑參軍作數目詩云：「一身仕關西，宗族滿山東。二年從車駕，齋祭甘泉宫。三朝國慶畢，休沐還舊邦。四牡輝長路，輕蓋若飛鴻。五侯相餞送，高會集新豐。六樂陳廣坐，祖帳揚春風。七盤起長袖，庭下列歌鐘。八珍盈雕俎，奇肴紛錯重。九族共瞻遲，賓友仰徽容。十載學無就，善宦一朝通。」

鮑參軍井字謎云：「二形二體，四支八頭。一八五八，飛泉仰流。」「一八」者，井字八角也；「五八」者，拆「井」字而四之，則其爲十者四也。「五八」即四十也。又土字謎云：「乾之一九，隻立無偶。坤之二六，宛然雙宿。」又龜字謎云：「頭如刀，尾如鉤，中央横廣，四角六抽。右面負兩刀，左邊屬雙牛。」

鮑參軍有妹名令暉，歌詩往往斷絶清巧，寄行人詩云：「桂吐兩三枝，蘭開四五葉。是時君不歸，春風徒笑妾。」照常答孝武帝云：「臣妹才自亞于左芬，臣才不及太冲耳。」

王玄謨

元嘉末，首建北伐之謀。文帝謂侍臣曰：「觀玄謨所陳，令人有封狼居胥意。」

王玄謨御下少恩，時宗越爲將，尤嚴酷，好刑誅。將士爲之語曰：「寧作五年徒，不逢王玄謨；玄謨猶尚可，宗越更殺我。」

孝武帝狎侮群臣，各有稱目。柳元景、桓護之雖並北人，而王玄謨獨受老傖之目，嘗爲玄謨作四時詩曰：「菫茹供春膳，粟漿充夏餐。𤓰醬調秋菜，白醝解冬寒。」

沈慶之

字弘先。爲建威將軍，大破山蠻，群蠻皆稽顙。慶之著狐皮帽，群蠻號曰蒼頭公。

沈慶之目不知書，每將署事，輒恨眼不識字。孝武嘗歡飲群臣，逼令作詩，慶之請顏師伯執筆，口授之曰：「微生遇多幸，得逢時運昌。朽老筋力盡，徒步還南岡。辭榮此聖世，何愧張子房。」上甚悦，衆坐稱美。蕭斌等嘗笑慶之曰：「沈公乃更學問。」慶之曰：「衆人雖知古今，不如下官耳學也。」

孝武帝駿 文帝第三子，小字道民。初封武陵王。自晉氏渡江以來，宫室草創，至帝始大修之，土木俱被錦繡。

徐幹室思曰：「浮雲何洋洋，願因通我辭：『一逝不可歸，嘯歌久踟躕。人離皆復會，我獨無反期。』『自君之出矣，明鏡闇不治。思君如流水，何有窮已時。』」孝武帝擬之曰：「自君之出矣，金翠暗無精。思君如日月，迴環晝夜生。」一時諸賢共賦，遂以「自君之出矣」爲題。

孝武帝用「悲」、「客」、「他」、「方」四方字離合雜言云：「霏雲起兮汎濫，雨霭昏而不消。離「非」字意氣悄以無樂，音塵寂而莫交。離「心」字，「非」、「心」合成「悲」守邊境以臨敵，寸心厲以戎昭。離「宀」字閣盈圖記，門滿賓僚。離「各」字，「宀」、「各」合成「客」仲秋始戒，中園初凋。離「亻」字池育秋蓮，水滅寒漂。離「也」字，合「他」指歸塗以易感，日月逝而難要。離「二」字分中心而誰寄，人懷念而必謡。離「刀」字，「二」、「刀」合成「方」」

謝莊

字希逸。子五人：颺、朏、顥、嵸、瀹，世謂莊名子以風、月、景、山、水。自莊及朏至覽孫温，六代五人，皆爲吏部尚書。

元嘉中，南平王獻赤鸚䳇，普詔群臣爲賦，袁陽源文冠當時，賦畢，賫示謝希逸。時希逸賦亦竟，其文云：「雲移霞峙，霰委雪翻。陸離翬漸，容與鴻軒。躍林飛岫，焕若輕電激銀漢；集塲棲圃，曄若夭桃被玉園。」袁見而嘆曰：「江左無我，卿當獨秀。我若無卿，亦一時之傑也。」遂隱其賦。

孝武帝嘗吟謝莊月賦，稱歎良久，謂顔延之曰：「希逸此作，可謂前不見古人，後不見來者。」延之對曰：「美則美矣，但莊始知『隔千里兮共明月』。」帝召莊，以延之答語語之，莊應聲曰：「延之作秋胡詩，始知『生爲久别離，没爲長不歸』。」帝撫掌笑曰：「人好嘲謔，未有不遇其敵者。」

謝莊代顔竣爲吏部尚書，竣容貌嚴毅，常有不可犯之色。莊風姿温美，有誼訴者，常懽笑答之。時人語曰：「顔吏部嗔而與人官，謝吏部笑而不與人官。」

王彧　字景文，與明帝名同，故稱字。孝武選侍中四人，並以風貌，王彧、謝莊爲一雙，阮韜、何偃爲一雙。唐詩：「雲仍王、謝並，風貌阮、何雙。」

明帝以王景文外戚貴盛，張永累經軍旅，疑其將來難信。乃自爲謡言，曰：「一士不可親，弓長射殺人。」帝慮晏駕後，皇后臨朝，景文或有異圖，遣使齎手敕并藥賜死，景文正與客棋，叩函看已，復置局下，神色不變。局竟，斂子納奩畢，徐曰：「奉敕見賜以死。」方以敕示客，乃作墨啓致謝，飲藥而卒。

何偃　字仲弘。父尚之，元嘉中爲丹陽尹，立宅南郊外，設學以聚生徒，謂之南學。偃子戢，戢子惠景，惠景子昌寓，昌寓子敬容，五世爲吏部尚書。偃侄點、胤、求並棲遁世，號點爲「太山」，胤爲「小山」，求曰「東山」，是謂何氏三高。

王絢，彧之長子，是何尚之外孫。年六歲，聰穎非常，尚之特加賞異。嘗教讀論語，至「郁郁乎文哉」，尚之戲曰：「可改爲『耶耶乎文哉！』」絢捧手對曰：「尊者之名，安得爲戲！亦可道『草翁之風必舅』？」吴蜀之人呼父爲耶。翁即指尚之，舅指偃。

晉熙王昶 字休道，文帝第九子。

廢帝立，以昶爲徐州刺史。人間言昶有異志，帝欲加誅討。昶即起兵，統内數郡無應者，知事不捷，乃棄母、妻奔魏，惟妾一人騎馬自隨，在道慷慨爲斷句曰：「白雲滿鄣來，黄塵暗天起。關山四面絶，故鄉幾千里？」人甚憐之。昶後甚爲魏孝文所禮重，使都督吴、越、彭、楚諸軍事，鎮徐州，卒謚曰明。

丘靈鞠 遲之父，初領驍騎將軍，丘不樂武位，謂人曰：「我應還東掘顧榮塚。江南地方千里，士子風流皆出此中。顧榮忽引諸傖渡江，妨我輩塗轍。」後入梁爲祭酒，曰：「人居官願數遷，使我終身爲祭酒，不恨也。」嘗在沈深坐，見王儉詩，深曰：「王令文章大進。」笑曰：「何如我未進時。」

孝武帝殷貴妃亡，靈鞠獻挽歌三首，有云：「雲横廣陌暗，霜深高殿寒。」帝摘句咨嗟賞之，即轉爲北平參軍。帝與群臣上貴妃墓，令醫術楊志哭之，志甚嗚咽。人問：「卿那得此副急淚？」志曰：「我自哭亡妾耳。」

丘靈鞠嘗詣褚淵，淵不起，曰：「比脚疾，不復能起。」靈鞠曰：「脚疾亦是大事，公爲一代鼎臣，不可復爲覆餗。」

袁粲　字景倩，淑兄子，世稱袁尹。踈放好酒，嘗步屧白楊郊野間，道遇一士人，便呼與酣飲。明日，此人謂被知遇，詣門求通，袁曰：「昨日飲酒無偶，聊相邀爾，勿復爲煩。」

宋末蕭道成弑其主昱而立安成王準，中書監袁粲、尚書令劉秉謀誅之。褚淵發其謀，粲兵敗遇害，淵獨輔政。于時百姓語曰：「可憐石頭城，寧爲袁粲死，不作褚淵生。」

劉俁，彦節子也。嘗賦詩云：「城上草，植根非不高，所恨風霜早。」後彦節與袁景倩謀誅蕭道成不剋死，俁亦被害。

堯山堂外紀卷十四

六朝

齊

高帝道成

蕭何二十四世孫，宋世與袁粲、褚淵、劉秉更日入直決事，號爲「四貴」。

高帝鎮淮陰時，爲宋明帝所疑，被徵爲黄門郎，深懷憂慮，見平澤有群鶴，命筆詠之曰：「八風儛遥翮，九野弄清音。一摧雲間志，爲君苑中禽。」

高帝與王僧虔賭書，曰：「誰爲第一？」僧虔對曰：「臣書臣中第一，陛下書帝中第一。」帝笑曰：「卿可爲善自謀矣。」或云帝問：「我書何如？」卿對曰：「臣正書第一，草書第二。陛下草書第二，正書第三。臣無第三，陛下無第一。」帝大笑曰：「卿善爲辭。」

褚淵

字彦回。宋中書令。其貌甚美，山陰公主就廢帝請以自侍。帝召西上閣宿十日，公主夜就之，備見逼迫，不爲移志，主曰：「公鬚髯如戟，何無丈夫意？」彦回曰：「回雖不敏，不敢首爲亂階。」

褚淵與王彧、謝莊等嘗聚袁粲宅，初秋凉夕，風月甚美，淵援琴奏别鵠之曲。宫商既調，風神諧暢。莊撫節歎曰：「以無累之神，合有道之器，宫商暫離，不可得已。」

褚彦回送王僧虔赴湘州，閣道壞，墜水。僕射王儉驚跳下車，謝超宗拊掌笑，戲曰：「落水三公，墜車僕射。」彦回出水，霑濕狼籍。超宗先在僧虔舫，抗聲曰：「有天道焉，天所不容，地所不受，投畀河伯，河伯不受。」彦回大怒曰：「寒士不遜！」超宗曰：「不能賣袁、劉得富貴，焉免寒士！」前後言誚，稍布朝野。淵世子賁，耻其父失節，服除，遂不仕，以爵讓其弟蓁，屏居墓下終身。

王儉 字仲寶。宋官侍中，入齊爲國子祭酒，子暕、孫承皆爲國職。三世國師，前代未有。

王仲寶手筆典裁，爲當時所重，少便有宰相志，賦詩云：「稷、契匡虞、夏，伊、吕翼商、周。」

王僧祐，儉從弟也，儉嘗鳴笳列騶至僧祐門，僧祐輒稱疾不出，贈儉詩曰：「汝家在市門，我家在南郭。汝家饒賓侶，我家多鳥雀。」儉歎曰：「此吾所望於若人也。」世並賢之。

客有姓譚者詣王儉求官，儉謂曰：「齊侯滅譚，那得有君？」答曰：「譚子奔莒，所以有僕。」儉賞其善謔，卒得職。

新野庾杲，初爲駕部郎，清貧自業，食唯有韭菹生菜。任彦昇嘗戲曰：「誰謂庾郎貧？食鮭嘗有二十七種菜。」王儉用爲長史。安陸侯蕭緬與儉書曰：「盛府元僚實難其選，庾景行泛淥水，依芙蓉，何其麗也！」時人以儉府爲蓮花池，故緬書言之。儉嘗集才學之士，總校虚實，類物隸之，謂之「隸事」。何憲等諸學士於儉第隸事，賭巾箱几案，雜服飾，人人各一兩物。陸彦深後成，隸出人表，一時奪去。憲又於儉隸事獨勝，儉賞以五花簟、白團扇，意殊自得。王摛後至，操筆便成，事既奥博，辭亦華美，衆皆擊賞，摛乃命左右抽簟，手自掣扇，登車而去。

武帝賾　字宣遠。高帝長子。

武帝出遊鍾山，幸何美人墓，有朱碩仙善歌吴聲續曲歌，云：「儂憶所歡時，緣山破芿荏。山神感儂意，盤石鋭鋒動。」帝神色不悦，曰：「小人不遜，弄我。」時朱子尚亦善歌，復爲一曲，云：「暧暧日欲宴，歡騎立踟躕。太陽猶尚可，且願停須臾。」帝悦。於是俱蒙厚賚。

武帝布衣時，嘗遊樊、鄧。登祚以後，追憶往事，作估客樂，曰：「昔經樊鄧役，阻潮梅根渚。感憶追往事，意滿辭不叙。」帝使樂府令劉瑶管絃被之教習，卒遂無成。有人啓釋寶月善解音律，帝使奏之，旬日之中，便就諧合。敕歌者常重爲感憶之聲。寶月又上兩曲，凡四章，其曲云：「郎作十里行，儂作九里送。拔儂頭上釵，與郎資路用。」「有信數寄書，無信心相憶。莫作瓶落井，一去無消息。」「大艑珂峩頭，何處發揚州？借問艑上郎，見儂所歡不？」「初發揚州時，船出平津泊。五兩如竹林，何處相尋博！」帝遂數乘龍舟遊江中，以紅越布爲帆，緑綵爲帆縴，鍮石爲篙足，篙榜者悉著鬱林布作淡黄袴。舞此曲，用十六人云。

巴東王子響，武帝之子，爲荆州刺史，要直閤將軍董蠻與同行。蠻曰：「殿下癲如雷，敢相隨耶？」子響曰：「君敢出此語，亦復奇癲。」帝聞而不悦，曰：「人名蠻，復何容得蘊藉？」乃改爲仲舒。巴東王嘗問曰：「今日仲舒，何如昔日仲舒？」答曰：「昔日仲舒出自私庭，今日仲舒降自先帝。以此言之，勝昔遠矣。」又蜀有青城山隱士曰董仲舒，見譙秀蜀記。

柴廓 東陽人。

柴廓有行路難雜體云：「君不見，孤雁關外發，酸嘶度揚、越。空城客子心腸斷，幽閨思婦氣欲絶。凝霜夜下拂羅衣，浮雲中斷開明月。夜夜遥遥徒相思，年年望望情不歇。寄我匣中青銅鏡，倩人爲君除白髮。行路難，行路難！夜聞南城漢使度，使我流淚憶長安。」釋寶月嘗憩其家，會廓亡，因竊而有之，刻爲己作。廓子見而大忿，齎手本出都，欲訟此事，寶月厚賂之，乃免。

王融 字元長，秘書丞。嘗圖古今雜體，有六十四書，徑丈一字，方寸千言。

永明初，竟陵王子良鎮西州，才雋之士皆集其門，范雲、蕭琛、任昉、王融、蕭衍、謝朓、沈約、陸倕並以文學見親，號曰「八友」，柳惲、王僧孺、江革、范縝、孔休源亦預焉。子良篤好釋氏，招致衆僧講論佛法。一日，融往栖玄寺聽講畢，遊西邸園，賦詩云：「道勝業兹遠，心閑地能隟。桂崦鬱初裁，蘭墀坦將闢。虚檐對長嶼，高軒臨廣液。芳草列成行，嘉樹紛如積。流風轉還逕，清煙泛喬石。日泊山照紅，松映水華碧。暢哉人外賞，遲遲眷西夕。」竟陵王子雲英，武帝第二子，嘗夜集學士，刻燭爲詩，四韻者則刻一寸，以此爲率。蕭文琰曰：「燒一寸燭而成四韻詩，何難之有！」乃與江洪等共叩銅鉢，響絶則成，詩皆可觀。

王融、謝朓、江革、沈約阻雪，聯句遥和。朓詩云：「積雪皓陰地，北風鳴細枝。九逵密如繡，何異遠別離。」革詩云：「風庭舞流霰，冰池結文澌。飲春雖以燠，欽賢紛若馳。」融詩云：「珠霙條間響，玉霤閣下垂。杯酒不相接，寸心良共知。」約詩云：「初昕逸翮舉，日昊駑馬疲。幽山有桂樹，歲暮空參差。」

古詩：「藁砧今何在？山下復有山。何當大刀頭？破鏡飛上天。」「藁砧」，砆也，音協於「夫」。「山」、「山」，「出」也。「大刀頭」，有環，義取於「還」。「破鏡上天」，謂月缺之候，蓋隱語也。王融有代藁砧二首云：「花蔕今何在？不是林下生。何當垂兩髻，團扇雲間明。」「鏡臺今何在？寸身正相隨。何當碎聯玉，雲上璧已虧。」

王融詣王僧祐，因遇沈昭略，未相識，昭略顧盼，謂主人曰：「是何年少？」融殊不平，謂曰：「僕出於扶桑，入於暘谷，照耀天下，誰云不知，而卿此問！」昭略曰：「不知許事，且食蛤蜊。」融曰：「物以群分，方以類聚。君生長東隅，居然應嗜此族。」王文憲初拜儀同，王元長贈詩，頗及規諷，文憲甚憚之。笑謂人曰：「穰侯印詎便可解。」

謝朓

字玄暉，宣城太守。因登三山，得「澄江靜如練」之句，古今所稱。愛青山之勝，築室山南。梁武極愛朓詩，嘗曰：「三日不讀謝朓詩，覺口臭。」

隨王子隆在荆州，好詞賦，數集僚友，謝玄暉爲其功曹，自京趨荆州，同朝諸賢以詩餞別，沈約詩云：「漢池水如帶，巫山雲似蓋。瀄汩背吴潮，潺湲横楚瀨。一望沮漳水，寧思江海會。以我徑寸心，從君千里外。」范雲詩云：「陽臺霧初解，夢渚水裁淥。遠山隱且見，平沙斷還續。分絃饒苦音，别唱多悽曲。爾拂後車塵，我事東皋粟。」王融詩云：「所知共歌笑，誰忍别笑歌。離軒思黄鳥，分渚愛青莎。翻情結遠旆，灑淚與行波。春江夜明月，還望情如何。」蕭琛詩云：「執手無還顧，别渚有西東。荆吴眇何際，煙波千里通。春笥方解籜，弱柳向低風。相思將安寄，悵望南飛鴻。」劉繪詩云：「汀洲千里芳，朝雲萬里色。悠悠在天隅，之子去安極。春潭無與窺，秋臺誰共陟。不見一佳人，徒望西飛翼。」謝玄暉答云：「春夜别清樽，江潭復爲客。歎息東流水，何如故鄉陌。重樹始芬蒕，芳洲轉如積。望望荆臺下，歸夢相思夕。」

沈右率座謝朓、王融輩賦三物爲詠，朓賦幔云：「幸得與君綴，羃歷君之楹。月映不辭卷，風來輒自輕。每聚金鑪氣，時駐玉琴聲。但願置樽酒，蘭釭當夜明。」融賦琵琶云：「抱月如可明，懷風殊復清。絲中傳意緒，花裏寄春情。掩抑有奇態，悽鏘多好聲。芳袖幸時拂，龍門空自生。」約賦箎云：「江南簫管地，妙響發孫枝。殷勤寄玉指，含情舉復垂。雕梁再三繞，輕塵四五移。曲中有深意，丹心君詎知？」

會稽孔闓，初有才華，未爲時所知。孔珪嘗令草表以示謝朓，朓嗟吟良久，自折簡寫之，謂珪曰：「此子聲名未立，應共獎成，無惜齒牙餘論。」其好獎人才如此。獨輕江祏爲人，祏常詣朓，朓因言有一詩，呼左右取，既而便停。祏問其故，云：「定復不急。」祏以爲輕己。後祏及弟祀、劉渢、劉晏俱候朓，朓謂祏曰：「可謂帶二江之雙流。」祏轉不堪，後遂搆害。

劉繪 字士章，彭城人。

永明末，都下人士盛爲文章談義，皆湊竟陵西邸，劉繪爲後進領袖。時張融言辭辨捷，周顒彌爲清綺，而繪音采瞻麗，雅有風則。時人爲之語曰：「三人共宅夾清漳，張南周北劉中央。」言處二人間也。

劉繪爲南康相，郡人有姓賴者，所居名穢里，刺謁繪，繪戲嘲之曰：「君有何穢而居穢里？」此人應聲曰：「未審孔子何闕而居闕里！」繪默然，無忤意，嘆其辨速。

張緒

字思曼。少知名，清簡寡欲。叔父鏡語人曰：「此兒今之樂廣也。」從弟融，字思光，高帝常笑曰：「此人不可無一，不可有二。」

張思光年弱冠，道士陸修靜以白鷺羽麈尾扇遺之，曰：「此既異物，以奉異人。」

張融善草書，高帝謂曰：「卿書殊有骨力，但恨無二王法，」答曰：「非恨臣無二王法，亦恨二王無臣法。」又嘗歎曰：「不恨我不見古人，恨古人不見我。」

高帝嘗面許張融爲司徒長史，敕竟不出。融乘一馬甚瘦，帝曰：「卿馬何瘦？給粟多少？」融曰：「日給一石。」帝曰：「何瘦如此？」融曰：「臣許而不與。」明日即除司徒長史。

張融與弟寶積俱謁高帝，融於御前放氣，寶積起謝曰：「臣兄觸忤宸扆。」上笑而不問。須臾食至，融排寶積不與同食，上曰：「何不與賢弟同食？」融曰：「臣不能與洩氣之口同盤。」上大笑。

張融爲海賦，文辭詭激，獨與衆異。後以示鎮軍將軍顧凱之，凱之曰：「卿此賦實超玄虚，但恨不道鹽耳。」融即求筆增曰：「漉沙構白，熬波出素，積雪中春，飛霜暑路。」

張融贈别詩云：「白雲山上盡，清風松下歇。欲識離人愁，孤臺見明月。」

陸惠曉與張融並居，其間有池，池上有二株楊柳，何點見而歎曰：「此池便是醴泉，此木便是交讓。」舊傳有交讓瀆，因張陸也。

張思光既免官，爲詩與何徵士，頗有高尚之言。何答曰：「昔聞東都日，不在簡書前。」思光久病之。及何後婚孔氏女，思光始爲詩贈何曰：「惜哉何居士，薄暮遘荒淫。」何亦病之，而無以釋也。

張融嘗乞假還，武帝問所居？答曰：「臣陸居無屋，舟居無水。」上未解。它日問其從兄緒，緒曰：「融近東出，未有居止，權牽小船於岸上住。」上大笑。融與尚書何戢善，往詣戢，誤通尚書劉澄，下車入門，乃曰：「非是。」至户望澄，又曰：「非是。」既造席視澄，曰：「都自非是。」乃去。

張緒亡後，融齎酒於靈前酌飲慟哭，曰：「阿兄風流頓盡。」時益州獻蜀柳數株，枝條甚長，狀若絲縷。武帝命植之雲和殿前，賞玩咨嗟曰：「此楊柳風流可愛，似張緒當年時。」

周顒　字彦倫。初隱北山，後應聘出，孔稚圭假山靈意移文，云北山移文。

周彦倫清貧寡欲，終日常疏食。雖有妻子，獨處山舍。王儉嘗問彦倫：「卿山中何所食？」彦倫答曰：「赤米、白鹽、緑葵、紫蓼。」文惠太子嘗問：「菜食何味最佳？」彦倫曰：「春初早韭，夏末晚菘。」

周彦倫少往外氏臧車騎質家，得衛恒散隸書法，學之甚工。文惠太子使彦倫書玄圃茅齋壁，國子祭酒何胤以倒薤書就彦倫換之，彦倫笑曰：「天下有道，丘不與易也。」

東昏侯寶卷　字智藏。明帝殂，寶卷惡靈柩在太極殿，欲速葬。每當哭，輒云喉痛。大中大夫羊闡入臨，無髮，俯仰幘脱，寶卷輒哭大笑，謂左右曰：「秃鶖啼來乎。」

永元二年，後宫火，時寶卷昏淫，嬖倖之徒，皆號爲「鬼」。有趙鬼者，能讀西京賦，言於帝曰：「柏梁既灾，建章是營。」乃大起芳樂、玉壽等殿。又即閲武堂爲芳樂苑。苑中立店肆，以潘妃爲市令，自爲市吏録事，將鬬者就潘妃罰之。帝小有得失，潘則與杖，乃敕虎賁不得進大荆子。又開渠立埭，躬自引船，埭上設店，坐而屠肉。于時百姓歌云：「閱武堂，種楊柳。至尊屠肉，潘妃酤酒。」妃小字玉奴，東昏鑿金蓮花貼地，令妃行其上，曰：「此步步生蓮花也。」齊亡，王茂清欲妻之，玉奴守節而死。

永元中，童謡云：「野猪雖嗃嗃，馬子空閭渠。不知龍與虎，飲食江南墟。七九六十三，廣莫人無餘。烏集傳舍頭，今汝得寬休。但看三八後，摧折景陽樓。」時陳顯達、崔慧景敗死，蕭衍起兵襄陽，蕭穎胄起兵江陵，移檄建康，數寶卷罪惡。顯達屬豬，慧景屬馬，衍屬龍，穎胄屬虎。慧景攻臺城，頓廣莫門死，時年六十三。齊起建元元年至中興二年，共二十四年。「三八」二十四也。「摧折景陽樓」，亦爲臺傾之意。穎胄字雲長，衍與登烽火樓賦詩，穎胄詩合旨。

堯山堂外紀卷十五

六朝

梁

武帝衍

日角，龍顔，重岳，虎顧，舌文八字，身映日無影，有文在右手曰「武」，侯景呼爲蕭衍老公。

武帝在竟陵西邸，早與蕭琛狎，每朝讌，接以舊恩，呼爲「宗老」。琛亦奉陳昔恩，以：「早簉中陽，夙忝同閈，雖迷興運，猶荷洪慈。」上答云：「雖云早契濶，乃自非同志。勿談興運初，且道狂奴異。」

蕭彦瑜琛嘗與御宴，醉伏筵中，武帝以棗投之，彦瑜取栗擲上，正中面，帝動色，言：「汝那得如此！」彦瑜答曰：「陛下投臣以赤心，臣敢不報以戰栗。」上大悦。

中書侍郎謝覽侍武帝坐，受敕與侍中王暕爲詩答贈，其文甚工。仍使復作，復合旨。乃賜詩曰：「雙文既後進，二少實名家。豈伊止棟隆，信乃俱國華。」又於九日朝宴，獨命蕭景陽曰：「今雲物甚美，卿得不斐然。」乃賦詩，詩成，又降旨曰：「可謂才子。」

張率侍武帝遊宴賦詩，武帝别賜率詩曰：「東南有才子，故能服官政。余雖慚古昔，得人今爲盛。」率承詔往復六百篇。率年十六，作賦頌二千餘首，虞訥見而詆之，率乃一旦焚毁，更爲詩示焉，託云沈約。訥更句句嗟稱，無字不善。率曰：「此吾作也。」訥慙而退。

武帝宴壽光殿，詔群臣賦詩，時劉孺與張率並醉，辭未及成。武帝取孺手板，戲題之曰：「張率東南美，劉孺洛陽才。覽筆便應就，何事久遲回？」孺七歲能屬文，叔父瑱常置座側，謂賓客曰：「此吾家明珠。」

武帝結好於魏，遣始安王方略入關，送之，作詩曰：「如何吾幼子，勝衣已别離。十日無由宴，千里送遠垂。」

蕭愔爲雍州刺史，委政群下，賄賂公行，客有江仲舉、蔡遽、王臺卿、庾仲容，皆有蓄積。人間歌曰：「江千萬，蔡五百，王新車，庾大宅。」武帝續之曰：「主人憒憒不如客。」帝以示愔，愔大慙，乃折節學問，所歷以善政稱。

武帝河中之水歌曰：「河中之水向東流，洛陽女兒名莫愁。莫愁十三能織綺，十四採桑南陌頭，十五嫁爲盧家婦，十六生兒字阿侯。盧家蘭室桂爲梁，中有鬱金蘇合香。頭上金釵十二行，足下絲履五文章。珊瑚掛鏡爛生光，平頭奴子擎履箱。人生富貴何所望？恨不早嫁東家王。」

武帝時，有沙門訟田，帝大署曰：「貞。」有司未辯，徧問莫知。劉顯曰：「貞字文爲與上人。」帝忌，出之。

潤州甘露寺在北固山，榜曰「天下名山第一」。乃天監中武帝御書。寺趾有大佛殿，楹間刻一聯云：「北固山，北顧好。北固山，真箇好。上林花，上林早，上林花，真箇好。」

昭明太子統 小字維摩。讀書五行俱下，五歲讀五經。

昭明在東宮，雅好文學，嘗與王紀室筠、劉長史孝綽、陸庶子倕、到舍人洽、殷常侍芸遊宴玄圃。太子獨執筠袖，撫孝綽肩，語曰：「所謂『左把浮丘袖，右拍洪崖肩』。」

昭明與諸名士汎舟玄圃池，番禺侯軌盛稱此中宜奏女樂，昭明初無言，直詠左思招隱詩云：「何必絲與竹，山水有清音。」軌慙而止。

昭明集諸名士賦「大言」、「細言」，沈約等並應令爲之。昭明大言曰：「觀修鯤其若轍鮒，視滄海之如濫觴。經二儀而跼蹐，跨六合以翱翔。」細言曰：「坐卧鄰空塵，憑附蟭螟翼。越咫尺而三秋，度毫釐而九息。」約大言曰：「隘此大汎庭，方知九陔局。窮天豈彌指，盡地不容足。」細言曰：「開館尺捶餘，築樹微塵裏。蝸角列州縣，毫端建朝市。」王錫大言曰：「欲遊五嶽，迫不得申。杖千里之木，鱠横海之鱗。」細言曰：「冥冥藹藹，離朱不辯其實。步蝸角而三伏，經針孔而千日。」王規大言曰：「俯身望日入，下視見星羅。噓八風而爲氣，吹四海而揚波。」細言曰：「針鋒於焉止息，髪杪可以翱翔。蚊眉深而易阻，蟻目曠而難航。」張纘大言曰：「河流既竭，日月俱騰。罝羅微物，動落雲鵬。」細言曰：「遨遊蟻目辨輕塵，蚊睫成宇蝨如輪。」殷鈞大言曰：「噫氣爲風，揮汗成雨。聊灼戴山龜，欲持探邃古。」細言曰：「汎舟毛滴海，爲政蝸牛國。逍遥輕塵上，指辰問南北。」

明山賓七歲能言玄理，十三博通經傳，州辟從事史，起家奉朝請，累遷中書侍郎。昭明聞其築室不就，令曰：「明祭酒出撫大藩，擁旄推轂，珥金拖紫，而恒事屢空。聞搆宇未成，今送薄助。」並貽以詩曰：「平仲古稱奇，夷吾昔擅美。今則挺伊賢，東秦固多士。築室非道傍，置宅歸仁里。庚桑方可繫，原生今易擬。必來三徑人，將招三徑士。」

初天監元年，統立爲皇太子，民間有謡云：「鹿子開城門，城門鹿子開。當開復未開，使我心徘徊。城中諸少年，逐歡歸去來。」按：「鹿子開」者，反語爲「來子哭」也。中大通三年，昭明果薨，其子歡時爲徐州刺史，以嫡孫次應嗣位，而武帝意在晉安王，猶豫未決。及立晉安王爲皇太子，而歡止封豫章郡王還任，謡言「心徘徊」者，未定也。「歸去來」者，復還徐方之象。昭明有一琉璃盌、紫玉盃，皆武帝所賜，既薨，詔置梓宫。後更葬開墳，爲閹人携入大航，有燕雀數萬擊之，因爲有司所縛，乃獲二寶。帝聞而驚異，詔以賜太孫。封墳之際，復有燕雀數萬銜土以增其上。墳側今有湖，後人因名燕雀湖。

簡文帝綱

武帝第三子，讀書十行俱下，六歲便能屬文。武帝驚其早就，不信，及于御前面試，嘆曰：「此吾家東阿也。」初生時，誌公謂帝：「此子與冤家同年生。」其年，侯景生於雁門，後亂梁，誅蕭氏略盡。

簡文辭藻艷發，然傷於輕靡，時號宫體。嘗有詠孌童詩曰：「孌童嬌麗質，踐董復超瑕。羽帳晨香滿，珠簾夕漏賒。翠被含鴛色，雕牀鏤象牙。妙年同小史，姝貌比朝霞。袖裁連璧錦，牋織細種花。攬袴輕紅出，迴頭雙鬢斜。嬾眼時含笑，玉手乍攀花。懷猜非後釣，密愛似前車。定使燕姬妬，彌令鄭女嗟。」

簡文與湘東王遊後園，湘東作迴文詩曰：「斜峰繞徑曲，聳石帶山連。花餘拂戲鳥，樹密隱鳴蟬。」簡文和詩曰：「枝雲間石峰，脈水浸山岸。池清戲鵠聚，樹秋飛葉散。」

簡文有詠雪詩，顛倒使韻，以二句衍作四句，云：「䴥飛亂蝶舞，花落飄粉奩。奩粉飄落花，舞蝶亂飛䴥。」

簡文七夕宴諸文士，賦穿針詩曰：「憐從帳裏出，想見夜窗開。針欹疑月暗，縷散恨風來。」劉孝威和云：「縷亂恐風來，衫輕羞指現，故穿雙眼針，特縫合歡扇。」

簡文卦名詩云：「櫛比園花滿，徑復水流新。離禽時入岫，旅谷乍依蘋。豊壺要上客，鵠鼎命嘉賓。車由泰夏闥，馬散咸陽塵。連舟雖未濟，分密已同人。」

簡文時，費旭詩有句云「不知是耶非」，殷芸詩有句云「飄颻雲母舟」，帝大笑曰：「旭既不識其父，芸又飄颻其母耶？」

朱异蒙倖，在朝莫不側目，雖太子亦不能平。及侯景亂圍城，城内咸尤异，簡文爲四言詩曰：「瞻彼阪田，嗟斯氛霧。謀之不臧，褰我王度。」

簡文爲侯景幽縶，題壁自叙云：「有梁正士蘭陵蕭世纘，立身行道，終始如一。風雨如晦，鷄鳴不已。弗欺暗室，豈況三光。數至於此，命也如何！」又作連珠曰：「吾聞道行則五福俱湊，運閉則六極所鍾。是以麟出而悲，豈唯孔子？途窮則慟，寧止嗣宗？」簡文既見廢，自知不久，指所居殿謂舍人殷不害曰：「龐涓死于此。」後王偉與彭嶲、王修纂進觴而前曰：「丞相以陛下幽憂日久，使臣上壽。」簡文笑曰：「已禪位，何得言陛下？」遂盡酣，謂曰：「不圖爲樂，一至於此！」既醉而寢，嶲進土囊，遂死。

簡文有寒夕詩云：「雪花無有蔕，冰鏡不安臺。」又詠月云：「飛輪了無轍，明鏡不安臺。」後人以爲詩讖。謂「無蔕」者，是無帝。「不安臺」者，臺城不安。「輪無轍」者，以邵陵王名綸，空有赴援名也。

元帝繹　武帝第九子，初封湘東王，攻書善畫，自圖宣尼像，爲之贊而書之，時人謂之三絕。

元帝母阮修容曾失一珠，元帝時幼，竊吞之，謂是左右所盗。乃灸魚眼厭之，信宿之間，珠遂便出，帝尋一目致眇，蓋魚之報也。邵陵王綸賦詩戲之曰：「湘東有一病，非啞復非聾。相思下隻淚，望直有全功。」徐妃嘗侍帝，以帝眇一目，知帝將至，爲半面粧，帝見之，大怒而出。

劉諒好學，有文才，爲湘東王所善。王嘗遊江濱，歎秋望之美，諒對曰：「今日可謂『帝子降於北渚』。」王以爲刺己，應曰：「卿言『目眇眇而愁予』耶？」從此嫌之。

元帝初與廬陵王續相謗，帝之臨荆州也，有宫人李桃兒者以才慧得進，及還，以李氏行，時值宫户禁重，廬陵具狀以聞。帝泣對使訴於簡文，簡文和之不得，帝猶懼，送李氏還荆州，爲詩曰：「秋氣蒼茫結孟津，復送巫山薦枕神。昔時慊慊愁應去，今日勞勞長别人。」李氏世所謂「西歸内人」者也。

元帝嘗作燕歌曰：「燕趙佳人本自多，遼東少婦學春歌。黄龍戍北花如錦，玄菟城南月似蛾。如何此時别夫婿，金羈翠眊往交河。還聞入漢去燕營，怨妾愁心百恨生。漫漫悠悠天未曉，遥遥夜夜聽寒更。自從異縣同心别，偏恨同心成異節。横波滿臉萬行啼，翠眉暫斂千重結。並海連天合不開，那堪春日上春臺。惟見遠舟如落葉，復看過舸似行杯。沙汀夜鶴嘯羈雌，妾心無趣坐傷離。翻嗟漢使音塵絶，空傷賤妾燕南陲。」

武陵王紀稱帝於蜀，起兵内伐。元帝與之書，許其還蜀，專制岷方。紀不從。帝遺之詩云：「回首望荆門，驚浪且雷奔。四鳥嗟長别，三聲悲夜猿。」圓正者，紀之子也。紀僭號，帝下圓正於獄，在獄連句云：「水長二江急，雲生三峽昏。願赦淮南罪，思報阜陵恩。」帝覽詩而泣。紀敗，圓正號哭絶食而死。

元帝初年，侯景伏誅，傳首至江陵，帝命梟於市三日，然後煮而漆之，以付武庫。先是，江陵謡言云：「苦竹町，市南有好井。荆州軍，殺侯景。」及景首至湖東，付諮議參軍宗季長，季長宅東即苦竹町也。既加鼎鑊，即用市南水焉。

洛陽王偉學通周易，仕魏爲行臺郎，同侯景叛，嘗在揭陽賦詩曰：「平明聽戰鼓，薄暮敘存亡。楚漢方龍鬬，秦關陣未央。」既被執，送江陵繫獄，以詩贈元帝下要人曰：「趙壹能爲賦，鄒陽解獻書。何惜江西水，不救轍中魚。」又上五十韻詩，以希不死。帝愛其詞翰，猶欲未誅，左右疾之曰：「前日偉作檄文甚佳。」帝求視之，有云：「項羽重瞳，尚有烏江之敗；湘東一目，寧爲赤縣所歸？」乃大怒，殺之。

蕭範 武帝從子。

蕭範都督雍州刺史，撫循將士，盡得歡心。時論者謂範欲爲賊，又童謡云：「莫匆匆，且寬公。誰當作天子？草覆車邊已。」然卒無驗。

釋寶誌

不知何許人，齊、宋之交，稍顯靈跡，被髮徒跣，語默不倫。預言未兆，言多玄驗。在梁，武帝尤深敬事。天監十三年卒。

天監三年六月八日，武帝講于重雲殿，誌公太師忽然起舞歌樂，須臾悲泣，賦五言詩云：「樂哉三十餘，悲哉五十裏。但看八十三，子地妖災起。佞臣作欺妄，賊臣滅君子。若不信吾言，龍時侯賊起。且至馬中間，銜悲不見喜。」梁自天監至于大同三十餘年，江表無事。至太清二年，臺城陷，帝享國四十八年。所言「五十裏」也。太清元年八月十三，侯景自懸瓠來降，在丹陽之北子地。帝惑朱昇之言納景，景作亂始自戊辰之歲，至五年帝憂崩。

天監中，誌公爲詩云：「昔年三十八，今年八十三，四中復有四，城北火酣酣。」帝使周捨封紀之。及中大同元年，同泰寺災，帝啓封，見捨手跡，爲之流涕。帝生于甲辰。三十八，剋建鄴之年也。遇災歲實丙寅，八十三矣。四月十四日火起自浮屠第三層。「三」者，帝之昆季次也。

天監十年四月八日，誌公於大會中作詩云：「掘尾狗子自發狂，當死未死齧人傷，須臾之間自滅亡。起自汝陰死三湘，横尸一旦無人藏。」「山家小兒果攘臂，太極殿前作虎視。」「狗子」，景小字。「山家小兒」，猴狀。景遂覆陷都邑，毒害王家。初自懸瓠來降，懸瓠即昔之汝南也。巴陵有地名三湘，景奔敗處。其言皆驗。

誌公嘗畫一鹿，負鞍走山中，留語曰：「兩角女子緑衣裳，卻背太行邀君王，一止之月必消亡。」至唐玄宗時，安禄山反，識者知太師寓言。「兩角」即鹿，「鹿」即「禄」，「女子」即「安」字，「太行」，山名，「一止之月」，正月也。果正月敗亡。

釋法雲

法雲師三洲歌云：「三洲斷江口，水從窈窕河。傍流啼將别，共來長相思。」又云：「三洲斷江口，水從窈窕河。傍流歡將樂，共來長相思。」江左辭人多風致，僧亦如此。

汝南周捨學通内外，兼有口才，嘗謂法雲師曰：「孔子不飲盜泉之水，師何以捉鍮石香爐？」答曰：「檀越既能戴甍，貧道何爲執鍮？」

陶弘景　字通明。母郝氏夢兩天人手執香爐至其所，已而有娠，以宋戊申歲夏至日生。年十歲，得葛洪神仙傳，晝夜研尋，便有養生之志，曰：「仰青天，覩白日，不覺爲遠矣。」齊永明初，止句容勾曲山第八洞天，自號華陽隱居。人間書札，即以隱居代名。晚號華陽真逸，又曰華陽真人。仙書云：「眼方者壽千歲。」弘景末年一眼有時而方，修本草，遇神仙桓闓謂曰：「君之陰功極著，以所修本草用蝱虫、水蛭輩爲藥，功雖及人，而害物命，以此一紀後方得解形。」大同二年卒，香氣累日，氛氳滿山。詔贈太中大夫，謚曰貞白先生。

華陽先生在句曲山，築三層樓，自處其上，弟子居其中，賓客至其下，與物遂絶。唯一家僮得至其所，先生登樓不復下。嘗有詩云：「側聞上士説，尺木乃騰霄。雲駢不展地，仙居多麗譙。卧待三芝秀，坐對百神朝。銜書必青鳥，佳客信龍鑣。非止靈桃實，方見大椿凋。」貞白著太清經，一名劍經。凡學道術者皆須有好劍、鏡隨身。嘗畜二刀，一名善勝，一名寶勝。往往飛去，人望之如二條青蛇。

隱居先生謂弟子曰：「予夜夢神光滿室，彩雲連霄。有金甲神人謂予：『明日有異人至。』汝當掃門待之。」日午，桓凱真人果至，披髮跣足，唱詩曰：「黄花生紫雲，日月周天輪。混混太虛中，不與衆生群。崑崙十二峰，上帝朝萬巡。一日功行滿，升空謁元君。」錢妙真二姊妹，依陶隱居誦黄庭經，積功修行三十年。至梁普通二年道成，入洞。唐天寶七年奉敕建宫，名燕洞宫，即茅山燕洞也。至今有紫昌蒲、碧桃在焉。其姊披白練衣先入洞，妹後至，洞已扃矣。宋淳化間，夏侯嘉貞與道士五人並遊燕洞，是夜雷霆，其洞復開，一吏深入，遇道士與林檎一枚，食之絶粒。田霖題詩云：「燕口龍泓氣象清，錢真此處有遺靈。仙兄去後師猶在，女弟來時户已扃。雲片尚如披白練，泉聲長似誦黄庭。碧桃花發菖蒲紫，留與人間作畫屏。」

華陽有友人死，以詩哭之，曰：「我有數行淚，不落十餘年。今日爲君盡，併灑秋風前。」

華陽特愛松風，庭院皆植松，每聞其響，欣然爲樂。獨遊泉石，望見者以爲僊人。武帝屢以手敕招之，先生畫兩牛，一散放水草間，一着金籠頭，有人執繩，以杖驅之。帝笑曰：「此人欲學曳尾之龜，豈可復致。」一日，以詔問曰：「山中何所有？」先生賦詩答曰：「山中何所有？嶺上多白雲。只可自怡悦，不堪把贈君。」時國家有大議，必先諮之。時人謂之「山中宰相」。

弘景妙解術數，逆知梁祚覆没，題所居壁云：「夷甫任散誕，平叔坐談空。不信昭陽殿，忽作單于宫。」大同末，士人競談玄理，不習武事，侯景作亂，果居昭陽殿。

曹景宗　字子震，右衛將軍，謚壯侯。

曹景宗目不知書，好以意作字，及破魏軍還，振旅凱入。時武帝於華光殿宴飲聯句，令沈約賦韻。以曹兜鍪，不煩倡和。曹固請不已，許之。時韻已盡，僅餘「競」、「病」二字，景宗便操筆賦曰：「去時兒女悲，歸來笳鼓競。借問行路人，何如霍去病！」帝深歎賞，朝賢驚嗟竟日。

何敬容　字國禮，廬江人。尚齊武帝女，拜駙馬都尉。入梁，累遷尚書令。武帝朝，嘗有侍臣袍服卷摺，帝怒曰：「卿衣帶如繩，欲何所縛？」敬容希旨，每以膠清刷鬢，衣裳不整，伏牀熨之，暑月皆爲之焦。

齊朱雀門災，武帝謂群臣：「此門制狹，我始欲改搆，遂遭天火。」相顧未答。何敬容曰：「此所謂『先天而天不違』。」時以爲名對。

何敬容爲尚書令，而拙於草隸，淺於學術。其署名，「敬」字則大作「苟」小爲「文」；「容」字大爲「父」小爲「口」。陸倕戲之曰：「公家『苟』既奇大，『父』亦不小。」敬容不能答。

自晉、宋來，宰相皆文義自逸，敬容獨勤庶務，然貪恡爲時所嗤鄙。時蕭琛子巡頗有輕薄才，因即其名作離合詩嘲之曰：「伎能本無取，支葉復單貧。離「亻」字。柯條謬承日，木石豈知晨。離「可」字，「亻」、「可」合成「何」。狗馬誠難盡，犬羊非易馴。離「句」字。敦噸既不似，學步孰能真。離「文」字，「苟」、「文」合成「敬」。寔由紊朝典，是曰蠹彝倫。離「宀」字。俗化於兹鄙，人塗自此分。離「谷」字，「宀」、「谷」合成「容」。」

江從簡，光禄大夫革之子也。年十七，爲採荷調以刺何敬容，其文曰：「欲持荷作柱，荷弱不勝梁；欲持荷作鏡，荷暗本無光。」敬容覽之，不覺嗟賞，愛其巧麗。

有客姓吉，詣何敬容，敬容問：「卿與邴吉遠近？」答曰：「如明公之與蕭何。」

張纘與何敬容意趣不協。敬容居權軸，賓客輻輳。有退詣纘者，纘輒拒不前，曰：「吾不能對何敬容殘客。」

堯山堂外紀卷十六

六朝

梁

沈約

字休文。羸劣多病，日爐數米而食，羹不過一餠，六月，有綿帽温爐，食薑椒飯，不爾則委頓。家藏書十二萬卷。然心僻惡，聞人一善如萬箭攢心。子旋，字士規；次子趨，字孝鯉，並給事黄門。

齊隆昌初，沈約以吏部郎出爲東陽太守，題八詠詩于玄暢樓，時號絶唱。後人因更玄暢爲八詠樓。其詩曰：「危峰帶北阜，高頂出南岑。中有湊風榭，迴望川之陰。岸險每增減，湍平互淺深。水流本三派，臺高乃四臨。上有離群客，客有慕歸心。落暉映長浦，焕景燭中潯。雲生嶺乍黑，日下溪半陰。信美非吾土，何事不抽簪？」

武帝在雍鎮，有童謡云：「襄陽白銅蹄，反縛揚州兒。」識者謂「白銅蹄」爲「金蹄馬」。及義師興，實以鐵騎，揚州之士皆縛，果如謡言。即位後，更造新聲，而自爲詞三曲，又令沈約爲三曲，又被管絃，名白銅鞮歌。歌曰：「陌頭征人去，閨中女下機。含情不能言，送別沾羅衣。」「草樹非一香，花葉百種色。寄語故情人，知我心相憶。」「龍馬紫金鞍，翠毦白玉羈。照耀雙闕下，知是襄陽兒。」

武帝作白紵舞詞四句，令沈約改其辭爲四時。白紵歌帝辭曰：「朱絃玉柱羅象筵，飛管促節舞少年。短歌留目未肯前，含笑一轉私自憐。」約奉敕造白紵五章。春白紵云：「蘭葉參差桃半紅，飛芳舞縠戲春風。如嬌如怨狀不同，含笑流眄滿堂中。」夏白紵云：「朱光灼爍照佳人，含情送意遥相親。嫣然一轉亂心神，非子之故欲誰因。」秋白紵云：「白露欲凝草已黄，金瑲玉柱響洞房。雙心一意俱徊翔，吐情寄君君莫忘。」冬白紵云：「寒閨晝密羅幌垂，婉容麗色心相知。雙去雙還誓不移，長袖拂面爲君施。」夜白紵云：「秦箏齊瑟燕趙女，一朝得意心相許。明月如規方襲予，夜長未央歌白紵。」章末各綴四句云：「翡翠群飛飛不息，願在雲間長比翼。佩服瑶草駐容色，舜日堯年歡無極。」

沈尚書製郊居賦，搆思積時，猶未都畢，要王詹事示其草，王讀至「雌霓五激反連蜷」，尚書曰：「僕嘗恐人呼作霓五鷄反。」次至「墜石磓星」及「冰縣埳而帶坻」，王皆擊節贊賞。尚書曰：「知音者希，真賞殆絶，所以相邀，正此數句耳。」

沈約以佐命勳，位冠梁朝，晚年新進用事者，忌其固位，取約所爲麤葱詩乘間以白武帝，其詩曰：「野馬不任騎，兔絲不任織。爾非草與蒿，豈供麋鹿食。」帝不能堪。未幾，得道士赤章事，遂大發怒，約以憂死。約嘗侍武帝讌，有妓師，是齊文惠宫人，帝問：「識坐中客不？」曰：「惟識沈家令。」約伏坐流涕，帝亦悲感，爲之罷酒。初梁廢齊和帝爲巴陵王，又欲以南海郡爲巴陵國，徙王居之。約曰：「魏武所云，不可慕虚名而受實禍。」帝乃遣鄭伯禽以醇酒進王，就摺殺焉。至是，約夢齊和帝以劍斷其舌。召巫視之，巫言如夢。約乃呼道士奏赤章於天，稱禪代之事，全不由己。故帝謚之曰隱。

約二子並能詩。旋賦得螢火云：「火中變腐草，明滅靡恒調。雨墜弗虧光，陽昇反奪照。泊樹類奔星，集草疑餘燎。望之如可灼，攬之徒有燿。」趨賦得霧云：「窈鬱蔽園林，依霏被軒牖。睇有始疑空，瞻空復如有。遊蛇隱遥漢，文豹栖南阜。既殊三五輝，遠望徒延首。」約嘗指其子謂陸喬曰：「此吾愛子也。自幼博洽，因以青箱名之。」未知二人孰是。

江淹 字文通。爲浦城令，嘗言「碧水丹山，平生所酷好。何嫌作吏僻遠也」。後封醴陵侯。幼時夢神人授五色筆，筆端生花，由是文藻日進。一日宿冶亭，夢一美丈夫，自稱郭璞，呼曰：「吾有筆在卿處多年，可以見還。」江探懷中，以筆授之。後爲詩絶無美句，時謂才盡。又泊船禪靈寺渚，夢張景陽謂曰：「前一匹錦相寄，今可見還。」江探懷中得數尺與之。此人大恚，曰：「那得裁割都盡。」顧見丘遲，謂曰：「餘此數尺，當遂遺君。」江自爾文思頓減。

江文通壁上有雜畫，皆作山水好勢，仙者五六，雲氣生焉。悵然會意，各題小讚。題王太子云：「子喬好輕舉，不待煉銀丹。控鶴去窈窕，學鳳對巑岏。山無一春草，谷有千年蘭。雲衣不躑躅，龍駕何時還？」題陰長生云：「陰君惜靈骨，珪璧詎爲寶？日夜名山側，果得金丹道。憂傷永不至，光顏如碧草。若度西海時，致意三青鳥。」題白雲云：「紫煙世不覩，赤鱗庖所捐。白雲亦海外，葐蒀起三山。蕭瑟玉池上，容裔帝臺前。欲知青都裏，乘此乃登天。」題秦女云：「青琴既曠世，緑珠亦絶群。猶不及秦女，十五乘綵雲。璧質人不見，瓊光俗詎聞？願使洛靈往，爲我道音芬。」

江革

潯陽太守，非漢孝子江革也。

武帝盛興佛教，朝賢多啓求受戒，革精信因果而帝未知，謂革不奉佛，乃賜革覺意詩，曰：「唯當勤精進，自强行勝修。豈可作底突，如彼必死囚。」

江革清嚴，爲屬吏所憚，不與典籤趙道智坐，道智還都啓事，誣奏革墮事好酒，以瑯琊王曇聰代爲行事。南州士庶爲之語曰：「故人不道智，新人佞散騎。莫知度不度，新人不如故。」

何記室與江革聯句不成，革嘲以詩曰：「龍鱗無復彩，鳳翅於茲鎩。疇昔似翩翩，今辰何乙乙？」

任昉

字彥升。以文才見知，時人云「任筆、沈詩」，昉聞，甚以爲病，晚節轉好著詩，欲以傾沈。褚彥回嘗謂其父曰：「卿有令子，所謂百不爲多，一不爲少。」武帝與昉友善，始謂昉曰：「我登三府，當以卿爲記室。」昉亦戲帝曰：「我登三府，當以卿爲騎兵。」以帝善射故也。帝克建業，乃引昉爲記室參軍。

天監初，任昉出守義興，要到溉兄弟之郡爲山澤遊。昉還爲御史中丞，後進皆宗之。時彭城劉孝綽、劉苞、劉孺，吴郡陸倕、張率，陳郡殷芸，沛國劉顯及溉、洽，車軌日至，號曰「蘭臺聚」。陸倕贈昉詩云：「和風雜美氣，下有真人遊。壯矣荀文若，賢哉陳太丘。今則蘭臺聚，萬古信爲儔。任君本達識，張子復清修。既有絕塵到，復見黃中劉。」時謂昉爲任君，比漢之「三君」。到，則溉兄弟也。昉守郡廉潔，吏民歸心，嘗行春溪旁，見大石，往往坐釣其上，因名昉溪村。

到溉爲建安太守，任昉寄詩求二彩段，云：「鐵錢兩當一，百易代名實。爲惠當及時，無待涼秋日。」溉答詩云：「予衣本百結，閩中徒八蠶。假令金如粟，詩使廉夫貪。」有客於任昉座賦詩，而其詩不類，任云：「卿詩可謂高厚。」其人大怒，曰：「遂以我詩爲狗號。」

到溉餉任新安斑竹杖，因贈詩曰：「邛竹藉舊聞，靈壽資前職。復有冒霜筠，寄生桂潭側。文彩既斑爛，質性甚綢直。所以夭天真，爲有乘危力。未嘗以過投，屢經芸苗植。」昉答詩云：「故人有所贈，稱以冒霜筠。定是湘妃淚，潛灑遂隣彬。扶危復防咽，事歸薄暮人。勞君尚齒意，矜此杖鄉辰。復資後生彥，候余方欠伸。獻君千里笑，紓我百憂嚬。坐適雖有器，臥遊苦無津。何由乘此竹，直見平生親。」昉子東里、西華、南容、北叟，並無學術，墜其家聲，流離不自振。西華冬月著葛披練裙，道逢劉孝標，泫然矜之，曰：「我當爲卿作論。」乃著廣絕交論，譏其故友。到溉抵其文於地，乃終身恨之。

任昉，大同四年七月於鍾山壙中得銘曰：「龜言土，蓍言水，甸服黄鐘啓靈址。瘞在三上庚，墮遇七中巳。六千三百浹辰交，二九重三四百圯。」當時莫能辨。昉五世孫升之以問鄭欽，乃悟。卜宅者庾葬之歲月日辰，而識其墓地。殆無一字閑設，又毫釐不差云。

到溉字茂灌，兄沼，弟洽，從弟沆，一時俱有美名。溉、洽恒共居一齋。洽卒後，便捨爲寺。蔣山有延賢寺，溉家世所立。溉得俸禄皆充二寺。其居近淮水，齋前山池有奇礓石，長一丈六尺。武帝戲與賭之，并禮記一部。溉並輸焉。石即迎置華林園宴殿前。移石之日，都下傾城縱觀。所謂「到公石」也。洽字茂沿，沆字茂瀣。

到茂灌與弟茂沿皆有文才，兼善言理，時人比之二陸。世祖嘗贈詩云：「魏世重雙丁，晉朝稱二陸。何如今兩到，復似淩寒竹。」

到溉被武帝賞接，每與對棋，或復失寢，加以低睡。帝詩嘲之曰：「狀若喪家狗，又似懸風槌。」當時以爲笑樂。

到溉掌吏部尚書時，何敬容以令參選，事有不允，溉輒相執。敬容謂人曰：「到溉尚有餘臭，遂學作貴人。」初溉祖彦之微時，以擔糞自給，故世以爲譏云。到洽一日問劉孝綽：「吾甚欲買東隣地以益宅，而其主難之，奈何？」孝綽曰：「但多輦糞於其旁以苦之。」洽怒。孝綽又嘗與洽同遊東宮，劉自以爲才優於到，每於宴坐，嗤鄙其文，到深銜之。及劉爲廷尉正，携妾入官府，其母猶停私宅，到尋爲御史中丞，遣令史按其事，遂劾奏云：「携少妹於華省，棄老母於下宅。」高祖爲隱其惡，改「妹」爲「姝」，免孝綽官。

到溉子鏡早卒，孫藎早聰慧。嘗隨武帝幸京口，登北固樓賦詩，藎受詔便就，上以示溉曰：「藎定是才子，翻恐卿從來文章假手於藎。」因賜溉連珠曰：「硯磨墨以騰文，筆飛毫以書信，如飛蛾之赴火，豈焚身之可恡？必耄年其已及，可假之於少藎。」後溉每和御詩，上輒手詔戲溉曰：「得無貽厥之力乎？」

劉孝綽　字孝綽，本名冉，小字阿士，繪之子。七歲能屬文，舅王融深賞異之，號曰「神童」，嘗曰：「天下文章，若無我，當歸阿士。」武帝時，除秘書丞，曰：「第一官當與第一人。」

劉孝綽年十四，父黨沈約、任昉、范雲等聞其名，命駕造焉。昉尤相賞愛。天監初，孝綽起家著作佐郎，爲歸沐詩贈昉。昉報曰：「閱水既成瀾，藏舟遂移壑。彼美洛陽子，投我懷秋作。久敬類誠言，吹噓似嘲謔。兼稱夏雲盡，復陳秋樹索。詎慰耋嗟人，徒深老夫託。直史兼褒貶，轄司專疾惡。九折多美疹，匪報庶良藥。子其崇鋒穎，春耕勵秋穫。」

沙門重公嘗謁武帝，問曰：「聞在外有四聲，何者爲是？」重公應聲答曰：「天保寺刹。」出逢劉孝綽，説以爲能。綽曰：「何如道天子萬福。」

孝綽辭藻，爲後進所宗，時重其文，每作一篇，朝成暮編，好事者咸誦。嘗爲詩曰：「塞外群鳥返，雲中侶雁歸。」高祖見，大怒，即奪侍郎。又爲詩二首，其一曰：「鳴鑣響夾轂，飛蓋倚林廬。」其二曰：「城闕山林遠，一去不相聞。」高祖嗟賞，復侍郎。沈約曰：「卿以詩失黄門，還以詩得黄門。」孝綽曰：「此即『既爲風所開，復爲風所落』也。」

有人從孝綽乞牛舌乳，不付，因餉檳榔，并貽詩曰：「陳乳何能貴，爛舌不成珍。空持渝皓齒，非但汗丹唇。別有無枝實，曾要湛上人。羞比朱櫻熟，詎易紫梨津。莫言蔕中久，當看心裹新。微芳雖不足，含咀願相親。」

劉孝綽遥見鄰舟主人投一物，衆姬争之，有客請爲詠。孝綽即操筆曰：「河流既浼浼，河鳥復關關。落花浮浦出，飛雉度洲還。此日倡家女，競嬌桃李顔。良人惜美珥，欲以代芳萱。新縑疑故素，盛趙蔑衰班。曳綃争掩縠，搖佩奮鳴環。客心空振蕩，喬枝不可攀。」

孝綽三妹，並有才學，而令嫺最幼，世稱劉三娘者是也。孝綽罷官，屏門不出，爲詩十字題其門，曰：「閉户罷慶弔，高卧謝公卿。」令嫺續之曰：「落花掃更合，叢蘭摘復生。」嘗摘同心梔子贈謝娘，因附詩曰：「兩葉誰爲贈，交情永未因。同心何處恨，梔子最關人。」

劉孝綽長妹適王淑英，次適張嵊，而令嫺適徐悱。悱卒，令嫺爲祭文，辭甚悲愴，其略曰：「生死並殊，親情猶一。敢道先好，手調薑橘。」悱父勉欲爲哀辭，見之，遂閣筆。

孝綽長妹世稱劉大娘，與妹令嫺齊名。贈外詩云：「粧鉛點黛拂輕紅，鳴環動珮出房櫳。看梅復看柳，淚滿春衫中。」

王僧孺 東海郯人。蘭陵太守。武帝制春景明志詩五百字，敕沈約以下辭人同作，以僧孺爲工。

有貴者初迎盛姬，僧孺見而戲爲之詠，曰：「久想專房麗，未見傾城者。千金訪繁華，一朝遇容冶。家本薊門外，來戲叢臺下。長卿幸未匹，文君復新寡。」

陳南康新納姬，僧孺月夜戲詠，曰：「二八人如花，三五月如鏡。開簾一種色，當户兩相映。重價出秦韓，高名入燕鄭。十城屢請易，千金幾争聘。君意自能專，妾心本無競。」

王僧孺爲人寵姬有怨，賦詩一章，其詩曰：「可憐獨立樹，枝輕根易摇。已爲露所浥，復爲風所飄。錦衾襞不開，端坐夜及朝。是妾愁成瘦，非君重細腰。」又曰：「自知心裏恨，還向影中羞。迴持昔慊慊，變作今悠悠。還君與妾扇，歸妾奉君裘。斷弦猶可續，心去最難留。」

柳惲

字文暢，河東解人。與謝瀹隣居，相友愛。瀹曰：「宅南柳郎，可爲儀表。」兄弟十五人，惔、惲、憕、忱，迭爲侍中。武帝謂：「惲具美。分其才藝，足了十人。」

惲以貴公子，早有令名，工篇什，爲詩云：「亭皋木葉下，隴首秋雲飛。」王元長歎以爲佳，因書齋壁及所執白團扇。

武帝每與宴，必詔惲賦詩，嘗和武帝登景陽樓詩，曰：「太液滄波起，長陽高樹秋。

翠華承漢遠，雕輦逐風游。」深見賞美，當時咸共稱傳。

吴均　字叔庠，吴興故鄣人。

柳惲爲吴興太守，召吴均補主簿，日引與賦詩。均文體清拔，有古氣，好事者效之，謂爲「吴均體」。嘗爲詩曰：「秋風瀧白水，雁足印黄沙。」沈隱侯語之曰：「『印黄沙』，語太險。」均曰：「亦見公詩云『山櫻發欲然』。」約曰：「我姑欲然，卿已印訖。」

柳惲薦吴均于臨川王，王稱之帝，即日召入賦詩，大悦，詔著作。均爲劍騎詩曰：「何時見天子，畫地取關西。」帝笑謂曰：「天子今見，關西安在？」均默然無答。

吴叔庠寶劍篇曰：「我有一寶劍，出自昆吾溪。照人如照水，切玉如切泥。鍔邊霜凛凛，匣上風凄凄。寄語張公子，何當來見携。」

吴叔庠嘗有詩贈周散騎興嗣，周答詩曰：「鷩鳧起北海，儀鳳飛上林。騫低不同翼，歡楚亦殊音。噎噎夕雲起，落落曉星沉。李陵報蘇武，但令知我心。」興嗣，字思纂，聰明多才思。武帝教諸王書，令殷鐵石於大王書中撮一千字不重者，每字一片紙，雜碎無叙。召興嗣，謂曰：「卿有才思，爲我韻之。」興嗣一夕編次進上，鬢髮皆白，大被賞遇。歸而兩目俱喪，死時心如摑泥丸。唐進士周逖更撰天寶應道千字文，將進之請頒行天下，先呈宰執。右相陳希烈問之曰：「有添换乎？」逖曰：「翻碎舊文，一無添换。」又問：「翻破盡乎？」對曰：「盡。」右相曰：「枇杷二字，如何翻破？」逖曰：「唯此兩字依舊。」右相曰：「若如此，還未盡。」逖逡巡不能對。

何遜

字仲言。八歲能詩，弱冠，州舉秀才。范雲見其對策，大相稱賞，因結忘年交。

何遜爲建安王水曹。王刺揚州。遜廨舍有梅花一株，日吟詠其下，賦詩云：「兔園標物序，驚時最是梅。銜霜當路發，映雪擬寒開。枝横卻月觀，花繞凌風臺。朝灑長門泣，夕駐臨邛杯。應知早飄落，故逐上春來。」後居洛思之，再請其任，抵揚州，花方盛開。遜對花彷徨，終日不能去。

何遜與范雲、劉孝綽聯句，作擬古詩。遜賦曰：「家本青山下，好上青山上。青山不可上，一上一惆悵。」雲賦曰：「匣中一明鏡，好鑑明鏡光。明鏡不可鑑，一鑑一情傷。」孝綽賦曰：「少知雅琴曲，好聽雅琴聲。雅琴不可聽，一聽一沾纓。」沈約嘗謂遜曰：「吾每談卿詩，一日三復，猶不能已。」李商隱有詩曰：「寄言何遜休聯句，瘦盡東陽姓沈人。」

何遜與劉綺照水聯句，遜倡云：「插花行理鬢，還延去復歸。雖憐水上影，復恐濕羅衣。」綺續云：「臨橋看黛色，映渚媚鉛暉。不顧春荷動，彌畏小禽飛。」

何遜與韋黯、王江乘相送聯句，韋黯云：「寸陰常可惜，別至倍傷神。子瞻天際水，予望路中塵。」何遜云：「憫憫岐路側，去去平生親。一朝事千里，流涕向三春。」王江乘云：「昔共入門笑，今成送別悲。君還舊聚處，爲我一嚬眉。」何遜云：「於今還促膝，自此客江湄。願子俱停駕，看我獨解維。」

何遜文章，與劉孝綽並見推重，世謂之「何、劉」。然劉甚忌之，平生誦何詩云：「蘧居向北闕，懂懂不道車。」又撰詩苑，止取何兩篇。時人譏其不廣。

高祖嘗作五字疊韻，曰：「後牖有榴柳。」命朝士並作。劉孝綽曰：「梁王長康强。」沈約曰：「偏眠船舷邊。」庾肩吾曰：「載七每礙埭。」徐摛曰：「臣昨祭禹廟，殘六斛熟鹿肉。」何遜用曹瞞故事曰：「暯蘇姑枯盧。」吴均沉思良久，竟無所言。高祖愀然不悦。俄有詔曰：「吴均不均，何遜不遜，宜付廷尉。」

遜與宗人思澄及子朗俱擅文名，時人語曰：「東海三何，子朗最多。」思澄聞之曰：「此言誤耳。如其不然，故當歸遜。」思澄意謂宜在己也。子朗早有才思，嘗爲敗冢賦，擬莊周馬棰，其文甚工。世人語曰：「人中爽爽有子朗。」

何思澄少勤學工文，爲遊廬山詩，沈約見之，大相稱賞，自以爲弗逮。約郊居宅，新搆閣齋，因命工書人題此詩於壁。又詠美人詩有「媚眼隨羞合，丹脣逐笑分」之句，爲世所傳誦云。

王籍 字文海。七葉之中，人人有集。

天監中，王文海除湘東王諮議參軍，開府會稽郡，境有雲門天柱山，王嘗出遊，累月不返，至若耶溪，賦詩曰：「蟬噪林逾靜，鳥鳴山更幽。」當時以爲文外獨絶。劉孺見之，擊節不能已。

王筠 字元禮，一字德柔。好弄葫蘆，每吟詠，則注水於葫蘆。傾已復注。若擲之於地，則詩成矣。沈約嘗啓上言：「晚來名家，無先筠者。」嘗謂筠曰：「昔蔡伯喈見王仲宣曰：『吾家書籍，悉當相與。』僕雖不敏，請附斯言。」

王筠能用强韻，有詠征婦裁衣行云：「裲襠雙心共一抹，袙腹兩邊作八撮。襻帶雖安不忍縫，開孔纔穿猶未達。胸前卻月兩相連，本照君心不照天。」

王筠楚妃吟，句法極異，其辭云：「窻中曙，句花早飛。句林中明，句鳥早歸。句庭中日，句暖春閨。句香氣亦霏霏。句香氣漂，句當軒清唱調。句獨顧慕，句含怨復含嬌。句蝶飛蘭復熏，句梟梟輕風入翠裙。句春可遊，句歌聲梁上浮。句春遊方有樂，句沉沉下羅幕。」

庾肩吾

字子慎。齊高士易之子，長曰黔婁，次即肩吾。簡文初封晉安王，肩吾與劉孝威等十人在晉安邸抄撰衆籍，號高齋學士，隱居天台，號天台逸民。

庾易性恬靜，以文義自娱，長史袁彖欽其風，贈以鹿角書格、蚌盤、蚌研、牙筆併一詩曰：「白日清明，青雲遼亮。昔聞巢許，今聞臺尚。」易以連理几、竹翹格報之。

庾肩吾少勤學，能鼓琴，善屬文。宋子仙破會稽，購得肩吾，謂之曰：「昔聞汝能詩，今可作，若能，當貰汝命。」肩吾操筆立成，曰：「髪與年俱暮，愁將罪共深。聊持轉風燭，暫映廣陵琴。」子仙乃釋之。

庾肩吾燭影詩曰：「垂焰垂花比芳樹，隨風隨水俱難駐。秦娥軟舞隙中來，李吾夜績光中度。燭龍潛曜城烏啼，陰陰叠鼓朝天去。」

徐摛

字士績，東海郯人。簡文雅好文士，摛與庾肩吾並預其選。

徐摛文體輕麗，春坊學之，時人謂之「宫體」。常有一人病癰，摛戲賦曰：「朱血夜流，黄膿畫瀉。斜看紫肺，正視紅肝。」又曰：「蟲上懸簾，明知是蹈。魚遊畏網，判見是罾。」又曰：「狀非快馬，蹋脚相連。席異儒生，帶經長卧。」其好爲新奇類如此。徐摛詠筆詩云：「本自靈山出，名因瑞草傳。纖端奉積潤，弱質散芳煙。直寫飛蓬引，横承落絮篇。一逢掌握重，寧憶仲升捐。」

劉之遴 字思貞。八歲能屬文，與江總相推重。

侯景初以蕭正德爲帝，劉之遴時落景所，將使授璽紱，之遴預知，乃剃髮披法服乃免。先是平昌伏挺出家，之遴爲詩嘲之，曰：「傳聞伏不鬬，化爲支道林。」及之遴遇亂，遂披染服，時人笑之。

高爽 廣陵人。博學多才，坐事被繫，作鑊魚賦自況，其文甚工，後遇赦得免。

孫抱爲延陵縣，高爽謁之，抱了無故人之懷，爽出，從縣閤下過，取筆書鼓云：「徒有八尺圍，腹無一寸腸。面皮如許厚，受打未詎央。」抱形體肥壯，腰帶十圍，爽故以此譏之。後又作履謎詩譏孫廉云：「刺屐不知啑，蹋面不知瞑。齧齒作步數，持此得勝人。」

衛敬瑜 妻玉京，時稱貞女。

衛敬瑜妻，霸城王氏女也，年十六，而敬瑜亡。父母、舅姑咸欲嫁之，誓而不許，乃截耳置盤中爲誓，遂止。手爲亡婿種樹數百株，墓前柏樹忽成連理。一年許，還復分散。女因爲詩曰：「墓前一株柏，根連復並枝。妾心能感木，頹城何足奇。」

貞女所居，户有燕巢，常雙飛來去。一日，爲鷙鳥所傷其一，孤飛悲鳴，徘徊至秋，翔集貞女之臂，如告别然。貞女以紅縷繫足，曰：「新春復來爲我侶也。」明年，果至。因爲詩曰：「昔年無偶去，今春猶獨歸。故人恩義重，不忍復雙飛。」自是秋歸春來，凡六七年。後貞女病卒，燕來周張哀鳴，家人語曰：「玉京死，墳在南郭。」遂至墳所，亦死。每風清月明，人見玉京與燕同遊灞水之上。

堯山堂外紀卷十七

六朝　陳

徐陵

字孝穆，摛之子。母夢五色雲化爲鳳集左肩，已而生。陵四歲，寶誌摩其頂曰：「天上石麒麟也。」目有青睛，時人以爲聰慧之相。虞世基一見奇之，謂朝士曰：「此當今潘、陸。」因妻以女。由梁入陳，歷遷太子少傅。子儉爲郎中，儀爲尚書，份爲洗馬。

徐孝穆嘗使魏，魏人授館宴賓。是日熱甚，其主客魏收嘲陵曰：「今日之熱，當由徐常侍來。」徐即答曰：「昔王肅至此，爲魏始制禮儀。今我來聘，使卿復知寒暑。」收大慙。

徐孝穆長相思云：「長相思，好春節。夢裏恒啼悲不洩。帳中起，牕前咽。柳絮飛還聚，遊絲斷復結。欲見洛陽花，如君隴頭雪。」蕭淳和云：「長相思，久離別。新柳參差條可結。孤關遠，雁書絶。對雲恒憶陣，看花復愁雪。猶有望歸心，流黄未剪截。」

以爲工。

徐孝克，陵第三弟也，亦善賦詠，作栖霞寺詩，曰：「戒壇青石路，靈相紫金身。」世

陰鏗 字子堅，詩與何遜齊名，世稱「陰、何」。梁時，爲湘東王參軍，與賓客宴飲，見行觴者，因以酒炙授之，坐客皆笑，鏗曰：「吾儕終日酣醉，而執爵者不知味，非人情也。」及侯景亂，鏗爲賊擒，或救之得免。問之，乃前行觴者。入陳，爲始興王録事參軍。

侯安都爲侍中，引祖孫登、劉删、陰鏗等爲客，孫登奉令詠風云：「飄颻楚王宫，徘徊繞竹叢。帶葉俱吟樹，將花共儛空。飄香雙袖裏，亂曲五弦中。試上高臺聽，悲響定無窮。」詠水云：「驪泉紫閣映，珠浦碧沙沉。岸闊蓮香遠，流清雲影深。風潭如拂鏡，山溜似調琴。請君看皎潔，知有澹然心。」劉删奉令詠妓云：「石家金谷妓，粧罷出蘭閨。看花只欲笑，聞瑟不勝啼。山邊歌落日，池上舞前溪。將人當桃李，何處不成蹊？」陰鏗同賦云：「佳人遍綺席，妙曲動鵾弦。樓似陽臺上，池如洛水邊。鶯啼歌扇後，花落舞衫前。翠柳將斜日，俱照晚粧鮮。」

文帝嘗宴群臣賦詩，徐陵言陰鏗善五言，帝即日召預宴，使賦新成安樂宫。鏗援筆便就，帝歎賞之。其詩曰：「新宫實壯哉，雲裏望樓臺。迢遞翔鵾仰，連翩賀燕來。

重欄寒霧宿，丹井夏一作夜蓮開。砌石披新錦，梁花畫早梅。欲知安樂盛，歌管雜塵埃。」

虞寄

字次安，荔之弟，陳寶應嘗使人讀漢書，卧而聽之，至蒯通説韓信曰：「相君之背，貴不可言。」蹶然起坐，曰：「可謂智士。」寄曰：「通一説殺三士，何足言智？豈若班彪王命識所歸乎！」寶應不聽。寄恐禍及，乃着居士服，居東山寺。

天嘉中，陳寶應據閩中，與錙異潛有異謀，遂起兵反。沙門慧標作五言詩送之，曰：「送馬猶臨水，離旗稍引風。好看今夜月，當照紫微宮。」寶應甚悦。慧標齎以示虞寄，寄謂所親曰：「標公既以此始，必以此終。」後寶應敗，標從坐伏誅。

張正見

字見賾，梁太清初，射策高第。屬亂，避地匡俗山。入陳，遷散騎侍郎。

張正見星名從軍詩云：「將軍定朔邊，刁斗出祁連。高柳横遥塞，長榆接遠天。井泉含凍竭，烽火照山燃。欲知客心斷，危旌萬里懸。」

沈炯 字初明，約之後，仕梁爲吴令。宋子仙據吴興，逼掌書記。王僧辯購得之，酬所獲者鐵錢十萬。後歸陳，武帝以爲御史中丞。

沈炯有獨酌謡，曰：「獨酌謡，獨酌獨成謡。智者不我顧，愚夫余不要。不愚復不智，誰當余見招。所以成獨酌，一酌一傾瓢。生涯本漫漫，神理暫超超。再酌輕許、史，三酌傲松、喬。頻頻四五酌，不覺淩丹霄。倏爾厭五鼎，俄然賤九韶。彭殤無異葬，夷跖可同朝。龍蠖非不屈，鵬鷃本逍遥。寄語號呶侣，無乃太塵囂。」

沈炯八音詩曰：「金屋貯阿嬌，樓閣起迢迢。石頭足年少，大道跨河橋。絲桐無緩節，羅綺自飄飖。竹煙生薄晚，花色亂春朝。匏瓜詎無匹，神女嫁蘇韶。土地多妍冶，鄉里足塵囂。革年未相識，聲論動風飈。木桃底堪用，寄以答瓊瑶。」

沈炯以閑、居、有、樂四字作離合詩贈江藻，曰：「開門枕芳野，井上小桃紅。離「門」字林中藤蔦秀，木末風雲高。離「木」字，「門」、「木」合成「閑」屋室何寥廓，至士隱蓬蒿。離「尸」字故知人外賞，文酒易陶陶。離「古」字，「尸」、「古」合成「居」友朋足諧晤，又此盛詩騷。離「ナ」字朗月同携手，良景共含毫。離「月」字，「ナ」、「月」合成「有」欒巴有妙術，言是神仙曹。離「絲」字百年肆偃仰，一理詎相勞。離「白」字，「⿱𢆶木」、「白」成「樂」。」

沈炯和蔡黄門口字詠，云：「嚚嚚宮閣路，靈靈谷口間。誰知名器品，語哩各崎嶇。」

周弘正 字思行，侯景亂，元帝以爲户部尚書。入陳，位特進。弟弘讓、弘直。弘讓嘗仕侯景，獲譏于世。或問三周孰賢？曰：「若蜂腰矣。」

周弘正嘗造韋夐，談謔盡日，恨相遇之晚。後請夐至賓館，夐未赴，弘正乃贈詩曰：「德星猶未動，真車詎肯來？」夐即逍遥公也。爲當時所欽如此。

周弘正看新婚詩云：「莫愁年十五，來聘子都家。壻顔如美玉，婦色勝桃花。帶啼凝暮雨，含笑似朝霞。暫卻輕紈扇，傾城判不賒。」

謝貞 字元正。晉太傅安九世孫。少有至性，仕始興王録事參軍。

謝元正幼便聰慧，八歲爲春日閑居詩，從舅王筠奇其有佳致，謂所親曰：「此兒方當大成。至如『風定花猶落』，乃追步惠連矣。」

陸瓊

陸瓊字伯玉，六歲爲五言詩，頗有詞采，八歲於客前覆局，都下號曰「神童」。

陸瓊飲酒樂云：「蒲桃四時芳醇，琉璃千鍾舊賓。夜飲舞遲銷燭，朝醒弦促催人。春風秋月長好，歡醉日月言新。」唐人破陣樂、何滿子皆祖之。

陸瓊栗賦云：「四時逸盛，百果玄芳。綠梅春馥，紅桃夏香。何群品之浮脆，惟此質之久長。外刺同夫枳棘，內潔甚於冰霜。薦羞則椇榛並列，加籩則菱芡同行。金盤兮麗色，玉俎兮鮮光。周人以之戰懼，大官稱於柏梁。」

伏知道

伏知道從軍五更轉云：「一更刁斗鳴，校尉逴連城。遥聞射鵰騎，懸憚將軍名。」「二更愁未央，高城寒夜長。試將弓學月，聊持劍比霜。」「三更夜警新，横吹獨吟春。强聽梅花落，誤憶柳園人。」「四更星漢低，落月與山齊。依稀北風裏，胡笳雜馬嘶。」「五更催送籌，曉色映山頭。城烏初起堞，更人悄下樓。」其後隋煬帝效之，作龍舟五更轉。

江總

字總持。少孤，依外氏，故杜詩云：「江總外家養。」仕陳爲尚書令，世稱江令。宅在金陵青溪上。劉禹錫詩：「南朝詞臣北朝客，歸來惟見秦淮碧。池臺竹樹三畝餘，至今人道江家宅。」總爲文次，至吟詠得意，則起稿於牕上，不堪示則投置溷中，久而文遂工。

江總持，幼便聰慧，神采英拔，甚爲瑯琊王元禮、范陽張纘、南陽劉之遴所重。之遴嘗酬總詩，其略曰：「上位居崇禮，寺署隣栖息。忌聞曉騶唱，每畏晨光艴。高談意未窮，晤對賞無極。探志共遨遊，休沐忘退食。曷用銷鄙吝，枉趾遘顔色。上下數千載，揚搉吐胸臆。」其爲通人欽挹如此。

梁武帝時，江總舅蕭勃據廣州。侯景之亂，總往依焉。自此流寓嶺南，積歲，遇長安使，寄裴尚書詩曰：「傳聞合浦葉，遠送洛陽飛。北風尚嘶馬，南冠獨不歸。去雲目徒送，離琴手自揮。秋蓬失處所，春草屢芳菲。太息關山月，風塵客子衣。」

江總自長安歸還揚州九月九日行薇山亭賦韻云：「心逐南雲逝，形隨北雁來。故鄉籬下菊，今日幾花開？」

金陵城東南十五里有婁湖，吴張昭創以溉田，昭封婁侯，故名。湖上有婁湖苑，江總持秋日侍宴苑中，應詔賦詩，曰：「翠渚還鑾輅，瑶池命羽觴。千門響雲蹕，四澤動榮光。玉軸昆池浪，金舟太液張。虹旗照島嶼，鳳蓋繞林塘。野靜重陰闊，淮秋水氣涼。霧開樓閣近，日迥煙波長。洛宴誶斯在，鎬飲詎能方。朽劣叨榮遇，簪笏奉周行。」

周司馬消難以安陸附陳，宣帝遇之甚厚，以爲司空。見朝士皆重學術，積經史，消難切慕之，乃多卷黄紙加之朱軸，詐爲典籍，以矜僚友。江總持戲之曰：「黄紙五經，赤軸三史。」

魯廣達爲陳將，被執，憤慨而卒。江總撫棺慟哭，題其前和曰：「黄泉雖飲恨，白日自留名。悲君抱義死，不作負恩生。」

孔範　字法言。後主以爲都官尚書，與孔貴人結爲兄妹，寵遇優渥。陳亡入隋，文帝暴其過惡，與王瑳、王儀、沈瓘名爲四罪，流之遠裔。

孔範和後主詠鏡云：「虎賁愁興日，龍鏡覽顔時。懷恩未得報，空歎髮如絲。」

長城公叔寶

字元秀，小字黃奴。史曰：後主以宮人袁大捨等爲女學士，文士江總等十人爲狎客，嘗泛舟樂遊于河，忽遇雨，浮漚生，宮人指浮漚曰：「滿河珍珠。」因名其河爲珍珠河。

後主在東宮時，張譏爲東宮學士。有玉柄麈尾至佳，後主親執之曰：「當今雖復多士如林，堪執此者，獨張譏耳。」即手授譏。後幸鍾山開善寺，召從臣坐寺西南松林下，敕張譏豎義，索麈尾未至，敕取松枝，手以授譏。譏初仕梁爲士林館學士。

後主於光昭殿前起臨春、結綺、望仙三閣，其牕牖壁帶懸楣欄檻，皆以沉檀爲之。臨春，後主自居；結綺，張貴妃居之；望仙，孔貴嬪居之。日與十狎客飲酒賦詩。先令貴嬪等八婦人襞采箋製五言，十客一時繼和，遲則罰酒，採其尤艷麗者爲曲，被以新聲。略云：「璧月夜夜滿，瓊樹朝朝新。」君臣酣歌，自夕達旦，以此爲常。張貴妃名麗華，髮長七尺，鬢黑如漆，其光可鑑，聰慧有神彩。每瞻視盼睞，光彩溢目，映照左右。常於閣上靚粧，臨軒檻，宮中望之，飄飄若神仙。後葬路傍。有人夜行，聞吟詩聲云：「獨卧經秋墮鬢蟬，白楊風起不成眠。追思昔日椒房寵，淚濕衣衫損舊顔。」次日閱之，乃一古塚。詢訪故老，始知爲麗華墓也。

後主於清樂中造黃鸝留及玉樹後庭花、金釵兩髻垂等曲，其詞綺艷相高，極於輕蕩。玉樹曲云：「麗宇芳林對高閣，新粧艷質本傾城。映户凝嬌乍不進，出帷含態笑相迎。妖姬臉似花含露，玉樹流光照後庭。」

後主七夕宴宣猷堂，座有張式、陸瓊、顧野王、褚玠、傅縡、陸瑜、柳莊、王瑳等十三人，重詠牛女，各爲五韻。後主詩曰：「明月照高臺，仙駕忽徘徊。雷徙聞車度，霞上見粧開。房移看動馬，斗轉望斟杯。靨色隨星去，髻影雜雲來。更覺今宵短，只遽日輪催。」

孫右軍瑒亡後，江總爲其誌銘，後主又題銘後四十字，遣左民尚書蔡徵宣敕，就宅鐫之，其詞曰：「秋風動竹，煙水驚波。幾人樵徑，何處山阿。今時日月，宿昔綺羅。天長路遠，地久雲多。功臣未勒，此意如何！」時論咸以爲榮。

沈婺華，後主之后，望蔡侯君理女也。以張貴妃權寵，經年不得一御。後主嘗御后處，暫入即還，因戲贈曰：「留儂不留儂，不留儂也去。此處不留人，自有留人處。」后因答云：「誰道不相憶，見罷倒成羞。情知不肯住，教我若爲留？」

後主造齊雲觀，國人歌之云：「齊雲觀，寇來無際畔。」功畢未幾，爲隋師所虜。先是禎明初，後主作新歌，辭甚哀怨，令後宮美人習而歌之，其詞曰：「玉樹後庭花，花開不復久。」時人以爲歌讖。

陳初，江東有童謠云：「黄斑青驄馬，發自壽陽涘。來時冬氣末，去日春風始。」皆不知所謂。其後陳主爲韓擒虎所敗，擒虎本名豹，「黄斑」之謂也。平陳之際，又乘青驄馬，往反時節與謡相應。兵初入臺城，後主將走，群臣勸依梁武見侯景故事，後主不從，曰：「吾自有井。」乃挾宫人十餘出景陽殿投井。軍人窺井，呼不應，欲下石，乃聞叫聲，以繩引之，與張貴妃、孔貴嬪同束而上，所謂胭脂井是也。楊修詩云：「擒虎戈矛滿六宫，春花無樹不秋風。倉皇益見多情處，同穴甘心赴井中。」井在金陵法寶寺，石欄紅痕若胭脂。相傳後主與張、孔淚痕所染。寺即景陽宫故地也。井又名辱井。唐陸龜蒙詩：「古堞煙埋宫井樹，陳主吴姬墮泉處。舜没蒼梧萬里雲，卻不聞將二妃去。」

陳將亡，有鳥一足集其殿庭，以觜畫地成文，云：「獨足上高臺，茂草變爲灰。欲知我家處，朱門當水開。」解者以爲「獨足」蓋指後主獨行無衆。「茂草」言荒穢也。隋承火運，草得火而後灰，及後主至長安，館於都水臺。所謂「上高臺」、「當水開」者，其言皆驗。

後主入隋，文帝給賜甚厚，每預宴，爲不奏吴樂，恐傷其心。監者言：「叔寶與子弟等日飲一石，終日沉醉，罕有醒時。」帝曰：「且任其性，不爾，何以過日？」及從東巡，登芒山，侍宴賦詩，曰：「日月光天德，山河壯帝居。太平無以報，願上東封書。」後從至仁壽宫，及出，文帝目之曰：「此敗，豈不由酒！」

徐德言　太子舍人。

徐德言尚後主妹樂昌公主，時陳政方亂，德言知不相保，謂其妻曰：「以君之才容，國亡必入權豪家。儻情緣未斷，尚冀相見。」乃破一照，人執其半，約曰：「他日必以正月望日，賣於都市。我當在，即以是日訪之。」及陳亡，公主果入越公楊素家，寵嬖殊厚。德言流離辛苦，僅能至京，遂以正月望日訪於都市，有蒼頭賣半照者，大高其價，人皆笑之。德言直引至其居設食，具言其故，出半照合之。仍題詩曰：「照與人俱去，照歸人不歸。無復嫦娥影，空留明月輝。」公主得詩，涕泣不食。素知之，愴然改容，即召德言相見，仍與偕飲。素令公主賦詩，公主遂口占一絶云：「今日何遷次？新官對舊官。笑啼俱不敢，方信作人難。」素厚遺之，送還江南，竟以終老。

沈滿願 范靜妻。

沈滿願詠竹火籠詩曰：「剖出楚山筠，織成湘水紋。寒銷九微火，香傳百和薰。氤氲擁翠被，出入隨緗裙。徒悲今麗質，豈念昔凌雲。」

沈滿願殘燈詩云：「殘燈猶未滅，將盡更揚輝。惟餘一兩焰，猶得解羅衣。」唐韋蘇州對殘燈詩云：「獨照碧牕久，欲隨寒燼滅。幽人將遽眠，解帶翻成結。」韋詩實出于沈。

堯山堂外紀卷十八

六朝

前趙、後趙、前凉、秦、燕、後凉、北凉。

陳安

成紀人。少慷慨，讀書見許褚慕之，乃自字虎侯。

晉懷愍間，劉曜圍陳安于隴城。安敗，南走陜中，曜使將軍平先率勁騎追之。安與壯士十餘騎於陜中格戰，安左手奮七尺大刀，右手執丈八蛇矛，近交則刀、矛俱發，輒害五六，遠則雙帶鞬服，左右馳射而走。平先亦壯健絶人，與安搏戰，三交，奪其蛇矛而退，遂追斬于澗曲。安善撫按，及其死，隴上爲之歌曰：「隴上健兒曰陳安，軀幹雖小腹中寬，愛養將士同心肝。騄驄駿馬鐵鍜鞍，七尺大刀配齊鐶，丈八蛇矛左右盤。十盪十決無當前。百騎俱出如雲浮，追者千萬騎悠悠。戰始三交失蛇矛，十騎俱盪九騎留。棄我騄驄攀巖幽，天非降雨迨者休。阿呵嗚呼奈子乎！嗚呼阿呵奈子何！」曜聞而嘉傷，命樂府歌之。初漢高以公主妻冒頓，故其子孫遂冒姓劉。魏、晉間，呼延氏祈子龍門，有一白魚，頂有一角，至祭所，久之乃去。其夜，夢所見魚變爲人，把一物，大如雞子，授之曰：「此是日精，服之生貴子。」自是十五月生淵，建國號曰漢。至曜改稱趙，是爲前趙。

汲桑

清河貝丘人，力能扛鼎。晉太安中，并州荒亂，刺史東瀛公騰執諸胡，賣充軍實，石勒亦在賣中。既賣與茌平人爲奴，主家鄰馬牧，桑時爲牧率。勒以能相馬自託於桑，遂招集桃豹、逯明等爲群盜。

晉東海王越，字元超，懷帝永嘉初，出鎮許昌，率兗州刺史苟晞及冀州刺史丁邵討汲桑，破之。時有謡云：「洛中大鼠長尺二，若不早去天狗至。」又云：「元超兄弟大洛度，上桑打椹爲苟作。」越聞而惡之，乃轉晞爲青州刺史，自領兗州。由是與晞有隙。

汲桑殘忍少恩，六月盛暑，重裘累裀，使十餘人扇之。意不清凉，便斬扇者。後爲并州大姓田蘭所殺。士女慶賀，奔走道路而歌曰：「士爲將軍何可羞，六月重裀披豹裘，不識寒暑斷人頭。雄兒田蘭爲報讐，中夜斬首謝并州。」石勒初歸劉淵，以爲輔漢將軍。後滅曜，稱大趙天王，是爲後趙。勒每破一州，必簡別衣冠，號爲君子城。

祁嘉

字孔賓，酒泉人。

祁嘉，少清貧好學。年二十餘，夜窗中有聲呼云：「祁孔賓，祁孔賓。隱去來，隱去來。修飾人世，甚不可諧。所得未毛銖，所喪如山崖。」及旦，嘉逃去。西至燉煌，依學官誦書，遂博通經傳，精究大義，西遊海渚，教授門生。張重華徵爲儒林祭酒。在朝卿士、郡縣守令受業者二千餘人，竟以壽終。張氏自軌及寔、茂、駿，四世忠晉。至重華自立爲王，傳祚天錫，是爲前涼。

宋纖 字令艾，燉煌人。

宋纖隱居酒泉南山，不應辟命，酒泉太守馬岌造焉，纖拒而不見。岌歎曰：「名可聞而身不可見，德可仰而形不可覩。今而後知先生人中龍也。」銘詩于石壁曰：「丹崖百丈，青壁萬尋。奇木蓊鬱，蔚若鄧林。其人如玉，維國之琛。室邇人遐，實勞我心。」張祚時，太守楊宣畫纖像於閣上，出入視之，作頌曰：「爲枕何石？爲漱何流？身不可見，名不可求。」

韓博

張天錫嗣位凉州，時苻堅彊盛，天錫遣從事中郎韓博奉表江左，尅日大舉。博有口才，大司馬桓温甚稱之。當大會，温使司馬刁彝嘲之，彝謂博曰：「卿是韓盧後？」博答彝曰：「卿是韓盧後。」温笑曰：「刁以君姓韓，故相問耳。他自姓刁，那得是韓盧後邪？」博曰：「明公脱未之思，短尾者爲刁也。」一坐推歎。

辛攀　字懷遠，隴西人。

辛攀父奭，嘗爲尚書郎，兄鑒、曠，弟寶、迅，皆以才識知名，西涼爲之語曰：「五龍一門，金友玉昆。」

蒲洪　字廣世，其先有扈氏苗裔，世爲氐酋。其家池中生蒲，長五丈五，節如竹形，時咸異之，謂之蒲家，因以爲氏。後以讖文有「草付應王」，又以孫堅背文曰「草付之祥」，遂改姓苻。洪見堅壯貌，欲令頭堅腹軟，字之曰堅頭。

蒲洪好施，多權略，晉永嘉之亂，宗人蒲光、蒲突共推洪爲盟主，石虎以洪爲龍驤將軍。先是，隴右大雨，百姓苦之，謡云：「雨若不止，洪水必起。」故因名洪。

苻堅，洪季子雄之子也。洪死，世子健嗣位。健入關時，夢天神遣使者，朱衣赤冠，命拜堅爲龍驤將軍，健翌日爲壇以授之。泣謂堅曰：「汝祖昔授此號，今汝復爲神明所授，可不勉乎！」及健死，其太子生嗣位，殘虐無度，堅遂弒之，以昇平元年稱大秦天王。初，生夢大魚食蒲，又長安謡云：「東海大魚化爲龍，男便爲王女爲公，問在何所洛門東。」時堅爲龍驤將軍，東海，堅封地也。其第在洛門之東。生不知是堅，以謡言之故，誅其侍中魚遵及其子孫。時又謡云：「百里望空城，鬱鬱何青青。瞎兒不知法，仰不見天星。」於是悉壞空城以禳之。

苻堅初，鳳凰集於東闕，民歌之曰：「鳳凰于飛，其羽翼翼。淵武聖后，饗齡萬億。」

晉太和間，苻堅聞慕容恪死，陰有圖燕之計，卒滅燕。時慕容沖姊爲清河公主，年十四，有殊色，堅納之，寵冠後庭。沖年十二，亦有龍陽之姿，堅又幸之。姊弟專寵，宫人莫進。長安歌漢紫宫諺曰：「一雌復一雄，雙飛入紫宫。」時咸懼爲亂。又有謡云：「鳳凰鳳凰止阿房。」堅以鳳凰非梧桐不棲，非竹實不食，乃植桐竹數十萬株于阿房城以待之。沖小字鳳凰。後堅敗，沖起兵河東，進攻蒲坂，果入止阿房城焉。

苻堅既滅燕，故長史申胤曰：「福德在燕，秦雖得志，而燕之復建，不過一紀。」黄泓曰：「其在吴王乎？」吴王，慕容垂也。時時關中謡曰：「長鞘馬鞭擊左股，太歲南行當避虜。」秦人呼鮮卑爲白虜。後垂起關東，歲在癸未，纔一紀云。苻堅彊盛之時，國有童謡云：「阿堅，阿堅，連牽三十年。後若欲敗時，當在江湖邊。」又有謡云：「河水清復清，苻詔死新城。」秦人稱其君曰詔。堅聞此謡而深惡之，每征伐，戒軍候云：「地有名新城者避之。」後敗於淝水，竟爲姚萇縊於新城佛寺。在僞位凡三十年。

王猛　字景略。初隱華山。桓温伐秦入關，猛被褐謁温，温將還，資猛車馬，欲與之俱，猛還山咨師，師曰：「卿與桓温豈並世哉！在此可富貴，何爲乎遠行？」後苻堅因吕婆樓招猛，任以國事。

王猛化洽六州，人移風變，百姓歌之曰：「長安大街，夾樹楊槐。叶下走朱輪，上有鸞栖。英彦雲集，誨我人黎。」

趙整　字文業，一名正。年十八仕爲黄門郎。後出家，更名道整。

秦王堅宴群臣於釣臺，秘書侍郎趙整以堅頗好酒，因爲酒德歌，曰：「穫黍西秦，

採麥東齊。春封夏發，鼻納心迷。」

秦王堅與群臣飲，以極醉爲限，趙整作歌曰：「地列酒泉，天垂酒池。杜康妙識，儀狄先知。紂喪殷邦，桀傾夏國。由此言之，前危後則。」

秦王堅與慕容垂夫人段氏同輦遊於後庭，趙整歌曰：「不見雀來入鷰室，但見浮雲蔽白日。」堅改容謝之，命夫人下輦。

苻堅分氐户於諸鎮，趙整因侍，援琴而歌曰：「阿得脂。阿得脂，博勞舊父是仇綏，尾長翼短不能飛。遠徙種人留鮮卑，一旦緩急語阿誰！」堅笑而不納，及敗於姚萇，整言始驗。

趙整性好幾諫，無所迴避。苻堅末年，寵惑鮮卑，惰於治政。整因歌諫曰：「昔聞孟津河，千里作一曲。此水本自清，是誰攪令濁？」堅動容，曰：「是朕也。」又詠棗詩曰：「北園有一樹，布葉垂重陰。外雖饒棘刺，内實有赤心。」堅笑曰：「將非趙文業耶！」

梁讜 字伯言。

梁讜博學，有儁才，與弟熙俱以文藻清麗見重一時，人爲之語曰：「關東堂堂，二申兩房。未若二粱，瓌文綺章。」

王嘉　字子年，隴西人。清虚服氣，不與世人交遊。石季龍末至長安，潛隱終南山。苻堅累徵不赴，公侯已下，咸躬往參詣。及姚萇入長安，禮嘉如堅故事，後因事爲萇所害。苻登聞嘉死，設壇哭之，贈太師，謚文定公，所著有拾遺記。

王子年嘗著歌讖三章，事過皆驗。其一云：「帝諱昌明運當極，特申一期延其息。」又云：「諸馬渡江百年中，當值卯金折其鋒。」至安帝，果爲劉氏所代。又有云：「欲知其姓草肅肅，穀中最細低頭熟。鱗身甲體永興福。」後齊太祖諱道成，姓蕭氏。穀中精細者，稻也。熟猶成也。

慕容垂　其先曰東胡，爲匈奴所敗，分保鮮卑山。曾祖莫護跋，魏初率其諸部入居遼西，時燕代多冠「步摇冠」，莫護跋見而好之，乃斂髮襲冠，諸部因呼爲「步摇」。其後音訛，遂爲慕容焉。垂小字阿六敦，長七尺七寸，手垂過膝，父皝嘗曰：「此兒好奇，終能破人家，或能成人家。」故名霸。因墜馬傷前二齒，改名𢘅。尋以讖文去「夬」爲「垂」。

慕容垂初封吴王，鎮信都，威名大振，慕容評深忌之，謀誅垂。時有謡云：「慕容攀墻看，吴軍無邊岸。我身分自當，枉殺墻外漢。慕容愁憒憒，燒香作佛會。願作墻裏燕，高飛出墻外。」垂懼禍，乃奔苻堅。

慕容垂定都中山，立寶爲太子。寶嗣位，以慕容德都督冀、兗六州諸軍事。會魏師入中山，寶出奔薊。時有謠云：「大風蓬勃揚塵埃，八井三刀卒起來。四海鼎沸中山頽，惟有德人據三臺。」於是德之群臣勸德稱帝。

慕容超，德兄子也。超不恤政事，引所親公孫五樓爲腹心，王公内外無不憚之。尚書都令史王儼諂事五樓，遷尚書郎，出爲濟南太守，入爲尚書左丞。時人爲之語曰：「欲得侯，事五樓。」故大臣北地王鍾謂段宏曰：「黄犬之皮，恐終補狐裘也。」五樓聞而恨之，後宏奔魏，鍾奔秦。

慕容熙爲政暴虐，其將馮跋、張興皆坐事奔亡結盟，推高雲爲主。初，童謡云：「一束藁，兩頭然，秃頭小兒來滅燕。」「藁」字上有「草」，下有「禾」，「兩頭然」，則「禾」「草」俱盡而成「高」字。雲父名拔，小字秃頭，三子，而雲季也。熙竟爲高雲所滅。

吕光 苻堅故將。

晉太元間，吕光僭即三河王位，徙西海郡人於諸郡，時有謡云：「朔馬心何悲？

念舊中心勞。燕雀何徘徊？意欲還故巢。」頃之，遂相扇動，光復徙之於西河。

胡叟 字倫許，安定臨涇人。以姚氏將衰，遂入長安觀風化，後入沮渠，不得志，乃歸魏，賜爵復始男，家于密雲。

胡叟入沮渠，沮渠牧犍遇之不重，叟乃爲詩示所知廣平程伯達，其略曰：「群犬吠新客，佞暗排疏賓。直途既已塞，曲路非所遵。望衛惋祝鮀，盼楚悼靈均。何用宣憂懷，託翰寄輔仁。」

堯山堂外紀卷十九

六朝 北魏

道武帝珪

其先漢將李陵後也，姓拓跋氏。黄帝有子二十五人，少子受封北國。黄帝以土德王，北族謂土爲拓，謂后爲跋，故以爲氏。

道武帝六世祖聖武帝詰汾嘗出畋，欻見輜軿自天而下，既至，有一美婦人，自稱天女，受命相偶。旦日請還，期年復會於此，言終而别。及朞，帝至先田處，果見天女以所生男授帝，曰：「此君之子也，當世爲帝王。」即神元帝力微也。時人諺曰：「詰汾皇帝無婦家，力微皇帝無舅家。」珪暴虐好殺，民不堪命。先是有神巫誡珪，當有暴禍，唯「誅清河、殺萬人」乃可免。珪乃滅清河一郡。常手自殺人，欲令其數滿萬。珪寢處，人莫得知，唯愛妾名萬人知之。妾與珪子清河王私通，王因欲殺珪，令萬人爲内應。珪臨死曰：「『清河』、『萬人』之言，乃汝等也。」

孝文帝宏

獻文帝長子。太和二年，改姓元氏。少善射，有膂力，年十餘，能以指彈碎羊髆骨。至十五，便不復殺生。雅好讀書，善談莊、老，喜爲文章。自太和十年已後，詔册皆帝筆也。

孝文帝征沔北，饗侍臣於縣瓠方丈竹堂，中書侍郎鄭道昭與兄懿等俱侍坐。樂作酒酣，帝乃作歌曰：「白日光天兮無不曜，江左一隅兮獨未照。」彭城王勰續歌曰：「願從聖明兮登衡、會，萬國馳誠兮混内外。」鄭懿歌曰：「雲雷大震兮天門闢，率土來賓兮一正曆。」鄭道昭歌曰：「舜舞干戚兮天下歸，文德遠被兮莫不思。」邢巒歌曰：「皇風一鼓兮九地匝，戴日依天兮清六合。」帝又歌曰：「遵彼汝墳兮昔化貞，未若今日兮道風明。」宋弁歌曰：「文王政教兮暉江沼，寧如大化兮光四表。」鄭道昭，字僖伯，嘗爲兖州刺史。子述祖，天保中亦爲兖州刺史。有人入市盜布，其父執之以歸述祖，述祖特原之，自是境内無盜。百姓歌曰：「大鄭公，小鄭公，相去五十載，風教尚猶同。」

孝文帝名子恂、愉、悦、懌，侍中崔光名子劭、勖、勉。帝謂光曰：「我兒名傍皆有『心』，卿兒名傍皆有『力』。」答曰：「所謂君子勞心，小人勞力。」帝大嗟悦。光，本名孝伯，嘗修國史，族子鴻撰十六國春秋，時謂一門二史。

初，文明太后以帝聰聖，將謀廢帝，乃於寒月，單衣閉室，絶食三朝，召咸陽王禧將立之。賴元丕沖等固諫乃止。帝亦不憾，撫念諸弟如初。禧窮極驕奢，姬妾數十，意尚不已。景明中，卒以謀逆伏誅。宮人爲之歌曰：「可憐咸陽王，奈何作事誤？金牀玉几不能眠，夜蹋霜與露。洛水湛湛彌岸長，行人那得渡？」其歌流傳江表，北人在南者，雖至富貴，弦歌奏之，莫不灑泣。

彭城王勰

獻文帝第六子，孝文稱其「清規懋德，松竹爲心」。

孝文帝宴侍臣于清徽堂日，宴移于流化池芳林下，帝仰觀桐葉之茂，曰：「『其桐其椅，其實離離。愷悌君子，莫不令儀。』今林下諸賢，足敷歌詠。」遂令黄門侍郎崔光讀暮春群臣應制詩，至彭城王勰詩，帝爲改一字，勰曰：「臣露此拙，方見聖朝之私，賴蒙神筆賜刊，得有令譽。」帝曰：「雖雕琢一字，猶是玉之本體。」勰曰：「臣聞詩三百，一言可蔽。今陛下刊以一字，足以價等連城。」

彭城王嘗從孝文帝幸代都，次上黨銅鞮山，路傍有大松樹十數，帝賦詩示勰，曰：「吾作詩雖不七步，亦不言遠。汝可作之，比至吾間，令就也。」時勰去帝十餘步，且行且作，未至帝所而就。詩曰：「問松林，松林經幾冬？山川何如昔？風雲與古同？」

孝文帝嘗宴群臣，酒酣歡極，帝因舉巵酒屬群臣曰：「三三横，兩兩縱。誰能辨之賜金鍾。」御史中尉李彪曰：「沽酒老嫗甕注瓶，屠兒割肉與稱同。」尚書左丞甄琛曰：「吳人浮水自云工，妓兒擲袖在虚空。」彭城王勰曰：「臣始解此是『習』字。」孝文即以金鍾賜彪。人服彪聰明有智，甄琛和之亦速。

王肅 字恭懿。爲南齊秘書丞。太和中奔魏，累官尚書令。孝文甚重之，常呼曰王生。

王肅初入魏，不食羊肉酪漿。嘗飯鯽魚羹，渴飲茗汁。京師士子見肅一飯一斗，號爲「漏巵」。後與孝文會食羊肉酪粥，孝文怪問之，對曰：「羊是陸産之最，魚是水族之長，所好不同，並各稱珍。羊比齊魯大邦，魚比邾莒小國。惟茗下中，與酪作奴。」彭城王勰曰：「卿不重齊魯大邦，而愛邾莒小國。明日爲卿設邾莒之飡，亦有酪奴。」孝文大笑，因此呼茗爲「酪奴」。

王肅在江南，娶謝氏女爲妻。及至魏，尚陳留長公主。其後謝氏爲尼來奔，作詩贈肅，曰：「本爲薄上蠶，今作機上絲。得絡逐勝去，頗憶纏綿時。」公主代肅答贈曰：「鍼是貫絲物，目中常任絲。得帛縫新去，何能納故時。」肅聞之，甚惆悵，遂造正覺寺愬焉。

褚緭

褚緭入魏，魏欲用之，時魏元會，緭戲爲詩曰：「帽上着籠冠，袴上着朱衣。不知是今是，不知非昔非。」魏人怒，出爲始平太守。

祖瑩

字元珍，少耽書，呼「聖小兒」。孝文時拜太學博士。嘗曰：「文章須自出機杼，成一家風骨，安可共人作生活也！」世以爲知言。

祖瑩與陳郡袁翻齊名秀出，時人爲之語曰：「京師楚楚袁與祖，洛陽翩翩祖與袁。」

祖元珍爲彭城王參軍，時尚書令王肅曾於省中詠悲平城詩云：「悲平城，驅馬入雲中，陰山常晦雪，荒松多朔風。」彭城甚嗟其美，欲使肅更詠，乃失語云：「王公吟詠，情性聲律殊佳，可更爲誦悲彭城詩。」肅戲彭城云：「何意悲平城爲悲彭城也。」彭城有慙色，祖在坐，即云：「有所悲彭城，王公自未見耳。」肅云：「可爲誦之。」元珍應聲云：

「悲彭城，楚歌四面起。屍積石梁亭，血流睢水裏。」肅嗟賞之。彭城大悅，退謂元珍曰：「卿定是神口，今日若不得卿，幾爲吴子所屈。」

李謐

趙郡人。棄産營書，手自删削，每曰「丈夫擁書萬卷，何暇南面百城？」甄琛令其子就業焉。

李謐少好學，周覽百氏，初師事小學博士孔璠，數年後，璠還就謐請業，同門生爲之語曰：「青成藍，藍謝青。師何常，在明經。」

胡武靈后

司徒國珍女也，能射中針眼。初爲尼，頗能講道。宣武帝召入掖廷，立爲后。

太后嘗與明帝幸華林園，宴群臣於都亭曲水，令王公以下賦七言詩。太后詩曰：「化光造物含氣貞。」明帝詩曰：「恭己無爲賴慈英。」王公已下各賜帛有差。

武都人楊白花，少有勇力，容貌雄偉，靈太后逼通之。白花懼及禍，乃率其部曲奔梁，易名華。太后追思不能已，爲作楊白花歌，使宫人晝夜連臂蹋足歌之。其辭曰：「陽春二三月，楊柳齊作花。春風一夜入閨闥，楊花飄蕩落南家。含情出户脚無力，拾得楊花淚沾臆。秋去春來雙燕子，願銜楊花入窠裏。」

靈太后幸左藏，賜布絹，儀同陳留公李崇、章武王融並以所負多顛仆於地，崇乃傷腰，融至損脚。時人爲之語曰：「陳留、章武，傷腰折股。貪人敗類，穢我明主。」

孫紹歷職内外，垂老始拜太府少卿。謝日，靈太后曰：「公年似太老。」紹重拜曰：「臣年雖老，臣卿太少。」后大笑曰：「是將正卿。」

臨淮王彧 宅在法雲寺北。

彧性愛林泉，又重賓客，入其室者咸謂登仙。荆州秀才張裴裳爲五言，有清拔之句，云：「異秋花共色，别樹鳥同聲。」彧以蛟龍錦賜之。

河間王琛

琛有婢朝雲，善吹篪，能爲團扇歌、隴上聲。琛爲秦州刺史，諸羌叛，屢討之不降。琛令朝雲假爲貧嫗吹篪，諸羌聞之，悉皆流涕。迭相謂曰：「何爲棄墳井在山谷爲寇也！」相率歸降。秦民語曰：「快馬健兒，不如老嫗吹篪。」

蕭綜

字世謙，梁武帝第二子，封豫章王。普通四年奔魏，歷司徒太尉，尚壽陽公主。

蕭綜在魏不得志，嘗作悲落葉以申其志，云：「悲落葉，聯翩下重疊。重疊落且飛，從横去不歸。長枝交蔭昔何密，黄鳥關關動相失。夕蘂雜凝露，朝花翻亂日。亂春日，起春風，春風春日此時同。一霜兩霜猶可當，五晨六旦已颯黄。乍逐驚風舉，高下任飄颺。悲落葉，落葉何時還？夙昔共根本，無復一相關。各隨灰土去，高枝難重攀。」

洛陽城東建陽里有臺，高三丈，上作二精舍，有鐘，撞之，聞五十里。太后移在宫内，置凝閒室。蕭綜聞鐘聲，遂造聽鐘歌三首，其辭曰：「歷歷聽鐘鳴，當知在帝城。西樹隱落月，東窗見曉星。霧露朏朏未分明，烏啼啞啞已流聲。驚客思，動客情，客思鬱縱横。翩翩孤雁何所棲？依依别鶴半夜啼。今歲行已暮，雨雪向淒淒。飛蓬旦夕起，楊柳尚翻低。氣鬱結，涕滂沱。愁思無所托，强作聽鐘歌。」

馮元興

字子盛。元乂引爲殿中郎。普泰初，爲光禄大夫。

馮元興家世寒，初因元乂之勢，託其交道，相爲引用。乂既賜死，興亦被廢，乃爲浮萍詩以自喻，曰：「有草生碧池，無根緑水上。脆弱惡風波，危微苦驚浪。」

宋世良

孝莊時，世良爲清河太守，才識閒明，尤善政術。郡東南有曲堤，成公一姓阻而居之，群盗多萃於此。人爲之語云：「寧度東吴會稽，不歷成公曲堤。」世良施八條之制，盗奔他境。人又謡云：「曲堤雖險賊何益，但有宋公自屏跡。」

温子昇

字鵬舉，嶠之後。熙平初，舉高第，庾信初至北方，時子昇作韓陵山寺碑，信讀而寫其本。南人問信：「北方文士何如？」信曰：「惟寒山寺一片石堪共語，餘若驢鳴犬吠耳。」張臯亦寫其文，傳于江外，梁武稱之，曰：「曹植、陸機復生于北土，恨我辭人，數窮百六。」濟陰王云：「江左人文，宋有顔、謝，梁有沈、任，我家子昇，足以當之。」

孝莊時，帝舅李延寔除青州刺史，將行，謂之曰：「懷磚之俗，世號難治。舅宜好用心。」時黄門侍郎楊寬在帝側，不曉「懷磚」之義，私問舍人温子昇，子昇曰：「齊土之民，風俗淺薄，太守初欲入境，百姓皆懷磚叩頭。及其代還，以磚擊之。言其向背速於反掌。是以京師語曰：『獄中無繫囚，舍内無青州。假令家道惡，腸中不懷愁。』『懷磚』之義，起在於此。」

温子昇擣衣篇云：「長安城中秋夜長，佳人錦石擣流黄。香杵紋砧知近遠，傳聲遞響何凄涼？七夕長河爛，中秋明月光。蠮螉塞邊絶候雁，鴛鴦樓上望天狼。」

邢邵字子才，與温子昇、魏收齊譽，世號三才。嘗同右北平陽固、河東裴伯茂、河南陸道暉至北海王昕舍宿飲，相與賦詩，凡數十首，皆在主人奴處。旦日，奴行，諸人求詩不得，邵皆爲誦之。奴還得本，不誤一字。魏末，除兖州刺史，有善政，桴鼓不鳴，在郡起清風觀、明月樓。

孝靜帝人日登雲龍門，崔㥄侍宴，又敕其子瞻令近御座，亦有應詔詩。帝問邢邵曰：「此詩何如其父？」邢曰：「㥄博雅弘麗，瞻氣調清新，並詩人之冠。」燕罷，共嗟賞之，咸曰：「今日之讌，并爲崔瞻父子。」

孫搴學淺行薄，邢邵嘗謂曰：「卿更須讀書。」孫曰：「我精騎三千，足敵君羸卒數萬。」搴嘗服棘刺丸，李諧調之曰：「卿應自足，何假外求。」坐者皆笑。邵與婦甚疎，未嘗内宿，自云：「嘗晝入内閣，爲狗所吠。」言畢，撫掌大笑。

辛德源嘗於邢邵座賦詩，其十字曰：「寒威漸離風，春色方依樹。」衆咸稱善。後王昕逢之，適冬春之交，謂曰：「今日可謂『寒威離風』、『春色依樹』。」

袁聿修爲尚書郎十年，未嘗受斗酒之遺，邢邵每呼爲「清郎」。及邵爲兖州，聿修以太常少卿巡省，邵送白紬爲信，聿修不受，邵答曰：「弟昔作清郎，今日復作清卿矣。」聿修，字叔德，翻之子，仕魏入齊，齊亡入周。

節閔帝恭（孝文帝姪也，初封廣陵王。）

節閔帝使薛孝通等相嘲，以酒爲韻，帝倡曰：「平生好玄默，慚爲萬國首。」孝通曰：「既逢堯舜君，願上萬年壽。」帝曰：「卿所謂壽，豈得徒然。」便命酌酒。仍命更嘲孝通，以忠爲韻，元翽曰：「聖主臨萬機，享世永無窮。」孝通曰：「豈唯被豐草，方亦及昆蟲。」元翌曰：「朝賢既濟濟，野苗又芃芃。」帝曰：「君臣體魚水，書軌一華戎。」孝通曰：「微臣信慶渥，何以答華嵩。」

初，胡太后淫穢日甚，鴆殺明帝詡而立臨洮王世子釗。爾朱榮入洛，將篡位，高歡請鑄像卜之，鑄不成，乃止，遂立莊帝子攸，而沉胡后及釗於泗水。及子攸誅榮，爾朱兆入洛，與爾朱世隆共立長廣王曄，而弑子攸。世隆又以曄疎遠，廢之，而立廣陵王恭。高歡入洛，以恭神采英毅，恐後難制，又廢之，而立平陽王脩。恭在位一年，既失位，乃賦詩云：「朱門久可患，紫極非情翫。顛覆立可待，一年三易换。時運正如此，唯有修真觀。」遂遇弑。

洛陽瑶光寺，宣武帝嘗立椒房學道之所，掖庭美人，並在其中。亦有名族處女，來儀此寺。及爾朱兆入洛，縱兵大掠，時有秀容胡騎數十入瑶光寺淫穢，自後頗獲譏訕。京師語曰：「洛陽男兒急作髻，瑶光寺尼奪作壻。」

爾朱彦伯，節閔帝時封博陵郡王。及高歡盡滅爾朱氏之黨，乃執爾朱彦伯與爾朱世隆同斬于閶闔門外，懸首於斛斯椿門樹。先是，洛中謡云：「三月末，四月初，揚灰簸土覓真珠。頭去項，脚根齊，驅上樹，不須梯。」至是並驗。

武帝脩 孝莊帝孫，廣平王之子。

脩既即位，以高歡專恣，因密圖之。歡覺，遂擁兵至，脩懼，奔長安，依宇文泰。時熒惑入南斗，去而復還，留止六旬。梁武帝以諺云「熒惑入南斗，天子下殿走」，乃跣足下殿以禳之。及聞脩西奔，慙曰：「虜亦應天象邪！」脩閨門無禮，從妹不嫁者三人。平原公主明月從入關，泰使人殺之，脩不悦，由是與泰有隙，飲酒遇鴆而殂。初宣武、孝明間謡云：「狐非狐，貉非貉，焦梨狗子齧斷索。」識者以爲「索」謂魏本索髮。「焦梨狗子」指宇文泰。泰小字黑獺也。

孝靜帝善見 清河王世子，高歡追武帝不及，乃立帝于洛陽，是爲東魏。帝好文，美容儀，力能挾石獅子以踰墻，射無不中。嘉辰宴會，多命群臣賦詩，從容沉雅，有孝文風。

孝靜帝始移都于鄴，時有童謡云：「可憐青雀子，飛來鄴城裏。羽翮垂欲成，化作鸚鵡子。」又謡云：「可憐青雀子，飛入鄴城裏。作窠猶未成，舉頭失鄉里。寄言與婦母，好看新婦子。」按：「青雀子」謂帝實清河王世子。「鸚鵡」謂齊神武，即高歡也。后則神武之女。鄴都宫室未備，即逢禪代，「作窠未成」之效。帝尋崩，文宣以后爲太原長公主，降於楊愔，時神武妻后尚在，故言「寄書於婦母」。「新婦子」斥后也。

初高歡以逐君之醜，待孝靜帝頗盡臣禮。高澄嗣位，以崔季舒爲中書黄門，察帝動靜。澄常侍飲，大舉觴曰：「臣澄勸陛下。」帝曰：「自古無不亡之國，朕亦何用此活！」澄怒曰：「朕，朕，狗脚朕！」使季舒毆帝三拳，奮衣而出。帝不堪憂辱，詠謝靈運詩曰：「韓亡子房奮，秦帝魯連耻。本自江海人，志意動君子。」澄乃幽帝於含章堂，後遂禪位高洋，遇酖而崩。

董紹 字興遠。起家四門博士。孝武西遷，除御史中丞。及周文登祚，以議論朝廷，賜死。

董紹爲賀拔岳諮議參軍，岳携紹於高平牧馬，紹悲而賦詩曰：「走馬山之阿，馬渴飲黄河。寧謂胡關下，復聞楚客歌。」

鹿悆 字永吉。初爲真定公國中尉，天平中，除梁州刺史，爲反者鄭榮業執送關西。

鹿悆爲真定公元子直國中尉，恒勸以忠廉之節，嘗賦五言詩云：「嶧山萬丈樹，雕鏤作琵琶。由此材高遠，弦響藹中華。援琴起何調？幽蘭與白雪。絲管韻未成，莫使弦響絶。」子直少有令聞，愈欲善其終，故以諷焉。

堯山堂外紀卷二十

六朝 北齊、周

齊神武歡

小字賀六渾。累世北邊，故其俗遂同鮮卑。魏永熙初，授天柱大將軍，文襄澄，歡長子。文宣洋，歡第二子也。

神武嘗宴群臣，酒酣，各令歌樂，武衛斛律豐樂歌云：「朝亦飲酒醉，暮亦飲酒醉。日日飲酒醉，國計無取次。」神武曰：「豐樂不諂，是好人也。」豐樂，名羡，光之弟。

神武攻周玉壁，士卒死者十四五，神武恚憤疾發。周王下令曰：「高歡鼠子，親犯玉壁，劍弩一發，元凶自斃。」神武聞之，勉坐以安士衆，悉引諸貴，使斛律金唱敕勒歌曰：「敕勒川，陰山下。天似穹廬，籠蓋四野。天蒼蒼，野茫茫，風吹草低見牛羊。」神武因自和之。金世爲部落統帥，秋朝京師，春還部落，號曰「雁臣」。初不解書，有人教押名，曰：「但五屋四面平正即得。」一門之中，一皇后，二太子妃，三公主，然不以爲喜，嘗謂其子光：「我家直以勳勞致富貴，何藉女寵！」

武定中，有童謡曰：「百尺高竿摧折，水底然燈澄滅。」「高」者，齊姓也。五年神武崩，「摧折」之應。七年文襄爲盗所害，「澄滅」之徵。

文宣未受禪時，有童謡曰：「一束藁，兩頭然，河邊羖羴飛上天。」按：「藁」然兩頭於文爲「高」，河邊羖羴爲「水邊羊」，指文宣名也。於是徐之才勸帝受禪，文宣鑄像以卜之，一寫而成，意遂決。篡位後，又有謡曰：「馬子入石室，三千六百日。」文宣以午年生，故曰「馬子」。三臺，石季龍舊居，故曰「石室」。「三千六百日」，十年也，文宣在位十年。果如謡言。

高昂

字敖曹。幼有壯氣，龍脣豹頸，姿體雄異。其父次同爲求嚴師教之。昂不遵師訓，專事馳騁，每言：「男兒當横行天下，自取富貴，誰能端坐讀書，作老博士也。」其父以其昂藏敖曹，故名字之。齊神武以爲西南道大都督，渡河祭河伯，曰：「河伯水中之神，高敖曹地上之虎。」

高敖曹酷好爲詩，嘗作雜詩三首，云：「塚子地握槊，星宿天圍棊。開曇甕張口，卷席牀剥皮。」「相送重相送，相送至橋頭。培堆兩眼淚，難按滿胸愁。」「桃生毛彈子，瓠長棒槌兒。墻歌壁亞肚，河凍水生皮。」時人往往傳以爲笑。

高敖曹從軍時，與相州刺史孫騰作行路難曰：「卷甲長驅不可息，六日六夜三度食。初時言作虎牢停，更被處置河橋北。迴首絶望便蕭條，悲來雪涕還自抑。」高敖曹除侍中司徒，其弟季式爲濟州刺史。敖曹發驛以勸酒，乃贈詩曰：「憐君停欲死，天上人間無可比。走馬海邊射遊鹿，偏坐石上彈鳴雉。昔時方伯願三公，今日司徒羨刺史。」

魏收

字伯起，小字佛助。神武時，修魏史，衆口諠然，號爲「穢史」。收於温、邢稍爲後進，後邵被疎出，子昇以罪幽死，收遂大被任用。時魏太常劉芳孫女、中書郎崔肇師女，夫家坐事，並賜收爲妾。收後病甚，殺二妾，及疾瘳，追憶之，更作懷離賦。

魏帝嘗季秋大射，普令群臣賦詩，魏佛助詩末云：「尺書徵建鄴，折簡召長安。」文襄壯之，顧謂諸人曰：「在朝今有魏收，便是國之光彩。」收幼習騎射，欲以武藝自達，太學博士鄭伯猷調之曰：「魏郎弄戟多少？」收慙悟，乃折節讀書，年二十七，上南狩賦，甚見褒美。伯猷謂之曰：「卿不值老夫，猶當逐兔。」

魏伯起在京洛，輕薄尤甚，人號爲「驚蛺蝶」。後文襄遊東山，令諸臣宴，文襄曰：「魏收恃才，卿輩適須出其短。」往復數番，伯起忽人唱曰：「楊遵彦理屈已倒。」楊從容言曰：「我綽有餘暇，山立不動，若遇當塗，恐翩翩遂逝。」「當塗」者「魏」，「翩翩」者，「蛺蝶」也。文襄先知之，大笑稱善。

魏伯起挾琴歌曰：「春風宛轉入曲房，兼送小苑百花香。白馬金鞍去未返，紅妝玉筯下成行。」

裴伯茂嗜酒踈傲以傷性，致殞於家園，友人常景、李渾、王昕、盧元明、魏季景、李騫等十許人於墓旁致酒設祭，哀哭涕泣，一飲一酬曰：「裴中書魂而有靈，知吾曹也。」乃各賦詩一篇。李騫以魏收亦與之友，寄以示收，收時在晉陽，乃同其作，論叙伯茂云：「臨風想玄度，對酒思公榮。」時人謂伯茂性誕傲，謂收詩頗得事實。伯茂患耳，新搆山池，與賓客宴集，謂邢子材曰：「山池始就，願乞一名。」子材曰：「海中有蓬萊山，仙人所居，宜名蓬萊。」蓋蓬音反語「裴聾」也，故以戲之。

劉孔昭晝緝綴一賦，以六合爲名，自謂絶倫。曾以呈魏收而不拜，收忿謂曰：「賦名六合，已是太愚，文又愚於六合，君四體又甚於文。」劉不勝忿。又以示邢子才，子才曰：「君此賦正似疥駱駞，伏而無嫵媚。」收以温子昇全不作賦，邢雖有一兩首，又非所長，嘗云：「會須作賦，始成大才士。唯以章、表、碑、誌自許，此外更同兒戲。」

魏佛助與邢子才意趣不協，更相詆毁。魏每議陋邢文，邢云：「江南任昉，文體本疏，魏收非直模擬，亦大偷竊。」魏聞乃曰：「伊嘗於沈約集中作賊，何意道我偷任語！」徐常侍聘齊，收録其文集以示徐，令傳之江左，徐速濟江而沉之。從者以問，徐曰：「吾爲魏公藏拙。」收每言及沈休文集，毁短之，徐之才怒曰：「卿讀沈文，半不能解，何事論其得失？」因謂收曰：「未有與卿談。」收去避之。

鄭元禮，崔昂婦弟也。魏收，昂之妹夫。昂持元禮數詩示盧思道曰：「元禮比來詩詠，亦不減魏收。」思道曰：「未覺元禮賢於魏收，且知妹夫疏於婦弟。」

魏季景，收從叔也。有才學，名位在收前。頓丘李庶謂曰：「霸朝便有二魏。」收對曰：「以從叔見比，便是耶輸之比卿。」耶輸者，庶癡叔也。時季景與收及邢子明、子才，洛中號兩邢、二魏。武城崔儦、頓丘李若，俱見稱重。洛中語曰：「京師灼灼，崔儦、李若。」

陽休之

父固，魏世爲北平太守，以貪虐，爲中尉李平所彈獲罪。魏收修國史，得休之助，因曰：「無以謝德，當爲卿作佳傳。」乃云：「固爲北平，甚有惠政，坐公事免官。」又云：「李平深相敬重。」

陽休之好學，愛文藻，時人爲之語曰：「能賦詩，陽休之。」時河東裴讓之還主客郎，省中亦有語曰：「能賦詩，裴讓之。」

魏武定初，陽休之除中書侍郎。先是，中書專主綸音，魏宣武已來，事移門下。至是發詔依舊，任遇甚顯。時魏收爲散騎常侍兼領侍郎，與休之參掌詔命，世論以爲中興。有人士戲嘲休之云：「有觸藩之羝羊，乘連錢之驄馬。從晉陽而向鄴，懷屬書而盈把。」

盧元明

字幼章，南北講和，元明與李諧首通使命。王昕、魏收相繼使梁，昕風流文辯，收辭藻富逸。梁王及其群臣咸敬異焉，稱曰：「盧、李命世，王、魏中興。」

盧元明與潁川王由友善，忽夜夢由携酒就之，言別賦詩，及明，憶其十字云：「自兹一去後，朝市不復遊。」元明歎曰：「由性不狎俗，旅寄人間，乃今有夢，又復如此，必有他故。」經三日，果聞由爲亂兵所害。

王昕

字元景。楊愔重其德素，以爲人之師表。母崔氏生九子，皆風流醖籍，世號「王氏九龍」。晞字叔朗，昕第三弟也，爲常山王司馬。澹泊寡慾，不以世務爲累，良辰美景，登臨山水，府寮呼爲「方外司馬」。

王元景嘗大醉，楊遵彦謂之曰：「何太低昂？」元景曰：「黍熟頭低，麥熟頭昂。黍麥俱有，所以低昂。」

王晞嘗共盧思道禊飲賦詩，曰：「日落應歸去，魚鳥見留連。」時常山王遣使召晞，晞不時至。明日，在丞相西閤，思道謂晞曰：「昨被召已朱顏，得不以魚鳥致怪？」晞笑曰：「昨晚陶然，頗以酒漿被責。卿輩亦是留連之一物，豈直魚鳥而已。」

楊愔

字遵彦。文宣每醉，輒手殺人，以爲戲樂。愔乃簡鄴下死囚置仗内，謂之「供御囚」。

楊愔，文宣時尚太原公主。文宣大漸，愔與侍中燕子獻、黄門侍郎鄭子默並受遺詔輔政，時常山王演即昭帝、長廣王湛即武成帝位地親逼，愔等與可朱渾天和謀，欲裁奪威權，由是深相疎忌，後並爲二王所害。先是童謡曰：「白羊頭髦秃，羖䍽頭生角。」又云：「羊羊喫野草，不喫野草遠我道。不遠打爾腦。」又云：「阿麽姑，禍也；道人姑夫，死也。」按「羊」指愔也，「角」文爲用刀。「道人」，謂廢帝殷小名。太原公主常作尼，故曰「阿麽姑」。愔、子獻、天和皆尚帝姑，故曰「道人姑夫」云。

初，孝昭之誅楊愔也，謂武成云：「事成以汝爲皇太弟。」及踐位，乃使武成在鄴主兵，立子百年爲皇太子。武成不平，欲有異謀。先是童謡云：「中興寺内白鳧翁，四方側聽聲雍雍。道人聞之夜打鐘。」時丞相府即舊中興寺，「鳧翁」，謂雄雞，蓋指武成小字步落稽也。「道人」，謂廢帝殷。「打鐘」，言將被擊也。後武成用卜者言，不舉兵。孝昭尋崩。武成初封百年爲樂陵王，既而白虹圍日再重，武成欲以百年厭之，百年自知不免，割帶玦留與其妃斛律氏。武成令左右亂捶，又令拽之遶堂以行，且捶且拽，所過血遍地，氣息將盡，乃斬，棄之池中。妃把玦哀號不食，月餘亦卒，玦猶在手，拳不可開。

盧士深

楊遵彦典選時，以六十人爲一甲，楊令其自叙訖，不省文簿，便次第呼之，嘗誤以盧士深爲士琛。士深自辨其名，遵彦曰：「盧郎朗潤，所以加玉。」

盧士深妻，崔林義之女，有才學，春日以桃花靧兒面，呪曰：「取紅花，取白雪，與兒洗面作光悦。取白雪，取紅花，與兒洗面作妍華。取花紅，取雪白，與兒洗面作光澤。取雪白，取花紅，與兒洗面作華容。」

盧詢祖

范陽涿人，與宗人思道俱爲北州人俊。思道字子行，嘗師事邢子才與魏收。文宣崩，當朝文士各作挽歌十首，擇其善者用之，魏收、陽休之、祖珽等不過得一二首，唯思道獨有八篇，故時人稱爲「八米盧郎」，謂取數多也。關中語，歲以六米、七米、八米分上、中、下云。

盧詢祖甚有口辯，好臧否人物。嘗語人曰：「我昨東方未明，過和氏門外，見二陸兩潘，森然與槐柳齊列。」

盧詢祖才辯機敏。主客郎李庶身短而袍長，詢祖腰麤而帶急，庶曰：「盧郎腰麤帶難匝。」答曰：「丈人身短袍易長。」邢子才嘗戲之曰：「卿少年才學富盛，戴角者無上齒，恐君不壽。」盧答曰：「詢祖初聞此言，實懷恐懼，見丈人蒼蒼在鬢，差以自安。」

盧詢祖嘗爲築長城子使，自負其才，內懷鬱鬱。既至役所，作築長城賦，其略曰：「板則紫柏，杵則木瓜，何斯材而斯用也？草則離離靡靡，緣岡而殖，但使十步而一芳，余亦何辭間於荆棘？」

盧詢祖嘗作趙郡王妃挽歌，其一篇云：「君王盛海内，伉儷盡寰中。女儀掩鄭國，嬪容映趙宫。春艷桃花水，秋度桂枝風。遂使叢臺夜，明月滿床空。」當時嘆以爲佳。

盧詢祖初拜大夏男，有朝士戲之曰：「大夏初成。」盧即應聲曰：「且得燕雀相賀。」魏佛助盛譽盧思道，以詢祖爲不及。詢祖曰：「見未能高飛者借其羽毛，知逸勢冲天者剪其翅翮。」邢子廣曰：「詢祖，有規檢禰衡；思道，無冰稜文舉。」

盧思道小字釋奴，從兄昌衡小字龍子。宗中俱稱英妙。幽州爲之語曰：「盧家千里，釋奴、龍子。」

盧思道聘陳，設宴聯句作詩，先唱者譏北人云：「榆生欲飽漢，草長正肥驢。」謂北人食榆，吴地無驢，故有此句。思道即續之曰：「共甑分炊飯，同鐺各煮魚。」謂南人無義，同炊異饌也。吴人愧之。

盧思道聘陳，陳主用觀世音語弄思道，曰：「是何商人？賫持重寶？」思道即以觀世音語報曰：「忽遇惡風，漂墮羅刹鬼國。」陳主大慙。

辛德源嘗謂盧思道曰：「昨作羌嫗詩，惟得五字，云『皂陂垂肩井』，苦無其對。」思道尋聲曰：「何不道『黄物插腦門』。」

盧思道與庾知禮作詩，知禮成而思道未就。知禮曰：「盧詩何太眷眷？」思道曰：「自許編蒲疾，何如織錦遲。」

周武帝平齊，授思道儀同三司，追赴長安，與同輩陽休之等數人作聽鳴蟬篇。新野庾信徧覽諸同作者，獨嘆美之。其辭曰：「聽鳴蟬，此聽悲無極。群嘶玉樹裏，迴噪金門側。長風送晚聲，清露供朝食。晚風朝露實多宜，秋日高鳴獨見知。輕身蔽數葉，哀鳴抱一枝。流亂罷還續，酸傷合更離。暫聽別人心即斷，纔聞客子淚先垂。故鄉已超忽，空庭正蕪没。一夕復一朝，坐見涼秋月。河流帶地從來嶮，峭路干天不可越。紅塵早弊陸生衣，明鏡空悲潘掾髮。長安城裏帝王洲，鳴鐘列鼎自相求。西望漸臺臨太液，東瞻甲觀距龍樓。説客恒持小冠出，越使常懷寶劍遊。學仙未成便尚主，尋源不見已封侯。富貴功名本多豫，繁華輕薄盡無憂。詎念嫖姚嗟木梗，誰憶田單倦土牛。歸去來，青山下。秋菊離離日堪把，獨焚枯魚宴林野。終成獨校子雲書，何如還驅少遊馬？」唐明皇自蜀回，登勤政樓，歌曰：「庭前琪樹已堪攀，塞北征夫竟未還。」亦思道歌詞也。思道後入隋，偶與賓客日中立，内史李德林謂曰：「何不就樹蔭？」思道曰：「熱則熱矣，不能林下立。」嘗爲周齊興亡論，周則武皇、宣帝悉有惡聲；齊高祖、太上咸無善譽。思道嘗謁東宮，東宮謂之曰：「周齊興亡論是卿作不？」思道曰：「是。」東宮曰：「爲卿君者不亦難乎？」思道不能對。

顔之推 字介，初爲梁散騎侍郎，後爲周軍所破，奔齊，累官黄門侍郎。齊亡入周，爲御史上士。隋開皇中，太子召爲文學，以疾終。

梁元帝時，荆州爲周軍所破，大將軍李穆送之推往弘農，令掌其兄陽平公遠書翰，遇河水暴長，具舡將妻子奔齊，經砥柱之險，時人稱其勇決。在道賦詩曰：「俠客重艱辛，夜出小平津。馬色迷關吏，雞鳴起戍人。露鮮華劍彩，月照寶刀新。問我將何去？北海就孫賓。」

蕭慤 字仁祖，蘭陵人，梁宗室上黄侯曄之子。天保中入齊，後主時爲齊州録事參軍。待詔文林館，後入隋。

蕭仁祖嘗於秋夜賦詩曰：「清波收潦日，華林鳴籟初。芙蓉露下落，楊柳月中疎。燕幃緗綺被，趙帶流黄裾。相思阻音息，結夢感離居。」邢子才甚愛之，顔黄門亦嘆賞「芙蓉」、「楊柳」二語，謂其蕭散，宛然在目。思道獨不愜焉。

徐之才

字茂卿。五葉祖仲融隱秦望山，有道士過之求飲，遺一瓠蘆，開視，乃扁鵲鏡經一卷，遂成良醫。之才初仕梁，入齊爲散騎常侍。

徐之才年八歲時，與從兄康造汝南周捨宅聽講老子，捨爲設食，乃戲之曰：「徐郎不用心思義，而但事食乎？」之才答曰：「蓋聞聖人虚其心而實其腹。」捨嗟賞之。

徐之才聰辯强識，有兼人之敏，尤好劇談，公私會聚，各相嘲戲。常嘲王昕姓云：「有言則訌，與誑同近犬則狂，加頸足而爲馬，施角尾而爲羊。」

徐之才嘗宴客，時盧元明在座，戲弄之才姓云：「卿姓徐字，乃未入人。」之才即答云：「卿姓盧字，在亡爲虐，在丘爲虚。生男成虜，配馬成驢。」

徐之才與朝士出遊，遥望群犬競走，諸人令目之。之才厲聲曰：「爲是宋鵲，爲是韓盧，爲逐李斯東走，爲負帝女南徂。」

徐之才父雄、祖成伯，並善醫術，世傳其業。祖孝徵戲之，呼爲「師公」。之才曰：「既爲汝師，復爲汝公。在三之義，頓居其兩。」之才嘗以劇談調魏收，收熟視之曰：「面似小家方相。」之才答曰：「若爾便是卿之葬具。」

和士開　武成帝疾亟，驛追徐之才未至，乃以後事屬士開。威權日盛，朝士或爲之假子。士開傷寒，醫云：「應服黄龍湯。」士開有難色，有候之者請先嘗之，一舉而盡。

武平元年，童謡云：「狐截尾，你欲除我我除你。」其年四月，隴東王胡長仁謀遣刺客殺和士開，事露，反爲士開所譖而死。

武平二年，童謡云：「和士開，七月三十日，將你向南臺。」小兒唱訖，一時拍手云：「殺卻！」至七月二十五日，瑯邪王儼執士開送南臺斬之。是歲又有謡云：「七月刈禾傷早，九月喫餻正好，十月洗蕩飯甕，十一月出卻趙老。」至七月士開被誅，九月瑯邪王遇害，十一月趙彦深出爲西州刺史。

熊安生　字植之。齊國子博士，劉焯、劉炫皆其門人。

熊安生博通五經，與同郡宗道暉，一時人士推爲宗師。道暉好着高翅帽、大屐，州將初臨，輒服以謁見，仰頭舉肘，拜於屐上。自言學士比三公。任城王湝嘗因小忿鞭之，道暉徐呼：「安偉，安偉。」出謂人曰：「我受鞭不着體。」復躡屐而去。冀州爲之語曰：「顯公鍾，宋公鼓，宗道暉屐，李洛姬肚。」謂之四大。

熊安生將通名，見徐之才、和士開二人相對，以之才諱雄，士開諱安，乃稱「觸觸生」。群公哂之。在山東時，或誑之曰：「某村古塚是晉河南將軍熊光，舊有碑，爲村人埋匿。」安生便掘地求之，不得，連年訟焉，據稱去安生七十三世矣。冀州刺史鄭譙判曰：「七十三世，以今揆之，乃是羲皇上人。且河南將軍，晉無此號。」安生猶率族人向塚而哭。

祖珽

字孝徵，瑩之子。嘗置地牢，夜以蕪菁子爲燭，眼爲所熏喪明，時呼「盲老公」。其黨封孝琰、崔季舒稱爲衣冠宰相。

祖孝徵所乘老馬，自稱騮駒。又與寡婦王氏姦通，每人前相聞往復。裴讓之與珽早狎，嘗於衆中嘲珽曰：「卿那得如此詭異？老馬十歲，猶號騮駒；姦逾耳順，尚稱娘子。」於時喧然傳之。

後主時，祖珽勢傾朝野，與陸令萱相結，珽欲立令萱爲太后，且曰：「陸雖婦人，然實雄傑，女媧以來未之有也。」令萱亦謂珽爲國師。自是朝政日壞。周欲圖齊，然畏斛律光武勇，因密爲謡言，令諜傳於齊，云：「百升飛上天，明月照長安。」又云：「高山崩，槲樹舉。盲老公背上下大斧，饒舌老母不得語。」「百升」，斛也；「明月」，光字。「高山」謂齊；「盲老公」，即珽，「饒舌老母」謂令萱。會光欲去，珽等遂以謡言奏帝，於是誅光，周遂滅齊。

齊後主緯 民間謂之「無愁天子」。周武帝執以歸，殺之，夷其族。

梁元帝時，陸法和隱江陵百里洲，妙解神術，預見萌兆。再爲元帝破賊，封江乘縣公。元帝敗，入齊，文宣以爲大都督、荆州刺史，無病而終。法和嘗書其所居屋壁而塗之，及剥落，有文云：「十年天子爲尚可，百日天子急如火，周年天子迭代坐。」時文宣帝享國十年而崩，廢帝嗣立僅百餘日，孝昭即位一年而崩。又云：「一母生三天，兩天共五年。」婁太后生三天子，自孝昭即位至武成傳位後主，共五年云。

後主雅好傀儡，謂之郭公。時人戲爲郭公歌曰：「邯鄲郭公九十九，技倆漸盡入滕口。大兒緣高岡，雉子東南走。不信吾言時，當看歲在酉。」及將敗，果營邯鄲。「高」、「郭」，聲相近；「九十九」，末數也；「滕口」，鄧林也；「大兒」，謂周帝，太祖子也；

「高岡」，後主姓也；「雉」，鷄類，武成小字，後敗於鄧林。盡如歌言。

武平末，有童謡言：「黄花勢欲落，清尊但滿酌。」時穆后母子淫辟，干預朝政，時人患之。穆后小字黄花，尋逢齊亡，「欲落」之應。

馮淑妃名小憐，大穆后從婢也。穆后愛衰，以五月五日進之，號曰續命。慧黠工歌舞，後主惑之，立爲左皇后。周師圍鄴，後主以淑妃奔洪洞戍，復奔青州，爲周武所獲，以賜代王達，達甚嬖之。淑妃侍達彈琵琶，因弦斷，作詩曰：「雖蒙今日寵，猶憶昔時憐。欲知心斷絶，應看膝上弦。」

周明帝毓 初封寧都公。

明帝二年秋九月，幸同州，過故宅，賦詩曰：「玉燭調秋氣，金輿立舊宫。還當如白水，更似入新豐。霜潭清晚菊，寒井落疎桐。舉杯延故人，今聞歌大風。」

韋敬遠夐，志尚簡澹，魏、周之際，十徵不屈，明帝深禮敬之，嘗貽以詩曰：「六爻貞遯世，三辰光少微。潁陽讓逾遠，滄洲去不歸。風動秋蘭佩，香飄蓮葉衣。坐石窺仙洞，乘槎下釣磯。嶺松千仞直，巖泉百丈飛。聊登平樂觀，遥想首陽薇。詎能同四隱，來參余萬幾。」敬遠答詩，願不時朝謁。帝敕有司日給河東酒一斗，號曰逍遥公。

高琳 字季珉。其先高麗人，仕於燕，後歸魏，賜姓羽真氏。

明帝武成三年，討平文州氏。師還，帝宴群公卿士，仍賦詩言志。高琳詩末章云：「寄言竇車騎，爲謝霍將軍。何以報天子，沙漠靜妖氛。」帝大悦曰：「獯獫陸梁，未時款塞。卿言有驗，國之福也。」

王褒 初字子淵，後避唐諱，改字子深。漢有二王褒，一字子登，其一亦字子淵。

王褒高句麗曲云：「蕭蕭易水生波，燕趙佳人自多。傾盃覆椀漼漼，垂手奮袖娑娑。不惜黄金散盡，惟畏白日蹉跎。」與陳陸瓊飲酒樂同調。時南北雖限隔，其聲調元相通云。

庾信

字子山，梁散騎常侍。侯景亂，自建康遁歸江陵，居宋玉故宅。故其賦曰：「誅茅宋玉之宅，穿徑臨江之府。」老杜送李功曹歸荆南云：「曾聞宋玉宅，每欲到荆州。」李義山亦云：「卻將宋玉臨江宅，異代仍教庾信居。」信後爲周輕騎將軍，開府。

庾信，肩吾子也。梁時，肩吾掌管記，東海徐摛爲左衛率，信及摛子陵並爲抄撰學士。父子東宮，出入禁闥，文並綺艷，世稱「徐庾」。及信入周，陵入陳，信寄陵詩曰：「故人倘思我，及此平生時。莫待山陽路，空聞吹笛悲。」

周明帝、武帝，並好文學，庾子山特蒙恩禮，趙王招、滕王逌，周旋款至，有若布衣之交。信在趙王府看伎，和詩云：「綠珠歌扇薄，飛燕舞衫長。琴曲隨流水，簫聲逐鳳皇。細縷纏鍾格，圓花釘鼓牀。懸知曲不誤，無事顧周郎。」又和云：「長思綂紗石，空想搗衣砧。臨邛若有便，爲説解琴心。」蕭韶是梁宗室，初爲幼童，庾開府愛之，有斷袖之歡，衣食所資，皆開府所給，遇有客，韶爲開府傳酒。後爲郢州。開府兩上江陵，途經江夏，韶接開府甚薄，坐清油幕下，引開府入宴，坐開府別榻，有自矜色。開府稍不堪，因酒酣，乃徑上韶牀，踐榻肴饌，直視韶面語曰：「官今日形容，大異近日。」時賓客滿坐，韶大慙恥。

庾開府春日離合詩曰：「秦青初變曲，未有逐琴心。明年花樹下，月月來相尋。離合「春」字田家足閒暇，士友暫流連。三春竹葉酒，一曲鵾鷄弦。離合「日」字」庾開府示封中録吃語詩曰：「貴館居金谷，關扃隔藁街。冀君見果顧，郊間光景佳。」又云：「高階既激澗，廣閣更交柯。葛巾久乖角，菊逕簡經過。」王司空褒，餉開府酒，開府以詩答云：「今日小園中，桃花數樹紅。開君一壺酒，細酌對春風。未能扶畢卓，猶足舞王戎。仙人一捧露，判不及盃中。」

堯山堂外紀卷二十一

六朝 隋

楊素

字處道。仕周爲徐州總管，入隋，以平陳功，封越國公。素後庭妓妾曳綺羅者千數。有鮑亨者，善屬文，謝冑者，工草隸，並江南士人，因高智慧没爲家奴。

楊素好謔，有柳機者，與族兄昂俱歷顯要，後並爲外職，素時爲納言，方用事，因賜宴，素戲機曰：「二柳俱摧，孤楊獨聳。」一坐歡笑。

柳調爲侍御史，楊素嘗戲之曰：「柳條通體弱，獨摇不禁風。」調斂板正色答曰：「調信無可取者，公不當以爲侍御史；調信有可取，不應發此言。公當具瞻之地，樞機何可輕發。」素甚奇之。

臨漳侯白性滑稽，尤辨俊，好爲俳諧，楊素甚狎之。素嘗與牛弘退朝，白迎謂曰：「日之夕矣。」素大笑曰：「以我輩爲『牛羊下來』邪？」

侯白嘗與楊素並馬言話，路傍有槐樹顦顇死，素乃曰：「侯秀才理道過人，能令此樹活否？」曰：「能。」素云：「何計得活？」曰：「取槐樹子於樹枝上懸著，即當自活。」素云：「因何得活？」答曰：「可不聞論語云：『子在，回關中人槐、回同音。何敢死？』」素大笑。白性輕，多戲言，嘗唾壁，誤中神荼像，人因責之，應曰：「侯白兩脚墮地，雙眼覷天，太平田地，步履安然。此皆符耳，安敢望侯白哉！」

楊素嘗以五言詩贈薛道衡，詞氣穎拔，風韻秀上，爲一時盛作。其略云：「滔滔彼江漢，實爲南國紀。作牧求明德，若人應斯美。高卧未褰帷，飛聲已千里。還望白雲天，日暮秋風起。峴山君儻游，淚落應無已。」又云：「北風吹故林，秋聲不可聽。雁飛窮海寒，鶴唳霜皋净。含毫心未傳，聞音路猶敻。惟有孤城月，徘徊獨臨映。弔影余自憐，安知我疲病。」未幾素卒，道衡曰：「『人之將死，其言也善』，若是乎？」

牛弘

字里仁，封奇章郡公。本姓遼，父允爲後魏侍中，賜姓牛。

牛弘爲吏部侍郎，有選人馬敞者，形貌最陋，弘輕之，側卧食菓子，嘲敞曰：「嘗聞扶風馬，謂言天上下。今見扶風馬，得驢亦不假。」敞應聲曰：「嘗聞隴西牛，千石不用軥。今見隴西牛，卧地打草頭。」弘驚起，遂與官。

煬帝在東宮，數有詩書遺弘，弘亦有答。及嗣位，賜弘詩云：「晉家山吏部，魏代盧尚書。莫言先哲異，奇才並佐予。學行敦時俗，道素乃冲虛。納言雲閣上，禮儀皇運初。彝倫欣有序，垂拱事端居。」同時被賜詩者，文辭贊揚，無如弘美。

賀若弼 字輔伯。文帝數其有三太猛：嫉妬心太猛，自是非人心太猛，無上心太猛。

文帝既受周禪，陰有平江南之志，訪可任者。高熲薦若弼有文武才幹，拜總管，委以平陳之事。若弼欣然以爲己任，與壽州總管源雄並爲重鎮。若弼遺雄詩曰：「交河驃騎幕，合浦伏波營。勿使麒麟上，無我二人名。」及陳平，乃撰其所畫策上之，謂之御授平陳七策。

崔弘度 仁壽中爲太府卿。

崔弘度性嚴酷，官屬百工莫敢欺隱。時有屈突蓋爲武侯車騎，亦嚴刻，長安爲之語曰：「寧飲三斗醋，不見崔弘度；寧灸三斗艾，不逢屈突蓋。」

杜公瞻　衛尉臺卿猶子。

杜公瞻詠同心芙蓉詩曰：「灼灼荷花瑞，亭亭出水中。一莖孤引緑，雙影共分紅。色奪歌姬臉，香亂舞衣風。名蓮自可念，况復兩心同。」

杜公瞻嘗邀陽玠過宅，酒酣，因而嘲謔，公瞻謂：「陽貨實辱孔子。」玠即謂：「杜伯嘗射宣王。」時有太倉令名策者，與玠議，理屈，謂玠曰：「卿本無德量，忽共叔寶同名。」玠抗聲曰：「爾既非英雄，敢與伯符連諱。」一時傳以爲笑。

薛道衡　字玄卿。每搆文，必隱坐空齋，蹋壁而卧，聞户外有人便怒。中書省中有一盤石，道衡爲侍郎時，嘗據而草制。後其孫元超爲中書舍人，每見輒泫然流涕。

薛道衡初仕齊及周爲聘南使時，南朝一僧甚辨捷，道衡向寺禮拜，至佛堂門，僧大引聲讀法華經云：「鳩盤茶鬼，今在門外。」道衡即應聲還以法華經答云：「毘舍闍鬼，乃在其中。」僧徒愧服。

薛道衡聘陳，作人日詩云：「入春纔七日，離家已二年。」南人嗤之曰：「是底言？誰謂此虜解作詩？」及云：「人歸落雁後，思發在花前。」乃喜曰：「名下固無虚士。」樂府題有雁後歸本此。

薛道衡遊鍾山開善寺，謂一沙彌曰：「金剛何爲努目？菩薩何爲低眉？」沙彌答曰：「金剛努目，所以降伏四魔；菩薩低眉，所以慈悲六道。」道衡憮然稱善。

薛道衡嘗以醴和麥粥食之，謂盧思道曰：「禮之用，和爲貴，先王之道，斯爲美。」思道答曰：「知和而和，不以禮節之，亦不可行也。」

煬帝善屬文，不欲人出其右。薛道衡嘗作昔昔鹽曲云：「垂柳覆金堤，蘼蕪葉復齊。水溢芙蓉沼，花飛桃李蹊。採桑秦氏女，織錦竇家妻。關山别蕩子，風月守空閨。恒斂千金笑，長垂雙玉啼。盤龍隨鏡隱，彩鳳逐帷低。飛魂同夜鵲，倦寢憶晨雞。暗牖懸蛛網，空梁落燕泥。前年過代北，今歲往遼西。一去無消息，那能惜馬蹄？」其後道衡得罪，帝令縊殺之，曰：「更能作『空梁落燕泥』否？」鹽，曲之别名；昔，即夜也。梁樂府有夜夜曲。

王冑 字承基。筠之孫，與虞綽齊名，同志友善，後進之士咸以二人爲準的。

煬帝自東都還京師，賜天下大酺四日，爲五言詩，詔群臣詩成者奏之，冑奉敕賦曰：「河洛稱朝市，崤函實奧區。周營曲阜作，漢建奉春謨。大君苞二代，皇居盛兩都。招摇正東指，天駟廼西驅。展軨齊玉軑，式道耀金吾。千門駐罕畢，四達儼車徒。是節春之暮，神皋華實敷。皇情感時物，睿思屬枌榆。詔問百年老，恩隆五日酺。小人荷鎔鑄，何由答大鑪。」帝覽冑詩稱善，謂侍臣曰：「氣高致遠，歸之於冑。詞清體潤，其在世基。意密理新，惟庾自直。過此者未可以言詩也。」

煬帝嘗爲燕歌行，文士皆和，王冑獨不下筆，帝每啣之。會楊玄感反，冑素與善，坐徙邊，亡命，捕得誅之。冑死，帝誦其警句曰：「『庭草無人隨意緑』是誰語耶？」

柳䛒

字顧言，河東人。煬帝爲諸王時，每有文什，輒令䛒藻潤。學士百餘，䛒爲之冠。既即位，彌見幸重，與諸葛穎等離宮曲殿狎宴清游，靡不在坐。猶念昏夜銅龍易乖，爰命偃師之流爲木偶，效䛒面目，施以機械，使能坐起，續對酣飲，往往丙夜。

柳顧言有詠死牛詩：「一朝辭紺幰，千里别黄河。對衣徒下泣，扣角詎聞歌。」同時明慶餘有死烏詩：「暮空長罷噪，箭急不知驚。賴餘琴裹曲，猶有夜啼聲。」一時並稱警策。

煬帝廣

小字阿摩。嘗泛舟，忽陰風頗緊，歎曰：「此風可謂跋扈將軍！」宇文化及等謀弒帝，帝曰：「天子死，自有法，取鴆酒來。」不許。乃自解練巾授獨行達，縊殺之。

煬帝初封晉王，仁壽末，弒父自立。漢王諒起兵晉陽，時僞署官告身皆一紙，别授則二紙。并州童謡曰：「一張紙，兩張紙，客量小兒作天子。」諒聞謡喜曰：「我幼字阿容，『量』與諒同音，吾於皇家最小。」以爲應之。兵敗，竟幽死。

帝築西苑，苑中鑿五湖，每湖四方十里，東曰翠光湖，南曰迎陽湖，西曰金光湖，北曰潔水湖，中曰光明湖。湖中積土石爲山，搆亭殿，屈曲環遶澄碧，皆窮極人間華麗，帝因製湖上曲望江南八闋，云：「湖上月，偏照列仙家。水浸寒光鋪枕簟，浪摇晴影走金蛇。偏稱泛靈槎。　光景好，輕彩望中斜。清露冷侵銀兔影，西風吹落桂枝花。開宴思無涯。」一「湖上柳，煙裏不勝摧。宿霧洗開明媚眼，東風摇弄好腰枝。煙雨更相宜。環曲岸，陰覆畫橋低。綫拂行人春晚後，絮飛晴雪暖風時。幽意便依依。」二「湖上雪，風急墮還多。輕片有時敲竹户，素華無韻入澄波。望外玉相磨。　湖水遠，天地色相和。仰面莫思梁苑賦，朝來且聽主人歌。不醉擬如何！」三「湖上草，碧翠浪通津。修帶不爲歌舞緩，濃鋪堪作醉人茵。無意襯香衾。　晴霽後，顔色一般新。游子不歸生滿地，佳人遠意寄青春。留詠卒難伸。」四「湖上花，天水浸靈芽。淺蕊水邊匀玉粉，濃苞天外剪明霞。只在列仙家。　開爛熳，插鬢若相遮。水殿春寒幽冷艷，玉軒晴照暖添華。清賞思何賒。」五「湖上女，精選正輕盈。猶恨乍離金殿侣，相將盡是採蓮人。清唱漫頻頻。　軒内好，嬉戲下龍津。玉管朱絃聞盡夜，踏青鬭草事青春。玉輦從群真。」六「湖上酒，終日助清歡。檀板輕聲銀甲緩，醅浮香米玉蛆寒。醉眼暗相看。　春殿晚，仙艷奉盃盤。湖上風光真可愛，醉鄉天地就中寬。帝主正清安。」七「湖上水，流遶禁園中。斜日暖摇清翠動，落花香暖衆紋紅。蘋末起清風。

閒縱目，魚躍小蓮東。泛泛輕摇蘭棹穩，沉沉寒影上仙宫。遠意更重重。」八帝常遊湖上，多令宫中美人歌唱此曲。

帝幸江都，至汴，帝御龍舟，蕭妃乘鳳舸，每舟擇妍麗女子千人，執雕板，鏤金楫，號爲「殿脚女」。中有吴絳仙者，柔麗不與群輩齒，因有寵於帝。帝每倚簾視絳仙，移時不去，歎曰：「古云秀色若可飡，如絳仙，真可樂饑矣！」因吟持檝篇賜之曰：「舊曲歌桃葉，新粧艷落梅。將身倚輕檝，知是渡江來。」詔殿脚女千輩唱之。

帝至廣陵備月觀行宫，有郎將自瓜洲進合歡果，帝命小黄門以一雙馳騎賜吴絳仙，遇馬急摇解，絳仙拜賜，私附紅牋上進曰：「驛騎傳雙果，君王寵念深。寧知辭帝里，無復合歡心。」帝歎曰：「絳仙不獨貌可觀，詩意深切，乃女相如也，亦何謝左貴嬪乎！」

帝幸月觀，中夜獨與蕭妃起臨前軒，帝凭妃肩説東宫時事，適有小黄門映薔薇叢調宫婢，衣帶爲薔薇罥結，笑聲吃吃不止。帝望腰肢纖弱，意爲袁寶兒有私，披單衣亟往擒之，乃雅娘也。蕭妃喟然不止，帝曰：「往年幸安娘時，情態正如此。曾效劉孝綽爲雜憶詩，嘗念與妃，妃記否？」蕭妃即念云：「憶睡時，待來剛不來。卸粧仍索伴，解佩更相催。博山思結夢，沉水未成灰。憶起時，投籤初報曉。被惹香黛殘，枕隱金釵裊。笑動上林中，除卻司晨鳥。」帝聽之咨嗟云：「日月遄邁，今已幾年事矣？」妃因言：「外方群盜不少。」帝曰：「儂家事一切已託楊素了。人生能幾何？縱有他變，儂終不失作長城公。汝無言外事也。」

洛陽進合蔕花，得之嵩山塢中，人不知名，採者異之，會帝駕適至，因名迎輦花。濃艷芬馥，或惹襟袖，移時不散，嗅之令人不睡。命御車女袁寶兒持之，號「司花女」。時虞永興世南草征遼德音於側，寶兒注視之，帝曰：「昔傳飛燕可掌上舞，今得寶兒，方昭前事，然多憨態。今注目於卿，卿可便嘲之。」虞爲絕句曰：「學畫鴉黄半未成，垂肩亸袖太憨生。緣憨卻得君王惜，長把花枝傍輦行。」帝稱美。

越溪進耀光綾，綾文突起有光彩，越人乘樵風舟，泛於石帆山下，收野繭繅之。繅絲女夜夢神人告云：「禹穴三千年一開，汝所得繭，即江淹文集中『壁魚』所化也。絲織爲裳，必有奇文。」織成，果符所夢。獨賜袁寶兒洎吴絳仙，蕭妃恚妬不懌。一日，帝醉遊諸宫，偶戲宫婢羅羅者，羅畏蕭妃，不敢迎帝，辭有程姬之疾，不可薦寢。帝嘲曰：「個人無賴是横波，黛染隆顱簇小娥。幸好留儂伴成夢，不留儂住意如何？」

帝幸榆林，啓民可汗奉觴上壽，拜伏甚恭，帝大悦，賦詩曰：「鹿塞鴻旗駐，龍庭翠輦迴。毡帷望風舉，穹廬向日開。呼韓稽顙至，屠耆接踵來。索辮擎羶肉，韋韝獻酒杯。何如漢天子，空上單于臺！」

帝泛舟，忽陰風頗緊，歎曰：「此風可謂跋扈將軍。」

帝無日不治宮室，浙人項升進新宮圖，覽之大悦，即日召有司具材役夫，經歲而成，帑庫爲之一空。帝幸之，大喜，謂左右曰：「使真仙遊其中，亦當自迷也。可目之曰迷樓。」每一幸，即經月，宮女無數，后宮多不得進御。有侯夫人者，忽自縊於棟下，臂懸錦囊，左右取進，得自感詩三首。其一曰：「庭絶玉輦迹，芳草漸成窠。隱隱聞簫鼓，君恩何處多？」其二曰：「欲泣不成淚，悲來翻强歌。庭花方爛熳，無計奈春何？」其三曰：「春陰正無際，獨步意如何？不及閑花草，翻承雨露多。」又粧成詩云：「粧成多自恨，夢好卻成悲。不及楊花意，春來到處飛。」又遺意云：「秘洞扃仙卉，雕房鎖玉人。毛君真可戮，不肯寫昭君。」帝見詩，反復傷感，往視其屍，顔色猶美如桃花，乃厚禮葬之。

帝於迷樓上張四寶帳，帳各異名，一名散春愁，二名醉忘歸，三名夜酣香，四名延秋月。帝自達廣陵,沉湎失度,每睡須摇頓四體,或歌吹齊鼓,方就一夢。侍兒韓俊娥尤得帝意,每寢必召令振聳支節,然後成寢,别賜名爲「來夢兒」。他日,蕭后誣以罪去之。一日,帝登迷樓,忽憶俊娥,因題東南柱二篇云:「黯黯愁侵骨,綿綿病欲成。須知潘岳鬢,强半爲多情。」「不信長相憶,絲從鬢裏生。閑來倚樓立,相望幾含情!」

帝昏湎滋深,往往爲妖祟所惑。嘗遊雞臺,恍惚與陳後主相遇,唤帝爲殿下。後主戴單紗皂幘,綽袖長裾,緑錦純緣,紫紋方平履,舞女數十,中一人迥美,即張麗華也。以緑文測海蠡,酌紅粱新醖,勸帝飲。帝甚歡,因請麗華舞玉樹後庭花。麗華辭以抛擲歲久,自井中出,腰肢無復往時。帝再三索之,乃徐起,終一曲。後主問帝:「蕭妃何如此人?」帝曰:「春蘭秋菊,各一時之秀也。」後主復詠十數篇,帝不記,獨愛二詩,其一小窗詩云:「午醉醒來晚,無人夢自驚。夕陽如有意,偏傍小窗明。」其一寄侍兒碧玉詩云:「離别腸應斷,相思骨合銷。愁魂若飛散,憑仗一相招。」麗華拜求帝一章,帝辭以不能。麗華笑曰:「嘗聞『此處不留儂,自有留儂處』,安可言不能?」帝强爲之,操觚曰:「見面無多事,聞名爾許時。坐來生百媚,實箇好相知。」麗華赬然不懌。後主問帝:「龍舟之游樂乎?始謂殿下致治堯、舜之上,今日復此逸遊。大抵人生各圖快樂，曩時何見罪之深耶？三十六封書，使人至今怏怏。」帝忽寤，叱之云：「何今日尚目我爲殿下，復以往事訊我耶！」隨叱聲，恍然不見。

大業末，帝將幸江都，東都宮女半不隨駕，泣留帝，言：「遼東小國，不足以煩大駕，願擇將征之。」帝意不回。因戲飛帛題二十字賜守宮女云：「我夢江都好，征遼亦偶然。但存顏色在，離别只今年。」

帝將再幸江都，有迷樓宮人抗聲夜歌云：「河南楊柳謝，河北李花榮。楊花飛去落何處，李花結果自然成。」帝聞其歌，披衣起聽，召宮女問云：「孰使汝歌？汝自爲之邪？」宮女曰：「臣有弟在民間得此歌，曰：道途兒童多唱此歌。」帝默然良久，曰：「天啓之也！天啓之也！」因索酒自歌云：「宮木陰濃燕子飛，興衰自古漫成悲。他日迷樓更好景，宮中吐艷戀紅輝。」歌竟，不勝其悲。近侍奏：「無故而悲又歌，臣皆不曉。」帝曰：「休問，他日自知。」後主幸江都，唐帝提兵，號令入京，見迷樓曰：「此皆民膏血所爲。」命焚之，經月火不滅。前謠、前詩皆見。

帝在江都時，盜賊蜂起，道路隔絶，遂無心北歸，作五言詩云：「求歸不得去，真成遭箇春，鳥聲争勸酒，梅花笑殺人。」復夢二豎子歌曰：「去亦死，住亦死，未若乘船渡江水。」由是築宮丹陽將居焉，功未就而被弑。時適三月，即「遭春」之應。

帝又嘗三月三日江上作鳳艒歌云：「三月三日向江頭，正見鯉魚波上遊。意欲垂鈎往撩取，恐是蛟龍還復休。」乃唐興之兆也。

煬帝既被弑，越王侗稱帝。侗眉目如畫，風格儼然，嘗作楊叛兒歌曰：「青春正陽月，結伴戲京華。龍媒玉珂馬，鳳軫繡香車。水映臨橋柳，風吹夾路花。日昏歡宴罷，相將歸狹斜。」後爲王充所弑，請與太后訣，不許，乃布席禮佛，曰：「願自今以往，不復生帝王家。」聞者憐之。

乙支文德 高麗人。

于仲文從煬帝征遼東，高麗出兵掩襲輜重，仲文迴擊，大破之。至鴨緑水，高麗將乙支文德詐降，仲文捨之。既去，尋悔，還騎追之，文德貽詩曰：「神策究天文，妙筭窮地理。戰勝功既高，知足願云止。」

堯山堂外紀卷二十二

唐

文皇世民

皇帝虬鬚壯冠，人號「髭聖」。蜀御容院僧有唐十八帝真像，院僧見神舜爲高祖，即題其次云：「曾祖太宗，祖高宗。」宋趙清獻公至院，命小吏刮去「曾祖」「祖」三字。

太宗在雒陽，幸積翠池，宴五品以上。太宗曰：「今茲年數大登，水潦不能爲害，天下既安，邊方靜息，因此農隙，與公等舉酒。」酒既酣，各賦一事，太宗賦尚書曰：「日晏翫百篇，臨燈披五典。夏康既逸豫，商辛亦沉湎。恣情昏主多，克己明君鮮。滅身資累惡，成名由積善。」魏徵賦西漢曰：「受降臨軹道，爭長趣鴻門。驅傳渭橋上，觀兵細柳屯，夜燕經百谷，朝遊出杜原。終藉叔孫禮，方知天子尊。」太宗曰：「魏徵每言，必約我以禮。」

太宗宴玄武門，作飛白字賜群臣，或乘酒爭取于帝前。散騎常侍劉洎登御床引手得之，帝笑曰：「昔聞婕妤辭輦，今見常侍登牀。」太宗征遼，行至定州，路側有一鬼，衣黄衣，立高冢上，神彩特異。太宗遣使問之，答曰：「我昔勝君昔，君今勝我今。榮華各異代，何用苦追尋！」言訖不見。問之，乃慕容垂墓也。

帝幸靈州，時破薛延陁，回紇諸部遣使入貢，乞置官司。上爲詩序其事，曰：「雪耻酬百王，除凶報千古。」公卿請勒石於靈州，從之。

辛郁舊名太公，弱冠，遭太宗於行所，問：「何人？」曰：「辛太公。」太宗曰：「何如舊太公？」郁曰：「舊太公八十始遇文王，臣今適年十八已遇陛下，過之遠矣。」太宗悦，命直中書。

謝朓贈友人詩曰：「芳洲有杜若，可以訂佳期。清風動簾夜，孤月照窗時。安得同攜手，酌酒賦新詩。」貞觀中，醫局求杜若，度支郎乃下坊州令貢，州判司報云：「坊州不出杜若，應由謝朓詩誤。郎官如此判事，豈不畏二十八宿笑人耶！」太宗聞之大笑。判司改雍州司法，度支郎免官。

徐孝德女八歲能文，父使擬離騷爲小山篇云：「仰幽岩兮流盼，撫桂枝兮凝想。

將千齡兮此遇，君何爲兮獨往？」太宗聞之，召爲才人，即徐賢妃也。

太宗嘗召徐賢妃不至，怒之。賢妃進詩曰：「朝來臨鏡臺，粧罷且徘徊。千金始一笑，一召詎能來！」賢妃名惠，湖州人，長安崇聖寺有賢妃粧殿。

孔紹安

在隋時與孫萬壽以文辭稱，時謂「孔孫」。

大業末，高祖討賊河東，孔紹安監其軍，深見接遇。及受禪，紹安自洛陽間行來奔，拜内史舍人。時夏侯端亦嘗爲御史，先來歸，授秘書監。紹安因侍宴詠石榴以寓意，曰：「可惜庭中樹，移根逐漢臣。秖爲時來晚，開花不及春。」時人稱之。

李百藥

字重規，定州人。隋内史令德林子也。幼多病，祖母因以百藥爲名。

李百藥七歲能屬文，父德林嘗與其友陸乂、馬元熙宴集，讀徐陵文曰：「既取成周之禾，將刈琅琊之稻。」並不知其事。百藥時侍立，進曰：「傳稱『鄅人藉稻』，杜預注曰：『鄅國在瑯琊開陽。』」乂等大驚異之，皆曰：「此兒神童也。」

李百藥少年詞云：「始酌文君酒，新吹弄玉簫。少年不歡樂，何以盡芳朝。千金笑裏面，一搦掌中腰。掛冠豈憚宿，迎拜不勝嬌。寄語少年子，無辭歸路遥。」

李百藥詠螢火示情人云：「窗裏憐燈暗，堦前畏月明。不辭逢露濕，秖爲重宵行。」

崔信明　青州益都人。五月五日生，日方中，有異雀鳴集庭柱，太史令史良占曰：「五日爲火，火主離，離爲文；日中，文之盛也。雀五色而鳴，此兒將以文顯。」大業中，爲堯城令，竇建德僭號，招之，不屈，去隱太行山。

武德時，崔信明有詩名，嘗矜其文，謂過李百藥。滎陽鄭世翼遇之江中，謂曰：「聞公有『楓落吴江冷』，願見其餘。」信明欣然，多出衆篇。世翼覽未終，曰：「所見不逮所聞。」投諸水，引舟去。

崔善爲　令狐德棻欲補正歷代史，詔各差官主修一代，善爲與孔紹安主修梁。

武德中，崔善爲歷尚書左丞，甚得時譽。諸曹惡其聰察，因其身短而傴，嘲之曰：「崔子曲如鈎，隨例得封侯。髆上全無項，胸前别有頭。」高祖聞，勞勉之，因購流言者加其罪。

虞世南

太宗初爲秦王，高祖以其功大，特置天策上將，開天策府，世南等十八人爲學士。預其選者，時人謂之「登瀛洲」。太宗嘗作宫體詩，使世南賡和，虞曰：「聖作誠工，然體非雅正。臣恐此詩一傳，天下風靡。」帝曰：「朕試卿爾。」後帝爲詩一篇，述古興亡，既而歎曰：「鍾子期死，伯牙不復鼓琴。朕此詩何所示耶！」敕褚遂良即永興靈坐焚之。

虞永興有織錦曲，分明是一幅織錦圖。其辭曰：「寒閨織素錦，含怨斂雙蛾。綜新交縷澀，經脆斷絲多。衣香逐舉袖，釧動應鳴梭。還恐裁縫罷，無信往交河。」

許敬宗

字延族。十八學士之一。性輕，見人多忘之。或謂其不聰，乃曰：「卿自難記，若遇曹、劉、沈、謝，暗中摸着，亦自可識也！」又奢豪，嘗造飛樓七十間，令妓女走馬其上，以爲戲樂。

楊思玄爲吏部侍郎，恃外戚之貴，待選流多不以禮而排斥之，爲選人夏侯彪所訟，御史中丞郎餘慶彈奏免。許敬宗曰：「固知楊吏部之敗也。」或問之，許曰：「一彪一狼，共着一羊，不敗何待？」

許敬宗孫彦伯，昂子也，頗有文，敬宗晚年不復下筆，凡大典册，悉彦伯爲之。嘗戲昂曰：「吾兒不及若兒。」答曰：「渠父不如昂父。」

虞永興子昶無才術，歷將作少匠、工部侍郎，許敬宗曰：「來護兒兒作相，虞世南兒作匠。文武豈有種耶！」護兒兒謂來濟。

杜淹　與韋福嗣爲莫逆友，開皇中，相與謀曰：「主上好嘉遁，蘇威以幽人見擢，盍各效之？」乃俱入太白，佯言隱逸。隋文帝聞之，謫戍江表。後還鄉里，以經籍自娱。大業末，爲御史中丞。雒陽平，將委質於隱太子。房玄齡恐資敵，因啓用之。

杜淹爲天策府兵曹，太宗戡内難，以爲御史大夫，因詠雞以致意，其詩曰：「寒食東郊道，陽溝競出籠。花冠偏照日，芥羽正生風。顧敵知心勇，先鳴覺氣雄。長翹頻掃陣，利距屢通中。飛毛遍緑野，灑血清芳叢。雖言百戰勝，會自不論功。」

初，杜淹見袁天綱於洛，天綱謂曰：「蘭臺成就，學堂廣寬。」又曰：「二十年外，終恐責黜，暫去即還。」武德六年，以善隱太子，配流巂州。淹至益州，見天綱曰：「洛邑之言，何其神也！」天綱曰：「不久即回。」至九年六月召入。天綱曰：「杜公至京師，即得三品要職。」淹至京，拜御史大夫、檢校吏部尚書，因贈天綱詩曰：「伊、吕深可慕，松、喬定是虚。繫風終不得，脱屣欲安如。且珍紈素美，當與薜蘿踈。既逢楊得意，非復久閑居。」

温彦博

字大臨。與兄大雅、弟大有俱師王通，文學知名。薛道衡見之，嘆曰：「三人者，皆卿相材也。」武德中，大雅遷黄門侍郎，而彦博亦爲中書侍郎。對管華近，帝謂曰：「我起晉陽，爲卿一門耳。」

温彦博爲僕射，有裴略宿衛考滿，兵部試判，爲錯一字落第，此人即彦博處披訴。彦博當時共杜如晦坐，不理其訴。此人即云：「少小以來，自許明辨。至於通傳言語，堪作通事舍人。並解作文章，兼能嘲戲。」彦博始迴意共語，時廳前有竹，即令嘲竹，應聲嘲曰：「竹，風吹青肅肅。淩冬葉不彫，經春子不熟。虚心未能待國士，皮上何須生節目？」彦博大喜，即云：「既解通傳言語，可傳語與廳前屏墻。」此人走至屏前，大聲語曰：「方今聖主聰明，闢四門以待士。君是何物人在此？」因復嘲曰：「高下八九尺，東西六七步。突兀當廳坐，幾許遮賢路？」詠畢即推倒。彦博云：「此意着膊。」此人云：「非但著膊，亦乃著肚。」當爲杜如晦在坐，有此言。彦博、如晦俱大歡笑，即令送吏部與官。

歐陽詢

字信本，長沙汨羅人。官太子率更令。嘗行見古碑，是索靖書，駐馬觀之良久，而去數百步復還，下馬佇立，疲倦，則布毯坐觀，因宿其下，三日乃去。子通早孤，及長，求父遺跡，刻意臨倣數年，書亞於詢。父子齊號「大小歐陽」。

歐陽詢爲人瘦小，極甚寢陋，而聰敏絶倫。太宗嘗宴近臣，互令嘲謔以爲娛樂。長孫無忌先嘲詢曰：「聳膞成山字，埋肩不出頭。誰令麟閣上，畫此一獼猴。」詢應聲曰：「縮頭連背煖，漫襠畏肚寒。祗緣心渾渾，所以面團團。」太宗笑曰：「詢殊不畏皇后聞耶！」文德皇后喪，百官衰絰，詢狀貌醜異，衆共指之。許敬宗見而大笑，爲御史所劾，左授洪州司馬。

宋國公蕭瑀不解射，九月九日，太宗賜射，瑀箭俱不着垜，一無所獲。歐陽詢作詩嘲之曰：「急風吹緩箭，弱臂挽强弓。欲上翻垂下，應西還向東。十回俱着地，兩手併擎空。借問誰爲此？多應是宋公。」瑀嘗侍宴，太宗謂近臣曰：「自知一座最貴者先把酒。」時長孫無忌、房玄齡相顧未言，瑀引手取盃，帝問曰：「卿有何説？」瑀對曰：「臣是梁朝天子兒、隋室皇后弟、唐朝左僕射、天子親家翁。」太宗憮掌，極歡而罷。

長孫無忌 字玄同，長孫皇后弟也。

長孫無忌新曲云：「家住朝歌下，句早傳名。結伴來遊淇水上，句舊時情。句玉佩金鈿隨步動，雲羅霧縠逐風輕。轉目機心懸自許，何須更待聽琴聲。」又一曲云：「迴雪凌波遊洛浦，句遇陳王。句婉約娉婷工語笑，句侍蘭房。句芙蓉綺帳開還掩，翡翠珠被爛齊光。長願今宵奉顔色，不愛聞簫逐鳳皇。」

長孫玄同嘗爲攝祭官，於壇所清齋，玄同在幕内坐，有犬來，遺糞穢於墻上，玄同乃取支牀塼自擊之，傍人怪其率，問曰：「何爲自徹支牀塼打狗？」玄同曰：「可不聞『苟利社稷，專之亦可』。」

賈嘉隱年七歲，以神童召見，時長孫無忌、徐司空勣於朝堂立語，徐戲之曰：「吾所倚何樹？」嘉隱云：「松樹。」徐曰：「此槐也，何言松？」嘉隱云：「以公配木，何得非松？」長孫復問：「吾所倚何樹？」曰「槐樹」。公曰：「汝不能復矯對耶？」嘉隱曰：「何煩矯對，但取其鬼木耳。」徐嘆曰：「此小兒作獠面，何得如此聰明？」嘉隱云：「胡頭尚爲宰相，獠面何廢聰明？」徐狀胡，故謔之。

蕭翼

本名世翼，梁元帝曾孫，華縣人。太宗時爲監察御史。

蕭翼奉敕取羲之蘭亭序真蹟於越僧辨才。翼初作北人南遊，一見欵密，留宿，設缸面酒酣樂之。後探韻賦詩，才探「來」字，詩云：「初醞一缸開，新知萬里來。披雲同落莫，步月共徘徊。夜久孤琴思，風長旅雁哀。非君有秘術，誰照不燃灰？」翼探「招」字，詩云：「邂逅欵良霄，慇懃荷勝招。彌天俄若舊，初地豈成遥。酒蟻傾還泛，心猨躁似調。誰憐失群翼，長若業風飄。」既而以術取其書歸。辨才，智永弟子。江東「缸面」，猶河北曰「甕頭」，蓋初熟酒。

李義甫

與來濟同時，以文顯，時稱「來李」。貌柔恭，心偏忌，時號「笑中刀」。又以柔而害，初號李貓。

貞觀中，李義甫八歲，以神童至京師，李大亮、劉洎薦之也。太宗在上林苑，召令詠烏。李賦詩曰：「日裏颺朝彩，琴中伴夜啼。上林如許樹，不借一枝棲。」帝曰：「當以全樹借子，何止一枝！」高宗朝，義甫爲右相，嘗擅殺寺丞畢正義，王義方庭劾之，彈文有「昔事馬周，分桃見寵，後交劉洎，割袖承恩」等語。

李義甫嘗賦詩云：「鏤月爲歌扇，裁雲作舞衣。自憐迴雪影，好取洛川歸。」有棗强尉張懷慶好偷竊名士文章，乃增二字爲七言云：「生情鏤月爲歌扇，出性裁雲作舞衣。照鑑自憐迴雪影，來時好取洛川歸。」時人謂之「活剥張昌齡，生吞郭正一」。

上官儀

字遊韶。幼爲沙門，貞觀初擢第。太宗每爲文，遣儀視草。尤工詩，人謂爲「上官體」。麟德初，坐梁王忠事下獄死。中宗追贈中書令，以其女孫爲昭容。

高宗承貞觀之後，天下無事，上官侍郎儀獨持國政，嘗淩晨入朝，巡洛水堤，步月徐轡，詠詩云：「脉脉廣川流，驅馬歷長洲。鵲飛山月曉，蟬噪野風秋。」音韻清亮，群公望之猶神仙焉。

閻立本

貞觀中主爵郎中，總章元年拜相。

高宗朝，姜恪爲左相，閻立本爲右相。時姜以邊將立功，立本最善圖畫。時人以千字文爲之語曰：「左相『宣威沙漠』，右相『馳譽丹青』。」

郝處俊　高宗朝中書令，議使天后攝政，以處俊諫乃止。

長安仁和坊，兵部侍郎許欽明宅，與中書令郝處俊鄉黨親族，兩家子弟類多醜陋，而盛飾車馬以遊里巷，京洛爲之語曰：「衣裳好，儀觀惡。不姓許，即姓郝。」

杜易簡　監察御史。

格輔元拜監察，遷殿中，充使，次龍門遇盜，行裝都盡，袒被而坐。杜易簡戲詠之曰：「有恥宿龍門，精彩先瞰渾。眼瘦呈近店，睡響徹遥林。捋囊將舊識，掣被異新婚。誰言驄馬使，翻作蟄熊蹲。」

王勃　字子安。與兄勔、勮皆有才名。杜易簡稱爲「三株樹」。麟德初，沛王召勃署府修撰。時諸王方共鬬鷄，勃戲爲沛王檄英王鷄。高宗見之大怒，曰：「此殆交構之漸。」即日竄。勃嘗讀易，夜夢有告者曰：「『易有太極』，子勉思之。」寤而作易，發揮數篇，至晉卦止。又作唐家千歲曆。

王勃父福時遷交阯令，勃年十三，往省之，阻風，泊舟馬當山下，去南昌七百里。

夢見水府元君曰：「當助清風一帆。」昧爽遂抵南昌。時都督閻伯嶼重修滕王閣，九日大會，勃與宴。閻宿命其壻吴子章作序誇客，因出筆紙徧請坐客，皆莫敢當。至勃，汎然不辭。閻怒起更衣，遣吏伺其文輒報。初報曰：「南昌故郡，洪都新府。」閻曰：「此老生常談耳」，次曰：「星分翼軫，地接衡廬。」閻沉吟移晷。至「落霞與孤鶩齊飛，秋水共長天一色。」乃矍然曰：「天才也。」因請成文，極歡而罷。勃嘗夢人遺墨盈袖，自是文章日進。爲文，先磨墨數升，引被覆面而卧，忽起書之。初不加點，時謂腹藁。圍棊，率下四子，成一首詩，勃猶詑之，向人曰：「吾材奪造化，雖一時之間，百用亦可。」所至請托爲文，金帛豐積，人謂心織舌耕。

楊炯

盈川令。高宗朝，王勃與炯及盧照隣、駱賓王，皆以文章齊名，號「四傑」。海内稱「王、楊、盧、駱」。炯歎曰：「吾愧在盧前，恥居王后。」炯每呼朝士爲麒麟楦，或問之，曰：「今假弄麒麟者，必修飾其形，覆之驢上，宛然異物，及去其皮，還是驢耳。」

楊盈川爲文，好以古人姓名連用，如：「張平子之略談，陵士衡之所記。」「潘安仁宜其陋矣，仲長統何足知之。」時號爲「點鬼簿」。

楊盈川有姪女曰容華，能詩賦，新粧五言云：「宿鳥驚眠罷，房櫳乘曉開。鳳釵金作鏤，鸞鏡玉爲臺。粧似臨池出，人疑月下來。自憐終不見，故去復徘徊。」

盧照隣 字昇之。初授鄧王府典籤，王甚知之，嘗語諸人曰：「此寡人相如也。」後拜新都尉，因染風疾去官，足攣，一手又廢，乃居具茨山下，自以爲高宗尚吏，己獨儒，武后尚法，己獨黄、老。后封嵩山，屢聘賢士，獨己廢。著五悲文。

盧照隣獄中學騷體一章云：「夫何秋夜之無情兮，皎晶悠悠而太長。圜户杳其幽邃兮，愁人披此嚴霜。見河漢之西落，聞鴻雁之南翔。山有桂兮桂有芳，心思君兮君不將。憂與憂兮相積，歡與歡兮兩忘。風嫋嫋兮木紛紛，凋緑葉兮吹白雲。寸步千里兮不相聞，思公子兮日將曛。林已暮兮鳥群飛，重門掩兮人徑稀。萬族皆有所託兮，蹇獨淹留而不歸。」

駱賓王 字賓王，義烏人，臨海丞。

駱丞七歲能詩，詠鵝云：「鵝鵝，曲項向天歌。白毛浮緑水，紅掌撥青波。」

駱丞文好以數對，如：「秦地重關一百二，漢家離宫三十六。」號爲「筭博士」。

徐敬業欲起兵，署賓王爲府屬，令畫計取中書令裴炎共事。賓王足踏壁靜思，食頃，乃爲謠曰：「一片火，兩片火，緋衣小兒當殿坐。」教炎莊上小兒誦之，并都下童子皆唱。炎乃訪學者令解之。召賓王至，數啖以寶物錦綺，又賂以音樂、妓女、駿馬，皆不言。乃將古忠臣烈士圖共觀之，見司馬宣王，賓王欻然起曰：「此英雄丈夫也。」即説自古大臣執政，多移社稷。炎大喜。賓王曰：「但不知謠讖何如耳？」炎語以謠言「片片火」之事。賓王即下，北面拜曰：「此真人也。」遂與敬業等合謀揚州。兵起，炎從内應，與敬業等書，唯有「青鵝」字，人有告者，朝臣莫之能解，則天曰：「此『青』字者，十二月。『鵝』字者，我自與也。」遂誅炎。敬業等尋敗。

駱丞在徐敬業府爲敬業檄武后罪狀，武氏覽及「蛾眉不肯讓人，狐媚偏能惑主。」微笑而已。至「一抔之土未乾，六尺之孤何在？」不悦，曰：「宰相何得失如此人。」郭弘霸自陳討徐敬業，誓抽其筋，食其肉，飲其血，絶其髓。武后大悦，授御史。時號「四其御史」。

駱丞之敗也，落髮靈隱寺中。宋之問自謫所還至江南，遊靈隱寺，夜月極明，在長廊行吟曰：「鷲嶺鬱岧嶤，龍宫鎖寂寥。」句未屬，有老僧點長明燈問曰：「少年夜久不寐，而吟諷甚苦，何耶？」之問曰：「適欲題此寺而興思不屬。」僧請吟上聯，即曰：「何不云『樓觀滄海日，門對浙江潮』？」之問愕然，訝其道麗，遂續終篇曰：「桂子月中落，天香雲外飄。捫蘿登塔遠，刳木取泉遥。霜薄花更發，冰輕葉未凋。待入天台路，看余度石橋。」遲明更訪之不復見矣。寺僧有知者曰：「此駱賓王也。」當敬業之敗，與賓王俱逃，捕不獲。將帥慮失大魁，得不測罪。時死者數萬，因求類二人者函首以獻，故敬業得爲衡山僧，年九十餘乃卒。賓王亦落髮，徧遊名山以終。

李榮

京城流俗，僧道常爭二教優劣，跡相非斥。總章中，興善寺災，尊像蕩盡。東明觀道士李榮因詠之曰：「道善何曾善，云興遂不興。如來燒亦盡，唯有一群僧。」時人雖賞榮詩，然聲稱從此而減。

堯山堂外紀卷二十三

唐

武后曌

高宗時，天下諸州進雌鷄變爲雄者甚多，或半已化半未化，乃則天正位之兆。唐人目則天之世曰「北朝」。后初稱周，方具告天册文，有吏人見大周字上有兩仙童，長二三寸，執刀剗削，斯須視之，失去「周」字。人知唐必復興。

武后天授二年臘，卿相等詐稱上苑花發，請幸，則天許之。尋疑有異圖，乃遣使宣詔曰：「明朝遊上苑，火急報春知。花須連夜發，莫待晚風吹。」於是凌晨名花布苑，群臣咸服其異。后初誕之夕，雌雉皆雊。右手有黑毫，引之尺餘。

高宗有八子，天后所生者四人，自爲行而睿宗最幼。長曰弘，爲太子，仁明孝友。后方圖稱制，鴆殺之，而立次子賢。賢日憂惕，每侍上，不敢有言，乃作樂章，使工歌之，欲以感悟上及后，其辭曰：「種瓜黄臺下，瓜熟子離離。一摘使瓜好，再摘使瓜稀。

三摘尚云可，四摘抱蔓歸。」天后不聽，賢卒斥死黔中。

太平公主，武后所生，后愛之，傾諸女。帝擇薛紹尚之，假萬年縣爲婚館，門隘不能容翟車，有司毁垣以入。自興安門設燎相屬，道樾爲枯。當時群臣劉禕之詩云：「夢梓光青陛，穠桃藹紫宫。」元萬頃云：「離元應春夕，帝子降秋期。」任奉古云：「帝子升青陛，王姬降紫宸。」郭正一云：「桂宫初服冕，蘭掖早生笄。」皆納妃出降之意。初，后未正位時，多引文學之士萬頃、禕之等，使之撰列女傳等書，密令參决表奏，以分相權。時人謂之「北門學士」。

如意中，有九歲女子能詩，則天試之，皆應聲而就。其兄辭去，則天令作詩送兄，遂賦云：「别路雲初起，離亭葉正飛。所嗟人異雁，不作一行歸。」

中宗顯　天后廢於房陵，仰天而嘆，因拋一石空中，心祝之曰：「我復帝，此石不墜。」其石遂爲樹枝勾掛。卒復位。讀中宗紀，令人懣懣氣塞，惟於詩道，似有小助。至離宫列席，領略佳俟，使才士操觚，次第稱賞，亦是人主快事。

景龍二年，中宗登驪山高頂詩云：「四郊秦漢國，八水帝王都。閶闔雄里閈，城闕壯規模。貫渭稱天邑，含岐實奥區。金門披玉館，因此識黄圖。」帝自題序，末云：「人題四韻，後罰三盃。」日暮成者五六人，餘皆罰酒。

景龍三年九月九日，中宗臨幸渭亭，登高作云：「九日正乘秋，三盃興已周。泛桂迎罇滿，吹花向酒浮。長房萸早熟，彭澤菊初收。何藉龍沙上，方得恣淹留。」其序云：「陶潛盈把，既浮九醖之歡；畢卓持螯，須盡一生之興。人題四韻，同賦五言，其最後成，罰之引滿。」韋安石得「枝」字云：「金風飄菊蕊，玉露泫萸枝。」蘇瓌得「暉」字云：「恩深答效淺，留醉奉宸暉。」李嶠得「歡」字云：「令節三秋晚，重陽九日歡。」蕭至忠得「餘」字云：「寵極萸房遍，恩深菊醑餘。」竇希珍得「明」字云：「願陪歡樂事，長與歲時深。」李迥秀得「風」字云：「霽雲開曉日，仙藻麗秋風。」趙伯彥得「花」字云：「簪挂丹萸蕊，杯涵紫菊花。」楊廉得「亭」字云：「遠日瞰秦坰，重陽坐灞亭。」岑羲得「涘」字云：「爰豫矚秦坰，昇高臨灞涘。」盧藏用得「開」字云：「萸依珮裹發，菊向酒邊開。」李咸得「直」字云：「菊黃迎酒泛，松翠凌霜直。」閻朝隱得「筵」字云：「簪紱趨皇極，笙歌接御筵。」沈佺期得「長」字云：「臣歡重九慶，日月奉天長。」薛稷得「曆」字云：「願陪九九辰，長奉千千曆。」蘇頲得「時」字云：「年數登高日，延齡命賞時。」李乂得「濃」字云：「扶篋萸香遍，稱觴菊氣濃。」馬懷素得「酒」字云：「蘭將葉布席，菊用香浮酒。」陸景初得「臣」字云：「登高識漢苑，開道侍軒臣。」韋元旦得「月」字云：「雲物開千里，天行乘九月。」李適得「高」字云：「禁苑秋光入，宸遊霽色高。」鄭南金得「日」字云：「風起韻虞絃，雲開吐堯日。」于經野得「樽」字云：「桂筵羅玉俎，菊醴溢芳樽。」盧懷慎得「還」字云：「鶴似聞琴至，人疑宴鎬還。」是宴也，韋安石、蘇瓌詩先成，于經野、盧懷慎最後成，罰酒。

景龍三年十月，帝誕辰，内殿宴群臣。帝曰：「今天下無事，朝野多歡，欲與卿等詞人，時賦詩宴樂。可識朕意，不須惜醉。」大學士李嶠、宗楚客等跪奏曰：「臣等謬以不才，策名文館，既陪天歡，不敢不醉。」乃爲柏梁體聯句。帝曰：「潤色鴻業寄賢才，」李嶠曰：「叨居右弼媿鹽梅。」宗楚客曰：「運籌帷幄何時來，」劉憲曰：「職掌圖籍濫蓬萊。」崔湜曰：「兩司謬忝謝鍾裴。」鄭愔曰：「禮樂銓管效塵埃。」趙彦昭曰：「陳師振旅清九垓，」李適曰：「忻承顧問侍天杯。」蘇頲曰：「銜恩獻壽柏梁臺，」盧藏用曰：「黄縑青簡奉康哉。」薛稷曰：「宗伯秩禮天地開，」宋之問曰：「帝歌難續仰昭回。」陸景初曰：「微臣捧日變寒灰，」上官婕妤曰：「遠慙班左愧遊陪。」此後每遊别殿，幸離宫，駐蹕芳苑，鳴笳仙禁，或戚里宸筵，王門晉席，無不畢從。

景龍四年正月五日，帝御大明殿，會吐蕃騎馬之戲，因重爲柏梁體聯句。帝曰：

「大明御宇臨萬方，」皇后曰：「顧慚内政翊陶唐。」長寧公主曰：「鸞鳴鳳舞向平陽，」安樂公主曰：「秦樓魯館沐恩光。」太平公主曰：「無心爲子輒求郎。」温王重茂曰：「雄才七步謝陳王。」上官昭容曰：「當熊讓輦愧前芳，」吏部侍郎崔湜曰：「再司銓管恩何忘。」著作郎鄭愔曰：「文江學海思濟航，」考功員外郎武平一曰：「萬邦考績臣所詳。」著作郎閻朝隱曰：「著作不休出中腸。」時上疑御史大夫竇從一、將作大匠宗晉卿素不屬文，未即令續，二人固請，許之。從一曰：「權豪屏跡肅嚴霜。」晉卿曰：「鑄鼎開嶽造明堂，」時吐蕃舍人明悉獵請令授筆，與之，曰：「玉醴由來獻壽觴。」上大悦，賜與衣服。

景龍四年正月八日立春，中宗内出綵花，賜近臣。武平一應制賦詩云：「鑾輅青旂下帝臺，東郊上苑望春來。黄鶯未解林間囀，紅蕊先從殿裏開。畫閣條風初變柳，銀塘曲水半含苔。忻逢睿藻先韶律，更促霞觴畏景催。」是日，中宗手敕批云：「平一年雖最少，文甚警新。悦紅蕊之先開，訝黄鶯之未囀。循環吟咀，賞歎兼懷。今更賜花一枝，以彰其美。」所賜學士花，並插頭上，平一左右交插，因舞蹈拜謝。時崔日用乘酣飲，欲奪平一所賜花，上於簾下見之，謂平一曰：「日用何爲奪卿花？」平一跪奏曰：「讀書萬卷，從日用滿口虛張；賜花一枝，學平一終身不獲。」上及侍臣大笑，因賜酒一杯。

中宗朝，御史大夫裴談崇奉釋氏，妻悍妬，談畏如嚴君。嘗謂妻有可畏者三：「少妙之時，視之如生菩薩，安有人不畏生菩薩耶？及男女滿前，視之如九子魔母，安有人不畏九子魔母耶？及五十、六十，薄施粧粉，或青或黑，視之如鳩盤茶，安有人不畏鳩盤茶耶？」時韋庶人頗襲武氏風軌，中宗漸畏之。内宴唱迴波時，有優人詞曰：「迴波爾時栲栳，怕婦也是大好。外邊秖有裴談，内裏無過李老。」韋后意色自得，以束帛賜之。

張鷟　字文成，自號浮休子。其父夢一大鳥，紫色，五彩成文，飛下至庭前不去，以告祖父，云：「紫者鸑鷟也，此鳥爲鳳皇之佐，汝當爲帝輔。」遂以爲名字。卒以詞學知名。員半千謂其文如青銅錢，萬揀萬中，未聞退時。故人號青錢學士。久視中，太官令馬仙童陷默啜，問：「張文成仙在？」仙童曰：「自御史貶官。」默啜曰：「此人何不見用也？」後新羅、日本使入朝，咸使人就寫文章而去。

張文成下筆成章，凡七應舉，四參選，其判策皆登甲第，轉洛陽尉。有詠鷰詩，其末章云：「變石身猶重，啣泥力尚微。從來赴甲第，兩起一雙飛。」時人無不諷詠，累遷司門員外。

張文成工爲俳諧詩賦，時大將軍黑齒常之將出征，或勉之曰：「公官卑，何不從行？」文成曰：「寧可且將朱唇飲酒，誰能逐你黑齒嘗脂！」

則天革命，舉人不試皆與官，起家至御史、評事、拾遺、補闕者，不可勝數。張鷟爲謡曰：「補闕連車載，拾遺平斗量。把推侍御史，椀脱校書郎。」時有沈全交於南院續四句曰：「評事不讀律，博士不尋章。麵糊存撫使，眯目聖神皇。」遂被把推御史紀先知捉向右臺，對仗彈劾，以爲謗朝政，敗國風，請於朝堂决杖，然後付法。則天笑曰：「但使卿等不濫，何慮天下人語。不須與罪，即宜放卻。」先知於是乎面無色。

周韶州曲江令朱隨侯，張鷟目爲「臛亂土梟」。其女夫李逖、遊客尒朱九，並姿相少媚，廣州人號爲「三樵」七肖反。人歌之曰：「奉敕追三樵，隨侯傍道走。迴頭語李郎，喚取尒朱九。」

張元一

武后有疾，遍祭神廟。閻朝隱詣少室山，時爲給事中，因親撰祝文，以身代犧，沐浴伏於俎盤，令僧道迎至神所，觀者如堵。會后病愈，特加賞賚。元一乃畫代犧圖以進，后大笑。元一腹粗、脚短、頂縮、眼跌、吉頊，目爲「逆流蝦蟇」。

婁師德長大而黑，一足蹇，元一目爲「失轓方相」，又曰「衛靈公」，言衛護，靈柩亦方相也。

則天朝，蕃人上封事多加官賞，有爲右臺御史者。則天嘗問左司郎中張元一：「在外有何可笑事？」元一曰：「朱前疑着緑，逯仁傑著朱，閻知微騎馬，馬吉甫騎驢；

將名作姓李千里，將姓作名吳栖梧；左臺胡御史，右臺御史胡。」左臺謂胡元禮，御史胡，蕃人爲御史。尋改他官。

則天朝，西戎犯邊。則天欲諸武立功，因行封爵，命河内王武懿宗爲元帥，統兵禦之。至趙州，聞賊數千騎從北來，乃棄兵甲南走邢州。賊退，方更向前。軍回至都，置酒高會。懿宗形貌短醜，元一於御前嘲之曰：「長弓短度箭，蜀馬臨高蹁。去賊七百里，隈墻獨自戰。忽然逢着賊，騎猪向南還。」則天聞之，初未悟，曰：「懿宗無馬耶！何故騎猪？」元一解曰：「騎猪，夾豕走也。」則天大笑。懿宗怒曰：「元一夙構，實欲辱臣。」則天命探韻與之。懿宗請賦「菶」字，元一應聲曰：「裹頭極草草，掠鬢不菶菶。未見桃花面皮，漫作杏子眼孔。」則天大悦，懿宗極有慙色。

周靜樂縣主，河内王懿宗妹也。懿宗短醜，然於諸武最長，時號大哥。縣主與則天並馬行，命元一詠，曰：「馬帶桃花錦，裙御緑草羅。定知幃帽底，儀容似大哥。」則天大笑，縣主極慙。

郭震

字元振。美丰姿，張嘉貞欲納爲婚，曰：「吾五女各持一絲幔後，子牽之，得者爲婦。」元振牽一紅絲，得第三女，有姿色。弱冠舉進士，後同中書門下，封代公。唐宰相二親存者，惟元振一人。

郭代公嘗山居，中夜有人來叩，面如盤瞋，公了無懼色，徐染翰題其頰曰：「久戍人偏老，長征馬不肥。」乃公之警句也。題畢吟之，其物遂滅。數日，公隨樵者閑步，見巨木上有白耳，大如數斗，所題句在焉。

郭元振初授通泉尉，嘗盜鑄及掠賣部口以餉賓客。武后召欲詰，既與語，奇之。元振上寶劍篇曰：「君不見昆吾鐵冶飛炎煙，紅光紫氣俱赫然。良工鍛鍊經幾年，鑄得寶劍名龍泉。龍泉顔色如霜雪，良工咨嗟嘆奇絶。琉璃匣裹吐蓮花，錯鏤金環映明月。正逢天下無風塵，幸得用防君子身。精光黯黯青蛇色，文章片片綠龜鱗。非直結交遊俠子，亦嘗親近英雄人。何言中路遭棄捐，零落漂淪古獄邊。雖復沉埋無所用，猶能夜夜氣衝天。」

蘇味道 武后朝爲相，世號「模稜手」。與杜審言、李嶠、崔融爲文章四友。杜恃才傲世，嘗語人曰：「吾文章必得屈、宋作衙官，吾筆當得王羲之北面。」及病甚，宋之問、武平一省候何如，答曰：「甚爲造化小兒所苦，尚何言！然吾在，久壓公等，今且死，固大慰，但恨不見替人耳。」

神龍時，上元節許三夜夜行，金吾不禁。士女無不出遊，車馬塞路，有足不躡地浮行數十步者。王公家皆數百騎行歌。蘇味道詩云：「火樹銀花合，星橋鐵鎖開。暗塵隨馬去，明月逐人來。遊妓皆穠李，行歌盡落梅。金吾不禁夜，玉漏莫相催。」郭利貞詩曰：「九陌連燈影，千門度月華。傾城出寶騎，匝路轉香車。爛熳唯愁晚，周旋不問家。更逢清管發，處處落梅花。」一時文士賦詩以紀其事者數百人，唯二詩爲絶唱。蘇味道高爽，王方慶魯鈍，同爲鳳閣侍郎。或問張元一：「二子孰賢？」答曰：「蘇如九月得霜鷹，王如十月被凍蠅。」或問其故，曰：「『得霜鷹』，俊睫；『被凍蠅』，頑鈍也。」

李嶠 字巨山。兒時，夢人以雙筆贈，文日有名。前與王、楊接，中與崔、蘇齊名。晚諸人没，而嶠爲文章老宿。然性好榮遷，憎人陞進；性好文章，憎人才華；性貪濁，憎人受賂。故世謂嶠有「三戾」。

長壽三年，則天徵天下銅鐵，於定鼎門内鑄八稜銅柱，高九十尺，徑一丈二尺。題曰：「大周萬國述德天樞。」紀革命之功，貶唐家之德。天樞下置鐵山銅龍，上施盤龍以杔珠，金彩熒煌，光侔日月。朝士獻詩者不可勝紀，惟李嶠詩冠絶當時，曰：「轍跡光西崄，勳庸紀北燕。何如萬國會，諷德九門前。灼灼臨黄道，迢迢入紫煙。仙盤正下露，高柱欲承天。山類從雲起，珠疑大火懸。聲流塵作劫，業固海成田。聖澤傾堯酒，薰風入舜絃。忻逢下生日，還偶上皇年。」後憲司發嶠附會韋庶人，左授滁州別駕。開元中，詔毁天樞，發卒鎔鑠，彌月不盡。洛陽尉李休烈賦詩以詠之，曰：「天門街裏倒天樞，火急先須卸火珠。既合一條絲綫挽，何勞兩縣索人夫。」先有訛言云：「一條綫，挽天樞。」言其不經久也，故休烈詩及之。

景龍中，張亶自朔方入朝，中宗於西苑迎之，從臣宴於桃花園。李嶠歌曰：「歲去無言忽鶗鴂，時來含笑吐氛氲。不能擁路迷仙客，故欲開蹊侍聖君。」趙彦伯曰：「紅萼競然春苑曉，芊茸新色御筵開。長年願奉西王讌，近侍慚無東朔才。」又一從臣歌曰：「源水叢花無數開，丹跗紅萼間青梅。從今結子三千歲，預喜仙游復摘來。」明日，宴承慶殿，上令宫女善謳者唱之，詞既婉，歌仍妙絶，樂府號桃花行。

崔融　字安成。擢八科高第，爲崇文館學士。武后美其文，進鳳閣舍人，撰武后哀册文，最高麗，絶筆而死，時謂思若神竭。融少與杜審言等友善，融死，審言爲服緦。

則天時，改控鶴府爲奉宸府，張易之與其弟昌宗爲奉宸令，引詞人爲供奉。時有言昌宗是王子晉後身，令被羽衣，吹簫，乘木鶴，奏樂於庭。崔融賦詩爲絶唱，有「昔遇浮丘伯，今同丁令威」。中郎才貌是，藏史姓名非」之句。後與蘇味道相誚云：「某詩所以不及相公，因無『銀花合』故耳。」味道云：「子詩雖無『銀花合』，還有『金銅丁』。」相與拊掌而笑。崔調蘇「火樹」句，蘇調崔「令威」句。

喬知之　武后朝，累官至右司郎中。

喬知之妾曰碧玉，美而善歌舞，知之爲之不婚。武承嗣借教歌舞，遂不還。知之痛憤成疾，因作緑珠怨，寫以縑素，厚賂閽守密寄之。其詞曰：「石家金谷重新聲，明珠十斛買娉婷。此日可憐君自許，此時可喜得人情。君家閨閣未曾難，常將歌舞借人看。意氣雄豪非分理，嬌矜勢力横相干。辭君去君終未忍，徒勞掩袂傷鉛粉。百年離恨在高樓，一旦容華爲君盡。」碧玉得詩悲惋，結於裙帶赴井死。承嗣見詩，遣酷吏誣殺知之。

喬知之有妹能詩，詠破簾云：「已漏風聲擺，繩持也不禁。一從經落節，無復有貞心。」

沈佺期

字雲卿，官太子詹事，詩與宋之問齊名，學者推沈、宋，語曰：「蘇、李居前，沈、宋比肩。」張燕公曰：「沈三兄詩須還他第一。」武后時，以經、史、子、集爲四部，又稱庫。薛稷知集庫，馬懷素知經庫，沈佺期知史庫，武平一知子庫。

景龍三年正月晦日，中宗幸昆明池賦詩，群臣應制百餘篇，帳殿前結綵樓，命上官昭容選一篇爲新翻御製曲，從臣悉集其下，須臾，紙落如飛，各認其名懷之。既退，惟沈佺期、宋之問二詩不下。移時，一紙飛墜，競取而觀，乃沈詩也。及聞其評曰：「二詩工力悉敵。沈詩落句云：『微臣雕朽質，羞覩豫章才。』蓋詞氣已竭。宋詩云：『不愁明月盡，自有夜珠來。』猶陟健舉。」沈乃伏，不敢復争。昭容名婉兒，西臺侍郎儀之孫。

沈雲卿初除給事中、考功郎，會張易之敗，長流驩州，稍遷台州録事參軍，復召入拜修文館學士。既侍宴，帝詔學士等舞回波，佺期爲弄詞悅帝，其詞云：「迴波爾時佺期，流向嶺外生歸。身名已蒙齒録，袍笏未復牙緋。」帝即賜牙緋。尋歷太子詹事。

宋之問

字延清。父令文，富文辭，且工書，有力絶人，世稱「三絶」。既之問以文章起，其弟之悌以驍勇聞，之遜精草隸，皆得父一絶。時張易之有寵，之問與閻朝隱、沈佺期、劉允濟傾心媚附之。所賦詩篇，盡之問、朝隱所爲，至爲易之奉溺器。

太后朝，宋延清求爲北門學士，不許，作明河篇見意，其詞云：「八月涼風天氣清，萬里無雲河漢明。昏見南樓清且淺，曉落西山縱復横。洛陽城闕天中起，長河夜夜千門裏。複道連甍共蔽虧，畫堂瓊户特相宜。雲母帳前初泛濫，水晶簾外轉逶迤。倬彼昭回如練白，復出東城接南陌。南陌征人去不歸，誰家今夜擣寒衣。鴛鴦機上疎螢度，烏鵲橋邊一雁飛。雁飛螢度愁難歇，坐見明河漸微没。已能舒卷任浮雲，不惜光輝讓流月。明河可望不可親，願得乘槎一問津。更將織女支機石，還訪成都賣卜人。」則天見其詩，謂崔融曰：「吾非不知之問有奇才，但恨有口過耳。」蓋之問患齒疾，口常臭故也。之問終身慚憤。

武后遊龍門，命群臣賦詩，先成者賜錦袍。東方虯詩成，拜賜，坐未安，宋之問詩成，文理兼美，左右莫不稱善，乃就奪虯錦袍衣之。其詞曰：「宿雨霽氛埃，流雲度城闕。河堤柳新翠，苑樹花初發。洛陽花柳此時濃，山水樓臺映幾重。群公拂霧朝翔鳳，天子乘春幸鑿龍。龍門近出王城外，羽從淋漓擁軒蓋。雲罼纔臨御水橋，天衣已入香山會。山壁嶄巖斷復連，清流澄澈俯伊川。塔影遥遥綠波上，皇龕奕奕翠微邊。層巒舊長千尋木，春壑初飛百丈泉。綵仗蜺旌遶香閣，下輦登高望河洛。東城宫闕擬昭回，南陌溝塍殊綺錯。林下天香七寶臺，山中春酒萬年盃。微風一起祥花落，仙樂初鳴瑞鳥來。鳥來花落紛無已，稱觴獻壽煙霞裏。歌舞淹留景欲斜，石間猶駐五雲車。鳥旗翼翼留芳草，龍騎騤騤映晚花。千乘萬騎鑾輿出，水静山空嚴警蹕。郊外喧喧引看人，傾城南望屬車塵。囂聲引颺聞黄道，王氣周迴入紫宸。先王定鼎三河固，寶命乘周萬物新。吾王不事瑶池樂，時雨來觀農扈春。」東方虯，武后時爲左史，嘗曰：「百年後，可與西門豹作對。」

汝州劉希夷，少有文華，好爲宫體詩，善彈琵琶，嘗爲白頭翁詠云：「今年花落顔色改，明年花開復誰在？」既而自悔：「我此詩讖，與石崇『白首同所歸』何異？」乃更作一聯云:「年年歲歲花相似,歲歲年年人不同。」既而又嘆曰:「此句復似向讖矣。然死生有命,豈復由此。」即兩存之。宋之問,希夷舅也,愛「落花」二句,懇乞,許而不與,怒,以土囊壓殺之。後孫翌撰正聲集,以此詩爲劉集中之最,由是大爲人所稱。

崔日用 日知從弟。

崔日用爲御史中丞,賜紫。是時佩魚,須有特恩。嘗因宴會,命群臣撰詞,日用口占曰:「臺中鼠子直須諳,信足跳梁上壁龕。倚翻燈脂污張五,還來嚙帶報韓三。莫浪語,真王相。大家必若賜金龜,賣卻猫兒相賞。」中宗亦以金魚賜之。

景龍末,中宗幸司農少卿王光輔莊,是夕,岑羲設茗飲,討論經史,武平一論春秋,崔日用請北面,因贈平一歌,有「彼名流兮左氏癖,意玄遠兮冠今夕」之句。

李日知 景龍初爲相。

初,安樂公主館第成,中宗臨幸,燕從官,賦詩,李日知卒章曰:「所願但知居者樂,無使時稱作者勞。」獨以規戒。睿宗他日謂曰:「向時雖朕亦不敢諫,非卿亮直,何能爾？」即拜侍郎。

李景伯 宰相懷遠之子。

景龍初，李景伯爲諫議大夫，中宗宴侍臣，酒酣，各命爲迴波辭，衆皆爲佞悦語，景伯獨寓規諷，其詞曰：「迴波爾時酒卮，微臣職在箴規。侍宴既遍三爵，喧譁切恐非儀。」中宗不悦，中書令蕭至忠稱之，曰：「此真諫官也！」

趙謙光

唐諸郎中不自員外郎拜者，謂之「土山頭果毅」，言便拜崇品，有似長征兵士，便授邊遠果毅也。景龍中，趙謙光自彭州司馬入爲大理正，遷户部郎中，賀遂涉時爲員外，戲詠之曰：「員外由來美，郎中望不優。寧知粉署裏，翻作土山頭。」謙光酬之曰：「錦帳隨情設，金鑪任意薰。唯愁員外署，不應列星文。」人以爲奇句。

趙仁獎

嘗送上蔡令潘好禮拜御史，有「令乘驄馬去，丞脱繡衣來」句，或疑其假手。

趙仁獎住王戎墓側，善歌黄麞。景龍中，負薪詣闕，云助國調鼎，即除臺官。中書令姚崇曰：「此是黄麞耶？」授以當州一尉，惟以黄麞自銜。宋務光嘲之曰：「趙仁獎出王戎墓下，入朱博臺中。捨彼負薪，登兹列柏。行人不避驄馬，坐客惟聽黄麞。」有頃，一夫負兩束薪，曰：「此合拜殿中。」人問其由？曰：「趙以一束拜監察，此兩束豈不合授殿中！」

陸餘慶

陸餘慶轉洛州長史，其子嘲之曰：「陸餘慶，筆頭無力嘴頭硬。一朝受詞訟，十日判不竟。」送案褥下，餘慶得而讀之，曰：「必是那狗。」遂鞭之。

權龍褒

景龍中，爲左武衛將軍。

權龍褒好賦詩而不知聲律，中宗與學士賦詩，輒自預焉。帝戲呼爲「權學士」。初以親累遠貶，洎歸，獻詩云：「龔褒有何罪？天恩放嶺南。敕知無罪過，追來與將軍。」上大笑。

權龍褒夏日侍皇太子宴，獻詩云：「嚴霜白皓皓，明月赤團團。」或曰：「豈是夏景？」答曰：「趁韻而已。」太子援筆譏之曰：「龍褒才子，秦州人氏。明月晝耀，嚴霜夏起。如此詩章，趁韻而已。」

權龍褒嘗作秋日詠懷詩，曰：「簷前飛七百，雪白後園僵。飽食房裏側，家糞集野蜋。」參軍不曉，問之，權曰：「鷂子簾前飛直七百，洗衫掛後園白如雪，飽食房中側卧，家裏便轉集得野澤蜣蜋。」聞者無不絶倒。龍褒爲瀛州刺史。歲暮，京中人附書云：「改年多感。」乃將書呈判司以下云：「有司改年爲多感元年。」一日謂府吏：「何名私忌？」對曰：「父母亡日請假。」偶房中靜坐，有狗突入，大怒曰：「衝破我忌日！」更牒改到明日好作忌日。

堯山堂外紀卷二十四

唐

明皇隆基

小字三郎。梓潼縣有上亭驛。帝幸蜀，問黄幡綽曰：「車上鈴聲頗似人言語。」對曰：「似言三郎郎當，三郎郎當。」故又名琅璫驛。

萬歲通天元年鑄九鼎成，置於東都明堂之庭，武后自製曳鼎歌，令曳鼎者唱和，其蔡州鼎銘曰：「羲農首出，軒昊應期。唐虞繼踵，湯禹乘時。天下光宅，域内雍熙。上玄降靈，方建隆基。」明皇御名，已兆於此。開元二年，太子賓客薛謙光獻東都九鼎銘，紫薇令姚崇奏曰：「聖人啓運，休兆必彰。請宣付史館。」

左丞相張説、右丞相宋璟、太子少傅源乾曜同上官命宴東堂，賜詩云：「赤帝收三傑，黄軒舉二臣。由來丞相重，分掌國之鈞。我有握中璧，雙飛席上珍。子房推要道，仲子訝風神。復輟台衡老，將爲調護人。鵷鸞同拜日，車騎擁行塵。樂聚南宫宴，觴連北斗醇。俾予成百揆，垂拱問誰倫。」

玄宗幸寧王憲宅，與諸王宴，探韻賦詩，曰：「魯、衛情先重，親賢尚轉多。冕旒豐暇日，乘景暫經過。戚里申高宴，平臺奏雅歌。復尋爲善樂，方驗保山河。」

明皇性俊邁，不好琴，會聽琴，一弄未畢，叱琴者出，謂内侍曰：「速令花奴將羯鼓來，爲我解穢。」花奴，汝陽王璡小字也。帝酷愛羯鼓，云「八音之領袖」。春雨初晴，景物明媚，帝曰：「對此景豈可不與他判斷之手！」乃命高力士取羯鼓，臨軒縱擊一曲，名春光好，回頭柳杏皆發。上笑曰：「此一事，不喚我作天公，可乎！」又製秋風高至、秋高迥徹，奏之，必遠風徐來，庭葉飛下。帝每后宫春宴，使妃嬪各插艷花，親捉粉蝶，放之，蝶止者幸焉。

江采蘋，莆田人，九歲能誦二南，語父曰：「我雖女子，期以此爲志。」父奇之，故名采蘋。開元中，高力士選歸侍明皇，大見寵幸。善屬文，自比謝女。淡粧雅服，而姿態明秀。性喜梅，所居悉值梅。上因其所好，戲名梅妃。會太真楊氏入侍，寵愛日奪，竟爲楊氏遷於上陽東宫。帝每念之。時在花萼樓，有夷使貢珎珠者至，命封一斛，密賜妃，妃不受，以詩付使者：「爲我進御前也。」上覽詩，悵然不樂，令樂府以新聲度之，號一斛珠。詩曰：「桂葉雙眉久不描，殘粧和淚濕紅綃。長門盡日無梳洗，何必珍珠慰寂寥。」楊貴妃字太真，小字玉奴，又名玉環。初承恩召，與父母相别，泣涕登車，時天寒，淚結爲紅冰。每至夏月，汗出，紅膩而多香，或拭於巾帕上，色如桃紅。

明皇於便殿賞牡丹，謂程修己曰：「今京邑人傳牡丹詩，誰爲首？」修己對曰：「中書舍人李正封詩：『天香夜染衣，國色朝酣酒。』」時楊妃侍，上曰：「粧臺前宜飲以一紫金盞酒，則正封之詩見矣。」

楊太真中酒，衣褪，微露乳，帝捫之曰：「軟温新剥雞頭肉。」安禄山在傍曰：「滑膩凝如塞上酥。」帝笑曰：「信是胡兒，只識酥。」帝謂太真曰：「漢成帝獲飛燕，身輕不禁風，製七寶避風臺以護之，爾則任風吹。」蓋貴妃微有肌也。一日，登沉香亭，召太真，是時妃子卯酒未醒，高力士扶掖而至，殘粧醉韻，不能再拜。帝曰：「真『海棠睡未足』耶！」妃每宿酒初消，肺熱渴，則遊後苑吸花上露潤肺。

開元中，以太常禮儀，聲樂之司屬亦擇才。太祝、奉禮與秘書省校書郎、正字相埒，而校正俸禄微少，孤寒英傑者居之，或有不辦匹馬，乘驢入省；而太祝、奉禮，每月請明衣絹布及胙肉，俸禄又多，乃公卿子弟居之，衣馬比校正頗輕肥。時有語曰：「正字、校書，詠詩騎驢。奉禮、太祝，輕裘食肉。」

開元中，頒賜邊軍纊衣，製於宫中。有兵士於短袍中得詩，曰：「沙塲征戍客，寒苦若爲眠？戰袍經手作，知落阿誰邊？畜意多添綫，含情更着綿。今生已過也，重結後身緣。」兵士以詩白帥，帥進呈，明皇命以詩遍示宫中曰：「作者勿隱，吾不汝罪也。」有一宫人自言萬死。玄宗深憫之，遂以嫁得詩者。仍謂之曰：「我與汝結今生緣。」邊人皆感泣。

天寶末，玄宗嘗乘月登勤政樓，命梨園弟子歌數闋，有唱李嶠詩者，云：「富貴榮華能幾時，山川滿目淚沾衣。不見秪今汾水上，唯有年年秋雁飛。」時上春秋已高，問是誰詩，或對曰：「李嶠。」因淒然涕下，不終曲而起，曰：「李嶠真才子也。」又明年，幸蜀，登白衛嶺，覽眺久之，又歌是詞，復嘆曰：「李嶠真才子也。」高力士以下揮涕久之。

李遐周頗有道術，開元中，嘗召入禁中，後求出，住玄都觀。天寶末，禄山豪横跋扈，遠近憂之，而上意未寤。一旦，遐周隱去，不知所之。但於其所居壁上題詩數章，言禄山僭竊及幸蜀之事。其末篇曰：「燕市人皆去，函關馬不歸。若逢山下鬼，環上繫羅衣。」當時人莫能曉，後方驗云。

明皇初自蜀回，夜闌倚勤政樓南望，煙月滿目，因歌曰：「庭前琪樹已堪攀，塞北征人尚未還。」蓋北齊盧思道詩也。歌畢，里中隱隱如有歌者，謂力士曰：「得非梨園舊人乎？遲明爲我訪來。」翌日，力士求於里中，召至，果是。其夜復乘月登樓，左右惟力士及妃子侍者紅桃在焉，遂命歌涼州。涼州，即貴妃所製。親御玉笛爲御樓曲。曲罷，無不掩泣，因廣其曲，傳於人間。

明皇在南内，嘗夢中見妃子於蓬山太真院，作詩遺之，使焚於馬嵬山下，云：「風急雲驚雨不成，覽來仙夢甚分明。當時苦恨銀屏影，遮隔仙姬秖聽聲。」又作妃子所遺羅襪銘，曰：「羅襪羅襪，香塵生不絶，細細圓圓地下得。瓊鈎窄窄弓弓，手中弄初月。又如脱履露纖圓，恰似同衾見時節。方知清夢事非虚，暗引相思幾時歇？」馬嵬坡，太真縊死地，在咸陽西。店媪於梨樹得錦襪一隻，過客傳玩，每出百錢，由此致富。妃墳上有土似粉，洗面能去垢。

崔湜

仁師之子。弟澄、液，從兄涖，並有文翰，列居清要。每私宴，自比王謝之家。湜黨太平公主，被流嶺南，至荆州，夜夢講坐下聽法而照鏡，占夢曰：「崔令公大惡。夢坐下聽講，法從上來也。鏡，金旁竟也。其竟于今日乎！」尋有敕令自盡。

崔湜初執政時，年二十七，容止端雅，文詞清麗，嘗暮出端門下天津橋，馬上自吟曰：「春還上林苑，花滿洛陽城。」張燕公時爲工部侍郎，望之沓然而歎曰：「此句可效，位可得，其年不可及也。」

王灣 登先天進士第，開元初爲滎陽主簿。馬懷素欲校正群籍，灣在選中。

王灣詞翰早著，爲天下所稱。遊吴中江南意云：「南國多新意，東行伺早天。潮平兩岸失，風正一帆懸。海日生殘夜，江春入舊年。從來觀氣象，唯向此中偏。」張燕公居相府，手題「海日生殘夜」一聯於政事堂，每示能文，令爲楷式。

張敬忠 平盧節度使。

先天時，王主敬爲侍御史，自以才望華妙，當入省臺前行，忽除膳部員外郎，惟有悵惋。張敬忠時爲吏部郎中，戲詠曰：「有意嫌兵部，專心望考功。誰知脚蹭蹬，幾落省墻東。」蓋膳部在省最東北隅也。

邵景 安陽人。初授汾陰尉，累遷右臺監察、考功員外。

玄宗即位初，邵景與殿中御史蕭嵩、韋鏗俱昇殿行事，職掌殊别，而制出，景、嵩俱受朝散大夫，鏗獨不霑命。景、嵩狀貌類胡，景鼻高而嵩鬚多，同時服朱紱，對立於庭。

鏗乃於簾中竊窺而詠曰：「一雙胡子着緋袍，一箇鬚多一鼻高。相對廳前捺且立，自慙身品世間毛。」舉朝以爲歡笑。他日睿宗御承天門，百僚備列，鏗忽風眩而倒，鏗肥而短，景意酬其前嘲，乃詠之曰：「飄風忽起團圞旋，倒地還如著脚搥。莫怪殿上空行事，卻爲元非五品才。」時人無不諷詠。

任端 即侍御史任正名也。

開元中，任正名爲御史，時置裏行無員數。或有御史裏行、殿中裏行、監察裏行，以未爲正官也。臺中詠之曰：「柱下雖爲史，臺中未是官。何時聞必也，早晚見任端。」元福慶拜右臺監察，與韋虛名、任正名頗事軒昂。殿中監察評之，詠曰：「韋子凝而密，任生直且狂。可憐元福慶，也學坐癡牀。」正名聞之，乃自改爲「俊且强」。

鄭繇

開元初，岐王範爲岐州刺史，鄭繇爲長史，範失白鷹，深所愛惜，因爲失白鷹詩以致意，其詩曰：「白錦文章亂，丹霄羽翮齊。雲間呼暫下，雪裏放還迷。梁苑驚池鶩，陳倉拂野雞。不知寥廓外，何處別依倲。」甚爲時所諷詠。

史育

開元初，零陵史育上表自薦：「臣聞曹子建七步成章，臣若賜召試，五步之内，可塞明詔。」明皇試以除夜詩，遂應口出云：「今歲今宵盡，明年明日催。寒隨一夜去，春逐五更來。氣色空中改，容顏時裏催。風光人不覺，已入後園梅。」明皇稱賞，授左監門衛將軍。

薛令之 字珍君，長溪人。肅宗思東宮舊德，嘉歎其廉，敕其鄉曰廉村，水曰廉溪。

開元中，東宮官僚清談，閩人薛令之爲右庶子，别無吏職，而俸廪甚薄。戲題其壁曰：「朝日上團團，照見先生盤。盤中無所有，苜蓿長闌干。飰澀匙難綰，羹稀箸易寬。只可謀朝夕，何由度歲寒。」上幸東宫見之，索筆續之曰：「啄木嘴距長，鳳凰毛羽短。若嫌松桂寒，任逐桑榆暖。」令之懼而謝病歸，遂不復用。

李昂

開元中，考功員外郎李昂主俊秀科。昂性剛急，集貢士曰：「文之美惡，悉知之矣。如有請託，當悉黜之。」既而，昂外舅薦李權於昂，昂怒召權庭數之，又斥權章句之疵，權曰：「鄙文不臧，已聞命矣。執事詩云：『耳臨清渭洗，心向白雲閑。』今天子春秋鼎盛，不揖遜於下，而洗耳何哉？」昂訴於執政，朝廷以郎官權輕，自是改用禮部侍郎。

劉晏 十歲召入禁中，貴妃坐膝上，爲施粉黛，與戴巾櫛。

開元時，明皇御勤政樓，大張音樂，教坊王大娘善戴竿，於百尺上爲木山，狀瀛洲方丈，命小兒持絳節出入其間，舞亦不輟。時劉晏以神童授秘書省正字，上問：「晏爲正字，正得幾字？」晏曰：「天下字皆正，唯朋字未正。」貴妃令詠王大娘戴竿，晏應聲曰：「樓前百戲競爭新，惟有長竿妙入神。誰謂綺羅翻有力，猶自嫌輕更著人。」上與貴妃爲之絶倒。

劉朝霞

天寶初，上遊華清宫，有劉朝霞者獻賀幸温泉賦，詞調倜儻，雜以俳諧，其略曰：「若夫天寶二年十月後兮臘月前，辦有司之供具，命駕幸于温泉。天門乾開，露神仙之福湊；鑾輿劃出，驅甲仗以駢闐。青一隊兮黄一隊，熊踏胸兮豹拏背；朱一團兮繡一團，玉鏤珂兮金鏤鞍。述德云直攫得盤古髓，掐得女媧瓤。遮莫爾古時千帝，豈如我今日三郎。」其自叙云：「别有窮奇蹭蹬，失路猖狂，骨懂雖短，伎藝能長。夢裏幾回富貴，覺來依舊悽惶。今日是千年一遇，叩頭莫五角六張。」帝覽而奇之，命改去「五角六張」字。奏云：「臣草此賦時有神助，自謂文不加點，筆不停綴，不願從天而改。」上顧曰：「真窮薄人也。」授以衛職。

黄幡綽

安西牙將劉文樹口辯，善奏對，明皇每嘉之。文樹髭生頷下，貌類猴，上令黄幡綽嘲之。文樹切惡猿猴之號，乃密賂幡綽不言之，幡綽許而進嘲曰：「可憐好箇劉文樹，髭鬚共頦頤别住。文樹面孔不似猢猻，猢猻面孔强似文樹。」上知其遺賂，大笑。

玄宗問黄幡綽是勿兒得憐？勿兒猶言何兒。對曰：「自家兒得人憐。」時貴妃寵極中宫，號禄山爲子。肅宗在東宫常危，上聞幡綽言，俛首久之。

玄宗嘗登苑北樓望渭水，見一醉人臨卧水，問左右是何人？左右不知，將遣使問之，幡綽曰：「臣知之。此是年滿令史。」上曰：「你何以知？」對曰：「更一轉入流。」上大笑。又與諸王會食，寧王對御座歕一口飯，直及龍顔，上曰：「寧哥何以錯喉？」幡綽曰：「此非錯喉，是歕嚏。」

葉法善

嘗引帝入月宫聞仙樂，帝歸，但記其半，遂於笛中寫之，名霓裳羽衣曲。

開元中，正月望日，玄宗謂葉仙師曰：「四方何處燈極麗？」對曰：「無踰廣陵。」帝曰：「何法觀之？」俄而虹橋起於殿前，師奏橋成，但勿回顧。帝與太真、高力士、黄幡綽、樂工數人從行。俄至廣陵，燈火、士女，陳設華麗，帝大悦，命伶官奏霓裳羽衣曲。數日，奏仙人現五色雲中，明皇與詩云：「清溪道士人不識，上天下天鶴一隻。洞門深鎖碧牕寒，滴露研硃點周易。」授銀青光禄大夫。宋建炎末有向宗厚者，美鬚髯，善滑稽，嘗裹華陽巾、纏足極彎，長於鈎距。同舍王俏戲之曰：「唐明皇時四人，今君合爲一。」向顧聞之，王曰：「君狀類黄幡綽，頭巾類葉法善，脚類楊貴妃，心腸似安禄山。」席間一笑。

高力士

天寶末，高力士從明皇還京，明皇徙西内，居十日，爲李輔國所譖，肅宗信之，除籍，長流巫州。巫地多薺而不食。力士因感而詠曰：「兩京秤斤賣，五溪無人採。夷夏雖不同，氣味終不改。」寶應初赦還，見二帝遺詔，北向哭泣，嘔血卒。

郭紹蘭

長安女子郭紹蘭適任宗，賈於湘中，數年不歸。紹蘭覩堂中有雙燕戲梁間，因呼而語曰：「我聞燕子自海東來，往復必經湘中，我婿離家數歲，蔑有音耗，欲憑爾附書可乎？」言訖淚下。燕飛鳴上下，似有所諾，復飛於蘭膝上，蘭吟詩云：「我婿去重湖，臨牕泣血書。殷勤憑燕翼，寄與薄情夫。」小書繫於其足，燕遂飛鳴去。任宗時在荆州，忽見一燕飛鳴頭上，訝之，燕遂泊肩上，見有一小封書繫足，解而示之，乃妻所寄詩也，宗感而泣下，次年歸。張説爲傳其事。

堯山堂外紀卷二十五

唐

張説

字道濟。母夢玉燕飛入懷，已而孕説。則天初革命，大搜遺逸之士，應制者向萬人。則天御雒陽城南門，親自臨試，説對爲天下第一。則天以近古已來，未有甲科，乃屈爲第三等。玄宗即位，以佩刀獻，决策誅太平公主，召爲中書令，封燕國公。

張説初謫岳州，常鬱鬱不樂。時宰相以説機辯才略，互相排擯。蘇頲方大用，説與其父瓌善，因爲五君詠，致書封其詩以貽頲，誡其使當候忌日近暮送之。使者近暮至，弔客多頲先公僚舊。頲覽詩，至「凄凉丞相府，餘慶在玄成」，嗚咽流涕。翌日言於上，因降璽書勞問，遷荆州長史。由是陸象先、韋嗣立、張庭珪、賈曾，皆以讁逐歲久，因加甄叙。頲以父之執友，事之甚謹。開元中，説爲宰相，有人惠説一珠，紺色有光，名曰「記事珠」。或有闕忘之事，則以手持弄此珠，便覺、心神開悟，事無巨細，涣然明曉，一無所忘。説秘而寶之。又有石緑鏡臺，得自明川道士。玄宗聞其有異，取以精炭十車燒之，不變，乃已。

張説二子均、垍，並有文名，垍尚明皇公主，帝特深恩寵，許於禁中置内宅，侍爲文章，嘗賜珍玩不可勝數。時均亦供奉翰林院。垍常以所賜示均，均戲謂垍曰：「此婦翁與女壻，非天子賜學士也。」

張説最衷愛均，岳州别均云：「離筵非謙喜，别酒正消魂。念汝猶童孺，嗟予隔遠藩。津亭拔心草，江路斷腸猿。他日將何見？愁來獨倚門。」

安禄山僭號，張均爲僞中書令，肅宗以説有舊勳，詔免死，流合浦。嶺外作云：「瘴江西去火爲山，炎徼南窮鬼作關。從此更投人境外，生涯應在有無間。」

張燕公女嫁盧氏，嘗爲舅求官，候父朝下而問焉。燕公初無言，但指搘牀龜而示之。女拜而歸室，告其夫曰：「舅得詹事矣。」

蘇頲　字廷碩，父瓌，武后朝拜相，封許國公。玄宗朝頲亦拜相，襲封許，世稱小許公，與張燕公稱望略等，號「燕許大手筆」。頲有一錦紋花石，鏤爲筆架，置於硯席間，每天欲雨，即津出如汗，逡巡而雨。頲每以此爲雨候。

蘇頲年五歲時，裴談嘗過其父，頲方誦庾信枯樹賦，避談字諱，因易其韻曰：「昔年移柳，依依漢陰；今看摇落，悽愴江潯。樹猶如此，人何以任！」談歎異之，知其他日必主文章。庾信賦：「昔年移柳，依依漢南；今看摇落，悽愴江潭。樹猶如此，人何以堪！」

蘇瓌初未知頲，常處頲于馬廐中，與傭僕雜作。一日，有客詣瓌，候于廳所，頲擁篲趨廷，遺墜文書。客取視之，乃詠崑崙奴詩也。其詞曰：「指頭十挺墨，耳朵兩張匙。」客心異之，而瓌出與客淹留，客笑語之餘，因詠其詩并言形貌，問：「何人？非足下宗族庶蘖耶？若加禮收舉，必蘇氏令子也。」瓌自是稍稍親之。適有人獻瓌兔，懸於廊廡間，瓌乃召頲詠之，立呈，詩曰：「兔子死闌殫，持來掛竹竿。試將明鏡照，何異月中看。」瓌大驚奇，驟加禮敬。

有京兆尹訪蘇瓌，既去，瓌令頲詠「尹」字，乃曰：「丑雖有足，甲不成身。見君無口，知伊少人。」唐時有甘洽者，與王仙客友善，固以姓相嘲，洽曰：「王，計爾應姓田，爲你面撥獺，抽卻你兩邊。」仙客應聲曰：「甘，計你應姓丹，爲你頭不曲，迴脚向上安。」

中宗嘗召宰相蘇瓌、李嶠之子進見，時皆同年，帝謂曰：「汝等各以所通書，取宜奏者爲言之。」頲應曰：「木從繩則正，后從諫則聖。」嶠之子奏曰：「斮朝涉之脛，剖賢人之心。」帝曰：「蘇瓌有子，李嶠無兒。」

長安盛春遊園林，日無閒地。蘇頲應制詩云：「飛埃結紅霧，遊蓋翻青雲。」玄宗覽之嘉賞，遂以御花插頲巾上，時人榮之。

蘇頲與李乂對掌文誥，八月十五夜，於禁中直宿，諸學士翫月，備文酒之宴。時長天無雲，月色如畫。蘇曰：「清光可愛，何用燈燭。」遂使撤去。明皇嘗問蘇瓌：「草書誰可？」瓌曰：「臣不知其他。臣男頲爲文甚速，可備使令。然性嗜酒，幸免沉醉，足以了事。」令召至，則酒未解，猶嘔殿下。命中貴人扶臥御幄前，明皇親舉衾覆之。既醒，援筆立就。明皇撫背曰：「知子莫若父。」東明觀道士周彥雲欲爲其師立碑，謂瓌曰：「成其志不過煩相君諸子，五郎文，六郎書，七郎致石。」瓌大笑，口不言而心服其公。五郎，頲也。

蘇晉，頲之子也，學浮屠術，嘗得胡僧慧澄繡彌勒佛一本，寶之，嘗曰：「是佛好飲米汁，止與吾性合，吾願事之，他佛不愛也。」

李邕字泰和。北海太守，以文名天下，時號翰林六絕。其書皆自刻石，所言「黃鶴仙」、「伏靈芝」，假託耳。初爲左拾遺，言事甚力。或謂其造次，邕曰：「不顛不狂，其名不章。」後爲李林甫譖死。

崔顥有文無行，娶妻擇美，不愜即去之者三四。初李邕聞其名，虛舍邀之。顥至，首獻王家少婦詩云：「十五嫁王昌，盈盈入畫堂。自憐年最小，復倚婿爲郎。舞愛前溪緑，歌憐子夜長。閑來鬭百草，度日不成粧。」邕叱曰：「小兒無禮。」不與接而去。

徐安貞，始名楚璧，應制舉，三登甲科。開元中，爲中書舍人，帝屬文多令視草。天寶後，以林甫故，避罪衡山，爲東林寺掇蔬行者，詐爲喑啞。數年後，值修建佛殿，僧中選善書者題梁，徐行者跨過，掌事怒，以杖連擊其背。徐乃畫地曰：「某口雖不言，昔年曾學大書，乞題數行。」諸僧皆服。因遣盡書之。時李北海遊嶽，觀其題處曰：「不知徐公在此。」乃召至，握手言曰：「朝列於公已息論矣。」遂解其布褐，易以簪裳，因戲徐曰：『峴山思駐馬，漢水憶迴舟。暮雨衣猶濕，春風帆正開。』侍郎抑能記否？」徐曰：「喑啞之時，亦默詠之。」即與同載北歸，至長沙，謂守者曰：「瀟湘逢故人，若幽谷之觀太陽，不然，委頓巖穴矣。」

張九齡

字子壽。母夢九鶴自天而下，飛集于庭，遂生公。時號「文場元帥」。少時養群鴿，與親知書，則繫足依教往投，謂之「飛奴」。里第側有古柘，嘗因狂風發其一根，解爲器具，花紋甚奇，人以公之手筆冠世，目之曰文章樹。公父爲韶州別駕，卒于任，遂居曲江，故天下皆以曲江公稱之。

張曲江與李林甫同列，玄宗以文學精識深器之，林甫嫉之若讎。會將加朔方節度使牛仙客實封，九齡稱其不可，甚不叶帝旨。他日，林甫請見，屢陳九齡頗懷誹謗。于時方秋，帝命高力士持白羽扇以賜，將寄意焉。九齡惶恐，因作賦以獻，又爲燕詩以貽林甫，曰：「海燕何微眇，乘春亦暫來。豈知泥滓濺，只見玉堂開。繡户時雙入，華軒日幾回。無心與物競，鷹隼莫相猜。」林甫覽之，知其必退，恚怒稍解。

李適之 字昌，常山王孫。

天寶初，李適之代牛仙客爲左相，朝退，每邀賓客談諧賦詩，曾賦云：「朱門長不閉，親友恣相過。年今將半百，不樂更如何！」後爲李林甫所譖罷，適之杜門無以自遣，詠詩曰：「避賢初罷相，樂聖且銜盃。爲問門前客，今朝幾箇來？」林甫益譖之，遂累貶宜春太守。復因御史過宜春，恐之，使藥自殺。

賀知章 字季真，號四明狂客。性好飲，忽鼻出黄膠數盆，醫者謂飲酒之過。

賀秘監、顧著作，一越人，一吴人，朝英慕其機捷，競嘲之，乃謂「南金復生中土」。賀知章挫之曰：「鈒鏤銀盤盛蛤蜊，鏡湖蓴菜亂如絲。鄉曲近來佳此味，遮渠不道是吴兒。」顧况和曰：「鈒鏤銀盤盛炒蝦，鏡湖蓴菜亂如麻。漢兒女嫁吴兒婦，吴兒盡是漢兒爺。」

賀知章年八十六，卧病，冥然無知，疾損，上表乞爲道士，以宅爲千秋觀。敕賜鏡湖一頃，詔令供帳東門，百僚相餞。御製詩贈行云：「遺榮期入道，辭老竟抽簪。豈不惜賢達，其如高尚心。環中得祕要，方外散幽襟。獨有青門餞，群英悵别深。」又云：「筵開百壺餞，詔許二䟽歸。仙記題金籙，朝章换羽衣。悄然承睿藻，行路滿光輝。」

蕭穎士

字茂挺。開元中舉進士，補秘書正字，名播天下，時號蕭夫子。後客死汝南逆旅，門人謚文元先生。性嚴酷異常，有一僕事之十餘年，每加箠楚，輒百餘，不堪其苦。人或激之使去，其僕曰：「我非不能他從，所以遲留者，特愛慕其博奥耳。」

李林甫慕蕭穎士名，欲拔用之，乃召見。時穎士寓廣陵，居母喪，即縗麻而詣京師，徑謁林甫於政事省。林甫素不識，遽見縗麻，惡之，即令斥去。穎士大忿，乃爲伐櫻桃賦以刺林甫云：「擢無庸之瑣質，蒙本枝而自庇。汨群林而非據，專朝廷之右地。雖先寢之或薦，豈和羹之正味！」李林甫不識字，以「杕杜」爲「杖杜」，韋侍郎默不敢言。及蕭作伐櫻桃賦以譏之，時人語曰：「侍郎悲杖杜，處士伐櫻桃。」

鄒象先尉臨漁，蕭穎士自京邑無成東歸，以象先同年生也。作詩贈之。來年，蕭補正字，象先寄詩重述前事云：「六月度闕雲，三峰亂山翠。爾時黄綬屈，别後青雲致。」蕭答云：「桂枝常共擢，茅茨冀同薦。一命何阻修，載馳各州縣。壯圖悲歲月，明代耻貧賤。回首無津梁，祇令二毛變。」

蕭功曹文爽兼人，而矜躁爲甚。嘗至倉曹李韶家，見歙硯頗良，既退，語同行者：「居識此硯乎？蓋三災石也。」同行不喻而問之，曰：「字札不奇，研一災；文辭不優，研二災；窗几狼籍，研三災。」

穎士少夢有人授紙百番。開之，皆是繡花。又夢裁錦。因此文思大進。時李華文辭綿麗，而乏宏傑之氣。穎士健爽自肆，人謂華不及穎士。華自疑遇之，乃著弔古戰場文雜置梵書中，他日與穎士讀之，穎士稱工。華問：「誰可及？」穎士曰：「君加精思，便可及此。」華愕然而服。

臧武仲名紇，音切爲「瞎」，而世多呼爲「紇」。蕭穎士聞人誤呼武仲名，因曰：「汝紇字也不識。」後人遂誤以爲「瞎字也不識」。

蕭穎士卒，惟一子存，字伯誠，爲金部員外郎，有功曹文風，惡裴延齡，棄官歸廬山。存子東，從事邕南，以女妻柳淡，字中庸。韓文公少時受存之知，自袁州入爲祭酒，經廬山，過其山居，知諸子凋謝，唯二女在，乃爲詩曰：「中郎有女能傳業，伯道無兒可保家。今日匡山過舊隱，空將衰淚對煙霞。」穎士常密遊於陳留逆旅，方食之次，忽見老翁曰：「觀郎君狀貌有似一人，不覺愴然。」蕭問：「似何人？」老人曰：「郎君一似齊鄱陽王。」王即蕭入代祖。遂驚問曰：「王即某八代祖，因何識之？」老人泣曰：「某姓左，昔爲鄱陽書佐，遭難入山修道，遂得度世。」蕭敬異之，問其年，乃三百二十七年矣。

王昌齡

字少伯，江寧人。開元中登第，晚節不矜細行，貶龍標尉，往返惟琴書一肩，令蒼頭拾敗葉自爨。溪蠻慕其名，時有長跪乞詩者。

開元中，王昌齡、高適、王之渙齊名，時風塵未偶，而遊處略同。一日，天寒微雪，三詩人共詣旗亭，貰酒小飲，有黎園伶官十數人會讌，三詩人因避席喂映，擁爐火以觀。俄有妙妓四輩，尋續而至，奢華艷曳，都冶頗極。旋則奏樂，皆當時名部也。昌齡等私相約曰：「我輩各擅詩名，每不自定甲乙。今可密觀諸伶所謳，若詩入歌詞之多者爲優。」俄而，一伶拊節而唱，乃曰：「寒雨連江夜入吳，平明送客楚山孤。洛陽親友如相問，一片冰心在玉壺。」昌齡引手畫壁曰：「一絕句。」尋又一伶謳曰：「開篋淚霑臆，見君前日書。夜臺何寂寞？猶是子雲居。」適引手畫壁曰：「一絕句。」尋又一伶謳曰：「奉帚平明金殿開，强將團扇共徘徊。玉顔不及寒鴉色，猶帶昭陽日影來。」昌齡又引手畫壁曰：「一絶句。」之涣自以得名已久，因謂諸人曰：「此輩皆巴人、下俚詞耳。陽春、白雪之曲，俗物豈敢近哉！」因指諸妓中最佳者曰：「待此子所唱，如非吾詩，即終身不敢與子爭衡矣。」須臾，次至雙鬟，發聲則曰：「黄沙遠上白雲間，一片孤城萬仞山。羌笛何須怨楊柳？春風不度玉門關。」之涣即擨歈二子曰：「田舍奴，我豈妄哉！」因大諧笑。諸伶不喻其故，皆起詣曰：「不知諸郎君何此歡噱？」昌齡等因話其事，諸伶競拜，乞俯就筵席，三子從之飲，醉竟日。

開元中，王昌齡自吴抵京國，舟行至馬當山，屬風便，而舟人云：「貴賤至此，皆謁廟。」昌齡不能駐，亦先有禱神之備。見舟人言，乃命使賫酒脯紙馬獻於廟，及草履致於夫人。題詩云：「青驄一匹崑崙牽，奏上大王不取錢。直爲猛風波滚驟，莫怪昌齡不下船。」當市草履時，兼市金錯刀一副，貯在履内，至禱神時忘取之，誤并將往。昌齡至前程求錯刀，方知其誤。又行數里，忽有赤鯉魚可長三尺，躍入昌齡舟中，呼使者烹之，既剖腹得金錯刀，宛是誤送廟中者。

祖詠　洛陽人，張説引爲駕部員外郎。

祖詠應試，賦終南望餘雪題云：「終南陰嶺秀，積雪浮雲端。林表明霽色，城中增暮寒。」纔得四句即納於有司，或詰之，詠曰：「意盡。」

開元中，進士唱第尚書省，落第者至省門散去，祖詠吟曰：「落去他，兩兩三三戴帽子，日暮祖侯吟一聲，長安竹柏皆枯死。」

崔曙　宋州人。

崔曙應進士舉，作明堂火珠詩續帖，曰：「夜來雙月滿，曙後一星孤。」當時以爲警句。及來年曙卒，唯一女名星星。人始悟其自讖。

陶峴　開元末，製三舟，一自載，二賓客，三飲饌，與孟彦深、孟雲卿、焦遂，人置僕妾，女樂一部於舟中，奏清商曲。吴越之士號爲水仙。

陶峴好泛遊江湖，後省親南海，獲崑崙奴名摩訶，善泅水。至西塞山下，泊舟吉祥佛寺。見江水深黑，謂必有怪物，投劍命摩訶下取。久之，支體磔裂，浮於水上。峴流涕迴棹，賦詩自叙，不復遊江湖矣。詩云：「匡廬舊業是誰主？吴越新居安此生。白髮數莖歸未得，青山一望計還成。鴉黐楓葉夕陽動，鷺立蘆花秋水明。從此捨舟何所詣，酒旗歌扇正相迎。」

中國文學研究典籍叢刊

堯山堂外紀（外一種）二

〔明〕蔣一葵 撰
呂景琳 點校

中華書局

堯山堂外紀卷之二十六

唐

王維

字摩詰。善琵琶。岐王使爲伶人，引至公主第，獨奏新曲，號鬱輪袍，因獻懷中詩，主驚駭，曰：「皆我素所誦習，常謂古人佳作，乃子爲之乎！」因命更衣，升之客右，召試官至第，遣宫婢傳教作解頭登第。後官尚書右丞。王昌齡嘗稱「王維詩天子，杜甫詩宰相」。弟縉，字夏卿，讀書嵩山，有四叟携榼相訪，自稱木巢南、林大節、孫文蔚、石媚虬，高談劇飲，既醉，俱化爲猿，升木而去。作相日，好與人撰碑誌，有送潤毫者，誤叩右丞門，右丞曰：「大作家在那邊。」

王維年十七時，九日憶山東弟兄云：「獨在異鄉爲思客，每逢佳節倍思親。遥知兄弟登高處，遍插茱萸少一人。」王縉亦有九日詩云：「莫將邊地比京都，八月嚴霜草已枯。今日登高樽酒裏，不知能有菊花無？」

王摩詰善畫破墨山水，嘗自制詩曰：「當代謬詞客，前身應畫師。不能捨餘習，偶被時人知。」東坡云：「維詩中有畫，畫中有詩。」

寧王憲貴盛，寵妓數十人，有賣餅妻，纖白明媚，王一見屬意，因厚遺其夫求之，寵愛逾等。歲餘，因問曰：「汝復憶餅師否？」默然不對。因呼使見之，其妻注視，雙淚垂頰，若不勝情。時王坐客十餘人，皆當時文士，無不悽異。王命賦詩，維先成云：「莫以今時寵，難忘昔日恩。看花滿眼淚，不共楚王言。」坐客無敢繼者，王乃歸餅師，以終其志。

苑舍人咸能書梵字，兼達梵音，曲盡其妙。王摩詰戲爲之贈詩曰：「名儒待制滿公車，才子爲郎典石渠。蓮花法藏心懸悟，貝葉經文手自書。楚詞共許勝揚馬，梵字何人辨魯魚？故舊相望在三事，願君莫厭承明廬。」舍人謂王當代詩匠，又精禪理，輒走筆以酬，且久未遷，因而嘲及，詩曰：「蓮花梵字本從天，華省僊郎早悟禪。三點成伊猶有想，一觀如幻自忘筌。爲文已變當時體，入用還推間氣賢。應同羅漢無名欲，故作馮唐老歲年。」摩詰得詩，謂其爲己解嘲，復戲贈曰：「何幸含香奉至尊，多慚未報主人恩。草木豈能酬雨露？榮枯安敢問乾坤？僊郎有意憐同舍，丞相無私斷掃門。揚子解嘲徒自遣，馮唐已老復何論？」王兄弟奉佛居，常蔬食不茹葷血。縉爲妾造寶應寺，宏麗無比，寺中什梵天女，悉韓幹爲齊公妓小小等寫真也。

王摩詰聞裴秀才迪吟詩，因戲贈云：「猿吟一何苦，愁朝復悲夕。莫作巫峽聲，腸斷秋江客。」摩詰得宋之問藍田别墅在輞川，日與廸浮舟往來，彈琴賦詩。雅好潔地，不容浮塵，日有十數帚掃治，專使兩僮縛帚，有時不給。坐用雷門四老石，燈滅則石中鑽火。

安禄山陷京師，王維等爲賊所執，維吞藥佯瘖。禄山愛其才，逼至洛陽供舊職。一日，逆黨大會凝碧池，以梨園弟子奏樂，樂工雷海清擲樂器西向大慟，賊支解於試馬殿。維時拘於菩提寺，裴迪來相看，説其事，維痛悼賦詩曰：「萬户傷心生野煙，百官何日更朝天？秋槐落葉深宫裏，凝碧池頭奏管絃。」詩後聞于行在。賊平，凡汙賊者以五等定罪，維以此詩獨免。

王維自賊中歸，上表自陳請死，肅宗憐之，下遷太子中允。維以詩簡新除諸公，曰：「忽蒙漢詔還冠冕，始覺殷王解網羅。日比皇明猶自暗，天齊聖壽未云多。花迎喜氣皆知笑，鳥識歡心亦解歌。聞道百城新佩印，還來雙闕共鳴珂。」

孟浩

字浩然，襄陽人，以字行。性愛梅，嘗乘驢踏雪尋之。世謂浩然眉毛盡落；裴祐袖手，衣袖至穿；王維至走入醋甕。皆苦吟之驗也。王維嘗過郢州，畫其像於刺史亭，因曰浩然亭。咸通中，刺史鄭誠謂賢者不可斥其名，更曰孟亭。

孟浩然極爲王右丞所知。一日，王待詔金鑾，召浩然商較風雅，上忽臨幸，浩然錯愕伏床下。王不敢隱，因奏聞，上欣然曰：「朕素聞其人。」因得召見。上令誦所作，乃誦「北闕休上書，南山歸敝廬。不才明主棄，多病故人疎。白髮催年老，青陽逼歲除。永懷愁不寐，松月夜窗虛」。上聞之憮然，曰：「卿不求朕，朕豈棄卿？何不云：『氣蒸雲夢澤，波動岳陽城！』」因放歸南山。韓朝宗爲山南採訪使，謂孟浩然深閑詩律，因入奏，挾與俱行，先揚于朝，約日引謁。會浩然有故人至，劇飲，或言與韓公約，不當後期。浩然叱曰：「業已飲矣，身行樂耳，遑恤其他！」遂畢飲不赴。

孟浩然閑遊秘省，秋月新霽，諸英畢集，相與賦詩，次當浩然，浩然即援筆書曰：「微雲淡河漢，疎雨滴梧桐。」舉坐嗟其清絶，咸以之閣筆，不復爲繼。

孟浩然曾謁華山李相不遇，因留一絶曰：「老夫三日門前立，朱箔銀屏晝不開。詩卷卻抛書袋内，譬如閒看華山來。」

孟浩然一日周旋竹間，喜色可掬。又見網師得魚，尤甚喜躍。友人問之，答云：「吾適得句中有魚竹二物，不知竹有幾節，魚有幾鱗，疑致踈謬。今見二物，乃釋然矣。」

李白

字太白。母夢長庚星而生，故名。居蜀青蓮鄉，世稱青蓮居士。

李太白微時，募縣小吏，入令卧内，嘗驅牛經堂下。令妻怒，將加詰責。太白亟以詩謝云：「素面倚欄鈎，嬌聲出外頭。若非是織女，何得問牽牛？」令驚異，不問。稍親，招引侍研席。令一日賦山火詩云：「野火燒山去，人歸火不歸。」思軋不屬。太白從傍綴其下句云：「焰隨紅日去，煙逐暮雲飛。」令慙止。頃之，從令觀漲，有女子溺死江上，令復苦吟，太白輒應聲繼之。令詩云：「二八誰家女？漂來倚岸蘆。鳥窺眉上翠，魚弄口傍珠。」太白繼云：「緑鬢隨波散，紅顔逐浪無。因何逢伍相？應是想秋胡。」令滋不悦。太白恐，棄去，隱居大匡山。白與孔巢父、韓準、裴政、張叔明、陶沔同隱，每日沉飲，號「竹溪六逸」。

潼江趙徵君蕤，任俠有氣，善爲縱横學，著書號長短經。太白從學歲餘，去游成都，賦春感詩云：「茫茫南與北，道直事難諧。榆莢錢生樹，楊花玉糝街。塵縈遊子面，蝶弄美人釵。卻憶青山上，雲門掩竹齋。」蘇頲爲益州長史，見而奇之，曰：「是子天才英特，少益以學，可比相如。」白於路中投刺，頲待以布衣之禮。白每與人談論，皆成句讀，如春葩麗縈於齒牙之下，時人號曰「李白粲花之論」。從弟令問常醉，目白曰：「兄心肝五臟皆錦繡耶？不然，何開口成文，揮翰霧散也？」

開元中，李白謁宰相，封一板，上題曰：「海上釣鰲客李白。」相問曰：「先生臨滄海釣巨鰲，以何物爲鈎、綫？」白曰：「以風浪逸其情，乾坤縱其志，以虹霓爲絲，明月爲鈎。」又曰：「何物爲餌？」曰：「以天下無義氣丈夫爲餌。」時相悚然。一說張祐嘗謁李紳，自稱釣巨鰲客。李盛怒，因詰之曰：「以何爲竿？」曰：「以虹爲竿。」問：「以何爲鈎？」曰：「以月爲鈎。」又問：「以何爲餌？」曰：「以短李相爲餌。」疑即一事而誤傳者。

貴俠張姓者從李太白遊，舉網太湖，得一魚，頭上朱書云：「九登龍門天，三飲太湖水。必竟不成龍，見殺張公子。」李太白云：「酌醴鱠神魚，千金買一醉。」遂命鱠之。

李白初自蜀到京師，賀知章聞其名，見之，請觀所爲文。讀未竟，稱歎者數四，謂曰：「公非人間人，豈太白星精邪？」於是，解金貂換酒，醉歸。及見烏夜啼，曰：「此詩可啼鬼神也！」詞曰：「黃雲城邊烏欲棲，歸飛啞啞枝上啼。機中織錦秦川女，碧紗如煙隔窗語。停梭悵然憶遠人，獨宿孤房淚如雨。」

天寶中，白供奉翰林禁中。初，重木芍藥植興慶池東沉香亭，會花開，上乘照夜車，太真妃以步輦從，選梨園中弟子，得樂十六色，李龜年手捧檀板押衆樂前，上曰：「賞名花，對妃子，焉用舊詞！」命龜年持金花牋宣賜李白，立進清平調三章，其一云：「雲想衣裳花想容，春風拂檻露華濃。若非群玉山頭見，會向瑶臺月下逢。」其二云：「一枝濃艷露凝香，雲雨巫山枉斷腸。借問漢宮誰得似？可憐飛燕倚新粧。」其三云：「名花傾國兩相歡，常得君王帶笑看。解釋春風無限恨，沉香亭北倚闌干。」上命梨園弟子略約調撫絲竹，龜年歌之，真妃持玻瓈七寶杯酌西涼州葡萄酒，笑領歌詞，上因調玉笛倚曲，每曲徧將换，則遲其聲以媚之。自是顧李翰林異諸學士。白嘗便殿撰詔誥，時十月大寒，筆凍莫能書字，帝敕宮嬪十人侍白左右，令各執牙筆呵之，取而書詔。

李白常醉，令高力士脱靴，力士深憾之，譖於貴妃。帝常三欲命白官，卒爲宮中所捍而止。白乃放驁不自修，與賀知章等八人爲「酒中八僊」。帝賜金放還。白詠鸚鵡以自況，云：「落羽辭金殿，孤鳴叱繡衣。能言終自棄，還向隴山飛。」

李白既被斥棄，乃浪跡江湖，時侍御史崔宗之謫官金陵，與白詩酒唱和，嘗夜月乘舟自采石達金陵，着白衣宮錦袍於舟中，顧瞻嘯傲，傍若無人。贈白詩云：「我是瀟湘放逐臣，君辭明主漢江濱。天外常求李白老，金陵捉得酒仙人。」白和云：「嚴陵不從萬乘遊，歸卧空山釣北流。自是客星辭帝座，元非太白醉揚州。」

崔顥題黄鶴樓云：「昔人已乘白雲去，此地空餘黄鶴樓。黄鶴一去不復返，白雲千載空悠悠。晴川歷歷漢陽樹，春草凄凄鸚鵡洲，日暮鄉關何處是？煙波江上使人愁。」李白過武昌，見此詩嘆服，遂不復作。去而賦金陵鳳凰臺云：「鳳凰臺上鳳凰遊，鳳去臺空江自流。吴宫花草埋幽徑，晉代衣冠成古丘。三山半落青天外，二水中分白鷺洲。總爲浮雲能蔽日，長安不見使人愁。」其後一禪僧用此事作偈云：「一拳搥碎黄鶴樓，一脚踢翻鸚鵡洲。眼前有景道不得，崔顥題詩在上頭。」

李白遊丹陽湖，酷愛其景，乃張帆載酒，縱意往來，有詩云：「湖與元氣連，風波浩乃止。天外賈客歸，雲間片帆起。」

李白被謫時，一日乘醉騎驢入華陰縣，縣令呵止之，問其狀，白索筆供云：「曾使龍巾拭唾，御手調羹，力士脱靴，貴妃捧硯。天子殿前尚容走馬，華陰縣裏不許騎驢？」令大驚謝罪。

李白嘗至湖州，司馬問白何人？白以詩答曰：「青蓮居士謫仙人，酒肆藏名四十春。湖州司馬如相問，金粟如來是後身。」白居蜀青蓮鄉，故號青蓮居士。

池州有九子山，高數千丈，上有九峰如蓮花，李白改爲九華山，與高霽、韋權聯句，白曰：「妙有分二氣，靈山開九華。」霽曰：「層標遏遲日，半壁明朝霞。」權曰：「積雪曜陰壑，飛流韻陽厓。」白曰：「青熒玉樹色，縹緲羽人家。」

李白登華山落雁峰，曰：「此處最高，呼吸之氣想通帝坐，恨不攜謝朓驚人詩來『搔首問青天』爾。」

天寶末，太白坐永王璘事繫潯陽獄，朝命崔涣鞫問，獄中上詩曰：「邯鄲四十萬，同日陷長平。能回造化筆，或冀一人生。」得減死流夜郎。太白客并州日，識汾陽王郭子儀於行伍間，謂哥舒翰曰：「此壯士，目光如火照人，十年當擁節旌。」屢脱其刑責。翰因署爲牙門將。因翰林坐永王之事，汾陽功成，請以官爵贖翰林，上許之，因而免誅。

乾元中，尚書郎張謂出使夏口，沔州牧杜公、漢陽宰王公觴於江城之南湖。方夜，水月如練，清光可掇，張公乃顧白曰：「此湖古來賢豪遊者非一，而枉踐佳景，寂寞無聞，夫子可爲我標以嘉名。」白因舉酒酌水，號之曰郎官湖。

蘄州黄梅縣峰頂寺在水中央，環伏萬山，人跡所罕到，太白嘗題其上云：「夜宿峰頂寺，舉手捫星辰。不敢高聲語，恐驚天上人。」後曾阜爲令時，因事登其上，見梁間一榜，塵暗粉落，拂滌視之，乃謫仙詩。世傳楊大年幼時詩，非也。

李太白菩薩蠻詞曰：「平林漠漠煙如織，寒山一帶傷心碧。暝色入高樓，有人樓上愁。玉梯空佇立，宿鳥歸飛急。何處是歸程？長亭連短亭。」又憶秦娥詞曰：「簫聲咽，秦娥夢斷秦樓月。秦樓月，年年柳色，灞陵傷别。樂遊原上清秋節，咸陽古道音塵絶。音塵絶，西風殘照，漢家陵闕。」宋人選填辭曰草堂詩餘，其曰「草堂」者，太白詩名草堂集，見鄭樵書目。太白本蜀人，而草堂在蜀，懷故國之意也。曰「詩餘」者，一詞爲詩之餘，而百代辭曲之祖也。

李白晚度牛渚磯至姑孰，愛謝家青山，欲終焉。及卒，遂葬山麓。其後有李赤者，作姑孰十詠，自比太白，故自號曰李赤。即爲厠鬼所惑，死於厠。世傳太白過采石，酒狂捉月。竊意常時稾殯於此。有客書一絶云：「采石江邊一抔土，李白詩名耀千古。來的去的寫兩行，魯般門前掉大斧。」

杜甫

字子美。每朋友至，引見妻子，韋侍御見而退，使其婦送夜飛蟬以助粧飾。大曆中，出瞿唐，下江陵，泝沅湘以登衡山，因客耒陽，遊嶽祠。大水遽至，涉旬不得食，縣令具舟迎還，饋之牛炙、白酒，甫大醉，一夕卒。或以爲奔濤所漂，莫可蹤跡。

杜甫十餘歲，夢人令採文于康水。覺而問人，此水在二十里外，乃往求之，見峩冠童子，告曰：「汝本文星典吏，天使汝下謫爲唐世文章。雲誥已降，可於豆壠下取。」甫依其言，果得一石，金字曰：「詩王本在陳芳國，九夜捫之麟篆熟，聲振扶桑享天福。」後因佩入蔥市，歸而飛火入室，有聲曰：「邂逅穢吾，令汝文而不貴。」

杜甫寓蜀，蠶熟，每與妻子躬行乞曰：「如或相憫，惠我一絲兩絲。」自京赴奉先詩曰：「老妻既異縣，十口隔風雪。誰能久不顧？庶往共饑渴？入門聞號咷，幼子饑已卒。吾寧捨一哀，里巷猶嗚咽。所愧爲人父，無食致夭折。」

嚴武鎮成都，奏杜甫爲參謀。甫於浣花里種竹植樹，結廬枕江，縱酒嘯詠，與田畯野老相狎蕩，都無拘檢。武過之，有時不冠。武每於飲筵騁其筆札，甫乘醉瞪視曰：「嚴挺之乃有此兒！」武恚，目甫久之曰：「杜審言孫子擬捋虎鬚。」合座皆笑，以彌縫之。武曰：「與公等飲饌謀歡，何至於祖考矣？」房太尉琯亦微有所忤，憂怖成疾。武母恐害賢良，遂以小舟送甫下峽。李太白爲蜀道難，乃爲房、杜危之也。略曰：「劍閣崢嶸而崔嵬，一夫當關，萬夫莫開。所守或非人，化爲狼與豺。朝避猛虎，夕避長蛇。磨牙吮血，殺人如麻。錦城雖云樂，不如早還家。蜀道之難，難於上青天，側身西望長咨嗟！」琯少時，曾至洲渚上，揑沙成睡嵇康，甚有標態，見者多愛之。

杜子美戲作俳諧體遣悶云：「異欲吁可怪，斯人難並居。家家養烏鬼，頓頓食黄魚。舊識難爲態，新知已暗疎。治生且耕鑿，只有不關渠。」又：「西歷青羌坂，南留白帝城。於菟侵客恨，粔妝作人情。瓦卜傳神語，畬田費火聲。是非何處定，高枕笑浮生。」太白嘗戲贈子美曰：「飯顆山頭逢杜甫，頭戴笠子日卓午。爲問因何太瘦生？總爲從前作詩苦。」或云：「白以甫齷齪，故有飯山之誚。」

子美善鄭廣文，嘗以花卿及姜楚公畫鷹歌示鄭，鄭曰：「足下此詩可以療疾。」他日鄭妻病，杜曰：「爾但言『子璋髑髏血模糊，手提擲還崔大夫』。如不瘥，即云『觀者徒驚帖壁飛，畫師不是無心學』。未間，更有『昔日太宗拳毛騧，近時郭家獅子花』。如又不瘥，雖和扁不能爲矣。」

有病瘧者，子美曰：「吾詩可以療之。」病者曰：「云何？」曰：「夜闌更秉燭，相對如夢寐。」其人誦之，瘧猶故也。子美曰：「更誦吾詩云：『子璋髑髏血模糊，手持擲還崔大夫。』」其人誦之，果愈。俗言避瘧鬼，必伏幽隙之地。不然，必晝易容貌。故子美詩：「三年猶瘧疾，一鬼不銷亡。隔日搜脂髓，增寒抱雪霜。徒然潛隙地，有靦屢鮮粧。」

杜甫子宗武以詩示阮兵曹，兵曹答以石斧一具，隨使拜詩還之。宗武曰：「斧，父斤也。兵曹使我呈父加斤削也。」俄而阮聞之，曰：「誤矣！欲子斫斷其手。此手若存，天下詩名又在杜家矣。」廖凝好滑稽，裴説嘗經杜工部墓，以詩示之，其句云：「擬鑿孤墳破，重教大雅生。」凝覽而笑曰：「吾謂足下爲詩人，不料君是劫墓賊耳。」説甚慚。夔峽道中有少陵詩一首，以天字爲韻，榜之梁間。有一監司過而見之，輒和韻大書其側。後有人嘲之云：「想君吟詠揮毫日，四顧無人瞻似天。」過者無不笑之。宋乾道間，林謙之爲司業，與正字彭仲舉遊天竺，小飲論詩，談到少陵妙處，仲舉微醉，忽大呼曰：「杜少陵可殺。」有俗子在隣壁聞之，遍告人曰：「有一怪事，林司業與彭正字在天竺謀殺人。」或問所謀殺者爲誰？曰：「杜少陵也。不知是何處人。」聞者絶倒。

堯山堂外紀卷二十七

唐

顔真卿　字清臣。開元中舉進士，代宗朝封魯郡公。善止草書，世寶傳之。

顔魯公爲臨川内史，邑有楊志堅者，嗜學而貧，妻厭之。一日告離，志堅以詩送之曰：「平生志業在琴詩，頭上如今有二絲。漁父向知溪谷暗，山妻不信出身遲。荆釵任意撩新鬢，明鏡從他别畫眉。今日便同行路客，相逢即是下山時。」妻持詩詣州，請公牒求别醮。顔公案其妻曰：「王尊之廩既虚，豈歎黄卷；朱叟之妻必去，寧見錦衣？污辱鄉閭，敗傷風俗。若無褒貶，僥倖者多。」遂箠之。後無棄其夫者。

李泌

字長源。七歲能文，張九齡呼爲小友。居衡岳，僧明瓚撥灰中芋以啗之，曰：「領取十年宰相。」德宗召拜平章事，封鄴侯。張子路嘗誣泌受年震金獅子百枚，德宗料是沙糖獅子，果然。遂殺子路。貞元四年八月，月蝕東壁，泌曰：「東壁調書府，大臣當有憂者，吾以宰相兼學士，當之矣。昔燕國公張説由是以亡，又可免乎？」明年，果卒。

開元間，明皇悉召能言佛、道、孔子者，相答禁中。有員俶九歲，升座，詞辨注射，坐人皆屈，帝異之，曰：「員半千孫固應爾。」因問：「童子，豈有類若者乎？」俶跪奏：「有臣舅子李泌，方七歲。」帝即馳召之。泌至，帝方與張説觀奕，因使説試其能。説請賦方圓動靜，泌逡巡曰：「願聞其略。」説因曰：「方若棋局，圓若棋子，動若棋生，靜若棋死。」説以其幼，仍教之曰：「但可以應虚作，不得更實道棋字。」泌乃言曰：「方若行義，圓若用智，動若騁才，靜若得意。」説因賀帝得奇童。帝大悦。

李長源九歲時，賦長歌行曰：「天覆吾，地載吾，天地生吾有意無？不然絶粒昇天衢，不然鳴珂遊帝都。焉能不貴復不去，空作昻藏一丈夫。彼丈夫兮我丈夫，平生志氣多良圖。請君看取百年事，業就扁舟泛五湖。」詩成，見者莫不稱賞，張九齡獨戒之。後爲文不復自揚。

李長源賦詩曰：「青青東門柳，歲宴復憔悴。」楊國忠訴於明皇，謂爲譏己。上曰：「賦柳爲譏卿，則賦李爲譏朕，可乎？」

肅宗嘗夜召潁王等三弟，同於弟爐罽毯上坐，時李泌絶粒，上自燒二梨賜之，潁王恃恩固求，上不與，曰：「汝飽肉食，先生絶粒，何乃爭耶？」賜以他果。潁王曰：「先生恩渥如此，臣等請聯句，以爲他年故事。」潁王曰：「先生年幾許？顔色似童兒。」信王曰：「夜枕九仙骨，朝披一品衣。」一王曰：「不食千鍾粟，惟飡兩顆梨。」既而三王請上成之，上曰：「天生此間氣，助我化無爲。」泌絶粒多歲，身輕能行屛風上。引指使氣，吹燭可滅。每導引，骨節皆珊然有聲。時人謂之鏁子骨。

顧況

字逋翁。與柳渾、李泌爲方外友。況攻小筆，嘗求知新亭。監人詰之，曰：「余要貌海中山耳。」任職半年，解後落筆有奇趣。

天寶末，宮娥衰悴，不願備宮掖，有落葉題詩，隨御水流，云：「舊寵悲秋扇，新恩寄早春。聊題一紅葉，將寄接流人。」顧況閒遊得而和之，置溝上流，云：「愁見鶯啼柳絮飛，上陽宮女斷腸時。君恩不禁東流水，葉上題詩寄與誰？」既達宸聰，由是遣出禁中者，有五使之號焉。宣宗朝，又有題紅葉隨流者，爲盧渥得之。又僖宗時，于佑於御溝中拾一紅葉，上有詩曰：「流水何太急，深宫盡日閑。殷勤謝紅葉，好去到人間。」佑亦題一葉置溝上流，宫中韓夫人拾之。後佑托韓泳門館，值帝放宫女三千人，泳以韓氏嫁佑。成禮之夕，各於笥中取紅葉相視，乃曰：「事豈偶然！」泳開宴慶之曰：「二人可謝媒矣。」韓氏作詩曰：「一聯佳句隨流水，十載幽思滿素懷。今日卻成鸞鳳侶，方知紅葉是良媒。」今傳奇有流紅記。

顧況志尚踈逸，時宰柳渾招以好官，況以詩答曰：「四海如今已太平，相公何事喚狂生。此身還似籠中鶴，東望滄溟叫數聲。」後吳中皆言況得道解化去。

李鄴侯好尚仙道，雖爲輔相，頗有靈異事。顧況師事之，得服氣法，能終日不食。西遊長安，鄴侯一見如故識，待以殊禮。及鄴侯卒，況感其知，作海鷗詠以寄懷，云：「萬里飛來爲客鳥，曾蒙丹鳳借枝柯。一朝鳳去梧桐死，滿目鴟鳶奈爾何。」遂爲權貴所疾，貶饒州司户。

顧況暮年，一子名非熊，長慶中登第。初況喪子，年已七十，況追悼哀切，乃吟曰：「老人喪愛子，日暮哭成血。聲逐斷猿悲，跡隨飛鳥滅。老人已七十，不作多時别。」每吟此句，輒長號而絶。已而，妾復生一子，命名非熊，四五歲即能自念此詩，況問其故，曰：「吾即亡兒也。每於冥司聞念此詩，心殊不忍，故哀叩冥司，仍爲父兒耳。」

李源

憕之子，以父死王難不仕，居洛陽。

沙門圓澤寓洛陽慧林寺，與李源善。一日相率遊峨眉，源欲自荆州遡峽往，澤欲由長安斜谷。源以久絶人事，不欲復入京師，澤不能强，遂發荆州。舟次南浦，見婦人錦襠負罌而汲，澤望而泣曰：「所不欲由此者，爲是也。」源驚問故，僧曰：「婦人孕三稔矣，遲吾爲子，今見之，無可逃者。三日浴兒，願公臨顧，以一笑爲信。後十三年，杭州天竺寺當與公相見。」至暮，僧果亡，婦乳三日，源往視之，兒見客，即軒渠而笑。李後如期自洛之吴赴其約也，於天竺寺葛洪井畔，聞牧童扣牛角而歌曰：「三生石上舊精魂，賞月吟風莫要論。慚愧情人遠相訪，此身雖異性常存。」李曰：「澤公健否？」答曰：「李君信士。然世緣未盡，且勿相見。唯勤修不惰，乃復相見。」又歌曰：「身前身後事茫茫，欲話因緣恐斷腸。吴越江山尋已遍，好回煙棹上瞿塘。」遂隱不見。源至穆宗長慶初，年八十猶存。

秦系

字公緒，會稽人，有詩名于天寶間。後隱南安九日山，自號東海釣客。南安人號其峰爲高士峰。

秦公緒與劉長卿善，時以詩酬唱，權德輿曰：「長卿自以爲五言長城，秦處士用偏師攻之，雖老益壯。」系嘗呈韋蘇州云：「久卧雲間已息機，青袍忽著狎鷗飛。詩興到來無一事，郡中今有謝玄暉。」韋答系云：「知掩山扉三十秋，魚鬚翠碧滿牀頭。莫道謝公方在郡，五言今日爲君休。」蓋以五言得名久矣。

秦系家剡山，向盈一紀，大曆中，人或以其文聞於留守薛公。無何，奏系右衛率府倉曹參軍。以疾辭免，因將命者獻詩云：「由來那敢議輕肥，散髮行歌自採薇。逋客未能忘野興，辟書今遺脱荷衣。家中匹婦空相笑，池上群鷗盡欲飛。更乞太賢容小隱，益看愚谷有光輝。」

元載字公輔。造芸輝堂。芸，香草也，白如玉，入土不朽。爲屑以塗壁，設紫綃帳，凝冬風不入，盛夏自清涼。有紫龍鬢拂，色如闌椹，刻水晶爲柄，置於堂中，夜則蚊蚋不敢入，拂之有聲，雞犬無不驚逸。大曆末，賜自盡。籍其家，鍾乳五萬斤，黄金五槖駞，胡椒八百斛。載謁主官乞快死，主者曰：「相公今日受些污泥不怪也。」乃脱穢襪塞其口而終。

王忠嗣鎮北京，以女韞秀歸元載，歲久見輕。韞秀勸之遊學，元乃遊秦，爲詩别韞秀曰：「年來誰不厭龍鍾，雖在侯門似不容。看取海山寒翠樹，苦遭霜霰到秦封。」韞秀請偕行，賦詩曰：「路掃饑寒跡，天哀志氣人。休零别離淚，携手入西秦。」

元載到京，屢陳時務，合旨，擢拜中書。韞秀寄諸姨妹詩曰：「相闥已隨麟閣貴，家風第一右丞詩。笄年解笑鳴機婦，耻見蘇秦富貴時。」元，肅、代兩朝宰相，貴盛無比，復爲一篇以喻之曰：「楚些燕歌動畫梁，更闌重換舞衣裳。公孫開館招佳客，知道浮雲不久長。」

代宗以庶務畢委宰相，元載專政，益亂國典，非良金重寶趦趄左道，不得出入於朝廷。及常衮爲相，雖賄賂不行，而介僻自專，失於分別。是時京師語曰：「常無分別元好錢，賢者愚，愚者賢。」

元載末年納薛瑤英爲姬，處以金絲帳、卻塵褥，衣以龍銷衣，載以瑤英體輕不勝重衣，於異國求此服也。惟賈至、楊炎雅與載善，時得見其歌舞。至贈詩曰：「舞怯珠衣重，笑疑桃臉開。方知漢武帝，虚築避風臺。」炎亦作長歌褒美之，略曰：「雪面澹娥天上女，鳳簫鸞翅欲飛去。玉釵碧翠步無塵，楚腰如柳不勝春。」

大曆九年春，元載早入朝，有獻文章者，令左右收之，此人苦欲載讀，載云：「候至中書當爲看。」此人言：「若不能讀，請自誦。」誦畢不見。詩曰：「城南路長無宿處，荻花紛紛如柳絮。海燕銜泥欲作窠，空屋無人卻飛去。」載後竟破家，妻子被殺云。元被誅，上令王氏入宫，歎曰：「二十年太原節度使女，十六年宰相妻。誰能爲長信、照陽之事？死亦幸矣。」京兆笞斃。

楊綰

字公權，華州人。性沉静，獨處一室，左右圖史。不好立名。

楊綰四歲時，嘗因夜宴，客舉令，各舉坐中一物，以四聲呼之，衆皆未言，綰應聲指鐵樹曰：「燈盞柄曲。」聞者歎服。

袁德師

給事中高之子。九日，出餻謂坐客曰：「某不忍喫，請諸公食。」俛首久之。高即不草盧杞制者。

袁德師嘗於東都買得婁師德故園地，起書樓，洛人語曰：「昔日婁師德園，今乃袁德師樓。」

張志和

字子同，自稱煙波釣叟，著玄真子，亦以自號。陳少游表其居曰：玄真坊。門阻流水，無梁，少游爲構之，號大夫橋。

肅宗嘗賜張志和奴婢各一人，玄真配爲夫婦，一名漁童，一名樵青。人問其故？答曰：「漁童使捧釣收綸，蘆中鼓枻；樵青使蘇蘭薪桂，竹裏煎茶。」志和酒酣，爲水戲，鋪席於水上，獨坐飲酌嘯詠，其席來去遲速，如刺舟聲。

張志和謁顏真卿於湖州，真卿以舟敝漏，請更之，志和曰：「願爲浮家泛宅，往來苕霅間。」嘗撰漁父歌云：「西塞山前白鷺飛，桃花流水鳜魚肥。青箬笠，緑簑衣，斜風細雨不須歸。」又云：「釣臺漁父褐爲裘，兩兩三三舴艋舟。能縱棹，慣乘流，長江白浪不曾憂。」又云：「雪溪灣裏釣漁翁，舴艋爲家西復東。江上雪，浦邊風，笑着荷衣不嘆窮。」又云：「松江蟹舍主人歡，菰飯蓴羹亦共飡。楓葉落，荻花乾，醉宿漁舟不覺寒。」又云：「青草湖中月正圓，巴陵漁父棹歌連。釣車子，掘頭船，樂在風波不用仙。」

陸鴻漸嘗問張志和孰爲往來，志和曰：「太虚爲室，明月爲燭，與四海諸公並處，未嘗少別也。何有往來！」

陸羽

竟陵僧於水邊得嬰兒，育爲弟子。稍長自筮得漸，繇曰：「鴻漸于陸，其羽可用爲儀。」乃姓陸氏，名羽，字鴻漸。一名疾，字季疵。與釋皎然爲緇素忘年之交。隱苕溪，自稱桑苧翁。或獨行野中徘徊，不得意，即慟哭而歸，人謂今時楼輿。於江湖，稱竟陵子，在隴西幕府，自號東園先生。

陸鴻漸少事竟陵禪師，師去世，作寄情歌云：「不羨黄金罍，不羨白玉杯。不羨朝入省，不羨暮入臺。千羨萬羨西江水，曾向竟陵城下來。」

陸鴻漸與常伯熊皆精茶理。御史李季卿宣慰江南，至臨懷縣館。或言伯熊善茶，季卿請爲之。伯熊著黄帔衫、烏紗幘，手執茶器，口通茶名，區分指點，左右刮目。茶熟，季爲歠兩杯。既到江外，又有言鴻漸者，李公復請爲之，鴻漸身衣野服，隨茶具而入，如伯熊故事，李公心鄙之。茶畢，命孥：「取錢三十文酬博士。」鴻漸夙遊江湖，通狎勝流，及此羞愧，遂著毁茶論。鴻漸採越江茶，使小奴子看焙，奴失睡，茶燋爍，鴻漸怒，以鐵繩縛奴投火中。嘗著茶經三卷。後鬻茶之家，祀爲茶神。儀真李秀卿至維揚，逢鴻漸命一卒入江取南泠水，及至，陸以杓揚水曰：「江則江矣，非南泠，臨岸者乎？」既而傾水及半，陸又以杓揚之曰：「此似南泠矣。」使者蹶然曰：「某自南泠持至岸，偶覆其半，取水增之。」真神監也。五代時，何子全言：「前世惑駿逸者爲馬癖，泥貫索者爲錢癖，躭於子息者爲譽兒癖，躭於褒貶者爲左傳癖。此叟溺於茗事，將何以名其癖？」楊粹仲曰：「茶至珍，蓋未離乎草也。草中之甘，無出茶上者。宜追目陸氏爲甘草癖。」沙門福全能注湯幻茶成一句詩，泛乎湯面，並點四甌，共一絶句。檀越日造門求觀湯戲。全自詠曰：「生成盞裏水丹青，巧盡工夫學不成。卻笑當時陸鴻漸，煎茶贏得好名聲。」

僧皎然

姓謝氏，字清晝，靈運十世孫也。居吴興杼山。顔真卿爲刺史，集文士撰韻海，皎然預焉。同時會稽靈徹姓湯氏，字澄源，皎然薦之包佶、李紓。以是，上人之名，由二公而颺。

皎然與李萼、顔真卿、張薦諸人戲聯樂語，李萼倡云：「苦河既濟真僧喜。」顔真卿云：「新知滿座笑相視。」皎然云：「戍客歸來見妻子，」張薦云：「學生放假偷向市。」又戲聯醉語，劉伶白云：「逢糟遇麴便酩酊。」顏真卿云：「覆車墮馬皆不醒。」皎然云：「倒着接羅髮垂領。」燕羽云：「狂心亂語無人並。」又戲聯饞語，李萼云：「拈鎚舐指不知休，」顏真卿云：「欲炙侍立涎交流。」皎然云：「過屠大嚼肯知羞？」張薦云：「倉店門外强淹留。」又戲聯滑語，顏真卿云：「雨裏下山踏榆皮，」皎然云：「莓苔石橋步難移。」劉伶白云：「蕪荑醬醋喫煮葵，」李萼云：「縫靴蠟綫油塗錐。」李益云：「急逢龍背須且騎。」

皎然又嘗與諸人聯遠意句，一人云：「家在炎洲往朔方，」一人云：「豈知于闐望瀟湘。」一人云：「曾經隴底復遼陽，」皎然云：「更應東去採扶桑。」一人云：「查客三年路未央，」一人云：「燭龍之地無日光。」皎然云：「將遊莽蒼窮大荒，」一人云：「車轍馬跡逐周王。」聯暗意句，一人云：「斜風飄雨三十夜，」一人云：「鄰女餘光不相借。」皎然云：「跡滅塵生古人畫，」一人云：「洞房重扉無隙罅。」一人云：「燭滅更深月西謝。」聯恨意句，一人云：「同心同縣不相見。」一人云：「獨採蘼蕪詠團扇。」皎然云：「莫聽東鄰擣霜練。」一人云：「遠憶征人淚如霰。」一人云：「長信空堦春草遍。」一人云：「明妃初別昭德殿。」

皎然志行高潔，答女冠李季蘭詩云：「天女來相識，將花欲染衣。禪心竟不起，還捧舊花歸。」季蘭名裕。五、六歲時，其父抱於庭中，作詩詠薔薇云：「經時未架卻，心緒亂縱橫。」父恚曰：「此必失行婦也。」竟如其言。

靈徹與劉夢得友善，夢得送僧仲端東遊末句呈徹云：「一旦揚眉望沃州，自言王謝許同遊。憑將雜意三十首，寄與江南湯惠休。」

元和中，韋丹帥江西，有政績，與東林靈徹爲忘形之契。丹嘗爲思歸絕句寄徹，云：「王事紛紛無暇日，浮生冉冉只如雲。已爲平子歸休計，五老巖前必共聞。」徹奉酬詩曰：「年老身閑無外事，麻衣草坐亦容身。相逢盡道休官去，林下何曾見一人？」

杭州靈隱寺僧道標，經行外，尤練詩章，時與清晝、靈徹酬唱，遞作笙簧，故人諺曰：「霅之晝，能清秀。越之徹，洞冰雪。杭之標，摩雲霄。」皎然一日嘗於舟中杼思，作古體十數篇，求合韋蘇州，韋大不喜。明日，獻其舊製，乃極稱賞，云：「何不但以所工見投，而猥希老夫之意？人各有所得，非卒能致。」皎然大服其鑒裁之精。

堯山堂外紀卷二十八

唐

劉長卿

字文房。終隨州刺史。每題詩不言其姓，但長卿而已。皇甫湜云：「詩未有劉長卿一句，已呼宋玉爲老兵矣；語未有駱賓王一字，已罵宋玉爲罪人矣。」其名重如此。

劉長卿與皇甫曾友善，曾過長卿碧澗别業詩云：「謝客開山後，郊扉出去通。江湖十年别，衰老一樽同。反照寒川滿，平田暮雪空。滄洲自有趣，不復泣途窮。」長卿和云：「荒村帶晚照，落葉亂紛紛。古路無行客，寒村獨見君。野橋經雨斷，澗水向田分。不爲憐同病，何人到白雲？」

盧員外綸作擬僧之詩，僧清江作七夕之詠，劉隨州有眼作無眼之句，宋雍無眼作有眼之詩，詩流以爲四背。盧詩云：「願得遠公知姓字，焚香洗鉢過餘生。」清江詩曰：「唯愁更漏促，離别在明朝。」劉隨州曰：「細雨濕衣看不見，閑花落地聽無聲。」雍詩曰：「黄鳥不堪愁裏聽，緑楊宜向雨中看。」

女冠李季蘭與諸賢會集烏程開元寺，知劉長卿有陰重疾，戲之曰：「山氣日夕佳，」長卿對曰：「衆鳥欣有托。」舉坐大笑，以爲美談。

李穆，劉長卿之壻也，詩寄劉云：「處處雲山無盡時，桐廬南望轉參差。舟人莫道新安近，欲上潺湲行自遲。」時劉在新安郡，答詩云：「孤舟相訪至天涯，萬轉雲山路更賒。欲掃柴門迎客遠，青苔黄葉滿貧家。」

韋應物

逍遥公之後。少以三衛郎事玄宗，豪縱不羈，後折節讀書，終蘇州刺史。

建中初，韋應物刺滁州，題西澗詩云：「獨憐幽草澗邊生，上有黄鸝深樹鳴。春潮帶雨晚來急，野渡無人舟自横。」宋王榮老嘗渡江，七日風作，不得濟。父老曰：「公舟中必有奇異。此江神極靈，當獻之，得濟。」榮老以玉麈尾、端石硯等物獻之，皆不驗，夜卧，念有黄魯直草書扇頭題韋此詩，公取獻之，香火未收，天水相照如雨鏡對展，南風徐來，一餉而濟。

貞元初，韋應物自蘭臺郎出爲和州牧，頗不得志，夜泊靈壁驛舟中，忽聞笛聲，嗟嘆良久。韋公洞曉音律，謂酷似天寶中梨園法曲李謩所吹者，遂召其人問之，乃李謩外孫許雲封也。雲封曰：「某任城人，天寶初東封，駕次至任城，外祖聞某初生，相見甚喜，乃抱詣李白學士，乞撰令名，李公方坐旗亭，命酒，握管醉書某胸前曰：『樹下彼何人，不語真吾好。語若及日中，煙霏謝成寶。』外祖不解所書之語，李公曰：『樹下人是木子，木子，李字也；不語是莫言，莫言，謩字也；好是女子，女子，外孫也；語及日中是言午，言午，是許也；煙霏謝成寶，是雲出封中，乃是雲封也。即李謩外甥許雲封也。』後遂名之。某纔十齡，頗知音律，外祖教以橫笛，每一曲成，必撫背賞歎。值梨園法部置小部三十餘人，皆十五以下，貴妃誕辰，上命小部樂長奏新曲，未有名。會南海進荔枝，因以曲名荔枝香。左右歡呼，聲動山谷。其年安祿山叛，自後俱逢離亂，漂流南海近四十載矣。」韋公曰：「我乳母之子嘗於天寶中受笛。舊吹之笛，即李君賜也。」遂囊出舊笛。雲封撫而觀之曰：「信是佳笛，但非外祖所吹者。」乃謂韋公曰：「竹生雲夢之南，鑒在柯亭之下。以今年七月望前生，明年七月前伐。過期不伐則其音窒，未期而伐則其音浮。浮者外澤乾，乾者受氣不全。氣不全則其竹夭。凡發揚一聲，出入九息。古之至音，一疊十二節，一節十二敲，其已夭之竹，遇至音必破。所以知非外祖所吹者。」韋公曰：「欲旌汝鑒笛，破無傷。」雲封乃捧笛吹六州遍一疊，未盡，騞然中裂。韋公驚嘆久之，遂禮雲封於曲部。韋應物赴大司馬杜鴻漸宴，二妓侑觴，韋醉吟一絶云：「高髻雲鬟宫様粧，春風一曲杜韋娘。司空見慣渾閑事，斷盡蘇州刺史腸。」及退宿驛亭，醒見二妓在側，怪問之，乃對曰：「郎中席上賦詩，司空因令侍寢。」復問能記詩否，一妓誦之，韋大笑。或以爲劉禹錫事。

錢起 字仲文，與郎士元俱以詩名。士林語曰：「前有沈、宋，後有錢、郎。」凡公卿出牧奉使，二人無詩祖行，衆以爲耻。

錢起夜宿驛舍，聞窗外有誦聲云：「曲終人不見，江上數峰青。」起怪之。至天寶十載就舉，座主李暐試湘靈鼓瑟詩，遂賦曰：「善鼓雲和瑟，常聞帝子靈。馮夷徒自舞，楚客不堪聽。雅調悽金石，清音發杳冥。蒼梧來暮怨，白芷動芳馨。流水傳湘曲，悲風過洞庭。」至落句，意久不屬，忽憶所聞驛舍二句以結之，試官李暐曰：「神句也。」遂中首選。

李端 趙州人。李嘉祐之姪，終杭州司馬。

李端與韓翃、錢起、盧綸等文詠唱和，馳名都下，號大曆十才子。郭尚父少子曖尚代宗昇平公主，賢明有才思，尤喜詩人，而端等十人多在曖門下，每宴集賦詩，公主幃而觀之，端中宴詩成，曰：「青春都尉最風流，二十功成便拜侯。金距鬭雞過上苑，玉鞭騎馬出長秋。薰香荀令偏憐少，傅粉何郎不解愁。日暮吹簫楊柳陌，路人遥指鳳凰樓。」主大喜，命以百縑賞之。錢起曰：「李校書誠有才，此篇乃其宿搆，願賦一韻正之，請以起姓爲韻。」端即裂牋而獻曰：「方塘似鏡草芊芊，初月如鈎未上弦。新開金埒教調馬，舊賜銅山許鑄錢。楊柳入樓吹玉笛，芙蓉出水妬花鈿。今朝都尉如相許，願脱長裙學少年。」錢起等咸稱其妙絶。曖出金馬名帛爲贈。

韓翃 字君平。

韓翃少負才名，隣居有李姓者，每將妓柳氏至其居，必邀韓同飲。既久，愈狎。柳每以隙壁窺韓所往來，語李曰：「韓秀才甚貧，然所與遊皆名人，是必不久貧賤。」李深頷之。一日，具饌邀韓，酒酣，謂韓曰：「秀才當今名士，柳氏當今名色，以名色配名士，不亦可乎？」遂命柳從坐接韓。未幾成名，從辟淄青，置之都下，連三歲不果迓。寄詩曰：「章臺柳，章臺柳，往日依依今在否？縱使長條似舊垂，也應攀折他人手。」柳答曰：「楊柳枝，芳菲節，可恨年年贈離別。一葉隨風忽報秋，縱使歸來不堪折。」後果爲番將沙吒利所劫。翃會入中書，道逢之，謂永訣矣。是日，臨淄大校置酒，疑翃不樂，具告之。有虞候將許俊，以義烈自許，即詐取得之以授韓。時沙吒利寵殊等，翃懼禍，訴於侯希逸，希逸以事聞諸朝，詔柳氏歸翃。

韓君平後爲夷門幕屬。時韓已遲暮，殊不得意，多辭疾在家。一日，夜將半，客叩門急，韓出見之，賀曰：「員外除駕部郎中知制誥。」韓愕然曰：「誤矣。」客就座曰：「邸報：制誥闕人，中書兩進名，御筆不點出，又請之，曰：『與韓翃。』時有同姓名者爲江淮刺史。又具二人同進，御批曰：『春城無處不飛花，寒食東風御柳斜。日暮漢宮傳蠟燭，青煙散入五侯家。與此韓翃。』」客曰：「此非員外詩耶？」韓曰：「是也。是不誤矣。」

德宗西幸，有神智驄、如意騮二馬，謂之功臣。一日有進瑞鞭者，上曰：「朕有二駿，今得此，可謂三絶。」因吟韓翃觀調馬詩云：「鴛鴦赭目齒新齊，曉日花間放碧蹄。玉勒乍迴初噴沫，金鞭欲下不成嘶。」

李益

字君虞。世稱李十郎。少有癡病而多猜忌，防閑妻妾過爲苛酷，每夜散灰扃户，時謂妬癡。

李君虞以禮部尚書致仕，有宗人庶子同名，俱出於姑臧。時人謂：「尚書爲文章李益，庶子爲門户李益。」而尚書亦兼門地焉。嘗姻族間有禮會，尚書歸，笑謂家人曰：「大堪笑，今日局席，兩箇坐頭總是李益。」

李君虞長於歌詩，每作一篇，爲教坊樂人以賂求取唱，爲供奉歌詞，其征人歌、早行篇，好事者盡爲圖障。其歌曰：「回樂峰前沙似雪，受降城外月如霜。不知何處吹蘆管，一夜征人盡望鄉。」

李君虞嘗爲幽州劉濟營田副使，獻詩云：「草緑古燕州，鶯聲引獨遊。雁歸天北畔，春盡海西頭。向日花偏落，馳年水自流。感恩知有地，不上望京樓。」時以爲怨望，左遷右庶子。年且老，門人趙宗儒自宰相罷免，年七十餘，益曰：「此吾爲東府所選進士也。」聞者憐之。

閻濟美

大曆中，閻濟美下第，將出關，獻座主張謂詩六韻曰：「蹇諤王臣直，文明雅量全。望爐金自躍，應物鏡何偏？南國幽沉盡，東堂禮樂宣。轉令游藝士，更惜至公年。芳樹歡新景，青雲泣暮天。唯愁鳳池拜，孤賤更誰憐！」謂覽之，問失第之因，乃曰：「所投六韻，必展後效。」明年，濟美自江東繼薦，就試東都，謂後主文。雜文已過，繼欲帖經，濟美辭以不能。謂曰：「禮闈故事，亦許作詩續帖。」遂命天津橋望洛城殘雪題。濟美曰：「新霽洛城端，千家積雪寒。未收清禁色，偏向上陽殘。」既而日勢已晚，詩未就。謂曰：「據見在將來。」一覽稱賞，遂唱。過盧景莊，謂曰：「前足下試蜡日祈天宗賦，以魯丘對衛賜，則子貢也，乃作駟字，誤矣。」方悔之。明日，謂曰：「天寒急景，諸君文卷不成，未可以呈宰相，請重送納。」既而索舊卷，則「駟」字上朱點在焉。易卷之意，蓋有在也。

竇叔向

字遺直。常袞爲相，用爲左拾遺。諸子常、牟、群、庠、鞏皆有詩名，號「竇氏五龍」，爲聯珠集，義取兄弟若五星然。

竇叔向謝寒食賜恩火云：「恩光及小臣，華燭忽驚春。電影隨中使，星煇拂路人。幸因榆柳煖，一照草茅貧。」又謝端午日恩賜百索云：「仙宮長命縷，端午降殊私。事盛蛟龍見，恩深犬馬知。餘生儻可續，終冀答明時。」

竇常任武陵，寒食日次松滋渡先寄劉員外云：「杏花榆莢曉風前，雲際離離上峽船。江轉數程淹驛騎，楚曾三户少人煙。看春又遇清明節，算老重經癸巳年。幸得佳山當郡舍，在朝常詠卜居篇。」

竇群初爲處士，隱毘陵，韋夏卿以丘園茂異薦之，不報。至夏卿尹京，復薦，方拜拾遺御史。群初入諫司，喜家室至，賦詩曰：「一旦悲歡見孟光，十年辛苦伴滄浪。不知筆硯緣封事，猶問傭書日幾行。」

馬燧之子暢，以第中大杏餉竇文場，文場以進德宗，德宗未嘗見，怪之，令中使封杏樹，暢懼，進宅爲奉誠園。竇牟在其地，聞笛賦詩云：「曾絶朱纓吐錦茵，欲披荒草訪遺塵。秋風忽灑西園淚，滿目山陽笛裏人。」

上陽宮在東都洛城外，武后嘗居之。竇庠爲東都判官時，賦詩云：「愁雲漠漠草離離，太掖勾陳處處疑。薄暮毀垣春雨裏，殘花猶發萬年枝。」

竇鞏嘗從軍，有別家詩云：「自笑儒生着戰袍，書齋壁上掛弓刀。如今便是征人婦，好織迴文寄竇韜。」

竇鞏悼妓東東云：「芳菲美艷不禁風，未到春殘已墜紅。惟有側輪車上鐸，耳邊長似叫東東。」

冷朝陽　錢起、韓翃同時人。有詩名。

潞州節度薛嵩，有青衣善彈阮咸琴，手紋隱起如紅綫，因以名之。一日辭去，冷朝陽爲詞曰：「採菱歌怨木蘭舟，送客魂銷百尺樓。還似洛妃乘霧去，碧天無際水東流。」

戎昱

京兆尹李鑾欲以女妻之，令改姓，昱辭焉。

戎昱守零陵，妓籍中有善歌者，襄帥于公頔遽索之，昱乃遣行。比至令歌，乃昱送妓詞也。其詞曰：「寶鈿香蛾翡翠裙，粧成掩泣欲行雲。殷勤好取襄王夢，莫向瑶臺夢使君。」于公曰：「大丈夫不能立功業爲異代所稱，豈可奪人愛姬爲己之娱？」遂贈以帛，送歸零陵。鄭太穆爲金州刺史日，致書于司空頔，且曰：「分千樹一葉之影，即是濃陰；減四海數滴之泉，便爲膏澤。」于公覽書曰：「鄭使君所須，各依來數一半。」以戎費之際，不全副其本望也。」又有崔郊秀才者，寓居漢上，藴積文藝而物産罄縣，無何，與姑婢通。其婢端麗，饒音伎，漢南之最姝也。姑貧，鬻婢于連帥，連帥愛之，以類無雙，給錢四十萬，寵盻彌深。郊思慕無已，即强親府署，願一見焉。其婢因寒食果出，值郊立於柳陰馬上，贈詩曰：「公子王孫逐後塵，緑珠垂淚滴羅巾。侯門一入深如海，從此蕭郎是路人。」或有嫉郊者，寫詩於座，于公覩詩，令召崔生，及見郊，握手曰：「『侯門一入深如海，從此蕭郎是路人。』便是公製作也？四百千小哉！何惜一書，不早相示？」遂命婢同歸。

韓晉公鎮浙西，戎昱爲郡刺史，郡有妓美而善歌，公召置籍中。昱作詩以遺之曰：「好去春風湖上亭，柳條藤蔓繫人情。黄鶯久住渾相識，欲別頻啼四五聲。」妓既往，首唱是詞，韓公曰：「使君於汝寄情乎？」對曰：「然。」贈百縑而遣之歸。

憲宗朝，北狄頻冠邊，大臣奏議：古者和親有五利而無千金之費。帝曰：「比聞一士子，能爲詩而姓名稍僻，是誰？」宰相對以包子虛、冷朝陽。皆非也。帝遂吟曰：「山上青松陌上塵，雲泥豈合得相親？舉世盡嫌良馬瘦，唯君不棄臥龍貧。千金未必能移性，一諾從來許殺身。莫道書生無感激，寸心還是報恩人。」侍臣對曰：「此戎昱詩也。」帝悦，因又誦其詠史一篇：「漢家青史内，計拙是和親。社稷歸明主，安危託婦人。豈能將玉貌，便欲靜胡塵？地下千年骨，誰爲輔佐臣？」誦畢笑曰：「魏絳之功，何其懦也！」大臣遂息和戎之論。

韋皋　有胡僧見之曰：「此子乃諸葛武侯後身，今降生，將爲蜀門帥，且造蜀人之福。」韋氏異其言，因以武侯字之。

韋皋少遊江夏，止姜使君館，有小青衣曰玉簫，纔十許歲，常令侍皋。年稍長，乃與韋狎，皋後告别，與約後會，因留玉指環一枚并詩寄情云：「黄雀啣來已數春，别時留解贈佳人。長江不見魚書至，爲遣相思夢入秦。」逾八年不至，玉簫嘆曰：「韋家郎不來矣。」持環絶食而殞。姜氏愍其節操，以玉環着於中指而同殯焉。後韋鎮蜀，到府三日，詢姜：「玉簫何在？」姜曰：「僕射維舟之夕，與伊留約，七載是期，逾時不至，乃絶食而殞。」韋聞之悽歎。時祖山人有少翁之術，但令府公齋戒七日。清夜，玉簫乃至，謝曰：「承僕射寫經贈佛之力，旬日便當託生，卻後十二年，再爲侍妾以謝鴻恩。」後韋終德宗之代，理蜀不替，遷中書令同平章事，東川盧八座送一歌姬，未當破瓜之年，亦以玉簫爲號，觀之，乃真姜氏之玉簫也，中指有肉環隱出，不異留別之玉環云。

韋皋鎮蜀，嘗訓鸚鵡念佛，鸚鵡斃，以桑門故事荼毘之，得舍利爲塔，皋自爲記，略曰：「元精以五行授萬類，或炳燿離火，或禀奇蒼精，皆應人文以若時政，則有卓彼禽類，習乎能言，了空相于不念，留真骨于已斃者。」因歎息久之。

陸暢

字達夫，吴郡人。韋皋推所厚禮。韓愈有送暢序。

陸暢初爲江西王仲舒從事，拂衣去。後登蘭省，遇雲陽公主下降，百僚舉暢爲儐相，詩皆頃刻而成，詠簾曰：「勞將素手捲蝦鬚，瓊室流光更綴珠。玉漏報來過夜半，可堪潘岳立踟躕。」詠行帳曰：「碧玉爲竿丁字成，鴛鴦繡帶短長馨。强遮天上花顔色，不隔雲中笑語聲。」

陸暢又承詔作催粧五言曰：「雲陽公主貴，出嫁五侯家。天母親調粉，日兄怜賜花。催鋪百子帳，待障七香車。借問粧成未？東方欲曉霞。」内人以其吴音捷才，以詩嘲之云：「十二層樓倚翠空，鳳鸞相對立梧桐。雙成走報監門衛，莫使吴歈入漢宮。」或曰宋若蘭姊妹作。陸酬曰：「粉面仙郎選尚朝，偶逢秦女學吹簫。須教翡翠聞王母，不奈烏鳶噪鵲橋。」詩成，傳播内外，六宫大咍，别賜宫錦、楞伽缾、唾盂各一。

天寶時，李白爲蜀道難以斥嚴武，陸暢更爲蜀道易以美韋皋云：「蜀道易，易於履平地。」皋大喜，贈羅八百疋。皋薨，朝廷欲繩其既往之事，復閲先進兵器上皆刻「定秦」二字，不相與者，欲捃成罪名，暢上疏理之曰：「臣在蜀日，見造兵器，定秦者，匠名也。」由此得釋。

陸暢初娶董溪女，每旦，婢進澡豆，暢輒沃水服之，或曰：「君爲貴門女壻，幾多樂事？」暢曰：「貴門苦禮法，俾予食辣麨，殆不可過。」

朱滔

朱滔括兵，不擇士族，悉令赴軍，自閱於毬場。有士子容止可觀，進趨純雅，滔問曰：「所業者何？」曰：「學爲詩。」曰：「有妻否？」曰：「有。」即令作寄内詩，援筆立成，曰：「握筆題詩易，荷戈征戍難。慣從鴛被暖，怯向雁門寒。瘦盡寬衣帶，啼多清枕檀。試留青黛着，回日畫眉看。」又令代妻作詩答曰：「蓬鬢荊釵世所稀，布裙猶是嫁時衣。胡麻好種無人種，合是歸時底不歸？」滔遺以束帛，放歸。

李錡

杜秋娘，金陵女也，年十五爲李錡妾，嘗爲錡唱詞云：「勸君莫惜金縷衣，勸君莫惜少年時。花開堪折直須折，莫待無花空折枝。」後没入宫，久之放歸。

堯山堂外紀卷二十九

唐

韓愈

字退之。嘗登華山巔，窮極幽險，心悸目眩，不能下，發狂號哭，投書與家人别，華陰令百計取之，方能下。柳子厚得其所寄詩，先以薔薇露灌手，薰玉蕤香，後發讀，曰：「大雅之文，正當如是。」子昶，爲集賢校理，以退之「金根車馬」爲誤，改爲「金銀」，世甚鄙之。金根，天子親耕所乘車也。

韓退之詩云：「喚起窗全曙，催歸日未西。無心花裏鳥，更與盡情啼。」乃二禽名也。喚起，聲如絡緯，間轉清亮，偏鳴於春曉，江南謂之春喚。催歸，子規也。

韓退之有二侍妾，一曰絳桃，一曰柳枝，皆善歌舞。退之使王庭湊，至壽陽驛，寄詩云：「風光欲動别長安，春半邊城特地寒。不見園桃并巷柳，馬頭惟有月團圓。」後使還，柳枝已逾墻遁去，爲家人所獲，惟絳桃在，乃作詩云：「别來楊柳街頭樹，擺亂春風只欲飛。惟有小桃園裏在，留花不發待郎歸。」自是專屬意絳桃。昌黎公晚年頗親脂粉。故事，服食用硫黄末攪粥飯啖鷄男，不使交，千日烹庖，名火靈庫。公間日進一隻焉，始亦見功，終致絶命。

韓湘，字清夫，文公猶子也，落魄不羈。文公勉之令學，湘作詩獻公云：「青山雲水窟，此地是吾家。後夜流瓊液，淩晨咀絳霞。琴彈碧玉調，爐煉白朱砂。寶鼎存金虎，元田養白鴉。一瓢藏世界，三尺斬妖邪。解造逡巡酒，能開頃刻花。有人能學我，同共看仙葩。」公覽而戲之曰：「子能奪造化耶？」湘因指堦前牡丹曰：「叔要此花青黄赤紫，惟命。」公大驚異，遂給所需試之，乃賁紫粉朱紅，旦暮治其根，凡七日，時冬初也，牡丹忽發碧花二朵，花間擁出金字詩一聯云：「雲横秦嶺家何在？雪擁藍關馬不前。」公未曉其意，湘辭去。未幾，公以佛骨事謫潮州，途中遇雪，湘冒雪來，問公曰：「公憶花上句乎？」公詢其地，即藍關也。嗟嘆久之。曰：「吾爲汝足成此詩。」詩曰：「一封朝奏九重天，夕貶潮陽路八千。本爲聖明除弊政，敢將衰朽惜殘年？雲横秦嶺家何在？雪擁藍關馬不前。知汝遠來須有意，好收吾骨瘴江邊。」因與同宿傳舍。湘又獻詩云：「舉世盡爲名利醉，吾今獨向道中醒。他時定見飛昇去，衝破秋空一點青。」乃出藥一粒曰：「服此可禦瘴也。」遂辭去。昌黎公寢疾，忽中宵驚悸，既寤而汗霑衾裯，命侍人扶坐，小君問之，良久曰：「向來夢神長丈餘，金鎧，持戟直入寢門，自稱大聖，瞋目謂我曰：『睢邃骨税國世與韓爲讐，吾欲討之，不能，如何？』跪答曰：『願從大聖討焉。』」不旬日而公薨。

柳宗元

字子厚。自永州徵至京，意望録用，一日，詣卜者問命，且告以夢曰：「余柳姓也，昨夢柳樹仆地，其不祥乎？」卜者曰：「夫生則柳樹，死則柳木。木者，牧也。君其牧柳州乎？」竟如其言。時號爲柳柳州。

柳子厚與浩初上人看山詩云：「海畔尖山似劍攢，秋來處處割愁腸。若爲化得身千億，散上峰頭望故鄉。」議者謂，子厚南遷，不得爲無罪，蓋未死而身已在刀山矣。子厚吟春水如藍詩，久之不成，乃取九脚床於池邊沙上，玩味終日，僅能成篇。

柳子厚守柳州日，築龍城，得白石，微辨刻畫，曰：「龍城柳，神所守。驅厲鬼，山左首。福土氓，制九醜。」此子厚自記也。退之作羅池廟碑云：「福我兮壽我，驅厲鬼兮山之左。」蓋用此事。

劉禹錫

字夢得。順宗時干預大權，門吏接書尺日數千，禹錫一一報謝。緑珠盆中，日用麵一斗爲糊，以供緘封。

貞元末，劉夢得爲尚書屯田員外郎時玄都觀未有花木。是歲左遷朗州司馬，居十年，召至京師，人皆言有道士植仙桃滿觀，遂作贈看花諸君子詩，曰：「紫陌紅塵拂面來，無人不道看花回。玄都觀裏桃千樹，盡是劉郎去後栽。」有素嫉其名者，白於執政，誣其怨憤。他日見時宰，與坐，慰問甚厚，既辭，即曰：「近者新詩未免爲累，奈何？」不數日，出爲連州刺史，凡十有四年，得爲主客郎中，重遊玄都，蕩然無復一存，惟兔葵燕麥動摇春風耳。因再題二十八字，曰：「百畝庭中半是苔，桃花凈盡菜花開。種桃道士今何在？前度劉郎去又來。」權近益薄之。

元和中，國樂有米嘉榮、何戡，並善歌。劉尚書與嘉榮詩云：「三朝供奉米嘉榮，能變新聲作舊聲。于今後輩輕前輩，好染髭鬚事後生。」又自貶所歸京，聞何戡歌，曰：「二十年來别帝京，重聞天樂不勝情。舊人唯有何戡在，更與殷勤唱渭城。」

長慶中，劉夢得與元微之、韋楚客同會白樂天舍，論南朝興廢，各賦金陵懷古詩。劉滿飲一盃，飲已即成，曰：「王濬樓船下益州，金陵王氣黯然收。千尋鐵鎖沉江底，一片降幡出石頭。人世幾回傷往事，山形依舊枕寒流。而今四海爲家日，故壘蕭蕭蘆荻秋。」白覽詩曰：「四人探驪龍，子先獲珠，所餘鱗爪何用耶？」於是罷唱。

劉夢得石頭詩云：「山圍故國周遭在，潮打空城寂寞回。淮水東邊舊時月，夜深還過女墻來。」樂天掉頭苦吟，嘆賞良久曰：「『潮打空城寂寞回』，吾知後之詩人不復措辭矣。」

白樂天任杭州刺史，携數妓還洛陽，後却還錢塘。劉夢得戲答云：「其那錢塘蘇小小，憶君淚點石榴裙。」

牛僧孺將赴舉時，投贄於劉補闕夢得，劉對客展卷，飛筆點竄其文，一時雖謝礲礪，終爲鞅鞅，後劉轉汝州，奇章出鎮漢南，枉道至汝駐旌旆，信宿酒酣，以詩喻劉曰：「粉署爲郎四十春，今來名輩更無人。休論世上升沉事，且鬭尊前見在身。珠玉會應成咳唾，山川猶覺露精神。莫言恃酒輕言語，曾把文章謁後塵。」劉承詩意，方悟往年改文卷事，因作詩謝過曰：「昔年曾忝漢朝臣，晚歲空餘老病身。幼見相如成賦日，後爲丞相掃門人。追思往事咨嗟久，喜幸清光笑語頻。猶有當時舊冠劍，待公三日拂埃塵。」牛公哈諷，前意稍解，曰：「三日之事，何敢當焉！」宰相三朝後主印，可以昇降百司。於是移宴竟夕，方整前驅。

劉夢得對賓友每吟張博士籍詩云：「新酒欲開期好客，衣冠暫脱見閑身。」對花木則吟王右丞詩云：「興闌啼鳥换，坐久落花多。」白樂天嘗齋，禹錫病酒，乃饋菊苗虀、蘆菔鮓，换取樂天六班茶二囊，以自醒酒。

呂温　字和叔，又字化光。嘗從陸贄治春秋。

柳子厚在柳州，呂温嘲之曰：「柳州柳刺史，種柳柳江邊。柳管依然在，千株柳拂天。」後南卓爲黔南經略使，故人嘲曰：「黔南南太守，南郡在雲南。閑向南亭醉，南風變俗談。」卓嘗言事，出爲松滋令。詩贈從事云：「翺翔曾在玉京天，墮在江南地幾年。從事不須輕縣宰，滿身猶帶御爐煙。」

呂温守道州時，段洪古客焉，一夕，同於樓上把火看花，賦詩云：「城上芳園花滿枝，城頭太守夜看時。爲報林中高舉燭，感人情思欲題詩。」温答云：「盡日看花君不來，江城半夜爲君開。樓中共指南園火，紅燼隨花落碧苔。」

張籍　字文昌，蘇州人。嘗取杜甫詩一帙，焚取灰燼，副以膏蜜，頓飲之，曰：「令吾肝腸從此改易。」

張籍用藥名作離合詩答鄱陽客云：「江皋歲暮相逢地，黄葉霜前半夏枝。子夜吟詩向秋桂，心中萬事豈君知？」此不離偏旁，但以一物一字離于一句首尾，而首尾相續爲一物者。

張籍用裴晉公薦爲國子博士，東平帥李師道辟爲從事，籍賦節婦吟辭之云：「君知妾有夫，贈妾雙明珠。感君纏綿意，繫在紅羅襦。妾家高樓連苑起，良人持戟明光裏。知君用心如日月，事夫誓擬同生死。還君明珠雙淚垂，何不相逢未嫁時。」時人以朱慶餘遇張籍知音，索慶餘新舊篇，擇留八十六章，置之懷袖而推贊之。時人以籍重名，皆繕録諷詠，遂登科。慶餘作閨意一篇以獻，曰：「洞房昨夜停紅燭，待曉堂前拜舅姑。粧罷低聲問夫壻，畫眉深淺入時無？」籍酬之曰：「越女新粧出鏡心，自知明艷更沉吟。齊紈未足時人貴，一曲菱歌敵萬金。」由是朱之詩名流於海内。

元和中，長安有沙門善病人文章，尤能捉語意相合之處，張籍頗恚之，冥搜愈切，思得句曰：「長因送人處，憶得別家時。」經往誇揚，乃曰：「此應不合前輩意也。」沙門笑曰：「此有人道了也。」籍曰：「向有何人？」沙門冷吟曰：「見他桃李發，思憶後園春。」籍因撫掌大笑。

王建

字仲初。與張文昌友善。有宫詞百首，甚工。

王建初爲渭南尉，與宦者王守澄有宗人之分，因過飲，語及漢桓、靈信任中官事，守澄深憾其譏，乃曰：「吾弟所作宫詞，禁掖深邃，何以知之？」將奏劾建，建作詩以解之云：「先朝行坐鎮相隨，今上春宮見小時。脱下御衣親賜着，進來龍馬每教騎；長承密旨歸家少，獨奏邊機出殿遲。不是當家頻向説，九重争得外人知？」自是守澄不敢有言。

諺云：「乾星照濕土，來日依舊雨。」王建聽雨詩云：「半夜思家睡裏愁，雨聲落落屋簷頭。照泥星出依然黑，淹爛庭花不肯休。」

歐陽詹　字行周，泉州人。與韓愈等同舉進士，時稱龍虎榜。終四門助教。

歐陽詹遊太原，悦一妓，將别，約至都相迎，途中寄詩曰：「驅馬漸覺遠，迴頭長路塵。高城已不見，况復城中人。去意自未甘，居情諒猶辛。萬里東北晉，千里西南秦。一履不出門，一車無停輪。流萍與繫匏，早晚期相親。」妓得詩，思之不已，疾且甚，乃刃其髻藏之，謂女弟曰：「歐陽生至，可以爲信。」因題詩曰：「自從别後減容光，半是思郎半恨郎。欲識舊來雲髻様，爲奴開取縷金箱。」絶筆而逝。及詹至，如其言示之，詹啓函，一慟而卒。

歐陽澥，四門詹之孫也，娶婦經旬而辭赴舉，久不還家，自憐十八年之帝鄉未遇知己，乃爲燕詩獻主司鄭愚曰：「翩翩雙燕畫堂開，送古迎今幾萬迴。長向春秋社前後，爲誰歸去爲誰來？」

陸長源

字泳。爲宣武行軍司馬，韓愈爲巡官，同在使幕，或議其年輩相遠，愈曰：「大蟲、老鼠，俱十二相屬，何怪之有？」

陸長源爲郎中日，判僧常滿、智真等於娼家飲酒烹宰等事云：「口說如來之教，在處貪財；身着無價之衣，終朝食肉。苦行未同迦葉，自謂頭陀；神通何有淨名，入諸婬舍？犯爾嚴戒，黷我明刑。」仍集遠近僧徒，痛杖二十處死。韓晉公斷法師雲晏等五人聚集賭錢。因有喧諍云：「正法何曾執貝，空門不積餘財。白日既能賭博，通宵必醉罇罍。強說天堂難到，又言地獄長開。並付江神收管，波中便是象臺。」

崔護

字殷功。貞元中登第，終嶺南節度使。

崔護初舉進士不第，清明獨遊都城南，得村居，花木叢萃。叩門久，有女子自門隟問之。對曰：「尋春獨行，酒渴求飲。」女人啓關，以盂水至。獨倚小桃柯佇立，而意屬殊厚。崔辭起，送至門，如不勝情而入。後絶不復至。及來歲清明，徑往尋之，門庭如故而户扃鎖矣。因題詩於其左扉云：「去年今日此門中，人面桃花相映紅。人面不知何處去，桃花依舊笑春風。」後以其意未全，語未工，改第三句「人面秖今何處去」云。

崔護不登科，怒其考官苗登，苗即崔從舅也。乃私試爲判頭毁其舅曰：「甲背有猪皮之異。」其判曰：「曹人之祖重耳，駢脅載觀；相里之剥苗登，猪皮斯見。」初登爲東畿尉，相里造爲尹，曾欲笞之，袒其背，有猪毛長數寸，故云。又曰：「當偃兵之時，則燧而無用；在冗食之日，則揺而有求。」皆謂其尾也。

杜羔　有至性，於兵亂後，訪求得母而奉養焉。貞元末登第。

杜羔妻劉氏善爲詩，羔累舉不第，將至家，妻先寄詩曰：「良人的的有奇才，何事年年被放回。如今妾面羞君面，君到來時近夜來。」羔見詩，赧不敢歸，復遊長安，尋登第，妻又寄詩云：「長安此去無多地，鬱鬱葱葱佳氣浮。良人得意正年少，今夜醉眠何處樓？」羔得詩，即命駕還里。

鄭還古 元和初登第。

鄭還古寓東都，與柳當將軍同巷，鄭調西都，柳設宴餞行，出家妓歌樂以送，內有一妓嬌美，鄭眷戀不已，柳謂曰：「此沈真真，本良家女，頗能文辭，請公一詩以定情好，候公拜命，即當送賀。」公欣然賦之云：「冶艷出神仙，清聲勝管絃。詞輕白苧曲，歌遏碧雲天。未擬生裴秀，何妨乞鄭玄？不堪金谷水，横過墜樓前。」柳大喜，俾真真拜謝。鄭至京，除國子博士，柳見除目，即送真真赴約。及嘉祥驛而還古物故，真真守節終身。

周匡物 字幾本。漳州人。元和時，以歌詩著名。

周匡物家貧，徒步應舉，至錢塘，乏僦船之資，久不得濟，乃題詩公館云：「南里茫茫天塹遥，秦皇底事不安橋？錢塘江口無錢過，又阻西陵兩信潮。」郡牧見之，乃罪津吏。

施肩吾

字希聖。元和中登第。以洪州西山羽化之地，高蹈於此。

隋曲有疎勒鹽，唐曲有突厥鹽、阿鵲鹽，或云關中人謂好爲鹽，故肩吾詩云：「顛狂楚客歌成雪，媚嫵吴娘笑是鹽。」

施肩吾與崔嘏同年，不睦，嘏舊失一目，以珠代之，施嘲之曰：「二十九人及第，五十七眼看花。」

沈亞之

字下賢。學於退之之門，與皇甫湜以文往來。元和中下第，李賀有詩送之。

沈亞之常客遊，爲小輩所試曰：「某改令書俗各兩句：伐木丁丁，鳥鳴嚶嚶。東行西行，遇飯遇羹。」亞之答曰：「如切如磋，如琢如磨。欺客打婦，不當婁羅。」

大和初，沈亞之之邠，憩長安邸舍，夢爲秦穆公女弄玉婿，公主死，應教作挽歌曰：「泣葬一枝紅，生同死不同。金鈿墜芳草，香繡滿春風。舊日聞簫處，高樓明月中。梨花寒食夜，深閉翠微宫。」

堯山堂外紀卷三十

唐

裴度

字中立。元和末爲宰相，歷事四朝，以全德始終。李義山稱爲聖相。微時寓洛，嘗策蹇天津橋，有二老人倚柱而立，語云：「適憂蔡州未平，須待此人爲將。」其僕携書囊從後聞之，歸述其事，度曰：「見我龍鍾，相戲耳。」洎留守洛，每語天津橋老人之事。有别墅於集賢里，具涼臺燠館，號緑野堂。

元和中，裴度出征淮西，請韓愈爲掌書記，及賊平入覲，以詩示幕中賓客，愈和一篇云：「南伐旋師太華東，天書夜到册元功。將軍舊壓三司貴，相國新兼五等崇。鴛鷺欲歸仙仗裏，熊羆還入禁營中。長慙典筆非材職，得就閑官即至公。」時李僕射方爲華州刺史，戎服櫜鞬迎於道左，愈有詩云：「荆山行盡華山來，日照潼關四扇開。刺史莫嫌迎候遠，相公親破蔡州回。」

裴度征淮西日，掘得一碑，上有謡云：「井底一竿竹，竹色深深緑。雞未肥，酒未熟，障車兒郎且須縮。」有識之者曰：「『雞未肥』，肥去月乃己字；『酒未熟』乃酉字。」其後吳元濟果以己酉日就擒。宋人四六有「學塹鼠獄，智乏雞碑」，下句正用此事。

劉虛白昔與裴令公同硯席，及公主文，虛白猶是舉子，試雜文日，簾前獻一絶云：「二十年前此夜中，一般燈燭一般風。不知歲月能多少，猶着麻衣待至公。」

白樂天求馬於裴令公，公贈以馬，因戲云：「君若有心求逸足，我還留意在名姝。」引妾換馬之事。樂天答曰：「安石風流無奈何，欲將赤驥換新娥。不辭便送東山去，臨老何人與唱歌？」

裴晉公在相位，有人寄槐癭一枚，欲削爲枕。時郎中庾威世稱博物，召請別之，庾捧翫良久，曰：「此是雌樹生者，恐不堪用。」語次，偶及庚甲，庾曰：「某與令公同是甲辰生。」公笑曰：「郎中便是雌甲辰。」

裴晉公除平章事，制有云：「十拜相詔，四登帥壇。」嘗自贊曰：「爾身不長，爾貌不揚。胡爲將？胡爲相？一片靈臺，丹青莫狀。」

裴晉公中書即事云：「有意效承平，無功益聖明。灰心緣忍事，霜鬢爲論兵。道直身還在，恩深命轉輕。鹽梅非擬議，葵藿是平生。白日長懸照，蒼蠅謾發聲。嵩陽舊田地，終使謝歸耕。」

裴晉公不信術數，每語人曰：「雞豬魚蒜，逢着則喫。生老病死，時至則行。」

裴晉公臨薨，以平淮西所賜玉帶卻進，口占奏狀曰：「内府之珎，先朝所賜。既不合將歸地下，又不合留在人間。」聞者嘆其不亂。晉公午橋莊有文杏百株，其處立碑錦坊、小兒坂，草盈茂，時公使驅數群羊散坂上，曰：「芳草多情，賴此粧點。」臨終，告門人曰：「吾死無所繫，但午橋莊松雲嶺未成，軟碧池繡魚尾未長，漢書未終篇，爲可恨耳。」

權德輿

字載之。三歲時能辨四聲。元和中，同平章事。卒謚曰文。

唐制，舉人試，日既暮，許燒燭三條。主文權德輿於簾下戲云：「三條燭盡，燒殘舉子之心。」舉子遽答云：「八韻賦成，驚破侍郎之膽。」咸通中，韋承貽試日，先畢，曾作詩賦此事云：「褒衣博帶滿塵埃，獨向都堂納卷回。蓬巷幾時聞吉語，棘籬何日免重來？三條燭盡鐘初動，九轉丹成鼎未開。殘月漸低人擾擾，不知誰是謫仙才？」

權德輿以文爲戲，嘗用古人姓名藏句中，其一篇云：「藩宣秉戎寄，衡石崇位勢。年紀信不留，弛張良自媿。樵蘇則爲愜，瓜李斯可畏。不顧榮官尊，每陳農畝利。忌滿寵生嫌，養蒙恬勝智。疎鐘皓月曉，晚景丹霞異。澗谷永不諼，山梁冀無累。頗符生肇學，得展禽尚志。從此直不疑，支離疎世事。」

王播　字明歇。弟起、鐸，一門三相。文宗嘗題詩太子笏賜起，詔畫像便殿，號當世仲尼。

王播少孤貧，嘗客揚州惠照寺木蘭院，隨僧齋粥，僧厭苦之，乃齋罷而後擊鐘。後二紀，播出鎮揚州，因訪舊遊，向之題處，皆以碧紗幕其詩。播繼以二絶句曰：「三十年前此院遊，木蘭花發院新修。如今再到經行處，樹老無花僧白頭。」又：「上堂已了各西東，慚愧闍黎飯後鐘。三十年來塵撲面，而今始得碧紗籠。」

陳通方與王播同年，播年五十六，通方甚少，因期集，撫播背曰：「王老奉贈一第。」播恨之。後通方丁家難，辛苦萬狀，播捷三科爲正郎，判鹽鐵，通方窮悴求助，不甚給之，時李虛中爲副使，通方以詩求爲汲引云：「應念路傍憔悴翼，昔年喬木幸同遷。」播不得已，薦爲江西院官。

王起四典貢舉，所取士皆知名者，人服其鑒。會昌中放第二榜，僧廣宣以詩寄賀曰：「從辭鳳閣掌絲綸，便向青雲領貢賓。再闢文場無枉路，兩開金榜絶冤人。眼看龍化門前水，手放鶯飛谷口春。明日定歸台席去，鶺鴒原上共陶鈞。」起和云：「延英面奉入春闈，亦選工夫亦選奇。在冶只求金不耗，用心空學秤無私。龍門變化人皆望，鶯谷飛鳴自有時。獨喜向公誰是論，彌天上士與新詩。」起子龜，從起在河中，於中條山山谷中起草堂，與山人道士游，朔望一選府第，人自爲郎君谷。

初，王起自中書舍人知舉，放進士周墀及第，後同在翰林，及會昌再放榜時，墀任華州，因寄詩賀叙同在翰林曰：「文場三化魯儒生，二十餘年振重名。曾忝木雞誇羽翼，又陪金馬入蓬瀛。雖欣月桂居先折，更羨春蘭最後榮。欲到龍門看風水，關防不許暫離營。」起答曰：「貢院離來二十霜，誰知更忝主文塲。楊葉縱能穿舊的，桂枝何必愛新香？九重每憶同仙禁，六藝初吟得夜光。莫道相知不相見，蓮峰之下有龔黄。」人以爲絶唱。

李逢吉

字虚舟。嘗知貢舉，榜未放而入相，王播代放榜，及第人就中書見座主，時稱「好脚跡門生」。

元和十一年，歲在丙申，李逢吉下三十三人皆取寒素，時有詩曰：「元和天子丙申年，三十三人同得仙。袍似爛銀衣似錦，相將白日上青天。」

李逢吉性彊愎而沉猜多忌，好危人，略無怍色。劉禹錫有妓甚麗，李陰以計奪之，約某日皇城中置宴，朝賢寵嬖並請早赴境會，敕閽吏先放劉家妓從門入。傾都驚異，無敢言者。劉惶惑吞聲。又翌日，與相善數人謁之，但相見如常，從容久之，並不言境會之所以然，座中默然，相目而已。既罷，一揖而退。劉嘆咤而歸，無可奈何，遂憤懣而作四章以擬四愁。其一云：「玉釵重合兩無緣，魚在深潭鶴在天。得意紫鸞休舞鏡，傳言青鳥罷銜牋。金盆已覆難收水，玉軫長籠不續絃。若向蘼蕪山下過，遥將紅淚灑窮泉。」其二云：「鸞飛遠樹棲何處？鳳得新巢已去心。紅壁尚留香漠漠，碧雲初斷信沉沉。情知點污投泥玉，猶自經營買笑金。從此山頭似人石，丈夫形狀淚痕深。」其三云：「人曾何處更尋看？雖是生離死一般。買笑樹邊花已老，畫眉牕下月猶殘。雲藏巫峽音容斷，路隔星橋過往難。莫怪詩成無淚滴，盡傾東海也須乾。」其四云：「三山不見海沉沉，豈有仙蹤更可尋？青鳥去時雲路斷，嫦娥歸處月宫深。紗牕遥想春相憶，書幌誰憐夜獨吟？料得夜來天上鏡，只因偏照兩人心。」

李翺

字習之。父名楚金，故其所爲文，皆以「今」爲「兹時」。有毛傳者，好食鳩，人與己相得，必以鳩贈之，一見翺，贈十二籃。

李尚書在潭州，席上有舞柘枝者，顔色憂悴。殷堯藩侍御當筵贈詩曰：「姑蘇太守青娥女，流落長沙舞柘枝。滿座繡衣皆不識，可憐紅臉淚雙垂。」翺詰其事，乃姑蘇臺韋中丞愛姬所生之女。夏卿之裔，正卿之姪。曰：「妾以昆弟夭折，委身樂部，耻辱先人。」言訖涕咽，情不能堪。亞相爲之吁嘆，且曰：「吾韋族姻舊。」速命更其舞衣，飾以桂襦，延與韓夫人相見。夫人吏部之女。顧其言語清楚，宛有冠蓋風儀，遂於賓榻中選士而嫁之。舒元輿侍郎聞之，自京馳詩曰：「湘江舞罷忽成悲，便脱蠻靴出絳幃。誰是蔡邕琴酒客？魏公懷舊嫁文姬。」

李尚書初守廬江，有重繫者當大辟，引慮之時，啓曰：「昔於小時專習一藝，願於貴人前試之。」乃長嘯也。公命緩繫而聽之，曰：「不謂蘇門之風，出於赭衣之下。」遂蠲其罪。有僧相打，斷云：「夫説法則不曾敷坐而坐，相打則偏袒右肩左肩。」領來向佛前而作偈言，各笞去衣十五，以例三千大千。」又斷僧通狀云：「上歲童子，二十受戒。君王不朝，父母不拜。口稱貧道，有錢放債。量決十下，牒出東界。」

李尚書牧江淮日，進士盧儲投卷來謁，李禮待之，置文卷案間，赴公宇視事。長女及笄，見文卷尋繹數四，謂小青衣曰：「此人必爲狀頭。」李聞之，深異其語，乃納爲壻。來年果狀元及第。纔過殿試，即赴佳姻，作催粧詩曰：「昔年將事玉京遊，第一仙人許狀頭。今日已成秦晉會，早教鸞鳳下粧樓。」

李翱問藥山禪師：「如何是道？」師曰：「雲在天，水在瓶。」翱作偈曰：「鍊得身形似鶴形，千株松下兩函經。我來問佛無餘話，雲在青天水在瓶。」翱問：「如何是戒、定、慧。」師曰：「太守欲保任此事，直須向高高山頂坐，深深海底行。閨閤中物割捨不得，便爲滲漏。」師一夜登山大笑，翱贈詩曰：「選得幽居愜野情，終年無送亦無迎。有時直上孤峰頂，月下披雲笑一聲。」

李約

字存博。汧公勉之子。梁武造寺，令蕭子雲飛白大書一「蕭」字。約自江淮竭産致歸洛中，扁於小亭，號曰蕭齋。

李約爲兵部員外郎，與主客外郎張諗同官，每單床靜言，達旦不寐。贈韋徵君況詩曰：「我有心中事，不向韋三説。秋夜洛陽城，明月照張八。」

李約雅度簡遠，有山林之致，在潤州得古鐵一片，擊之清越；又養一猿，名山公。月夜泛江，登金山鼓琴，猿必嘯和。曾佐庶人李錡幕，至金陵，屢讚招隱寺標致。一日，庶人宴寺中。明日謂曰：「子嘗稱招隱標致，昨日遊宴，何殊州中？」約曰：「某所賞者，踈野耳。若遠山將翠幕遮，古松用綵物裹，羶腥涴鹿跑泉，音樂亂山鳥聲，此則實不如在叔父大廳也。」

李員外觀祈雨云：「桑條無葉土生煙，簫管迎龍水廟前。朱門幾處猶歌舞，猶恐春陰咽管絃。」

李涉

字清溪，與弟渤俱隱南康山中。渤嘗養一白鹿，號白鹿先生。

李涉題鶴林寺僧室云：「終日昏昏醉夢間，忽聞春盡强登山。因過竹院逢僧話，又得浮生半日閑。」宋時，有數貴人遇休沐，携歌舞僧舍者，酒酣誦此詩，僧聞而笑曰：「尊官得半日閑，老僧卻忙三日。」謂一日供帳，一日燕集，一日掃除也。

李涉嘗過九江，至皖口遇盜，問：「何人？」從者曰：「李博士也。」其豪首曰：「若是李涉博士，不用剽奪。久聞詩名，願題一篇足矣。」涉贈一絶云：「春雨蕭蕭江上村，緑林豪客夜知聞。相逢不用相迴避，世上如今半是君。」豪首餞賂且厚，李不敢卻，而都斯人神情復異，復期會於淮揚佛寺。及至揚，遍歷諸寺，遇一女子拜泣，乃故劉員外愛姬宋態也。劉、李有昔年之分，贈詩曰：「長憶雲仙至小時，芙蓉頭上綰青絲。當時驚覺高唐夢，唯有如今宋玉知。」又：「陵陽夜醮使君筵，解語花枝在眼前。自從明月西沉海，不見姮娥二十年。」已而歎曰：「不見豪首而逢宋態，成終身之喜恨矣。」後番禺舉子李彙征客遊閩、越，馳車至循州，冒雨求宿，田翁指韋氏莊居，韋氏乃杖屨迎賓，年已八十有餘，自稱曰野人韋思明。與李生談論，淹留累夕，因及詩語，韋叟吟曰：「長安輕薄兒，白馬黄金羈。」以彙征年少而事輕肥故也。李生還令云：「昨日美少年，今日成老醜。」韋乃喟然歎曰：「老其醜矣，少壯所嗤。至客改令，不離舊意。」曰：「白髮有前後，青山無古今。」韋微笑曰：「白髮不遠於秀才，何忽於老夫也？」叟復還令曰：「此公頭白真可憐，惜伊紅顔美少年。」於是共論數十家歌詩，次第及李涉絶句，主人酷稱善，彙征遂吟曰：「遠别秦城萬里遊，亂山高下出商州。關門不鎖寒溪水，一夜潺湲送客愁。」又曰：「華表千年一鶴歸，丹砂爲頂雪爲衣。泠泠仙語人聽盡，卻向五雲飜翅飛。」思明復吟二篇，曰：「因韓爲趙兩遊秦，十月冰霜渡孟津。縱使雞鳴見關吏，不知余也是何人。」又曰：「滕王閣上唱伊州，二十年前向此遊。半是半非君莫問，西山長在水長流。」李生重詠贈豪客詩，韋叟愀然變色曰：「老身弱齡不肖，遊浪江湖，交結奸徒，爲不平事，後遇李涉博士，蒙簡此詩，因而跧跡。李公待愚，擬陸士衡之薦戴若思，中心藏焉。遠隱羅浮山，經于一紀。李既云亡，不復再遊秦、楚。」追惋今昔，因乃潸然，復數日別。

堯山堂外紀卷三十一

唐

李賀

字長吉。常使小奚奴背一古破錦囊隨行，遇有所得，即書投囊中，及暮歸，足成之。太夫人見所書多，輒曰：「是兒要當嘔出心肝始已耳。」有人謁賀，見其久而不言，唾地者三，俄而成文三篇。元稹以明經中第，願與賀交，賀見刺曰：「明經及第，何事來見李賀？」稹慚而退。未幾，制策登科，禮部議：賀父名晉，不合舉進士。時輩排之，賀竟不第。將死時，晝見一緋衣人，駕赤虬，持一版書若太古篆或霹靂石文者，云：「上帝新作白玉樓成，立召君爲記。」少之，賀氣絶。賀有表兄，與賀筆硯之舊，恨賀傲忽，賀死後，紿取其藁，盡投溷中。

李賀年七歲，以長短之製名動京華，時韓退之與皇甫湜覽賀所作，奇之，因聯騎造門求見。賀丱角荷衣而出，二公令面賦一篇，賀承命，欣然操觚染翰，傍若無人，仍名曰高軒過。其詞曰：「華裾織翠青如蔥，金環壓轡搖玲瓏。馬蹄隱耳聲隆隆，入門下馬氣如虹。云是東京才子，文章鉅公。二十八宿羅心胸，元精炯炯貫當中。殿前作賦聲摩空，筆補造化天無功。龐眉書客感秋蓬，誰是死草生華風？我今垂翅附冥鴻，他日不差蛇作龍。」二公大驚，遂以所乘馬命聯鑣而還所居，親爲束髮。

李賀以歌詩謁韓愈，愈時爲國子博士，分司送客歸，困極，已解帶，門人呈卷，旋讀子，首篇乃鴈門大守行也，即束帶見之。其詩云：「黑雲壓城城欲摧，甲光向月金鱗開。角聲滿天秋色裏，塞上燕脂凝夜紫。半卷紅旗臨易水，霜重鼓聲寒不起。報君黄金臺上意，提携玉龍爲君死。」宋景文諸公在館中，評唐人詩曰：「李白仙才，長吉鬼才。」王安石曰：「長吉詩『黑雲壓城城欲摧，甲光耀日金鱗開』，是兒言不相副：方黑雲如此，安得耀日之甲光也？」

李賀紫石研歌：「端州石匠巧如神，露天磨刀割紫雲。紗帷晝睡墨花春，輕漚漂沫松麝薰。」

盧仝　號玉川子。詩體與馬異俱尚險怪。二人結交詩云：「仝不仝，異不異，是謂大仝而小異。」盧茶歌句多奇警，洛陽有仝煮茶泉。

盧仝下第出都，投逆旅，有一人附火，吟曰：「學織錦梭工未多，亂投機杼錯拋梭。若教宮錦行家見，把似文章笑殺他。」因問之，云：「舊例宮錦坊，近以薄技投本行云：『如今花樣不同。』且東歸也。」

盧仝有子名添丁，仝作詩示之曰：「春風苦不仁，呼逐馬蹄行人家。瘴氣卻憐我，入我憔悴骨中爲生涯。數日不食强起行，何忍索我抱着滿樹花。不知四體正困憊，泥人啼哭聲呀呀。忽來案上翻墨汁，塗抹詩書如老鵶。父憐母惜摑不得，卻生癡笑令人嗟。宿春連曉不成米，日高始進一椀茶。氣力龍鍾頭欲白，憑杖添丁莫惱爺。」後仝留王涯第中，遂預甘露之禍。仝老無髮，奄人於腦後加釘焉。人以爲「添丁」之讖。

孟郊

字東野。韓愈以爲忘年交。年五十第進士，尉溧陽，以吟詩廢曹務，令白府，假以尉代之，分其半俸。邑有投金瀨，以郊得名。郊卒，張籍謚曰貞曜先生。

孟東野窮餓，不得安養其親，周天下無所遇，作詩曰：「食薺腸亦苦，强歌聲無歡。出門即有礙，誰爲天地寬？」

孟東野下第詩曰：「棄置復棄置，情如刀劍傷。」又再下第詩曰：「一夕九起嗟，夢知不到家。兩度長安陌，空將淚見花。」後及第，有詩曰：「昔日齷齪不足嗟，今朝曠蕩恩無涯。青春得意馬蹄疾，一日看遍長安花。」

孟東野塘下行云：「塘邊日欲斜，年少早還家。徒將白羽扇，調妾木蘭花。不是城頭柳，那棲來去鴉？」又有遊子行云：「慈母手中綫，遊子身上衣。臨行密密縫，意恐遲遲歸。難將寸草心，報得三春暉。」

賈島　字浪仙。初爲浮屠，名無本，韓愈惜其才，俾反俗應舉。島常以歲除取一年所得詩，祭以酒，曰：「勞吾精神，以是補之。」島至老無子，因啖牛肉得疾，終于傳舍。李洞慕其詩，鑄銅象島儀，事之如神，常念「賈島佛」。

賈島初赴京師，一日於驢上得句云：「鳥宿池邊樹，僧敲月下門。」始欲作「推」字，又欲着「敲」字，煉之未定，遂於驢上吟哦，時時引手作敲推勢。時韓愈吏部權京兆尹，島不覺衝至第三節，尚爲手勢未已，左右擁至尹前，島具對：「所得詩句，『推』與『敲』字未定，神遊詩府，致冲大官。」愈立馬良久，曰：「作『敲』字佳。」遂並轡歸，留連論詩，與爲布衣交。有詩贈云：「孟郊死葬北印山，日月星辰頓覺閑。天恐文章中斷絶，再生賈島在人間。」島自此名著。柳子玉祭文：「郊寒島瘦，元輕白俗。」

島騎驢天衢，時秋風正厲，黄葉可掃，島忽吟曰「落葉滿長安」，卒求一聯未得，因唐突京尹劉栖楚，被繫一夕而釋。此與韓愈「推敲」事又别。

島久不第，吟「病蟬」之句以刺公卿，或奏島與平曾等爲舉場十惡，逐之。詩曰：「病蟬飛不得，向我掌中行。折翼猶能薄，酸吟尚極清。露華凝在腹，塵點誤侵晴。黄雀并烏鳥，俱懷害爾情。」島不善程試，每叠一幅，巡鋪告人曰：「原夫之類乞一聯。」「原夫」，賦中轉起字也。

裴晉公初立第於街西興化里，鑿池種竹，起臺榭。島方下第，或以爲執政惡之，故不在選，怨憤題詩曰：「破卻千家作一池，不栽桃李種薔薇。薔薇花落秋風起，荆棘滿庭君始知。」皆惡其不遜。

高麗使過海，有詩云：「沙鳥浮還没，山雲斷復連。」時島詐爲稍人，聯下句云：「棹穿波底月，船壓水中天。」麗使嘉歎久之，不復言詩。

島爲僧時，居法乾寺，洛陽令不許僧午後出寺。島有詩云：「不如牛與羊，猶得日暮歸。」一日，宣宗微行至寺，聞鍾樓上有吟聲，遂登樓，於島案上取詩覽之，島攘臂睨之曰：「郎君何會此耶？」遂奪取詩卷。帝慚下樓去。既而島知之，亟謝罪。乃賜御札，後除爲長江簿。初之任，道中賦詩曰：「策杖馳山驛，逢人問梓州。長江何日到，行客替生愁。」夜過東川，守者厚禮之，島獻感恩詩曰：「匏革奏終非獨樂，軍城未曉啓重門。何時卻入三台貴，此日空知八座尊。羅綺舞間收雨點，貔貅闌外卷雲根。逐遷屬吏隨賓列，撥棹扁舟不忘恩。」

島自長江遷普州司倉。方干自鏡湖寄詩曰：「亂山重復叠，何路訪先生？豈料

閑曹猶得醉，薄俸亦勝耕。莫問吟詩苦，年年芳草平。」孟郊、賈島皆窮困至死，或謂詩能窮人，昔有作詩卻相者云：「貌拙慙君仔細看，鏡中我自覺神寒。試從李杜編排起，幾箇吟人做大官？」

平曾

薛平僕射出鎮浙西，平曾投謁，薛主禮稍薄，曾留詩以諷之曰：「梯山航海幾崎嶇，來謁金陵薛大夫。髭髮豎時趨劍戟，衣冠儼處拜冰壺。誠知兩軸非珠玉，深媿三缣卹旅途。今日楚江風正好，不須迴首望句吳。」薛聞之，曾將出境，遣吏追還，靡留數日。又獻縶白馬詩曰：「白馬披鬉練一團，今朝被絆欲行難。雪中放去空尋跡，月下牽來只見鞍。向北長鳴天外遠，臨風斜控耳邊寒。自知毛骨還應異，更請孫陽子細看。」薛覩詩曰：「若不留絆行軒，那得觀其毛骨。」遂以殊禮相待。

楊衡

字仲師，吳興人。孟東野有悼衡詩。

楊衡初隱廬山，有盜其文登第者，衡因詣闕，亦登第，見其人，盛怒，曰：「『一一鶴聲飛上天』在否？」答曰：「此句知兄最惜，不敢偷。」衡笑曰：「猶可恕也。」

張祜

字承吉。苦吟時，妻孥喚之不應，以責祜，祜曰：「吾方口吻生花，豈恤汝輩。」後知南海，罷，但載羅浮石歸，不治産。

張祜、崔涯下第後，多游江、淮，嘗嗜酒，侮謔時輩，或乘飲興，即自稱俠。二子好尚既同，相與甚洽，崔因醉作俠士詩云：「太行嶺上三尺雪，崔涯袖中三尺鐵。一朝若遇有心人，出門便與妻兒別。」由是往往播在人口：「崔、張真俠士也。」争設酒饌待之。

祜末年薄有資力，一夕，有非常人，裝飾甚武，囊貯一物，流血于外，入門謂曰：「此非張俠士居耶？」曰：「然。」張揖客甚謹，既坐，客曰：「有一讐人十年莫得，今夜獲之，喜不可已。」指其囊曰：「此其首也。」張命酒飲之。客曰：「此去三數里有一義士，余欲報之，則平生恩讐畢矣。聞公氣義，可假十萬緍酬之，此後赴湯蹈火、爲狗爲雞無所憚。」張深喜其説，乃扶囊燭下，籌其縑素中品之物，量而與之。客曰：「快哉！無所恨也。」乃留囊首而去，期以卻回。及期不至，五鼓絶聲，東曦既駕，杳無蹤跡。張慮以囊首彰露，且非己爲，客既不來，計將安出？遣家人埋之。開囊，乃豕首也。因嘆曰：「虛其名無其實，而見欺若是，可不誡歟！」爾後，豪俠之氣頓喪。

張祜、崔涯久在維揚，每題詩倡肆，譽之則車馬繼來，毀之則盃盤失錯。嘗戲贈營妓曰：「雖得蘇方木，猶貪玳瑁皮。懷胎十箇月，生下崑崙兒。」又曰：「布袍披襖火燒毡，紙補箜篌麻接弦。更有一隻皮屐子，紇梯紇榻出門前。」又嘲李端端云：「黄昏不語不知行，鼻似煙囪耳似鐺。愛把象牙梳掠鬢，崑崙頂上月初生。」端端往見二子曰：「端端願秖承三郎、六郎，伏望哀之。」乃更贈曰：「覓得驊騮被繡鞍，善和坊裏取端端。揚州近日渾成差，一朵能行白牡丹。」於是大賈居豪競臻其户，或戲之曰：「李家娘子纔出墨池，便登雪嶺，何其一日黑白不均？」

崔生之妻雍氏，揚州總校女也。儀質閒雅，夫婦甚睦。雍族以崔郎甚有詩名，資贍每厚，崔生常於飲食處略無禆敬之顔，但呼妻父「雍老」而已。雍久之不能容，勃然杖劍呼女而出，曰：「某河朔之人，唯襲弓馬，養女合嫁軍門，徒慕士流之德。小女違公，不可別醮，便令出家。汝若不從，吾當揮劍。」立令涯妻剃髮爲尼。涯方悲泣悔過，雍亦不聽分疏，親戚揮慟。涯不得已，裁詩留贈，詩曰：「隴上流泉隴下分，斷腸嗚咽不堪聞。姮娥一入宫中去，巫峽千秋空白雲。」

王智興爲徐州節度，一日，諸從事會飲賦詩，智興至，從事即屏去翰墨。智興言：「適聞作詩，何獨見某而罷？」復以箋陳席上，小吏亦置箋於智興前。智興引毫立成曰：「三十年前老健兒，剛被郎官遣作詩。江南花柳從君詠，塞北煙塵我獨知。」四座驚嘆。監軍謂張祜曰：「觀茲盛事，豈得無言？」祜乃獻詩曰：「十年受命鎮方隅，漢節忠規兩有餘。誰信將壇嘉政外，李陵章句右軍書。」

張祜有二子，一椿兒，一桂子，嘗有詩曰：「椿兒遶樹春園裏，桂子尋花夜月中。」一日，張以詩上牢盆使，出其子授漕渠小職，得堰，俗號「冬瓜」，人或戲之曰：「賢郎不宜作等職。」張曰：「冬瓜合出祜子。」戲者相與大哂。

張祜在冬瓜堰日，憾其牛户無禮，責欲鞭笞，錢塘酒徒朱冲和小船經過，祜令語曰：「張祜前不得稱進士！」冲和乃自啓名而贈詩嘲曰：「白在東都元已薨，蘭臺鳳閣少人登。冬瓜堰下逢張祜，牛屎堆邊説我能。」祜平生傲誕至於公侯，未如斯之挫也。深恨之。

令狐綯鎮維揚，祜常預狎讌，公因熟視祜，改令曰：「上水船，風太急。帆下人，須好立。」祜答曰：「上水船，船底破。好看客，莫倚柂。」

張祜客淮南幕中，赴宴，杜牧同坐，有所屬意，索骰子賭酒，牧微吟曰：「骰子逡巡裹手拈，無因得見玉纖纖。」祜應聲曰：「但須報道金釵落，彷彿還應露指尖。」

温州顏郎中不知弧矢之能，張祜觀其騎獵，馬上以詩戲之曰：「忽聞射獵出軍城，人着戎衣馬帶纓。倒把角弓呈一箭，滿山狐兔當頭行。」

「故國三千里，深宫二十年。一聲河滿子，雙淚落君前。」「自倚能歌曲，先皇掌上憐。新聲何處唱，腸斷李延年。」二章祜所作宫詞也，傳入宫禁。武宗疾篤，目孟才人曰：「吾即不諱，爾何爲哉！」才人指笙囊泣曰：「請以此就縊。」上惻然。復曰：「妾嘗藝歌，請對上歌一曲，以泄其憤。」上許，乃歌一聲河滿子，氣亟立殞。上令醫候之，曰：「脉尚温而腸已絶。」帝崩，柩重不可舉。或曰：「非俟才人乎？」爰命其櫬，櫬至乃舉。祜爲孟才人嘆，序曰：「才人以誠死，上以誠命，雖古之義激，無以過也。」歌曰：「偶因歌態詠嬌嚬，傳唱宫人二十春。卻爲一聲河滿子，下泉須弔舊才人。」

裴航

長慶中，裴航秀才因下第遊于鄂渚，同舟樊夫人國色，航賂其婢裊煙達詩云：「同舟胡越猶懷想，况遇天仙隔錦屏。倘若玉京相會去，願隨鸞鶴入青冥。」樊答云：「一飲瓊漿百感生，玄霜搗盡見雲英。藍橋便是神仙宅，何必區區上玉京？」後經藍橋驛，渴甚，見茅舍有老嫗緝麻，航揖之求漿，嫗呼曰：「雲英擎一甌漿來。」飲之，乃玉液也。嫗曰：「欲娶此女，但得玉杵臼。」航月餘得之以奉嫗。夜窺之，見有玉兔持杵，雪光耀室。嫗謂航曰：「吾入洞爲郎具帷帳可乎？」俄見一大第，仙童侍女引航相見講婚。後同入玉峰洞中，餌絳雪瓊英之丹，超爲上僊。

堯山堂外紀卷三十二

唐

元稹　字微之。嘗朝退行至廊下，時初日映九英梅，隙光射稹，有氣勃然。百寮望之，歎曰：「豈腸胃之章，映日可見乎？」與白樂天友善，世稱「元白」。元寫白詩於閬州西寺，白寫元詩百篇，合爲屏風。

元稹初授監察御史，出使西蜀，知營妓薛濤有辭辨，難得見焉。嚴司空綬潛知其意，每遣濤往侍。洎稹登翰林，濤寄獻松花紙百幅，稹就於所獻紙寄贈一篇曰：「錦江滑膩峨眉秀，幻出文君與薛濤。言語巧偷鸚鵡舌，文章分得鳳皇毛。紛紛詞客多停筆，箇箇公侯欲夢刀。別後相思隔煙水，菖蒲花發五雲高。」薛嘗好種菖蒲，故有是句。

元稹廉問淛東時，别薛濤已逾十載，方擬馳使往蜀取濤，乃有劉采春自淮甸來，篇韻雖不及濤，容華莫之比也。元贈詩云：「新粧巧樣畫雙蛾，慢裹常州透額羅。正面偷睛光滑笏，緩行輕踏皺紋波。言詞雅措風流足，舉止低回秀媚多。更有腦人腸斷處，選詞能唱望夫歌。」望夫歌即羅嗊曲，劉所作也。元因與狎，遂求在浙河七年。因醉題東武亭曰：「役役閒人事，紛紛碎薄書。功夫兩衙盡，留滯七年餘。病痛梅天發，親情海岸踈。因循未歸得，不是戀鱸魚。」盧侍郎簡求戲曰：「丞相雖不爲鱸魚，爲好鏡湖春耳。」謂采春也。

元微之爲浙東觀察使，白樂天亦除杭州刺史，常以詩筒往來倡和。白語人曰：「曹公謂劉玄德曰：『天下英雄，唯使君與操耳。』予於微之亦云。」詩中「有月多同賞，無盃不共持」一聯，兩地暗合。

會稽號嘉山水，而蓬萊閣爲冠。元微之爲浙東觀察使，辟竇鞏爲副，相與酬和，時號「蘭亭絶唱」。時白樂天刺杭州，元以會稽州宅夸樂天云：「州城縈繞拂雲堆，鏡水稽山滿目來。四面常時對屏障，一家終日在樓臺。星河影向簷前落，鼓角聲從地底回。我是玉皇香案吏，謫居猶得小蓬萊。」樂天答詩云：「賀上人回得報書，大誇州宅似僊居。厭看馮翊風沙久，喜見蘭亭煙景初。日出旌旗生氣色，月明樓閣在空虛。知君暗數江南郡，除卻餘杭盡不如。」微之重誇州宅詩云：「僊都難畫亦難書，暫仕登臨不合居。繞郭煙嵐新雨後，滿山樓閣上燈初。人聲晚動千門闢，湖色宵涵萬象虛。爲問西州羅刹岸，濤頭衝突近何如？」樂天答詩云：「君問西州城下事，醉中叠紅爲君書。嵌空石面標羅刹，厭捺潮頭敵子胥。神鬼曾鞭猶不動，波濤雖打欲何如？誰知太守心相似，抵滯堅頑兩有餘。」又答微之詩：「可憐風景浙東西，先數餘杭次會稽。禹廟未勝天竺寺，錢湖不羨若耶溪。擺塵野鶴春毛暖，拍水沙鷗濕翅低。更對雪樓君愛否？紅欄碧甃點銀泥。」又以西湖詩微之云：「上馬復呼賓，湖邊景氣新。管絃三數事，騎從十餘人。立换登山屐，行携漉酒巾。逢花看當妓，遇草坐爲茵。西山籠黄柳，東風蕩白蘋。小橋裝雁齒，輕浪甃魚鱗。畫舫牽徐轉，銀船酌慢巡。野情遺世累，醉態任天真。彼此年將老，平生分最親。皇天從所欲，遠地得爲隣。雲樹分三驛，煙波限一津。翻嗟寸步隔，卻厭尺書頻。」

元稹鞫獄梓潼日，白尚書在京與名輩遊慈恩，小酌花下，爲詩寄元曰：「花時同醉破新愁，醉折花枝作酒籌。忽憶故人天際去，計程今日到梁州。」時元果及褒城。亦寄夢遊詩曰：「夢君兄弟曲江頭，也向慈恩院院遊。驛吏催人排馬去，忽驚身在古梁州。」

白樂天左降江州司馬，元微之病中賦詩云：「殘燈無焰影幢幢，此夕聞君謫九江。

垂死病中驚起坐，暗風吹雨入寒窗。」樂天得詩云：「此句他人尚不可聞，況僕哉！」欷歔久之。

元微之降達州司馬日，投宿一舍，壁間有字數行，乃稹十五年初及第時贈妓者，復次韻呈白居易云：「十五年前似夢游，曾將詩句結風流。昔教紅粉佳人和，今遣青衫司馬愁。」

元微之貶江陵，過襄陽，夜召名妓劇飲，將别，作詩云：「花枝臨水復臨堤，也照清江也照泥。寄語東風好擡舉，夜來曾有鳳皇棲。」宋謝師厚作襄倅，聞營妓與二胥相好，此妓乞書扇，遂改下二句云：「寄與東風好擡舉，夜來曾有老鴉棲。」

元微之先娶韋氏，字蕙蘩，官未達而苦貧，繼室河東裴氏，字柔之。二夫人俱有才思，時彦以爲嘉偶。初韋蕙蘩逝，不勝其悲，爲詩悼之曰：「謝家最小偏憐女，嫁與黔婁百事乖。顧我無衣搜畫篋，泥他沽酒拔金釵。野蔬充膳甘長藿，落葉添薪仰古槐。今日贈錢過百萬，爲君營奠復營齋。」又云：「曾經滄海難爲水，除卻巫山不是雲。」後自會稽拜尚書右丞，到京未逾月，出鎮武昌，是時中門外搆緹幕，候天使送節次，忽聞宅内慟哭，侍者曰：「裴夫人也。」乃傳問：「旌鉞將至，何長慟焉？」裴氏曰：「歲杪到家鄉，先春又赴任，親情半未相見，所以如此。」元立贈裴詩曰：「窮冬到鄉國，正歲別京華。自恨風塵眼，嘗看遠地華。碧幢還照曜，紅粉莫咨嗟。嫁得浮雲壻，相隨即是家。」裴答曰：「侯門初擁節，御苑柳絲新。不是悲殊命，唯愁別是親。黄鶯遷古木，珠履從清塵。相到千山外，滄江正暮春。」

太和中，元稹拜左丞相，自越過洛，以二詩別白樂天云：「君應怪我留連久，我欲與君辭別難。白頭徒侣漸稀少，明日恐君無此歡。」又云：「自識君來三度別，這回白盡老髭鬚。戀君不去君須會，知得後回相見無？」未幾，死于鄂。樂天哭之曰：「始以詩交，終以詩訣。絃筆相絶，其今日乎！」微之詩傳入禁中，宫人能歌詠之，呼爲元才子。

白居易

字樂天，自號醉吟先生，居香山，稱香山居士。每作詩，令一老嫗解之，問：「解否？」嫗曰：「解。」則録之。與嵩山僧如滿爲空門友，平泉客韋楚老爲山水友，劉夢得爲詩友，皇甫明之爲酒友。獨不爲贊皇公所喜。每寄文章，李緘之一篋，未嘗開，或請之，曰：「見詞則迴吾心矣。」在翰林，賜防風粥一甌，食之，口香七日。其母因看花墜井，後有排白者，以賞花、新井之作左遷，穆皇題柱曰：「此人一生争得水喫。」平生詩數千篇，士人争傳，雞林行賈售其國相，一篇一金。

白樂天初至京，以所業謁顧著作，顧覩姓名，熟視曰：「長安米貴，居大不易。」及披卷，首篇曰：「咸陽原上草，一歲一枯榮。野火燒不盡，春風吹又生。」乃嗟賞曰：「道得箇語，居亦何難？前言戲之耳。」因爲延譽，聲名遂振。長安冰雪，至夏月則價等金璧，白詩名動閭閻，每需冰雪，論筐取之，不復償價，日日如是。

白樂天及第時，贈長安妓阿軟絶句云：「緑水紅蓮一朵新，千花萬草無顔色。」貞元末，阿軟産一女，求小名于樂天，樂天曰：「此兒甚白皙，可名之曰皎皎。」有文士過之，見呼皎皎，爲釋其義，始悟樂天之戲。蓋其種姓不明，取古詩云：「皎皎河漢女」也。

樂天除蘇州刺史，自峽沿流赴郡，時秭歸縣繁知一聞居易將過巫山，先於神女祠粉壁大書曰：「忠州刺史今才子，行到巫山必有詩。爲報高唐神女道，速排雲雨候清詞。」居易覩之，悵然邀知一至曰：「歷陽劉郎中禹錫三年理白帝，欲作一詩而不能，罷郡經過，悉去千餘詩，但留四詩而已。」沈佺期詩曰：「巫山高不極，合沓奇狀新。闇谷疑風雨，幽崖若鬼神。明月三峽曙，潮滿九江春。爲問陽臺客，應如入夢人。」王無競詩曰：「神女向高唐，巫山下夕陽。徘徊作行雨，婉孌夢荆王。電影江前落，雷聲峽外長。朝雲無處所，臺館曉蒼蒼。」皇甫冉詩曰：「巫峽見巴東，迢迢出半空。雲藏神女館，雨到楚王宮。朝暮泉聲落，寒暄樹色同。清猿不可聽，偏在九秋中。」李端詩曰：

「巫山十二峰，皆在碧空中。迴合雲藏日，霏微雨帶風。猿聲寒度水，樹色暮連空。悲向高唐去，千秋見楚宮。」居易吟四篇與繁生同濟，卒不賦詩。後薛能佐李福於蜀，道過此，題云：「賈掾曾空去，題詩豈易哉？」悉去諸板，惟留端一篇。

張祜初未識白公，白公刺蘇州，祜始來謁，才見白，白曰：「嘗記得君欵頭詩。」祜愕然曰：「舍人何所謂？」白曰：「『鴛鴦鈿帶拋何處，孔雀羅衫付阿誰？』非欵頭何耶？」張頫首微笑，仰而答曰：「祜亦嘗記得舍人有目連尋母。」白曰：「何也？」祜曰：「長恨歌云『上窮碧落下黄泉，兩處茫茫皆不見』。此不是目連尋母耶？」

樂天爲杭州刺史，令訪牡丹，獨開元寺僧惠澄近自京師得之，植於庭，時春景方深，惠澄設油幕覆其上，會徐凝自富春來，未識白，先題詩曰：「此花南地知難種，慚愧僧閑用意栽。海燕解憐頻睥睨，胡蜂未識更徘徊。虚生芍藥徒勞妬，羞殺玫瑰不敢開。惟有數苞紅蕚在，含芳只待舍人來。」白尋到寺看花，乃命徐同醉而歸。時張祜榜舟而至。二生各希首薦，白曰：「二君論文，若廉、藺之鬭鼠穴，勝負在於一戰也。」遂試長劍倚天外賦、餘霞散成綺詩，試訖解送，凝爲元，祜次之。祜曰：「祜詩有『地勢遥尊岳，河流側讓關』。又題金山寺詩曰：『樹影中流見，鐘聲兩岸聞。』雖綦毋潛云

『塔影掛青漢，鐘聲和白雲』，此句未爲佳也。」凝曰：「美則美矣，爭如老夫廬山瀑布詩『今古長如白練飛，一條界破青山色』？」遂擅場。祜嘆曰：「榮辱紛紛，亦何常也！」遂行歌而邁。凝亦鼓枻而歸。白又以祜宫詞四句皆數對，未足奇也，後杜牧守秋浦，與祜爲詩酒友，酷吟祜宫詞，以白有非祜之論，常不平之，乃爲詩以高之曰：「睫在眼前人不覺，道於身外更何求？誰人得似張公子，千首詩輕萬户侯。」東坡遊廬山，有以陳令舉廬山記寄者，見其中云：「徐凝、李白之詩，」不覺失笑。旋入開元寺，僧求詩，因作一絶云：「帝遣銀河一派垂，古來惟有謫仙詞。飛流濺沫知多少？不爲徐凝洗惡詩。」

崔元亮與元微之、白樂天皆同年生，元亮名最後，自詠云：「人間不會雲間事，應教蓬萊最後仙。」後白刺杭州，元爲浙東廉使刺越，而崔刺湖州，白以詩戲之曰：「越國封疆吞碧海，杭城樓閣入青天。吴興卑小君應屈，爲是蓬萊最後仙。」三郡有唱和詩，謂之三州唱和集。

商玲瓏，餘杭歌者也。白樂天作郡日，賦歌與之云：「罷胡琴，掩秦瑟。玲瓏再拜歌初畢。誰道使君不解歌，聽唱黄雞與白日。黄雞催曉丑前鳴，白日催年酉後没。腰間赤綬繫未穩，鏡裏朱顔看已失。玲瓏玲瓏奈老何，使君歌了汝更歌。」時元微之在越州聞之，厚幣邀去，月餘始遣還，贈之詩兼寄樂天云：「休遣玲瓏唱我詞，我唱多是寄君詩。明朝又向江頭別，月落潮平是去時。」

唐、宋間，郡守新到，營妓皆出境而迎，既出，猶得以鱗鴻往返，靦不爲異。白樂天湖上醉中代諸妓寄嚴郎中詩云：「笙歌盃酒正歡娱，忽憶仙郎望帝都。借問連宵直南省，何如盡日醉西湖？蛾眉久别心知否？雞舌含多口厭無？還有些些惆悵事，春來山路見蘼蕪。」

唐時，杭妓承應燕會，皆得騎馬以從，白樂天代賣薪女贈諸妓詩：「亂蓬爲鬢布爲巾，曉踏寒山自負薪。一種錢塘江畔女，着紅騎馬是何人？」

白樂天失婢詩云：「宅院小墻卑，坊門帖榜遲。舊恩慚自薄，前事悔難追。籠鳥無常主，風花不戀枝。今宵在何處？惟有月明知。」劉賓客賀云：「把鏡朝猶在，添茶夜不歸。鴛鴦分瓦去，鸚鵡透籠飛。不逐張公子，即隨劉武威。新知正相樂，從此脱青衣。」唐人有誚失婢榜詩原情寄嘲云：「撫養在香閨，嬌癡教不依。總然桃葉寵，打得柳花飛。曉露空調粉，春羅枉賜衣。內家方妬殺，好處任從歸。偷鎖出深閨，風花何所依？想應乘月去，難道綽天飛。燭暗新垂淚，香凝舊舞衣。恩情如不斷，還向夢中歸。揭榜諱因依，千聲叫不歸。頭盤紅縷髻，身着紫羅衣。夾帶無金玉，窩藏有是非。請君看賞格，惆悵信音稀。」

徐州張尚書有愛妓關盼盼，善歌舞，雅多風態。尚書既殁，舊第中有小樓名燕子，盼盼念舊愛不嫁，居是樓十餘年，有詩三首，其一云：「樓上殘燈伴曉霜，獨眠人起合歡床。相思一夜情多少？地角天涯未是長。」其二：「適看鴻雁岳陽回，又覩玄禽逼社來。瑶瑟玉簫無意緒，任從蛛網任從灰。」其三：「北邙松柏鎖愁煙，燕子樓中思悄然。自埋劍履歌塵絶，紅袖香消二十年。」白樂天愛其詩，和之：「滿窗明月滿簾霜，被冷香銷拂卧床。燕子樓中更漏永，秋宵秖爲一人長。」「今春有客洛陽回，曾到尚書墓上來。見説白楊堪作柱，争教紅粉不成灰。」「細帶羅衫色似煙，幾回欲起即潸然？自從不舞霓裳袖，疊在空箱二十年。」又贈絶句諷之：「黄金不惜買蛾眉，揀得如花四五枝。歌舞教成心力盡，一朝身去不相隨。」盼盼得詩，反覆讀之，泣曰：「自我公薨背，妾非不能死，恐百載之後，人以我公重色，有從死之妾，是玷我公清範也。」乃答白公詩曰：「自守空房斂恨眉，形同春後牡丹枝。舍人不會人深意，訝道泉臺不去隨。」旬日不食而死。

開成初，白傅分司東都，諸朝臣祖送。裴休有令，各取一物爲詩端，從一字至七字成章，須有離情之意。「酒，酒。酌來，飲取。君莫訴，時難久。偏樂少年，能誤老叟。

對月不可無，看花必須有。于髠一醉一石，劉伶解醒五斗。臨行强戰三五場，酩酊更能相憶否？」

白傅分司東都，詩寄留守李絳云：「白首故情在，青雲往事空。同時六學士，五相一漁翁。」謂裴度、崔群、裴垍、王播、李絳及居易自己也。

開成時，李珏爲河南尹，以人和歲稔，三月三日將禊於洛濱，前一日，啓留守裴晉公召白居易、劉禹錫等十七人宴于舟中，簪組交映，歌笑間發，前水戲而後妓樂，左筆硯而右壺觴，望之若仙，觀者如堵，晉公首賦詩，居易舉酒抽毫奉韻以獻詩云：「金鈿耀桃李，絲管駭鳧鷖。水引春心蕩，花牽醉眼迷。舞倦紅腰旋，歌連翠黛低。夜歸何用燭？新月畫樓西。」

會昌初，白傅致仕，時裴晉公夜宴諸進士，白賦詩云：「九燭臺前十二姝，主人留醉任歡娛。飄飄舞袖雙飛蝶，宛轉歌喉一索珠。坐久欲醒還酩酊，夜深臨去更踟躕。南山賓客東山妓，此會人間曾有無？」

會昌五年春，樂天與胡杲、吉皎、劉真、鄭據、盧貞、張渾等爲尚齒會，各賦七言六韻詩一章記之，白詩有「天年高邁二疏傳，人數多於四皓圖」之句。其年夏，又有洛中遺老李元爽年一百三十六，禪僧如滿年九十五歲，亦來斯會，續命書姓名年齒，寫其形貌，與前七老題爲九老圖，仍以一絶贈之云：「雪作鬚眉雲作衣，遼東華表暮雙歸。當時一鶴猶希有，何況今逢兩令威。」

白尚書姬人樊素善歌，小蠻善舞，尚書賦詩有曰：「櫻桃樊素口，楊柳小蠻腰。」尚書年既高邁，而小蠻方豐艷，因爲楊柳詞以託意云：「一樹春風萬萬枝，嫩於金色軟於絲。永豐東角荒園裏，盡日無人屬阿誰？」及宣宗朝，國樂唱是詞，帝問永豐在何處，左右具以對。遂因命取永豐柳兩枝植於禁中。白感上知，又爲詩云：「一樹衰殘委泥土，雙枝移種植天庭。定知此後天文裏，柳宿光中見兩星。」

白樂天語人曰：「吾已脱去利名枷鎖，開清高門户，但連龕子母丹不知何日成耳？」嘗燒丹于廬山草堂，作飛雲履，玄綾爲質，四面以素絲作雲朵，染以異香，振履則如煙霧，樂天着示山中道友曰：「吾足下生雲，計不久上升朱府矣。」白傅葬龍門山，河南尹盧貞刻醉吟先生傳，立於墓側，四方過者，必奠酒塚前，方丈之土，常成泥濘。子龜年一日於嵩山東岩下遇李白，曰：「吾與汝父皆仙矣。」出一軸素書授之曰：「讀此，可辨九天禽語，九地獸言。」後試之，悉驗。

楊汝士

字慕巢，小字沙哥。鎮東川日，族昆弟嗣復鎮西川，對擁旄節，世榮其門。

寶曆中，楊於陵僕射入覲，其子嗣復率兩榜門生迎於潼關，晏新昌里第。嗣復領諸生翼兩序，元、白俱在，即席賦詩，汝士詩最後成，元、白覽之失色，詩曰：「隔座應須賜玉屏，盡將仙翰入高冥。文章舊價留鸞掖，桃李新陰在鯉庭。再歲生徒陳賀宴，一時良史盡傳馨。當時疏傳雖云盛，詎有兹筵醉醁醽。」是日汝士大醉歸，謂子弟曰：「吾今日壓倒元、白矣。」

開成初，楊汝士以尚書出鎮東川，與妻崔同履任，白樂天是尚書妹婿，時以太子少傅分洛，戲代内子作詩賀兄嫂曰：「劉綱與婦共登僊，弄玉隨夫亦上天。何似沙哥領崔嫂，碧油幢引向東川。」又曰：「金花銀碗饒兄用，罨畫羅裙任嫂裁。嫁得黔婁爲妹婿，可能空寄蜀茶來。」又寒食寄詩曰：「蠻旗似火行隨馬，蜀妓如花坐遶身。不使黔婁夫婦看，誇張富貴向何人？」

唐名族重京官而輕外任，汝士建節後詩云：「抛卻弓刀上砌臺，上方樓殿窣雲開。山僧見我衣裳窄，知道新從戰地來。」又云：「而今老大騎官馬，羞向關西道姓楊。」

裴令公居守東洛，夜宴半酣，公索句，元、白有德色。時公爲破題，次至汝士曰：「昔日蘭亭無艷質，此時金谷有高人。」白知不能加，遽裂之曰：「笙歌鼎沸，勿作此冷澹生活。」元顧語曰：「樂天所謂能全其名者也。」

汝士鎮東川，其子知温及第，命妓張宴，人與紅綾一疋，詩曰：「郎君得意又青春，蜀國將軍又不貧。一曲高歌紅一疋，兩頭娘子謝夫人。」

東川柳棠應進士舉，才思優贍，楊汝士作鎮日，以巨魚飲之，棠不即飲，楊以詩戲之曰：「文章謾道能吞鳳，盃酒何曾解喫魚。今日梓州張社會，應須遭這老尚書。」棠答曰：「未向燕臺逢厚禮，幸因社會接餘歡。一魚喫了終無愧，鵾化爲鵬也不難。」楊頗不悦，後棠每於東川席上狂縱日甚，詩忤楊公，云：「莫言名位未相儔，風月何曾阻獻酬？前輩不須輕後輩，靖安今日在衡州。」靖安，李宗閔尚書，與楊中外昆弟。東川益怒，爲書讓其座主高鍇，棠不任憂惕，其後參越嶲軍事，卒。

會昌四年，王起奏五人：楊知至，尚書汝士之子；牛源重，故相牛僧孺之孫；鄭朴，河東節度使崔永式女婿；楊嚴，監察御史發之弟；竇緘，故相易直之子。有旨，令送所試雜文付翰林重考覆，續奉進，旨：「楊嚴一人宜與及第，源重等四人落下。」知至因以長句呈同年曰：「由來梁雁與冥鴻，不合翩翩向碧空。寒谷謾勞鄒氏律，長天獨遇宋都風。此時泣玉情雖異，他日銜環事亦同。二月春光正搖蕩，無因得醉杏園中。」

薛濤 字弘度。本長安良家女，父鄖因官遇蜀而卒，母孀，養濤及笄，以詩聞，僑止百花潭，躬撰深紅小彩牋，裁書供吟，蜀中才子既以爲便，後減諸牋亦如是，特名曰薛濤牋。

薛濤八九歲知聲律，其父一日坐亭中，指井梧示之曰：「庭除一梧桐，聳幹入雲中。」令濤續之，應聲曰：「枝迎南北鳥，葉送往來風。」父愀然久之。父卒，韋皋鎮蜀，召令侍酒賦詩，因入樂籍。

濤辨慧，有黎州刺史作千字文，令帶魚禽鳥獸，乃曰「有虞陶唐」，濤曰「佐時阿衡」，其人謂：「語中無魚鳥，行罰。」薛曰：「『衡』字内有小『魚』字，使君『有虞陶唐』都無一『魚』。」坐客大笑。又成都節度使命濤改一字，令曰：「須得一字象形，又須逐韻。」節度曰：「口，有似没梁斗。」濤曰：「川，有似三條椽。」節度曰：「如何一條曲？」濤曰：「相公爲西川節度使，尚使一没梁斗，至於窮酒佐，有三條椽，内一條曲，又何足怪？」或以後一節爲高駢事，非也。按駢，乾符初始節度西川，去大和中四十餘年。

元微之矜持筆硯，濤走筆作四友贊，其略曰：「磨潤色，先生之腹；濡藏鋒，都尉之頭。引書媒而黯黯，入文圃以休休。」微之驚服。

濤初爲連帥所喜，因事獲罪，怒而遠之，作十離詩以獻。一曰犬離主：「馴擾朱門四五年，毛香足浄主人憐。無端咬着親情脚，不得紅絲毯上眠。」二曰筆離手：「越管宣毫始稱情，紅牋紙上撒花瓊。都緣用久鋒頭盡，不得羲之手裏擎。」三曰馬離廄：「雪耳紅毛淺碧蹄，追風曾到日東西。爲驚玉貎郎君墜，不得華軒更一嘶。」四曰鸚鵡離籠：「隴西獨自一孤身，飛去飛來上錦茵。都緣出語無方便，不得籠中更喚人。」五曰燕離巢：「出入朱門未忍抛，主人常愛語交交。啣泥穢污珊瑚簟，不得梁間更疊巢。」六曰珠離掌：「皎皎圓明内外通，清光似照水晶宫。都緣一點瑕相污，不得終宵在掌中。」七曰魚離池：「戲躍蓮池四五秋，常摇朱尾弄輪鉤。無端擺斷芙蓉朵，不得清波更一遊。」八曰鷹離拳：「爪利如鋒眼似鈴，平原捉兔趁高情。無端竄向青雲外，不得君王掌上擎。」九曰竹離亭：「蓊鬱新栽四五行，常將貞節負秋霜。爲緣春笋鑽墻破，不得垂陰覆玉堂。」十曰鏡離臺：「鉎瀉黄金鏡始開，初生三五月徘徊。爲遭無限塵蒙蔽，不得華堂上玉臺。」連帥遂復喜焉。摭言以爲獻元稹事。

蜀人皆呼營妓爲女校書，胡曾有詩贈薛濤曰：「萬里橋邊薛校書，枇杷花下閉門居。掃眉才子知多少，管領春風總不知。」蜀娼類能文，蓋薛濤之遺風也。宋時，有翁客自蜀挾一妓歸，畜之別室，率數日一往，偶以病少踈，妓頗疑之，客作詞自解，妓即韻答之云：「說盟說誓，說情說意，動便春愁滿紙。多應念得脫空經，是那箇先生教底？不茶不飯，不言不語，一味供他憔悴。相思已是不曾閒？又那得工夫咒你？」

堯山堂外紀卷三十三

唐

牛僧孺　字思黯，弘之後。弘封奇章公，僧孺亦封奇章公。初至京，以所業謁韓文公、皇甫員外，二公大喜，令於客户坊稅一廟院以居，且誨之曰：「某日可遊青龍寺，薄暮而歸。」其日，二公聯鑣至彼，因大書其門曰：「韓愈、皇甫湜同謁牛先輩不遇。」翌日，輦轂名士咸往觀焉。奇章之名由是赫然。

元和三年，宣政殿試賢良方正能直言極諫科，一十人登科，其後牛僧孺、李宗閔、王起、賈餗四人皆相次拜相。先是，白居易在翰林爲考校官，後僧孺罷相，出鎮揚州，居易退居洛中，有詩送云：「北闕至東京，風光十六程。坐移丞相閣，春入武陵城。紅旆擁雙節，白鬚無一莖。萬人開路看，百吏立班迎。閫外君彌重，樽前我亦榮。何須身自得，將相是門生。」

牛奇章鎮揚州日，秀才蒯希逸有詩云：「蟾蜍醉裏破，蛺蝶夢中殘。」奇章每坐吟之。

白樂天求箏於牛奇章，奇章贈詩曰：「但愁封寄去，魔物或驚禪。」樂天云：「會教魔女弄，不動是禪心。」樂天嘗言：「思黯自詩前後服鍾乳三千兩，而歌舞之妓甚多，乃謔予衰老。」故答思黯詩云：「鍾乳三千兩，金釵十二行。妬他心似火，欺我鬢如霜。慰老資歌笑，銷愁仰酒漿。眼看狂不得，狂得且須狂。」奇章又有詩云：「不是道公狂不得，恨公逢我不教狂。」

牛思黯有能箏者，白傅戲之曰：「何時得見十三絃，待取無雲有月天。願得金波明似鏡，鏡中照出月中仙。」白傅集有與牛家妓樂雨夜合宴之詩。牛是奇章公也。風流宰相，謝安之後復有此人。

李程 字表臣。在翰林時，以階前磚日影爲入候，因性懶，每入必踰八磚，號八磚學士。

李程，貞元中試日五色賦，先牓落矣，初出試，楊於陵見其賦藁，破曰「德動天鑒，祥開日華」。於陵覽之，謂程曰：「公今須作狀元。」翌日，雜文無名，於陵深不平，携之以詣主文，亟命取程所納面對，不差一字，主文因擢爲狀元，前牓不復放矣。程後出大梁，聞浩虛舟應弘詞，復試此題，慮浩愈於己，專馳一介取，既至，將啓緘，尚有憂色，及觀浩破題曰：「麗日焜煌，中含瑞光。」程喜曰：「李程在裏。」至末韻「侵晚水以芒動，俯寒山而秀發」，程大咍，曰：「李程賦且在端日，何爲到夜秀發？」由是，浩賦不能淩邁。

元和初，達官與中外之親爲婚者，先已涉溱洧之譏。就禮之夕，儐相則有清河張仲素、宗室李程。女家索催粧詩，仲素郎吟曰：「舜耕餘草木，禹鑿舊山川。」程久之乃悟曰：「張九，張九，舜、禹之事，吾知之矣。」於是群客大笑。

李紳

字公垂。爲人短小精悍，號短李。與李德裕、元稹同時號「三俊」。紳嘗建亭㴱淮，後人題曰短李亭。

李公垂初赴薦，以古風求知於呂温，温見齊煦，誦其憫農詩，因曰：「李二十秀才，必爲卿相。」果如其言。詩曰：「春種一粒粟，秋成萬顆子。四海無閑田，農夫猶餓死。」「鋤禾日當午，汗滴禾下土。誰知盤中飧，粒粒皆辛苦。」

李紳性暴，不禮士，鎮宣武，有士人過，於中道避不及，爲前騶所拘，紳鞫之，乃宗室，答曰：「勤政樓前尚容緩步，開封橋上不許徐行。汴州豈大於帝都？尚書未尊於天子。」公失色，使去。

白傅藏書於東都聖善寺，號白氏集。李公垂有詩曰：「寄玉蓮花藏，緘書貝葉扃。院閑容客讀，講倦許僧聽。部列雕金榜，題存刻石銘。永添鴻寶集，莫雜小乘經。」

元稹廉察江東日，修龜山寺魚池，爲放生銘戒其僧曰：「勸汝諸生好護持，不須垂釣引青絲。雲山莫厭看經坐，便是浮生得道時。」李公垂到鎮，遊於野寺，觀元公詩，笑曰：「僧有漁罟之事，必投於鏡湖。後有犯者，遂不恕。」復爲二絶示之云：「剃髮多緣是代耕，好聞人死惡人生。祇緣説法無高下，爾輩何勞尚世情。」「汲水添情活白蓮，十千鬐鬣盡生天。凡庸不識慈悲意，自葬江魚入九泉。」

李相鎮淮南，布素孫處士來謁，李敦舊分，待之殊禮，將行，祖送河橋，舟人回篙，水濺飲妓。李大怒，孫獻楊柳詞曰：「半額鵝黄金縷衣，玉搔頭裊鳳雙飛。從教水濺羅裙濕，知道巫山行雨歸。」舟子獲免罪。

李德裕

字文饒。吉甫之子。贊皇人，世稱贊皇公。少卓犖有大節，不喜與諸生試有司，吉甫勉之，答曰：「好驢馬不入隊行。」遂以蔭補校書郎。開成間，京師大旱，德裕拜相，即日大雨，京師喜曰：「相公乃李德雨也。」吉甫年五十一出鎮廣陵，五十四自郡入相，及德裕帥揚州，後大拜，一如父之年，時謂異數。

李吉甫父微時，以一絶投維揚都護朱甄，朱殊無意，李後生吉甫，吉甫節判青州，有舉子吴武陵詣府投刺，並不禮之，武陵遂書前詩以獻，吉甫厚賂之，請爲寢默。詩曰：「十處投人九處違，家鄉萬里又空歸。嚴霜昨夜侵人骨，誰念高堂未授衣？」武陵雖有文華，而强悍激訐，爲人所畏。又嘗爲容州部内史，贓罪狼籍，詔廣州幕吏鞫之。吏少年自負，殊不假貸。武陵不勝其憤，因題詩路左佛堂曰：「雀兒來逐颶風高，下視鷹鸇意氣豪。自謂能生千里翼，黄昏依舊入蓬蒿。」

李德裕營平泉莊，遠方以異物奉之，或題曰：「隴右諸侯供語鳥，日南太守送名花。」平泉莊有一石甚奇，人醉坐其上即醒，名曰「醒石」。德裕戒子孫記曰：「鬻平泉者，非吾子孫也。以平泉一樹一石與人者，非佳子弟也。」

李德裕平泉莊去洛城三十里，東南即徵士韋楚老拾遺别墅。楚老風韻高致，雅好山水，相國居廊廟日，以白衣擢昇諫署，後歸平泉，造門訪之，楚老避於山谷，相國題詩云：「昔日銜黄詔，余慙在鳳池。今來招隱士，恨不見瓊枝。」贊皇公在中書，不飲京城水，悉用惠山泉，時謂水遞。有使京口者，令於金山下楊子江中泠水各置一壺，其人至石城方憶，乃汲一瓶歸獻，李飲之曰：「此頗似建業石城下水。」其人謝過，不敢隱。

李文饒再貶珠崖，道中詩曰：「十年紫殿掌洪鈞，出入三朝一品身。文帝寵深陪雉尾，武皇恩重宴龍津。黑山永破和親虜，烏嶺全坑跋扈臣。自是功高臨盡處，禍來名滅不由人。」又登崖州城樓曰：「獨上高樓望帝京，鳥飛猶是半年程。青山似欲留人住，百匝千遭遶郡城。」

交趾有鬼門關，其南多瘴癘，去者罕得生還，李德裕貶崖州經此，賦詩云：「一去一萬里，千知千不還。崖州在何處？生度鬼門關。」

李德裕在相位，頗爲寒素開路，及謫官南去，或爲詩曰：「八百孤寒齊下淚，一時回首望崖州。」亦有惡之者，爲詩曰：「勢欲淩雲威觸天，朝輕諸夏力排山。三年驥尾有人附，一日龍髯無路攀。畫閣不開梁燕去，朱門罷掃乳鴉還。千巖萬壑應惆悵，流水斜傾出武關。」

潤州甘露寺有僧，道行孤高，李德裕廉問日，以方竹杖一贈焉。方竹出大宛國，堅實而正方，節鬚四面對出。及再鎮浙右，其僧尚在，問曰：「前所奉竹杖無恙否？」僧喜對曰：「已規員而漆之矣。」公嗟惋彌日。故當時曾有詩云：「削員方竹杖，漆卻斷紋琴。」

白敏中

王起主文，意欲以第一人處之，恨其與賀拔基爲友，基有文而落魄，因密令親知述意，俾與基絕。既而基造門，敏中悉以實告，乃曰：「一第何門不致，奈輕負至交！」相與歡醉。或語於起。起曰：「我比只得敏中，今當更取基矣。」遂以第一人處基而敏中居三焉。

白敏中與樂天、行簡兄弟相繼中第，樂天作詩云：「自憐郡姓爲儒少，豈料詞場中第頻。桂折一枝先語我，楊穿三葉盡驚人。」

白敏中鎮荊南，杜蘊廉問長沙，請從事盧發致聘焉。發酒酣傲睨，公少不懌，因改著詞令曰：「十姓胡中第六胡，也曾金閣掌洪爐。少年從事誇門地，莫向樽前語氣粗。」發答曰：「十姓胡中第六胡，文章官職勝崔盧。暫來關外分憂寄，不稱賓筵語氣粗。」公極歡而罷。

崔鉉

字台碩，元略之子。後相宣宗，太液亭宴餞賜詩，有「七載秉鈞調四序」之句，當世榮之。嘗朝罷，謂侍臣曰：「崔鉉真貴人，裴休真措大。」

崔魏公爲兒時，隨父訪韓晉公滉，滉指架上鷹令詠焉。吟曰：「天邊心膽架頭身，欲擬飛騰未有因。萬里碧霄終一去，不知誰是解緌人。」滉曰：「此兒可謂前程萬里也。」寶曆三年登第。

崔鉉初爲荆南節度李石從事，開成中，鉉拜相而石猶在鎮，賀啓云：「賓筵初啓，曾陪樽俎之歡；將幕未移，已在陶鈞之下。」

崔鉉在相位，所與善者，鄭魯、楊紹、段復環、薛蒙，頗參議論，時語曰：「鄭、楊、段、薛，炙手可熱。欲得命通，魯、紹、環、蒙。」

馬植

字存之。爲李贊皇所抑。白敏中當國，不次用之。

唐京兆府試與同州、華州解送，無不捷者。元和中，令狐楚鎮三峰，時及秋賦，牓云：「特加試五場。」莫有至者。惟盧洪正獨詣華請試，已試兩場，馬植方下解狀。植，將家子，從事輩皆竊笑，楚曰：「此未可知。」已而，試登山採玉賦。略曰：「文豹且異於驪龍，採斯疎矣；白石又殊於珷玞，剖莫得之。」公大服其精，遂奪解元。後洪正自丞郎將判鹾，俄爲植所據，復以手札戲植曰：「昔日華元，已遭毒手；今來鹾務，又中老拳。」

植罷安南都護，及除黔南，殊不得意。維舟峽中古寺，寺前有長堤，夜月明甚，見白衣緩步堤上，吟曰：「截竹爲筒作笛吹，鳳皇池上鳳皇飛。勞君更向黔南去，即是陶鎔萬類時。」邀問，則失之矣。後自黔南召入爲大理，遷刑部，判鹽鐵，拜相。

章孝標

子碣。或謂前有八元，後有孝標。皆桐廬人，復同姓而皆不達。

元和中，孝標下第，時輩多爲詩以刺主司，獨孝標爲歸燕詩留獻，侍郎庾承宣得詩，展轉吟諷。庾重典禮曹，孝標來年登第。詩云：「舊壘危巢泥已落，今年故向社前歸。連雲大廈無棲處，更向誰家門户飛？」

李紳鎮揚州，請孝標賦春雪詩，命題於臺盤上。孝標唯然，索筆一揮云：「六出飛花處處飄，粘窗拂砌上寒條。朱門到晚難盈尺，盡是三軍喜氣銷。」

孝標及第後寄李紳曰：「及第全勝十改官，金鞍鍍了出長安。馬頭漸入揚州郭，爲報時人洗眼看。」紳以一絶箴之曰：「假金方用真金鍍，若是真金不鍍金。十載長安得第一，何須空腹用高心！」

孝標及第，除正字，東歸，題杭州樟亭驛云：「樟亭驛上題詩客，一半尋爲山下塵。世事日隨流水去，紅花還似白頭人。」初成落句云「紅花真笑白頭人」，改爲「還似」，且曰：「我將老成名，似我芳艷，詎能久乎？」及還鄉而逝。

章碣焚書坑詩曰：「竹帛煙銷帝業虛，關河空鎖祖龍居。坑灰未冷山東亂，劉項元來不讀書。」

章碣未第時，方干贈詩曰：「織錦雖云用舊機，抽梭起樣更新奇。何如且破望中葉，未可便攀低處枝。籍地落花春半後，打窗斜雪夜深時。此時才子吟應苦，吟苦鬼神知不知。」後登乾符進士。

姚合 崇曾孫。終秘書少監。

唐人及第後，或遇舊題名處，即加前字。有詩曰：「曾題名處添前字，送出城人乞舊詩。」元和中，姚合及第，賦詩曰：「新銜添一字，舊友讓前途。」姚合及第後，調武功尉，意甚不愜，有閑居詩云：「縣去京城遠，爲官與隱齊。馬隨山鹿放，雞雜野禽棲。連舍惟藤架，侵堦是藥畦。更師嵇叔夜，不擬作書題。」

張又新

字孔昭，薦之子。時號張三頭，謂進士狀頭，宏詞敕頭，京兆解頭。

張又新嘗作廣陵從事，有佐酒妓，每致情焉。後二十年，罷江南郡，舟道廣陵，適李紳鎮淮南，又新素與李隙，方懼其讐己，而又遇風，漂没二子，乃投長牋首謝。李憫然，復書曰：「端溪不讓之詞，愚罔懷怨；荆浦沈淪之禍，鄙實愍然。」既而宴遇殊厚，前所謂酒妓者猶在席，目張涕下，李起更衣，張以指染酒題詞盤上曰：「雲雨分飛二十年，當時求夢不曾眠。今來頭白重相見，還上襄陽玳瑁筵。」李覺之，即命妓歌以送酒，張醉歸。李令妓就之。

張郎中與楊虔州友善，楊妻有德無容，楊敬待特甚，張嘗語楊欲得美室，楊曰：「必求是，但與我同好，必諧君心。」張深信之，既婚，殊不愜心，楊以笏觸之曰：「君何大癡？」張不勝忿，應曰：「與君無間，以情告君，君誤我如是，何謂癡？」楊歷數求名從宦之由，曰：「豈不與君皆同邪？」曰：「然。」「然則我得醜婦，君詎不聞邪？」張色解，問：「君室何如我？」曰：「特甚。」張大笑，遂如初。乃爲詩曰：「牡丹一朵直千金，將謂從來色最深。今日滿欄開似雪，一生辜負看花心。」

張又新刺九江，有門士劉魯風往謁之，爲典謁者所阻，作詩云：「萬卷詩書劉魯風，煙波千里謁文翁。無錢乞與報知客，名紙毛生不肯通。」又新初與李仲言、李續之、李虞、劉栖楚、姜治及張椎輿、程昔範八人附李逢吉，又有從而附麗之者，八人皆任要處，號「八關」、「十六子」。

胡釘鉸

胡生者，以釘鉸爲業，居近白蘋洲傍，有古墳，每因茶飲必奠酹之，忽夢一人謂之曰：「吾柳惲也。平生善爲詩而嗜茗，感子茶茗之惠，無以爲報，欲教子爲詩。」胡生辭以不能，柳曰：「但率子意言之，當有致矣。」生後遂工詩，時人謂之「釘鉸詩」。其喜圃田韓少府見訪曰：「忽聞梅福來相訪，笑着荷衣出草堂。兒童不慣見車馬，爭入蘆花深處藏。」又觀鄭州崔郎中諸妓繡樣曰：「日暮堂前花蕊嬌，爭拈小筆上床描。繡成安向春園裏，引得黃鶯下柳條。」又觀江際小兒垂釣曰：「蓬頭稚子學垂綸，側坐莓苔草映身。路人借問遥招手，恐畏魚驚不應人。」

郭捧劍

咸陽郭氏僕媵甚衆，其間有一蒼頭名曰捧劍，不事音樂，常以望水沉雲、不遵驅策，每遭鞭捶，終所見違，一旦忽題一篇章，其主益怒，詩曰：「青鳥銜葡萄，飛上金井欄。美人恐驚去，不敢卷簾看。」儒士聞而競觀之，以爲協律之詞，其主稍容焉。又題後堂牡丹花曰：「一種芳菲出後庭，卻輸桃李得佳名。誰能爲向夫人説，從此移根近太清。」捧劍私啓賓客曰：「願作夷狄之鬼，耻爲愚俗蒼頭。」其後將竄，復留詩曰：「珍重郭四郎，臨行不得别。曉漏動離心，輕車冒殘雪。欲出主人門，零涕暗嗚咽。萬里隔關山，一心思漢月。」

堯山堂外紀卷三十四

唐

文宗涵

性嗜蛤蜊，一日，御饌中有劈不開者，焚香禱之，乃開，見菩薩形具足，賜興善寺。

大和末，帝誅王涯等，仇士良愈專恣，帝惡之，雖登臨遊幸，未嘗爲樂，或瞠目獨語，左右莫敢進問，因題詩曰：「輦路生春草，上林花滿枝。憑高何限意，無復侍臣知。」一日看牡丹，或吟曰：「折者如語，含者如咽，俯者如愁，仰者如悦。」吟罷，方省舒元輿詞，不覺嘆息，泣下沾衣。

開成中，裴晉公以病丐還東都，帝命盧洪宣諭曰：「爲朕卧護北門也。」上巳曲江賜宴，群臣賦詩，帝遣中使賜度詩曰：「注想待元老，識君恨不早。我家柱石衰，憂來學丘禱。」仍賜御札曰：「朕詩集中欲得見卿唱和詩，故令示此。卿疾未瘥，可他日進來。」御札及門而度薨。

文宗御宴，宮妓沈翹翹舞河滿子，其詞云：「浮雲蔽白日。」文宗曰：「汝知書耶？此是文選第一首，念君臣值奸邪所蔽。正是今日。」乃賜金玉環，遂問其由，翹翹泣曰：「妾本吴元濟女，没入掖庭，易姓沈，因配樂籍。本藝方響，乃白玉也。」因奏梁州曲，音韻清絶，上喜謂曰：「卿欲歸宮禁？欲適人？」翹翹不對。上知其意，乃選金吾判官秦誠聘之。出宮之夕，宮人伴送，花燭之盛，皆自天恩。數年後，誠使日本久不歸，翹翹執玉方響登樓，自爲一曲，名憶秦郎云。

柳公權

字誠懸，公綽之弟。當時，大臣家碑誌，非其筆，人以子孫爲不孝。外夷入貢者，皆別署貨貝，曰：「此購柳書。」唐朝，歐陽詢化度寺碑，虞世南孔子廟堂記，柳公權陰符經序，三公以書名，三碑又最精者。

文宗時，柳公權充翰林學士，從幸永安宮，苑中駐蹕，謂公權曰：「我有一喜事，邊上衣賜久不及時，今年二月給春衣訖。」公權前奉賀，上曰：「可賀我以詩。」宮人迫其口進，公權應聲曰：「去歲雖無戰，今年未得歸。皇恩何以報，春日得春衣。」上悦，激賞之。公權爲學士日，每玉堂召對，蠟燭見跋，宮人以蠟揉紙繼之。

文宗夏日與諸學士聯句，曰：「人皆苦炎熱，我愛夏日長。」柳公權續曰：「薰風自南來，殿閣生微涼。」諸學士屬和，帝獨諷公權兩句，令公權題于壁上，字方圓五寸，帝視之，嘆曰：「鍾、王復生，無以加矣。」公權嘗以隔風紗作龍城記，及入朝，名品號錦樣書以進，上方御剪刀麵、月兒羹，即命分賜。

武宗朝，柳在内庭，上嘗怒一宮嬪，久之，既而復召，謂公權曰：「朕怪此人，若得學士一篇，當釋然矣。」目御前蜀箋數十幅授之。公權略不佇思，而成一絶曰：「不分前時忤主恩，已甘寂寞守長門。今朝卻得君王顧，重入椒房拭淚痕。」上大悦，令宮人上前拜謝之。

柳誠懸常貯盃盂一笥，縢緘如故，而所貯物皆亡，奴妄言叵測者，誠懸笑曰：「銀盃羽化矣。」不復詰。

楊敬之

字茂孝。文宗命爲祭酒兼太常少卿，是日，二子戎、載登科，時號楊家三喜。

項斯始未爲聞人，因以卷謁楊敬之，楊苦愛之，贈詩云：「幾度見詩詩盡好，及觀標格過於詩。平生不解藏人善，到處逢人説項斯。」未幾，詩達長安。明年擢上第。

王彦威　弘文館舊不置學士，文宗特置一員，以待彦威。

長安舊俗，以不歷臺省出領廉車節鎮者，率呼爲麄官，大率重内而輕外。王彦威有詩，刻石宣武軍鼓角樓曰：「天兵十萬勇如貔，正是酬恩報國時。汴水波瀾喧鼓角，隋堤楊柳拂旌旗。前驅紅斾關西將，坐間青娥趙國姬。寄與長安舊冠蓋，麄官到底是男兒。」彦威自太常博士出辟使府，至兹鎮，故有是句。

劉得仁　咸通間，宰臣張文蔚奏名儒不遇者十餘人，請賜一官以慰地下，得仁其一也。

劉得仁，貴主之子，自開成至大中三朝，昆弟皆歷貴仕，而得仁苦於詩，出入舉場三十年，卒無成。常自述曰：「外族帝王是，中朝親故稀。翻令浮議者，不許九霄飛。」既終，詩人競爲詩吊之。

得仁悲老宫人云：「白髮宫娃不解悲，滿頭猶自插花枝。曾緣玉貌君王愛，準擬人看似舊時。」

杜牧

字牧之，時稱小杜，以别杜甫。爲睦州刺史，訟簡刑清，號紫薇太守。揚州蘇隱夜卧，聞被下有數人齊念牧阿房宫賦，聲緊而小，急開被視之，無他物，惟得虱十餘，其大如豆，殺之即止。

杜舍人牧，弱冠登科，名振京邑，嘗與一二同年城南遊覽，至寺中，有禪僧擁褐獨坐，與之語，玄言妙旨，咸出意表，問杜姓字，又云：「修何業？」衆具以對，且以累捷誇之，顧而笑曰：「吾皆不知也。」杜歎訝，因題詩曰：「家在城南杜曲傍，兩枝仙桂一時芳。禪師都未知名姓，始覺空門意味長。」

大和末，牧佐宣州幕，有湖州刺史崔元亮爲設宴，張水嬉，兩岸觀者如堵，忽有里姥引髽髻女十餘歲，真國色也，牧命至舟，姥、女皆懼，牧曰：「且不即納，當爲後期。吾十年後必爲此郡，不來，乃從他適。」後大中三年，牧乞守湖州，比至，則十四年，女從人已三載，生二子矣。牧悵然賦詩曰：「自恨尋芳到已遲，往年曾見未開時。如今風擺花狼籍，緑葉成陰子滿枝。」

杜牧爲宣州幕時，有酒妓肥大，牧贈詩曰：「盤祖當時有遠孫，尚令今日逞家門。一車白土將泥臉，十幅紅綃補破裩。瓦棺寺裏逢行跡，華岳山前見掌痕。不須啼哭愁難嫁，待與將書問岳神。」牧同時，澧州酒糺崔雲娘形貌瘦瘠，每戲調，舉罰衆賓，兼恃歌聲，自以爲郢人之妙，李宣古當筵一詠，遂至箝口。詩曰：「何事最堪悲，雲娘只首奇。瘦拳抛令急，長嘴出歌遲。只見肩侵鬢，唯憂骨透皮。不須當户立，頭上有鍾馗。」又陸巖夢桂州筵上贈胡予女詩云：「自道風流不可攀，那堪蹙額更頹顔。眼睛深卻湘江水，鼻孔高於華岳山。舞態固難居掌上，歌聲應不遶梁間。孟陽死後欲千載，猶有佳人覓往還。」

杜牧之既爲御史，久之，分務洛陽。時李司徒願罷鎮閒居，聲伎豪侈，嘗開筵集朝士，以杜持憲，不敢邀致。杜遣座客達意，願預斯會，李不得已邀之。杜獨坐南行，瞪目注視，問李云：「聞有紫雲者孰是？」李指示之，杜凝睇良久，曰：「名不虛得，宜以見惠。」李俯而笑，諸妓亦皆回首破顔。杜乃自飲，起吟曰：「華堂今日綺筵開，誰唤分司御史來？忽發狂言驚四座，兩行紅粉一時迴。」氣意閑逸，旁若無人。

初，牛奇章帥維揚，杜牧之在幕中，每夜出狹斜痛飲，酣醉而歸，奇章常令人潛護之。及牧之拾遺召，臨别，公因以縱逸爲戒，牧之初猶牴飾，牛命取一篋以示，皆每夜街吏所報杜書記平善帖也，杜始愧謝。後牧自以年漸遲暮，常追賦感舊，詩曰：「落魄江湖載酒行，楚腰纖細掌中情。十年一覺揚州夢，贏得青樓薄倖名。」又曰：「觥船一棹百分空，十載青春不負公。今日鬢絲禪榻畔，茶煙輕颺落花風。」奇章公卒，牡爲誌，極言其美，報所知也。

魏扶 大和中進士。

魏扶知禮闈，入貢院題詩云：「梧桐葉落滿庭陰，鎖閉朱門試院深。曾是當年辛苦地，不將今日負初心。」及放榜，無名子削其「梧桐」「鎖閉」「曾是」「不將」二字，爲五言詩以譏之。

范酇

劉郇伯與范酇郎中爲詩友，范曾得一句云：「歲盡天涯雨，」久而莫屬，郇伯曰：「何不曰『人生分外愁』？」范甚賞之。

大和八年，放榜多貧士，無名子作詩曰：「乞兒還有大通年，六十三人籠仗全。薛庶準前騎瘦馬，范酇依舊蓋番氈。」

雍陶

字國鈞。大和末進士，後自國子毛詩博士刺簡州。

雍陶，蜀川上第後，稍薄親黨，其舅雲安劉敬之罷舉歸三峽，責陶不寄書，曰：「山近衡陽雖少雁，水連巴蜀豈無魚？」陶得詩慚赧，乃有狐首之思。

雍陶爲簡州牧，自比謝宣城、柳吴興，賓至則挫折之，投贄者稀得見。有馮道明者請謁，紿閽者曰：「與太守故舊。」及引見，呵責曰：「與公昧平生，何故舊之有？」道明曰：「誦公詩，日得相見，何隔平生？」遂吟雍白鷺詩云：「立當青草人先見，行傍白蓮魚未知。」又：「閉門客到常疑病，滿院花開不似貧。」「江聲秋入峽，雨氣夜侵樓。」雍聞吟，歡狎道明，遂如曩昔之交。

折柳橋在簡縣，初名情盡橋，雍陶典雅州日，送客至其地，問左右，曰：「送迎之地止此，故名。」陶命筆題其柱曰：「折柳。」因賦詩曰：「從來只説情難盡，何事教名情盡橋？自此改名爲折柳，任教離恨一條條。」自後送別，必吟是詩。

李商隱

字義山，自稱玉溪子。爲文多檢閱書册，左右鱗次，號獺祭魚。時與温庭筠、段成式輩相誇，號三十六體。

李義山少遊長安，投宿旅店，適主人會客，因召與坐，不知爲義山也。酒酣，客賦木蘭花詩，義山後就，曰：「洞庭波冷曉侵雲，日日征帆送遠人。幾度木蘭舟上望，不知元是此花身。」坐客大驚，詢之，方知義山。

李商隱淚詩：「永巷長年怨綺羅，離情終日思風波。湘江竹上痕無數，峴首碑前灑幾多。人去紫臺秋入塞，兵殘楚帳夜聞歌。朝來灞水橋邊問，未抵青袍送玉珂。」

商隱爲彭陽公令狐楚從事，以牋奏受知。彭陽子綯繼相，惡商隱從鄭亞之辟，以爲忘家恩，踈之。重陽日，商隱詣綯廳事，題云：「曾共山翁把酒巵，霜天白菊遶堦墀。十年泉下無消息，九日尊前有所思。不學漢臣栽苜蓿，空教楚客詠江蘺。郎君官貴施行馬。東閤無因再得窺。」綯覩之慙恨，扃鎖此廳，終身不處。

韓偓父瞻，開成六年李義山同年也。義山有餞韓同年西迎家室戲贈云：「籍籍征西萬户侯，新緣貴婿起珠樓。一名我漫居先甲，千騎君翻在上頭。雲路招邀回綵鳳，天河迢遞笑牽牛。南朝禁臠無人寄，瘦盡瓊枝爲四愁。」偓小字冬郎，義山云：「嘗即席爲詩相送，一座盡驚。句有老成之風。」因有詩云：「十歲裁詩走馬成，冷灰殘燭動離情。桐花萬里丹山路，雛鳳清於老鳳聲。」詩到李義山，謂之文章一厄，以其用事僻澀，時稱「西崑體」。嘗有送宮人入道詩云：「九枝燈外朝金殿，三素雲中侍玉樓。」按八道秘言曰：「立春日，清朝北望，有紫、緑、白雲者，爲三元君。三素，飛雲也。乘八輪之輿，上詣天帝，侯見再拜，自陳乞得侍給輪轂。三過見元君之輩者，白日昇天。」義山詩出此。

盧肇

字子發。登第時，或問由來，曰：「肇，袁民也。」或曰：「袁州出舉人耶？」肇曰：「袁州出舉人，亦猶沅江出鱉甲，九肋者稀。」

開成初，盧肇就江西解試，爲試官末送，肇有謝啓云：「巨鰲贔屭，首冠蓬山。」試官謂之曰：「某根人數擠排，深慚名第奉浼，何云首冠？」肇曰：「頑石處上，巨鰲戴之，豈非首冠？」一坐大笑。

盧肇與同郡黄頗齊名，頗富而肇貧，同日赴舉，郡守獨餞頗于郵亭，肇駐蹇十里以俟。明年，肇狀元歸，郡守大慙，會延肇看競渡，肇席中賦詩曰：「石溪久住思端午，館驛樓前看發機。鞞鼓動時雷隱隱，獸頭淩處雪微微。衝波突出人齊噉。躍浪争先鳥退飛。向道是龍剛不信，果然奪得錦標歸。」

牛奇章納妓曰真珠，有殊色。盧肇初計偕至襄陽，奇章重其文，延于中寢，會真珠沐髮，方以手捧其髻，插釵於兩鬢間。丞相曰：「何妨一詠。」肇即賦云：「神女初離碧玉堦，彤雲猶擁牡丹鞋。知道相公憐玉腕，故將纖手整金釵。」皇甫松，牛奇章公之甥，怨公不薦，爲謗詩曰：「夜入真珠室，朝遊玳瑁宮。」真珠，即公侍妾名也。

李德裕嘗左宧宜春，盧肇以文見知。既拜相，舊例，放牓先呈宰相，王起問德裕所欲，答曰：「何問爲？如盧肇、丁稜、姚鵠豈可以不與及第？」起遂依次放之。唐制，進士放榜訖則謁宰相，即榜元致詞。時盧肇首冠，有故不至。次乃丁稜，稜口吃，又形體小陋，迨引見，則俯而致詞，意本言「稜等登科」，而稜赬然汗發，鞠躬移時，乃曰：「稜等登、稜等登。」竟不能發後語，左右皆笑。翌日，友人戲之曰：「聞君善箏，可得聞乎？」稜猶不悟，友人曰：「昨日聞『稜等登，稜等登』，豈非箏聲耶？」

張祜於甘露寺觀肇詩，曰：「不謂三吴經此詩也。」祜曰：「日月光先到，山河勢盡來。」肇曰：「地從京口斷，人自海門回。」因而仰伏。

王鐐富有才情，數舉未捷，盧肇等公薦於春官，乃旌鐐嘉句曰：「擊石易得火，扣人難動心。今日朱門者，曾恨朱門深。」聲聞藹然，遂擢上第。

裴思謙 開成初登上第。

裴思謙及第後，作紅牋名紙十數，詣平康里，因宿於里中，詰旦，賦詩曰：「銀缸斜背解鳴璫，小語偷聲喚玉郎。從此不知蘭麝貴，夜來新染桂枝香。」

許瀍

開成初，進士許瀍遊河中，忽得病，夢至崑崙，見數人飲，招之，至暮而罷，賦詩曰：「曉入瑶臺露氣清，座中唯有許飛瓊。塵心未盡俗緣在，十里下山空月明。」他日復夢至其處，飛瓊曰：「何故顯余姓名於人間？」座中即改爲「天風吹下步虚聲」。

薛逢 字陶臣。崔鉉相日，引直弘文館。

會昌中，薛逢累遷巴州刺史，人歌曰：「日出而耕，日入而歸。吏不到門，夜不掩扉。有孩有童，願以名垂。何以字之，薛孫、薛兒。」

薛逢晚年厄於宦途，嘗策羸赴朝，值新進士牓下，綴行而出，時進士團司所由輩數十人，見逢行李蕭條，前導曰：「迴避新郎君。」逢輾然遣介，語曰：「莫貧相！阿婆三五少年時，也曾東塗西抹來。」

王鐸、楊收皆薛逢同年也。收作相，逢有詩曰：「須知金印朝天客，同是沙堤避路人。威鳳偶時皆瑞聖，應龍無水謾通神。」收聞之怒。王鐸作相，逢又有詩曰：「昨日鴻毛萬鈞重，今朝山岳一毫輕。」鐸又怒之。

趙嘏

字承祐。曾有詩曰：「早晚粗酬身事了，水邊歸去一閑人。」果卒於渭南尉。

杜紫薇覽嘏早秋詩云：「殘星幾點雁横塞，長笛一聲人倚樓。」吟味不已，因目爲趙倚樓。復贈詩曰：「今代風騷將，誰登李杜壇？灞陵鯨海動，秦苑鶴天寒。今日訪君還有意，三條冰雪獨來看。」

趙嘏嘗家于浙西，有美姬惑之，洎計偕，以其母所阻，遂不携去。會中元爲鶴林遊，浙帥窺其姬，遂奄有之。明年嘏及第，因以一絶箴之曰：「寂寞堂前日又曛，陽臺去作不歸雲。當時聞說沙吒利，今日青娥屬使君。」浙帥不自安，遣一介歸之於嘏。嘏時方出關，途次横水驛，見兜舁人馬甚盛，偶訊其左右，對曰：「浙西尚書差送新及第趙先輩娘子入京。」姬在舁中亦認嘏。嘏下馬揭簾視之，姬抱嘏慟哭而卒。遂葬於横水之陽。

會昌末，陳商牓翰林覆落張濆等八人，趙渭南貽濆等詩曰：「莫向春風訴酒盃，謫仙真箇是仙才。猶堪與世爲祥瑞，曾到蓬山頂上來。」

令狐楚自翰林學士拜相，子綯自湖州召入翰林爲學士，間歲拜相，趙嘏獻詩曰：「鶚在卿雲冰在壺，代天才業奉訏謨。榮同伊陟傳朱户，秀比王商入畫圖。昨夜星辰回劍履，前年風月滿江湖。不知機務時多暇，猶許詩家屬和無？」

薛能 字大拙。會昌末進士，官徐州節度使。

薛能自負過高，從事西川日，每短諸葛功業，爲詩曰：「陣圖誰許可？廟貌我揶揄。」又云：「焚卻蜀書宜不讀，武侯無可律吾身。」又曰：「當時諸葛成何事？只合終身作卧龍。」譏李白曰：「我生若在開元日，爭遣名爲李翰林？」又曰：「李白終無取，陶潛固不刊。」自題其集云：「詩源何代失澄清，處處狂波污後生。常感道孤吟有淚，卻緣風壞語無情。難甘惡少欺韓信，枉被諸侯殺禰衡。縱到緱山也無益，四方聯絡盡蛙聲。」能詩差勝蔡邕州，其佻矜相類。蔡識四皓曰：「如何鬢髮霜相似，更出深山定是非？」薛譏孔明屢見於篇章。二子功名不終，亦略相等，當是口業報。

薛能獻僕射相公云：「清如冰玉重如山，百辟嚴趨禮絶攀。强虜外聞應破膽，平人相見盡開顔。朝廷有道青春好，門館無私白晝閑。致卻垂衣更何事？幾多詩句詠關關。」

趙璘儀質瑣陋，成名後爲壻，薛能爲儐相，乃爲詩嘲謔，其略曰：「巡關每傍樗蒲局，望月還登乞巧樓。第一莫教嬌太過，緣人衣帶上人頭。」又曰：「不知元在鞍橋裏，將爲空馱席帽歸。」又曰：「火爐牀上平身立，便與夫人作鏡臺。」

秦宗權始爲薛能吏，坐法笞背，薛因唱云「素脊鳴秋杖」，良久不繼，因幕吏白事，續云：「烏靴響暮廳。」乃命決行。其後，宗權起兵，首捕薛，令舉前詩，因又續云：「刃飛三赤雪，白日落文星。」遂害之。

張揆

會昌中，有邊將張揆防邊近十年，其妻侯氏繡回文作龜形詩，詣闕進曰：「暌離已是十年强，對鏡那堪更理粧。聞雁幾回修尺素，見霜先爲製衣裳。開箱疊練先垂淚，拂杵調砧更斷腸。繡作龜形獻天子，願教行客早還鄉。」

堯山堂外紀卷三十五

唐

宣宗忱 帝酷愛進士及第，常於内自題「鄉貢進士李道龍」。

宣宗微時，以武宗忌之，遁跡爲僧。一日遊方，遇黄蘗禪師同行，因觀瀑布，黄蘗曰：「我詠此得一聯，而下韻不接。」宣宗曰：「當爲續成之。」黄蘗云：「千巖萬壑不辭勞，遠看方知出處高。」宣宗續云：「溪澗豈能留得住，終歸大海作波濤。」後竟踐位。

南昌有百丈山，吴源水倒出飛下千尺，故號百丈，下有大智院，宣宗遯跡方外時，嘗至此題詩云：「日月每從肩上過，山河長向掌中看。」

宣宗重陽日賜宴群臣，有御製詩，略曰：「欽塞旋征騎，和戎委廟賢。傾心方倚注，協力共安邊。」宰臣以下應制皆和，魏謩兩聯云：「四方無事去，神豫抄秋來。八水寒光起，千山霽色開。」上嘉賞久之，魏蹈舞拜謝，群寮聳視，魏有德色，極歡而罷。

白樂天卒，宣宗以詩弔之，曰：「綴玉聯珠六十年，誰教冥路作詩仙？浮雲不繫名居易，造化無爲字樂天。童子解吟長恨曲，胡兒能唱琵音弼琶篇。文章已滿行人耳，一度思量一愴然。」

宣宗愛唱菩薩蠻詞云：「牡丹帶露真珠顆，佳人折向庭前過。含笑問檀郎：『花强妾貌强？』檀郎故相惱，只道『花枝好』。一向發嬌嗔，碎挼花打人。」時有婦人斷夫兩足者，上戲語宰相曰：「無乃『碎挼花打人』耶？」

宣宗舅鄭光鎮河中，上封其妾爲夫人，不受，表辭曰：「白屋同愁，已失鳳鳴之侶；朱門自樂，難容烏合之人？」上笑曰：「誰教阿舅作此好事！」左右對：「光多任一判官田絢者掌書記。」上欲以翰林官之，論者以不由進士，又無引援，遂止。

鄭顥

辛相絪之孫。以起居郎尚宣宗女萬壽公主，恩寵無比。

鄭顥因壽昌節上壽回，夢一宮殿，與十數人納涼聯句，既悟，省「石門霧露白，玉殿莓苔青」十字，怪其不祥。不數日，宣宗弓劍上僊，方悟其事。乃續爲十韻云：「間歲流虹節，歸軒出禁扃。奔波流長景，蕭灑夢殊庭。境象非曾到，崇嚴昔未經。日斜烏斂翼，風動鶴踈翎。異苑人争集，凉臺筆不停。石門霧露白，玉殿莓苔青。若匪災先兆，何緣思入冥？御爐虚仗馬，華蓋負云亭。白日成千古，金縢閟九齡。小臣哀絶筆，湖上泣青萍。」未幾，顥亦卒。「石門」二句，杜甫集中詩也。

裴休

字公美。大中六年拜相。爲人醖藉，進止雍閑，宣宗曰：「休，真儒者。」

裴休贈黄蘗山僧詩曰：「自從大士傳心印，額上圓珠七尺身。挂錫十年棲蜀水，浮盃今日渡漳濱。一千龍象隨高步，萬里香華結勝因。擬欲事師爲弟子，不知將法付何人？」休以此詩呈示黄蘗，黄蘗不顧，曰：「若形於紙墨，何有吾宗？」休問其故，曰：「上乘之印，唯是一心，更無别法。心體一空，萬緣俱寂，如大日輪升於虚空，其中照耀，靜無纖埃。證之者，無新舊，無淺深。説之者，不立義解，不開户牖。直下便是，動念即乖。」其後，休録之，爲傳心法要云。

温庭筠　字飛卿，本名岐，曾於江、淮爲親表辱之，由是改名。以早行詩「雞聲茅店月，人跡板橋霜」知名於世。詞號金荃集。子憲。

温庭筠才思艷麗，工於小賦，每入試，押官韻作賦，凡八叉手而八韻成，時號温八吟。李義山謂曰：「近得一聯句云『遠比趙公，三十六年宰輔』，未得偶句。」温曰：「何不云『近同郭令，二十四考中書』。」

宣皇好微行，與温庭筠遇於逆旅，温不識龍顏，傲然詰之曰：「公非長史、司馬之流？」帝曰：「非也。」又曰：「得非六參、簿尉之類？」帝曰：「非也。」會執政有奏：「庭筠攪擾場屋。」黜方城尉。紀唐夫送以詩，擅場當時。詩曰：「何事明時泣玉頻？長安不見杏園春。鳳皇詔下雖霑命，鸚鵡才高卻累身。且飲緑醽消積恨，莫辭黄綬拂行塵。方城若比長沙路，猶隔千山與萬津。」唐夫以此得名。

宣宗嘗賦詩，句有「金步摇」，未能對，遣求進士對之，庭筠乃對以「玉條脱」，宣宗賞焉。又藥名有「白頭翁」，温以「蒼耳子」爲對。他皆類此。

張林言毁佛寺，時御史有蘇監察者，檢天下廢寺，見銀佛一尺以下者，多袖歸，時號蘇捏佛。温庭筠遽曰：「好對『蜜陀僧』。」

温庭筠見鼇蜨，得句云「蜜官金翼使」，徧示知識，無人可屬，久之，自聯其下云：「花賊玉腰奴。」

宣皇愛唱菩薩蠻詞，丞相令狐綯假温庭筠修撰密進之，戒令勿洩。温遽言於人，由是踈之。温亦有言云：「中書堂内坐將軍。」譏相國無學也。

令狐綯曾以舊事訪於庭筠，對曰：「事出南華，非僻書也。或冀相公爕理之暇，時宜覽古。」綯益怒，奏庭筠有才無行，卒不登第。庭筠有詩曰：「因知此恨人多積，悔讀南華第二篇。」

令狐綯爲相，自以姓氏少，族人有投者，不吝通族，由是遠近争赴，至有姓胡冒令者。温庭筠戲爲詩曰：「自從元老登庸後，天下諸胡悉帶令。」

杜悰自西川除淮海，庭筠詣韋曲杜氏林亭，留詩云：「卓氏鑪前金綫柳，隋家堤畔錦帆風。貪爲兩地行霖雨，不見池蓮照水紅。」邠公聞之，遺絹千疋。

裴郎中諴，晉國公次弟子也，足情調，善談諧，與温岐爲友，好作歌曲，既入臺，爲三院所謔曰：「能爲淫艷之歌，有異清潔之士。」其南歌子詞云：「不是厨中串，争知炙裏心？井邊銀釧落，展轉恨還深。」又曰：「不信長相憶，擡頭問取天。風吹荷葉動，無夜不搖蓮。」又曰：「簳蠮爲紅燭，情知不自由。細絲斜結網，争奈眼相鈎。」二人又爲新添聲楊柳枝詞。裴詞云：「思量大是惡因緣，只得相看不得憐。願作琵琶槽那畔，美人長抱在胸前。」又曰：「獨房蓮子没人看，偷折蓮時命也拚。若有所由來借問，但道偷蓮是下官。」温詞云：「一尺深紅朦麴塵，舊物天生如此新。合懽桃核終堪恨，裏許元來別有人。」又曰：「井底點燈深燭伊，共郎長行莫圍棋。玲瓏骰子安紅豆，入骨相思知不知？」湖州崔郎中芻言初爲越副戎，宴席中有周德華者，乃劉採春女也，崔寵愛之，令一陳音韻，以爲浮艷之美，德華所唱七八篇，皆名流之詠，不取温、裴所稱歌曲，二君深有愧色。德華所唱楊柳枝詞，滕邁郎中一首：「三條陌上拂金羈，萬里橋邊映酒旗。此日令人腸欲斷，不堪將入笛中吹。」賀知章祕監一首：「碧玉裝成一樹高，萬條垂下緑絲絛。不知細葉誰裁出，二月春風是剪刀。」楊巨源員外一首：「江邊楊柳麴塵絲，立馬憑君折一枝。惟有春風最應惜，慇懃更向手中吹。」劉禹錫尚書一首：「春江一曲柳千條，二十年前舊板橋。曾與美人橋上別，恨無消息至今朝。」韓琮舍人一首：「枝鬬芳腰葉鬬眉，春來無處不如絲。灞陵原上多離別，少有長條拂地垂。」又曰：「梁苑隋堤事已空，萬條猶舞舊春風。那堪更想千年後，誰見楊花入漢宮？」

段成式與温庭筠詩序云：「予在九江，造雲藍紙輒送五十枚。詩云：『三十六鱗充信使，數番猶得寄相思。』」

温飛卿錦鞋賦曰：「闌裏花春，雲邊月新。耀粲織女之束足，嬿婉嫦娥之結璘。碧繶緗鉤，鸞尾鳳頭。鞻稱雅舞，履號遠遊。若乃金蓮東昏之潘妃，寶綵臨川之江姬。匍匐非壽陵之步，妖蠱實苧蘿之施。羅襪紅蕖之艷，豐趺綃錦之奇。凌波微步瞥陳王，既躞蹀而容與，花塵香跡逢石氏，倏窈窕而呈姿。擎箱回津，驚蕭郎之始見；李文明練，恨漢后之未持。重爲系曰：瑶池仙子董雙成，夜明簾額懸曲瓊。將上雲而垂手，顧轉盻而遺情。願綢繆於芳趾，附周旋於綺楹。莫悲更衣牀前棄，側聽東晞佩玉聲。」先是，段成式寄飛卿詩云：「知君欲作閑情賦，應願將身作錦鞋。」飛卿因作此答之。

温憲，僖、昭間就試有司，值鄭相延昌掌邦貢，以其父文多刺時，復傲毁朝士，抑而不録。既不第，遂題一絶於崇慶寺壁。後滎陽公因國忌行香見之，憫然動容。暮歸宅，已除趙崇知舉，即召之，謂曰：「某頃文衡，以温憲庭筠之子，深怒嫉之。今日見一絶，令人惻然，幸勿遺也。」於是成名。詩曰：「十口溝隍待一身，半年千里絶音塵。鬢毛如雪心如死，猶作長安下第人。」

光啓中，温憲爲山南李巨川草薦表，盛述先人之屈，曰：「娥眉先妬，明妃爲去國之人；猿臂自傷，李廣乃不侯之將。」温終於南山從事。

段成式

字柯古。文昌子。嘗宦游至辰，著酉陽雜俎。爲處州刺史，境内惡溪多水怪，成式下車，水怪辟易，民遂呼爲好溪。

池州周繇與段成式、韋蟾同遊襄陽徐商幕府，襄陽中堂賞花，繇與妓人戲語，成式嘲之曰：「鶯裏花前選孟光，東山逋客酒初狂。素娥畢竟難防備，燒得河車莫遣嘗。」繇和云：「迴簪轉黛喜猜防，粉署裁詩助酒狂。若遇仙丹偕羽化，便隨簫史亦何傷？」

繇登咸通進士，以明皇夢鍾馗賦得名，調池之至德令，李昭象以詩送之曰：「投文得任而今少，佩印還家古所榮。」

段成式不赴光風亭夜宴，贈周繇云：「屏開屈膝見吴娃，蠻臘同心四照花。姹女不愁難管領，斬新鉛裏得黄牙。」繇和云：「玉樹瓊筵映彩霞，澄虚樓閣似仙家。只緣存想歸蘭室，不向春風看夜花。」時宴中妓有醉毆者，温飛卿曰：「若狀此，便可以『疻面』對『捽胡』。」成式乃曰：「捽胡雲彩落，疻面月痕消。」又曰：「擲履仙鳧起，撦衣蝴蝶飄。羞中含薄怒，嚬裏帶餘嬌。醒後猶攘腕，歸時更折腰。狂夫自纓絶，眉勢倩誰描？」韋蟾云：「争揮鈎弋手，競聳踏摇身。傷頰詎關舞，捧心非効嚬。」飛卿云：「吴國初成陣，王家欲解圍。拂巾雙雉叫，飄瓦兩鴛飛。」

襄陽公宴集，段成式連罷馳騁，坐觀花艷，或有眼飽之嘲。周繇賦詩云：「蹙鞠且徒爲，寧如目送時。報讐慙選耎，存想恨逶遲。促坐疑辟珥，啣盃强朵頤。恣情窺窈窕，曾恃好風姿。色授應難奪，神交願莫辭。請君看曲講，不負少年期。」成式和詩云：「才甘魚目並，藝怯馬蹄間。王謝初飛蓋，姬姜盡下山。縛雞難角逐，射雉豈開顔？亂翠移林色，狂紅照座殷。防梭齒雖在，乞帽鬢慙班。儻恕相如瘦，應容累騎還。」庭筠和云：「齊馬馳千駟，盧姬逞十三。玳筵方盻睞，金勒自趦趄。墮珥情初洽，鳴鞭戰未酣。神交花冉冉，眉語柳毿毿。」

尚書東莞公夜宴，坐列數花，段成式作連珠以代劇語，其一曰：「竊以銅街麗人，恨塵泥之將隔，石室素女，怨仙俗之易分。因知三鳥孤鸞，從來要匹，金雞玉鵠，不願成群。」其二曰：「名比大喬，怨佳期之未卜；居連小市，恨的信之難移。因知夜逼更長，斜漢回而脉脉；寒侵夢淺，行雲去以遲遲。」一時稱其美麗。

李群玉 字文山。大中間，崔相進其詩，以處士直弘文館。

群玉好吹笙，善急就章，喜食鵝，及授校書郎東歸，盧肇送詩云：「妙吹應諧鳳，工書定得鵝。」

群玉在杜丞相悰筵中贈美人云：「裙拖六幅瀟湘水，鬢聳巫山一朵雲。貌態祇應天上有，歌聲豈合世間聞？胸前瑞雪燈斜照，眼底桃花酒半醺。不是相如憐賦客，肯教容易見文君？」

群玉解天禄之任而歸涔陽，經二妃廟，題云：「小孤洲北浦雲邊，二女明粧玉儼然。野廟向江春寂寂，古碑無字草芊芊。風迴日暮吹芳芷，月落山深哭杜鵑。猶似含嚬望巡狩，九疑凝黛隔湘川。」又曰：「黄陵廟前春已空，子規啼血滴松風。不知精爽落何處，疑是行雲秋色中。」群玉自以「春空」遂至「秋色」，欲易之。乃有二女郎見曰：「兒是娥皇、女英也。二年後當與郎君爲雲雨之遊。」俄而影滅。李遂禮其神像而去。至于潯陽，太守段成式素與李爲詩酒友，具述此事。段戲之曰：「不知足下是虞舜之辟陽侯也。」後二年，群玉果死於洪州。段以詩哭之曰：「酒裹詩中三十年，縱横唐突世喧喧。明時不作稱衡死，傲盡公卿歸九泉。」又曰：「曾話黃陵事，今爲白日催。老無男女累，誰哭到泉臺？」

長沙日試萬言，王璘詞學富贍，請十書吏皆給筆札，璘口授，十吏筆不停綴，首題黃河賦三千字，復爲鳥散餘花落詩二十首。時未亭午，已七千餘言。時路嵓方當鈞軸，遣一介召之，璘曰：「請候見帝。」嵓大怒，亟命奏廢萬言科。璘杖策而歸，放曠盃酒間。一日，與李群玉相遇嶽麓寺，群玉曰：「公何許人？」璘曰：「日試萬言王璘。」群玉待之甚淺，曰：「請與公聯句可乎？」璘曰：「唯子之命。」群玉破題而授之，璘略不佇思，繼之曰：「芍藥花開菩薩面，椶櫚葉散野人頭。」群玉遂屈。

韋蟾 字隱桂。下杜人。

韋蟾廉問鄂州，及罷，賓僚祖餞，蟾書文選句云：「悲莫悲兮生別離，登山臨水送將歸。」以牋毫授賓從，請續其句。逡巡，有妓泫然起曰：「某不才，不敢染翰，欲口占兩句。」韋大驚異，令隨念。云：「武昌無限新栽柳，不見楊花撲面飛。」蟾令唱作楊柳枝詞，極歡而散，贈數十箋納之，翌日而發。

韋蟾至長樂驛，見李瑒給事題名，因書其側云：「渭水春山照眼明，希仁何事寡詩情？只應學得虞姬壻，書字纔能紀姓名。」

鄭薰 字子溥。

大中八年，鄭薰掌文，時徐寇作亂，薰志在激勸勳烈，謂摽魯公之後，擢之首科。既而問及廟院，摽曰：「摽寒素，京國無廟院。」薰始大悟，塞默久之。時有無名子嘲曰：「主司頭腦太冬烘，錯認顏摽作魯公。」

鄭薰既老，號所居爲隱巖，蒔小松七本于庭，自號七松處士，嘗曰：「異時可對五柳先生。」

苗台符六歲能屬文，年十六及第，張讀亦幼擅詞賦，年十八及第，同年進士，又同佐鄭薰少師宣州幕，二人常列題於西明寺東廊，或竊注之曰：「一雙新進士，兩箇阿孩兒。」台符十七不禄，續位至禮部侍郎。

曹鄴

字業之。嘗爲四怨、三愁、五情詩。爲舍人韋慤所知，力薦於主司。大中間登第。

曹鄴未第時，有詩云：「一辭岩桂叢，九泣都門月。年年孟春至，看花不如雪。」曹鄴老圃堂詩云：「邵平瓜地接吾廬，穀雨乾時手自鋤。昨日春風欺不在，就床吹落讀殘書。」

陳陶

字嵩伯。武、宣間自稱三代布衣。

陳陶隱南昌西山，操行清潔。嚴宇牧豫章，欲撓之，遣小妓蓮花往侍焉，陶殊不顧。妓乃獻詩求去，曰：「蓮花爲號玉爲腮，珍重尚書遣妾來。處士不生巫峽夢，虛勞神女下陽臺。」陶答曰：「近來詩思清於水，老去風情薄似雲。已向昇天得門户，錦衾深愧卓文君。」後人移其事爲陳圖南，非也。

陳陶種柑橙西山，令山童賣之，以供朝夕，僧貫休贈詩云：「高步前山前，高歌北山北。數載賣柑橙，山資近又足。」

陳陶隴西行云：「誓掃匈奴不顧身，五千貂錦喪胡塵。可憐無定河邊骨，猶是春閨夢裏人。」

陳陶種蘭詩曰：「幽人饑如何？採蘭充餱糧。幽人渴如何，醖蘭爲酒漿。地無青苗租，白日如散王。不嘗仙人藥，端坐紅霞房。」

林傑　字智周。爲李侍御遠所知，鄭立作奇童傳貽之。

林傑五歲時，父肅携至王仙君霸壇。戲問：「童子能詩乎？」傑遂口占云：「羽客已歸雲路去，丹爐草木盡彫殘。不知千載歸何日，空使時人埽舊壇。」同遊諸公，初不謂眇歲之作，遽臻於此，莫不驚異。

唐中丞扶命子弟延林傑入學院講習，時會七夕，堂前乞巧，因試乞巧詩，傑援筆曰：「七夕今朝看碧霄，牽牛織女渡河橋。家家乞巧望秋月，穿盡紅絲幾萬條！」唐驚曰：「真神童也。」

堯山堂外紀卷三十六

唐

陸龜蒙

字魯望，時謂江湖散人，或號天隨子，居松江甫里，又曰甫里先生。性嗜茶，置園顧渚山下，歲取租自判品第。門有巨石，乃遠祖續爲鬱林守罷歸無裝，取以重其舡者，人稱其廉，號鬱林石。

天隨生宅荒少墻，屋多隙地，前後皆樹杞菊以供盃案。至夏，枝葉老硬，氣味苦澀，猶責僮兒采掇。有人言：「千乘之邑，非無好事之家，日欲擊鮮爲具以飽君，君獨閉關不出，率空腸貯古賢遺言，何自苦如此？」天隨生笑曰：「我幾年來忍饑誦經，豈不知屠沽兒有酒食邪？」嘗作杞菊賦曰：「惟杞與菊，偕寒互緑。或潁或苕，煙披雨沐。我衣敗綈，我飯脱粟。羞慙齒牙，苟且粱肉。蔓延駢羅，其生實多。爾杞未棘，爾菊未莎。其如予何！其如予何！」

陸龜蒙居震澤，有鬬鴨一欄。有内養自長安使杭州，出舍下，挾彈斃其緑頭者。

龜蒙手一表，駭云：「此鴨善人言，持附蘇州，上進天子。使者斃之，奈何？」內養信其言，大恐，遂以囊中金酧之，因徐問：「其鴨能作何言？」龜蒙曰：「能自呼其名。」內養憤且笑，蒙還其金，大笑曰：「吾戲耳。」

陸龜蒙居笠澤，有一竹禪床，每用偃憩，時十月，天已寒，侍僮忘施氊褥，龜蒙已坐，急起呼曰：「此節日，翁須是與些衣服，不然，他寒我也寒。」

陸龜蒙魚牋詩：「向日乍驚新繭色，臨風時辨白萍文。好將花下承金粉，堪送天邊詠碧雲。」

陸龜蒙戲作風人體云：「破蘖供朝爨，須知是苦辛。曉天窺落宿，誰識獨醒人？聞道更新幟。多因廢舊期。征衣無伴擣，獨處自然悲。」皮日休和云：「刻石書離恨，因成別後悲。莫言春繭薄，猶有萬重思。江上秋風起，從來浪得名。逆風猶挂席，若不會凡情。」詩云：「維南有箕，不可以簸揚；維北有斗，不可以挹酒漿。」蓋風俗之言，近乎戲矣。後人倣之，遂有「圍棊燒敗襖，看子故依然」之句，由是此體興焉。

陸龜蒙夏日閑居，作四聲詩寄皮襲美，其平聲云：「荒池菰蒲深。閑堦莓苔平。江邊松篁多，人家簾櫳清。爲書凌遺編，調絃誇新聲。求懽雖殊塗，探幽聊怡情。」平上聲云：「朝煙涵樓臺，晚雨染島嶼。漁童驚狂歌，艇子喜野語。山容堪停盃，柳影好隱暑。年華如飛鴻，斗酒幸且舉。」平去聲云：「新開窗猶偏，自種蕙未偏，書籤風搖聞，釣榭霧破見。耕耘閒之資，嘯詠性最便。希夷全天真，詎要問貴賤。」平入聲云：「端居愁無涯，一夕髮欲白。因爲鸞章吟，忽憶鶴骨客。身披丹臺文，脚着赤玉舄。如蒙清音詶，若渴吸月液。」

陸龜蒙夏日即事用藥名作離合詩云：「避暑最須從朴野，葛巾筠席更相當。歸來又好乘涼釣，藤蔓陰陰着雨香。」與張籍離合詩同體。

陸龜蒙用離合體賦「松」、「閒」、「斟」三字云：「子山園靜憐幽木，公幹詞清詠華門。月上風微瀟灑甚，斗醪何惜置盈樽。」賦「飲」、「巖」、「泉」三字云：「已甘茅洞三君食，欠買桐江一朵山。嚴子瀨高秋浪白，水禽飛盡釣舟還。」此離一字偏旁于一句首尾，而首尾相續爲字。

陸龜蒙中酒賦曰：「剪雲夢萱，採泮宮芹。周子之菘向晚，庾郎之薤初春。加以歐川桂蠹。潁谷榆人，雖馳心於品物，且忘味于茲辰。」

陸龜蒙妻蔣氏，善屬文，然嗜酒，姊妹勸節酒强食，蔣應聲曰：「平生偏好飲，勞汝勸吾餐。但得樽中滿，時光度不難。」一日有僧知業訪龜蒙談玄，蔣使婢奉酒，知業云：「受戒不飲。」蔣隔簾謂曰：「上人曾有詩云：『接岸橋通何處路？倚樓人是阿誰家？』觀此風韻，得不飲乎？」知業慙而退。

皮日休

字襲美，自號間氣布衣，又自戲曰醉士，或曰酒民。子光業，爲吴越丞相，四世孫公弼，宋慶曆間名士也。

皮日休嘗謁歸仁紹，數往而不得見，皮既心有所慊而動形於言，因作詠龜詩：「硬骨殘形知幾秋，屍骸終不是風流。頑皮死後鑽須遍，都爲平生不出頭。」時仁紹亦有諸子佾孫與日休同在場中，隨即聞之，因伺其復至，乃於刺字皮姓之下題詩授之曰：「八片尖斜砌作毬，火中燖了水中揉。一團閑氣如常在，惹踢招拳卒未休。」

皮日休詠螃蟹呈浰西從事云：「未游滄海早知名，有骨還從肉上生。莫道無心畏雷電，海龍王處也横行。」又題金錢花云：「陰陽爲火地爲爐，鑄得金錢不用模。謾向人前逞顔色，不知還解濟貧無？」

皮日休懷鹿門用縣名作離合詩云：「山瘦更培秋後桂，溪澄閑數晚來魚。臺前過雁盈千百，泉石無情不寄書。」陸龜蒙和云：「竹溪深處猿同宿，松閣秋來客共登。封徑古苔侵石鹿，城中誰解訪山僧？」

吴士孫發嘗舉百篇科，陸龜蒙贈詩云：「直應天授與詩情，百詠唯消一日成。」皮日休亦有云：「百篇宫體喧金屋，一日官銜下玉除。」宋太平興國五年，有趙昌國願試此科，太宗御殿出四句詩爲題，詩云：「松風雪月天，花竹鶴雲煙。詩酒春池雨，山僧道柳泉。」每題五篇，篇四韻。至晚僅成十首，方欲激勸後學，特賜及第。

咸通中，日休爲太常博士，遭亂歸吴中。黄巢寇江、浙，劫以從軍，至京師，以爲翰林學士，令日休作讖，云：「欲識聖人姓，田八二十一。欲知聖人名，果頭三屈律。」巢大怒，蓋巢頭醜，掠鬢不盡，疑譏之也。遂及禍。黄巢舉進士不中第，嘗賦菊詩曰：「待到秋來九月八，我花開後百花殺。衝天香陣透長安，滿城盡帶黄金甲。」朝廷不能收拾之，遂聚衆爲盜，號衝天大將軍，卒陷長安。既敗，脱身爲僧，依張金義於洛陽，曾繪己像題詩云：「記得當年草上飛，鐵衣着盡着僧衣。天津橋上無人識，獨倚欄杆看落暉。」人見其像，識其爲巢。

皮光業最躭茗事。一日，中表請嘗新柑，筵具殊豐，簪紱叢集。纔至，未顧尊罍而呼茶甚急，徑進一巨甌，題詩曰：「未見甘心氏，先迎苦口師。」衆噱曰：「此師固清高，而難以療饑也。」

方干 字雄飛。桐廬處士。嘗謁廉倅，設三拜，人呼爲方三拜。卒謚玄英先生。

方干爲人唇缺，有司以爲不可與科名，連應十餘舉，遂隱居鑑湖。後數十年遇醫補唇，年已老矣。人號曰補唇先生。又性好侮人，嘗與龍丘李主簿同酌，李目有翳，干改令譏曰：「措大吃酒點鹽，軍將吃酒點醬。只見門外着籬，未見眼中安障。」李答曰：「措大吃酒點鹽，下人吃酒點鮓。只見手臂着欄，未見口唇開袴。」

餘杭守謂方干苦吟，未能應，卒因夜燕，以飛字韻命賦之。干詩立成，曰：「間世星郎夜燕時，丁丁寒漏滴聲微。琵琶絃促千般調，鸚鵡盃深四散飛。遍請玉容歌白雪，高燒紅燭照朱衣。人間有此榮華事，争遣漁翁戀釣磯。」

吴人范攄處士之子，七歲能詩，贈隱者云：「掃葉隨風便，澆花趁日陰。」方干曰：「此子他年必成名。」又吟夏日云：「閑雲生不雨，病葉落飛秋。」干曰：「惜哉！必不享壽。」果十歲卒。

許棠

字文化。與張喬、俞坦之、劇燕、任濤、吴罕、張蠙、周繇、鄭谷、李棲遠、温憲、李昌符謂之「咸通十哲」。

許棠洞庭詩云：「驚波常不定，半日鬢堪斑。四顧疑無地，中流忽有山。鳥飛應畏墮，帆遠卻如閑。漁父相時引，行歌浩渺間。」當時人以第二聯題扇。汪遵、許棠同鄉人也。遵幼爲吏，棠應二十餘舉，遵猶在胥徒。善爲絶句詩而深晦縝密。一旦辭役就貢，會棠送客至灞滻間，遇遵於途，訊曰：「何事至京？」遵曰：「就貢。」棠怒曰：「小吏無禮。」後遵成名五年，棠始登第。長城詩曰：「秦築長城比鐵牢，蕃戎不敢過臨洮。雖然萬里連雲際，争及堯天三尺高。」遵以此詩得名於時。

李建州頻主京兆解試，命月中桂題，張喬詩擅場。詩曰：「與月轉洪濛，扶踈萬古同。根非生下土，葉不墜秋風。每以圓時足，還隨缺處空。影高群木外，香滿一輪中。未種丹霄日，應虛白兔宫。如何當羽化，細得問神功。」李建州以許棠老於場屋，竟以棠爲首薦，而張喬、俞坦之輩俱以次收之。

張喬與俞坦之受知許下薛尚書能，許棠首薦，能以詩唁二子曰：「何事盡參差，惜哉吾子詩。日令銷此道，天亦負明時。有路當重振，無門即不知。何當見堯日，相與啜澆漓。」

任濤 筠州人。

任濤能詩，刺史李騭愛其「露溥沙鶴起，人卧釣舡横」之句，特與免役，判云：「有詩似濤者，並免役。」時幸元龍號松垣先生，素有氣節，亦以詩援濤例求免税丁，刺史判云：「松垣筆力破滄溟，欲援任濤免税丁。一段風流好公案，錦江重寫入圖經。」

李昌符 字巖夢。歷尚書郎。

李昌符久不登第，常歲卷軸，怠於裝修。因出一奇，乃作婢僕詩五十首，於公卿間行之。其間有詩云：「春娘愛上酒家樓，不怕歸遲總不憂。推道那家娘子卧，且留教住待梳頭。」又云：「不論秋菊與春花，箇箇能噇空肚茶。無事莫教頻入庫，没名閑物要些些。」諸篇皆中婢僕之諱，浹旬京域盛傳，是年登第。

李山甫 咸通中累舉不第，後流落爲河朔樂彦禎從事。

巢寇之亂，翰林待詔王遨者，北遊在鄴，李山甫遇於道觀，謂曰：「幽蘭緑水，可得聞乎？」遨應命奏之。曲終潸然，曰：「憶在咸通，玉亭秋夜，供奉至尊，不意流離至此也。」山甫賦詩曰：「幽蘭緑水耿清音，嘆惜先生枉用心。世上幾時曾好古？人前何必獨霑襟？致身不似笙簧巧，悦耳寧如鄭衛淫？三尺絲桐七條綫，子期師曠兩沉沉。」句未成，山甫亦自黯然，悲其不遇。

袁皓 宜春人。咸通進士，自稱碧池處士。

袁皓初登第，過岳陽，悦妓蕊珠以詩寄嚴使君曰：「得意東歸過岳陽，桂枝香惹蕊珠香。也知暮雨生巫峽，争奈朝雲屬楚王。萬恨只憑期尅手，寸心唯繫别離腸。南亭宴罷笙歌散，回首煙波落渺茫。」嚴君以妓贈之。

高蟾 河朔人。唐有兩高蟾，此乾符登第者。

高蟾累舉不第，有詩云：「月桂數條稽白日，天門幾扇鎖明時。陽春發處無根蔕，憑仗東風次第吹。」又下第上司馬侍郎詩云：「天上碧桃和露種，日邊紅杏倚雲栽。芙蓉生在秋江上，莫向春風怨未開。」人頗憐其意。明年，李昭知舉，遂擢第。

高蟾有宫詞云：「君恩秋後葉，日日向人疎。」鄭谷贈詩云：「張生『故國三千里』，知者惟應杜紫薇。君有『君恩秋後葉』，可能更羨謝玄暉。」

姚巖傑 元崇裔孫，號象溪子。

姚巖傑聰悟絶倫，常以詩酒放游江左。咸通中，盧肇知歙州，巖傑在婺源，先以著述寄肇，肇已知其人，辭以「兵火之後，郡中凋𡚒，無以奉迎大賢」。巖傑復以長牋激之，肇乃輟所乘馬迎至郡齋，館穀如公卿禮，既而日肆傲睨。肇嘗以篇詠詫於巖傑，曰：「明月照巴山，」巖傑笑曰：「明月照天下，奈何獨巴山耶！」肇慚甚。無何，會於江亭，時蒯希逸在席，肇請目前取事爲令，尾有樂器名，肇曰：「遠望漁舟，不濶尺八。」巖傑遽飲酒一器，凭欄嘔噦，須臾，即席還令曰：「凭欄一吐，已覺空喉。」

乾符中，顏摽典鄱陽郡，鞠場公宇初構，請巖傑紀其事，文成，粲然千餘言。摽欲删去二字，巖傑不從，摽怒，時已刊石，命碎其碑，巖傑以篇紀之曰：「爲報顏公識我麽，我心唯只與天和。眼前俗物關情少，醉後青山入夢多。田子莫嫌彈鋏恨，寧生休唱飯牛歌。聖朝若爲蒼生計，也合公車到薜蘿。」

鄭昌圖

咸通末，以進士車服僭差，不許乘馬，時場中不減千人，雖勢家子亦皆騎驢。或嘲之曰：「今年敕下盡騎驢，短袖長鞦滿九衢。清瘦兒郎猶自可，就中愁殺鄭昌圖。」

鄭畋

年十九赴舉，凡十九年登第，又十九年入相，時號「三九相公」。

鄭畋爲鳳翔從事日，題馬嵬坡云：「玄宗回馬楊妃死，雲雨雖亡日月新。終是聖朝天子事，景陽宫井又何人？」觀者以爲有宰輔之器。

高駢　字千里。崇文曾孫也。好神仙，有方士刻青石爲奇字云：「玉皇授白雲先生。」

高崇文本薊門將校，討劉闢有功，爲西川節度使。渤海鄙言呼人爲「髆兒」。一日雪下，崇文謂賓客曰：「某雖武夫，亦有一詩。」乃吟曰：「崇文崇武不崇文，提戈出塞號將軍。那箇髆兒射雁落？白毛空裏雪紛紛！」或謂北齊敖曹之比。

高駢家世禁衛，頗修飾，折節爲學，與諸儒交，硜硜談治道，兩軍中人，更稱譽之，號「落雕侍御」。赴安南卻寄台司云：「曾驅萬馬静江山，風去雲迴頃刻間。今日海門南面事，莫教還似鳳林關。」

奇鯤，南詔大酋之心膂也，僖宗時來朝，高駢自淮海飛章曰：「蠻酋用事，惟奇鯤等數人，請止而鴆之。」帝用其策，奇鯤有詞藻，途中詩云：「風裏浪花吹又白，雨中峰影洗還青。沙鷗聚處窗前見，林狖啼時枕上聽。」

高駢鎮蜀，南蠻時飛一木夾，有「借錦江飲馬」之語。胡曾時爲書記，以檄破之，兼有詩云：「辭天出塞陣雲空，霧卷霞開萬里通。親授虎符安宇宙，誓將龍劍定英雄。殘霜敢冒高懸日，秋葉争禁大段風？爲報南蠻須屏跡，不同蜀將武侯公。」

高駢鎮蜀日，以蠻蜑侵暴，乃築羅城四十里，朝廷雖加恩賞，亦疑其固護。或一日，聞奏樂聲，知有改移。乃題風箏寄意曰：「夜靜絃聲響碧空，宫商信任往來風。依稀似曲纔堪聽，又被風吹别調中。」旬日，果移鎮渚宫。

高駢聞河中王鐸加都統云：「煉汞燒鉛四十年，至今猶在藥爐前。不知子晉緣何事？只學吹簫便得仙。」其驕傲不平如此。

高駢末年酷信方士，有吕用之者，自言能役使鬼神，變化黄金。駢惑之，起延和閣七間，高八丈，皆飾以金玉，藻井垂蓮，之上有二十八字云：「延和高閣上干雲，小語猶疑太乙聞。燒盡降真無一事，開門迎得畢將軍。」及師鐸亂，人以爲詩妖。

吕用之每對高駢顧揖空中，謂見群仙來往，駢隨而拜之。用之忽云：「后土夫人遣使就借兵馬并李筌所撰太白陰經。」駢遽下兩縣，率百姓葦席數千領，畫作甲兵之狀，遣用之於廟庭燒之，又以五彩箋寫太白陰經十道，置於神座之側，又於夫人帳中塑一緑衣年少，謂之韋郎，廟成，有人於西廡棟上題一長句，詩曰：「四海干戈尚未寧，謾勞淮海寫儀刑。九天玄女猶無信，后土夫人豈有靈？一帶好雲侵鬢緑，兩行嵬岫拂眉青。韋郎年少躭閒事，案上休誇太白經。」好事者競相傳誦。

馬真

僖宗自内出袍千領賜塞外吏士，神策軍馬真於袍中得金鎖一枚，詩一首云：「玉燭製袍夜，金刀呵手呵。鎖寄千里客，鎖心終不開。」真就市貨鎖，爲人所告，主將得其詩，奏聞，僖宗令赴闕，以宫人妻真。後僖宗幸蜀，真晝夜不解衣，前後捍禦。

周朴

閩人。乾符末，黄巢至福州，求得朴，問曰：「能從我乎？」答曰：「我尚不仕天子，安能從賊？」巢怒，斬之。

周朴性喜吟詩，尤尚苦澀，每遇景物，搜奇抉思，日旰忘返，苟得一聯句，則忻然自快。嘗野逢一負薪者，忽持之，且厲聲曰：「我得之矣。」樵夫矍然驚駭，掣臂棄薪而走，遇游徼卒，疑樵者爲偷兒，執而訊之，朴徐往告卒曰：「適見負薪，因得句耳。」卒乃釋之。其句云：「子孫何處閑爲客，松柏被人伐作薪。」閩有一士人，以朴僻於詩句，欲戲之。一日，跨驢於路，遇朴在傍，士人乃欹帽掩頭，吟朴詩云：「禹力不到處，河聲流向東。」朴聞之，忽遽隨其後，且行，士但促驢而去，略不回首，行數里追及，朴告之曰：「僕詩『河聲流向西』，何得言『流向東』？」士人頷之而已。閩中傳以爲笑。

韓定辭

韓定辭爲鎮州王鎔書記，聘燕帥劉仁恭，舍於賓館，命幕客馬彧延接。馬有詩贈韓云：「燧林芳草綿綿思，盡日相携陟麗譙。別後巏嵍山上望，羡君時復見王喬。」彧詩清秀，然意在試其學問。韓於座酬之曰：「崇霞臺上神仙客，學辨癡龍藝最多。盛德好將銀筆述，麗詞堪與雪兒歌。」座賓靡不欽訝，然亦頗疑銀筆之僻。他日，彧答聘常山，亦命定辭接於公館。彧從容問韓以「雪兒」「銀筆」之事，韓曰：「昔梁元帝爲湘東王時，好學、著書，常紀忠臣義士及文章之美者。筆有三品，或以金銀雕飾，或用斑竹爲管。忠孝全者用金管書之，德行清粹者用銀筆書之，文章贍麗者以斑竹書之，故湘東之譽，振於江表。雪兒者，李密之愛姬，能歌舞，每見賓僚文章有奇麗入意者，即付雪兒叶音律歌之。」又問「癡龍」出自何處？定辭曰：「洛下有洞穴，曾有人誤墮穴中，因行數里，漸見明曠，見有宫殿人物，凡九處。又見有大羊，羊髯有珠，人取而食之，不知何所。後出以問張華，華曰：『此地仙九館也。大羊者，名曰癡龍耳。』」定辭復問彧：「嶕嶢山當在何處？」曰：「此隋郡之故事。何謙光而下問？」由是兩相悦服，結交而去。

堯山堂外紀卷三十七

唐

昭宗曄

人戲上尊號曰避賢招難存三奉五皇帝。蓋帝嘗曰：「朕東西所至，禍難隨之，願避賢者路。」三，謂三主，帝后及柳、楊昭儀。五，謂朱全忠、王行瑜、李克用、李茂貞、韓建。

昭宗雖運鍾艱險，智量過人，每與侍臣言論，商較時政，曾無厭倦。乾寧三年，鳳翔李茂貞與朝臣有隙，舉兵犯闕，上欲幸太原，行止渭北，華州韓建迎歸郡中，上鬱鬱不樂，時登城西齊雲樓眺望。明年秋，製菩薩蠻詞二首，曰：「登樓遥望秦宫殿，茫茫只見雙飛燕。渭水一條流，千山與萬丘。遠煙籠碧樹，陌上行人去。何處是英雄？迎儂歸故宫。」又一曰：「飄飄且在三峰下，秋風往往堪沾灑。腸斷憶仙宫，朦朧煙霧中。思夢時時睡，不語常如醉。早晚是歸期，穹蒼知不知？」酒酣，與從人悲歌泣下。

昭宗播岐，何后用事，有同谷子者，詠五子之歌，何后潛令秦王誅之，事未行而奔去。詩曰：「邦惟固本自安寧，臨下常須馭朽驚。何事十旬遊不返？禍胎從此召殷兵。酒色聲禽號四荒，那堪峻宇又雕墻？靜思今古爲君者，未或因兹不滅亡！惟彼陶唐有冀方，少年都不解思量。如今筭得當年事，首爲盤遊亂紀綱。明明我祖萬邦君，典則貽將示子孫。惆悵太康荒墜後，覆宗絶祀滅其門。仇讎萬姓遂無依，顔厚何曾解忸怩？五子既歌邦已失，一場前事悔難追。」

司空圖　字表聖。與巢賊之亂，車駕播遷，圖有先人舊業在中條山，因避地焉。嘗芟松枝爲筆管，曰：「幽人筆當如是。」與人疏不名官位，但稱知非子，又稱耐辱居士。

初，王凝爲絳州刺史，司空圖以文謁之，大爲所知，及凝知貢舉，遂擢圖上第，同年訝其名姓甚暗，有浮薄者，號之爲司徒空。王知有此說，因召一牓門生，開筵宣言於衆，曰：「某切忝文柄，今年牓帖，全爲司空先輩一人而已。」由是圖聲彩益振。後爲御史分司，舊相盧公携酒訪之，留詩曰：「氏族司空貴，官班御史雄。老夫知且在，未可嘆途窮。」

裴度赴敵淮西，嘗題名華嶽廟闕門。大順中，司空圖以一絶紀之，曰：「嶽前大隊赴淮西，從此中原息戰鼙。石闕莫教苔蘚上，分明認取晉公題。」

司空圖有詩戒好色自戕者，云：「昨日流鶯今日蟬，起來又是夕陽天。六龍飛轡長相窘，更忍乘危自着鞭。」

司空圖秦坑銘云：「秦術戾儒，厥民斯酷。秦儒既坑，厥祀隨覆。秦坑儒耶？儒坑秦耶？」

司空圖作亭觀，素室悉畫唐節士文人，名亭曰休休。題其楹曰：「咄，喏！休休休，莫莫莫！伎倆雖多性靈惡，賴是長教閑處著。休休休，莫莫莫！一局棊，一爐藥，天意時情可料度！白日偏催快活人，黃金難買堪騎鶴。若曰：『爾何能？』答云：『耐辱莫。』」

鄭谷 字若愚。有集號雲臺編。

鄭谷，故永州刺史之子。幼年，司空圖與刺史同院，見而奇之，曰：「曾吟得丈丈詩否？」曰：「吟得。」「莫有病否？」曰：「丈丈曲江晚望斷篇云：『村南斜日閑回首，一對鴛鴦落渡頭。』即深意矣。」司空嘆惜，撫其背曰：「當爲一代風騷主。」

唐時，新進士不問科甲高下，唱名出皇城，則例喝狀元。鄭谷登第後，宿平康里，嘗作詩曰：「春來無處不閑行，楚潤相看別有情。好是五更殘酒醒，耳邊聞喚狀元聲。」谷，光啓三年趙昌翰榜第八名也。

楊夔嘗著冗書三卷，馳名於是。咸通間下第，鄭谷贈二絶曰：「散賦冗書高且奇，百篇仍有百篇詩。江湖休灑春風淚，十軸香於一桂枝。時無韓柳道難窮，也覺天公不至公。看取年年金牓上，幾人才氣似揚雄？」

鄭谷詠鷓鴣詩云：「暖戲平蕪錦翼齊，品流應得近山雞。雨昏青草湖邊立，花落黄陵廟裏啼。遊子乍聞征袖濕，佳人纔唱翠眉低。相呼相喚湘江曲，斑竹叢深春日西。」時歎其工，呼爲鄭鷓鴣。

鄭谷雪詩云：「亂飄僧舍茶煙濕，密灑歌樓酒力微。江上晚來堪畫處，漁人披得一簑歸。」有段贊善善畫，因采其詩爲圖，曲盡瀟灑之意。持以贈谷，谷爲詩謝之云：「贊善賢相後，家藏名畫多。留心於繪素，得意在煙波。屬與同吟詠，功成更琢磨。愛余風雪句，幽絶寫漁簑。」

鄭谷十日菊云：「節去蜂愁蝶不知，曉庭還繞折殘枝。自緣今日人心別，未必秋香一夜衰。」

薛尚書能，嘗爲都官郎中。後數年，李員外頻自憲府内彈，拜都官員外，皆一時騷雅宗師。都官之曹，振盛於此。乾寧中，鄭谷亦爲都官郎中，作詩自賀云：「都官雖未是名郎，踐歷曾聞薛許昌。復有李公陪雅躅，豈宜鄭子忝餘光？」後世因稱鄭都官云。

吴融

字子華。與陸龜蒙、皮日休、顔蕘、羅隱爲益友。龍紀初登第。

吴子華才力浩大，八面受敵，以韻著稱，遊刃頗攻騷雅。嘗以百篇示李洞，洞曰：「大兄所示百篇中，有一聯絶唱：西昌新亭曰『暖漾魚遺子，晴遊鹿引麛』。」子華不怨所鄙，而喜所許。

張濬

張濬常與朝士於萬壽寺閲牡丹，俄有雨降，抵暮不息，群公飲酣。左右伶人，皆御前供奉第一部者，恃寵肆狂，無所畏憚。有張隱者，忽躍出揚聲引詞曰：「位乖燮理致傷殘，四面墻匡不忍看。正是花時堪下淚，相公何必更追歡？」闔席愕然，相眄失色，一時俱散。張但慙恨而已。

崔沆 鉉之子。放進士榜，崔瀣中第，談者稱座主門生，沆瀣一家。

唐進士放榜後，必會燕曲江。豆盧琢請告假不赴，乃以彤幰載妓遊觀，爲團司所發。時崔沆爲主罰録事，判云：「深攙蓆帽，密映氈車。紫陌尋春，便隔同年之面；青雲得路，可知異日之心。」

鄭綮 字蘊武。詩語多俳諧，故使落調，世號「鄭五歇後體」。乾寧初，同平章事制下，搔首言曰：「歇後鄭五作宰相，時事可知矣。」

鄭綮刺廬江，將去，别郡人云：「唯有兩行公廨淚，一時灑向渡頭風。」其滑稽類此。黄巢掠淮南，鄭移檄請無犯州境，巢笑爲斂兵。歲滿去，嬴錢千緡，藏州庫後。他盜至，終不敢犯鄭使君錢。

相國綮善詩，有題老僧詩云：「日照西山雪，老僧門未開。凍瓶粘柱礎，宿火陷爐灰。童子病歸去，鹿麑寒入來。」常云：「此詩屬對，可以衡秤。」言輕重不偏也。或曰：「相國近爲新詩否？」對曰：「詩思在灞橋風雪中驢子上，此中安可得之？」

杜荀鶴

字彦之，牧微子也。牧守秋浦時，妾有娠出嫁長林杜筠，生荀鶴。自號九華山人。有能詩名。時人語云：「杜詩三百首，惟在一聯中。『風煖鳥聲碎，日高花影重』是也。」

杜荀鶴遇知於朱梁高祖，送名春官，於裴贄侍郎下第八人登科，乃大順三年正月十日，荀鶴生日也。九華王希羽以詩獻曰：「金榜曉懸生世日，玉書潛記上升時。九華山色高千尺，未必高於第八枝。」荀鶴舍前椿樹生芝草，明年及第，以漆彩飾之，安几硯間，號「科名草」。

杜荀鶴謁梁高祖，雨作而天無行雲，高祖曰：「無雲而雨，謂之天泣，不知何祥？請作詩。」荀鶴曰：「同是乾坤事不同，雨絲飛灑日輪中。若教陰顯都相似，爭表梁王造化工！」高祖喜之。

杜荀鶴嘗有絶句云：「南來北去二三年，年去年來兩鬢斑。舉世盡從愁裏老，誰人肯向死前閑？」

有不調子恒以滑稽爲事，嘗與一秀士泛江湖，將欲登路，同船客有驢瘦劣，尾仍偏，不調子堅勸秀士市之。既捨檝登途，尫弱不堪乘跨，秀士若尤之。不調曰：「勿悔！此不同他等。」其夕忽値雲，不調曰：「得之矣。請貰酒三五盃，然後奉爲話其故事。」秀士又僶俛貰而飲之，及舉爵，言曰：「君不聞杜荀鶴詩云：『就舡買得魚偏美，踏雪沽來酒倍香』乎？請君買驢沽酒，非無據也。」秀士被其誘詬，殊不知覺，至是方悟。

嘗有兩人同官。其一或舉荀鶴詩，極贊「也應無計避征徭」之句，其一難之曰：「『野鷹』何有征徭？」舉詩者解曰：「古人言豈有失？必是當年科取翎毛耳。」

張曙 小字阿灰。嘗謔杜荀鶴曰：「杜十五公大榮！」荀鶴曰：「何榮？」曙曰：「與張五十郎同年，爭不榮？」荀鶴曰：「是公榮，小子爭得榮？天下袛知有杜荀鶴，没處知有張五十郎。」

中和初，張曙、崔昭緯同赴舉，詣日者問命。曙時自負才名籍甚，以爲將來狀元，崔亦分居其下。日者殊不顧曙，第白崔曰：「將來萬全高第。」曙有愠色。日者曰：「郎君亦及第，然須待崔家郎君拜相，當於此時過堂。」既而曙果不終埸，昭緯首冠。曙以篇什别之云：「千里江山陪驥尾，五更風水失龍鱗。昨夜浣花溪上雨，緑楊芳草爲何人？」後七年，崔大拜，曙登第，果於昭緯下過堂。杜荀鶴，同年生也，酬曙詩云：「天上書名天下傳，引來齊到玉皇前。大仙録後頭無雪，至藥成來竈絶煙。笑躡紫雲金作闕，夢抛塵世鐵爲船。九華山叟驚凡骨，同到蓬萊豈偶然？」

張禕侍郎朝望甚高，曙其猶子也。禕有愛姬早逝，悼念不已，曙時爲右補闕，因其入朝未歸，乃爲浣溪沙詞置於几上曰：「枕障薰爐隔繡幃，二年終日兩相思，好風明月始應知。　天上人間何處去，舊歡新夢覺來時，黄昏微雨畫簾垂。」禕歸見之，痛曰：「此必阿灰所作。」

褚載

字厚之。乾寧進士。

褚載賀趙觀文重試及第云：「一枝仙桂兩回春，始覺文章可致身。已把色絲要上第，又將綵筆冠群倫。龍泉再淬方知利，火浣重燒轉更新。今日街頭看御傍，大能榮耀苦心人。」

陸威爲郎官，載以文投獻，數字犯其家諱，威因矍然。載尋以牋致謝曰：「曹興之圖畫雖精，終慚誤筆；殷浩之矜持太過，翻達空函。」

王轂

字虚中。褚厚之同年也。

王轂有玉樹曲云：「陳宫内宴明朝日，玉樹新粧逞嬌逸。三閣霞明天上開，靈鼉振擱神仙出。天花數朵風吹綻，對舞輕盈瑞香散。金管紅絃旖旎隨，霓旌玉佩參差轉。璧月夜滿樓風輕，蓮舌冷冷詞調新。當行狎客盡居禄，直諫犯顏無一人。歌舞未終樂未闋，晉王劍上粘腥血。君臣猶在醉鄉中，一面已無陳日月。聖君御宇三百祀，濮上桑間宜禁止。請停此曲歸正聲，願將雅樂調元氣。」轂未及第時，輕忽，被人毆擊，揚聲曰：「莫無禮！吾便是『君臣猶在醉鄉中，一面已無陳日月』。」毆者斂袵，慙謝而退。

翁承贊　字文堯。建安登第者，自咸通中蔡京始，及乾寧，復有承贊，官諫議大夫。

唐語云：「槐花黄，舉子忙。」承贊有詩云：「雨中粧點望中黄，勾引蟬聲送夕陽。憶得當年隨計吏，馬蹄終日爲君忙。」

路德延　儋州巖相之姪。

路德延少日，詠芭蕉詩云：「一種靈苗異，天然體性虚。葉如斜界紙，心似倒抽書。」爲時所稱。及從父巖廢黜，遂不復振，屢舉不第。賦詩云：「初騎竹馬詠芭蕉，曾忝名公誦滿朝。五字便容登要路，一枝還許折丹霄。豈知流落萍蓬遠，不覺蹉跎歲月遥。國計未寧身未遇，竄身江海混漁樵。」光化初方擢第。

天祐中，路德延爲拾遺，會河中節度使朱友謙領鎮，辟掌書記。友謙甚禮之，然德延浮薄，動多忤物，友謙稍解體。德延乃作孩兒詩百韻刺之，友謙大怒，乃因醉沉之黄河。其詞曰：「情態任天然，桃紅兩頰鮮。乍行人共看，初語客多憐。臂膊肥如瓠，肥膚軟勝綿。長頭纔覆額，分角漸垂肩。散誕無塵慮，逍遥占地仙。排衙朱閣上，喝道畫堂前。合調歌楊柳，齊聲踏採蓮。走堤行細雨，奔巷趁輕煙。嫩竹乘爲馬，新蒲拆作鞭。鶯雛金鏃擊，貓子綵絲牽。擁鶴歸晴島，驅鵝入煖泉。楊花争弄雪，榆葉共收錢。錫鏡當胸挂，銀珠對耳懸。頭依蒼鶻裹，袖學柘枝揎。酒殢丹砂煖，茶催小玉煎。頻邀籌箸挣，時乞繡針穿。寶篋拏紅豆，粧奩拾翠鈿。戲袍披按褥，尖帽戴靴氈。展畫趨三聖，開屏笑七賢。貯懷青杏小，垂額緑荷圓。驚滴沾羅淚，嬌流污錦涎。倦書饒婭姹，憎藥巧遷延。弄帳燕綃映，藏衾鳳綺纏。指敲銀使鼓，筋撥賽神絃。簾拂魚鈎動，箏推雁柱偏。棋圖添路畫，笛管欠吹鑼。惱客初酣睡，驚僧半入禪。尋蛛窮屋瓦，採雀遍樓椽。抛果忙開口，藏鈎亂出拳。夜分圍榾柮，朝聚打鞦韆。折竹裝泥鷰，添絲放紙鳶。牙詩輪水碓，相教放風旋。旗小裁紅絹，書幽戴碧牋。遠鋪張鴿網，低控射蠅弦。詁語時時道，謡歌處處傳。匿窗眉乍曲，遮路臂相連。鬬草當春逕，争毬出晚田。柳傍慵獨坐，花底困横眠。等鵲前籬畔，聽蛩伏砌邊。傍枝粘舞蝶，隈樹捉鳴蟬。平島誇趫上，層崖逞捷緣。嫩苔車跡小，深雪履痕全。競指雲生岫，齊呼月上天。蟻窠尋逕斸，蜂穴遶堦填。樵唱迴深嶺，牛歌下遠川。壘柴爲屋木，和土作盤筵。險砌高臺石，危跳峻塔塼。忽陞隣舍樹，偷上後池舩。項橐稱師日，甘羅作相年。明時方任德，勸爾減狂顛。」

裴説

唐舉子先投所業於公卿之門，謂之行卷。説只行五言十九首，至來年秋賦，復行舊卷，人有譏之者，説曰：「只此十九首苦吟，尚未有人見知，何假别行卷哉？」識者以爲知言。天復元年，擢進士第一。遭亂故，官不達。

裴説詩以苦吟難得爲工，且拘格律。嘗有詩曰：「苦吟僧入定，得句將成功。」又贈僧貫休云：「總無方是法，難得始爲詩。」又云：「是事精皆易，難詩會卻難。」

裴説洛中作云：「莫怪苦吟遲，詩成鬢亦絲。鬢絲猶可染，詩病卻難醫。山暝雲橫處，星沉月側時。冥搜不易得，一句至公知。」

裴説賦棊詩云：「十九條平路，言平又嶮巇。人心無算處，國手有輸時。勢迴流星遠，聲乾下雹遲。臨軒纔一局，寒日又西垂。」

曹唐

羅隱嘗謂：「唐有鬼詩。」唐曰：「羅有女子詩。」或曰：「何也？」曹因舉羅牡丹詩曰：「若教解語應傾國，任是無情也動人。」

曹唐常寓江陵佛寺，境甚幽勝，每自臨翫賦詩，得兩句曰：「水底有天春漠漠，人間無路月茫茫。」自以爲常製皆不及此。一日，還坐亭沼上，方用怡詠，忽見二婦人，衣素衣，貌甚閑冶，徐步而吟，則唐前所作二句也。唐自以製未翌日，人固未有知者，何遽得之？因迫而訊焉，不應而去。未十餘步，忽不見矣。唐甚疑怪，寺僧法舟曰：「兩日前有一少年見訪，曾懷一碧牋，示我此詩。」乃出示唐。唐惘然，數日，卒於佛舍中。

韓浦 晉公滉之後。

韓浦、韓洎咸有辭學。浦善聲調，洎能爲古文。洎嘗輕浦，語人曰：「吾兄爲文，譬如繩樞草舍，庇風雨而已。予之文，是造五鳳樓手。」浦性滑稽，聞其言，因有親知遺蜀牋，浦作詩與洎曰：「十樣蠻牋出益州，寄來新自浣溪頭。老兄得此全無用，助爾添修五鳳樓。」

任翻

任翻題台州寺壁詩曰：「前峰月照一江水，僧在翠微開竹房。」既去，有觀者取筆改「一」字爲「半」字，翻行數十里，乃得「半」字，亟回欲易之，見所改字，因嘆曰：「台州有人。」

唐球

居蜀之味江山，邦人謂之唐隱居。王建召爲參謀，不就。後以其故居爲隱居寺。所著詩藁納大瓢中。後卧病，投之江，至新渠，有識者曰：「此唐山人瓢也。」接得之，十纔二三。

唐山人題鄭處士隱居云：「不信最清曠，及來愁已空。數點石泉雨，一溪霜葉風。業在有山處，道成無事中。酌盡一盃酒，老夫顔亦紅。」贈如上人云：「不知名利苦，念佛老岷峨。補衲雲千片，焚香篆一窠。戀山人事少，憐客道心多。日日齋鍾罷，高懸濾水羅。」

釋齊己

與乾康皆以詩名。

齊己疾世之以財殺身者，托樸滿子以示戒，其詩云：「秖愛滿我腹，争知滿害身？到頭須樸破，卻散與他人。」

鄭谷在袁州，齊己往謁之，獻詩云：「高名喧省闥，雅頌出吾唐。叠巘供秋望，飛雲到夕陽。自封修藥院，别下着僧床。幾夢中朝事，久離鴛鷺行。」谷覽之云：「請改一字，方可相見。」經數日，再謁，稱已改得詩云：「别掃着僧床。」谷嘉賞，結爲詩友。

又呈早梅詩云:「萬木凍欲折,孤根煖獨回。前村深雪裏,昨夜數枝開。風遞幽香出,禽窺素艷來。明年如應律,先發望春臺。」谷曰:「數枝,非早也。未若一枝。」齊己不覺下拜。自是士林以谷爲一字師。

張迥少年苦吟,未有所得,夢五色雲自天而下,取一團吞之,遂精雅道。有寄遠詩曰:「錦字憑誰達?閒庭草又枯。夜長燈影滅,天遠雁聲孤。蟬鬢凋將盡,虬鬚白也無?幾回愁不語,因看朔方圖。」携卷謁齊己,點頭吟諷無斁,爲改「虬鬚黑在無」。迥遂拜作一字師。

齊己在長沙居相西道林寺,乾康往謁之。齊己知其爲人,使謂曰:「我師門仞,非詩人不游,大德來,非詩人耶?請爲一絶,以代門刺。」乾康即作詩曰:「隔岸紅塵忙似火,當軒青嶂冷如冰。烹茶童子休相問,報道門前是衲僧。」齊己大喜,日與款接,及别,以詩送之。

乾德中,左補闕王伸知永州,乾康捧詩見。伸覩其老醜,曰:「豈有狀貌如此能爲詩乎?宜試之。」時積雪方消,命爲詩。乾康應聲曰:「六出奇花已住開,郡城相次見樓臺。時人莫把和泥看,一片飛從天上來。」伸驚曰:「其旨不淺,吾豈可以貌相人。」待以殊禮。

堯山堂外紀卷三十八

五代 梁、唐、晉、漢、周

陳摶

字圖南。亳州真源人，與老子同鄉里，自號扶摇子。唐僖宗封清虚處士。歷五代亂離，游行四方，後隱居華陰山。周世宗賜號白雲先生。宋太祖賜號希夷。

陳希夷嘗舉唐長興中進士不第，遂不復干禄，乃隱華山雲臺觀。華陰令强起之，先生爲詩曰：「華山高處是吾宫，出即淩空跨晚風。臺殿不將金鎖閉，來時自有白雲封。」令得詩，愧謝。毛女在華山，山客、獵師世世見之，體生毛，自言秦始皇宫人。摶在華山，或謗以與毛女往來。

陳希夷遯跡初，有詩云：「十年蹤跡走紅塵，回首青山入夢頻。紫陌縱榮争及睡，朱門雖貴不如貧。愁聞劍戟扶危主，悶見笙歌聒醉人。携取舊書歸舊隱，野花啼鳥一般春。」

陳希夷居雲臺觀日，多閉門獨卧，或累月不起，周世宗召入禁中，扃户試之，月餘始開，摶熟睡如故，對御歌云：「臣愛睡，臣愛睡。不卧氈，不蓋被。片石枕頭，簑衣鋪地。震雷掣電鬼神驚，臣當其時正鼾睡。閑思張良，悶想范蠡。説甚孟德，休言劉備。三四君子，只是争些閑氣。争如臣，向青山頂上，白雲堆裏，展開眉頭，解放肚皮，且一覺睡！管甚玉兔東升，紅輪西墜！」希夷初隱武當，有五老人來聽講易，謂希夷曰：「吾輩日月池中龍也，此非君所棲。」令閉目御風而行。頃之已至華山石上。上或云：「希夷之睡，乃五龍蟄法，龍所授也。」

有衣冠子金勵問希夷先生曰：「勵向遊華山，謁見先生，先生睡未覺，亦有道乎？」先生笑而不言，答之以詩云：「常人無所重，惟睡乃爲重。舉世此爲息，魂離神不動。覺來無所知，知來心愈用。堪笑塵世中，不知夢是夢。」馮翊士寇朝一常事真人，得睡之崖略，後還鄉，惟睡而已。郡南劉垂範往謁，其徒以睡告，垂範坐寢外，聞齁鼾之聲，雄美可聽，退而告人曰：「寇先生睡中有樂，乃華胥調雙門曲也。」或曰：「未審譜記何如？」垂範以濃墨塗紙。滿幅，題曰混沌譜，云：「即此是也。」

自晉、漢以後，希夷每聞一朝革命，嚬顣數日，人有問者，瞪目不答。一日，方乘驢遊華陰市，聞宋祖登極，大笑墜驢，曰：「天下自此定矣。」太平興國中，嘗兩入朝，太宗賜詩云：「曾向前朝出白雲，後來消息杳無聞。如今若肯隨徵召，總把三峰乞與君。」

先生服華陽巾，草屨垂絛，以賓禮見。賜坐。後再召，辭表曰：「九重仙詔，休教彩鳳啣來；一片野心，已被白雲留住。」端拱初，命弟子張超鑿石爲室，化形蓮花峰下。

李琪

唐昭宗朝中第，梁祖受禪，自前殿中侍御史擢翰林學士。

李琪父敬，唐廣明中佐滑州幕。琪生而敏異，十歲通六籍，十三工詞賦頌。府帥王鐸聞而異之。總角謁鐸，適蜀中詔到，用夏州拓跋思恭爲京北收復都統，鐸命作詩，即秉筆立製，云：「飛騎經巴棧，鴻恩及夏臺。將從天上去，人自日邊來。此處金門遠，何時玉輦迴？早平關右賊，莫待詔書催。」鐸益奇之，執琪手曰：「其鳳毛也。」時年十四。僖宗再幸梁洋，琪竊賦，有「哀痛不下詔，登封誰上書」之句。

王易簡

易簡，唐末進士。梁乾化中及第，名居牓尾，不看牓，卻歸。及辭官歸隱，留詩一絶曰：「汨没朝班愧不才，誰能低折向塵埃？青山得去且歸去，官職有來還自來。」及再召爲郎，遷諫垣、臺閣三十年，歸華山，十年而終。

馮道 字可道。初事劉守光爲參軍，再事張承業爲巡官，得薦於晉王，後事唐、事晉、事契丹、事漢、事周。對耶律德光自稱無才、無德癡頑老子。子吉，字惟一，滑稽無行，爲太常少卿，頗不得意，以杯酒自娱，每朝士宴集，雖不召亦常自至，酒酣，即彈琵琶，彈罷賦詩，詩成起舞，時人愛其俊逸，謂之三絶。

後唐天成元年，命馮道、趙鳳充端明殿學士，非舊號也。道笏記云：「天下儒生僅餘萬數，殿前學士只有兩人。」時輩榮之。

馮道與趙鳳同在館中書。鳳有女適道仲子，以飲食不中，爲道夫人譴罵。趙令婢長號知院者齊訴，凡數百言，道都不答，及去，但云：「傳與親家翁，今日好雪。」

明宗不豫，馮道入問疾。道言：「寢膳之間，尤宜調謹。」因指御前果實曰：「如食桃不康，他日見李思戒。」

馮道、和凝同在中書，一日和問馮曰：「公靴新買，其值幾何？」馮舉左足曰：「九百。」和性褊急，顧吏詬責曰：「吾靴何用一千八百？」馮舉其右足，曰：「此亦九百。」

馮道之在中書也，有舉子李導投贄所業，馮見之戲謂曰：「老夫明道，秀才亦明道，於禮可乎？」李抗聲曰：「相公是無寸底道字，小子是有寸底道字，何謂不可？」公笑曰：「老夫不惟名無寸，諸事亦無寸。吾子可謂知人矣。」了無怒色。

馮道門下客講道德經，首章有：「道可道，非常道。」門客見道字是馮名，乃曰：「不敢説，可不敢説，非常不敢説。」

范陽竇禹鈞以諫議大夫致仕，五子俱登第，義方家法，爲一時標表。馮道贈詩曰：「燕山竇十郎，教子有義方。靈椿一株老，仙桂五枝芳。」五子，長儀，禮部尚書；次儼，禮部侍郎，皆爲翰林學士；次侃，左補闕；次偁，參知政事；次僖，起居郎。時謂「竇氏五龍」。

馮瀛王鎮南陽，郡中宣聖廟壞，有酒户十餘輩投狀乞修，瀛王未及判，一幕客題四句狀後云：「槐影參差覆杏壇，儒門子弟盡高官。卻教酒户重修廟，覺我慚惶也不難。」瀛王遽罷其請，出己俸重修。

馮瀛王性仁厚，家有一池，得生魚則畜之，每爲其子監丞竊釣，瀛王聞之不悦，乃峻垣鑰户，書一詩門版曰：「高卻墻垣鑰卻門，監丞從此罷垂綸。池中魚鼈應相賀，從此方知有主人。」

楊凝式

涉之子。歷仕梁、唐、晉、漢、周，以心疾致仕，居洛。書畫獨步一時，求字者紙軸堆叠，凝式浩歎曰：「無奈許多債主，真尺二冤家也。」

楊凝式有材自負，遇寺觀幽勝之地，吟詠忘歸，筆跡殆徧。馮惟一題壁下曰：「少卿真跡滿僧居，秖恐鍾王也不如。爲報遠公須愛惜，此書書後更無書。」安鴻漸題曰：「端溪石硯宣城管，王屋松煙紫兔毫。更得孤卿老書札，人間無此五般高。」

洛陽歌婦楊苧羅聰惠有才思，楊凝式甚憐之，時有僧雲辨者善講經，楊令對歌者講，忽踟蛛垂絲颺雲辨前，楊笑謂歌者曰：「試嘲。」得着，奉絹二匹。」歌者應聲曰：「吃得肚嬰撐，尋思繞寺行。空中設羅網，只待殺蟲生。」辨體充肚大，故嘲之。楊見詩絶倒，大叫：「和尚將絹來。」雲辨慙且笑，與絹五匹。

和凝

字成績。夢人以五色筆一束與之，謂曰：「子才可舉進士。」自是才思敏贍。梁貞明三年，在薛廷珪下第十三人及第，時年十九。後凝知貢舉，獨愛范質文，語質曰：「君文合在第一，輒屈居第十三人，用傳老夫衣鉢。」時以爲榮。凝封魯國公，質入，果位至宰相，亦封魯公。

和凝少年時好爲曲子詞，布於汴、洛。洎入相，專託人收拾，焚毁不暇。契丹入夷門，號爲曲子相公。香奩集，和魯公詞也。貴後，嫁其名於韓偓，自爲游藝集。序云：「予有香奩籯金集，不行于世。」凝在政府，避議論，諱其名，又欲後人如，故游藝集序寔之，此凝之意也。

優童解紅舞，衣紫緋繡襦，銀帶，花鳳冠，和凝賦解紅歌云：「百戲罷，五音清，解紅一曲新教成。兩箇瑶池小仙子，此時奪卻柘枝名。」今誤傳吕洞賓。

李瀚及第於和凝牓下，後與座主同任學士，會凝作相，瀚爲承旨，適當批詔，次日，於玉堂輒開和相舊閣，悉取圖書器玩去，因留一詩於榻云：「座主登庸歸鳳閣，門生批詔立鼇頭。玉堂舊閣多珍玩，可作西齋潤筆不？」魯公有白方硯，通明無纖翳，得之于峨眉比丘，公自題硯室曰雪方池。

和魯公慷慨厚德，每滑稽，則哄堂大笑。時博士楊永符能草聖，有省郎聞魯公笑聲，戲謂楊曰：「丞相口歡。」永符曰：「予忝事筆墨，方揮掃之際，亦謂『太博手怒』耶？」凝在朝，率同列遞日以茶相飲，味劣者有罰，號爲湯社。

唐莊宗存勖 本姓朱邪，先世唐賜姓李。帝幼善音律，或時自傅粉墨，與優人共戲，優名謂之李天下。同光初，立劉夫人爲后。后少因兵亂與父相失，及貴寵，其父劉山叟負藥篔詣宮門請見，時諸嬪御争以門第相尚，后恐爲己辱，即曰：「妾離家時，父已亡歿，安得有是？」命驅出杖之。帝常于宮中敝服携篚，裝劉山叟尋女，以爲戲笑。

唐主滅梁，納其妃郭氏，許收葬末帝。殷鵬作誌文，警句云：「七月有期，不見望陵之妾。九嶷無色，空餘泣竹之妃。」聞者爲之悽然。莊宗滅梁、平蜀，志頗自逸，命蜀匠旋織十幅無縫錦爲被，作被成，賜名六合被。

唐主嘗製小詞云：「曾宴桃源深洞，一曲舞鶴歌鳳。長記別伊時，和淚出門相送。如夢，如夢，殘月落花煙重。」此莊宗自度曲也。樂府因取辭中「如夢」二字名曲。今誤傳呂洞賓。

莊宗小酌，進新橘，命諸侯詠之，唐朝美詩先成，曰：「金香大丞相，兄弟八九人。剥皮去滓子，若箇是汝人。」帝大笑，賜所御軟金杯。同光末，鄴兵作亂，帝至萬勝鎮，不得進，與元行欽登道旁冢，置酒相顧泣下，有野人獻雉，問其冢名，野人曰：「愁臺也。」帝益不悦，因罷酒去。

韋吉

天成年，盧文進鎮鄧，賓從祖餞。舍人韋吉年老，無力控馭，既醉，馬逸馳桑林中，被橫枝罥挂巾冠，露禿而奔，僕夫執從則已墜矣，舊患肺風，鼻瘡疹而黑，卧于道周，幕客無不笑者，左司郎中李任、祠部員外任瑶各賦一韻嘲之。賦項云：「當其廳子潛窺，衙官共看，喧呼麥隴之裏，偃仆桑林之畔：藍挽鼻孔，直同生鐵之椎；醜甸髑髏，宛是熟銅之罐。」聞者無不絶倒。

桑維翰

字國僑。爲人身短而面長，嘗臨鑑自奇曰：「七尺之身，不如一尺之面。」慨然有志於公輔。初舉進士，主司惡其姓與「喪」同音，黜之，乃著日出扶桑賦以見志。又鑄鐵硯示人曰：「硯敝則改而他仕。」卒以進士及第。或謂晉主：「馮道作相，如禪僧飛鷹。」乃再相維翰。

裴皞知貢舉，放三牓，桑維翰、竇正固、張礪、馬裔孫四人拜相。後唐清泰二年，裔孫知貢舉，纔放榜謝恩，引諸生詣座主宅謁拜，裴公以詩示之曰：「宦途最重是文衡，天與愚夫著盛名。三主禮闈年八十，門生門下見門生。」世以爲榮。鳳尾袍者，維翰未仕時緼衣也，謂其繿縷穿結，類乎鳳尾。

桑維翰在中書日，嘗謁裴皥，皥不迎不送，或問之，答曰：「皥見維翰於中書，則庶僚也，維翰見皥於私館，則門生也。何送迎之有？」宋太祖與趙普論事不合，曰：「安得宰相如桑維翰者與之謀乎？」普曰：「維翰受錢。」上曰：「苟用其長，當護其短。措大眼孔小，賜與十萬則塞破屋子矣。」

胡嶠詩「瓶裏數枝婪尾春」，時人罔喻其意，桑維翰曰：「唐末文人有謂芍藥爲婪尾春者。婪尾酒乃最後之杯，芍藥殿春，亦得是名。」嶠宿學雄才，未達，爲耶律德光所虜北去，後間道復歸，得瓜種，以牛糞種之，大如斗而味甘。因名西瓜。

王仁裕 字德輦。少時夢人剖其腸胃，以西江水滌之，顧見江中沙石皆篆籀文，由是文思日進，因以西江名集。

王仁裕嘗使荆渚，高從誨出女妓數十，並善彈胡琴，仁裕有詩美之，曰：「紅粧齊抱紫檀槽，一抹朱絃四十條。湘水淩波慚鼓瑟，秦樓明月罷吹簫。寒敲白玉聲逾婉，暖逼黄鶯語自嬌。丹禁舊臣來側耳，骨清神爽似聞韶。」仁裕性曉音律，石晉初定雅樂，奏於永福殿，仁裕聞之，曰：「黄鐘音不純，肅而無和聲，當有争者起禁中。」已而果有兩軍校鬭於昇龍門。

蜀興元境内有斗山觀自平川内聳起。一山四面懸絶，其上方於斗底，故名。上有唐公昉飲李八百仙酒，全家拔宅之跡。其宅基三畝許，陷爲坑。此蓋連地而上昇也。

王仁裕辛巳歲於此爲節度判官，嘗以片板題詩於觀曰：「霞衣欲舉醉陶陶，不覺全家住絳霄。拔宅只知鷄犬在，上天誰信路歧遥？三清寥廓抛塵夢，八景雲煙事早朝。爲有故林蒼柏健，露華涼葉鎖金飈。」斗山一洞西去二千里通於青城大面山，又與嚴真觀井相通。仁裕癸未歲入蜀，因謁嚴真觀，見斗山詩碑在焉，詰其道流，云：「不知所來。」當時無不異之。

興元南有大竹路通巴州，其路深溪峭巖，捫蘿摸石，一上三日始達于山頂，其絶頂謂之孤雲兩角，彼中諺云：「孤雲兩角，去天一握。」淮陰侯廟在焉。昔漢祖不用韓信，信遯歸西楚，蕭相國追及兹山，故立廟貌。王仁裕入蜀，往返登陟，留題於祠壁曰：「一握寒天古木深，路人猶説漢淮陰。孤雲不掩興亡策，兩角曾懸去住心。不是冕旒輕布素，豈勞丞相遠追尋？當時若放還西楚，尺寸中華未可侵。」

王仁裕嘗養一猿，名曰野賓，久而放之歸山，因作詩：「放爾丁寧復故林，舊來行處好追尋。月明巫峽堪憐靜，路隔巴山莫厭深。棲宿免勞青嶂夢，躋攀應愜白雲心。三秋果熟松梢健，任抱高枝徹曉吟。」後入蜀，過嶓冢祠前漢江之陰，有群猿聯臂而下飲清流，首一巨猿捨群而前，從者指曰：「此野賓也。」呼之猶應，哀吟而去。又作一篇云：「播塚祠邊漢水濱，山猿連臂下嶙峋。漸來仔細窺行客，認得依稀似野賓。月宿應勞羈旅夢，松棲那復稻粱身。數聲腸斷和雲叫，識得前年舊主人。」

王仁裕知貢舉，王溥爲狀元，時年二十六。後六年遂相周世宗。仁裕以詩賀云：「一戰文場拔趙旗，便調金鼎佐無爲。白麻驟降恩何極，黄髪初聞喜可知。跋敕按前人到少，築沙堤上馬歸遲。立班始得遥相見，親洽争如未貴時？」溥在位，每休沐，必詣仁裕從容終日。蓋唐以來，座主門生之禮尤厚云。溥相日，其父祚累遷防禦使，每見客，溥常朝服侍立，客不安，求去，祚曰：「學生勞賢者起避耶？」宋祖時，以太子太保罷歸班，年終四十二。

王仁裕知貢舉，時已年高，有數子皆早亡，諸孫並幼，每諸生至門，必延於中堂，與夫人偶坐，受諸生拜如兒孫禮，其餅餌羹臛之物，皆公與夫人親手調品。忽一日，生徒畢集，出一詩牋曰：「二百一十四門生，春風初長羽毛成。衰翁漸老兒孫小，他日知誰略有情？」

扈載

嘗游相國寺，見叢竹可愛，作碧鮮賦題壁門。周世宗命黄門録進，稱善久之。載時爲校書郎。從兄蒙爲右拾遺。兄弟並直史館，掌内外制，時號「二扈」。

扈載畏内特甚，未仕時，欲出，則謁假于細君，細君滴水於地，指曰：「不乾，須前歸。」若去遠，則燃香，印掐至某所，以爲還家之驗。因筵聚，方三行酒，載色欲逃遁，朋友默曉，譁曰：「扈君恐砌水隱形、香印過界耳。是當罰也。吾徒人撰新句一聯，勸請酒一盞。」衆以爲善。乃俱起。一人捧甌吟曰：「解禀香三令，能遵水五申。」逼載飲盡。别云：「細彈防事水，短爇戒時香。」别云：「戰競思水約，匍匐赴香期。」别云：「出佩香三尺，歸防水九章。」别云：「命繫逡巡水，時牽決定香。」載連沃六七巨觥，吐嘔淋漓。既上馬，群譟曰：「若夫人怪遲，但道被水香勸盞留住。」扈同時，禮部郎康凝畏妻甚有聲，妻嘗病，求烏鴉爲藥，而積雪未消，難以網捕，妻大怒，欲加捶楚。凝畏懼，涉泥出郊，用粒食引致之，僅獲一枚，同省劉尚資戲之曰：「聖人以鳳凰來儀爲瑞，君獲此免禍，可謂黑鳳凰矣。」

孟貫

孟貫見周世宗，世宗詢其所作，誦云：「不伐有巢樹，多移無主花。」世宗曰：「朕伐暴弔民，何謂有巢無主？」遂不録用。

李慶

周顯德中，李慶舉進士，工詩，有云：「醉輕浮世事，老重故鄉人。」樞密王朴以此聯薦於中文炳，文炳知舉，遂爲第三人。

于則

于進士則謁外親於汧陽，未至十餘里，飯于野店，旁有紫荆樹，村民祠以爲神，呼曰紫相公。則烹茶，因以一杯置相公前，策馬徑去。是夜，夢峨冠紫衣人來見，自陳：「余則紫相公，主一方菜蔬之屬隸，有天平吏掌豐，辣判官主儉，然皆嗜茶，而奉祠者鮮以是品爲供，蚤蒙厚飲，可謂非常之惠。」因口占贈詩曰：「降酒先生風韻高，攪銀公子更清豪。碎牙粉骨功成後，小碾當御馬脚槽。」蓋則是日以小分鬟銀匙打茶，故目爲攪銀公子。則家業蔬，圃中祠之，年年獲收。

李善寧

臨川李善寧之子，十歲能即席賦詩，親友嘗以貧家壁試之，略不搆思，吟曰：「椒氣從何得？燈光鑿處分。拖涎來藻飾，惟有篆愁君。」指蝸牛也。

堯山堂外紀卷三十九

五代 吴、越、荆南、湖南。

吴越王鏐 字具美。生時光怪滿室，其父欲不舉，鄰媪强留之，故名錢婆留。卒謚武肅。所居殿名握髮。吴音「握」「惡」相亂，錢唐人遂謂曰：「此大王惡發殿也。」傳四世，忠懿王俶納土歸宋，國除。

錢鏐王既貴，置酒高會，父老八十歲以上者金尊，百歲者玉尊，時飲玉尊者十餘人。鏐執爵上壽，歌曰：「三節還鄉掛錦衣，吴越一王駟馬歸。天明明兮愛日輝，百歲荏苒兮會時稀！」時父老聞歌，多不解音律，鏐覺其歡意不洽，乃高揭吴音以歌曰：「你輩見儂底歡喜，別是一般滋味子，長在我儂心子裏！」歌訖，舉座賡之，叫笑振席。

臨安石鏡山東峰有圓石，徑二尺七寸，其光如鑑，鏐布衣時，嘗照此鏡，顧其形服皆冠冕如王者狀。其後，唐昭宗改鏐所居營曰衣錦營，又昇衣錦營爲衣錦城，石鑑山曰衣錦山，大官山曰功臣山。鏐游衣錦城宴故老，山林皆覆以錦，號其幼所嘗戲大木曰「衣錦將軍」。

武肅王開國日，頻役士卒。或夜書其門曰：「没了期，没了期，修城纔了又開池。」

王出見之，命羅隱從事續書其傍云：「没了期，没了期，春衣纔罷又冬衣。」卒伍悉怡然力役，不復怨咨。鏐有鐵箭，大若杵，今在杭城南新橋，雖首出土，可撼不可拔，父老云：「掘之則隨土陷，培之則隨土高。」鏐嘗晝寢，湯沸于爐，一童子恐其驚寢，以水沃之，令無聲，鏐適寤見，怒曰：「是能窺我心事。」遂殺之。忽見形於前，鏐懼，乃封爲臨安土地之神。

武肅王登淥波亭，閩僧契盈從，王曰：「三千里外一條水。」契盈云：「十二時中兩度潮。」人以爲切對。蓋其時兩浙貢賦自海路至青州登陸，故云「三千里」。

武肅王遣使于梁太祖，太祖問曰：「王于國中好何物？」使者曰：「好玉帶、駿馬。」太祖歎曰：「真英雄也。」選玉帶一、名馬四賜之。及宋祖登極，忠懿王入朝，進寶犀帶，藝祖顧謂曰：「朕有三條帶，與此蓋不同。」俶請宣示，太祖笑曰：「汴河一條，淮河一條，揚子江一條。」俶大愧服。

宋祖宴錢俶王，出内妓彈琵琶，王獻詞曰：「金鳳欲飛遭掣搦，情脉脉，看即玉樓雲雨隔。」太祖憐之，起拊其背曰：「誓不殺錢王。」

宋祖宴錢俶王於後苑，時惟太宗及秦王侍坐，酒酣，詔王與太宗叙兄弟齒，坐太宗上，俶叩頭辭讓，繼之以泣，方得免。俶後入朝，太宗亦宴苑中，俶子安僖王惟濬侍焉，太宗手舉御杯賜，俶跪而飲之。明日奉表謝，其略曰：「御苑深沉，想人臣之不到；天顏咫尺，惟父子以同親。」其優禮如此。

宋太宗即位時，杭州有和尚行歌于市云：「還鄉寂寂杳無踪，不掛征帆水陸通。踏得故鄉田地穩，更無南北與西東。」或問其說，但云：「明年大家都去。」未幾，錢俶王納土。

羅隱

字昭諫，自號江東生。好臧否，往往奇中，故至今江東人稱前定不爽者，猶云「羅隱題破」。唐咸通、乾符中，與宗人虬、鄴齊名，時號「三羅」。又錢唐羅威酷嗜隱詩，遣使賂遺，叙其宗姓，推爲叔父，乃目己所爲曰偷江東集。

羅隱爲唐相鄭畋所知，畋女覽隱詩，至「張華謾出如丹語，不及劉侯一紙書」，大愛其才，諷誦不已。隱貌寢陋，女一日簾窺之，自此絶不詠其詩。

羅隱與顧雲同謁淮南高駢。雲爲人素雅重，而隱性傲睨，高公留雲而遠隱。隱欲歸武林，駢與賓幕餞于雲亭。時盛暑，青蠅入座，高命扇驅之，雲因謔隱曰：「青蠅被扇扇離席。」隱見白澤圖釘在門，應曰：「白澤遭釘釘在門。」郡閣閑談謂是寇豹、謝觀，誤也。豹與觀同在唐崔裔孫相公門下，以詞藻相尚。豹謂觀曰：「君白賦有何佳語？」對曰：「曉入梁王之苑，雪滿群山；夜登庾亮之樓，月明千里。」豹唯唯。觀大言曰：「僕已擅名海内，子才調多，胡不作赤賦？」豹未搜思，厲聲曰：「田單破燕之日，火燎平原；武王伐紂之時，血流漂杵。」觀大駭服。

唐僖宗幸蜀，羅昭諫有詩云：「馬嵬山色翠依依，又見鑾輿幸蜀歸。泉下阿蠻應有語，這迴休更怨楊妃。」

唐昭宗播遷，隨駕有弄猴者，猴頗馴，能隨班起居，昭宗賜以緋袍，號供奉。羅隱賦詩曰：「何如學取孫供奉，一笑君王便着緋。」朱梁篡位，取此猴，令殿下起居，猴望殿陛，見全忠，徑趨其所，跳躍奮擊，遂令殺之。

唐昭宗愛羅隱才，欲以甲科處之，有大臣奏曰：「隱雖有才，然多輕易。明皇聖德，猶横遭譏，將相臣僚，豈免淩轢？」帝問譏謗之詞，對曰：「隱有華清詩曰：『樓殿層層佳氣多，開元時節好笙歌。也知道德勝堯、舜，争奈楊妃解笑何！』」其事遂寢。

羅隱初赴舉，過鍾陵，見營妓雲英。後下第過，復見之，雲英曰：「羅秀才尚未脱白？」隱以詩嘲之曰：「鍾陵醉别十餘春，重見雲英掌上身。我未成名君未嫁，可能俱是不如人。」

裴筠婚蕭遘女，問名未幾，便擢進士第，羅隱以一絶刺之，略曰：「細看月輪還有意，信知青桂近姮娥。」

關圖有妹甚慧，圖常語同僚曰：「某家有一進士，所恨不櫛耳。」後寓江陵，鹺賈常公有子，狀貌儒雅，略曉文墨，圖以妹妻之，則常修也。關氏乃與修讀習二十餘年，修才學優博，越絶流輩，咸通六年登科。羅隱下第東歸，有詩別修云：「六載辛勤九陌中，卻尋歧路五湖東。名慚桂苑一枝緑，鱠憶松江滿棹紅。浮世到頭須適性，男兒何必盡成功！惟應鮑叔深知我，他日蒲帆百尺風。」又廣陵秋夜讀修所賦三篇，復吟寄修云：「入蜀還吳三首詩，藏於篋笥重於師。劍關夜讀相如聽，瓜步秋吟煬帝悲。物景也知輸健筆，時情誰不許高枝？明年二月東風裏，江島閒人慰所思。」修名望爲時所重如此，關氏亦有助焉。後修卒，關氏自爲文祭之，時人竟相傳寫。

羅隱下第東歸，黄寇事平。朝賢議欲官隱，韋貽範曰：「某曾與同舟而載，舟人告云：『此有朝官。』羅曰：『是何朝官？我脚夾筆，可以敵得數輩！』必若登科通籍，吾徒爲粃糠也。」由是不果召。隱頗鞅鞅，嘗有送竈詩云：「一盞清茶一望煙，竈君皇帝上青天。玉皇若問凡間事，爲道文章不直錢。」

羅隱與桐廬章魯風齊名。錢鏐召魯風司箋札，不就，怒而殺之。有吳仁璧者，關中人，中第入浙，鏐辟入幕府，堅辭不就，又詩以謝云：「東門上相好知音，數展臺前郭隗金。累重雖然容食椹，力微無計報焚林。敝貂不稱芙蓉幕，衰朽仍慚玳瑁簪。十里溪光一山月，何堪從此負歸心？」鏐怒，沉仁璧於江。會隱遊京師不遇，歸謁鏐，鏐辟爲錢唐令，隱懼而受命，然亦時有督過。一日侍宴，獻口號云：「一箇禰衡容不得，思量黄祖謾英雄。」武肅始悔悟，加禮於隱。

沈嵩與羅隱從事浙西幕下，主公出妓，衆稱殊麗，便是姮娥。嵩曰：「姮娥甚陋，安可及？」主公驚曰：「書記識姮娥否？」曰：「嵩兩度到月宫折桂，何爲不識？」嵩欲警隱，故有是言。江南李氏嘗遣使聘吴越。或問：「見羅給事否？」使人曰：「不識，亦不聞名。」或云：「四海聞有羅江東，何拙之甚！」使人曰：「爲金牓上無名，所以不知。」

沈嵩嘗得新榜，封示羅隱，隱批一絶於紙尾曰：「黄土原邊狡兔肥，犬如流電馬如飛。灞陵老將無功業，尤憶當時夜獵歸。」

唐光化中，錢鏐初授鎮海軍節度，命沈嵩草謝表，盛稱浙西繁盛，成以示羅隱，隱曰：「是自賈征索也。請更之。」乃極言兵火凋敝，有「天寒而麋鹿來遊，日暮而牛羊不下」之語，廷臣見之，曰：「此羅隱詞也。」又賀昭宗更名曄表曰：「左則姬昌之半字，右則虞舜之全文。」京師稱爲諸鎮第一。

錢氏時，西湖漁者日納魚數觔，謂之使宅魚，有不及數者，必市以供，頗爲民害。羅隱侍坐，壁間有磻溪垂釣圖，武肅指示隱索詩，隱應聲曰：「呂望當年展廟謨，直鈎釣國更誰如？若教生在西湖上，也是須供使宅魚。」武肅王大笑，遂蠲其征。

越州僧處默賦詩，輒有奇句。題聖果寺云：「路自中峰上，盤回出薜羅。到江吳地盡，隔岸越山多。古木叢青靄，遥天浸白波。下方城郭近，鐘磬雜笙歌。」羅隱見「吳地」「越山」之聯，詑曰：「此吾句也，失之久矣。乃爲師所得耶？」聞者鄙其儇薄。

孫承祐

吴越外戚。奢僭異常，用千金市得石緑一塊，天質嵯峨如山，命匠治爲博山香爐，峰尖上作一暗竅出煙，呼不二山。又用龍腦煎酥製小樣驪山，山水、屋室、人畜、林木、橋道纖悉備具。

孫承祐嘗饌客，指其盤筵曰：「今日坐中，南之蝤蛑，北之紅羊，東之鰕魚，西之棗栗，無不畢備，可謂富有小四海矣。」

毛勝

字公敵，晉陵人。吳越功德判官。嘗以天饞居士自名。

毛勝多雅戲。以地産魚蝦海物，四方所無，因造水族加恩簿，品叙精奇，各令一通。令者，蓋滄海龍君之命也。封江瑶令曰：「溶爾獨步王江珠，鼎鼐仙姿，瓊瑶紺體，天賦巨美，時稱絶佳。宜以流碧郡爲靈淵國，追號玉桂仙君，稱海珍元年。」封蟹令曰：「爾甘黄州甲杖大使，咸宜作解藴中，足材腴妙，螯德充盈。宜授曹丘常侍兼美。」封鰣令曰：「爾珍曹必用郎中時充，鐺材本美，妙位無高。宜授諸衙效死軍使，持節雅州諸軍事。」封鱒令曰：「爾白圭夫子，貌則清臞，材極美俊，宜授骨鯁卿。」封鼈令曰：「爾甲拆翁，挾彈于中，巧也；負擔于外，禮也；介胄自防，不問寒暑，智也；步武懦緩，不踰規繩，仁也。故前以探甲尚書榮其跡，顯其能，宜授金丸丞相、九肋君。」封龜令曰：「爾元介卿，卜灼之效，吉凶了然，所主大矣。宜授通幽博士。」封水母令曰：「爾借眼公！受體不全，兩相藉賴。宜授同體合用功臣，左右衛駕海將軍。」封真珠玭瑁令曰：「爾藏珍，照乘走盤，厥價不貲。班希，裁簪製器，不在金銀珠玉之下。藏珍宜授圓輝隱士；班希宜授點花使者。」封鯽令曰：「爾鮮于羹，斫膾清妙，見稱杜陵。宜授輕薄使、銀絲省饜德郎。」封鯿令曰：「爾縮項仙人，鬼腹星鱗，道亨襄、漢。宜授槎頭刺史。」封河豚令曰：「黄蔫可，爾澤嫩可貴，然失於經治，敗傷厥毒，故世以醇疵隱士爲爾之目。特授三德尉兼春榮小供奉。」

梁震

蜀依政人。歸過江陵，高季昌愛其才識，留之以爲謀主，呼曰先輩。

高季昌初欲奏梁震爲判官，震耻之，欲去，恐及禍，乃請以白衣侍樽俎。終身止稱前進士，不受高氏辟署。晚年，固請退居，築室於土洲，披鶴氅，每詣村，騎黄牛，自稱荆臺隱士。題院中壁曰：「桑田一變賦歸來，爵禄焉能浼我哉！黄犢依然花竹外，清風萬古凛荆臺。」羅隱過震居，留題曰：「道院迎仙客，書堂隱相儒。庭栽棲鳳竹，池養化龍魚。」

孫光憲

蜀之資州人。旅遊江陵，高從誨辟爲掌書記。自號葆光子。著北夢瑣言。

孫光憲以兵戈之際，書籍不備，遇發使諸道，未嘗不厚與金帛購求焉。三年間，收書及數萬卷。常慕史氏之作，自恨諸侯幕府不足展其才力，每謂交親曰：「安知獲麟之筆，反爲倚馬之用！」因吟劉禹錫詩曰：「一生不得文章力，百口空爲飽煖家。」

孫光憲贈酒妓應天長詞曰：「翠凝仙艷非凡有，窈窕年華方十九。鬢如雲，腰似柳。妙對綺筵歌緑酒。　醉瑶臺，携玉手。共燕此宵相偶，魂斷晚窗分首。淚沾金縷袖。」

孫光憲嘗和南越詩云：「曉厨烹淡菜，春杼織穜花。」牛嶠覽而絶倒。莫喻其旨。牛曰：「吾子只知其名，安知淡菜非雅物也？」後方曉之。

李郁

李郁爲荆南從事，有朝士寄書，字體殊惡，李寄詩曰：「華緘千里到荆門，章草縱横任意論。應笑鍾張虚用力，卻教羲獻謾勞魂。惟堪愛惜爲珍寶，不敢留傳示子孫。深荷故人相愛處，天行時氣許教吞。」言堪作符也。

馬希振

父殷，據湖南地。唐僖宗在蜀，許自開國，立臺置卿相，分天子之半仗焉。

馬希振，湖南諸子中白眉也。與門下客何致雍、僧貫徽聯句。希振曰：「青蛇每用腰爲力。」貫徽曰：「紅莧時將葉作花。」又見蟻子緣砌，希振曰：「蟻子子銜蟲子子，」致雍曰：「猶兒兒捉雀兒兒。」後唐莊宗滅梁，殷長子希範修貢京師，莊宗問洞庭廣狹，對曰：「車駕南巡，才堪飲馬爾。」莊宗大悅。時隱士袁居道不求聞達，希範延入府。一日，希範病酒，厭膏膩，居道曰：「大王今日使得貧家纏齒羊。」詢其故，則蔬茹也。

廖光圖

常集其家詩爲廖氏家集一卷。

馬殷據潭州時，廖光圖自韶陽叛，舉族來奔，殷將拒不納，或諫曰：「廖者，料也。馬得料必肥。」遂命光圖爲永州刺史。後其子遊零陵，於民間見父題壁，感而成詩，曰：「下馬連聲叩竹門，主人何事感遺恩？回頭泣向兒童道，重見甘棠舊子孫。」

劉昭禹

字休明。湖南天策府學士。嘗與人論詩曰：「五言如四十箇賢人，著一字如屠沽不得。覓句者，若掘得玉合子底，必有蓋，但精心求之，必獲其寶。」

劉昭禹少師林寬，爲詩刻苦。風雪詩云：「句向夜深得，心從天外歸。」

徐仲雅 與劉昭禹同爲天策學士。

馬殷建明月圃於潭州，命徐仲雅賦之，仲雅詩云：「鑿開青帝春風圃，移下嫦娥夜月樓。」

徐仲雅有清才，然性好滑稽。周行逢素聞其名，及據湖南，召爲節度判官。時行逢欲得衆，苟能應募，皆置司空、太保以誘之。自是武陵村落稱司空、太保者無算。仲雅曰：「公管内滿天太保，滿地司空。」行逢不悦。未幾大宴僚吏，仲雅在座，行逢夷音呼字多誤，仲雅戲曰：「不於五月五日剪卻舌頭，使語音乖錯如此。」行逢大怒，然仲雅嘗歷事馬氏諸王，民信服之，故不敢加誅，後竟以忤旨去職，因退居山寺。暇日詠椶樹曰：「葉似新蒲緑，身如亂錦纏。任君千度剥，意氣自衝天。」蓋怨行逢而發。

鄧洵美 連郡人。漢乾祐間，與王溥、李昉同登進士第，皆王仁裕所取士也。洵美背傴，時謂之鄧駅。周行逢署館驛巡官。

鄧洵美爲性迂僻，衆不悦之。雖處幕府僚，而食貧不暇及。王溥爲相，聞洵美不得志，乃爲詩寄曰：「綵衣我已登黄閣，白社君猶困故廬。」自是，周行逢稍優給之。未幾，給事中李昉出使武陵，與洵美相遇話舊，不覺慟哭。因贈詩曰：「憶昔詞場共着鞭，當時鶯谷喜同遷。關河契濶三千里，音信稀疎二十年。」後昉再奉命祠南嶽，則洵美忤行逢，已爲所殺矣。復爲詩吊其墓，有「今日向君墳畔過，不勝懷抱暗酸辛」之句，聞者無不痛之。

李觀象

周行逢以爲節度使。因行逢嚴酷，恐及禍，乃寢紙帳，卧紙被。行逢信用之。

李觀象性多嫉忌，好蔽人之好，零陵儒士蔣密能吟詠，頗得風騷之旨，嘗題桑云：「綺羅因片葉，桃李謾同時。」爲作者所許。觀象聞之，佯驚曰：「此僕詩，何蔣密之能爲？」士林鄙之。

蕘山堂外紀卷四十

五代 前、後蜀

王後主衍

字化源。建幼子，小徐妃生也。建聞成都徐氏二女並有國色，納後宮，姊爲淑妃，妹爲貴妃。衍繼位，册貴妃爲太后，淑妃爲太妃。衍好私行，往往宿於娼家酒樓。索筆題曰：「王一來去。」恐人識之，乃禁百姓不得戴小帽。

蜀主衍裹小巾，其尖如錐。宮妓多衣道服，簪蓮花冠，施胭脂夾臉，號醉粧。衍作醉粧詞云：「者邊走，那邊走，只是尋花柳。那邊走，者邊走，莫厭金盃酒。」衍令官家樂侍燕小池，水澄天見，家樂應制云：「一段聖琉璃。」

蜀主衍嘗宴怡神亭，婦女雜坐，衍自執板，唱霓裳羽衣及後庭花、思越人曲。越數日，遊浣花，日正午，暴風起，須臾雷電冥晦，有白魚自江心躍起，變爲蛟形，騰空而起。是日溺者數千人。衍懼，即時還宮。重賜宴群臣於宣華苑，夜分未罷，衍自唱韓琮柳枝詞曰：「梁苑隋堤今已空，萬條猶舞舊春風。何須思想千年事，誰是楊花入漢宮。」

侍中宋光溥詠胡曾詩曰：「吴王恃霸棄雄才，貪向姑蘇醉緑醅。不覺錢塘江上月，一宵西送越兵來。」衍聞之不樂，於是罷宴。衍荒於游幸，乃造平底大車，下設四卧軸，每軸安五輪，牽以駿馬，騎去如飛，謂之流星輦。

蜀主衍與其母太后、太妃同禱青城山，謁先主建鑄像及玄都觀、金華宫、景山、至德寺，各有唱和詩刻石，太后詩曰：「周游靈境散幽情，千里江山暫得行。所恨風光看未足，卻驅金翠入龜城。」太妃詩曰：「翠驛江亭近景靈，夢魂猶是在青城。比來出看江山景，卻被江山看出行。」

張蠙，唐末登第，避亂入蜀，蜀主辟爲金堂令。徐后遊太慈寺，見壁間題云：「墻頭細雨垂纖草，水面回風聚落花。」問寺僧，僧以蠙對，乃賜霞光牋，令寫詩以進。蠙進二百首，衍善之，召爲知制誥。宋光嗣以蠙輕忽傲物，遂止。

後唐同光三年，唐師滅蜀，蜀主衍降。唐主召蜀舊臣王鍇等賦蜀主降巨唐詩，鍇等咸譏其荒淫，惟中丞牛希濟詩曰：「滿城文武欲朝天，不覺隣師犯塞煙。唐主再懸新日月，蜀王還卻舊山川。非干將相扶持拙，自是君臣數盡年。古往今來亦如此，幾曾歡笑幾潸然！」唐主曰：「希濟不忘君親，忠孝也。」賜百段。

初，建僭立，有一僧常持大帚，不論官府、人家、寺觀，遇即汛掃，人以掃地和尚目之。建末年，於諸處寫六字云：「水行仙，怕秦川。」後衍秦川之禍，方悟水行仙即「衍」字耳。建初爲禁軍都頭，與其儕於僧院擲骰子六隻，次第相重，自么至六，人共駭之。

釋貫休

姓姜氏，字德隱，蘭溪人。與齊己同師石霜，道價甚高，年壽亦高。詩有太祖處。「盡日覓不得，有時還自來」，人嘲作失猫詩。此類是也。

王貞白，唐末大播詩名。嘗作御溝水詩云：「一派御溝水，緑槐相蔭清。此波涵帝澤，無處濯塵纓。鳥道來雖險，龍池到自平。朝宗心本切，願向急流傾。」貞白自謂無瑕，以示貫休，貫休令更一字，貞白揚袂去，貫休度其去必復來，因書一「中」字於掌中，握之以待。有頃，貞白果復來，欣然曰：「得之矣。可更『此波』爲『此中』也。」貫休展手示之，遂定交。

貫休有機辨，杜光庭欲挫其鋒，每相見，必伺其舉措以戲調。一日，因舞轡於通衢，貫休馬忽墜糞，光庭連呼：「大師！大師！數珠落地。」貫休徐曰：「大還丹！大還丹！」

貫休初投詩於吳越王曰：「貴逼身來不自由，龍驤鳳翥勢難收。滿堂花醉三千客，一劍霜寒十四州。萊子衣裳宮錦窄，謝公篇詠綺霞羞。他年名上淩煙閣，豈羨當時萬户侯？」王愛其詩，諭改「十四州」爲「四十州」方與相見，貫休喟然曰：「州亦難添，詩亦難改。閒雲孤鶴，何天不可飛耶？」遂杖錫去。

貫休避地渚宫，荆帥高氏優待之，館於龍興寺，會有謁宿，話時政不治，乃作酷吏詞以刺之云：「霰雨瀯瀯，風吼如斸。有叟有叟，暮投我宿。吁歎自語，云太苛酷。如何如何，掠脂斡肉。吳姬唱一曲，等閑破紅束；韓娥唱一曲，錦段鮮照屋。寧知一曲兩曲歌，曾使千人萬人哭！不惟哭，亦白其頭，饑其族。所以祥風不來，和風不復。蝗兮螽兮！東西南北。」遂離荆門，立趨井絡。

貫休工篆隸，在荆渚日，成中令問其筆法，曰：「此事須登壇而授，詎可草草！」成怒，遞放黔中。因爲病鶴詩曰：「見説氣清邪不入，不知爾病自何來？」

貫休入蜀，以詩投蜀王建曰：「河北河南處處災，惟聞金蜀少塵埃。一瓶一鉢垂垂老，千水千山得得來。秦苑幽棲多勝景，巴歈陳貢愧非才。自慙林藪龍鍾者，亦得親登郭隗臺。」建遇之甚厚，常呼爲得得和尚。

蜀主建二年春，遊龍華禪院，召僧貫休坐，賜茶藥綵段，仍令口誦近詩，時諸王貴戚皆侍坐，貫休欲諷之，乃誦公子行曰：「錦衣鮮華手擎鶻，閑行氣貌多輕忽。稼穡艱難總不知，五帝三皇是何物？」建稱善，貴倖皆怨之。

「赤旃壇塔六七級，白菡萏花三四枝。禪客相逢只彈指，此心能有幾人知？」石霜和尚舉以問貫休曰：「如何是此心？」貫休不能答。石霜曰：「汝問我答。」貫休即問之，石霜曰：「能有幾人知。」貫休畫彌勒佛，宋坦坦居士贊曰：「即此布袋，非比布袋。不屬聖凡，不立行解。兀兀騰騰，處處在在。拄杖挑來賜與君，天上人間更無外。」岳珂七歲，亦有贊曰：「行也布袋，坐也布袋。放下布袋，何等自在！」

韋莊

字端己。讀書數米而炊，秤薪而爨。舉唐乾寧進士。後相蜀。

韋莊應舉時，遇巢寇犯闕，著秦婦吟云：「内庫燒爲錦繡灰，天街踏盡公卿骨。」公卿多垂訝，莊乃諱之。時號秦婦吟秀才。

杜荀鶴曾得詩一聯云：「舊衣灰絮絮，新酒竹蒭蒭。」韋莊云：「我道『印將金鎖鎖，簾用玉鈎鈎』。」

韋莊以才名寓蜀，蜀主建遂羈留之。莊有寵人，資質艷麗，兼善詞翰，建聞之，託以教内人爲詞，强莊奪去。莊追念悒怏，作謁金門詞云：「空相憶，無計得傳消息！天上嫦娥人不識，寄書何處覓？ 新睡覺來無力，不忍把伊書跡。滿院落花春寂寂，斷腸芳草碧。」姬後傳聞之，遂不食卒。

韋莊爲蜀管記時，一縣宰乘時擾民，莊爲建草牒云：「正當凋瘵之秋，好安凋瘵；勿使瘡痍之後，復作瘡痍。」時以爲口實。

韋莊感懷詩云：「長安方悟少年非，人道新詩勝舊詩。十畝野塘留客釣，一軒春雨對僧棊。花間醉任黄鶯語，亭上吟從白鷺窺。大道不將爐冶去，有心重築太平基。」或謂此詩包括生成，果爲台輔。

韋莊幼時，常在華州下邽縣僑居，多與鄰巷諸兒會戲，及廣明亂後，再經舊里，追思往事，但有遺蹤，因賦詩以記之曰：「昔爲童稚不知愁，竹馬閒乘遶縣遊。曾爲看花偷出郭，也因逃學暫登樓。招他邑客來還醉，纔得先生去始休。今日故人無處問，夕陽衰草盡荒坵。」又途次逢李氏諸昆季，賦感舊詩曰：「御溝西面朱門宅，記得當時好弟兄。曉傍柳陰騎竹馬，夜隈燈影弄先生。巡街趁蝶衣裳破，上屋探雛手脚輕。今日相逢俱老大，憂家憂國盡公卿。」

盧延遜

亦名延讓。仕蜀爲給事中。

盧延遜業詩，二十五舉方得一第，其卷中有句云：「狐衝官道過，犬刺店門開。餓猫臨鼠穴，饞犬舐魚砧。」租庸張相與成中令每稱之。又曾獻王先主建詩，有「栗爆燒氈破，猫跳觸鼎翻」。後建冬夜與潘峭平章邊事，旋令宫人燒栗，俄有數栗爆出，燒繡褥。時建多疑，嘗於爐中燒金鼎，命二妃親侍湯茶，是夜宫猫相戲，悮觸鼎翻，建良久曰：「『栗爆燒氈破，猫跳觸鼎翻。』憶得盧延遜卷有此一聯，乃知先輩裁詩，信無虚境。」來日遂有六行之拜。自給事中拜工部。延遜謂人曰：「平生投謁公卿，不意得力於猫兒狗子也。」

唐御食，紅綾餅餤爲上。光化中，放進士裴格、盧延遜等二十八人宴於曲江，敕太官賜餅餤，止二十八枚而已。延遜既入蜀，頗爲蜀人所易，嘗有詩云：「莫欺零落殘牙齒，曾吃紅綾餅餤來。」

盧延遜初投贄吴子華融，其苦吟篇云：「莫話詩中事，詩中難更無。吟安一箇字，撚斷數莖鬚。險覓天應悶，狂搜海亦枯。不同文賦易，爲着者之乎。」子華讀至末二語，笑曰：「上門罵來。」

牛嶠　字松卿，隴西人。自云僧孺之後。唐乾符進士。王先主辟判官，後爲給事中。

牛嶠詠紅薔薇云：「曉啼珠露渾無力，繡簇羅襦不着行。若綴壽陽公主額，六宮争肯學梅粧？」壽陽公主，宋武帝女也。人日卧梅花閣下，有花飛貼額上，拂不去，洗之，三日猶香。自是宮中效之，有梅花粧。

牛嶠望江怨詞曰：「東風急，惜别花時手頻執，羅幃愁獨入。馬嘶殘雨春蕪濕，倚門立。寄語薄情郎，粉香和淚泣。」

顧敻　先主起自利閬，號親騎軍。此從各有名號。敻戲造武舉牒，謂侍郎李吒吒下進士及第三十餘人：姜癩子、張打胸、李嗑蛆、李破肋、李吉了、郝牛屎、陳波斯、羅蠻子。試亡命山澤賦、到處不生草詩。一時傳以爲笑。

王先主通正元年四月，有狐據于寢室，鵂鶹鳴于帳中，又有大禿鶖鳥颺于摩訶池上。顧敻時爲小臣，直内庭，潛吟曰：「昔日曾看瑞應圖，萬般祥瑞不如無。摩訶池上分明見，仔細看來是那胡。」未幾，先主卒，人以爲禿鶖之應。

顧敻有荷葉盃五闋。其詞曰：「春盡小庭花落，寂寞。凭檻斂雙眉，忍教成病憶佳期。知摩知，知摩知。」「記得那時相見，膽顫。鬢亂四肢柔，泥人無語不擡頭。羞摩羞，羞摩羞。」「夜久歌聲怨咽，殘月。菊冷露微微，看看濕透縷金衣。歸摩歸，歸摩歸。」「金鴨香濃鴛被，枕膩。小髻簇花鈿，腰如細柳臉如蓮。憐摩憐，憐摩憐。」「一去又乖期信，春盡。滿院長莓苔，手拈裙帶獨徘徊。來摩來，來摩來。」

顧敻玉樓春詞曰：「月照玉樓春漏促，颯颯風搖庭砌竹。夢驚鴛被覺來時，何處管絃聲斷續？　惆悵少年遊冶去，枕上兩娥攢細綠。曉鶯簾外語花枝，背帳猶殘紅蠟燭。」「柳映玉樓春日晚，雨細風輕煙草軟。畫堂鸚鵡語雕籠，金粉小屏猶半掩。香滅繡幃人寂寂，倚檻無言愁思遠。恨郎何處縱疎狂？長使含啼眉不展。」

楊玢 蜀尚書。靖恭諸楊也。

楊玢隨蜀主衍歸後唐，以老致仕，長安舊居多爲隣里侵占，子弟欲詣府訴之，以狀白玢，玢批紙尾云：「四鄰侵我我從伊，畢竟須思未有時。試上含元殿基望，秋風吹草正離離。」子弟不敢復言。

侯繼圖 蜀尚書。

侯繼圖微時，曾秋日於大慈寺樓上倚闌，忽秋風四起，有大桐業飄墜，上有詩云：「拭翠斂雙蛾，爲鬱心中事，搦筆下庭除，書作相思字。此字不書名，此字不書紙。書向秋葉上，願逐秋風起。天下有心人，盡解相思死。」侯貯巾篋五六年，方與任氏爲姻，常念此詩。任氏曰：「此是妾作。在左綿時書此，爭得在君？」侯以今書校之葉上，無異。

李廷璧 應舉二十年，方於蜀中策名。

李廷璧嘗爲舒州軍倅，其妻猜妬，一日，鈴閣連宴，三宵不歸，妻達意云：「來必刃之。」乃泣告州牧，徙居佛寺，浹辰晦跡，因詠愁詩曰：「到來難遣去難留，着骨黏心萬事休。潘岳悶絲生鬢裏，婕妤悲色上眉頭。長途詩盡空騎馬，遠雁聲初獨倚樓。更有相思不相見，酒醒燈背月如鈎。」

黄崇嘏

臨邛黄使君女也。傳奇有女狀元春桃記。

黄崇嘏初僞作男子，以詩謁蜀相周庠，庠首薦之，屢攝府掾吏，事明敏，胥徒畏服。庠愛其才，欲妻以女，崇嘏以詩獻云：「一辭拾翠碧江湄，貧守蓬茅但賦詩。自服藍衫居郡掾，永抛鸞鏡畫蛾眉。立身卓爾青松操，挺志堅然白璧姿。幕府若容爲坦腹，願天速變作男兒。」庠得詩大驚，問之，乃知黄使君女，原未從人，與老嫗同居云。

蜀孟主昶

字保元。母李氏，本長公主媵也，嘗夢大星墜懷，以告主，主曰：「此婢有福相，當生貴子。」乃令知祥幸之，遂生昶。

蜀主昶游浣花，是時蜀中富庶，夾江皆創亭榭，都城士女傾遊，珠翠綺羅，名花異香，馥郁森列。昶御龍舟觀水嬉，上下十里，人望之如神仙。昶曰：「『曲江金殿鎖千門』未及此也。」兵部尚書王廷珪賦曰：「十字水中分島嶼，數重花外見樓臺。」昶稱善久之。

蜀主昶令羅城上盡種芙蓉，每至秋時盛開，四十里皆鋪錦繡，高下相照。昶謂左右曰：「自古以蜀爲錦城，今日觀之，真錦城也。」張立作詩諷曰：「四十里城花發時，錦囊高下照坤維。雖粧蜀國三秋色，難入豳風七月詩。」及廣政末，朝政亂，立又爲詩曰：「去年今日到成都，城上芙蓉錦繡舒。今日重來舊遊處，此花憔悴不如初。」

青城費氏以才色入蜀宫，後主嬖之，號花蕊夫人。嘗與夜起避暑摩訶池上，昶詠玉樓春詞曰：「冰肌玉骨清無汗，水殿風來暗香滿。簾開明月獨窺人，欹枕釵横雲鬢亂。　起來瓊户啓無聲，時見踈星渡河漢。屈指西風幾時來？只恐流年暗中换！」

花蕊夫人，蜀王建妾，號小徐妃者，在王衍時，坐游燕污亂亡國。莊宗平蜀後，隨王衍歸中國，半塗遭害焉。及孟氏再有蜀，傳至昶，則又有一花蕊夫人。宋初降下西蜀，而花蕊夫人又隨昶歸中國。昶至且十日，則召花蕊夫人入宫，而昶遂死。宋祖後亦惑之，嘗造毒，屢爲患，不能遂。太宗在晉邸時，數諫不納。一日，從獵苑中，花蕊夫人在側，晉邸方調弓矢，引滿擬射走獸，忽回射，夫人中箭死。

蜀主昶相見歡詞云：「無言獨上西樓，月如鈎。寂寞梧桐深院鎖清秋。　剪不斷，理還亂，是離愁。别有一般滋味在心頭。」

花蕊夫人號能詩，嘗效王建作宫詞百首，其酷似建詞者有云：「厨庭進食簇時新，列坐無非侍從臣。日午殿頭宣索膾，隔花催唤打魚人。」「月頭支給買花錢，滿殿宫娥近數千。遇着唱名都不語，含羞急過御床前。」

花蕊夫人宮詞之外尤工樂府。蜀亡，入汴，書葭萌驛壁云：「初離蜀道心將碎，離恨綿綿。春日如年。馬上時時聞杜鵑。」書未畢，爲軍騎催行，後人續之云：「三千宮女皆花貌，妾最嬋娟。此去朝天。只恐君王寵愛偏。」

蜀主昶歸宋，未幾卒，花蕊夫人隨輦入備後宮，心嘗憶昶，悒悒不敢言。昶美豐儀，喜獵，善彈弓，乃自畫昶像以祀，復佯言曰：「祀此神者多有子。」一日，宋祖見而問之，夫人亦托前言，詰其姓，遂假張仙，因歷言其成仙後之神異，宮中遂多奉以求子。翌日，宋祖召使陳詩，蓋因有疑於張仙，夫人乃誦去國詩曰：「君王城上樹降旗，妾在深宮那得知？十四萬人皆解甲，並無一箇是男兒。」因亦自見其情也。太祖大悅。近世無子者多祀張仙，起此。按：張仙名遠霄。五代時遊青城山成道。

蜀未亡前，歲除日，昶令學士辛寅遜題桃板于寢門，以其詞未工，乃自題云：「新年納餘慶，嘉節賀長春。」乃宋祖誕聖節名也。

僧可朋

丹稜人。少與盧延讓爲風雅交。有詩千餘篇，號玉壘集。歐陽炯以比孟郊、賈島。

僧可朋好飲酒，貧無以償酒債，以詩賙之，自號醉髡。有句云：「虹收千嶂雨，潮弄半江天。」又：「詩因試客分題僻，棊爲饒人下着低。」一時以爲警策。

僧可朋嘗讀滕王閣詩，謂守者曰：「詩總不佳，何不除卻？」守曰：「僧能佳乎？」即吟曰：「洪州太白方，積翠滿空蒼。萬古遮新月，半江無夕陽。」守異之。

歐陽炯命同僚納凉于浄衆寺，依林亭列樽俎，衆方歡適，寺外皆耕者曝背烈日中耘田，擊腰鼓以適倦，僧可朋作耘田鼓詩以贄炯，曰：「農舍田頭鼓，王孫筵上鼓。擊鼓兮皆爲鼓，一何樂兮一何苦！上有烈日，下有焦土。願我天翁，降之以雨。令桑麻熟，倉箱富。不饑不寒，上下一般。」炯見詩，遽命撤飲。

歐陽炯

炯與毛文錫、鹿虔扆、韓琮、閻選俱工小辭，事孟後主，時號「五鬼」。

歐陽炯玉樓春春睡詞曰：「日照玉樓花似錦，樓上醉和春色寢。緑楊風送小鶯聲，殘夢不成離玉枕。堪愛晚來韶景甚，寶柱秦箏方再品。青娥紅臉笑來迎，又向海棠花下飲。」又詠美人夜醉菩薩蠻詞曰：「曉來中酒和春睡，四肢無力雲鬟墜。斜臥臉波春，玉郎休惱人。　日高猶未起，爲戀鴛鴦被。鸚鵡語金籠，道兒還是慵。」

毛文錫醉花間詞曰：「深相憶，莫相憶，相憶情難極。銀漢是紅墻，一帶遥相隔。金盤珠露滴，兩岸榆花白。風摇玉珮清，今夕爲何夕？」

鹿虔扆臨江仙宫詞云：「金鏁重門荒苑静，綺窗愁對秋空。翠華一去寂無蹤。玉樓歌吹，聲斷已隨風。　煙月不知人事改，夜闌還照深宫。藕花相向野塘中。暗傷亡國，清露泣香紅。」

歐陽彬 衡山人。

歐陽彬博學能文，蜀主昶以爲嘉州刺史，喜曰：「青山緑水中爲二千石，作詩飲酒爲風月主人，豈不誠嘉！」

歐陽彬家夜宴，賦生查子曰：「竟入畫堂懽，入夜重開宴。剪燭蠟煙香，促席花光顫。　待得月華來，滿院如鋪練。門外簇驊騮，直待更深散。」

李昊 前、後蜀降表皆昊爲之。蜀人夜書其門曰：「世修降表李家。」

李昊事前、後蜀五十年，資貨巨萬，奢侈踰度，妓妾百數，嘗讀王愷、石崇傳，笑曰：「窮儉乞兒以此爲富，可笑可笑。」

李昊常以牡丹花數枝分遺親知，即以興平酥同贈，且曰：「俟花凋卸，即以酥煎食之，無棄濃艷。」

堯山堂外紀卷四十一

五代 南唐

烈祖昇 初冒姓徐，名知誥，晉天福二年即位金陵，國號唐，尋復姓李，更名昇。

李先主爲徐温養子。年九歲，詠燈詩云：「一點分明值萬金，開時惟怕冷風侵。主人若也勤挑撥，敢向尊前不盡心。」温歎賞，遂不以常兒偶之。

李先主初有禪代之志，忽夜半，寺僧撞鐘，滿城皆驚，且將斬之，僧對云：「夜來偶得月詩云：『徐徐東海出，漸漸上天衢。此夜一輪滿，清光何處無？』」先主喜而釋之。

李先主欲諷動僚屬，雪天大會，出一令，借雪取古人名，仍詞理通貫。時宋齊丘、徐融在坐。昇舉盃爲令曰：「雪下紛紛，便是白起。」齊丘曰：「着履過街，必須雍齒。」融意欲挫昇等，遽曰：「明朝日出，争奈蕭何？」昇大怒，是夜收融投于江。自是，惟齊丘與謀。

李先主素儉，寢殿燭不用脂蠟，灌以烏臼子油，但呼烏舅。案上捧燭鐵人高尺五，云是楊氏時馬厩中物。一日黄昏，急須燭，唤小黄門：「掇過我金奴來！」左右竊相謂曰：「烏舅、金奴正好作對。」

元宗璟 烈祖長子，後避周諱，更名璟。神彩清暢，湖南使至，歸與親友言曰：「邇識東朝官家，南岳真君不如也。」

李嗣主賦春恨浣溪沙詞云：「一曲新詞酒一盃，去年天氣舊亭臺。夕陽西下幾時回？無可奈何花落去，似曾相識燕歸來。小園香徑獨徘徊。」又春恨帝臺春詞云：「芳草碧色，萋萋遍南陌。飛絮亂紅，也似知人，春愁無力憶得。盈盈捨翠侣，共携賞，鳳城寒食。到今來，海角逢春，天涯行客。愁旋釋，還似織。淚暗拭，又偷滴。謾遍倚危欄，儘黄昏也，只是暮雲凝碧。舍則而今已舍了，忘則怎生便忘得？又還問鱗鴻，試重尋消息。」

李主璟常乘醉命樂工楊花飛奏水調詞進酒。花飛惟歌「南朝天子好風流」一句，如是者數四。璟悟，覆盃厚賜金帛。璟於宮中作百尺樓，衆皆嘆美，蕭儼獨曰：「恨樓下無井。」李主問其故，對曰：「以此不及景陽樓。」

王感化初隸光山樂籍，後入金陵教坊，李嗣主宴苑中，有白野鵲飛集，李主令賦詩，應聲曰：「碧山深洞恣遊遨，天與蘆花作羽毛。要識此來棲宿處，上林瓊樹一枝高。」李主大悦，因手寫所作浣溪沙二闋賜之，其詞曰：「菡萏香消翠葉殘，西風愁起緑波間。還與韶光共憔悴，不堪看！細雨夢回鷄塞遠，小樓吹徹玉笙寒。多少淚珠何限恨，倚欄杆！」「手捲真珠上玉鉤，依前春恨鎖重樓。風裏落花誰是主？思悠悠！青鳥不傳雲外信，丁香空結雨中愁。迴首緑波三峽暮，接天流！」後主即位，感化以其詞上之，後主賞賜甚優。感化，建州人，少聰敏，未曾執卷而多識，善爲詞。建州節帥萬代餞別，感化前獻詩曰：「旌旆赴天臺，溪山曉色開。萬家悲更喜，迎佛送如來。」又題怪石一聯云：「草中誤認將軍虎，山上曾爲道士羊。」

後主煜

字重光。元宗第五子。每春盛時，梁棟、窗壁、柱拱、階砌並作隔筒，密插雜花，榜曰：「錦洞天。」嘗微行娼家，乘醉大書右壁曰：「淺斟低唱，偎紅倚翠。太師鴛鴦寺主，傳持風流教法。」歸宋後，與金陵舊宮人書云：「此中日夕只以眼淚洗面。」有手書金字心經一卷賜宮人喬氏。喬氏後入太宗禁中，聞後主薨，自内庭出經，捨相國寺西塔，以資薦焉。

李後主天性友愛，初即位，遣長弟從善入貢，因留質不還，每歲時宴會皆罷，惟作登高賦以見意，曰：「原有鴒兮相從飛，嗟我季兮不來歸！」

李後主擣練子云：「深院靜，小庭空，斷續寒砧斷續風。無奈夜長人不寐，數聲和月到簾櫳！」詞名擣練子，即詠擣練，乃唐辭本體。

李後主宮中未嘗點燭，每至夜，則懸大寶珠，光照一室如日中，嘗賦玉樓春宮詞曰：「晚粧初了明肌雪，春殿嬪娥魚貫列。笙簫吹斷水雲閑，重按霓裳歌遍徹。臨春誰更飄香屑，醉拍闌干清未切。歸時休照燭花紅，待放馬蹄清夜月。」

宋師發江陵，次采石，進取江南。李後主謀拒之。時邀法眼禪師觀牡丹於大內，作偈諷曰：「擁毳對芳叢，由來趣不同。髮從今日白，花是去年紅。艷曳隨朝露，馨香逐晚風。何須待零落，然後始知空。」後主不省。未幾，宋師渡江。

樂曲有念家山。李後主親演其聲爲念家山破，識者知其不祥。在圍城中作長短句未就而城破，其詞曰：「櫻桃落盡春歸去，蝶翻輕粉雙飛。子規啼月小樓西。曲闌金箔，惆悵捲金泥。門巷寂寥人散後，望殘煙草低迷。」

李後主附宋後，每懷故國，且念嬪妾散落，鬱鬱不自聊，賦虞美人詞曰：「春花秋月何時了？往事知多少！小樓昨夜又東風，故國不堪回首月明中。雕欄玉砌應猶在，只是朱顏改。問君都有幾多愁？恰是一江春水向東流！」時後主在賜第，七夕命故妓作樂，聲聞于外，太宗聞之大怒，又傳「小樓昨夜又東風」及「一江春水向東流」之句，遂并坐之，故有賜牽機藥之事云。牽機藥者，服之前卻數十回，頭足相就，如牽機狀也。

李後主又嘗作長短句云：「簾外雨潺潺，春意闌珊。羅衾不奈五更寒。夢裏不知身是客，一餉貪歡！　獨自莫憑闌，無限關山。別時容易見時難。流水落花春去也，天上人間！」故臣聞之，多泣下者。未幾下世。賈魏公尹京日，忽有人來，展刺謁曰：「前江南國主李煜相見。」則一清癯道士爾。公曰：「太師已物故，何得及此？」曰：「某幼探釋氏未達，誤有所見。今爲獅子國王。偶思鍾山而來。」懷中取一詩授公，曰：「異國非所志，煩勞殊清閑。驚濤千萬里，無乃見鍾山。」公讀之，隨身灰滅。

宋齊丘

饒洞天薦於李先主，時困於逆旅，隣娼魏氏女竊賂遺數緡，獲備管幅，遂克投贄。先主一見，賓以國士。

歙人汪台符能屬文，李先主善之。宋齊丘疾其才高，屢爲詆訾，台符由是不平。齊丘始字超回，台符貽書誚之曰：「聞足下齊大聖以爲名，超亞聖以稱字。」齊丘大慚，改字子嵩。因使親信誘台符乘舟痛飲，推沉石城蚵蚾磯下。

宋齊丘相李先主昪、嗣主璟，二世皆爲左僕射，璟尤愛其才，而知其不正，嘗獻鳳凰臺詩，中有「我欲烹長鯨，四海爲鼎鑊；我欲羅鳳凰，天地爲罾繳」之句，皆欲諷其跋扈也。主終不聽。不得意，上表乞歸九華。其略云：「千秋載籍，願爲知足之人；九朵峰巒，永作乞骸之客。」主知其詐，不許。

李嗣主一日於華林園試小妓羯鼓，召宋齊丘同宴，齊丘獻詩曰：「切斷牙床鏤紫金，最宜平穩玉槽深。因逢淑景開佳宴，爲出花奴奏雅音。掌底輕璁孤鶴喿，枝頭乾快亂蟬吟。開元天子曾如此，今日將軍好用心。」

譚景昇於終南山著化書，出授宋齊丘，托序之行世。齊丘將酒灌之沉湎，以牛皮裹縫，抛於江中，後爲漁人所獲，剖開，見先生睡齁齁不止，唤之頗久，方覺，乃曰：「宋齊丘奪我化書，墜我于江，今天下頒行矣。齊丘何在？」因留詩，化風起去不見。詩曰：「綫作長江扇作天，靸鞋抛向海東邊。蓬萊信道無多地，只在譚生柱杖前。」譚景昇名峭，即紫霄真人也。住廬山棲隱洞，其徒百人，有道術。隣僧嘗於溪滸創亭宇，且爲頑石所阻，致二百倍不能平之，而紫霄往見，曰：「此易耳。」以指捻訣，含水噀之，命搥其石，應手如粉。後主頗信，累辟至建康，賜以道號，階以金紫，比蜀杜光庭。皆讓而不受。

陶穀使南唐，因書十二字於官舍壁間，曰：「西川狗，百姓眼，馬包兒，御厨飯。」宋齊丘解云：「『西川狗』，蜀犬也；『百姓眼』，民目也；『馬包兒』，瓜子也；『御厨飯』，官食也。乃『獨眠孤館』四字。」

李建勳 隴西人。仕江南爲丞相。

李主璟嗣位，李建勳出師臨川，及歸，拜司空，累表致仕，自稱鍾山公，詔授司徒，不起，學士湯悦致書賀之，建勳以詩答曰：「司空尤不作，那敢作司徒？幸有山公號，如何不見呼？」先是，宋齊丘自京口求退於青陽，號九華先生，未周期，一詔而起，時論薄之，或有以建勳比宋者，因爲詩曰：「桃花流水雖相似，不學劉郎去又來。」

沈彬 字子文。嘗夢着錦衣貼月飛，識者謂身不入月，不及第。果然。南遊嶺表二十餘年，回吴中，仕江南，爲吏部郎中致仕。

沈彬少孤，西遊，以三舉爲約。洪州解至長安初舉，納省捲夢仙謡云：「玉殿大開從客入，金桃爛熟没人偷。鳳驚寶扇頻翻翅，龍惧金鞭忽轉頭。」第二舉憶仙謡云：

「白榆風颯九天秋，王母朝迴宴玉樓。日月漸長雙鳳睡，桑田欲變六鰲愁。雲翻簫管相隨去，星觸旌幢各自流。詩酒近來狂不得，騎龍卻憶上清游。」第三舉納省卷，贈劉象一首云：「曾應大中天子舉，四朝風月鬢蕭疎。不隨世祖重携劍，卻爲文皇再讀書。十載戰塵銷舊業，滿城春雨壞貧居。一枝何事于君惜？仙桂年年幸有餘。」時象孤寒，三舉無成，主司覽彬詩，其年特放象及第。

李主昇移鎮金陵，旁羅隱逸，沈彬赴辟，知其欲取楊氏，因獻山水圖詩曰：「須知手筆安排定，不怕山河整頓難。」覽之而喜。

孫魴有夜坐詩爲時所稱，李建勳因匿于齋中，俟沈彬至，乃問云：「魴詩何如？」彬曰：「田舍翁火爐頭語，何足道也？」魴聞而出，誚彬曰：「何誹謗之甚！」彬曰：「子夜坐句『劃多灰漸冷，坐久席成痕』，此非田舍翁爐上作而何？」闔坐大笑。魴，南昌人。唐末，鄭谷避亂歸宜春，魴往依之，頗爲誘掖，遂有能詩聲，終於南唐。魴父，畫工也。王徹爲中書舍人，草魴誥詞云：「李陵橋上，不吟取次之詩；顧凱筆頭，豈畫尋常之物。」魴終身恨之。

沈彬將八十，近居阜上，手植一木可數拱，戒諸子曰：「必葬我此地。」及卒，子孫如其言。伐木掘土深丈餘，得一石椁，上刊八字云：「開成二年壽椁一所。」復見一古燈臺，上有漆燈一盞，壙頭獲一銅牌，上有鐫篆文曰：「佳城今已開，雖開不葬埋。漆燈猶未滅，留待沈彬來。」

道士沈廷瑞，彬之子也，性坦率，嘗造一縣宰，宰方治訟而廷瑞至，宰戲之曰：「沈道士何時成道？」廷瑞應聲曰：「何須問我道成時，紫府清都自有期。手握藥苗人不識，體含仙骨俗争知？」宰大慙。

李家明

元宗時領樂部。

李家明善滑稽爲諷詠，嘗從元宗遊後花登臺，見牛卧樹陰下，元宗曰：「牛且熱矣。」家明上絶云：「曾遭寧戚鞭敲角，又被田單火燎身。閒背斜陽嚼枯草，而今問喘更無人。」元宗稱善。左右皆免冠謝。

李氏初養於徐，及僭號，遷徐氏於海陵，元宗繼統，用宋齊丘言，無男女少長皆殺之。齊丘只一子，輒卒，逾月慟哭不止。李家明曰：「臣能止之。」乃作大紙鳶，大書其上云：「欲興唐祚革强吴，盡是先生作計謨。一箇孩兒捨不得，上皇百口合何如？」乘風吹之，度至齊丘家，遂絶其縷。齊丘見之大慚，遂輟哭。

李主璟於後苑命臣僚臨池而釣，諸臣屢引到數十巨鱗，惟璟無所獲，家明乃進口號曰：「新甃垂鈎興正濃，御池春煖水溶溶。凡鱗不敢吞香餌，知道君王合釣龍。」璟善之。

李家明從元宗遷南都，時已失江北十四郡，舟楫多曰：「好青峭數峰，不知何名？」家明應聲曰：「龍舟輕漾錦帆風，正值宸遊望遠空。回首皖公山色翠，影斜不到壽盃中。」元宗慙，俛首而過。時關司斂率頗繁，商人苦之。屬近甸亢旱，後主宴北苑，家明從登臺，後主曰：「畿甸雨，都城不雨，得非獄市之間違天意歟？」家明乘談諧進曰：「雨懼抽稅，不敢入京。」後主大笑，即下令除一切額外稅。

馮延巳與其弟延魯及魏岑、陳覺、查文徽等更相推唱，時人謂之五鬼。鎮臨川日，聞朝議已有除替。一夕，夢通舌生毛翊。有僧解之曰：「毛生舌間，不可剃也。相公其未替乎？」果已。

元宗優待藩邸舊僚，馮延巳自元帥府書記至中書侍郎，遂相。孫晟素輕延巳，嘗曰：「金碗玉盃乃貯狗屎乎？」江文蔚因其弟延魯福州亡敗，請從退削，乃出撫州，秩滿還朝，因赴內宴，進詩曰：「青樓阿監應相笑，書記登壇又卻回。」孫晟初名鳳，又名忌，密州人。少爲道士，居廬山簡寂宫，嘗畫唐詩人賈島像置於屋壁，道士惡晟，以爲妖，斲出之，乃儒服北之趙、魏，謁莊宗於鎮州，莊宗以爲著作佐郎。性豪侈，每食，不設几案，使侍妾各執一器環立而侍，號曰「肉臺盤」。

馮延巳有謁金門春閨詞云：「風乍起，吹皺一池春水。閑引鴛鴦芳徑裏，手挼紅杏蕊。鬭鴨闌杆獨倚，碧玉搔頭斜墜。終日望君君不至，舉頭聞鵲喜。」元宗嘗戲延巳曰：「『吹皺一池春水』，干卿何事？」延巳對曰：「未若陛下『細雨夢回鷄塞遠，小樓吹徹玉笙寒』也。」元宗悦。

江文蔚

字君章。後唐長興二年盧華榜下進士八人，與張沇、吴承範、湯鵬、范禹偁五人爲學士。後歸江南，對仗彈馮延巳，常夢錫。大言曰：「白麻雖佳，要不如江文蔚一疏。」

江文蔚拜御史中丞，坐劾馮相，貶江州，治柴車奉母欣然就道，嘗作詩曰：「屈原若幸高堂在，終不懷沙吊汨羅。」

江文蔚有賦聲，其用事甚工。天窗賦云：「一竅初啓，如鑿開混沌之時；兩瓦鶣飛，類作化鴛鴦之後。」又土牛賦云：「飲渚俄臨，訝盟津之捧塞；度關儻許，疑函谷之九封。」

韓熙載

字叔言。北海將家子也。舉後唐進士。投書所知曰：「釣大鰲者，不投取魚之餌；斷長鯨者，焉用割雞之刀。」又云：「腰有劍而袖有搥，口有舌而手有筆。」性好詼浪，有投贄太荒惡者，使妓炷艾熏之，俟其人來，出而嗅之，曰：「子之卷軸何多艾氣？」宋齊丘凡建碑碣，皆自爲文，命熙載八分書之，乃以紙塞鼻曰：「其詞穢且臭。」又魏明嘗携近詩詣之，韓託以目病明，請自吟，韓曰：「耳聾加劇。」當時江南人謂之韓文公。後人畫文公，小面而美髯者，此乃熙載，當時題志甚明。文公肥而寡髯，元豐中以文公從享文宣王廟，郡縣所畫，皆是熙載，後世人不復可辨，退之遂爲熙載矣。

韓熙載父爲唐明宗所殺，遂奔江南。後主即位，頗疑北人，有鴆死者。熙載懼，因肆情坦率，後房妓妾數十，日與荒樂。所得月俸，散與諸姬。熙載弊衣芒屩，作瞽者，持獨絃琴，俾門生舒雅執手板挽之，就諸姬院乞食以爲笑樂。姬第側建横窗，絡以絲繩，爲觀覘之地，初惟市物，後或調戲，贈與所欲如意。時人目爲自在窗。旦暮亦不禁其出入，或竊與諸生糅雜而淫。熙載見，趨過而笑曰：「不敢阻興。」及夜奔客寢，客賦詩有「最是五更留不住，向人枕畔着衣裳」之句，熙載亦不介意。

嚴續僕射位高寡學，爲時所鄙，嘗請韓熙載爲其父撰神道碑，珍貨外仍綴一姬潤筆。韓納其請。文既成，但叙譜系品秩及薨葬哀贈之典，略不道續事業。續嫌之，封還，意其改竄。熙載亟以歌姬并珍贈還之。姬登車，書一絶於泥金雙帶云：「風柳摇摇無定枝，陽臺雲雨夢中歸。他年蓬島音塵斷，留取尊前舊舞衣。」續自以少貴倦學，群從子弟皆礪以儒業，子孫舉進士者十餘人。

對花焚香，有風味相和，其妙不可言者，木犀宜龍腦，酴醿宜沉水，蘭宜四絶，含笑宜麝，簷蔔宜檀。韓熙載有五宜説。

韓熙載晚年奉使中原，都絶知舊，乃題于館壁云：「未到故鄉時，將謂故鄉好。及至親得歸，争如身不到？目前相識無一人，出入空傷我懷抱。風雨瀟瀟旅館秋，歸來窗下和衣倒。夢中忽到江南路，尋得花中歸舊處。桃臉蛾眉笑出門，争向前頭擁將去。」又云：「僕本江北人，今作江南客。再去江北遊，舉目無相識。秋風吹我寒，秋月爲誰白？不如歸去來，江南有人憶。」

舒雅 與伍喬、張洎皆韓熙載門人。

舒雅才韻不在人下，以戲狎得韓熙載之心。一日，得海螺甚奇，宜用滑紙，以簡獻于熙載云：「海中有無心斑道人往詣門下，若書材糙澀逆意，可使道人馴之，即證發光地菩薩。」熙載喜受之。發光地，十地之一。出華嚴書。

舒雅嘗作青紗連二枕，滿貯酴醾、木犀，瑞香散蕊，甚益鼻根，尚書郎秦尚運見之，留詩曰：「陰香裝艷入青紗，還與歌眠好事家。夢裏卻成三色雨，沉山不敢鬭清華。」

伍喬　廬江人。游學廬山，山中浮屠夢一大星，人告曰：「伍喬星也。」既覺，訪得喬，傾資奉之。一夕，見人掌自牖入，有「讀易」二字，喬因取易讀之。後春試書八卦賦，喬第一。

伍喬與張洎相友善，張爲翰林而喬通判歙州，嘗吟詩一篇，戒去人曰：「俟洎遊宴時投之。」洎携門生遊北山，僕者投詩，云：「不知何處可消憂，公退携壺即上樓。職事久參侯伯幙，夢魂長達帝王州。黄山向晚盈軒翠，綠水含春繞郡流。遥想玉堂多暇日，花時誰伴出城遊？」洎爲之動容。翌日，言於上，召還爲員外郎。

孟賓于　卜珓華山，一年乞一珓，凡六擲得上上大吉。後果六舉及第。自號群峰叟。有詩百篇，部號金鰲集。

晉、漢間，孟賓于與李昉同擢第，昉仕宋入翰林，而賓于仕南唐爲令。昉寄詩云：「初携書劍别湘潭，金榜標名第十三。昔日聲名喧洛下，只今詩句滿江南。」

初，孟賓于獻主司詩云：「那堪雨後更聞蟬，溪隔重湖路九千。憶昔故園楊柳岸，全家送上渡頭船。」主司見之，自謂得之之晚。其年中第後歸連上，吉守贈之詩，末句曰：「今日還家莫惆悵，不同初上渡頭船。」

潘佑 母方娠，夢古衣冠人告曰：「我顔延之也，與夫人爲子。」乃生佑。後主時知制誥。

潘佑生七歲始能語，謂其母曰：「兒誤傷白龍，爲上帝所罰也。」因吟詩曰：「朝游滄海東，暮歸何太速。只因騎折玉龍腰，謫在人間三十六。」果以其歲死。

潘佑與徐鉉、湯悦、張佖俱有文名，而佑好直諫，后主於宫中作紅羅亭，四面栽紅梅，作艷曲歌之，佑應令作小詞，有：「樓上春寒山四面，桃李不須誇爛熳。已輸了春風一半。」時已失淮南，故云。

潘佑上後主封事有云：「家國愔愔，如日將暮。」及金陵危，劉洞爲七言詩，大榜於路傍曰：「千里長江皆渡馬，十年養士得何人？」又云：「翻憶潘郎章奏内，愔愔日暮好沾巾。」初，洞嘗以詩百餘首獻後主，首篇乃石城懷古，云：「石城古岸頭，一望思悠悠。幾許六朝事，不禁江水流。」後主覽之，掩卷改容。

徐鉉　字鼎臣。十歲能文。與韓熙載齊名，時謂之韓徐。自江南歸宋，歷右散騎常侍。弟鍇，字楚金，時稱「徐氏二龍」，方晉之「二陸」焉。兄弟並工翰染，崇飾書具，嘗出一月團墨，曰：「此價值三萬。」鉉遇月夜，露坐中庭，爇佳香一炷，所親私號「伴月香」。

徐鉉宦海州，蒯亮爲録事參軍，多與往還。未幾，亮受代，徐餞之詩曰：「昔時聞有蒯先生，二十年來道不行。抵掌曾談天下事，折腰尤忤俗人情。老還上國風光薄，貧裹歸裝結束輕。遷客歸流重惆悵，晚風黄葉滿孤城。」

玄武湖是金陵勝處。一日，諸閣老待漏朝堂，語及林泉之事，馮謐曰：「玄宗賜賀監鏡湖，信爲勝事。余非敢望此，但賜後湖亦足暢平生也。」徐鉉答曰：「主上尊賢待士，常若不及，豈惜一湖？所乏者，知章耳。」馮有慚色。

徐鍇年十餘歲，群從宴集，分題賦詩，令爲秋詞，援筆立成，其略曰：「井梧分墮砌，寒雁遠横空。雨久莓苔紫，霜濃薜荔紅。」

徐鍇爲虞部員外郎，專掌集賢院，由此鋭意群籍，不復問家事。常言，集賢院即是吾家。指所居曰：「此寄宿之所爾。」宋師伐金陵，城將破，或夢女子行空中，以巨篩篩物，散落如豆着地，皆成人，問其故，曰：「此當死于難。」復見一貴人盛冠服墮于地，云：「此徐舍人也。」既寤，聞鍇死圍城中。後王平甫和

「篴」字韻詩云：「當時徐氏擅筆墨，夜圍夢墮空中篴。」謂此。

楊鸞

即湯悦學士。校文時，舉子問「欲用堯舜字，不知是幾事」者也。悦，貴池人，自少頴悟，嘗見飛星墮水盤中，掬而吞之，文思日進。

楊鸞嘗賦詩諷刺時事曰：「白日蒼蠅滿飯盤，夜間蚊子又成團。每到更深人靜後，定來頭上咬楊鸞。」聞者惡之。

張佖

淮南人。後主朝内史舍人。張洎爲舉人時，佖位已顯。洎每求見，稱從表姪孫；既及第，稱姪；稍貴，稱弟；及秉政，不復論中表，以庶僚遇之。佖怨洎入骨，國亡，俱仕宋。洎作錢俶謚議，佖奏駁之，洎廣引經傳自解，乃得免。

張佖有江城子二闋。其一云：「碧闌干外小中庭，雨初晴，曉鶯聲。飛絮落花，時節近清明。睡起捲簾無一事，匀面了，没心情。」其二云：「浣花溪上見卿卿，眼波明，黛眉輕。高綰緑雲，低簇小蜻蜓。好是問他：『來得麽？』和笑道：『莫多情。』」

張佖知舉進士，試天鷄弄和風。佖但以文選中詩句爲題，未嘗詳究也。有進士白試官云：「爾雅：『鶾，天鷄。』『螒，天鷄。』天鷄有二，未知就是？」佖大驚，不能對，亟取爾雅，檢釋虫有：「螒，天鷄，黑身赤頸，一名莎鷄。」釋鳥有：「鶾，天鷄，赤羽。周成王時，蜀人獻之。」佖深歎服。

張泌寄人詩曰：「別夢依依到謝家，小廊回合曲闌斜。多情只有春庭月，猶爲離人照落花。」

張佖、陳喬之子，秋晚並遊玄武湖，時群鷗游泛，佖子曰：「一軸内本瀟湘。」喬子俄顧卒吏云：「此白色水禽可作脯否？」僉議云：「張佖子半莖鳳毛，陳喬男一堆牛屎。」喬子從是得「陳一堆」、「白鷗脯」之名。喬死國難者。

堯山堂外紀卷四十二

宋

太祖匡胤

居潛，與太宗及趙普遊長安，遇陳摶，摶下騾大笑，左手握太祖，右手挽太宗，相從市飲，摶睥睨普甚久，徐曰：「也得也得。」普脚跛，偶坐席右，摶怒曰：「紫微帝垣一小星，輒據上次，可乎？」斥使居左。建隆庚申受禪，與摶論國祚，有「只怕五更頭」之言，命宮中轉六更方鼓嚴鳴鐘，殊不省「庚」「更」同音。至理宗元年，歷五庚申，越十七年，宋亡，而「五更頭」之數信矣。至元朝延祐庚申而至正帝生，帝實少帝㬎子也。

太祖微時，客有詠初日詩者，語雖工而意淺陋，帝所不喜。其人請帝詠之，即應聲曰：「太陽初出光赫赫，千山萬山如火發。一輪頃刻上天衢，逐退群星與殘月。」蓋宋朝以火德王天下。及帝登極，僭竊之國以次削平，混一之志先形於言矣。

太祖采聽明遠，有問者自蜀還，上問：「劍外有何事？」曰：「但聞成都滿城誦朱山長苦熱詩曰：『煩暑鬱蒸無處避，涼風清冷幾時來？』」上曰：「此蜀民思吾來伐也。」

宋師圍金陵，唐使徐鉉來。鉉伐其能，欲以口舌解圍，謂太祖不文，盛稱其主博學多藝，有聖人之能，因誦其詩秋月篇，太祖大笑曰：「寒士語爾，吾不道也。」鉉内不服，以請，殿上驚懼相目，太祖曰：「微時自秦中歸，道華山下，醉卧田間，覺而月出，有句曰：未離海底千山黑，纔到天中萬國明。」鉉大驚，殿上稱壽。

太祖一日小宴，顧李主煜曰：「聞卿能詩，可舉一首。」煜思久之，乃舉詠扇詩云：「揖讓月在手，動摇風滿懷。」太祖曰：「滿懷之風亦何足尚耶？」侍臣莫不嘆服。

太祖夜幸後池，對新月置酒，問當直學士爲誰？曰：「盧多遜。」召使賦詩，請韻，曰：「用『些子兒』。」其詩云：「太液池邊看月時，好風吹動萬年枝。誰家玉匣開新鏡？露出清光些子兒。」太祖大喜，盡以坐間飲食器賜之。賈黄中爲相，盧多遜作參。一日，府飜有蝗蟲，盧曰：「某聞所有乃假蝗蟲。」賈曰：「亦聞不傷稼，但蘆多損耳。」

太祖將築外城，幸朱雀門，上指門額問趙普曰：「何不衹書朱雀門，着『之』字何用？」普曰：「語助耳。」太祖曰：「之乎者也，助得甚事。」

范質字文素。母張氏夢人授以五色筆而生。後唐時舉進士，建隆初拜相，謂同列曰：「人能鼻吸三斗釅醋，即可作宰相。」陶穀草制，有曰：「十年居調燮之司，一旦得變通之術。」質泣訴于太祖，太祖由是惡穀。

漢乾祐末，周祖自鄴舉兵向闕，京師亂，范魯公隱於民間。一日，坐封丘巷茶肆中，時暑甚，公所執扇偶題云：「大暑去酷吏，清風來故人。」忽一人貌怪陋，前揖曰：「世之酷吏冤獄，何止大暑？相公他日當深究此弊。」因携其扇去。公惘然久之，後至神廟後門，見一土木短鬼，其貌肖茶肆中見者，扇亦在其手中，公心異焉。仕周，因首定刑統。

陶穀字秀實，唐彥謙孫，避石晉諱改陶，自號金鑾否人。少時，夢數吏云：「奉符换眼。」吏附耳求錢十萬，安第一眼，五萬，安第二眼。穀不應，吏乃安第三眼。既覺，眼色深碧。道士陳紫陽相之曰：「貴人骨氣，可惜一雙鬼眼，竟不至大位。」

石晉時，陶穀爲學士。一日，大暑，方下直還私室，裸袒揮拂，未須臾，中使促召，左右急報裹頭巾，穀嘆曰：「阿僧祇劫中欠此圍頭債，天使於禁林嚴禁地還之也。」

周世宗時，陶穀奉使江南，李谷以書抵韓熙載云：「五柳公驕甚。」穀至，果如李言。熙載曰：「陶奉使非端介者，其守可隳也。」乃密遣歌兒秦弱蘭詐爲驛卒女，敝衣竹釵，擁篲洒掃，穀因與通，作風光好詞贈之，曰：「好因緣，惡因緣，祇得郵亭一夜眠。別神仙。琵琶撥盡相思調，知音少。待得鸞膠續斷絃，是何年？」後數日，李主宴於清心堂，命玻瓈巨鍾滿酌之，陶毅然不顧，乃命弱蘭歌前詞勸酒，陶大沮，即日北歸。

陶尚書奉使江南日，韓熙載遣家妓奉盥匜。及旦，以書謝云：「巫山之麗質初臨，霞侵鳥道；洛浦之妖姿自至，月滿鴻溝。」舉朝不能會其辭。熙載因召家妓訊之，云：「是夕忽當浣濯。」

陶穀爲筍効傳休奕作墓誌曰：「邊幻節，字脆中，晉林琅玕之裔也。以湯死。建隆二年三月二十五日立石。」

太祖朝，陶穀久在翰林，意希大用，乃俾其黨因奏對言穀宣力實多，微伺上旨，太祖笑曰：「吾聞翰林草制，皆檢前人舊本，俗所謂依樣畫葫蘆耳，何宣力之有？」穀聞之，爲詩書于玉堂壁曰：「官職須由生處有，文章不管用時無。堪笑翰林陶學士，年年依樣畫葫蘆。」太祖惡其怨望，遂決意不用。

陶穀以翰林學士奉使吴越，忠懿王宴之，因食蝤蛑，詢其名類，忠懿命自蝤蛑至蟚蚏，凡羅列十餘種以進，穀視之，笑謂忠懿曰：「此謂一蟹不如一蟹。」實因此以諷忠懿之弗如錢鏐也。宴將畢，或進葫蘆羹相勸，穀不舉筯，忠懿笑曰：「先王時，庖人善爲此羹，今依樣饌來者。」穀一語不答。

陶穀奉使吴越日，作詩二十韻以獻俶，有云：「此生頭已白，無分掃王門。」及還過浙西，其鎮帥宴之，置大金鍾爲侑爵，穀因詐病留驛，帥遣人問所欲，穀曰：「願得金鍾耳。」帥益十具以贈，穀謝之以詩云：「乞得金鍾病眼明。」既出境，乃更題郵壁，以爲：「井蛙莫恃重溟險，塞馬曾嘶九曲濱。」穀性貪鄙，李後主有小石彈丸，置研池中，水終日不耗，穀見而異之，竟取去，後主索之良苦，陶不能耐，投於地，石彈破裂，中有小魚躍出死，自是硯無復潤澤。

陶穀銜命渡淮，入廣陵界，維舟野次，縱步至一村圃，有碧蘆方數畝，中隱小室，榜曰秋聲館，穀甚愛之。穀嘗著論曰：「蘆之爲物，大類此君，但霜雪侵陵，改素爲愧耳。故好事君子號蘆爲蕭寒郡假節侯。」

游士藻爲晉王記室，陶穀過其居，知昨夜命客，問食品，曰：「第一虚裝玲瓏石鎮羊。」穀曰：「好改作『飣』字，便是一句詩。」士游令取夜來食目對面塗注，云：「吾平生以順人情爲佛事，獨違學士可乎？」

陶學士家有魚英酒琖，中陷園林美女象。又嘗以沉香水噴飯，入碗清馨。左散騎常侍黄霖曰：「陶翰林甑裹薰香，琖中游妓，真可謂好事矣。」

陶穀得党太尉家姬，遇雪，取雪水烹茶謂姬曰：「党家兒識此味否？」姬曰：「彼粗人，安知此？但能於銷金賬中淺斟低唱，飲羊羔酒爾！」陶默然。太尉名進。其人魯戇，嘗過市見縛抅欄者，問：「誦何言？」優者曰：「説韓信。」進怒曰：「汝對我説韓信，見韓信即當説我。此三頭兩面之人。」即命杖之。又寫真，寫成，大怒，詰畫師云：「我前時見畫大蟲猶用金箔貼眼，我豈消不得一對金眼睛耶？」又罷衙，見其子裸跪雪中，問之，知其得罪太夫人被縛，太尉自裸體命左右縛於兒旁，母夫人問何故，太尉笑曰：「你凍我兒，我凍你兒。」又食飽捫腹歎曰：「我不負汝。」左右曰：「將軍固不負此腹，此腹負將軍，未嘗少出智慮也。」

胡嵩飛龍磵飲茶詩曰：「沾牙舊姓餘甘氏，破睡當封不夜侯。」陶穀愛其新奇，令猶子彝傚法之，近晚成篇，有云：「生凉好唤雞蘇佛，回味宜稱橄欖僊。」彝時年十二。

陶穀小字鐵牛，李沆出典河中，嘗寄陶書云：「每過中流，潛聞令德。」陶初不爲意，久之，方悟。蓋河中有張燕公鑄係橋鐵牛故也。

李昉

字明遠，深州人。舉漢進士。太宗朝與扈蒙以群書編類，賜名太平御覽。子宗諤，孫昭述，三世學士。

李昉爲翰林學士，月給内醞，兵部李相濤好滑稽，嘗因春社寄詩求酒云：「社公今日没心情，爲乞治聾酒一瓶。惱亂玉堂將欲徧，依稀巡到第三廳。」蓋俗傳社日酒，喫治耳聾。兵部小字社翁，每於班行，呼其名字云。唐人在慶侍下，雖官高，皆稱小字。濤篇詠甚著，如：「水聲長在耳，山色不離門。」又：「掃地樹留影，拂床琴有聲。」又：「洛日長安道，秋槐滿地花。」膾炙人口。或以爲有兩李濤。

李文正公進永昌陵挽歌辭云：「奠玉四回朝上帝，御樓三度納降王。」蓋太祖建隆盡四年，明年初郊，改元乾德，至六年再郊，改元開寶，五年又郊而不改元，九年已平江南，四月大雩，告謝於西京。執玉祀天者凡四。所謂三降王者，廣南劉鋹、西蜀孟昶及江南李後主是也。當時群臣皆進歌辭，而公最爲首出，無能過云。

太宗一日謂宰臣曰：「朕何如唐太宗？」衆皆曰：「陛下堯、舜，何太宗可比？」李昉獨無言，徐誦白樂天七德舞詞曰：「怨女三千放出宮，死囚四百來歸獄。」上聞之，遽興曰：「朕不及，朕不及。」

李宗諤爲翰林學士，以京官帶職赴内宴，閤門拒之，獻詩曰：「戴了宮花賦了詩，不容重覲赭黃衣。無聊獨出金門去，恰似當年下第歸。」太宗覽詩，即宣赴坐，後遂爲例。

郭忠恕 字恕先。七歲能屬文，周時舉童子科，尤善圖畫。郭從義鎮岐下，延置山館。岐有富人子喜畫，日給醇酒，待之甚厚，久乃以情言，且致匹素，郭爲畫小童持綫車放風鳶，引綫數丈滿之，富人子大怒，與郭遂絶。世謂忠恕蓋隱於畫者。後謫官江都，逾旬，失其所在，閲數歲，與陳摶會於華山，蓋亦仙去矣。

聶崇義善禮學，建隆初，上三禮新圖，遷國子博士，郭忠恕時爲國子主簿，戲詠其姓云：「近貴全爲聵，攀龍即似聾。雖然三箇耳，其奈不成聰。」崇義曰：「勿笑有三耳，全勝蓄二心。」謂忠恕也。

曹翰 下江南日，盡取其金帛寶貨，連百餘舟，私盜以歸，無以爲名，乃取廬山東林寺羅漢，每舟載十許尊獻之，詔賜相國寺，當時謂之「押扛羅漢」。

曹翰事周世宗爲樞密承旨，性貪侈，常著錦韉，金綫絲鞵，朝士有托無名子嘲之者，詩曰：「不作錦衣裳，裁爲十指倉。千金包汗脚，慚愧絡絲娘。」

南唐胡則守江州，堅壁不下，曹翰攻之危急，忽有旋風吹片紙墜城中，有詩曰：「由來秉節世無雙，獨守孤城死不降。何似知機早回首，免教流血滿長江。」後城陷，屠殺殆盡，謂之洗城。

曹翰伐江南歸環衛，數年不調。一日内宴，侍臣皆賦詩，翰以武人獨不預，乃自陳曰：「臣少亦學詩，乞應詔。」太宗曰：「卿武人，以『刀』字爲韻。」因寄意曰：「三十年前學六韜，英名常得預時髦。曾因國難披金甲，不爲家貧賣寶刀。臂健尚嫌弓力軟，眼明猶識陣雲高。庭前昨夜秋風起，羞見蟠花舊戰袍。」太宗悦，爲遷數官。初翰貶汝州，有中使來，翰泣曰：「衆口食貧，不能活，以袱封故衣一包，質十千。」中使回奏之，太宗開視，乃一畫障，題曰下江南圖，惻然憐之，召還。

李巽

宋初猶襲唐制，士子皆曳袍重戴，出則席帽自隨。李巽累舉不第，鄉人曰：「李秀才不知甚時席帽離身。」及第後，乃遺鄉人詩曰：「當年蹤跡困泥塵，不意乘時亦化鱗。爲報鄉閭親戚道，如今席帽已離身。」

王嗣宗　字希阮。太祖朝與趙昌言争狀元于殿前，上命二人手搏，約勝者與之。昌言髮秃，嗣宗毆其幞頭墜地，趨前曰：「臣勝矣。」上笑，以嗣宗爲狀元。

王嗣宗爲泰山司理，有詩云：「欲掛衣冠神武門，先尋水竹渭南村。卻將舊斬樓蘭劍，買得黄牛教子孫。」

王嗣宗守邠土。邠舊有狐王廟，能爲人禍福，歲時享祀祈禱，不敢少怠。相傳神親享杯盤。蓋神座下有穴，藏群狐，狐自穴出，享肴醴。嗣宗得其實，鞭廟祝背，縱火焚穴，殺百餘狐，有大白狐從火中逸去，其妖遂息。後嗣宗帥長安，處士种放者，恃朝廷尊禮，驕倨特甚，嗣宗内不平。一日，放召其侄出拜嗣宗，嗣宗坐受之，放怒，嗣宗曰：「向者通判以下拜君，君扶之而已。此白丁耳，嗣宗狀元及第，名位不輕，胡爲不得坐受其拜？」放曰：「君以手搏得狀元，何足道也？」嗣宗怒，以手批其頰，遂極疏處士之短。好事有詩云：「終南隱士聲華歇，渭北妖狐窟穴空。」二事俱輸王太守，聖朝方信有英雄。」嗣宗大喜，歸告其子孫曰：「吾死更勿爲碑誌，但石刻此詩置于墓旁，榮矣。」

僧贊寧

德清人，出家靈隱寺，讀書博記。徐鉉、王禹偁嘗就學焉。太宗時譔僧史十卷，充史館編修，壽八十四。王處訥推其命孤薄，三命禽略、六壬遁甲，俱無壽貴，但生時正得天貴星臨門。寧曰：「母謂生我時，錢文穆王往臨安拜塋，過門雨作，避於茅簷甚久，浣浴襁藉，徘徊方去。」

宋初，徵贊寧入汴京爲僧録，太祖行香至相國寺，問曰：「朕見佛，拜是不拜是？」對曰：「現在佛不拜過去佛。」太祖大喜，遂爲定禮。

僧贊寧辭辯縱横，人莫能屈，時有安鴻漸者，文詞雋敏，尤好嘲詠，嘗街行，遇贊寧與數僧相隨，鴻漸指而嘲曰：「鄭都官不愛之徒，時時作隊。」鄭谷詩：「愛僧不愛紫衣僧。」贊寧應聲答曰：「秦始皇未坑之輩，往往成群。」安鴻漸素滑稽。淩侍郎策，其父曾爲鎮所，由父携拜鴻漸乞名，鴻漸命名曰教之，蓋言所由生也。策後長立，頗銜恨云。

高英秀辯捷滑稽，嘗與贊寧共議古人詩病，云：「李山甫覽漢史：『王莽弄來僧半破，曹公將去便平沉，』是破船詩；李群玉詠鷓鴣：『方穿詰曲崎嶇路，又聽鉤輈格磔聲，』是梵語詩；羅隱：『雲中雞犬劉安過，月裏笙歌煬帝歸，』是見鬼詩；杜荀鶴：『今日偶題題似著，不知題後更誰題，』此『衛子』詩也，不然安有四蹄？」衛地多驢，故呼驢曰「衛子」。

柳開守維揚，後圃遇陰雨即青燄夕起，觸近則散，贊寧曰：「此燐火也。兵戰血或牛馬血着土，則凝結爲此氣。」柳掘之，皆斷鎗折劍，乃古戰地也。因贈詩曰：「空門今日見張華。」江南徐知諤嘗得畫牛一軸，晝則嚙草欄外，夜則歸臥欄中。知諤獻後主煜，煜持貢闕下，太宗張後苑以示群臣，俱無知者，以問贊寧，贊寧曰：「南倭海中，方諸蚌有淚，得之，和色着物，則晝隱而夜顯。沃焦山時或風撓嵐石落海岸，得之，滴水摩色染物，則晝顯而夜晦。」諸學士皆以爲無稽，寧曰：「見張騫海外異物記。」後杜鎬檢三館書目，果見於本朝舊本書中載之。

丁文果

晉公在中書，聞丁文果善覆射，召至，函置一物，令文果射，文果書四句云：「太歲當頭坐，諸神列四旁。其中有一物，猶帶洞庭香。」發函視之，乃用曆日第一幅裹緑橘一枚也。又太宗置一物器中，令文果射，亦書四句云：「藹藹華華，山中採花。雖無官職，一日兩衙。」啓之，乃蜂也。又取一物，令射，云：「有頭有足，不石即玉。欲要宿頭，不能入腹。」乃壓書石龜也。

堯山堂外紀卷四十三

宋

太宗炅 初名匡乂，改賜光義。

帝既輔藝祖創業垂統，暨登位，尤留意斯文，每進士及第，賜聞喜宴，必製詩賜之，其後累朝遵爲故事。辛相李昉年老，罷政家居，每宴，必宣赴坐，昉獻詩曰：「微臣自愧頭如雪，也向鈞天侍玉皇。」

上俯和曰：「珍重老臣純不已，我慚寡昧繼三皇。」時皆榮之。

呂端參知政事，帝一日宴後苑，釣魚，賜之詩，斷句曰：「欲餌金鈎殊未達，磻溪須問釣魚人。」端賡以進曰：「愚臣鈎直難堪用，宜問濠梁結網人。」既而端遂拜相。雍熙初，帝召輔臣宴于後苑，賞花釣魚，命群臣賦詩。曲宴賦詩自此始。

呂蒙正 字聖功。太宗時與賈黄中、宋白、李至、蘇易簡同拜學士。扈蒙贈詩云：「五鳳齊飛入翰林。」其後，呂三拜相。卒謚文穆。

呂蒙正微時，嘗與温仲舒，又一友人讀書於洛陽龍門山，誓不作狀元不仕，有詩曰：「八灘風起浪花飛，手把漁竿傍釣磯。自是鈎頭香餌別，此心終待得魚歸。」又云：「怪得池塘春水滿，夜來雷雨起南山。」及太平初唱第，呂果爲狀元，温亦中甲科，其一友人隨拂衣歸隱。後呂大用，太宗問與誰爲友，呂即舉歸隱者對，遂以著作郎召，不起。及呂罷相居洛，作詩贈之曰：「昔作儒生謁貢闈，今提相印出黄扉。九重鴛鷺醉中別，萬里煙霄達後歸。隣叟盡垂新白髮，故人猶着舊麻衣。洛陽謾詫多才子，自嘆遭逢似我稀。」

呂蒙正父龜圖好内寵，蒙正與母劉氏俱被出，因淪躓窘乏，或謂其嘗處破窑中，自嘆有「撥盡寒爐一夜灰」之句。他日相府退衙，片雪沾衣，欲斬執役人，其妻因反撥灰詩諷之。又嘗有鴟吻詩曰：「獸頭元是一團泥，做盡辛勤人不知。如今擡在青雲裏，忘却當初窑内時。」呂微時，渴睡漢、饐瓜亭及寒爐撥灰事頗見傳記。今洛陽有破窑遺址。

張齊賢

太祖時，布衣獻策。吕蒙正榜，有司失於掄擇，寘下第。太宗乃一榜盡賜及第。

張齊賢罷相歸洛，得裴晉公午橋莊，鑿渠通流，栽花植竹，日與故舊携觴游釣，榜于門曰：「老夫已裂冠冕，或公紱垂訪，不敢迎見。」嘗以詩戲故人云：「午橋今得晉公廬，水竹煙花興有餘。師亮白頭心已足，四登兩府九尚書。」時鄭文寶一聯：「水暖凫鷖行哺子，溪深桃李卧開花。」齊賢極喜之。

蘇易簡

字太簡，梓州人。蜀四狀元之一，與吕蒙正同入翰林。上飛白書「玉堂之署」四字賜之。後罷參政，知鄧州，有不勝寒冷之嘆，移書舊友曰：「退位菩薩難做。」竟不登强仕而卒。

蘇易簡登第時，宋尚白爲南省主文，後七年，宋爲翰林學士而蘇相繼入院主文，宋贈詩云：「昔日曾爲尺木階，今朝真是青雲友。」

蘇易簡在翰林，太宗一日召對，賜酒，甚歡。謂易簡曰：「君臣千載遇。」易簡應聲答曰：「忠孝一生心。」上悦，以所御金器盡席悉賜之。又嘗夜幸院中，易簡已寢，遽起，無燭具衣冠，宫嬪自窗格引燭入照之，窗格上有火燃跡，後不復易，以爲玉堂一盛事。

太宗嘗草書宋玉大言賦賜蘇易簡，易簡因擬作以獻，其詞曰：「皇帝書白龍牋，作大言賦賜玉堂臣蘇易簡。御筆煌煌，雄詞洋洋，瓌瑋博達，不可備詳。易簡曰：『聖人興兮告成功，登崑崙兮展升中。芳蔗地兮饗祖宗，天籟起兮調笙鏞。日烏月兔，耀文明也；參旗井鉞，嚴武衞也；執北斗兮尊元酒也；削西華兮爲石磩也；飛雲湧霞，膰膳膫也；刳鯨腊鵬，代鶉鰈也；迅雷三發，山神呼也；流電三激，爟火舉也。四時一同兮萬八千年，泰山融兮溟海乾，圓蓋偃兮方輿穿。』」

太宗嘗命蘇易簡講文中子，有楊素食經「羹藜含糗」之說，因問易簡：「食品稱珍，何者爲最？」對曰：「食無定味，適口者珍。臣心知虀汁美。」太宗笑問其故，曰：「臣一夕酷寒，擁爐燒酒，痛飲大醉，擁以重衾，忽醒，渴甚，乘月中庭，見殘雪中覆有虀盎，不暇呼童，掬雪盥手，滿飲數缶。臣此時自謂：上界仙厨鸞脯鳳胎，殆恐不及。屢欲作冰壺先生傳記其事，未暇也。」太宗笑而然之。

胡旦

字周父。有硯可數尺，鑱其旁曰：「宋朝胡旦作春秋硯。」

胡旦有俊才，尚氣淩物，嘗大言曰：「應舉不作狀元，仕宦不爲宰相，乃虚生也。」及隨計之秋，適坐中聞雁，題詩曰：「明年春色裏，領取一行歸。」興國三年，試不定而成功賦，魁天下。

初，吕蒙正薄遊一縣，胡旦方隨其父宰是邑，遇吕，甚薄，客有譽吕者，曰：「吕工於詩，宜少加禮。」胡問詩之警句，客舉一篇，其卒章云：「挑盡寒燈夢不成。」胡笑曰：「乃是一渴睡漢爾。」吕聞之，甚恨而去。明年首中甲科，使人寄聲語胡曰：「渴睡漢狀元及第矣。」胡答曰：「待我明年第二人及第，輸君一籌。」既而次榜亦中首選。

梁顥

字太素。景德初以翰林知開封府卒。

雍熙二年，梁顥試庭燎賦，進士第一人，時年八十二。謝啓云：「白首窮經，少伏生之八歲；青雲得路，多太公之二年。」又有詩云：「天福三年來應舉，雍熙二載始成名。從教白髮巾中滿，且喜青雲足下生。觀榜更無朋輩在，歸家惟有子孫迎。也知年少登科好，争奈龍頭屬老成。」

梁顥在翰林時，胡旦知制誥院，趙昌言爲樞密副使，陳儀、竇儼俱爲三司鹽鐵副使。五人者，旦夕飲會，茶觴壺矢，未嘗虚日，每乘醉，夜分方歸。金吾吏逐夜，候馬首聲喏。儀以醉鞭指其吏曰：「金吾不惜夜，玉漏莫相催。」於是諺曰：「陳三更，竇半夜。」

真宗東封，放梁固以下進士及第。祀後土汾陰，放張師德以下進士及第。固，狀元顥子也，師德，狀元去華子也。魏野以詩賀曰：「封禪汾陰連歲榜，狀元俱是狀元兒。本朝人物熙熙盛，風虎雲龍會遇時。」

梁固直史館，卒時，年纔三十三。張唐卿進士第一人及第。期集於興國寺，題壁云：「一舉首登龍虎榜，十年身到鳳凰池。」有人續其下云：「君看姚曄并梁固，不得朝官未可知。」後唐卿官亦不達。

王禹偁

字元之。少擢進士。太宗聞其名，召試，擢右拾遺，直史館，賜緋。故事，賜緋者，給塗金銀帶，上特命以文犀帶寵之。

王元之七歲能文，父本磨家，畢文簡公士安爲州從事，元之適代父輸麵，至公宇，立庭下，文簡因令作磨詩，元之不思而對曰：「但存心裏正，無愁眼下遲。得人輕借力，便是轉身時。」文簡大奇之，留與子弟講學。一日，太守席上出句云：「鸚鵡能言爭似鳳？」坐客皆未有對，文簡歸，寫之屏間，元之書其下云：「蜘蛛雖巧不如蠶。」文簡歎息曰：「經綸才也。」遂加以衣冠，呼爲小友。

畢文簡與太守賞白蓮，因言王元之能詩，太守召至，即吟一絶云：「昨夜三更後，姮娥墮玉簪。馮夷不敢受，捧出碧波心。」守歎曰：「天授也。」

真宗嘗遊禁中，見王元之倚宮木若吟詠者，命宮使亟探之，果預作賞花釣魚詩。明日百官赴宴，迨題出，乃千葉石榴花，百官皆失所擬，元之首進一絶云：「王母庭中親見栽，張騫偷得下天來。誰家巧婦殘針綫？一撮生紅熨不開。」上稱賞，謂爲真才。

前世「錢」未有草書者。淳化中，太宗始以宸翰爲之，既成，以賜近臣。崇寧、大觀御書「錢」，蓋襲故事也。王元之責商於，有詩云：「謫官無俸突無煙，唯擁琴書盡日眠。還有一般勝趙壹，囊中猶貯御書錢。」

元之本學白樂天詩，在商州賦一絶云：「兩株桃杏映籬斜，裝點商州副使家。何事春風容不得，和鶯吹折數枝花？」其子嘉祐云：「老杜常有『恰似春風相欺得，夜來吹折數枝花』，語頗相近。」因請易之，元之忻然曰：「吾詩精詣，遂暗合子美邪？」乃更爲詩曰：「本與樂天爲後進，敢期杜甫是前身？」卒不復易。

唐名妓貞娘墓在虎丘劍池西，往來遊士多著篇詠，王元之詩云：「女命在乎色，士命在乎才。無才無色者，未死如塵灰。虎丘貞娘墓，止是空土堆。香魂與膩骨，消散如黄埃。何事千百年，一名長在哉？吴越多婦人，死即藏山隈。無色固無名，丘塚空崔嵬。惟有貞娘墓，客到情徘徊。我是好名士，爲爾傾一杯。我非好色者，後人無相哈。」墓題詠甚多，有舉子譚彦良題一絶云：「虎丘山下塚纍纍，是處松楸盡可悲。何事世人偏重色，貞娘墓上獨題詩？」後人由是閣筆。

錢塘舊有吴越時羅江東隱手植海棠一本，王元之題詩云：「江東遺跡在錢塘，手植庭花滿縣香。若使當年居顯位，海棠今日是甘棠。」

孫何 嘗作兩晉名臣贊、宋詩二十篇。王禹偁延譽，嘗言：「丁謂與孫何便可白衣修撰。」弟僅，與何齊名。

孫何、孫僅並有聲場屋。何淳化中魁多士，僅下第。王元之覽僅文編，書其後曰：「明年再就堯階試，應被人呼小狀元。」次舉，僅亦中甲科第一。元之以詩贈曰：「病中何事忽開顔！憶得詩稱小狀元。粉壁已懸龍虎榜，錦標争屬鶺鴒原。」

羅處約 字思純。

羅處約知吴縣，與王禹偁唱和，日賦五題。太宗召至京，自命題試之，除著作郎。蘇州童子劉少逸嘗與聯句，處約曰：「日移竹影侵棋局。」少逸應聲曰：「風送花香入酒樽。」

姚鉉

淳化中，春日苑中釣魚小宴，姚鉉詩先成，有「花枝冷濺昭陽雨，釣綫斜牽太液風」之句，賜白金百兩，時輩榮之，以比奪袍賜花等故事。

楊徽之　字仲猷，建州人。至道九老之一。

楊徽之有詩名。太宗召見，因盡索所著，且獻詩稱謝，卒章曰：「十年流落今何幸？叨遇君王問姓名。」帝選集中十聯書於御屏，故梁周翰詩云：「誰似金華楊處士？十聯詩在御屏中。」

楊朴　字契玄，玄，鄭州也。

楊朴善爲詩，少時嘗與畢相士安同學，畢薦之，太宗召見，面賦簑衣詩云：「軟緑柔藍着勝衣，倚船吟釣正相宜。蒹葭影裏和煙卧，菡萏香中帶雨披。狂脱酒家春醉後，亂堆漁舍晚晴時。直饒紫綬金章貴，未肯輕輕博換伊。」帝大稱賞，除官，不受，聽歸山。朴又有拄杖詩：「就客飲時擔酒去，見魚遊處撥萍開。」亦佳。

朴性癖，常騎驢往來鄭圃。每欲作詩，即伏草中冥搜，或得句，則躍而出，遇之者無不驚駭。真宗祀汾陰，過鄭，召朴，欲官之，問：「卿來，有以詩送行者乎？」朴揣知帝意，謬云：「無有。惟臣妻一篇。」使誦之，曰：「更休落魄貪杯酒，亦莫猖狂愛作詩。

今日捉將官裏去，這回斷送老頭皮。」帝大笑，賜束帛遣還。蘇東坡坐作詩追赴詔獄，妻子送出門，皆哭，無以語之，顧王夫人曰：「獨不能如楊朴處士妻作詩送我乎？」王夫人不覺失笑。東坡乃去。

潘閬

字逍遥，錢塘人。與王禹偁、孫何、柳開、魏野最厚。暇則放懷湖山，隨意吟詠。人目爲謫仙云。

潘閬自桐廬歸錢塘，有詩云：「久客見華髮，孤棹桐廬歸。新月無朗照，落日有餘輝。漁浦風水急，龍山煙火微。時聞沙上雁，一一背人飛。」祖無擇以爲不減劉長卿。又夏日宿西禪院詩云：「此地絶炎蒸，深疑到不能。夜凉知有雨，院静似無僧。枕潤連雲石，窗明照佛燈。浮生多賤骨，時日恐難勝。」蘇子瞻深喜之。閬寄張乖崖，有「莫嗟黑髪從頭白，終見黄河到底清」，張亦稱賞。

潘閬嘗作憶餘杭一闋云：「長憶西湖湖水上，盡日凭欄樓上望。三三兩兩釣魚舟，島嶼正清秋。笛聲依約蘆花裏，白鳥成行忽驚起。別來閑想整漁竿，思入水雲寒。」錢希白極愛此詞，書於玉堂後壁。

太宗晚年，燒煉丹藥，潘閬嘗獻方書，及帝升遐，懼誅，乃變姓名，僧服匿舒州潛山寺爲行者，題詩鐘樓，落句云：「頑童趁暖貪春睡，忘卻登樓打曉鐘。」孫僅爲郡官，見詩曰：「此潘逍遥也。」告寺僧呼行者，潘已亡去。

潘閬嘗一至陝觀華山，留題云：「高愛三峰插太虛，昂頭吟望倒騎驢。傍人大笑從他笑，終擬全家向上居。」好事者畫爲圖。魏野時居陝，贈詩云：「昔賢放志多狂怪，若比而今總未如。從此華山圖籍上，又添潘閬倒騎驢。」

潘閬最後入中條山，許洞密贈之詩曰：「潘逍遥，平生才氣如天高！倚天大笑無所懼，天公嗔汝口呶呶。罰教臨老頭，補衲歸中條！我願中條山神鎮長在，驅雷叱電趕出這老怪。」景德初，真宗赦其罪，以爲滁州參軍，卒於泗上。初，閬在錢塘與道士馮德之約，歸骨於天柱山，德之囊其骨歸葬焉。洞字洞天，咸平三年進士。時無名子嘲曰：「張康渾裹馬，許洞鬧中妻。」嘗作酒歌數百言。

僧惠崇

淮南人。至道間，浮圖以詩名世者九人，時有集，號九僧詩。惠崇其一也。

惠崇詩有：「劍靜龍歸匣，旗閑虎繞竿。」其尤自負者，「河分岡勢斷，春入燒痕青」。崇之弟子嘲曰：「河分岡勢司空曙，春日燒痕劉長卿。不是師兄多犯古，古人詩句犯師兄。」潘閬常謔之曰：「崇師！爾當憂獄事。吾去夜夢爾拜我，爾豈當歸俗耶？」惠崇曰：「此乃秀才憂獄事爾。惠崇，沙門也，惠崇拜，沙門倒也。秀才得無詣沙門島耶？」許洞嘗會諸詩僧分題，出一紙，約曰：「不得犯此一字。」其字乃山水、風雲、竹石、花草、霜雪、星月、禽鳥之類。於是諸僧皆閣筆。時有謙明亦能詩，不在九僧之列，賦中秋月云「此夜一輪滿」，至來秋方得下一句，云：「清光何處無！」

寇萊公嘗延惠崇於池亭，分題爲詩，公探得「池上柳」，「青」字韻，崇探得「池上鷺」，「明」字韻。日午至晡，崇忽點頭曰：「得之矣。此篇功在『明』字，凡五壓不倒。」遂誦云：「雨歇方塘溢，遲回不復驚。暴翎沙日暖，引步島風清。照水千尋迥，棲煙一點明。主人池上鳳，見爾憶蓬瀛。」公笑曰：「吾柳之功在『青』字，而四壓不倒，不如且已。」

堯山堂外紀卷四十四

宋

張詠

字復之。帥蜀日，選一小女浣滌紉縫。張悦其人，中夜心動，厲聲自呼曰：「張詠小人，不可！」子娶王禹偁女。凡奏疏，皆王代爲之。

張公詠布衣時，嘗從陳希夷，欲分華山一半，及别，希夷贈以毫楮，公解其意，曰：「是將嬰我以世務也。」登第後，將赴劍南，有詩寄先生云：「性愚不肯住山林，剛有清流擬致君。今日星馳劍南去，回頭慚愧華山雲。」

張乖崖爲崇陽令，有吏盜庫中錢一文，乖崖命杖之，吏勃然曰：「一錢乃杖我耶？若以杖我，不能斬我也。」乖崖援筆判曰：「一日一錢，千日一千。繩鋸木斷，水滴石穿。」自仗劍下階斬其首，申臺府自劾。

張乖崖帥蜀，有録事參軍老病廢事，公曰：「胡不歸？」明日參軍求去，且以詩留別云：「秋光都似宦情薄，山色不如歸興濃。」公驚曰：「同僚有詩人而吾不知耶！」遂慰薦之。

張乖崖少與傅霖同學，開寶中，與傅會于韓城，終夕談話，諸鄰病瘧者皆不發。公既顯達，求霖三十年不可得。嘗作詩寄之云：「每憶家園樂，名賢共里閭。劇談袪夜瘧，幽夢得鄉書。漸長性情懶，隔年音信踈。終嫌累高節，不得薦相如。」傅每發家書必先夢，故云。

張乖崖又有詩寄霖云：「前年失脚下漁磯，苦戀明時不忍歸。爲報巢由莫相笑，此心非是愛輕肥。」晚年守宛州，有被褐騎驢叩門大呼曰：「語尚書！青州傅霖。」閽吏走白，公曰：「傅先生天下士，汝何人，敢呼姓名？」霖笑曰：「別子一世，尚爾童心。是豈知世間有我哉？子將去，來報子耳！」公曰：「詠亦自知之。」後一月，公卒。

初，張乖崖謁陳希夷，希夷贈以詩一絶云：「自吳入蜀是尋常，歌舞筵中救火忙。乞得金陵養閑散，也須多謝鬢邊瘡。」始皆不諭其意，後乖崖更鎮杭、益，晚年發瘡於鬢，移守金陵，遂薨，悉如其言。公去蜀日，曾留一卷實封文字與僧希白云：「候十年觀此。」後十年，公薨，蜀人罷市號慟，希白爲公設大會齋，請知府淩策發所留文字，乃公畫像，自爲贊云：「乖則違俗，崖則絶物，乖崖之名，聊以表德，因號乖崖公。」策遂設畫於天慶觀仙遊閣，又爲之立祠云。

寇準

字平仲。少時愛飛鷹走狗，其母舉秤鎚投之，足流血。及貴，母已亡，每捫其痕輒哭。初授巴東令，人皆以寇巴東呼之。手植雙柏於庭，名「寇公柏」。後歸葬西京，道出荆南，公安縣人皆祭哭于路，折竹植地以掛紙錢，踰月，視之，竹盡生筍，人號「相公竹」，因立廟，號竹林寇公祠。公無子，後贈萊國公。

寇平仲八歲吟華山詩云：「只有天在上，更無山與齊。舉頭紅日近，回首白雲低。」其師謂其父曰：「賢郎怎不作宰相！」

太宗取人，多臨軒顧問，年少者往往罷去，寇時年十九，或勸其增年，答曰：「準方進取，可欺君耶？」既入仕，年三十餘，太宗欲大用，尚難其少，寇遽服地黄，兼餌蘆菔反之，未幾，髭髮皓白。既爲相，丁晉公參知政事，嘗會食，羹染寇鬚，丁起拂之，寇正色曰：「參政，國之大臣！乃爲官長拂鬚耶？」丁大慚。陰刺以詩曰：「少年罷去任紛紛，不忍增年惑上聞。餌藥變鬚求速用，如何到此又欺君？」由此有隙。

寇準爲巴東令日，巴東有秋風亭，準折韋應物一言爲二句云：「野水無人渡，孤舟盡日横。」識者知其必用矣。

寇萊公在中書，戲云：「水底日爲天上日，」未有對者，楊大年云：「眼中人是面前人。」一坐以爲的對。

向文簡敏中、寇忠愍同以太平興國五年登第，後文簡秉鈞，忠愍以使相守長安，作詩寄文簡曰：「玉殿登科四十年，當時僚友盡英賢。歲寒唯有公兼我，白首猶持將相權。」忠愍酬之曰：「九萬鵬霄振翼時，與君同折月中枝。細思淳化持衡者，得到于今更有誰？」

寇平仲生辰爲七月十四日，魏仲先獻詩云：「何時生上相？明日是中元。」又贈詩云：「文武稟全才，何人更可陪？有官居鼎鼐，無地起樓臺。」後北使至，賜宴兩府，歷視坐中，問譯者云：「誰是『無地起樓臺』相公？」

寇萊公再入中書，魏仲先貽詩曰：「好去上天辭富貴，卻來平地作神仙。」萊公不悅，後二年，南遷，每題前詩於壁，日吟哦之。

寇萊公南遷，道過襄州，留一絕句於驛亭曰：「沙堤築處迎丞相，驛使催時送逐臣。到了輪他林下客，無榮無辱自由身。」「林下客」，大槩言之，初無所主名也。胡祕監旦素不爲公所喜，適居郡，聞之，遂以林下之語公爲己發，且有稱快語，聞者笑之。

寇忠愍之貶也，初以列卿知安州，既而貶衡州别駕，又貶道州别駕，遂貶雷州司户。至雷，吏呈圖經迎拜於道，公問州去海近遠，曰：「只可十里。」公嘆曰：「吾平時嘗有詩云：『到海只十里，過山應萬重。』人生得喪，豈偶然耶？」時丁謂、馮極在中書，丁當秉筆，初欲貶公崖州，忽自疑，語馮曰：「崖州再涉鯨波如何？」馮唯唯，丁乃徐擬雷州。丁之貶也，馮遂擬崖州。當時好事者相語曰：「若見雷州寇司户，人生何處不相逢？」

寇萊公有妾蒨桃，靈淑能詩。公嘗設宴，會集諸妓，賞綾綺不貲，蒨桃獻詩二絶諷之，曰：「一曲清歌一束綾，美人猶自意嫌輕。不知織女寒窗下，幾度抛梭織得成？」又：「風動衣單手屢呵，幽窗軋軋度寒梭。臘天日短不盈尺，何似妖姬一曲歌。」公和之曰：「將相功名終若何？不堪急景似奔梭。人間萬事何須問，且向尊前聽艷歌。」尋貶嶺南，道經杭州，蒨桃疾作，謂公曰：「妾必不起，幸葬我於天竺山下。」今墓在下天竺。公驚哀不已。蒨桃曰：「相公宜自愛，亦非久居人世者。」已而公果薨于雷州。準喜劇飲，每宴賓客，闔扉脱驂。在鄧州，爲花蠟燭，名著天下，雖寢室亦燃燭達旦，厠溷間燭淚成堆。

王曾 字孝先。鄉貢、禮部、廷對皆第一。封沂國公。楊億性詼諧，一時僚友無不被其狎侮，公在閣下日，楊獨曰：「第四廳舍人不敢奉戲。」

曾布衣時，以所業贄吕蒙正，有早梅詩云：「雪中未説和羹事，且向百花頭上開。」

蒙正曰：「此生已安排作狀元宰相矣。」果然。曾廷試時已有盛名，李沆爲相，適求婿，語夫人曰：「吾得婿矣。」王曾後日當爲公輔。」是時蒙正家亦求姻，曾聞沆言，曰：「李公知我。」遂從李氏。

曾省試有教無類賦盛竹於世，其警句云：「神龍異稟，猶嗜欲之可求；纖草何知，尚薰蕕而相假。」有輕薄子擬作云：「相國寺前，熊翻筋斗；望春門外，驢舞柘枝。」

宋制，立春日，悉剪綵爲燕以戴之，王沂公春帖子云：「綵燕迎春入鬢飛，輕寒未放縷金衣。」又，立春日貼「宜春」字于門，沂公皇帝閣立春帖子云：「北陸凝陰盡，千門淑氣新。年年金殿裏，寶字帖『宜春』。」

王沂公與李文定公迪連榜取殿魁，又相繼秉鈞軸，沂公嘗有詩寄文定曰：「錦標得雋曾相繼，金鼎調元亦薦更。」

朱昂字舉之。少篤學。先是，有朱遵度者，謂之朱萬卷，人因目昂爲小萬卷。自號退叟。有二亭，曰知止，曰幽棲。卒，門人謚曰正裕先生。

真宗初，梁周翰始加誥贈，柳開詩曰：「九重城闕新天子，萬卷詩書老舍人。」時楊億、朱昂同在禁掖，楊未及滿三十，而二公皆老，數見靳侮，梁謂之曰：「公毋侮我老，此老亦將留與公。」朱昂聞之，背面摇手掖下，謂梁曰：「莫與莫與。」億死不及五十。

真宗朝，朱昂以翰林學士拜章乞骸骨，真宗寵詔留俟秋涼時，吴淑贈行詩曰：「浴殿夜涼初閣筆，渚宫秋晚得懸車。」比行，錫宴玉津園，昂賦詩有云：「清朝納禄猶强健，白首還家正太平。」昂弟協時爲主客郎中，昂以書招之，協亦告老歸，兄弟皆年八十，人號「渚宫二踈」。

楊億

字大年，浦城人。祖文逸，嘗作玉山令，夢懷玉山神來訪，覺而生億。文章中所用故事，常令子姪檢出處，每段用小片紙録出，輒粘而蓄之，時人謂之衲被。年三十七爲翰林學士，晝寢玉堂，忽夢懷玉山神來謁，出一牒，寫「三十七」字，驚曰：「得非數乎？許添否？」山神命筆一點，爲「四十七」字，至其數，果卒。

楊大年生數歲不能言。一日，其父抱至後園，語之曰：「後園梨落籬，神童知不知？」大年忽發聲應曰：「不是風摇樹，便是鵲驚枝。」一説，家人携大年登樓，忽自語，因戲問：「汝能作詩乎？」即應聲曰：「危樓高百尺，手可摘星辰。不敢高聲語，怕驚天上人。」

太宗朝，建州送楊大年入闕，時方十一歲，中書令賦喜朝京闕詩，頃刻而成，有「曉登雲外嶺，夜渡月中潮」及「願秉清忠節，終身立聖朝」之句。宰相表賀。

楊大年初爲光禄丞，不得與賞花釣魚之宴，以詩貽諸館閣云：「聞戴宫花滿鬢紅，上林絃管侍重瞳。蓬萊咫尺無由到，始覺仙凡迥不同。」太宗聞之，乃詰所司以不召之故，左右曰：「以未貼職，例不得召。」即命直集賢院，遂預晚宴。

楊大年初入館時，年甚少。故事，初授館職，必以啓謝執政。時公啓事有曰：「朝無絳灌，不妨賈誼之少年；坐有鄒枚，未害相如之末至。」

楊大年在館閣讀書，適占城進獅子，公進詩云：「渡海鯨波息，登山豹霧消。」帝大悦。

楊文公在翰苑日，有新幸近臣欲扳公入其黨，因間語公曰：「君子知微知彰，知柔知剛。」公正色答曰：「小人不耻不仁，不畏不義。」公在翰林日，適禮部試天下士。一日，會鄉里待試者，或云：「學士必持文衡，幸預有以教之。」公作色拂衣入曰：「丕休哉！」公果知貢舉，凡程文用「丕休哉」皆中選。

舊學士院壁間有題云：「李陽生，指李樹爲姓，生而知之。」久無對者。楊大年爲學士，乃對云：「馬援死，以馬革裹屍，死而後已。」

祥符中，日本國入貢，求本國神光寺記，令學士張君房爲之，張退食，多潛飲市樓，掖垣求之不得，大窘。時种放以司諫歸華山。楊大年爲閑忙令云：「世上何人號最閑？司諫拂衣歸華山。世上何人號最忙？紫微失卻張君房。」時帝召放爲左司諫，携手登龍圖閣論天下事，賜第一區。辭歸山，自號雲溪醉叟。

楊大年傀儡詩云：「鮑老當筵笑郭郎，笑他舞袖太郎當。若教鮑老當筵舞，轉更郎當舞袖長。」俗名傀儡子爲「郭秃」。按風俗通：「諸郭皆諱秃。」當是前代人有姓郭而病秃者，滑稽戲調，故後人爲其象呼爲郭秃。

楊大年不喜杜工部詩，謂「村夫子」。鄉人有强大年者，令續杜句曰：「江漢思歸客，」楊亦屬對，鄉人徐舉：「乾坤一腐儒。」楊默然，若少屈。宋初，自西崑體興，唐賢諸詩集幾廢而不行。陳從易偶得杜集舊本，文多脱誤，至送蔡都尉詩云「身輕一鳥」，其下脱一字，陳公因與數客各用一字補之，或云「疾」，或云「落」，或云「起」，或云「下」，莫能定，其後得一善本，乃是「身輕一鳥過」。陳公嘆服，以爲雖一字，諸君亦不能到也。

楊大年嘗戒門人，爲文宜避俗語。既而公自作表云：「伏惟陛下德邁九皇。」門人鄭戩遽請曰：「未審何時得賣生菜？」公大笑，易之。

北㵎禪師偈云：「六月一日前，萬象森羅替説禪。六月一日後，八角磨盤空裏走。今朝正當六月一，無位真人赤骨律。金毛獅子解翻身，無角鐵牛眠少室。十聖三賢總不知，笑倒寒山并拾得。」楊億因演而爲頌曰：「八角磨盤空裏走，金毛獅子變作狗。擬欲藏身北斗中，應須合掌南辰後。」

楊大年與丁晉公遊處宴集，必有詼諧之語，復皆敏於應答。一日，臺諫攻大年，因晚俟晉公門，方伏拜而髯拂地，晉公亟謂之曰：「内翰拜時髯撇地。」楊起視其仰塵，曰：「相公坐處幕漫天。」丁嘿然。

仁宗朝，北狄致祭皇后文，楊大年捧讀，空紙無一字，隨自撰曰：「惟靈巫山一朵雲，閬苑一團雪，桃源一枝花，瑶臺一輪月。豈期雲散，雪消，花殘，月缺！伏惟尚饗！」帝大喜。其才敏給，有壯國體。

錢惟演

字師聖。祥符、天禧中，與劉筠首變詩格，而楊文公與王鼎、王綽號「江東三虎」。詩格與錢、劉亦絶相類，謂之西崑體，大率效李義山之爲。嘗内宴，優人有以義山爲戲者，服藍縷之衣而出，或問曰：「先輩之衣何在？」曰：「爲館中諸學士撏扯去矣。」人以爲笑。

錢惟演幼有俊才，父俶使賦遠山詩，有句曰：「高爲天一柱，秀作海三峰。」俶深器之。嘗自謂「人以不得於黄紙後書名爲恨」云。惟演子暄，暄子景臻，景臻子忱、愐。宋朝父子建節者十三家，景臻父子其一也。兄弟建節者七家，錢忱、錢愐其一也。

錢思公暮年作玉樓春詞曰：「城上風光鶯語亂，城下煙波春拍岸。綠楊芳草幾時休？淚眼愁腸先已斷。情懷漸變成衰晚，鸞鏡朱顏驚暗換。昔年多病厭芳樽，今日芳樽惟恐淺。」

劉筠

字子儀。畫李義山像，寫其詩句列左右。極愛徐堅初學記，嘗曰：「非但初學，正可爲終身記耳。」

劉曄嘗與劉筠飲茶，問左右：「湯滚也未？」衆曰：「已滚。」筠曰：「僉曰鯀哉！」曄應聲曰：「吾與點也。」

劉子儀嘗有贈人詩云：「惠和官尚小，師達禄須干。」取「下惠聖之和」，「師也達而學干禄」之事，或有除去「官」字示人曰：「此必蕃僧也，其名達禄須干。」聞者大笑。

劉子儀與夏英公同在翰林，子儀素爲先達。章獻臨朝時，子儀主文在貢院，聞英公爲樞密副使，意頗不平。作堠子詩云：「空呈厚貌臨官道，大有人從捷逕過。」

劉子儀侍郎三入翰林，希望大用，意頗不懌，賦詩云：「蟠桃三竊成何味？上盡鼇峰跡轉孤。」移疾不出。朝士問候者繼至，詢之，云：「虚熱上攻。」石中立在坐，云：「只消一服清涼散。」意謂，兩府始得用青涼傘也。

與丁謂、林特、陳彭年、劉承珪同惡，時稱五鬼。夫人悍妬，欲置姬侍，竟不可得。好賓客，畜樂院二十人。宅後圃中作堂名三畏。楊億戲曰：「可改作四畏。」公問其説，曰：「兼畏夫人。」王深以爲恨。卒無嗣。

王欽若

王欽若少寒窘，依幕府居，時章聖以壽王尹開封。一日晚，過其家，左右不虞王至，亟取紙屏障風，王顧屏間一聯云：「龍帶晚煙歸洞府，雁拖秋色過衡陽。」大加賞愛。曰：「此語落落有貴氣，何人詩也？」對曰：「某門客王欽若。」王召見，與語，因擢致上相。

王欽若以故相來守杭州，錢塘一老尉，蒼顔華髮矣，欽若初甚不樂之，詢其履歷，乃同年生，惻然哀之，遂封章於朝，詔特改京秩。尉以詩謝云：「當年同試大明宫，文字雖同命不同。我作尉曹君作相，東風元没兩般風。」

王冀公鎮金陵，以書致錢塘講師遵式，遵式以病辭，及愈，將謁公，乃過孤山和靖先生林逋，逋以詩送之曰：「虎牙熊軾隱鈴齋，棠樹陰陰長碧苔。丞相望崇賓謁少，清談應喜道人來。」

丁謂

字公言。天僖間拜相。自以爲令威後，故好鶴，人呼爲「鶴相」。後貶竄共十五年，髭鬢無斑白者，人服其量。未終前半月即不食，但以沉香煎湯，時呷少許，臨化，神識不亂，奄然而去。時稱爲異人。

丁謂少與孫何同袖文謁王禹偁，禹偁大驚，以爲自韓愈、柳宗元後二百年始有此也。因與詩曰：「二百年來文不振，直從韓柳到孫丁。而今更合教修史，二子之才似六經。」名遂大振。既而何冠多士，謂登第四，自以爲與何齊名，耻居其下。臚傳之際，殿下有言，太宗曰：「甲乙丙丁，合居第四，復何言？」

丁相少時，好蹴踘，賦長韻，有聯云：「鷹鶻騰雙眼，龍蛇繞四肢。」躡來行數步，蹺後立多時。」蹴工柳三欲見公無由，會公蹴後園，毬偶迸出，柳挾取之，因懷所業載毬以見，公出，肅拜者三，每拜，毬起伏於背膂幞頭間，公笑而奇之，遂延於門下。

丁晉公初釋褐，爲饒倅，同年白稹爲判官，稹，日以片紙假緍伍環。公笑曰：「榜下新婚京國富室，豈無半千質物耶？懼我撓之，故矯耳。」於簡尾書一絶戲之曰：「欺天行當吾何有？立地機關子太乖。五百青蚨兩家闕，朱洪崖打白洪崖。」人以爲朱崖之行已兆於此。洪崖，錢監名。

真宗朝，内苑賞花釣魚，御釣不食，晉公有詩：「鶯驚鳳輦穿花去，魚畏龍顔上釣遲。」帝大喜。

真宗問近臣：「唐酒價幾何？」丁晉公對曰：「斗直三百。」上問故，曰：「臣觀杜甫詩：『速須相就飲一斗，恰有三百青銅錢。』」上大喜，曰：「子美詩可謂一代之史也。」

丁晉公詩有：「天門九重開，終當掉臂入。」王元之曰：「『入公門，鞠躬如也』，天門豈可掉臂入？此人必不忠。」

丁謂謫崖州，嘗謂客曰：「天下州郡孰爲大？」客曰：「京師也。」謂曰：「不然。朝廷宰相往往爲崖州司户，則崖州爲大也。」聞者絶倒。在崖賦詩近百篇，號知命集。有句云：「草解忘憂憂底事？花名含笑笑何人？」

丁晉公文字，雖老不衰，在朱崖答胡則侍御書曰：「夢幻泡影，知既往之本無；地水火風，悟本來之不有。」在海外十四年，及北遷道州，謝表云：「心若傾葵，漸暖長安之日；身同旅雁，乍浮楚澤之春。」又謝復秘書監表云：「炎荒萬里，歲律一周。傷禽無振羽之期，病樹絶沾春之望。」人亦哀之。

陳彭年 以文章遭遇，久居清秘，人譽其官銜爲一條冰。

陳彭年，大中祥符中同知貢舉。省試榜出，有甥不預選，潛入其第，會彭年未出，於几上得黄敕，題其背曰：「彭年頭腦太冬烘，眼似朱砂鬢似蓬。紕繆幸叨三字内，荒唐仍在四人中。取他權勢欺明主，落卻親情賣至公。千百孤寒齊下淚，斯言無路達堯聰。」彭年怒，抱敕入奏，章聖置而不問。

中國長公主爲尼，詔兩禁送至寺，賜齋傳旨令各賦詩。陳彭年賦瑞鷓鴣詞曰：「盡出花鈿散寶津，雲鬟初剪向殘春。因驚風燭難留世，遂作池蓮不染身。貝葉乍翻疑錦軸，梵聲纔學誤梁塵。從兹艷質歸空後，湘浦應無解佩人。」

鮑當 真宗朝進士。

鮑當善爲詩。及第後，爲河南府法曹，薛尚書映知府，當失其意，初怒之，當獻孤雁詩云：「天寒稻粱少，萬里孤難進。不惜充君庖，爲帶邊城信。」薛大嗟賞。自是游宴無不預焉，不復以掾屬待之，時人謂之「鮑孤雁」。薛嘗暑月詣其廨舍，當方露頂，狼狽入，易服抱板而出，忘其幞頭。薛嚴重，左右莫敢言者。坐久之，月上，當顧見髮影，大慙，以公服袖掩頭而走。

孫冕　天禧中直史館。

孫冕在史館幾三十年，晚守蘇，及期，大書詩於廳壁，拂衣而去。詔下，公已歸矣。其詩曰：「人生七十鬼爲鄰，已覺風光屬別人。莫待朝廷差致仕，早謀泉石養閑身。去年河北曾逢李，今日淮西又見陳。李見素、陳莊皆差致仕。寄語姑蘇孫太守，也須抖擻老精神。」

石延年　字曼卿，真宗朝學士。

石曼卿登第，有人訟科場。覆考落者數人，曼卿在焉。方與同年期集，使至，追所賜敕牒，餘人皆泣而起，獨曼卿笑語終席。次日，放黜者受三班借職，曼卿作詩曰：「無才且作三班借，請俸爭如録事參？從此免稱鄉貢進，且須走馬東西南。」句脚俱縮一字，傳以爲笑。

李長吉歌「天若有情天亦老」。世以爲奇絶無對，石曼卿曰：「是不難。『月如無恨月長圓。』」曼卿詩有「樂意相關禽對語，生香不斷樹交花」一聯，爲伊洛中人所稱。

石曼卿喜豪飲，與布衣劉潛友善。曼卿通判海州，潛來訪之，曼卿迎於石闥堰，與潛劇飲，中夜酒竭，顧船中有醋斗餘，傾入酒中併飲之。厥明，酒醋俱盡。曼卿每與客痛飲，露髮跣足，着械而坐，謂之「囚飲」；飲於木杪，謂之「巢飲」；以藁束之，引首出飲，復就束，謂之「鼈飲」。其狂縱大率如此。廨後爲一菴，常卧其間，名之曰捫虱菴。

石曼卿一日語僧秘演曰：「館俸清薄，恨不得痛飲。」不數日，演引一納粟牛監簿來，以宫醪十擔爲贄，演爲傳刺，曼卿愕然延之，乃問：「甲第何許？」生曰：「一別舍介繁臺之側。」曼卿閑語演曰：「繁臺寺閣虚爽可愛，久不一登。」生曰：「學士與大師果欲登閣，當具酒蔌迎候。」曼卿許之。一日休沐，約演同登。生陳具于閣，器皿餚核冠于都下。石、演高歌褫帶，飲至落景。曼卿醉，喜曰：「此遊可紀。」乃以盆漬墨濡巨筆題云：「石延年同空門詩友老演登此。」生拜叩曰：「塵賤之人，幸獲陪侍，乞掛一名，以光賤跡。」曼卿握筆沉慮，目演，佯聲諷曰：「大武生捧硯用事可也。」演以爲言，竟題云：「牛某捧硯。」歐陽永叔後以詩戲曰：「捧硯得全牛。」

石曼卿官册府時，五鼓趨朝，見二舉子繫邏舍，望曼卿號呼請救，因駐馬召邏卒問之，曰：「昨夕里閈間有納婦者，二子穴隙以窺，夜分被執。」曼卿力爲揮解，卒長勉從之，二子叩頭拜於馬前。曼卿按轡占絶句以誚之云：「司空憐汝汝須知，月下敲門更有誰？叵耐一雙窮相眼，得便宜處落便宜。」

石曼卿獨行京師，一豪士揖之而語曰：「公幸過我家。」石許之，同入委巷，抵大第，藻飾宏麗，錦繡珠翠，殆非人間所擬。歌舞歡醉。丐書，爲揮籌筆驛詩數篇，以金帛數百千贈之，復使騶從送還，恍然不知其誰。翌日，殆無復省所居矣。他日遇諸塗，又遺以白金數兩，謂曰：「詩中『意中流水遠，愁外舊山青』最佳。」

石曼卿嘗乘馬出街，御者失鞚，馬驚墮地，從吏遽扶掖升鞍，曼卿笑曰：「幸我是石學士，若瓦學士，豈不跌碎乎？」

石曼卿卒後，故人有見之者，云：「恍惚如夢中言：『我今爲鬼仙，主芙蓉城。』」欲呼故人往遊，不得，忿然騎一素騾去如飛。其後又降於亳州一舉子家，又呼舉子去，不得。因留詩一聯云：「鶯聲不逐春光老，花影長隨日脚流。」頗類曼卿平生語云。

魏野

字仲先。母嘗夢引袂於月中承兔，因有娠。居陝東郊，鑿土袤丈，曰樂天洞。無貴賤皆白衣紗帽見之。出跨白驢。號草堂居士。

魏仲先少未知名，嘗題河上寺柱云：「數聲離岸櫓，幾點別州山。」郡幕見之，大驚，邀與相見。贈詩曰：「怪得名稱野，元來性不群。借冠來謁我，倒屣起迎君。」仍爲延譽。由是，人始重之。

真宗祀汾陰，聞魏仲先名，遣中使召之，仲先題詩壁間遁去，詩云：「達人輕祿位，居處傍林泉。洗硯魚吞墨，烹茶鶴避煙。閑惟歌聖代，老不恨流年。靜想閑來者，還應我最偏。」使還，以詩奏上，曰：「野不來矣。」先是，上嘗圖种放所居，野居亦有幽致，又令圖之。

王丞相旦從東封車駕回，過陝，魏仲先令山童持詩獻曰：「聖朝宰相頻頻出，君在中書十五秋。西祀東封俱已了，好來相伴赤松遊。」旦袖其詩，累於上前求退，遂得謝。

寇萊公鎮洛，凡三邀野不至，暇日，以刺訪之，野服葛巾布袍長揖萊公，禮甚平簡。

頃之，議論騷雅，相得甚懽。將別，謂萊公曰：「盛刺不復還，留爲山家之寶。」乃謝以詩曰：「晝睡方濃向竹齋，柴門日午尚慵開。驚回一覺遊仙夢，村巷傳呼宰相來。」

寇萊公典陝日，與魏野同遊僧寺，觀覽舊遊，有留題處，公詩皆用碧紗籠之，至野詩，則塵蒙其上。時從行官妓之慧黠者，輒以紅袖拂之。野顧公笑，徐詠云：「世情冷煖由分別，何必區區較異同？但得常將紅袖拂，也應勝似碧紗籠。」萊公大笑。

北都有妓女美色，而舉止生梗，人謂之「生張八」。因府會，寇忠愍令乞詩於魏野，野贈之曰：「君爲北道生張八，我是西州熟魏三。莫怪尊前無笑語，半生半熟未相諳。」坐客大發一噱。

魏仲先子閑亦有父風，宋景文嘗贈以詩云：「姓名高士傳，父子少微星。」

林逋 字君復，居杭州西湖之孤山。真宗聞其名，賜號和靖處士。元僧楊璉真伽發其墓，惟端硯一枚，玉簪一枚。

林和靖嘗著春草曲云：「金谷年年，亂生春色誰爲主？餘花落處，滿地和煙雨。又是離歌，一闋長亭暮。王孫去，萋萋無數，南北東西路。」後張子野過和靖隱居，有詩一聯云：「湖山隱後家空在，煙雨詞亡草自青。」

林君復惜別長相思辭云：「吴山青，越山青，兩岸青山相送迎。誰知離別情？君淚盈，妾淚盈，羅帶同心結未成。江頭潮已平。」此詞甚有情致。宋史謂其不娶，非也。林洪著家山清供，其中言「先人和靖先生」云云，即先生之子也。蓋喪偶後遂不娶爾。

逋結廬西湖二十年未嘗入城市，時泛小舟遊湖上諸僧寺，家蓄二鶴，客至，童子放鶴爲候，逋棹舟歸。卒葬舍傍。臨終，賦書壽堂壁云：「湖外青山對結廬，墳前修竹亦蕭疎。茂陵他日求遺藁，猶喜曾無封禪書。」初逋客臨江，李諮始舉進士，而未有知者，逋謂人曰：「此公輔之器。」逋卒，而諮適知杭，爲製緦麻服，與其門人哭而葬之，刻其臨終詩，納之壙中。

和靖雖隱居，而亦以豪放玩世，故當時頗有不足之者。嘗傲視許洞，洞作詩嘲之曰：「寺裏啜齋饑老鼠，林間咳嗽病獼猴。豪民送物鵝伸頸，好客臨門鱉縮頭。」

堯山堂外紀卷四十五

宋

仁宗禎　初，真宗無子，宮中祝天求嗣，上帝以問諸真，惟赤脚大仙一笑，宮人李氏誕生帝。既生，哭不止，有道士至闕，言能止兒啼，召入，以手撫之曰：「莫叫莫叫，何似當時莫笑！」哭遂止。少時，在宮中所着鞋襪悉去之，禁中皆呼爲赤脚仙人。生時，李后榻下生靈芝四十二葉，後享國四十二年。

仁宗每於進士聞喜宴，必以詩賜之，景祐元年，所賜詩末句曰：「寒儒逢景運，報國合如何？」山東李庭臣嘗官瓊管，夷人有持錦臂韝鬻於市者，其上織成詩一聯云：「恩袍草色動，仙籍桂香浮。」乃景祐五年賜進士詩也。庭臣遂以千金易之，作小屏几硯間云。

嘉祐初，梅公儀贊出守杭州，帝特製詩以寵賜之，其首章曰：「地有吴山美，東南第一州。」梅既到杭，欲侈上之賜，遂建堂山上，名曰有美，歐陽修記之。

嘉祐中，將修東華門，太史言：「太歲在東，不可犯。」仁宗批其奏曰：「東家之西乃西家之東，西家之東乃東家之西。太歲果何在？其興工無忌。」

嘉祐末，帝復修賞花釣魚故事，御製詩云：「晴旭輝輝苑蘗開，氤氲花氣好風來。游絲罥絮縈行仗，墮蕊飄香入酒杯。魚躍文波時潑剌，鶯留深樹久徘徊。青春朝野方無事，故許遊觀近侍陪。」詩中「徘徊」二字別無他義，而群臣屬和篇篇用之。及詩罷，再就座。教坊中進雜戲，爲數人尋訪税第者，詣一宅觀之，至前堂，徘徊不去；又至後堂東西序，復徘徊不去。其一人笑曰：「可則可矣，但未免徘徊太多耳。」

少林寺有達磨面壁庵，壁上有達磨身影透入，人有屢磨之不能去，仁宗嘗作一贊云：「坤之上，乾之下，中間一寶難酬價。十萬里來作證明，面壁九年不説話。如何贊，如何畫，一回提起一回怕。」

仁宗在位四十二年，民安俗阜，天下稱治，葬昭陵，有題詩道傍者曰：「農桑不擾歲常登，邊將無功吏不能。四十二年如夢過，春風吹淚灑昭陵。」

張士遜

字順之。曹利用薦爲相。曹憑寵自恣，張依違其間。時人目爲和鼓。

張士遜少時，植桐于蕭寺。淳化壬辰登第，後告老，留題于寺云：「桐枝手植有桐孫，二紀重來愧此身。三世衣冠聯貴仕，十州軒冕接青塵。耕桑雖喜多新隴，耆艾堪嗟少故人。蕭寺門前題粉壁，又書丁巳對壬辰。」

張士遜與陳堯佐同時秉政。張既以帝傅致政，有詩寄陳曰：「赭案當年並命時，蒹葭衰颯倚瓊枝。皇恩乞與桑榆老，鴻入高冥鳳在池。」

張退傅告老，遊春回，門吏請官位，公書一絶句於牌曰：「閒遊靈沼送春回，關吏何須苦見猜。八十衰翁無品秩，昔曾三到鳳池來。」

陳堯佐

字希元，號知餘子。喜堆墨書。游長安佛寺題名，從者誤側硯，汙鞋，公性急，遂窒筆於其鼻。與石中立同在政府，石欲戲之。政事堂有墨漆飯床，長五六尺許，石取白堊横畫其中，可尺餘，謂陳曰：「吾頗學公堆墨字。」陳歡甚，石顧小吏二人舁飯床出，曰：「吾已能寫『口』字矣。」陳爲悵然。

陳文惠善爲四句詩。在吴江有詩云：「平波渺渺煙蒼蒼，菰蒲纔熟楊柳黄。扁舟繫岸不忍去，秋風斜日鱸魚香。」又湖州碧瀾堂詩云：「苕溪清淺霅溪斜，碧玉光寒照萬家。誰向月明終夜聽，洞庭漁笛隔蘆花。」

皇祐中，吕申公夷簡乞致仕，仁宗因問：「卿去，誰可代者？」夷簡以陳堯佐對。上遂召還大拜。堯佐極感薦引之德，作踏莎行携酒過之，申公因使之歌其詞，曰：「二社良辰，千家庭院，翩翩又覩雙飛燕。鳳凰巢穩許爲鄰，瀟湘煙暝來何晚？亂入紅樓，低飛緑岸，畫梁輕拂歌塵轉。爲誰歸去爲誰來，主人恩重珠簾捲。」申公聞歌笑曰：「自恨捲簾人已老，莫愁調鼎子無功。」

張退傅嘗以花酒餉陳文惠，陳答詩曰：「有花無酒頭慵舉，有酒無花眼懶開。正向西園念蕭索，洛陽花酒一時來。」

陳文惠年六十餘才爲知制誥，其後以使相致仕，年已八十，有詩云：「青雲岐路游將徧，白髮光陰得最多。」構亭號佚老，後歸政者往往多效之。

薛奎 范鎮所稱「得一偉人」是也。王拱宸、歐陽公皆其婿。

薛奎初舉進士，贄謁馮魏公，首篇云：「囊書空自負，早晚達明君。」馮掩卷曰：「不知秀才所負何事？」讀至第三篇云：「千林如有喜，一氣自無私。」乃曰：「秀才所負如此。」

蔡齊

字子思。真宗臨軒策士，夜夢殿下有菜，一苗甚盛，與殿基相高，及拆卷，乃蔡齊。上見其狀堂堂，曰：「得人矣。」仁宗朝大拜，謚文忠。

蔡齊性喜飲，既登第，通判濟州，日飲醇酹，往往至醉。時太夫人年已高，頗憂之。一日，賈存道過濟，公館之數日，存道爲詩示公曰：「聖君恩重龍頭選，慈母年高鶴髮垂。君寵母恩俱未報，酒如成病悔何追？」公矍然起謝。自是，非賓客不對酒，終身未嘗至醉。

梅詢

字昌言，宛陵人。翰林學士。一日，書詔頗多，屬思甚苦，操觚循階而行，見一老卒卧日中欠伸，梅歎曰：「暢哉！」徐問：「識字乎？」曰：「不識。」梅曰：「更快活也。」嘗病足，撫其足曰：「足中有鬼，不令我至兩府。」

盛文肅公豐肌大腹，丁晉公踈瘦如削，二公並以文辭知名於時。梅學士每晨起將視事，必焚香兩爐，以公服罩之，撮其袖以出，坐定撒開，濃香郁然。有竇文賓爲館職，不喜修飾，經時未嘗沐浴。時人爲之語曰：「盛肥丁瘦，梅香竇臭。」

梅昌言出鎮太原，黃覺送詩曰：「五馬雍容出鎮時，都人争看好風儀。文章一代喧高價，忠直三朝受聖知。帳下軍容森劍戟，門前行色擁旌旗。雲籠古戍黃榆暗，雪滿長郊白草衰。出去暫開貔虎幕，歸來須占鳳凰池。鬢間未有一莖白，陶鑄蒼生固不遲。」梅雅自修飾，容狀偉如，大喜之。覺嘗送客都門外，會一道士取所携酒炙呼飲之，既而舉杯摝水，寫「呂」字，覺始悟其爲洞賓也。與大錢七，其次十，又小錢三。覺七十餘作詩曰：「床頭曆日無多子，屈指明年七十三。」至是歲果卒。

楊諤

梓州人。題驪山詩最爲警策。

自唐以來，試進士詩，號省題。宋初，科場用賦取人，進士不復留意於詩。天聖中楊諤始以詩著。其天聖八年省試蒲車詩云：「草不驚皇轍，山能護帝輿。」是歲，以策用清問字下第。景祐元年，省試宣室受釐詩，云：「願前明主席，一問洛陽人。」諤是年及第。天聖初，省試采侯詩，宋景文有「色映堋雲爛，聲迎羽月遲」，爲京師傳誦。當時舉子目公爲宋采侯。

王奇 字漢謀，贛州人。

王奇，幼有聲場屋間，爲李文定客。文定薨於位，仁宗臨奠，見屏間有詩云：「雁聲不到歌樓上，秋色偏欺客路中。」上愛之，即召見，占對稱旨，特許赴殿試。既登科，有謝詩云：「不拜春官爲座主，親逢天子作門生。」

張方平 字安道。

張安道未第時，貧甚，然意氣豪舉，未嘗少貶。與劉潛、李冠、石曼卿往來山東諸郡，任氣使酒，見者皆傾下之。沛縣有漢高祖廟並歌風臺，前後題詩甚多，無不推頌功德，獨安道高祖廟詩曰：「縱酒疎狂不治生，中陽有土不歸耕。偶因亂世成功業，更向翁前與仲爭。」又歌風臺曰：「落魄劉郎作帝歸，樽前感慨大風詩。淮陰反接英彭族，更欲多求猛士爲？」蓋自少已不凡矣。

張方平以端明殿學士知滁州事，遊瑯琊山，俯仰梁間，得經函，有寫楞伽經半卷，披玩久之，忽悟前身故僧也，乃爲終竟書之，書法宛然不殊，號「二生經」。時時爲人誦經首偈。偈云：「世間離生滅，猶如虚空花。知不得有無，而興大悲心。」後授蘇子瞻序之，仍爲寫刻浮玉山龍遊寺中。

陳執中　字昭譽。以父恕任爲秘書省正字，累遷平章事。

陳恭公判亳州，遇生日，親族多獻老人星圖，姪世修獨獻范蠡遊五湖圖，且贊曰：「賢哉陶朱，霸越平吴。名隨身退，扁舟五湖。」恭公甚喜，即日累表求退。

石中立　熙載之子。景祐中參大政。

石中立好詼諧。楊文公一日置酒，作絶句招之，末云：「好把長鞭便一揮。」石留其僕，即和曰：「尋常不召猶相造，况是今朝得指揮。」其敏捷類如此。

章郇公生時，父夢庭積象笏，因以得象爲名，石資政素與友善，嘗戲云：「昔時名畫有戴松牛、韓幹馬，而今又有章得象也。」

石中立爲員外郎日，嘗偕同寮觀南御園所畜獅子。守者曰：「縣官日給肉五斤飼之。」同列戲曰：「吾儕日給反不及獅子矣。」中立笑曰：「不然。吾輩皆園外狼，安敢比園内獅子乎？」

盛度體肥多喘。一日，自前殿趨出，宰相在後，盛初不知，忽見之，即欲趨避，行百餘步，乃隱直舍中，石中立見其喘甚，問之，盛告以故，石曰：「相公問否？」盛曰：「不問。」别去十餘步，乃悟，駡曰：「奴乃以我爲牛？」

杜默爲詩多不合律，故當時言事不合格者爲「杜撰」。盛度嘗爲人撰神道碑，石中立急問曰：「誰撰？」盛卒曰：「度撰。」滿堂大笑。石守道嘗作三豪詩，謂石曼卿豪於詩，歐陽永叔豪於文，杜默豪於歌。默，濮州人，有送守道赴太學六字歌，其豪句云：「頭角驚殺蝦蟆，學海波中老龍。爪距逐出狐兔，聖人門前大蟲。推倒楊朱墨翟，扶起仲尼周公。一條路出甕口，幾程身在雲中。水浸山影倒碧，春着花梢半紅。」因此歌，得在三豪之列。

有朝士陳東，通判蘇州而權州事，因斷流罪命黥其面，曰：「特刺配某州。」黥畢，幕中相與白曰：「凡言特者，罪不至是而出於朝廷一時之旨，今此人應配矣，又特者，非有司所得行。」東大恐，即改「特刺」字爲「準條」字，再黥之，頗爲人所笑。後有薦東之才於兩府者，石參政聞之，曰：「吾知其人矣，得非權蘇州日於人面上起草者乎？」

陳亞 揚州人。仕至太常少卿，年七十卒。爲當時滑稽之雄。

陳亞性滑稽。知潤州，幕中有上官弼爲亞所親，任滿將去，亞曰：「何以教我？」弼曰：「郎中才行無玷，但調謔過差。」亞曰：「君乃上官弼也，如下官口何？」弼笑而去。上官弼又嘗勸石中立，石勃然曰：「下官口于上官弼何事？」

陳亞嘗與蔡君謨會于金山僧舍，酒酣，君謨嘲之曰：「陳亞有心終是惡。」應聲曰：「蔡襄無口便成衰。」

陳亞自爲亞字謎曰：「若教有口便啞，且要無心爲惡。中間全没肚腸，外面任生稜角。」

陳亞少曾爲於潛令，好以利口謔浪，人或厭之。太守馬忠肅召戒於庭。俄有通刺謁者，稱大詞郎李過庭，公罵曰：「何人家子弟？」亞率爾云：「李趨兒。」公徐悟之，大笑。

陳亞嘗以藥名著詩百首，有：「風雨前湖近，前胡。軒窗半夏涼。半夏。」「棊爲臘寒呵子下，呵子。衣嫌春暖縮紗裁。縮砂。」詠白髮云：「若是道人頭不白，道人頭。老人當日合烏頭。烏頭。」贈乞雨自曝僧云：「不雨若令過半夏，半夏。定應曬作胡蘆巴。葫蘆巴。」最膾炙人口。

陳亞又曾知祥符縣，親故多干托借車牛，因作詩曰：「地名京界足親知，荆芥。托借尋常無歇時。全蝎。但看車前牛領上，車前子。十家皮没五家皮。五加皮。」

陳亞嘗言：「藥名用於詩無不可，而斡運曲折使各中理，存乎其人。」或曰：「延胡索可用乎？」沉思久之，吟曰：「『布袍袖裏懷漫刺，到處遷延胡索人。鰻鯉、延胡索。』此可贈游謁措大。」聞者絶倒。

陳亞與章郇公同年，郇公將薦之，爲言者所阻，乃作生查子陳情曰：「朝廷數擢賢，蘇蘿。旋占淩霄路。淩霄花。自是鬱陶人，桃仁。險難無夷處。蕪荑。也知没藥療孤寒，没藥。食蘗何相誤？黄蘗。大幅紙連粘，大腹皮。甘草歸田賦。甘草。」

陳亞又别作閨情生查子三首，其一曰：「相思意已深，相思子、薏苡。白紙書難足。白芷。字字苦參商，苦參。故要檀郎讀。狼毒。分明寄得約當歸，當歸。遠至櫻桃熟。遠志。何事菊花時，菊花。猶未回鄉曲。茴香。」其二曰：「小院雨餘涼，禹餘糧。石竹風生砌。石竹。罷扇儘從容，蓯蓉。半夏紗厨睡。半夏。起來閑坐北亭中，柏葶。滴盡珍珠淚。珍珠。爲念婿辛勤，細辛。去折蟾宫桂。桂□。」其三曰：「浪蕩去來來，浪菪。躑躅花頻换。躑躅。可惜石榴裙，石榴皮。蘭麝香消半。蘭麝。琵琶閑後理相思，枇杷、相思子。必撥朱弦斷。

華撥。擬續斷朱弦，續斷。待這冤家看。代赭。」

陳少卿蓄書數千卷，名畫數十幅。晚年退居，有華亭唳鶴一雙、怪石一株，奇峭可愛，與異花數十本列植於庭。爲詩以戒子孫曰：「滿室圖書雜墳典，華亭仙客岱雲根。他年若不和花賣，便是吾家好子孫。」陳死未幾，皆散落民間。

柳永

字耆卿。爲屯田員外郎。初名三變，字景莊。自作詞云：「才子詞人，自是白衣卿相。」後有薦於朝者，仁宗曰：「此人風前月下，淺斟低唱，且去填詞。」由是不得志，無復檢率。自稱「奉聖旨填詞柳三變」。死之日，家無餘貲，群妓合金葬之郊外。每春月上塚，謂之弔柳七。

柳耆卿與孫相何爲布衣交。孫知杭，門禁甚嚴，耆卿欲見之不得，作望海潮詞往詣名妓楚楚曰：「欲見孫相，恨無門路，若因府會，願借朱脣歌之。若問誰爲此詞，但說柳七。」中秋夜會，楚宛轉歌之，孫即夕迎耆卿預坐。詞曰：「東南形勝，三吴都會，錢唐自古繁華。煙柳畫橋，風簾翠幕，參差十萬人家。雲樹繞隄沙。怒濤卷霜雪，天塹無涯。市列珠璣，户盈羅綺，競豪奢。重湖叠巘清佳。有三秋桂子，十里荷花。羌管弄晴，菱歌泛夜，嬉嬉釣叟蓮娃。千騎擁高牙。乘醉聽簫鼓，吟賞煙霞。異日圖將好景，歸去鳳池誇。」

柳耆卿詠秋别雨霖鈴詞云：「寒蟬淒切，對長亭晚，驟雨初歇。都門暢飲無緒，方留戀處蘭舟催發。執手相看淚眼，竟無語凝咽。念去去千里煙波，暮靄沉沉楚天闊。多情自古傷離别，更那堪冷落清秋節！今宵酒醒何處？楊柳岸曉風殘月。此去經年，應是良辰好景虚設。便縱有千種風情，更與何人説？」或戲耆卿曰：「『楊柳岸曉風殘月』，此乃稍工登溷處爾。」聞者笑之。蘇東坡一日顧一優人解音者問曰：「我詞何如柳耆卿？」答曰：「相公詞，須用銅將軍、鐵着板，唱『大江東去，浪淘盡千古英雄』。柳學士詞卻用十七八女兒，唱『楊柳岸曉風殘月』。」坡爲之撫掌大笑。

周月仙，餘杭名妓也。柳耆卿年甫二十五歲來宰兹郡，造翫江樓于水滸，每召月仙至樓歌唱，調之，不從。柳緝知與隔渡黄員外暱，每夜乘舟往來，乃密令艄人至半渡强嬴勾之，月仙不得已從焉，惆悵作詩一絶云：「自歎身爲妓，遭淫不敢言。羞歸明月渡，懶上載花船。」明日，耆卿召佐酒，酒半，柳歌前詩，月仙大慙，因與耆卿歡洽。耆卿喜，作詩曰：「佳人不自奉耆卿，卻駕孤舟犯夜行。殘月曉風楊柳弄，肯教辜負此時情？」自此，日夕常侍耆卿，耆卿亦因此日損其名。

柳耆卿詠美人木蘭花令曰：「箇人丰韻真堪羨，問着佯羞回卻面。若言無意向咱行，爲甚夢中頻夢見？不如及早還心願，免使牽人魂夢亂。風流腸肚不堅牢，只恐被伊牽惹斷。」又詠美人舞浪淘沙詞曰：「有箇人人，飛燕精神。急鏘環珮上華裀。促拍盡隨紅袖舉，風柳腰身。簌簌輕裙，妙盡尖新。曲終獨立斂香塵。應是西施嬌困也，眉黛雙顰。」

柳耆卿遊東都南北二巷，所作新樂府天下詠之，遂傳禁中，仁宗頗好其詞，每對酒，必使侍從歌之再三。柳聞之，會老人星見，時秋霽，帝宴禁中，柳乃作醉蓬萊一闋，托内侍以進，云：「漸亭皋葉下，隴首雲飛，素秋新霽。華闕中天，鎖葱葱佳氣。嫩菊黄深，拒霜紅淺，近寶階香砌。玉宇無塵，金莖有露，碧天如水。正值昇平，萬機多暇，夜色澄鮮，漏聲迢遞。南極星中，有老人呈瑞。此際宸遊，鳳輦何處？度管絃聲脆。太液波翻，披香簾捲，月明風細。」帝閲首句有「漸」字，意不懌。讀至「宸遊鳳輦何處」，與真宗挽詞暗合，慘然久之。又讀至「太液波翻」，忿然曰：「何不言太液波澄耶？」擲之地，罷不用。自是不復詠其詞矣。

堯山堂外紀卷四十六

宋

夏竦

字子喬。幼學于姚鉉，鉉使爲水賦，限以萬字。竦作三千字示鉉，鉉怒，不視，曰：「汝何不於水之前後左右廣言之。」竦益之，得六千字，鉉喜曰：「可教矣。」十七善屬文，爲時所稱。一日，忽見黄衣道士冒雨而來，衣不沾濕，目竦曰：「若遂修道，可登真籙。」竦不答，道士笑曰：「亦須位極人臣。」

夏竦以父殁王事，得三班差使，携所業投李文靖公沆，有「山勢蜂腰斷，溪流燕尾分」之句。明日沆袖詩進呈，遂换文資。

夏文莊試制科，廷對，出殿門，楊徽之見其年少，遽邀與語，曰：「老夫他則不知，唯喜吟詩。願丐賢良一篇，以卜他日之志。」夏忻然，爲書曰：「殿上衮衣明日月，硯中旗影動龍蛇。縱横禮樂三千字，獨對丹墀日未斜。」徽之嘆曰：「真宰相器也。」

夏鄭公初除館職。時早秋，帝在拱宸殿按舞，命中使索新詞，公立進喜遷鶯云：

「霞散綺，月沉鈎，簾捲未央樓。夜涼河漢截天流，宮闕鎖新秋。瑶臺樹，金莖露，鳳髓香，和雲霧。三千珠翠擁宸游，水殿按梁州。」帝大悦。時景德初也。

丁晉公爲玉清昭應宫使，夏英公爲判官。一日，賜宴齋宫，優人有雜手藏擫者，晉公顧英公曰：「古人無詠藏擫詩，請賦一章。」英公爲一絶云：「舞拂桃珠復吐丸，遮藏巧使百千般。主公端坐無由見，卻被傍人冷眼看。」

夏英公在朝，數爲御史糾劾，疑時宰諷旨，作青雀詩寄諫院張昇云：「弱羽傷弓尚未完，孤飛誰敢擬鴛鸞？明珠自有千金價，莫與他人作彈丸。」

晏殊

字同叔。以神童出身，年十三，楊億薦於真宗，值御試進士，便令就試，一見題，曰：「臣十日前已作此賦，有草尚在，乞别命題。」上極愛其不隱。仁宗朝拜相。謚元獻。叔原，其暮子也，名幾道，自號小山。

晏元獻留守南郡，王君玉時爲館閣校勘，公特請於朝，爲府簽判，賓主相得，日以詩酒爲樂。常遇中秋陰晦，君玉密使人伺公，云：「已寢矣。」君玉亟爲詩以入，曰：「只在浮雲最深處，試憑絃管一吹開。」公得詩大喜，即索衣起，徑召客治具。夜分果月出，遂飲達旦。

晏元獻覽李慶富貴曲云：「軸傳曲譜金書字，樹記花名玉篆牌。」曰：「此乃乞兒相，未嘗識富貴者。」故公每言富貴，不及金玉錦繡，惟説氣象。若「樓臺側畔楊花過，簾幙中間燕子飛」、「梨花院落溶溶月，柳絮池塘淡淡風」，公自以此句語人曰：「窮人家有此景否？」

晏元獻南遊，獼猴滿野，戲爲一絶云：「聞説獼猴性頗靈，相車來便滿山迎。鞭羸到此何曾見？始覺毛蟲亦世情。」

晏元獻春景玉樓春詞曰：「緑楊芳草長亭路，年少抛人容易去。樓頭殘夢五更鐘，花底離愁三月雨。　無情不似多情苦，一寸還成千萬縷。天涯地角有窮時，只有相思無盡處。」晏叔原見蒲傳正云：「先公平日小詞雖多，未嘗作婦人語。」傳正云：「『緑楊芳草長亭路，年少抛人容易去。』豈非婦人語乎？」晏曰：「公謂『年少』爲何語？」傳正曰：「豈不謂其所欲乎？」晏曰：「因公言遂曉樂天詩兩句：『欲留所歡待富貴，富貴不來所歡去。』」傳正笑而悞其言之失。

潁妓劉蘇哥往歲與悦己者密約相從，而其母禁之至苦，不勝鬱悒，以盛春美景邀同韻者聯騎出城，登高塚相對慟哭，遂卒。晏元獻戲題絶句弔之云：「蘇哥風味逼天真，恐是文君向上人。何日九原芳草緑？一盃絮酒哭青春。」

晏元獻作相，題竿伎詩于中書廳壁云：「百尺竿頭裊裊身，足騰跟掛駭傍人。漢陰有叟君知否？抱甕區區亦未貧。」

紅梅清艷兩絶，昔獨盛于姑蘇。晏元獻移植西岡第中，特珍賞之。一日，貴游賂園吏得一枝分接，由是都下徧有之。晏公嘗與客飲花下，賦詩云：「若更遲開三二月，北人應作杏花看。」客曰：「公詩固佳，待北俗何淺也？」公笑曰：「顧傖父安得不然？」一坐絶倒。

晏元獻公因雪設客，歐陽文忠公輩在坐。時西方用兵，歐公有詩云：「可憐鐵甲冷徹骨，四十餘萬屯邊兵。」次日，蔡襄遂言其事，晏坐此罷相。公曰：「唐裴度作相，亦曾邀文士飲，如退之但作詩云：『園林窮勝事，鐘鼓樂清閑。』幾曾如此合鬧？」

苗振以第四人及第，既而召試館職。一日謁晏丞相，晏語之曰：「君久從吏事，必踈筆硯。今將就試，直稍温習。」振率然答曰：「豈有三十年作老娘而倒棚孩兒者乎？」晏公俛而哂之。既而試澤宮選士，賦韻有「王」字，振押之曰「率土之濱莫非王」，遂不中選。晏公聞而笑曰：「苗公竟倒挧孩兒矣！」

晏叔原有玉樓春二闋。其一詠酒云：「綵袖慇懃捧玉鍾，當年拚卻醉顏紅。舞低楊柳樓心月，歌盡桃花扇底風。從別後，憶相逢，幾回魂夢與君同。今宵剩把銀釭照，猶恐相逢是夢中。」其一詠別云：「鞦韆院落重簾暮，寂寞春閑扃繡户。墻頭紅杏雨餘花，門外緑楊風後絮。朝雲信斷知何處？應作巫陽春夢去。紫騮認得舊遊踪，嘶過畫橋東畔路。」

慶曆中，開封府并棘寺同日奏獄空，仁宗於宮中宴集，遣中使宣晏叔原作詞，叔原進鷓鴣天一首云：「碧藕花開水殿涼，萬年枝上轉紅陽。昇平歌管隨天仗，祥瑞封章滿御床。金掌露，玉爐香，歲華方共聖恩長。皇州又奏圜扉靜，十樣宮眉捧壽觴。」詞入，帝大喜。

熙寧中，鄭俠上書事作，下獄，悉治平時所往還厚善者，晏叔原皆在數中。俠家搜得叔原與俠詩云：「小白長紅又滿枝，築毬場外獨支頤。春風自是人間客，主管繁華得幾時？」神宗稱之，即令釋出。

宋庠字公序。封莒公，謚元憲。弟祁，字子京。父夢人遺文選一部而生，故小字選郎。謚景文。人呼曰二宋，以大小別之。有胡僧相曰：「小宋當魁天下，大宋亦不失甲科。」後十年，復遇胡僧，驚問曰：「大宋丰神顥異，似能活數萬命者。」庠曰：「堂下有蟻穴，爲暴雨所漂，吾作筏渡之耳。」僧曰：「是也。」比唱第，祁第一，庠第三。章獻太后不欲以弟先兄，乃擢庠第一，而寘祁第十。

宋莒公兄弟初未有名，會夏英公竦謫守安州，二人以布衣游學，席上，命作落花詩，莒公賦云：「一夜東風拂苑墻，歸來何處剩凄涼？漢皋佩冷臨江失，金谷樓危到地香。淚臉補痕煩獺髓，舞臺收影費鸞腸。南朝樂府休賡曲，桃葉桃根盡可傷。」景文賦云：「墜葉翻紅各自傷，青樓煙雨忍相忘？欲飛更作回風舞，已落猶成半面粧。滄海客歸珠迸淚，章臺人去骨遺香。可憐無意傳雙蝶，盡委花心與蜜房。」詩成，竦驚歎曰：「詠落花而不言落，大宋須狀元及第作宰相，小宋非所及，然亦登嚴近。」後皆如其言。鄭交甫過漢皋，遇二女妖服珮兩珠。交甫與之言曰：「願請子之珮。」二女解珮與交甫懷之，而去十步探之，則亡矣。四顧，二女亦不見。

宋莒公初名郊，字伯庠，登第後，神文便欲大用，有忌之者，謂其姓符國號，名應郊天，於朝廷非便，神文乃問諭之，因更是名。一日，移書葉清臣，稱同年，葉戲云：「清臣，宋郊榜第六人，偏閲小録，無宋庠者，不知此何許人？」吏還具以白宋，宋乃書一絶云：「紙尾何勞問姓名？禁林依舊玷華纓。欲知七略稱臣向，便是當年劉更生。」

方圭好爲惡詩，宋公序知揚州日，圭來謁，醮于平山堂，圭誦詩不已，宋欲他辭已之，顧野外有牛就木磨癢，謂坐客胡恢曰：「青牛恃力狂挨木，」恢應聲曰：「妖鳥啼春不避人。」宋公大笑。圭悟其意，飲至客散，欲奮拳擊恢，衆救而免。

揚州后土廟有瓊花，宋公序搆亭花側，榜曰「無雙」，謂天下無别株也。仁宗慶曆中，嘗分植禁中，明春輒枯，遂復載還廟中，鬱茂如故。德祐乙亥，北師至，花遂不榮。趙國炎以詩弔之曰：「名擅無雙氣色雄，忍將一死報東風。他年我若修花史，合傳瓊妃烈女中。」

宋子京過御街，逢内家車子，中有褰簾者曰：「小宋也。」子京歸，遂作鷓鴣天云：「寶轂雕輪狹路逢，一聲腸斷繡幃中。身無彩鳳雙飛翼，心有靈犀一點通。金作屋，玉爲籠，車如流水馬如龍。劉郎已恨蓬山遠，更隔蓬山幾萬重。」其詞傳達禁中，仁宗知之，問内人第幾車子何人呼小宋，有内人自陳：「頃侍御宴，見宣翰林學士，左右内臣曰：『小宋也。』時在車子中偶見之，呼一聲爾。」上召子京從容語及，子京惶懼無地，上笑曰：「蓬山不遠。」因以内人賜之。

宋子京春景玉樓春詞曰：「東城漸覺風光好，皺縠波紋迎客棹。緑楊煙外曉雲輕，紅杏枝頭春意鬧。　浮生長患歡娛少，肯愛千金輕一笑？爲君持酒勸斜陽，且向花間留晚照。」時張子野以樂章擅名，子京奇其才，先往見，遣將命者曰：「尚書欲見『雲破月來花弄影』郎中。」子野屏後呼曰：「得非『紅杏枝頭春意鬧』尚書耶？」遂出。置酒盡歡。小宋好客，會賓于廣廈中，外設重幕，内列寶炬，百味具備，歌舞俳優相繼，觀者忘疲，但覺更漏差長，席罷已二宿矣。名曰「不曉天」。大宋居政府，上元夜，在書院内讀周易，聞小宋點華燈、擁歌妓醉飲，翌日諭所親，令誚讓云：「相公寄語學士：聞昨夜燒燈夜宴，窮極奢侈，不知記得某年上元同在某州州學内吃虀煮飯時否？」學士笑曰：「卻須寄語相公：不知某年同某處吃虀煮飯是爲甚底？」

劉夢得作九日詩欲用「餻」字，以五經中無之，輟不復爲。宋子京以爲不然。九日食餻，有詩云：「飈館輕霜拂曙袍，糗餐花飲鬭分曹。劉郎不敢題餻字，空負詩中一世豪。」遂爲古今絕唱。

晏元獻當國，宋子京爲翰苑，晏愛其才，欲旦夕相見，遂税一第於旁近，延居之。遇中秋，啓宴召宋，出妓飲酒賦詩，達旦方罷。翌日，晏公罷相，宋當草詞，頗極抵斥，至有「廣營産以植私，多投兵而規利」之語，方子京揮毫之際，餘酲尤在。觀者殊駭，以爲宋之薄德。

宋景文修唐史，好以艱深之詞文淺易之説。歐陽永叔思有以諷之，一日大書其壁曰：「宵寐匪禎，札闥洪休。」宋見之，曰：「非『夜夢不祥，題門大吉』耶？何必求異如此！」歐公曰：「李靖傳云：『震雷無暇掩聰，』亦是類也。」宋公慙而退。今所謂「震霆不及塞耳」，係再改者。子京雪夜草唐書某人傳，諸姬磨墨伸紙，左右環列。時姬侍有自權貴家來者，宋顧謂曰：「汝太尉尋常當此清景則何爲？」對云：「太尉當此時，但知命妾等列酒饌，羅管絃，引滿酣醉，不能爲尚書清事也。」宋爲閣筆大笑曰：「此亦不惡。」亟呼酒命歌，酣飲達旦。

刁約

字景純。丹徒人。嘉祐中使虜，後直史館。

刁景純使契丹，戲爲詩云：「押燕移離畢，看房賀跋支。餞行三匹裂，密賜十貔狸。」「移離畢」，如中國執政官。「賀跋支」，執衣防閤人。「匹裂」，小木罌。「貔狸」，狀如鼠而大，狄人以爲珍饌。

宋子京判館事，督諸館職必至。刁景純或數日不赴，因邀而誚讓之。王原叔戲改杜少陵贈鄭廣文詩云：「景純過官舍，走馬不曾下。驀地趁朝歸，便遭官長罵。」李獻臣曰：「我爲足之。」云：「多羅四十年，偶未識摩䵝。時西戎唵氏子名摩䵝。近有王宣政，時時與紙錢。」刁嘗爲王宣政作墓銘。以古篆隸，加縹軸，密挂刁廳事。會一日大雨不出，周步廳廡間，始見此圖，不知已數日矣。先造者往往能通念云。李獻臣好爲雅言，知鄭州時，孫次公爲陝漕，罷，赴闕，先遣一使臣入京。所遣乃獻臣故吏，到鄭庭參，獻臣甚喜，欲令左右延飯，乃問之曰：「餐來未？」使臣誤意「餐」者謂次公也，遽對曰：「離長安日，都運已治裝。」獻臣曰：「不問孫待制。官人餐來未？」其人慚沮，言曰：「不敢仰昧。爲三司軍將日，曾吃卻十三。」蓋鄙語謂遭杖爲餐。獻臣掩口曰：「官人誤也。問曾與未曾餐飯。欲奉留一食耳。」

刁景純晚年築室潤州，號藏春塢，日游息其中。蘇子瞻題云：「白首歸來種萬松，待看千尺舞霜風。年抛造物陶甄外，春在先生杖屨中。楊柳長齊低户暗，櫻桃爛熟滴階紅。何時卻與徐元直，共訪襄陽龐德公。」

刁麟游，景純族子也。七歲賦竹馬詩云：「小兒騎竹作驊騮，猶是東西意未休。我已童心無一在，十年渾付水東流。」後十歲果卒。客有誌其墓者，以比李長吉云。

張先

字子野。居錢塘。嘗創花月亭於秀州。

張子野以樂府馳名。有詠箏二闋。其一菩薩蠻云：「哀箏一弄湘江曲，聲聲寫盡湘波緑。纖手十三絃，細將幽恨傳。　當筵秋水慢，玉柱斜飛雁。彈到斷腸時，春山眉黛低。」其一生查子，云：「含羞整翠鬟，得意頻相顧。雁柱十三絃，一一春鶯語。嬌雲容易飛，夢斷知何處？　深院鎖黄昏，陣陣芭蕉雨。」張子野有醉落魄詞詠佳人吹笛，云：「雲輕柳弱，内家髻子新梳掠。生香真色人難學。横管孤吹，月淡天垂幕。　朱脣淺破櫻桃萼，倚樓人在闌干角。夜寒指冷羅衣薄。聲入霜林，簌簌驚梅落。」

晏元獻爲京兆，辟張先爲通判。晏甚屬意一新納侍兒，每張來，即令侑觴，往往歌子野所爲詞。其後，王夫人寢不容，公出之。一日，子野至，公與之飲，子野作碧牡丹一曲以戲曰：「步帳摇紅綺，曉月墮，沉煙砌。緩板香檀，唱徹伊家新製。怨入眉頭，斂黛峰横翠。芭蕉寒，雨聲碎。　鏡華翳，閑照孤鸞戲。思量去時容易，鈿合瑶釵，至今冷落輕棄。望極藍橋，但暮雲千里，幾重山？幾重水？」營妓歌至末句，公憮然曰：「人生行樂耳，何自苦如此！」亟命于宅庫支錢若干，復取前所出侍兒。既來，夫人亦不復誰何也。

張子野有懷舊青門引詞云：「乍暖還輕冷，風雨晚來方定。庭軒寂寞近清明。殘花中酒，又是去年病。　樓頭畫角風吹醒，入夜重門靜。那堪更被明月，隔墻送過鞦韆影！」又有天仙子送春詞云：「水調數聲持酒聽，午睡醒來愁未醒。送春春去幾時回？臨晚鏡，傷流景，往事後期空記省。　沙上並禽池上暝，雲破月來花弄影。重重翠幙密遮燈，風不定，人初靜，明日落紅應滿徑。」有客謂子野曰：「人皆謂公張三中，即心中事、眼中淚、意中人也。」公曰：「何不目之爲張三影。」客不曉。公曰：「『雲破月來花弄影』『浮萍斷處見山影』『隔墻送過鞦韆影』。此余平生所得意者。」張初謁見歐公，迎謂曰：「好。『雲破月來花弄影。』恨相見之晚也。」時應子和詩有云：「兩岸夕陽紅。」「蠟炬短燒紅。」「風過落花紅。」或謂張子野爲「三影尚書」，子和爲「三紅秀才」。

白樂天辭云：「花非花，霧非霧。夜半來，天明去。來如春夢不多時，去似朝雲無覓處。」蓋其自度之曲。張子野衍之爲御街行云：「天非花艷輕非霧，夜半來，天明去。來如春夢不多時，去似朝雲無覓處。　乳鴉新燕，落月沉星，紞紞城頭鼓。參差漸辨西池樹，朱閣斜欹户。緑苔深徑少人行，苔上屐痕無數。殘香餘粉，閒衾剩枕，天把多情付。」

張子野於吴興守滕子京席上見小妓兜娘，賞其佳色，後十年再見于京口，絶非當時容態。感之，作詩云：「十載芳洲攟白蘋，移舟弄水賞青春。當時自倚青春力，不信東風解誤人。」

張子野年八十五，其家尚蓄聲妓。蘇子瞻作詩戲云：「錦里先生自笑狂，莫欺九尺鬢毛蒼。詩人老去鶯鶯在，公子歸來燕燕忙。柱下相君猶有齒，江南刺史已無腸。平生忝作安昌客，略遣彭宣到後堂。」詩人謂張籍，公子謂張祜，柱下張蒼，安昌張禹。全用張氏故事戲之。子野和詩有云：「愁似鰥魚知夜永，懶同蝴蝶爲春忙。」極爲子瞻所賞。

堯山堂外紀卷四十七

宋

韓琦

字稚圭。弱冠舉進士，方唱名，太史奏日下五色雲見。嘉祐中，拜平章事。時曾公亮爲亞相，趙槩、歐公參政。凡事關政令，則曰：「問集賢。」典故，則曰：「問東廳。」文學，則曰：「問西廳。」至大事則自決。宋時，凡於所畏尊官則呼厥姓，曰某家，石曼卿每呼韓琦家爲韓家云。

慶曆末，魏公鎮大名郡，有圃號衆春。會歲饑，涉春未嘗一游。陳薦在幕府，以詩請公云：「水底魚龍思鼓吹，沙頭鷗鷺望旌旗。」公亟答之云：「細民溝壑方援手，别館鶯花任送春。」在鎮五年，政聲流聞。自是，天下遂屬以爲相。

北都李清臣薄遊鄭州，時韓魏公爲帥，因往見其大祝。吏報曰：「大祝方寢。」乃索筆題詩于刺，授其吏，俟大祝覺則投之。詩云：「公子乘閒卧綵厨，白衣老吏慢寒儒。不知夢見周公否？曾説當年吐哺無？」魏公見之，曰：「吾知此人久矣。」竟有東床之選。

嘉祐間，仁宗復修賞花釣魚故事，群臣和御製詩。是日，微陰寒，韓魏公時爲首相。詩卒章云：「輕雲閣雨迎天仗，寒色留春入壽杯。二十年前曾侍宴，台司今日喜重陪。」時内侍都知任守忠嘗以滑稽侍上，從容言曰：「韓琦詩譏陛下。」上愕然，問其故，守忠曰：「譏陛下游宴大頻。」上爲之笑。

治平初，詔宰臣舉館職。韓魏公舉二十人，先召試十人，餘須後試。時士人以登臺閣、陞禁從爲顯官，而不以官之遲速爲榮滯，故爲之語曰：「寧登瀛，不爲卿；寧抱槧，不爲監。」

熙寧初，韓魏公罷相，留守北京，新進多陵慢之，公鬱鬱不得志，嘗爲詩云：「花去曉叢蜂蝶亂，雨匀春圃桔槔閑。」時人稱其微婉。

韓魏公嘗言：「保初節易，保晚節難。」在北門九日燕諸曹詩有曰：「莫羞老圃秋容淡，要看黄花晚節香。」李彦平深敬此語，大書于壁。

靖康之變，燕人有隨虜過相州，因謁韓魏公祠堂，題詩祠中，一聯云：「有客能吟丞相柏，無人敢伐召公棠。」魏公勳德之重，而外夷亦知景慕如此。

范仲淹 字希文。吴人。幼孤，隨母適長山朱氏，及第時，名朱説。

范希文讀書長白山，日煮粟米二升作粥，畫以四塊，斷虀數莖啖之。嘗作虀賦，其警句云：「陶家甕内，淹成碧緑青黄；措大口中，嚼出宫商角徵。」一日于寺中得窖金，覆之不取，及貴，語僧出金修寺。

范希文未遇時，作金在鎔賦云：「如令區别妍媸，用爲藻鑑；倘使削平僭亂，請就干將。」人皆期其有將相器。

唐鄭準爲荆南節度使成汭從事。汭本姓郭，代爲作乞歸姓表云：「名非霸越，浮舟難效於陶朱；志在投秦，出境遂稱於張禄。」范希文初隨母冒姓朱，登第後，乞歸姓表遂全用之，云：「志在投秦，入境遂稱於張禄；名非霸越，乘舟偶效于陶朱。」希文登第後，晏元獻薦入館。後雖名位相亞，書題門狀，猶稱門生。

范希文鎮越，有户曹孫居中卒，其子幼而家甚貧，公助以俸錢百緡，治巨舟，差老衙校送歸，作詩一絶戒其吏曰：「過關津但以吾詩示之。」詩云：「十口相携泛巨川，來時煖熱去凄然。關津若要知名姓，便是孤兒寡婦船。」

范文正公鎮越，兵官皆被薦，獨巡檢蘇麟不見録，乃獻詩云：「近水樓臺先得月，向陽花木易爲春。」公即薦之。

范文正公過嚴陵祠，會吴俗歲祀，里巫迎神，但歌滿江紅，有「湘江好洲，漠漠波似染。山如削遶，嚴陵灘畔，鷺飛魚躍」之句，公曰：「吾不善音律，撰一絶送神，曰：『漢包六合網英豪，一箇冥鴻惜羽毛。世祖功臣三十六，雲臺争似釣臺高？』」吴俗遂因而歌之。

范文正守鄱陽，喜樂籍，未幾召還，作詩寄後政云：「慶朔堂前花自栽，爲移官去未曾開。年年憶着成離恨，只託春風管領來。」到京以綿臙脂寄其人，題詩云：「江南有美人，别後長相憶。何以慰相思，贈汝好顔色。」

范文正公御街行云：「紛紛墜葉飄香砌。夜寂靜，寒聲碎。珍珠簾捲玉樓空，天澹銀河垂地。年年今夜，月華如練，長是人千里。愁腸已斷無由醉，酒未到，先是淚。殘燈明滅枕頭欹，諳盡孤眠滋味。都來此事，眉間心上，無計相迴避。」范公一時動德重望，而辭亦情致如此。朱良矩嘗語楊用修云：「天之風月，地之花柳，與人之歌舞，無此不成三才。」雖戲語，亦有理。

饒州魯公亭在薦福山，山有唐歐陽詢所書薦福寺碑，顔魯公真卿嘗覆以亭，後人因名。范希文鎮鄱陽日，有書生獻詩甚工，希文頗優禮之。書生自言：「天下至寒餓者，無在某右。」時盛重歐陽薦福寺碑墨，本直千錢，希文欲爲打千本，使售于京師。紙墨已具，一夕，雷擊碎其碑。時人爲之語曰：「有客打碑來薦福，無人騎鶴上揚州。」東坡作窮措大詩曰：「一夕雷轟薦福碑。本此。」

范希文少時，求爲秦州西溪監鹽，其志欲吞西夏，知用兵利病也，而廨舍多蚊蚋，希文戲題壁曰：「飽去櫻桃重，饑來柳絮輕。但知離此去，不用問前程。」

范希文經略西邊日，作漁家傲樂歌數闋，皆以「塞下秋來」爲首句，其一云：「塞下秋來風景異，衡陽雁去無留意。四面邊聲連角起，千嶂裏，長煙落日孤城閉。濁酒一盃家萬里，燕然未勒歸無計。羌管悠悠霜滿地，人不寐，將軍白髮征夫淚。」歐陽永叔見之，呼爲窮塞主之詞。及王尚書素守平涼，永叔亦作漁家傲一詞送之，其斷章曰：「戰勝歸來飛捷奏，傾賀酒，玉階遥獻南山壽。」且謂王尚書曰：「此真元帥事也。」

范堯夫純仁，文正公子也，帥陝府日，有屬縣令偶至村寺少憩，既飯，步行廊廡間，見一僧房雅潔，闃無人聲，案上有酒一瓢，縣令戲書一絶於窗紙云：「爾非慧遠我非陶，何事窗間酒一瓢？僧野避人聊自醉，卧看風竹影蕭蕭。」不知其僧俗家先有事坐罪，明日其僧乃截取窗字黏于牀前，訴府，謂有數銀盃爲廳吏所匿，今爲施主迫取，伏乞追鞫。堯夫曰：「爾爲僧，法當飲乎？果有失物，令主者自來理會。」乃杖而遣之。因持其狀示子姪輩曰：「守官處安得不自重。」遂付諸火。後縣令聞之，乃修書致謝，堯夫曰：「不記有此事。自無可謝。」還其書。

景祐間，張、吴兩狂生累舉進士不第，薄遊塞上，覘覽山川風俗，有經略西鄙意。時姚嗣宗者，亦關中人，與二人並以氣俠相友善。姚嘗題詩空同山寺云：「南粤干戈未息肩，五原金鼓又轟天。空同山叟笑無語，飽聽松聲春晝眠。」范希文巡邊，見之大驚。又題驛壁，有「踏破賀蘭石，掃清西海塵。布衣能辨此，可惜作窮人」及「大開雙白眼，只見一青天」之句，韓魏公見而奇之。張爲雪詩云：「五丁仗劍抉雲霓，直取銀河下帝畿。戰死玉龍三十萬，敗鱗風卷滿天飛。」又絶句云：「太公年登八十餘，文王一見便同車。如今若向江邊釣，也被官中配看魚。」吴爲鷹詩云：「有心待搦月中兔，更向白雲頭上飛。」又爲鸚鵡詩，卒章云：「好着金籠收拾取，莫教飛去別人家。」三人將謁韓、范二帥，耻自屈，不肯往，乃礱大石刻詩其上，使壯夫拽於通衢，三人從後哭之，欲以鼓動二帥。既而召與相見，躊躇未用間，張、吴徑走西夏，范公以急騎追之，不及，乃表姚入幕府。張、吴既至西夏，自念不力出奇，無以動衆，乃更其名，就都門酒家劇飲，引筆書壁曰：「張元、吴昊來飲此樓。」邏者見之，知非其國人也，跡其所憩，執之，夏酋詰以入國問諱之義，二人大言曰：「姓尚不理會，乃理會名耶？」時曩霄尚名元昊，且用中國賜姓也。於是竦然異之，日尊寵用事。寶元西事蓋始此。時二人家屬羈縻隨州，間使諜者矯中國詔釋之，人未有知者，後乃聞西人臨境作樂迎此二家而去。自是邊帥始待士矣。姚嗣宗又有詠女奴詩：「弱骨不堪春睡眼，壯心都死欲愁眉。」爲時所稱。後魏公奏補官知潯州，能除虎暴。時又有一張生，頂青巾緇裘，持一詩代刺謁杜公曰：「昨夜雲中雨檄來，按兵誰解拂氛埃？長安有客面如鐵，爲報君王早築臺。」祁公亦異之，奏補乾祐尉。

文彦博

字寬夫。敬暉之後。鼻祖避石敬瑭諱，改姓。同姓分派有姓苟者。公幼與群兒擊毬，陷柱穴中，不得出，公取水灌之，毬即出，識者知公不凡。公女，某夫人，凡見公花押必剪收，云能愈痁疾。

太祖嘗謂一縣令曰：「切勿於黄紬被裏放衙。」文潞公爲榆次縣令，嘗題縣鼓樓曰：「置向譙樓一任撾，撾多撾少不知他。如今幸有黄紬被，努出頭來放早衙。」

文潞公知成都時，多燕集，有飛語至京師。御史何聖從因謁告歸，上遣伺察之。幕客張少愚與聖從同郡，請迎見於漢州，命酒設樂，有營妓善舞，聖從狎問其姓，曰：

「楊。」聖從曰：「所謂楊臺柳者。」少愚即取妓項帕羅題詩曰：「蜀國佳人號細腰，東臺御史惜妖嬈。從今喚作楊臺柳，舞盡春風萬萬條。」命其妓作柳枝詞歌之，聖從爲之霑醉。後數日，聖從至成都，頗嚴重。一日，潞公作樂張燕迎，其妓雜府妓中，歌少愚詩侑觴，聖從但醉而已。聖從還朝，潞公之謗乃息。

許昌城北有曲水園，園有大竹三十餘畝，濼河貫其中以入西湖，最爲佳處，初爲本州民所有，文潞公爲守，買得之。潞公自許移鎮北門而文元爲代。一日，挈家往游，題詩壁間云：「畫船載酒及芳辰，丞相園林濼水濱。虎節麟符抛不得，卻將清景付閑人。」遂走使持詩寄北門，潞公得之，大喜，即以地券歸賈氏。

文潞公居洛日，年七十八，同時有中散大夫程晌、朝議大夫司馬旦、司封郎中致仕席汝言，皆年七十八，嘗爲同甲會。潞公賦詩曰：「四人三百十二歲，况是同生丙午年。招得梁園爲賦客，合成商嶺採芝仙。清談亹亹風盈席，素髮飄飄雪滿肩。此會從來誠未有，洛中應作畫圖傳。」潞公在河南，與富鄭公等用白香山故事，置酒相樂，尚齒不尚官，圖形妙覺僧舍，謂之「洛陽耆英會」。司馬公年未六十，以狄兼謩故事與焉。後潞公八十四，再起，時劉貢父爲給事中，學士鄭穆表請致事，狀過門下省，劉謂同舍曰：「宏中請致仕，爲年若干？」答者曰：「鄭年七十三。」劉遽云：「慎不可遂其請。」問何故，劉曰：「且留取伴八十四底。」潞公聞之，甚不懌。

蔡襄 字君謨。累官端明殿學士。世稱襄行書第一，小楷第二，草書第三。

慶曆初，歐陽修、王素、余靖俱列諫官，蔡襄喜而賦詩曰：「御筆新除三諫官，喧騰朝野競相歡。當年流落丹心在，自古忠良得路難。必有謀謨裨帝右，更須風采動朝端。世間萬事皆塵土，留取功名久遠看。」未幾，襄亦除諫官，時謂之四諫。

嘉祐間，禁中張燈，正月十四，帝御樓，遣中使傳宣從官曰：「朕非好游觀，與民同樂耳。」蔡襄獻詩曰：「高列千峰寶炬森，端門方喜翠華臨。宸遊不爲三元夜，樂事還同萬衆心。天上清光留此夕，人間和氣閣春陰。要知盡慶華封祝，四十餘年惠愛深。」

君謨美鬚髯，一日，屬清閑之燕，上顧問曰：「卿髯甚美，長夜覆之于衾下乎？將寘之于外乎？」君謨無以對。歸舍，暮就寢，思聖語，以髯寘之内外悉不安，一夕不能寢。

王素 旦之子。

王素一日欲作奏論事，方據几秉筆，忽瞑目，夢至一處，若瓊瑶世界，殿上有紺服翠冠者曰：「吾東門侍郎，公則西門侍郎，昔以奏牘玉帝，語傷鯁訐，暫謫下世。今公作奏論事，事有大利害，更審之而後諍也。」公曰：「諾。」悟已三鼓矣。乃索筆書一絶於窗曰：「似至華胥國裏來，雲霞深處見樓臺。月光冷射鷄鳴急，驚覺遊仙夢一回。」晚歲復思玉京之夢，又賦詩曰：「虚碧中藏白玉京，夢魂飛入鳳凰城。何時再步雲霞外？皓齒青童已掃廳。」

余靖　本名希古。韶州人。舉進士，未預解薦，曲江主簿王仝爲干知韶州者，知州怒，希古杖臀二十。乃更名靖，字安道，取他州解及第。爲人不事修飾，作諫官日，因賜對面陳，時方盛暑，上入内云：「被一汗臭漢薰殺，噴唾在吾面上。」

余靖兩使契丹，虜情益親，能胡語，作胡語詩，契丹主曰：「卿能道，我爲卿飲。」靖舉曰：「夜筵没邏臣拜洗，没羅，言侈盛。拜洗，言受賜。兩朝厥荷情幹勒。厥荷，言通好。幹勒，言厚重。微臣雅魯祝君統，雅魯，言拜受。君統，言福祐。聖壽鐵擺俱可忒。鐵擺，言嵩高。可忒，言無極。」主大笑，遂爲酹觴。劉沆亦使契丹，館客戲爲句曰：「有酒如澠，繫行人而不住。」沆應聲曰：「在北曰狄，吹出塞以何妨。」仁宗待虜有禮，不使纖微迕之，二公俱謫官。沆，天聖中辦裝赴省，夢被人斫落頭，甚惡之，人解曰：「只得第二人。雖斫卻頭，留項在裏。」項、沆，劉、留同音。果第二人及第。

李師中

字承之。爲童子時，論其父緯之功於朝，久不報，自詣漏舍，以狀白韓魏公：「先人功罪未辨，深恐先犬馬填溝壑，無以見於地下，故忍痛自言。若欲求官，稍識字，第二人及第不難。」蓋魏公於王堯臣榜第二人登科故也。魏公德量服一世，獨於承之終身不能平。

韓魏公爲陝西安撫，李待制過之。李有詩名，席間使爲官妓賈愛卿賦詩，李即吟云：「願得貔貅十萬兵，犬戎巢穴一時平。歸來不用封侯印，只問君王乞愛卿。」

唐介爲臺官時，張貴妃寵冠後庭，其伯父堯佐驟除宣徽使，介力争之，時文潞公爲首相，介遂劾彦博知益州日織燈錦以獻貴妃，今顯用堯佐，益自固結。帝怒甚，謫英州。李師中以詩送之云：「孤忠自許衆不與，獨立敢言人所難。去國一身輕似葉，高名千古重如山。並遊英俊顔何厚，未死姦諛骨已寒。天爲吾皇扶社稷，肯教夫子不生還。」後介用潞公薦官於朝，無所建白，師中以書從介索所送詩，介無以報，取詩還之，曰：「我固不用落韻詩也。」以「山」「寒」二字韻不同，故云。介南行，挈家渡淮，至中流，大風，波濤泛濫，舟人恐不免飼魚鱉，介兀坐舟中吟詩云：「聖宋未狂楚，清淮異汨羅。平生仗忠信，今日任風波。」夕濟南岸，衆乃欣焉。公憩旅亭，復繼其韻云：「舟楫顛危甚，魚龍出没多。斜陽幸無事，沽酒聽漁歌。」

南齊周盤龍以武功爲散騎常侍，武帝戲之曰：「貂蟬何如兜鍪？」對曰：「貂蟬生於兜鍪。」龐頴公罷相，建節出師太原，其詩曰：「兜鍪却自貂蟬出，敢用前言戲武夫？」李師中以相業自任，嘗帥秦，以事去，其詩曰：「兜鍪不勝任，猶可冠貂蟬。」

趙抃 字閱道，自號知非子。爲侍御史，彈劾不避貴戚，京師號爲鐵面御史。

趙清獻公帥蜀，有妓戴杏花，清獻戲語之曰：「髻上杏花真有幸，」妓應聲曰：「枝頭梅子豈無媒？」逼晚，使直宿老兵呼之，幾二鼓不至，復令人速之。趙周行室中，忽高聲自呼曰：「趙抃不得無禮！」遂令止之。老兵忽自幕後出曰：「某度相公不過一箇時辰，此念息矣。雖承命，實未嘗往也。」

趙清獻公年四十餘，擯去聲色，系心宗教，會佛慧來居衢之南禪，公日親之，慧未嘗容措一詞。後典青州，公餘宴坐，忽大雷震心，即開悟，作偈曰：「默坐公堂虛隱几，心源不動湛如水。一聲霹靂頂門開，喚起從前自家底。」後致政，作高齋以居，題偈見意曰：「腰佩黃金已退藏，箇中消息也尋常。世人欲識高齋老，祇是柯村趙五郎。」

趙清獻公平生畜雷氏琴一張，鶴與白龜各一，所向與之俱，始除帥成都，公單馬就道，以琴、鶴、龜自隨，及再任蜀，過泗州渡淮，前已放鶴，至是復以龜投淮中，既入見，帝問：「聞卿前已匹馬入蜀，所携獨琴鶴，廉者固如是乎？」公頓首謝，故其詩有言「馬尋舊路如歸去，龜放長淮不再來」者，自紀其實也。

趙清獻公退居於衢，有溪石、松竹之勝，日與山僧野老游賦，詩曰：「軒外長溪溪外山，捲簾空曠水雲間。高齋有問如何答，清夜安眠白晝閑。」

趙清獻公家居，其子屼倅温州，迎以就養，作堂名戲彩堂，取老萊子戲彩之義。清獻題詩堂中云：「我想堂中樂可知，優游踰月意忘歸。老萊不及吾兒少，且着朱衣勝彩衣。」

趙清獻公墓在衢州府城東北四十五里。景定間，林存爲潭州帥罷歸，道衢，調千夫荷擔，經墓旁，疲甚，因相與語：「清獻公一琴一鶴，那有許耶？」或聞之題詩驛舍曰：「千夫荷擔在山阿，膏血如何有許多？不若扁舟徑歸去，休從清獻墓前過。」

包拯

謚孝肅。合肥人。時稱閻羅包老。

包孝肅出守本郡，不肯少屈法以阿鄉曲，故流俗稍稍謗議，公爲詩以見意云：「清心爲治本，直道是身謀。秀幹終成棟，真鋼不作鈎。倉充鼠雀喜，草盡兔狐愁。史册有遺訓，毋貽來者羞。」

趙㮚　字叔平。在官如不能言，然陰以利物者爲多，時議比之劉寬、婁師德。

趙叔平初客漣水軍，郡守召置門下。不數年，叔平以館職守漣水，後守名其所居爲豹隱堂。石曼卿有詩云：「熊飛清渭逢何暮？龍卧南陽去不還。年少客遊今郡守，蔚然疑在立談間。」

趙叔平退居睢陽，歐陽永叔致政居潁，叔平來訪，時呂晦叔知潁，開宴召二公，永叔自爲致語，其詩曰：「欲知盛席繼荀陳，請看當筵主與賓。金馬玉堂三學士，清風明月兩閑人。紅芳已過鶯猶囀，青杏初嘗酒正醇。好景難逢良會少，乘歡舉白莫辭頻。」

邵雍

字堯夫。其先范陽人。幼隨父登蘇門山，顧謂雍曰：「若嘗聞孫登乎？吾所尚也。」遂卜隱山下。後還洛陽。富弼、司馬光治第留之，扁其室曰安樂窩。士大夫家争相迎候，童孺皆驩然謂曰：「吾家先生至也。」好事者别作一室如雍所居，以待其至，署曰行窩。後賜謚康節先生。

慶曆中，富鄭公留守西京，府園牡丹盛開，問邵堯夫曰：「此花幾時開盡？」曰：「盡來日午時。」明日乃會客驗其言，飲畢無恙，須臾，群馬飛逸，蹄齧花叢盡毁。後富公在洛，每晴日，必與堯夫同行。至僧舍，公見佛必躬身致敬，堯夫笑曰：「無乃爲佞乎？」

熙寧間，故太師王公拱辰即洛之道德坊營第甚侈，中堂起屋三層，最上曰朝元閣。時司馬君實亦在洛，於私第穿地深丈餘作秘室，讀書於其中。洛人戲云：「王家鑽天，司馬家入地。」邵堯夫見富鄭公，公問：「洛中有何新事？」堯夫曰：「近有一巢居、一穴處者。」遂以二公對。富爲發笑。堯夫園宅，自司馬公而下二十餘家買贈之。

司馬公居洛，買園於尊賢坊，以獨樂名之，與邵康節遊。公一日着深衣自崇德寺書局散步洛水堤上，因過康節天津之居，謁曰：「程秀才。」既見，乃温公也。問其故，公笑曰：「司馬出程伯休父，故曰程。」因留一絶云：「拜罷歸來抵寺居，解鞍縱馬免傳呼。紫衣金帶盡脱去，便是林間一野夫。」康節和詩云：「冠蓋紛華塞九衢，聲名相軋在前呼。獨君都不將爲事，始信人間有丈夫。」

温公一日登崇德閣，約康節，久而不至，乃作一絶以候之云：「淡日濃雲合復開，碧伊清洛遠縈回。林間高閣望已久，花外小車猶未來。」康節至，和其韻云：「君家梁上年時燕，過社今年尚未迴。爲罰誤君凝望久，萬花深處小車來。」

邵康節赴河南尹李君錫會投壺，君錫末箭中耳，君錫曰：「偶爾中耳。」康節曰：「幾乎敗壺。」坐客以爲的對。

司馬光

字君實。生於光州，故名光。居洛十五年，自號迂叟。薨時，程正叔以臆説斂之，正如封角狀。蘇東坡嫉其怪妄，因怒詆曰：「此豈信物一角附上閻羅大王者耶？」紹聖初，毁其隧碑，忽大風走石，群吏莫敢近，獨有一匠氏揮斤而擊，未盡碎，忽仆碑下而死。時群小有目公爲牛者，黄定作寃牛文以雪之。

司馬公父池善詩，監安豐酒税，赴官，嘗有行色詩云：「冷於波水淡於秋，遠陌初窮見渡頭。賴得丹青無畫處，畫成應遣一生愁。」魏仲先贈池詩有：「文雖如貌古，道不似家貧。」爲時所稱。

文潞公守洛，富鄭公、致仕司馬温公、宫祠范蜀公自許下來，同過郡會。出四玉杯勸酒，官妓不謹，碎其一，潞公將治之，温公請書牘尾云：「玉爵弗揮，典禮雖聞於往記；彩雲易散，過差可恕於斯人。」乃笑而釋之。范蜀公居許下，於所居造大堂，以長嘯名之，前有荼蘼架，高廣可容數十客。每春季花繁盛時，燕客其下，約曰：「有飛花墮酒中者，爲嚼一大白。」或語笑諠譁之際，微風過之，則滿坐無遺者。當時號爲「飛英會」。

熙寧間，荆公創行新法，任用吕惠卿等，温公争之不得，賦春遊詩云：「人物競芬華，驪駒逐鈿車。此時松與柏，不及道傍花。」

司馬温公爲定武從事，同幕以妓會飲僧廬，王荆公往迫之，使妓踰垣而去，公度不可隱，乃具道其實，荆公集句戲之云：「年去年來來去忙，暫偷閑卧老僧床。驚回一覺遊仙夢，又逐流鶯過短墻。」他日荆公賦詩，有：「卻憶金明池上路，紅裙争看緑衣郎。」歐公笑曰：「謹願者亦復爲之耶？」

司馬温公嘗即席賦西江月詞云：「寶髻鬆鬆綰就，鉛華淡淡粧成。紅煙紫霧罩輕盈，飛絮遊絲無定。相見争如不見，有情還似無情。笙歌散後酒微醒，深院月明人静。」楊元素學士云：「公剛風勁節，聳動朝野，宜其金心鐵意，不善吐軟媚語，近得其席上所製小詞，雅亦風情不薄也。」

嵩山峻極，中院法堂後簷壁間有詩四句云：「一團茅草亂蓬蓬，驀地燒天驀地空。爭似滿爐煨榾柮，慢騰騰地熱烘烘。」司馬公隸書其旁云：「勿毁此詩。」又於柱間大字隸書曰：「旦、光、頤來。」其上一字公兄也，第三字程正叔也。

神宗一日在講筵從容謂侍臣曰：「頃見司馬光所作昭君古風甚佳，如云：『宫門銅環雙獸面，回首何時復來見？自嗟不若住巫山，布袖蒿簪嫁鄉縣。』讀之使人愴然。」時司馬公病假數日矣。吕惠卿因進曰：「陛下深居九重，何從得而見之？此詩不無深意。」神宗曰：「此四句有何深意？」紹聖間，馬從一監南京排岸司，適漕使至，隨衆迎謁。漕一見怒甚，即叱之曰：「聞汝不職，來欲按汝，何不亟去，尚敢來見耶？」從一惶恐自陳：「湖湘人，迎親竊禄。」求哀不已。漕察其語，南音也，乃稍霽威，云：「湖南亦有司馬氏乎？」從一答曰：「某姓馬，監排岸司耳。」漕乃微笑曰：「然則勉力職事可也。」初蓋誤認爲温公族人，故欲害之。自是從一刺謁，但稱監南京排岸而已。傳者皆以爲笑。

堯山堂外紀卷四十八

宋

歐陽修

字永叔。生四歲而孤，母鄭氏教之。家貧，以荻畫地學書。比舉進士，兩試國子監，一試禮部，皆第一，遂中甲科。其父葬吉之瀧岡，惟葬母一至其地。中歲居潁，集古一千卷，藏書一萬卷，琴一張，棋一局，酒一壺，公以一翁老于五物間，自號六一居士。公作文多在三上，蓋馬上、枕上、厠上也。

歐陽公登第後，授洛陽節推。時錢維演守西都，歐與一官妓荏苒。一日，維演宴後園，客集而歐與妓移時方至，因妓中暑往凉堂睡着，覺失金釵故也。錢公曰：「若得歐推官一詞，當爲償汝。」歐即席云：「柳外輕雷池上雨，雨聲滴碎荷聲。小樓西角斷虹明。闌干倚遍，待月華生。　燕子飛來棲畫棟，玉鈎垂下簾旌。凉波不動簟紋平。水精雙枕倚，有墮釵横。」坐皆稱善，遂命妓滿酌賞歐，而令公庫償釵。時謝希深、梅聖俞與歐公並在維演幕下。一日遊嵩山，自潁陽歸，暮抵龍門香山，俄而雪作，登石樓四望，忽于煙靄中有車馬渡伊水來，既至，則維演遣厨傳歌妓至，傳公語曰：「山行良佳，少留龍門賞雪，無遽歸也。」

慶曆間，歐陽公謫守滁陽，築醒心、醉翁兩亭於瑯琊幽谷，令幕官謝希深絳雜植花卉其間，謝以狀問名品，公批紙尾云：「淺紅深白宜相間，先後仍須次第栽。我欲四時携酒去，莫教一日不花開。」未幾徙揚州，別滁詩曰：「花光濃郁柳輕明，酌酒花前送我行。我亦且如常日醉，莫教絃管作離聲。」

歐陽公守維揚日，於城西北大明寺側建平山堂，頗得遊觀之勝。劉原父出守揚州，公作朝中措餞之云：「平山欄檻倚晴空，山色有無中。手種堂前楊柳，別來幾度春風？　文章太守，揮毫萬字，一飲千鍾。行樂直須年少，樽前看取衰翁。」後東坡亦守是邦，登平山堂有感而賦西江月一闋云：「三過平山堂下，半生彈指聲中。十年不見老仙翁，壁上龍蛇飛動。　欲弔文章太守，仍歌楊柳春風。休言萬事轉頭空，未轉頭時皆夢。」

歐陽公在揚州，暑月會客，取荷花千朵插畫盆中，圍繞坐席，又命坐客傳花，人摘一葉，盡處飲以酒，故答呂通判詩云：「千頃芙蕖蓋水平，揚州太守舊多情。畫盆圍處花光合，紅袖傳來酒令行。」

歐陽公自維揚移守汝陰，作西湖詩云：「緑芰紅蓮畫舸浮，使君寧復憶揚州？都將二十四橋月，換得西湖十頃秋。」

歐陽公有浣溪紗春遊詞曰：「湖上朱橋響畫輪，溶溶春水浸春雲，碧琉璃滑凈無塵。當路遊絲縈醉客，隔花啼鳥唤行人，日斜歸去奈何春！」又有蝶戀花春暮詞曰：「庭院深深深幾許，楊柳堆煙，簾幕無重數。金勒雕鞍遊冶處，樓高不見章臺路。雨横風狂三月暮，門掩黄昏，無計留春住。淚眼問花花不語，亂紅飛過鞦韆去。」後李易安酷愛此詞，用其語作「庭院深深」數闋。

歐陽公與人行令，各作詩兩句，須犯徒以上罪者。一云：「持刀哄寡婦，下海劫人船。」一云：「月黑殺人夜，風高放火天。」歐云：「酒粘衫袖重，花壓帽簷偏。」或問之，答云：「當此時，徒以上罪亦做了。」

歐陽公嘗有小詞云：「江南柳葉，小未成陰。人爲絲輕那忍折，鶯憐枝嫩不勝吟，留取待春深。十四五間，抱琵琶尋。堂上簸錢堂下走，恁時相見已留心，何况到如今！」後有謗歐公盗甥者，表云：「喪厥夫而無託，携孤女以來歸。」張女此時年方七歲，錢穆父素恨公，見而笑云：「年七歲正是學簸錢時也。」及知貢舉時，落第舉人復作醉蓬萊詞以譏之。

崇徽公主，僕固懷恩女，唐代宗册立之以嫁吐蕃者，歐陽公題公主手痕云：「故鄉飛鳥尚啁啾，何況悲笳出塞愁？青塚芳魂知不返，翠崖遺跡爲誰留？玉顏自昔爲身累，肉食何嘗預國謀？行路至今空嘆息，岩花野草自春秋。」

至和、嘉祐間，舉子文尚奇澁，讀或不能成句，歐陽公力欲革其弊。既知貢舉，凡文涉彫刻者皆黜之。時范景仁、王禹玉、梅公儀等同事，而梅聖俞爲參詳官。未引試前，唱酬詩極多，歐公「無譁戰士銜枚勇，下筆春蠶食葉聲」最爲警策，聖俞有「萬蟻戰時春日暖，五星明處夜堂深」，亦爲諸公所稱。及放榜，平時有聲如劉幾輩皆不預選，士論洶洶，鬨然以爲主司耽于唱酬，不暇詳考校，且以五星自比，而待我曹如蠶蟻，因造爲醜語。自是，禮闈不敢作詩者幾三十年。

時劉幾好撰怪嶮之語，歐公深惡之，會知貢舉，决意痛懲。有一舉人曰：「天地軋，萬物茁，聖人發。」修曰：「此必劉幾也。」戲續曰：「秀才剌，試官刷。」因以硃筆横抹之，謂之紅勒帛，判「大紕繆」字，榜之，果幾也。被黜之士，候修早朝，聚譟馬前，王爲祭文投修家。後三年，公爲御試考官而幾在廷，修曰：「除惡務本，今必痛斥輕薄子以除文章之害。」是時，試堯舜性仁賦，有曰：「静以延年，獨高五帝之壽；動而有勇，形爲四罪之誅。」修大稱賞，擢第一，及唱名，乃劉煇，即幾易名也。修愕然久之。

歐陽公知貢舉日，每遇閱卷，坐後常覺一朱衣人，若點頭，則其文入格，始疑侍史，及回視之，一無所見，因語同列，爲之三歎，嘗有句云：「惟願朱衣一點頭。」

初，歐公在洛陽與梅聖俞同遊嵩山，望四峰巨厓之上，有丹書四字，云「神清之洞」，指示聖俞。洎告老歸潁，思前四字，作一絶云：「四字丹書萬仞厓，神清之洞鎖樓臺。煙霞極目無人到，鸞鶴今應待我來。」後數月薨。

鄭獬

字毅夫。神文慎于選士。皇祐五年廷試前一日，焚香祝曰：「願得忠孝狀元。」洎唱名，得獬，故鄭謝及第啓云：「何以副上心忠孝之求」是也。卒之日，家貧子弱，藁殯僧舍者十餘年，及滕甫守安州，乃克葬。

鄭毅夫少年自負，監中送以第五，意甚不平，其謝主司啓云：「李廣事業，自謂無雙；杜牧文章，止得第五。」

鄭獬微時，夢至一處，有小池方濶數尺，甃以明玉，獬以水浴身，視其臂生白鱗，視水中影，頭已角出，有吏云：「此玉龍池也。」故登第詩云：「霹靂一聲從地起，到頭身是白龍翁。」

鄭毅夫爲翰林學士，草富鄭公拜相制。毅夫自負其文敏贍，因爲詩曰：「中使傳宣内翰家，君王令草侍中麻。紫泥金印封題了，紅燭纔燒一寸花。」

許虞部女好學能詩，爲方勉妻，夜與勉看晁錯傳，作詩云：「匣劍未磨晁錯血，已聞刺客殺袁絲。」後勉與友人飲于市，犯夜禁，時鄭毅夫作尹，因之。許氏投詩云：「明時樂事娱詩酒，帝里風光剩占春。况是白衣重得侶，不堪青旆自招人。早知玉漏催三鼓，不把金貂换百巡。大抵仁人憐氣類，不教孤客作囚身。」遂釋之。

鄭毅夫夢仙詩云：「授我碧簡書，奇篆蟠丹砂。讀之不可識，翻身淩紫霞。」王介甫見之，大笑曰：「此人不識字，不堪自承。」毅夫曰：「不然。吾用太白詩語耳。」介甫又笑曰：「自首减等。」

吴門蠡口瀕太湖，乃范蠡自此乘扁舟泛五湖也。鄭毅夫有詩曰：「千重越甲夜城圍，戰罷君王醉不知。若論破吴功第一，黄金印合鑄西施。」

周師厚在鄭獬榜及第，只壓得陳傳一人，自賦詩云：「有眼不堪看鄭獬，回頭猶喜見陳傳。」

滕元發

初名甫，字元發，避諱改字爲名而字達道。布衣時，嘗爲范文正客，時范尹京。滕少年，頗不羈，往往潛出狹邪，范公病之。一夕，至滕書室中，明燭觀書，以俟其至，意將愧之。滕夜分大醉而歸，略無懾懼，長揖問曰：「公所讀何書？」公曰：「漢書。」復問：「漢高祖何如人？」公逡巡而入。

滕元發少居鄉里寺中修業，主僧出，諸生夜盜其犬烹之，僧歸覺，笑曰：「能作滕先生偷狗賦即不申理。」其破題云：「僧唯不浄，狗也宜偷。」「輟藍宫之夜吠，充絳帳之晨羞。」「摶飯引來，猶掉續貂之尾；索綯牽去，難回顧兔之頭。」又云：「既欲思於實腹，遂乃設於空喉。取狗器。」即日傳播諸郡。紹興初，臨安學帑被盜，邏者夜搜溝中，所盜金在焉。時府學黄生立于傍，遂録送府。强公薉時爲録事參軍，引滕公作賦故事，乞俾之試。府主張公澄許之，以取傷廉爲題。生倉皇不成文，强公潛代爲之，其一聯云：「門人竊屨，何傷孟子之賢；同舍誣金，始見直生之量。」張公見之喜，遂置不問。

滕元發皇祐五年御試律聽軍聲詩云：「萬國休兵外，群生奏凱中。」以是得第三人，最爲場屋所稱。初甫與楊繪、鄭獬同試，自謂必魁天下，與二人約：「若其不然，寧罰。」及獬首選，楊次之，滕第三，鄭戲責所約，甫答曰：「一人解，一人會，予安得不第三乎？」

司馬温公章奏王廣淵乞誅之以謝天下。是時滕元發爲起居注，侍立殿陛。既歸，廣淵就元發問：「早來司馬君實上殿，乞斬某以謝天下，不知聖語如何？」元發戲曰：

「我只聽得聖語云：『依卿所奏。』」

滕元發受知神宗，以議政與荆公不合，遂出爲帥，後又中飛語，謫知筠州，陳表自辯，神宗乃以公知湖州，湖，公所乞也。是時，林子中作禮部員外郎，與公婿何洵直邦彦同曹，聞公得湖，以詩賀曰：「清風樓下兩溪春，三十餘年一夢新。欲識玉皇香案吏，水晶宫裏謫仙人。」蓋公初第即倅湖，湖州距是三十年矣。

滕甫有弟申，狠暴無禮，其母獨篤愛，用是數淩侮其兄，而鬭政多紊。章子厚與甫舊狎，一日語之曰：「公多類虞舜，然亦有不似者。」甫究其説，子厚曰：「類者，父頑、母嚚、象傲；不類者，克諧以孝耳。」

馮京

字當世。父名式。京生而俊邁不群，式題其所誦書後云：「將作監丞通判荆南軍府事馮京。」式既退十一年，京舉進士，自鄉選至廷對，俱策名第一，果爲將作監丞通判荆南。時張堯佐欲妻以女，不肯就，富弼以女妻之。再娶，則晏殊女也。當時有曰：「兩娶相家之女，三魁天下之儒。」嘗患傷寒，死已而甦，云：「往五臺，見昔爲僧時室中物皆在，有言，我俗緣未盡，故遣歸。」因作文記之，屬其子，他日勿載誌中。

馮當世未第時，客餘杭縣，爲官逋拘窘，計無所出，題小詩於所寓寺壁。一胥魁范生見之，爲白令，丐寬假，令疑胥受賕游説，胥云：「馮秀才甚貧，某但見其所留詩，知他日必顯。」出其詩，令笑釋之。詩云：「韓信栖遲項羽窮，手提長劍喝秋風。吁嗟天下蒼生眼，不識男兒未濟中。」

馮當世又嘗薄遊，爲街卒所繫，鄭守王公素釋之，及使關中，王方帥渭，與宴集甚歡，貽之詩曰：「吞炭難酬當日事，積薪深愧後來恩。」祖龍圖無擇晚娶徐氏有姿色。議親時，無擇爲館職，徐氏必欲相其人，而無擇貌寢，恐不得當也。時馮當世與同舍，丰姿秀美，乃諭媒妁：俟馮出局，揚鞭躍馬經過徐居，曰：「此祖學士也。」徐竊窺喜甚。成婚始悟其非，竟以反目離婚。

王俊民

王俊民登第，二親無恙，韓魏公贈詩曰：「青雲一第人皆有，白髮雙親世所無。」陳林亦贈詩曰：「一舉登科日，雙親未老時。錦衣歸故里，端的是男兒。」時又有兄弟同榜者，有客贈詩曰：「綵衣膝下成行舞，丹桂庭前並幹生。」

李渤 字子文。樂昌人。

李渤世業儒，有聲嶺表，登嘉祐進士，郡人尊之，號爲李夫子。嘗試南昌，作聞伯夷之風頑夫廉賦中魁，時人膾炙，稱爲李伯夷，有詩云：「嶺表嘗聞夫子號，江西曾振伯夷風。」

褚歸

褚歸應治平中省試大舜善與人同賦，其破題云：「晉有大舜，潛心至仁。道雖貫於萬世，善猶同於衆人。」卒見黜，心甚不平，一友戲慰曰：「公以『尿罐』對『油筒』，宜見黜落，何愠之有？」治平中，國學試策問體貌大臣，進士對策曰：「若文相公、富相公，皆大臣之有體者；若馮當世、沈文通皆大臣之有貌者。」意謂文、富豐碩，馮、沈美少也。劉原甫遂目馮、沈爲有貌大臣。

黄裳

字冕仲。酷嗜燒煉，晚年疾篤，喻諸子曰：「我死以大缸一枚坐之，復以大缸覆之，用鐵綫上下管定，赤石脂固縫，置之穴中足矣。」

黄冕仲未第時，嘗有魁天下之志。元豐四年，南劍州譙門一柱忽爲迅雷所擊，冕仲聞之，占成四句云：「風雷昨夜破枯株，借問天公有意無？莫是卧龍蹤跡困，放開頭角入天衢？」次年對策，爲天下第一。

焦蹈

元豐八年，貢院夜四鼓火，翟曼、陳之方、馬希孟皆焚死，其後别試，焦蹈爲魁，諺云：「不因南省火，安得狀元焦？」

吴儔

熙寧未改科前，有吴儔賢良，爲廬州教授，嘗誨諸生：作文須用倒語，如「名重燕然之勒」之類，則文勢自然有力。廬州士子遂作賦嘲之云：「教授於廬，名儔姓吴，大段意頭之没，全然巴鼻之無。」「没意頭」「無巴鼻」，皆當時俗語。熙寧初，有人自常調上書，迎合宰相意，遂丞御史，蘇長公戲之曰：「有甚意頭求富貴，没些巴鼻使奸邪。」

堯山堂外紀卷四十九

宋

梅堯臣

字聖俞，詢從子。歐陽公與爲詩友，嘗謂：「作詩貴能狀難寫之景於目前，含不盡之意於言外。」歐深服之。

梅聖俞幼戲謝師直曰：「古錦裁詩句，班衣戲坐隅。木奴今正熟，肯効陸郎無？」師直，小名錦衣奴，至十歲讀此方悟之。

晏同叔守汝陰，梅聖俞往見之。將行，同叔置酒潁河上，因言：「古人章句中全用平聲，製字穩帖，如『枯桑知天風』是也，恨未見『亥』字詩耳。」聖俞既引舟，遂作五亥詩寄之曰：「月出斷岸口，影照别舸背。且獨與婦飲，頗勝俗客對。月漸上我席，暝色亦稍退。豈必在秉燭？此景亦可愛。」

宣城守吕士龍欲杖營妓井麗華。吕眷一客娼，井短肥。梅聖俞戲作小調解之云：「莫打鴨，打鴨驚鴛鴦。鴛鴦新自南洲落，不比孤洲老秃鶬。秃鶬尚欲遠飛去，何況鴛鴦羽翼長？」

梅聖俞四禽言詩云：「泥滑滑，苦竹岡。雨蕭蕭，馬上郎。馬蹄淩兢雨又急，此鳥爲君應斷腸。」「婆餅焦，兒不食。爾父向何之？爾母山頭化爲石。山頭化石可奈何？遂作微禽啼不息。」「提葫蘆，沽美酒。風爲賓，樹爲友。山花繚亂目前開，勸爾今朝千萬壽。」「不如歸去，春山云暮。萬木兮參天，蜀天兮何處？人言有翼可歸飛，安用空啼向高樹？」

梅聖俞以詩知名，三十年終不得一館職。晚年受敕修唐書，語其妻刁氏曰：「吾之修書，可謂胡孫入布袋矣。」刁應聲曰：「君于仕宦，不可謂鮎魚上竹竿耶？」聞者無不絶倒。

梅聖俞嘗於范希文席上賦河豚詩云：「春洲生荻芽，春岸飛楊花。河豚於此景，貴不數魚蝦。」劉元甫戲云：「鄭都官鷓鴣詩，人謂『鄭鷓鴣』；聖俞河豚詩，當謂『梅河豚』也。」鄭谷詩名盛於唐末，號雲臺編，而世俗但稱鄭都官詩。梅聖俞晚年官亦至都官。劉原父戲之曰：「聖俞官必止於此。」坐客皆驚。原父曰：「昔有鄭都官，今有梅都官也。」未幾，聖俞病卒。其詩爲宛陵集，而後人亦但謂之梅都官詩。一言之戲，遂成語讖。

蘇子瞻嘗於淯井監得西南夷人所賣蠻布弓衣，其上織成文，有云：「朔風三日暗吹沙，蛟龍卷起噴成花。花飛萬里奪曉月，白石爛堆愁女媧。」乃梅聖俞春雪詩也。子瞻以遺歐陽公。公家舊蓄琴一張，乃寶曆三年雷會所斲，遂以此布更爲琴囊云。

蘇舜欽

字子美。與梅聖俞齊名，而二家詩體特異。忭豪放好飲。在外舅杜祁公家，每夕讀書以一斗爲率，公使子弟密覘之，聞子美讀漢書張良傳，至「良與客狙擊秦皇帝，誤中副車」，遽撫掌曰：「惜乎擊之不中！」遂滿引一大白。又讀至「良曰：『始臣起下邳，與上會於留，此天以授陛下。』」又撫按曰：「君臣相遇，其難如此。」復舉一大白。公聞之大笑曰：「有如此下物，一斗不足多也。」

蘇子美魁偉，與宋中道並立，下視之，笑曰：「交不著。京師市語。」號爲錐宋，以其顋利而么麼也。因贈詩曰：「辟如利錐末，所到物已破。」後倅洺州，洺，本趙地，有毛遂塜，梅聖俞遂舉處囊事爲送行詩戲之。

蘇子美坐監進奏院，市故紙會客，削籍爲民。徙居蘇州學之南，有水數頃，傍有小山，高下相望，蓋錢氏時廣陵王所作。子美以四十千得之爲居，傍水作滄浪亭，自號滄浪翁，題水調歌頭於亭上曰：「瀟灑太湖岸，淡蕩洞庭山。魚龍隱處，煙霧深鎖渺瀰間。方念陶朱張翰，忽有扁州急槳，撇浪載鱸還。落日暴風雨，歸路遶汀灣。丈夫志，當景盛，耻疎閑。壯年何事憔悴？華髮改朱顔。擬借寒潭垂釣，又恐鷗鳥相猜，不肯傍青綸。刺棹穿蘆荻，無語看波瀾。」

博州崔存因遊王屋，見二人坐水濱，存願聞名號，東坐曰：「豈不知世有石曼卿乎？」西坐者即蘇舜欽子美也。存曰：「世傳學士爲鬼仙矣。」曼卿曰：「甚哉，二三子之妄也！夫純陽即仙，純陰即鬼。升於天爲仙，沉於幽爲鬼，處於中爲人。既爲仙，又爲鬼乎？」存願得一語以救塵骸，曼卿作詩曰：「牛尾麟角成真少，莫道從來是壯夫。龜鶴性靈終好道，神仙言語不關書。不將青目觀浮世，都把仙春駐玉壺。寄語世人無妄語，高真幽鬼適殊途。」子美作詩曰：「宿植靈根何太早，洞悟真風正年少。常令丹海飛日烏，又使玉液朝元腦。崑臺氣候四時春，紫府光陰夜如曉。來時不用五雲車，跨着清風下蓬島。」須臾，有翠鳥飛下，銜書置二子前，子美曰：「瀛洲有召。」遂飛踰山頂而去。

劉敞　字原父，號公是先生。弟攽，字貢父，號公非先生。敞子奉世，字仲馮。是爲三劉。

劉原父晚年再娶，歐公作詩戲之云：「仙家千載一何長，浮世空驚日月忙。洞裏桃花莫相笑，劉郎今是老劉郎。」原父得詩不悦。歐公與王拱辰同爲薛簡肅公壻，歐公先娶王夫人姊，再娶其妹，故拱辰有「舊女壻爲新女壻，大姨夫作小姨夫」之戲。原父思報之，三人會間，原父曰：「昔有一學究訓學子誦毛詩，至『委蛇委蛇』，學子念從原字，學究怒而責之曰：『蛇』當讀作『姨』字，毋得再誤。明日，學子觀乞兒弄蛇，飯後方來，問：『何晏也？』曰：『遇有弄姨者，從衆觀之。先弄大姨，後弄小姨。是以來遲。』」歐公亦爲之噱然。按：薛簡肅公五女，長適張奇，次喬易從，次王拱辰，次歐陽公，次又適拱辰。載公墓，文甚明。而詩話等書皆稱歐陽公兩爲簡肅公婿，未確。

劉貢父性滑稽，與王彦和汾同在館中，汾病口喫，貢父爲之贊曰：「恐是昌家，又疑非類，未聞雄名，只有艾氣。」周昌、韓非、揚雄、鄧艾皆口吃者。

王彦和汾與劉貢父同趨朝，王戲劉曰：「内朝日日須呼汝。」蓋常朝知班吏多云「班班」謂之喚班。劉應聲曰：「寒食年年必上公。」劉又嘗戲王覿云：「公何故見賣王？」答曰：「賣公直甚分文？」

治平初，濮安懿王原寢皆用紅泥雜飾，劉貢父謂王汾曰：「頃聞王墳賜緋，得非子有銀章之命耶？」劉貢父爲中書舍人，一日朝會，幙次與三衛相隣，時諸帥兩人出一水晶茶盂，傳玩良久，一帥曰：「不知何物所成，瑩潔如此？」貢父隔幙戲云：「諸公豈不識，此乃多年老冰耳。」兵冰同音。

劉貢父爲試官，出臨以教思無窮論，舉人上請曰：「此卦大象如何？」劉曰：「要見大象，當詣南御苑可也。」時馬默爲臺官，彈奏攽輕薄，不當致在文館。貢父歎曰：「既云馬默，豈合驢鳴？」

王中父介與劉貢父同考試，中父以舉人卷子用「小畜」字，疑「畜」字與御名同音，貢父爭以爲非，中父不從，固以爲御名。貢父曰：「此字非御諱，乃中父家之諱也。」因相詬罵。貢父坐罷，同判太常禮院罰銅歸館。有啓謝執政云：「虛船獨舟，忮心不怨。强弩射市，薄命何逃？」時雍子方爲開封推官，戲曰：「據罪名當决臀杖十三。」貢父曰：「吾已入文字云：切見雍子方身材長大，臀腿豐肥，臣實不如舉以自代。」

沈存中适爲内翰，劉貢父與從官數人同訪之，始下馬，典謁者報云：「内翰方就澡盆浴，可少待也。」貢父語同行曰：「存中死矣，待之何益？」衆驚問故。貢父曰：「孟子云：『死矣，盆盛括。』」适聞之，亦大笑。

劉貢父與王荆公素厚，荆公當國，劉屢謔之，荆公每爲絶倒。荆公嘗改杜詩「天開象緯逼」爲「天閲象緯逼」，黄山谷對衆極言其是，貢父聞之曰：「直是怕他。」

王介甫多思而喜鑿説，嘗與劉貢父共食，介甫曰：「孔子不撤薑食何也？」貢父曰：「本草言：薑食多損智道。非明民，將以愚之。孔子以道教人，故不撤薑食，所以愚之。」介甫欣然而笑。久乃悟其爲戲。

熙寧始尚經術，説詩者競爲穿鑿，如：「伊其相謔，贈之以芍藥。」謂此爲淫泆之會。必求其爲士贈女乎？女贈士乎？劉貢父曰：「芍藥能行血破胎氣，此蓋士贈女也；若『視爾如荍，貽我握椒』，則女之贈士也，本草云：『椒，性温、明目、暖水臟。』故耳。」聞者絶倒。

王介甫爲相，大講天下水利，有獻策曰：「梁山泊決而涸之，可得良田萬頃。」介甫喜甚，沉思曰：「然安得所貯許水乎？」劉貢父在坐中曰：「此甚不難。自其旁别穿一梁山泊，則足以貯此水矣。」介甫大笑而止。一説：貢父謂：「此事楊蟠無齒。」介甫思其説而不得。貢父笑曰：「此易曉耳。楊蟠，杭人，善作詩，自號浩然居士。相公熟識之，今欲涸湖爲田，此事浩然無涯也。」一時聞者絶倒。

王荆公謂劉貢父曰：「三代夏商周可對乎？」貢父即曰：「四詩風雅頌。」荆公拊髀曰：「天造地設也。」

劉貢父與荆公論新法不便，出通判泰州，題館中壁云：「壁門金闕倚天開，五見宫花落井槐。明日扁州滄海去，卻從雲氣望蓬萊。」荆公見而諷詠之，仍書於扇。

劉貢父通判泰州，東坡送以詩曰：「君不見，阮嗣宗，臧否不挂口。莫誇舌在牙齒中，是中惟可飲醇酒。讀書不用多，竹詩不須工。海邊無事日日醉，夢魂不到蓬萊宫。秋風昨夜入庭樹，蓴絲未老君先去。君先去，幾時回？劉郎應白髮，桃花開不開？」

東坡嘗與劉貢父言：「某與舍弟習制科時，日享三白，食之甚美，不復信世間有八珍也。」貢父問三白之説，坡言：「是一撮鹽，一碟生蘿蔔，一盌飯。」貢父大笑。久之，折簡召坡喫皛飯。坡不復省憶，謂人云：「貢父讀書多，必有出處。」比至，見案上所設，惟蘆菔、鹽、飯而已，始悟貢父以三白爲戲也。後數日，坡復召貢父食毳飯，貢父意必有毛物相苦，迨往，談論至日晏並不設食，貢父餒甚，索飯再三，坡徐曰：「鹽也毛，蘆菔也毛，飯也毛，非毳而何？」貢父捧腹曰：「固知君必報東門之役，然慮不及此。」坡始命進食，抵暮乃去。毛，去聲，俗呼無曰毛。

劉貢父一日問蘇子瞻：「『老身倦馬河堤永，踏盡黄榆緑槐影』，非閣下之詩乎？」子瞻曰：「然。」貢父曰：「是日影耶？月影耶？」子瞻曰：「『竹影金鎖碎』，又何嘗説日月也？」二公大笑。」

劉貢父觴客，蘇子瞻有事欲先起，劉以三菓一藥調之曰：「幸早裏，且從容。」蘇答曰：「奈這事，須當歸。」

傅欽之作中丞，言劉仲馮。一日貢父逢之曰：「小姪何過，致起臺章？」欽之慚云：「也只三平二滿文字。」貢父熟視笑曰：「七上八下人材。」

呂望之嘉問提舉市易務，三司使曾希劾其違法，荆公惑黨人之説，曾反罷朝請，而嘉問治事如故。劉貢父聞而嘆曰：「豈意曾子避席，望之儼然。」

王荆公罷相，出鎮金陵，時飛蝗自北而南，江南諸郡皆有之。百官餞荆公於城外，劉貢父後至，追之不及，見其行榻上有一書屏，因書一絶以寄之云：「青苗助役兩妨農，天下嗷嗷怨相公。惟有蝗蟲偏感德，又隨車騎過江東。」

王介甫嘗戲拆劉貢父名曰：「劉攽不直分文。」貢父遂拆介甫名曰：「失女便成宕，無宀莫是妬？下交亂真如，上頭誤當宁。」介甫大慙而心啣之。元豐末，貢父貶衡州監酒，雖坐他累，議者嘗以介甫姓名爲戲惡之也。元祐初，起知襄州，淳于髡墓在境内，嘗以詩題云：「微言動相國，大笑絶冠纓。流轉有餘智，滑稽全姓名。師儒空稷下，衡蓋盡南荆。贅壻不爲辱，旅墳知客卿。」又有續陳師厚善謔詩云：「善謔知君意，何傷衛武公？」蓋記前事，且以自解云。

劉貢父晚年得惡疾，鬚眉墜落，鼻梁斷壞，苦不可言。一日，與東坡會飲，令各引古人一聯相戲，子瞻遽言曰：「大風起兮眉飛揚，安得猛士兮守鼻梁！」坐中大噱，貢父默然無言，但感愴而已。子瞻又嘗謂貢父曰：「少壯讀書，頗知故事：孔子嘗出，顔、仲二子行而過市，卒遇其師，子路趫捷，躍而升木；顔淵懦，緩顧無所之，就市中刑人所經幢避之。所謂石幢子者。既去，市人以賢者所至，不可復以故名，遂共謂避孔塔。」坐者絶倒。

孫洙

字巨源。嘗注杜詩，注中稱「洙曰」者是也。與孫覺同爲館職。覺字莘老。

孫巨源在翰林，日與李端愿太尉往來，尤數會。一日鎖院宣召者至其家，則出數十輩蹤跡之，得於李氏。時李新納妾，能琵琶。公飲不肯去而迫於宣命，入院幾二鼓矣。遂草三制，罷，復作菩薩蠻詞以記别恨，遲明，遣示李，其辭曰：「樓頭尚有三通鼓，何須抵死催人去？上馬苦匆匆，琵琶曲未終。回頭凝望處，那更廉纖雨。謾道玉爲堂，玉堂今夜長。」

孫巨源從劉貢父乞墨，吏送孫莘老，巨源復來乞，乃知莘老誤留也，以皆姓孫，又同館職，故吏輩莫得而别。劉曰：「何不取其髯爲别？」吏曰：「皆髯而莫能别也。」劉曰：「既皆髯，何不以其身之大小爲别？」吏曰：「諾。」于是館中以莘老爲大髯孫學士，巨源爲小髯孫學士。

孫莘老形貌古奇，熙寧中，論事不合，責出，世謂沒興孔夫子。孔宗翰，宣聖之後，氣質肥厚，劉貢父目爲孔子家小二郎。元祐中，二人俱爲侍郎，二部争事於殿門外幄次中，劉貢父過而謂曰：「吾黨之直者異於是。」坐中有悟之者，大笑。

韓縝　字玉汝。億之子。兄弟八人：綱、綜、絳、繹、維、縝、緯、緬。世謂桐樹韓家。縝初請字於歐公，公字之曰玉女，縝以爲侮己，不悦。蓋公從毛詩「王欲玉女」，元無水偏傍也。

韓玉汝治泰州尚嚴，人語曰：「寧逢暴虎，莫逢韓玉汝。」孫臨滑稽，尤善對，或問曰：「『莫逢韓玉汝』，當以何對？」孫應聲曰：「何怕李金吾。」聞者賞之。

元豐初，契丹來議地界，韓玉汝承旨出分畫。玉汝有愛妾劉氏，將行，與飲通夕，且作樂府詞留别。翌日，神宗已密知，忽中批步軍司遣人爲搬家追送之。玉汝初莫測所因，久之，方知其自樂府發也。劉貢父，玉汝姻黨，即作小詩寄之以戲云：「嫖姚不復顧家爲，誰謂東山久不歸？卷耳幸容攜婉孌，皇華何啻有光輝。」玉汝之詞由此亦遂盛傳於天下。

楊蟠　號浩然。

楊蟠宅在錢塘湖上，晚罷永嘉郡而歸。浩然有挂冠之興，每從親賓乘月泛舟，使二笛婢侑樽，悠然忘返。沈注贈一闋，有曰：「竹閣雲深，巢虚人闃，幾年湖上音塵寂。

風流今有使君家，月明夜夜聞雙笛。」人咨其清逸。

賈收 字耘老。

賈耘老有水閣在苕溪上，景物清曠。沈會宗爲賦天仙子詞曰：「景物因人成勝槩，滿目更無塵可礙。等閑簾幙小闌干，衣未解，心先快，明月清風如有待。誰信門前車馬隘，別是人間閑世界。坐中無物不清涼，山一帶，水一派，流水白雲長自在。」其後，水閣易主，遺址與沈存中水閣相近，同在一岸，景物悉如會宗之詞，存中嘗作絶句云：「三間水閣賈耘老，一首佳詞沈會宗。無限當時好明月，如今總屬續溪翁。」

錢塘吴山有美堂，朝士大夫留題甚衆，賈耘老詩曰：「自刊宸畫入雲端，神物應須護翠巒。吴越不藏千里色，斗牛常占一天寒。四簷望盡回頭懶，萬象搜來下筆難。誰信静中踈拙意，略無蹤跡到波瀾。」後東坡倅杭，命筆吏盡録詩，不著姓名，默定高下，以耘老詩爲冠，因此與耘老從游。

劉槩

字孟節。青州壽光人。好游山，常獨挈飯一甖，窮探幽險，無所不至，夜則宿於巖石之下，或累日乃返。

劉孟節舉進士及第，爲幕僚一任，不得志，棄官隱居冶原山，富鄭公鎮青，甚禮重之。冶原，歐冶子鑄劍地也，山奇水清，氣象幽絶。富公爲築室原上，孟節常寓居龍興僧舍之西軒，往往凭欄静立，慨想世事，吁唏獨語，或以手拍欄杆，自詠詩曰：「昔年曾作瀟湘客，憔悴東秦歸未得。西山忽見好溪山，如何尚有楚鄉憶？讀書悮人四十年，幾回醉把欄干拍。」

陳烈

福州人。與陳襄、周希孟、鄭穆稱「海濱四先生」。

陳烈少與蔡襄同硯席，襄出鎮福唐，烈造訪，聞其政頗嚴刻，乃維舟津亭而不入，謂留詩亭上，曰：「溪山龍虎蟠，溪水鼓角喧。中宵鄉夢破，六月夜衾寒。風雨生殘木，蛟螭喜怒瀾。殷勤祝舟子，移棹過前灘。」亭吏録以呈蔡，蔡曰：「陳君教我矣。」亟令追之，已不及。自此少尚寬云。

蔡君謨守福唐，上元日，令民間一家點燈七盞。陳烈作大燈長丈餘，大書其上曰：「富家一盞燈，太倉一粒粟。貧家一盞燈，父子相對哭。風流太守知不知，猶恨笙歌無妙曲。」君謨見之，還輿罷燈。

李覯

字泰伯，盱江人。嘗試制科，六論不得其一，曰：「吾書未嘗不讀。必孟子注疏也。」擲筆而出，後檢視之，果然。

李泰伯素不喜孟子，時有一士人頗滑稽而饕餮，聞有饋李酒者，欲以計求之，因投所業詩數篇，其首章乃非孟詩也，詩曰：「焚廩捐階事可咍，孟軻深信不知非。岳翁方且爲天子，女壻如何弟殺之？」李喜甚，留飲連日，酒盡方去。他日，士人又聞有饋李酒者，復著論一篇，名曰疑孟，投之，李讀畢謂曰：「前此酒本擬留作數日計，君至一飲遽盡，旬餘殊索寞。公之論固佳，此酒不可復得也。」士人觖望逡巡而退。

李泰伯一日與處士陳烈同赴蔡君謨飲。君謨以營妓佐酒，烈已不樂。酒行，衆妓方歌，烈併酒擲于案上，作皇懼狀，踰墻攀木而遁。時泰伯坐上賦詩云：「七閩山水掌中窺，乘興登臨對落暉。誰在畫樓酤酒處？幾多嗚艣送潮歸？晴來海色依稀見，醉後鄉心積漸微。山鳥不知紅粉樂，一聲檀板便驚飛。」烈聞之，遂投牒云：「李覯本無士行，輒篋賓筵，詆釋氏爲妖胡，指孟軻爲非聖。按吾聖經云：『非聖人者無法。』合依名教，肆諸市朝。」君謨覽牒笑謂來者云：「傳語先生，今後不使弟子也。」

李泰伯和陳殿撰詩有句云：「酒鄉貧更入，詩債病猶還。」當時喜傳誦之。

張景 公安人。與穆修、沈造善。

張景隱居不仕，仁宗召見，問曰：「卿在江陵何處居？」對曰：「兩岸緑楊遮虎渡，一灣芳草護龍州。」又問：「所食何物？」曰：「新粟米炊魚子飯，嫩冬瓜煮鱉裙羹。」

堯山堂外紀卷五十

宋

神宗頊

年十三居濮邸。一日，晝憩便寢，有紫氣自鼻中出，盤旋如香篆，時以爲瑞。

神宗天性儉約，奉慈壽宫尤盡孝道，慈聖太后嘗以乘輿服物未備，因同天節作珠子鞍轡爲壽，神宗一御於禁中，後藏去不復用；一日與兩宫幸後苑賞花，慈壽輦至，神宗即降步親扶慈聖出輦，屢卻不從，聞者太息。慈聖上僊，李奉世時爲侍郎，進挽詩有云：「珠韉昔御恩猶在，玉輦親扶事已非。」蓋記此二事，神宗覽之泣下。

王安石

字介甫。晚居金陵鍾山謝公墩，距城適相半，因號半山。公押「石」字，初横一畫，左引脚中爲一圈，公性急，作圈多不圓，往往窩匾，而横畫又多帶過。嘗有密譏公押「反」字者，公知之，加意作圈。嘗獨處論量天下人才，首屈指於其子雱，曰：「犬哥是一箇。」爵荆國公，追封舒王。或謂當時公論分明，以「荆舒是懲」目之。京、卞輩當國，懵然不知也。

嘉祐中，後苑賞花釣魚，時王介甫以知制誥預末坐，帝出詩示群臣次第屬和，傳至介甫，日將夕矣，亟欲奏御，得「披香殿」字，未有對，時鄭毅夫獬接席顧介甫曰：「宜對『太液池』。」介甫遂成詩云：「蔭幄晴雲拂曉開，傳呼仙仗九天來。披香殿上留朱輦，太液池邊送玉杯。宿蘂暖含春浩蕩，戲鱗清映日徘徊。宸章獨與春爭麗，恩許賡歌豈易陪？」翌日，都下盛傳王舍人竊柳耆卿詞「太液波翻，披香簾捲」之語，介甫頗啣之。

王介甫初拜相日，取筆題窗云：「霜松雪竹鍾山寺，投老歸歟寄此生。」投筆而起，人莫測其意。後致仕居金陵白下門外，遊鍾山，憩法雲寺，是日正當霜雪，虛窗松竹皆如詩中之景，公憮然久之。

荆公作相日，苑中有石榴一叢，枝葉甚茂，止發一花，題詩云：「濃綠萬枝紅一點，動人春色不須多。」

王荆公作相日，當生朝，光禄卿鞏申以大籠貯雀詣客次，搢笏開籠，且祝曰：「願相公一百二十歲。」時有邊寨之主妻病而虞侯割股以獻者，時人爲之語曰：「虞侯爲縣君割股，大卿與丞相放生。」

荆公在歐公坐，分韻送裴如晦知吴江，以「黯然消魂惟別而已」八字分韻，時客與公八人：荆公、平甫、老蘇、梅聖俞、蘇子美、姚子張、焦伯强也。時老蘇得「而」字，押韻云：「談詩究乎而。」荆公乃又作「而」字二詩，有云：「采鯨抗波濤，風作鱗之而。」蓋用周禮考工記「之而頰」也。又云：「春風垂虹亭，一杯湖上持。傲兀何賓客，兩忘我與而。」最爲工。

荆公題殘菊詩：「黄昏風雨打園林，殘菊飄零滿地金。」歐陽公見之，戲曰：「秋花不比春花落，憑仗詩人仔細看。」荆公聞而笑曰：「歐九不學之過也。不見楚詞云：『夕餐秋菊之落英』乎？」

舒王在鍾山，有道士來謁，因與棋，輒作數語曰：「彼亦不敢先，此亦不敢先。惟其不敢先，是以無所争。惟其無所争，故能入不生不死。」舒王笑曰：「此特棋隱語也。」

王荆公棋品不甚高，每與人對局，未嘗致思，隨手疾應，覺其勢將敗，便斂之，謂人曰：「本圖適性忘慮，反苦思勞神，不如且已。」因賦詩云：「莫將戲事擾真情，且可隨緣道我赢。戰罷兩奩分黑白，一枰何處有虧成？」

蘇子瞻過金陵，王介甫招游蔣山，坐方丈飲茶，公指案上大研曰：「可集古詩，聯句賦此。」子瞻應聲曰：「軾僭先道一句：『巧匠斲山骨。』」公沉思良久，起曰：「且趁晴色，窮攬蔣山之勝，此非所急也。」田承君與一二客從後觀之，田曰：「荊公尋常好以此困人，門下士往往受困，今日反爲蘇公所困矣。」

蘇子瞻渡江至儀真，和介甫遊蔣山詩，介甫指「峰多巧障日，江遠欲浮天」，撫几嘆曰：「老夫一生作詩，無此兩句。」

蘇長公奉祠西太乙，見王介甫舊題六言詩曰：「楊柳鳴蜩緑暗，荷花落日紅酣。三十六陂春水，白頭想見江南。」注目久之，曰：「此老野狐精也。」

荊公薦進一二寒士，位侍從，初無意於大用也。公去位後，遂參政，公作小詩寄意云：「本種酴醾架，金沙只謾栽。自矜顔色好，飛度蠟前開。」

謝安墩在半山招寧寺後，安與王羲之嘗登此。介甫居金陵，作絶句云：「我名公字偶相同，我屋公墩在眼中。公去我來墩屬我，不應墩姓尚隨公。」或謂荊公好與人争，在朝則與諸公争新法，在野則與謝公争墩，亦善謔也。

荊公舉一酒令云：「有客姓任名稔，販金販錦。關吏止之曰：『任稔任入，金錦禁急。』」又字謎云：「目字加兩點，不得作貝字猜，貝字欠兩點，不得作目字猜。」賀、資二字也。又：「四箇口盡皆方，加十字在中央。不得作田字道，不得作器字商。」圖字也。

呂惠卿嘗語王荆公曰：「公面有䵟，用園荽洗之當去。」荆公曰：「吾面黑耳，非䵟也。」呂曰：「園荽亦能去黑。」公笑曰：「天生黑於予，園荽其如予何？」

王元澤雱數歲時，客有以一獐一鹿同籠以獻，問元澤，何者是獐，何者爲鹿？元澤實未識，良久對曰：「獐邊者是鹿，鹿邊者是獐。」客大奇之。

或議王元澤不能作小辭，元澤援筆作倦尋芳一首，自此絶不作。其詞云：「露晞向曉，簾幙風輕，小院閑晝。翠逕鶯來，驚下亂紅鋪繡。倚危樓，登高榭，海棠着雨胭脂透。算韶華，又因循過了，清明時候。　倦遊燕、風光滿目，好景良辰，誰共携手？恨被榆錢，買斷兩眉長鬭。憶得高陽人散後，落花流水仍依舊。這情懷，對東風，盡成消瘦。」

王元澤又有春景眼兒媚詞曰：「楊柳絲絲弄輕柔，煙縷織成愁。海棠未雨，梨花先雪，一半春休。　而今往事難重省，歸夢遶秦樓。相思只在，丁香枝上，豆蔻稍頭。」

荆公及雱同修經義，經成，加荆公左僕射，雱龍圖閣直學士，同日受命。元絳賀詩曰：「陳前輿服同桓傅，拜後金珠有魯公。」荆公經義行，舉子專誦王氏章句而不解義，嘗曰：「本欲變學究爲秀才，不謂變秀才爲學究也。」

王元澤有心疾，與妻未嘗接，荆公憐而嫁之。同時有工部員外郎侯叔獻再娶而悍。後叔獻卒，朝廷慮其虐前妻之子，有旨出之，不得爲侯氏妻。京師語曰：「王太祝生前嫁婦，侯兵部死後休妻。」

程師孟嘗請於王介甫曰：「公文章命世，師孟多幸與公同時，願得公爲墓誌，庶傳不朽。」介甫問：「先正何官？」師孟曰：「非也。師孟恐不得常侍左右，欲豫求墓誌，俟死而刻之耳。」介甫雖笑而不許，而心憐之，及王雱死，有習學檢正張安國披髮藉草哭於柩前，曰：「公不幸未有子，今郡君妊娠，安國願死托生爲公嗣。」京師語曰：「程師孟生求速死，張安國死願托生。」初，元澤病亟，介甫命道士作醮，大陳楮泉。平甫啓曰：「雱雖疾，丘之禱久矣，爲此奚益？且兄常以倉法繩吏姦，今乃以楮泉徼福，安知三清門下不行倉法耶？」

舒王女吴安持之妻，蓬萊縣君，工詩，多佳句，有詩寄舒王曰：「西風吹入小窗紗，秋氣應憐我憶家。極目江山千里恨，依然和淚看黄花。」舒王以楞嚴經新釋付之，并和其詩曰：「青燈一點映窗紗，好讀楞嚴莫憶家。能了諸緣如夢幻，世間應有妙蓮花。」舒王夫人吴好潔，舒王性任率，每不相合，自江寧乞歸私第，有官藤床，吴假用未還，群吏來索，左右莫敢言。王一日跣而登床，偃卧良久，吴望見，即命送還。

王安國

字平父，荆公弟也。體幹魁碩。爲翰林學士日，盛夏入館，下馬流汗浹衣，劉貢父曰：「君真所謂汗淋學士也。」

王介甫初參大政，一日，因閲晏元獻小詞，笑曰：「爲宰相而作艷詞可乎？」平甫曰：「亦偶然耳。顧其事業，亦不止此。」時吕惠卿在坐，遽曰：「爲政必先放鄭聲，况自爲之乎？」平甫正色曰：「放鄭聲不若遠佞人。」吕大慚。一説，介甫與吕惠卿論新法，平父吹笛于内，公諭之曰：「請學士放鄭聲。」平父即應曰：「願相公遠佞人。」惠卿深銜之。

常待制秩居汝陰有盛名，於嘉祐、治平之間，屢召不至，歐陽公亦推禮之，其詩所謂「笑殺潁川常處士，十年騎馬聽朝鷄」者是也。熙寧初，荆公當國，力致之，遂起判國子監太常禮院，聲譽稍減於前。嘗一日大雪趨朝，時秩已衰，寒甚，不可忍，喟然若有所恨者，乃舉文忠詩自戲曰：「凍殺潁川常處士，也來騎馬聽朝鷄。」秩舊治春秋，著講解數十卷，自謂聖人之意盡在是矣。介甫不好春秋，秩遂盡諱其所學，熙寧六年，兩河荒歉，詔令所在青苗本錢權行倚閣，王平甫戲秩曰：「公之春秋亦權倚閣乎？」

陳繹爲舉子，通率少檢，後舉制科，驟爲質朴，時號熱熟顔回。時孔文仲舉制對策，言天下有可歎息慟哭者。既而被斥。繹時爲翰林學士，曰：「文仲狂躁，真杜園賈誼也。」王平甫笑曰：「杜園賈誼正好對蓺熟顔回。」

唐詩曰：「二十四考中書令，」謂汾陽王也，而無其對，或以問平甫，平甫應聲曰：「萬八千户冠軍侯。」謂霍去病。

蘇東坡嘗云：「『爲我周旋寧作我』真一好句，只是難對。」時王平甫在坐，應聲云：「只消道『因郎憔悴却羞郎』。」

王平甫熙寧中直宿崇文館，夢有人挾至海上，見海中央宫殿甚盛，其中作樂笙簫鼓吹之伎甚衆，榜其宫曰靈芝宫。平甫欲與俱往，有人在宫側謂曰：「時未至。」且令去，他日當迎之至此。恍然夢覺，時禁中已鳴鐘矣。平甫爲詩記之曰：「萬頃波濤木葉飛，笙歌宫殿號靈芝。揮毫不似人間世，長樂鐘聲夢覺時。」後四年，平甫卒，其家卜之曰：「君嘗夢往靈芝宫，果然乎？」卜曰：「然。」又三年，曾阜夢與平甫會，傍一人曰：「平甫已列仙官矣。」

王欽臣 字仲至。

王欽臣自西京一縣令召入，議法與荆公不合，令學士院試賦一篇，但賜出身，卻歸本任。時荆公爲考官，於簾下見其試畢就壁間題字，使人録之，乃二詩也。其一云：「蜀國相如最有詞，武皇深恨不同時。淩雲賦罷還無用，寂寞文園意可知。」其二云：「古木陰森白玉堂，老年來此試文章。日斜奏罷長楊賦，閑拂塵埃看畫墻。」荆公爲改「奏罷長楊賦」作「奏賦長楊罷」。在金陵，好事者求公書，多寫此詩。

曾公亮 字明仲。初疾韓琦，乃薦王安石以間之，及同輔政，一切陰助所爲。謂人曰：「上與介甫如一人，此乃天也。」然安石猶以公亮不盡阿附己，聽其罷相。

曾公亮自嘉祐秉政，至熙寧中尚在中書，年雖高而精力不衰，故臺諫無非之者，唯李復圭以爲不可，作詩曰：「老鳳池邊蹲不去，饑烏臺上噤無聲。」未幾，曾公遂致仕去。唐人謂中書舍人爲小鳳，翰林學士爲大鳳，丞相爲老鳳，益以中書省有鳳池也。又謂儀部之長曰大儀，員外曰中儀，主事曰小儀。宋人猶襲其稱。

呂惠卿　字吉甫。王安石罷相，退處金陵，於鍾山書院往往寫「福建子」三字，蓋深悔爲惠卿誤也。

元祐間，王景亮與仕族無名子結爲一社，紀事嘲誚，士大夫無問賢愚，一經諸人之目，即被不雅之名，號曰猪嵬關。呂惠卿察訪京東，呂質清瘦，語話之際喜以雙手指畫，社人呼之曰說法馬留。又湊爲七字曰：「說法馬留爲察訪。」社中彌歲不能對。一日，邵箎因上殿氣泄，出知東平，邵高鼻捲髯，社人名爲湊氛獅子。仍對曰：「湊氛獅子作知州。」惠卿銜之，諷部使者發以他事，舉社遂爲虀粉。馬留，蓋優人呼沐猴之名。

盧秉　元豐初提點兩浙刑獄。

盧秉嘗爲江南郡掾，於傳舍中題詩云：「青衫白髮病參軍，旋糶黃粱置酒罇。但得有錢留客醉，也勝騎馬傍人門。」王荆公見而稱之，力薦于朝，不數年登貳卿。

劉景文

字季孫。在忻州數日，率一謁晉文公祠，既至祠下，必與神偶語，久之乃出，文公亦時時來謁。景文閉閤若與客語者，則神之至也。

劉季孫初以左班殿直監饒州酒，王荆公爲江東提刑，巡歷至饒按酒務，始至廳事，見屏間有題小詩曰：「呢喃燕子語梁間，底事來驚夢裏閑？説與傍人應不解，杖藜携酒看芝山。」大稱賞之，問專知官誰所作，以季孫言，即召與之語，嘉歎，升車而去，不復問務事。既至傳舍，適郡學生持狀立庭下，請差官攝州學事，公判監酒殿直，一郡大驚，遂知名云。

王荆公嘗舉書句語劉季孫曰：「念兹在兹，釋兹在兹，名言兹在兹。」季孫應聲曰：「揭諦揭諦，波羅揭諦，波羅僧揭諦。」安石大笑。

劉季孫送孔宗翰知揚州詩有云：「詩書魯國真男子，歌吹揚州作貴人。」多稱其精當。後爲杭州鈐轄，蘇子瞻作守，深知之，嘗以詩寄子瞻云：「四海共知霜滿鬢，重陽曾插菊花無？」子瞻大喜。

楊德建　號湖陰先生。

楊湖陰居金陵，丹陽陳輔每清明過金陵上塚畢，即過湖陰之居，清談終日，率以爲常。元豐間，頻歲訪之不遇，乃題一絶於門云：「北山松粉未飄花，白下風輕日脚斜。身是舊時王謝燕，一年一度到君家。」湖陰歸見其詩，吟賞久之，曾稱於荆公，公笑曰：「此正戲君爲尋常百姓耳。」湖陰亦大笑。

郭祥正　字功甫。母夢李白而生。少有詩名，梅堯臣一日歎曰：「真太白後身也。」舉進士，歷知端州，棄去，隱于青山，自號謝公山人，所居有醉吟菴。

郭功甫與荆公坐，有一人展刺云：「詩人龍太初。」功甫曰：「相公前敢稱詩人，不識去就如此。」荆公曰：「但請來相見。」既坐，功甫曰：「賢道能作詩，只從相公請箇詩題。」是時，方有老兵以沙搽銅器，荆公即曰：「可作沙詩。」太初不移刻間誦曰：「茫茫黄出塞，渺渺白鋪汀。鳥過跡平篆，潮回日射星。」功甫遂閣筆。由此知名東南。祥正嘗出詩一軸示東坡，先自吟誦，曰：「此詩幾分？」坡曰：「十分。」祥正驚喜，問之，坡曰：「七分來是讀，三分來是詩，豈不是十分？」祥正一日夢中作遊采石詩，明日書以示人，曰：「予決非久于世者。」人問其故？祥正曰：「予近詩有『欲尋鐵索排橋處，只有楊花慘客愁』之句，非予平日所能到，忽得之，不祥。」不踰月果死。李端叔聞而笑曰：「不知杜少陵如何活得許久？」

王逵

王逵工詩。熙寧初，韓忠獻出知大名府，逵因歲節，以詩干酒，曰：「故吏寂寥新歲近，願分餘瀝漲蛟盤。」公以百壺答之。時有胡恢者，失官，獻公詩曰：「建鄴關山千里遠，長安風雪一家寒。」公憐之，令篆石經，得復官。

苗根以列卿知明州歸，多置田產，又自明州取材爲堂，舟載歸。時王逵作詩嘲曰：「田從汶上天生出，堂自明州地架來。」此句傳至京師，王荆公大怒，即出御史王子韶廉其事。自後，以謠言起獄，實自逵始。

王介 字中甫。衢州人。

王介善譏謔，嘗舉制科不中，與王荆公遊，甚款曲，然未嘗降意，少相下。熙寧初，荊公以翰林學士被召，前此，屢召不起，至是始受命。介以詩寄云：「草廬三顧動幽蟄，蕙帳一空生曉寒。」用蕙帳事，蓋有所諷。荊公得之，大笑，他日作詩，有「丈夫出處非無意，猿鶴從來自不知」之句，蓋爲介發。

王介性輕率，語言無論，時人以爲心風。熙寧中，自省判出守湖州，荊公作詩送之云：「吴興太守美如何？柳惲詩才未足多。遥想郡人迎下擔，白蘋洲上起滄波。」其意以水值風即起波也。介喻其意，遂和十篇，盛氣而誦於荊公。其一曰：「吴興太守美如何？太守從來惡祝鮀。生若不爲上柱國，死時猶合代閻羅。」荊公笑曰：「閻羅見闕，速請上任。」吴興有白蘋洲，柳惲於此賦詩云「汀洲採白蘋」，洲因以名。

王荊公曾題江寧道中驛舍一聯云：「茅屋滄洲一酒旗，午煙孤起隔林炊。」王介見而鄙之，書其末云：「金陵村裏王夫子，可是能吟富貴詩？」荊公見之，亦不屑意，乃續之云：「江晴日暖蘆花起，恰似春風柳絮時。」末句又譏介之輕狂也。

蔡肇

字天啓，丹陽人。嘗從王介甫游，一日，語及盧仝月蝕詩辭語奇嶮，介甫曰：「人少有誦得者。」天啓立誦之，不遺一字。一日，又與介甫同泛舟，適見群鳧數百，掠舟而過，介甫戲曰：「子能數之乎？」天啓一閲即得其數，因遣人詢之放蓄者，其數不差。

王荆公作集句，得「江州司馬青衫濕」之句，欲以全句作對，久而未得，一日問蔡天啓，天啓應聲曰：「何不對『梨園弟子白髮新』？」公大喜。

蔡天啓召試中書舍人。故事，宰相未上馬前，限三篇成。天啓揮毫立就。擬授節度使。制云：「嗚戲！千里謬之毫釐，朕不從中御也；萬世垂之竹帛，卿其以身任之。」張天覺讀之，擊節稱美。

蔡天啓爲博士，三年不遷，再至學省，賦詩云：「平生擾擾復膠膠，學省重來歲又交。騎馬醉遭官長駡，讀書慚被學生嘲。何爲眷戀米五斗？便可經營宅一茅。好買江干千個竹，待看煙雨長春稍。」

王荆公在鍾山，有馬甚惡，蹄嚙不可近。一日，兩校牽至庭下，告公請鬻之。蔡天啓時在坐，曰：「世安有不可調之馬？第久不騎，驕耳！」即起捉其騣一躍而上，不用嗬勒，馳數十里而還，荆公大壯之。即作集句詩贈天啓，所謂「蔡子勇成癖，能騎生馬駒」者。後又有「身着青山騎惡馬，日行三百尚嫌遲。心源落落堪爲將，卻是君王未備知」，士大夫盛傳。荆公以將帥之材許天啓。紹聖初，章申公當國，首欲進天啓侍從，會執政有不悦者，乃出爲永興軍路提舉常平。因欲稍遷爲帥，會丁内艱不果，猶是用荆公遺意也。

蔡天啓後守睦州，到任謝表有曰：「城譙闃寂，一葉落而知秋；島嶼縈迴，二水合而成字。」復有詩曰：「叠嶂巧分丁字水，臘梅遲見二年花。」人謂能狀桐廬郡景物。

蔡天任載，天啓弟也，亦工詩。無錫錢伸仲紳退居漆塘，有園亭之勝，一時知名士大夫皆爲之賦詩。天任賦遠雲亭曰：「白雲何時來，英英冠山椒。西風莫吹去，使我心摇摇。」賦通惠泉曰：「水行天地間，萬派同一指。胡爲穿石來？要洗巢、由耳。」賦芳美亭曰：「高人不惜地，自種無邊春。莫隨流水去，卻汙世間塵。」賦遂初亭曰：「着亭傍林泉，偶與初心期。佳處時自領，未應魚鳥知。」諸公服其韻勝。

堯山堂外紀卷五十一

宋

王珪

字禹玉。封岐公。監維陽郡日，王安石爲幕官，陳升之爲衛尉丞。時韓魏公出守是邦。初夏，圃内芍藥開，有金腰帶四朵，公召四人同賞，各簪一朵，後相繼爲相，果花瑞也。晚築室南溪，號志堂居士，左右松竹，逍遥其下，一時名流雅慕之，題曰竹隱。

王岐公與歐陽公同在翰苑，會温成皇后初薨，立春進帖子，以其虚閣故不進，俄有旨令進，岐公遽口占一首云：「昔聞海上有仙山，煙鎖樓臺日月閑。花下玉容長不老，只應春色勝人間。」歐公嘆其美麗。

王岐公在翰苑日，時中秋有月，神宗問：「當直學士是誰？」左右以姓名對。遂召公賜坐。上引謝莊賦李白詩，美其才。又出御製詩示公。公起謝，敕内侍挾持，不令下拜。夜漏下三鼓，上悦甚，令宫嬪各取領巾、裙帶或團扇、手帕求詩，悉以進呈。上云：「須與學士潤筆。」遂各取頭上珠花一朵，裝公幞頭，簪不盡者，置公袖中，旋取針綫縫連袖口。宴罷，月將西沉，上命輟金蓮燭，扶掖歸院。翊日，都下盛傳天子請客。明年中秋，公已參政，蔡確爲學士，上講故事，命宫嬪求詩，蔡奏云：「不敢。」遂命出公舊作，蔡云：「臣才思短澁，不及王某。」酒再行而止，左右不悦云：「學士村。」

宋制，大社二祭多差近臣。王禹玉爲翰林學士，典内外制十八年，屢被差，乃題詩於齋宫云：「隣鷄未唱曉驂催，又向靈壇飲福杯。自笑治聾知不足，明年强健更重來。」帝聞而憐之，遂拜參知政事。

王禹玉與荆公同侍朝，荆公有虱直緣其鬚，裕陵顧而笑，公不自知也。朝退問禹玉曰：「上何爲笑？」禹玉告之故，公命從者去之，禹玉曰：「未可輕去，當獻一言，頌虱之功。」乃云：「屢遊相鬚，曾經御覽。」荆公爲之解頤。

王丞相嗜諧謔，一日論沙門，因曰：「投老欲依僧。」客遽對曰：「急則抱佛脚。」王曰：「『投老欲依僧』是古詩一句。」客亦曰：「『急則抱佛脚』是俗諺全語。上云投，下云脚，豈不的對也。」王大笑。

王丞相云：「馬子山騎山子馬。」馬給事，字子山。穆王八駿有山子馬之名。久之，人對曰：「錢衡水盗水衡錢。」錢某爲衡水令。人謝之曰：「正欲作對爾，寔非有盗也。」

元豐中，神宗以元夕御樓，宰臣親王觀燈，有御製令從臣和進。王禹玉爲左相，蔡持正爲右相。蔡密叩王云：「應制上元詩，如何使事？」禹玉曰：「只是鰲山鳳輦。」章子厚時爲黄門侍郎，以爲陳腐，且疑爲所紿。十七日登對，裕陵獨賞禹玉詩云：「妙於使事。」詩云：「雪消華月滿仙臺，萬燭當樓寶扇開。雙鳳云中扶輦下，六鰲海上駕山來。鎬京春酒沾周燕，汾水秋風陋漢才。一曲昇平人共樂，君王又進紫霞盃。」時高麗賀正旦禮物中有紫霞杯，五色玻璃也，是夕，上用進酒。子厚始歎服，以爲不可及。

王岐公詩喜用金、玉、珠、翠等字，世謂「至寶丹」。其子明之在姑蘇有所愛，比至京師，公强留之逾時，詩云：「黄金零落大刀頭，玉筯歸期畫到秋。紅錦寄魚風逆浪，玉簫吹鳳月當樓。伯勞知我經春别，香蠟窺人徹夜愁。好去渡江千里夢，滿天梅雨是蘇州。」句意甚工而富艷奇巧，得公家法。有人云：「詩能窮人，且試强作此富貴語，看如何？」其人數日搜索，云：「止得一聯，云『脛脡化爲紅玳瑁，眼睛變作碧琉璃』。」聞者絶倒。

王豐父少年詞賦登科，文章世其家，作拄杖詩云：「老境得爲丘壑伴，醉鄉還勝子孫扶。」其風味雍容如此。

黄嗣徽少年時讀書有俊聲，不幸爲後母訴於官，隸軍籍。王岐公丞相宣籍得之，聞其識字，使抄書。一日，觀宋復古郎中所畫山水，使子弟賦詩，嗣徽亦請賦，公頷之，頃刻成一絶句曰：「匣有瑶琴篋有書，棲遲猶未卜吾廬。主人況是丹青手，乞取生涯似畫圖。」岐公大嗟賞之。及問知曲折，以故人子奏於朝，乞以門客恩澤承務郎特補之。命下之日，暴卒。

王禹玉丞相既亡，有無名子作詩嘲之云：「太師因被子孫煎，身後無名只有錢。喏喏佞翻王介甫，奇奇歆殺宋昭宣。嘗言井口難爲戲，獨坐中書不許年。東府自來無土地，便應正授不須權。」其家經府指言張山人作，府中追張山人至，張曰：「某自來多作十六十七字詩，着題詩某吟不得。」府尹笑而遣之。

王琪 字君玉。珪從兄。嘗乞夢於后土祠，夜得報云：「君年二十七，官至四品。」時年正二十七，大惡之。過歲，乃稍自安。後以禮部侍郎樞密直學士致仕。未改官制時，正四品，年七十二云。

王君玉初登第，調揚州江都尉，題九曲池詩云：「越調隋家曲，當年亦九成。哀音已亡國，廢沼尚留名。儀鳳終沉影，鳴蛙衹沸聲。凄凉不可問，落日背蕪城。」晏元獻赴杭州，道過維揚，憩大明寺，瞑目徐行，使侍吏誦壁間詩板，戒其勿言爵里姓名，終篇者無幾，别誦此詩，徐問之，知爲琪作，賞歎不已，薦琪館職。

王琪、張亢同在晏元獻幕。張肥大，王以太牢目之；王瘦小，張以獮猴目之。一日，有米綱至八百里村，水淺，當剥載，張往督，王曰：「所謂八百里剥也。」張曰：「未若三千年精矣。」琪嘗嘲亢曰：「張亢觸墻成八字。」亢應聲曰：「王琪望月叫三聲。」亢滑稽，有門客作坤厚載物賦云：「粤有大德，其名曰坤。」亢曰：「非講經之座主，即傳法之沙門。」

彭乘爲翰林學士，文章誥命每出，人咸指笑之。有邊帥乞朝覲，仁宗許其候秋凉即途，彭爲批之於詔曰：「當俟蕭蕭之候，爰興靡靡之行。」王琪性滑稽，多侮誚，及乘死，琪爲挽詞云：「最是蕭蕭句，無人繼後風。」

金陵賞心亭，丁晉公建也。公以家藏袁安卧雪圖張於其屏，乃唐周昉筆，經十四守無敢覬覦者，後爲太守竊去，以凡筆畫蘆雁易之。工密學。琪求作守，登臨賦詩曰：「千里秦淮在玉壺，江山清麗壯吴都。昔人已化遼天鶴，舊畫難尋卧雪圖。冉冉流年去京國，蕭蕭華髮老江湖。殘蟬不會登臨意，又噪西風入座隅。」

元絳　字厚之。知福州日，有吏白事，公問：「如何行遣？」吏對：「合依元降指揮。」公曰：「元絳未嘗指揮。」吏悚而退。

神宗友愛嘉、岐二王，不許出閣，固辭者數十，其後改封。先召翰林學士元厚之謂曰：「卿可于麻辭中道殺，勿令更辭也。」略云：「列第環宫，彌聳開元之盛；側門通禁，共承長樂之顔。」

元厚之在翰林日，高麗使乞新著，王平甫以詩戲之曰：「誰使詩仙來鳳沼，欲傳賈客至雞林。」

元厚之知荆南，嘗夢至仙府，與三人者聯書名，傍有告之曰：「君三人蓋兄弟也。」覺而思之，莫知所謂。未幾召入爲學士，時韓持國維、楊元素繪先已在院。一日，因書奏列名，三人名皆從絞絲，始悟夢中兄弟之意。已而，持國、元素皆外補，厚之尹京。後三年，復與元素還職，而鄧文約相繼爲直院，三人之名又皆從絞絲。許大夫選嘗作四翰林詩記其事。厚之和云：「聯名適似三株樹，傳玩驚看五朵雲。」此亦一時之異也。

元豐間，嘗久旱不雨，裕陵禁中齋禱甚力。一日，夢有僧乘馬馳空中，口吐雲霧，既覺而雨大作。翌日，遣中貴人道夢中所見，物色於相國寺三門五百羅漢中，第十三尊略彷彿，即迎入内，視之，正所夢也。王丞相禹玉作喜雨詩云：「良弼爲辜霖雨望，神僧作霧應精求。」元厚之詩云：「仙驥籲雲穿伏下，佛花吹雨匝天流。」蓋記此。

元豐既行官制，準唐故事，定宰相上事儀，以御史中丞押百官班拜於階下，宰相答拜於阼階上。時王禹玉除左僕射，蔡持正右僕射，神宗命即尚書省行之，二人力辭，帝不可，曰：「此國體，非爲卿設也。」二人乃受命。時元厚之已致仕居吴，以詩賀王禹玉，有「前殿聽宣中禁制，南宫看集外朝班。星辰影落三階下，桃李陰成四海間」之句，時最爲盛事。

王觀

字通叟。有冠柳集。序者稱其高於柳詞，故曰冠柳。

王觀恃才放誕，陸子履慎默于事，無所可否，二人極相善。觀寢疾，子履往候之。觀以方帽包裹坐複帳中，子履笑曰：「體中小不佳，何至是？所謂『王三惜命』也。」觀厲聲曰：「王三惜命，何如陸四括囊？」聞者大笑。

王觀有雨中花令呈元厚之，云：「百尺清泉聲陸續。映瀟洒、碧梧翠竹。面千步回廊，重重簾幕，小枕欹寒玉。試展鮫綃看畫軸。見一派、瀟湘凝緑。待玉漏穿花，銀河垂地，月上闌干曲。」

王觀又有踏青詞曰：「調雨爲酥，催冰做水，東君分付春還。何人便將輕暖，點破殘寒。結伴踏青去好，平頭鞋子小雙鸞。煙郊外，望中秀色，如有無間。晴則箇，陰則箇，餖飣得天氣，有許多般。須教鏤花撥柳，争要先看。不道吴綾繡襪，香泥斜沁幾行斑。東風巧，盡收翠緑，吹在眉山。」

王觀嘗作莫惱翁曲云：「穀垂乾穗豆垂角，雨足年登不勝樂。烏巾紫領銀鬚長，白酒滿盃翁自酌。翁醉不知秋色凉，兒捋翁鬚孫撼床。莫惱翁，翁年已高百事慵。」

蔡挺

字子正。抗弟也。謚敏肅。

熙寧間，有司言四月一日當蝕，上爲徹樂、避正殿。一夕微雨，不見日食，是日有皇子之慶。蔡子正獻詩云：「昨夜薰風入舜韶，君王方避正衙朝。陽暉已得前星助，陰沴潛隨夜雨銷。」共叙四月一日避正殿、皇子慶誕、陰雲不見日食殆盡。當時無能過云。

元豐間，蔡挺自西掖出鎮平陽，經數歲，意欲歸，作喜遷鶯一闋云：「霜天秋曉。正紫塞故壘，黃雲衰草。漢馬嘶風，邊鴻叫月，隴上鐵衣寒早。劍歌騎曲悲壯，盡道君恩須報！塞垣樂，盡櫜鞬錦領，山西年少。談笑。刁斗靜，烽火一把，時報平安耗。聖主憂邊，威懷遐遠，驕虜尚寬天討。歲華向晚愁思，誰念玉關人老？太平也，且歡娛，莫惜金尊頻倒！」時有中使至平陽，挺使倡優歌之，遂達于禁掖，上因語呂丞相曰：「蔡挺欲歸。」遂以西掖召還。

蔡確

字持正。韓絳宣撫陝西，見確所製樂語，以爲材，薦於開封尹韓維，維又薦之安石。胡宗愈夫人丁氏嘗於窗隙遥見確，謂其神彩與盧多遜像相似，其後蔡果南竄。

宣仁垂簾日，蔡確拜左僕射，其弟碩贓敗，確謫守安州。夏日，登車蓋亭，作十絶句云：「公事無多客亦稀，朱衣小吏不須隨。溪潭直上虛亭裏，卧展紫桑處士詩。」「一川佳景疎簾外，四面涼風曲檻頭。緑野平流來遠棹，青天白雨起靈秋。」「靜中自足勝炎蒸，入眼兼無俗物憎。何處機心驚白鳥，誰人怒劍逐青蠅？」「紙屏石枕竹方床，手倦拋書午夢長。睡起莞然成獨笑，數聲漁笛在滄浪。」「西山髣髴見松筠，日日來看色轉新。聞說桃花巖石畔，讀書曾有謫仙人。」「風搖熟果時聞落，雨滴餘花亦自香。葉底出巢黃口鬧，波間逐隊小魚忙。」「來結芳廬向翠微，自持盃酒對青暉。水趨夢澤悠悠過，雲抱西山冉冉飛。」「矯矯名臣郝甑山，忠言直節上元間。古人不見清風在，歎息思公俯碧灣。」「溪中曾有戈船士，溪上今無佩犢人。病守翛然唯坐嘯，白鷗紅鶴伴閑身。」「喧豗六月浩無津，行見沙洲束兩濱。如帶溪流何足道，沉沉滄海會揚塵。」時吳處厚知漢陽軍，箋注以聞。其略云：「五篇涉譏諷。『何處機心驚白鳥，誰人怒劍逐青蠅』，以譏讒譖之人。『葉底出巢黃口鬧，波間逐隊小魚忙』，譏新進用事。別無謗訕君上。『睡起莞然成獨笑』，方今朝廷清明，不知確獨笑何事。『矯矯名臣郝甑山，忠言直節上元間』，按：郝處俊封甑山公，唐高宗欲遜位天后，處俊上疏諫此事，正在上元三年。今皇太后垂簾，遵用章獻、明肅故事，確指武后以比太母。『沉沉滄海會揚塵』，謂人壽幾何，尤非佳語。」宣仁盛怒，令確分析，終不自明，遂貶新州。

蔡持正謫新州，侍兒琵琶偕行，常養一鸚鵡甚慧，丞相呼琵琶，即扣一響板，鸚鵡傳呼之。琵琶逝後，誤扣響板，鸚鵡猶傳呼不已，丞相大慟。因作詩曰：「鸚鵡言猶在，琵琶事已非。傷心瘴江水，同渡不同歸。」悒悒不樂，不久遂終。

章惇

字子厚。進士登名，耻出姪衡下，委敕而去，再舉甲科。紹聖間拜相，安惇爲從官，因嫌名見，時但稱享而已。

章子厚與蘇子瞻小時相善，子瞻爲鳳翔判官，時子厚任商令，劉原父皆以國士遇之，二人相得歡甚。同遊南山諸寺，抵仙遊潭，下臨絶壁萬仞，横一木爲橋。子厚推蘇過潭書壁，蘇不敢。子厚平步以過，用索繫樹，躡之上下，神色不動，以漆墨濡壁，大書壁上曰：「章惇、蘇軾來遊。」子瞻拊其背曰：「子厚必能殺人。」

東坡在黄，即坡之下，種稻爲田五十畝。自牧一牛，一日，牛忽病幾死。王夫人謂坡曰：「此牛發豆斑，療法當以青蒿作粥啖之。」如言而效。嘗舉似章子厚，子厚曰：「我更欲留君與語，恐人又謂從牛醫兒來，姑且去。」遂大笑别。

章子厚生時，父母欲不舉，已納之盆水，燭滅之而明者三，有大呼於梁者曰：「此相公也！」父母懼而止。東坡嘗與之詩云：「方丈僊人出渺茫，高情猶愛水雲鄉。」子厚深銜之。

章子厚與劉子宣有塲屋之舊，子厚居京口，子宣守姑蘇，以新醖洞庭春寄之，子厚答詩曰：「洞霄宮裏一閑人，東府西樞老舊臣。多謝姑蘇賢太守，慇懃分送洞庭春。」其後隔十年，子厚拜相，亦不通問，寄書訝其相忘，子宣以詩謝曰：「故人天上有書來，責我疎愚喚不回。兩處共瞻千里月，十年不寄一枝梅。塵泥自與雲霄隔，駑馬難追德驥才。莫謂無心向門下，也曾朝夕望三台。」子厚得詩大喜，即召爲宰屬，尋屢遷。

元祐初，章子厚簾前争事無禮，責知汝州，錢穆父行詞云：「怏怏非少主之臣，悻悻無大臣之節。」子厚後見穆父，責其語太甚，穆父笑曰：「官人怒雜職，安敢輕行杖。」

蘇子瞻謫儋州，以「儋」與「瞻」字相近也；子由謫雷州，以「雷」字下有「田」字也；黄魯直謫宜州，以「宜」字類「直」字也。此章子厚駁謔之意。當時有術士曰：「『儋』字從立人，子瞻其尚能北歸乎？『雷』字雨在田上，承天之澤也，子由其未艾乎？『宜』字乃『直』字有蓋棺之義，魯直其不返乎？」後子瞻北歸，至毗陵而卒；子由退老于潁，十餘年乃終；魯直竟卒於宜。

章子厚謫雷州，過小貴州南山寺，有僧奉忠迎謁，子厚見之。已而倚檻看雲曰：「『夏雲多奇峰』，真善比類。」忠曰：「曾記夏雲詩甚奇，曰：『如風如火復如綿，飛過微陰落檻前。大地生靈乾欲死，不成霖雨謾遮天。』」章默然。

舒亶 字信道，號亦樂居士。與李定同陷東坡于罪者。

熙寧中，舒亶爲臨海縣尉，民有醉酒逐其叔母者，亶執之而斷其首，投笏去，題壁上云：「一鋒不斷兇渠首，千古誰知將相材。」時荆公當國，奇之，爲改調，官至御史裏行。

舒亶嘗夢入空中，見樓閣金碧輝煌，有瓊裾琅𤩽者數百人，揖亶請詩，且曰：「此間文章要似鸞鳳隱起，與織女分巧。」亶吟曰：「天風吹散赤城霞，染出連雲萬樹花。誤入醉鄉迷去路，傍人應笑卻還家。」一人曰：「未免近凡。」

舒信道有詠茗卜算子詞曰：「池臺小雨乾，門巷香輪少。誰把青錢襯落紅？滿地無人掃。　何時鬭草歸，幾度尋花了。留得佳人蓮步痕，宮樣鞋兒小。」

堯山堂外紀卷五十二

宋

蘇洵

字明允，號老泉。子軾，字子瞻，小字同文。謫黄州日，就東坡築雪堂以居，因號東坡居士。次轍，字子由，小字同叔，己卯生，東坡，號爲卯君。唐時，蘇味道爲眉州刺史，留一子居眉，故眉有蘇氏。時人語曰：「眉山生三蘇，草木盡皆枯。」

至和間，蘇明允來京師，爲歐陽公所知，其名翕然。韓忠獻諸公皆待以上客。嘗遇重陽，忠獻置酒私第，惟歐陽公與一二執政。而蘇明允乃以布衣參其間，都人以爲異禮。席間賦詩，明允有「佳節屢從愁裏過，壯心還倚醉中來」之句，諸公莫不擊節。

蘇子瞻十歲時，見老蘇誦歐公謝宣召赴學士院仍謝對衣并馬表，因令子瞻擬之，其間有云：「匪伊垂之，帶有餘；非敢後也，馬不進。」老蘇喜曰：「此子他日當自用之。」至元祐中，再召入院作承旨，仍益之，云：「枯羸之質，匪伊垂之帶有餘；斂退之心，非敢後也馬不進。」

王荆公在熙寧中作字説，妄意杜撰，東坡因見而及之，曰：「丞相賾微窅窮，制作某不敢知，獨恐每每牽附，學者承風，不勝其鑿。姑以『犇』『麤』二字言之，牛之體壯於鹿，鹿之行速於牛，今積三爲字而其義皆反之，何也？」又戲謂曰：「以竹鞭馬爲篤，不知以竹鞭犬有何可笑？」又嘗舉「坡」字問荆公何義，公曰：「『坡』者，土之皮。」坡公笑曰：「然則『滑』者水之骨乎？」荆公並無以答。

王荆公一日問東坡曰：「『鳩』字何以從『九』？」東坡曰：「詩云『鳴鳩在桑，其子七兮』，連娘帶爺，恰是九箇。」公欣然而聽，久之，始悟其謔。

王介甫論揚子投閣爲史臣之妄，劇秦美新之作，亦後人誣子雲。它日與東坡論及此，東坡曰：「軾亦疑一事。」荆公曰：「疑何事？」東坡云：「不知西漢果有子雲否？」聞者皆大笑。

東坡一日會客坐，客舉令，欲以兩卦名證一故事，一人云：「孟嘗門下三千客，大有同人。」一人云：「光武兵渡滹沱河，既濟未濟。」一人云：「劉寛婢羹汙朝衣，家人小過。」東坡云：「牛僧孺父子犯罪，先斬小畜，後斬大畜。」蓋指荆公父子也。衆皆絶倒。

蘇子瞻與姜潛同坐，姜字至之，先舉令云：「坐中各要一物是藥名。」乃指子瞻曰：「君，藥名也。」問之曰：「子蘇子。」子瞻應聲曰：「君亦藥名也。君若非半夏，定是厚朴。」姜詰其故，曰：「非半夏、厚朴，何故曰姜制之。」

東坡元祐時登禁林，以高才狎侮諸公卿，獨於司馬温公不敢有所重輕。一日，與論事偶不合，坡曰：「相公此論，故爲鱉廝踢。」温公不解其義，曰：「鱉安能廝踢？」坡曰：「是之謂鱉廝踢。」及歸舍，方卸巾弛帶，乃連呼曰：「司馬牛，司馬牛。」

東坡喜嘲謔，以吕微仲豐碩，每戲之曰：「公真有大臣體，此坤六二所謂『直方大』也。」微仲拜相，東坡當制，其詞曰：「果藝以達，有孔門三子之風；直大而方，得坤爻六二之動。」一日，東坡謁微仲，微仲方晝寢，久而不出，東坡不能堪，良久，見于便坐，有一菖蒲盆畜緑毛龜，東坡云：「此龜易得，若六眼龜則難得。」微仲問六眼龜出何處？東坡曰：「昔唐莊宗同光中林邑國嘗進六眼龜，時伶人敬新磨在殿下進口號曰：『不要鬧，不要鬧，聽取這龜兒口號，六隻眼兒分明睡一覺，抵别人三覺。』」

東坡嘗邀劉器之參玉版和尚。器之每倦山行，聞見玉版，欣然從之。至簾泉，燒笋而食。器之覺笋味勝，問此何名？東坡曰：「名玉版。此老僧善説法，要令人得禪悦之味。」於是器之方悟其戲，爲之大笑。子瞻爲偈曰：「不怕石頭路，來參玉版師。聊憑柏樹子，與問籜龍兒。」

南岳李岩老好睡，衆人食罷下棋，岩老輒就枕，閲數局，乃一展轉，云：「我始一局，公幾局矣。」東坡笑曰：「岩老常用四脚棋盤，只着一色黑子，昔與邊韶敵手，今被陳摶饒先，着時自有輸贏，着了全無一物。」

熙寧初，議行新法，蘇子瞻力言不便，乃乞外通判杭州，每以公事臨西湖，理訖，則與黄太史輩縱酒賦詩，笑談間，各以姓氏名諱相譁謔，蘇公首倡以所載舟中櫓賦，云：「木蘭舟上篙，聲自咿啞未曲腰。」黄曰：「何謂？」公笑曰：「此櫓直也。」太史即以蘇公平日所作詩檃括之云：「北山始與南屏接，西湖十里浦東橋。此非蘇低乎？」

黄魯直戲東坡曰：「昔王右軍字爲换鵝書，近日韓宗儒性饕餮，每得公一帖，於殿帥姚麟家换羊肉數斤，可名公書爲换羊書矣。」公在翰苑，一日，以聖節製撰紛冗，宗儒日作數簡，以圖報書，使人立庭下，督索甚急。公笑謂曰：「傳語，本官今日斷屠。」

蘇東坡游杭州諸寺，一日飲釅茶七碗，戲書云：「示病維摩元不病，在家靈運已忘家。何須魏帝一丸藥，且盡盧仝七碗茶。」

蘇東坡倅杭州，不勝杯酌，部使者重公才望，朝夕聚首，疲於應接，乃號杭倅爲酒食地獄。其後，袁轂倅杭州，適郡將不協，諸司緣此亦相疎。袁語所親曰：「酒食地獄正值獄空。」傳以爲笑。

魯少卿會客鳳凰山頂，妓樂殷作，子瞻從湖中望之，戲以詩云：「指點雲間數點紅，笙歌正擁紫髯公。誰知愛酒龍山客，卻在漁舟一葉中。」

蘇子瞻倅杭日，府僚湖中高會，官妓秀蘭以沐浴倦卧，營將督之再三乃來。時府僚有屬意蘭者，恚恨不已。子瞻從旁陰爲之解，終不釋然。時榴花盛開，蘭以一枝藉手獻座中，府僚愈怒，蘭但低首垂淚而已。子瞻乃作一曲名賀新涼，取其沐浴新涼，故名。令蘭歌以侑觴，府僚大悦，劇飲而罷。其詞云：「乳燕飛華屋。悄無人，槐陰轉午，晚涼新浴。手弄生綃白團扇，扇手一時似玉。漸困倚孤眠清熟。簾外誰來推繡户？枉教人、夢斷瑶臺曲。又卻是，風敲竹。石榴半吐紅巾蹙。待浮花浪蕊都盡，伴君幽獨。穠艷一枝細看取，芳心千重似束。又恐被、秋風驚緑。若待得君來向此，花前對酒不忍觸。共粉淚，兩簌簌。」

蘇子瞻通判杭州，權領郡事，新太守將至矣，有營妓投牒乞從良。子瞻判曰：「五日京兆，判狀不難。九尾野狐，從良任便。」又有周妓，色藝超絶，爲一郡之魁，聞判，亦來投牒，欲援例脱籍。子瞻惜其去，不許，判云：「慕周南之化，此意誠可嘉；空冀北之群，所請宜不允。」其敏捷善謔如此。

蘇子瞻守杭時，毛澤民爲法曹，公以衆人遇之。而澤民與妓瓊芳者善，及秩滿辭去，作惜分飛詞贈妓云：「淚濕闌干花着露，愁到眉峰碧聚。此恨平分取，更無言語空相覷。細雨殘雲無意緒，寂寞朝朝暮暮。今夜山深處，斷魂分付潮回去。」子瞻一日宴客，聞妓歌此詞，問誰所作，妓以澤民對，子瞻歎曰：「郡僚有詞人而不及知，某之罪也。」翌日折簡追回，款洽數月，澤民因此得名。

東坡守杭日，杭妓琴操通佛書，解言辭，坡善之。一日遊西湖，戲語琴操曰：「我作長老，爾試參禪。」因問：「何謂湖中景？」答曰：「落霞與孤鶩齊飛，秋水共長天一色。」「何謂景中人？」答曰：「裙拖六幅瀟湘水，髻挽巫山一段雲。」「何謂人中意？」答云：「隨他楊學士，鼈殺鮑參軍。」「如此究竟何如？」坡云：「門前冷落鞍馬稀，老大嫁作商人婦。」琴操大悟，即削髮爲尼。

陳直方之妾稽，本錢唐妓人也，丐新詞於蘇子瞻，子瞻因直方新喪正室，而錢唐人好唱陌上花緩緩曲，乃引其事以戲之，其詞則江神子也，詞云：「玉人家在鳳凰山。水雲間，掩門關。門外行人，立馬看弓彎。十里春風誰指似？斜日映，繡簾斑。多情好事與君還。憫新鰥，拭餘潸。明月空江，香霧着雲鬟。陌上花開看盡也，聞舊曲，破朱顔。」

靈隱寺僧名了然，戀妓李秀奴，往來日久，衣鉢蕩盡，秀奴絶之，僧迷戀不已。一夕，了然乘醉而往，秀奴不納，了然怒擊之，隨手而斃。事至郡。時蘇子瞻治郡，送獄院推勘。於僧臂上見刺字云：「但願生同極樂國，免教今世苦相思。」子瞻見招結，舉筆判踏莎行詞云：「這個禿奴，修行忒煞，雲山頂上空持戒。一從迷戀玉樓人，鶉衣百結渾無奈。毒手傷人，花容粉碎，空空色色今何在？臂間刺道苦相思，這回還了相思債。」判訖，押赴市曹處斬。

東坡自杭徙密，復自密徙徐，嘗夜登燕子樓，夢盼盼，因作小詞，有云：「天涯倦客，山中歸路，望斷故園心眼。燕子樓空，佳人何在？空鎖樓中燕。古今如夢，何曾夢覺？但有舊歡新怨。異時對，南樓夜景，爲徐浩歎。」後秦少游自會稽入京，見東坡，坡云：「久别當作文甚勝。都下盛唱公『山抹微雲』之詞。」秦遜謝。坡遽云：「不意別後，公卻學柳七作詞。」秦答曰：「某雖無識，亦不至是。」坡云：「『銷魂當此際』，非柳詞句法乎？」秦慚服。又問：「別作何詞？」秦舉「小樓連苑橫空，下窺繡轂雕鞍驟」。坡云：「十三箇字，只説得一個人騎馬樓前過。」秦問：「先生近著？」坡云：「亦有一詞説樓上事。」乃舉「燕子樓空，佳人何在？空鎖樓中燕」。晁無咎在座，謂：「三句説盡張建封燕子樓一段事。」大以爲奇。陳彥升彭城八詠，惟燕子樓全篇皆佳。「僕射新阡狐兔遊，侍兒猶住水邊樓。風清玉簟慵欹枕，月好珠簾懶上鈎。殘夢覺來滄海闊，新詩吟罷紫蘭秋。樂天才思如春雨，斷送芳花一夜休。」薩天錫過彭城一絶云：「雪白楊花樓馬頭，何人春盡過徐州？夜深一片城頭月，曾照張家燕子樓。」亦脱洒可誦。

元豐初，東坡自徐移知湖州，嘗與賓客遊道場山，屏退從者而入，有僧憑門熟睡，東坡戲云：「髡闍上困。」有客即答云：「何不用釘頂上釘。」又爲一僧題扁曰「層通軒」。後有人使以入聲調之，曰「賊禿歇」。

蘇長公既補外，見事有不便者，頗託事以諷。御史舒亶言：「軾作爲歌詩，譏切時事。陛下發錢以業貧民，則曰：『杖藜裹飯去匆匆，過眼青錢轉手空。贏得兒童好音語，一年强半在城中。』陛下興水利，則曰：『吳兒生長狎濤淵，冒利忘生不自憐。東海若知明主意，應教斥鹵變桑田。』陛下謹鹽禁，則曰：『老翁七十自腰鎌，慚愧春山笋蕨甜。豈是聞韶解忘味？邇來三月食無鹽。』」乃自湖州逮繫御史臺獄，詔李定等鞫之，王珪復舉軾詠檜詩云：「『根到九泉無曲處，世間惟有蟄龍知。』陛下飛龍御天，而軾欲求之地下之蟄龍，非不臣而何？」坡曰：「王安石有詩：『天下蒼生望霖雨，不知龍有此中蟠。』我之謂蟄，正此龍耳。」鞫者笑而語塞。蓋安石猶當國也。

東坡既繫臺獄，時宰欲致之死。於獄中作詩寄子由曰：「聖主如天萬物春，小臣愚暗自亡身。百年未滿先償債，十口無歸更累人。是處青山可埋骨，他年夜雨獨傷神。與君世世爲兄弟，更結來生未了因。」「柏臺霜氣夜淒淒，風動琅璫月向低。夢遶雲山心似鹿，魂飛湯火命如雞。眼中犀角真吾子，身後牛衣愧老妻。百歲神遊定何處？桐鄉知葬浙江西。」神宗見而憐之，遂得出獄，謫授黃州團練副使。

東坡在黃州，遊赤壁懷古，賦大江東去詞，曰：「大江東去，浪淘盡、千古風流人物。故壘西邊，人道是、三國周郎赤壁。亂石穿空，驚濤拍岸，捲起千堆雪。江山如畫，一時多少豪傑！遥想公瑾當年，小喬初嫁了，雄姿英發。羽扇綸巾，談笑間，檣艫灰飛煙滅。故國神遊，多情應笑我，早生華髮。人生如夢，一樽還酹江月！」又九日賦南鄉子云：「霜降水痕收，淺碧鱗鱗露遠洲。酒力漸消風力軟，颼颼，破帽多情卻戀頭。　詩酒若爲酬，但把清樽斷送秋。萬事到頭都是夢，休休，明日黄花蝶也愁。」

東坡在黄州時，嘗赴何秀才會，食油果甚酥。因問主人，此名爲何？主人對以無名。東坡又問：「爲甚酥？」坐客皆曰：「是可以爲名矣。」又潘長官以東坡不能飲，每爲設醴，坡笑曰：「此必『錯着水』也。」他日忽思油果，作小詩求之，云：「野飲花前百事無，腰間惟繫一葫蘆。已傾潘子『錯着水』，更覓君家『爲甚酥』。」

東坡謫居齊安，時以文筆游戲三昧，齊安樂籍中李宜者，色藝不下他妓，他妓因燕席中往往得詩，宜獨以語訥不能請。及坡將移臨汝，於飲餞處，宜奉觴再拜，取領巾乞書，公顧視久之，令宜磨硯，墨濃，取筆大書：「東坡七歲黄州住，何事無言及李宜？」即擲筆袖手，與客笑談。坐客相謂：「語似凡易，又不終篇，何也？」至將撤具，宜復拜請。坡大笑曰：「幾忘出場。」繼書云：「恰似西川杜工部，海棠雖好不留詩。」一座擊節，盡歡而散。

熙寧丙辰中秋，東坡歡飲達旦，大醉，作水調歌頭兼懷子由，其詞云：「明月幾時有？把酒問青天。不知天上宫闕，今夕是何年？我欲乘風歸去，唯恐瓊樓玉宇，高處不勝寒。起舞弄清影，何似在人間？　轉朱閣，低綺户，照無眠。不應有恨，何事長向別時圓？人有悲歡離合，月有陰晴圓缺，此事古難全。但願人長久，千里共嬋娟。」元豐間，都下傳唱此詞。神宗問内侍，因以上塵乙覽，讀至「又恐瓊樓玉宇，高處不勝寒」之句，上曰：「蘇軾終是愛君。」乃命量移汝州。歌者袁綯嘗從坡公與客遊金山，適中秋，天宇四壁，一碧無際，加江流傾湧，月色如晝，遂共登妙高臺，命綯歌其水調歌頭：「明月幾時有，把酒問青天。」歌罷，公自起舞。

東坡在黄州日，作雪詩云：「凍合玉樓寒起粟，光摇銀海眩生花。」人不知其使事。及移汝海，過金陵，見王荆公論詩及此，云：「道家以兩肩爲玉樓，以目爲銀海，是使此否？」坡笑，退謂葉致遠曰：「惟荆公知此出處。」

元祐初，東坡復除翰林學士，充館伴北使，遼使素聞其名，思以奇困之。其國舊有一對曰：「三光日月星，」無能屬者，首以請于坡，坡唯唯，謂其介曰：「我能而君不能，亦非所以全大國之體。」曰：「『四詩風雅頌』天生對也，盍先以此復之？」介方歎愕，坡徐曰：「某亦有一對，曰：『四德元亨利。』」使睢盱欲起辨，坡曰：「而謂我忘其一耶？謹閟而舌。兩朝兄弟邦，卿爲外臣。此固仁祖之廟諱也。」使出不意，大駭服。元初，松江丘機山以滑稽聞于時，嘗至福州，譏其秀才不識字，衆怒，難以對云：「五行金木水火土。」丘應聲曰：「四位公侯伯子男。」

幽州館中有題蘇子瞻老人行于壁間者，諸家書肆亦刻子瞻數十篇，謂之大蘇集。元祐四年，子由奉使契丹，寄子瞻詩曰：「誰將家集過幽都，每被行人問大蘇。莫把文章動蠻貊，恐妨談笑卧江湖。」子瞻次韻曰：「氊毬年來亦甚都，時時鴂舌問三蘇。那知老病渾無用，欲問君王乞鏡湖。」

元祐四年，東坡累章請郡，遂出守杭，别文潞公，公曰：「願君至杭少作詩。」臨上馬，潞公笑曰：「若還興也，便有箋云。」時吴處厚取蔡安州詩作注以上，安州遂遇禍，故潞公有「箋云」之戲。公到杭，謝表云：「江山故國，所至如歸；父老遺民，與臣相問。」又謁先聖廟，祝文云：「昔自太史通守是邦；今由禁林出使浙右。」蓋去杭十六年，故云。

東坡再任錢塘日，夢神宗召入禁，宫女環侍，一紅衣女擇紅靴一雙，命軾銘之，其中一聯云：「寒女之絲，銖積寸累；步武所及，雲蒸霞起。」既畢，進御，上極歎其敏，使宫女送出，睇視裙帶間，有六言詩一首，曰：「百疊依依水縐，六銖縱縱雲輕。植立寒風廣殿，微聞環珮摇聲。」

元祐六年，東坡自錢塘被召，過京口，時林子中作守，郡有會，坐中營妓出牒，鄭容求落籍，高瑩求從良。子中命呈東坡，東坡索筆爲減字木蘭花書牒後，云：「鄭莊好客，容我尊前時墮幘。落筆風生，籍籍聲名滿帝京。高山白早，瑩骨冰肌那解老？從此南徐，良夜清風月滿湖。」蓋取句端八字云。

嶺南太守閭丘公顯居姑蘇，東坡每過必留連，嘗言：「過姑蘇不遊虎丘、不謁閭丘，乃二欠事。」一日，出其後房，佐酒有懿卿者善吹笛，坡作水龍吟贈云：「楚山修竹如雲，異材秀出千林表。龍鬚半翦，鳳膺微漲，玉肌匀繞。木落淮南，雨晴雲夢，月明風裊。自中郎不見，桓伊去後，知辜負，秋多少？聞道嶺南太守，後堂深，綠珠嬌小。綺牕學弄，梁州初遍，霓裳未了。嚼徵含宮，泛商流羽，一聲雲杪。爲使君洗盡，蠻風瘴雨，作霜天曉。」

東坡既召還，復除翰林承旨，數月，以弟嫌請郡，復以舊職知潁州。七年正月，州堂前梅花大開，月色鮮霽，王夫人曰：「春月色勝如秋月色，秋月色令人悽慘，春月色令人和悦。何如召趙德麟輩來飲此花下。」先生大喜，曰：「吾不知子能詩耶？此真詩家語耳。」遂召趙飲，用是語作減字木蘭詞云：「春庭月午，摇落春醪光欲舞。步轉回廊，半落梅花婉娩香。輕風薄霧，都是少年行樂處。不似秋光，只與離人照斷腸。」

東坡守杭、守潁，皆有西湖，故潁川謝表云：「入參兩禁，每玷北扉之榮；出典二州，輒作西湖之長。」秦少游獻詩云：「十里薰風菡萏初，我公所至有西湖。欲將公事湖中了，見説官閑事亦無。」後謫惠州，州有豐湖，亦名西湖。淳熙中，楊誠齋使廣過豐湖，賦詩云：「三處西湖一色秋，錢塘汝潁及羅浮。東坡元是西湖長，不到羅浮便得休。」

東坡謫惠州日，與一村校書爲隣，年已七十，其妾生子，爲具邀公，公欣然往，酒酣，乞詩，公問：「妾年幾何？」曰：「三十。」乃戲贈一聯云：「聖善方當而立歲，頑尊已及古稀年。」一時大噱。東坡自言：「吾上可以陪玉皇大帝，下可以陪悲天院乞小兒。」在黄州及嶺表，每旦起，不招客相與語，則必出而訪客，所與遊者，亦不盡擇，談諧放蕩，不復爲畛畦，有不能談者，則强之使説鬼，或辭無有，則曰：「姑妄言之。」於是聞者無不絶倒。皆盡歡而後去。

東坡居惠，廣守月饋酒六壺，吏嘗跌而亡之，坡有詩曰：「不謂青州六從事，翻成烏有一先生。」東坡在嶺海間，最喜讀陶淵明、柳子厚集，謂之「南遷二友」。

王朝雲，錢塘名妓也。蘇子瞻絶愛幸之，納爲常侍，及貶惠州，家妓都散去，獨朝雲依依嶺外，子瞻甚憐之，作詩曰：「不學楊枝別樂天，且同通德伴伶玄。阿奴絡秀方同老，天女維摩總解禪。經卷藥爐新活計，舞裙歌板舊因緣。丹成隨我三山去，不作巫山雲雨仙。」蓋紹聖元年十一月也。三年七月，朝雲卒，葬於西禪寺松林中，直大聖塔。和前詩曰：「苗而不秀豈其天？不使烏童與我玄。駐景恨無千歲藥，贈行唯有小乘禪。傷心一念償前債，彈指三聲斷後緣。歸卧竹根無遠近，夜深勤禮塔中仙。」又作詠梅西江月以寓意云：「玉骨那愁瘴霧？冰肌自有仙風。海仙時過探芳叢，倒挂緑毛么鳳。素面翻嫌粉涴，洗粧不褪脣紅。高情已逐曉雲空，不與梨花同夢。」晁以道初見此詞，便知道此老須過海，只爲古今人不曾道，到此須罰教去。東坡一日退朝食罷，捫腹徐行，顧謂侍兒曰：「汝輩且道是中何物？」一婢遽曰：「都是文章。」坡不以爲然。又一人曰：「滿腹都是機械。」坡亦未以爲當。至朝雲，乃曰：「學士一肚皮不入時宜。」坡捧腹大笑。

東坡自惠州再謫昌化，寓城南天慶觀。初，坡與弟子由相別渡海，既登舟，笑謂曰：「豈所謂『道不行，乘桴浮於海』者耶？」元符間，量移廉州，由澄邁北渡，賦詩有曰：「九死南荒吾不恨，兹遊奇絶冠平生。」人服其量。東坡在昌化，負大瓢歌行田畝間，黎婦見之，曰：「内翰昔日富貴，一塲春夢。」坡然之。里人因呼此婦曰春夢婆。

東坡頻年謫居，嘗作洗兒詩曰：「人家養子愛聰明，我爲聰明誤一生。但願生兒愚且魯，無災無害到公卿。」國初，瞿存齊宗吉一詩云：「自古文章厄命窮，聰明未必勝愚蒙。筆端花語胸中錦，賺得相如四壁空。」其意本東坡洗兒詩來。近時楊宗伯月湖又反其意作詩曰：「東坡但願生兒蠢，只爲聰明自占多。愧我生平愚且蠢，生兒何怕過東坡？」

蘇邁伯達，東坡長子也，作文咄咄有父風。坡嘗與聯句云：「傳家詩筆古，已自過宗武。」然少年作詩有「葉隨流水知何處？牛帶寒鴉過別村」，先生見之，笑曰：「此村長官詩耳。」後東坡貶惠州，伯達求潮之安化令，以便饋養。卒於官。

蘇叔黨過，東坡幼子也，善爲文，士大夫以「小坡」目之。忽出新意，以山竽作玉糝羹，色味香皆奇絶，東坡賞一詩曰：「香似龍泉仍釃白，味如牛乳更全清。莫將北海金虀鱠，輕比東坡玉糝羹。」

東坡有小妹善詞賦，敏慧多辯，其額廣而如凸，東坡嘗戲之曰：「蓮步未離香閣下，梅粧先露畫屏前。」妹即應聲云：「欲扣齒牙無覓處，忽聞毛裏有聲傳。」以坡公多鬚髯，遂亦戲答之。時年十歲耳。聞者莫不絶倒。

老泉一日家集，舉「香冷」二字一聯爲令，首倡云：「水向石邊流出冷，風從花裏過來香。」東坡云：「拂石坐來衣帶冷，踏花歸去馬蹄香。」潁濱云：「□□□□□冷，梅花彈遍指頭香。」小妹云：「叫月杜鵑喉舌冷，宿花蝴蝶夢魂香。」

東坡有歌舞妓數人，每留客飲，必云：「有數個搽粉虞候，欲出來祗應也。」嘗飲一豪士家，出侍姬十餘皆有姿，内有一善歌舞者名媚兒，容質雖麗而軀幹甚偉，尤豪所鍾愛，命乞詩於公，公用石曼卿松詩戲爲四句云：「舞袖蹁躚，影摇千尺龍蛇動；歌喉宛轉，聲撼半天風雨寒。」妓赧然，不悦而去。

蘇子瞻嘗戲作吃語詩云：「江干高居堅關扃，耕犍躬駕角挂經。孤航繫舸菰茭隔，笳鼓過軍鷄狗驚。解襟顧景各箕踞，擊劍高歌幾舉觥。荆笄供膾愧攬聒，乾鍋更戛甘瓜羹。」

東坡席上代人贈别，用風人體作絶句云：「蓮子擘開須見憶，蓮子曰菂，菂中么荷曰薏，「須見憶」以菂中之薏言之。楸枰着盡更無期。破衫卻有重縫處，一飯何曾忘卻時？」

東坡作硯盖銘，即離合「硯」「盖」二字，云：「研石猶在，峴山已頹。姜女既去，孟子不來。」

孟嘉落帽，前世以爲勝事。於時桓温使孫盛爲文嘲之，其文不傳。東坡嘗爲補亡，盛嘲嘉云：「征西天府，重九令節。駕言龍山，宴凱群哲。壺歌雅奏，緩帶輕怡。胡爲中觴？一笑粲發。楩柟競秀，榆柳獨脱。驥騄交騖，駑蹇先厥。楚狂醉亂，隕帽莫覺。戎服囚首，枯顱茁髮。惟明將軍，度量宏達。容此下士，顛倒冠襪。宰夫揚觶，兕觥舉罰。請歌相鼠，以侑此爵。」嘉解嘲云：「吾聞君子，蹈常履素。晦明風雨，不改其度。平生丘壑，散髮箕踞。墮車天全，顛沛何懼？腰適忘帶，足適忘履。不知有我，帽復奚數？流水莫繫，浮雲暫寓。飄然隨風，非去非取。我冠明月，佩服寶璐。不纓而結，不簪而附。歌詩寧擇？請歌相鼠。罰此陋人，俾出童羖。」

東坡宿曹溪，讀傳燈録，燈花墮卷上，燒一「僧」字，以筆記於牕曰：「曹溪岑寂寞，燈下讀傳燈。不覺燈花落，茶毘一箇僧。」

初，東坡自黄移汝，上書乞居吾常，其後謝表有：「買田陽羡，誓畢此生」之語。在禁林與胡完夫、蔣潁叔唱和，有云：「惠山山下土如濡，陽羨溪頭米勝珠。賣劍買牛吾欲老，殺雞爲黍子來無？」又云：「雪芽我爲求陽羡，乳水君應餉惠山。」晚自儋耳北還，崎嶇萬里，卒於常之顧塘橋北。蓋出處窮達三十年間，未嘗一日忘吾常者。而郡無祠宇奠謁之所，邦人以爲闕文，乾道間，太守晁子健始築祠於郡學之西，塑東坡像其中，而晁公武侍郎爲之記，子健刻石爲二碑，一置之郡齋，一置之陽羡洞靈觀云。宣和間，中禁東坡文字甚嚴，有士人竊携坡集出城，爲閽者所獲，執送有司，見集後有一詩云：「文星落處天地泣，此老已亡吾道窮。才力謾超生仲達，功名猶忌死姚崇。人間便覺無清氣，海内何曾識古風？平日萬篇誰愛惜？六丁收拾上瑶宫。」京尹義其人，且畏累己，因陰縱之。哲宗問左右：「蘇軾襯朝章者何服？」對曰：「道衣。南行時帶一軸彌陀佛，此軾生西方公案也。」徽宗寳籙宫啓醮，其主醮道流拜章伏地，久之方起，曰：「適至上帝所，值奎宿奏事良久方畢，始能達其章故也。」上歎訝之，問曰：「奎宿何神爲之？所奏何事？」對曰：「所奏不可得知，然爲此宿者，乃本朝臣蘇軾也。」上大驚，不惟弛其禁，且欲翫其文詞墨跡。一時士大夫從風而靡。

堯山堂外紀卷五十三

宋

黄庭堅

字魯直。嘗遊灊皖山谷寺石牛洞，樂其林泉之勝，因自號山谷道人。漢時，廣陵有老翁釣於涪水，自號涪翁，山谷謫涪州因稱涪翁。又謫黔州，寓開元寺，寺有摩圍泉，因號摩圍老人。陳後山云：「今代詞手，惟秦七、黄九。」世以其詩配東坡，稱蘇黄。

黄庭堅年五歲，已誦五經。一日，問其師曰：「人言六經，何獨讀其五？」師曰：「春秋不足讀。」庭堅曰：「既曰經矣，何得不讀？」十日成誦，無一字或遺。其父庶喜其警悟，欲令習神童科舉，庭堅竊聞之，乃笑曰：「是甚做處？」庶尤愛重之。八歲時，賦牧童詩云：「騎牛遠遠過前村，短笛横吹隔隴聞。多少長安名利客，機關用盡不如君。」太史嘗言：「士大夫三日不讀書，則理義不交於胸中，便覺面貌可憎，語言無味。」

黄魯直八歲時，有鄉人赴南宫試，其父庶率同舍餞飲，皆作詩送行，或令庭堅亦賦，詩頃刻而成，有云：「君到玉皇香案前，若問舊時黄庭堅，謫在人間今八年。」

治平丙午，黄魯直赴鄉舉，詩題出「野無遺賢」。廬陵李詢讀先生詩中兩句云：「渭水空藏月，傅巖深鎖煙。」擊節稱賞云：「此人不惟文理冠場，異日當以詩名擅四海。」遂膺首選。

山谷尉葉縣日，作新寨詩，有「俗學近知回首晚，病身全覺折腰難」之句，傳至都下，半山老人見之，擊節稱歎，以爲清才，非奔走俗吏也。遂除北京教授。

黄魯直有詠茶一曲，名阮郎歸，云：「歌停檀板舞停鸞，高陽飲興闌。獸煙噴盡玉壺乾，香分小鳳團。雲浪淺，露珠圓，捧甌春筍寒。絳紗籠下躍金鞍，歸時人倚欄。」又有一曲詠煎茶，亦名阮郎歸，云：「烹茶留客駐金鞍，月斜窗外山。見郎容易别郎難，有人愁遠山。歸去後，憶前歡。畫屏金博山。一盃春露莫留殘，與郎扶玉山。」

韓文公遣興詩「斷送一生惟有酒」，又贈鄭兵曹詩「破除萬事無過酒」。山谷各去其一字，作勸酒詞曰：「斷送一生惟有，破除萬事無過。遠山横黛蘸秋波，不飲傍人笑我。花病等閒瘦弱，春愁没處遮攔。盃行到手莫留殘，不道月斜人散。」

黄魯直書趙伯充家小姬領巾云：「天氣把人僝僽，落絮遊絲時候。茶飯可曾炊？

鏡中羸得銷瘦。生受，生受，更被養娘催繡。」

黄魯直戲作貴耳賤目謎云：「驢朵對軒軒，争酬價十千。眈眈兩虎視，不值一文錢。」

黄魯直有癡弟，畜漆琴而不御，蟲虱入焉。魯直嘲之曰「龍池生壁虱」而未有對，魯直之兄大臨見床下以溺器畜生魚，問之，其弟也，大呼曰：「可對『虎子養溪魚』。」

涪翁嘗和東坡春菜詩云：「公如端爲苦筍歸，明日春衫誠可脱。」坡得詩，戲語坐客曰：「吾固不愛做官，魯直遂欲以苦筍硬差致仕。」聞者絶倒。

梁太祖受禪，姚垍爲翰林學士，上問及裴延裕行止，曰：「頗知其人文思甚健。」垍曰：「向在翰林，號爲下水船。」太祖應聲曰：「卿便是上水船。」議者以垍爲急灘頭上水船。魯直詩曰：「花氣薰人欲破禪，心情其實過中年。春來詩思何所似，八節灘頭上水船。」蓋用此事。

山谷嘗嘲一俗濁老人云：「濁氣樸不破，清風倒射回。」東坡笑謂人曰：「俗濁之態，無以復加此矣。」

黄魯直、劉莘老同在館中，每庖人請食次，魯直頗治珍味。劉，北人，性樸厚，常云：「來日喫蒸餅。」鄉音頗質。一日，聚飲行令，以三字離合成字。一人云：「戊丁成皿盛。」或云：「王白珀石碧。」或云：「里予野土墅。」黄云：「禾女委鬼魏。」劉未答，黄遽云：「僕當奉代以『來力敕正整』如何？」其聲大似「蒸餅」之語，坐皆笑，劉不樂。或以爲趙挺之事。趙又嘗曰：「鄉中最重潤筆，每一誌文成，則太平車中載以贈之。」山谷曰：「想俱是蘿蔔與瓜虀爾。」趙銜之切骨。其後擠排不遺餘力，卒致宜州之貶。

王稚川調官京師，母老留鼎州，久不歸侍，嘗閱貴人歌舞，有詩云：「畫堂玉佩縈雲響，不及桃源欸乃歌。」山谷和韻諷之云：「慈母每占烏鵲喜，家人應賦扊扅歌。」

史應之嘗授館於人爲童子師，山谷謔之云：「歲晚亦無雞可割，炮蛙煎鱔薦松醪。」蓋古詩有曰：「來朝爲送先生飯，一夜沿溪捉鱔魚。」山谷用以爲戲。

涪翁過瀘南，瀘帥留府，會有官妓盼盼性頗聰慧，帥嘗寵之，涪翁贈浣溪沙曰：「脚上鞋兒四寸羅，脣邊朱麝一櫻多。見人無語但回波。　料得有心憐宋玉，秖因無奈楚襄何。今生有分向伊麽。」盼盼拜謝涪翁，瀘帥令唱詞侑觴，盼盼唱惜春容詞曰：「少年看花雙鬢緑，走馬章臺管絃逐。而今老更惜花深，終日看花看不足。　坐中美女顔如玉，爲我一歌金縷曲。歸時壓得帽簷欹，頭上春風紅簌簌。」涪翁大喜，醉飲而別。

黨禍既起，山谷居黔，有以屏圖遺之者，繪雙蝶翾舞，罥於蛛絲，而隊蟻憧憧其間。題六言於上曰：「胡蝶雙飛得意，偶然畢命網羅。群蟻争收墜翼，策勛歸去南柯。」崇寧間，又遷於宜。圖偶爲人携入京，鬻於相國寺肆，蔡客得之，以示元長。元長大怒，將指爲怨望，重其貶，會以訃奏，僅免。

山谷在宜州，其年乙酉，即崇寧四年也。重九日，登郡城樓，聽邊人相語：「今歲當鏖戰取封侯。」因作小詞云：「諸將説封侯，短笛長吹獨倚樓。萬事總成風雨去，休休，戲馬臺南金絡頭。　催酒莫遲留，酒似今秋勝去秋。花向老人頭上笑，羞羞，人不羞花花自羞。」倚欄高歌，若不能堪者。是月三十日，果不起。

秦觀

字少游，號太虚公，亦號淮海居士。東坡薦之荆公，公曰：「君奇秦君，口之而不置哉！」得其文，手之而不釋。弟覿，字少章，又名覿，字少儀，從坡學於杭州。

秦少游爲黄本校勘，錢穆父爲户書，皆居東華門。少游春日有詩遺穆父云：「三年京國鬢如絲，又見新花發故枝。日典春衣非爲酒，家貧食粥已多時。」穆父以米二石送之。

秦少游自矜髯美，語東坡曰：「君子多乎哉？」東坡應聲曰：「小人樊須也！」一座絶倒。

程公闢守會稽，少游客焉，館之蓬萊閣。一日，席上有所悦，因賦滿庭芳詞云：「山抹微雲，天連衰草，畫角聲斷譙門。暫停征棹，聊共飲離樽。多少蓬萊舊事，空回首、煙靄紛紛。斜陽外，寒鴉數點，流水遶孤村。銷魂，當此際，香囊暗解，羅帶輕分。謾贏得、秦樓薄倖名存。此去何時見也？襟袖上、空染啼痕。傷情處，高城望斷，燈火已黄昏。」此詞極爲東坡所稱道，取其首句，呼之爲「山抹微雲君」。范元實，范祖禹之子，秦少游婿也。學詩於山谷，作詩眼一書。爲人凝重，嘗在歌舞之席，終日不言，妓有問之曰：「公亦解詞曲否？」笑答曰：「吾乃『山抹微雲』女婿也。」可見當時盛唱此辭。

秦少游在蔡州，與營妓樓婉字東玉者甚密，贈水龍吟詞云：「小樓連苑横空，下窺繡轂雕鞍驟。疎簾半捲，單衣初試，清明時候。破暖輕風，弄晴微雨，欲無還有。賣花聲過盡，垂楊院落，紅成陣，飛鴛甃。玉佩丁東别後，悵佳期、參差難又。名韁利鎖，天還知道，和天也瘦。花下重門，柳邊深巷，不堪回首。念多情，但有當時皓月，照人依舊。」起語及换頭隱「樓東玉」字三字。又贈妓陶心兒南歌子詞云：「玉漏迢迢盡，銀潢淡淡横。夢回宿酒未全醒，已被鄰雞催起，怕天明。　臂上粧猶在，襟間淚尚盈。水邊燈火漸人行。天外一鈎殘月，帶三星。」末句隱「心」字。

秦少游在黄州，飲于海棠橋，橋南北多海棠，有老書家海棠叢開，少游醉卧于此。明日，題醉鄉春詞于柱曰：「唤起一聲人悄，衾冷夢寒霜曉。瘴雨過，海棠開，春色又添多少？　社甕釀成微笑，半破瘦瓢共舀。天。覺顛倒，急投床，醉鄉廣大人間小。」

秦少游謫虔州日，作千秋歲詞曰：「水邊沙外，城郭春寒退。花影亂，鶯聲碎。飄零疎酒盞，離别寬衣帶。人不見，碧雲暮合空相對。　憶昔西池會，鵷鷺同飛蓋。携手處，今誰在？日邊清夢斷，鏡裏朱顔改。春去也，落紅萬點愁如海。」後人建鶯花亭於郡治，蓋因此辭取名。

瞿塘之下，地名人鮓甕，少游嘗謂未有以對。南遷，度鬼門關，乃用爲絶句云：「身在鬼門關外天，命輕人鮓甕頭船。北人慟哭南人笑，日落荒村聞杜鵑。」

秦少游感舊蝶戀花詞云：「鐘送黄昏雞報曉，昏曉相催，世事何時了？萬苦千愁人自老，春來依舊生芳草。　忙處人多閑處少，閒處光陰，幾箇人知道？獨上小樓雲杳杳，天涯一點青山小。」

秦少游嘗於夢中作好事近一詞云：「山路雨添花，花動一山春色。行到小溪深處，有黄鸝千百。飛雲當面化龍蛇，天矯掛晴碧。醉卧古藤陰下，杳不知南北。」其後北歸，逗留於藤州光華亭。方醉起，以玉盂汲泉，笑視而化。

秦覯登第時尚未娶，陳后山以詩嘲之云：「長鋏歸來夜帳空，衡陽回雁耳邊聰。若爲借與春風看，無限珠璣咳唾中。」此戲其獨宿無寐也。

靖康間有女子爲金虜所俘，自稱秦學士女，道中題詩云：「眼前雖有還鄉路，馬上曾無放我情。」讀者淒然。時有擬作秦女行者。

張耒 字文潛。淮陰人。年十七作函關賦。游學於陳，學官蘇轍愛之，因得從軾游，後聞軾訃，爲舉哀行服，言者以爲言，坐貶。

元祐初，用治平故事，命大臣薦士，試館職，一時名士在館者，率論資考次遷，未有越次進用者。張文潛、晁無咎俱在其間。一日，二人閲朝報，見蘇子由自中書舍人除户部侍郎，無咎以爲平緩，曰：「子由此除不離核。」謂如果之粘核者。文潛曰：「豈不勝汝枝頭乾乎！」聞者皆大笑。

元祐中，館職諸公賦韓幹馬詩，獨張文潛最高勝，詩云：「頭如翔鸞月頰光，背如安興皃臆方。心知不載田舍郎，尚帶開元天子紅袍香。韓幹寫時國無事，天閑樹蔭春晝長。雙鬟執轡儼在傍，如瞻馳道黄屋張。北風揚塵燕賊狂，廐中萬馬驅范陽。天子乘騾蜀山險，滿川苜蓿爲誰芳？」

元祐中，秘閣上巳日集西池，王仲玉有詩，張文潛和最工。云：「翠浪有聲黄繖動，春風無力綵旌垂。」秦少游云：「簾幙千家錦繡垂。」仲玉笑曰：「又待入小石調也。」

張文潛初官通許，喜營妓劉淑女，爲作詩曰：「可是相逢意便深，爲郎巧笑不須金。門前一尺春風髻，窗外三更夜雨衾。别燕從教燈見淚，孤舟唯有月知心。東西芳草皆相似，欲望高樓何處尋？」又云：「未説蝤蠐如素領，固應新月學蛾眉。引成密約因言笑，認得真情是别離。尊酒且傾濃琥珀，淚痕更著薄胭脂。北城月落烏啼後，便是孤舟腸斷時。」

長安有安氏，家藏唐明王髑髏，作紫金色。其家事之甚謹。因爾家富達，遂爲盛族。後其家析居，争髑髏，斧爲數片。張文潛聞之，即語曰：「明皇生死，爲姓安人極惱。」合坐大笑。時秦少游方爲賈御史彈不當授館職，文潛戲少游曰：「千餘年前賈生過秦，今復爾也。」聞者以爲佳謔。

張文潛嘗云：「子瞻每笑『天邊趙盾益可畏，水底右軍方熟眠』謂湯燖了王羲之。」文潛戲謂子瞻：「公詩有『獨看紅蕖傾白墮』，不知白墮是何物？」子瞻云：「劉白墮善釀酒。出洛陽伽藍記。」文潛曰：「白墮既是一人，莫難爲傾否？」子瞻笑曰：「魏武短歌行云：『何以解憂？惟有杜康。』杜康亦是釀酒人名也。」文潛曰：「畢竟用得不當。」子瞻又笑曰：「公且先去共曹家那漢理會，卻來此間厮魔。」蓋文潛時有僕曹某者在家作過，亦失去酒器之類，既送天府推治，其人未招承，方文移取會也。滿座大囅。吴人多謂梅子爲曹公，以嘗望梅止渴也。夕謂鵝爲右軍。有士遺醋梅與燖鵝，作書云：「醋浸曹公一瓶，湯燖右軍兩隻。」

晁補之字無咎。與魯直、少游、文潛皆從東坡游。號「蘇門四學士」。

黄山谷有茶詩，押「腸」字韻，和者數四。山谷最後有「曲几團蒲聽煮湯，煎成車聲遶羊腸」。東坡見之云：「黄九恁地，怎得不窮？」晁無咎復和云：「車聲出鼎細九盤，如此佳句誰能識？」

晁無咎有送別憶少年詞曰：「無窮官柳，無情畫舸，無根行客。南山尚相送，只高城人隔。罨畫園林溪紺碧，算重來、盡成陳跡。劉郎鬢如此，况桃花顏色。」又別意臨江仙詞曰：「身外閑愁空滿眼，就中歡事常稀。明年應賦送春詩。試從今夜數，相會幾多時？淺酒欲邀誰共飲？深情惟有君知。東溪春近好同歸。柳垂江上影，梅謝雪中枝。」

文同

字與可，潼川人。與子瞻爲中表兄弟。稱石室先生，又自號笑笑先生、錦江道人。

篔簹谷在洋州，文與可嘗令蘇子瞻作洋州園池三十詠，篔簹谷其一也。子瞻詩曰：「漢川修竹賤如蓬，斤斧何曾赦籜龍？料得清貧饞太守，渭濱千畝在胸中。」是日與可與妻游谷中，燒笋晚食，發亟得詩，失笑，噴飯滿案。

文與可墨竹精妙，初不自貴重。四方持縑素請者相踵，與可厭之，投諸地，曰：「吾將以爲襪材。」聞者傳爲口實。及與可自洋州還，而東坡爲徐州。與可語士大夫：「吾墨竹一派，近在彭城，可往求之。」因以書遺東坡云：「襪材當萃於子矣。」書尾復寫一詩，有「待將一段鵝溪絹，掃取寒稍萬尺長」之句。東坡答云：「爲愛鵝溪白繭光，掃殘雞距紫毫芒。世間那有千尋竹，月落庭空影許長。」與可乃以其所畫篔簹偃竹遺東坡曰：「此竹數尺耳，而有萬尺之勢。」世徒知與可掃墨竹，不知其詩。東坡嘗對歐公誦與可詩曰：「美人卻扇坐，羞落庭下花。」歐公笑曰：「與可無此句。與可拾得耳。」

文同有詠竹一字至十字詩云：「竹，竹。森寒，潔緑。湘江頭，渭水曲。帷幔翠錦，戈矛蒼玉。心虚異衆草，節勁逾凡木。化龍杖，入仙陂，呼鳳律，鳴神谷。月娥巾帔靜苒苒，風女笙竽清簌簌。林間飲酒，碎影摇樽；石上圍棋，輕陰覆局。屈大夫逐去，徒悦椒蘭；陶先生歸來，但尋松菊。若論檀欒之操，無敵于君；欲圖瀟湘之姿，莫賢于僕。」

文與可詠梨花云：「素質静相依，清香暖更飛。笑從風外歇，啼向雨中歸。江令歌瓊樹，甄妃夢玉衣。畫堂明月地，常此惜芳菲。」侯穆有詩名，因寒食郊行，見數少年共飲於梨花下。穆長揖就坐，衆皆哂之。或曰：「能詩者飲。」乃以梨花爲題。穆吟曰：「共飲梨花下，梨花插滿頭。清香來玉樹，白蟻泛金甌。粧靚青娥妬，光凝粉蝶羞。年年寒食夜，吟遶不勝愁。」衆客閣筆。

文與可戲作鷺鷥詩曰：「頸縮銀鉤淺曲，脚高緑玉深翹。岸上水禽無數，有誰似汝風標。」

文同力勸子瞻弗宜譏訕，後子瞻出判杭州，送之詩云：「北客若來休問事，西湖雖好莫吟詩。」人以爲知言。

趙令時 字德麟，號聊復翁。東坡之友，襲封安定郡王。

王氏幼聰慧，父母爲之擇配未偶，壯年不嫁，作詠懷詩曰：「白藕作花風已秋，不堪殘睡更回頭。晚雲帶雨歸飛急，去作西窗一夜愁。」趙德麟鰥居，見詩求婚，人以爲二十八字媒云。

劉弇偉明既喪愛妾而不能忘，趙令時爲清平樂詞云：「東風依舊，着意隋堤柳。搓得鵝兒黃欲就，天氣清明時候。去年紫陌青門，今宵雨魄雲魂。斷送一生憔悴，能消幾箇黃昏？」

趙德麟又有浣溪沙詞曰：「風急花飛晝掩門。一簾踈雨滴黃昏。便無離恨也銷魂。翠被任熏終不暖，玉盃慵舉幾番温。這般情事與誰論？」

孫賁　字公素。

孫公素居京師，大病，趙德麟數往存撫之。又數日，見東坡云：「聞曾見孫公素，病如何？」趙曰：「大病方安。」坡云：「這漢病中瘦則瘦，儼然風雅。」後見公素道此語，公素應曰：「那娘意下恨則恨，無奈思量。」坡大奇之。

孫公素畏内，衆所共知。嘗求坡公書扇，坡題云：「披扇當年笑温嶠，握刀晚歲戰劉郎。不須戚戚如馮衍，但與時時説李陽。」公素昔爲程宣徽門賓，後娶程公之女，性極妬悍，故云。

陳慥　字季常，號龍丘。

東坡在黄州，與陳季常游。季常自以飽禪學，而妻柳氏頗悍，季常畏之，至或詬罵未已，聲達於外。東坡因以詩戲云：「誰似龍丘居士賢，談空説有夜不眠。忽聞河東獅子吼，拄杖落手心茫然。」獅子吼出傳燈録。

王詵 字晉卿。與東坡最善。

王晉卿得罪外謫，後房善歌者名囀春鶯，乃東坡所見也，亦遂爲密縣馬氏所得。後晉卿還朝，尋訪，微知之，恨不可復得，因賦一聯：「佳人已屬沙吒利，義士今無古押衙。」客有爲足之成章云：「幾年流落向天涯，萬里歸來兩鬢華。翠袖香殘空挹淚，青樓雲渺定誰家？佳人已屬沙吒利，義士今無古押衙。回首音塵兩沉絶，春鶯休囀沁園花。」

王晉卿有蝶戀花一闋，極爲東坡所喜，其詞曰：「鐘送黄昏雞報曉，昏曉相催，世事何時了？萬恨千愁人自老，春來依舊生芳草。忙處人多閑處少，閑處光陰，幾箇人知道？獨上高樓雲渺渺，天涯一點青山小。」

王晉卿有二女奴，名穠李、昭華，黄魯直改竹夫人爲青奴，賦詩云：「穠李四絃風拂席，昭華三弄月侵床。我無紅袖堪娱夜，正要青奴一夜凉。」

黄魯直大暑水閣聽王晉卿家昭華吹笛，贈以詩云：「蘄竹能吟水底龍，玉人應在月明中。何時爲洗秋空熱，散作霜天落葉風。」

李廌 陽翟人。

蜀張南本與孫位並學畫水，皆得其法。南本以爲同能不如獨勝，去而畫火，獨得其妙。嘗畫辟支佛於火中結跏趺，煙飛電掣，烈烈有焚林燎原之勢，而佛以定慧力安然不動。李廌爲偈曰：「大士坐禪，心若水月。火周其身，熾焰炎烈。靜觀無始，火本不熱。與火相忘，何生何滅？」

李廌少以文字見蘇子瞻，子瞻喜之，元祐初知舉，廌適就試，意在必得廌以魁多士。及考，章援程文，大喜，以爲廌無疑，逐以爲魁。既拆號，悵然出院，以詩送廌歸，其曰：「平時謾識古戰場，過眼終迷日五色。」蓋道其本意。廌自是學亦不進。家貧，不甚自愛，嘗以書責子瞻不薦己。子瞻後稍薄之。竟不第而死。

佛印禪師 法名了元。姓賈，實進士也。韓退之所交賈島亦進士，爲僧號無本，亦號佛印。

佛印好詼諧。時有殿巖王觀父邀禪師說法，禪師升座唱云：「此一瓣香爲掃煙塵博士護世界天王殺人不眨眼上將軍立地成佛大居士。」王公大喜，以其久帥多專殺也。

東坡赴杭，過潤州，佛印時住持金山寺，坡爲留數月。一日，值師挂牌入室，公便服入方丈見之，師云：「内翰何來？此間無坐處。」公戲云：「暫借和尚四大用作禪床。」師曰：「山僧有一轉語，内翰言下即答，當從所請。如稍涉擬議，所係玉帶願留以鎮山門。」公許之，使解玉帶置几上。師云：「山僧四大本無，五藴非有，内翰欲於何處坐？」公疑議未即答，師急呼侍者云：「收此玉帶，永鎮山門。」公笑而與之。師遂取衲裙相報。因有二絶，公次答之云：「病骨難堪玉帶圍，鈍根仍落箭鋒機。欲教乞食歌姬院，故與雲山一衲衣。」「此帶閲人如傳舍，流傳到我亦悠哉。錦袍錯落真相稱，乞與佯狂老萬回。」法云：「公八九歲時，其兄戍安西歸，持信朝往夕反萬餘里，故號萬回。武后賜以錦袍玉帶。」

東坡一日訪佛印于竹林寺，印款之，坡因誦李涉詩云：「因過竹院逢僧話，又得浮生半日閑。」印曰：「學士閑得半日，老僧忙了半日。」相與發一大笑。

東坡喜食燒猪，佛印住金山時，每燒猪以待其來。一日，爲人竊食，東坡戲作小詩云：「遠公沽酒飲陶潛，佛印燒猪待子瞻。采得百花成蜜後，不知辛苦爲誰甜？」在黄岡時，嘗戲作食猪肉詩云：「黄州好猪肉，價錢等糞土。富者不肯喫，貧者不解煮。慢着火，少着水，火候足時他自美。每日起來打一碗，飽得自家君莫管。」黄昇日食鹿肉二斤，自晨煮至日影下西時則曰火候足。乃知此老雖煮肉亦有故事。時王中令平蜀還，饑甚，入一村寺，主僧醉甚，箕踞，公欲斬之，僧應對不懼，公求蔬食，僧饋以蒸猪頭，甚美，公喜問：「僧止能飲酒食肉耶？爲有他技也？」僧自言能詩。公令賦蒸豚，操筆立成，曰：「嘴長尾短淺含臕，久向山中食藥苗。蒸處已將蕉葉裹，熟時兼用杏漿澆。紅鮮雅稱金盤飣，軟熟真堪玉筯挑。若把羶根來比並，羶根自合喫藤條。」公大喜，與紫衣師號。

東坡，元豐末年得請歸耕陽羨，舟次瓜步，以書抵金山了元禪師，曰：「不必出山，當學趙州王等接人。」元得書徑來，東坡迎笑問之，以偈爲獻曰：「趙州當日少謙光，不出山門見趙王。争似金山無量相，大千都是一禪牀。」東坡拊掌稱善。

僧仲殊

名揮，姓張氏，安州進士。棄家爲僧，居杭州吴山寶月寺。仲殊嗜蜜，思聰嗜琴。東坡詩所謂：「招得琴聰與蜜殊」者是也。

蘇東坡在錢塘，無日不遊西湖。嘗携妓謁大通禪師，大通愠形于色。公乃作南歌子一首，令妓歌之，大通亦爲解頤。公曰：「今日參破老禪矣。」其詞云：「師唱誰家曲？宗風嗣阿誰？借君拍板與鉗搥，我也逢場作戲，莫相疑。　溪女方偷眼，山僧已皺眉。莫嫌彌勒下生遲，不見老婆三五，少年時。」僧仲殊聞之，和其韻曰：「解舞清平樂，而今説向誰？紅爐片雪上鉗椎，打就金毛獅子，也堪疑。　已信身如夢，何知眼共眉。蟠桃因甚結花遲，不向風前一笑，待何時？」涪翁見而賞之。子瞻有贈通詩云：「語帶煙霞從古少，氣含蔬筍到公無。」嘗語人曰：「頗解蔬筍語否？爲無酸餡氣也。」聞者無不皆笑。

張樞言龍圖守杭。一日，湖上開宴，劉巨濟涇、僧仲殊在焉，樞言命即席作填辭。巨濟先倡曰：「憑誰好筆，横掃素縑三百尺。天下應無，此是錢塘湖上圖。」仲殊應聲曰：「一般奇絶，雲淡天高秋夜月。費盡丹青，只這些兒畫不成。」唐、宋衲子詩儘多佳句，而填辭可傳，僅僅數首。有壽涯禪師詠魚籃觀音云：「深願弘慈無縫罅，乘時走入衆生界，窈窕丰姿都没賽。提魚賣，堪笑馬郎來納敗。清泠露濕金襴壞，茜裙不把珠瓔蓋，特地掀來呈捍怪。牽人愛。還盡許多菩薩債。」

仲殊一日造郡，方接坐間，見庭下有婦人投牒立雨中，郡守命詠之，仲殊口就踏莎行云：「濃潤侵衣，暗香飄砌，雨中花色添憔悴。枇杷樹下立多時，不言不語厭厭地。眉上新愁，手中文字，因何不倩鱗鴻寄？想伊只訴薄情人，官中誰管閑公事？」

東坡倅錢塘時，思聰方爲行童試經，坡謂坐客言，此子雖少，善作詩，近參寥子作「昏」字韻詩，可令和之。聰和篇立成。詩云：「千點亂山横紫翠，一鈎新月掛黄昏。」坡大稱賞，言不減唐人。因笑曰：「不須念經也做得一箇和尚。」是年聰始爲僧。政和間，聰挾琴遊梁日，登中貴人之門，久之，遂還俗，爲御前使臣，方其將冠巾也，蘇叔黨因浙僧入都，送之詩云：「試誦北山移，爲我招琴聰。」詩至，已無及矣。

僧參寥

與辨才皆東坡友也。坡謫齊安，寥不遠二千里相從，朞年後謫南海，寥復欲泛海，坡以書止之。

參寥以臨平絶句見知於東坡。其詩云：「風蒲獵獵弄輕柔，欲立蜻蜓不自由。五月臨平山下路，藕花無數滿汀洲。」時宗婦曹夫人者善丹青，遂作臨平藕花圖行世。

蘇子瞻在徐州，參寥子自錢塘訪之，酒中，子瞻令官妓馬娉娉乞詩於參寥，參寥口占云：「多謝尊前窈窕娘，好將幽夢惱襄王。禪心已作粘泥絮，不逐東風上下狂。」子瞻喜曰：「予嘗見柳絮落泥中，謂可入詩料，不意此老收得。」

東坡在黄州，夢參寥誦所作新詩曰：「寒食清明都過了，石泉槐火一時新。」夢中曰：「火固新矣，泉何故新？」答曰：「俗似清明日淘井。」

辯才退居龍井，不復出入。東坡往見之，出至風篁嶺。左右驚曰：「遠公過虎溪矣。」辯才嘆曰：「杜子美不云乎：『與子成二老，來往亦風流。』」因作亭嶺上，名之曰過溪，亦曰二老。

周韶

與胡楚、龍靚皆杭妓，有詩名。東坡嘗書三妓詩作一卷。

周韶好蓄奇茗，嘗與蔡君謨鬭勝，題品風味，君謨屈焉。蘇子容過杭，太守陳述古飲之，召韶佐酒，韶因子容求落籍，子容指簷間白鸚鵡曰：「可作一絶。」韶援筆立成，云：「隴上巢空歲月驚，忍看回首自梳翎。開籠若放雪衣女，長念觀音般若經。」時韶有服衣白，一座笑賞。述古遂令落籍。時胡楚、龍靚同席，楚贈詩云：「淡粧輕素鶴翎紅，移入朱闌便不同。應笑西園舊桃李，强匀顔色待秋風。」靚贈詩云：「桃花流水本無塵，一落人間幾度春。解佩暫酬交甫意，濯纓還見武陵人。」

胡楚贈所歡詩云：「不見當時丁令威，年來處處是相思。若將此恨同芳草，卻恐青青有盡時。」

張子野老於杭，多爲官妓作詞而不及龍靚，靚獻詩云：「天與群芳十樣葩，獨憐顔色不堪誇。牡丹芍藥人題徧，自分身如鼓子花。」子野喜，乃作望江南詞與之，詞云：「青樓宴，靚女薦瑤杯。一曲白雲江月滿，際天拖練夜潮來。人物悟瑤臺。醺醺酒，拂拂上雙腮。媚臉已非朱淡粉，香紅全勝雪籠梅。標格外塵埃。」

中國文學研究典籍叢刊

堯山堂外紀（外一種）

三

〔明〕蔣一葵　撰
呂景琳　點校

中華書局

堯山堂外紀卷五十四

宋

陳師道

字履常，又字無己。晚得詩法于黄魯直。嘗與晁説之論詩曰：「吾此一瓣香，須爲山谷道人燒也。」山谷嘗有詩云：「閉門覓句陳無己，對客揮毫秦少游。」以喻其才思之異。

郭提刑槩慕陳後山之賢，妻以女。後山家貧，妻子常寄食外家，有詩上槩云：「嫁女不離家，生男已當户。曲逆老不侯，知人公豈誤？」

陳後山少爲曾南豐所知，東坡愛其才，欲牢籠於門下，後山不肯背南豐，有「向來一瓣香，敬爲曾南豐」之句。又作妾薄命二首以自擬，其一曰：「主家十二樓，一身當三千。古來妾薄命，事主不盡年。起舞爲主壽，相送南陽阡。忍着主衣裳，爲人作春妍。有聲當徹天，有淚當徹泉。死者恐無知，妾身長自憐。」其二曰：「葉落風不起，山深花自紅。捐世不待老，惠妾無其終。一死尚可忍，百歲何當窮。天地豈不寬，妾身無所容。死者如有知，殺身以相從。向來歌舞地，夜雨鳴寒蛩。」

陳後山有小放歌行二絶云：「春風永巷閉娉婷，長使青樓誤得名。不惜捲簾通一顧，怕君着眼未分明。」又：「當年不嫁惜娉婷，傅白施朱作後生。説與旁人須早記，隨宜梳洗莫傾城。」

張舜民　字芸叟，自號浮休居士。

王荆公以詩賦決科，而不樂詩賦。熙寧初，既預政，遂傳以經義取士，元祐五年，復用詩賦。紹聖初，禁元祐學術，復罷之。政和中，乃著於令，士庶專習詩賦者杖一百。張芸叟有詩云：「少年辛苦校蟲魚，晚歲雕蟲耻壯夫。自是諸生猶習氣，果然紫詔盡驅除。酒間李杜皆投筆，地下班揚亦引車。惟有少陵頑鈍叟，静中吟撚白髭鬚。」蓋芸叟自謂也。哲宗時，有好爲詩而鄙俚可笑者，嘗作即事詩云：「日煖看三織，風高鬬兩廂。蛙翻合出闕，蚓死紫之長。潑聽琵梧鳳，饅抛接建章。歸來屋裏坐，打殺又何妨」。或問詩意，答曰：「始見二蜘蛛織網於簷間，又見二雀鬭於兩廂，廊有死蛙翻腹似『出』字，死蚓如『之』字，方喫潑飯，聞隣家琵琶作鳳栖梧，食饅頭未畢，閽人報建安章秀才上謁，迎客既歸，見内門上畫鍾馗擊小鬼，故云『打殺又何妨。』」哲宗嘗灼艾，諸内侍欲娱上，或舉其詩，上笑不已，竟不灼艾而罷。

張芸叟久經遷謫，既還，怏怏不平，嘗内集，分題賦詩，其女得『蠟燭』，有云：「莫訝淚頻滴，都緣心未灰。」浮休有慚色，自是無復躁意。

司馬朴之室，浮休女也，有詩在鄜延路上寺中。一聯云：「滿地煙含芳草緑，倚闌露泣海棠紅。」或云即詠燭者。

楊傑 字次公，無爲人，自號無爲子。

元豐中，高麗遣一僧入貢，頗辨慧，赴筵，設暈酒自如，令楊次公接伴，一日出令曰：「要兩古人姓名争一物。」沙門曰：「古人有張良有鄧禹，争一傘，良曰：『良傘。』禹曰：『禹傘。』」次公曰：「古人有許由有晁錯，争一葫蘆，由曰：『油葫蘆。』錯曰：『錯葫蘆。』」

錢勰待制尹府日，嘗遇誕辰，其僚屬盡以烏龜白鶴爲獻，用表祝壽之意。獨楊次公止以老子出關圖，并作小詩云：「秘藏函谷關中子，將獻蓬萊閣上仙。願得鬢眉如此老，卻教龜鶴羨長年。」錢公大悦。

楊次公爲吴興刺史，有明月樓詩云：「江南地暖少嚴風，九月炎涼正得中。溪上玉樓樓上月，清光合作水晶宫。」吴興因此謂之水晶宫。

楊次公守丹陽，米元章過郡，留數日去。元章好易他人書畫，次公作河豚羹飲之，其實他魚。元章疑而不食。次公笑曰：「此贋本耳。」迨其行，送以詩，有「淮海聲名二十秋」之句。林子中見之，謂次公曰：「公言無乃過歟。」次公笑曰：「二十年來何處不知有米顛子。」

米芾

字元章，號海岳外史。有潔癖，盥手用銀方斛瀉水於手，已而兩手相拍至乾，都不用巾拭。巾帽少有塵則濯之，客去必濯其坐榻。鈅靴偶爲他人所持，因屢洗，靴遂損不可穿。嘗擇壻，得建康段拂子去塵，釋之曰：「既拂矣，且去塵，真吾壻也。」以女妻之。子友仁，亦善書畫，世號小米。

東坡在維揚，設客十餘人，皆一時名士，米元章亦在坐。酒半，元章忽起，自贊云：「世人皆以芾爲顛，願質之子瞻。」東坡笑曰：「吾從衆。」元章在維揚，嘗謁蔡攸於舟中，攸出右軍王略帖示之，元章驚嘆，求以他畫易之，攸有難色，元章曰：「公若不見從，某不復生，即投此江死矣。」因大呼，據船舷欲墮，攸遂與之。

米元章平生好石，守濡須，曰：「聞有怪石在河壖。」人以爲異而不敢取。公命移至州治，爲燕游之玩。石至，遽命設席拜於庭下，曰：「吾欲見石兄二十年矣。」言者以爲罪，坐是罷去。其後竹坡周少隱過是郡，見石而感之，爲賦詩，其略曰：「唤錢作兄真可憐，唤石作兄無乃賢。望塵雅拜良可笑，米公拜石不同調。」

米元章令雍丘，蝗大起，鄰縣尉司禁瘞，後仍滋蔓，責保正併力捕除，或言：「盡緣雍丘驅逐過此。」尉移文，載保正語牒行雍丘，請勿以鄰國爲壑。時元章方與客飲，視牒大笑，題紙尾答云：「蝗蟲原是飛空物，天遣來爲百姓災。本縣若還驅得去，貴司卻請打回來。」傳者莫不絶到。

米元章詠潮詩曰：「怒氣號聲迸海門，州人傳自子胥魂。天排雲陣千家吼，地擁銀山萬馬奔。勢與月輪齊朔望，信如壺漏報晨昏。吴亡越霸成何事，一唱漁歌過遠村。」

米元章孔子贊曰：「孔子孔子，大哉孔子。孔子以前，未有孔子。孔子以後，更無孔子。孔子孔子，大哉孔子。」

徽宗取弁山奇石置之艮山，名曰艮嶽。時米芾爲書學博士，召令書一大屏，上指御前一端石硯使就用之。書成，芾捧硯請曰：「此硯經賜臣芾濡染，不堪復以進御。」

上大笑，因以賜之。芾蹈舞謝，抱負趨出，餘墨霑漬袍袖，喜動顏色。上顧謂蔡京曰：「顛名不虛得。」京曰：「芾人品誠高，所謂不可無一，不可有二。」

米元章仕宦久，不偶晚節，大臣薦對，嘗有詩曰：「笏引上天梯，鞘鳴奮地雷。誰云天尺五？親見玉皇來。」或問其意，答曰：「初叩軒陛，閤門臣僚以笏引之升殿，此上天梯也。」

米元章晚年學禪有得，卒於淮陽軍。先一月，區處家事，作親友別書，盡焚其所好書畫奇物，預置一棺，坐臥飲食其中。前七日，不茹葷，更衣沐浴，焚香清坐而已。及期，徧請郡寮，舉拂示衆曰：「衆香國中來，衆香國中去。」擲拂合掌而逝。

賀鑄

字方回，號慶湖遺老。小詞二卷，名東山寓聲樂府。

賀方回少爲武弁，以定林寺一絶見奇於舒王，遂知名當世。其詩云：「破冰泉脉漱籬根，壞衲遥疑挂樹猿。蠟屐舊痕尋不見，東風先爲我開門。」

黄山谷守當塗，賀方回過之，人日席上賦詞云：「巧剪合歡羅勝子，釵頭春意翩翩。艷歌淺笑拜嫣然。願郎宜此酒，行樂駐華年。　未至文園多病客，幽襟凄斷堪憐。舊遊夢挂碧雲邊。人歸落雁後，思發在花前。」腔本臨江仙，山谷以方回用薛道衡詩，易以雁後歸云。

賀方回有小築在姑蘇盤門內，地名横塘，方回時往來其間，作青玉案詞云：「淩波不過横塘路，但目送、芳塵去。錦瑟年華誰與度？月樓花院，綺窗朱户，惟有春知處。碧雲冉冉衡皋暮，綵筆空題斷腸句。試問閑愁知幾許？一川煙草，滿城風絮，梅子黄時雨。」山谷見之，亟稱云：「解道江南腸斷句，世間只有賀方回。」當時因稱方回爲賀梅子。郭功父有示耿天隙一詩，舒王爲書其尾云：「廟前古木藏訓狐，豪氣英風亦何有？」方回晚倅姑孰，與功父遊甚懽，方回寡髮，功父指其髻謂曰：「此真賀梅子也。」方回乃捋其鬚曰：「君可謂郭訓狐矣。」功父髯而鬍，故有是語。

賀方回有浣溪沙數闋，並爲山谷所賞。其一賦閨思云：「樓角紅銷一縷霞，淡黄楊柳帶棲鴉，玉人和月折梅花。　笑撚粉香歸繡户，半垂羅幙護窗紗，東風寒似夜來些。」其一賦春愁云：「閑把琵琶舊譜尋，四絃聲怨卻沉吟，燕飛人靜畫堂陰。　欹枕有時成雨夢，隔簾無處説春心，一從燈夜到如今！」其一賦春事云：「鸎鵲無言理翠衿，杏花零落晝陰陰，畫橋流水一篙深。　芳徑與誰同鬬草？繡床終日罷拈針，小牋香管寫春心。」

賀方回又有憶秦娥春思詞曰：「曉朦朧，前溪百鳥啼匆匆。啼匆匆，淩波人去，拜月樓空。舊年今日東門東，鮮粧輝映桃花紅。桃花紅，吹開吹落，一任東風。」

賀方回姬亦善小詩，嘗賦絶句云：「獨倚危闌淚滿襟，小園春色懶追尋。深恩總似丁香結，難展芭蕉一寸心。」

司馬槱 字才仲。陝州夏臺人。

同州澄城縣有九龍廟，然只一妃耳，土人謂馮瀛王之女也。司馬才仲戲題曰：「身既仕十主，女亦配九龍。」過客讀之，無不一笑。

司馬才仲初在洛下，晝寢，夢一美姝牽帷而歌云：「妾本錢塘江上住，花落花開，不管流年度。燕子啣將春色去，紗窗幾陣黄梅雨。」才仲愛其詞，因詢曲名，云是黄金縷。後五年，才仲以東坡薦應制舉，中等，遂爲錢塘幕官，爲秦尉少章道其事。少章續其詞後云：「斜插犀梳雲半吐，檀板輕敲，唱徹黄金縷。夢斷彩雲無覓處，夜涼明月生南浦。」頃之，復夢美姝迎笑曰：「夙願諧矣。」遂與同寢。自是每夕必來，才仲爲同寀談之，咸曰：「公廨後有蘇小小墓，得無妖乎？」不逾年而才仲得疾。所乘遊舫艤泊河塘，柁工遽見才仲携一麗人登舟，即前喏之，聲斷，火起舟尾。倉忙走報其衙，則才仲死而家人已慟哭矣。蘇小小者，錢塘名妓也。南齊時人。其墓或云湖曲，或云江干。古詞云：「妾乘油壁車，郎跨青驄馬。何處結同心，西陵松柏下。」今西陵在錢塘。

胡致隆 號簫灘居士。

胡致隆與山谷往來，坐上分題賦藕云：「平生冰雪姿，七星羅心胸。豈無有絲毫，上裨天子聰？而不自薦達，胡爲乎泥中？沉痾正無賴，安得君從容。其子亦可憐，風味如乃翁。」

潘大臨 字邠老。專學山谷爲詩。吕居仁作江西詩派圖，列陳無己、潘邠老、謝無逸、徐師川、饒德操、韓子蒼等爲法嗣，謂皆出於山谷也。

潘邠老送山谷貶宜州，有「可是中州著不得，江南已遠更宜州」之句，山谷極稱賞之。饒德操見邠老和山谷中興碑詩，讀至「天下寧知再有唐，皇帝紫袍迎上皇」，嘆曰：「潘十後來作詩，直至此地位耶？」

謝無逸嘗以書問潘邠老近作新詩否，答曰：「秋來景物，件件是佳致，昨日清卧，聞攪林風雨聲，遂起題壁，曰：『滿城風雨近重陽。』忽催税人至，敗意，止此一句奉寄。」

謝逸

字無逸，臨川進士，自號溪堂。從弟邁字幼槃，皆江西詩派中人也。

謝無逸閑居，多從衲子遊，不喜對書生。一日，有一貢士來謁，坐定，曰：「每欲問無逸一事，輒忘之。嘗聞人言歐陽修者，果何如人？」無逸熟視久之，曰：「舊亦一書生，後參大政。」又問：「能文章否？」無逸曰：「也得。」無逸之子宗野方七歲，立于旁，聞之匿笑而去。

撫州守朱世英以八行薦謝無逸，不就，後偕其友過之，小君方炊，稚子宗野汲井，無逸誦書掃除，顧二人，放帚大笑曰：「聊復爾耳。」其友作偈曰：「老妻營炊，稚子汲水。龐公掃除，丹霞適至。棄帚迎門，一笑相視。不必靈照，多通道理。」世英亦作偈曰：「提籃靈照，掃地謝公。一般是麵，做作不同。不假語默，通透玲瓏。更若未會，換手搥胸。」

謝溪堂有詠蝶詩三百首，如云：「身似何郎全傳粉，心如韓壽愛偷香。」又云：「飛隨柳絮有時見，舞入梨花無處尋。」人盛稱之，因呼爲謝蝴蝶。同時吴興俞退翁汝尚亦號溪堂居士。二人並有詩名。退翁題三角亭云：「奇哉山中人，來此池上宇。蕙徑斜映帶，林煙盡吞吐。春無四面花，夜欠一簷雨。寄傲足有餘，何須存廣廡？」

潘邠老嘗有詩，託無逸綴成「風雨重陽」之句，其略云：「病思王子同傾酒，愁憶潘郎共賦詩。」邠老亡後，無逸在黄州，適過重陽四日，風雨大作，遂用邠老句廣爲三絶云：「滿城風雨近重陽，無奈黄花惱意香。雪浪翻天迷赤壁，令人西望憶潘郎。」「滿城風雨近重陽，不見修文地下郎。想得武昌門外柳，垂垂老葉半青黄。」「滿城風雨近重陽，安得斯人共一觴。欲問小馮今健否？雲中孤雁不成行。」

謝無逸嘗於黄州關山杏花村館驛題一詞云：「杏花村館酒旗風，水溶溶，颺殘紅。野渡舟横，楊柳緑陰濃。望斷江南山色遠，人不見，草連空。夕陽樓外晚煙籠，粉香融，淡眉峰。記得年時，相見畫屏中。只有關山今夜月，千里外，素光同。」詞名江城子。其後，過者必索筆於館卒録去，卒頗以爲苦，因以泥塗之。

汪信民革嘗作詩寄謝無逸云：「問訊江南謝康樂，溪堂春水想扶疏。高談何日看揮麈，安步從來可當車。但得丹霞訪龐老，何須狗監薦相如？新年更勵於陵節，妻子同鉏五畝蔬。」饒德操見之，謂信民曰：「公詩日進而道日遠矣。蓋功用在彼而不在此也。」

營妓宋瑶以善奕名，謝幼槃作減字木蘭花贈之曰：「風篁度曲，倦倚銀屏初睡足。清簟踈簾，金鴨香消懶更添。　纖纖露玉，風雹縱横飛鈿局。顰斂雙蛾，凝竚無言密意多。」

徐俯

字師川，號東湖。七歲能詩，爲山谷所知。以父禧死事，授通直郎。張邦昌僭位，遂致仕。時工部侍郎何昌言與弟昌辰避邦昌諱，皆改名，俯買婢，名昌奴，客至，即呼前驅使之。

徐師川雙廟詩：「開元天寶間，衮衮見諸公。不聞張與許，名在臺省中。」饒德操酷愛之。

徐師川是山谷外甥，晚年欲自立名，客有稱其源自山谷者，公讀之不樂，答以小啓曰：「涪翁之妙天下，君其問諸水濱。斯道之大域中，我獨知之濠上。」

蘇養直詩有「屬玉雙飛水滿塘」之句，見賞於坡，稱爲「吾家養直」。作此詩時，年甚少。紹興間，與徐師川同召，師川赴，養直辭。師川造朝，便道過養直，留飲甚歡。二公平日對奕，徐高於蘇。是日，養直拈一子笑視師川曰：「今日須還老夫下此一着。」師川有愧色。

韓駒

字子蒼。宣、政間忌蘇、黄之學，王初寮陰學東坡，子蒼陰學山谷。

汪内相將赴臨川，曾吉父以詩送之，有「白玉堂中曾草詔，水晶宫裏近題詩」之句，韓子蒼改云：「白玉堂深曾草詔，水晶宫冷近題詩。」吉父聞之，以子蒼爲一字師。

韓子蒼有送宜黄丞周表卿詩曰：「昔年束帶侍明光，曾見揮毫對御床。將爲驊騮已騰踏，不知鵰鶚尚摧藏。官居四舍峰巒緑，驛路千林橘柚黄。莫戀鄉關留不去，漢廷今重甲科郎。」送詩後久之，改「對」字作「照」字，取子瞻「文彩照金殿」意也，改「緑」爲「雨」，「黄」爲「霜」，又改「莫戀鄉關留不去」作「莫爲艱難歸故里」。益見其工。

李伯時畫宫女背面者，韓子蒼題其上曰：「睡起昭陽暗淡粧，不知緣底背斜陽。若教轉盼一回首，三十六宫無粉光。」

宣和初，何文縝爲中書舍人，道君皇帝以御畫雙鵲賜之，韓子蒼時爲校書郎，賦詩二章，曰：「君王妙畫出神機，弱羽争巢並占時。想見春風鳷鵲觀，一雙飛上萬年枝。」又：「舍人簪筆上蓬山，輦路春風從駕還。天上飛來兩烏鵲，爲傳喜色到人間。」何文縝名㮚。政和間狀元。潘良貴次之，二人皆少年，有風貌，而第三人郭孝友頗古怪，時曰：「狀元真何郎，榜眼真潘郎，第三人真郭郎也。」

叙州本戎州也。老杜戎州詩云：「重碧傾春酒，輕紅擘荔枝。」今叙州公醞遂名以重碧。東坡在齊安，有「春江緑漲蒲萄醅」之句，靖康初元，韓子蒼作守，有旨添賜郡釀，因名其庫曰蒲萄醅，仍有詩云：「孤臣政術不堪論，尚得君王賜酒尊。父老異時傳盛事，蒲萄醅熟記初元。」

饒節 字次守。少年嘗投書於曾子宣。論新法不合，遂棄去。嘗令其僕守舍，歸見其占對異常，怪而問之，僕曰：「聞隣寺白崖長老有道價，往請一轉語，忽爾覺悟。」次守慨然曰：「汝能是，我乃不能？」徑往白崖問道，八日而悟，與其僕祝髮爲浮屠，更名如壁，字德操，號倚松道人。僕名如琳。後琳疾亟，躬進藥餌，既卒，極盡送終之義。

饒德操長於詩。梅花一聯云：「遂教天下無雙色，來作人間第一春。」又答吕居仁寄詩云：「長憶他時對短檠，詩成重改又鷄鳴。如今老矣無心力，口誦君詩繞竹行。」

饒德操作僧後，有送別蔡伯世詩云：「要做仲尼真弟子，須參達磨的兒孫。」時諸説禪者不一，故德操專及之。

宣和庚子，改僧爲德士，一時浮屠有以違命被罪者，獨一長老遽上表乞入道，其辭有「習蠻夷之風教，忘父母之髮膚。儻得回心而向道，便更合掌以擎拳」等語，時饒德操已爲僧，因作改德士頌云：「自知祝髮非華我，故欲毀形從道人。聖主如天苦憐憫，復令加我舊冠巾。」「舊說螟蛉逢蜾蠃，異時蝴蝶夢莊周。世間化物渾如夢，夢裏惺惺卻自由。」「德士舊嘗稱進士，黃冠初不異儒冠。種種是名名是假，世人誰不被名謾。」「衲子紛紛惱不禁，倚松傳與法安心：鉼盤釵釧形雖異，還我從來一色金。」「小年曾着書生帽，老大當簪德士冠。此身無我亦無物，三教從來處處安。」

饒德操尤善作銘贊。有佛米贊謂：「武將念佛以米記數，得三升也。贊曰：時平主聖，萬國自靖。不殺而武，不征而正。矯矯虎臣，無所用命。移將東南，介我佛會。久聞我曹，念佛三昧。喑嗚叱吒，化爲佛聲。三令五申，易爲佛名。一佛一米，爲米三升。自升而斗，自斗而斛。念之無窮，太倉不足。」

饒德操後寓襄陽天寧寺。夏均父倪爲請疏，其略云：「無復挾書，更逐康成之後；何憂成佛，不居靈運之先。」又云：「豈惟江左公卿，盡傾支遁；獨有襄陽耆舊，未識道安。」時稱其精當。

僧惠洪 字覺範。有冷齋夜話、甘露集、林間録行世。時鄒元佐奇於命，彭淵材奇於樂，覺範奇於詩，號「新昌三奇」。

洪覺範作冷齋夜話，有曰：「詩至李義山爲文章一厄。」許彦周覽及此，蹙額無語，覺範再三窮詰，彦周曰：「夕陽無限好，只是近黄昏。」覺範曰：「我解子意矣。」即時删去。

覺範自并州還江南，過都下，上元，憩相國寺，有道人求詩，且曰：「覺範嘗有寒岩寺詩懷京師曰：『上元獨宿寒岩寺，卧看青燈映薄紗。夜久雪猿啼岳頂，夢回山月上梅花。十分春瘦緣何事？一掬歸心未到家。卻憶少年行樂處，軟風香霧噴東華。』今當爲作京師上元懷山中也。」覺範戲爲之曰：「北游爛熳看并山，重到皇州及上元。燈火樓臺思往事，管絃音律試新翻。期人未至情如海，穿市歸來月滿軒。卻憶寒岩曾獨宿，雪窗殘夜一聲猿。」

覺範同時，有雲峰悦禪師與興化詵公友善，詵城居三十餘年，老矣猶迎送不已，悦嘗誡曰：「公不袖手山林中去，尚此忍垢乎？」郡僚愛詵多，久不果。一日送大官出郊，墮馬損臂，呻吟月餘，以書哀訴于悦，悦作偈戲之曰：「大悲菩薩有千手，大丈夫兒誰不有？興化和尚折一枝，猶有九百九十九。」南華恭長老同嗣大愚，有書來叙法禮，悦作偈戲之曰：「與師萍跡寄江湖，共憶當年在大愚。堪笑堪悲無限事，甜瓜生得苦葫蘆。」有僧金鑾求歐陽景書與玉峰長老薦用，景封書曰：「金鑾求與玉峰書，金玉相乘價倍殊。到底不關藤蔓事，葫蘆自去纏葫蘆。」

李清照

號易安居士。濟南李格非女，適趙明誠。香臺集謂清獻子。按：明誠乃趙挺之子也。挺之謚清憲，而清獻遂因被誣。

趙明誠與李易安平生同志。明誠在太學時，每朔望告謁出，質衣，取半千錢，步入相國寺，市碑文、果實歸，相對咀嚼展玩。後連守兩郡，竭俸以事鉛槧，及卒，易安爲文以祭曰：「白日正中，嘆龐翁之機捷；堅城既墮，憐杞婦之悲深。」後再適張汝舟，失身非類，世以此薄之。

李易安聲聲慢一辭最爲婉妙，其辭云：「尋尋覓覓，冷冷清清，悽悽慘慘戚戚。乍暖還寒時候，最難將息。三杯兩盞淡酒，怎敵他、晚來風急？雁過也，正傷心，卻是舊時相識。滿地黃花堆積。憔悴損，如今有誰忺摘？守著窗兒，獨自怎生得黑？梧桐更兼細雨，到黃昏、點點滴滴。這次第，怎一個愁字了得？」

李易安九日醉花陰詞云：「薄霧濃雲愁永晝，瑞腦噴金獸。佳節又重陽，寶枕紗厨，半夜秋初透。東籬把酒黃昏後，有暗香盈袖。莫道不銷魂，簾捲西風，人似黃花瘦。」又離別一剪梅詞云：「紅藕香殘玉簟秋。輕解羅裳，獨上蘭舟。雲中誰寄錦書來？雁字回時，月滿西樓。花自飄零水自流。一種相思，兩處閑愁。此情無計可消除，纔下眉頭，卻上心頭。」

李易安又有如夢令云：「昨夜雨踈風驟，濃睡不消殘酒。試問捲簾人，卻道：『海棠依舊。』『知否，知否？應是緑肥紅瘦。』」當時文士莫不擊節稱賞，未有能道之者。

朱淑真 錢唐人。宛陵魏端禮爲輯其詩詞，名曰斷腸集。

朱淑真幼警慧，善讀書。早年，父母無識，嫁市井民家。其夫村惡，蘧除戚施，種種可厭，淑真抑鬱不得志。作詩多憂愁怨恨之思。題圓子云：「輕圓絶勝雞頭肉，滑膩偏宜蟹眼湯。縱有風流無處説，已輸湯餅試何郎。」蓋謂其夫之不才，匹配非偶也。

朱淑真詩詞多柔媚，獨清畫一絶、送春一詞，頗踈俊可喜，詩云：「竹摇清影罩紗窗，兩兩時禽噪夕陽。謝卻海棠飛盡絮，困人天氣日初長。」詞云：「樓外柳垂千萬縷，欲繫青春，少住春還去。猶自風前飄柳絮，隨春且看歸何處？ 滿目山川聞杜宇，便做無情，莫也愁人意。把酒送春春不語，黄昏卻下瀟瀟雨。」

朱淑真元夕生查子云：「去年元夜時，花市燈如晝。月上柳梢頭，人約黄昏後。今年元夜時，月與燈依舊。不見去年人，淚濕春衫袖。」又元夕詩云：「火樹銀花觸目紅，極天歌吹暖春風。新歡入手愁忙裏，舊事經心憶夢中。但願暫成人繾綣，不防長任月朦朧。賞燈那得工夫醉，未必明年此會同。」與其詞意相合。

朱淑真同時有魏夫人者，曾子宣内子也，亦能詩。嘗置酒邀淑真，命小鬟隊舞，因索詩，以「飛雪滿群山」爲韻。淑真醉中援筆賦五絶云：「管絃催上錦裀時，體態輕盈秖欲飛。若使明皇當日見，阿蠻無計恍楊妃。」「香茵穩襯半鈎月，往來淩波雲影滅。絃催緊拍促將徧，兩袖翻然作回雪。」「柳腰不被春拘管，鳳轉鸞回霞袖緩。舞徹伊州力不禁，筵前撲簌花飛滿。」「占斷京華第一春，清歌妙舞實超群。只愁到曉人星散，化作巫山一段雲。」「燭花影裏粉姿閑，一點愁侵兩點山。不怕帶他飛燕妬，無言逐拍省弓彎。」

魏夫人有春恨江神子曰：「別郎容易見郎難，幾何般，懶臨鸞。憔悴容儀，陡覺縷衣寬。門外紅梅將謝也，誰信道，不曾看。曉粧樓上望長安，怯輕寒，莫憑欄。嫌怕東風，吹恨上眉端。爲報歸期須及早，休誤妾，一春閑。」

魏夫人捲珠簾詞云：「記得來時春未暮，執手攀花，袖染花梢露。暗卜春心共花語，爭尋雙朵爭先去。多情因甚相辜負？有輕拆輕離，向誰分訴？淚濕海棠花枝處，東君空把奴分付。」宋時婦人多能詩文。又有孫夫人者，秀州鄭文妻也，鄭爲太學上舍，久寓行都，孫寄以憶秦娥云：「花深深，一鉤羅襪行花陰。行花陰，閑將柳帶，試結同心。耳邊消息空沉沉，畫眉樓上愁登臨。愁登臨，海棠開後，望到如今。」此詞爲同舍見者傳揚，酒樓妓館皆歌之。又閨情南鄉子詞云：「曉日壓重簷，斗帳春寒起未歡。天氣因人梳洗懶，眉尖，淡畫春山不喜添。閑把繡絲撏，紉得金針又倒拈。陌上游人歸也未？厭厭，滿院楊花不捲簾。」又詠雪詞云：「悠悠颺颺，做盡輕模樣。半夜蕭蕭窗外響。多在梅邊竹上。朱樓向曉簾開，六花片片飛來。無奈薰爐煙霧，騰騰扶上金釵。」又，婺州劉鼎臣者，僦省試於行都，瀕行，其妻自製彩花一枝贈之，侑以鷓鴣天詞云：「金屋無人夜剪繒，寶釵翻過齒痕輕。臨行執手殷勤送，襯與蕭郎兩鬢青。聽囑付，好看承，千金不抵此時情。明年宴罷瓊林晚，酒面微紅相映明。」又有居上庠者，其妻以詩寄鞋襪云：「細襪宮鞋巧樣新，殷勤寄與讀書人。好將穩步青雲上，莫向平康謾惹塵。」

堯山堂外紀卷五十五

宋

徽宗佶 道籙院上章，册帝爲教主道君皇帝。

徽宗即位，下詔求直言，及上書與廷試直言者，俱得罪。京師有謔詞云：「當初親下求言詔，引得都來胡道。人人招是駱賓王，并洛陽年少。自訟監宫并岳廟，都教一時閑了。誤人多是誤人多，誤了人多少。」

政和中，徽宗立畫博士院，每召名工，必摘唐人詩句試之。嘗以「竹鎖橋邊賣酒家」爲題，人皆向酒家上着工夫，惟一善畫，但於橋頭竹外掛一酒帘；又試「踏花歸去馬蹄香」，有某甲者，但掃數蝴蝶飛逐馬後；又一日，試「萬緑叢中紅一點，動人春色不須多」，某甲但畫楊柳樓臺一美人凭闌。皆中魁選。

徽宗一日灑翰於小白團扇，書七言十四字曰：「選飯朝來不喜餐，御厨空費八珍盤。」適思倦，顧左右云：「有能吟者，可令續之。」有薦太學生者，既宣入，恭讀宸製，乞爲取旨：或續句呈，或就書扇左。上曰：「朝來不喜餐，必惡阻也。」當以此爲詞以續於扇。」生續曰：「人間有味俱嘗遍，只許江梅一點酸。」上大喜。會將策士，生未奏名，徑使造庭賜登第。

徽宗於禁苑植荔枝，結實以賜燕帥王安中。御製詩云：「葆和殿下荔枝丹，文武衣冠被百蠻。思與近臣同此味，紅塵飛鞚過燕山。」蓋用樊川「一騎紅塵妃子笑，無人知道荔枝來」句意，竟成語讖。宣和初，收復燕山，以歸朝金民來居京師。其俗有臻蓬蓬歌，每扣鼓和臻蓬蓬音爲節而舞，人無不喜聞其聲而效之。其歌曰：「臻蓬蓬，外頭花花裏頭空。但看明年正二月，滿城不見主人翁。」又有伎者，以數丈長竿繫椅於杪，伎者坐椅上，少頃，下投小棘坑中，無偏頗之失。未投時念詩曰：「百尺竿頭望九州，前人田土後人收。後人收得休歡喜，更有收人在後頭。」此皆虜讖而兆禍。可怪。

宣和四年，預借元宵。時有謔詞云：「太平無事，四邊寧靜狼煙眇。國泰民安，謾説堯舜禹湯好。萬民翹望彩都門，龍燈鳳燭相照。只聽得，教坊雜劇歡笑，美人巧。寶籙宮前，呪水書符斷妖。更夢近，竹林深處勝蓬島，笙歌鬧。奈吾皇，不待元宵景色來到，只恐後月陰晴未保。」是年中秋後，帝在苑中賦晚景一聯云：「日映晚霞金世界，月臨天宇玉乾坤。」宰臣皆稱賀。次年，戎馬犯順，後國號金。宣和間，上方織綾，謂之遍地桃。又急地綾，漆冠子，作二桃樣，謂之並桃。天下効之。香謂之佩香。至金人犯闕，無貴賤皆逃避云。

宣和五年，金人來歸燕京及涿、易、檀、順、景、薊六州之地，都下盛唱小辭曰：「喜則喜，得入手。愁則愁，不長久。忺則忺，我兩個厮守。怕則怕，人來破鬭。」未幾，金人犯汴京，以徽、欽二帝北去。

徽宗被虜北行，謝克家作憶王孫辭云：「依依宮柳拂宮墻，樓殿無人春晝長。燕子歸來依舊忙。憶君王，月破黃昏人斷腸。」紹興間，金人以帝梓宮來歸。元僧楊璉真伽發之，止朽木一段。

徽宗北隨金虜，後見杏花，作燕山亭一詞云：「裁剪冰綃，輕疊數重，冷淡胭脂注。新樣靚妝，艷溢香融，羞殺蕊珠宮女。易得凋零，更多少、無情風雨。愁苦。閒院落，淒涼幾番春暮。憑寄離恨重重，這雙燕，何曾會人言語。天遙地遠，萬水千山，知他故宮何處？怎不思量，除夢裏、有時曾去！無據。和夢也、有時不做。」又在北，遇清明日，詩曰：「茸母初生認禁煙，無家對景倍棲然。帝城春色誰爲主？遙指鄉關涕淚連！」又戲作小辭云：「孟婆孟婆，好做些方便，吹箇船兒倒轉。」俗謂風曰孟婆。江南七月間，有大風甚于舶艑，野人相傳以爲孟婆發怒。茸母，草名。茸母、孟婆正是的對。

宋時，隴州歲貢鸚鵡，徽宗置安妃閣教以詩文，宣和末，使人發還本土，後郭浩以秦鳳提點刑獄按邊至隴口，見一紅一白鸚鵡鳴於樹間，問上皇安否，浩曰：「上皇崩矣。」鸚鵡聞之，皆悲鳴不已。浩因賦詩云：「隴口山深草木荒，行人到此斷肝腸。耳中不忍聽鸚鵡，猶在枝頭説上皇。」

張孝純在雲中府粘罕席上有所覩，賦念奴嬌一闋云：「踈眉秀盻，向春風、還是宣和裝束。貴氣盈盈姿態巧，舉止况非凡俗。宋室宗姬，秦王幼女，曾嫁欽慈族。干戈横蕩，事隨天地翻覆。　一笑邂逅相逢，勸人滿飲，旋旋吹横竹。流落天涯俱是客，何必平生相熟。舊日榮華，如今憔悴，付與杯中醁。興亡休問，爲伊且盡船玉。」金人徙欽宗回燕京。一日，行至平順州，止泊驛舍。時以七夕，官中於驛作酒肆，縱人會飲。帝於室中窺見一胡婦携數女子，皆俊目艷麗，或歌或舞，或吹笛，持酒勸客，所得錢物酒食率歸胡婦，稍不及者，婦以杖擊之。少頃，官遣皂衣吏賫酒飲帝，胡婦不知爲帝也，亦遣一横笛女子入室中。對帝嗚咽，吹不成曲。帝問女子曰：「吾與汝爲鄉人，汝東京誰氏女？」女顧胡婦稍遠，乃曰：「我百王宫魏王女孫也，先嫁欽慈太后姪孫，京城既陷，爲賊擄至此，賣與豪門作婢，既又遭主母詬撻，轉鬻與此。胡婦俾在此日夕求酒錢食物，若不及，即箠楚隨之。」言訖，問帝曰：「官人亦是東京人，想亦擄來此也。」帝但泣下，遣之去。詳味孝純詞旨。其所覩，即帝所遇者也。然孝純詞賦之粘罕席上，則是女初屬粘罕審矣。

蔡京

字元長。崇寧初拜相。官司公移皆避其名,京東、京西並改爲畿左、畿右。蔡經國聞「京」閩音稱「京」爲「經」,乃奏乞改名純臣。

紹聖中,蔡京館遼使李儼,儼留館頗久,一日宴飲,忽持盤中杏曰:「來未花開,如今多幸。」京即舉梨謂之曰:「去雖葉落,未可輕離。」

蔡京與陳了翁有筆研之舊,了翁深疾之。嘗入朝,已立班,上御殿差晚,杲日照耀,衆莫敢仰視,京注目久而不瞬。謂同省曰:「此公真大貴人也。」或曰:「公明知其貴,胡不少貶,而議論之間有不恕,何邪?」了翁誦老杜詩曰:「射人先射馬,擒賊先擒王。」

蔡元長既貴,享用侈靡,喜食鶉,每預蓄養之,烹殺過當。一日,夢鶉數千百訴於前,其一鶉居前致辭曰:「食君廩中粟,作君羹中肉。一羹數百命,下箸猶未足。羹食何足論,生死猶轉轂。勸君慎勿食,禍福相倚伏。」京由是不復食鶉。

姑蘇南園,錢氏廣陵王舊圃也,老木皆合抱,流水奇石參錯其間。王元之爲長洲縣宰時,無日不携客醉飲,嘗有詩曰:「他年我若功成後,乞取南園作醉鄉。」其後,園中大堂遂以醉鄉名之。大觀末，蔡魯公罷相欲東還，詔以園賜公，公即戲以詩示親黨云：「八年帷幄竟何爲，更賜南園寵退師。堪笑當時王學士，功名未有便吟詩。」妃姓劉氏，入宫進位貴妃。宣、政間，禁中有保和殿，殿西南廡有玉真軒，軒内有玉華閣，即安妃妝閣也。妃每神降，必别置妃位，畫妃像于其中。林靈素以左道得幸，謂上爲長生帝君，妃爲九華玉真安妃。是時，群臣惟蔡元長最承恩遇，嘗賦詩題殿壁曰：「瓊瑶錯落密成林，檜竹交加午有陰。每祀妃像，妃方寢而覺有酒容。恩許塵凡時縱步，不知身在五雲深。」一日，侍宴於保和殿，上令妃見京，先有詩曰：「雅興酒酣添逸興，玉真軒内見安妃。」命京賡補成篇，京即題曰：「保和新殿麗秋暉，恩許塵凡到綺闈。雅興酒酣添逸興，玉真軒内見安妃。」須臾，命京入軒，但見妃像，京又有詩云：「玉真軒内煖如春，只見丹青未見人。月裏嫦娥終有恨，鑑中姑射未應真。」已而至閣，妃出見京，勸酬至再，日暮而退。

宣和末，以童貫爲撫軍使，蔡攸副之，以應金夾攻遼。攸，京長子也。京以詩寄曰：「老懶身心不自由，封書寄與淚横流。百年信誓當深念，三伏征塗合少休。目送旌旗如昨夢，心存關塞起新愁。緇衣堂下清風滿，早早歸來醉一甌。」徽宗聞之，命鄧珙索詩，京即録以進呈，上讀之，徐曰：「好改作『六月王師好少休』。」蓋時白溝報不捷，故有是語。

蔡元長南遷，中路有旨，取所寵姬慕容、邢、武者三人，以金人指名來索也。元長作詩別云：「爲愛桃花三樹紅，年年歲歲惹春風。如今去逐他人手，誰復尊前念老翁。」初，元長之竄也，道中市飲食之類，皆不肯售，歎曰：「京失人心，一至於此！」至潭州，作詞曰：「八十一年過世，四千里外無家。如今流落向天涯，夢到瑤池闕下。玉殿五回命相，彤庭幾度宣麻。止因貪戀此榮華，使有如今事也。」後數日卒。

蔡元長卒於長沙城南五里東明寺，遂草殯於寺之觀音殿。後有蜀僧遊方過之，慨然因題詩於壁曰：「三十年前鎮益州，紫泥丹詔鳳池遊。大鈞播物心難一，六印懸腰老未休。佐主不能如傅説，知幾那得似留侯。功名富貴今何在？寂寂招提一土丘。」

張商英

字天覺，號無盡居士。時蔡京久盗國柄，中外怨疾，見商英能立異同，更稱爲賢，帝因人望而相之。

張天覺召自荆湖，適劉跛子與客飲市橋，聞車騎過甚都，起覷之，跛子挽丞相衣使且共飲，因作詩曰：「遷客湖湘召赴京，車蹄迎迓一何榮。争如與子市橋飲，且免人間寵辱驚。」時賞其俊爽。

唐子西嘗見桃李盛開而梅尚存數枝，因作詩云：「桃花能紅李能白，春深無處無顏色。不應尚有數枝梅，可是東君苦留客。向來開處當嚴冬，桃李未在交游中。只今已是丈人行，勿與年少争春風。」時張無盡被召，子西乃以詩投之，無盡大加稱賞。子西名庚，丹稜人。及登東坡之門。後徙居瀘之安夷門外，自號魯國先生。宣、政間，以黨禍謫羅浮，作詩云：「説與門前白鷺群，也須從此斷知聞。諸公有意除鈎黨，甲乙推求恐到君。」在羅浮，名酒之和者曰「養生主」，勁者曰「齊物論」，作訴衷情詞，有云：「平生不會斂眉頭，諸事等閑休。元來卻到愁處，須着與他愁。」

張天覺既相，謝表有云：「十年去國，門前之雀可羅；一日歸朝，屋上之烏亦好。」徽宗親題所御扇焉。

王黼宣和初拜相，有寵於帝，得預宫中秘戲。帝嘗使内人爲市，黼爲市令。一日，上故責市令，撻之取樂。黼窘，故曰：「告堯、舜，免一次。」上笑曰：「吾非唐、虞，汝非稷、契也。」一日，又與踰垣微行，黼以肩承帝趾，墻峻，微有不相接處，上曰：「聳上來，司馬光。」黼應曰：「伸下來，神宗皇帝。」

王黼爲館職時，夜夢至一山間，古松流水，杳然幽深，忽遇一道人，引至一處，有廢丹竈，又有茅屋數間，道人開之，云：「公所居也。」塵埃蓬勃，似久無人者。壁間有題字云：「白髮高僧酷愛山，一缾一鉢老禪關。只因窺井生一念，從此松根丹竈閑。」慨然悟其前世所居。已，失道人遠，返，天大雷雨，龍起雲中，意甚恐懼，遂寤。其婢亦魘于室中，呼覺，問之，曰：「適爲雷雨所驚。」頗異之。來日，館中曝書，偶觀架上小説内載婦人窺井生男事云。孫仲益有王大傅生日詩：「了了三生夢，松根冷竈爐。」用此事也。

林靈素

字通叟，永嘉人，初名靈噩，字歲昌。政和間至京師，寓東太乙宮，以方術得幸，賜號金門羽客通真達靈玄妙先生。

林靈素少從浮屠，苦其師笞罵，去爲道士，善妖幻，往來淮、泗間，丐食僧寺，苦之。及王老志、王仔昔寵衰，旁訪方士於左階道籙，徐知常以靈素對，即召見，對曰：「臣上知天宮，中識人間，下知地府。」上視靈素風貌如舊識，乃築通真宮以居之，賜金牌，無時入内。時有附之而得美官者，頗自矜，有驕色，或戲作靈素畫像詩云：「當日先生在市廛，世人那識是真仙。只因學得飛昇後，雞犬相隨也上天。」

林靈素一日同帝夜靜禮斗，至太清樓下，見有碑題曰元祐奸黨之碑，靈素稽首。上怪問之，對曰：「碑上姓名皆天上列宿，臣敢不稽首。」因作詩獻云：「蘇、黄不作文章客，童、蔡翻爲社稷臣。三十年來無定論，不知奸黨是何人？」帝明日以示蔡京，京惶恐乞去，仍免留之。宣和間，吴敏著見聞録，記當時事，不敢斥言，多是庾語。其稱安者謂蔡攸，蓋攸字居安，實者謂童貫，木者謂林靈素，或朱勔也。他皆類是。

雍孝聞 蜀人。

崇寧間廷試，雍孝聞對策，力詆時政闕失，駁放，後雖授以右列，然卒不仕，浪跡山林，遂遇異人，得道。政和末，變姓名爲道士，入内説法，徽宗謂其得林靈素之半，因賜姓木，更名廣莫，竟不知其爲孝聞也。孝聞嘗自詠云：「百萬人中隱一身，深如勺水在滄溟。獨醒自負賢人酒，天闊難尋處士星。照影自憐湖水碧，高吟贏得蜀山青。城南老樹如相問，不枉翻空過洞庭。」

薛昂 字肇明。謹事蔡元長。與賓客會飲，有犯「京」字者，必舉罰；平日家人輩誤犯，必加叱詈；脱或自犯，則自批其頰，以示戒。宣和末，有朝士新買一婢，頗熟事，因會客，命出侑尊，一客語及「京」字，婢遽請罰酒，曰：「犯太師諱。」一座駭愕。詢之，乃薛門下家婢也。

薛昂初爲王荆公客。荆公在鐘山下棋，昂與焉，賭梅花詩一首，荆公爲代作。後昂出知金陵，或者嘲以詩曰：「好笑當年薛乞兒，荆公坐上賭梅詩。而今又向江東去，奉勸先生莫下棋。」薛書名似「丐」字，故人有「乞兒」之説。

王安中

字履道。初爲東坡門下士，後附蔡京，遂叛東坡。時有文章盛名，號初寮先生。寮，小窗也。高似孫號疎寮，謝伋號靈石山藥寮。

王安中在京師，偶見人家亭上題字，筆勢灑落，不着姓而其名則安中也。王鶩問：「何人所書？」守者曰：「此何安中。河朔人也。」王恐人莫之辨，戲書一詩其後云：「蜀客更名緣好尚，漢臣書姓爲同官。孟公自合名驚座，子夏尤宜便小冠。益號文緣兩李，翊書制誥有諸韓。二玄各自分南北，付與時人子細看。」終篇皆用同名事云。

王安中見迎春花，賦蝶戀花詞云：「雪霽花稍春欲到，殘臘迎春，一夜花開早。青帝回輿雲縹緲，鮮鮮金雀來飛繞。　繡閣紗窗人窈窕，翠縷紅絲，鬭剪幡兒小。戴在花枝争笑道：願人長共春難老。」安中，建炎中避地於柳，得郡人熊氏園，植桃數百本，號曰小桃源，日賦詩亭下。

宣和中取燕山，群臣稱賀，蔡元長令一館職代作表，仍語以「燕人悦則取之」一句，不得不使其人歸搜經句，欲對未得，王安中曰：「何不曰：『昆夷駾其喙矣。』」遂用之。

蔡嶷

劉混康赴闕，一夕，拜章罷，詔問：「何久？」答曰：「值天門放春榜。」欲叩其所覩，乞書而密緘之，它日驗其事。明年，殿試畢，發視，止書二草二木，乃蔡嶷、柯茱也。嶷嘗倚附蔡京爲叔父，京命二子攸、修出見，嶷亟云：「向者大誤，公乃叔祖，二尊諸父行也。」

崇寧末策進士，蔡嶷以阿附得首選，帝召對，問：「唐京官五品方賜緋佩魚，借緋即不佩，國朝因循其制。」嶷對曰：「在唐借緋亦佩魚。」因誦白居易詩曰：「親朋相慶問何如，報道恩光盡反初。投老喜抛黄草技，眼明驚拆紫泥書。便將朱紱還鈴閣，卻着青袍侍玉除。無奈嬌癡三歲女，遶腰啼哭覓銀魚。」帝喜其對之捷。

曹組

字元寵。緯之弟。緯有詩文號秋浦集。組六舉不第，著鐵硯篇以自見。後有寵於徽宗，授睿思殿待制。

曹元寵工謔詞，有春情如夢令云：「門外緑陰千頃，兩兩黄鸝相應。睡起不勝情，行到碧梧金井。人靜，人靜，風動一庭花影。」又春夢阮郎歸云：「簷頭風珮響丁東，簾踈燭影紅。秋千人散月溶溶，樓臺花氣中。春酒醒，夜寒濃，蘭衾誰與同？只愁夢短不相逢，覺來羅帳空。」

曹元寵題村學堂圖云：「此老方捫虱，衆雛争附火。想當訓誨間，都都平丈我。」語雖調笑，曲盡社師之狀。諺言，社師讀論語「郁郁乎文哉」訛爲「都都平丈我」，委巷之童習而不悟。一日，宿儒到社中，爲正其訛，學童皆駭散。時人爲之語云：「都都平丈我，學生滿堂坐。郁郁乎文哉，學生都不來。」曹詩蓋取此。

王氏，曹元寵母也。時隆冬大雪，登樓眺望，見美妓從雪中來，乃作詩曰：「梁王宴罷下瑶臺，窄窄紅鞋步雪來。恰似陽春三月暮，楊花飛處牡丹開。」

周邦彦

字美成，號清真居士。初進汴都賦得官。徽宗時提舉大晟樂府，官至待制。詞名清真詩餘。

周美成能自度曲，製樂府長短句，名其居曰顧曲堂。嘗詠佳人，調憶秦娥云：「香馥馥，樽前有個人如玉。人如玉，翠翹金鳳，内家粧束。嬌羞愛把眉兒蹙，逢人只唱相思曲。相思曲，一聲聲是，怨紅愁緑。」

周美成在姑蘇，與營妓岳楚雲相戀，後從京師過吴，則岳已從人久矣。因飲于太守蔡巒子，高坐上見其妹，作點絳唇寄之云：「遼鶴西歸，故人多少傷心事！短書不寄，魚浪空千里。憑仗桃根，説與相思意。愁何際？舊時衣袂，猶有東風淚。」楚雲得詞，感泣累日。

蔡元長生日，天下郡國皆有饋獻，號太師生辰綱，文士錦囊玉軸，競進詩詞，周美成有句云：「化行禹貢山川外，人在周公禮樂中。」蔡獨喜之。

周美成晚歸錢唐，夢中得瑞鶴仙詞一闋云：「悄郊原帶郭，行路永，客去車塵漠漠。斜陽映山落，斂餘紅、猶戀孤城欄角。淩波步弱，過短亭、何用素約。有流鶯勸我，重解繡鞍，緩引春酌。不記歸時蚤暮，上馬誰扶？醒眠朱閣。驚飇動幕，猶殘醉，遶紅藥。嘆西園已是花深無地，東風何事又惡。任流光過卻。歸來洞天自樂。」未幾，方臘亂，自桐廬入杭。時美成方宴客，倉皇出奔，趨于西湖墳菴，適際殘冬，落日在山，忽逢故人之妾奔逃而來，乃與小飲于道旁旗亭，聞鶯聲于木杪。少焉分背。抵菴，尚有餘醺，困卧小閣上，恍如詞中所云。逾月入城，故居皆遭蹂踐矣。後得請，提舉洞霄宮而終老焉。

万俟雅言

精於音律。自號詞隱。有大聲集五卷，周美成爲序，山谷亦稱之爲一代詞人。

崇寧中，万俟雅言充大晟府製撰，依月用律製詞，嘗侍宴都門池苑，應制賦安平樂慢云：「瑞日初遲，緒風乍暖，千花百草争香。瑶池路穩，閬苑春深，雲樹水殿相望。柳曲沙平，看塵隨青蓋，絮惹紅粧。賣酒緑陰傍，無人不醉春光。有十里笙歌，萬家羅綺，身世疑在仙鄉。行樂知無禁，五侯半隱少年場。舞妙歌妍，空妬得鶯嬌燕忙。念芳菲都來幾日，不堪風雨踈狂。」

万俟雅言有長相思詠雨詞云：「一聲聲，一更更，窗外芭蕉窗裏燈。此時無限情。夢難成，恨難平，不道愁人不喜聽。空堦滴到明。」

晁端禮 字次膺。與万俟雅言齊名。

政和癸巳，大晟樂成，蔡元長以晁次膺薦於帝，詔乘驛赴闕。次膺至都下，會禁中嘉蓮生，異苞合跌，夐出天造，次膺效樂府體屬詞以進，名並蒂芙蓉，其詞云：「太液波澄，向鑑中照影，芙蓉同蔕。千柄緑荷深，並臉争媚。天心眷臨聖日，殿宇分明敞嘉瑞。弄香嗅蕊，願君王、壽與南山齊比。池邊屢回翠輦，擁群仙醉賞，憑闌凝思。萼緑攬飛瓊，共波上遊戲。西風又看露下，更結雙雙新蓮子。鬭裝競美，問鴛鴦，向誰留意？」上覽之稱善，除大晟樂府協律郎。

宋齊愈 字退翁。宣和間爲太學官。建炎初治僭逆罪，而齊愈實書張邦昌名以示衆者，遂棄市。

徽宗一日召宋齊愈，謂曰：「卿文章新奇，可作梅詞進呈。須是不經人道語。」齊愈立進眼兒媚詞曰：「霏霏疎影轉征鴻，人語暗香中。小橋斜渡，曲屏深院，水月濛濛。人間不是藏春處，玉笛曉霜空。江南處處，黄垂密雨，緑漲薰風。」帝稱善。次日諭近臣曰：「宋齊愈梅詞，非惟不經人道，又且自開花説至結子黄熟，并天色言之，可謂盡之矣。」

宋惠直 初爲江州德化簿，以作樂語爲郡守所知，薦于何執中，即除書局，繼中詞科。

宋惠直在王彦昭幕下，代作春日留客致語，有云：「寒食止數日間，才晴又雨；牡丹蓋數十種，欲拆又芳。」皆魯公帖與牡丹譜中全語也。彦昭好令人歌柳詞，又嘗作樂語云：「正好歡娱，歌緑樹數聲啼鳥；不妨沉醉，拚畫堂一枕春酲。」皆柳詞中語。

邢俊臣 宣、政間戚里子。

邢俊臣性滑稽，喜嘲詠，常出入禁中，善作臨江仙詞，末章必用唐律兩句爲謔，以寓調笑。徽宗置花石綱，石之大者曰神運石，大舟排聯數十尾，僅能勝載，既至，上大喜，置艮嶽萬歲山，命俊臣爲臨江仙詞，以「高」字爲韻，末句云：「巍峩萬丈與天高。物輕人意重，千里送鵝毛。」又令賦陳朝檜，以「陳」字爲韻，檜亦高五六丈，圍九尺餘，枝覆地幾百步，詞末云：「遠來猶自憶梁、陳。江南無好物，聊贈一枝春。」上容之，不怒也。内侍梁師成位兩府，甚尊顯用事，自矜爲詩，因進詩，上稱善，顧謂俊臣曰：「汝可爲好詞以詠師成詩句之美。」且命押「詩」字韻。俊臣口占，末云：「欲知勤苦爲新詩。吟安一箇字，撚斷數莖髭。」上大笑，師成恨之。譖其漏泄禁中語，責爲越州鈐轄。太守王嶷聞其名，置酒待之。醉歸，燈火蕭疎，明日携詞見帥，叙其寥落之狀，末云：「捫窗摸户入房來。笙歌歸院落，燈火下樓臺。」席間有妓秀美，而肌白如玉雪，頗有腋氣，嶷令乞詞，末云：「酥胸露出白皚皚。遥知不是雪，爲有暗香來。」又有善歌舞而體肥者，末云：「只愁歌舞罷，化作彩雲飛。」

堯山堂外紀卷五十六

宋

呂希哲 字原明。申國公子。

呂原明，元祐間侍講，大雪不罷講。講孟子，哲廟一笑。喜爲二絶云：「水晶宮殿玉花零，點綴宮槐拂素屏。特敕下簾延墨客，不因風雪廢談經。」其二曰：「强記師承道古先，究窮新意出陳編。一言有補天顔動，全勝三軍賀凱還。」

孔平仲 字毅甫。宣聖四十八世孫。建中靖國間爲學士。兄文仲，字經甫；武仲，字常甫。俱以才名播天下。山谷有詩云：「二蘇上連璧，三孔分立鼎。天不墜斯文，俱來集臺省。」

盛次仲、孔平仲同在館中，雪夜論詩，平仲曰：「當作不經人道語。」曰：「斜拖闕角龍千尺，澹抹墻腰月半稜。」次仲曰：「甚佳。惜未大也。」乃曰：「看來天地不知夜，飛入園林總是春。」平仲乃服。

孔平仲藏頭詩寄賈宣州云：「高會當年喜得曹，日陪宴衎自忘勞。力回天地君應儢，心挾乾坤我尚豪。豕亥論書非素學，子孫干禄有東皋。十年求友相知寡，分付長松蔭短蒿。」又呈章子平詩云：「玉輅聲華星斗傍，方州投老憩甘棠。木逃剪伐枝長碧，石耐鐫磨性有常。巾楮藏經勤問學，子孫傳業富文章。十年流落歸何暮，日聽除書侍玉皇。」每句頭字皆藏于每句尾字。

孔平仲了語詩云：「公餗俗成忽覆鼎，銀缾汲絶還沈井。乳虎咆哮落深穽，青萍一揮斷人頸。」不了語詩云：「無言以手尋珮環，寒暑迭運彫朱顔。八駿踏地幾時徧，六龍駕日何年閑？」

侯蒙 字元功，謚文穆。

侯元功少游塲屋，年三十一始得鄉貢，人以其年長，忽不加敬，有輕薄子畫其形於紙鳶上，引綫放之，蒙見而大笑，作臨江仙詞題其上曰：「未遇行藏誰肯信，如今方表名踪。無端良匠畫形容，當風輕借力，一舉入高空。才得吹嘘身漸穩，只疑遠赴蟾宫。

雨餘時候夕陽紅，幾人平地上。看我碧霄中。」蒙一舉即登第，年五十餘，遂爲執政。

晁說之 字以道。無咎從弟。東坡守揚州，以道爲郡倅，入謁，坡折節迎之，顧坐客曰：「海内奇才也」。司馬温公不喜孟子，作疑孟十餘篇。以道自云受學於司馬公，因作詆孟一書。僧宗杲云：「可謂不善學柳下惠矣。」

陳叔易恬居陽翟澗上村，號澗上丈人，無仕宦意。崇、觀間，朝廷召之，郡守勸駕，不得已而起，晁以道時致仕居嵩山，有詩云：「處士誰人爲作牙？盡携猿鶴到京華。從今鄰壑堪惆悵，六六峰前只一家。」後靖康間，以道亦起，而女弟四娘適唐氏者，頗復誚其出焉。

梁師成以翰墨爲己任，四方俊秀名士必招致門下，往往遭點污，晁以道後來亦附之。有人以詩嘲曰：「早赴朱張飯，隨賡蔡子詩。此回休崛强，凡事且從宜。」師成自言蘇軾出。于時天下禁誦蘇文，其尺牘在人間者皆毀去，師成訴于帝曰：「先臣何罪？」自是軾之文乃稍出。

張壆 字子厚，吾武進人。

張子厚少有異才，多異夢，嘗作夢録。記夢中詩曰：「楚峽雲嬌宋玉愁，月明溪浄印銀鈎。襄王定是思前夢，又抱霞衾上玉樓。」殆不類人間人也。

張子厚與東萊呂子進同年進士也。子厚自登科不復仕。紹聖中，子進自中書舍人出知睦州，子厚小舟相送數程，別後，寄詩云：「籬鷃雲鵬各有程，匆匆相別未忘情。恨君不在蓬籠底，共聽蕭蕭夜雨聲。」

張子厚嘗游山寺，寺僧具食極疏略，子厚戲爲詩曰：「涑僕堆堆依竈燎，山僧草草具盤飧。井丹已厭嘗葱葉，庾亮何勞惜薤根？」

鄒浩 字志完，自號道鄉居士。吾武進人。

鄒志完南遷，在昭州江上爲居屋，近崇寧寺，因閱華嚴經于觀音像前，有修竹三根生像之後，志完揭茅出之，不可，乃垂枝覆像，儼然寶陀山巖竹也。昭人扃鎖之，以爲過客遊觀。比還，過永州澹山巖，巖有馴狐，凡貴客至則鳴，志完將至而狐輒鳴，寺僧出迎，志完怪之，僧以狐鳴爲對，志完作詩曰：「我入幽巖亦偶然，初無消息與人傳。馴狐戲學仙伽客，一夜飛鳴報老禪。」

張守 吾武進人。是時行三舍法，辟雍會試，郡國貢士凡數千人，其升諸司馬命於天子者，僅百四十人，而吾常至三十有二人，爲天下最。

崇寧中，張參政守既擢第，至大觀三年榜，三兄弟宰、宲、宇又同升，而弟泰州通判寔，復以上舍試禮部，中優等，於是郡太守徐伸取「靈椿一株老，丹桂五枝芳」之句榜其閭，曰椿桂坊。

建炎初，駐蹕越州，明年，改元紹興，遂陞府號，後移蹕臨安，命張守知府事，謝表曰：「履勾踐之故棲，厲嘗膽枕戈之志；想神禹之遺跡，服卑宮菲食之勞。」人服其工。

霍洞 字太清。吾武進人。端友從孫也。吾郡城有後河，乃李守餘慶創開，謂三十年當有魁天下者。已而，吾邑錢公輔登第三，胡宗愈繼爲第二，余中遂魁天下。崇寧初，朱守彦濬之，次年，端友魁天下。河自羅城南水門分荆溪之流，經月斜、金斗、顧塘、葛橋至於土橋，以入於漕渠。霍氏居河上游，河勢曲折，朝揖其門，鍾聚秀氣，世有名人。

霍洞喜爲詩，嘗宿田舍，見吏催科，有詩云：「北風吹晴屋滿霜，翁兒赤體悲無裳。閨中幼婦饑欲泣，忍饑取麻燈下緝。一身匆暇私自憐，鳴機軋軋明窗前。織成五丈如霜布，翁作襴裙兒作袴。明朝官中催租急，依然赤體當風立。」

霍洞會歲饑，見守出游，賦詩云：「朝來五馬去尋春，誰信家家甑有塵？枕席道旁宜細問，恐非芳草醉眠人。」守聞爲之罷游。

孫覿 字仲益。相傳東坡南遷時，一妾有娠不得偕往，出嫁吾常孫氏，比歸覓之，則仲益生六七齡矣。命名曰覿，謂賣見也。後官尚書。

東坡歸宜興時，道由無錫洛社，嘗至孫仲益家。仲益年在髫齓。坡曰：「孺子習何藝？」孫曰：「學對屬。」坡曰：「試對看。」徐曰：「衡門稚子璠璵器。」孫應聲云：「翰苑神仙錦繡腸。」坡撫其背曰：「真璠璵器也。」時天微雨，坡緋衣金帶，又命對曰：「雨濕紅袍蘇木氣，」仲益應聲曰：「風吹金帶荔枝香。」坡大奇之。

唐張繼楓橋夜泊詩曰：「月落烏啼霜滿天，江楓漁火對愁眠。姑蘇城外寒山寺，夜半鐘聲到客船。」孫尚書仲益作楓橋修造記，引此詩爲證，以爲楓橋之名由此著天下。晚過姑蘇，因留題寒山寺曰：「白首重來一夢中，青山不改舊時容。烏啼月落橋邊寺，欹枕遥聞半夜鐘。」

汪藻

字彦章，自號浮溪。四六擅長一代，與孫仲益齊名。嘗結茅爲亭，面愚溪之口，有群鷗日馴其地，名玩鷗亭。

汪彦章舟行汴中，岸傍畫舫有映簾而覷者，見其額，賦醉落魄詞云：「小舟簾隙，佳人半露梅粧額。綠雲低映花如刻。恰似秋宵，一半銀蟾白。結兒梢朵香紅扐，鈿蟬隱隱摇金碧。春山秋水渾無跡。不露牆頭，些子真消息。」

有士人買妾，既而卧病，汪彦章以詩戲之，其一曰：「但知瓊樹鬬清新，不道三彭接有神。處仲未聞開閣事，維摩空對問禪人。封侯燕頷何妨瘦，伐性蛾眉卻怕顰。從此空花掃除盡，定須嚼蠟向横陳。」又：「温柔鄉裏事還新，便擬尊前賦洛神。定向中年多作惡，非干尤物解移人。莫愁阿鶩煩君嫁，且學西施爲我顰。争似儂家無一事，從來婚嫁只朱陳。」

王彦章在翰苑，屢致言者，作點絳脣詞云：「永夜厭厭，畫簾低月山啣斗。起來搔首，梅影横窗瘦。　好箇霜天，閑卻傳盃手。君知否？曉鴉啼後，歸夢濃如酒。」或問曰：「歸夢濃如酒，何以在曉鴉啼後？」公曰：「無奈這一隊畜生何！」

陸元光 字蒙老，吴興人。

陸蒙老嘗爲晉陵宰，頗喜作詩，時州幕官有好譏謗同列者，一日同會，忽聞蟬聲，幕官謂陸曰：「君既能詩，可詠此也。」陸即席爲詩以譏之曰：「緑陰深處汝行藏，風露從來是稻粱。莫倚高枝縱繁響，也宜回首顧螳螂。」其人媿而少戢。

周知微 字明老。晉陵縣尉。

周知微題臨淮雙頭白蓮圖云：「既不學叔隗季隗南歸晉，又不學大喬小喬東入吴。一種桃根與桃葉，若爲化作雙芙蕖。臨淮政成有餘暇，坐令華屋生瀟灑。鵝溪一幅萬里寬，移得斷江入圖畫。天空水闊江茫茫。相見女英與娥皇。九嶷雲深蒼梧遠，冰姿泣露不成粧。苦心抱恨何年了，香骨應甘没秋草。不如回首謝秋風，分作尹邢來漢宫。」

周明老詠浮萍詩曰：「小靨浮青水拍隄，隄邊草色更相宜。一番穀雨晚晴後，萬點楊花春盡時。解與曲池藏寶鑑，不教新月妬娥眉。怪來別岸波光闊，知是漁郎艇子移。」

盱眙有龜山，相傳禹治水，鎖渦水神巫支祁於此。上有絶壁，下有重淵。周知微嘗游，作回文詩曰：「潮回暗浪雪山傾，遠浦漁舟釣月明。橋對寺門松徑小，檻當泉眼石波清。迢迢緑樹江天曉，靄靄紅霞海日晴。遥望四山雲接水，碧峰千點數帆輕。」

周紫芝

字少隱，號竹坡老人。宣城郡公。

東坡在儋耳，一日過黎子雲，遇雨，乃從農家借篛笠戴之，着屐而歸，婦人小兒相隨争笑。周少隱有詩云：「持節休誇海上蘇，前身便是牧羊奴。應嫌朱紱當年夢，故作黄冠一笑娱。遺跡與公歸物外，清風爲我襲庭隅。憑誰唤起王摩詰，畫作東坡戴笠圖。」

方言可以入詩。吴中以八月露下而雨謂之惏露，九月霜降而雲謂之護霜，周少隱有句云：「雨細方惏露，雲踈欲護霜。」方言又有「勃姑」「鵶舅」「槐花黄，舉子忙」「促織鳴，嬾婦驚」之類，詩人皆用之。大抵多吴語。

宣和末，洪鴻父羽女適繁昌焦洧。一日，遇巨盜於江中，欲逼之，女義不受污，投江而死。兩侍兒，大曰宜恩，小曰均奴，姓吴氏，女兄弟也，俱有色藝，亦相隨赴水死。焦之甥徐伯遠傳其事。周少隱爲賦二詩云：「就死由來不自疑，玉顔那爲賊鋒低。了知今日投淵婦，猶勝當年斷臂妻。」「虜騎騣騣戰艦驕，春江漫漫濕金翹。但將紅袖供歌舞，卻爲周郎笑二喬。」

陳師錫字伯修，號閑樂先生。與陳了翁友善。一日，同集淄王圃中，有雁陣過，戲曰：「明年魁天下者，當中首雁。」伯修引弓射之，一矢中其三，了翁不中。須臾，又雁陣過，了翁射之，亦中其三。伯修笑曰：「公其後榜耶？」了翁曰：「果然，當爲公代。」其明年，伯修果以第三人登第。後三年，了翁登第亦第三人，皆爲昭慶軍節度掌書記，果相與爲代。因名便廳爲射雁堂。

崇寧初，吕滎陽自曹州與相州太守劉壽臣學士兩易，會於滑州，陳伯修時爲滑守，坐中有詩云：「金馬舊游三學士，玉麟交政兩諸侯。」蓋記當時事也。

宣和三年，陳伯修以祠官居南徐。一日晝寢，夢至一處，殿宇巍然，中有人冠服如天帝，正坐，侍衛環列。贊者引公拜殿下，命之升殿，慰藉久之，因令盡録平生論事章疏以進，帝喜曰：「已安排卿第六等官矣。」遂覺。呼其子大理寺丞昱至前，引其手按其頂，則十字裂如小兒顖，其熱如火，因告以夢。已而再寢，頃之覺，復謂其子曰：「適又夢入黑漆屋三間。此棺槨之象，吾去必矣。」乃携親戚數十人酌酒告别。迨夜入寢，趺坐而終。終之七日，忽有僧欲入弔，其家以素不之識止之，僧云：「我誠不識公。但疇昔之夜，在瓜洲忽夢一官人着朱騎馬，導從甚盛，淩波而北，人馬皆不濡，傍人指云：『此陳殿院也。』泊入城，見群僧來作佛事，乃知之。故欲瞻敬遺像，非有所求也。」時名流多作挽詩紀其事。黄冕仲云：「不須更草玉樓記，已作僊官第六人。」張子韶云：「淩波應作水中僊。」蓋謂此。

何大圭 字晉之。廣德人。

何晉之早年有俊聲，宣、政間爲館職。其人拓弛不羈，不能自重。仕宦晚，亦不偶。其詠殊有可喜者。嘗有詩曰：「茅屋松窗小隱家，茶煙漠漠水斜斜。簷間乳燕未成語，庭下石榴争放花。賴有詩書銷白日，倦隨車馬走黄沙。林泉舊約好徑去，風雨滿江垂釣車。」又嘗爲姓韓貴人作樂語，乃以唐吏部、漢將軍爲對，人喜傳之。

何晉之小重山惜别詞云：「緑樹鶯啼春正濃。釵頭青杏小，緑成叢。玉船風動酒鱗紅。歌聲咽，相見幾時重？　車馬去匆匆。路隨芳草遠，恨無窮。相思只在夢魂中。今宵月，偏照小樓東。」

福州一農家子張生，幼時父使持錢三千入山市斧柯，遇村人有爲逋負所迫欲自經者，惻然盡以所賫贈之，而親釋其縛。因坐石上。旁有人不相識，問：「饑渴乎？」曰：「然。」指路隅竹萌令食之，堅不可咀，徐傾小瓢水於掌以飲之。生飲水，頓覺精爽非常，自此絶粒。忽識字，能爲詩，頗言人未來事。後祝髮爲浮屠，住一小院。有不逞繫馬于堂上者，輒病心疼，或教使謝過。病良已，因丐師言以自警，信筆示之曰：「衆生騎畜生，兩箇不相争。坐底只管坐，行者只管行。」又觀棊詩曰：「路從平處險，人向静中忙。」何大圭在閩與師熟所遇乃鍾離先生也。

梅執禮

字和勝，浦江人。終户部尚書。死于靖康之難。

梅和勝未冠時，家極貧，而親老無以爲養。大雪中以詩謁邑宰云：「有令可干難閉户，無人堪訪懶移舟。」邑令延之，令訓其子弟。方應舉未捷，有詩自遣云：「天之未喪斯文也，吾亦何爲不豫哉？」一時傳誦。

宣和初，梅和勝爲給事中，與時相王黼論事不合，責守滁。王黼罷相，復職，知鎮江。靖康初，以翰林學士召，其謝表有曰：「喜照壁間而見蝎，乍離楓下而聞鐘。」蓋「照壁喜見蝎」，此韓退之詩句也。下句用劉夢得詩語。夢得自武陵例召赴京詩曰：「雲雨湘江起卧龍，武陵樵客躡仙蹤。十年楚水楓林下，今日初聞長樂鐘。」

孫薪

字至豐，麗水人。年八十卒。先是，有李若朴者，夢薪赴赤松觀管轄召，里人亦云：「夢幡幟來迎孫教授。」翌日，具衣冠，端坐而逝。

孫薪質性清介，絶意仕進，與黄葆光爲太學舊遊。宣和末，黄以侍御史出守處州，薪不肯詣郡謁見，黄約以勸農日會於洞溪僧舍，至期，薪以扁舟來會，黄贈以詩云：「勸農因到好溪頭，把酒相看憶舊遊。三十年來如一夢，可憐空負釣魚舟。」時有里胥欲賂黄而無由，將因薪納之，俾薪家僮導意於薪，薪叱曰：「謹無語。使吾聞此，是入耳臟。」其介如此。

關瀣 字子容，錢塘人。兄弟俱有才名。注，字子開；沼，字子淵，尤顯著。

關瀣有俊才而容止不揚，持服中過南徐，客次，見一緋魚朝士倨坐，關揖而問之，彼疑關爲攫徒，因詭關曰：「太子洗馬高垂魚。」良久，復詢關，關答以某之官乃是「皇后騎牛低釣鱉」。朝士駭曰：「是何官位？」關笑曰：「且欲與君對偶精切。」

陳蒙

陳蒙家世清白。一日，有布衣持紙扇來謁，上書云：「出韻不駐思。」蒙以「酸」字爲韻，令賦梅花詩。謁者輒應聲云：「影摇溪脚月猶冷，香滿枝頭雪未乾。只爲傳家太清白，致令生子亦辛酸。」蒙大悦，款其人而厚贈之。

康執權 字平仲。

康待制奉祠寓居永嘉，籍妓中有姓山者頗慧麗，康時命之侑樽俎。一日，妓之父以事繫縣中，當坐罪，妓涕泣，歷求救於士大夫，康憫之，戲爲一絶云：「昔日緹縈亦如許，盡道生男不如女。河陽滿縣皆春風，忍使梨花偏帶雨？」明日，妓詣縣投狀，乞代父罪，且連此詩於狀前。邑宰一見，遂笑而釋之。

范周

字無外。純古之子。

方臘之亂，州民團結巡護，雖士流不免，范周率諸生冠帶夜行，題詩燈籠云：「自古輕儒莫若秦，山河社稷付他人。而今重士如周室，忍使書生作夜巡。」守將聞之，亟爲罷去。國朝正統間，處州葉宗劉謀逆，杭點民兵，有生員之父亦在點中，其子往訴于府，府主不爲之理，拂衣而出。自言：「水上打一棒。」蓋以俗云「空無用」也。主疑其以惡語嘲之，詢得其實，遂曰：「汝能賦此，當免役。」因口占曰：「丈七琅玕杖碧流，一聲驚破楚天秋。千條素練開還合，萬顆明珠散復收。鷗鷺盡飛紅蓼岸，鴛鴦齊起白蘋洲。想應此處無魚釣，起網收綸別下鈎。」守遂除之。

鄧肅

字志宏，别號栟櫚。徽宗朝獻十諷詩，有云：「但願君王安百姓，國中無日不春風。」太學生上詩，自肅始。

鄧志宏有文行，與朱韋齋交好。一日，韋齋觴客，栟櫚以冠帶寓之，醉起，韋齋戲留以質紙筆，明日如約，韋齋受其筆還冠，而以紙少留帶，曰：「儻無千幅，竟不還也。」

栟櫚爲寄一詩曰：「歸帽納毫真得策，索牋留帶計還踈。公如買菜苦求益，我已忘腰何用渠？閉户羽衣聊自適，推窗柹葉對人書。帝都聲價君知否，寄付新傳折檻朱。」其風流調笑，藹藹若此。

陳東　少陽先生。丹陽人。

靖康中，陳少陽飲於京師酒樓，有倡打坐而歌者，陳不之顧。乃去倚欄而歌望江南，音調清越。陳不覺傾聽，其詞曰：「闌干曲，紅颺繡簾旌。花嫩不禁纖手捻，被風吹去意還驚，眉黛蹙山青。　鏗鐵板，閒引步虚聲。塵世無人知此曲，卻騎黄鶴上瑶京，露冷月華清。」問詞孰爲之，曰：「上清蔡真人也。」言訖，得數錢，即下樓去。亟使追之，已失矣。

聶昌　元名山。淵聖嘗問山：「古之名者不以山川，今名山，可乎？」山因乞更名。淵聖許自擇以進。于是以何、參、崇、景等條上，自比蕭、曹、姚、宋，最後及周昌。御批：「周昌强直可慕，可賜名昌。」

聶昌，靖康中登政府，出知絳州，遇害。紹興中，張殊自北歸過絳驛，見辟間有血書一詩云：「星流一箭五心摧，電掣雙眸兩臂開。車馬踐時頭似粉，烏鳶啄處骨如灰。父兄有恨空垂淚，子弟無知不舉哀。回首臨川歸未得，冥中空築望鄉臺。」時以爲聶之精魂所作。

堯山堂外紀卷五十七

宋

高宗構

徽宗第九子。母曰顯仁皇后，韋氏。徽宗嘗夢錢武肅王乞還兩浙舊疆甚懇，且曰：「我當遣第三子居之。」覺而韋妃報誕，人以爲錢鏐轉世。錢王壽八十一，帝亦壽八十一。

高宗在潛邸，道人徐神翁一日以詩獻曰：「牡蠣灘頭一艇横，夕陽西去待潮生。與君不負登臨約，同上金鼇背上行。」初不解其意，後兩宫北狩，帝南渡航海，次臨海縣章安鎮，灘淺候潮，問左右，曰：「牡蠣灘也。」遥見雲林中有閣巋然，問之，乃金鼇閣也。帝登岸，見前所别詩，墨痕尚新，方信其爲異人云。

李右相綱方經理兩河，以圖復中原，黄潛善、汪伯彦力排去之。車駕遂東幸，兩河郡縣相繼淪陷。金人南侵，帝奔杭州，而國不可爲矣。有人題詩於吴山子胥祠曰：「和戰無成數戒嚴，中原民苦望熙恬。遷杭不已思閩廣，牛角山河日入尖。」

高宗南幸，舟泊岸，執政必登舟朝謁，行于沮洳，則躡芒鞋，宰相呂元直顧同列戲曰：「草履便將爲赤舄。」既而傍舟水深，乃積稻稈以進，參政范覺民曰：「稻稭聊以當沙堤。」

有稱中興野人和東坡念奴嬌詞題吳江橋上，車駕巡師江表，過而覩之，詔物色其人，不復見矣。「炎精中否，歎人才委靡，都無英物。胡虜長驅三犯闕，誰作長城堅壁。萬國奔騰，兩宫幽陷，此恨何時雪？草廬三顧，豈無高卧賢傑？天意眷我中興，吾皇神武，踵曾孫周發。河海封疆俱効順，狂虜何勞灰滅！翠羽南巡，扣閽無路，徒有衝冠髮。孤忠耿耿，劍鋩冷浸秋月。」

高宗好養鵓鴿，躬自飛放，有士人題詩云：「鵓鴿飛騰繞帝都，朝收暮放費工夫。何如養箇南來雁，沙漠能傳二帝書。」帝聞之，召見士人，即命補官。

高宗時，饔人瀹餛飩不熟，下大理寺，優人扮兩士人相貌，各問其年。一曰：「甲子生。」一曰：「丙子生。」優人告曰：「此二人各合下大理。」帝問故，優人曰：「鉀子餅子皆生，與餛飩不熟者同罪耳。」上大笑，赦原饔人。

紹興、淳熙之間，頗稱康裕，君相縱逸，耽樂湖山，無復新亭之淚。士人林升者題一絶于旅邸云：「山外青山樓外樓，西湖歌舞幾時休？暖風薰得遊人醉，便把杭州作汴州。」又湖南有白塔橋，印賣朝京路經，士大夫往臨安者，必買以披閲。有人題一絶云：「白塔橋邊賣地經，長亭短驛甚分明。如何只説臨安路，不數中原有幾程？」

洪皓

字光弼，鄱陽人，政和中第進士。在金日，范鎮之孫祖平爲傭奴，皓言於金人釋之。劉光世庶女爲人豢豕，亦贖而嫁焉。

洪皓初爲寧海簿，攝令事，蠲貧弱四千八百户税，縣境荷花、桃實、竹幹，有連理之瑞，建三瑞堂。已而生子适、遵、邁，果應其瑞。後适以二車行縣，題詩云：「久以馳魂夢，今登三瑞堂。故山有喬木，近事話甘棠。」三洪並中詞科，繼入西掖，時有賀啓云：「有是父，有是子，相傳忠義之風；難爲弟，難爲兄，俱擅詞章之譽。」

建炎三年，忠宣公以行人充金國通問使，至金被執，公不屈，窘辱百端，移太原，遷雲中，遞冷山，公節愈礪。嘗伺二帝起居，有桃、梨、粟、麵之獻。又密以康王即位事聞。後有金大臣悟室延公訓子，公亦資館穀焉。一日，悟室壽旦，使其子求公詩爲祝，公作詩云：「久持使節傍門庭，薄命猶賒五鼎烹。羝乳幾時歸北海？雁書何日到京城？莫言地廣頻修怨，當念民勞早戢兵。國寶善隣君實信，坐膺難老見昇平。」洪忠宣公自嶺外徙宜春，没于保昌，張子韶致祭，其文但云：「維某年月日，具官某謹以清酌之奠昭告於某官之靈。嗚呼哀哉！伏惟尚饗。」景盧深美其情哀愴，乃過于詞。

張浚　字德遠，黄潛善客也。

張紫巖謫居零陵，一日慨然作几間丸墨并常支筇竹杖二銘以寓意。墨之銘曰：「存身于昏昏，而天下之理因以昭昭。斯爲瀟湘之寶，予將與之歸老而逍遥。」杖之銘曰：「用則行，舍則藏，惟我與爾。危不持，顛不扶，則焉用彼！」或録以示當路，大怒，以爲諷己。將奏之，會病卒不果。後陳俊卿言於孝皇，親書二銘於御杖焉。

胡銓　字邦衡，號澹庵，後謚忠簡。居廬陵。四忠之一。張魏公云：「秦檜專柄二十年，只成就得一個胡邦衡耳。」其嫁女只匣一硯并漢書一部。

紹興中，胡邦衡爲樞密編修官，上疏乞斬秦檜，連貶新州。寺丞陳剛中以啓賀之，有「身爲南海之行，名若泰山之重」，又「願請尚方之劍，聊乘下澤之車」等語。亦貶安遠。吉州江濱有石材廟，隆祐太后避虜御舟泊廟下，一夕夢神告曰：「速行，虜至。」太后驚悟，即命發舟指章貢。虜果躡其後，不及而還。事定，特封廟神剛應侯。寺丞南行，題詩廟柱云：「疎爵新剛應，論功舊石材。能行文母夢，還訝佞人來。海市爲誰出，衡雲豈自開。乞靈如見告，逐客幾時回？」後寺丞竟死安遠。無子，其妻削髮爲尼，世咸悲之。

胡邦衡赴貶所，王庭珪以詩送之，曰：「囊封朝奏九重關，是日清都虎豹閑。百辟動容觀奏牘，幾人回首愧朝班！名高北斗星辰上，身墮南州瘴海間。豈待他年公議出，漢庭行召賈生還。」「大廈元非一木支，欲將獨力拄傾危。癡兒不了公家事，男子要爲天下奇。當日奸諛皆膽落，平生忠義只心知。端能飽喫新州飯，在處江山足護持。」秦檜見而大惡之，以謗訕流辰州。時邦衡有和詩云：「岩耕名已振京關，未信終身袖手閑。萬卷不移顔氏樂，一生無愧伯夷班。致君自許唐虞上，待我誰能季孟間。宗社年來欠元老，蒼生拭目看來還。」「士氣年來弱不支，逢時言行欲俱危。不因湖外三年謫，安得江南一段奇。非我獨清緣世濁，此心誰識只天知。萬牛回首須公起，大廈將顛要力持。」

張仲宗有賀新郎一闋，亦送胡澹菴作也，詞云：「夢繞神州路。悵西風、連營畫角，故宮離黍。底事崑崙傾砥柱，九地黄流亂注？聚萬落千村狐兔。天意從來高難問，況人情易老悲難訴。更南浦，送君去。凉生岸柳催殘暑。耿斜河、踈星澹月，淡雲微度。萬里江山知何處？回首對牀夜雨。雁不到，書成誰與？目盡青天懷今古，肯兒曹恩怨相爾汝。舉太白，聽金縷。」秦檜知之，與王庭珪同貶。

王庭珪在辰陽，郡守承風旨，待以囚隸。適郵筒至，張燕公堂以召之，庭珪怪前此未之有，不敢赴，邀者系踵，不得已趨詣。罷燕之明日，始聞檜死，守蓋先得之矣，故盧溪既得自便之命。題詩壁間曰：「辰州更在武陵西，每望長安信息稀。二十年興縉紳禍，一朝終失相公威。外人初説哥奴病，遠道俄聞逐客歸。當日弄權誰敢指，如今憶得姓依希。」蓋志喜也。庭珪字民瞻，安福人。邑有盧溪，築草堂其上，鄉人號盧溪先生。孝宗召赴闕，除直秘閣，一子扶掖上殿，年已九十餘矣，尚攻書，夜對短檠作細字，率宵分乃寢。

胡澹菴居海外二十年，聞檜死，有詩云：「夢入瓊崖身益壯，煙銷金塢臭空傳。」及孝宗登極，起知饒州，未到任，除秘少監。登南恩望海臺，吟曰：「君恩寬逐客，萬里聽歸來。未上淩煙閣，先登望海臺。山爲翠浪湧，湖拓碧天開。目斷雲飛處，終身愧老萊。」

胡澹菴自海外歸，旅邸有黎妓者偶與之狎，因留題壁間。朱元晦嘗過之，次其韻曰：「十年湖海一身輕，歸對黎渦卻有情。世路無如人慾險，幾人到此誤平生！」

趙鼎

字元鎮。乃李德裕轉世，俱壽六十二。辛稼軒帥長沙，士人或愬考試官濫取第十七名春秋卷，稼軒察之，信然，索亞榜春秋卷兩易之，啓名，則趙鼎也。稼軒怒曰：「佐國元勳，忠簡一人，胡爲又一趙鼎？」擲之地。

趙忠簡安置潮州，杜門謝客，時事不掛口。及移吉陽軍，門人故吏皆不敢通問，惟廣西帥張宗元時饋醪米。檜知之，令本軍月具存亡申報。鼎遂不食而死。自書墓中石，記鄉里及除拜歲月。又書銘旌云：「身騎箕尾歸天上，氣作山河壯本朝。」天下聞而悲之。

韓世忠

字良臣，追封蘄王。

紹興中，秦檜當國，韓世忠以和議不合，懇疏解樞柄，逍遥家居。常頂一字巾，跨驢周遊湖山，纔以童史四五人自隨，混跡漁樵，號清涼居士。好事者遂繪爲韓王湖上騎驢圖。元吴萊題詩有云：「西湖楊柳煙波寒，照見從前刀劍瘢。宫中孰與論頗、牧，塞上寧知無范、韓？」方萬里歌云：「取日虞淵戰臨平，鼓起金山麾伏兵。既不畫此背嵬軍陣形，國容貂蟬佩蔥珩，軍容金甲馬朱纓。又不畫此生面真儀刑，昔王不肯專樞庭，清涼居士以自名。散遣萬騎還屯營，獨控長耳遊林坰。龍變不測人中英，諦觀豈是寒書生。」

韓蘄王生長兵間，未嘗知書，晚歲忽若有悟，能作字及小詞。一日，至香林園，蘇仲虎尚書方宴客，王徑造之，賓主歡甚，盡醉而歸。明日，王餉以羊羔，且手書二詞遺之。臨江仙云：「冬日青山瀟洒靜，春來山暖花濃。少年衰老與山同。世間名利客，富貴與貧窮。榮華不是長生藥，清閒不是死門風。勸君識取主人公。單方只一味，盡在不言中。」南鄉子云：「人有幾多般。富貴榮華總是閒。自古英雄都是夢，爲官，寶玉妻兒宿業纏。年事已衰殘，鬢鬢蒼蒼骨髓乾。不道山林多好處，貪歡，只恐癡迷悮了賢。」

岳州徐君寶妻某氏被虜來杭，居韓蘄王府。自岳至杭，相從數千里，其主者數欲犯之，而終以巧討脱。蓋某氏有令姿，主者弗忍殺之也。一日，主者怒甚，將即强焉，因告曰：「俟妾祭謝先夫，然後乃爲君婦不遲也。君奚怒爲？」主者喜諾。某氏乃焚香再拜，默祝南向，飲泣題滿庭芳詞一闋于壁上。書已，投大池中以死。詞云：「漢上繁華，江南人物，尚遺宣政風流。緑窗朱户，十里爛銀鉤。一旦刀兵齊舉，旌旗擁、百萬貔貅。長驅入，歌樓舞榭，風捲落花愁。清平，三百載，典章文物，掃地都休。幸此身未北，猶客南州。破鑑徐郎何在？空惆悵，相見無由。從今後，斷魂千里，夜夜岳陽樓。」

岳飛

字鵬舉，生時有大鳥飛鳴屋上，因得名。

岳武穆滿江紅詞云：「怒髮衝冠，憑欄處、瀟瀟雨歇。擡望眼、仰天長嘯，壯懷激烈。三十功名塵與土，八千里外雲和月。莫等閑、白了少年頭，空悲切。靖康耻，猶未雪。臣子恨，何時滅！駕長車踏破，賀蘭山缺。壯志饑飡狼虎肉，笑談渴飲匈奴血。待從前、收拾舊山河，朝金闕。」後人以「朝金」爲語忌，改「天闕」云。

鄱陽巍石山有龍居寺，岳武穆嘗過之，留題云：「巍石山前寺，林泉勝境幽。紫金諸佛相，白雪老僧頭。潭水寒生月，松風夜帶秋。我來屬龍語，爲雨濟民憂。」

岳侯死後，臨安西溪寨軍將子弟因請紫姑神，而岳侯降之，大書其名，衆已驚愕。請其花狎，則宛然平日真跡也。復書一絶云：「經略中原二十秋，功多過少未全酬。丹心似石憑誰訴？空有遊魂徧九州。」秦相聞而惡之，擒治其徒，流竄者數人，有死者。檜之欲殺飛也，于東窗下與妻王氏謀之，王氏曰：「擒虎易，縱虎難。」其意遂決。後檜遊西湖，舟中得疾，見一人披髮厲聲曰：「汝誤國害民，吾已訴天得請矣。」檜歸無何而死。未幾子熺亦死。王氏設醮，方士伏章，見熺荷鐵枷，問太師何在？熺曰：「在酆都。」方士如其言而往，見檜與万俟卨俱荷鐵枷，備受諸苦。檜曰：「可煩傳語夫人，東窗事發矣。」

浙江按察司址，武穆王故宅也。東南有井，王之女聞王被收，抱銀瓶投其中死。按察使梁大用亭覆之，榜曰「孝娥井」。于時西蜀劉瑞作之銘，曰：「天柱虧，日爲月。禍忠烈，姦檜孽。娥叫父冤冤莫雪，赴井抱瓶泉化血。血如霓，叶涅。憤如鐵，曹江之娥符爾節。噫嘻，井可竭，名不可滅。」世稱「銀瓶烈女」。王原吉有銀瓶娘子辭。

胡寅

字明仲，號致堂。幼聰潁異常，而好嬉戲。父康侯扃一室中，室有積木，寅斵刻爲物像，極其精巧。康侯乃寘書其中，寅盡閱之，過目輒不忘。後遠謫弗獲，醉書行所，作通鑑管見，皆幼時記憶事也。

紹興乙卯，以旱禱雨，諫議大夫趙霈上言：「自來祈禱斷屠，止禁猪羊，今後請并禁鵝鴨。」時胡致堂在兩掖見之，笑曰：「可謂鵝鴨諫議矣。聞虜中有龍虎大王，當以鵝鴨諫議當之。」嘉定中，羅相上言：「越州多虎，乞行下措置，多方捕殺。」張次賢上言：「八盤嶺乃禁中來龍，乞禁人行。」時有羅擒虎、張尋龍之對。

胡明仲嘗與武夷山隱者劉兼道遊，劉少豪勇，游俠使氣，晚更晦跡，自放山水之間，善吹鐵笛，有穿雲裂石之聲。胡公贈詩有「更煩横鐵笛，吹與衆仙聽」之句。

王質

字景文，號雪齋。

自唐白樂天始爲「何處難忘酒」詩，其後詩人多傚之。王景文有四篇，曰：「何處難忘酒，蠻夷大不庭。有心扶白日，無力洗滄溟。豪傑將班白，功名未汗青。此時無一盞，壯氣激雷霆。」「何處難忘酒，姦邪大陸梁。腐儒空有鄙，好漢總無張。曹趙扶開、寶，王徐賣靖康。此時無一盞，淚與海茫茫。」「何處難忘酒，英雄太屈蟠。時違聊置畚，運至即登壇。梁甫吟聲苦，干將寶氣寒。此時無一盞，拍碎石闌干。」「何處難忘酒，生民太困窮。百無一人飽，十有九家空。人說天方解，時和歲自丰。此時無一盞，入地訴英雄。」時郭倪爲將，每自比孔明，酒後輒詠「三顧頻繁天下計，兩朝開濟老臣心」。屏風、便（扇）面一一皆書此二句。未幾敗於江上，倉皇涕泣而匿。時有輕薄子笑曰：「此帶汁諸葛亮也。」

陳克 字子高，天台人，有赤城詞一卷。

呂安老帥建康，辟陳克爲參議，軍中賦臨江仙詞曰：「四海十年兵不解，胡塵直到江城。歲華銷盡客心驚。踈髯渾似雪，衰涕欲生冰。送老虀鹽何處是？我緣應在吳興。故人相望若爲情。別愁深夜雨，孤影小窗燈。」

陳子高贈別有句云：「淚眼生憎好天色，離觴偏觸病心情。」又題望夫石云：「望夫處，江悠悠。化爲石，不回頭。山頭日日風和雨，行人歸來石應語。」□□□並稱其警拔。

堯山堂外紀卷五十八

宋

秦檜　字會之，江寧人，故其墓在建康。墓上丰碑矻立，不鐫一字，蓋當時士大夫鄙其爲人兼畏物議，故不敢作神道碑。及孟珙滅金回，屯軍於檜墓所，令軍士糞溺墓上，人謂之「穢冢」。

秦檜微時，爲童子師，仰束修自給，嘗慨歎，有「若得水田三百畝，這番不做猢猻王」。後以申王致仕。申屬猴，牟隆山以爲詩讖。近世嘲學究云：「我若有道路，不做猢猻王。」本此。

當檜用事時，佞士盈庭，引古今而頌功德者，例沐汲獎。檜嘗建一德格天閣，朝士有賀啓曰：「在昔獨伊尹格於皇天；到今微管仲吾其左衽。」檜喜超擢之。有選人投詩曰：「多少儒生新及第，高燒銀燭照蛾眉。格天閣上三更雨，猶誦車攻復古詩。」檜即與改秩。靜江有秦城驛，知府吕愿中賦秦城王氣詩以媚檜，得召京秩。沈長卿、芮燁共賦牡丹詩，有「寧令漢社稷，變作莽乾坤」之句，爲隣人所告，編置化州。

檜之建第於望仙橋也，備極宏麗。其死也，值天府開浚運河，取土堆府門，有人題詩曰：「格天閣在人何在？偃月堂深恨亦深。不向洛陽圖白髮，卻于郿鄔貯黄金。笑談便解興羅織，咫尺那知有照臨？寂寞九原今已矣，空餘泥濘積墻陰。」

康與之

字伯可。所著有順菴詞。時有康譽之者，字叔聞，號退軒老人，疑伯可弟也。

建炎中，駕駐維揚，康伯可上中興十策，名振一時。後秦檜當國，伯可乃附會求進，擢爲臺郎。檜生日，伯可壽以喜遷鶯詞云：「臘殘春早。正簾幙護寒，樓臺清曉。寶運當千，佳辰餘五，嵩嶽誕生元老。帝遣阜安宗社，人仰雍容廊廟。盡總道，是文章孔孟，勳庸周召。 師表。方眷遇，魚水君臣，須信從來少。玉帶金魚，朱顔緑鬢，占斷世間榮耀。篆刻鼎彝將遍，整頓乾坤都了。願歲歲，見柳稍青淺，梅英紅小。」又嘗與檜對局格天閣下，檜戲曰：「此卒渡河，是爾將軍之疥癩。」伯可徐曰：「今皇御極，視公宰相如腹心。」檜大喜，撤棋酣飲，終日而罷。

康伯可既受知於秦檜，檜薦之，伯可專應制爲歌詞，上元奉敕進瑞鶴仙一闋云：「瑞煙浮禁苑。正絳闕春回，新正方半。冰輪桂花滿。溢花衢歌市，芙蓉開遍。龍樓兩觀。見銀燭、星毬有爛。捲珠簾、盡日笙歌，盛集寶釵金釧。堪羨。綺羅叢裏，蘭麝香中，正宜遊玩。風柔夜煖。花影亂，笑聲喧。鬧蛾兒滿路，成團打隊，簇着冠兒鬭轉。喜皇都、舊日風光，太平再見。」高宗覽之，極稱賞「風柔夜暖」以下一段。賜金甚厚。

重陽日，常有踈風冷雨。康伯可在翰苑日，嘗重九遇雨，奉敕撰詞，伯可口占望江南一闋進云：「重陽日，陰雨四郊垂。戲馬臺前泥拍肚，龍山會上水平臍。直浸到東籬。茱萸胖，菊蕊濕滋滋。落帽孟嘉尋篛笠，休官陶令覓蓑衣。兩箇一身泥。」蓋薪酪體也。上覽之大笑。

康伯可當與右璫狎，適睿思殿有徽宗御畫，特爲卓絕，上時持玩流涕。璫下直竊携至家，而伯可適來，留之飲，因出示之。伯可給璫入取殽核，輒書一絕于上，曰：「玉輦宸游事已空，尚餘奎藻繪春風。年年花鳥無窮恨，盡在蒼梧夕照中。」璫見之大駭，然無可奈何。明日，叩頭請死，上怒，亟取視之，不覺大慟。

康伯可與蘇養直有溪堂之約，雪夜，作採桑子詞促之，曰：「馮夷剪破澄溪練，飛下同雲。着地無痕。柳絮梅花處處春。山陰此夜明如畫，月滿前村。莫掩溪門。

恐有扁舟乘興人。」

康伯可西湖長相思辭云：「南高峰，北高峰，一片湖光煙靄中，春來愁殺儂。郎意濃，妾意濃，油壁車輕郎馬驄，相逢九里松。」

康伯可江城梅花引曰：「娟娟霜月冷侵門。怕黄昏，又黄昏。手撚一枝、獨自對芳樽。酒又不禁花又惱，漏聲遠，一更更、總斷魂。斷魂斷魂不堪聞。被半温，香半薰。睡也睡也，睡不穩。誰與温存？惟有牀前，銀燭照啼痕。一夜爲花憔悴損，人瘦也，比梅花、瘦幾分？」

康伯可冬景詞云：「霜幕風簾，閑齋小户，素蟾初上雕龍。玉盃醽醁，還與可人同。古鼎沉煙篆細，玉笋破、橙橘香濃。梳粧懶，脂輕粉薄，約略淡眉峰。清新，歌幾許，低隨慢唱，語笑相供。道文書針綫，今夜休攻。莫厭蘭膏更繼，明朝又、紛冗匆匆。酩酊也，冠兒未卸，先把被兒烘。」此與九日應制同一體。順菴又有滿江紅作於潘子賤席上者，如「歎詩書萬卷致君人，番沉陸。且置請纓封萬户，徑須賣劍酬黄犢。慟當年、寂寞賈長沙，傷時哭？」之句。辛稼軒集亦有此，全不異。

張彦實 番陽人。

張彦實兄楚材爲秘書監，約彦實觀梅西湖。彦實作詩云：「天上新驂寶輅回，看花仍趁雪雲開。折歸忍負金焦葉，笑插新臨玉鏡臺。女堞未須翻角調，錦囊先喜助詩材。少蓬自是調羹手，葉底應尋好句來。」時楚材再婚，故及玉鏡臺事。秦檜當國，見其詩喜之，遂擢左史。三山蕭軫登第，榜下，娶再婚之婦，同舍張任國以柳梢青詞戲之云：「掛起招牌，一聲喝采，舊店新開。熟事孩兒，家懷老子，畢竟招財。當初合下安排，又不是豪門買獃。自古道，正身替代，見任添差。」

張彦實掌制，楊原仲並居西掖，代言多彦實與之潤色。偶戲成一毫筆絶句云：「包羞曾借虎皮蒙，筆陣仍推兔作鋒。未用吹毛强分别，即今同受管城封。」原仲以爲誚己，大怒，愬於會之，諷言官彈之，彦實罷爲宫祠。

陸士規

陸士規，布衣，工詩，秦檜喜之。嘗挾檜書干臨川守，饋遺不滿意，升堂嫚罵。守懼，以書白檜自解。檜怒甚。士規請見，不出，但令其子小相者見之，問其近作，士規誦其黄陵廟一絶云：「東風吹草緑離離，路入黄陵古廟西。帝子不知春又去，亂山無主鷓鴣啼。」小相入誦之，檜吟賞再四，待之如初。

張孝祥 字安國，號于湖。蜀簡州人，後卜居歷陽。

張孝祥父祁，與胡寅交善，秦檜惡寅，并祁下之獄，既而什之。後孝祥由鄉薦得試集英，考官寘第二，秦塤爲冠。孝祥卷文墨皆精妙，上覽之喜甚，擢首選，實以抑秦也。秦不能堪，嗜曰：「胡寅雖遠斥，力猶能使故人子爲狀元邪？」已而，廷唱，上又稱其詩，安國詣秦謝，問學何書，曰：「顔書。」又曰：「上愛狀元詩，嘗觀誰詩？」曰：「杜詩。」秦色莊，笑曰：「好底盡爲君占卻。」

張安國詠雨滿江紅曰：「斗帳高眠，窗寒靜、瀟瀟雨意。南樓近，更移三鼓，漏傳一水。點點不離楊柳外，聲聲只在芭蕉裏。也不管、滴破故鄉心，愁人耳。無似有，遊絲細。聚復散，真珠碎。天應分付與，別離滋味。破我一床蝴蝶夢，輸他雙枕鴛鴦睡。向此際、别有好思量，人千里。」

陳修

字敏修，福州人，號市隱居士。黃公度榜第三人。

陳敏修解試四海想中興之美賦第五韻云：「葱嶺金堤，不日復廣輪之土；泰山玉牒，何時清對禪之塵。」高宗經覽，親書此聯，粘之殿壁。及御試唱名，問云：「卿便是陳修？」復誦此聯，凄然出涕。問：「卿年幾何？有幾子？」曰：「臣年七十三，尚未娶。」乃詔出内人施氏嫁之。施年甫三十，貲奩甚厚，時人戲爲語曰：「新人若問郎年紀，五十年前二十三。」

彭演

公永之子，福州人。紹興間，父子兄弟相繼及第。

彭演嘗宿甘泉店，因閑步至一官舍，梁上有紅絲羯鼓綃數條垂于地，一老人杖而守之，曰：「此開元興慶宫也。二百年中，至此者十二人，皆有留題，請書一絶。」演題云：「長安宫闕半蓬蒿，塵暗虹梁羯鼓綃。惟有水天明月夜，一條空碧見秋毫。」

陳彥才

紹興初，有退相寓永嘉，獨陳彥才雖鄰不謁。及再相，有薦之者，止就部，往邑連江，戲作小詩云：「命賤安能比鉅公，偶然年月與時同。只因日上争些子，笑向連江作釣翁。」蓋其所生年、月、時適與時宰同，但日差異耳。

朱敦儒 字希真，東都名士。紹興中，以詩詞擅名。

朱希真天資曠達，有神仙風致，自述詞云：「我是清都山水郎。天教分付與疎狂。曾批給月支風券，屢上留雲借月章。詩萬卷，酒千觴。幾曾着眼看侯王。玉樓金殿慵歸去，且插梅花醉洛陽。」

朱希真居東都，嘗有朋儕詣之，聞笛聲自煙波間起，問行者，曰：「此先生吹笛聲也。」頃之，棹小舟至，則與俱歸其家。室中懸琴筑阮咸之類，皆希真平日所留意者。籃缶貯果實脯醢，客至，挑取以奉客。其詩曰：「青羅包髻白行纏，不是凡人不是仙。家在洛陽城裏住，卧吹銅笛過伊川。」

靖康變後，郡縣不頒律，所至晦朔不同，朱希真避地廣中，作小盡行云：「藤州三月作小盡，梧州三月作大盡。哀哉官曆今不頒，憶昔昇平淚成陣。我今何異桃源人，落葉爲秋花作春。但恨未能與世隔，時同喪亂空傷神。」

朱希真除夕鷓鴣天云：「撿盡曆頭冬又殘。愛他風雪耐他寒。拖條竹杖家家酒，上箇籃輿處處山。添老大，轉癡頑。謝天教我老來閑。道人還了鴛鴦債，紙帳梅花醉夢間。」

陳與義

字去非，號簡齋。河目海口，大耳聳峙，識者知其爲貴人。

陳簡齋有九日詩：「憶昨甲辰重九日，天恩曾預宴城東。龍沙北望西風冷，誰折黄花壽兩宫？」高宗覽之泣下。

宋自遜

字謙父，南昌人，號壺山。有集名漁樵笛譜。

宋自遜詞筆絶高，嘗作蓦山溪自述云：「壺山居士，未老心先懶。愛學道人家，辦竹几、蒲團茗碗。青山可買，小結屋三間，開一徑，俯清溪，修竹栽教滿。客來便請，隨分家常飯。若肯小留還，更薄酒、三尊兩盞。吟詩度曲，風月任招呼，身外事，不相關，自有天公管。」

許左之 天台人。

紹興間，許左之與弟右之同遊太學，休澣日，漫遊酒邊，左之已醉，欲與妓狎，妓已密有所懽在矣。左之立占小詞而起云：「誰知花有主。悞入花深處。放直下、酒盃乾、便歸去。」又他妓有所懽，欲去，左之代妓作小詞云：「憶你當初，惜我不去。傷我如今，留你不住。」所懽聽之，戀戀踰時，妓迄後來致謝焉。

陳桶

紹興中，陳桶嘗從諸大將爲謀議官，頗好脩養之方，且自以爲得道，嘗題其所居曰：「神仙多是大羅客，我比大羅超一格。」有輕薄續其後曰：「行滿三千我四千，功成八百我九百。」

林外 字豈塵，泉南人。

林外詞翰瀟爽，談論不羈，飲酒無算。在上庠暇日，獨遊西湖幽寂處，坐小旗亭飲焉。外丰姿都雅，角巾鶴氅，飄飄若神仙。置虎皮錢篋數枚藏腰間，每出其一，命酒家傾之，視錢計酒直。酒且盡，復傾一篋。迨暮，凡飲數斗不醉，而篋中之錢若循環無窮，肆中人驚異。將去，索筆題壁間云：「藥爐丹竈舊生涯，白雲深處是吾家。江城戀酒不歸去，老卻碧桃無限花。」明日，都下喧傳某肆有神仙至飲云。

李和父

李和父常于貴家觀降仙，叩其姓名，不答，忽作薛稷體大書一詩云：「星冠玉帶落邊塵，幾見東風作好春。因過江南省宗廟，眼前誰是舊京人。」捧箕者皆悚然驚散，知爲淵聖在天之靈也。

宋慶之

宋慶之寓永嘉，適逢七夕，學徒醵飲，有僧法辨者在焉。辨善五星，每以「八煞」爲説，時人號爲辨八煞。酒邊一士致仙扣試事，忽箕動大書「文章伯降」。宋怪之，漫云：「姑置此，但求七夕新詞。」箕復請韻，宋指辨云：「以八煞爲韻。」意欲困之也。忽運箕如飛，大書鵲橋仙一闋云：「鑾輿初駕，牛車齊發，隱隱鵲橋咿軋。尤雲殢雨正歡濃，但只怕、來朝初八。霞垂彩幔，月明銀燭，馥郁香噴金鴨。年年此際一相逢，未審是、甚時結煞。」

紹興間，斜橋客邸有請紫姑者，命觽爲題，詩云：「寒岩雪壓松枝折，班班剥盡青虬血。運斤巧匠斵削成，劍脊半開魚尾裂。五湖仙子多奇致，欲駕仙舟探仙穴。碧雲不動曉山横，數聲摇落江天月。」

堯山堂外紀卷五十九

宋

孝宗昚

太祖六世孫秀王偁之子也。生於秀州，有嘉禾之瑞。初封普安郡王，與恩平郡王璩同養於宮中。嘗各賜宮女十人，閱數日召入。恩平十人皆犯之矣，普安者完璧也。已而，皆竟賜焉。遂立爲皇太子。

帝在藩邸時，從光堯視師江左，經由京口，題詩金山曰：「屹然天立枕中流，彈壓東南二百州。狂虜來臨須破膽，何勞平地戰貔貅。」

孝宗躬受内禪踐祚以來，未嘗一日暫忘中興之圖，每形於詩辭，如新秋雨過述懷有曰：「平生雄武心，覽鏡朱顏在。豈惜常憂勤，規恢須廣大。」又春晴有感：「春風歸草木，曉日麗山河。物滯欣逢泰，時豐自此多。神州應未遠，當繼沛中歌。」

光堯雅愛湖山之勝，靈隱寺有冷泉亭，臨安絶景，去城既遠，難於頻幸。乃即宫中鑿大池，續竹筒數里，引西湖水注之。其上叠石爲山，象飛來峰，宛然天成。有堂亦名冷泉。孝宗賦古風，有曰：「孰云人力非自然，千巖萬壑藏雲煙。上有崢嶸倚空之翠壁，下有潺湲漱玉之飛泉。一堂虛敞臨佳沼，密蔭交加森翠葆。山頭草木四時芳，閱盡歲寒常不老。」又曰：「日長雅趣超塵俗，散步逍遥快心目。山光水色無盡時，長將挹向盃中醁。」高宗爲之解頤。

曾覿 字純甫，號海野，東都故老。淳熙中擅政。聞陳亮名，欲見焉，亮耻之，踰垣而遁。

曾純甫及見汴都之盛者，庚寅春，奉使過汴，作金人捧露盤詞云：「記神京、繁華地，舊遊踪。正御溝、春水溶溶。平康巷陌，繡鞍金勒躍青驄。解衣沽酒醉絃筦，柳綠花紅。到如今、餘霜鬢，嗟前事、夢魂中。但寒煙、滿目飛蓬。雕欄玉砌，空餘三十六離宫。寒笳驚起暮天雁，寂寞東風。」曾純甫在邯鄲道中，望叢臺有感，作憶秦娥云：「風蕭瑟。邯鄲古道傷行客。傷行客。繁華一瞬，不堪思憶。叢臺歌舞無消息。金尊玉管空陳跡。空陳跡。連天草樹，暮雲凝碧。」

乾道三年，上苑初夏，曾覿侍宴，池上有雙飛新燕掠水而去，得旨賦阮郎歸云：「柳陰庭館占風光，呢喃清晝長。碧波新漲小池塘，雙雙蹴水忙。　萍散漫，絮飛揚，輕盈體態狂。爲憐流水落花香，啣將歸畫梁。」時帝就登御舟繞堤閒遊，既登舟，知閤張掄進柳梢青云：「柳色初濃。餘寒似水，纖雨如塵。一陣東風，縠紋微皺，碧沼鱗鱗。　仙娥花月精神！奏鳳管、鸞絃鬭新。萬歲聲中，九霞盃内，長醉芳春。」覿和進云：「桃靨紅勻，梨腮粉薄，鴛徑無塵。鳳閣淩虚，龍池澄碧，芳意鱗鱗。　清時酒聖花神！看内苑、風光又新。一部僊韶，九重鸞仗，天上長春。」各有宣賜，是日三殿並醉，酉牌還内。

淳熙九年八月十五日，孝宗過德壽宫起居，上皇因留賞月，宴香遠堂。堂東有萬歲橋，以白玉石爲之，上作四面亭，皆新羅白木，與橋一色。大池十餘畝，植千葉白蓮。御榻、屏几、酒器，俱用水晶。南岸列女樂，北列男樂。月上，簫韶齊作，稍止，上皇召小劉妃獨吹白玉笙霓裳中序。時侍燕官開府曾純甫進壺中天慢，辭云：「素飈漾碧，看天衢穩送、一輪明月。翠水瀛壺人不到，比似世間秋別。玉手摇笙，一時同色，小按霓裳疊。天津橋上、有人偷記新闋。　當日誰幻銀橋？阿瞞兒戲，一笑成癡絶。肯信群仙高宴處，移下水晶宮闕。雲海塵清，山河影滿，桂冷吹香雪。何勞玉斧，金甌千古無缺。」上皇大喜曰：「從來月辭不曾用金甌事，可謂新奇。」賜金束帶、紫番羅、水晶碗，上亦賜寶盞，至二更五點還宮。

于國寶

乾道、淳熙間，壽皇以天下養，往往修舊京金明池故事以安太上之心。湖上御園南有聚景、真珠、南屏，北有集芳、延祥、玉壺，然亦多幸聚景焉。一日，御舟經過斷橋，旁有酒肆，頗潔雅。中飾素屏風，書風入松一詞于上，光堯停目稱賞久之，宣問何人所作？太學生于國寶醉筆也。其詞云：「一春常費買花錢，日日醉湖邊。玉驄慣識西湖路，驕嘶過、沽酒樓前。紅杏香中歌舞，綠楊影裏鞦韆。暖風十里麗人天，花壓鬢雲偏。畫船載得春歸去，餘情付、湖水湖煙。明日重携殘酒，來尋陌上花鈿。」上笑曰：「此詞甚好，但末句不免酸寒。」因爲改作「明日重扶殘醉」，即日宣命解褐云。

吴琚

淳熙九年八月十八日，駕詣德壽宫奉迎上皇觀潮，百戲撮弄，各呈伎藝。上皇喜曰：「錢塘形勝，天下所無。」上起奏曰：「江潮亦天下所獨。」宣諭侍官各賦酹江月一曲，至晚呈上，以吴琚爲第一。其辭曰：「玉虹遥挂，望青山隱隱，一眉如抹。忽覺天風吹海立，好似春霆初發。白馬凌空，瓊鰲駕水，日夜朝天闕。飛龍舞鳳，鬱葱環拱吴越。　此景天下應無，東南形勝，偉觀真奇絶。好是吴兒飛彩幟，蹙起一江秋雪。黄屋天臨，水犀雲擁，看擊中流楫。晚來波静，海門飛上明月。」兩宫賞賜無限，至月上始還。

洪邁

字景盧，號容齋。與兄适皆畏内，雖少年貴達，家有聲妓，往往不能快意。王宣子知饒州，适家居喪偶，宣子吊焉。适延客至内齋唤酒，甫舉杯，群妾坌出，酒行無筭。适牢酣，握王手曰：「不圖今日有此樂。」後二十年，宣子謝事歸越。景盧來爲守，時已鰥居。暇日，宣子造郡齋，景盧留款，亦出家姬侑席，笑謂王曰：「家兄有言，不圖今日有此樂。」王爲絶倒。

紹興間，洪景盧在臨安試詞科，三塲畢，與五友同過抱劍街孫氏小樓。夜月如晝，正臨欄憑几，兩燭結花，燦然若連珠。孫娼黠慧，白坐中曰：「今夕桂魄皎潔，燭花呈祥，五君較藝蘭省，其高登不疑，請各賦一詞爲他日佳話。」何伯明即操筆作浣溪沙一闋，曰：「草草杯盤訪玉人。燈花呈喜坐添春。邀郎覓句要奇新。黛淺波嬌情脉脉，雲輕柳弱意真真。從今風月屬閒人。」衆傳觀歎賞，獨恨其末句失意。景盧續臨江仙曰：「綺席留懽懽正洽，高樓佳氣重重。釵頭小篆燭花紅。直須將喜事，來報主人公。桂月十分春正半，廣寒宫殿葱葱。姮娥相對曲欄東。雲梯知不遠，平步躡東風。」孫滿酌一觥相勸曰：「學士必高中！此瑞殆爲君設也。」已而，景盧果奏名賜第，餘皆不偶。

紹興辛巳，金遣使來修好，洪景盧往報之。入境與其伴約，用敵國禮，伴許諾，故沿路表章皆用在京舊式。未幾，乃盡卻回，使依近例易之。景盧不可。於是扃驛門，絶供饋，使人不得食者一日，又令館伴者來言。景盧等懼留，不得已，易表章授之，供饋乃如禮。景盧素有風疾，頭常微掉，時人爲之語曰：「一日之饑禁不得，蘇武當時十九秋。」傳語天朝洪奉使，好掉頭時不掉頭。」太學諸生衍作南鄉子詞誚之曰：「洪邁被拘留，稽首垂哀告彼酋。一日忍饑猶不耐，堪羞！蘇武爭禁十九秋。厥父既無謀，厥子安能解國憂？萬里歸來誇舌辨，村牛。好擺頭時便擺頭。」

淳熙間，車駕宿戒幸玉津園，命下，忽大雨，有旨許從駕官帶雨具。將曉，有晴色。已而，天宇豁然，洪景盧時爲待制，進詩云：「五更猶自雨如麻，無數都人仰翠華。翻手作雲方悵望，舉頭見日共驚嗟。天公的有施生妙，帝力堪同造物誇。上苑春光無盡藏，何須羯鼓更催花？」越數日，扈從詣景靈宮，朝獻，上賜和篇云：「春郊柔緑遍桑麻，小駐芳園覽物華。應信吾心非暇逸，頓回晴意絶咨嗟。每思富庶將同樂，敢務游畋謾自誇。不似華清當日事，五家車騎爛如花。」後兵部尚書宇文价内引，上舉此詩曰：「洪侍制用『雨如麻』字，偶思得『桑麻』可押。又其末句用『羯鼓催花』事，故以『華清』『車騎』答之。」价拱手稱賀。

洪容齋、周益公嘗侍壽皇宴，因談肴核，上問容齋：「卿鄉里所産？」容齋，番陽人也，對曰：「沙地馬蹄鼈，雪天牛尾狸。」又問益公，公廬陵人也，對曰：「金柑五版荀，銀杏水精葱。」上吟賞。又問一侍從，忘其名，浙人也，對曰：「螺頭新婦臂，龜脚老婆牙。」四者皆海鮮也。上爲之一笑。

趙公衡，宗室，居秀州，性和易，善與人款曲，但天資滑稽，遇可啓顔一笑，衝口輒發，見者無不敬畏。因寡髮，俗目爲趙葫蘆。洪景盧戲作減字木蘭花曰：「家門希差，養得一枝依樣畫。百事無能，只去籬邊纏倒藤。　幾回水上，軋捺不翻真箇强。無處容他，只好炎天照作巴。」

衢州白沙渡酒館敗壁間，有題油污衣詩曰：「一點清油污白衣，斑斑駁駁使人疑。縱饒洗遍千江水，争似當初不污時。」洪景盧亟稱之。

葉顒　字子昂，坐冬雷罷相。

乾道初，葉顒爲諫議林安宅所擊罷去，林遂副樞密。已而置獄，其言皆無實，林責居筠。葉乃召拜左揆。洪景盧草制曰：「既從有北之投，亟下居東之召。有欲爲王留者，孰明去就之忠；無以我公歸兮，大慰瞻依之望。」時歎其工。洪在翰苑，一日草二十制訖，意以敏捷自喜。庭一老者向曝，問之，院吏父也。舊在東都亦供院役，及見東坡諸公。洪因曰：「今日二十餘封，一時俱了。意蘇公在，當時應只如此。」老吏曰：「然。但蘇學士不曾撿册子耳。」洪爲面赤。

沈詹事特坐葉丞相論恢復貶筠州，沈方售一妾，年十七八，携與俱行，處筠七年。既歸，呼妾父母以女歸之，猶處子時。人以比張忠定公詠。會稽潘方仲矩爲安吉尉，獻詩云：「昔年單騎向筠州，覓得歌姬共遠遊。去日正宜供夜直，歸來渾未識春愁。禪人尚有香囊愧，道士猶懷炭婦羞。鐵石心腸延壽藥，不風流處卻風流。」

魏杞

初爲宗正少卿，使金定和議，及還，遂致大用。

乾道七年，魏丞相杞出守姑蘇，請僧可觀主北禪院。入院之辰，適值重九，指座云：「胸中一寸灰已冷，頭上千莖雪未消。老步只宜平地去，不知何事又登高？」魏公擊節不已。

趙雄

字温叔，嘗以薦舉待命逆旅，沽斗酒以碗飲，就盤中手攫猪頭肉卷餅而食，勢若風雨。衛士見其飲啖異人，奏之。孝宗亟召見，奇其狀貌，且壯其言，遂自小官驟用爲左史。

孝宗時，辭朝法甚嚴，雖蜀人守蜀郡，不遠萬里來見。有蜀守當朝辭，素不能文以爲憂。其家素事梓潼神，夜夢神謂之曰：「兩邊山木合，終日子規啼。」會朝對，上問：「卿從峽中來乎？風景如何？」守即用前兩語對。上首肯再三。翌日，謂宰相趙雄曰：「昨有蜀人對者，朕問峽中風景，彼誦杜詩以對，三峽之景宛在目中，可謂善言詩也。可與寺丞。」雄退朝，問守何以能爾？守不敢隱。雄曰：「吾固疑君不能及此，若留中，上再問，敗矣。不若歸蜀赴郡。」乃予憲節使。其後，神恃功爲祟，家遂索焉。

孝宗時，有太守姓息，朝辭，閤門吏曰：「官人何謂詑姓？」守曰：「春秋有息嬀，漢有息夫躬，非詑也。」趙温叔聞其語。守對罷，温叔奏事，上曰：「適有息其姓者朝辭，可謂詑也。」温叔即曰：「春秋有息嬀，漢有息夫躬，非詑也。」上喜曰：「卿該博如此。」

孝宗時，上庠試卷，時經御覽。辛丑大旱七月，私試閔雨有志乎民賦。魁士劉大譽賦中有「商霖未作，相傅説于高宗；漢旱欲蘇，烹弘羊于孝武」之句。時趙温叔爲相，孝宗遂欲因此罷之。會有詔迎天竺觀音，就明慶寺請禱，有爲詩者曰：「走殺東頭供奉班，傳宣聖旨到人間。太平宰相堂中坐，天竺觀音卻下山。」温叔聞之，遂乞免。

辛棄疾

字幼安。先仕金，紹興末，縛宋叛將歸朝。一日，陳同父造訪，將近，有小橋，同父引馬三躍，而馬三卻，同父拔劍斬馬首，徒步而行。幼安倚樓見之，大驚異，遂與定交。有二妾，曰田田，曰錢錢，皆因其姓而名之，並善筆札，嘗代幼安答尺牘。

辛幼安居山日，嘗欲止酒，賦沁園春云：「杯汝前來，老子今朝，點檢形骸。甚長年抱渴，咽如焦釜；于今苦眩，氣似奔雷。漫説『劉伶，古今達者，醉後何妨死便埋』。渾如此，歎汝於知己，真少恩哉！　更憑歌舞爲媒，算合作平居鴆毒猜。况怨無大小，生於所愛；物無美惡，過則爲災。與汝成言：『勿留亟去，吾力猶能肆汝盃。』盃再拜，道：『麾之即去，招則須來。』」一日，城中諸公載酒入山，幼安不得以止酒爲解，遂破戒一醉，再韻前調云：「杯汝知乎？　酒泉罷侯，鴟夷乞骸。更高陽入謁，都稱虀臼；杜康初筮，正得雲雷。細數從前，不堪餘恨，歲月都將麴蘖埋。君詩好，似提壺卻勸，沽酒何哉！　君言病豈無媒，似壁上雕弓蛇暗猜。記醉眠陶令，終全至樂；獨醒屈子，未免沉菑。欲聽公言，慙非勇者，司馬家兒解覆杯。還堪笑，借今宵一醉，爲故人來。」

辛幼安遣興西江月詞曰：「醉裏且貪歡笑，要愁那得工夫。近來始覺古人書，信着全無是處。　昨夜松邊醉倒，問松：『我醉何如？』只疑松動要來扶，以手推松曰：『去。』」漢書龔勝傳：「勝與左將軍公孫禄議事不和，博士夏侯常勸之，勝以手推常曰：『去。』」

陳莘叟憶内，辛稼軒作尋芳草詞嘲之，曰：「有得許多淚，更閑卻許多鴛被。枕頭兒放處，都不是舊家時，怎生睡？　更也没書來，那堪被雁兒調戲。道無書、卻有書中意，排幾个人人字。」

長沙道中壁上有婦人題字，若有恨者，辛稼軒用其意爲賦減字木蘭花詞曰：「盈盈淚眼，往日青樓天樣遠。秋月春花，輸與尋常姊妹家。水村山驛，日暮行雲無氣力。錦字偷裁，立盡西風雁不來。」

南渡初，虜人追隆祐太后御舟至江西造口，不及而還，辛稼軒過其地，有感，賦菩薩蠻詞曰：「鬱孤臺下清江水，中間多少行人淚！西北是長安，可憐無數山。青山遮不住，畢竟東流去。江晚正愁予，山深聞鷓鴣。」末句謂恢復行不得也。

辛幼安晚春詞云：「更能消、幾番風雨，匆匆春又歸去。惜花長恨花開早，何況亂紅無數。春且住，見説道、天涯芳草迷歸路。怨春不語。算只有殷勤、畫簷蛛網，盡日惹飛絮。長門事，准擬佳期又誤。娥眉曾有人妒。千金縱買相如賦，脉脉此情誰訴？君莫舞。君不見、玉環飛燕皆塵土。閒愁最苦。休去倚危闌，斜陽正在，煙柳斷腸處。」此詞「斜陽煙柳」之句，怨刺頗深。壽皇見之，怫然不悦，然亦不罪也。

辛幼安有園亭，皆爲賦詞。一日，獨坐停雲亭，水聲山色，競來樽俎。意溪山欲援例者，遂作數語云：「甚矣吾衰矣！悵平生、交游零落，只今餘幾？白髮空垂三千丈，一笑人間萬事。問何物、能令公喜？我見青山多嫵媚，料青山、見我應如是。情與貌，略相似。一樽搔首東窗裏。想淵明停雲詩就，此時風味。江左沉酣求名者，豈識濁醪妙理！回首叫雲飛風起。不恨古人吾不見，恨古人、不見吾狂耳。知我者，二三子。」稼軒每開燕，必命侍妓歌其所作，特好歌此詞。自誦其警句曰：「我見青山多嫵媚，料青山、見我應如是。」又：「不恨古人吾不見，恨古人、不見吾狂耳。」每至此，輒拊髀自笑，顧問坐客何如？皆歎譽如出一口。既而，又作一永遇樂，序北府事，首章曰：「千古江山，英雄無覓、孫仲謀處。」又曰：「尋常巷陌，人道寄奴曾住。」其寓感槩者則曰：「不堪回首，佛狸祠下，一片神鴉社鼓！憑誰問：『廉頗老矣，尚能飯否？』」特置酒召數客，使妓迭歌，益自擊節，徧問客，必使摘其疵？遜謝不可，客或措一二辭，不契其意，又弗答，然揮羽四視不止。相臺岳珂，時年甚少，偶坐於席，率然對曰：「童子何知，而敢有議？然必欲如范文正以千金求嚴陵祠記一字之易，則晚進尚竊有疑也。」稼軒喜，促膝亟使畢其說。珂曰：「前篇豪視一世，獨首尾二腔警語差相似，新作微覺用事多耳。」於是大喜，酌酒，而謂坐中曰：「夫君寔中予痼。」乃味改其語，日數十易，累月未竟。

稼軒園池中畜魚，有鷺鷥群集其上，賦鵲橋仙諭之曰：「溪邊白鷺，來吾告汝。溪内魚兒堪數。主憐汝、汝憐魚，要物我、欣然一處。白沙遠浦。青泥別渚，剩有鰕跳鰍舞。聽君飛去飽時來，看頭上、風吹一縷。」

辛幼安寧理朝擁節鉞奉身勇退，悉以家事付兒曹，作西江月云：「萬事雲煙忽過，一身蒲柳先衰。而今何事最相宜？宜醉宜遊宜睡。早起催科了辦，更量出入收支。乃翁依舊管些兒：管竹管山管水。」

甄龍友

字雲卿，永嘉人，滑稽辨捷，名冠一時。

甄龍友嘗遊天竺，集詩句贊大士，大書于壁云：「巧笑倩兮，美目盼兮。彼美人兮，西方之人兮。」孝宗臨幸，一見賞之。詔侍臣物色其人。或以甄聞，且曰：「是溫州狂生，用之恐敗俗。」上曰：「朕自識拔，卿等勿阻也。」趣召入見，上問曰：「卿名龍友，何義云然？」甄倉猝不知所對。上不懌，龍友退，乃得思之曰：「何不云陛下爲堯舜之君，故臣得與夔龍爲友。」悔恨久之。時蜀人王過有儁聲，猶在選調，宰相薦之上殿，孝宗率爾問曰：「李融字若川，何謂？」過即對曰：「天地之氣，融而爲川，結而爲山，李融之字若川，如元結之字次山也。」上大喜，詔除翰林院編修。

甄龍友嘗遊西湖，作大佛頭贊云：「色如黄金，面如滿月。盡大地人，只見一橛。」禪子多稱之。

甄龍友嘗遊僧舍，僧具饌延款。甄見有雌雞久畜，請烹爲供。僧曰：「公能作頌，子當不靳也。」龍友援筆題云：「頭上無冠，不報四時之曉；脚根欠距，難全五德之名。不解雄先，但張雌伏。汝生卵，卵復生子，種種無窮；人食畜，畜又食人，冤冤何已？若也解除業障，必須割去本根。大衆煎取波羅香水，先與推去頭面皮毛，次運菩薩慧刀，剳去心腸肝膽。咄香水源源化爲霧，鑊湯滚滚成甘露。飲此甘露乘此霧，直入佛牙深處去，化生彼國極樂土。」僧咲曰：「雞死無憾矣。」乃烹以侑酒，盡歡而去。

樓宣獻自西掖出守永嘉，以首春觴客，甄龍友預坐席間，謂公曰：「今年春氣，一何太盛？」公問其故，甄曰：「以果匳甘蔗，知之根在公前而末已。」至此，公大笑，爲罰掌吏。

堯山堂外紀卷六十

宋

周必大

字子克，初字洪道。黑髮謝政，自號平園老叟。夫人妬公有媵，夫人縻之庭，公過之，當炎暑，以渴告，公以毫水酌之。夫人窺于屏，曰：「好箇相公，爲婢取水。」公笑曰：「獨不見建義井者乎！」

周益公入直詩云：「緑槐夾道集昏鴉，敕使傳宣坐賜茶。歸到玉堂清不寐，月鈎初上紫薇花。」公被召凡二，一爲乾道七年七月二十六日昏時召入草王炎除樞密使麻，一爲淳熙丙申八月庚辰昏時召入草立謝后制，俱四鼓乃還。此詩之作，蓋即此二時也。「金蓮燭送歸院人，知有蘇軾，不知有王珪。」按：周必大玉堂雜記：孝宗召侍讀史浩，錫宴澄碧殿，抵暮，送以金蓮燭，宿玉堂直廬。史進古詩三十韻，有「金蓮引雙燭，再拜離階戺」之句。上命必大和以進，則「金蓮之送」，宋時蓋有三人。

淳熙中，孝宗及皇太子朝上皇于德壽宫，置酒賦詩，從臣皆和，周益公詩云：「一丁扶火德，三合肇皇基。」蓋高宗生於大觀丁亥，孝宗生于建炎丁未，光宗生于紹興丁卯故也。陰陽家以亥、卯、未爲三合，一時用事，可謂切當。其後楊誠齋爲光宗宫僚，時寧宗已在平陽邸，其賀壽詩云：「祖堯父舜真千載，禹子湯孫更一家。」又云：「天意分明昌火德，誕辰三世總丁年。」祖益公語。

周必大嘗自德壽宫後垣趨傳法寺，望見一樓巍然，朝士云太上名之曰聚遠，而自題其額，仍于屏間大書東坡詩云：「賴有高樓能聚遠，一時收拾與閑人。」又過冷泉亭，徘徊久之，後作端午帖子云：「聚遠樓頭面面風，冷泉亭下水溶溶。人間炎熱何由到，真是瑶臺第一重。」

汪應辰　字聖錫，紹興乙卯狀元，初名洋，帝以昭陵八年狀元王拱辰年實相似，改賜名。

喻子材樗爲玉山尉，授諸子學，有兵在側言：「弓手汪某子頗知讀書，可使侍筆硯。」呼視之，狀貌偉然，不類常兒。問能屬對否？曰：「能。」出云：「馬蹄踏破青青草。」汪應聲曰：「龍爪拏開白白雲。」喻大驚異，曰：「它日必爲偉器。」留授之學，且許妻以子云。

汪應辰十歲能詩，游鄉校，郡博士戲之曰：「韓愈十三而能文，今子奚若？」應辰答曰：「仲尼三十而論道，惟公其然。」未冠，首貢鄉舉，試禮部居第八，御試擢第一。時年十八。

汪聖錫爲秘書監，食罷會茶，一同舍就枕不起。或戲之曰：「宰予晝寢，於予與何誅。」衆未有言，汪曰：「有一對，雖於今事不切，然卻是一箇出處。云：『子貢方人，夫我則不暇。』」同舍合辭稱美。

王十朋

字龜齡，與胡憲、馮方、查籥、李浩爲太學五賢。

紹興丁丑，正奏名第一王十朋，特奏名第一李三錫。時宗室子覬居榜尾，不樂。或戲之曰：「舉頭雖不窺王十，伸脚猶能踏李三。」

王梅溪守泉州，初抵任，會七邑宰，躬勸卮酒，歷告以愛民之意，出詩示之云：「九重天子愛民深，令尹宜懷惻隱心。今日黃堂一杯酒，使君端爲庶民斟。」邑宰皆感動。

天台有石橋碑，乃五百尊羅漢洞口也，王十朋詩云：「石橋未到神先到，日裏還同夢裏時。僧教我名劉道者，前身曾寫石橋碑。」

范成大　字至能，號石湖居士。石湖在蘇州盤門外西南十里，太湖之派，范蠡從此入，公宅其間。

淳熙中，范至能使北，孝宗令口奏金主，謂河南乃宋朝陵寢所在。至能乃自爲一書，至虜庭，納之袖中，既跪進國書，伏地不起，徐出袖中書奏曰：「臣來時，大宋皇帝別有聖旨，難載國書，令臣口奏，臣今謹以書述。」書既上，傳宣使人就館，至能再拜而退。守吏微言有羈留之議，乃賦詩曰：「萬里孤臣致命秋，此身何止一浮漚。提携漢節同生死，休問羝羊解乳不。」既而，得報書還，上嘉其不辱命，由是超擢，以至大用。

范石湖帥蜀，上巳日大燕樂，語僚佐撰呈，皆不愜意，有石生者一聯云：「三月三日，豈無長安麗人；一詠一觴，載講山陰禊事。」公心肯之。

范至能作炭頌：「予病衰，大冬，非附火不暖。既銘被爐，又作炭頌：燔木不灰，化爲精堅。是衷至陽，維火之傳。雪霾六虛，冰寒九淵。環堵之室，天不能寒。有赫神物，斡流化甄；尺璧寸珠，罔功汗顏。我維德之，莫之名言。既燠既安，與之窮年。」

曹操疑塚七十二，在漳河上，北人歲爲增封。范石湖奉使過之，題詩云：「一棺何用塚如林？誰復如公負此心。歲歲蕃酋爲封土，世間隨事有知音。」時俞應符亦有詩云：

「生前欺天絶漢統，死後欺人設疑塚。人生用計死即休，安有餘機到丘壠。衆人皆疑我不疑，我有一法君未知。直須盡發疑塚七十二，必有一塚藏君屍。」

范石湖重九日行營壽藏之地，賦詩曰：「家山隨處可松楸，荷鍤携壺似醉劉。縱有千年鐵門限，終須一箇土饅頭。」

楊萬里

字廷秀，號誠齋。乾、淳間，詩人稱誠齋、范石湖及陸放翁爲巨擘。子長孺，字伯子，號東山潛夫。

楊誠齋丞零陵時，有絶句云：「梅子流酸濺齒牙，芭蕉分緑上窗紗。日長睡起無情思，閑看兒童捉柳花。」張紫岩見之，曰：「廷秀胸襟透脱矣。」

楊誠齋在零陵日，過野寺，見壁間有山谷親筆一詩，誦三過，欲歸書之，後只記其一聯云：「春將國艷薰花骨，日借黄金縷水紋。」每玩賞之。

楊誠齋送談星許季升詩云：「許子儒冠怨誤身，如今投筆説星辰。未須道我何時貴，且道何時子得貧？」

楊誠齋贈抄經頭陀詩云：「刺血抄經奈若何？十年依舊一頭陀。袈裟未着言多事，着了袈裟事更多。」僧有住山者，或謀攘之，僧乃掛草鞋丁方丈前，題詩而去，詩曰：「方丈前頭掛草鞋，流行坎止任安排。老僧脚底從來濶，未必骷髏就此埋。」或謂：「楊詩可爲士人簽進解褐之規。僧詩可爲士人勇退抽簪之法。」

吾郡天慶觀畫龍，太平寺畫水，時稱二絶。凡四方來者，道出毘陵，必迂路而觀焉。龍蓋姑蘇道士李懷仁所畫。懷仁，酒豪不羈，呼龍松江之上，狎而觀之，遂畫龍入神品。過毘陵天慶觀，大醉，索墨漿數斗，曳苕帚，裂巾袂濡墨，號呼奮躑，斯須龍成，觀者辟易。懷仁後不知所終。水則郡人徐友畫。清濟貫河，一筆紆遶，長數十丈不斷，卻立而觀濤瀾洶涌，目爲之眩。仰首近之，凛然若飛流之濺於面也。淳熙間，楊誠齋爲郡守。一日至寺，爲賦畫水長句曰：「辟如雪色一丈許，徐生畫水纔盈堵。横看側看只麽是，分明是畫不是水。中有清濟一綫波，横貫萬里濁浪之黄河。雷奔電卷儘渠猛，獨清元自不隨它。波痕盡處忽掀怒，攪動一河秋水暮。分明是水不是畫，老眼向來原自誤。佛廬化作金拖樓，銀山雪堆風打頭。是身飄然在中流，奪得太乙蓮葉舟。」

梁溪尤延之袤，博洽工文，與楊誠齋爲金石交。淳熙中，誠齋爲秘書監，延之爲太常卿，又同爲青宫寮寀。二公皆善謔，延之嘗言有一經句請秘監對，曰：「楊氏爲我。」

誠齋應聲曰：「尤物移人。」衆皆歎其敏確。

楊誠齋嘗戲呼尤延之爲蝤蛑。寄詩有「戈文卻日玉無價，寶氣蟠胸金欲流」句，亦以蝤蛑戲之。延之呼誠齋爲羊。每書問往來，延之則曰：「羔兒無恙？」誠齋則曰：「彭越安在！」一日，食羊白腸，延之曰：「秘監錦心繡腸，亦爲人所食。」誠齋笑吟曰：「有腸可食何須恨，猶勝無腸可食人。」世稱蟹類爲無腸公子，一坐大笑。及延之卒，誠齋祭文云：「齊歌楚些，萬象爲挫。瓌瑋詭譎，我倡公和。放浪諧謔，尚友方朔。巧發捷出，公嘲我酢。」

楊誠齋與朱晦菴善。晦菴病足，誠齋以詩戲云：「晦菴若問誠齋叟，上下千峰不用扶。」晦翁覽而笑曰：「我病在脚，不若誠齋病在口耳也。」

慶元間，楊誠齋以秘書監退休，有小園在南溪上，新開九徑，江梅、海棠、桃、李、橘、杏、紅梅、碧桃、芙蓉九種花木，各植一徑，命曰三三徑。因賦詩曰：「三徑初開是蔣卿，再開三徑是淵明。誠齋奄有三三徑，一徑花開一徑行。」時周益公以宰相退休，訪誠齋于南溪，留詩云：「楊監全勝賀監家，賜湖豈比賜書華。回環自闢三三徑，頃刻能開七七花。門外有田供伏臘，望中無處不煙霞。卻慚下客非摩詰，無畫無詩只謾誇。」誠齋和云：「相國來臨處士家，山間草木也光華。高軒行李能過李，小隊尋花到浣花。留贈新詩光奪月，端令老子氣成霞。未論藏去傳貽厥，拈向田夫野老誇。」好事者繪以爲圖，誠齋用魏野詩翻案題其上云：「平叔曾過魏秀才，何如老子致元台。蒼松白石青苔徑，也不傳呼宰相來。」

楊誠齋退休時，年未七十，有終焉之意，嘗自贊曰：「江風索我吟，山月喚我飲。醉倒落花前，天地爲衾枕。」又云：「青白不形眼底，雌黄不出口中。只有一罪不赦，唐突明月清風。」後有詔起用，誠齋力辭。其門人羅永年椿寄詩云：「不愁風月只憂時，髮爲君王寸寸絲。司馬要爲元祐起，西樞政坐壽皇知。苦辭君命驚凡子，清對梅花更與誰？夢繞師門三稽首，起敲冰硯訴相思。」誠齋擊節。

楊誠齋月下傳杯詩云：「老夫渴急月更急，酒落杯中月先入。領取青天併入來，和月和天都蘸濕。天既愛酒自古傳，月不解飲真浪言。舉杯將月一口吞，舉頭見月猶在天。老夫大笑問客道：月是一團還兩團？酒入詩腸風火發，月入詩腸冰雪潑。一杯未盡詩已成，誦詩向天天亦驚。焉知萬古一骸骨，酌酒更吞一團月。」每對人誦此詩，曰：「老夫此作，自謂彷彿李太白。」誠齋名酒之和者曰「金盤露」，勁者曰「椒花雨」。其愛「椒花雨」甚于「金盤露」。

客有饋誠齋以臘𤊹肩者，答詩曰：「老夫畏熱飯不能，先生饋肉香傾城。霜刀削下黄水精，月斧斫出紅松明。君家猪紅臘前作，是時雪後吴山脚。公子彭生初解縛，糟丘挽上淩煙閣。卻將一臠配兩螯，世間真有揚州鶴。」

嘉定間，楊伯子爲湖州守，治聲赫然，郡人相與肖像祠于學宫，與工部尚書戴少望並祠，伯子意不悦。會除浙東庾節，將行，辭先聖禮畢，與校官諸生坐講堂，命取所祠畫像，題詩其上云：「面有憂民色，天知報國心。三年風月少，兩鬢雪霜深。更莫留形跡，何曾廢古今。不如隨我去，相伴老山林。」遂卷藏而行。當時士子有戲和其詩者，末句云：「可憐戴工部，獨樹不成林。」伯子每對客言：「士大夫清廉，便是七分人了。」世多稱之。

楊東山帥番禺日，漕倉市舶三使者皆閩浙人，酒邊各盛言其鄉里果核魚蝦之美，因問東山鄉里何產？東山曰：「他無所産，但産一歐陽子。」三公笑且慙。

楊東山帥番禺日，長泰黄子信調新會鹽場，東山以其老榜，心易之，嘗捃摭其簿書，子信將拂衣去，投以詩云：「六年兩度拜宸旒，换得青衫上白頭。飛鵲只因無樹繞，窮猿何暇擇林投。明知著脚當來誤，幾欲抽身不自由。安得有錢了官債，任無三徑也歸休。」東山得詩，恨知之之晚。子信，嘉定四年中特科第二人，有散翁集。

楊東山帥番禺將受代，有俸錢七百萬緡盡以代下户輸租，有詩云：「兩年枉了鬢霜華，照管南人没一些。七百萬緡都不要，脂膏留放小民家。」又别石門詩云：「石門得得泊歸舟，江水依依别故侯。擬把片香投贈汝，這回欲帶忘來休。」吴隱之守五羊歸，舟有香一片，投石門江中。詩用此事。

朱熹 晦菴先生。

朱韋齋，晦菴先生父也，酷信地理，嘗招山人擇地，問富貴何如？其人久之，答曰：「富也只如此，貴也只如此，生箇小孩兒，便是孔夫子。」後生晦菴，果爲大儒。文公爲同安主簿日，民有以力强得人善地者，索筆題曰：「此地不靈，是無地理；此地若靈，是無天理。」後得地之家不昌。

蔡元定博學通術數，游朱晦翁之門，晦翁以道學不容於時。胡紘章疏，併及蔡，謂之妖人，坐謫道州以死。蔡善地理，每與鄉人卜葬改定，其間吉凶不能皆驗。及貶，有贈詩者曰：「掘盡人家好丘隴，冤魂欲訴更無由。先生若有堯夫術，何不先言去道州。」

蔡元定之子沉，晦菴婿也。晦翁嘗訪沉不遇，其女出葱湯、麥飯，留飲食之。臨別，女謂以此二者簡藝不安。晦翁留詩曰：「葱湯麥飯兩相宜，葱養丹田麥療饑。莫謂此中滋味薄，前村猶有未炊時。」

天台營妓嚴幼芳蕊善琴奕、歌舞、絲竹、書畫，唐仲友守台日，酒邊嘗命幼芳賦紅白桃花，即調如夢令云：「道是梨花不是，道是杏花不是。白白與紅紅，别是東風情味。曾記，曾記，人在武陵微醉。」仲友賞之雙縑。其後，朱晦菴以使節行部至台，欲摭仲友罪，遂指其與蕊爲濫，繫獄月餘。蕊雖備受箠楚，而一語不及唐。獄吏誘使早認，蕊答云：「身爲賤妓，縱與太守有濫，罪亦不至死。然妄言以汙士大夫，則死不可誣也。」於是再痛杖之，仍繫于獄。兩月間，一再受杖，委頓幾死，而聲價愈騰，至徹阜陵之聽。未幾，朱改除，而岳霖商卿爲憲，憐之，命作詞自陳，蕊口占卜算子云：「不是愛風塵，似被前緣誤。花落花開自有時，總賴東君主。去也終須去，住也如何住？若得山花插滿頭，莫問奴歸處。」岳喜，即日判令從良，而宗室納爲小婦，以終身焉。

嚴幼芳嘗七夕宴集，坐有謝元卿者，豪士也，固命之賦詞，以己姓爲韻。酒方行，而已成鵲橋仙云：「碧梧初出，桂花纔吐，池上水花微謝。穿針人在合歡樓，正月露、玉盤高瀉。蛛忙鵲懶，耕慵織倦，空做古今佳話。人間剛道隔年期，想天上、方纔隔夜。」元卿爲之心醉，留其家半載，盡客囊臺饋贈之而歸。

劉光祖

字德修，號後溪，蜀之簡州人，有鶴林文集。時籍僞學朱熹等五十九人，光祖與焉。

劉光祖醉落魄辭云：「春風開者，一時還共春風謝。柳條送我今槐夏。不飲香醪，辜負人生也。　曲塘泉細幽琴寫，胡牀涓簟應無價。日遲睡起簾鉤桂。何不歸歟！　花竹秀而野。」

謝希孟

陸象山門人。

謝希孟少豪俊，在臨安狎娼陸氏，象山責之曰：「士君子乃朝夕與賤娼女居，獨不愧於名教乎！」希孟但敬謝而已。他日，復爲娼造鴛鴦樓，象山聞之，又以爲言，希孟曰：「非特建樓，且爲作記。」象山喜其文，不覺曰：「樓記云何？」即口占首句云：「自遜抗機雲之死，而天地英靈之氣，不鍾於男子，而鍾於婦人。」象山知其侮己，默然。

謝希孟一日在妓所，恍然有悟，忽起歸興，不告而行，妓追送江滸，悲戀而啼，希孟毅然取佩巾書一詞與之，云：「雙槳浪花平，夾岸青山鎖。你自歸家我自歸，説着如何過。我斷不思量，你莫思量我。將你從前與我心，付與他人呵。」

謝希孟與鄉人陳伯益好相調戲，伯益面黑而狹多髯，希孟入其書室，見寫真掛壁上，題云：「伯益之面，大無兩指。髭髯不仁，侵擾乎其旁而不已。於是乎伯益之面，所餘無幾。」此語喧傳，伯益病之而莫能報。希孟後避寧宗諱改名直，字古民，伯益於是以兩句詠其名曰：「炊餅擔頭挑取去，白衣鋪上喝將來。」聞者笑倒。

陳伯益又嘗寫真，衣皁道服，躡僧鞵。謝希孟贊之曰：「禪鞵俗人鬚鬢，道服儒巾面皮。秋水長天一色，落霞孤鶩齊飛。」

真德秀

字希元，本姓慎，宋時避廟諱甚謹，孝宗諱昚，故改姓真。

真希元會試於行都，祈夢于吳山梓潼廟，題其鼓曰：「大扣則大應，小扣則小鳴。我來一扣動，五湖四海聞其聲。」是夜得吉夢，其年果及第。

真西山帥湖南，宴十二邑宰于湘江亭，作詩曰：「從來官吏與斯民，本是同胞一體親。既已脂膏供爾禄，須知痛癢切吾身。此邦素號唐朝古，我輩當如漢吏循。今日湘亭一杯酒，便煩散作十分春。」

真西山帥湖南，潭人爲立生祠。一夕，有題于壁云：「舉世知公不愛名，湘人苦欲置丹青。西方又出一活佛，南極今添兩壽星。幾百年方鍾間氣，八千春願祝修齡。不須更作生祠記，四海蒼生口是銘。」

真西山越山新居成，名其齋曰學易春，帖子云：「坐看吴越兩山色，默契羲文千古心。」

李功甫謁真西山丐詞科文字，西山留之小飲書房，指竹夫人使作制，功甫援筆立成，末聯云：「保抱携持，朕不忘兩夜之寢；展轉反側，爾尚形四方之風。」西山歎賞。蓋八字用詩書全語，皆婦人事。而「形四方之風」，又見竹夫人玲瓏之意。其中頌德云：「常居大夏之間，多爲涼德之助。剖心析肝，陳數條之風刺；自頂至踵，無一節之瑕疵。」

端平間，真希元應召而起，百姓仰之若元祐之仰涑水也。時楮輕物貴，市井喁喁，爲之語曰：「若要百物賤，直待真直院。」及入朝進對，首以正心誠意爲言。愚民無知，以爲不切時務，遂續前語曰：「喫了西湖水，打作一鍋麵。」繼參大政，未及有所建置而薨。魏了翁督山，亦未及有經略而罷。臨安優人裝一生儒，手持一鶴，別一生儒與之邂逅，問其姓名，曰：「姓鍾名庸。」問所持何物？曰：「大鶴也。」因傾蓋驩然呼酒對飲。其人有大嚼洪吸，酒肉靡有孑遺。忽顛仆于地，群數人曳之不動。一人乃批其頰大駡曰：「説甚中庸、大學，喫了許多酒食，一動也動不得。」遂一哄而罷。或謂有使其爲此，以姗侮君子者，京尹乃悉黥其人。

堯山堂外紀卷六十一

宋

陸游

字務觀，母夢秦少游而生，故名其字而字其名。當時稱曰「□□書監」。韓平原嘗招致之，所作南園閱古泉二記，時雖稱頌，而有規勸之意。故平原敗，猶得免禍。

陸務觀恃酒頹放，因自號放翁，作詞云：「橋如虹，水如空，一葉飄風煙雨中。天教稱放翁。」又感舊鵲橋仙曰：「華燈縱博，雕鞍馳射，誰記當年豪舉？酒徒一半取封侯，獨去作、江邊漁父。　輕舟八尺，低蓬三扇，占斷蘋洲煙雨。鏡湖元自屬閒人，又何必、官家賜與！」

陸放翁一夕夢一故人相語曰：「我爲蓮花博士，鏡湖新置官也。我去矣，君能暫爲之乎？月得酒千壺，亦不惡也。」遂以詩記之曰：「白首歸修汗簡書，每因囊粟歎侏儒。不知月給千壺酒，得似蓮花博士無？」

陸放翁初調官臨安，有詩云：「小樓一夜聽春雨，深巷明朝賣杏花。」都人稱誦，傳入禁中，思陵稱賞，由是知名。

陸務觀初娶唐氏，於其母夫人爲姑姪，伉儷相得；而弗獲於其姑，因出之。唐改適同郡宗子。嘗春日出游，相遇於禹跡寺南之沈氏園，唐以語趙，遣致酒殽。陸悵然久之，爲賦釵頭鳳詞題園壁云：「紅酥手，黄藤酒，滿城春色宫墻柳。東風惡，歡情薄，一懷愁緒，幾年離索。錯，錯，錯！春如舊，人空瘦，淚痕紅浥鮫綃透。桃花落，閒池閣。山盟雖在，錦書難托。莫，莫，莫！」唐見而和之，有「世情薄，人情惡」之句。未幾，怏怏而卒。聞者爲之愴然。

陸放翁自沈園邂逅，終不能忘情唐氏。每過沈園，必登寺眺望，賦二絶句云：「落日城頭畫角哀，沈園非復舊池臺。傷心橋下春波緑，曾見驚鴻照影來。」「夢斷香消四十年，沈園柳老不吹綿。此身行作稽山土，猶弔遺踪一泫然。」唐既死，沈園亦三易主矣。悵然有懷，復有詩云：「楓葉初丹槲葉黄，河陽愁鬢怯新霜。林亭感舊空回首，泉路憑誰説斷腸？壞壁醉題塵漠漠，斷雲幽夢事茫茫。年來妄念消除盡，回向蒲龕一炷香。」嗣後夢遊沈氏園，又作兩絶云：「路近城南已怕行，沈家園裏更傷情。香穿客袖梅花在，緑蘸寺橋春水生。」「城南小陌又逢春，只見梅花不見人。玉骨久成泉下土，墨痕猶鎖壁間塵。」

陸放翁在蜀有所盻，嘗賦詩云：「金鞭珠彈憶春遊，萬里橋東罨畫樓。夢倩曉風吹不斷，書憑春雁寄無由。鏡中顔鬢今如此，席上賓朋好在否？篋有吴箋三百幅，擬將細字寫新愁。」又云：「喪馬清狂錦水濱，是繁華地作閒人。金壺投箭消長日，翠袖傳盃領好春。幽鳥語隨歌處拍，落花鋪作舞時茵。悠然自適君知否？身與浮名孰重輕！」

陸放翁贈徐相師詩云：「許負遺書果是非，子憑何處説精微。使君豈必如椰大，丞相元來要瓠肥。袖濶日長籠短刺，肩寒春未换單衣。半頭布袋挑詩卷，也道游京賣術歸。」

陸放翁贈猫詩云：「裹鹽迎得小狸奴，盡護山房萬卷書。慚愧家貧策勳薄，寒無氊坐食無魚。」劉後村託諷在位諸人，乃翻案云：「古人養客乏車魚，今汝何功客不如？飯有溪魚眠有氊，忍教鼠齧案頭書。」

陸放翁嘗問高似孫曰：「比在都城，見綵帛鋪榜曰『翠色真紅』，殊不曉。所謂紅而曰翠何也？」似孫曰：「嵇康琴賦曰：『新衣翠粲，纓徽流芳。』班婕妤自傷賦曰：『紛翠燦兮紈素聲。』翠燦，取鮮明也。東坡牡丹詩云：『一朵妖紅翠欲流。』蓋取鄉語。」放翁擊節大喜。

陸務觀司馬公布被銘：「公孫丞相布被，人曰詐；司馬丞相亦布被，人曰儉。布被，可能也。使人曰儉不曰詐，不可能也。」

姜夔 字堯章，趙子固目爲書家申、韓。

姜堯章居苕溪，與白石洞天爲鄰，潘德久號之曰白石道人，且畀以詩云：「世間官職似樗蒲，采到枯松亦大夫。白石道人新拜號，斷無繳駁任稱呼。」姜答詩云：「南山仙人何所食？夜夜山中煮白石。世人唤作白石仙，一生費齒不費錢。仙人食罷腹便便，七十二峰生肺肝。」時姜與黄岩老同學詩於蕭千岩，而黄亦號白石，時稱「雙白石」。蕭名海藻，字東天。姜，其壻也。

小紅，順陽公青衣也，有色藝。順陽公請老，姜堯章詣之。一日，授簡徵新聲，堯章製暗香、踈影兩曲，公使二妓肄習之，音節清婉。堯章歸吴興，公尋以小紅贈之。其夕，大雪，過垂虹，賦詩曰：「自喜新詞韻最嬌，小紅低唱我吹簫。曲終過盡松陵路，回首煙波十里橋。」堯章每喜，自度曲吟洞簫，小紅輒歌而和之。

姜堯章詩：「夜暗歸雲繞柁牙，江涵星影雁團沙。行人悵望蘇臺柳，曾與吳王掃落花。」楊誠齋喜誦之。

嚴州烏石寺在高山上，有岳武穆飛、張循王俊、劉太尉光世題名。劉不能書，令侍兒代書，姜堯章題詩云：「諸老凋零極可哀，尚留名姓壓崔嵬。劉郎可是疎文墨，幾點燕支涴緑苔。」

姜堯章詠蟋蟀齊天樂詞曰：「庾郎先自吟愁賦，凄凄更聞私語。露濕銅鋪，苔侵石井，都是曾聽伊處。哀音似訴，正思婦無眠，起尋機杼。曲曲屏山，夜凉獨自甚情緒。西窗又吹暗雨，爲誰頻斷續，相和砧杵？候館吟秋，離宮吊月，别有傷心無數。邠詩漫與，笑籬落呼燈，世間兒女。寫入琴絲，一聲聲更苦！」

史達祖 字邦卿，號梅溪。

史邦卿雙雙燕詞，姜堯章極稱賞之，謂曲盡形容之妙。詞曰：「過春社了，度簾幕中間，去年塵冷。差池欲住，試入舊巢相並。還相雕梁藻井，又軟語商量不定。飄然快拂花梢，翠尾分開紅影。芳徑，芹泥雨潤。愛貼地争飛，競誇輕俊。紅樓歸晚，看足柳昏花暝。應自棲香正穩，便忘了天涯芳信。愁損翠黛雙蛾，日日畫欄獨凭。」史邦卿春雨綺羅香詞曰：「做冷欺花，將煙困柳，千里偷催春暮。盡日冥迷，愁裏欲飛還住。驚粉重，蝶宿西園；喜泥潤，燕歸南浦。最妨他佳約風流，鈿車不到杜陵路。沉沉江上望極，還被春潮晚急，難尋官渡。隱約遥峰，和淚謝娘眉嫵。臨斷岸、新緑生時，是落紅、帶愁流處。記當日、門掩梨花，剪燈深夜語。」此詞尤爲姜堯章拈出。

高觀國 字賓王，辭名竹屋癡語，陳造爲序，稍其與史邦卿皆是不經人道語。

高竹屋詠轎御街行云：「藤筠巧織花紋細。稱穩步、如流水。踏青陌上雨初晴，嫌怕濕、文鴛雙履。要人送上，逢花須住，纔過處、香風起。裙兒掛在簾兒裏。更不把、窗兒閉。紅紅白白簇花枝，恰稱得、尋春芳意。歸來時晚，紗籠引道，扶下人微醉。」

高賓王聞鄰女吹笛，賦風入松詞曰：「粉嬌曾隔翠簾看。横玉聲寒。夜深不管柔蔫冷，櫻朱度、香噴雲鬟。霜月搖搖吹落，梅花蔌蔌驚殘。蕭郎且放鳳簫閑。何處驂鸞。靜聽三弄霓裳罷，魂飛斷、愁裹關山。三十六宮天近，念奴卻在人間。」

劉過

字改之，號龍洲，以詩名江西。厄於韋布，放浪吴楚，客食諸侯。

嘉泰間，劉改之至臨安，時辛稼軒帥越，聞其名，遣介招之，適以事不及行，作書歸輅者，因倣辛體賦沁園春一詞併緘往，云：「斗酒彘肩，風雨渡江，豈不快哉！被香山居士，約林和靖，與東坡老，駕勒吾回。坡謂：『西湖，正如西子，濃抹淡粧臨照臺。』二人者，都掉頭不顧，只管傳盃。白云：『天竺去來，看金壁、崔嵬樓觀開。況一澗縈迂，東西水遶，兩山南北，高下雲堆。』逋曰：『不然，暗香踈影，何似孤山先探梅。』須晴去，訪稼軒未晚，且此徘徊。」辛得之大喜，致餽數百千，竟邀之去，館燕彌月，酬倡亹亹，皆似之，逾喜。垂別，賙之千緡，曰：「以是爲求田資。」改之歸，竟蕩於酒，不問也。常自以此辭語相臺岳珂，掀髯有得色，珂曰：「詞語固佳，然恨無刀圭藥，療君白日見鬼癥耳。」坐中烘堂一笑。

辛稼軒一日開宴，張敬夫栻在坐。時方進羊腰腎羹，適劉改之來見，辛命賦之，改之寒甚索酒，酒罷乞韻。時飲酒手顫，餘瀝流於懷，因以「流」字爲韻，即吟云：「拔毫已付笎城子，爛胃曾封關内侯。死後不知身外物，也隨樽俎伴風流。」辛大喜，共嘗此羹。席散，敬夫邀至公廨，求爲乃翁魏公發幽潛之章，即題曰：「背水未成韓信陣，明星已隕武侯軍。平生一點不平氣，化作祝融峰上雲。」敬夫爲之墮淚。

開禧乙丑，劉改之過京口，時廣漢章以初升之、東陽黄幾叔機、敷原王安世遇、英伯邁皆寓是邦，暇日，相與蹠奇吊古，改之題多景樓，有「江流千古英雄淚，山掩諸公富貴羞」之句，又長篇曰：「金焦兩山相對起，不盡中流大江水。一樓坐斷天中央，收拾淮南數千里。西風把酒閑來遊，木葉漸脱人間秋。關河景物異南北，神京不見雙流淚。又君不見，王勃詞華能蓋世，當時未遇庸人耳。翻然落托豫章游，滕王閣中悲帝子。又不見，李白才思真天人，時人不省爲謫仙。一朝放跡金陵去，鳳凰臺上望長安。我今四海游將徧，東歷蘇杭西漢沔。第一江山最上頭，天地無人獨登覽。樓高意遠愁緒多，樓乎樓乎奈爾何！安得李白與王勃，名與此樓長突兀。」以初爲之大書，囑岳珂刻樓上。會兵事起，弗果。

劉改之赴試別妾天仙子云：「別酒醺醺渾易醉。回過頭來三十里。馬兒不住去如飛，行一憩來牽一憩。斷送殺人山共水。是則是功名終可喜。不道恩情拋得未？梅村雪店酒旗斜，去也是，住也是。煩惱自家煩惱你。」

有持山水扇面求劉改之題者，爲賦行香子云：「佛寺雲邊，茅舍山前。樹陰中、酒旆低懸。峰巒空翠，溪水清漣。只欠桃花，欠沙鳥，欠漁船。無限風煙，景趣天然。最宜他、隱者盤旋。何人村墅，若箇林泉。恰似歙湖，似枋口，似斜川。」

劉改之賦沁園春二首，以詠美人之指甲與足。詠指甲云：「銷薄春水，碾輕寒玉，漸長漸彎。見鳳鞵泥汙，偎人强剔；龍涎香斷，撥火輕翻。學撫瑶琴，時時欲剪，更掬水魚鱗波底寒。纖柔處，試摘花香滿，鏤棗成斑。時將粉淚偷彈，記綰玉曾教柳傅看。算恩情相着，搔便玉體；歸期暗數，畫徧闌干。每到相思，沉吟靜處，斜倚朱唇皓齒間。風流甚，把仙郎暗掐，莫放春閑。」詠足云：「洛浦淩波，爲誰微步，輕塵暗生。記踏花芳徑，亂紅不損；步苔幽砌，嫩緑無痕。襯玉羅慳，銷金樣窄，載不起、盈盈一段春。嬉游倦，笑教人款撚，微褪些根。有時自度歌聲。悄不覺、微尖點拍頻。憶金蓮移换，文鴛得侣；繡茵催衮，舞鳳輕分。懊恨深遮，牽情半露，出没風前煙縷裙。知何似，似一鈎新月，淺碧籠雲。」元人邵亨貞嘗嗣其體，調以詠美人之眉與目，詠眉云：「巧鬬彎環，纖疑嫵媚，明裝未收。似江亭曉玩，遥山拂翠；宫簾暮捲，新月横鈎。掃黛嫌濃，塗鉛訝淺，能畫張郎不自由。傷春倦，爲皺多無力，翻作嬌羞。填來不滿横秋。料着得、人間多少愁。記魚箋緘啓，背人偷斂，雁鈿膠併，運指輕揉。有喜先占，長顰難效，柳葉輕黄金在否？雙尖鎖，試臨鸞一展，依舊風流。」詠目云：「漆點填眶，鳳稍侵鬢，天然俊生。記隔花瞥見，踈星炯炯；倚闌凝注，止水盈盈。端正窺簾，瞢騰並枕，睥睨檀郎長是青。端相久，待嫣然一笑，密意將成。困酣曾被鶯驚。强臨鏡、挼挱猶未醒。憶帳中親見，似嫌羅密；尊前相顧，翻怕燈明。醉後看成，歌闌鬭弄，幾度孜孜頻送情。難忘處，是絞綃搵透，别淚雙零。」

易祓 字彦章，長沙人。淳熙乙巳，祓釋褐狀元，丁未，湯璹爲省元，王容爲狀元，潭州建三元坊。

易彦章以優校爲前廊，久不歸，其妻作一剪梅詞寄云：「染淚修書寄彦章。貪卻前廊。忘卻回廊。功名成遂不還鄉。石做心腸，鐵做心腸。紅日三竿懶畫粧。虚度韶光，瘦損容光。相思何日得成雙？羞對鴛鴦，嬾對鴛鴦。」

蘇師旦將建節，學士彦棫、莫子純皆莫肯當制。易彦章與師旦昵，欣然願任責。遂以國子司業兼兩制，爲師旦草麻，極其諛佞，至用前人舊對，所爲「有文事，有武備，無智名，無勇功」者。既宣布，物論譁然。亟擢彦章左司諫。諸生爲之語曰：「陽城毁裴延齡之麻，由諫官而下遷於司業；易祓草蘇師旦之制，由司業而上擢於諫官。」既而韓誅，蘇得罪，彥章遂遠貶。

李璧 字季璋，燾之子也。弟𡌴，字季永，蜀人比之三蘇。

蜀中類試，主司多私意，與士人相約爲暗號，李璧兄弟皆以文名一時，而律賦非所長。鄉人侯姓者，以能賦稱，因資之以潤色。既書卷，不以示侯，侯頗疑之。將出門，故少留，候李出而踵其後，至納卷所，以小金牌與吏取視二李卷子。策聯皆曰：「日射紅鸞羽，風清白獸樽。」侯即於己卷改用之。既而皆中選。二李謝主司，主司問：「此二句何爲又以與人？」二李恍然。他日偶有所聞，終身與侯不協。

徐淵子 號竹隱，天台人。

徐淵子好以詩文諧謔，丁少詹與妻有違言，乃棄家居茶寮山，茹素誦經，日買海物放生，久而不歸。妻患之，祈徐譬解。徐許諾。出門見賣老婆牙者，買一巨筐餉丁，併遺以阮郎歸詞云：「茶寮山上一頭陀，新來學者麽。蝤蛑螃蠏與烏螺，知他放幾多？

有一物，似蜂窩，姓牙名老婆。雖然無奈得它何，如何放得它？」丁見詞大笑而歸。

徐淵子初官户曹，其長方以道學自高，每以輕鋭抑之。適其長以母死去官，淵子賦一剪梅詞云：「道學從來不則聲。行也東銘，坐也西銘，爺娘死後更伶仃。也不看經，也不齋僧。卻言淵子太狂生。行也輕輕，坐也輕輕，他年青史總無名。你也能亨，我也能亨。」

徐淵子詩云：「俸餘擬辦買山錢，卻買端州古硯磚。依舊被渠驅使在，買山之事定何年？」後除直院，劉改之賀啓云：「以載鶴之船載書，入覲之清標如此；移買山之錢買硯，平生之雅好可知。」

徐淵子九日詩云：「衰容不似秋容好，坐上誰憐老孟嘉。牢裹烏紗莫吹卻，免教白髮見黄花。」時一朝士和云：「呼兒爲我整烏紗，不是無心學孟嘉。要摘金英滿頭插，明朝還是過時花。」

徐淵子夜切廬山作小詞云：「風緊浪花生，蛟吼鼉鳴，家人睡着怕人驚。只有一翁捫虱坐，依約三更。雪又打殘燈，欲暗還明，有誰知我此時情。獨對梅花傾一盞，又詩成。」

徐淵子晚歲得二子，戴石屏以詩賀曰：「竹隱種竹知幾年？千竿萬竿長拂天。群飛不敢下棲止，常有清風凜凜然。丹穴飛來兩雛鳳，鳳來此竹爲之重。牙籤玉軸帶芸香，家藏萬卷爲渠用。人間豚犬不足多，我來爲作徐卿二子歌。手傳竹隱文章印，看取他日官職高嵯峨。」

郢州有白雪樓，唐時崔郢州館孟浩然于樓上，遂有浩然亭。後人尊浩然改爲孟亭。徐淵子與戴石屏同登，約各賦一詩，必以宋玉石對莫愁村。徐詩云：「水落方成放牧坡，水生還作浴鷗波。春風自共桃花笑，秀色偏於麥壠多。村號莫愁勞想像，石名宋玉漫摩挲。試將有袴無襦曲，翻作陽春白雪歌。」戴詩云：「樓名白雪因詞勝，千古江山春雨餘。宋玉遺蹤兩蒼石，莫愁居處一荒村。風横煙艇客呼渡，水落沙淵人綱魚。借問風流賢太守，孟亭添得野夫無？」

戴復古

字式之，號石屏，學詩於徐竹隱，又登陸放翁之門者。

戴石屏嘗見夕照映山，峰巒重叠，得句云：「夕陽山外山。」自以爲奇，欲以「塵世夢中夢」對之，而不愜意。後行村中，春雨方霽，行潦縱横，得「春水渡傍渡」之句以對，上下始相稱。

戴石屏織女詩云：「春蠶成絲復成絹，養得夏蠶重剥繭。絹未脱軸擬輸官，繭未脱車圖贖典。一春一夏爲蠶忙，織婦布衣仍布裳。有布得着猶自可，今年無麻愁殺我！」

戴石屏薄遊江西，有富家翁愛其才，以女妻之。居二三年，忽欲作歸計，妻問其故，告以曾娶。妻白之父，父怒，妻宛曲解釋，盡以奩具贈，行仍餞以詞云：「惜多才，憐薄命，無計可留汝。揉碎花牋，忍寫斷腸句。道傍楊柳依依，千絲萬縷，抵不住、一分愁緒。捉月盟言，不是夢中語。後回君若重來，不相忘處，把杯酒、澆奴墳土。」石屏既别，遂赴水死。世俗有謔辭云：「孫飛虎好色，柳盜跖貪財，這賊牛兩般都愛。」石屏之謂也。

嚴羽 字儀卿，號滄浪，戴石屏同時。其論詩欲如那吒太子折骨還父，折肉還母。

嚴滄浪聞笛詩云：「江上誰家吹笛聲，月明霜白不堪聽。孤舟萬里瀟湘客，一夜歸心滿洞庭。」

袁樵

宋時，西湖三賢堂兩處，皆有東坡，其一在孤山竹閣，三賢者白樂天、林君復、蘇子瞻也。其一在龍井壽聖院，三賢者趙閱道、僧辯才、蘇子瞻也。寶慶間，袁樵尹京，移竹閣三賢祠於蘇堤，建亭館以沽官酒。或題詩云：「和靖東坡白樂天，三人秋菊薦寒泉。而今滿面生塵土，卻與官司趁酒錢。」袁聞之，愧而止。

姚鏞

字希聲，剡人，自號雪蓬。戴石屏忘年友也。

姚鏞判吉州，以平寇論功，不數年，擢守章貢。嘗令畫工肖其像，跨牛於澗谷間，索郡人趙時習題詩。時習題云：「騎牛無笠又無簑，斷隴橫岡到處過。暖日暄風不常有，前村雨暗卻如何？」無何，忤帥臣，以貪劾之。時端平更化之初，特重施行，貶衡陽。人皆服時習先見。

曹豳 字西士，號東畒，官待制，與玉萬、郭磊卿、徐清叟俱赴直聲，號嘉熙四諫。

曹東畒赴省試，陸行良苦，作紅窗迥詞自慰其足云：「春闈期近也！望帝鄉迢迢，猶在天際。懊恨這一雙脚底。一日厮趕上五六十里。争氣。扶持我去，轉得官歸，恁時賞你。穿對朝靴，安排你在轎兒裏。更選對、弓樣鞋，夜間伴你。」

趙南仲以誅李全功，見忌于鄭清之，史揆每左右之，得留于朝。其後，恢復事起，遂分委邊面。赴鎮之日，朝紳置酒以餞。適有呈緣竿伎者，曹東畒賦詩云：「又被鑼聲送上竿，這番難似舊時難。勸君着脚須教穩，多少傍人冷眼看。」未幾，師果不競。

卓田 字稼翁，建陽人，能賦馳聲。

卓稼翁題蘇小樓辭云：「丈夫隻手把吴鈎。欲斷萬人頭。因何鐵石，打成心性，卻爲花柔。君看項籍并劉季，一怒使人愁。只因撞着，虞姬戚氏，豪氣都休。」

卓稼翁送人赴上庠，賦昭君怨曰：「千里功名岐路。幾緉英雄草屨，八座與三台。箇中來。壯士寸心如鐵。有淚不霑離别。劍未斬樓蘭。莫空還。」

劉克莊

字潛夫，號後村，丞相鄭清之奏賜進士出身。

劉潛夫初學晚唐，少時作十老詩，其老將云：「昨解兵符歸故里，耳聽邊事幾番新。偶逢麾下來猶識，欲説遼陽記不真。兒覓寶刀偏愛惜，奴吹蘆管輒悲辛。夜寒不作關山夢，萬一君王起舊人。」老妓云：「籍中歌舞昔馳聲，憔悴猶存態與情。愛説舊官當日寵，偏呼狎客小時名。薄鬢已脱梳難就，半被長空睡不成。卻羡隣姬門户熱，隔墻張燭到天明。」老儒云：「向來歲月雪螢邊，老去生涯井臼前。舉孝廉科非復古，給靈壽杖定何年？空蟠萬卷終無用，專巧三場恐未然。猶記兒時聞緒論，白頭不敢負師傳。」老吏詩云：「少諳刀筆老尤工，舊貫新條問略通。鬬智固應雄鶩輩，論年亦合作狙公。孫魁明有堪瞞處，包老嚴猶在套中。祇恐閻羅難抹過，鐵鞭他日鬼臀紅。」

「鐵鞭打鬼臀」，用章子厚語。

劉潛夫長相思詞云：「朝有時，暮有時，潮水猶知日兩回，人生長別離。　來有時，去有時，燕子猶知社後歸，君行無定期。」又：「風蕭蕭，雨蕭蕭，相送津亭折柳條，春愁不自聊。　煙迢迢，水迢迢，準擬江邊駐畫橈，舟人頻報潮。」

惡。

劉潛夫別意清平樂云：「休彈別鶴，淚與絃俱落。歡事中年如水薄，懷抱那堪作惡。昨宵月露高樓，今朝煙雨孤舟。除是無身方了，有身長有閑愁。」

豫章有徐孺子亭，官司鬻民賣酒其間，劉潛夫題詩云：「孺子亭前插酒旗，遊人那解薦江離。白鷗欲下還飛起，曾見當年解榻時。」帥聞之，亟令住賣。

劉後村書所見絶句云：「新剃闍黎頂尚青，滿村聽講法華經。那知世有彌天釋，萬衲如雲座下聽。」又云：「刮膜良方直萬金，國醫曾費一生心。誰知髽髻携籃者，也有盲人問點鍼。」又云：「黄童白叟往來忙，負鼓盲翁正作場。死後是非誰管得，滿村聽説蔡中郎。」

王邁　字實之，號臞菴，莆陽人。時以爲元龍、太白流人。

王邁丁丑第四人及第，劉後村賀啓云：「聲名早著，不數王香之無雙；科目小低，猶壓杜牧之第五。元化孕此五百年之間氣，同輩立于九萬里之下風。」又云：「朱雲折檻，諸公慙請劍之言；陽子哭庭，千載壯裂麻之語。」又贈之辭云：「天壤王郎，數人物，方今第一。談笑裏，風霆驚坐，雲煙生筆。落落元龍湖海氣，琅琅董相天人策。」其重之如此。

楊平舟棟以樞椽出守莆陽，劉潛夫兄弟俱以史官里居郡集，寓公王矐軒邁戲之云：「大編修，小編修，同赴編修之會。」潛夫云：「欲屬對不難，不可見怒。」王願聞之，乃云：「前通判，後通判，但聞通判之名。」蓋王凡五得倅，而不上云。王又嘗折劉名調之，云：「十兄二十年前何其壯，二十年後何其不壯？」劉應之曰：「二兄二十年前何其遇，二十年後何其不遇？」王同郡有林叔弓者，亦善嘲謔。延平張又少負才，其人眇小而好作爲，林以其名字作詩賦各一首嘲之，賦有云：「身材短小，欠曹交六尺之長；腹内空虚，乏劉又一點之墨。」詩有云：「身分爻兩段，風使十横斜。」文上元無分，人前强出些。」

趙孟堅

字子固，號彝齋居士。寶慶初進士，修雅博識，人比米南宫。

趙子固酷嗜法書，多藏三代以來金石名蹟。周公謹嘗邀子固各携所藏，放舟湖上，相與評賞。飲酣，子固脱帽，以酒晞髮，箕踞歌離騷，旁若無人。薄暮，入西泠，掠孤山，艤棹茂樹間，指林麓最幽處，瞪目絶叫曰：「此是洪谷子、董北苑得意筆也！」鄰舟數十皆驚歎，以爲真謫仙人。周公謹名密，居齊之東，作書曰齊東野語。後來杭居癸辛街，書名癸辛雜識。泗水出山東魯縣，號泗水潛夫。又嘗居華不注之陽，號弁陽老人。以周子窗前草不除，號草窗。

趙子固嘗得姜白石所藏定武不損本禊帖，乘舟夜汎而歸。行至霅之昇山，風起舟覆，行李樸被皆渰溺無餘。子固方披濕衣立淺水中，手持禊帖語人曰：「蘭亭在此，餘不足問也。」因題於卷首云：「性命可輕，至寶是保。」

龔孟鍨

咸淳末，慶元秋試，兩浙運司幹官臨川龔孟鍨爲考官。龔道出慈溪，忽夢有人以盃湯飲之，且作「四」字於掌中。曉起，便覺目視晥晥，及入院發策，第一道中誤以「一祖十三宗」爲「十四宗」。于是，士子大閧，徑排試官房舍，悉遭箠辱，至有負笈而逃者，龔偶得一兵負去而免。劉制使良貴親至院外撫諭，遂權宜以策題第二道爲首篇，續撰其三，久之始定。于是，好事者作隔聯云：「龔運幹出題疏脱，以十三宗作十四宗；劉制使下院調停，用第二道爲第一道。」明年秋，度宗賓天。于是十四宗之語遂驗。度宗崩，幼君諒陰。榜第一名王龍潭，第二名路萬里，三名朗幼黄。行都爲之語曰：「龍在潭，飛不得。萬里路，行不得。幼而黄，醫不得。」

堯山堂外紀卷六十二

宋

韓侂胄

字節夫，琦七世孫也。封平原郡王。顔棫草制，言其「得聖之清」。易祓撰答詔以「元聖」褒之。四方投書獻頌者，謂：「伊、霍、旦、奭不足以儗其勳。」有稱爲我王者。

韓平原在慶元初，其弟仰胄爲知閤門事，頗與密議，時人謂之大、小韓，求捷徑者爭趨之。一日内燕，優人有爲衣冠到選者，自叙履歷材藝，應得美官而留滯銓曹，徘徊浩歎。又爲日者弊帽持扇過其旁，邀使談庚甲，問得禄之期。日者厲聲曰：「君命甚高，但於五星局中財帛宫若有所礙。目下若欲亨達，先見小寒，更望成事，必見大寒可也。」優蓋以「寒」爲「韓」。侍燕者皆縮頸匿笑。時有宗室就試南宫者，題詩客邸云：「蹇衛衝風怯曉寒，也隨舉子到長安。路人莫作親王看，姓趙如今不似韓。」

韓侂胄既逐趙汝愚，至衡州暴卒，或謂中毒云。太學生敖陶孫賦詩于三元樓壁云：「左手旋乾右轉坤，如何群小恣流言。狼胡無地居姬旦，魚腹終天吊屈原。」「一死固知公所欠，孤忠幸有史長存。九泉若遇韓忠獻，休説如今有末孫。」陶孫方縱筆，飲未一二行，壁已舁去。陶孫知必爲韓所廉。頃之，捕者至矣。急更衣持酒具下樓，與捕者交臂。問敖上舍在否？對曰：「方酣飲。」亟亡命走閩。侂胄敗，乃登第一。陶孫字器之，號臞庵，懷才挾氣，嘗有詩云：「蟠胸三萬卷，落筆五千言。」

嘉太四年，火及太廟，而韓侂胄府獨全，蓋殿帥馮時力爲撲護耳。洪舜俞詩云：「殿前將軍猛如虎，救得汾陽令公府。祖宗神靈飛上天，可憐九廟成焦土。」

韓侂胄嘗以冬月携家遊西湖，遍覽南北兩山之勝，末乃置宴南園，族子判院與焉。有獻牽絲傀儡爲土偶負小兒者，名爲「迎春黄胖」。韓顧族子詠之，即賦一絶云：「脚踏虛空手弄春，一人頭上要安身。忽然綫斷兒童手，骨肉都爲陌上塵。」侂胄怫然，不終宴而歸。未幾禍作。判院者趙不敏弟也。不敏與錢唐名娼聆奴甚洽。久之，不敏日益貧，聆奴周給之，使篤子業，遂捷南省得官，授襄陽府司户。赴官三載，想念成疾而卒。有禄俸餘貲，囑判院均分之，一以膳判院，一以送聆奴。且言：「聆奴有妹小娟，俊雅能詩，可謀致之佳耦也。」判院至錢塘，則聆奴一月前死矣。小娟亦以於潛官絹誣攀繫獄，倅從獄中召出，詰之曰：「汝誘商人官絹百疋，何以償之？」小娟叩頭言：「此亡姊聆奴事，乞賜周旋。」倅喜其辭宛順，以趙司户所寄付之。小娟拆書，惟一詩，云：「當時名妓鎮東吴，不好黄金只好書。借問錢塘蘇小小，風流還似大蘇無？」小娟得詩默默，倅索和，援筆書云：「君住襄江妾住吴，無情人寄有情書。當年若也來相訪，還有於潛絹也無？」倅大喜，盡以所寄物與之，免其償絹，且爲脱籍，歸判院偕老焉。

韓平原甲第，罪逐後改爲寺監，齋舍生有題二絶于壁曰：「掀天聲勢秪冰山，廣廈空餘十萬間。若使早知明哲計，肯將富貴博清閑。」「花柳依然弄曉風，才郎袖手去無蹤。不知郿塢金多少，争似盧門席不重。」兩詩皆用董卓郿塢事。

初，侂胄擅權日，一時獻佞者皆稱師王。參知政事錢象祖嘗諫用兵，與有隙，史彌遠因與合謀，既得罷相之旨，遂私謀批殺之。寧宗實不知也。都下語曰：「釋伽佛，中間坐。胡漢神，立兩傍。文殊普賢自鬪，象祖打殺獅王。」聞者絶倒。

京鏜

字仲遠，漢魏郡太守房之後，晚得宋齊丘宅址，古松百章，自號松坡居士。韓侂胄欲傾趙汝愚，乃引以自助。

上元前一日立春，京仲遠賦漢宫春詞曰：「暖律初回。又燒燈市井，賣酒樓臺。誰將星移萬點，月滿千街。輕車細馬，隘通衢、蹴起香埃。今歲好，土牛作伴，挽留春色同來。不是天公省事，要一時壯觀，特地安排。何妨綵樓鼓吹，綺席樽罍。良宵勝景，語邦人、莫惜徘徊。休笑我、癡頑不去，年年爛醉金釵。」

光堯之喪，金遣使弔祭，以京仲遠爲報謝使，金錫燕汴亭，仲遠與郊勞使康元弼言，請免燕，不許；請撤樂，亦不許。至期，虜促入席，傳呼不絶，仲遠趨退復位，甲士露刃閉門。仲遠排闥而出。元弼等以聞其主，仲遠留館俟命，賦詩曰：「鼎湖龍馭去無蹤，三遣行人意則同。凶禮强更爲吉禮，夷風終未變華風。設令耳與笙鏞末，只願身糜鼎鑊中。已辦滯留期得請，不辭築館汴江東。」越七日，竟獲免樂之命。

歐陽修謚文忠，京鏜亦謚文忠，初謚文穆，時有無名子作詩曰：「一在廬陵一豫章，文忠文穆兩相望。大家吹上梧桐樹，自有傍人説短長。」

趙師羼 字從善，號東墻，趙千里姪也。羼即古擇字，觀其字曰從善，蓋取「擇其善者而從之」義也。尹京時，有政聲，戮杭州姦僧尤奇。

趙師羼於儀真拂雲亭有詩云：「落得公餘半日閑，拂雲臺榭許躋攀。眼前好景真如畫，柳外人家江外山。」又道中詩云：「儀真樽酒賞花時，比著江南已較遲。及至儀真花盡謝，都梁纔見鬧新枝。」語意流麗，是爲佳作。

慶元初，趙師羼爲臨安尹，嘗請盡以西湖爲放生池，作亭池上，求國子司業高炳如文虎爲記，高故博洽，疾時文浮誕，痛抑之，以此失士子心。會記中有「鳥獸魚鼈咸若商曆以興」。既已鋟之石本流傳，殆不可掩。改商爲夏，痕刻猶存。輕薄子作詞以誚之，云：「高文虎，稱伶俐。萬苦千辛，作箇放生亭記。從頭無一句説着官家，盡把太師歸美。這老子忒無廉耻，不知潤筆能幾？夏王卻作商王，只怕伏生是你。」

韓平原南園中有所謂村莊者，竹籬茅舍，宛然田家氣象。平原嘗游其間，甚喜，曰：「撰得絶似，但欠鷄鳴犬吠耳。」既出莊，游他所，忽聞莊中鷄犬聲，令人視之，乃趙師羼所爲也。平原大笑，益親愛之。其後，侂胄敗，有贈之誚詞曰：「堪笑明庭鴛鷺，甘作村莊犬鷄。一日水山失勢，湯燖鑊煮刀刲。」又曰：「侍郎自號東墻，曾學犬吠村莊。今日不須摇尾，且尋土洞深藏。」周公謹辨此事，乃太學生私憾師羼造謗爲之。又謂侂胄南園有沉香山，高五丈，立之淩風閣下，乃枯柟耳。賦詩云：「舊事凄凉尚可尋，斷碑閑卧草深深。淩風閣下槎牙樹，當日人疑是水沉。」

史彌遠　丞相浩之子。

史浩與覺長老善，一日浩坐廳上，儼然見覺突入堂中，使人往寺廉之，則報覺死矣。茶頃，浩後院弄璋，浩默然，知爲覺也。遂以覺爲小名。及長，名之曰彌遠。後相兩朝，二十六年，權震海内。時有人作詩規之者曰：「前身元是覺闍黎，業障紛華總不迷。到此更須睁隻眼，好將慧力運金鎞。」

開禧間，韓侂胄以用兵起釁，中外憂恚，史彌遠定計擁至玉津園側擊殺之，命臨安府函其首詣金人求和。建陽劉淮爲之詩云：「寶蓮山下韓王府，鬱鬱沉沉深幾許？主人飛頭去和虜，緑户雕窗鎖風雨。九世卿家一朝覆，太師宜誅魏公辱。後車不悟有前車，兀突眼中觀此屋。」高九萬詩云：「拂曉官家簿録時，未曾吹徹玉參差。傍人不忍聽鸚鵡，猶向金籠喚太師。」

史彌遠比周楊后，出入宫禁，外議甚諠，有人作詠雲詞譏之云：「往來與月爲儔，舒卷和天也蔽。」及廢濟王而殺之也，甚冤。劉克莊有詩譏之云：「楊柳春風丞相府，梧桐夜雨濟王家。」

史彌遠初反韓侂胄所爲，時頗稱治。及濟王不得其死，論者紛起，遂專任憸壬以居臺諫，李知孝、梁成大等爲之鷹犬，搏擊善類。士流無耻者多以鑽刺進秩。宫宴時，有伶人執拳石，以大鑽鑽之，久而不入，嘆曰：「鑽之彌堅。」一伶遽扑其首曰：「汝不去鑽彌遠，卻來鑽彌堅。可知道鑽不入也。」舉座齊栗，翌日，彌遠杖伶人而出之境。又蜀闈大宴，有優爲衣冠者數輩，皆稱爲孔門弟子，相與言：吾儕皆選人。遂各言其姓曰：吾爲常從事，吾爲于從政，吾爲吾將仕，吾爲路文學。別有二人出曰：「吾宰予也。夫子曰：『於予與改。』可謂僥倖。」其一曰：「吾顔回也。夫子曰：『回也不改。』」其人憤然曰：「吾爲四科之首而不改，汝何爲獨改？」宰予曰：「吾鑽遂改，汝何不鑽？」回曰：「吾非不鑽，而鑽堅耳。」曰：「汝之不改，宜也。何不鑽彌遠乎！」

史彌遠欲占育王寺地作墳，衆僧俯首莫敢誰何。有一小僧曰：「我有一策阻之。」作偈云：「寺前一塊地，常有天子氣。丞相要作墳，不知主何意？」用是題於通衢，史意遂息。

史彌遠死已久，一夕，其家聞叩門聲曰：「丞相歸！」舉家駭匿。比入門，燈轎紛紛，升堂即席，子婦皆出羅拜。訊慰平生，歷歷囑家事，索紙筆題詩云：「冥路茫茫萬里雲，妻孥無復舊爲群。早知泡影須臾事，悔把恩讐抵死分。」

鄭清之 安晚先生。

鄭清之在太學十五年，殊困滯無聊。及試青紫明主恩詩，押「明」字。短晷逼暮，思索良艱，漫撿韻中有「禎」字可押，遂用爲末句云：「他年蒙渥澤，方玉帶圍禎。」歸爲同舍道之，皆大笑曰：「緑衫尚未能得着，乃妄思繫玉乎？」已而中選，攀附史彌遠，官至極品，竟賜玉焉。遂成吉讖。

宋時，臨安三學之横，盛於景定、淳祐之間，鄭清之當國，議行諧州各試之法，以散遊學之士。於是相率而去，作文告先聖曰：「斯文將喪。嗚呼！天乎！吏議逐客。嗚呼！人乎！乘桴浮海。嗚呼！聖乎！遯世無悶。嗚呼！士乎！敢告。」又詩云：「塞翁何必恨失馬，城火可憐殃及魚。一笑出門天萬里，檐頭猶有斥姦書。」又詩云：「鄭五不去國，金陵深誤君。校存知必毁，書在已如焚。自是清流禍，非干北黨分。歸歟雖幸矣，恨未效朱雲。」大學古語云：「有髪頭陀寺，無官御史臺。」言其清苦而鯁亮也。嘉定以後，妓飲酣沉，黄白錯落。推門要路，陽爲矯激，陰則附麗，而徒以徤吻劇舌，雌黄國是。去古語遠矣。時有詔禁士庶不得用青凉傘，多以皁絹爲之。有題一絶于朝天門曰：「冠蓋如雲自古然，易青爲皁且從權。中原多少黄羅繖，何不多多出賞錢。」聞者啓齒。後遂盡用黑油繖焉。又車駕饗景靈宫，太學武學、宗學諸生俱在禮部前迎駕，有作十七字詩曰：「駕幸景靈宫，諸生盡鞠躬。頭烏身上白，米蟲。」蓋譏其幞頭襴服，歲糜廪禄，不得出身，年年迎駕也。

王荆公詠北高峰塔云：「飛來峰上千尋塔，聞説鷄鳴見日升。不畏浮雲遮望眼，自緣身在最高層。」鄭清之詠六和塔云：「經過塔下幾春秋？每恨無因到上頭。今日始知高處險，不如歸卧舊林丘。」二詩皆自喻，荆公作於未大用前，安晚作於既大用後。然卒皆如其意。

馬光祖

號裕齋，人謂光祖尹臨安猶之包孝肅尹開封云。

淳祐間，史嵩之入相，以二親年耄，慮有不測，預爲起復之計。時馬光祖未卒哭，起爲淮東總領；許堪未終喪制，起爲鎮江守臣。里巷爲十七字謡曰：「光祖做總領，許堪爲節制，丞相要起復，援例。」

寶祐間，馬裕齋尹臨安，不畏貴戚豪强，庭無留訟。福王府訟民不入賃房錢，民云房漏。裕齋判云：「晴則鷄卵鴨卵，雨則盆滿鉢滿。福王若要房錢，直待光祖任滿。」唐裴謂爲河南尹，有投牒誤書紙背，謂判云：「這畔似那畔，那畔似這畔。我也不辭與你判，笑殺門前着靴漢。」又婦人同投狀争猫兒，狀云：「若是兒猫兒，即是兒猫兒。若不是兒猫兒，即不是兒猫兒。」諝大笑，判其狀曰：「猫兒不識主，傍家搦老鼠。兩家不須争，將來與裴諝。」遂納其猫兒，争者亦止。

馬裕齋尹臨安日，有士子踰墻盗人室女，事覺到官，裕齋試踰墻摟處子詩，士人秉筆云：「花柳平生債，風流一段愁。踰墻乘興下，處子有心摟。謝砌應潛越，韓香許暗偷。有情生愛欲，無語强嬌羞。不負秦樓約，安知漢獄囚。玉顔麗如此，何用讀書求？」裕齋喜甚，即判一減字木蘭花詞云：「多情多愛。還了平生花柳債。好箇檀郎，室女爲妻也合當。　傑才高作，聊贈青蚨三百索。燭影摇紅，記取冰人是馬公。」遂令女歸生，且厚贈之。

方岳　字巨山，歙人，號秋崖。賈似道號秋壑，時人有「秋崖秋壑一般秋」之語。初爲趙丞相幕客，趙父名方，乃改姓萬。既而又爲丘岳端明屬，於是復改名爲萬山。

方秋崖除夜小盡生日辭曰：「今朝二十九，明日初一，怎欠箇秋崖生日。客中情緒老天知，道這月、不消三十。　春盤縷翠，春缸摇碧，便泥做、梅花消息。雪邊試問是耶非？笑今夕、不知何夕。」

方秋崖客中遇新雪，賦一剪梅詞曰：「誰剪輕瓊做物華。春逸天涯，水逸天涯，園林曉樹恁横斜。道是梅花，不是梅花。宿鷺聯拳倚斷楂。昨夜寒些，今夜寒些，孤舟簑笠釣煙沙。待不思家，怎不思家！」

方秋崖以諫去國，高九萬贈詩云：「忠言歷歷未曾行，盡載圖書出帝京。餘子但知才可忌，先生當以去爲榮。門闌竹石關心義，部曲溪山照眼明。長嘯歸餘莫惆悵，浙江風定自潮平。」

謝方叔 字惠國，淳祐末，與吴潛爲左右丞相。

謝方叔自寶祐免相，歸江西寓第。壬申正月，公燕居無他，忽報雙鶴相繼而斃，公喟然嘆曰：「鶴既仙化，余亦從此逝矣！」於是區處家事，凡他人負券，一切焚之，沐浴朝衣焚香，望闕遥拜，次詣家廟祝白，招親友從容叙别，遂大書偈曰：「罷相歸來十七年，燒香禮佛學神仙。今朝雙鶴催歸去，一念無慚對越天。」瞑目静坐，須臾而逝。

吴潛 字毅甫，號履齋，嘉定丁丑狀元。

吴履齋和吴夢窗文英賦梅，調寄聲聲慢云：「挨晴拶暖，載酒呼朋，夷猶東圃西園。緑萼枝頭，兩三初破輕寒。平生自甘寂寞，占冷妝、不爲人妍。林逋去，問影蹤香暗，誰賦其間？　空想故山奇事，正煙横嶺曲，月浸溪灣。杏錯桃訛，那時青子都圓。惟曉夢窗知處，對翠禽、依約神仙。休引角，怕征人、淚落塞邊。」

吴履齋贈建寧妓唐玉賀新郎詞云：「可意人如玉。小簾櫳、輕匀淡竚，道家粧束。長恨春歸無尋處，全在波明黛緑。看冶葉、倡條渾俗。比似江梅清有韻，更臨風、對月斜依竹。看不足，詠不足。　曲屏半掩春山簇。正輕寒、夜永花睡，半敧殘燭。縹渺九霞光裏夢，香在衣裳賸馥。又只恐、銅壺聲促。試問送人歸去後，對一奩、花影垂金粟。腸易斷，情難續。」

吴履齋爲人豪雋，在相位，其兄弟多以附麗登庸。賈似道與隙，遂爲飛謡于上曰：「大蜈公，小蜈公，盡是人間業毒蟲。夤緣攀附百虫叢，若使飛天能食龍。」語聞，謫循州中毒死。後似道遭貶，時人顯壁云：「去年秋，今年秋，湖上人家樂復憂。西湖依舊流。吴循州，賈循州，十五年間一轉頭。人生放下休。」

賈似道 字師憲，台州人。少落魄遊博，會其姊有寵于理宗，十數年超致相位，時有朱某者以劄干賈，稱頓首萬拜，因號朱萬拜。

賈似道初入相，有人作詩云：「收拾乾坤一擔擔，上肩容易下肩難。勸君高着擎天手，多少傍人冷眼看。」

賈似道嘗作堂曰半閒，每治事畢，則入堂中打坐。有佞人上糖多令詞，大稱其意，其詞曰：「天上謫星班。青牛度關。幻出蓬萊新院宇，花外竹，竹邊山。軒冕倘來閒。人生閒最難。算真閒、不到人間。一半神仙先占取，留一半、與公閒。」

賈似道欲行富强之策，是時劉良貴爲都曹尹天府，吴勢卿餉淮東，入爲浙漕，遂交贊公田事，欲先行之浙右，候有端緒，則諸路倣行之。于是，以官品限田，立回買派買之目，民間騷然。有爲詩云：「襄陽累載困孤城，豢養湖山不出征。不識咽喉形勢地，公田枉自害蒼生。」其後，又立推排打量之法，白没民産。有人作詩云：「三分天下二分亡，猶把山川寸寸量。縱使一坵添一畝，也應不似舊封疆。」又有作沁園春詞云：

「道過江南，泥墻粉壁，右具在前。述何縣何鄉里？住何人地？佃何人田？氣象蕭條，生靈憔悴，經界從來未必然。唯何甚，爲官爲己，不把人憐。思量幾許山川。況土地、分張又百年。西蜀巉巗，雲迷鳥道；兩淮清野，日警狼煙。宰相弄權，姦人罔上，誰念干戈未息肩。掌大地，何須經理，萬取千焉。」

御史陳伯大，奏立士籍，似道毅然行之。凡應舉及免舉人，州縣給曆一道，親書年貌、世系及所肄業于曆首，執以赴舉。過省參對筆跡異同，以防僞濫。時人有詩譏之云：「戎馬掀天動地來，襄陽幾處哭聲哀。平章束手全無策，卻把科塲惱秀才。」又有詞云：「士籍令行，條件分明，逐一排連。問子孫何習？父兄何業？明經詞賦，右具如前。最是中間，娶妻某氏，試問于妻何與焉。鄉保舉，那當著押，開口論錢。祖宗立法于前，又何必、更張萬萬千。算行關改會，限田放糴，生民凋瘁，膏血俱朘。只有士心，僅存一脉，今又艱難最可憐。誰作俑，陳堅伯大，附勢專權。」

賈似道令人販鹽百艘至臨安，太學生有詩云：「昨夜江頭湧碧波，滿船都載相公醝。雖然要作調羹用，未必調羹用許多。」賈聞之，遂以士人付獄。

賈似道開閫日，有桃符一聯云：「咲迎珠履三千客，坐擁貔貅百萬兵。」人皆稱羡。

一客獨咲曰：「若是，則客居主位矣！何不曰：『坐擁貔貅兵百萬，咲迎珠履客三千。』」賈大喜，厚贈之。他如「威行塞北幾千里，春滿淮南第一州」「陽春膏雨三千里，明月香風十二樓」皆門客所諂獻者。

賈似道一日招馬廷鸞、葉夢鼎飲，行令，舉一物與人，還詩一聯。似道云：「我有一局棋，付與棋師，棋師得之，予我一聯詩：自出洞來無敵手，得饒人處且饒人。」廷鸞云：「我有一竿竹，付與漁翁，漁翁得之，予我一聯詩：夜靜水寒魚不食，滿船空載月明歸。」夢鼎云：「我有一張犂，付與農夫，農夫得之，予我一聯詩：但存方寸地，留與子孫耕。」似道不悦而罷。

賈似道偶退居湖山，有一蜀僧，襤褸徘徊其側，賈問之曰：「汝爲何僧？」對曰：「某詩僧也。」賈適見湖中有漁翁，遂命賦之。僧請韻，賈以「天」字爲韻。僧應口對曰：「籃裏無魚欠酒錢，酒家門外繫漁船。幾回欲脱簑衣當，又恐明朝是雨天。」賈喜，厚贈之。

廖瑩中，賈似道門客也，嘗撰福華編以紀鄂功。八月八日，似道生辰，瑩中獻木蘭花慢云：「請諸君着眼，來看我、福華編。記江上秋風，鯨驁漲雪，雁徼迷煙。一時幾多人物，且我公、隻手護山川。争覩階符瑞象，又扶紅日中天。因懷下走奉橐鞬。磨盾夜無眠。知重開宇宙，活人萬萬，合壽千千。鳧鷖太平世也，要東還、越上是何年？消得清時鍾鼓，不妨平地神僊。」又郭居安聲聲慢云：「捷書連晝，甘洒通宵，新來喜沁堯眉。許大擔當，人間物力須彌。年年八月八日，長記他、三月三時。平生事，想祇和天語，不遣人知。一片閒心鶴外，被乾坤繫足，虹玉腰圍。閶闔雲邊，西風萬籟吹齊。歸舟更歸何處？是天教、家在蘇堤。千千歲，比周公、多箇綵衣。」且侑以儷語云：「綵衣宰輔，古無一品之曾參。衮服湖山，今有半閒之姬旦。」時似道母猶在養，所謂三月三者，蓋頌其庚申蘋草坪之捷。而「歸舟」，乃舫齋名也。賈大喜，即而語客曰：「此詞固佳，然失之太俳。安得有着綵衣周公乎？」

賈似道有異志。有一術士能拆字，賈以策畫地作「奇」字與之，拆術者曰：「公相之志不諧矣！道立，又不可。道可，又立不成。」公默不語，禮而遣之。恐泄其事，使人害諸途。

有富春子善風角鳥占，賈秋壑招之。一日，叩以飲食之事，密寫緘封。明日，賈宴客湖舟，至暮，賈立船頭，歌「月明星稀，烏鵲南飛」之句。廖瑩中言日已晚，可拆書觀之。諸事不及，唯有「月明星稀，烏鵲南飛」八字。衆皆驚賞。賈似道嘗齋雲水千人，其數已足。有一道士衣裾襤褸，至門求齋。主者以數足，不肯引入。道士堅求不去，不得已，于門側齋焉。齋罷，覆其鉢于案而去。衆將鉢力舉之不動。啓于似道，自往舉之，乃有詩二句云：「得好休時便好休，收花結子在綿州。」始知真僊降臨而不識也。後死木綿菴，此其兆云。

文及翁

字時學，號本心，綿州人，文山通譜。

文及翁登第後，期集遊西湖，一同年戲之曰：「西蜀有此景否？」及翁即席賦賀新郎云：「一勺西湖水。渡江來、百年歌舞，百年酣醉。回首洛陽花世界，烟渺黍離之地。更不復、新亭墮淚。簇樂紅粧揺畫舫，問中流、擊楫何人是？千古恨，幾時洗？余生自負澄清志。更有誰、蟠溪未遇，傅岩未起。國事如今誰倚仗，衣帶一江而已。便都道、波神堪恃。借問孤山林處士，但掉頭、咲指梅花蕊。天下事，可知矣。」理宗朝，嘗欲舉行推回畝田之令，有言而未行，至賈似道當國，卒行之。文及翁作百字令詠雪以譏之云：「没巴没鼻，煞時間、做出漫天漫地。不問高低併上下，平白都教一例。鼓弄滕六，招邀巽二，只恁施威勢。識他不破，至今道是祥瑞。最苦是、鵝鴨池邊，三更半夜，誤了吴元濟。東郭先生都不管，挨上門兒穩睡。一夜東風，三竿紅日，萬事隨流水。東皇笑道：『山河原是我的。』」

文本心典淮郡，蕭條甚，謝賈相啓有云：「人家如破寺，十室九空；太守若頭陀，兩粥一飯。」

葉李 字太白，宋亡入元，上書獻鈔式，世皇嘉納，遂爲至元鈔。

賈似道當國時，行公田、關子兩法，民間苦之。葉李時爲太學生，上書力詆。似道怒，嗾林德夫告葉泥金飾齋扁不法，令獄吏鞫之，云：「只要你做一箇麻糊。」葉即口占一詩曰：「如今便一似麻糊，也是人間大丈夫。筆裏無時那解有，命中有處未應無。百千萬世傳名節，二十三年非故吾。寄語長安朱紫客，盡心好上帝王書。」遂遭黥，流嶺南。及放還，似道謫漳州，相遇諸途，葉以詞贈云：「君來路。吾歸路。來來去去何時住？公田關子竟何如？國事當時誰汝誤？雷州户。崖州户。人生會有相逢處。客中頗恨乏蒸羊，聊贈一篇長短句。」

堯山堂外紀卷六十三

宋

江萬里　字子遠，元人破襄陽時，鑿池芝山後圃，扁其亭曰止水。饒州破，赴止水死。

馬遠嘗畫三教圖，釋迦中坐，老子儼立于傍，孔子乃作禮於前。蓋内璫故令作此以侮聖人也。理宗詔江子遠作贊，子遠贊云：「釋氏趺坐，老聃傍睨，惟吾夫子，絶倒在地。」遂大稱之。

文天祥　本名雲孫，字天祥，後以字貢于鄉。理宗見其名曰：「此天之祥，乃宋之瑞也。」因字宋瑞。

寶祐丙辰，上元里人有叩箕仙場事者，云：「文章天下無雙手，到底由知是吉祥。」其年文山擢第一。

德祐初，牒報元師渡江，詔諸路勤王，天祥乃發郡中豪傑并結溪洞山蠻應之，或議其猖狂。時士友爲之歌曰：「出師自古尚張皇，何況長江恣擾攘。聞道義旗離漕口，已驅北騎走池陽。先將十萬來迎敵，最好諸軍自裹糧。説與無知饒舌者，文魁元不是猖狂。」

賈餘慶、劉岊相繼降元。一日留遠亭夜集，北人然火亭前，聚諸公列坐行酒。賈有名風子，滿口罵坐，毁宋朝人物無遺，以此獻佞。北人惟亹亹笑劉數奉以淫褻，諸酋專以爲笑具。于舟中取一村婦至亭中，使薦劉寢，據劉交坐。諸酋又嗾婦抱劉爲戲。文山不勝悲憤，口占刺之。刺賈云：「甘心賣國罪滔天，酒後猖狂詐作顛。把酒逢迎酋虜笑，從頭罵坐數時賢。」刺劉云：「落得稱呼浪子劉，樽前百媚佞旃裘。當年鮑老不如此，留遠亭前犬也羞。」時淮南閫帥夏貴歸附，元授中書左丞，凡四年死。有人贈以詩云：「自古誰無死，惜公遲四年。問公今日死，何似四年前！」又有人吊其墓云：「享年八十三，而不七十九。嗚呼夏相公，萬代名不朽。」

祥興初，張弘範襲執文天祥於五坡嶺，以客禮見之，至厓山，張命李恒索公書諭張世傑降，公乃書過零丁洋詩與之，詩云：「辛苦遭逢起一經，干戈落落四周星。山河破碎風抛絮，身世飄摇雨打萍。皇恐灘頭説皇恐，零丁洋裏歎零丁。人生自古誰無死，留取丹心照汗青！」李不能强持詩達張，張但稱好人好詩，竟不逼。

元丞相伯顔統兵入杭，謝、全兩后以下皆赴北。有王婉儀者，題滿江紅於驛云：「太液芙蓉，渾不似、舊時顔色。曾記得，恩承雨露，玉樓金闕。名播蘭簪妃后裏，暈潮蓮臉君王側。忽一朝、鼙鼓揭天來，繁華歇。　龍虎散，風雲滅。千古恨，憑誰説！對山河百二，淚霑襟血。驛館夜驚塵土夢，寳車曉碾關山月。只嫦娥，相顧肯從容，隨圓缺。」王名清惠，字冲華，後爲女道士。此辭傳播中原，文山讀至末句歎曰：「惜也！夫人于此少商量矣。」因爲代作一篇云：「試問琵琶，胡沙外、怎生風色。最苦是、姚黄一朵，移根仙闕。王母忺闌瑤宴罷，仙人淚滿金盤側。聽行宫、半夜雨淋鈴，聲聲歇。　彩雲散，香塵滅。銅駝恨，那堪説！想男兒慷慨，嚼穿齦血。回首昭陽離落日，傷心銅雀迎新月。笄妾身、不願似天家，金甌缺。」又和云：「燕子樓中，又捱過、幾番秋色。相思處、青年如夢，乘鸞仙闕。肌玉暗消衣帶緩，淚珠斜透花鈿側。最無端、蕉影上窗紗，青燈歇。　曲池合，高臺滅。人間事，何堪説！向南陽阡上，滿襟清血。世態便如翻覆雨，妾身元是分明月。笑樂昌、一段好風流，菱花缺。」

元至元庚辰五月，文壁自惠州入覲，右丞相帖木兒不花曰：「此人是文天祥弟。」帝曰：「那箇是文天祥？」博羅對曰：「即文丞相。」上嗟嘆久之，曰：「是好人也。」次問壁，右丞相奏：「是將惠州城子歸附底。」帝曰：「是孝順我的。」當時有詩云：「江南見説好溪山，壁號文溪。兄也難時弟也難。可惜梅花各心事，南枝向煖北枝寒。」皇慶中，丞相子陞仕爲集賢學士，奉使贛州，道卒。時有挽之者云：「地下修文同父子，人間讀史各君臣。」先是丞相子道生、佛生，皆流離中死亡，治命以陞爲後。按陞爲壁之子，則陞之失其本心有自矣。

陳文龍　興化人。初在太學，累試不入格。一日夢太學土神岳侯請交代，自謂必死于學。既而廷對第一，前夢不復記矣。及守鄉郡，又夢神通詩，首言交代，後著年月日至元，心甚駭愕。未幾，俘至杭，拘繫于太學，病將絶，歎曰：「皇宋未亡之前，鬼神已奉虜正朔矣。吾今病且死，而適囚太學，得無爲太學土神乎！」果卒。

度宗龍飛牓，陳文龍爲廷魁，胡躍龍爲省元。時范文虎爲殿帥，孫虎臣爲步帥。有人對云：「龍飛策士，狀元龍、省元龍。虎帳得人，殿帥虎、步帥虎。」

景炎初，興化軍降元，陳文龍被執至合沙，以詩寄仲子訣别云：「斗壘孤危弱不支，書生守志誓難移。自經溝瀆非吾事，臣死封疆是此時。須信壘臣堪釁鼓，未聞烈士樹降旗。一門百指淪胥北，唯有丹衷天地知。」

陸秀夫

當時有先兆曰：「擎天者，文天祥。捧日者，陸秀夫。」

景炎三年夏四月，衛王即位海上，陸秀夫爲首相。時播越海濱，庶事疎略，每朝會，秀夫獨儼然正立如治朝。雖流離中，猶日書大學章句以勸講。及厓山兵潰，秀夫先驅其妻子入海，即負帝同溺。或畫爲圖者，林景熙賦詩云：「紫宸黄閣共樓船，海氣昏昏日月偏。平地已無行在所，丹心猶數中興年。生藏魚腹不見水，死抱龍髯直上天。版蕩純臣有如此，流芳千古更無前。」

謝枋得

字君直，因東坡有「溪上青山三百疊」之句，遂以爲號。

德祐丙子，元師入信州，謝枋得乃變姓名入建寧山。至元中，御史程文海等交薦，累召不赴；行省參政魏天祐復被旨，集守令戍將迫蹙上道。臨行，以詩別常所往來者，曰：「雪中松柏愈青青，扶植綱常在此行。天下豈無龔勝潔，人間何獨伯夷清。義高便覺生堪捨，禮重方知死甚輕。南八男兒終不屈，皇天上帝眼分明。」蔡正孫和云：「山色愁予渺渺青，平生心事杜鵑行。霜饕雪虐天終定，歲晚江空水自清。肩上綱常千古重，眼前榮辱一毫輕。離明坤順文箕事，此是先生素講明。」時士友詩盈几。張叔仁詩云：「打硬修行三十年，如今證驗作儒仙。人皆屈膝甘爲下，公獨高聲罵向前。此去好憑三寸舌，再來不直一文錢。到頭畢竟全清節，留取芳名萬古傳。」枋得會其意。甚稱之，至燕不食而死。

鄧剡　字光薦，以字行，别字中甫，因號中齋。

鄧光薦隨駕至厓山，厓山潰，光薦赴海，虜舟拔出之，張元帥待以客禮，與文天祥俱出嶺，别於建康，後天祥坐燕獄中，集杜云：「南宫吾故人，才名三十年。江城秋日落，此别意蒼然。」

鄧光薦，宋亡，以義行著，嘗賦鷓鴣詩曰：「行不得也哥哥，瘦妻弱子羸牸馱。天長地闊多網羅，南音漸少北語多。肉飛不起可奈何！行不得也哥哥。」

鄧光薦又有贊文丞相像曰：「目煌煌兮踈星曉寒，氣英英兮晴雷殷山。頭碎柱兮璧完，血化碧兮心丹。嗚呼！孰謂斯人不在世間？」

家鉉翁　則堂先生。

元兵南下次高亭，宋朝納降，吴堅爲左相，家鉉翁爲參政，與賈餘慶、劉岊爲祈請使北行。文天祥詩云：「當代老儒居首揆，殿前陪拜率公卿。」又云：「程嬰存趙真公志，賴有忠良壯此行。」前謂吴，後謂家也。至北，鉉翁抗節不屈，拘留河間。世祖崩，成宗即位，始賜衣服遣還鄉里，年逾八十矣。林景熙有詩送之云：「瀕死孤臣雪滿顛，冰氊齧盡偶生全。衣冠萬里風塵老，名節千年日月懸。清淚秋荒遼海鶴，古魂春老蜀山鵑。歸來親舊驚相問，禾黍離離夕照邊。」

信世昌　字雲父，東平人，公子無忌之後。

信雲父，北方之儒也，元兵南下，爲張弘範館客，文山被獲，弘範命雲父款待之，日侍談論，頗有向南之意，贈文山詩云：「宗廟有靈賢相出，黔黎無患太皇明。」文山因教以詩法，雲父恍有所得，明日袖出一絶云：「東風吹落花，殘英猶戀枝。莫怨東風惡，花有再開時。」言文山不忘宋，而宋必中興也。一日，謂文山曰：「高麗地方數千里，昨喪其半，遂稱藩。大元喜其不拒，并侵疆歸之，今傳自如故。大宋衣冠正統，非高麗比。北必不無禮於社稷也。」文山領其意，紀以詩曰：「東魯遺黎老子孫，南方心事北方身。幾多江左腰金客，便把君王作路人。」蓋是時宋臣多有反面事北者。文山詩云：「遺老猶應愧蜂蟻，故人久已化豺狼。」又云：「黑頭汝自誇江令，冷齒人猶笑褚公。」皆有所指。

謝翺 字皋羽，福之長溪人，徙浦城，號晞髮子。

宋亡，文天祥被執，謝皋羽悲不能禁。嚴有子陵臺，孤絶千尺。時天涼風急，挾酒登之，設天祥主，跪酹號慟，取竹如意擊石，作楚歌招之，曰：「魂來兮何極？魂去兮江水黑。化爲朱鳥兮其味焉食？」歌竟，竹石俱碎，失聲大哭，人莫能測。明年没，葬子陵臺南。初翺以朋友道葬，作謝劍録未就，其友人爲作許劍亭於墓右。

劉會孟 字辰翁，號須溪，廬陵人，私印古篆「三代人物」四字。

劉須溪題蘇李泣别圖云：「事已矣，泣何爲？蘇武節，李陵詩。噫！」

劉須溪元宵雨辭云：「角動寒譙。看雨中燈市，寒意蕭蕭。星毬明戲馬，歌管雜鳴刁。泥没膝，舞停腰，燄蠟任風消。更可憐、紅啼桃臉，緑顇楊橋。當年樂事朝朝。曾錦鞍呼妓，金屋藏嬌。圍香春醉酒，坐月夜吹簫。今老去、倦歌謡，嫌殺杜家喬。漫三杯，擁爐覓句，斷送春宵。」

張孟浩贈須溪詩云：「首陽餓夫甘一死，叩馬何曾罪辛巳。淵明頭上漉酒巾，義熙以後爲全人。」蓋宋亡之後，劉竟不出仕云。

鄭思肖

所南先生，宋亡不仕，因改名，寓思趙之意。趙孟頫才名當世，惡其以宗室而受元聘，遂與之絶。

鄭所南善墨蘭，獨不畫土，人問其故？答曰：「土爲番人奪去。」題詩其上云：「一國之香，一國之殤。懷彼懷王，于楚有光。」

鄭所南每遇歲時伏臘，輒野哭，南向拜，聞北語必掩耳亟走。嘗題書塾云：「不知今日月，但夢宋山川。」題鄭子封寓舍云：「此世但除君父外，不曾别受一人恩。」題寒菊云：「寧可枝頭抱香死，何曾零落北風中。」

汪元量 字大有，號水雲，從謝后北遷，老宫人能詩者，皆其指教。或謂瀛國公善詩，亦水雲教之。

度宗時，汪水雲以善琴出入宫掖。元兵入城，賦詩云：「錢唐江上雨初乾，風入端門陣陣酸。萬馬亂嘶臨警蹕，三宫洒淚濕鈴鑾。童兒賸遣追徐福，厲鬼終須滅賀蘭。若說和親能活國，嬋娟應是嫁呼韓。」頃之，從三宫北去，留滯燕京，時有王清惠、張瓊英，皆故宫人，善詩，相見輒涕泣，元量嘗和清惠詩云：「愁到儂時酒自斟，挑燈看劍淚痕深。黄金臺迥少知己，碧玉調高空好音。萬葉秋聲孤館夢，一窗寒月故鄉心。庭前昨夜梧桐雨，勁氣瀟瀟入短襟。」

元世祖聞汪元量善琴，召入侍，鼓一再行，騣騣有漸離之志，而無便可乘也。遂哀懇乞爲黄冠，世皇許之。瀕行，與故宫人十八人，釃酒城隅，鼓琴叙别。不數聲，哀音哽亂，淚下如雨。張瓊英送之詩云：「客有黄金共璧懷，如何不肯贖奴回？今朝且盡穹廬酒，後夜相思無此杯。」

少帝之寓燕京也，淒涼無賴。時汪水雲以黄冠放還，少帝作詩送之云：「黄金臺上客，底事又思家。歸問林和靖，寒梅幾度花？」元量既還錢唐，往來彭蠡間，風踪雲影，倏無寧居。人莫測其去留之蹟，遂傳以爲仙，多畫像祀之。宋之初興也，始於後周恭帝顯德七年，恭帝方八歲。及其亡也，終于少帝德祐二年，少帝方六歲，名顯。而德、顯二字，竟與得國時符合。

汪水雲題王導像云：「秦淮浪白蔣山青，西望神州草木腥。江左夷吾甘半壁，只緣無淚灑新亭。」元量有詩一帙，皆叙宋亡事，如云：「亂點傳籌殺六更，風吹庭燎滅還明。侍臣奏罷降元表，臣妾簽名謝道清。」餘詩大抵類是。元馬易之題其帙後云：「三日錢唐海不波，子嬰繫組納山河。兵臨魯國猶絃誦，客過商墟獨嘯歌。鐵馬渡江功赫奕，銅人辭漢淚滂沱。知章喜得黄冠事，野水閑雲一釣蓑。」

唐珏

字玉潛，號雷門先生，後獲黄袍引兒報德之夢，生子珙，爲名儒。

元世祖二十一年甲申，桑哥爲相，與江南浮屠總攝楊輦真珈相表裏，嗾僧嗣古妙高上言，欲毁宋諸陵。明年乙酉正月，桑哥矯制可其奏。於是發諸陵。唐時年三十二歲，聞之，痛憤亟，貨家具得白金百星許，執券行貸，得白金又百星許。乃具酒醪，市羊豕，邀里中少年若干輩，狎坐轟飲。酒且酣，唐慘然，具以告，願收瘞遺骸。乃斵文木爲匱，複黄絹爲囊，各署其表曰某陵某陵，分委而散遣之，藴地以藏，爲文而告。詰旦，事訖來集，出白金羨餘酬，戒勿泄。越七日，總浮居下令，裒陵骨雜置牛馬枯骼中，建白塔於杭故宮，曰鎮南，以厭勝之。杭民悲戚，不忍仰視，了不知陵骨之猶存也。唐葬骨後，又於宋常朝殿掘冬青樹，植於所函土堆上。作冬青行曰：「馬箠問髐形，南面欲起語。野麕尚屯束，何物敢盜取？餘花拾飄蕩，白日哀后土。六合忽怪事，蜕龍掛茅宇。老天鑒區區，千載護風雨。」

唐又有感雷震白塔詩云：「冬青花，不堪折，南風吹涼積香雪。摇摇華蓋萬年枝，上有鳳巢下龍穴。羊兒年，犬兒月，霹靂一聲天地裂。」其後至正十九年，僞周張士誠遣平章張士信守杭，壞白塔甃城，塔亡而元亦馴至於亡。

唐復有夢中詩四首，曰：「珠亡忽震蛟龍睡，軒弊寧忘犬馬情。親拾寒瓊出幽草，四川風雨鬼神驚。」「一抔自染珠丘土，雙匣親傳竺國經。只有春風知此意，年年杜宇哭冬青。」「昭陵玉匣走天涯，金粟堆寒起暮鴉。水到蘭亭轉嗚咽，不知真帖落誰家。」「珠凫玉雁又成埃，斑竹臨江首重回。猶憶年時寒食節，天家一騎奉香來。」或以爲林德陽景熙事。按：唐與林本同事者，羅有開、鄭明德傳之，乃各立異，不免傳疑。

堯山堂外紀卷六十四

宋 遼金

東丹王突欲 遼太祖阿保機長子，史名倍，次曰堯骨，後改名德光。

後唐天成初，遼主滅渤海，改爲東丹國，以其長子倍爲東丹王，其後，述律后立次子德光。東丹王曰：「我危哉！不如適他國以成泰伯之名。」遂立石海上，刻詩曰：「小山壓大山，大山全無力。羞見故鄉人，從此投外國。」遂越海歸中國。唐長興六年也。明宗賜姓名曰李贊華，以莊宗妃夏氏妻之，拜懷化軍節度使。

東丹王有文才，博古今，其帆海奔唐，載書數千卷，習舉子，每通名刺云：「鄉貢進士黄居難，字樂地。」以擬白居易字樂天也。尤工畫人物鞍馬，世傳東丹王千角鹿圖，李伯時嘗臨之，黄北苑有跋云。

趙延壽　仕後唐爲樞密使，清泰末陷契丹，耶律德光用爲丞相，綜國事。晉少主失政，延壽道德光爲亂。凡數年之間，盜有中夏。實延壽贊成之力也。

趙延壽，將家子，幼習武略，即戎之暇時，復以篇什爲意。嘗在虜庭賦詩曰：「黄沙風捲半空抛，雲動陰山雪滿郊。探水人回移帳就，射鵰箭落著弓抄。鳥逢霜果饑還啄，馬渡冰河渴自跑。占得高原肥草地，夜深生火折林稍。」南人聞者，往往傳之。

王徽　高麗國主。

高麗國與契丹爲鄰，每因契丹誅求，藉不能堪，國主王徽常誦華嚴經祈生中國。一夕，忽夢至京師，備見城邑宫闕之盛，覺而慕之，乃爲詩以記曰：「惡業因緣近契丹，一年朝貢幾多般？移身忽到京華地，可惜中宵漏滴殘。」乃遣使朝宋，時神宗元豐初也。

韓繳如

高麗自太宗後，久不入貢。至元豐初，始遣使來朝。其後遂相沿不廢。大觀間，葉夢得爲館伴。故事：使人到闕不過月。徽宗欲令觀殿試放牓，遂留七十日。使者頗脩謹詳雅，葉撫之甚厚。將行，餞之占雲館而別。其副韓繳如馬上忽使人持一大玉帶贈葉云：「此實故物，其家世傳以爲寶，今以爲獻。」且于笏上自書一詩相别云：「泣涕汍瀾欲別離，此生無復再來期。謾將寶玉陳深意，莫忘思人見物時。」葉以高麗使故事：無解換例。力辭之。

韓正 遼右金吾衛上將軍。

燕北風俗，不問士庶，皆自稱小人。宣和間，韓正歸朝，授檢校、少保、節度使，對中人以上説話，即稱小人，中人以下，即稱我家。每日到漏舍誦天童經數十遍，其聲朗朗然。且云：「對天童豈可稱我。自『皇天生我』，皆改爲小人。云：『皇天生小人，皇地載小人，日月照小人，北斗輔小人。』前後二十餘句，凡稱『我』者，皆改爲『小人』。」誦畢，贊笑云：「這天童極靈聖。」王少師云：「若無靈聖，如何持得許多小人！」

趙良嗣 燕人馬植，仕契丹至光禄卿，行污而内亂，不齒於人。童貫使至盧溝，植謁見，言有滅燕之策。貫載與俱歸，易姓名曰李良嗣，薦諸朝，賜姓趙氏。

趙良嗣與王瓌使女真，隨軍攻遼上京，城破，有詩曰：「建國舊碑胡月暗，興王故地野風乾。回頭笑向王公子，騎馬隨軍上五鑾。」上京，乃契丹所謂西樓，實耶律氏之咸、鎬、豐、沛。五鑾，乃上京殿名，保機之故巢也。

天祚文妃 契丹自阿保機至天祚，九世亡。

文妃喜文墨，嘗作史詩以諷諫，云：「丞相朝來劍佩鳴，千官欄日寂無聲。養成寇盜謀將及，害盡忠良諫不行。親戚盡連藩屏翰，私門潛蓄爪牙兵。可憐二世秦天子，猶向宫中望太平。」文妃被誅後，其子晉王亦以誦金受誅。時稱母子俱賢。

虞仲文

字質夫，遼日爲相，歸金，授樞密使。

虞質夫四歲作雪花詩曰：「瓊英與玉蘂，片片落前墀。問着花來處，東君也不知。」時人目爲神童。

宇文虚中

字叔通，自號龍溪老人，宋黄門侍郎，以奉使留金，仕爲翰林學士承旨。密與高士談謀，欲因金主亶郊天，就劫殺之。先以蠟書告宋，俾爲外應，秦檜拒不納。事覺，與其子師瑗坐誅。

宇文叔通四時回文各三絶句：「短草鋪茸緑，殘梅照雪稀。暖輕還錦褥，寒悄怯羅衣。春一」「翠漣冰綻日，香徑晚多花。細笋抽蒲密，長條舞柳斜。春二」「折花幽檻小，傾酒緑杯深。蝶舞輕風曉，鶯啼老樹陰。春三」「翠密圍窗竹，青圓貼水荷。睡多嫌晝永，醒少得風和。夏一」「草徑迷深緑，蓮池浴膩紅。早蟬鳴樹曲，鮮鯉躍潭東。夏二」「暴雨隨雲驟，驚雷隱地平。好風摇篁透，輕汗挹綃清。夏三」「晚日掀簾捲，涼風覺袂摇。遠吟高興遣，長醉宿愁銷。秋一」「短葦低殘雨，虚舟帶晚潮。斷鴻歸暗浦，踈葉墜寒梢。秋二」「慼慼蛩吟苦，茫茫水驛孤。日銜山色暮，霜帶菊叢枯。秋三」「鶻健呼風急，烏啼促景殘。窟深宜免蟄，蒲折蔭魚寒。冬一」「裂瓦寒霜重，鋪窗月影清。滅燈驚好夢，孤枕念深情。冬二」「秀柏留陰緑，芳梅醮影斜。溜簷冰結玉，裝樹雪飛花。冬三」

涇王許餉叔通以酒，幾月不至，叔通以詩促之曰：「先生寂寞草玄文，正要侯巴作富鄰。客至但須樽有酒，日高不怕甑生塵。急催嶺外傳梅使，來餉籬邊採菊人。已掃明窗供點筆，爲君擬賦洞庭春。」

吴激 字彦高，自號東山，宋宰臣拭之子，王履道外孫，而米元章壻也。將命帥府，以知名留之，仕爲翰林待制。

吴彦高同兒曹賦蘆花云：「天接蒼蒼渚，江涵㲋㲋花。秋聲風似雨，夜色月如沙。澤國幾千里，漁村三兩家。翻思杏園路，鞭㲋帽簷斜。」

吴彦高在燕山，赴張總侍御家集。張出侍兒佐酒，中有一人，意狀摧抑可憐。扣其故，乃宣和殿小宫姬也。因賦人月圓詞紀之，聞者揮涕。其詞曰：「南朝千古傷心事，猶唱後庭花。舊時王謝，堂前燕子，飛向誰家？恍然一夢，仙肌勝雪，宫髻堆鴉。江州司馬，青衫淚濕，同是天涯。」時宇文叔通亦賦念奴嬌先成，而頗近鄙俚，及見此作，茫然自失。是後人有求作樂府者，叔通即批云：「吴郎近以樂府名天下，可往求之。」

吴彦高題風流子詞於燕山驛壁間曰：「書劍憶游梁。當時事、底處不堪傷。念蘭楫嫩漪，向吴南浦，杏花微雨，窺宋東墻。鳳城外，燕隨青步障，絲惹紫游韁。曲水古今，禁煙前後，暮雲樓閣，春草池塘。回首斷人腸。年芳但如霧，鏡髮成霜。獨有蟻尊陶寫，蝶夢悠揚。聽出塞琵琶，風沙淅瀝，寄書鴻雁，煙月微茫。不似海門潮信，能到潯陽。」靖康之變，中原爲虜地。當時高人勝士陷没者不少。紹興庚申、辛酉，河南、關陝暫復，有自關中驛舍壁間得詩二絶云：「鼙鼓轟轟聲徹天，中原廬井半蕭然。鶯花不管興亡事，妝點春光似去年。」又云：「渭平沙淺雁來棲，渭漲沙移雁不歸。江海一身多少事，清風明月淚霑衣。」

吴彦高在會寧府遇老姬，善琵琶，自言梨園舊籍，因有感，而賦春從天上來詞曰：「海角飄零。嘆漢苑秦宫，墜露飛螢。夢回天上，金屋銀屏。歌吹競舉青冥，問當時遺譜，有絶藝鼓瑟湘靈。促哀彈，似林鶯嚦嚦，山溜泠泠。梨園太平樂府，醉幾度春風？鬢髮星星。舞徹中原，塵飛滄海，風雪萬里龍庭。寫胡笳幽怨，人憔悴，不似丹青。酒微醒，一軒涼月，燈火青螢。」王防禦玉説：「此詞句句用琵琶故實。」

吴彦高又有訴衷情詞云：「夜寒茅屋不成眠，殘月照吟鞭。黄花細雨時候，催上渡頭船。鷗似雪，水如天，憶當年。到家應是，童稚牽衣，笑我華顛。」

蔡松年

字伯堅，官至尚書右丞相，鎮陽別業有蕭閑堂，自號蕭閑老人。二子：珪，字正甫；璋，字特甫。俱第進士。號稱文章家。正甫七歲，賦菊詩，語意驚人。擢第後，不赴選調，求未見書讀之，其辯博爲天下第一，遂爲金源文宗。特甫非其比也。恩州桑維，字之才，伯堅之壻，亦有才名。

金源百年間，樂府推蔡伯堅與吴彦高，號「吴蔡體」。其大江東去乃樂府中最得意者：「離騷痛飲，問人生佳處，能消何物？江左諸人成底事，空想岩岩青壁。五畝蒼煙，一丘寒玉，歲晚憂風雪。西州扶病，至今悲感前傑。我夢卜築蕭閑，覺來岩桂，十里幽香發。磈磊胸中冰與炭，一酌春風都滅。勝日神交，悠然得意，離恨無毫髮。古今同致，永和徒記年月。」

伯堅在凉陘作聲聲慢寄内云：「青蕪平野，小雨千峰，還成暮陘寒色。裁剪芸窗，憶得伴人良夕。遥憐幾重眉黛，恨相逢少於行役。梨花淚，正宫衣春瘦，曉紅無力。　應怪浮雲夫壻，不解趁新醅，醉眠凉月。怨入關河，西去又傳音息。誰知倦游心事，向來年苦思泉石。人未老，約閒峰多占秀碧。」

蔡伯堅又有鷓鴣天二闋云：「解語宮花出畫簷，酒尊風味爲花甜。誰憐夢好春如水，可奈香餘月入簷。　春漫漫，酒厭厭。曲終新恨到眉尖。此生願化雙瓊柱，得近春風煖玉纖。」「秀樾横塘十里香，水花晚色静年芳。胭脂雪瘦薰沉水，翡翠盤高走夜光。　山黛遠，月波長。暮雲秋影蘸瀟湘。醉魂應逐淩波夢，分付西風此夜凉。」

蔡正甫畫眉曲云：「樓外春山幾點螺，樓頭望處染雙蛾。不知深淺隨宜否？　卻倩菱花問眼波。　纖葉斜横蜀柳條，拂成風思自妖嬈。元和才子才猶拙，只對春風詠舞腰。」

并門自古無竹，李文饒嘗一植之，歷宋數百年，寺僧日爲平安報，其難可知矣。大定間，蔡正甫由禮部郎出守濰州，乃于官舍東堂種碧蘆以寄意，因作長短句曰：「青君那肯顧寒鄉，試着葭蘆擬汶篁。有若何堪比夫子，虎賁猶想見中郎。　色添新雨簾櫳好，聲入微風枕簟凉。他日東堂懸政拙，只將此物當甘棠。」

王温季自北都歸，過正甫，於三河坐中賦江城子曰：「鵲聲迎客到庭除。問誰歟？故人車。千里歸來，塵色半征裾。珍重主人留客意，奴白飯，馬青芻。　東城入眼杏千株。雪模糊，俯平湖。與子花間，隨分倒金壺。歸報東垣詩社友，曾念我，醉狂無！」金初文士如宇文叔通、蔡伯堅、吴彦高等，不可不謂豪傑之士。然皆宋儒，難以金源文派論之。故斷自正甫爲宗黨，竹溪次之，趙閑閑又次之。有蕭真卿倡此論，一時無異議云。

桑之才白髮詩曰：「白髮近年見，十中三兩莖。半因愁儹出，多爲病添成。梳裏有時落，鑷餘還又生。老知無可避，何處是功名？」

高士談　字子文，一字季默，宋韓武昭王瓊之後。宣和末，任忻州户曹，仕金爲翰林直學士。皇統初，預宇文大學之禍。子公振，字特夫。

高子文棣棠詩云：「閑庭分植占年芳，裊裊青枝淡淡香。流落孤臣那忍看，十分深似御袍黄。」楊花詩云：「來時官柳萬絲黄，去日飛毬滿路傍。我比楊花更飄蕩，楊花只是一春忙。」

蔡伯堅有詠茶好事近詞云：「天上賜金奩，不減壑源三月。午盌春風纖手，看一時如雪。幽人只慣茂林前，松風聽清絶。無奈十年黄卷，向枯腸搜徹。」高子文和云：「誰打玉川門，白絹斜封團月。晴日小窗活火，響一壺春雪。可憐桑苧一生顛，文字更清絶。直擬駕風歸去，把三山登徹。」

高特夫詩有家學，題裴氏西園云：「簿領沉迷倦不禁，偶從名勝此幽尋。竹陰疎處見潭影，人語定時聞鳥音。陳跡謾留千古恨，歡遊聊慰十年心。多情一片梁園月，送我垂鞭出上林。」

馬定國

字子卿，茌平人，號薺堂。

馬薺堂少日志趣不凡，宣政末，題詩酒家壁云：「山杏山桃取次開，紅紅白白上樓臺。移將海底珊瑚樹，乞與人家也不栽。」用是得罪，亦用是得名。

劉豫既受金册，立爲齊帝，遂僭建元阜昌。時薺堂游歷下亭，以詩撼之云：「男子當爲四海遊，又携書劍客東州。煙横北渚芰荷晚，木落南山鴻雁秋。富國桑麻連魯甸，用兵形勢接營丘。傷哉不見桓公業，千古遶城空水流。」豫召與語，大悦，授監察御史。崇寧間，望氣者上言：「景州阜城縣有天子氣甚明。」徽宗弗之信。既而方士之幸者頗言之，有詔：「斷支隴，以泄其所鍾。」居一年，猶云氣故在，特稍晦，將爲偏閏之象，而不克有終。至靖康，僞楚張邦昌之立，踰月而釋位。逆豫既僭，遂改元阜昌，且祈于金酋。調丁繕治其故。嘗夷鏟者，力役彌年，民不堪命，亦不免於廢。二僭皆阜城人，卒如所占云。

朱之才 字師美，洛西人，宋崇寧間登科，入齊爲諫官。

朱師美題周昉所畫欠申美人圖云：「巫峽昭君有奇色，毛生欲畫無由得。但作東風背面身，看來已可傾人國。朝來睡起鬢髮垂，手如春笋領蝤蠐。繡帷幽夢斷難續，想像翠黛顰修眉。春光三月濃於酒，燕燕雙飛鶯喚友。不教膩臉露桃花，且喜腰肢似楊柳。君不見，漢宫多病李夫人，轉面不顧君王嗔。古來畫工畫意亦自足，煙霧玉質何由真？」

翟欽甫 金初人。

有衆飲清菴中，翟欽甫偶至，衆不識其能詩，俾賦清菴。欽甫故拙起句云：「爲問清菴何以清？」衆拍手大笑。及賦第二句「霜天明月照蓬瀛」，衆失色。連賦「廣寒宫裏琴三弄，白玉樓頭笛一聲。金井玉壺秋水冷，石田茅屋暮雲平。夜來一枕遊仙夢，十二瑶臺獨自行。」衆愧謝，延之上座。

堯山堂外紀卷六十五

宋 金

廢主亮

嘗自製尖韡，頭極長鋭，云「便於鐙」。而足指所不及，謂之「不頭」。又爲短鞭，僅存其半，謂之「没下稍」。其後渝盟犯順，果爲其下所戕，死于江上。大定初，降封海陵。

海陵初封岐王，爲平章政事。頗知書，好爲詩詞，語出輒崛疆，憝憝有不爲人下之意。嘗以事出使，道驛有竹，輒詠之曰：「孤驛瀟瀟竹一叢，不同凡卉媚春風。我心正與君相似，只待雲稍拂碧空。」又書壁述懷云：「蛟龍潛匿隱滄波，且與蝦蟆作混和。等待一朝頭角就，撼摇霹靂震山河。」既而過汝陰，復作詩曰：「門掩黄昏染緑苔，那回蹤跡半塵埃。空亭日暮烏争噪，幽徑草深人未來。數仞假山當户牖，一池春水遶樓臺。繁花不識興亡地，猶倚欄杆次第開。」又一日至卧内，見其妻几間有巖桂植瓶中，索筆賦曰：「緑葉枝頭金縷裝，秋深自有别般香。一朝揚汝名天下，也學君王著赭黄。」

海陵既簒位，一日，閱柳耆卿望海潮詞，欣然有慕於「三秋桂子，十里荷花」。遂起投鞭渡江之志。乃密隱畫工於奉使中，寫臨安湖山以歸。既進繪事，大喜，亟命撤坐間軟屏，更設所獻，而於吴山絶頂貌己之狀，策馬而立，題其上曰：「萬里車書盍混同，江南豈有别疆封？提兵百萬西湖上，立馬吴山第一峰。」淳熙間，謝處厚有詩云：「誰把杭州曲子謳，荷花十里桂三秋。那知卉木無情物，牽動長江萬里愁。」羅景綸謂：「耆卿詞雖牽動長江之愁，然卒爲金主送死之媒，未足恨也。至於荷艷桂香，粧點湖山清麗，使士夫流連歌舞，遂忘中原，是則深可恨耳。」因和其詩云：「殺胡快劍是清謳，牛渚依然一片秋。却恨荷花留玉輦，竟忘煙柳汴宫愁。」

海陵南侵之議既决，太后徒單氏數以言諫，海陵不悦，遂弑之。是歲中秋，待月不至，賦鵲橋僊曰：「停盃不舉，停歌不發，等候銀蟾出海。不知何處片雲來？做許大，通天陣礙。　虬髯撚斷，星眸睁裂，惟恨劍鋒不快。一揮截斷紫雲腰，子細看，嫦娥體態。」

海陵大舉南侵，使御前都統驃騎衛大將軍韓夷耶將射鵰軍二萬三千，圍子細軍一萬，先下兩淮。臨發，賜所製喜遷鶯以爲寵，曰：「旌麾初舉，正駃騠力健，嘶風江渚。

射虎將軍，落鵰都尉，繡帽錦袍翹楚。怒磔戟髯争奮，捲地一聲鼙鼓。笑談頃，指長江齊楚，六師飛渡。此去。無自墮，金印如斗，獨在功名取。斷鎖機謀，垂鞭方略，人事本無今古。試展卧龍韜韞，果見成功旦莫。問江左，想雲霓望切，玄黄迎路。」

海陵至瓜洲，詔諸將，約以三日濟江，否則盡殺之，軍士危懼。比又聞曹公烏禄即位於遼陽，遂共謀殺之。初，亮入寇，有人以焦贛易林筮，遇解之大壯，其辭曰：「驕胡火形，造惡作凶，無所能成，遂自滅身。」其親切應驗如此。

劉瞻

字岩老，自號櫻寧居士。天德三年南榜登科。

劉岩老作詩，工於野逸，春郊詩云：「桑芽粒粒破春青，小葉迎春未展成。寒食歸寧紅袖女，外家紙上看蠶生。」又賦所見云：「傾歌石片插漣漪，上有蕭蕭楊柳枝。藻荇半浮苔半濕，浣紗人去不多時。」

王寂

字元老。薊州人。天德三年進士。

王元老題易足齋云：「吾愛吾廬事事幽，此生隨分得優游。窮冬夜話蒲團暖，長夏朝眠竹簟秋。一榻蠹書閑處看，兩盂薄粥飽時休。紅旗黄紙非吾事，未羨元龍百尺樓。」

王元老先人有雞山詩云：「記得垂齠此地遊，鷄山孤立水平流。而今重過山前路，山色青青人白頭。」

趙可 字獻之。貞元二年進士。自號玉峰散人。

趙獻之風流有文采，其鷓鴣天詞云：「金絡閑穿御路楊，青旗遥認醉中鄉。可人自有迎門笑，下馬何妨索酒嘗。　春正好，日初長，一尊容我駐風光。歸來想像行雲處，薄雨霏霏洒面凉。」又：「十頃平波溢岸青，草香沙煖水雲晴。輕衫短帽垂楊裏，楚酒相看别有情。　揮彩筆，倒銀瓶，花枝照眼句還成。老來漸減金釵興，回施春光與後生。」

鄭景純子眴少有賦聲，其詠酴醿有「玉斧無人解修月，珠裙有意欲留仙」之句，甚爲詩家所稱。天德三年，景純第三人登科，士論仍以爲屈，而海陵不之許也。正隆二年，詔景純再試，擇能賦者八人，先以題付之，以困景純，及開卷，景純第一，海陵終不以爲工，與被黜者兩罷之。趙獻之賀啓云：「丹桂一枝，不失舊物；青錢萬選，無媿古人。」

孟宗獻

字友之。開封人。大定三年，鄉、府、省、御四試皆第一。

孟友之雪燭詩：「固知劫火終無盡，誰謂清冰也自焚。」未幾，丁母憂，哀毁致卒。前數夕，有星隕於所居虛靜軒。高特夫挽云：「誰謂詩成讖，清冰果自焚。人嗟埋玉樹，天爲落星文。」孔嗣訓挽云：「二十年間事，才名一夢新。哀羸驚喪母，哀毁竟亡身。魂返愁楓夜，情留淚草春。黄公酒爐在，此去只悲辛。」

景覃

字伯仁。華陰人。自號渭濱野叟。大定初，三赴簾試，後以病不就舉。與白水段子新友善。段，名繼昌，自號適安居士。

景伯仁鳳栖梧詞曰：「倦客情悰紛似縷。小院無人，卧聽秋蟲語。歸意已攙新雁去，晚凉更作瀟瀟雨。」

段子新家甚貧，而世間事皆不以挂口，有以錢遺之者，必盡送酒家。名酒曰黄嬌，蓋關中人謂兒女曰阿嬌，子新以酒比之，故云。一日，天苦寒，人有遺之酒者，飲不盡而醉，夜半忽驚起，以衣衾覆酒缸，僵卧榻上，人爲言：「酒自不冰，先生將不爲寒所病乎？」子新笑曰：「人病尚可醫，酒病不可療也。」其好飲如此。臨終辭鄉里，託以他適。明日卧于黨氏園亭大石上，視之，已逝矣。景伯仁吊之云：「適安居士舊知聞，廓達靈根厭世紛。辭罷親朋便歸去，一籌今日又輸君。」

段子新嘗讀紀信傳有感，賦詩曰：「鹿走中原兩虎争，滎陽圍解事堪驚。當時拔劍論功者，失口何人説紀生？」

党懷英

字世傑，號竹溪。宋太尉進十一代孫。與濟南辛幼安同師蔡伯堅。筮仕決以蓍，辛得離，決意南歸，党得坎，遂留事金。

党竹溪應制，賦粉紅雙頭牡丹，曰：「春意應嫌芍藥遲，一枝分秀伴雙蕤。並肩翠袖初酣酒，對鏡紅粧欲鬭奇。曉日倚闌同妬艷，東風拾翠兩顰眉。更看散作人間瑞，萬里黄雲麥兩岐。」

宋真宗朝，石曼卿通守昫山，遣人以泥封桃李核彈之嵓石中，其後花開滿山。又嘗攜妓飲山之石室間，鳴絃爲冰車鐵馬聲。党竹溪過昫山，爲詩弔曼卿曰：「城頭山色翠玲瓏，尚憶清狂四飲翁。鐵馬冰車斷遺響，桃花石室自春風。生平詩價千鈞重，身後仙遊一夢空。相見蓬萊水清淺，芙蓉城闕五雲中。」

党竹溪詠茶青玉案詞曰：「紅莎緑蒻春風餅，趁梅驛來雲嶺。紫柱崖空瓊竇冷。佳人卻恨，等閑分破，縹緲雙鸞影。一甌月露心魂醒，更送清歌助清興。痛飲休辭今夕永。與君洗盡，滿襟煩暑，別作高寒境。」

党竹溪感皇恩詞賦疊羅花曰：「碧玉撚條，藍袍裁葉。明艷黄深軟金疊。道裝仙子，謫墮蕊珠僊闕。爲春閑管領，花時節。漢額粧穠，楚腰舞怯。襞積裙餘舊宫褶。東君着意，留伴小庭風月。任教鶗鴂唤，群芳歇。」

王庭筠

字子端。讀書黄華山寺，因號黄華山主。工詩能文，書學米元章，尤善山水墨竹。

王子端初歷州縣，用薦者供奉翰林。承安中，爲言事者所累，獄中見燕，賦詩曰：「笑我迂疎觸禍機，嗟君底事入圜扉？落花吹濕東風雨，何處茅簷不可飛？」

王子端平生愛天平黄華山水，其題黄華山一首，頗有太白聲調，詩曰：「掛鏡臺西掛玉龍，半山飛雪舞天風。寒雲直上三千尺，人道高歡避暑宫。」

黄華采蓮曲云：「南北湖亭競采蓮，吴娃嬌小得人憐。臨行折得新荷葉，卻障斜陽入畫船。」

黄華書西齋壁云：「世事雲千變，浮生夢一塲。偶然携拄杖，來此據胡床。有雨夜更静，無風花自香。出門多道路，何處覓亡羊？」

黄華賦玉簪謁金門詞曰：「秋蕭索，燈火新涼簾幕。翠被不禁臨曉薄，南樓聞畫角。想見玉壺水萼，一夜西風開卻。夢覺烏啼殘月落，幽香無處着。」

王明伯，黄華猶子也。幼歲學書，書家即稱賞之。性倜儻，膂力絶人，嘗有詩曰：「釣鰲公子鐵心胸，興在三山碧海東。千尺雲帆已高揭，不知何日得秋風？」死于鄧州，年未四十。

遼陽張仲澤汝霖春溪詩云：「黯黯春愁底處消？小桃無語半含嬌。東風不管前溪水，暖緑溶溶拍畫橋。」高仲常憲元夕無燈詩云：「九陌無燈夜悄然，小紅時見點春煙。多情惟有梅稍月，拍酒樓頭照管絃。」仲常，黄華之甥，黄華又仲澤之甥。其淵源有自云。

高仲常自言於世味澹無所好，唯生死文字間而已。有梅花引二首，其詞曰：「蒿火目，藜羹腹，書生寧有封侯骨！ 長須奴，下澤車，艱關險阻，誰教涉畏途？ 半生落莫長安道，一事無成雙鬢老。 南轅胡，北轅吴，功名富貴，情知不可圖。」「槐堂夢，鼓笛美，馳驟百年塵一閧。 陶淵明，張季鷹，一盃濁酒，焉知身後名？ 有溪可漁林可繳，須信在家貧也樂。 熊門春，灞江雲，幾時作箇，山間林下人？」

蕭貢

字真卿。咸陽人。大定十九年進士。

蕭真卿博學能文，不減蔡正甫。 嘗擬回文四章曰：「春波緑處歸鴻過，夜月明時飛鵲愁。 人去附書將恨寄，暮山雲斷倚高樓。」「樓上卻來樓下待，晚窗春晝斷回腸。 愁人有説嫌人問，淚洒新詩掃墨香。」「風幌丰縈香篆細，碧窗斜影月籠紗。 紅燈夜對愁魂夢，老盡春庭滿樹花。」「萋萋碧草連天遠，杳杳行人幾日迴。 凄雨晚凉空坐久，淚粧殘暈濕紅腮。」

火山瑩禪師陝州白氏岐山令君舉，樞判文舉，弟也。 棄家爲佛子。 自幼有詩名河東。 嘗有詩云：「十日柴門九不開，松庭雨後滿蒼苔。 草鞵挂起跏趺坐，消得文殊更一來。」歸寂後，客有持其集示真卿者，真卿題云：「長短都歸一夢中，身前身後兩無窮。李憕信士今如在，定向江湖訪澤公。」

劉昂　字之昂，興州人。大定十九年進士。泰和間，又有劉昂字濟霄者。以先有劉昂，號小劉之昂。

劉之昂醉後詩曰：「神僧勸讀傳燈録，道士教行進火功。今日興來俱破戒，黄花籬落醉西風。」歌風臺詩曰：「劉項興亡轉燭過，亂蟬吟破漢山河。長陵卧老咸陽月，沛上猶傳擊筑歌。」山中雨詩曰：「嵩高山下逢秋雨，破傘遮頭水没腰。此景此時誰會得？清如窗下聽芭蕉。」祝枝山誦此詩，嘗哂其「上下淋漓，清在何處？」時海鹽沈生因誦離騷經而得二句曰：「叢蘭芳芷滿東皋，閒步春風讀楚騷。」然下韻不接，因久思誤墜厓下，人方驚扶，乃曰：「好也，好也。」遂歌曰：「忽憶靈均發憂憤，墜崖幾折沈郎腰。」因思古今未嘗無對，傾跌傷體，寧無痛楚？尚曰好耶？

張秦娥者，頗能小詩，其賦遠山云：「秋水一抹碧，殘霞幾縷紅。水窮霞盡處，隱隱兩三峰。」其後流落。劉之昂贈詩云：「遠山句好畫難成，柳眼才多總是情。今日衰頤人不識，倚爐空聽煮茶聲。」又云：「二頃山田半欲蕪，子孫零落一身孤。寒窗昨夜蕭蕭雨，紅日花稍入夢無？」秦娥爲之泣下。

宋開禧間，韓侂胄欲立蓋世功名以自固，乃定議伐金，金元帥紇石烈子仁領兵駐濠、梁時，小劉之昂作樂章一闋，大書於濠之倅廳壁間，名上平南，其詞云：「蠆鋒摇，螳臂振，舊盟寒。恃洞庭彭蠡狂瀾。天兵小試，百蹄一飲楚江乾。捷書飛上九重天，春滿長安。舜山川，周禮樂，唐日月，漢衣冠。洗五州妖氣，關山已平，全蜀風行，何用一泥丸？有人傳喜，日邊都護先還。」

趙秉文 字周臣，號閑閑。德陵嘗賜公所。服丹，潮紅滿面。公先壬辰之變以禮部尚書學士丞旨卒於第，人以爲天幸。

閑閑公爲上清宫道士寫經，并以所養鵝群付之。楊雲翼紀以詩曰：「會稽筆法老無塵，今代閑閑是後身。只有愛鵝緣已盡，舉群還付向來人。」

泰和初，閑閑公知平定，擬栩仙人王雲鶴往謁之，贈詩云：「寄語閑閑傲浪仙，枉將詩酒污天全。黄塵遮斷來時路，不到蓬山五百年。」因言：「唐世大夫五百人皆仙人謫降，中有爲世味所著迷而不反者，如公與我皆是也。」他日，玉龜山人謂公云：「子前身赤城子也。」公因以詩記之云：「玉龜山下古仙真，許我天台一化身。擬折玉蓮騎白鶴，他年滄海看揚塵。」又趙禮部庭玉説丹陽子，謂：「公再世蘇子美也。」公聞之曰：

「赤城子則吾豈敢？若子美則庶幾焉。」因作水調歌頭以寄意云：「四明有狂客，呼我謫仙人。俗緣千劫不盡，回首落紅塵。我欲騎鯨歸去，只恐神仙官府，嫌我醉時嗔。笑拍君仙手，幾度夢中身。倚長松，聊拂石，坐看雲。忽然黑霓落手，醉舞紫毫春。寄語滄浪流水，曾識閑閑居士，好爲濯冠巾。卻返天台去，華髮散麒麟。」

閑閑公青杏兒詞曰：「風雨替花愁，風雨罷，花也應休。勸君莫惜花前醉，今年花謝，明年花謝，白了人頭。乘興兩三甌，揀溪山，好處追遊，但教有酒身無事，有花也好，無花也好，選甚春秋！」

王中立 字湯臣，號擬栩。晚年易名雲鶴。

王擬栩少日治易，有聲場屋間，累舉不第。賦詩曰：「學劍攻書謾自奇，回頭三十六年非。春風萬里衡門下，依舊并州一布衣。」

王擬栩家豪於財，賓客日滿門，待之備極豐腆，其自奉則日食淡湯餅一杯而已。年二十四喪妻，遂不更娶，亦不就舉選。齋居一室，枯淡如衲僧，如是三四年乃出。時人覺其談吐高潤，詩筆字畫皆超絕，若有物附之者，問之，不言也。一日來都下，館閑閑公家，中秋夜，飲酒賦詩，且就公索墨水一槃，公如言與之。明旦，不造而去，壁間留「龜鶴」二字，廣長一丈而墨水具在，不知以何物書之，朝士來觀者，車馬填咽，都下競傳王先生仙去矣。久之，先生從外至，問二字以何物書？不答，題詩其旁云：「天地之間一古儒，醒來不記醉中書。旁人錯比神仙字，只恐神仙字不如。」

擬栩平生詩甚多，有「醉袖舞嫌天地窄，詩情狂壓海山平」。之句，他亦稱此。雜詩云：「華山宫殿白雲封，不見當年打睡翁。貪看終南山色好，不知紅日下前峰。」「獨跨蒼虬下太清，春風萬里月華明。因君感激爲君説，鑿破天機我也驚。」「雲葉粼粼皺碧空，笙簫遞響入天風。忽驚風浪耳邊急，不覺形神來世中。」「此生休更問浮名，名利區區不蹔停。我有一丸天上藥，用時還解濟蒼生。」

堯山堂外紀卷六十六

宋 金

章宗璟 喜文學，善書畫。宋徽宗嘗以蘇合油搜煙爲墨，章宗僅購得一兩，價黄金一觔。欲倣爲之不能。

章宗建梳粧臺於都城東北隅，與李妃登焉，得句云：「二人土上坐，」妃即對曰：「一月日邊明。」時皆以警妙誇之。今京師禁中瓊花島、梳粧臺皆金故物也。臺今訛爲蕭太后梳粧樓。

雲龍川泰和殿五月開牡丹。章宗賦詩曰：「洛陽穀雨紅千葉，嶺外朱明玉一枝。地力發生雖有異，天公造物本無私。」

燕京西七十里有仰山，峰巒拱秀，中有平頂如蓮花心，旁有五峰，曰獨秀、翠微、紫蓋、妙高、紫微，下多禪刹。章宗游幸，有詩刻石：「金色界中兜率景，碧蓮花裏梵王宫。鶴驚清露三更月，虎嘯疎林萬壑風。」

章宗題扇蝶戀花詞曰：「幾股湘江龍骨瘦。巧樣翻騰，疊作湘波皺。金縷小鈿花草鬬，翠條更結同心扣。金殿珠簾閑永晝。一握清風，暫喜懷中透。忽聽傳宣須急奏，輕輕裩入香羅袖。」

明昌初，有劈橙爲軟金盃者，章宗賦生查子詞曰：「風流紫府郎，飲痛烏紗岸。柔軟九回腸，冷怯玻璃盌。纖纖白玉葱，分破黄金彈。借取洞庭春，飛上桃花面。」

馬嵬坡太真墓，題詠甚多，惟武功杜真卿一詩極爲婉麗：「楊柳依依水拍堤，春晴茅屋燕争泥。海棠正好東風惡，狼籍殘紅襯馬蹄。」遂城高德卿亦有詩曰：「事去君王不奈何，荒墳三尺馬嵬坡。歸來枉爲香囊泣，不道生靈淚更多。」道陵詔録馬嵬詩，得五百餘首，付詞臣第之，真卿詩在高等。杜名佺，阜昌中登科。高名有鄰，大定進士。

趙渢　字文儒。時人以其書配党懷英，號曰党趙。

道陵中秋賞月瑶光樓，召趙黄山對御賦詩，以「清」字爲韻。黄山賦曰：「秋氣平分月正明，蕊珠宫闕對蓬瀛。已驅急雨消殘暑，不遣微雲點太清。簾外輕風飄桂子，夜深凉露滴金莖。聖朝不奏霓裳曲，四海歌謳即樂聲。」道陵讀至落句，大加賞異，手酌金鍾以賜，且呼其字曰：「文孺！以此鍾賜汝作酒直。」士林榮之。

僊和尚坐脱，趙黃山題云：「識得從來覺性圓，西歸隻履更翛然。永嘉穩步曹溪路，臨濟飽參黄柏禪。桶底脱時無一物，機輪轉處有三玄。火中留得一莖草，依舊光明爍大千。」

周昂　字德卿。閑閑公嘗集党承旨、趙黃山、路司諫、劉之昂、尹無忌、王逸賓與德卿七人詩，刻木以傳，目爲明昌詞人雅製。

虞鄉麻氏搆小齋，榜曰醉經。周昂爲題絶句云：「詩書讀破自融神，不羡雲安麴米春。黄卷至今真味在，莫將糟粕待前人。」

完彦永貞，金宗室也，時稱賢宰相，自號冷岩。周昂爲賦冷巖行曰：「或爲盂，或爲鐘。人心自異山本同。天清雲遠望不極，小孤宛在江流中。澗之毛，可篚筥。山之木，可斤斧。唯有白雪高崔嵬，風吹不消自太古。峴山何奇，羊子所攀。東山何秀，謝公往還。今爾胡爲籍甚乎人間？于差乎冷山。」

田琢　字器之，雲朔人。明昌五年進士。

明昌丙辰，田器之從軍塞外合虜里山，野舍不勝荒凉。春末，有雙燕亦巢此屋，土人不識，屢欲捕之，田曲爲全護。其燕晝出夜歸，田必開户待之。忽一日飛止坐隅，都無驚畏，巧語移時不去。田意謂，明日秋社，此鳥當歸，殆留别語也。因作一詩贈之云：「幾年塞外歷崎危，誰謂烏衣亦此飛？朝向蘆陂知有爲，暮投茅舍重相依。君怜我處頻迎語，我憶君時不掩扉。明日西風悲鼓角，君應先去我何歸？」此詩以細字寫之爲蠟丸，繫於燕足上。明年四月，田受代歸。又八年，泰和甲子，任潞州觀察判官。四月十二日，偶坐廨舍之含翠堂，忽雙燕至，一飛簷户間，一上硯屏，田諦視之，繫足蠟丸故在，乃知此鳥蓋往年贈詩者也。因請同年龐才卿鑄畫爲圖，求諸公賦詩。才卿爲長歌曰：「田君才略燕雲客，少年累有安邊策。悔從筆硯取功名，直要横馳沙漠北。塞垣春雪白皚皚，東風未放玄陰開。烏衣之國定何許？一雙燕子能飛來。三年驛舍安西道，眼底鶯花無夢到。忽見低飛入短簷，此身似向邯鄲覺。君居海東我中原，相逢乃在穹廬前。天涯流落俱爲客，感時念遠空潸然。長安何限高高閣，晝夜風閑開翠幕。底事猜嫌不往依？甘從此地風沙惡。士人嗜肉無仁心，一生弋獵誇從禽。有巢幸穩勿浪出，汝身未必輕千金。朝來暮去益昵狎，物我相忘情意一。但怪重裘積漸添，元是西風催社日。須知音巧惟鶺鴒，勿來坐偶如告辭。我方留寓未歸得，爲君忍賦傷心詩。詩成自述聊爲戲，繫足封之亦無意。燕已歸飛我未歸，刀斗聲中忽驚歲。旄頭夜落妖氛收，嫖姚獻凱歸神州。玉關早喜班超入，北海不聞蘇武留。君才經世寧終枉，幕府須賢來上黨。别後歸期兩及瓜，人間秋燕十來往。沉沉官舍紅芳稀，葛衣燕居澹忘機。忽聞巧語入簷户，大似相識來相依。一飛簷外窺庭樹，一上屏山鶯不去。解足分明得帛書，真是當年留别句。天生萬物禽最微，固耶偶耶吾不知。古道益遠交情醨，朝恩暮怨雲遷移。當時握手悲别離，一旦富貴棄如遺。聞予燕歌應自疑，慎無示之嗔我譏。」楊之美雲翼詩云：「危巢客舍久相依，常記西風社日歸。海國傳心千驛隔，塞垣回首十年非。新詩尚在人空老，舊夢無憑鳥自飛。寄語齊諧休志怪，沙鷗相款解忘機。」李欽叔獻能詩云：「塞上風光已十霜，仁心覆護獨難忘。當時相送詩仍在，此日重來話更長。客舍花開新信息，雲兜香冷舊昏黄。主人得報君知否，千古珠璣在錦囊。」

孫鐸　字振之，恩州人。大定十三年進士。

明昌中，孫振之擢户部尚書，時已有相望，及考滿，以户曹繁重，未有可代者，特旨進一官再任，而同列二人俱入相矣。振之賀席中戲舉青州老柏院布衣張在詩云：「南鄰北里牡丹開，公子王孫去不回。惟有庭前老柏樹，春風來似不曾來。」爲御史所劾，降授同知河南府事。有以詩送之者，云：「想到洛陽春正好，南鄰北里牡丹開。」聞者皆大笑。

李純甫　字之純。承安中進士。性嗜酒，未嘗一日不飲，亦未嘗一飲不醉。眼花耳熱後，人有發其談端者，傾河瀉江，無有窮竭。

李屏山中歲徧觀佛書，能悉其精微。嘗賦，其雜詩云：「顛倒三生夢，飛沉萬劫心。乾坤頭至踵，混沌古猶今。黑白無真色，宫商豈至音。維摩懶開口，枝上一蟬吟。」「乾坤大聚落，今古小朝昏。諸子蠅鑽紙，群雄虱處褌。一心還入道，萬物自歸根。郤笑幽憂客，空招楚些魂。」「丹鳳翔金鼎，蒼龍戲玉池。心源澄似水，鼻息細於絲。枕上山川好，壺中日月遲，神仙學道者，那許小兒知？」「空譯流沙語，難參少室禪。泥牛耕海底，玉犬吠雲邊。仰嶠圓茶夢，曹山放酒顛。書生眼如月，休被衲僧穿。」「狡兔留三窟，獮猴戲六窗。情田鋤宿草，心月映澄江。酒戒何曾破，詩魔先已降。雄蜂雌蛺蝶，正自不成雙。」

屏山學佛，自史舜元發之，張伯玉、高獻臣二人並不平禪解。張有登樓詩云：「昨日上高樓，西山翡翠堆。今日上高樓，西山如死灰。想見屏山老，療饑西山隈。湌卻西山色，高樓空崔嵬。」高有壺溪詩云：「我觀壺盧溪，未易以蠡測。大若溪上翁，有口吸不得。壺中別是一洞天，溪上翁即壺中仙。畢竟人間無着處，杖頭挑取屏山去。」屏山乃作爲蟬解嘲詩曰：「老蜣破衲染塵緇，轉丸如轉造物兒。道在矢溺傳有之，定中幻出嬋娟姿。金仙未解羽人尸，吸風飲露巢一枝。倚杖而吟如惠施，字字皆以心爲師。千偈瀾翻無了時，關鍵不落詩人詩。屏山參透此一機，髯弟皤兄何見疑？此理入玄人得知。髯弟恐我湌卻西山秀，皤兄勸我吸卻壺盧溪。因蟬倩我問渠伊，快掉葛藤復是誰？髯弟絶倒皤兄嘻。」

屏山題真味堂曰：「問渠真味若爲言，不着鹽梅也自全。鼁鼎大夫徒染指，麴車公子漫流涎。胸中已有五千卷，徽外更聽三兩絃。此老清饞何所嗜？宦名嚼蠟已多年。」

許古　字道真。承安中進士。

許道真在宣宗朝以直言極諫稱，哀宗即位，首命驛致之，過少室，賦詩曰：「老病無堪合退休，伊川久已得菟裘。如今又上長安道，好被青山笑白頭。」未幾乞身，還伊陽，郡守爲起伊川亭。

道真性嗜酒，每乘舟出，村落間留飲，或十數日不歸，及泝流而上，老稚奔走争爲之挽舟，數十里不絶，嘗賦眼兒媚詞曰：「濁醪篘得玉爲漿，風韻帶橙香。持盃笑道：鵝黄似酒，酒似鵝黄。世緣老矣不思量。沉醉又何妨？臨風對月，山歌野調，儘我踈狂。」

王彧　字子文，自號照了居士，後改名知非，字無咎。

崇寧間，王子文棄官去，往來登封盧氏山中。初出京，有詩云：「親踈俱穩人倫了，婚嫁齊成俗意周。一筆盡鉤塵債斷，都無虧欠大家休。休休休，愛着何時是徹頭？風息浪平人已渡，笑携明月下孤舟。」太原助教張世寧既卒，神降，其妹歌曰：「休休休，偷得休時便好休。歡喜冤家無徹頭。」與或詩頗云。

王子文居盧氏山二十年，布衣蔬食，井臼自親，時人哀苦之，而子文處之自若。有詩云：「撒手寧論萬丈崖，脚跟未肯點塵埃。東君也自魔君數，故着青紅眼底來。來何遲，去何早？二五不多十不少。一聲柄木徧虚空，誰識堂堂真照了？」

王子文既學佛，作決定歌，禪家以爲證道新豐之後無有及者。贈安居士國寶云：「不招措大嗔，不唤王子文。不惹禪和笑，不名王照了。他人怕人嫌，照了要人嫌。人人有面樹有皮，努力方便勤粧嚴。粧嚴也由賢，不然也由賢。鼻孔莫遣他人穿。」又答國寶云：「幻人誰拙復誰能？游戲何妨傀儡棚。凡事不堪君莫怪，儂家面目得人憎。」

董文甫

字國華，自號無事道人。與王大用良臣皆潞人，同舉承安進士。

董國華題審是堂云：「按劍人人駭夜光，蜀鷄合道勝鸞凰。飛蛾可是無分别，直道油燈是太陽。」

正大中，董國華以公事至杞縣，自知死期，作書與家人及同官，又作詩貽杞令佐。詩畢，擲筆於地，以扇障面而逝。其詩曰：「無情真主没錢僧，送上城南無事人。檢盡傳燈無盡録，更無公案這番新。」「生有地，死有處，萬牛不能移一步。一輪明月印天心，此是渠儂住處住。」「白髮三千丈，紅塵六十年。只今無見在，虛費草鞋錢。」「今古一輪月，分明印碧霄。門門蟾影白，處處桂香飄。不起眼中暈，何勞指上標？真空渾照破，歸去杖頭挑。」

王大用作詩以敏捷稱，入翰林，與李欽叔善，從軍南征，二人酬唱甚多。大用有詩曰：「蕎花冉冉密脾香，禾穗纍纍鶻眼黄。一縷晚煙吹不去，爲誰着意護秋霜？」欽叔愛之。

王大用九月七日詩曰：「紫霜零落帶孤禽，平楚蒼蒼秋意深。月過初三半梳玉，菊迎重九滿籬金。天憐病骨商量煖，雲促歸程會計陰。風雁飛來更瀟灑，一枝蘆雪印波心。」

麻九疇

字知幾，莫州人。三歲識字，七歲能草書，作大字有及數尺者。

麻知幾嘗爲鄚城張伯玉賦透光鏡，李欽叔傳至京師，趙禮部大加賞異，貼壁間，坐卧讀之。其辭曰：「太陰淪魄元不耀，太陽分光成一曜。嗚呼怪銅盗此幻，透影在壁與背肖。奩開爞爞光走庭，劃如剸犀乍脱鞘。泓澄秋落百丈潭，疑有龍向天門跳。秦娃漢婉化鴛土，寵雨恩雲埋鳳詔。當年椒塗鑑桃李，身後泉臺映蓬藋。枕簟無情草木香，笙歌不暖梟狐嘯。髑髏一醜不再妍，不知持此將安照？萬斛珠璣委俑人，唤得偷兒成鬼剽。借問金椎一控時，何如海上青蠅吊？壽如金石佳且好，此銘此篆兩奇峭。今誰子後曩誰先？贏得紐樞經蟻竅。千古繁華一夢醒，恍然入手稱神妙。丹砂色紫翠羽青，萬金難買人年少。君侯新自洛陽來，玉臺人物今温嶠。相看大笑古人癡，收鏡入奩還自笑。」

麻知幾冬夜彈琴，有懷山中人，因賦長篇曰：「門前雪垂垂，室中理朱絲。手按十三徽，心飛天一涯。故人渺何許？萬里驚鴻飛。試憑朱絲語，一聲聲亦悲。一彈雪欲落，再彈雪正作。只在此山中，故人今憂樂。我欲彈文王，岐山雲渺茫。我欲鼓曾子，無田可耘耔。道遠望不及，千山復萬水。思君復思君，正恐鬢髯皤。后夔若不來，奈此宮商何？」春風早晚起，百鳥喧庭柯。時携一尊酒，爲君奏雲和。」

明昌、承安間，以神童稱者五人：太原常添壽，四歲，作詩云：「我有一卷經，不用筆寫成。展開無一字，晝夜放光明。」合河劉文榮滋，七歲，有詩云：「鶯花新物態，日月老天公。」益都劉伯祥微，七歲，道陵召入宮，賦鳳凰來儀二首稱旨，又應制賦春柳云：「翠細圓匀綠線輕，着行排立弄新晴。更看三月春風裏，散作飛花滿鳳城。」張世傑漢臣，五六歲，亦召入，賦元妃素羅扇畫梅云：「前村消不得，移向月中栽。」其後，常隱居不出。餘三人者皆無可稱道，獨知幾能自樹立，一時名重天下。麻知幾七歲時，章宗召見，問：「汝入宮殿中亦懼怯否？」對曰：「君臣，父子也。子寧懼父耶？」上大奇之。

王予可 本軍校子，年三十許，大病後忽發狂，久之，能把筆作詩文，及説世外恍惚事。每遇文士，則稱大成將軍；于佛前，則諦摩龍什；于道，則騶天玄俊；于貴游，則威錦堂主人。

南渡後，王南雲居上蔡、遂平、郾城之間，在郾城爲最久。麻知幾、張伯玉與之游，最狎説。其所作詩以百分爲率，可曉者才二三耳。射虎首句云「風色偃貂裘」，即閣筆，自戲云：「此虎來矣。」樂府云「唾尖絨舌淡紅甜」，又自戲云：「欲下犁舌獄耶！」張伯玉名穀，臨潁人。嘗自言：「丈夫子娶非尚主，官不至宰相，不屑可也。」家既貴顯，厚于奉養，擊鮮爲具，賓客日滿門，窮晝竟夜，卒以樂死。

張伯玉家畫慎宮人徐行，以手整釵，一鶴後隨，謂之馴鶴圖，伯玉請王南雲賦詩，李欽叔常苦其不用韻，限以「釵、來、苔」三字，南雲即援筆曰：「寢處粧鉛未捲釵，孤雲花帶月邊來。六宮簾幕金鸞冷，露濕晨煙啄翠苔。」或傳南雲仙去，事不可知。其生查子云：「夜色明河靜，好風來千里。水殿謫仙人，皓齒清歌起。前聲金罩中，後聲銀河底。一夜嶺頭雲，遶遍樓前水。」辭之飄逸高妙如此，固謫仙之流亞也。

王特起

字正之。代州人。泰和三年進士。

王正之賦華山云：「三峰盤地軸，一水落天紳。造化無遺巧，丹青總失真。」閑閑公屢哦此詩以爲妙。

有生第三子者，王正之製喜遷鶯詞以賀之曰：「古今三絕，惟鄭國三良，漢家三傑。三俊才名，三儒文學，更有三君清節。爭似一門三秀，三子三孫奇特。人總道，賽蜀郡三蘇，河東三薛。慶愜，況正是，三月風光，盃好傾三百。子並三賢，孫齊三少，俱篤三餘事業。文既三冬足用，名即三元高揭。親俱慶，看寵加三命，禮膺三接。」

正之又有喜遷鶯詞別側室云：「玉樓歡宴，記遺簪綺席，題詩羅扇。月枕雙歌，雲窗同夢，相伴小花深院。舊歡頓成陳跡，翻作一番新怨。素秋晚，聽陽關三疊，一樽相餞。留戀，情繾綣。紅淚洗粧，雨濕梨花面。雁底關河，馬頭星月，西去一程程遠。但願此情如舊，天也不違人願。再相見，老生涯、分付藥爐經卷。」「雁底關河」，元人詞多用之，諺所謂「雁飛不到處也」。有改作「應」字者，謬。

堯山堂外紀卷六十七

宋 金

密國公璹

字子瑜。興陵之孫，越王長子，南渡後封胙國公。正大初，進封密。所居有樗軒，又有如庵。完顔宗室中第一流人也。

密公字畫得於蘇、黄之間。參禪於善西堂，自題寫真曰：「枯木寒灰亦自神，應緣來現胙公身。只因苦愛東坡老，人道前身趙德麟。」明昌以還，諸王法禁嚴，諸公子皆不得與外間交通，故子瑜得窮日力於書。越王薨後，稍得出游，文士輩亦時至其門。家所藏法書名畫，幾與中秘等。南渡倉卒，公寶惜，因護與身存亡，故他貨不得一錢著身，公以此貧甚。

密公得友人書，詩以志喜曰：「聞有書來喜欲狂，紫芝眉宇久難忘。别離唯嘆我頭白，詩句屢成君馬黄。公幹羈棲猶洛下，孔明高卧尚南陽。冷官領取閑中趣，遠勝區區夢蟻忙。」

金制，國公祭山陵，則佩虎符、乘傳，號曰嚴祭。若上清、儲祥宫，若太乙宫、五岳觀設醮，上方相藍大道場，則國公代行香。子瑜多預焉。嘗有詩自戲云：「借來羸馬鈍於墻，馬上官人病且痃。無用老臣還有用，一年三五度燒香。」

密公漁父詞云：「楊柳風前白板扉，荷花雨裏緑蓑衣。紅稻美，錦鱗肥，漁笛閑拈月下吹。」「釣得魚來卧看書，船頭穩置酒葫蘆。煙際柳，雨中蒲，乞與人間作畫圖。」

密公又有青玉案詞云：「凍雲封卻駝岡路，有誰訪、溪梅去？夢裏疎香風似度。覺來誰見，一窗凉月，瘦影無尋處。明朝畫筆江天暮，定向漁蓑得奇句。試問簾前深幾許？兒童笑道：『黄昏時候，猶是簾纖雨。』」西江月詞云：「一百八般佛事，二十四考中書。山林朝市等區區，着甚由來自苦。過寺談些般若，逢花倒箇葫蘆。少時伶俐老來愚，萬事安於所遇。」臨江仙詞云：「倦客更遭塵事冗，故尋閑地婆娑。一尊芳酒一聲歌。盧郎心未老，潘令鬢先皤。醉向繁臺臺上問，滿川細柳新荷。薰風樓閣夕陽多。倚欄凝思久，漁笛起煙波。」

苑中　字極之。大興人。

貞祐初，术虎高琪當國，專以威刑肅物，士大夫被捃摭者，笞辱與徒隸等，醫家以酒下地龍散，投以蠟丸，服之，則受杖者失痛覺，此方大行於時。苑極之有戲云：「嚼蠟誰知味最長，一杯卯酒地龍香。年來紙價長安貴，不重新詩重藥方。」時人傳以爲笑。

李獻能　字欽叔。貞祐三年，以省元擢廷試第一。從兄弟欽止、欽若、欽用皆中朝名勝。李，故將種，而同時四進士，照映一時。

平州王飛伯欎以布爲囊，采當世名卿詩投其中，李欽叔題云：「潁露毛錐秖自賢，智如樗腹但求全。迂疎差似淵才富，羞澀猶無杜老錢。收拾珠璣三萬斛，貯儲風月一千篇。嘔心大勝奚奴錦，要與風人被管絃。」

元光初，李欽叔與元裕之在孟津，辛敬之愿自女几來，爲留數日。其行也，欽叔爲設饌，備極豐腆，敬之放筯嘆曰：「平生飽食有數，每見吾二弟必得美食。」明日道路中又當與老饑相抗去矣。會有一日，辛老子僵卧柳泉、韓城之間，以天地爲棺椁，日月爲含𦀸，狐狸亦可，螻蟻亦可。」二人爲之惻然。嘗共游河山亭，敬之賦臨江仙留别二人云：「誰識虎頭峰下客？少年有意功名。清朝無路到公卿。蕭蕭華屋，白髮老諸生。　邂逅對床逢二妙，揮毫落紙堪驚。他年聯袂上蓬瀛。春風蓮燭，莫忘此時情。」

趙元　字宜之，號愚軒。自稱「十洲種玉大誌經童出身」。以年及調鞏西簿，未幾失明。既病廢，無所營爲，萬慮一歸於詩，故詩益工。與陵川秦簡夫善。簡夫名略，自號西溪老人。

趙宜之爲鞏西簿，泰和丁卯，道出蒲東普救寺，僧舍所謂西廂者，有唐麗人崔氏女遺照在焉，因命畫師陳居中繪模真像，仍拾四十言題云：「並燕鶯爲字，聯徽氏姓崔。非煙宜采畫，秀玉勝江梅。薄命千年恨，芳心一寸灰。西廂舊紅樹，曾與月徘徊。」

貞祐之難，愚軒賦鄰婦哭曰：「鄰婦哭，哭聲苦。一家十口今存五。我親問之亡者誰？兒郎被殺夫遭虜。鄰婦哭，哭聲哀。兒郎未埋夫未迴。燒殘破屋不暇葺，田疇失鋤多草萊。鄰婦哭，哭不停。應當門户無餘丁。追胥夜至星火急，并州運米雲中行。」

秦簡夫贈趙宜之云：「年時見君行路難，喜于長安新得官。日來見君鄰婦哭，驚似藍田尋得玉。愛官愛玉樂有涯，愛君之詩無盡期。古人骨冷不復作，主張騷雅非君誰？」

秦簡夫在上黨公府，賦穀靡靡云：「穀靡靡，青割將來强半秕。急忙舂米送官倉，只恐秋風馬塵起。官倉遠在蕎麥山，南梯直上青雲間。梯危一上八九里，之字百折縈迴環。憑誰説向監倉使，斛面莫教高一指。請君沿路看擔夫，汗顆多于所擔米。」

李汾 字長源。平生以詩爲專門之學，其所得爲多。

元光末，李長源用薦書從事史館。長源素高亢，時館中諸人率多新進，史家凡例未能盡知。長源正襟危坐，讀太史公、左丘明一篇，或數百言，音吐洪暢，旁若無人。既畢，顧四坐漫爲一語云：「看。」諸人積不平，乃以嫚罵官長訟於有司，踰年竟罷去。坊州雷伯威琯作詩送之，頗譏翰林諸人不能少忍，至與一書生相角逐，使狼狽而去。有「郎君未足留商隱，官長從教罵廣文」之句。又云：「明日春風一杯酒，與君同酹信陵墳。」人甚稱之。

呂大鵬 字鵬舉。

興定初，有王世安者，獻取盱眙、楚州之策，宣宗遂有南侵之謀。密人呂鵬舉素以氣岸自許，作詩撼主兵者云：「縫掖無由挂鐵衣，劍花生澀馬空肥。燈前草就平南策，一夜江神泣涕歸。」

王渥 字仲澤。興定二年進士。以字行。

王仲澤登第後，調管司候，不赴。壽州防禦使完顏邦獻、商州防禦使完顏國器、武勝節度完顏庭玉愛其才，連辟三府經歷官，在軍中凡十年。嘗同元裕之從國器獵，賦水龍吟曰：「短衣匹馬清秋，慣曾射虎南山下。西風白水，石鯨鱗甲，山川圖畫。千古神州，一時勝事，賓僚儒雅。快長堤萬弩，平岡千騎，波濤卷，魚龍夜。落日孤城鼓角，笑歸來長圍初罷。風雲慘澹，貔貅得意，旌旗閑暇。萬里天河，更須一洗，中原兵馬。看韃橐嗚咽，咸陽道左，拜西還駕。」

正大七年，金與宋議和，擇可爲行人者，仲澤以才選，凡再至揚州，制司驛亭，有題詩譏其和事不成者，云：「來往二年無一事，青山也解笑行人。」仲澤因爲解嘲云：「二年奔走道途間，知被青山笑往還。只向江南南岸老，行人應更笑青山。」宋人愛其才，有中州豪士之目。

史才

字才長。弟學，字學優。並有聲太學。時稱延安二史。

史才長陪陳彦文謁筠泉榮上人詩云：「强隨禪客到西禪，竹柏團青蔭石泉。一首小詩吟不就。閑情元在落花邊。」

史學優，正大中省試第一，嘗客京師，有所眷，久而不歸，其妻李作詩寄之云：「百年風樹底，誰淚到君前？」學優得詩，即日命駕。

元好問

字裕之，號遺山。元東巖德明子也。始生七月，出繼叔氏，興定五年舉進士。金亡，不仕。兄好古，字敏之。

明昌、承安間，元東巖有聲場屋，累舉不第，放浪山水間，未嘗一日不飲酒，賦詩桃源行曰：「山中三月山桃開，紅霞爛熳無邊涯。山家藏春藏不得，落花流水人間來。

憶昔携家竄巖谷，秦人半向長城哭。回頭塵土失咸陽，繒弋徒勞羡鴻鵠。冬裘夏葛存大朴，小國寡民皆樂俗。晝永垣籬鷄犬閑，春晴門巷桑榆緑。漁郎偶到本無心，仙境何緣得重尋。今日武陵圖上看，唯見雲林深復深。」

元東巖生平愛雁門鳳凰山，竟不一到，其詩曰：「鳳凰聞説似天壇，北去南來馬上看。想得松聲滿巖谷，秋風無際海波寒。」

元敏之性識頴悟，讀書能强記，務爲無所不闚，年二十就科舉，時東巖公已殁，其母望敏之立門户甚切，及再試不中，意殊不自得，又娶婦不諧，日致惡語，遂以狷介得疾，嘗作望月詩云：「佳辰無物慰相思，先賞空吟昨夜詩。莫怪更深仍坐待，密雲或有暫開時。」人或言詩境不開廣，非佳語也。敏之嘆曰：「吾得年不永，境趣能開廣否？」未幾，没于北兵屠城之禍。

元遺山七歲能詩，王擬栩稱爲神童。稍長，從陵川郝晉卿天挺學，六年而業成。下太行，渡大河，爲箕山、琴臺等詩，閑閑趙公見之，以爲少陵以來無此作也，以書招之，於是名震京師，目爲元才子。箕山詩有云：「幽林轉陰崖，鳥道人跡絶。許君棲隱地，唯有太古雪。人間黄屋貴，物外秪自潔。尚厭一瓢喧，重負寧所屑。」琴臺詩有云：「荒城草木合，破屋風雨侵。千年一琴臺，勝焉涕盈襟。遺愛食縣社，公寧不堪任。此臺即甘棠，忍使無餘陰。」又云：「千山爲公臺，萬籟爲公琴。夔曠不並世，月露爲知音。」興定初，裕之始以詩文見閑閑公，公爲延譽諸公間。又五年，乃得以科第出公之門，公力爲挽之，旁有不平者，謂公與楊禮部之美、雷御史希顏、李內翰欽叔爲元氏黨人。正大甲申，諸公貢裕之詞科，公爲監試官，以例不赴院宿。一日坐禮曹，欽叔從外至，誦裕之秦王破竇建德降王世充露布，公頗爲聳動，顧座客陳司諫正叔曰：「人言我黨元子。誠黨之耶？」

泰和乙丑，裕之赴試并州，道逢捕雁者捕得一雁，一死一脱網去，其脱網者，空中盤旋，哀鳴良久，亦投地死。裕之遂以金贖得二雁，瘞汾水傍，壘石爲識，號曰雁丘，因賦摸魚兒詞云：「問世間情是何物，直教生死相許？天南地北雙飛客，老翅幾回寒暑。歡樂趣，離别苦，就中更有癡兒女。君應有語，渺萬里層雲，千山暮雪，隻影向誰去？　横汾路，寂寞當年簫鼓，荒煙依舊平楚。招魂楚些何嗟及，山鬼暗啼風雨。天也妬，未信與，鶯兒燕子俱黄土。千秋萬古，爲留待騷人，狂歌痛飲，來訪雁丘處。」同行蒲溪楊正卿果和云：「悵年年雁飛汾水，秋風依舊蘭渚。網羅驚破雙棲夢，孤影亂翻波素。還睟與，筭古往今來，只有相思苦。朝朝暮暮，想塞北風沙，江南煙月，爭忍自來去？埋恨處，依約并門舊路。一丘寂寞寒雨。世間多少風流事，天也有心相妬。休説與！還卻怕、有情多被無情誤。一盃會舉，待細讀悲歌，滿傾清淚，爲爾酹黄土。」欒城李仁卿治和云：「雁雙雙正分汾水，回頭生死殊路。天長地久相思債，何似眼前俱去？摧勁羽，倘萬一幽冥，卻有重逢處。詩翁感遇。把江北江南，風嘹月唳，并付一丘土。仍爲汝，小草幽蘭麗句，聲聲字字酸楚。拍江秋影今何在？草木欲迷隄樹。霜魂苦，筭猶勝、王嬙青塚真娘墓。憑誰説與？對鳥道長空，龍艘古渡，馬耳淚如雨。」大名民家，有男女以私情不遂赴水死。後三日，二尸相携出水濱。是歲，此陂荷花無不並蒂者。李仁卿賦摸魚兒紀其事云：「爲多情和天也老，不應情遽如許！請君試聽雙渠怨，方見此情真處。誰點注？香瀲灔、銀塘對抹胭脂露。藕絲幾縷，絆玉骨春心，金沙曉淚，漠漠瑞紅吐。連理樹，一樣驪山懷古。古今朝暮雲雨。六郎夫婦三生夢，斷幽恨從前沮。須會取，共鴛鴦翡翠，照影長相聚。秋風不住。悵寂寞芳魂，輕煙北渚，涼月又南浦。」仁卿此詞與雁丘詞並膾炙人口。

正大四年十月，有狂僧李菩薩者，就都人楊廣道家宿。一日大寒，楊與之酒，李若媿無以報主人者，晨起，持酒盌出，聞其噀酒聲，入曰：「增明亭前花開矣。」已而，牡丹開兩花，來觀者車馬闐咽，酒尊爲之一空。元遺山賦滿庭芳詞記之云：「天上殷韓，解羈官府，爛遊舞榭歌樓。開花釀酒，來着帝王州。常見牡丹開後，獨占斷，穀雨風流。仙家好，霜天槁葉，穠艷破春柔。狂僧，誰借手？一盃喚起，緑怨紅愁。天香國艷，

梅菊背人羞。盡揭紗籠護日，容光動，玉斝瓊舟。都人士女，年年十月，常記遇仙樓。

天興初，元裕之從事史院，時東平賈左丞益謙致仕居鄭州，裕之就訪衛紹王逸事，留二十許日。賈問及時事，裕之輒一一言之，移坐接膝，相得甚歡。裕之獻詩云：「黄閣歸來屨舄輕，天將五福畀康寧。四朝人物推耆舊，萬古清風在典刑。鄭圃亦能知有道，漢廷久欲訪遺經。帝城百里瞻依近，長傍弧南候極星。」賈答云：「見説才名自妙年，多慙政府舊妨賢。物華天寶無今古，鳳閣鸞臺孰後先？鄭圃道尊何敢望？漢廷書在子當傳。莫言老眼昏花滿，及見風鵬上九天。」

壬辰北渡，順天毛正卿、楊德秀祈仙山寺中，蘇晉降筆寫詩數十首，一詩有「百僞無一真，中有羲黄醇」之句，餘詩除「酒裏神仙我」五言外，多不成語。二人初不知晉爲何代人？詩爲何人作？以語元遺山，遺山曰：「余二十六七時，有詩曰：『西郊一畝宅，閉門秋草深。床頭有新釀，意愜成孤斟。舉杯謝明月，蓬蓽肯相臨。願將萬古色，照我萬古心。』又：『去古日已遠，百僞無一真。獨餘酒鄉地，中有羲黄醇。聖教難爲

功，乃見酒力神。誰能釀滄海，盡醉區中民。』今晉所批，乃有此十字，晉豈余前身耶？將近時鬼物之不昧者，記余詩，託名於晉以自神也？晉既以余詩爲渠所作，余亦就『酒裏神仙我』五言取償於晉。」因作樂府曰：「繡佛長齋，半生枉伴蒲團過。酒壚横卧，一蹴虚空破。頗笑張顛，自謂無人和。還知麽，醉鄉天大，少箇神仙我。」

元遺山送李參軍赴塞上長篇曰：「五日過居庸，十日度桑乾。受降城北幾千里，出塞入塞沙漫漫。古來丈夫淚，不洒離别間。今日送君行，涕泗流欲潸。生男莫作班定遠，萬里馳書望玉關。生女莫作王明妃，一去紫臺空珮環。我知驥子隨地走四方，我知鴻鵠意氣淩雲端。草間只鷃亦自樂，扶摇萬里何能摶？一衣敝緼袍，一飯苜蓿盤。歲時壽翁媪，團欒有餘歡。縱令一朝便得八州督，曾如庭下彩衣起舞春斕斑？去年洛陽陌，今年指天山。地遠馬肩破，霜重貂裘單。胡風浩浩來，客子慘在顔。野狐嶺上一回首，未必君心如石頑。君不見，衡山鳥，乳哺不得須臾閑。衆雛一分散，慈烏四顧聲悲酸。塞雁來時八九月，白頭阿母望君還。」全篇叙塞垣之景、客旅之情，可謂詳悉。親涉此境，自不能堪。

元遺山有滿江紅秋興詞曰：「天上飛烏，阿誰遣，東生西没。明鏡裏，朝爲青髮，暮爲華髮。弱水蓬萊三萬里，夢魂不到金銀闕。更幾人能有謝家山。飛仙骨。山鳥哢，林花發。玉杯冷，秋雲滑。彭殤共一醉，不争毫末。鞭石何年滄海過？三山只是尊中物。暫放教、老子據胡床，邀明月。」

元遺山有妹爲女冠，文而艷。張平章當揆，欲娶之，使人囑遺山，遺山辭以可否在妹。張喜，自往覘其所向，至則方自手補天花板，輟而迎之，張詢近日所作，應聲答曰：「補天手段暫施張，不許纖塵落畫堂。寄語新來雙燕子，移巢别處覓雕梁。」張悚然而出。

北渡後，木菴上人有七夕感興詩，云：「輕河如練月如舟，花滿人間乞巧樓。野老家風依舊拙，蒲團又度一年秋。」元裕之爲之擊節稱嘆，恨楊、趙諸公不及見之。

元遺山嘗有錦機集指授學者，晚年，力以國史爲己任，乃搆野史亭於家，凡金源、君臣言行記録至百餘萬言，書未就而卒。高唐閻静軒復挽之曰：「蕭寺秋風捲玉荷，月明人影共婆娑。誰知别後驪駒曲，便是先生薤露歌。野史夜寒虫蠹簡，錦機春暖鳳停梭。秖應前日西州路，常使羊曇忍淚過。」

堯山堂外紀卷六十八

元

北狄稱銀曰蒙古。元之先號蒙古者，因女直號金，乃以銀號其國也。後歷世祖，始改號元。

楊奐

字煥然，號紫陽。太宗即位之十年戊戌，開舉選，奐兩中，賦論第一。

金章宗泰和丙寅，春試貢士於萬寧宫，楊紫陽時甫冠，席屋偶居前列，朝隙，聞異香出殿櫺間，一紫衣人顧之起，問題難易及名氏里貫年齒，去少頃，衆相慶曰：「適駕至矣。」薄暮出宫，傳爲希遇，喜而紀以詩曰：「月澹長楊曉色清，天題飛下寂無聲。南山霧豹文章在，北海雲鵬羽翼成。玉檻玲瓏紅靄重，金爐縹緲翠煙輕。誰言半夜曾前席，白日君王問賈生。」

楊紫陽讀通鑑，至論漢、魏正閏，大不平之，遂修漢書，駁正其事。因作詩云：「風煙慘淡駐三巴，漢燼將燃蜀婦髽。欲起温公問書法，武侯入寇寇誰家？」後攻宋軍迴，始見通鑑綱目，其書乃寢。

楊紫陽題管寧濯足圖云：「踏遍遼東未是癡，藜床欲冗只心知。好留一掬黃泥水，墁卻曹郎受禪碑。」

王和卿　大都人。關漢卿同時。和卿數譏謔關，關雖極意還答，終不能勝。王忽坐逝，而鼻垂雙涕尺餘，人皆歎駭。關來吊唁，詢其由，或對云，此釋家所謂坐化也。復問鼻懸何物，又對云，此玉筯也。關云：「我道你不識。不是玉筯，是嗓。」咸發一笑。或戲關云：「你被王和卿輕侮半世，死後方才還得一籌。」凡六畜勞傷，則鼻中常流膿水，謂之嗓病。又，愛訐人之短者，亦謂之嗓。故云。

王和卿滑稽挑達，傳播四方。中統初，燕市有一胡蝶，其大異常，王賦醉中天小令云：「掙破莊周夢，兩翅駕東風。三百處名園，一采一箇空。難道風流種，唬殺尋芳蜜蠭。輕輕的飛動，賣花人，搧過橋東。」由是其名益著。

王和卿題情一半兒詞云：「鴉翎般水鬢似刀裁，小顆顆芙蓉花額兒穿。待不梳粧，怕娘左猜，不免插金釵。一半兒鬅鬆，一半兒歪。別來寬褪縷金衣，粉悴煙憔減玉肌，淚點兒只除衫袖知。盼佳期，一半兒才乾，一半兒濕。」

王和卿詠禿天淨紗詞云：「笠兒深掩過雙肩，頭巾牢抹到眉邊。疑欵的把笠簷兒試掀。連荒道一句：君子人，不見頭面？」

王妓浴房中，被打，王和卿作撥不斷詞嘲之云：「假胡伶，騁聰明。你本待洗腌臢，到惹得不乾净。精尻上，匀排七道青。扇圈大膏藥剛糊定，早難道外宣無病。」

關漢卿 號已齋叟。大都人。金末爲太醫院尹，金亡不仕。好談妖鬼，所著有鬼董。

西廂是王實甫撰。至草橋驚夢而止。此後乃關漢卿足成者。北曲故當以此壓卷。如曲中語：「雪浪拍長空，天際秋雲捲；竹索纜浮橋，水上蒼龍偃。」「滋洛陽千種花，潤梁園萬頃田。」「東風摇曳垂楊綫，游絲牽惹桃花片，珠簾捲映芙蓉面。」「法鼓金鐃，二月春雷響殿角；鍾聲佛號，半天風雨灑松梢。」是駢儷中景語。「手掌兒裏奇擎，心坎兒裏温存，眼皮兒上供養。」「哭聲兒似鶯囀喬林，淚珠兒似露滴花梢。」「繫春心情短柳絲長，隔花陰人遠天涯近。香消了六朝金粉，瘦減了三楚精神。」「玉容寂寞梨花朵，臙脂淺淡櫻桃顆。」是駢儷中情語。「他做了影兒裏情郎，我做了畫兒裏愛寵。」「拄着拐幫閑鑽懶，縫合脣送暖偷寒。」「昨夜箇熱臉兒對面搶白，今日箇冷句兒將人厮侵。」「半推半就，又驚又愛。」是駢儷中諢語。「落紅滿地胭脂冷。」「夢裏成雙覺後單。」是單語中佳語。只此數條，他傳奇不能及。録鬼簿以董解元西廂記壓卷，不著名字，但云仕金章宗朝爲翰林學士，時鍾嗣成以前輩名士呼之。其記實爲王、關之祖。

王實甫不但長於情辭。有歌舞麗春堂雜劇，其十三換頭落梅風内：「對青銅，猛然間，兩鬢霜。全不似舊時模樣。」又，絲竹芙蓉亭雜劇仙吕一套，通篇皆本色語，其間如混江龍内：「想着我懷兒中受用，怕甚麽臉兒上搶白。」元和令内：「他有曹子建七步才，還不了龐居士一分債。」勝葫蘆内：「兀的般月斜風細，更闌人靜，天上巧安排。」寄生草内：「你莫不，一家兒受了康禪戒。」此等皆俊語。

王實甫別情堯民歌云：「自別後，遥山隱隱。更那堪，遠水粼粼。見楊柳，飛綿衮衮。對桃花，醉臉醺醺。透内閣，香風陣陣。掩重門，暮雨紛紛。怕黄昏，不覺又黄昏。不銷魂，怎地不銷魂？新啼痕壓舊啼痕，斷腸人憶斷腸人。今春香肌瘦幾分，摟帶寬三寸。」

王實甫春睡山坡羊云：「雲鬆螺髻，香温鴛被。掩春閨，一覺傷春睡。柳花飛，小瓊姬。一片聲，雪下呈祥瑞，把團圓夢兒生喚起。誰不做美？呸！卻是你。」

關漢卿續西廂極力模擬，其商調集賢賓及掛金索：「裙染榴花，睡損胭指皺。紐結丁香，掩過芙蓉扣。綫脱珍珠，淚濕香羅袖。楊柳眉顰，人比黄花瘦。」俊語亦不減王。

賀方回浣溪沙有云：「淡黃楊柳帶栖鴉。」關漢卿演作四句云：「不近諠譁，嫩緑池塘藏睡鴨。自然幽雅，淡黃楊柳帶栖鴉。」青出於藍，無妨並美。

關漢卿嘗見一從嫁媵婢，作小令云：「髻鴉臉霞，屈殺了將陪嫁。規摹全似大人家，不在紅娘下。巧笑迎人，文談回話，真如解語花。若咱得他，倒了蒲桃架。」

關漢卿題情一半兒詞云：「雲鬟霧鬢勝堆雅，淺露金蓮簌絳紗。不比等閑墻外花。罵你箇俏冤家，一半兒難當，一半兒耍。碧紗窗外靜無人，跪在床前忙要親。罵了箇負心回轉身。雖是我話兒嗔，一半兒推辭，一半兒肯。」

關漢卿別情梧葉兒詞曰：「別離易，相見難，何處鎖雕鞍？春將去，人未還。這其間，殃及殺，愁眉淚眼。」

關漢卿嘲禿指甲醉扶歸云：「十指如枯筍，和袖捧金樽。搊殺銀箏字不真，搔痒天生鈍。縱有相思，淚痕索把拳頭揾。」元人有詠指甲得勝令一闋：「宜將鬭草尋，宜把花枝浸。宜將繡綫勻，宜把金針絍。宜操七絃琴，宜結兩同心。宜托腮邊玉，宜圈鞋上金。難禁得一掐，通身沁知音。治相思，十箇針。」艷爽之極，又出王、關之上。

馬致遠

號東籬。元人樂府稱關、馬、鄭、白爲四大家。鄭名德輝，白名仁甫。涵虚子元詞記謂：「漢卿如瓊筵醉客，致遠如朝陽鳴鳳，德輝如九天珠玉，仁甫如鵬摶九霄。」

馬致遠雙調秋思，放逸宏麗而不離本色，押韻尤妙，元人稱爲第一，真不虚也。夜行船：「百歲光陰如夢蝶。重回首，往事堪嗟。昨日春來，今朝花謝。急罰盞，夜闌燈滅。」喬木查：「秦宫漢闕，都做了衰草牛羊野。不恁漁樵無話説。縱荒墳，横斷碑，不辨龍蛇。」慶宣和：「投至狐蹤與兔穴，多少豪傑。鼎足三分半腰折，魏耶？晉耶？」落梅風：「天教富，莫太奢。無多時，好天良夜。看錢奴，硬將心似鐵。空辜負，錦堂風月。」風入松：「眼前紅日又西斜，疾似下坡車。曉來清鏡添白雪。上床和鞋履相别，莫笑鳩巢計拙。葫蘆提一恁粧呆。」撥不斷：「利名竭，是非絶。紅塵不向門前惹。緑樹偏宜屋角，遮青山，正補墻頭缺。竹籬茅舍。」離亭宴歇：「蛩吟一覺纔寧貼，鷄鳴萬事無休歇。争名利，何年是徹。密匝匝，蟻排兵，亂紛紛，蜂釀蜜，鬧穰穰，蠅争血。裴公緑野堂，陶令白蓮社，愛秋來那些。和露摘黄花，帶霜烹紫蟹，煮酒燒紅葉。人生有限杯，幾箇登高節？囑付俺頑童記者：便北海探吾來，道東籬醉了也。」看他用蝶、穴、傑、别、竭、絶字，是入聲，作平聲。闕、説、鐵、雪、拙、缺、貼、歇、徹、血、節字，是入聲，作上聲。滅、月、葉，是入聲，作去聲。無一字不妥。

馬東籬又有天浄紗秋思詞曰：「枯藤老樹昏鴉，小橋流水人家，古道西風瘦馬。夕陽西下，斷腸人在天涯。」前三對更「瘦馬」二字去上，極妙。秋思之祖也。

鄭德輝王粲登樓中吕迎仙客云：「雕簷紅日低，畫棟綵雲飛。十二玉闌天外倚。望中原，思故國，感慨傷悲。一片鄉心碎。」妙在「倚」字上聲起音，一篇之中唱此一字。况務頭在其上，「原」「思」字屬陰，「感慨」上去，尤妙。迎仙客累百，無此調也。美哉，德輝之才名不虚傳。

鄭德輝所作情詞亦自與人不同，如㑳梅香頭一折寄生草：「不争琴操中，單訴你飄零。卻不道，窗兒外，更有個人孤另。六么序，卻原來，群花美影。將我來諕一驚。」此語何等藴藉。大石調初問口内：「又不曾薦枕席，便指望同棺椁。只想夜偷期，不記朝聞道。」好觀音内：「上覆你箇、氣咽聲緑張京兆。本待要填還你、枕剩衾薄，語不着相。」情意獨至，真得詞家三昧者。

㑳梅香第三折越調，雖不入絃索，然自是妙。如小桃紅云：「是害得神魂蕩漾，也合將眼皮開放。你好熱莽也，沈東陽。」調笑令内：「擘面的便搶白殺那病襄王。呀！

怎生來番悔了，巫山窈窕娘。滿口裹之乎者也，没攔當，都噴在那生臉上。謊的那有情人，恨無箇地縫藏。羞殺也，傅粉何郎。禿厮兒請學士，休心勞意攘。俺小姐他只是作耍難當。」止是尋常説話，略帶訕語，然中間意趣無窮，以便是作家。

鄭德輝倩女離魂越調聖藥王內：「近蓼花，纜釣槎，有折蒲衰草緑蕪葭。過水洼，傍淺沙，遥望見、煙籠寒水月籠沙。我只見，茅舍兩三家。」如此等語，清麗流便，語入本色，然殊不穠郁。宜不諧於俗耳也。

白仁甫勸飲寄生草詞曰：「長醉後，方何礙，不醉時，有甚思。糟醃兩箇『功名』字，醅渰千古興亡事，麯埋萬丈虹蜺志。不達時，皆笑屈原非；但知音，盡説陶潛是。」命意、造語、下字俱好。最是「陶」字屬陽協音，若以「淵明」字，則「淵」字唱作「元」字，蓋「淵」字屬陰。「有甚」二字上去聲，「盡説」二字去上聲，更妙。「虹蜺志」「陶潛是」，務頭也。

白仁甫沉醉東風漁父詞云：「黄蘆岸，白蘋渡口。緑楊堤，紅蓼灘頭。雖無刎頸交，卻有忘機友。點秋江白鷺沙鷗，傲殺人間萬户侯。不識字，煙波釣叟。」元人有歸隱詞云：「問天公，許我閒身。結草爲標，編竹爲門。鹿豕成群。魚蝦作伴，鵝鴨比鄰。不遠游，堂上有親。莫居官，朝裏無人。黜陟休云，進退休論。買斷青山，隔斷紅塵。」亦有味而佳。

白仁甫有醉中天賦佳人臉上黑痣云：「疑是楊妃在，逃脱馬嵬災，曾與明皇捧硯來。美臉風流殺，叵奈揮毫李白，覷着嬌態洒松煙，點破桃腮。」或以爲杜遵禮作。白仁甫題情陽春曲云：「笑將紅袖遮銀燭，不放才郎夜看書。相偎相抱取歡娱。止不過迭應舉，及第待何如？」又：「百忙裏鉸甚鞋兒樣？寂寞羅幃冷串香。向前摟定可憎娘。止不過赶嫁粧，悮了又何妨？」

詹玉

號天游。有送童甕天兵後歸杭齊天樂一闋。蓋伯顔破杭州之後也。

詹天游以艷辭得名，有妓訴狀，立雨中，天游賦清平調云：「醉紅宿翠，髻嚲烏雲墜。管是夜來不睡，那更今朝早起？　東風滿搦腰支，階前小立多時。恰恨一番新雨，想應濕透鞋兒。」或以爲毛秉作。

故宋駙馬楊震，有十姬皆絶色，名粉兒者猶勝。一日，招詹天游宴，盡出諸姬佐觴，天游屬意於粉兒，口占一詞云：「淡淡青山兩點春，嬌羞一點口兒櫻。一梭兒玉，一窩雲。白藕香中見西子，玉梅花下遇昭君。不曾真箇也銷魂。」楊遂以粉兒贈之，曰：「請天游真箇銷魂也。」

詹天游後爲翰林學士，熊納齋嘗以軟香遺之，因作慶清朝慢以謝曰：「紅雨争妍，芳塵生潤，將春都揉成泥。分明蕙風薇露，持掬花枝。款款汗酥薰透，嬌羞無奈温雲癡。偏廝稱，霓裳霞珮，玉骨冰肌。　梅不似，蘭不似，風流處，那更著急聞時。驀地生綃扇底，嫩凉浮動好風微，醉得渾無氣力。海棠一色睡臙脂。問滋味，殢人花氣，韓壽争知？」

蔣捷　字勝欲，號竹山。宜興人。宋鄉貢進士，宋亡不仕。

蔣捷元夕女冠子云：「蕙花香也，雪晴池館如畫。春風飛到，寶釵樓上，一片笙簫，琉璃光射。而今燈謾挂。不是暗塵明月，那時元夜。況年來心懶意怯，羞與鬧蛾兒争耍。　江城人悄初更打。問繁華誰解再向天公借！剔殘紅灺，但夢裏隱隱鈿車羅帕。吴牋銀粉，待把舊家風景，寫成閒話。笑緑鬟鄰女，倚窗猶唱『夕陽西下』。」

蔣捷一剪梅辭云：「一片春愁帶酒澆。江上舟摇，樓上帘招。秋娘容與泰娘嬌。風又飄飄，雨又蕭蕭。　何日雲帆卸浦橋？銀字箏調，心字香燒。流光容易把人拋。紅了櫻桃，緑了芭蕉。」番禺人作心字香，用素馨茉利半開者，著净器中，以沉香薄劈，層層相間，密封之，日一易，不待花蒸，花過香成。所謂心字香者，以香末縈篆成心字也。心字羅衣，則謂心字香熏之爾。

蔣捷解佩令春詞云：「春晴也好，春陰也好，着些兒春雨越好。春雨如絲，繡出花枝紅裊。怎禁他孟婆合皂！梅花風小，杏花風小，海棠風驀的寒悄。歲歲春光，被二十四風吹老。楝花風爾且慢到。」

蔣捷有友人去妾，賦風入松戲之曰：「東風舊日小桃枝，仙夢已雲迷。畫闌紅子樗蒲處，依然是、春晝簾垂。恨殺河東獅子，驚回海底鷗兒。尋芳少步莫嫌遲。此去卻慵移。斷腸不在分襟後，元來在、襟未分時。柳岸猶攜素手，蘭房早掩朱扉。」

堯山堂外紀卷六十九

元

劉秉忠 字子晦。邢臺人。因從釋氏，又名子聰。

劉太保自號藏春散人，每以吟詠自適，其詩蕭散閒淡，類其爲人。有有懷絶句云：「雨過幽庭長緑苔，東風時爲掃塵埃。無人曾見春來處，門外桃花只自開。」

劉太保乾荷葉曲云：「乾荷葉，色蒼蒼，老柄風搖蕩。減了清香越添黄，都因昨夜一場霜。寂寞秋江上。」此秉忠自度曲，曲名乾荷葉，即詠乾荷葉，猶是唐辭之意。又一首吊宋云：「南高峰，北高峰，慘淡煙霞洞。宋高宗，一場空，吴山依舊酒旗風。兩度江南夢。」此借腔别詠者。其曲悽惻感慨，千古寡和。

劉太保三奠子詞曰：「念行藏有命，煙水無涯。嗟去雁，羨歸鴉。半生身累影，一事鬢成華。東山客，西蜀道，且還家。壺中日月，洞裏煙霞。春不老，景長佳。功名眉上鎖，富貴眼前花。三杯酒，一覺睡，一甌茶。」

劉太保弟秉志亦能詩。登隨州白雲樓題絶句曰：「旌旗嫋嫋入隨州，江漲祥煙散復收。黄耳不來家信遠，西風腸斷白雲樓。」

郝經 字伯常。陵川人。謚文忠。

蜀人唐仲明，子西孫也。蜀破被俘，鬻於燕市。安陸趙仁甫作疏鳩貲贖之。疏中有云：「錦江秀色，都爲巴蜀之蕭條；玉壘浮雲，盡入峨眉之悲慘。」郝伯常讀而傷之，作蜀亡歎畀仲明爲行券，云：「子規啼缺峨眉月，嘉陵江中半江血。青天蜀道爲坦塗，馬蹄蹴落陰山雪。芙蓉城碎朔風急，虓虎磨牙綺羅穴。不識兵戈三百年，叠鼓一聲肝膽裂。坡仙玉里子西孫，挺身北走來中原。峨岷秋色横眉宇，骯髒獨倚燕市門。時望蘇門一迴首，漠漠萬里煙塵昏。古言蜀險甲天下，一夫扞禦足成霸。前劉後李王復孟，虎視中原雄並駕。于今底事谷爲陵，錦城萬里趨龍庭。當時不與秦塞通，一天自可延千齡。吾子莫漫嗟飄零，厲階權輿實五丁。」

巴陵女子韓希孟，魏公五世孫、賈尚書男瓊之婦，宋開慶己未九月，元兵渡江，其將臣拔都自鄂渚覘上流，岳破，民被俘虜，韓在行中，乃裂衣書其姓氏，并詩數百言，其略云：「退鷁落迅風，孤鸞吊空影。簪堅折白玉，瓶沉斷青綆。妾死志不移，改邑不改井。我本瑚璉器，安能作溺皿。借此清江流，葬我全首領。皇天如有知，定作血面請。願魂化精衛，填海使成嶺。」遂自沉以死。郝伯常作巴陵女子行弔之云：「巴陵女子尚書婦，生平不識門前路。亂兵驅出勢倉皇，夫壻翁姑在何處？吞聲掩淚行且啼，啼痕沾濕越羅衣。此身忍使人再辱，裂帛暗寫臨終詩。上言社稷安危事，下説投江誓天志。一回宛轉一悲辛，心折魂飛不成字。詩成淚盡赴江流，蛾眉蕭颯天爲愁。芙蓉零亂入秋水，玉骨直葬青海頭。古來烈婦纔一二，誰似巴陵更文理。名與長江萬古流，丞相魏公猶不死。」

中統初，世祖欲告即位，定和議于宋，郝經充國信使以行，賈似道幽之於儀真忠勇軍營，防守嚴，至介佐或不堪。郝賦詩曰：「重圍雨久塌莓苔，火鋪喧呼著棘栽。唯有東風難禁約，隔墻吹過落花來。」一日，館人供雁，又賦詩曰：「持節江頭久食魚，館人供雁意踟躕。呼兒細看雲間足，恐有中原問訊書。」

趙仁甫嘗宿郝伯常家之蝸殼庵，時霜清月冷，聞角聲寥亮，伯常作聽角行以贈其行，有云：「漢家有客北海北，節毛落盡頭毛白。聽此空令雙淚垂，中原雁斷無消息。南枝越鳥莫驚飛，牢落天涯永相失。江上舊梅花，今夜落誰家？樓頭有恨知何事？牽住晴空幾縷霞。」及伯常拘儀真，每聞角聲，因思向來卒章四句，便有江城羈留之兆，因作後聽角行以自釋云：「燕南壯士江城客，孤館無眠心已折。那堪夜夜聞角聲，怨曲悲凉更幽咽。一噴牽殘楊柳風，五更吹落梅花月。霜天裂卻浮雲散，雁行斷盡疎星接。餘音眇眇渡江去，依稀似向愁人說。勸君且莫多嘆嗟，家人恨殺生離別。可憐辛苦爲誰來，凋盡朱顏頭半白。萬緒千端都上心，一寸肝腸能幾截。當時聽角送南人，南人吹角不送人。不如睡着東風惡，拍枕江聲總不聞。」

宋咸淳癸酉，郝伯常被留真州已十五年，時有以生雁饋者，伯常因作詩以帛書云：「零落風高縱所如，歸期回首是春初。上林天子援弓繳，窮海纍臣有帛書。」並署年月姓名，通五十九字，皆有陵川郝氏印方一寸，文透於面，繫雁足縱之。是年十二月，伯顏師渡大江，明年二月，賈似道潰，命總管段祐送伯常歸國。三月，虞人始獲雁於汴梁金明池，四月，公至燕都，而七月遂卒。其書稱中統十五年，即至元十一年。南北隔絕，但知建元爲中統也。帛書爲安豐教授王時中所得。延祐五年春，集賢學士郭貫出持淮西使節，見焉，遂奏于朝。敕中使取之，仁宗詔裝潢匠成卷，翰林集賢文臣各題識之，藏諸東觀。王約、吴澄、袁桷、蔡文淵、李源道、鄧文原、虞集皆有作。

伯顔

蒙古部人。宋末下時，江南謡云：「江南若破，百雁來過。」當時莫喻其意。及宋亡，蓋知指丞伯顔也。

宋咸淳末，世祖命伯顔總制大軍收江南，伯顔有詩曰：「劍指青山山欲裂，馬飲長江江欲竭。精兵百萬下江南，干戈不染生靈血。」又題馬鞭云：「一節高兮一節低，幾回敲鐙月中歸。雖然三尺無鋒刃，百萬英靈屬指揮。」及軍迴，過梅嶺岡，復留題曰：「馬首經從庾嶺歸，王師到處悉平夷。擔頭不帶江南物，只插梅花一兩枝。」伯顔丞相與張九元帥席上各作一喜春來詞，伯顔詞云：「金魚玉帶羅襴扣，皂蓋朱幡列五侯。山河判斷在俺筆尖頭。得意秋。分破帝王憂。」張九詞云：「金裝寶劍藏龍口，玉帶紅絨掛虎頭。緑楊影裏驟驊騮。得志秋。名滿鳳皇樓。」師才相量，各言其志。

張弘範 字仲疇。河内人。柔第九子，受學于郝伯常。

張弘範圍襄陽，賦鷓鴣天詞云：「鐵甲珊珊渡漢江，南蠻猶自不歸降。東西勢列千層厚，南北軍屯百萬長。弓扣月，劍磨霜。征鞍遥日下襄陽。鬼門今日功勞了，好去臨江醉一場。」

張弘範詠海棠點絳唇詞云：「醉臉匀紅，向人無語詩顔色。一枝春雪，猶染嵬坡血。庭院黄昏，燕子來時節。芳心折，露垂香頰，羞對開元月。」

張弘範携妓泛舟遇雨，賦詩云：「醉漾蘭舟去，歡聲儘棹遲。舞回風過處，歌罷雨來時。鳳咮傳瓊液，鸞刀鱠玉絲。池塘煙樹外，一片畫中詩。」

張弘範遠煙詩云：「慘淡微風外，氤氳老樹頭。乍驚香霧薄，遥認斷雲浮。日落山腰暮，雨晴天際秋。晴明藏不得，一片晉家羞。」

張弘範燭淚詩云：「惜别終宵話不休，煌煌燈燭照離愁。蠟花本是無情物，特向人前也淚流。」

張弘範雛燕詩云：「羽爲香潤態含癡，睡足雲兜力尚微。喚母但能啾唧語，戀巢猶倦往來飛。薰風庭院簾初捲，落日池臺人乍歸。白鳳赤龍渾異事，争如隨分着烏衣。」

盧摯字處道，號疎齋，涿郡人。座右大書一「天」字，其下細注六字云：「有記性，不争性。」

有以采薇圖求盧疎齋題者，疎齋援筆云：「服藥求長年，孰與孤竹子？一食西山薇，萬古猶不死。」

杜妙隆，金陵佳麗人也。盧疏齋欲見，不果，因題踏莎行于壁云：「雪暗山明，溪深花藻。行人馬上詩成了。歸來聞説妙隆歌，金陵卻比蓬萊渺。寶鏡慵窺，玉容空好，梁塵不動歌聲悄。無人知我此時情，春風一枕松牕曉。」

盧疏齋有落梅風一闋别歌者珠簾秀云：「纔懽悦，早間别。痛殺俺好難割捨。畫船兒載將春去也，空留下半江明月。」珠簾秀答詞云：「山無數，煙萬縷。憔悴煞，玉堂人物。倚蓬窗，一身兒活受苦。恨不得隨大江東去。」

孔文昇，字退之，先聖五十四代孫也。盧疏齋雅相推重，一游一燕，未不與退之同處，或賦詩詞，必先書見示。一日，廉使容齊徐公琰云：「書中有女顏如玉。」戲謂退之曰：「試爲我屬一對。俗語尤佳。」退之即應曰：「路上行人口似碑。」容齊大喜。退之幼在金陵郡庠，從戴表元游。表元每因暇即以方言俗諺作題，令諸生破，如經義法。一日，命破「樓」字，退之曰：「因地之不足，取天之有餘。」表元大喜。又命以諺云：「寧可死，莫與秀才擔擔子。」肚裏饑，打火又無米。」破曰：「小人無知，不肯竭力以事君子。君子有義，不能求食以養小人。」按：宋末人多戲爲之。如古曲題云：「看看月上蒲萄架，那人應是不來也。最苦是，一雙鳳枕，閑在繡幃下。」破云：「時至人未至，君子不能無疑心。物偶人未偶，君子不能無感心。」小曲題云：「媽媽只要光光鏝，我苦何曾管？雪下去送官賣酒，輪番幾曾得免？怎容懶？有客教奴伴。」破云：「吾親徇利而忘義，既不能以憂人之憂吾身，徇公而忘私，人强欲以樂人之樂。」

姚燧 柳城人。樞之姪，號牧菴。

姚牧菴醉高歌辭云：「十年燕月歌聲，幾點吳霜鬢影。西風吹起鱸魚興，已在桑榆暮景。榮枯枕上三更，傀儡塲中四并。人生幻化如泡影，幾箇臨危自省。」

姚牧菴寄征衣凭闌人調云：「欲寄君衣君不還，不寄君衣君又寒。寄與不寄間，妾身千萬難。」

張怡雲，大都名妓也。姚牧菴、閻靜軒每於其家小飲，嘗佐貴人樽俎，姚偶言「暮秋時」三字，閻命怡雲續而歌之，張應聲作小婦孩兒，且歌且笑，曰：「暮秋時，菊殘猶有傲霜枝，西風了卻黃花事。」貴人曰：「且止。」遂不成章。史中丞嘗遇姚牧菴、閻靜軒於道，笑而問曰：「二先生所往，容侍行否？」因命騶從歸携酒饌，同造怡雲海子上之居。姚命張取酒先壽史，張且歌「雲間貴公子，玉骨秀橫秋」水調歌一闋，史喜甚。席終，左右欲徹酒器皆金玉者，史云：「休將去。留待二先生來此受用。」

姚牧菴爲翰林學士承旨日，玉堂設宴，歌妓羅列，中有一人，秀麗閒雅，微操閩音，公使來前，問其履歷，初不以實對，叩之再，泣而訴曰：「妾乃建寧人氏，真西山後也。父官朔方時，禄薄不足以給，侵貸公帑無償，遂賣入娼家，流落至此。」公命之坐，仍遣使詣丞相三寶奴，請爲落籍，丞相素敬公，意公欲以侍中櫛，即令教坊檢籍除之，公得報，語一小史黃球曰：「我以此女爲汝妻，女即以我爲父也。」史忻然從命。史後至顯官。京師人相傳以爲盛事。嘉興貝闕詩曰：「斷絲棄道邊，何日緣長松？隨羽別炎洲，不復巢梧桐。昔在至元日，六合車書同。玉堂盛文士，燕集來雍雍。金刀手割鮮，酒給蒲萄濃。坐有一枝春，秀色不可雙叶。娉婷劉碧玉，綽約商玲瓏。寶釧金雀釵，已覺燕趙空。或聞操南音，未解歌北風。上客驚且疑，姓字初未通。問之慚復泣，乃起陳始終。妾本建寧女，遠出西山翁。父母生妾時，謂是金毋童。梨花鎖院落，燕子窺簾櫳。迢迢宦朔方，位卑食不充。侵貸國有刑，桎梏加父躬。粥女以自贖，白璧淪泥中。秋娘教歌舞，屢入明光宮。永爲娼家婦，遂屬梨園工。京華多少年，門外嘶青驄。不如孟光醜，猶得嫁梁鴻。自傷妾薄命，失落似秋蓬。客聞爲三嘆，天道何懵懵？遣使白宰相，削籍歸舊宗。小吏十八九，勿恨相如窮。配爾執箕箒，今夕看乘龍。鴛鴦並玉樹，鸚鵡閉金籠。棄汝桃花扇，紅牙不復從。提瓮自汲水，絺綌自御冬。時多困轗軻，事或忻遭逢。安知百尺井，忽登群玉峰。借問爲者誰？内相姚文公。」

姚牧菴致政家居，年八十。時夏日沐浴，有侍妾在側，公因私焉。公起，妾前拜曰：「主公年老，賤妾倘有娠，家人必見疑，願賜識驗。」公因捉其肚圍，題詩于上曰：「八十年來遇此春，此春遇後更無春。縱然不得扶持力，也作墳前拜掃人。」公薨後，此妾果有子，家人疑其外通，妾出此詩，遂解。當時士大夫與其子交者，皆傳誦以爲笑。

陳孚 字剛中，台州人。至元中，以布衣獻大一統賦。

陳剛中初嘗爲僧以避世變。一日，大書所作詩於其父執某之粉墻上云：「我不學寇丞相，地黄變髮髮如漆。又不學張長史，醉後揮毫掃狂墨。平生紺髮三十丈，幾度和雲眠石上。不合感時怒衝冠，天公罰作圓頂相。肺肝本無兒女情，亦豈惜此雙髩青！只憶山間秋月冷，搔首不見鬔鬆影。」父執見之曰：「此子欲歸俗也。」命養髮，經半年餘，以女歸之。

陳剛中雖獲佳偶，自妻母以至妻之兄姊弟妹皆不然，遂挈家入京，館閣諸老交章薦舉，入翰林。端陽日，當母誕，作太常引二首云：「綵絲堂上簇蘭翹。記生母在今朝。無地捧金蕉。奈煙水龍沙路遥！碧天迢遞，白雲何處？急雨蕭蕭！萬里夢魂銷。待飛逐錢唐夜潮。」其二：「短衣孤劍客乾坤。奈無策報親恩！三載隔晨昏。更踈雨寒燈斷魂！赤城霞外，西風鶴髮，猶想倚柴門。蒲醑漫盈樽！倩誰寫，青山淚痕。」時爲編修云。

至元末，朝廷遣吏部尚書梁曾使交趾，以陳剛中攝禮部郎中副之。至交州，賦詩曰：「老母越南垂白髮，病妻塞北倚黄昏。蠻煙瘴雨交州客，三處相思一夢魂。」及抵安南國，以文字言語諭之，其國遂降。梁曾字貢父，燕京人。後大德間，爲杭州路總管，嘗作西湖送春詞一闋，調木蘭花慢云：「問花花不語，爲誰落？爲誰開？筭春色三分，半隨流水，半入塵埃。人生能幾歡笑？但相逢樽酒莫相推。千古幕天席地，一春翠繞珠圍。彩雲回首暗高臺。煙樹渺吟懷。拚一醉留春，留春不住，醉裏春歸。

西樓半簾斜日，怪御春燕子卻飛來。一枕青樓好夢，又教風雨驚回。」

陳剛中入安南，絶不作詩。清明感事集句云：「十里宜春下苑花，五年寒食住京華。自憐慣識金蓮燭，奉使虚隨八月槎。」「回首扶桑銅柱標，芙蓉帳暖度春宵。清明寒食誰家哭？折戟沉沙鐵未消。」「水流花謝兩無情，獨上高樓望帝京。閑憶金明池上路，人生看得幾清明？」「江東行客思悠哉，不盡長江滚滚來。寒食清明都過了，鷓鴣飛上越王臺。」「台州城闊海冥冥，人踏金鰲背上行。獨在異鄉爲異客，無花無酒過清明。」「慈母年高鶴髮垂，鄉書無雁到家遲。初過寒食一百六，一日思親十二時。」「共藉梨花作寒食，孟光舉案與眉齊。越裳翡翠無消息，夜合花前日又西。」「寒食家家出古城，滿川風雨看潮生。八千里外飄零客，起向朱櫻樹下行。」「一百五日寒食雨，風光别我苦吟身。尚書氣與秋天杳，同是天涯流落人。」剛中在安南，有紀事詩曰：「鼻飲如瓴甋，頭飛似轆轤。」蓋言土人有能鼻飲者，有頭能夜飛於海食魚，曉復歸身者。嬴蟲集中載：老撾國人，鼻飲水漿，頭飛食魚。近汪海雲亦能鼻飲。頭飛則怪也。星槎勝覽亦言：「占城國婦人有頭飛者，夜飛食人糞矢，知而固封其項，或移其身，則死矣。」作書者自云目擊其事。考占城正接安南之南，而老撾正接安南西北，始信陳詩不誣。

陳剛中題博浪沙云：「一擊車中膽氣高，祖龍社稷已驚摇。如何十二金人外，猶有民間鐵未消?」題范增墓云:「七十衰翁兩鬢霜,西來一笑火咸陽。平生奇計無他事,只勸鴻門殺漢王。」元時,臨安項羽廟火,人有詩曰:「嬴秦久矣酷斯民,羽入關中又一秦。父老莫嗟遺廟毀,咸陽三月是何人?」

吕徽之

仙居人。博學能詩文,問無不知。一日,與陳剛中遇于道,剛中時猶布衣,策蹇驢行,見徽之風神高遠,問曰:「得非吕徽之乎?」曰:「然。」徽之亦問:「君非陳剛中乎?」曰:「然。」遂握手若平生歡。因共論驢事。徽之言一事,剛中答一事,互至四十餘事,剛中已竭。徽之曰:「我尚記得某出某書,某出某傳。」復三十餘事。剛中深歎,以爲不能及。

吕徽之家萬山中,以耕漁自給。一日,詣富家易穀種,大雪,立門下,聞閣中有吟哦聲,乃一人分韻得「滕」字,苦吟弗就,徽之不覺失笑,衆詰其故,徽之曰:「我意舉滕王蛺蝶事耳。」衆皆歎服,固邀入閣,以「藤滕」二字請足成之。徽之即援筆云:「天上九龍施法水,人間二鼠齧枯藤。鶩鵝聲亂功收蔡,蝴蝶飛來妙過滕。」復請和「曇」字韻詩,又隨筆云:「萬里關河凍欲含,渾如天地尚函三。橋邊驢子詩何惡?帳底羔兒酒正酣。竹委長身寒郭索,松埋短髮老瞿曇。不如乘此擒元濟,一洗江南草木慚。」寫訖便出門,留之不可得,問其姓字,亦不答,與之穀,不受,刺船去。遣人遥尾其後,路甚僻，識其所而返。雪晴往訪焉，惟草屋一間，家徒四壁立，忽米桶中有人，乃其妻也，因天寒無衣，故坐其中。時徽之在溪上捕魚，望見諸公，乃隔溪謂曰：「我得魚，當換酒飲諸公也。」少頃，携魚與酒至，盡歡而散。翼日，復有人躡其蹤，則徽之已遷居矣。

梁棟　字隆吉。

梁隆吉以其弟中砥爲黄冠，受業三茅山，嘗往還，或終歲焉。一日，登大茆峰，題壁賦長句有云：「大龍上天寶劍化，小龍入海明珠沉。安得長松撑日月，華陽世界收層陰。」隆吉每恃己才藐忽衆人，人多憾之。一黄冠與隙，訴此詩於句容縣，以爲謗訕朝廷，有思宋之心。縣上於郡，郡達於行省，行省聞之都省。直毁屋壁，函置京師，收繫于獄。久而得釋，放還江南。

梁隆吉四禽言詩曰：「不如歸去。錦官宫殿迷煙樹。天津橋上一兩聲，叫破中原無住處。不如歸去。」「行不得也哥哥。湖南湖北春水多。九疑山前叫虞舜，奈此乾坤無路何。行不得也哥哥。」「脱卻布袴。貧家能有幾尺布？寒機織盡無得裁，可人不來廉叔度。脱卻布袴。」「提壺蘆，提壺蘆。今年酒賤頻頻沽。衆人皆醉我亦醉，哀哉誰問醒三閭。提壺蘆，提壺蘆。」

梁隆吉登鎮海樓聞角聲，賦絶句云：「聽徹哀吟獨倚樓，碧天無際思悠悠。誰知盡是中原恨，吹到東南第一州。」

梁隆吉念奴嬌詞曰：「一場春夢，待從頭、説與傍人聽着。罨畫溪山紅錦幛，舞燕歌鶯臺閣。碧海傾春，黄金買夜，猶道看承薄。雕香剪玉，今生今世盟約。須信歡樂過情，閑嗔冷妬，一陣東風惡。韻白嬌紅消瘦盡，江北江南零落。骨朽心存，恩深緣淺，忍把羅衣着。蓬萊何處？雲濤天際冥漠。」

堯山堂外紀卷七十

元

龍仁夫 字觀復。永新人。號麟洲。

呂文煥遊潯陽琵琶亭，龍麟洲見之。呂令賦詩，麟洲即席爲詩曰：「老大蛾眉負所天，忍將離怨付哀絃。江心正好看明月，又抱琵琶過别船。」詩意譏其負宋。呂大慙。至元間，有官之宣府，買得錢唐陸蕙奴隨任，蕙題詩船窗云：「爺娘重利妾身輕，獨抱琵琶萬里行。彈到陽關齊拍手，不知元是斷腸聲。」含無限悲怨。非抱器過船者比。

龍麟洲過福建，憲府設宴，命官妓小玉帶佐觴，酒半，憲使舉盃請曰：「今日之歡，皆玉帶爲也。願先生酬以詩。其毋辭。」時先生負海内重名，雅畏清議，又不能違憲使之請，遂書一絶句云：「菡萏池邊風滿衣，木樨亭下雨霏霏。老夫記得坡仙語，病體難禁玉帶圍。」於是舉席稱嘆，盡歡而散。

趙孟頫　字子昂。宋王孫。居湖州。有古琴二，一曰大雅，一曰松雪，因以大雅名堂而號松雪焉。夫人管仲姬，名道昇，管仲直夫女。長子雍，字仲穆。婿王筠菴國器，字德璉，則王蒙叔明父也。

世祖嘗問葉李、留夢炎優劣於趙孟頫，孟頫對曰：「夢炎臣之父執，其人好謀能斷，有大臣器。葉李所讀之書，臣皆讀之，所知所能，臣皆知之能之。」帝曰：「汝以夢炎賢於李耶？夢炎在宋爲狀元宰相，當賈似道誤國罔上，夢炎依阿取容；李，布衣，乃伏闕上書。是賢於夢炎也。汝以夢炎父友，不敢斥言其非，可賦詩譏之。」孟頫賦詩曰：「狀元曾受宋家恩，國困臣强不敢言。往事已非那可説，且將忠直報皇元。」帝善卒章之意，歎賞不已。相傳松雪肌膚極細潤，常服止用軟綾絹，遇絺葛，肌即傷擦。元主以其儀觀非常，且宋宗室，懼爲衆望所歸，竊忌之。一日，步至館閣，松雪適據案書讀，乃默從後相其肩背，笑云：「此不過秀才官耳。」自是信任不疑。

京師城外萬柳堂亦一宴游處也。野雲廉公一日於中置酒，招疎齋盧公、松雪趙公同飲，時歌兒劉氏名解語花者，左手折荷花，右手執盃，歌小聖樂云：「緑葉陰濃偏池亭，水閣偏趁涼多。海榴初綻，朵朵蹙紅羅。乳燕雛鶯弄語，對高柳，鳴蟬相和。驟雨過，似瓊珠亂撒，打遍新荷。　人生百年有幾？念良辰美景，休放虛過。富貴前定，何用苦張羅？命友邀賓宴賞，飲芳醑，淺斟低歌。且酩酊，從教二輪，來往如梭。」調元遺山所製。當時名姬多歌之。既而行酒，趙公喜，即席賦詩曰：「萬柳堂前數畝池，平鋪雲錦蓋漣漪。主人自有滄洲趣，遊女仍歌白雪詞。手把荷花來勸酒，步隨芳草去尋詩。誰知咫尺京城外，便有無窮萬里思？」

趙子昂與李子構同遊海子上，子構即事賦詩曰：「馳道香塵逐玉珂，彤樓花暗鼓雲和。光風漸緑瀛洲草，細雨微生太液波。月榭管絃鳴曙早，水亭簾幙受寒多。少年易動傷心感，喚取蛾眉對酒歌。」子昂和詩曰：「小姬勸客倒金壺，家近荷花似鏡湖。遊騎等閒來洗馬，舞靴輕妙迅飛鳧。油雲判污纏頭錦，粉汗生憐絡臂珠。只有道人塵境靜，一襟涼思詠風雩。」子構名材，京兆人。年十七賦此詩。客有賦十月桃者，子構云：「劉郎再來歲云莫，王母一笑天回春。」衆皆鉗口不作。亦奇句也。

元盛時，揚州有趙氏者，富而好客，其家有明月樓，人作春題多未當其意。一日，趙子昂過揚，主人知之，迎致樓上，盛筵相款，所用皆銀器，酒半，出紙筆求作春題，子昂援筆書云：「春風閬苑三千客，明月揚州第一樓。」主人得之喜甚，盡徹酒器以贈子昂。是時江右胡存齋參政亦好客，每虞閽人不爲通刺，若在家，即於門首掛一牌云：「胡存齋在家。」

客有以飛鳴宿食古雁圖求子昂跋者，時翰林諸公在焉。釋端元叟亦與坐末。諸公咸命賦詩，元叟即援筆題云：「年去年來年又年，帛書曾達茂陵前。影連薊北月横塞，聲斷衡陽霜滿天。雨暗荻花愁晚渚，露香菰米樂秋田。平生千里復萬里，塵世網羅空自懸。」諸公稱賞，即以詩授客去。

趙魏公刻私印曰水晶宫道人，錢唐周草窗以瑪瑙寺行者屬比之，魏公遂不用此印。後見草窗同郡崔進之藥肆懸一牌，曰「養生主藥室」，乃以「敢死軍醫人」對之，進之亦不復設此牌。魏公語人曰：「吾今日方爲水晶宫吐氣矣。」一說，文敏公在京，與李息齋、袁子方同坐，適用此印，袁曰：「『水晶宫道人』政可對『瑪瑙寺行者』。」闔座絶倒。蓋息齋元居慶壽寺云。

趙松雪題秋胡圖曰：「相逢桑下説黄金，料得秋胡用計深。不是別來渾未識，黄金聊試別來心。」又：「郎恩葉薄妾冰清，郎説黄金妾不譍。若使偶然通一笑，半生誰信守孤燈？」後首或以爲錢顯作。

趙子昂嘗書淵明歸去來辭，得者珍藏之，有僧題絶句於後云：「典午山河半已墟，褰裳宵逝望歸廬。翰林學士宋公子，好事多應醉裏書。」後人不復着筆。吴人虞堪勝伯嘗題子昂苕溪圖云：「吴興公子玉堂仙，寫出苕溪似輞川。回首青山紅樹下，那無十畝種瓜田？」沈啓南題子昂畫馬一絶云：「隅目晶熒耳竹披，江南流落乘黄姿。千金千里無人識，笑看胡兒買去騎。」又周良石題子昂竹枝云：「中原日暮龍旂遠，南國春深水殿寒。留得一枝煙雨裏，又隨人去報平安。」三詩皆主刺譏，而勝伯之詞尤微婉云。

管夫人奉中宫命，題所畫梅詩云：「雪後瓊枝嫩，霜中玉蘂寒。前村留不得，移入月宫看。」仁宗命夫人書千文，敕玉工磨玉軸，送秘書監裝池收藏，因又命子昂書六體爲六卷，雍亦書一卷，且曰：「令後世知我朝有善書婦人，且一家皆能書。」亦奇事也。

管夫人漁父詞云：「人生貴極是王侯，浮利浮名不自由。争得似，一扁舟？弄月吟風歸去休。」子昂和云：「渺渺煙波一葉舟，西風木落五湖秋。盟鷗鷺，傲王侯，管甚鱸魚不上鈎！」又：「儂往東吴震澤州，煙波日日釣魚舟。山似翠，酒如油，醉眼看山百自由。」

趙松雪欲置妾，以小詞調管夫人云：「我爲學士，你做夫人。豈不聞，陶學士有桃葉桃根，蘇學士有朝雲暮雲。我便多娶幾箇吴姬越女何過分？你年紀已過四旬，只管占住玉堂春。」管夫人答云：「你儂我儂，忒煞情多。情多處，熱似火。把一塊泥，捻一箇你，塑一箇我。將咱兩箇，一齊打破，用水調和。再捻一箇你，再塑一箇我。我泥中有你，你泥中有我。與你生同一箇衾，死同一箇槨。」松雪得詞，大笑而止。吾衍子行，嘗作一小印，曰：「好嬉子。」蓋吳中方言。一日，魏國夫人作馬圖傳至子行處，子行爲題詩後，倒用此印，觀者咸疑其誤，魏公見之，罵曰：「此非誤也。他道婦人會作畫，倒好嬉子耳。」

趙仲穆能作蘭木竹石，張伯雨題其墨蘭詩曰：「滋蘭九畹空多種，何似墨池三兩花。近日國香零落盡，王孫芳草遍天涯。」仲穆見而愧之，遂不作蘭。

王德璉嘗作香奩踏莎行八闋，寄示楊廉夫，廉夫付翠兒度腔歌之。又評付龍洲章琬繡梓，以見王孫門中舊時月色，雖閱喪亂，固無恙也。金盆沐髮云：「寶鑑凝膏，温泉流膩，瑤纖一把青絲墜。冰膚淺漬麝煤春，花香石髓和雲洗。玉女峰前，咸池月底，臨風輕把犀梳理。陽臺行雨乍歸來，羅巾猶帶瀟湘水。」月奩匀面云：「冰鑑懸秋，瓊腮凝素，鉛華夜搗長生兔。玉容自擬比嫦娥，粧成更恐嫦娥妬。花影涵空，蟾光籠霧，芙蓉一朵溥秋露。年年只在廣寒宮，今宵鸞影驚相遇。」玉頰啼痕云：「粉結紅冰，香銷獺髓，鏡鸞影裏人憔悴。梨花帶雨不禁愁，玉纖彈盡相思淚。恨鎖春山，嬌横秋水，臉桃零落臙脂碎。故將羅帕揾啼痕，寄情欲比相思字。」黛眉顰色云：「淡掃春痕，輕籠芳靨，捧心不效吳宮怨。楚梅酸蹙翠尖纖，湘煙碧聚愁萋蒨。紺羽寒凝，月鈎金灩。鶯吭咽處微偷斂。新翻嫵態太嬌嬈，鏡中蛾緑和香點。」芳塵春跡云：「金谷遊情，消磨不盡，軟紅香裏雙鴛印。蘭膏步滑翠生痕，金蓮脱落淩波影。蝶徑遺踪，雁沙凝潤，爲誰留下東風恨？玉兒飛化夢中雲，青蘋流水空仙詠。」雲窗秋夢云：「煙冷瑶檽，神遊貝闕，芙蓉城裏花如雪。仙郎同躡鳳凰翎，千門萬户皆明月。海碧山青，天荒地老，滿身風露飄環玦。高樓畫角苦無情，一聲吹散雙飛蝶。」繡床凝思云：「翠藻文鴛，交枝連理，金鍼停處渾如醉。楊花一點是春心，鶻聲啼到人千里。唤醒離魂，猶疑夢裏，此情恰似東流水。雲窗霧閣没人知，綃痕浥透紅鉛淚。」金錢卜歡云：「暗擲龍文，尋盟鸞鏡，龜兒不似青蚨準。花房羞化彩蛾飛，銀橋密遮仙娥信。錦屋璚樓，薄情飄性，碧雲望斷紅輪暝。珠簾立盡海棠陰，怎當遥夜鴛衾冷。」

鮮于樞

字伯機。中歲刻苦讀書，因號困學。嘗書幅云：「登公卿之門，不見公卿之面，一辱也；見公卿之面，不知公卿之心，二辱也；知公卿之心，而公卿不知我之心，三辱也。大丈夫寧當萬死不可一辱！」此不知何人所言，而困學每喜書之。子必仁，字去矜。

元時，浙省廣濟庫，歲以富户司出納，延祐間，以富户侵用官資，無以爲償。府判王某素殘忍，乃拘其妻妾子女，命以小舟載之西湖，趁逐遊人，收其買姦錢納官。鮮于伯機作湖邊曲云：「湖邊蕩槳誰家女？綠慘紅愁羞不語。低回忍淚傍郎船，貪得金錢强歌舞。玉壺芙酒不消憂，魚腹熊蟠棄如土。陽臺夢短去匆匆，鴛鎖生寒愁日暮。安得義士擲千金，坐令桑濮歌行露。」其後王判之子孫有爲娼流者。伯機嘗蓄一鑾獅水滴，瑩如碧玉，鬚鬒、眉眼、膚理、衣褶，種種精緻，鑾腦爲竅，置吸子。乃漢物也。把玩未嘗釋手。一日，於西湖斷橋水閣倚闌，偶墮吸子湖中，百計求之不得。既他往。踰三年，復來斷橋俯瞰湖波，適霜降水落，泥漬星朗，曩時吸子儼然可掬，便解衣泅取，如獲至寶。賜號曰神人獅子。一時能詩者歌詠其事。

鮮于伯機宴客，命妓曹娥秀佐酒，曹賦性聰慧，色藝俱絶，鮮于偶因事入内，曹爲行酒，酒適遍，鮮于出自内，客曰：「伯機未飲。」曹亦曰：「伯機未飲。」客笑曰：「汝亦以伯機相呼乎？」鮮于佯怒，曹曰：「我呼伯機便不可，卻只許爾叫王羲之也？」一座大笑。

鮮于太常一印曰：「鮮于伯機父。」吾子行戲曰：「可對『尉遲敬德鞭』。」

鮮于伯機嘗於廢圃中得怪松一株，移植所居齋前，呼爲支離叟，朝夕撫翫以爲適。

杭瑪瑙寺僧温日觀性嗜酒，時至伯機家索飲醉，即抱支離叟，或歌或哭，每索湯浴，伯機必躬進澡豆云。日觀豪飲不羈，然楊總統飲以酒則不一沾唇，見輒罵曰：「掘墳賊，掘墳賊。」善畫葡萄，枝蔓皆合草書法，時寫詩文于上。嘗在朱宣慰家作畫訖，遂寫一詩云：「昔有朱買臣，今有朱宣慰。兩箇擔柴夫，並爲金紫貴。」朱雖武夫，然雅敬日觀，軒然笑曰：「我果會賣蘆柴，和尚知我。」厚酬之。

鮮于去矜寨兒令曰：「漢子陵，晉淵明，二人到今香汗青。釣叟誰稱？農父誰名？去就一般輕。五柳莊，月朗風清，七里灘，浪穩潮平。折腰時，心已愧，伸脚處，夢先驚。聽千萬古聖賢評。」

馮子振

號海粟，攸州人。時謂天下有名馮海粟。

馮海粟臨文時，每命侍史二三人潤筆以俟。海粟酒酣耳熱，據案疾書，隨紙數多寡，頃刻而畢。有塔燈詩云：「擎天一柱碍雲低，破暗功同日月齊。半夜火龍蟠地軸，八方星象下天梯。光摇灧澦沿珠蚌，影落滄溟照水犀。文焰逼人高萬丈，倒提鐵筆向空題。」又鶴骨笛詩云：「胎仙脱脛寄飛瓊，换羽移宫學鳳鳴。噴月未醒千載夢，徹雲猶帶九皋聲。管含芝露吹香遠，調引松風入髓清。莫向山頭吹莫雪，籠中媒老正關情。」

白無咎有鸚鵡曲云：「儂家鸚鵡洲邊住，是箇不識字漁父。浪花中，一葉扁舟，睡煞江南煙雨。覺來時，滿眼青山，抖擻綠蓑歸去。算從前，錯怨天公，甚也有安排我處。」海粟學士留上京日，有北京伶御園秀之屬相從風雪中，恨此曲無續之者。且謂，前後多親炙士大夫，拘于韻度，如第一箇「父」字，難便下語。又「甚也有安排我處」，「甚」字必須去聲字，「我」字必須上聲字，音律始諧，不然不可歌。諸公舉酒索海粟和之。海粟即援筆續百餘首。山亭逸興云：「崔嵬舉頂移家住，是箇不唧嚕樵父。爛柯時，樹老無花，葉葉枝枝風雨。么。故人曾喚我歸來，卻道不如休去。指門前，萬疊雲山，是不費青蚨買處。」愚翁放浪云：「東家西舍隨緣住，是箇忒老實愚父。賞花時，暖薄寒輕，徹夜無風無雨。么。占長紅小白園亭。爛醉不教人去。笑長安，利鎖名韁，定沒箇身心穩處。」

馮海粟題楊妃病齒圖云：「華清宮，一齒痛。馬嵬坡，一身痛。漁陽鼙鼓動地來，天下痛。」

歌兒珠簾秀朱氏，姿容姝麗，雜劇當時獨步，胡紫山宣慰極鍾愛之，嘗擬沉醉東風小曲以贈云：「錦織江邊翠竹，絨穿海上明珠。月淡時，風清處，都隔斷落紅塵土。一片閒情任卷舒，挂盡朝雲暮雨。」馮海粟亦有鷓鴣天云：「十二闌干映遠眸，醉香空斷楚天秋。蝦鬚影薄微微見，龜背紋輕細細浮。香霧斂，翠雲收。海霞爲帶月爲鈎。夜來捲盡西山雨，不着人間半點愁。」皆詠珠簾以寓意也。由是聲譽益彰。馮詞首二句一作「憑倚東風遠映樓，流鶯窺面燕低頭」。蓋朱背微僂，故有「燕低頭」及「龜背」「月爲鈎」三句。

滕賓

號玉霄，睢陽人。涵虛子元詞記：「滕玉霄如碧漢閒雲。」

滕玉霄填辭甚工，有贈歌童阿珍瑞鷓鴣云：「分桃斷袖絕嫌猜，翠被紅裩興不乖。洛浦乍陽新燕爾，巫山行雨左風懷。手携襄野便娟合，背抱齊宮婉孌懷。玉樹庭前千載曲，隔江唱罷月籠階。」阿珍蓋鄭櫻桃、解紅兒之流也。

白雲平章求仙于燕京西山頂。一日適出，滕玉霄訪之不值，因戲題于壁曰：「西風短褐吹黄埃，何不從我遊蓬萊。振衣長嘯下山去，後夜月明騎鶴來。」竟不留名。白雲公疑吕仙過之，朝野輻輳，寵賚山積。後知爲玉霄題，白雲公戒以勿泄，厚賂之。

宋六，小字同壽。元遺山有贈觱栗工張嘴兒詞，即其父也。宋與其夫合樂，妙入神品，蓋宋善謳，其夫能傳其父之藝。滕玉霄賦念奴嬌贈云：「柳顰花困，把人間恩愛，樽前傾盡。何處飛來雙比翼？直是同聲相應。寒玉嘶風，香雲捲雪，一串驪珠引。元郎去後，有誰着意題品？　誰料濁羽清商，繁絃急管，猶自餘風韻。莫是紫鸞天上曲。兩兩玉童相並。白髮梨園，青衫老傅，試與留連聽。可人何處？滿庭霜月清冷。」

釋明本

錢塘人。號中峰，又號幻住。自寫小像贊云：「幻人無此相，此相非幻人。若唤作中峰，鏡面添埃塵。」

明本學博而好滑稽，嘗詠胡蘆云：「秀結團圞帶晚秋，徧從根本易綢繆。墻頭彷彿懸明月，架上依稀綴碧旒。朝引神仙三島飯，穩乘羅漢五湖遊。將來剖破成雙器，半贈顏回半許由。」

趙子昂與明本爲方外交，馮海粟獨甚輕之。一日，子昂强拉中峰同訪海粟，海粟出梅花百韻詩示之，中峰一覽，走筆亦成百首，海粟猶未以爲然。明本亦出所作九字梅花歌示海粟，海粟竦然，遂與定交。歌曰：「昨夜西風吹折千林梢，渡口小艇滾入沙灘坳。野橋古梅獨卧寒屋角，踈影横斜暗上書窗敲。半枯半活幾箇攧菩蕾，欲開未開數點含香苞。縱使畫工奇妙也縮手，我愛清香，故把新詩嘲。」

趙子昂嘗令明本賦松月，限不離二字，明本應聲云：「天有月兮地有松，可堪松月趣無窮。松生金粉月生兔，月抱明珠松化龍。月照長空松挂衲，松回禪定月當空。老僧笑指松頭月，松月何妨一處供！」

明本見世祖，世祖命題自身影，云：「行行步步在身傍，欲要拿他又没方。高使劍揮揮不斷，滿弦箭射射無傷。日中正午微微短，月及斜時漸漸長。彷佛臣僧朝陛下，明時出現暗時藏。」帝大悦。

明本嘗過蘭溪，見薦亡者故呼「亡妣」爲「云毗」，僧笑之，乃曰：「吾有詩請聽之。」「遊方李喜到蘭溪，偶遇村齋不整齊。亂盛碗中糙米飯，蹴翻盆内臭酸虀。魑魓婆子扶材哭，齷齪孩兒傍壁啼。休笑老僧不識字，故將亡妣作云毗。」

堯山堂外紀卷七十一

元

貫雲石

畏吾人。阿里海涯孫也。父名貫只哥，遂以貫爲氏，名小雲石海涯，自號酸齋。同時有徐甜齋，失其名，並以樂府擅稱，世謂「酸甜樂府」。涵虚子元詞記：「貫酸齋如天馬脱羈，徐甜齋如挂林秋月。」

貫酸齋生而神彩秀異，膂力絶人，年十二三時，使健兒驅三惡馬疾馳，持槊立，而待馬至，騰上之，越一而跨三，運槊生風，觀者辟易。及長，折節讀書。仁宗朝，拜翰林學士。忽喟然歎曰：「辭尊居卑，昔賢所尚。」乃稱疾辭。居江南，賣藥錢塘市中，詭姓名，易冠服，人無識者。嘗休暑鳳凰山，有詩云：「路隔蒼苔卒未通，泉花如髮玉濛濛。蛟浮海近雲窗濕，蛟怯山寒葛帳空。高枕不知秋水上，開門忽見暮帆東。物華萬態俱忘我，北望惟心一寸紅。」

貫酸齋嘗過梁山濼，見漁父織蘆花爲被，尚其清，欲易之以紬，漁父曰：「君欲吾被，當賦一詩。」遂援筆云：「採得蘆花不涴塵，翠蓑聊復藉爲茵。西風刮夢秋無際，夜月生香雪滿身。毛骨已隨天地老，聲名不讓古今貧。青綾莫爲鴛鴦妬，欸乃聲中别有春。」詩成，竟持被去。人間喧傳蘆花被詩。公至錢唐，因自號蘆花道人。

貫酸齋過當塗，作采石歌弔李白云：「采石山頭石頹色，采石山下江流雪。行客不過水無跡，難以斷魂招太白。我亦不留白玉堂，京華酒淺湘雲長。新亭風雨夜來夢，千載相思各斷腸。」宋牟存叟端明守當塗，郡圃有脱靴亭，以謫仙采石得名，乃繪之圖而贊以詩曰：「錦袍兮烏幘，神清兮氣逸。淩鑠兮萬象，麾斥兮八極。我思古人，伊李太白，孰爲使之朝禁林而暮采石也？其天寶之嬖倖歟？公則何所於欣戚？」又以山谷守當塗，方九日而被謗謫宜州，遂作近棹圖而系之詩曰：「幅巾兮野服，貌腴兮神肅。孤騫兮風雅，唾視兮爵禄。我思古人，伊黄山谷。曷爲使之六年僰道而九日姑孰也？其符緡之朋黨歟？公則何所於榮辱！」

錢塘祝吉甫居西河上，搆小樓，眺盡湖山之勝，賓客常滿。隣有富豪，築高墻數仞蔽之，吉甫因鬱鬱不樂。趙松雪訪吉甫，登樓爲書二字扁，曰「且看」。一日，貫酸齋來，亦題於左云：「酸齋也看。」無何，隣以通番簿録，家徙，垣屋摧毁。小樓内湖山如故。

錢塘有數衣冠士人遊虎跑泉，飲間賦詩，以「泉」字爲韻，中一人但哦「泉泉泉」，久不能就，忽一叟曳杖而至，問其故，應聲曰：「泉泉泉，亂迸珍珠箇箇圓。王斧斫開頑石髓，金鈎搭出老龍涎。」衆驚問曰：「公非貫酸齋乎？」曰：「然然然。」遂邀同飲，盡醉而去。

貫酸齋嘗赴所親宴，時正立春，座客以清江引請賦，且限「金木水火土」五字冠於每句之首，句各用「春」字。酸齋即題云：「金釵影搖春燕斜，木杪生春葉。水塘春始波，火候春初熱。土牛兒載將春到也。」滿座絶倒。

何里西瑛，耀卿學士之子，有居號懶雲窩，用殿前懽調歌以自述云：「懶雲窩，醒時詩酒醉時歌。瑶琴不理抛書臥，無夢南柯。得清閑，儘恬活。日月似，攛梭過。富貴比，花開落。青春去也，不樂如何？」貫酸齋和云：「懶雲窩，陽臺誰與送巫娥？蟾光一任來穿破，遁跡由他。蔽一天，星斗多。分半榻，蒲團坐。儘萬里，鵬程挫。向煙霞笑傲，任世事蹉跎。」喬夢符和云：「懶雲窩，雲窩客至欲如何？懶雲窩裏和雲臥，打會磨跎。想人生，待怎麽？貴比我，争些大，富比我，争些箇。呵呵笑我，我笑呵呵。」衛立中和云：「懶雲窩，懶雲窩裏客來多。客來時，伴我閑些箇，酒竈茶鍋。且停杯，聽我歌。醒時節，披衣坐。醉後也，和不卧。興來時，玉簫緑綺，問甚麽，天籟雲和！」

貫酸齋蒲劍詩云：「三尺青青古太阿，舞風斫碎一川波。長橋有影蛟龍懼，流水無聲日夜磨。兩岸帶煙生殺氣，五更彈雨和漁歌。秋來只恐西風惡，銷盡鋒棱恨轉多。」

貫酸齋臨終作辭世詩云：「洞花幽草結良緣，被我瞞它四十年。今日不留生死相，海天明月一般圓。」洞花、幽草乃二妾名。張小山爲酸齋解嘲曰：「君王曾賜瓊林宴，三十始朝天。文章懶入編修院。紅錦箋，白紵篇。黄柑傳學會神仙。參透詩禪厭塵囂，絶名利，逸林泉。天台洞口，地脈山前，學煉丹。同貨墨，共談玄。興飄然，酒家眠。洞花幽草結因緣，被我瞞它四十年。海天秋月一般圓。」

名姬張玉蓮喜延款士夫，復揮金無少惜愛。林經歷嘗以側室置之，後再占樂籍，班彦功與之甚狎。班司儒秩滿北上，張作小詞贈之，有「朝夕思君，淚點成斑」之句。又有一聯云：「側耳聽，門前過馬；和淚看，簾外飛花。」尤膾炙人口，「看簾外飛花」，徐甜齋嘗賦折桂令贈玉蓮云：「荆山一片玲瓏。分付馬夷，捧出波中。白弱香寒，瓊衣露重，粉面冰融。知造化私加密寵，爲風流洗盡嬌紅。月對芙蓉，人在簾籠。太華朝雲，太液秋風。」

徐甜齋又有春情折桂令云：「平生不會相思。才會相思，便害相思。身似浮雲，心如飛絮，氣若遊絲。空一縷餘香在此，盼千金遊子何之？證候來時，正是何時？燈半昏時，月半明時。」

徐甜齋夜雨水仙子云：「一聲梧葉一聲秋，一點芭蕉一點愁。三更歸夢三更後，落燈花棋未收，嘆新豐孤館人留。枕上十年事，江南二老憂，都到心頭。」

徐甜齋又有水仙子二闋詠佳人釘履與紅指甲。釘履云：「金蓮脱瓣載雲輕，紅葉浮香帶雨行。漬春泥印在蒼苔，逕三寸中數點星。玉玲瓏，環珮交鳴。濺越女，紅裙濕，沁湘妃，羅襪冷，點寒波，小小晴蜓。」紅指甲云：「落花飛上笋芽尖，宮葉猶將冰筋粘。抵牙關，越顯得櫻唇艷。怕傷春，不捲簾。捧菱花，香印粧奩。雪藕絲，霞十縷，鏤棗班，血數點，掐劉郎，春在纖纖。」

喬吉

字夢符。嘗言作樂府有法：鳳頭、猪肚、豹尾六字是也。涵虚子元詞記：「喬夢符如神鰲鼓浪。」

喬夢符詠生衫兒小令云：「并刀剪龍鬚爲才，玉絲穿龜背成文。襟袖清凉不沾塵。汗香晴帶雨，肩瘦冷搜雲。是玲瓏剔透人。」又詠香茶小令云：「細研片腦梅花粉，新剥珍珠荳蔻仁，依方脩合鳳團春。醉魂清爽，舌尖香嫩，這孩兒那些風韻。」

世俗恒言二月十五日爲花朝節，其時，杭城園丁競以名花荷擔叫鬻，音中律呂。黄子常賣花聲詞云：「人過天街曉色，擔頭紅紫。滿筠筐浮花浪蕊。畫樓睡醒，正眼横秋水。聽新腔，一回催起。吟紅叫白，報得蜂兒知未？隔東西，餘音軟美。迎門争買，早斜簪雲髻。助春嬌，粉香簾底。」喬夢符和詞云：「侵曉園丁叫道，嫩紅嬌紫。巧工夫攢枝餖蕊。行歌佇立，灑洗粧新水。捲香風，看街簾起。深深巷陌，有箇重門開未？忽驚它，尋春夢美。穿窗透閣，便憑伊喚取。惜花人，在誰根底？」杭城春日，婦女喜爲鬭草之戲。黄子常綺羅香詞云：「綃帕藏春，羅裙點露，相約鶯花叢裏。翠袖拈芳，香沁筍芽纖指。偷摘遍緑逕煙霏，悄攀下畫闌紅紫。掃花堦褥展芙蓉，瑶臺十二降仙子。芳園清晝乍永，亭上吟吟笑語，妬穠詩麗。奪取籌多，赢得玉璫瑜珥。疑素靨香粉添嬌，映黛眉淡黄生喜。綰胸帶空繫宜男，情郎歸也未？」喬夢符天淨紗詞云：「鶯鶯燕燕春春。花花柳柳真真。事事風風韻韻。嬌嬌嫩嫩，停停當當人人。」

張伯遠

字可久，號小山。涵虚子謂其詞：清而且麗，華而不艷，若披太華仙風，招蓬萊海月，誠詞林宗匠也。當以九方皋之眼相之。

張小山和劉時中五月菊云：「玉臺金盞對炎光，全似去年香。有意莊嚴端午，不應忘卻重陽。菖蒲九節，金英滿把，同泛瑶觴。舊日東籬陶令，北窗正卧羲皇。」又九月九日見桃花，小山作小令云：「前度劉郎老矣，去年崔護來遲。紅雨飛，西風起，望白衣，可憐憔悴。去蜂愁蝶，未知冷落，在天台洞裏。」劉時中名致。與文子方矩同過暢純父師文，值其濯足，暢聞二人至，輟洗，迎笑曰：「佳客至，正有佳味。」於卧内取四大桃置案上，以二桃洗濯足水中，持啖二人。時中與子方不食，但以其置案上者，人持一顆去，曰：「公洗者，其自享之。無以二桃汙三士也。」乃大笑而出。

張小山秋日宫詞：「花邊嬌月静粧樓，葉底滄波冷翠溝，池上好風閑御舟。可憐秋，一半兒芙蓉，一半兒柳。」又：「數層秋樹隔凋簷，萬朵晴雲擁玉蟾，幾縷夜香穿繡簾。等潛潛，一半兒門開，一半兒掩。」又，酬耿子春：「海棠香雨污吟袍，薜荔空墻閑酒瓢，楊柳曉風凉野稿。放詩豪，一半兒行書一半兒草。」又詠梅：「枝横翠竹暮寒生，花淡紗窗殘月明，人倚畫樓羌笛聲。惱詩情，一半兒清香，一半兒影。」

王元鼎

王元鼎有折桂令一闋詠桃花馬云：「問劉郎驥控亭槐。覺紅雨瀟瀟，亂落蒼苔。溪上籠歸，橋邊洗罷，洞口牽來。搖玉轡，春風滿街。摘金鞍，流水天台。錦繡毛台，嘶過玄都，千樹齊開。」

歌妓郭氏順時秀，姿態閑雅，雜劇爲閨怨，最高駕頭諸旦，本亦得體。劉時中以金簧、玉管、鳳吟、鸞鳴擬其聲韻。平生與王元鼎密。偶有疾，思得馬版腸充饌，元鼎殺所騎千金五花馬，取腸以供，都下傳爲佳話。時中書參政阿魯温尤屬意焉，因戲謂曰：「我比元鼎如何？」對曰：「參政，宰相也；學士，才人也。燮理陰陽，致君澤民，則學士不及參政；嘲風詠月，惜玉憐香，則參政不如學士。」參政付之一笑而罷。

劉庭信　南臺御史劉廷翰族弟。俗呼曰黑劉五。

劉庭信有水仙子二闋：「秋風颯颯撼蒼梧，秋雨瀟瀟響翠竹，秋雲黯黯迷煙樹。三般兒一樣苦。苦的人魂魄全無。雲結就心間愁悶，雨少似眼中淚珠，風做了口内長吁。」又：「蝦鬚簾控紫銅鈎，鳳髓茶閑碧玉甌，龍涎香冷泥金獸。遶雕闌，倚畫樓。怕春歸，緑慘紅愁。霧濛濛，丁香枝上，雲淡淡，桃花洞口，雨絲絲梅子墻頭。」

周德清

高安人。號挺齋。著中原音韻。

泰定甲子秋，周德清既作中原音韻，并起例以遺青原蕭存存。未幾訪西域，友人瑣非復初、同志羅宗信見餉。復初舉觴命謳者歌樂府四塊玉，至「彩扇歌，青樓飲」，宗信止其音而言曰：「『彩』字對『青』字，而歌『青』字爲『晴』，吾揣其音，此字合用平字聲，必欲揚其音，而『青』字乃抑之，非也。」復初因前驅紅袖而自用調歌曰：「買笑金，纏頭錦。得遇知音可人心，怕逢狂客天生沁。紐死鶴，劈碎琴，不害磣。」德清聞其歌，大喜，曰：「予作樂府三十年，未有如今日之遇二公，知某曲之非，某曲之是也。」遂捧巨觴，口占折桂詞一闋，曰：「宰金頭黑脚天鵝。客有鍾期，座有韓娥。吟既能吟，聽還能聽，歌也能歌。和白雪，新來較可，放行雲，飛去如何？醉覩銀河，燦燦蟾孤，點點星多。」歌既畢，相與痛飲，大醉而罷。

周德清過廬山，賦朝天子詞曰：「早霞晚霞，粧點廬山畫。僊翁何處鍊丹砂？一縷白雲下。客去齋餘，人來茶罷。嘆浮生，指落花。楚家漢家，做了漁樵話。」

吉安龍泉縣水滸米倉，有于志能號無心者，欲縣官利塞其口，作水僊子示人，自謂得意，末句云：「早難道水米無交？」周德清笑曰：「此張打油乞化出門語也，敢云樂府？」志能深耻之。

諺云：「開門七件事，柴米油鹽醬醋茶是也。」周德清有折桂令云：「倚蓬窗，無語嗟呀。七件兒全無，做甚麽人家？柴似靈芝，油如甘露，米若丹砂。醬甕兒恰才夢撒，鹽瓶兒又告消乏。茶也無多，醋也無多，七件事尚且艱難，怎生教我折柳攀花？」

我朝餘姚王德章者，安貧士也。嘗口占云：「柴米油鹽醬醋茶，七般都在別人家。我也一些憂不得，且鋤明月種梅花。」

臨川陳克明作美人一半兒八詠，周德清擊節歎賞，曰：「此調作者衆矣，此公音律獨先。」春夢云：「梨花雲繞錦香亭，蝴蝶春融軟玉屏，花外鳥啼三四聲。夢初驚，一半兒昏迷，一半兒醒。」春困云：「瑣窗人靜日初曛，寶鼎香消火尚温，斜倚繡床深閉門。眼昏昏，一半兒微開，一半兒盹。」春妝云：「自將楊柳品題人，笑撚花枝比較春，輸與海棠三四分。再偷勻，一半兒胭脂，一半兒粉。」春愁云：「厭聽野鵲語雕簷，怕見楊花撲繡簾，拈起繡針還倒拈。兩眉尖，一半兒微舒，一半兒斂。」春醉云：「海棠紅暈潤初妍，楊柳纖腰舞自偏，笑倚玉奴嬌欲眠。粉郎前，一半兒支吾，一半兒軟。」春繡云：「綠牕時有唾茸粘，銀甲頻將綵綫撏，繡到鳳皇心自嫌。按春纖，一半兒端詳，一半兒掩。」春夜云：「柳綿撲檻晚風輕，花影横牕淡月明，翠被麝蘭薰夢醒。最關情，一半兒温温，一半兒冷。」春情云：「自調花露染霜毫，一種春心無處托，欲寫寫殘三四遭。絮叨叨，一半兒連真，一半兒草。」或以此爲查德卿作，涵虚子謂：克明如孤鶴鳴皋。而於德卿則不着題評。

堯山堂外紀卷七十二

元

李孟

字道復。仁宗藩邸舊臣。

仁宗皇慶癸丑冬，詔以皇慶三年八月，天下郡縣興其賢者、能者充賦有司，明年二月會試。時李道復爲知貢舉官，紀以詩曰：「百年場屋事初行，一夕文章聚帝京。豹管敢窺天下士，龍頭誰占日邊名。寬容極口論時事，衣被終身荷聖情。願得真儒佐明主，白頭應不負平生。」

歐陽玄

字原功，號圭齋，瀏陽人。皇慶初科進士，三任成均，兩爲祭酒，六入翰林，三拜承旨。卒謚文。

秦定間，歐陽原功官國子監，丁卯八月，崇天門傳臚賜進士右榜第一人阿察赤，左榜第一人李黼，皆肄業國學日新齋，原功西廳授業生也。是日，京尹備鼓樂旗幟麾蓋甚都，導二狀元入學謝師，拜原功明倫堂。榜眼鎦思誠、探花郎徐容，嘗因原功同年黄晉卿，從原功遊，亦拜其側。其餘進士以門生禮來拜者，雜沓不能記。都人以爲斯文盛事。同寅舉酒相屬，原功成絶句以紀其事曰：「昔被仁皇雨露恩，三朝五度策臨軒。小臣報國無他伎，館下新添兩狀元。」「禁院層層桃李開，天街繡轂轉晴雷。銀袍飛蓋人争看，兩兩龍頭入學來。」「淡墨題名二十年，一官獨自擁寒氊，居然國子先生館，三五魁蠷拜座前。」

長沙有朝士某者還鄉，意氣盈滿，賓至鼓吹，喧闐里中。有執友來訪，朝士曰：「翁素好誦詩，近日誦得何詩？」執友曰：「近誦得孫鳳洲贈歐陽圭齋詩，甚有味。」乃朗誦曰：「圭齋還是舊圭齋，不帶些兒官樣回。若使他人居二品，門前簫鼓鬧如雷。」朝士聞詩，有赧色，明日賓至，門庭寂然。

黄溍　字晉卿，義烏人。以太極賦領鄉薦，學者傳誦。時因稱爲黄太極。宋濂、王褘皆出其門。

黄晉卿草意詩云：「澮煙斜日照離離，漫吐芳心説向誰？可是忘憂能自得，若教指佞定無私。東風江上何人識，南國春來有夢知。但把青青承雨露，未應紅紫浪相疑。」又菊枕詩云：「東籬采采數枝霜，包裹西風入夢涼。半夜歸心三徑遠，一囊秋色四屏香。床頭未覺黄金盡，鏡底難教白髮長。幾度醉來消不得，卧收清氣入詩腸。」後首或以爲馬祖常作。

錢塘莫景行維賢，築别業於靈竺間，繞栽杏樹，號曰杏國，日與騷人墨客遊詠其中，時人比之輞川庄。黄晉卿贈詩云：「旋移小隱傍南峰，遠有咸平處士風。山態近人猶偃蹇，湖光無雨亦溟濛。行春杖屨時時到，臨水軒天面面通。別作新亭供戲劇，青帘摇曳杏花中。」

黄晉卿題青山白雲圖云：「十年失脚走京塵，忘卻青山與白雲。忽見畫圖疑是夢，冷花涼葉思紛紛。」

袁桷 字伯長，號清容，四明人，讀書吴興，有清容書院，臨苕水，對弁山，後人題云：「人同緑水長爲主，座有青山不計年。」

袁伯長竹枝宛轉詞云：「聞郎腰瘦寄當歸，望盡天邊破鏡飛。昨夜燈花圓似粟，倚門不肯送郎衣。」

許敬仁祭酒，魯齋子也，學行皆不逮於父，輒以門第自高，每談及乃父奉旨之榮，口稱先人者不一。袁伯長嘲之曰：「祭酒許敬仁，入門韃靼嗔。出門傳聖旨，口口稱先人。」蓋敬仁頗尚朔氣，習國語，乘怒必先以「阿剌」「花剌」等句叱人，人咸鄙之。皇慶間，孔某爲江浙省掾史，身軀短小，僅與堂上公案相等。凡呈署牘文，必用低凳閣足令高。脱歡丞相以其先聖子孫，而且才學優長，甚禮遇之。時有詔許文正公從祀夫子廟庭，許敬仁時爲參知政事，惡孔風度不雅，因小過叱之退。丞相曰：「他祖公容得參政父親坐，參政反不容他一箇子孫立耶？」許大慚。

王士熙 字繼學，東平人。淛東廉使。

虞伯生代祀還蜀，袁伯長有詩送之，王繼學次其韻云：「蜀道揚鞭舊險摧，家山遥認石崔嵬。奉香暫别金鑾殿，題柱真乘駟馬來。祠罷汾陰迎漢鼎，路經驪谷吊秦灰。歸鼇宣室虚前席，不似長沙遠召回。」

李芝儀，維揚名妓也，工小唱，尤善慢詞，王繼學中丞甚愛之，贈以詩序，其一聯云：「善和坊裏，驊騮搆出繡鞍來；錢唐江邊，燕子啣將春色去。」又有塞鴻秋四闋，歌館盛傳之。喬夢符亦贈以詩詞甚富。

黄清老 字子肅，邵武人。泰定中舉進士。

黄子肅爲翰林供奉日，人有以且耕亭求詩者，子肅贈詩曰：「萬里扶摇鶴未回，荷鉏聊復此徘徊。閑雲照水自舒卷，幽鳥愛山時往來。琴榻松風寒帶雨，硯池花露碧生苔。且耕亭上春如錦，想見斑衣戲老萊。」蓋其人有親在堂，乃遠遊奔競，曠其家園，詩意有所謂云。

黄子肅古樂府二首，云：「君好錦繡段，妾好明月珠。錦繡可爲服，服美令人愚。不如珠夜光，可以照讀書。」「君好春芍藥，妾好夏池蓮。芍藥多艷色，春風迷少年。不如蓮有實，可以壽君筵。」

後至元丁丑，黄子肅會同年李子威主事、觀至能照磨等十人於城南，紀以詩曰：「曾記城南尺五天，重來携手宴同年。春風遠塞葡萄酒，明月佳人玳瑁筵。苔上藥闌紅染露，鶯啼柳徑碧生煙。瓊林十載多離别，欲拂金徽思渺然。」

薩都剌

字天錫。本京口朱氏子，冒爲回回人。與黄清老同年進士。

薩天錫詩送欣笑隱住龍翔寺云：「東南隱者人不識，一日才名動九重。地濕厭聞天竺雨，月明來聽景陽鍾。衲衣香暖留春麝，石鉢雲寒卧夜龍。何日相從陪杖屨？秋風江上採芙蓉。」虞伯生見之，謂曰：「詩固好，但『聞』『聽』字意重。」薩後至南臺，見馬伯庸，亦如虞所云。欲改之，未得。未幾，薩以事至臨川謁虞，語及前詩，伯生曰：「此易事。唐人詩有云『林下老僧來看雨』宜改作『地濕厭看天竺雨』，音調更差勝。」薩嘆服，拜爲「一字師」。

薩天錫有華清曲題楊妃病齒云：「沉香亭北春晝長，海棠睡起扶殘粧。清歌妙舞一時靜，燕語鶯啼空斷腸。朱唇半啓榴房破，胭脂紅注珍珠顆。一點春酸入瓠犀，雪色鮫綃濕香唾。九華帳裏薰蘭煙，玉肱曲枕珊瑚偏。玉釵半脱翠蛾斂，龍髯天子空垂涎。妾身雖侍君王側，别有閑情向誰説？斷腸塞上錦棚兒，萬恨千愁言不得。成都遥進新荔枝，金盤紫露甘如飴。紅塵一騎不成笑，病中風味心自知。君不聞，華清宫，一齒作楚藏禍根。又不聞，馬嵬坡，一身濺血未足多。漁陽一日鼙鼓動，始覺開元天下痛。雲臺不見漢功臣，三十六牙何足用？明眸皓齒今已矣，風流何處三郎李？」

薩天錫征婦怨云：「有柳切勿栽長亭，有女切勿歸征人。長亭楊柳自春色，歲歲年年送行客。一朝羽檄風吹煙，征人遠戍居塞邊。轔轔車馬去如箭，錦衾繡枕難留戀。黄昏寂寞守長門，花落無心理針綫。新愁暗恨人不知，欲語不語顰雙眉。妾身非無淚，有淚空自垂。雲山煙水隔吴越，望君不見心愁絶。夢魂暗逐蝴蝶飛，覺來羞對窗前月。窗前月色照人寒，遲遲鍾鼓夜未闌。燈闌有恨花不結，粧臺塵慘恨班班。半生偶得一錦字，道是前年戰時苦。一朝血杵煙藪除，腰間斜掛三珠虎。妾心自喜還自驚，門前忽聞凱歌聲。錦衣繡服歸故里，不思昔日别離情。别離之情幾青草，鏡裏容顔爲君老。黄金白璧買嬌娥，洞房只道新人好。」

王氏守素，錢唐民家女，其夫丁棄家爲全真道士於吴山之紫陽菴。一日，召守素入山，書付四句云：「嬾散六十三，妙用無人識。逆順兩俱忘，虚空鎮常寂。」坐抱一膝而逝。方外者流謂之「騎鶴化」。守素遂亦束髮簪冠，着道士服，奉夫遺屍二十年，跡不下山。年逾七十，幾於得道。薩天錫贈之詩曰：「不見遼東丁令威，舊游城郭昔人非。鏡中春去春鸞老，華表山空白鶴歸。石竹淚乾斑雨在，玉簫聲斷綵雲飛。洞門花落無人跡，獨坐蒼苔補道衣。」

薩天錫與觀志能俱以公事赴北，舟至梁山泊，時荷花盛開，風雨大至，舟不相接，遂泊蘆葦中。天錫折蘆一葉題詩其上寄志能云：「題詩蘆葉雨班班，底事詩人不奈閑。滿濼荷花開欲遍，客程五月過梁山。」及再過梁山泊，有懷志能，復題一絶云：「故人同出不同歸，雲水微茫入夢思。記得題詩向蘆葉，滿湖風雨似來時。」

薩天錫梳頭樂府云：「紅綃捲袖揺釧聲，摩挲睡眼窺秋菱。陽臺夢斷不知處，一片烏雲愁欲傾。一鈎新月掀雲起，月漸低流雲委地。玉纖盤轉戲龍形，寶釵壓定飛鴉翅。撩春撥曉誇自然，黄金雙燕珍珠蟬。白頭老嫗低低笑，不覺婆婆二八年。」

薩天錫賦燈草云：「天涯何處無青青，王孫去後蘼蕪深。瑶田手種緑玉髮，道是無情卻有心。此心未明人未識，金篦剖腹森如戟。撮將一縷玉虫兒，散作萬家紅粟粒。侯門珠網百面霞，秦樓玉樹雙頭花。慧燈莫與群迷染，正性何愁欲境遮。韓堂風露光微顫，萬古聖賢俱對面。但勤挑剔不憚勞，萬炬金蓮紅藥院。」

有以繡枕遺薩天錫者，枕上繡貴妃看鸚鵡，高力士侍側，天錫善其補製得體，爲賦鸚鵡曲以答之，曰：「水晶簾垂宫漏長，猩色屏風圍繡牀。美人春睡苦不足，夢隨飛燕遊昭陽。覺來粉汗濕香臉，一綫深紅枕猶淺。三十六宮在眼前，五色輕雲隨目轉。牙牀端坐楊太真，雲冠霞佩絳色裙。雙成小玉各宮樣，繡衣烏帽高將軍。雕籠七寶挂宮樹，玉桉金梓看鸚鵡。可憐鸚鵡解人言，不説漁陽動鼙鼓。乃知禽語能戲人，不知人語能殺人。亡家敗國污天地，天生尤物天亦嗔。一朝艷質化塵土，可恨可憐千萬古。香魂不逐馬塵飛，猶托深閨繡房女。想當梓袱欲繡時，停針想像心如絲。繡成時自比容貌，伏枕自喜還自悲。郎官有此從何得，見慣梅花心似鐵。偶然持贈百拙人，眉毛眼睛生百色。少年得此惱斷腸，錦屏繡縟蘭麝香。夜深酒醒换銀燭，時見楊妃在耳傍。張麗華，沉宮井，銅雀章臺煙燼冷。繁華一夢人不知，萬事邯鄲吕公枕。」

薩天錫賦手帕云：「一幅生綃對角裁，出懷風送粉香來。鞦韆架上扶絨索，玳瑁筵前捧玉盃。塵拂鳳箏籠笋指，夢回鴛枕襯桃腮。斑斑多少傷春淚，袖褪長防阿母猜。」

蝦助，海錯也，一名水母，又云海蛆。其形一片如輪，箇無目，凡行，蝦必附之，故云蝦助。以椒醯製之，可以醒酒。薩天錫詩云：「層濤濡沫綴蝦行，水母含秋孕地靈。海氣凍成紅玉脆，天風寒結紫雲腥。霞衣褪色脂流滑，瓊縷烹香酒力醒。疑是楚江萍實老，誤隨潮汐落滄溟。」

謝宗可 金陵人。有百詠集，大率皆效薩詩。

謝宗可詠睡燕云：「補巢啣罷落花泥，困倚東風倦翼低。金屋晝閑隨蝶化，雕梁春靜怕鶯啼。魂飛漢殿人應老，夢入烏衣路欲迷。卻怪捲簾人喚醒，小橋深巷夕陽西。」走馬燈云：「飈輪擁騎出炎精，飛繞人間不夜城。風鬣追星低有影，霜蹄逐電去無聲。秦軍夜潰咸陽火，吴炬宵馳赤壁兵。卻憶雕鞍年少日，章臺踏碎月華明。」鼠鬚筆云：「夜逐虚星上月宫，奮髯奪得管城公。囊中不攬吟牕夢，指下先收翰苑功。莫笑硯池濡醉墨，絶勝倉廩飽陳紅。平生囓盡詩書字，散作龍蛇落紙中。」謝宗可又有賣花聲詩云：「春光叫盡費千金，紫艷紅香藉好音。幾處喚回游冶夢？誰家不動惜芳心？韻傳楊柳門庭晚，響徹鞦韆院落深。忽被捲簾人喚住，蝶蜂隨擔過墻陰。」

段天佑 字吉甫，河南人。江浙提舉。

李當當，名妓也，飜然有悟，遂着道士服。段天佑贈詩曰：「歌舞當年第一流，洗粧今日别青樓。便隨南嶽夫人去，不爲蘇州刺史留。璚館月明蕭鳳下，綺牕雲散鏡鸞收。卻嫌癡絶潯陽婦，嫁得商人已白頭。」

雅琥 字正卿，可温人。

雅正卿詠二月梅云：「去年呵筆賦寒梅，又見仙家二月開。不是東君留客醉，肯教神女逐春回？梨花院落爲雲妬，柳絮池塘作雪猜。東閣如今清興减，羅浮誰與寄香來？」

雅正卿在都，上元夜有詩云：「華月澄澄宿霧收，萬家燈火見皇州。天昏虎豹依霄漢，人海魚龍混斗牛。公子錦韉鳴玉勒，内家珠箔控銀鈎。道傍亦有揚雄宅，寂寞芸牕冷似秋。」

東平王繼學士熙，嘗題冰壺美人圖，雅正卿和之。唐宫題葉云：「彩毫將恨付霜紅，恨自綿綿水自東。金屋有關嚴虎豹，玉書無路托鱗鴻。秋期暗度驚催織，春信潛通悞守宮。莫道銀河消息杳，明年錦樹又西風。」崔徽寫真云：「舞鸞粧鏡拭鉛華，毫素無聲散彩霞。夜月影寒生桂魄，春冰暈薄映桃花。夢隨圖去憑青鳥，愁逐書來點墨鴉。未得離魂如倩女，衰容先我到君家。」

堯山堂外紀卷七十三

元

文宗圖帖穆爾 國語曰扎牙篤。改元天曆，開奎章閣，作二璽，一曰天曆之寶，一曰奎章閣寶。

建康舊治冶亭，當鍾山佳處。文宗在金陵，亭去行邸爲近，常遊幸焉。一日傳命且至，住山道人寶琳者，出宫門迎候移時，見從官奉供帳及門，則知上已至亭久矣。從臣以寶琳見，上笑曰：「道人何避客之久也。」寶琳頓伏請罪。上曰：「山徑幽雅，取便而至，宜爾之不知。」題冶亭者爲虞集，今何在？」皆對曰：「今在翰林。」命侍臣模其詩畫觀之，因藏諸篋。問寶琳：「何以字玉林？」則對曰：「道士燒金石爲丹，永抽鼎中，狀如瓊林玉樹，故取以爲名。」上曰：「當此大雪時，吾登此亭，目力所及，樹木皆玉也，豈不易見乎。」更謂之雪林。且謂寶琳曰：「吾出游，數勞人動衆，不如山行之便。可作柴門，嚴扃鑰，以待予之往來。」自是數至。寶琳野人，見上樂甚，乃忘其微賤，或持酒引裾留上，上亦欣然爲留焉。文宗居金陵潛邸時，命臣房大年畫京都萬歲山，大年辭以未嘗至其地。上索紙爲運筆，布畫位置，令按槁圖上。大年得槁敬藏之。意匠經營，格法遒整，雖積學專工，亦莫能及。

文宗自金陵入正大統，途中嘗作一詩云：「穿了氁衫便着鞭，一鈎殘月柳梢邊。兩三點露滴如雨，六七箇星猶在天。犬吠竹籬人過語，雞鳴茅店客驚眠。須臾捧出扶桑日，七十二峰都在前。」

九華山在池州青陽縣治西南舍許，延袤一百八十餘里，高凡幾千丈，昔名九子，李太白更爲九華。其峰巉巒矗巖聳，谷轉溪迴，洞幽咫尺，殊形跬步異狀。世雖有工畫者，莫能殫其形勝。文宗道中望之，口占云：「昔年曾見九華圖，爲問江南有也無？今日五溪橋上見，畫師猶自欠功夫。」

范梈

字德機，清江人。憲司知事。與楊仲弘、虞伯生、揭曼碩爲四大家詩。世稱范、楊、虞、揭。

范德機以瓊扇一握贈黄明府，因賄以絶句曰：「拾得炎州月一團，殷勤持贈比琅玕。情知已是秋風後，留作明年九夏看。」

范德機掘塚歌曰：「昨日舊塚掘，今朝新塚成。塚前兩翁仲，送舊還迎新。舊魂未出新魂入，舊魂還對新魂泣。舊魂丁寧語新魂：『好地不用多子孫。子孫綿綿如不絶，曾孫不掘玄孫掘。我今掘矣良可悲，不知君掘又何時？』」

又作晚翠亭詩云：「一徑入青松，飛流濇晴緑。道人晚歸來，長歌振林谷。山深不知求，落葉下枯木。須臾翠煙開，月色照綵服。」危太朴學士素嘗與范德機秋夜同步，德機得二句云：「雨止修竹間，流螢夜深至。」喜甚，既而曰：「語太幽，殆類鬼作。」遂不復綴筆。

楊載

字仲弘，浦城人。宣城推官。

楊仲弘詩以宗陽宫翫月爲絶倡，詩曰：「老君臺上凉如水，坐看冰輪轉二更。大地山河微有影，九天風露寂無聲。蛟龍並起承金榜，鸞鳳雙飛載玉笙。不信弱流三萬里，此身今夕到蓬瀛。」

有畫一老翁推獨輪小車，上載兩巨甕者，以示楊仲弘，仲弘意其爲警世之爲，因爲賦詩曰：「小人無它獨嗜利，兩甕載車將遠致。肩赬足趼汗潸然，冉冉修程胡不畏？世人但笑愚翁愚，甕破即與瓦礫俱。不知人有千金軀，前行險道方乘車。」

婺州胡汲仲，清介有守，趙子昂嘗爲羅司徒奉鈔百錠爲潤筆，請作乃父墓銘。汲仲怒曰：「我豈爲近官作墓銘耶！」是日，汲仲絶粮，其子以情白，坐上諸客咸勸受之。汲仲卻愈堅。嘗以詩送蔡如愚歸東陽，有「薄糜不繼襖不煖，謳吟猶是鍾球鳴」之句。語之曰：「此余秘密藏中休糧方也。」楊仲弘贈詩云：「先生惟達道，久矣樂山林。致聘無雙璧，爲生過十金。身閒雲出岫，髮短雪盈簪。遁世猶吾志，同盟欲自今。」汲仲，名長孺，號石塘。嘗應聘入京，世皇召見於便殿，趨進張皇，不覺笠子欹側。上問曰：「秀才何學？」對曰：「修身、齊家、治國、平天下之學。」上笑曰：「自家一笠尚不端正，又能平天下耶？」然憐其貧，時授揚州路儒學教授。

虞集

字伯生，號邵菴，蜀郡人。其母夢羽人騎鶴，抱一小兒來曰：「此南嶽真官，寄汝家養之。」既而誕集。

虞伯生幼年過薊門酒樓，題詩于壁，曰連十八書。其詩曰：「耳目聰明一丈夫，飛行八極隘寰區。劍吹白雪妖邪滅，袖拂春風槁朽蘇。氣似酒酣雙國士，情如花擁萬天姝。如今一去無消息，只有中天月影孤。」當時皆以爲吕洞賓作，争傳誦之。

虞伯生初入翰林時，楊仲弘亦在都下。仲弘每言伯生不能作詩，伯生一日載酒造請作詩之法，仲弘酒酣，盡爲傾倒，伯生因遂超悟其理，繼有詩送袁伯長扈駕上都云：

「日色蒼凉映赭袍，時巡毋乃聖躬勞。山連閣道晨留輦，野服周廬夜屬櫜。白馬錦韉來窈窕，紫駞銀甕出蒲萄。從官車騎多如雨，秪有楊雄賦最高。」它日以所作詩介他人質諸仲弘，仲弘曰：「此詩非虞伯生不能也。」或曰：「先生嘗謂伯生不能作詩，何以有此？」曰：「伯生學問高，余曾授以詩法，餘莫能及。」或又以詣趙子昂，子昂曰：「美則美矣，若中聯改『山』爲『天』，『野』爲『星』則尤美。」伯生深服之。

許有壬參政與虞文靖同在館，虞有所私，午後輒出，許每叩不遇，因題簡云：「日日出游，知虞公之不可諫。」虞還視之，即書其下云：「時時來聒，何許子之不憚煩。」許明日又至，見而嘆賞久之。

虞伯生在翰苑時，宴散散學士家，歌兒郭氏順時秀者唱今樂府。其折桂令起句云：「博山銅細裊香風。」一句兩韻，名曰短柱，極不易作。先生愛其新奇，席上偶談蜀漢事，因命紙筆，亦賦一曲曰鸞輿：「三顧茅廬，漢祚難扶。日莫桑榆，深渡南瀘。長驅西蜀，力拒東吴。美乎周瑜妙術，悲夫關羽云殂。天數盈虚，造物乘除。問汝何如？早賦歸與！」蓋兩字一韻，比之一句兩韻者，爲尤難云。折桂令，一名廣寒秋，一名天香第一枝，一名蟾宫引令。中州韻，入聲似平聲，又可作去聲，所以「蜀」「術」等字皆與「魚」「虞」相近。

房山高彦敬尚書克恭善山水，一日與客遊杭西湖，見素屏潔雅，乘興畫奇石古松。數日後，趙子昂爲補叢竹，後爲户部楊侍郎所得。虞伯生題其上云：「不見湖州三百年，高公尚書生古燕。西湖醉歸寫古木，吴興爲補幽篁妍。國朝名筆誰第一？尚書醉後妙無敵。老蛟欲起風雨來，星墮天河化爲石。趙公自是真天人，獨與尚書情最親。高懷古誼兩相得，慘淡酬酢皆天真。侍郎得此自京國，使我觀之三歎息。今人何必非古人，淪落文章付陳跡。」此圖遂成三絶。

虞文靖在宜黄時，嘗倚樓吟詩，有「五更鼓角吹殘雪」之句，忽隔溪一童揖而言曰：「角可吹，鼓不可吹。」亟命召之，已失所在。蓋詩鬼也。

虞文靖公賦壺洲詩曰：「傳聞海上有玄洲，曾是安期舊所遊。千頃白雲都種玉，一杯弱水不勝舟。魚龍夜護黄金鼎，鸞鵠晨朝紫綺裘。波浪不驚星斗近，步虚聲裏度清秋。」

虞文靖公贈無塵道人詩曰：「雲霧爲衣月作裳，天壇獨自禮虚皇。龍收古劍沉秋水，鶴識神丹起夜光。金井有聲惟墜露，玉堦無色乍凝霜。無端下界松風動，又欲飄然上鳳凰。」

朱萬初善製墨，純用松煙，蓋取三百年榷杇之餘精英不可泯者用之，非常松也。天曆乙巳，開奎章閣，揀儒臣親侍翰墨，榮公存初、康里公子山皆侍閣下，以萬初所製墨進，大稱旨，得禄食藝文館。虞伯生贈之詩曰：「霜雪摧殘澗壑非，深根千歲斧斤違。寸心不逐飛煙化，還作玄雲繞紫微。」

天台柯敬仲九思，際遇文宗，起家爲奎章閣鑒書博士，得出入内廷。後失寵，退居吴下。虞伯生賦風入松長短句寄之，云：「畫堂紅袖倚清酣，華髮不勝簪。幾回晚直金鑾殿，東風軟、花裏停驂。書詔許傳宫燭，輕羅初試朝衫。御溝冰泮水挼藍，飛燕語呢喃。重重簾幕寒猶在，憑誰寄、銀字泥緘。報道先生歸也，杏花春雨江南。」詞翰兼美，一時争相傳誦，機坊以此織成帕云。柯嘗畫黄鸝、白頭，題詩二絶。白頭云：「春濃不放小禽棲，白髮銜冠向曉啼。簾幕半開人未起，樓臺風暖日猶低。」黄鸝云：「春風嬌軟緑陰肥，上苑鶯花紫翠圍。卻向後宫深院裏，一枝閒自理金衣。」弘正間，嘉興周伯器嘗題二圖云：「奎章閣下老詞臣，吟遍鶯花上苑春。回首金衣閒自理，緑陰多處少風塵。」「重重簾幙護輕寒，聽徹春禽午夜闌。無限江南歸興重，不將華髮漫銜冠。」蓋用其語而反其意也。柯又稱參書。必當時又嘗有此署銜。

初，文宗以順帝爲明宗子，忌之，遠竄海南。詔書有曰：「明宗在北之時，自以爲非其子。」虞伯生筆也。文宗宴駕，寧宗立，八月崩，國人迎順帝立之。帝入太廟，斥去文宗神主，而命四方毁棄舊詔。伯生時在江西，詔以皮繩縛腰，馬尾縫眼，夾兩馬間，逮捕至大都。嫉之者爲十七字詩曰：「自謂非其子，如今作天子。傳語老蠻子，請死。」至則以文宗親改詔藁呈，順帝覽之，曰：「此我家事，豈由爾書生耶？」遂得釋。兩目由是喪明。

揭傒斯 字曼碩，豫章人。

揭曼碩未達時，尋游湖湘間。一日，泊舟江涘，夜二鼓，攬衣露坐，仰視明月如晝。忽中流一櫂漸逼舟側，中有素妝女子斂衽而起，容儀甚雅，曼碩問之，曰：「妾，商婦也。良人久不歸，聞君遠來，故相迓耳。」因與談論，皆世外恍惚事。且云：「妾與君有夙緣，非同人間之淫奔者。」迨曉，戀戀不忍去。臨别，謂曼碩曰：「君大富貴人也。亦宜自重。」因留詩曰：「盤塘江上是奴家，郎若閒時來喫茶。黄土作墻茅蓋屋，庭前一樹紫荆花。」明日，揭舟阻風，上岸沽酒，問其地，即盤塘鎮。行數步，見一水仙祠，墻垣皆黄土，中庭紫荆芬然。及登殿，所設像與夜中女子無異。後曼碩官至翰林侍講學士，神女之言蓋不誣云。

揭曼碩嘗題雁圖云：「寒向江南煖，饑向江南飽。物物是江南，不道江南好。」時色目北人來江南者，貧可富，無可有，而猶辱罵南方不絕口，自以爲右族身貴，視南方如奴隸然。故有此誚。

文宗御奎章日，虞伯生、柯敬仲常侍從，以討論法書、名畫爲事，時揭曼碩爲授經郎，亦在列，比之二人寵眷則稍疏。因潛著一書，曰奎章政要以進，二人不知也。時有畫授經郎獻書圖行于世，句曲外史張伯雨題詩曰：「侍書愛題博士畫，日日退朝書滿牀。奎章閣上觀政要，無人知有授經郎。」蓋柯作畫，虞必題，故云。

揭曼碩在奎章日，應制題明皇出遊圖云：「明皇八駿爭馳道，還是開元是天寶。長安花發萬年枝，不識年華醉中老。奎章閣下文章靜，衮衣高拱唐虞聖。莫言此畫徒爾爲，千載君王作金鏡。」

嘗有問於虞伯生曰：「楊仲弘詩如何？」曰：「仲弘詩如百戰健兒。」「范德機詩如何？」曰：「德機詩如唐臨晉帖。」「揭曼碩詩如何？」曰：「曼碩詩如三日新婦。」「先生詩如何？」笑曰：「虞集乃漢廷老吏。」揭聞之不悦。嘗中夜過伯生，問及兹事，一言不合，揮袂遽去。後以天曆年間，秘閣開詩寄公，中有「奎章分署隔窗紗」「學士詩成每自誇」之句。「天曆年間秘閣開，授經新拜育群材。宫門待漏常先到，講席收書每後回。召試時蒙天語勞，分題不待侍臣催。滿頭白雪丹心在，太液池邊只獨來。」「奎章分署隔窗紗，不斷香風别殿花。留守日須中賜果，宣徽月送上供茶。諸生講罷仍番直，學士吟成每自誇。五載光陰如過客，九疑無處望重華。」公得詩，謂門人曰：「揭公才力竭矣。」就答以詩云：「故人不肯宿山家，夜半驅車踏月華。寄語旁人休大笑，詩成端的向誰誇！」并題其後云：「今日新婦老矣。」揭召至都，果疾卒。

張天雨

字伯雨。錢唐黄冠，號真居，九成之裔。後入華陽洞，自號句曲外史。初見虞伯生，伯生全不言儒者事，只問道家典故，雖答之，或不能詳。末問能作幾家符篆？曰：「不能。」伯生曰：「某試書之，以質是否？」連書七十二家，伯雨汗流浹背，輒下拜曰：「真吾師也。」自是訂交甚契，故與伯生書，必稱弟子。

錢唐老儒葉景修森，家住西湖，婦女頗不潔，所藏王右軍籠鵝帖石刻，誠爲玅品。張外史貽詩有云：「家藏逸少籠鵝字，門繫龜蒙放鴨舡。」世以鴨比喻五奴，故云。

俗傳七月十五日爲中元節，僧家建盂蘭盆會，放燈西湖及塔上河中，謂之照冥。張伯雨詩云：「共泛蘭舟燈火鬧，不知風露濕青冥。如今池底休鋪錦，此夕槎頭直掛星。爛若金蓮分夜炬，空於雲母隔秋屏。卻憐牛渚清狂甚，苦欲燃犀走百靈。」我朝劉邦彦亦有詩云：「金蓮萬朵漾中流，疑是潘妃夜出遊。光射魚龍離窟宅，影摇鴻鳥亂汀洲。凌波未必通銀浦，趁月偏憐近綵舟。忽憶少年清泛處，滿身風露獨凭樓。」

張伯雨嘗從其師王溪月真人壽衍入京，時燕地未有梅花，吴閒閒宗師全節新從江南移植，護以穹廬，扁曰漱芳。伯雨偶造其所，恍若與西湖故人遇，徘徊既久，不覺熟寢其中。覺而日已晡矣。閒閒笑曰：「伯雨素有詩名，宜有作。」遂賦長詩，有「風沙不憚五千里，翻身跳入仙人壺」之句。閒閒大喜，送翰林集賢嘗所往來者和之，由是名大起。

酒客折荷葉盛酒，以簪刺節，令與柄通吸之，名「碧筒飲」。張伯雨詩曰：「採緑誰持作羽觴，使君亭上晚尊涼。玉莖沁露心微苦，翠蓋擎雲手亦香。飲水龜藏蓮葉小，吸川鯨恨藕絲長。傾壺誤展琳琅袖，笑絶耶溪窈窕娘。」

張伯雨晚居茅山，罕接賓客。一日，有野僧來謁，童子拒之，僧云：「語而主，吾詩僧也。胡爲拒我？」不得已，乃爲入報，伯雨書老杜「花徑不曾緣客掃」之句，使持以示僧，僧略不運思，足成詩云：「久聞方外有神仙，只住華陽古洞天。『花徑不曾緣客掃，』石牀今許借僧眠。穿雲去汲燒丹井，帶雨來耕種玉田。一自茅君成道後，幾人騎鶴下蒼煙。」末二句寓諷意。伯雨得詩大驚，延入置之上坐，留連數日。張伯雨戲題黄大癡小像云：「全真家數，禪和口鼓。貧子骨頭，吏員臟腑。」聞者謂語雖諧謔，足盡其爲人云。大癡老人名公望，字子久。畫師董源晚稍變之。與趙松雪及梅道人吳鎮仲圭、黄鶴山樵王蒙叔明爲元四大家。

欣笑隱

南昌僧。元初，高安僧有圓至天隱，元末，浙僧有道元覺隱，皆以詩自豪。時號三隱。道元，一名文誠。

大欣住杭中天竺，有學行，研窮教典，旁貫百家。文宗召赴闕，特賜三品文階。張伯雨贈詩云：「繙經臺畔惜分携，華蓋峰前幾夢思。一席地分眠鹿草，三更月在掛猿枝。我書安能半袁豹，君才端倍十曹丕。上番相逢虞祕監，不嫌頻竄仰山碑。」

僧舊着黑衣，文宗寵愛笑隱，賜以黄衣，其徒後皆衣黄。歐陽原功題僧墨菊詩云：「苾蒭元是黑衣郎，當代深仁始賜黄。今日黄花翻潑墨，本來面目見馨香。」

一日，省相請大欣看潮，其日寺火，時恩斷江住虎丘寺，同日災，有僧爲詩戲之曰：「欣哉笑隱住中峰，本是鴻儒學説空。羅刹江頭潮未白，稽留峰下火先紅。青霄有路干丞相，紺殿無顏見大雄。若使斷江知此意，兩人握手泣西風。」

天隱工於古文，而詩尤清婉，其寒食云：「月暗花明掩竹房，輕寒脉脉透衣裳。清明院落無燈火，獨繞迴廊禮夜香。」曉過西湖云：「水光山色四無人，清曉誰看第一春。紅日漸高絃管動，半湖煙霧是遊塵。」他如再往湖南云：「春路晴猶滑，山亭晚更長。竹枯湘淚盡，花發楚魂香。」塗香居士見訪云：「並坐夜深皆不語，一燈分映兩閒身。」其造語之玅，當不減於惠勤、參寥輩也。

長洲陳湖磧沙寺，僧魁天紀者居之。魁讀儒家書，尤工於詩，天隱與友善，贈詩云：「拈筆詩成首首新，興來豪叫欲攀雲。難醫最是狂吟病，我恰才痊又到君。」魁嘗刻天隱所注唐三體詩置寺中，今吳人稱磧沙唐詩是也。

覺隱睡起詩云：「花下拋書枕石眠，起來閒漱竹間泉。小牕石鼎天猶暖，殘燼時飄一縷煙。」江亭秋晚云：「獨倚清江秋思長，晚潮初上水亭涼。海門風起雙巒暝，一抹銀花湧夕陽。」

松楊詩人程渠南，滑稽士也，與覺隱同齋食蕈，覺隱請渠南賦蕈詩，應聲作四句云：「頭子光光脚似丁，秖宜豆腐與波稜。釋迦見了呵呵笑，煮殺許多行脚僧。」聞者絶倒。

堯山堂外紀卷七十四

元

順帝妥歡帖睦爾

宋少帝㬎既封瀛國公，及長，世祖以公主配之。一日與内宴，酒酣，立傍殿楹間，世祖恍惚見龍爪拏攫狀。時有獻謀除滅者，世祖疑而未許。瀛國公密知之，乃乞爲僧，往吐蕃學佛法，因挈仝后公主姬御遁居沙漠，易名合尊。長子亦爲僧，名完普。須之復誕一子，時明宗爲周王，時亦遁沙漠，與少帝、公主往來，遂乞少帝子與其妻邁來的爲子，即順帝也。其生之年爲大德七年庚申，我大明兵入燕都，遁去，當時人只呼庚申君。既卒，國人謚曰惠宗。

庚申君有佳句云：「鳥啼紅樹裏，人在翠微中。」天下誦之。

庚申君初年，荆州分域有鬼夜叫云：「苦也苦，幾時泥到襄陽府。」居人皆聞之，而不見其形。及早視之，凡樹木不論大小，皆用泥和狗猪毛，離根一二尺泥之，至樹分枝處則止。後又改叫云：「苦也苦，幾時泥到成都府。」蓋古今未聞之異。

至正間，上下以墨爲政，風紀之司，贓污狼藉。是時，金鼓音節迎送，廉訪司官則用二聲鼓一聲鑼。起解强盜則用一聲鼓一聲鑼。有輕薄子爲詩嘲曰：「解賊一金并一鼓，迎官兩鼓一聲鑼。金鼓看來都一樣，官人與賊不争多。」又有爲醉太平小令一闋云：「堂堂大元，姦佞專權。開河變鈔禍根源。惹紅巾萬千。官法濫，刑法重，黎民怨。人喫人，鈔買鈔，何曾見？賊做官，官做賊，混賢愚，哀哉可憐！」

庚申君嘗召一術士問以國祚，對云：「國家千秋萬歲，不必深慮。除日月並行，乃可憂耳。」至正戊申九月，大明兵克通州。庚申君聞報大懼，集三宫后妃太子夜半開建德門北去，而元遂亡。蓋「日月並行」，乃「明」字隱語也。明年，我太祖聞居應昌，馳書示以禍福，因答詩曰：「金陵使者渡江來，漠漠風煙一道開。王氣有時還自息，皇恩何處不昭回。信知海内皆王土，亦喜江南有俊才。歸去誠心煩爲説，春風先到鳳凰臺。」

成祖嘗出宋、元諸帝容命袁柳莊珙相，袁見太祖、太宗，曰：「英武之主。」自真宗至度宗，曰：「此皆秀才皇帝。」元自世祖至文宗曰：「皆是吃綿羊肉郎主。」見順帝，則曰：「又是秀才皇帝也。」成祖大笑，厚賜之。觀此則庚申君實與宋帝狀貌相類，豈果合尊太師之苗裔歟？今其子孫君主漠北，皆宋胤也。水東日記載一詩云：「皇宋第十六飛龍，元朝降封瀛國公。元君召公尚公主，時承賜宴明光宫。酒酣伸手扒金柱，化爲龍爪驚天容。元君含笑語群臣，鳳雛寧與凡禽同。侍臣獻謀將見除，公主泣淚沾酥胸。幸脱虎口走方外，易名合尊沙漠中。是時明宗在沙漠，締交合尊情頗濃。合尊之妻夜生子，明帝隔帳聞笙鏞。乞歸行宫養爲嗣，皇考崩時年甫童。元君降詔移南海，五年乃歸居九重。憶昔宋祖受周禪，仁義綽有三代風。至今兒孫主沙漠，吁嗟趙氏何其隆！」庚申君末年，兵部侍郎青田林諫先作詩送其侄使南歸云：「清秋送侄出都門，别淚臨風下酒尊。在客豈無鄉井念？爲官肯負國朝恩？鶺鴒飛疾家偏遠，鴻雁行稀日欲昏。獨上居庸最高處，回頭一望一銷魂。」庚申君北遁，諫挈其子隨去。

秦王伯顔

所署官銜計二百四十六字。

伯顔擅權之日，剡王徹徹都、高昌王帖木兒不花皆以無罪殺。山東憲史曹明善時在都下，作岷江緑二曲以風之，大書揭于五門之上，伯顔怒，令左右暗察得實，肖形捕之。明善出避吴中一僧舍，居數年，伯顔事敗，方冉入京。其曲曰：「長門柳絲千萬縷，總是傷心處。行人折柔條，燕子啣芳絮。都不由、鳳城春做主。」「長門柳絲千萬結，風起花如雪。離别重離别，攀折復攀折。苦無多、舊時枝葉。」此曲又名清江引，俗曰江兒水。

伯顔貪惡無比，及以罪左遷南恩州達魯花赤，至隆興卒，寄棺驛舍。滑稽者題于壁云：「百千萬定猶嫌少，垛積金銀北斗邊。可惜太師無運智，不將此子到黄泉。」

脱脱　太師馬扎兒台之子，秦王伯顔從子也。馬扎兒台爲小官時，嘗賃屋以居，時脱脱尚幼。居有桃未實，至熟時，脱脱盡采以貯小奩。太師歸，忽問曰：「此桃何在？」脱脱曰：「當賃屋時，未嘗言及此也，當還其主。」太師深喜之。他日，亦拜相爲太師云。

脱相當朝，有神童來謁，能詩，年纔數歲，脱相令賦檐詩，即成絶句：「分得兩頭輕與重，世間何事不擔當。」蓋諷之也。

至正庚寅年間，參議賈魯以當承平時，無所垂名，欲立事功於世，首勸脱脱開河北水田，又勸造至正交鈔。及河决南行，又勸追求夏禹故道，開使北流，身專其任，瀕河起集丁夫二十六萬餘人。朝廷所降食錢，官吏多不盡支，河夫多怨。韓山童等因挾詐，陰鑿石人，止開一眼，鐫其背曰：「石人一隻眼，挑動黄河天下反。」預當開河道埋之。掘者得之，遂相爲驚詫而謀亂。山童詐稱宋徽宗九世孫，僞詔略曰：「藴玉璽於海東，取精兵於日本。貧極江南，富誇塞北。」蓋以宋廣王走崖山，丞相陳宜中走倭，托此説以動摇天下。當時貧者從亂如歸。朝廷發師誅之，雖即擒獲而亂階成矣。有無名子爲詩曰：「丞相造假鈔，舍人做强盜。賈魯要開河，攪得天下鬧。」山西高平縣長平驛爲賈魯故宅，中庭古松十餘株，皆當時物也。天朝平定山西，宅没入官，以其壯麗不忍毁，即以爲驛。壁間題詩云：「賈魯修黄河，恩多怨亦多。百年千載後，恩在怨消磨。」觀此，則當時或以亟疾刻深招致民怨；而其禦災捍患，則後世亦有公論。固不得而盡非云。

至正癸巳年間，江淮群寇起，張九四據高郵，韓山童男據臨濠，徐貞一、倪蠻子、陳友諒亂漢沔。脱相統大師四十萬出征，聲勢赫然。始攻高郵，城未下，庚申君入丞相哈麻之讒，謂天下怨脱脱故亂，罷脱脱，盜自寧息。乃詔削脱脱官爵，安置淮安。未幾，哈麻復矯詔酖殺之。後一年，東南州郡多陷，哈麻言不驗，與雪雪並配死。或以詩粘國門曰：「蝦蟇水上浮，雪雪見日消。定住不開口，汪家奴只一朝。」雪雪，答麻弟也，爲御史大夫，黨兄爲奸，左丞定住緘默，右丞汪終日酣飲而已。

梁王孛羅 一名把都。

至正癸卯，明玉珍僭號於蜀，自將紅巾三萬攻雲南，梁王及憲司官皆奔威楚，諸部悉亂。徵兵救援，大理總管段功謀於員外楊淵海，卦之，吉，乃進兵。紅巾屯古田寺，功遣人夕火其寺，紅巾軍亂死者什七八。功追至七星關，又勝之而還。紅巾既退，梁王深德段功，以女阿襤主妻之，奏授雲南平章。功戀戀不肯歸國，其大理夫人高氏寄樂府促之歸，曰：「風捲殘雲，九霄冉冉逐。龍池無偶，水雲一片緑。寂寞倚屏幃，春雨紛紛促。蜀錦半牀閒，鴛鴦獨自宿。好語我將軍，只恐樂極生悲冤鬼哭。」功得書乃歸，既而復往。其臣楊智、張希喬留之，不聽。既至善闡，梁人私語梁王曰：「段平章復來，有吞金馬、嘶碧鷄之心矣。盍早圖之。」梁王乃密召阿蓋主付以孔雀膽一具，命乘便毒殪之。主潸然不受命。夜寂人定，私語平章曰：「我父忌阿奴，願與阿奴西歸。」因出毒具示之。平章曰：「我有功爾家，我趾自蹶傷，爾父尚書爲我裹之。爾何造言至此！」三諫之，終不聽。明日，邀功東寺演梵，至通濟橋，馬逸，因令番將格殺之。阿蓋主聞變，失聲哭曰：「昨暝燭下纔講與阿奴，雲南施宗施秀，煙花殞身，今日果然。阿奴雖死，奴不負信黄泉也。」欲自盡。梁王防衛萬方，主愁憤作詩曰：「吾家住在雁門深，一片閒雲到滇海。心懸明月照青天，青天不語今三載。欲隨明月到蒼山，悮我一生踏裏彩。錦被名也。吐嚕吐嚕段阿奴。吐嚕，可惜也。施宗施秀同奴歹。歹，不好也。雲片波潾不見人，押不蘆花顔色改。「押不蘆」，乃北方起死回生草名。肉屏獨坐細思量，肉屏，駱駝背也。西山鐵立霜瀟灑。鐵立，松林也。」時員外楊淵海爲從官，亦題詩粉壁，飲藥而卒。詩曰：「半紙功名百戰身，不堪今日總紅塵。死生自古皆由命，禍福于今豈怨人？蝴蝶夢殘滇海月，杜鵑啼破點蒼春。哀憐永訣雲南土，錦酒休教灑淚頻。」梁王哀淵海之才，綣意欲爲已用，見詩痛悼，乃厚恤之，令隨平章櫕葬大理。

段功既死，其子寶嗣爲總管，女僧奴志恒不忘復仇，將適建昌阿黎氏，出手刺繡文旗以與寶曰：「我自束髮，聞母稱父冤恨，非男子不能報，此旗所以織也。今歸夫家，收合東兵，飛檄西洱。汝急應兵會善闡。」又作詩二章，曰：「珊瑚勾我出香閨，滿目潸然淚濕衣。冰鑑銀臺前長大，金枝玉葉下芳菲。烏飛兔走頻來往，桂秀梅馨不暫移。惆悵同胞未忍别，應知含恨點蒼低。」「何彼穠穠花自紅，歸車獨别洱江東。鴻臺燕苑難經目，風刺霜刀易塞胸。雲舊山高連水遠，月新春叠與林重。淚珠恰似通宵雨，千里關河幾處逢？」

梁王遣史刺平章七攻大理，不克，乃與段寶講和，奏陞爲雲南左丞。未幾，明玉珍復侵善闡，梁王遣叔鐵木的罕備兵大理，時寶已長，答書云：「殺虎子而還餵其虎母，分狙栗而自詐其狙公。假途滅虢，獻璧吞虞。金印玉書，乃爲釣魚之香餌；繡閨淑女，自設掩雉之絪羅。況平章既亡，弟兄罄絶。今止遺一㜪一奴，奴甫贅華黎氏，㜪又可配阿禴妃。如此事諾，我必借大兵，如其不可，待金馬山换作點蒼山，昆明池改西洱池時來矣。」書後附以詩云：「烽火狼烟信不符，驪山舉戲是支吾。平章枉喪紅羅帳，員外虚題粉壁圖。鳳别岐山祥兆隱，麟遊郊藪瑞光無。自從界限鴻溝後，成敗興衰不屬吾。」梁王見之，恨竇入骨。竇聞我大明開基金陵，遣其叔段真自會川入京，奉表歸款。時有妖巫女歌曰：「莫道君爲山海主，山海咲諧諧園中。花謝千萬朵，别有明主來。」竇數日疾卒，子明嗣。時洪武十四年也。壬戌，天兵破善闡，梁王自鴆，黨屬悉俘。明再上書，求頒降雲南王印，書後附以詩，有「方今天下平猶易，自古雲南守獨難」之句。傅友德、沐英等攻下之，明就擒，雲南悉定。

方谷珍 台之楊氏山人。嘗有童謡云：「楊氏青，出賊精。」其初，亦欲向功，爲國宣力，後失賞，遂叛。

元制，任胡族爲正官，中華人官佐貳。至正間，任非其人，酷刑横斂。台、温、處之民樹旗村落曰：「天高皇帝遠，民少相公多。」方谷珍因而肇亂，江淮紅巾遂相繼而起。

含春柳氏，明州女子也。年十六，患病禱於延慶寺關王神而愈，因繡旛往酬之，一少年僧頗聰慧，窺柳氏姿而悦之，因以其姓戲作呪語，誦于神前，名曰回回偈，其詞云：「江南柳，嫩緑未成陰。枝軟不堪輕折取，黄鸝飛上力難禁。留取待春深。」女亦甚慧，聞而憾之，歸告於父。時方谷珍據明州，父因訟于谷珍，谷珍捕諸僧至，訊作詞者姓名，對曰：「姓竺名月華。」谷珍乃召匠氏作大竹筒，將納僧以沉諸江。謂曰：「我亦取汝姓作一偈送汝歸東流。」因吟曰：「江南竹，巧匠作爲筒。付與法師藏法體，碧波深處伴蛟龍。方知色是空。」僧惶恐伏地，扣頭告哀云：「死，吾分也。更乞容一言。」國珍許之。僧復吟曰：「江南月，如鏡亦如鈎。如鏡不臨紅粉面，如鈎不上畫簾頭。空自照東流。」谷珍知其以名爲答，笑而釋之，且令畜髮，以柳氏配爲夫婦。一說此即谷珍女，内附後，配黔國公子，在雲南。宣德間，鄞人徐憲副訓、奉化應方伯履平，歷仕雲南，此女年已老，以鄉里視之，往來如親戚云。

江西程國儒任餘姚州判官，因亂，來依方谷珍，與呂玄英爲友。國儒有鶴傍牡丹圖，索呂題云：「牡丹花畔鶴精神，飛並雲林似倚人。萬里青霄不歸去，洛陽能有幾時春？」程得詩，即日促裝回番陽。

張士誠 行九四。洪武甲子開科取士，諸勳臣不平，曰：「此輩善譏訕，初不自覺。且如張九四厚禮文儒，及請其名，則曰士誠。」聖祖曰：「此名甚美。」答曰：「孟子有『士，誠小人也』之句，彼安知之？」帝自此覽天下所進表箋，多罹禍者。

張氏據有平江日，其部將左丞呂珍守紹興，參軍陳庶子，饒介之在張左右。一日，陳賦詩，饒染翰，題一紈扇以寄呂云：「後來江左英賢傳，又是淮西保相家。聞説錦袍酣戰罷，不驚越女采荷花。」饒素負書名，且詩語俊麗，爲作者所稱。呂俾人讀罷，忽大怒曰：「吾爲主人守邊疆，萬死鋒鏑間，豈務愛女子而不驚之耶！見則必殺之。」又元帥李其姓者，杭州庚子之圍解，頗著功勞，一士人投之以詩，將有求焉，其詩有「黄金合鑄李將軍」之句，李大怒曰：「吾勞苦數年，止是將軍。今年纔得元帥，乃復令我爲將軍耶！」命帳下策出之。二事一時相傳爲笑。

張氏據有浙西富饒地而好養士，凡不得志於時者，爭趨附之。美官豐禄，富貴赫然。有爲北樂府譏之云：「皂羅辮兒緊扎捎，頭戴方簷帽。穿領濶袖衫，坐個四人轎。又是張吴王米蟲兒來到了。」及城破，無一人死難者。

僞吴委政於弟士信，士信惟務酒色，用黄參軍敬夫、蔡參軍彦文、葉參軍德新圖事。三人皆迂濶書生，不識大計，時有市謡十七字曰：「丞相做事業，專用黄菜葉。一夜西風來，乾鱉。」洪武丁未春，天兵下江南，三人皆伏誅，刳其腸而懸之，至於枯死。蓋三臣皆元戚機臣，殘膏僭侈，帝特惡焉。

天兵破姑蘇，張士誠就擒，其妻劉氏率姬妾登齊雲樓自焚死，黨與無一人死難者。天台王澤吊以詩曰：「天星夜落水犀軍，又見吴臺走鹿群。睥睨金湯空自固，倉皇珠玉竟俱焚。將軍只合田横死，國士嗟無豫讓聞。風雨年年寒食節，麥盂誰上大妃墳？」又有人賦絶句云：「虎鬭龍争既不能，雞鳴狗盗亦何曾？陳平韓信皆歸漢，只欠彭城老范增。」

李思齊 本羅山人，兄弟七，思齊行三，墓在寶雞縣東三十里，人呼其墓曰三相公墓云。

元末，李思齊屢抗王師，後舉臨洮降我明。上命爲江西行省右丞，不之官，尋以功進中書平章。上欲優待思齊食禄不視事。洎卒，上親爲文遣官祭之，又爲詩挽之云：「朕有幾點銅鐵汁，平生不爲兒女泣。昨日忽聞丞相崩，一灑乾坤草木濕。」其子世昌世襲指揮，後調雲南臨安衛。今尚世其官云。

堯山堂外紀卷七十五

元

呂思誠 字仲實。至正間官中書左丞。

呂仲實未顯時，一日晨炊不繼，欲携布袍質米於人，室氏有吝色，因戲作一詩曰：「典卻春衫辦早厨，山妻何必更躊躇？瓶中有醋堪燒菜，囊裏無錢莫買魚。不敢妄爲些子事，只因曾讀數行書。嚴霜烈日皆經過，次第春風到草廬。」次年果登第。

王叔能 浙省參政。

「一錢太守」劉寵廟，在紹興錢清鎮，王叔能過廟下，賦詩曰：「劉寵清名舉世傳，至今遺廟在江邊。近來仕路多能者，也學先生揀大錢。」

陳旅

字衆仲，莆田人。馬石田祖常按事閩中，一見奇之，舉諸朝，官國子監丞。

元統初，陳衆仲爲浙江儒學副提舉。在任日，雅好湖山，意有所屬，便乘興獨往，流連竟夕，得佳句則欣躍而題。後爲應奉翰林，有元夕懷錢塘詩云：「武帝親祠太乙神，流光洶旭動星辰。竹宫典禮猶存漢，軹道山河已易秦。香逕至今啼木客，露盤無復泣金人。紅燈幾點東風裏，猶是元宵一度春。」

揚州陳新甫生日，出紅玉盃飲客，陳衆仲爲賦紅玉盃曰：「崑崙東阿含海日，石中玉子如日赤。神工夜發昆吾刀，剜作金盃盛酒喫。蟠桃初開緱母家，丹露滴入芙蓉花。廣陵公子酒如海，年年顔色襯朝霞。」

東園主人有堂名樂全，虞奎章爲作記，朝士大夫咸爲歌詩。陳衆仲有「能守不成三瓦戒，樂全長得葆天均」之句。虞見之未解「三瓦」之説，俾詢之，衆仲云：「出史記龜筴傳注。」公深服其博記。

王木齋尚書母亡時，靈几瓶中山丹俄吐白華，人以爲孝感，繪爲圖。陳衆仲題其上云：「越丹一夕幻幽枝，宛見萱闈玉雪姿。安得文章如束晳，爲君重補白華詩。」

傅若金

字與礪，新喻人。

元統三年，傅與礪奉使安南，宿天使館中，其國王以侍姬薦寢，與礪以詩卻之，曰：「夜宿安南天使館，主人供帳爛相輝。寶香燼起風過席，銀燭花偏月照幃。王母謾勞青鳥至，文簫先放綵鸞歸。書生自是心如鐵，莫遣行雲亂濕衣。」

孫蕙蘭高朗秀慧，精近體五七言，語皆清雅可誦。年二十三，歸傅若金爲妻，五月而卒。家人哭而稱之，因出其稿，若金特爲編集成帙，題曰綠窗遺稿。其詩有云：「窗裏人初起，窗前柳正嬌。捲簾衝落絮，開鏡見垂條。坐對分金綫，行防拂翠翹。流鶯空巧語，倦聽不須調。」又：「小閣烹香茗，疏簾下玉鈎。燈光翻出鼎，釵影倒沉甌。婢捧消春困，親嘗散暮愁。吟詩因坐久，月轉晚妝樓。」

孫蕙蘭寓殯湘中，傅與礪念之不置，賦詩曰：「湘皋煙草碧紛紛，淚灑東風憶細君。浪説嫦娥能入月，虚疑神女解爲雲。花陰晝坐閑金剪，竹裏春遊冷翠裙。留得舊時殘錦在，傷心不忍讀迴文。」

達兼善　即泰不花，蒙古人，伯牙吾台氏。父爲台州録事，因家于台。年十七，江浙鄉試第一，廷試賜進士及第，自號白野，世稱白野狀元。

達兼善賦得上林鶯送張兵曹云：「春日陽關道，鶯聲滿上林。來從金谷曉，飛度玉樓陰。柳嫩難分色，歌停稍辨音。明朝空解語，人去落花深。」

達兼善春日宣則門書事簡虞邵庵云：「三月龍池柳色深，碧梧煙暖日愔愔。蜂粘落絮縈青瑣，燕逐飛花避緑沉。仙仗曉開班玉笋，雲韶春奏錫瓊林。從臣盡獻河東賦，獨有相如得賜金。」又春日次宋顯夫褧韻云：「帝城三月多春色，南陌風光畫不如。躑躅花深啼杜宇，鸕鷀灘暖聚王餘。玉樓似是秦宫宅，金水元非鄭國渠。處處笙歌移白日，楊雄空讀五車書。」褧與兄本齊名，時號二宋，以配郊、祁。

世祖思太祖創業艱難，俾取所居之地青草一株置于大内丹墀前，謂之「誓儉草」。白野公作宫詞十數首，其一云：「墨河萬里金沙漠，世祖深思創業難。却望闌干獲青草，丹墀留與子孫看。」

達兼善又二絶句，云：「繡簾鈎月夜生凉，花霧陰陰入畫堂。吹徹玉簫人未寢，更添新火試沉香。」「金吾列侍擁旗旄，五色雲深雉尾高。視草詞臣方退食，内官傳敕賜蒲萄。」

後至元初，達兼善遷紹興路總管，僚友分題作詩餞行，得清風嶺，嶺在嵊縣，白野公立王貞婦廟於上。康里子山巎巎爲賦清風篇曰：「清風嶺頭清風起，佳人昔日沉江水。一身義重鴻毛輕，芳名千載清風裏。會稽太守士林英，金榜當年第一名。一郡疲民應有望，定將實惠及蒼生。」子山公書法妙一時，趙松雪後便及之。嘗問客：「有人一日能寫得幾字？」客曰：「聞趙學士言，一日可寫萬字。」公曰：「余一日寫三萬字，未嘗以力倦而輟筆。」公號正齋恕叟，又號蓬累叟。

至正末，達兼善爲台州路達魯花赤，與方國珍戰，死平江一驛舟中，有題吊四狀元詩曰：「四榜狀元逢此日，他年公論定難逃。空令太守提三尺，不見元戎用六韜。元舉何如兼善死，公平争似子威高。世間多少偷生者，黄甲由來出俊髦。」元舉，王宗哲字也。至正戊子科三元進士，時爲湖廣憲僉。公平，李齊字也，時爲高郵府知府。子威，李黼字也，時爲江州路總管。此四公者，或大虧臣節，或盡忠王事，或遇難而亡，故云。

達理馬識禮 字正道，高昌人。父長壽，嘗爲江浙廉訪監司，因家常之宜興。

達理馬識禮初以蔭授寧國路府判，改授監吉安之泰和。至正九年九月到官，靜處一室，聲味泊然，書十字楹間，曰：「俸薄儉常足，官卑清自尊。」其厲志若此。

余闕 字廷心。本唐兀氏，死難之日，有妾名滿堂，生子甫晬，棄水濱，僞萬户杜某曰：「此必余參政子，是佳種也。」因捨所鈔諸物懷之而去。比三歲，或戲之曰：「爾父何在？」子以二指横拂喉下曰：「如此矣。」是知廷心當日舉家伏節，猶幸存此遺孤也。

浦江鄭氏九世不分居，余廷心贈詩有曰：「清源無濁流，芳蘭有競芬。」摛毫誦勿贅，勉哉賢子孫。」復大篆「浙東第一家」五字旌之。

樊執敬爲浙江參政日，觀潮，題詩樟亭云：「煙波閃閃海門開，平地潛生萬壑雷。大信不虧天不老，浙江亭上看潮來。」公之志可見矣。至正壬辰，紅巾賊亂，公張弓抽矢馳射於其間，賊應弦而斃者甚衆。自卯至申，矢盡死之。執敬與余廷心善，廷心稱其慨慷有大志，嘗別以詩曰：「光禄橋西惜解携，春星欲傍露盤低。自來宫樹多離思，更著城烏在上啼。」

貢師泰 字泰甫，號玩齋，宣城人。

傳與礪起廣州教授，貢師泰送以詩曰：「買得吴舡便欲東，更騎羸馬别諸公。文聲久許江西盛，詩律回歸海外工。人羡義陽封介子，客從秦畤薦揚雄。五羊城下南風起，茉莉花香荔子紅。」

貢友初者，貢師泰族子也。至正間，師泰爲浙江行省參政，遂僑寓錢唐，友初自上都還錢唐也，師泰贈之詩云：「嗣宗諸姪仲容賢，客路飄零雪滿巔。曾爲頌椒留子美，卻思戲蠟愛僧虔。十年湖海三盃酒，百里溪山一釣船。何日兵戈得休息？敬亭春雨共歸田。」

郭矮梅詠炭詩云：「樵青黎面學崑崙，斫月燒雲樹欲髡。萬竈黑煙灰出劫，一星紅焰火還魂。污身若有仙翁幻，報國今無義士吞。曾似茅齋風雪夜，地罏榾柮暖温温。」貢友初喜誦之。

成廷珪 字元章，蕪城人。

鄱陽道士胡道玄嘗以一舟往來洪之東湖，扁曰活死人窩。成廷珪爲賦詩曰：「一住行窩幾百年，蓬頭長日走如顛。海棠亭下重陽子，蓮葉舟中太乙仙。無物可離虚殼外，有人能悟未生前。出門一笑無拘碍，雲在東湖月在天。」虞伯生亦賦詩曰：「大海何曾着死人？縱饒得活也逡巡。中黄土底埋焦穀，太白星前掃幻塵。銀漢槎頭成恍惚，布帆船子弄精神。太平歌裏無生滅，惟有胡笳拍拍真。」

張孟載有春愁詩，成廷珪因和其韻，録寄楊鐵崖云：「小窗病酒懨懨卧，春色三分二分過。仙人漫織藕絲長，金銅難補菱花破。花間黄蝶也雙飛，葉底青梅才一箇。綵筆題詩人未歸，愁腸一似車輪大。」

成廷珪又嘗爲余氏賦寄庵云：「此身江海即蜉蝣，小住菴中五百秋。萬劫有窮惟道在，八方無碍與天游。虎龍夜合黄金鼎，鸞鶴朝飛白玉樓。暫向人間忘爾汝，一瓢春酒肯相留。」

張翥

字仲舉。其先晉寧人，父官杭州，因家焉。從仇仁近，以詩文名海內。文不如詩，而每以文自負。常語人曰：「吾於文已化矣，蓋未嘗搆思也。」他日，翰林學士沙剌班示以所爲文，請易置數字，苦思者移時，終不就。沙剌班曰：「先生於文已化矣，何思之苦也？」仲舉大笑。蓋仲舉善譃引咲，故戲之如此。

至正初，張仲舉爲集慶路學訓導，御史下學點視廪膳。隣齋出對云：「豸冠點饌，是日適用驢肉。」仲舉戲續云：「驢肉作羹。」御史聞之大怒，欲逮捕之，御史蓋河南人。乘夜逃奔揚州。時揚州方全盛，衆素聞其名，皆延致之。仲舉肢體昂藏，行則偏竦一肩，韓介玉爲詩嘲之云：「垂柳陰陰翠拂簷，倚闌紅袖玉纖纖。先生掉臂長街上，十里朱樓盡下簾。」坐中皆失笑。時有相士在座，或曰：「仲舉病鶴形也。」相士曰：「不然。此雨林鶴形，雨霽則冲霄矣。」後入大都，致位貴顯，果如其言。

張仲舉齋前海棠盛開，值春陰風作，賦惜花摘紅英詞云：「鶯聲寂。鳩聲急。柳煙一片梨雲濕。驚人困。教人恨。待到平明，海棠應盡。青無力。紅無跡。殘香賸粉那禁得？天難準。晴難穩。晚風又起，倚闌爭忍？」

張仲舉中秋對月，時張伯雨有約，以醉不赴，寄詩云：「明月中天雲霧消，酒醒凉思正飄飄。星河不動秋空濶，鍾鼓無聲夜寂寥。露下遠山皆落木，風來滄海欲生潮。

仙家翫事無緣到，虛負璚樓聽玉簫。」

張仲舉閏九日遊南屏山詩云：「山僧領客興何長，慧日峰前俯大荒。舊俗尚存三令節，人生難遇兩重陽。丹楓换葉隨秋老，黄菊留花過閏香。更欲摩崖訪陳跡，西風吹冷薜蘿裳。」

張蜕菴在揚州，元夜卧病，賦風入松詞云：「東風巷陌暮寒驕。燈火鬧河橋。勝遊憶徧錢塘夜，青鸞遠、信斷難招。蕙草情隨雪盡，梨花夢與雲銷。客懷先自病無聊。緑酒負金蕉。下幃獨擁香篝睡，春城外、玉漏聲遥。可惜滿街明月，更無人爲吹簫。」

張仲舉寫夢惜分飛詞曰：「相見依然人似舊。比似年時較瘦。笑問平安否？不言低掩羅衫袖。便欲窗前推枕就。無奈紅僝緑僽。驚起空回首。半牀斜月踈鍾後。」

中原紅軍初起時，旗上一聯云：「虎賁三千，直抵幽燕之地；龍飛九五，重開大宋之天。」其後，毛貴等横行山東，侵犯畿甸，架幸灤京，賊勢猖獗，無異唐末。張仲舉在都下，寄浙省周玉坡參政伯琦云：「天子臨軒授鉞頻，東南無地不紅巾。鐵衣遠道三軍老，白骨中原萬鬼新。篆上精靈虹貫日，仙家談笑海揚塵。都將兩眼凄凉淚，哭盡平生幾故人？」

張昱

字光弼，廬陵人。至正時爲行省左右司員外，號一笑居士。

張光弼初居楊完者左丞幕下，頗有功業之思，故其詩云：「免胄日趨丞相府，解鞍夜宿五侯家。玉盃行酒聽春雨，銀燭照天生晚霞。世亂且從軍旅事，功成須插御筵花。漢王未可輕韓信，尚要生擒李左車。」又云：「西樓柳風吹晚香，石榴裙映黄金觴。纖歌不斷白日速，微雨欲度行雲凉。咲看席上賦鸚鵡，醉聽門前嘶驌驦。早晚平吴王事畢，羽書飛捷入朝堂。」及張氏擅權，光弼憤焉，遂不事事，以詩酒自娱。其詩云：「一陣東風一陣寒，芭蕉長過石闌干。只消幾度瞢騰醉，看得春風到牡丹。」蓋言時事也。

張光弼嘗作歌風臺詩云：「世間快意寧有此，亭長還鄉作天子。沛公不樂復何爲，諸母父兄知舊事。酒酣起舞和兒歌，眼中盡是漢山河。韓彭誅夷黥布戮，且喜壯士今無多。縱酒極歡留十日，慷慨傷懷淚沾臆。萬乘旌旗不自尊，魂魄猶爲故鄉憶。由來樂極易生哀，泗水東流不再回。萬歲千秋誰不念，古之帝王安在哉！莓苔石刻今如許，幾度西風灞陵雨。漢家社稷四百年，荒臺猶是開基處。」一日乘酣朗唱於瞿宗吉，以界尺擊卓，鏗然若金石也。笑曰：「吾死埋骨西湖，題曰『詩人張員外墓』足矣！」後竟如其言。

張光弼又嘗作唐宮詞數首，爲瞿宗吉誦之，中間云：「可憐三首清平調，不博西涼酒一盃。」宗吉曰：「太白於沉香亭應制，親得御手調羹，貴妃捧硯，力士脱靴，不可謂不遇也。何必『西涼酒一盃』乎！」光弼亦大笑。

張光弼作輦下曲，皆詠胡元國俗。其一首云：「守内番僧日念吽，御厨酒肉按時供。組鈴扇鼓諸夫樂，知在龍宫第幾重？」又云：「似嫌慧日破愚昏，白晝尋常下釣軒。男女傾城永受戒，法中秘密不能言。」前首言僧亂宫闈，後首言僧亂民閨也。「釣軒」，今俗云「釣闥」。僧房下釣闥，而置婦女受戒於其中也。

王冕　字元章，會稽人，號山農，人目爲狂奴。當天大雪，赤脚上潛嶽峰，四顧大呼曰：「遍天地皆白玉合成，使人心膽澄徹，便欲僊去。」

楊璉真伽自至元二十二年至二十四年，恢復佛寺三十餘所，時棄道爲僧者七八百人，皆掛冠於上永福寺帝師殿梁間，而飛來峰石壁皆鐫佛像。王元章詩云：「白石皆成佛，蒼頭半是僧。」鑑湖天長觀有道士爲僧者，獻觀於總統云：「賀知章倚托史彌遠聲勢，將寺改觀，乞復原日寺額。」楊髡泛其語。一時傳以爲笑。

王元章嗜畫梅，畫成輒題詠，有詩云：「我家洗硯池頭樹，箇箇花開淡墨痕。不要人誇好顏色，只留清氣滿乾坤。」或以是詩刺時，欲執之，遂遁走。後太祖物色得冕，因與糲飯蔬羹，山農且談且食，應制作一絶云：「獵獵北風吹倒人，乾坤無處不生塵。胡兒凍死長城下，始信江南别有春。」上喜甚，謂可與共大事，授諮議參軍，一夕暴卒。

趙汸 字子常，歙人，號東山。至正末爲江南行樞密院都事，國初召修元史，不願仕，歸。

趙東山年十二時，從胡井表學於家塾，賦蟋蟀詩云：「赤翅晶熒何處歸？秋來清響傍庭闈。莫言微物無情思，風虎雲龍共一機。」胡大驚異，賦乳燕詩答之，有「他年高拂雲霄上，莫負當時乳哺恩」之句。

趙東山里中有二執友，其一因投荒過家，其一以磨勘需調，皆栖栖桑榆，猶戀雞肋者。一日同訪東山，見庭下有鋸匠解木，因以命題，東山口占絶句曰：「一條黑路兩人忙，傍晚相看鬢已霜。你去我來何日了？虧他扯拽度時光。」二執友知詩意諷己，相與感嘆罷去。

趙東山贊陸子靜云：「儒者曰女學似禪，佛者曰我法無是。超然獨契本心，以俟聖人百世。」

陶宗儀　字九成，號南村。崎嶇亂離，每以筆墨自隨。作勞之暇，時時休於樹陰，有聞見，摘葉書之，貯一破盎，去則埋于樹根，累盎至十數。一日，盡發其藏，得若干卷，題曰輟耕録。

陳汝嘉扁其所居軒曰皆夢，索陶九成題，爲賦詩云：「北窗高臥羲皇上，不比南柯太守衙。塵世蕉陰方覆鹿，山童竹裏自敲茶。黄粱旅邸空仙枕，春草池塘即謝家。萬事轉頭同一幻，怪來筠管忽生花。」

陶九成賦紅梅調寄一萼紅云：「水雲鄉，又南枝逗煖，綽約漢宮妝。春艷穠分，朱鉛淺試，翠袖獨倚修篁。想應道，東風料峭，翦霞彩，零亂補綃裳。勾漏尋真，丹丘授訣，傲睨冰霜。　畢竟孤標還在，縱夭桃繁杏，難似寒香。瑪瑙坡頭，珊瑚樹底，江南別是春光。且莫倚高樓，王管怕、輕盈飛處誤劉郎。依舊小窗踈影，淡月昏黄。」

陶九成賦落梅調寄月下笛云：「東閣詩慳，西湖夢淺，好音難託。香銷玉削，早孤標，頓非昨。阿誰底事頻横笛，不道是、江南摇落。向空階閒砌，天寒日暮，病鶴輕喙。情薄，東風惡。試快覓飛瓊，共翔寥廓。冰魂漠漠，謾憐金谷離索。有時巧綴雙蛾緑，天做就、宫妝綽約。待一點，脆圓成，須信和羹問卻。」

至正間，陶九成避兵雲間泗濱，其地有林泉之勝。同時嘉遯者，皆文人高士，因倣司馬温公故事作約語云：「百歲光陰，萬物乃天地逆旅；四時行樂，我輩亦風月主人。幸居同泗水之濱，况地接九山之勝。儘可傍花隨柳，庶幾游目騁懷。節序騤騤，莫負芒鞵竹杖；盃盤草草，何慚野蔌山肴。雖云一餉之清懽，亦是百年之嘉話。敢煩同志，互作遨頭。慨元祐之耆英，衣冠遠矣；集永和之少長，觴詠依然。訂約既勤，踐言弗替。」

堯山堂外紀卷七十六

元

潘純

字子素，廬州人。少有俊才。遊京師，一時文學貴介爭延致之。每宴集，輒云：「潘君不在，令人無懽。」至正丙申中，御史大夫納璘開行臺於紹興，其子安安給執同知禿堅，其謀出於子素。子素亦爲安安縊諸途。

嘉興林叔大鏞掾江浙行省時，貪墨鄙吝，然頗交接名流，以沽美譽。其於達官顯宦，則刲羔殺豕，品饌甚盛；若士夫君子，不過素湯餅而已。一日，延黃大癡作畫，多士畢集，而此品復出，捫腹澗步，譏誚交作。叔大赧甚，不敢仰視。遂揖潘子素求題其畫，子素即書一絶句云：「阿翁作畫如説法，信手拈來種種佳。好水好山塗抹盡，阿婆臉上不曾搽。」大癡笑謂曰：「好水好山，言達官顯宦也；『阿婆臉不搽』，言素面也。」言未已，子素復加一句云：「諸佛菩薩摩訶薩。」俱不解其意，子素曰：「此謝語，即僧家懺悔也。」閧堂大笑而散。叔大數日羞出見客。

潘子素題宋高宗劉妃圖云：「秋風落盡故宫槐，江上芙蓉並蔕開。留得君王不歸去，鳳凰山下起樓臺。」又題趙子固畫蘭云：「江上青山日欲晡，幽花小紙墨模糊。華清宫殿生秋草，零落滕王蛺蝶圖。」

潘子素嘗作輥卦，譏世之仕宦，人以突梯滑稽，而得顯爵者或以達於文宗，欲繫治之，亡徙江湖間，遇有以其事爲滑稽士解者，卒乃得釋。卦辭曰：「輥，亨，可小事，亦可大事。象曰：輥，亨，天地輥而四時行，日月輥而晝夜明，上下輥而萬事成。輥之時義大矣哉！象曰：地上有木，輥，君子以容身固位。初六，輥，出門，無咎。象曰：出門便輥，又何咎也。六二，傳于鐵轄，象曰：傳於鐵轄，天下可行也。六三，君子終日輥輥，厲無咎。象曰：終日輥輥，雖危無咎也。九四，模棱吉。象曰：模棱之吉，以隨時也。六五，神輥。象曰：六五，神輥，老於事也。上六，或錫之高爵，天下揶揄之。象曰：以輥受爵，亦不足敬也。」其後蔡宗魯作吝卦以配之，曰：「吝，亨，利居間，不利有所爲。象曰：吝，鄙嗇也；利居間，無所求也；不利有所爲，恐致禍也。初六，居富，吝於周急，悔亡，無攸利。象曰：吝於周急，莫恤其貪也；悔亡，無攸利，已終有望也。六二，聽婦言，至吝，不養其親，不恤其弟，貞凶。象曰：聽婦言，昵於私也；不養其親，忌大恩也；不恤其弟，失大義也。雖養弗時，亦致災也，故貞凶。九三，極吝，吝其財，不吝其身，於行非宜。象曰：吝其財，斯致富也；不吝其身，乃輕生也。六四，太吝，君子吉，小人凶。象曰：吝於君子，雖有言，無尤也；吝於小人，雖不有言，終有悔也。六五，不吝於色，務所欲，終以死亡，凶；朋來，吝於酒食，弗克歡，無咎。象曰：不吝於色，惑於淫也；務所欲，樂其順從也；終以死亡，凶可知也；朋來，從其類也；吝於酒食，誠大謬也；雖弗克歡，可無咎也。上九，居其家，不吝於內，吝於教子，弗叫吉。象曰：居其家，妄自尊也；不吝於內，畏寡妻也；吝於教子，終無所成也。」馬文璧又作諞卦曰：「諞，貞，亨，初吉終凶，利見小人，不利於君子。象曰：貞，正也。亨，通也。通乎正言，諞或庶幾也。終凶，諞不由初也。利見小人，猶同類也。不利於君子，入於邪也。象曰：麗口掉舌，諞君子以求名干禄。初九，諞於同朋，無咎。象曰：同朋於諞，又誰咎也？九二，略施于民，吉。象曰：九二之吉，以新聽衆也。六二，來其諞，酒食用享。象曰：來其諞，民取則也。享其酒食，以崇功也。九四，飾言如簧，以娱彼心，乃獲南金。象曰：娱人獲金，不足道也。九五，君子終日高諞，王用徵，安車以迎，終歲弗寧，後有凶。象曰：以諞受徵，不羞也。終歲弗寧，衹足煩勞也。後有凶，不副實也。上六，莽諞不已，四方欲殺之。象曰：莽諞衆怒，殺之何過也。」右三卦切中時病，真得風刺之正。因併録之。宗魯，名衛，平江人。文璧，名琬，扶風人。

高栻

字則成，作琵琶記者。或謂方谷珍據慶元時，有高明者避地鄞之櫟社，以詞曲自娱，因感劉後村詩「死後是非誰管得，滿村争唱蔡中郎」之句，乃作此記。按：高明，温州瑞安人，以春秋中至正乙酉第，其字則誠，非則成也。或因二人同時、同郡，字又同音，遂誤耳。

高則成六七歲，頴異不凡，隣有尚書某，緋袍出送客，則成適自塾歸，時衣緑衣，尚書呼語之曰：「出水蛙兒穿緑襖，美目盼兮。」則成應聲曰：「落湯蝦子着紅衫，鞠躬如也。」尚書大驚異，稱爲奇童。

張小山有蘇堤漁唱詞，一時膾炙人口，高則成題其後曰：「小溪奴，錦囊無日不西湖。才華壓盡香奩句，字字清殊。光生照殿珠，價等連城玉，名重長門賦。好將如意，擊碎珊瑚。」

偶見歌伯喈者，云：「浪暖桃香欲化魚，期逼春闈，詔赴春闈。郡中空有辟賢書，心戀親闈，難捨親闈。」頗疑兩下句意各重而不知其故。又曰詔、曰書，都無輕重。後得一善本，其下句乃「浪暖桃香欲化魚，期逼親闈，難捨親闈。郡中空有辟賢書，心戀親闈，難赴春闈」。意既不重，而「期逼」與上「欲化魚」字應，「難赴」與「空有」字應。益見東嘉之工。東嘉此記爲其友王四而作。王四初績學不仕，東嘉與之友善，勸其赴舉，後遂登第，棄其妻而贅於不花太師家。東嘉欲挽之不可得，故作此記，以切諷之。記名琵琶者，取其二字上各有二王字。并得四王字，爲王四也。牛太師者，蓋元人呼牛爲不花，故謂之牛。而托名於伯喈者，以伯喈嘗從董卓之辟，而卓亦稱太師故也。其初以蔡中郎爲不忠不孝，記成，夢伯喈謂之曰：「子能寘我於善行，當有以報汝。」覺而有感，以全忠全孝易之，東嘉後果發解。高皇帝微時，常見此記而奇之，比即帝位，詢得其實，遂捕王四寘之於法，因遣使徵栻，東嘉辭以心恙，不就。使者復命，帝曰：「朕素聞其名，欲用之，原來無福。」又語近臣曰：「五經、四書如五穀，家家不可缺。琵琶記如珍羞百味，富貴家其可缺耶！」

顧琛 字淵白，嘉興人。

顧淵白恃才傲物，嘗入京獻燕都賦，翰長元公復初不喜，曰：「今大朝四海一統，六合一家。燕蓋昔時戰國名，何燕之稱？」慚恨而歸。晚年始得領教岳陽。高照菴先生以詩送之云：「豪氣欲吞天下士，冷官初到岳陽城。」切中其實。淵白自出一對句云：「天下秀才爺。」有刀鑷人對之曰：「村中和尚種。」

杜清碧本應召次錢唐，諸儒者爭趨其門，顧淵白作詩嘲之，有「紫藤帽子高麗靴，處士門前當怯薛」之句。聞者傳以爲笑。用紫色椶藤縛帽而制靴，作高麗國樣，皆一時所尚，「怯薛」，則内府執役者之譯語也。或以爲燕孟初作。

顧淵白訪僧勝福，閒遊市井間，見婦女皆濃粧艷飾，因問從行者，知少艾者僧之寵，下此則皆道人所有。遂戲題一絶于壁云：「紅紅白白好花枝，盡被山僧折取歸。祇有野薇顔色淺，也來鈎惹道人衣。」勝見，亟命去之，然已盛傳矣。

松江俞俊弱冠從顧淵白游，亦負氣傲物。嘗伯顔太師柄國日，嘗賦清平樂長短句云：「君恩如草，秋至還枯槁。落落殘星猶弄曉，豪傑消磨盡了。放開湖海襟懷，休教鷗鷺驚猜。我是江南倦客，等閒容易安排。」手槁留葉起之處，後與葉交惡，竟訴于官，必欲搆成其罪。寅緣賄賂獲免。俊，其先嘉興人，後占籍上海，娶也先普化次兄丑驢女。也先普化長兄觀觀死，蒸長嫂而妻之，次兄丑驢死，又蒸次嫂而妻之，俊妻母也，既而亦死，俊縛綵繒爲祭亭，綴銀盤十有四于亭兩柱，書詩聯盤中云：「清夢斷柳營風月，菲儀表梓里葭莩。」蓋「柳營」暗藏「亞夫」二字，「菲儀」謂菲人，「表梓」謂脿子，總賤娼濫婦之稱。「葭莩」皆是夫也。郡人莫不多其才，而譏其輕薄如此。

袁凱

字景文，號海叟，袁潛翁介可潛子也。其先蜀人，後占籍華亭。洪武間爲御史，議事不合，趨朝過金水橋，詭得風疾，仆不起，太祖命以木鑽鑽之，忍死不爲動，遂放歸。太祖念之，遣使即其家起爲本郡儒學教授，景文瞠目熟視使者，唱月兒高一曲，使者復命，以爲誠風，乃置之。

袁潛翁踏災行曰：「有一老翁如病起，破衲鑑毵瘦如鬼。曉來扶向官道傍，哀告行人乞錢米。時予奉檄離江城，邂逅一見憐其貧。倒囊贈與五升米，試問『何故爲窮民？』老翁答言聽我語：『我是東鄉李福五。我家無本爲經商，只種官田三十畝。延祐七年三月初，賣衣買得犂與鉏。朝耕暮耘受辛苦，要還私債輸官租。誰知六月至七月，雨水絶無潮又竭。欲求一點半點水，卻比農夫眼中血。滔滔黄浦如溝渠，農家争水如争珠。數車相接接不到，稻田一旦成沙塗。官司八月受災狀，我恐徵糧喫官棒。相隨隣里去告災，十石官粮望全放。當年隔岸分吉凶，高田盡荒低田豐。縣官不見高田旱，將謂亦與低田同。文字下鄉如火速，逼我將田都首伏。只因嗔我不肯首，卻把我田批作熟。太平九月開旱倉，主首貧乏無可償。男名阿孫女阿惜，逼我嫁賣陪家糧。阿孫賣與運糧户，即目不知在何處。可憐阿惜猶未笄，嫁向湖州山裹去。我今年已七十奇，饑無口食寒無衣。東求西乞度殘喘，無因早向黄泉歸。』旋言旋拭腮邊淚，我忽驚慚汗沾背。『老翁老翁勿復言，我是今年檢田吏』。」

一人娶妻無元，袁可潛贈之如夢令云：「今夜盛排筵晏，准擬尋芳一遍。春去已多時，問甚紅深紅淺。不見不見，還你一方白絹。」

袁景文初甚貧，嘗館授一富家。景文性踈放，師道頗不立，未幾辭歸。其家别延陳文東璧。文東懲景文故，待弟子甚嚴。一日，景文來訪，文東適出，因大書其案云：「去年先生靡恃己，今年先生罔談彼。若無幾箇始制文，如何教得猶子比。」文東善書，故云然。

袁景文嘗謁楊廉夫，見几上有琴川時大本詠白燕詩：「春社年年帶雪歸，海棠庭院月争輝。珠簾十二中間捲，玉剪一雙高下飛。天下公侯誇紫領，國中儔侶尚烏衣。江湖多少閒鷗鷺，宜與同盟伴釣磯。」謂廉夫曰：「此詩殆未盡體物之妙。」廉夫不以爲然。景文歸作詩，翌日呈廉夫，云：「故國飄零事已非，舊時王謝見應稀。月明秋水初無影，雪滿梁園尚未歸。柳絮池塘香入夢，梨花庭院冷侵衣。趙家姊妹多相忌，莫向昭陽殿裏飛。」廉夫得詩嘆賞，連書數紙，盡散坐客，一時呼爲袁白燕云。姑蘇顧文昱，字光遠，國初爲廉東行省郎中，題白雁云：「萬里西風吹羽儀，獨傳霜翰向南飛。蘆花映月迷清影，江水涵秋點素輝。錦瑟夜調冰作柱，玉關曉度雪沾衣。天涯兄弟離群久，皓首江湖猶未歸。」此與景文白燕詩可相頡頏。

張士誠據有平江日，松江俞俊以賄通僞尹鄭焕署宰華亭，用酷刑朘剥，邑民恨入骨髓。袁海叟有詩曰：「四海清寧未有期，諸公衮衮正當時。忽然一日天兵至，打破王婆醋鉢兒。」或者不知「醋鉢」之義，以問叟。叟曰：「昔有不軌伏誅，暴屍於竿，王婆買醋，經過其下，適索朽屍墜，醋鉢爲其所壓，着地而碎。王婆年老無知，將謂死者所致。顧謂之曰：『汝只是未曾喫惡官司來！』」聞者皆絶倒。

陸象翁

陸伯麟側室育子，陸象翁以啓戲賀之曰：「犯簾前禁，尋竈下盟。玉雖種於籃田，珠將還於合浦。移夜半鷺鷥之步，幾度驚惶；得天上麒麟之兒，這回喝采。既可續詩書禮樂之脉，深嗅得油鹽醬醋之香。」蓋蘇東坡詠婢詎詞有「揭起裙兒，一陣油鹽醬醋香」之句。

張明善　能填詞度曲，每以詼諧語諷人，聽之令人絶倒。

張明善嘗作水仙子譏時云：「鋪眉苫眼早三公，裸袖揎拳享萬鍾。胡言亂語成時用，大綱來，都是烘。説英雄，誰是英雄？五眼鷄，岐山鳴鳳。兩頭蛇，南陽卧龍，三脚猫，清水飛熊。」

張士誠據蘇時，其弟士德攘奪民地，以廣園囿，侈肆宴樂，席間無張明善則弗樂。一日，雪大作，士德設盛宴，張女樂，邀明善詠雪，明善倚筆題云：「漫天墜，撲地飛，白占許多田地。凍殺無民都是你，難道是國家祥瑞！」書畢，士德大愧，卒亦莫敢誰何。

唐志大 字伯剛，海陵人。

唐伯剛戲題郏仲誼小像云：「七尺軀威儀濟濟，三寸舌是非風起。一隻眼看人做官，兩隻脚沿門報喜。」仲誼云：是誰，是誰？伯剛云：是你。是你。」姑蘇之被圍也，唐伯剛和人泥字韻云：「玉樓金屋愁如海，布襪青鞋醉似泥。」謂當時居權要者，不如處閒散之樂也。王元載亦誦一詩云：「二十四友金谷宴，千三百里錦帆遊。人間無此榮華樂，無此榮華無此愁。」詩意與前詩亦相類。

柏子庭 吴僧。

柏子庭注磬疏云：「鳴鑼惡念生，擊磬善心發。善心發時火鑊凉，惡念生如蓮葉脱。我來化磬不化鑼，布施無分少與多。一槌打卻自家底，聲聲唤出阿彌陀。」後至元丙子，松江亢旱，聞方士沈雷伯道術高妙，府官遣吏賚香幣過嘉興迎請以來，驕傲之甚，以爲雨可立致。結壇仙鶴觀，行月孛法，下鐵簡于湖泖潭井，日取蛇，燕焚之，了無應驗，羞赧宵遁。柏子庭素稱滑稽，有詩一聯云：「誰呼蓬島青頭鴨，來殺松江赤緶蛇。」聞者絶倒。

後至元丁丑六月，民間謡言：「朝廷將采童男女以授韃靼爲奴婢，且俾父母護送抵直北交割。」自中原至江南，人家男女年十二三已上，便爲婚嫁，皇迫紛擾，經十餘日纔息。柏子庭有詩戲之曰：「一封丹詔未爲真，三盃淡酒便成親。夜來明月樓頭望，惟有姮娥不嫁人。」又有人集古句云：「翡翠屏風燭影深，良宵一刻值千金。共君今夜不須睡，明日池塘是緑陰。」隆慶戊辰，有私閹火者名張朝，從大江以南浙直一路，假傳奉旨選宫女，城市外，軍民人家，不問良賤富貧，一語成婚。聞數日夜，輿人厨人，無從顧覓，亦如前至元故事。有人改子庭詩云：「抵關内使未爲真，何必三盃便做親。夜來明月樓頭望，嚇得姮娥要嫁人。」又訛言并選寡婦伴送入京。于是，孀居之婦，無老少皆從人。有守制數十年，不得已，亦再適。又有人爲詩曰：「大男小女不須愁，富貴貧窮錯對頭。堪笑一班貞節婦，也隨飛詔去風流。」

柏子庭作可憎詩：「世間何物最堪憎？蚤虱蚊蠅鼠賊僧。船脚車夫并晚母，濕柴爆炭水油燈。」

堯山堂外紀卷七十七

元

楊維楨

字廉夫，會稽人，寓吴山鐵冶嶺，因號鐵崖。唐、宋人無有書進士于官銜上者，獨廉夫書「李黼榜進士」。以黼死節，欲自附忠臣，遂用，刻之印章。又家居時，號邊梅，特行于會稽諸郡。在松江，所書鐵崖之外，有鐵雅、鐵笛、鐵史、鐵龍精、鐵仙、鐵龍仙伯、老鐵、東維子、抱遺老人之號不一。如香奩詩等則書桃花夢叟、錦窩老人，此又因事偶發，非常號也。

上虞徐生以梅深自號，徵記於楊廉夫，爲著梅深説，曰：「客有三人，與梅丈人論淺深。曰：『玉雪爲骨冰爲魂，耿耿獨與參横昏。遥知雪臺溪上路，玉樹十里藏山門。』一客曰：『碧瓦籠情煙霧繞，藐姑之僊下縹緲。風清月苦無人見，洗粧自趁霜鍾曉。』一客曰：『在澗嫌金屋，照雪差銀燭。直從九地底，陽萌知獨復。』丈人曰：『初得吾皮，次得吾骨。得吾髓者，其三之復乎！』」

楊廉夫賦海蟄曰：「海風吹沙潮欲來，青蝦亂跳疑紫苔。初疑長劍斫出老蛟血，又疑霹靂擊破妖龍胎。蟹湯微泣瑪瑙脆，蜀錦亂把杵刀裁。紅永嚼碎齒不冷，丹霞入腹鳴饑雷。坐令海水化作蒲萄醅，我當大嚼一飲三百盃。」

至正甲申秋八月十六夜，廉夫夢與酸齋仙客遊廬山，各賦詩，酸齋賦彭郎詞云：「番之湖兮雲水杳，萬頃晴波淨如掃。相逢漁子問二姑，大姑不如小姑好。小姑昨夜巧粧束，新月早痕玉梳小。彭郎欲娶無良媒，飛向廬山尋五老。五老頽然不肯起，彭郎怒踢香爐倒。彭郎彭郎歸去來，陶令門前煙樹曉。」廉夫賦瀑布謡曰：「銀河忽如瓠子決，瀉諸五老之峰前。我疑天孫織素練，素練脱軸垂青天。便欲手借并州剪，剪取一幅玻瓈煙。相逢雲石子，有似捉月仙。酒喉無耐夜渴甚，騎鯨吸海枯桑田。居然化作十萬丈，玉虹倒掛清泠淵。」詰旦，以語富春吴復，復拍几大叫曰：「酸齋之詞，滑稽譃浪，固風流才仙。而先生之謡，雄偉俊逸，真天仙也。各以其才相勝。」

楊廉夫題臨海王節婦詩曰：「介馬馱馱百里程，青峰後夜血書成。秪應劉阮桃花水，不似巴陵漢水清。」後廉夫無子，一夕夢一婦人謂曰：「爾知所以無後乎？」曰：「不知。」婦人曰：「爾憶題王節婦詩乎？爾雖不能損節婦之名，而心則傷於刻薄，毁謗節義，其罪至重，故天絶爾後。」廉夫既寤，大悔，遂更作詩曰：「天隨地老妾隨兵，天地無情妾有情。指血嚣開霞嶠赤，苔痕化作雪江清。願隨湘瑟聲中死，不遂胡笳拍裏生。三月子規啼斷血，秋風無淚寫哀銘。」後復夢婦人來謝，未幾果得一子。至元十三年冬，元師渡江至天台，有千户掠得一王氏婦，夫家臨海人，婦有美色，千户盡殺其舅姑與夫，欲强脅之，不可。明年春，遂驅以北行，至嵊縣清風嶺，婦仰天竊嘆曰：「吾知所以死矣。」即囓拇指出血題詩崖石曰：「君王無道妾當災，棄女拋男逐馬來。夫面不知何日見，妾身料得已時回。兩行清淚頻偷滴，一片愁眉鎖不開。回首故山看漸遠，存亡兩字實哀哉！」寫畢遂投崖死。

楊廉夫嘗得古斷劍於洞庭湖上，煉以爲笛，名之曰洞庭鐵龍。又得胡琴於大陵呂氏；得宋徽宗象管於杭老宫人；得文文山石硯，上有玉帶文；得賈丞相古琴於赤城；得秦始皇古陶甕，盛酒其中，經歲不變，而折花其中，又能自葩實不死，名之曰「陶氏太古春」。以六物爲客，而自居其間，總而顏之曰七客寮，撰七客者志。而六客各爲詩以歌之，曰：「有客有客來洞庭，駕罔象兮驂奔鯨。千年含景雙龍精，玲瓏九竅羅天星。莫邪出匣鏗有聲，一鳴一止三千齡。」「有客有客來西域，龍頭高昂頸雌霓。腹如巴蚺鳳匪翼，口呀夜光集月魄。奇聲擘山椎霹靂，道人因之寫胸臆。」「有客有客來象山，渡青海，飛銀灣。陪道主，登玉壇。吐星宿，呈琅玕。出入爪甲冰雪寒。號鬼母，驚神奸，一聲吹裂虎豹關。」「有客有客來文山，如金如鐵堅匪頑。文山頽，不可攀，留爾亦足消群奸。靜以安，方以直。帶蒼玉，佩文石。文星爛然守玄默。」「有客有客來赤城，碧梧風裁光玲瓏。音含太古文七星，直如朱絲清如冰。洗秋壑，鳴秋聲，金春玉應和以平。」「有客有客來滈池，皤然其腹蠢以癡，曾經太古春風吹，至今面肉凝如脂。祖龍臭腐不足奇，和氣自活千年枝。」

楊廉夫初號鐵崖，晚得鐵笛，更號鐵笛道人，卞宜之作鐵笛詩寄之云：「一段清冰百鍊鋼，曾翻宮徵事虛皇。裂開黄鶴磯頭石，驚落青鸞鏡裏霜。仙子佩環新樂府，翰林風月舊文章。道人清節磨礱久，卻笑桓伊獨據床。」廉夫喜之。

楊廉夫雅好聲妓，晚居淞江，有四妾：竹枝、柳枝、桃花、杏花，皆善歌舞。有嘲之者云：「竹枝柳枝桃杏花，吹簫鼓瑟撥琵琶。可憐一代楊夫子，化作江南散樂家。」

顧何瑛延楊鐵崖教子，每食必出佳醖，以芙蓉金盤，令美妓二三捧勸，鐵崖出對云：「『芙蓉盤捧金莖露。』有妓能對者，贈以此盤。」中有一妓對曰：「『楊柳人吹鐵笛風。』」遂以盤酬之。

謝伯理居淞之泖湖，搆光渌亭爲宴樂之所，九日會友于其間，有園丁以佛頂菊花獻之，筵間，衆爲賦詩。時楊廉夫在座，走筆云：「蓮社淵明于自栽，頭顱終不惹塵埃。東籬若爲摩挲看，西域親曾受記來。妙色盡從枝上發，慧香直奔腦門開。明年九月重陽節，再托摩耶聖母胎。」座客顧仲瑛奉觴稱曰：「先生之作，誠可謂虎穴得子矣。」聶大年讀廉夫詩集有云：「文章五采鳳皇雛，酒債詩豪膽氣粗。白髮草玄楊子宅，紅粧檀板謝家湖。金鈎夢遠天星墜，鐵笛聲寒海月孤。知爾有靈還不死，滄桑更變問麻姑。」蓋廉夫母夢金鈎入懷而生，別號鐵笛道人，晚年避亂淞江之泖湖謝家云。

松江呂巷有呂璜溪家開應奎文會，走金帛聘四方能詩之士，請鐵崖爲主考，試畢，鐵崖爲第甲乙，一時文士畢至，傾動三吳。社中嘗以「楊妃襪」爲題，鐵崖一聯云：「安危豈料關天步，生死猶能繫俗情。」諸人皆嘆服莫能及。

楊鐵崖在松江，嘗遊盤龍塘，夜抵普門寺宿，盜伺其亡，盡竊去所畜物。黎明，家人往白之，先生賦詩不輟，語客曰：「老鐵在是，區區長物又奚恤！」衆服其量。

楊鐵崖晚年卧起小蓬臺，不復下直，榜于門曰：「客至不下樓，恕老懶；見客不答禮，恕老病；客問事不對，恕老默；發言無所避，恕老迂；飲酒不輟樂，恕老狂。」其誕情傲世如此。

錢唐士女曹妙清，字比玉，號雪齋；張妙浄，字惠蓮，號自然道人。皆工詩章。曹又善鼓琴，行草皆有法度，事母孝謹，三十不嫁而風操可尚。張曉音律，情逸而才飄。晚居姑蘇之春夢樓，皆一時淑媛也。與楊廉夫爲文字友。曹嘗和其竹枝詞云：「美人絶似董嬌嬈，家住南山第一橋。不肯隨人過湖去，月明夜夜自吹簫。」張詞云：「憶把明珠買妾時，妾起梳頭郎畫眉。郎今何處妾獨在，怕見花門蝴蝶飛。」廉夫嘗答妙清絶句云：「紅牙管箒紫獨毫，雪水初融玉帶袍。寫得薛濤萱草帖，西湖紙價頓能高。」「玉帶袍」者，曹氏硯名。

楊鐵崖將訪倪雲林，值晚，泊舟滕氏門，滕乃宋學士元發後，富而禮賢，知爲鐵崖，延至家，鐵崖曰：「有紫蟹醇醪則可。」主人曰：「有。」鐵崖入門，主人設盛饌，出二妓侑觴，且命妓索詩，鐵崖援筆立成曰：「颯颯西風秋漸老，郭索肥時香晚稻。兩螯盛貯白璃瑤，半殼微含紅瑪瑙。憶昔當年蘇子瞻，較臍咄咄論團尖。我今大嚼不知數，況有醇醪如蜜甜。」

張士誠據有吴中，東南名士多往依之，所不可致者唯楊廉夫一人。一日，聞其來吴，使人要於路，廉夫不得已，乃一至賓賢館。時朝廷方以龍衣御酒賜士誠，士誠聞廉夫至，甚喜，即命飲以御酒。酒酣，廉夫以指寫塵卓一絶云：「江南處處烽煙起，海上年年御酒來。如此烽煙如此酒，老夫懷抱幾時開？」張見之，知終不就，遂放歸。

僞吳駙馬潘娶美娼凡數十，内一爲蘇氏，才色兼美，醉後，尋其罪殺之，以金盤薦其首於客宴。國亡，伏誅臺城，投其首于溷。廉夫爲賦金盤美人詞曰：「昨夜金床喜，喜薦美人體。今日金盤愁，愁薦美人頭。明朝使君在何處？溷中人溺血骷髏。君不見，東山宴上琵弼琶骨，夜夜鬼語啼箜篌。」此絶類北齊主事。齊主納娼婦薛氏，清河王岳嘗因其姊迎之至第，帝怒，殺其姊。薛甚寵於帝。久之，主忽思其與岳通，斬首，藏于懷，出東山宴飲，探其首投于盤，支解其尸，弄其髀爲琵琶，復收髀流涕曰：「佳人難并得。」載尸出葬。帝被髮步哭送之。

洪武初，聖祖將召楊維楨用之，令近臣促入京師，維禎托疾固辭，作詩曰：「天子來徵老秀才，秀才懶下讀書臺。商山骨爲秦嬰出，黃石終從孺子來。太守免勞堂下拜，使臣且向日邊回。袖中一管春秋筆，不爲傍人取次裁。」或勸上殺之，上曰：「老蠻子正欲吾成其名耳。」遂縱之。廉夫赴召時，戴四角巾，聖祖問：「何巾？」對曰：「四方平定巾。」聖祖喜，因頒其制于天下，令倣爲之。

倪瓚無錫人，署名曰東海瓚，或曰嬾瓚，變姓名曰奚玄朗，字曰元鎮，或曰玄映，別號五：曰荆蠻氏、浄名居士、朱陽館主、蕭閒僊卿、雲林子。雲林多用以題詩畫，故尤著。

倪元鎮本無錫大家，元季知天下將亂，盡散其家貲，唯逍遥吟諷，兼寓意于畫圖，過蘇臺，有懷古詩云：「望中煙草古長洲，不見當時麋鹿游。滿目越來溪上水，流將春夢過杭州。」

倪元鎮斥賣田宅，得錢數百緡。會張伯雨至，念其貧且老，悉推與之，不留一緡。每乘扁舟，飄然於五湖三泖間，有人贈詩云：「夜雨推蓬寫松石，焚香何處獨題詩。」又云：「鮑謝才情世不多，手封詩卷寄江波。宅邊東海鯨魚窟，好看輕舟一釣簑。」蓋道其實也。吴匏菴亦嘗題其畫曰：「黄金散與列仙儒，江上扁舟逐釣徒。爲語紛紛評畫者，要知迂叟不爲迂。」

楊廉夫耽好聲色，每筵間，見歌兒舞女有纏足纖小者，則脱其鞵載盞行酒，謂之「金蓮盃」。一日，與倪元鎮會飲，廉夫脱妓人鞋傳飲。元鎮怒，飜案而起。廉夫亦色變，飲席遂散。後二公竟不復面。雲林性好潔，每盥頭，易水數次，冠服著時，數十次振拂。嘗眷歌姬趙買兒，留宿别業中，心疑其不潔，俾之浴。既登榻，以手自項至踵，且捫且嗅，捫至陰，有穢氣，復俾浴，凡再三。東方既白，不復作巫山之夢，徒贈以金。趙或自談，必至絶倒。

倪元鎮所居，有清閟閣、雲林堂，其清閟閣尤勝，前植碧梧，四周列以奇石，蓄古法書名畫其中，客非佳流不得入。嘗有夷人入貢，道經無錫，聞元鎮名，欲見之，以沉香百斤爲贄。元鎮令人紿云：「適往惠山飲泉。」翌日再至，又辭以「出援梅花」。夷人徘徊其家，元鎮密令開雲林堂使登焉。堂東設古玉器，西設古鼎彝尊罍。覩人方驚顧問，問其家人曰：「聞有清閟閣，可一得否？」家人曰：「此閣非人所易入。且吾主已出，不可得也。」其人望閣再拜而去。

倪元鎮避亂，往來江湖，多寓琳宫梵刹。一日，思歸，作詩云：「久客懷歸思悵然，松間茆屋女蘿牽。三盃桃李春風酒，一榻菰蒲夜雨船。鴻跡偶曾留雪渚，鶴情原只在芝田。他鄉未若還家樂，緑樹年年叫杜鵑。」洪武甲寅，元鎮年六十八，秋七月始還鄉里，時已無家，寓其姻鄒惟高所。是歲中秋，鄒氏開宴賞月，元鎮以脾泄戒飲，悽然弗樂，乃賦詩曰：「經旬卧病掩山扉，巖穴潛神似伏龜。身世浮雲度流水，生涯煮豆爨枯萁。紅蠡捲碧應無分，白髮悲秋不自支。莫負尊前今夜月，長吟桂影一伸眉。」不久，竟以脾疾卒於鄒氏。元鎮寓鄒氏日，鄒塾師有婿曰金宣伯，一日來訪，元鎮聞宣伯儒者，倒屣迎之，見其言貌龕卒，大怒，掌其頰。宣伯媿忿，不見主人而去。鄒出，頗怪之。元鎮曰：「宣伯面目可憎，語言無味，吾斥去之矣。」初張士誠弟士信聞元鎮善畫，使人持絹，侑以重幣，欲求其筆。元鎮怒曰：「倪瓚不能爲王門畫師。」即裂去其絹。士信深啣之。一日，士信與諸文士遊太湖，聞小舟中有異香，士信曰：「此必一勝流。」急榜舟近之，乃元鎮也。士信大怒，即欲手刃之，諸人力爲營救，然猶鞭元鎮，元鎮竟不吐一語。後有人問之曰：「君被士信窘辱，而一語不發，何也？」元鎮曰：「一説便俗。」或謂元鎮因香被執，囚於有司，每傳食，命獄卒舉案齊眉。卒問其故，不答。旁曰：「恐汝唾沫及飯耳。」卒怒，鎖之溺器側。衆雖爲祈免，憤哽竟成脾泄。今人以太祖投之厠中，謬也。

顧瑛

字仲英，亦稱阿瑛，崑山人。少輕財結客，豪宕自許，年三十始折節讀書，築別業於茜涇西，曰玉山佳處。其亭館三十六，每處各有春帖一聯，阿瑛手題也。記必名公，詩必才士，雖篆隸二三字，亦必選當代名筆。一時如楊廉夫、張伯雨、倪元鎮皆與往還，尤密者爲秦約、于立、釋良琦。有二妓，曰小瓊花、南枝秀，每會必在焉。風流豪賞，著稱東南。

至正戊子春三月，顧阿瑛偕楊廉夫、貞居老仙即張伯雨煙雨中遊石湖諸山，老仙爲妓者璚英即小瓊花賦點絳唇詞。已而，午霽，登湖上山，歇寶積寺，璚英折碧桃花下山，廉夫爲璚英賦花游曲，阿瑛和之。廉夫詞曰：「三月十日春濛濛，滿江花雨濕東風。美人盈盈煙雨裏，唱徹湖煙與湖水。水天虹女忽當門，午光穿漏海霞裙。美人淩空躡飛步，步上山頭小真墓。華陽老仙海上來，五湖吐納掌中盃。寶山枯禪開茗椀，木鯨吼罷催花板。老仙醉筆石闌西，一片飛花落粉題。蓬萊宮中花報使，花信明朝二十四。老仙更試蜀麻箋，寫盡春愁子夜篇。」阿瑛和詞云：「真娘墓下花溟濛，碧稍小鳥啼春風。蘭舟摇摇落花裏，唱徹吴歌弄吴水。十三女子楊柳門，青絲盤髻鬱金裙。折花賣眼一回步，蛺蝶雙飛上春墓。老仙醉美鐵笛來，瓊花起作回風杯。興酣鯨吸瑪瑙碗，立按鳴筝促象板。午光小落行春西，碧桃花下題新題。西家忽遣青鳥使，致書殷勤招再四。當筵奪得鳳頭牋，大寫仙人蹋踘篇鐵崖有蹋踘詞。」時崑丘袁華、秦約、匡廬于立屬和此詞，皆爲廉夫所取。華詞曰：「煙雲撲霧摇空濛，游絲弱絮縈柔風。木蘭載春石湖裏，手弄瓊英掬秋水。鐵笛仙人招羡門，鸞旌小隊青霓裙。淩波雙飛逋塵步，冶情謾憶鴛鴦墓。踏春撾鼓能幾來，便須一飲三千盃。血色葡萄凝水椀，鬱輪袍催紫檀板。雲旗縹緲青鳥西，口銜紅巾緘舊題。瓊林宴中採春使，骰子逡巡賜緋四。醉携翠袖寫銀箋，不數公子花遊篇。」約詞曰：「館娃宫殿春迷濛，雜花芳菲嬌亞風。油壁香車度花裏，笑解珠纓袚春水。水邊小艇忽到門，粼粼緑濺金鵝裙。游雲膩雨踏歌步，青春唤愁花下墓。流光去去不復來，縹酒且進夫容盃。驪珠串落碧瑛椀，鳳槽聲催紅玉板。宴遊未終山日西，柔纖奉硯索新題。風流文采璚林使，肯數玉人裴十四。

宫中分贍綵波箋，更試一曲曉山篇。」立詞云：「煖雲着柳春濛濛，錦航兩旗楊柳風。美人娟娟錦船裏，的皪瞳人剪秋水。阿鬟養花花滿門，洗花染作真朱裙。窈窕行煙踏煙步，野棠亂落麒麟墓。東風撲天驅夢來，露香翠泣鴛鴦盃。玉筯丁東鳴碧椀，鸞簫二尺猩紅板。瓊花起舞歌竹西，鐵崖酣春寫春題。幽緒不憑蜂蝶使，怨絶冰絲絃第四。便裁雌霓作雲牋，寫入花遊第幾篇。」

顧阿瑛遭亂，盡散其家貲，乃削髮爲在家僧，自稱金粟道人，仍畫其像，題曰：「儒衣僧帽道人鞋，天下青山骨可埋。若説少年豪俠處，五陵鞍馬洛陽街。」

洪武初，顧阿瑛以召役入城，嬰疾而歸，尋愈。吾鄉謝子蘭應芳詩以訊之曰：「聞道龐公近入城，還家風雨過清明。催租人去詩仍好，市藥人歸病已輕。尚喜竹林青筍出，不嫌花逕碧苔生。路逢緇侶傳安信，候問姑遲數日程。」越數歲戊申，從其子遷臨濠卒。

丁鶴年

字鶴年，回回人。父職馬禄丁，官武昌，因家焉。西域人多名丁，既入中國，鶴年因以丁爲姓，兄吉雅謨丁，字无德；次兄愛理沙丁，字允中。至正間，並舉進士。

鶴年作詩極工，題梧竹軒云：「鳳鳥當年此地過，至今梧竹滿丘阿。曾聞剪葉書周史，又聽翻枝入楚歌。金井月明秋影薄，石壇風細夜凉多。中郎老去知音少，共負奇材奈爾何！」時作者已滿卷，此詩一出，皆爲斂衽。

鶴年爲平江韞上人賦此子景云：「尺樹盆池曲檻前，老禪清興擬林泉。氣吞渤澥波盈掬，勢壓崆峒石一拳。彷彿煙霞生隙地，分明日月在壺天。旁人莫訝胸襟隘，毫髮從來立大千。」

鶴年昏聵詩曰：「老來昏聵底須嗟，聲色雙忘也自嘉。秋枕不驚風外葉，春盃長對霧中花。海師唱道禪多悟，張藉題詩字半斜。幸有靈臺長不昧，目觀耳聽總無差。」

吉雅謨丁以鶴年清心學道，特遺楮帳，仍侑以詩曰：「誰擣霜藤萬杵匀，製成鶴帳隔塵氛。香生蘆絮秋將老，夢熟梅花夜未分。枕上不迷巫峽雨，床頭常對剡溪雲。竹爐松火茶煙煖，一段清貞盡屬君。」鶴年次韻奉謝曰：「湘娥剪水霜刀匀，虚室生白無纖氛。壺中但覺風雨隔，殼裏豈知天地分。蟾光夜明楮葉露，蝶夢春遶黎花雲。恍然置我銀世界，縱有瓊瑶難報君。」

吉雅謨丁挽脱脱太師云：「淮海重聞斧鉞臨，一時黎庶盡傾心。雷霆聲播天威遠，霖雨恩添帝澤深。暗室有蠅污白璧，明廷無象鑄黄金。風塵未息英雄死，坐對江山慨古今。」

至正末，方氏據浙東，深忌色目人，鶴年畏禍遷避無常居，有句云：「行蹤不異梟東徙，心事惟隨雁北飛。」識者憐之。又逃禪室與蘇生話舊云：「不學揚雄事草玄，且隨蘇晉暫逃禪。無錐可卓香嚴地，有柱難擎杞國天。謾詑丹霞燒木佛，誰憐玉露泣銅仙。茫茫東海皆魚鱉，何處堪容魯仲連。」感時書事，而鍊句精緻如此。鶴年嘗卜日葬其父，霖雨十日不止。鶴年仰天悲泣，翼日雨止。葬畢，雨如初。時兵亂後，失母墓所在，悲慕深切，夜夢母告以葬所。鄰翁韓重者亦夢焉。即其地求而得之，見母屍正中一齒如漆，復嚙指滴血試之，良驗，遂改祔父壙，人呼丁孝子。

元亡，鶴年歸四明，與戴叔能善，時叔能亦避地於此，愛理沙丁題其九靈山房圖曰：「夢裏家山十載違，丹青只尺是耶非？墨池新水春還滿，書閆浮雲晚更飛。張翰見機先引去，管寧避亂久忘歸。人生若解幽棲意，處處林丘有蕨薇。」戴九靈有插秧婦詩：

「青袱蒙頭作野粧，輕移蓮步水雲鄉。裙翻蛺蝶隨風舞，手學蜻蜓點水忙。緊束煖煙青滿把，細分春雨緑成行。村歌欲和聲難調，羞殺揚鞭馬上郎。」

復見心

豫章人，號蒲菴禪師。洪武初，與四明僧守仁一初、錢塘僧德祥止菴，皆被詔至京，後以賦詩含譏諷被戮。

明天淵髯長數尺，至正間爲翰林學士，元亡，削髮爲僧，改名來復，字見心，而其髯如故。太祖既有天下，召至，怪而問之曰：「汝不欲仕我而爲僧，吾亦任汝，然留鬚亦有説乎？」對曰：「削髮除煩惱，留鬚表丈夫。」上笑而遣之。

復見心賦藥菴贈四川楊處士，曰：「一菴近與葛洪隣，多病應同藥裏親。煮石煙寒金澗曉，燒丹火暖翠房春。枇杷雨緑開花早，枸杞霜紅結子新。架上閑來看本草，秘方留待著書人。」

復見心爲日本純上人賦白牛曰：「畊雲不住海門東，牧向楞伽小朵峰。露地已忘調伏力，雪山誰識去來蹤！放歸祇樹隨羊鹿，種就曇花伴象龍。一色天闌頭角别，水精池沼玉芙蓉。」

洪武中，見心嘗承召賜食，謝詩云：「淇園花雨曉吹香，手挽袈裟近御床。闕下彩雲生雉尾，座中紅茀動龍光。金盤蘇合來殊域，玉盌醍醐出上方。稠疊濫承天上賜，自慙無德頌陶唐。」上見詩大怒，曰：「汝詩用『殊』字，是謂我爲『歹朱』耶！又言『無德頌陶唐』，是謂朕無德。則雖欲以陶唐頌我而不能也。何物奸僧，敢大膽如此！」遂誅之。初見心被召，其師止之曰：「上苑亦無頻婆果，且留殘命吃酸漿。」後竟被誅。瀕死，因誦師語，上逮其師至，將殺之，曰：「此故偈，臣偶舉，非有它也。」上問何出？曰出大藏某録某函某卷某葉。檢視果然，乃釋之。

仁一初少從楊廉夫游，善歌詩，字亦道勁，與張伯雨友善，嘗題石蟹泉詩曰：「神鼇驅水到禪家，清出龍泓味更佳。晴帶浦雲穿曉斷，暗隨山雨走寒沙。玉臍圓映波心月，瓊沫香浮沼面花。擬待春風招社客，焚香來試九溪茶。」

仁一初嘗題翡翠云：「見説炎州進翠衣，網羅一日徧東西。羽毛亦足爲身累，那得秋林靜處棲。」祥止庵有夏日西園詩云：「新築西園小草堂，熱時無處可乘涼。池塘六月由來淺，林木三年未得長。欲浄身心頻掃地，愛開窗户不燒香。曉風只有溪南柳，又畏蟬聲鬧夕陽。」二詩爲太祖見之，謂守仁曰：「汝不欲仕我，謂我法網密耶？」謂德祥曰：「汝詩『熱時無處乘凉』，以我刑法太嚴耶？又謂『六月由淺』『三年未長』，謂我立國規模小而不能興禮樂耶？『頻掃地』『不燒香』，是言我恐人議而肆殺，卻不肯爲善耶？」遂皆棄市。元僧又有玄惲雪菴者，雲中人，題三山萬歲峰云：「一沼曾教役萬民，一峰曾使九州貧。江山假設方成就，真箇江山已屬人。」范蠡歸湖圖云：「名遂功成泛五湖，知幾千古擅良圖。向教勾踐堪同樂，不識先生肯退無？」鑷工云：「一聲鑷子噪秋蟬，門内老僧驚晝眠。毫髮盡時髦髮在，夕陽芳草自芊芊。」又嘗記元僧有詩云：「百丈巖頭掛草鞋，流行坎止任安排。老僧脚底從來濶，未必骷髏就此埋。」又一云：「殘年節禮送紛紛，盡是豪門與富門。惟有老僧堦下雪，始終不見草鞋痕。」

堯山堂外紀卷七十八

國朝

高皇帝

元天曆戊辰婁宿降靈，帝以是年九月十八日丁丑未時生。生時河上取水澡浴，忽有紅羅浮來，遂取衣之，故所居名紅羅幛。鄰有二郎神廟，其夜火光照耀。及天明，廟徙東北百餘步。自是室中常有神光，每嚮晦將卧，忽煜爚若焚，家人慮失火，亟起視之，惟堂前供神之燈耳。及討元，旗幟、戰帽、襖裙，皆用紅色，蓋以火德王，色尚赤故也。

皇考仁祖淳皇帝，先家泗州盱眙，有第一山，元人文若題詩其上曰：「汴水東流過舊京，恢圖妙算入皇明。暫携諸將停歸騎，來看中原第一城。」詩作於元，而「皇明」之句竟與國號相符，蓋亦異云。

高廟既葬仁祖淳后之明年爲至正乙酉，淮楚間童謡曰：「富漢莫起樓，窮漢莫起屋。但看羊兒年，便是吴家國。」至即吴王位元年丁未，即羊兒年也。明年戊申，建元洪武，六月壬寅，彰德路天寧寺塔忽變紅色，自頂至踵，表裏透徹，如煅鐵初出于爐，上有光焰迸發。自一更至五更乃止。癸卯、甲辰，亦如之。先是河北有童謡云：「塔兒黑，白人作主南人客；塔兒紅，朱衣人作主人公。」其應如此。

高廟在軍中，喜閲經史，操筆成文，雄渾如元化自然。征僞漢至瀟湘，賦詩云：「馬渡溪頭苜蓿香，片雲片雨至瀟湘。東風吹醒英雄夢，不是咸陽是洛陽。」

高廟詠菊詩云：「百花發，我不發；我若發，都駭殺。要與秋風戰一塲，遍身穿就黄金甲。」又詠雪詩云：「一片兩片三四片，五片六片七八片。空中不見打羅聲，萬里江山都是麵。」又詠扇面紅木犀云：「月宫移就日宫栽，引得輕紅入面來。好向煙霄承雨露，丹心一點爲君開。」

吴元年初置翰林院，以陶安爲學士，聖祖賜以一對曰：「國朝謀略無雙士，翰苑文章第一家。」

天兵圍集慶路，與元兵大戰，元兵解去，乃堅守江左。見驛中有七歲兒居其中，上問之，對曰：「臣故父當此役，今臣代父耳。」上曰：「善對乎？」曰：「然。」上曰：「七歲兒童當馬驛。」即對曰：「萬年天子坐龍庭。」上大喜，蠲其役。

太平府不惹菴，太祖既渡江，嘗題詩于壁，後菴僧洗之。及有天下，僧乃獻詩云：

「御筆題詩不敢留，留時只恐鬼神愁。曾將法水輕輕洗，猶有餘光射斗牛。」

太祖微時，於鳳陽城中遇一遊僧，手持小磬，號於衆曰：「擊磬賣詩，聲絶詩就。」太祖因指雞卵爲題，僧隨念云：「一塊無瑕玉，中涵混沌形。忽然成五德，叫落滿天星。」

太祖嘗微行入酒坊，遇一監生，時坐客滿案，乃移土地神几與生對席，問其里居？則四川重慶人也。帝因屬句曰：「千里爲重，重水重山重慶府。」生應曰：「一人成大，大邦大國大明君。」帝又舉翏几小木命生賦詩，應曰：「寸木元從斧削成，每於低處立功名。他時若得臺端用，要向人間治不平。」帝喜，明日召生命爲按察使。秣陵人。家供土神於地，始此。

太祖嘗遊一廢寺，壁間畫一布袋僧，墨痕尚新，旁題偈曰：「大千世界浩茫茫，收拾都將一袋藏。畢竟有收還有散，放寬些子又何妨！」帝爲政尚嚴猛，故以此諷之。亟命索其人，不得。

高廟賜都督楊文詩云：「大將南征膽氣豪，腰懸秋水呂虔刀。馬鳴甲胄乾坤肅，風動旌旗日月高。世上麒麟終有種，穴中螻蟻更何逃？大標銅柱歸來日，庭院春深慶百勞。」

高廟賜善世法師文彬鳳陽行云：「老禪此去正秋時，臨淮水碧見蒼眉。月明淮海鏡清影，廣寒處處影常隨。水簾洞口溪雲白，知是山人愛游客。淮海月高天氣凉，西風凋葉櫬長陌。清霜將降雁鳴天，淮之南北盡平川。荆山神禹鑿，役使多幽玄。禪心若欲與對越，切莫將心戀丹闕。野人本與紅塵隔，且去溪邊弄明月。」

高皇后薨，臨葬期，風雨雷電，帝甚不樂，忽召僧宗泐至曰：「太后將就葬，爾其宣偈焉。」泐即應聲曰：「雨落天垂淚，雷鳴地舉哀。西方諸佛子，同送馬如來。」帝甚悦。頃忽朗霽，遂啓輀，詔賜泐白金百兩。

建文帝　皇太孫，洪武三十一年即位，實建文元年也。後革除，一應建文中所改易洪武政令悉復舊制，仍以洪武紀年。

初，懿文太子生太孫，頂顱頗偏，高廟撫之曰「半邊月兒」。及讀書，甚聰潁。朏夕懿文與同侍側，高廟命詠初月，懿文詩曰：「昨夜嚴陵失釣鈎，何人移上碧雲頭。雖然未得團圓相，也有清光照九州。」太孫詩曰：「誰將玉指甲，搯破碧天痕。影落江湖裏，蛟龍不敢吞。」上覽之不悦，蓋「未得團圓」「影落江湖」皆非吉兆也。及懿文薨，太孫立，乃授鑰匣，戒以臨難乃啓。比得披剃之具及楊應能度牒，出走無知者。初，太祖既有天下，謂劉伯温曰：「汝既佐朕定天下，復有何術以教朕之嫡孫使守天下。」基曰：「有。」因成一小篋，用鐵汁灌其鎖授之。及「靖難」兵入，建文君開篋而視，則袈裟一，伽黎一，剃刀一，度牒一，曰：「此劉伯温教我也。」遂爲僧而遁。

建文帝既削髮被緇，執楊應能度牒，雲遊四方，自湖湘入蜀。朝廷疑之，命給事中胡濙等以訪張邋遢爲名，遍物色之，不可得。遂自蜀入雲南，復遊閩，最後入廣西，嘗遇貴州羅永山白雲庵中，題二詩壁間曰：「閱罷楞嚴磬懶敲，笑看黃屋倚團瓢。南遊瘴嶺千層迥，北望天門萬里遥。款段久忘飛鳳輦，袈裟新換衮龍袍。百官此日歸何處？獨有群烏早晚朝。」「風塵憶昔忽南侵，天命潛移四海心。鳳返丹山紅日遠，龍歸滄海碧雲深。紫微有象星還拱，玉漏無聲水自沉。遥想禁城今夜月，六宫猶望翠華臨。」久之，人知爲建文君，遂避去。「瑤枝玉樹屬仙家，未識人間有此花。清致不沾凡雨露，高標猶帶古煙霞。歷年既久何曾老？舉世無雙莫漫誇。便欲載回天上去，擬從博望借靈槎。」此三丰遯老張玄玄詩也。玄玄，名全一，或曰通一，三丰其號也。世呼爲張邋遢。

正統間，思恩知州岑瑛出行，忽一僧當道立，從者呵之不避，詰其度牒，乃楊應能也，曰：「此非吾姓名，吾有所托而逃者。汝不聞金川門之事乎！」瑛大駭，聞于巡按御史奏之，驛送赴京，號爲老佛，途次賦詩云：「牢落江湖四十秋，蕭蕭華髮已盈頭。乾坤有恨家何在？江漢無情水自流。長樂宮中雲氣散，朝元閣上雨聲愁。新蒲細柳年年緑，野老吞聲哭未休。」及至京，朝廷未審虚實，以太監吴亮曾經侍膳，使之審視。老佛見亮即曰：「汝非吴亮耶！我昔御便殿時，棄片肉於地，汝兩手俱有所執，伏於地而口取之，記否？」誠拜而哭。已而復命，遂取老佛入大内，以壽終，葬西山。

劉基　字伯温，青田人。舉元進士爲萬安丞、江西行省掾史、江浙儒學副提舉、行省考試官，兩爲元帥都事、行樞密經歷、行省郎中、處州總管府判，前後九政。

劉基初見太祖，問能詩乎？基曰：「儒者末事，何謂不能。」時帝方食，指所用班竹箸使賦之，基應聲曰：「一對湘江玉並看，二妃曾洒淚痕斑。」帝顰蹙曰：「秀才氣味。」基曰：「未也。『漢家四百年天下，盡在張良一借間。』」帝大悦，以爲相見晚。

劉伯温思美人詩曰：「雨欲來，風蕭蕭，披桂枝，拂陵苕。繁英隕，鮮葉飄。揚煙埃，靡招摇。激房帷，發綺綃。中髮膚，憯寂寥。思美人，隔青霄。水渺茫，山岧嶢。

雲中鳥，何倏倏。欲寄書，天路遥。東逝川，不可邀。芳蘭花，日夜凋。掩瑶琴，閑玉簫。魂睘睘，心摇摇。望明月，歌且謡。聊逍遥，永今宵。」

劉伯温次李子庚韻云：「風落餘花春事非，愁心煙雨共霏霏。溪雲不作從龍起，山石何須學燕飛。籬下舊存彭澤菊，林間新長首陽薇。夜闌忽漫聞啼鳥，腸斷天涯信使稀。」

劉伯温題陸放翁賣花叟詩云：「君不見，會稽山陰賣花叟，賣花得錢即買酒。東方出日照紫陌，此叟已作醉鄉客。破屋含星席作門，濕螢生竈花滿園。五更風顛雨聲惡，不憂屋倒憂花落。賣花叟，但願四海無塵沙，有人賣酒仍賣花。」

宋濂字景濂。目力甚明，能於粒米上書「孝、弟、忠、信、禮、義、廉、耻」八字。元至正中，隱居仙華山爲道士，易名玄貞子，號仙華道士。國初，以文柄雄視四海，時曾禮部魯博貫群籍，嚴陵徐尊生嘗曰：「南京有博學之士二人，以一舌爲筆，一以筆爲舌。」指二公也。

洪武八年秋八月甲午，上覽川流之不息，陋尹程秋水賦言不契道，乃親更爲之，賦成，召禁林群臣觀之，且曰：「卿等亦各撰賦以進。」宋濂率同列研精覃思，鋪叙成章，詣東黃閣，次第投獻，上皆親覽焉。復賓品評於其間。已而賜坐，敕太官進天厨奇珍，内臣行觴，觴已，上顧濂曰：「卿何不盡飲？」濂出跽奏曰：「臣荷陛下聖慈，賜臣以醇酎，敢不如詔！第臣年衰邁，恐不勝桮酌，志不懾氣，或愆於禮度，無以上承寵光爾。」上曰：「卿姑試之。」濂即席而飲將徹，上復顧曰：「卿更宜嚼一觴。」濂再起固辭，上曰：「一觴豈解醉人乎！卒飲之。」濂舉觴至口端，又復瑟縮者三。上笑曰：「男子何不慷慨爲？」對曰：「天威咫尺間，不敢重有所瀆。」勉强一吸至盡。上大悦。濂顔面變赬，頓覺精神遐漂，若行浮雲中。上復笑曰：「卿宜自述，一時朕亦爲卿賦醉歌。」二奉御捧黃綾案進，上揮翰如飛，須臾成楚辭一章曰：「西風颯颯兮金張，特會儒臣兮舉觴。目蒼柳兮裊娜，閲澄江兮水洋洋。爲斯悦而再酌，弄清波兮永光。玉海盈而馨透，泛瓊斝兮銀漿。宋生微飲兮早醉，忽周旋兮步驟蹌蹌。美秋景兮共樂，但有益於彼兮何傷！」

洪武間，翰林應奉唐肅有應制賦海東青一絶云：「雪翮能追萬里風，坐令狐兔草間空。詞臣不敢忘規諫，卻憶當時魏鄭公。」是日，上御奉天門外西鷹房，觀海東青，翰林學士宋濂因諫曰：「禽荒古所戒。」上曰：「朕聊玩之，不堪好也。」濂曰：「亦當防微杜漸。」上遂起。肅有題陶穀郵亭圖絶句云：「紫鳳檀槽緑髮娼，玉堂見慣可尋常。作歌未必腸能斷，明日聽歌更斷腸。」

洪武十年，宋學士景濂乞骸骨歸，華亭朱孟辨紀其事，作詩送之，其一曰：「天語丁寧出紫微，特將文綺賜卿歸。愛卿秉志如金石，留取裁成百歲衣。」蓋瀕行，聖祖諭曰：「卿事朕十九年，忠誠可貫金石，故有是賜。卿今六十有八，可待三十二年後，以作百歲衣也。」其二曰：「楮鏹親頒當酒錢，賜金不獨二疏賢。想應心醉君王德，慚愧長安市上眠。」公既受文綺之賜，復出寶鈔數十定與之，曰：「卿東歸當酒錢也。」其三曰：「城上春雲暖更飛，念卿此地跡將稀。臣身願作隨陽雁，一度秋來一度歸。」聖祖一日携景濂步午門西城上顧謂曰：「卿來此跡將稀矣，可能再見否？」濂曰：「老臣身未就木，當一歲一來也。」四明史靖可復補作二首，曰：「君王親爲計歸程，幾日携家出鳳城。江上春來有風浪，扁舟好向裏河行。」「曉辭龍衮出金門，拜跪相扶有子孫。傳敕更宣來侍食，懸知一飯不忘君。」蓋入辭，聖祖復諭之曰：「大江春來風浪多，宜就裏河達家。」子璲、孫慎俱列侍從，相與扶掖，賜食乃出，其寵優可謂至矣。後二年，以慎坐法，安置茂州，尋卒。

宋學士嘗過洛，士人挽留之信宿，不從，以其步蹇藏去，公怒作詩曰：「蹇驢掣斷紫絲韁，卻去城南趁草場。繞遍洛陽尋不見，西風一陣版腸香。」今河南人曰偷驢賊曰「版腸」，本此。

朱升 字允升。楓林先生。徽之休寧人，徙居歙之石門。天兵下徽，請留宸翰以光後圃書樓。上親書「梅花初月樓」賜之。

朱升早從資中黄楚望澤遊，偕同郡趙汸受經，餘暇遂得六壬之奥。偶訪友人，見案上寘四合，戲謂：「君能射覆乎？中則奉之，否則爲他人餉也。」允升更索一合，書射語亦合，而寘之曰：「少俟則啓。」適有借馬者，友人令僕於後山牽驢應之。允升即令一時俱啓，前四合皆魚也。射語云：「一味魚，兩味魚，其餘兩味皆是魚。有人來借馬，後山去牽驢。」賓主爲之絶倒。子同初生時，升課之曰：「此子後必遭婦人之禍。」後同仕至禮部侍郎，善詩翰，大被寵遇。禁中畫壁，多其題詠。或令題詩賜宫人，忽御溝中有流屍，上疑之，令同自經。壬課精妙，一至於此。天兵下徽時，休寧吴克敏爲元義兵萬户，保障關嶺，題詩扎溪石壁云：「怪石有痕龍已去，落花無語鳥空啼。」遂自刎死。後孔從善爲足成一律云：「萬里西風起馬蹄，金戈回首塞雲低。未爲豫讓先亡趙，欲學田單獨下齊。怪石有痕龍已去，落花無語鳥空啼，至今天與英雄恨，嗚咽泉聲下扎溪。」

方孝孺

字希直，一字希古，別號遜志，浙江寧海人，宋潛溪門人也。高帝嘗令宋作靈芝甘露頌，賜酒大醉，歸爲方言之，頃酣寢，方候夜深，殊未醒，即爲代製。比曉，宋起，愕然，謂方曰：「昨奉上命作頌，醉甚，誤不爲，上怒，必賜死。」方即以文呈，宋亟懷之入朝，上迎謂濂：「頌何在？」宋出進之。上讀之曰：「此非學士筆也。此當勝先生。」宋叩頭謝：「臣實以賜酒過醉，不能成章。門生方某代爲之。」上立召見，即試一論、五策，方立成。上即命面賜緋袍、腰帶、猶平巾，令往禮部宴，命宗伯陪之，復遣覘焉。方時據上席岸然，上曰：「斯人何傲？」因不留，俾爲蜀王府教授。語懿文曰：「有一佳士賚汝，今寄在蜀，其人剛傲，吾抑之。汝用之，當得其大氣力。」

方孝孺爲蜀府教授，日與諸生講明聖學，蜀獻王聞其賢，爲名其讀書之廬曰正學。建文帝初立，以太祖遺令，乃召還爲翰林博士，進侍講。建文帝好讀書，每有疑，即召使講解。臨朝奏事，臣僚面議可否，必命孝孺就扆前批答，孝孺詩曰：「斧扆臨軒几硯寒，春風和氣滿龍顏。細聽天語揮毫久，携得香煙兩袖還。」又曰：「風軟彤庭尚薄寒，御爐香遶玉闌干。黄門忽報文淵閣，天子看書君講官。」

方正學過子陵釣臺長短句一章云：「正人須正己，治國先齊家。如何廢郭后，寵此陰麗華。糟糠之妻尚如此，貧賤之交安足擬？羊裘老子早見幾，獨向桐江釣煙水。」

朱買臣婦葬浙之嘉禾，後人名曰「羞冢」。方正學過之，題詩云：「青草塘邊土一坵，千年埋骨不埋羞。丁寧囑付人間婦，自古糟糠合到頭。」

世謂宋人詩不及元，方正學有詩駁之云：「前宋文章配兩周，盛時詩律亦無儔。今人未識崑崙派，卻笑黄河是濁流。」「天曆諸公制作新，力排舊習祖唐人。粗豪未脱風沙氣，難詆熙豐作後塵。」

練子寧

新淦人。初名安，以字行。建文之難，與齊泰、黄子澄、方孝孺俱族誅。於是建文遺臣有行遯者，題詩蛾眉亭云：「一箇忠成九族殃，全身遠害亦天常。夷齊死後君臣薄，力爲君王固首陽。」

練中丞過安慶謁余忠宣公祠，賦詩曰：「將軍忠節冠荆揚，千載精神日月光。血戰孤城身已殞，名垂青史汗猶香。殘碑墮淚空秋草，折戟沉沙自夕陽。我亦有懷追國士，爲君感慨奠椒漿。」嘉靖初，豐城游潛晝寐，夢一人高冠博帶，修髯廣額，迎謂曰：「昔有練中丞者，子識之否？」命童子取書數帙以進曰：「此子寧平生稿也。」因自誦其詩「殘碑墮淚空秋草，折戟沉沙自夕陽」。既而曰：「二句草草，人多稱之。然似有未安處。幸不靳點、竄如何？」潛即几上取片紙，略以意更易，向誦之云：「沙沉折戟空秋草，淚墮殘碑自夕陽。」其人聽之，撫几長嘯，徐曰：「點化之妙，仙也，仙也！」遂驚覺。翌日，有以封書自新淦寄贈者，題曰玉屑集，蓋練公子寧禍難後僅餘之物，讀之乃知中丞爲子寧官。所誦二句爲子寧弔忠宣詩也。歷百三十餘年，特茲著夢，忠魂義魄，固與天地並不朽云。

鐵鉉

色目人，初爲五軍都督府斷事官，高廟每試以盤根錯節，知其能，喜而字之曰鼎石。

建文朝，鐵鉉爲山東布政，抗禦靖難師甚力。文皇即位，擒至闕下，反背立庭中，令其回一顧，不可；去其耳鼻，亦不顧。碎分其體至死，罵不絕口。鉉死後，二女入教坊，數月，終不受辱，有鉉同官至，二女爲詩以獻，詩聞，文皇曰：「彼終不屈乎！」乃赦出之，皆適士人。長女詩曰：「教坊脂粉洗鉛華，一片閒心對落花。舊曲聽來猶有恨，故園歸去已無家。雲鬟半綰臨妝鏡，兩淚空流濕絳紗。今日喜逢白司馬，尊前重與訴琵琶。」其妹詩曰：「骨肉傷殘產業荒，一身何忍去歸娼。涕垂玉筯辭官舍，步蹴金蓮入教坊。覽鏡自憐傾國貌，向人羞學倚門妝。春來雨露寬如海，嫁得劉郎勝阮郎。」

茅大方 本名誧，以字行，泰興人。死建文之難者。

茅大方少有奇名，嘗謁孟廟，有「千古難忘義利詞」之句，或贈詩曰：「陸機此日能爲賦，賈誼何時復著書。」洪武中，以儒士應辟，典教淮南，考績入朝，高廟召對，悦之，擢秦府長史，勉以董子輔相之業，大方因額其堂曰「希董」。

建文初，茅大方擢右副都御史，聞靖難兵起，以詩寄淮南守將梅殷曰：「幽燕消息近如何？聞道將軍志不磨。縱有大龍翻地軸，莫教鐵騎過天河。關中事業蕭丞相，塞外功勳馬伏波。老我不才無補報，臨風一嘆一悲歌。」聞者壯之，至今淮人傳誦。

胡閏 號松友，鄱陽人。死建文之難者。

太祖征陳友諒至鄱陽，謁長沙吴文王廟，見壁間題竹詩云：「幽人無俗懷，寫此蒼龍骨。九天風雨來，飛騰作靈物。」鑒賞久之，問祠中人：「此誰詩？」對曰：「里墟中儒生胡閏。」上識其姓名。洪武中薦至，上曰：「此題詩鄱陽廟壁者也。」授督府經歷。建文時遷右補闕，進大理少卿。北兵起，數與齊、黄議軍國事。文皇渡江，不屈死之。

堯山堂外紀卷七十九

國朝

劉三吾

名如孫，三吾，其字也，别號坦坦齋。以字行，系出宋楚國公之裔。世爲茶陵人。元末，爲永平教諭。洪武初，以文學應辟。

劉昕孫，三吾伯兄也。元至順，歷建、徽、瑞三路推官，轉寧國路，賊攻寧國，昕孫題高城門曰：「身隨士卒同甘苦，誓與高城共死生。」城陷死之。三吾哭以詩曰：「黄甲題名前進士，白頭死節古宣州。高城留得萇弘血，故友應同李黼遊。」季兄與孫爲南豐州同知，亦仗節死于臺城。三吾哭以詩曰：「桂嶺使還猶有信，杉關路斷竟無書。生前有恨臺城死，身後無家故國虚。」昕孫，字長吾。與孫，字存吾。

太祖命劉三吾作大誥三編成，大喜，御筆批曰：「理道周詳，始終無疵，暢然哉！」未幾，三吾請告歸，至省城，時本省有將復命官員，詢：「近日京中何事？」三吾曰：「上新作大誥三編，甚妙。」已而復命，見太祖，問曰：「會劉三吾否？」曰：「會。」曰：「云何？」曰：「上新作大誥三編，真經世之文也。」上不懌，即遣人逮三吾。時三吾行至衡山，將抵家，即隨逮者至京，賜自盡。後數日，太祖問：「三吾有像否？」曰：「有。」即令取看，題其上曰：「此老已八十，何不七十九？白骨埋青山，千古名不朽。」蓋大誥三編既成，太祖欲從容頒示，以爲出自己也。三吾洩之，故不免於禍。一説，太祖平僞周，見周伯琦伏張士誠後，問爲誰？對曰：「前元參政周某。」帝曰：「先生年若干？」曰：「七十五矣。」因贈詩：「先生七十五，何不六十九？白骨葬青山，萬古名不朽。」按三朝野史載：「淮西闖夏貴歸元，四載乃卒，人弔之云云。不應相同至此。」

張以寧

字志道，號翠屏，閩之古田人。洪武初，官學士。

峽山僧慧愚溪邀張以寧觀壁間舊題，因誦宋廖知縣一律，有云：「猿棄玉環歸後洞，犀拖金鎖占前灣。」以寧謂其切實，類唐許渾，賦以繼之云：「瘴嶺風煙勢漸開，喜尋笻竹步莓苔。江環列嶂天中起，峽岸流泉地底迴。靈鷲飛來蒼磴老，怪猿啼去白雲哀。軒轅帝子應猶在，爲奠南華茗一杯。」

張以寧過嚴陵釣臺，留詩云：「故人已乘赤龍去，君獨羊裘釣月明。魯國大名垂宇宙，漢家小吏待公卿。天迴御榻星辰動，人去空臺山水清。我欲長竿數千尺，坐來東海看潮生。」

張以寧送鄉友長篇云：「君家重峰下，我家大溪頭。君家門前水，我家門前流。我行久别家，思憶故鄉水。况乃故鄉人，相見六千里。十年在揚州，五年在京城。不見故鄉人，見君難爲情。見君情尚爾，别君奈何許。送君遽不堪，憶君良獨苦。君歸過江上，爲問水中魚：别時無尾赤，别後今何如？」

張以寧題爛柯山圖詩云：「人説仙家日月遲，仙家日月轉堪悲。誰將百歲人間事，只换山中一局棋。」

花綸

杭州人。洪武十八年乙丑會試，黄子澄第一，練子寧第二，綸第三，乃浙江新解首也。及殿試，讀卷官奏綸第一，子寧次之，子澄又次之。是年童謡云：「黄練花，花練黄。」時人莫解。比會試及讀卷所擬名數，正協童謡。先一夕，上夢殿前一巨釘綴白絲數縷，悠揚日下，及拆首卷，乃花綸，上嫌其不叶夢。已而得丁顯卷，姓名與夢相符，遂擢爲狀元。然花之被選，一時無不知者，故同榜皆呼爲花狀元。後世遂謂國初有花狀元。非也。

花綸初授修撰，年十八，詔許歸娶。練子寧送以詩云：「三月都門鶯亂啼，郎君春色上春衣。潘生况擬供調膳，張敞仍須學畫眉。南陌酒香銀甕熟，西湖月朗畫舩歸。極知身負君恩重，莫遣心隨粉黛移。」

花有辭藻，其後改福建道監察御史，出按江西，坐罪謫戍雲南。有題楊太真畫圖水仙子一闋云：「海棠風，梧桐月，荔枝塵。霓裳舞，翠盤嬌，繡嶺春。錦襁嬉，金釵信，香囊恨。癡三郎，泥太真。馬嵬坡，血污遊魂。楊柳眉，青顰黛損。芙蓉面，零脂落粉。牡丹芽，剪草除根。」

丁顯，建陽人，後謫歸，德業文章無聞焉。嘗得其題蘭窗詩一首，「公子善居室，猗蘭蔚東窗。素榮浥輕露，冷風振芬芳。流玩引日夕，恍若臨沅湘。豈不艷桃李，懿茲王者香。况逢同心友，結佩森翱翔。嘉名既云錫，詠言列篇章。持謝二三子，德馨尚無忘。」是科泰和蕭子韶，木匠之子，高皇帝問其家世，對以一絶云：「嚴親曾習魯般機，常年製下青雲梯。腰間帶得純鋼斧，要斫蟾宫第一枝。」

任亨泰

襄陽人，洪武二十一年戊辰赴試前夕，問響卜木杓，指北行。聞有病内熱者，覆醫人曰：「昨服第一鍾，甚亨泰。」即回曰：「吾已得讖矣。」既而果狀元及第，寵遇特隆，命有司建狀元坊以旌之。聖旨建坊自此始。

任亨泰十三歲時，嘗題扇面云：「杲日初升萬木低，畫船撑出小樓西。先生正熟朝天夢，門外山禽莫亂啼。」其貴達也，人以是詩預占之。

孫蕡

字仲衍，號嶺南才子。洪武中翰林典籍。

洪武庚戌，孫仲衍與客自五仙城泛舟遊羅浮，道出合江，訪東坡白鶴峰遺址，還，艤舟西湖小蘇隄下，夜登棲禪寺，留宿精舍，寺南有王氏朝雲之墓，眉山長公妾也。仲衍徘徊有感，乃托朝雲爲詩十首，皆集古語而成者，其後書「羅浮王仙姑月夜過此」。其一曰：「家住錢塘東復東，偶來江外寄形踪。三湘愁鬢逢秋色，半壁殘燈照病容。艷骨已成蘭麝土，露華偏濕蕊珠宫。分明記得還家夢，一路寒山萬木中。」其二曰：「妾本錢塘江上住，雙垂别淚越江邊。鶴歸華表添新塚，燕蹴飛花落舞筵。野草怕霜霜怕日，月光如水水如天。人間俯仰成今古，只是當時已惘然。」其三曰：「三生石上舊精魂，化作陽臺一段雲。詞客有靈應識我，碧山如畫又逢君。花邊古寺翔金雀，竹裏春愁冷翠裙。莫向西湖歌此曲，清明時節雨紛紛。」其四曰：「東望望春春可憐，江蘺漠漠荇田田。遶籬野菜飛黃蝶，糝徑楊花鋪白氊。雲近蓬萊長五色，鶴歸華表已多年。夢回明月生南浦，淚血染成紅杜鵑。」其五曰：「浮雲漠漠草離離，淚濕春衫鬢脚垂。秋水爲神玉爲骨，芙蓉如面柳如眉。鐘隨野艇回孤棹，蟬曳殘聲過別枝。青冢路邊南雁盡，問君何事到天涯。」其六曰：「身前身後事茫茫，惱斷蘇州刺史腸。猿帶玉環歸後洞，君騎白馬傍垂楊。鶴群長遶三珠樹，花氣渾如百合香。慚愧情人遠相訪，爲郎憔悴卻羞郎。」其七曰：「孤月無情挂翠巒，金爐香燼漏聲殘。雲收雨散知何處，鬢亂釵横特地寒。去日漸多來日少，别時容易見時難。明朝有約誰先到，青鳥慇懃爲探看。」其八曰：「杏花踈雨立黄昏，金屋無人見淚痕。短鬢欲星愁有効，此身雖異性常存。闗門不鎖寒溪水，環珮空歸月夜魂。倚柱尋思倍惆悵，夜寒皴玉倩誰温？」其九曰：「萬紫千紅總是春，登臨一度一思君。舞低楊柳樓心月，香沁梨花夢裏雲。風景蒼蒼多少恨，陰蟲切切不堪聞。思君今夜腸應斷，書破羊欣白練裙。」其十曰：「零落殘魂倍黯然，一身憔悴對花眠。南園緑草飛蝴蝶，落日深山哭杜鵑。天若有情天亦老，月如無恨月長圓。此聲腸斷非今日，風景依稀似往年。」仲衍工於集句，又絶句十二首：「舞衫歌扇舊因緣，萬事傷心在目前。雲物不殊鄉國異，夫桃窗下背花眠。」「煙籠寒水月籠沙，誰信流年鬢有華。燕子啣將春色去，夢中猶記詠梅花。」「青山隱隱水迢迢，客夢都隨歲月消。惟有別時今不忘，水邊楊柳赤闌橋。」「杜陵寒食草青青，長誦金剛般若經。雨冷雲香吊書客，夢中同躡鳳凰翎。」「遠上寒山石徑斜，宮前楊柳寺前花。紅顔未老恩先斷，莫怨東風當自嗟。」「與君略約説杭州，山外青山樓外樓。屈指別來經幾載？愁心一倍長離憂。」「旅館寒燈夜不眠，湘波冷浸一枝蓮。何時最是思君處？月落烏啼霜滿天。」「欲寫愁腸愧不才，依稀猶記妙高臺。問予別恨知多少？巴蜀雪消春水來。」「紫煙衣上繡春雲，一樹繁花對古墳。辛苦無歡容不理，半緣脩道半緣君。」「春愁冉冉帶餘醒，珍簟銀牀夢不成。知子遠來深有意，酷憐風月爲多情。」「光陰卒卒一飛梭，怨入東風芳草多。舊枕未容春夢斷，秦雲楚雨暗相和。」「身前身後思茫茫，秋菊春蘭各吐芳。慙愧情人遠相訪，爲郎憔悴卻羞郎。」又拗體三首：「白袷玉郎寄桃葉，金鞍駿馬換小妾。翠眉蟬鬢生別離，南園緑草飛胡蝶。」「野棠開盡飄香玉，細柳新蒲爲誰緑？忽忽窮愁泥殺人，逢人更唱相思曲。」「瞿塘嘈嘈十二灘，遶船明月江水寒。欲隨郎船看明月，遊絲落絮春漫漫。」皆托云朝雲，蓋傳奇體以資談謔耳。

鐵冠道人張景和結廬鍾山下，藍凉公玉携酒訪之，道人野服出迎，玉以其輕己，不悦，酒行，戲曰：「吾有一語，請先生屬對。」云『脚穿芒履迎賓，足下無禮』。」道人指玉所持椰盃復之曰：「手執椰瓢作盞，尊前不忠。」玉，武人，不喻其旨，相與一笑。而後玉竟以謀逆伏誅。太祖命搜其家，凡有片紙隻字往來者皆坐死。賁嘗爲玉題一畫，遂被殺。臨刑口占云：「鼉鼓三聲畢，西山日又斜。黄泉無旅店，今夜宿誰家？」人皆悲之。

凌雲翰 字彦翀，號柘軒，仁和人。領前元至正十九年鄉薦，嘗作梅詞霜天曉角一百首，柳詞柳梢青一百首，號「梅柳争春」。

洪武庚申冬，凌彦翀爲人題鍾馗圖云：「朔風吹沙目欲眯，官柳揺金梅綻蕊。終南進士倔然起，帶束藍袍靴露趾。手掣硬黄書一紙，若曰上帝錫爾祉。蝟磔于思含老齒。頤指守門荼與壘，肯放妖狐揺九尾？一聲爆竹人盡靡，明日春光萬餘里。」題罷，掀髯自得。不數日，辟書臨門，迫脅上路。到京，授成都府學教授，遂成詩讖。

凌彦翀見人家昆季析居者，作沁園春詞以嘲之云：「樹上淩霄，堂前紫荆，秋來尚芳。奈牝鷄晨語，鶺鴒憔悴，妖狐晝嘯，鴻雁分行。仁智非周，喜憂非舜，一旦天倫忍遂忘。如何好，望松楸感泣，桑梓悲傷。古今禍起專房。總一國猶然况一鄉？家有婦人，豈無長舌？世無男子，誰有剛腸？樹大枝分，瓜熟蒂落，此語應非是義方。聊書此，要懲鑑戒，不在文章。」

胡虛白 海寧人，洪武間教授。

洪武間，胡虛白歸自江西，泊丹番君之望湖亭，見亭上石刻東坡詩一絶云：「黑雲堆墨未遮山，白雨跳珠亂入船。卷地風來忽吹散，望湖亭下水連天。」虛白賡其韻曰：「鷗外清波雁外山，望湖亭下繫歸船。夜深起坐占風信，人在珠宫月在天。」書壁，忽有老者來誦其詩，曰：「子非斗南老人邪？」乃爲長揖，舉首不知所往。虛白因自號斗南老人。

胡斗南題楊妃教鸚鵡念心經云：「春寒卯酒睡初醒，笑倚東牕小玉屏。早悟眼前空是色，不教鸚鵡念心經。」又題緑珠墜樓云：「花飛金谷彩雲空，玉笛吹殘步障風。枉費明珠三百斛，荆釵那及嫁梁鴻。」

胡斗南雙孔笛云：「混沌難分濁與清，鑿開空翠太分明。有聲本自無聲出，二氣還從一氣生。碧海夜寒龍並語，瑶臺月白鳳諧鳴。依稀黄鶴樓中聽，吹落梅花雪滿城。」

胡斗南北上行云：「食蜜不知苦，衣葛不知寒。今晨出門去，始知行路難。驚飈吹斷蓬，沙磧何漫漫？羸馬縮如蝟，霜花大如錢。夜步黄河凍，舟行不得前。君腸轆轤轉，我腸車輪盤。王事有嚴程，去去勿憚煩。彎弧落旄頭，飛箭定天山。會賦鐃歌曲，論功萬里還。」

胡斗南送徐千户之甘州云：「春寒初試越羅袍，不惜千金買寶刀。馬援橐中無薏苡，張騫槎上有葡萄。崑崙西去黄河遠，函谷東來紫氣高。何事相逢又相别，隴雲邊月夜勞勞。」

張尚禮 金華人。

洪武間，張尚禮拜監察御史。一日，作宫怨詩云：「庭院沉沉晝漏清，閑門春草共愁生。夢中正得君王寵，卻被黄鸝叫一聲。」聖祖以其能摹寫宫閫心事，下蠶室死。

張琬 字宗琰，鄱陽人。

洪武初，張琬以貢入太學試高等，拜給事中，調户部主事。庚申，謹身殿災，上不朝者閲七日。群臣方以嚴見憚，俱莫敢言。惟琬言之，詔可，賜文綺，尋陞户部侍郎。高廟謂公曰：「朕以草昧之初，行經鄱陽，人物風土未遑周，諏可賦詩以對。」公應制曰：「門倚東湖小浦濱，春來景物益精神。百花洲接新橋路，五老峰連薦福雲。風度鼓鍾孤寺曉，煙横楊柳萬家春。風光尚想還依舊，上苑題詩得具陳。」上爲稱賞。尋放歸田里，俄遣中使斬公於永平市，死之年甫二十七。鄱儒竹居楊甫哭公詩云：「年少曾聞事上皇，朱衣咸羨好文章。才名既已聞中外，天命何須較短長？鶴入華亭悲夜月，鳳回阿閣泣朝陽。至今臺上青雲士，猶向金門説侍郎。」尋賜葬祭，江右之人不許任户部官。或謂懲於琬而然。

彭友信

洪武中，彭友信以貢至京師，遇聖祖微行，口占虹霓詩二句，云：「誰把青紅綫兩條，和雲和雨繫天腰。」久而未續，友信應聲曰：「玉皇昨夜鑾輿出，萬里長空駕玉橋。」上大悦，問其籍，翌辰入朝，召友信上殿，曰：「此秀才有學有行。」遂命爲北平布政使。

時有臨海趙某卒業太學，爲中貴題蠶婦圖云：「蠶未成絲葉已無，鬢雲撩亂粉痕枯。宫中羅綺輕如布，争得王孫見此圖。」太祖幸中貴宅見之，詰問中貴，以趙對，即召除肇慶知府。在郡有廉聲，及歸，嘆曰：「昔趙清獻持一硯，今吾倍之。」遂持二硯以歸，時號趙雙硯。

顧禄　字謹中。洪武間太常博士。

顧禄善詩歌，有過鄱陽湖詩一聯云：「放歌今日容豪客，破敵當年想至尊。」聞入禁中，太祖命盡進其作。一日，近臣入便殿，見上所常御處有禄詩數帙。蓋深喜之也。

陳焕文扁其屋曰雲巢，索顧謹中賦之，謹中爲作歌曰：「我本雲間人，夙契雲山緣。聞公巢雲處，愛作雲巢篇。公家雲巢在何許？會覘秀出雲海邊。出頭日月白雲起，雲峰萬朵浮青蓮。山人結屋入雲去，置身直上雲松巔。雲蘿千尺覆户外，檻下百道來雲泉。雲翁住其下，日與雲周旋。或携雲鶴遊，或伴雲龍眠。飡雲英兮漱雲液，被雲衣兮駕雲軿。有時看雲發高詠，落筆往往淩雲煙。浮雲世事豈能絆？蕭散自是雲中仙。我欲乘雲走相覓，雲路峻絶難夤緣。爾來山人棄雲出，我今亦是青雲客。雲騎橋南古汴津，一笑相逢雲水白。問公别雲今幾年？側身東望雲茫然。又掛雲帆拂滄海，歸去自種雲中田。」

鄧伯言 新淦人。

鄧伯言有遊玉笥山詩一聯曰：「洞天明月一雙鶴，澗水碧桃千樹花。」宋潛溪見而愛之，乃以詩人薦入京，廷試鍾山曉寒詩，高廟愛其中二句曰：「鰲足立四極，鍾山蟠一龍。」以御手拍案誦之，伯言俯伏墀下，惧疑天怒，遂驚死，扶出東華門始甦。次日，授翰苑清秩，以老疾辭，放歸山。

錢宰 臨安人。

洪武間，錢宰被徵至京，同諸儒修纂尚書，會選孟子節文。暇日，微吟曰：「四鼓鼕鼕起着衣，午門朝見尚嫌遲。何時得遂田園志，睡到人間飯熟時。」察者以聞。明日，文華燕畢，帝進諸儒諭之曰：「昨日好詩。然曷嘗『嫌』汝？何不用『憂』字。」宰等驚悚謝罪，未幾皆遣還。

錢宰賦得梧桐樹云：「梧桐樹，一葉墮秋風，一葉委秋露。明年二月新葉生，還在今年葉飛處。漢宮飛鷰近承恩，零落班姬不如故。君不見，梧桐樹！」

應履平 奉化人。官至方伯。

應履平初授福建德化知縣，三年赴吏部考滿，試論云：「篇文頗優。」以貌近侏儒，不獲取。乃題詩部門前云：「爲官不用好文章，只要鬍鬚及胖長。更有一般堪笑處，衣裳糨得硬綳綳。」末不書姓名。閽者以呈冢宰，冢宰曰：「此必應知縣也。」取其文覽之，果優。次日奏陞考功司郎中。

堯山堂外紀卷八十

國朝

高啓

字季廸，别號槎軒，又號青丘生。與楊基、張羽、徐賁友善，四公皆吳產，皆妙於詩，世稱高、楊、張、徐，擬唐四傑。

饒介之仕僞吳，雅喜文學，聞高季廸才名，召之至再，强而後往，因命題倪雲林竹木圖，實試之也，且以「木緑曲」爲韻。季廸隨口答曰：「主人原非段干木，一瓢倒瀉瀟湘緑。逾垣爲惜酒在樽，飲餘自鼓無絃曲。」饒大驚異，因勸之仕，季廸笑而不答，廼去之，隱青丘，時年纔十六。

饒介之求諸彦作醉樵歌，以張仲簡第一，季廸次之，贈仲簡黄金十兩，季廸白金三斤。仲簡歌曰：「東吳市中逢醉樵，鐵冠欹側髪飄蕭。兩肩矻矻何所負？青松一枝懸酒瓢。自言華蓋峰頭住，足跡踏遍人間路。學書學劍總不成，惟有飲酒得真趣。

管、樂本是王霸才，松、喬自有煙霞具。手持崑崙白玉斧，曾向月裏砍桂樹。月裏仙人不我嗔，時令下飲洞庭春。興來一吸海水盡，卻把珊瑚樵作薪。醒時邂逅逢王質，石上看棋黃鵠立。斧柯爛盡不成仙，不如一醉三千日。于今老去名空在，處處題詩償酒債。淋漓醉墨落人間，夜夜風雷起光怪。」後承平久，張洪脩撰每爲人作一文，僅得五百錢。

高季廸年十八未娶，婦翁周仲建有疾，季廸往唁之。周出蘆雁圖命題，季廸走筆賦曰：「西風吹折荻花枝，好鳥飛來羽翮垂。沙闊水寒魚不見，滿身風露立多時。」仲建笑曰：「是子求室也。」即擇吉以女妻焉。

高季廸明妃詞云：「妾語還憑歸使傳，妾身没虜不須憐。願君莫殺毛延壽，留畫商巖夢裏賢。」

高季廸鑿渠謠云：「鑿渠深，一十尋。鑿渠廣，八十丈。鑿渠未苦莫嗟吁，黃河曾開千丈餘。君不見，賈尚書。」

高季廸憶遠曲云：「楊子津頭風色起，郎帆一開三百里。江橋水柵多酒罏。女兒解歌山鷓鴣。武昌西上巴陵道，聞郎處處經過好。櫻桃熟時郎不歸，客中誰爲縫春衣？陌頭空問琵琶卜，欲歸不歸在郎足。郎心重利輕風波，在家日少行路多。妾今能使烏頭白，不能使郎休作客。」

高季廸賦得寒山寺送別云：「楓橋西望碧山微，寺對寒江獨掩扉。船裏鐘催行客起，塔中燈照遠僧歸。漁村寂寂孤煙近，官路蕭蕭衆葉稀。須記姑蘇城外酒，烏啼時候與君違。」

高季廸在金陵，晚登南岡，望都邑宮闕，賦詩云：「落日登高望帝畿，龍蟠山下見龍飛。雲霄雙闕開黄道，煙樹三宮接翠微。沙苑馬閒秋獵罷，天街車響晚朝歸。明朝欲獻昇平頌，還逐仙班入瑣闈。」

兜羅絨者，琉球、日本諸國所貢也。今杭州織造局工作亦倣爲之。高季廸謝友人惠兜羅被歌云：「蠻王細擘冰蠶繭，織得長衾謝縫剪。蒙茸柳絮不愁吹，鋪壓高床夜香軟。朔風入關凋白榆，塞寒此物時當須。明燈熾炭夕宴罷，薦寢宜共紅氍毹。海客揚帆遊萬里，得自崑崙國中市。歸來遺我見遠情，重似鴛鴦合懽綺。詩人鶴骨欺霜稜，曾直禁署眠青綾。自從身退得閒卧，只愛擁紙同山僧。今朝得此何奇絶，展覆不憂兒踏裂。便思清夢伴梅花，靜掩寒牕聽風雪。越羅蜀錦安可常，洞房姜女謾熏香。誰知一幅春雲暖，即是温柔堪老鄉。」

高季廸題筆峰詩：「雲來濃似墨，雁去還成字。千載只書空，山靈怨何事？」季廸辭侍郎不拜家居，忽罹黨禍腰斬，亦其讖云。季廸撰蘇州府上梁文，爲御史張度所劾，與知府魏觀並棄云。

楊基　字孟載，謂眉無用於人之身，因號眉菴。

楊孟載，幼潁悟絶人，弱冠工文詞，名動公卿，楊廉夫一見，戲以所號鐵笛爲題，使其賦歌，對曰：「不惟能歌，尤且切效老鐵體。」翌日呈，似廉夫。廉夫不覺自失，曰：「吾意詩徑荒矣，今老銕當讓子一頭地。」故當時有老楊、小楊之稱。歌曰：「鐵崖道人吹鐵笛，宫徵含嚼太古音。一聲吹破混沌竅，一聲吹破天地心。一聲吹開虎豹闉，彤庭跪獻丹扆箴。問君何以得此曲？妙諧律吕何以召陽而呼陰？都將春秋一百四十二年筆削手，譜成透天之竅價重雙南金。掉頭玉署不肯入，直入弁峰絶頂俯瞰東溟深。王綱正統著高論，唾彼傅癖兼書淫。時人不識我不厭，會有使者徵球琳。具區下浸三萬六千頃之白銀浪，洞庭上立七十二朵之青瑶岑。莫邪老鐵作龍吼，丹山鳳舞江蛟吟。勖哉宗彦吾所欽，赤泉之盟猶可尋。更吹一聲振我清白祖，大鳴盛世載賡皐財解愠南風琴。」鐵崖注春秋一本，名透天關。

楊孟載春草詩最傳，其警聯曰：「六朝舊恨斜陽外，南浦新愁細雨中。」又詠新柳云：「濃如煙草淡如金，濯濯姿容裊裊陰。漸軟已無憔悴色，未長先有別離心。風來東面知春淺，月到稍頭覺夜深。惆悵隋宮千萬樹，淡煙踈雨正沉沉。」詠春水云：「溶溶樣樣欲平橋，知是巴山雪盡消。紅雨落花來滚滚，緑煙芳草去迢迢。沅湘已没鷗邊渡，溢浦新添鷺外潮。向晚漁郎走相報，大家齊上木蘭橈。」

七娣妹花似薔薇，而七朵連綴，楊孟載詩云：「紅羅鬬結同心小，七蕊參差弄春曉。盡是東風兒女魂，蛾眉一樣青螺掃。三妹娉婷四妹嬌，緑窗虛度可憐宵。八姨秦號休相妬，腸斷江東大小喬。」楊孟載題十二紅圖云：「何處飛來十二紅，萬年枝上立東風。楚王宫殿皆零落，説盡春愁暮雨中。」

張羽 字來儀。

張羽本潯陽人，元季授安定書院山長，因欲卜居吴興，以詩約徐賁曰：「吴興好山水，子我蓋遷居？繞郭群峰列，迴波一鏡如。蠶餘即宜稼，樵罷亦堪漁。結屋雲林下，殘年共讀書。」於是定居於戴山東。

張來儀題宣和畫瓶中折枝木犀曰：「玉色官瓶出内家，天香濃浸月中葩。六宫總愛新凉好，不道金風捲翠華。」莫士安每爲瞿宗吉稱誦之，宗吉因擬作一首云：「金溝水活玉瓶寬，分得天葩下廣寒。可惜秋香容易落，不如留向月中看。」士安亦稱善。

徐賁 字幼文。

徐賁寄周記室云：「湖波遥帶夕陽低，想得君家住更西。隔岸衆山晴稍出，當門幽鳥晚猶啼。酒緣客裏偏能飲，詩到愁邊只謾題。欲倩歸雲寄離思，如何卻向望中迷。」

徐幼文别離曲云：「山風吹霜榆葉老，城鴉傳聲天欲曉。征徒出門駕出裝，斗杓倒懸月無光。我停路車客停馬，荒煙蕭蕭暗平野。一盃濁酒且頃傾，九月垂楊不堪把。歌聲感激絃聲繁，坐上醉人争笑喧。相逢相别皆草草，心事如絲向誰道！」

林鴻　字子羽，閩人。洪武初官員外。

元順帝有一象，宴群臣時拜舞爲儀。天朝王師破元都，帝北遁，徙象至南京。一日，上設宴使象舞，象伏不起，殺之。次日，作二木牌，一書「危不如象」，一書「素不如象」，掛於危素左右肩。由是素以老疾告，乃謫含山縣。林子羽嘗作義象行曰：「有象有象來天都，大江欲渡心次且。誘之既渡獻天子，拜跪不與衆象俱。象奴勸之拜，怒鼻觸象奴。賜酒不肯飲，哺之亦不餔。屹然十日受饑渴，俛首垂淚憤且吁。天子命殺之，衆官束手莫敢屠。侍衛傳宣呼壯士，被甲各執丈二殳。象戰久不克，兵撻象乃殂。憶昔君皇每巡幸，象當法駕行天衢。珊瑚錯落明天珠，被服美錦紅氍毹。紫泥函封載玉璽，萬樂争擁群龍趨。玉璽歸沙漠，龍亦歸鼎湖。所以老象心，南來誓死骨爲枯。嗟爾食禄人，空負七尺軀！高高白玉堂，赫赫黄金符，伊昔軒冕今泥塗！嗟爾食禄人，不若飯豆芻。象何潔，爾何污。天子垂衣治萬世，俾全象德行天誅。嗚呼象兮古所無！嗚呼象兮古所無！」

林子羽春日遊東苑，應制賦詩云：「長樂鐘鳴玉殿開，千官步輦出蓬萊。已教旭日催龍馭，更借春流泛羽盃。堤柳欲眠鶯唤起，宫花乍落鳥銜來。宸遊好把簫韶奏，京國于今有鳳臺。」

林子羽賦得垂楊送客云：「客路垂楊最有情，暖風吹緑漸冥冥。雨深煬帝宫前見，月白桓伊笛裏聽。葉暗未堪藏乳燕，花飛終恨促浮萍。分携欲折長條贈，愁絶河橋酒幔青。」

林子羽婦朱氏亦能詩，嘗勉子羽五韻云：「玉食叨陪近尚方，五雲深處列鵷行。經綸輔國從人仰，竹帛流芳與世長。待漏衣沾仙掌露，朝天身惹御爐香。功名成遂歸寧日，一榻清風緑野堂。」年甫十九卒，子羽終身不娶。

浦源 字長源，號東海，無錫人。洪武中，官晉府舍人。

浦長源讀書工詩，聞林子羽老於詩學，欲往訪之無由。一日，以收買書籍至閩，時子羽方與其鄉人鄭宣、王玄輩結社作詩，自以天下爲無人。長源謁之，子羽欲聞其所作，以觀何如。長源乃誦送人之荆門詩云：「長江風颺布帆輕，西入荆門感客情。三國已亡遺舊壘，幾家猶在住荒城。雲邊路繞巴山色，樹裏河流漢水聲。若過旗亭多取醉，不須弔古謾題名。」子羽甚加歎賞，遂許入社，與之唱酬。

浦長源又有送人還鄉詩云：「都門楊柳拂離筵，歸路青山水國連。三月春陰垂細雨，幾家寒食起新煙？聽鶯谷口停行蓋，立馬江頭問渡船。此去故園應酒熟，杏花開遍草堂前。」

浦長源在并州，寒食日作絶句云：「夢入故園千里遠，覺來寒食在并州。垂楊不是相思樹，那得花開便白頭。」長源同邑周子羽名翼，號戆齋，有題雁來紅一絶云：「翔雁南來寒草秋，未霜紅葉已先愁。緑珠宴罷歸金谷，七尺珊瑚夜不收。」雁來紅，草名。

瞿佑 字宗吉，號存齋，錢唐人。鄉前輩淩彦翀、丘彦能、吴敬夫咸與爲忘年友。

瞿宗吉少不爲其父所知，鄉人章彦復自福建檢校回，瞿翁設雞酒待之。宗吉年十四，適自學舍歸，彦復即席指雞爲題，宗吉應聲云：「宋宗窗下對談高，五德聲名五彩毛。自是范張情義重，割烹何必用牛刀？」彦復大加稱賞，手寫桂花一枝并題其上以贈云：「瞿君有子早能詩，風采英英蘭玉姿。天上麒麟元有種，定應高折廣寒枝。」瞿翁遂搆傳桂堂。

楊謙夫嘗過杭訪瞿士衡，士衡，宗吉從祖也。時宗吉尚少，廉夫示以所作香奩八詠，宗吉乃悉和之，其花塵春跡云：「燕尾點波微有暈，鳳頭踏月悄無聲。」黛眉顰色云：「恨從張敞毫邊起，春向梁鴻案上生。」金錢卜歡云：「織錦軒窗聞笑語，採蘋洲渚聽愁吁。」香頰啼痕云：「班班湘竹非因雨，點點楊花不是春。」廉夫嘆服曰：「此瞿家千里駒也。」

瞿士衡一日飲，楊廉夫以鞋盃行酒，廉夫命宗吉詠之，宗吉席上作沁園春以呈，廉夫大喜，即命侍妓歌以侑觴，因袖其藁而去。詞云：「一掬嬌春，弓樣新裁，蓮步未移。笑書生量窄，愛渠儘小，主人情重，酌我休遲。醞釀朝雲，斟量暮雨，能使麯生風味奇。何須去，向花塵留蹟，月地偷期。 風流到手偏宜，便豪吸雄吞不用辭。任凌波南浦，惟誇羅襪，賞花上苑，秖勸金卮。羅帕高擎，銀瓶低注，絕勝翠裙深掩時。華筵散，奈此心先醉，此恨誰知！」

丘彥能文雅好古，所藏圖畫，非遇賞鑒者不出示。嘗有蘆花被圖一幅，蓋模寫酸齋梁山濼故事，上惟貢泰甫、吴子立數詩而已。後遇吴敬夫，出而求題，敬夫爲賦數首，皆不愜意，最後一首云：「秋風吹就蘆花被，一落人間知幾年？澤國江山今入畫，詩人毛骨久成僊。高情已落滄洲外，舊夢猶迷白鳥邊。展卷不知時世换，水光山色故依然。」彦能喜，始請登卷。他日，又以唐三學士弈棋圖求瞿宗吉題，宗吉爲賦一絶云：「三人當局各藏機，思入幽玄下子遲。畢竟是誰高一着，風簷日影静中移。」彦能嘆賞曰：「不辱吾卷矣。」

宋熙寧中，餘杭進士洪浩游太學十年不歸，其父作詩寄浩曰：「太學何蕃且一歸，十年甘旨誤庭闈。休辭客路三千遠，須念人生七十稀。腰下雖無蘇子印，篋中幸有老萊衣。歸時定約春前後，免使高堂賦式微。」浩得詩，即歸養。錢塘吴慥，洪武間官四川，其父敬夫思之，作詩云：「劍閣凌雲鳥道邊，路難聞説上青天。山川萬里身如寄，鴻雁三秋信不傳。落葉打窗風似雨，孤燈背壁夜如年。老懷一掬鍾情淚，幾度沾衣獨泫然。」敬夫卒，而慥始以丁憂還家。一日，見瞿宗吉，自誦其詩云：「薄宦蕭然作遠遊，行囊那得一錢留？孟光不比蘇秦婦，肯笑歸來只敝裘。」宗吉因舉敬夫前詩，謂曰：「尊翁有念子之情，而子乃獨歸美其婦耶！」慥大慚而去。

瞿宗吉嘗與黄體方過汴梁相國寺，將謂有南方花木之勝，香茗之供，而鄙陋殊甚。

僧皆氈帽皮靴，髮長過寸，言貌麄俗。體方呼爲惡僧，口占云：「步入空門見惡僧，紅氈被體髮鬅鬙。」宗吉續之曰：「一言能得君王意，安得當年老贊寧。」汴梁爲宋東京，士人遊宦者少得清暇，以遂宴賞之樂。當時有「賣花擔上觀桃李，拍酒樓前聽管絃」之句。體方續之云：「雨後淤泥填紫陌，風前塵土障青天。」蓋街道無溝渠，又不用磚石甃，遇雨則行潦縱横，而地迫黄河，風起則塵沙蔽日，不可開目。嘗集體仁門，體方戲語同列云：「此所謂東華軟紅塵也。」

杭州男女瞽者多學琵琶，唱古今小説、平話以覓衣食，謂之陶真，大抵説宋時事。蓋汴京遺俗也。瞿宗吉過汴梁詩云：「歌舞樓臺事可誇，昔年曾此擅豪華。尚餘艮嶽排蒼昊，那得神霄隔紫霞，廢苑草荒堪牧馬，長溝柳老不藏鴉。陌頭盲女無愁恨，能撥琵琶説趙家。」

吴歌，惟蘇州爲佳。杭人近有作者，往往得詩人之體。如云：「月子彎彎照幾州，幾人歡樂幾人愁。幾人高樓行好酒，幾人飄蓬在外頭。」此賤體也。瞿宗吉往嘉興，聽故妓歌之，遂翻以爲詞云：「簾捲水西樓，一曲新腔唱打油。宿雨眠雲年少夢，休謳。且盡生前酒一甌。明日又登舟，卻指今宵是舊遊。同是他鄉淪落客，休愁。月子彎彎照幾州？」又：「送郎八月到揚州，長夜孤眠在畫樓。女子拆開不成好，秋心合着卻成愁。」此亦賤體。而黄山谷之詞先有之，「你共人，女邊着子；争知我，門裏挑心」是也。又：「約郎約到月上時，看看等到月蹉西。不知奴處山低月出早，還是郎處山高月出遲。」此詞雖淫奔，然怨而不怒，愈於鄭風狂童之訕。又：「高山頂上鵓鴣啼，聞説親爺娶晚妻。爺娶晚妻猶自可，前娘兒子好孤淒。」此興體也。又：「樹頭掛網枉求蝦，泥裏無金空撥沙。刺潦樹邊栽枸橘，幾時開得牡丹花？」此北體也，有守一而終之意。

杭妓朱觀奴頗通文義，嘗欲搆室而募緣於人，求題詞於瞿宗吉，宗吉援筆書云：「傾國傾城美貌，爲雲爲雨芳年。金沙灘上舊因緣，重到人間示現。欲搆雲窗霧閣，奈慳寶鈔金錢。諸公有意與周旋，請看桃花好面。」人以宗吉故，喜捐貲焉。

鳳仙花，有紅、白、紫數種，宋時謂之金鳳花，其葉可以染指甲爲紅色。瞿宗吉詩：「金盆玉露搗仙葩，解使纖纖玉有瑕。一點愁凝鸚鵡喙，十分春上牡丹芽。嬌彈粉淚抛紅荳，戲掐花枝鏤絳霞。女伴相逢頻借問，幾回錯認守官砂。」又玉簪花詩：「白露初凝氣候凉，花神獻寶助新粧。移來銀色三千界，壓盡金釵十二行。秋水爲神冰琢骨，龍涎作炷麝傳香。不須石上憂磨折，長在佳人鬢髻傍。」

瞿宗吉熨斗詩：「有柄何曾挹酒漿，隨時用舍屬閨房。斡旋天上陽和氣，平帖人間錦繡香。翠袖捲紗移玉釧，金篝分火近牙床。衣成遠寄征夫去，印顆何時肘後黄？」

瞿宗吉殘蝶詩：「飛鳥曾聞載鬼車，粉香何事亦隨邪。傷生不惜身投火，抵死猶將命乞花。望帝精靈枝上血，韓憑魂魄墓前沙。一般有恨艱消滅，夢裏相逢更可嗟。」永樂間，瞿宗吉以詩禍下獄。已而，謫戍保安。時興河失守，邊境蕭條，朝廷方降佛曲於塞下，選子弟唱之。遇元宵，宗吉凄然作望江南五首云：「元宵景，野燒照山明。風陣摩天將夜半，斗杓插地過初更。燈火憶杭城。」「元宵景，巷陌少人行。舍北孤兒偎冷炕，墻東嫠婦哭寒檠。士女憶杭城。」「元霄景，刁斗擊殘更。數點夕烽明遠戍，幾聲寒角響空營。歌舞憶杭城。」「元宵景，默坐自傷情。破灶三盃黄米酒，寒窗一盞濁油燈。宴賞憶杭城。」「元宵景，淡月伴疎星。戍卒抱關敲木柝，歌童穿市唱金經。簫鼓憶杭城。」

黎真　號林坡，國初名儒。

黎林坡嘗以非罪謫戍遼左，同里馬某與焉。黎蒙恩放回，而馬獨不與。其兄一日盛席邀黎，侑觴之妓皆絕色也，黎不往，遺之以詩曰：「錦瑟銀筝白玉卮，賞音元自有鍾期。可憐孤雁長城外，叫斷南雲總不知。」其兄得詩，爲之墮淚，罷宴。

堯山堂外紀卷八十一

國朝

文皇帝

初封燕，及即位，詔以北平布政司爲北京，每巡幸，稱行在，設行部官，開科曰北京行部鄉試。正統辛酉，始定爲京師，革行在之稱。

文廟在燕邸大宴，時天寒甚，文皇出一對曰：「天寒地凍，水無一點不成冰。」姚廣孝在坐，應聲曰：「國亂民愁，王不出頭誰是主。」文皇大喜，遂決意起兵。而姚預靖難功焉。

永樂初，有士人赴舉，祈夢，神告之曰：「禮樂征伐，自天子出。」士人擬爲義爲論以待。及舉於鄉，登進士，竟無驗。後官膳部郎官。文廟與群臣宴，出語曰：「流連荒亡，爲諸侯憂。」屬群臣對，無有應者，士人進曰：「禮樂征伐，自天子出。」上大悦，即擢禮部侍郎。

永樂中，江南一太學生需選京師，見邸間題云：「客眠孤館，夢魂常到故鄉來。」一日，閣中傳旨云：「『人上斷橋，形影不隨流水去。』有能對者賞。」生忽悟壁間之句，即以奏對，得授右秩。

姚廣孝

蘇人，初爲僧，名道衍，字斯道。洪武末，詔選高僧分侍諸王，宗泐舉道衍往燕府，住持北平慶壽禪寺。靖難功成，反初服，復今姓名。元初，劉秉忠初亦爲僧，故名廣孝配之。

姚廣孝，元壬辰披剃，洪武癸丑，請給禮部度牒，於覺林寺入册，刻意爲詩文，由是知名。詠百花洲云：「水灔接横塘，花多礙舟路。波紅晴漾日，沙白寒棲鷺。緣汀漁網集，隔浦菱歌度。不見昔遊人，風煙自朝暮。」

道士席應真讀書學道法，兼通兵機，道衍師之，盡得其術，然深自晦藏，人無知者。已而至京口，賦覽古詩曰：「樵櫓年來戰血乾，煙花猶自半凋殘。五州山近朝雲亂，萬歲樓空夜月寒。江水無潮通鐵瓮，野田有路到金壇。蕭梁事業今何在？北固青青眼倦看。」其黨宗泐見其摇膝高吟，笑之曰：「此豈釋子語耶？斯道，斯道，汝薄南朝矣。」

姚廣孝題觀音巖云：「高閣淩空如履地，長江萬里來無際。世人可到不可留，只許禪僧深夏住。亂帆來往逐雲飛，隔岸淮山擁翠微。大士巖間常宴坐，一燈夜照客船歸。」

永樂間，姚廣孝領敕往蜀雲臺觀懸幡，驛路代有迎候，抵姑蘇寒山寺駐節，在松下散飯，曳履獨步，不將餘人。會吴邑曹三尹見而訶焉，撻之二十，姚漫不爲意。頃而撫按會集，少師出一詩示云：「出使南來坐畫船，袈裟猶帶御爐煙。無端撞着曹公相，二十皮鞭了宿緣。」少師以爲生前所負孽緣耳。衆知之，遂成大笑。

夏原吉

字維喆，先世德興人，大父以官寓湖汚，遂家湘陰。母廖氏，夢三閭大夫，降而生。

夏忠靖公少年極穎敏，或指屋上獸頭使賦之，公即口占曰：「非龍非虎亦非羆，頭角皆因造化爲。不向草茅誇氣象，卻於廊廟著威儀。昂昂飽歷冰霜苦，默默長承雨露滋。寄與飛飛諸燕雀，好來相近莫相疑。」論者以爲居顯位而不免昵小人，此其驗云。

夏原吉人影詩云：「不言不語過平生，步步相隨似有情。長向燈前同静坐，每於月下共閑行。昨朝離去天將暝，今日歸來雨又晴。最是行藏堪愛處，顯身須要待時明。」

永樂中，夏忠靖公以工部尚書治水蘇、松，永豐周大有以兵科都給事中同事。一日，偕宿天寧寺，給事早如厠甚急，公戲謂曰：「披衣靸履而行，急事急事。」周即應聲曰：「棄甲曳兵而走，常輸常輸。」一時以爲善謔。大有字逸，洪武中以監生擢任兵科都給事中。時甫弱冠，天才逸發，高皇帝時加寵異，使讀書樓上，呼爲「樓上秀才」。後謫戍遼海。永樂中，召復原職，治水吴中，尋卒。

永樂己丑，令自正月十一日爲始，賜元宵節假十日。壬辰正月，賜文武群臣宴，聽臣民赴午門外觀鼇山，歲以爲常。夏原吉侍母往觀，上聞，遣中官賞鈔二百錠，即其家賜之，曰：「爲賢母懽也。」自是車駕駐兩京，皆賜觀燈宴。上或御午門示御製，使儒臣奉和，覽而説之，賜以羊酒鈔幣。時評應制諸作，以陳侍講敬宗五首爲工。其一：「皓月金門夜，和風玉殿春。雲移三島近，燈簇萬花新。天仗臨丹扆，星橋接紫宸。中官宣德意，燕賞及詞臣。」其二：「紫禁疎鐘静，高城刻漏傳。五雲迎寶蓋，萬炬綴金蓮。瓊醴行仙席，龍盤進御筵。教坊呈百戲，齊過玉階前。」其三：「劍珮青霄近，峰巒翠閣重。花明金幄月，香度玉樓風。拜舞諸番集，歡娱萬國同。遥聞歌吹發，五色慶雲中。」其四：「紫陌連青禁，彤樓接絳河。九門星彩動，萬井月華多。寶炬通宵朗，鸞笙葉氣和。臣民涵聖澤，齊作太平歌。」其五：「山擁金鼇壯，雲盤彩鳳來。銀河隨斗轉，珠闕倚天開。歡洽春聲徧，恩從淑氣回。願歌魚藻詠，長奉萬年杯。」

夏原吉送弟還長沙詩曰：「颯颯金風八月闌，汝今歸去寸心安。菜根有味莫嫌淡，茅屋無書可借看。日具旨甘宜奉母，秋收租稅早輸官。明年此際還來望，莫遣寥寥雁影寒。」

解縉 字大紳。年十八舉江西鄉試第一，連登進士。永樂初，更名蔫，已而復舊。

解學士自幼能言即穎敏絶人，郡守令至其家，或抱至膝上，應聲成文，皆錯愕驚嘆。一日，婦翁某過其家，解父抱縉出置椅上，婦翁云：「父立子坐，禮乎？」解遽答：「嫂溺叔援，權也。」翁又曰：「何緣得佳偶？」解亦遽答：「有幸遇良媒。」翁奇之，遂聯姻焉。

解學士四歲時，出遊市偶跌，衆笑之，吟曰：「細雨落綢繆，磚街滑似油。鳳凰跌在地，笑殺一群牛。」衆無不摇頭吐舌。

解學士六歲時，其族祖戲之曰：「小兒何所愛？」即應聲作詩四絶，其一云：「小兒何所愛？愛者芝蘭室。更欲附飛龍，上天看紅日。」其二云：「人道日在天，我道日在心。不省雞鳴時，泠然鐘磬音。」其三云：「聖人有六經，天地有日月。日月萬古明，六經終不滅。」其四云：「小兒何所夢？夜夢筆生花。花根在何處？丹府是吾家。」他日，學士嘗書其後云：「予未能言時，頗知人教指。夢五色筆，筆有花如菡萏者。當五六歲來，遂盛有作。」

解學士七歲時，一日友人持其父影而至，解横書「圖畫禽獸」。友甚不樂。於是續云：「圖公之像，畫公之形。禽中之鳳，獸中之麟。」友笑而奇之。

解學士九歲時，其父携詣江沐浴，以衣覆老樹上，命對云：「千年老樹爲衣架，」急應云：「萬里長河作浴盤。」歸見馬行草野，命對云：「黑馬尾拖銀掃箒，」對云：「烏龍項帶玉絲環。」父珍愛之甚。

解學士十歲時，其母居孀，苦於里胥催徵之急，解具訴於縣宰，併系以詩，有「他年諒有相逢日，好把春風判筆頭」之句。邑宰意其假手，即指堂邊小松爲題，令再賦，應聲曰：「小小青松未出欄，枝枝葉葉耐霜寒。如今正好低頭看，他日參天仰面難。」邑宰大奇之，遂蠲其稅。

永樂中，北京宮闕初成，文廟命解學士書門帖。解難於比擬，偶見古詩：「日月光天德，山河壯帝居。」即書以進。上大喜，賜賚甚厚。

永樂中秋，上方開宴賞月，月爲雲掩，召解縉賦詩，遂口占風落梅一闋，其詞云：「嫦娥面，今夜圓。下雲簾，不着臣見。拚今宵，倚欄不去眠。看誰過廣寒宮殿。」上覽之，歡甚。復命賦長篇，又成長短句以進，歌曰：「吾聞廣寒八萬三千修月斧，暗處生明缺處補。不知七寶何以修？合成孤光洞徹乾坤萬萬古。三秋正中夜當午，佳期不擬嫦娥悞。酒杯狼籍燭無輝，天上人間隔風雨。玉女莫乘鸞，仙人休伐樹。天柱不可登，虹橋在何處？帝閽悠悠叫無路，吾欲斬蜍蛙磔其兔。坐令天宇絶纖塵，世上青霄粲如故。黄金爲節玉爲輅，縹緲鸞車爛無數。水晶簾外河漢横，冰壺影裏笙歌度。雲旗盡下飛玄武，青鸞銜書報王母。但期歲歲奉宸遊，來看霓裳羽衣舞。」上益喜，同縉飲，過夜半，月復明朗。上大笑曰：「子才真可謂奪天手段也。」

解縉應制題虎顧衆彪圖曰：「虎爲百獸尊，誰敢觸其怒。惟有父子情，一步一回顧。」文皇素不喜仁宗，感此詩甚思，時仁宗留守南京，頗懷憂虞，因命所親信者莫如夏原吉，即日往迎之。

文皇嘗謂解學士曰：「有一書句甚難其對，曰『色難』。」解應聲曰：「容易。」文皇不悟，顧謂解曰：「既云易矣，何久不屬對？」解曰：「適已對矣。」文皇始悟。「色」對「容」，「難」對「易」，爲之大笑。解爲諸生時，遊青樓，伎奉茶進曰：「一盞清茶，解解解元之渴。」大紳無以對。又「一張琴上七條絃，彈出五音六律」及「煙鎖池塘柳」，亦不能對。

解學士訪某駙馬不值，公主聞其名，欲觀之，隔簾使人留茶，解索筆題曰：「錦衣公子未還家，紅粉佳人叫賜茶。内院深沉人不見，隔簾閒卻一團花。」公主怒其詆己，遂奏聞，太宗曰：「此風流學士，見他做甚。」

解縉有贈翰林劉編脩歸娶詩云：「少年歸娶奏金鑾，喜得天顏一笑看。紅錦裁雲朝奠雁，紫簫吹月夜乘鸞。靈椿堂上承中饋，寶鏡臺前結合懽。從此梅花消息好，青綾不似玉堂寒。」

解學士題長亭四柳圖送薛尚書致政云：「東邊一株楊柳樹，西邊一株楊柳樹，南邊一株楊柳樹，北邊一株楊柳樹。縱有柳絲千萬條，也綰不得征鞍住。南山叫鷓鴣，北山叫杜宇。一箇叫『行不得哥哥』，一箇叫『不如歸去』。」又嘗題畫松云：「磨盡一錠兩錠墨，寫出一株大枯樹。夜深老鶴忽飛來，踏枝不着空歸去。」

呂尚書震與解公縉一日談及食中美味，呂曰：「駝峰珍美，震未之識也。」解云：「僕嘗食之，誠美。」呂公知其誑己，他日從光禄得死象蹄脛，語解曰：「昨有駝峰之賜，宜共饗之。」解因大嚼，去。呂寄以詩曰：「翰林有個解癡哥，光禄何曾宰駱駝？不是呂生來説謊，如何嚼得這般多。」

解學士嘗吊友人喪妻，曰：「四德俱全，七去咸備。嗚呼哀哉，大吉大利。」聞者絶倒。蓋其妻悍也。

胡廣

字光大，吉水人，宋忠簡公銓其十二世孫也。建文庚辰廷試，王艮當魁，貌不及廣，且廣策斥親藩，上遂擢廣第一，謂其名與漢臣同；且胡虜豈可容廣，賜名靖。後艮死節，而靖永樂中得幸，復疏名廣。

牛首山在金陵南三十里，有二峰，東西相對，晉元帝初作宫殿。王導指雙峰曰：「此天闕也。」故又名天闕山。劉宋立郊壇於此。梁武帝又於山下建寺。山有石洞，洞中有石鼓。天欲雨，則石鼓自鳴。高廟怪此山獨不北拱，杖之。永樂中，胡廣扈從獵龍山，因遊牛首佛窟寺，留詩曰：「曉從鑾輿出九關，偶尋牛首共躋攀。南唐古寺留碑在，西竺高僧度錫還。百尺岩龕過鳥上，半空鐘鼓隔人間。暫遊已覺塵緣息，到此方知佛窟閑。」

胡文穆與楊東里善，胡病篤時，人投詩假楊作云：「漢朝胡廣號中庸，今日中庸又見公。堪笑古今兩奸宄，天教名姓正相同。」得詩慚憤，數日卒。初胡與楊約，致仕後，拿舟往來。及廣死，楊夢與廣對酒聯句，恍然夙約也。詩有「金螺瀟灑對芙蓉，鷺渚漁州窈窕通」之句。宋陳賈劾朱子，人誚之云：「姬周大聖猶遭謗，伊洛名賢亦被譏。堪笑古今兩陳賈，如何專把聖賢非。」譏廣詩祖此。

曾棨字子棨，永豐人。五歲盡識象戲字，稱江西才子，永樂中甲狀元。其生洪武乙巳九月七日亥時，其孫追亦生洪熙乙巳九月七日亥時，年月日時皆同，因名追。成化戊戌，追亦探花及第。

永樂初，曾棨赴會試，同鄉有劉子欽者，由省元至會元，將殿試，解縉在翰林，會間稱之曰：「狀元屬子矣。」子欽自負，略不少遜避，縉少之，密以題意示棨。明日廷對，棨策詳最，殆及萬言，遂擢第一。殿試罷，作詩有曰：「曉開三殿降絲綸，衮冕臨軒策小臣。紅燭影催金闕曙，紫霞香泛玉壺春。雲霄九萬扶搖近，禮樂三千制作新。淺薄未能宣聖德，願歌棫樸播皇仁。」太宗賜教庶吉士曾棨等二十八人，督責甚嚴，嘗親爲試誦。一日，令背捕蛇者說，莫有全誦者，詔戍邊而貸之，令拽大木。棨等以書訴執政，執政袖書見上，極陳辛苦狀，因得釋歸。

永樂戊子，廬陵蕭時中以詩首薦于鄉，明年中式會試，上巡北京，留太學。又明年中榜。曾棨贈以詩曰：「鄉袞曾掄宋殿魁，廬陵文運喜初回。九重天上承恩渥，八十人中識俊才。蠹簡幾年窺夜雪，龍門一日動春雷。行人若向青原望，定有紅光燭上台。」

曾學士冬日扈從獵龍山，同遊牛首佛窟寺，和胡學士詩云：「數聲清磬遠微微，始覺塵緣到此稀。僧向定時聞葉落，客從坐處見雲歸。佛居葉藏那營窟，心會真誠即悟機。賜得宮袍新製錦，未應還羨五銖衣。」

曾學士送陳郎中重使西域云：「重宣恩詔向窮邊，蕃落依稀似昔年。酋長拜迎張繡幌，羌姬歌舞散金錢。葡萄夜醉氍毹月，驃褭晨嘶苜蓿煙。百寶嵌刀珠飾靶，部人知是漢張騫。」

鄱陽湖有女兒港，曾學士泊此，賦詩云：「彭蠡湖邊女兒港，秋水未乾湖水長。女兒一去今幾秋？時有行人來繫舟。岸柳汀花濕紅翠，柳似顰眉花濺淚。茅屋參差石徑斜，港口人煙凡幾家？當初知是誰家女？後來嫁作誰家婦？嫁時湖上墮弓鞋，至今尚想淩波步。我欲回頭問小姑，小姑迢迢隔重湖。我欲從前大姑問，大姑默默迎新恨。紅顔薄命真堪惜，女兒名姓無人識。年去年來湖水春，空使行人吊陳跡。君不見，古來多少大丈夫，老死湖山名亦無。」

有虜使至，稱善飲，有司推能匹者，纔得一武弁，猶恐不勝。上令廷臣自薦，曾請往。三人默飲終日，虜使已酣，武人亦潦倒，棨爽然復命。上笑曰：「無論文學，此酒量豈不當作大明狀元邪！」錫以内醖甚厚。後病卒，且氣絶，呼酒飲至醉，題曰：「宫詹非小，六十非夭。我以爲多，人以爲少。易簣蓋棺，此外何求。白雲青山，樂哉斯丘。」

王偁

字孟揚，閩人。永樂間官檢討。時杭有王洪希範，吴有王璲汝玉，吾常有王達達善同在翰林。孟揚嘗謂希範曰：「解學士名聞海内，吾四人足以撐住東南半壁。」識者謂爲知言。後解謫交阯，偁亦以罪謫。二人遂共趨廣東，娱嬉山水，奏請鑿贛江以便往來，上怒，徵縉併偁下獄，俱死獄中。

王孟揚，憑祥道中遇元夕，有懷，賦詩云：「曾向蓬萊捧壽觴，良宵湛□沐恩光。

鳳笙曲奏梨園譜，鰲背燈開火樹芳。往事別來傷旅恨，流年老去在他鄉。夷歌蠻舞誰能解？馬上看山夜未央。」

高棅

字廷禮，三山人。永樂間官翰林典籍。

高廷禮集唐詩品彙，大有功於詩教。嘗擬唐詩數首，爲時所稱。擬蘇許公侍宴安樂公主新宅應制詩云：「飛構雲邊帝子家，宸遊天上駐香車。玉杯春醉平陽館，銀漢秋行博望槎。萬朵仙花迎日吐，千條弱柳向風斜。皇情愛物歡無極，能使群心戀翠華。」擬岑補闕奉和早朝大明宫之作云：「明光漏盡曉寒催，長樂疏鐘度鳳臺。月隱禁城雙闕迥，雲迎仙仗九重開。旌旗半掩天河落，閶闔平分曙色來。朝罷珮聲花外轉，回看佳氣滿蓬萊。」擬崔司勳登黄鶴樓云：「武昌樓下白雲飛，黄鶴何年去不歸？千古登臨悲故國，空餘陳跡弔斜暉。清川雨散巴山出，大澤天寒楚樹微。久客他鄉摇落暮，秦關回首淚沾衣。」擬高常侍送王李二少府貶衡巫云：「曉鐘寥亮雁聲哀，候館鳴鷄曙色催。兩地送君雙别淚，西風駐馬一銜杯。巴山落月啼猿斷，楚水孤帆暮雨來。莫怨異鄉成久隔，漢庭還憶賈生才。」

王紱

字孟端，無錫人。永樂間官中書。未達時，畫已馳名，人不可苟得。嘗月夜寓京邸，聞簫聲起隣家，清亮可人，倚床聽之，乘興寫竹石一幅，明早扣門訪其人以爲贈，蓋一富商也。商人大喜過望，次日奉駝茸段二，求作配幅，孟端曰：「俗子何足當我筆！」亟索而碎之。

有客京師而別娶婦者，王孟端寄詩云：「新花枝勝舊花枝，從此無心念別離。可信秦淮今夜月，有人相對數歸期。」其人得詩，感泣而歸。

王孟端月夜過瞿塘詩云：「瞿塘灩澦足風波，一乘官航抵暮過。峽盡頓看江路濶，山開尤喜月明多。圖分八陣石猶在，枉鎖重關鐵未磨。惆悵英雄俱已矣，令人千古獨悲歌。」

王孟端登劍閣望京華，有詩云：「一上高臺首重回，五雲何處是蓬萊？帆隨雁影天邊去，人共春光日下來。淮甸煙銷平似掌，河流冰泮碧於苔。翠華行幸應非遠，佳氣氤氳繞上台。」

林誌

福建長樂人，母游氏夢梁僧寶誌入室而生，因名。在髫齔時，已喜爲文辭，後從學於王孟揚，極好辯論，因字之曰尚默，自號蔀齋，又號見一居士。

林誌祖清，避元不仕，變易姓名，匿居山寺。會府公檢册寺中，見清詰問，且曰：「能詩乎？」曰：「頗能。」即以册號八音命爲詩，應聲曰：「金紫何曾一掛懷，石田茅屋自天開。絲竿釣月江頭住，竹杖桃雲嶺上來。匏實曉收栽藥圃，土花春長讀書臺。革除一點浮雲慮，木筆題詩酒數杯。」府公驚羨，遂與爲友。政暇，輒携酒過飲，倡和移日。一日，忽論海濱人物，因曰：「若林清者，雄才碩德，惜未見其人。」林不覺有感，府公曰：「公殆林清耶？」林曰：「若清者，公安得見之，此吾所以有感也。」相與盡醉而罷。明日，林竟去之。府公再往訪，多方物色，終不見矣。

林誌高才博學，鄉會試皆第一。比殿試，深以魁選自負。迨傳臚之夕，夢有馬奪其首，既而同邑馬鐸第一，誌次之，甚怏怏，不服。一日，互争于廷，成祖試以對曰：「朕有一對，對佳者狀元。曰：『風吹不響鈴兒草。』」鐸應聲曰：「雨打無聲鼓子花。」帝大稱許。誌踰時竟不能對，遂愧服。蓋鐸幼時夢有以下聯語之者，不知何謂。至是用之，得賜狀元。相傳鐸母馬氏，妾也，嫡妬不容，再嫁同邑李氏，復生一子，名馬，後亦中狀元。上喜其文，御筆於馬旁加其字，名李騏。越三日，臚傳凡三唱無應者，上曰：「即李馬也。」騏乃受詔，每投刺，所作「騏」字，黑書馬，朱書其。

高舉 鄱陽人，永樂甲辰進士。

高舉拜監察御史罷歸，居林谷間，謝絶人事，不入城府。一日，棹小舟至城下，時值重午，郡守飲月波樓以觀競渡，舉微服箕坐舟上，守怒逮之，令其供不合狀，舉遂書一絶云：「皇后升遐未一年，今春先帝又賓天。江山草木皆垂淚，太守如何看畫船？」守詢之，知爲高侍御，大慚，而延納之，公拂衣不顧去。

王英 山東濱州人，其父斌爲浮梁令，以父任，應江西鄉舉。

浮梁，東隅有昭烈廟，祀唐張巡，設像，旁侍曰張太子。永樂間，山東王英叩卜秋舉，降箕曰：「玉霄一點墜雲端，難失佳人一不全。敲斷鳳釵文不就，貴人頭上請君看。」蓋「王英高中」四字也。是秋果然。又士人袖芭蕉葉入云：「我非問功名，第言袖中何物？」詩云：

「袖裏懷來一葉青，知君有意侮神靈。可憐昨夜三更雨，減卻窗前數點聲。」又七人得異草，來問其名，詩云：「蘇武當年膽氣雄，匈奴一箭射飛鴻。至今血染階前草，一度秋來一度紅。」或謂是時有旅櫬寓廟中，必其所爲，後櫬移而神不顯。

杜庠

字公序，號西湖醉老。

杜庠以詩聲於永樂間，其過赤壁詩云：「水軍東下本雄圖，千里長江隘舳艫。諸葛心中空有漢，曹瞞眼裏已無吴。兵消炬影東風猛，夢斷簫聲夜月孤。過此不堪回首處，荒磯鷗鳥滿煙蕪。」一時人皆傳誦，稱曰杜赤壁。

楊文理，紈綺子也。侈靡善吟，中歲貧甚，與杜公序善。杜爲攸令，楊欲往謁，闕道里費，趦趄久之。楚有商於吴者，難楊曰：「爲我作行舟八詠，即載以往。」題曰篷、檣、篙、櫓、猫、纜、舵、跳。楊一揮而就，其詠篷警句有：「數葉飽風淮浦晚，一繩拖雨洞庭秋。」詠櫓警句有：「分開水面秋煙冷，斫破波心夜月明。」商讀之，躍然起敬，載之往，且厚贈之。

中國文學研究典籍叢刊

堯山堂外紀（外一種）

四

〔明〕蔣一葵 撰
吕景琳 點校

中華書局

堯山堂外紀卷八十二

國朝

章皇帝

長歌短章，下筆即就，每遇南宮試，輒自草程式文。曰：「我不當會元及第耶！」其繪事亦入神品。

宣廟爲皇太孫日，端午節，成祖駕幸東苑觀擊毬射柳，聽文武群臣、四夷朝使及在京耆老聚觀。自皇太孫而下，諸王大臣以次擊射，太孫連發皆中，上大喜。射畢，嘉勞之，因曰：「今日華夷畢集，朕有一聯，爾當思對之。」曰『萬方玉帛風雲會』。」太孫即叩頭對曰：「一統山河日月明。」時年十五矣。上喜甚，賜名馬、錦綺諸番物，因命儒臣賦詩，盡懽而罷。

宣廟嘗詔令臨御以來三科進士御文華殿親試之，拔其尤者。鄭建等二十八人與脩撰馬愉、陳循、林震、曹鼐，編脩林文、龔錡、鍾復、趙恢，評事張益同進學文淵閣，其優禮給賜，一循永樂甲申之製，仍賜御製詩以示勉勵，云：「岧嶤崇文閣，乃在城北隅。

登高一睇望，翬飛切雲衢。其上何所儲？千載聖賢書。其下何所爲？衣冠講唐虞。國家久興學，側佇登俊儒。願此閣下人，勉哉惜居諸。」

黄少保淮辭歸，帝宴餞於西苑之太液池，親灑宸翰製詩送之，仍賜金織衣一襲，詩曰：「天香早折仙桂枝，筆花五彩開鳳池。蓬萊芝山直奎璧，近侍九重天咫尺。永樂聖人臨御初，鞠躬稽首陳嘉謨。仁皇監國文華殿，左右謀猷共群彦。朕承大寶君萬方，相與共理資賢良。傾心寫情任舊老，而卿引疾先還鄉。五歷星霜復相見，霜鬢蕭蕭秋滿面。是時朝旭光升紫殿明，相對清言良慰情。留之累月未盡意，歸心又欲東南征。太液清泠涵碧藻，楊柳芙蓉映相好。鳧鷖鸂鶒弄澄波，紫霧紅雲拂瓊島。芳殽在俎酒在壺，王歌鹿鳴續白駒。君臣大義士所重，心須廷闕身江湖。雁蕩峰高青不極，中有謝公舊遊跡。採芝斸苓可長年，應在天南憶天北。」淮歸，刻諸石，作奎文亭覆之。

宣廟詩尤多六言，過史館曰：「蕩蕩堯光四表，巍巍舜德重華。祖考萬年垂統，乾坤六合爲家。」上林春色曰：「山際雲開曉色，林間鳥弄春音。物意皆含生意，吾心允合天心。」又詠撒扇曰：「湘浦煙霞交翠，剡溪花雨生香。掃卻人間炎暑，招回天上清涼。」

楊士奇

初名寓，字士奇，以字行。自言三恨：不由進士，不得作縣令、御史。宣德朝，與楊文敏榮、楊文定溥並相，號三楊。世以居第爲別，文貞曰西楊，文敏曰東楊，文宗曰南楊。

泰和劉伯川善觀人，時楊士奇年十四五，與陳孟潔往候之，伯川以二人皆故人子入見，款洽。是日雪霽，酒酣，伯川命各賦詩言志，孟潔賦云：「十年勤苦事雞窗，有志青雲白玉堂。會待春風楊柳陌，紅樓争看緑衣郎。」士奇即景賦云：「飛雪初停酒未消，溪山深處踏瓊瑶。不嫌寒氣侵人骨，貪看梅花過野橋。」伯川顧孟潔笑曰：「十年勤苦，只博紅樓一看邪！子當不失風流進士。」顧士奇笑曰：「雖寒士當耐，子常大用，尚勉之。惜予不及見也。」伯川卒後，孟潔果登第，爲翰林庶吉士，而士奇官至少師。皆如伯川言。

泰和古名西昌，芳洲陳閣老循家于東城，永樂甲午鄉試第一，明年禮部會試第二，廷試第一。先是，嘗有讖云：「龍洲過縣前，泰和出狀元。」至是，楊文貞公爲諭德，在南京，寄二絶，其一云：「龍洲過縣千年讖，黄甲初登第一名。從此纍纍題榜首，東城迎喜過西城。」其後六年辛丑科，城西曾鶴齡舉進士第一，後十八年爲宣德癸丑，真定曹鼐爲泰和典史，亦進士第一。文貞以爲詩讖，而其初則爲芳洲發云。鶴齡會試日，與浙中數舉子同舟，率年少狂生，談論鋒出。曾爲人簡默，在坐若無能者。各舉書中疑義問之，曾遜謝不知。衆皆笑曰：「凡夫也，偶然預薦耳。」遂以曾偶然呼之。既而，衆俱下第，曾占榜首，乃寄以詩曰：「捧領鄉書謁九天，偶然趁得浙江船。世間固有偶然事，豈意偶然又偶然。」成化戊戌，曾彦複爲進士第一，丘文莊公時爲祭酒，以其門下士也，爲綵聯以迎之，云：「江右賢科，十回虎榜魁天下，西昌文運，三應龍淵過縣前。」蓋不數曹者，以曹乃宦遊人故耳。

况鍾爲蘇州知府九載，滿日赴京當代，軍民詣闕乞留者數萬人，有儒生爲歌謡曰：「况青天，朝命宣。早歸來，在明年。」時已有代鍾者，竟易去。楊士奇贈以詩云：「十年不媿趙清獻，七邑重逢張益州。」

楊士奇爲首相日，鄉人有貢入胄監需選久不授官者，懇公開仕路，公不允，遂放還待取。因作詩寄公云：「三十年前做秀才，秀才起送秀才回。不如歸去生兒子，保作賢良方正來。」蓋公緣是科致顯云。東里爲相，獨失内閣印去絲綸簿，永不可復，爲後世遺憾。

大明律有「官吏挾妓飲酒」之條，然宣德間，三楊公猶及用之。嘗與一兵官會飲，文定倡爲酒令，各誦詩一句，以「月」字在下，而分四時。令畢，文定指席中侍妓曰：「不可謂秦無人。」一妓遽成小詞，捧琵琶歌曰：「到春來，梨花院落溶溶月。文定句。到夏來，舞低楊柳樓心月。文敏句。到秋來，金鈴犬吠梧桐月。兵官句。到冬來，清香暗度梅稍月。文貞句。呀，好也麽月，總不如俺尋常一樣窗前月。」諸公劇飲霑醉而去。三楊當國時，有一妓名齊雅秀，性極巧慧。一日，命佐酒，衆謂曰：「汝能使三閣老笑乎？」對曰：「我一入便令笑也。」及進見，問何來遲？對曰：「看書。」問何書？對曰：「烈女傳。」三閣老大笑曰：「母狗無禮。」即答曰：「我是母狗，各位是公猴。」一時京中大傳其妙。

楊榮

字勉仁，生時名道應，祖達卿聞啼聲，曰：「雄哉！是子必榮顯吾家。」更名子榮。永樂初，命去子字，單名榮。宣德朝，被賜銀圖書五顆，曰「方直剛正」，曰「忠孝流芳」，曰「關西後裔」，曰「建安楊榮」，曰「楊氏勉仁」。

楊文敏在諸生時，適夏忠靖公以侍郎使閩睎學，文敏講孟子養氣章，深契其旨，大被嘉獎。夏擬福建鄉試詩云：「浩興催人入建遊，棘闈正爾集儒流。虹霓氣吐三千丈，奎壁光浮十二樓。天下争先看豹變，榜中誰獨占鰲頭。慇懃文苑司衡者，莫使祥麟後馬牛。」是歲，文敏遂舉鄉試第一，聯中會試第三，廷試二甲第一。未幾，與夏同與機密云。

宣皇帝親御翰墨，作春山、竹石、牧牛三圖，題詩其上，裝潢成卷，以賜楊榮，榮奉和以進。御製春山圖詩曰：「東風濡墨樂天真，谷鳥林花入眼新。有客翫遊清適興，萬重淑景萬重春。」榮和詩曰：「畫裏雲山宛逼真，紫宸揮灑墨花新。微臣願效封人祝，聖壽如山萬歲春。」御製竹石圖詩曰：「朝罷怡情翰墨間，千尋雲骨萬琅玕。愛渠勁直堅貞操，幾度風霜共歲寒。」榮和詩曰：「植物紛紛著兩間，雲根新長碧琅玕。聖恩發育同天地，願秉堅剛獨耐寒。」

何文淵 字臣川，號純菴，永樂戊戌進士。後以景泰易儲，詔自盡。

宣德初，大臣薦諸知府九人，何文淵得温州，奉莫馳驛之任。未幾，政大治，刑清訟簡，至於鄰郡訟有不平亦赴訴焉。時屬邑永嘉百姓朱良觀兄弟爭財，訟于郡，文淵訊知其情，皆惑於婦言也。乃屬其鄉之耆老，立兩人庭下，以大誼開諭之，因援筆判其狀後，有「祇緣花底鶯聲巧，致使天邊雁影分」之句。良觀兄弟感泣伏謝，遂相敦睦。

江東朱原虛爲學究，有詩名，二弟在髫年，而父母死焉。原虛匿父所遺綾錦十餘篋，又逐二弟居外，流離不振。一日，鄰人降紫姑仙，原虛適在坐，乃請曰：「聞仙姑能詩，幸見教。」仙姑降筆曰：「何處西風夜捲霜？雁行中斷各悲凉。吳綾越錦成私篋，不及姜家布被香。」原虛得詩皇恐，乃召二弟還家，與之完娶，教之業儒。後二弟俱登科，典州郡。事原虛如事父焉。

宣德間，温州大旱，何文淵齋戒，禱于山川，泣拜移時，不能起。其禱詞有云：「薄壽請從今日止，甘霖望自九天來。」俄而黑雲四興，大雨如注，歲大熟。

宣德末，浙江布政使黃澤以何文淵治行聞於朝，禮部尚書胡濙薦公宜大用，擢刑部右侍郎。將赴召，温之官吏軍民累萬攀號，隔江居民數千，皆望舟拜泣而歸。公在温六年，無錙銖取於民，布衣蔬食，處之怡然，故去時詩云：「行囊不載温州物，惟有民情滿腹中。」民思之不已，爲立生祠，歲時祭祀。

吳訥

字敏德，常熟人，初爲太醫院醫士，用楊文貞荐，歷官都御史，謚文恪。吳中有夜航船，群坐多人，紛紛偶語，訥嘗談及淺學後進曰：「此韻府群玉秀才，好趁航船耳。」蓋言此輩破碎摘裂，秖足供談笑也。

吳思菴爲御史時，巡歷貴州回，三司遣人賫饋黃金百兩，追至夔州，思菴卻不受，就題其封上曰：「蕭蕭行李向東還，要過前途最險灘。若有贓私并土物，任教沉在碧波間。」

南京大理少卿長興楊公復，在京甚貧，家畜一豕，日命童子玄武湖壖採萍藻爲食，吴思菴時握都察院章，以其密邇廳事拒之。楊戲作小詩送云：「太平隄下後湖邊，不是君家祖上田。數點浮萍容不得，如何肚裏好撑船！」諺云：「宰相肚裏好撑船。」

陳繼字嗣初，人稱陳五經，姑蘇人。其父夢白衣觀音踊身虚空而繼生。楊文貞初不相識，惟於周文襄處見其一詩，遂薦之于孟賢。工書，有侍姬曰梅花居士，掌筆墨。

陳嗣初有題月下裁衣一絶云：「香幃風捲月團團，睡起裁衣思萬端。秋葉未紅金剪冷，玉門關外不勝寒。」

陳嗣初家居，有求見者稱林逋十世孫，以詩爲贄。嗣初與之坐，少選入内，出手一編，令其人讀之，則和靖傳也。讀至「和靖終身不娶，無子」，客默然。嗣初大笑，口占一絶以贈，云：「和靖先生不娶妻，如何後代有孫兒。想君自是閑花草，不是孤山梅樹枝。」客慚而退。近時宦遊于杭者，或妾或女死者，即葬林墓之先後。有人題壁云：「太乙宫前處士家，于今换作宫人斜。想因孤嶼人清絶，故使桃花犯命耶。」

張鐸 清江人。

宣德初，張侍御鐸督銀場於寧德，崇學校，禮師儒，嘗堂試諸生，作詩曰：「一鳥不鳴黌舍幽，東風簷外彩雲流。嚩枚多士胸襟壯，織錦何人手段優？應有長公當避舍，縱非釋子也低頭。六經仁義如周道，分付諸君莫浪求。」既試品高下，優獎賞，士皆爭奮。又建閣，修齋廡，鑄鐘鼎，造祭器，百度一新，時年甫二十四，少年有爲。寧人至今頌其功。

黄潤玉 字孟清，世爲鄞人。環四明皆山，而其南若金峨諸峰尤峻秀，先生樂之，故自號南山。

宣德間，黄潤玉與慈溪王來俱以教職同薦入憲臺，王巡按北直隸。時于少保謙任兵部侍郎，欲舉王自代，附書問消息，潤玉復詩云：「出處雖同調，暌離各一方。只因交最厚，常是念難忘。賈誼曾陳策，曹參解促裝。明年二三月，延佇看翱翔。」西楊先生甚奇此詩。王在職幾五年，陞山西參政。潤玉未滿六年，受敕任廣西督學僉事。常奏保明經章致和等六人，堪任教職，不報。作詩云：「意氣日相信，交游四十年。自甘楊炯後，誰意祖生先？散地宜藏拙，明時肯蔽賢。殷勤一封疏，消息意茫然。」

陳信 字履信，仁和人。

宣德間，陳信以推擇爲吏，陽武侯薛禄薦擢大理評事，尋以廉能陞蘇州府通判。蘇治煩劇，俗舊華靡，信裁剸無留事，而持以確守，民甚愛之。信嘗有公務之京，民有餽白金三百兩者，不受。尋乞致仕歸，經治所餞賮，俱不受。前所餽者，復持金懇納，信復卻之。行李蕭然，行路稱嘆，蘇人杜瓊贈以詩云：「南還依舊一寒氊，又卻吴民餽賮錢。任使此生貧到骨，只留清節與人傳。」

陳詢

陳詢忤權貴被謫，同僚送行，衆爲説令，陳循曰：「轟字三箇車，余斗字成斜。車車車，遠山寒山石逕斜。」高穀曰：「品字三箇口，水酉字成酒。口口口，勸君更盡一杯酒。」詢自言曰：「矗字三箇直，黑出字成黜。直直直，□焉往而不三黜。」

茂彪

宣、正間，有御史茂彪者，舌禿言澁，侍西班，有東班御史誤入西班，彪乃面糾曰：「臣是西班御史茂彪，有東班與臣一般御史，不合走入西班。」然「彪」言爲「包」，「班」言爲「邦」，滑稽者因其言爲一絶曰：「閶闔門開紫氣高，含香嘗得近神堯。東邦莫入西邦去，從此人人憚茂包。」時有鴻臚王少卿者善宣，玉音洪亮抑揚，殊聳觀聽，而其讀奏之際，必多吃誤，其貌美髯而禿項。朝士遂爲詩以嘲之曰：「傳制聲無敵，宣章字有訛。後邊頭髪少，前面口鬚多。」有使回，問京師新事，或誦此詩。問爲誰？其人遽曰：「此王少卿也。」

章孟端 常熟人。

章孟端，宣德間爲御史時，多所彈劾。正統初，權貴忌之，罷歸，京師士大夫以宋人贈唐子方「去國一身輕似葉，高名千古重如山」之句，分韻作詩送之，送者皆被遠謫。不數年，孟端諸子連中進士爲京官，同處一邸，書春題於壁曰：「四壁金華春宴罷，滿牀牙笏早朝歸。」人多羡之。

吴偉　江夏人，别號小仙，宣德朝入供奉仁智殿。其畫人物出自吴道子。傳偉法者平山張路最知名。

吴偉齠年，收養湖省布政錢昕家，侍其子於書齋中，便取筆畫地作人物山水之狀。弱冠居金陵，其畫遂入神品。未嘗究心吟詠，達所欲言，若有超悟。嘗題自畫騎驢圖云：「白髮一老子，騎驢去飲水。岸上蹄踏蹄，水中嘴對嘴。」

中山武寧王玄孫徐某，一日與吴小仙、孫院使宴飲，命吴畫女樂、諸子及孫、吴陪飲之圖，畫畢，徐喜曰：「惜欠風流題客。」過日，太常卿吕常見而題歌一篇，首曰：「吴生畫手稱奇絶，老我措大能評之。麗人舊讀少陵作，此樂獨謂君侯宜。」徐曰：「不必謏我，但要寫當日實事耳。」吕然後鋪叙家樂，援引故典，末云：「吴生吴生欲闡揚，自畫白皙君侯旁。如何更著孫思邈，中酒卻要千金方。」徐大笑曰：「是日果中酒也。」聞者絶倒。　嘉靖甲辰間，有方士居萬安太平寺中，短髮束鐵圈，跛足執拐以行，不言姓名，能畫山水人物類吴偉。嘗書所作除夕詩於壁曰：「長竿火炬照田場，山寨歸來興未闌。稚子送窮驚爆竹，驕妻學富出椒盤。江湖朋舊皆爲鬼，鄉里兒童半是官。少日壯心今未已，唾壺敲碎燭花殘。」觀詩意，斯人固嘗朋巨盗而亡命者也。

沈愚

字通理，崑山人。宣德間，與海寧蘇平等號十才子。

沈愚爲人風流藴藉，有續香奩四卷，蓋倣韓致堯之作。繡鞋一首曰：「幾日深閨繡得成？着來便覺可人情。一彎暖玉淩波小，兩瓣秋蓮落地輕。南陌踏青春有跡，西廂立月夜無聲。看花又濕蒼苔露，曬向窗前趁晚晴。」

蘇平詠豆腐云：「傳得淮南術最佳，皮膚褪盡見精華。一輪磨上流瓊液，百沸湯中滚雪花。瓦缶浸來蟾有影，金刀剖破玉無瑕。箇中滋味誰知得，多在僧家與道家。」

時又有陳體方以詩名吴中，有一妓黄秀雲好詩，謬謂體方曰：「吾必嫁君，然君家貧如此，肯爲詩百首贈我以爲聘資乎？」體方信之，爲賦至六十餘篇，情致清婉，傳誦詞林。然是妓性實黠慧，利於多得其詩而已，於體方本無意也。方體方之爲詩時，人多笑其老耄被詒而欣然，每談於人，以爲奇遇焉。體方每被人拉向壁作詩，必先索酒，時有美句。將死，頭戴野花，肩輿遍游田間，狂醉三日，乃捐世去。

堯山堂外紀卷八十三

國朝

于謙

字廷益，號節菴。其既殺也，夫人夢公謂曰：「吾被刑，魄雖殊，而魂不亂，獨雙目失明。吾借汝目光將見形于皇帝。」次日，夫人忽喪明。已而，奉天門災，英廟臨視，見公于火光中隱隱閃閃。時夫人方貶次山海關，復夢公曰：「吾已見形于皇帝矣，還汝目光。」未幾，有詔獨貸其夫人。後公家屬自戍所宥還。養子康將以公柩歸葬，徙倚東市，見鬻畫者，取視之，則公與夫人像也。蓋天順初，盧太監永亦以奸黨籍没，尋皆宥還，而内帑誤以公像給永所云。國朝有三謙，言高廟時余謙在翰林，宣廟時虞謙都御史，皆名人也。

于肅愍公少有大志，出語不凡，八九歲時，衣紅衣馳馬，有隣長呼其名戲之曰：「紅孩兒，騎馬遊街。」公應聲曰：「赤帝子，斬蛇當道。」聞者驚異。

于肅愍公幼時，其母梳其髮爲雙角，日遊鄉校，僧人蘭古春見之，戲曰：「牛頭喜得生龍角。」公即對曰：「狗口何曾出象牙。」僧已驚之。公回對母曰：「今不可梳雙髻矣。」他日，古春又過學館，見于梳成三角之髻，又戲曰：「三角如鼓架。」公又即對曰：

「一秃似擂槌。」古春遂語其師曰：「此兒救時之相也。」墓誌載古春爲此。

于肅愍公爲弟子員日，接巡按三司坐一寺中，有指殿中佛曰：「三尊大佛，坐獅坐象坐蓮花。可以爲對。」在座者曰：「可令小秀才對。」時于應聲曰：「一介書生，攀鳳攀龍攀桂子。」既對而出寺，衆軍官問：「何對？」于即曰：「兩衛小軍，偷狗偷雞偷莧菜。」一時絶倒。

于肅愍公爲諸生時，忽牕外有巨人持一扇乞詩，公醉中即揮筆書曰：「大造乾坤手，重扶社稷時。」其人大驚，悲躍而去，乃鬼也。所遺扇則蕉葉一片耳。

宣德初，于謙授監察御史，每奏對，上爲傾聽。五年，河南、山西大災，廷議大臣經理，上親署謙名，陞行在兵部右侍郎往，二省之民歡若更生。九載秩滿，始進左侍郎。先是，河南官吏入朝，率緦載香帕、磨菇以供交際。謙行一無所持，作詩云：「手帕磨菇與綫香，不資民用反爲殃。清風兩袖朝天去，免得閭閻話短長。」汴人至今誦之。少保高風大節，不在詞華，而其斷簡殘篇，得於煨燼之餘，往往膾炙人口。如：「剩喜門庭無賀客，絶勝厨傳有懸魚。」「謝客只容風入瓦，捲簾時放燕歸梁。」「亦知厚禄慙司馬，且守清齋學太常。」「蕭滿行囊君莫笑，獨留長劍倚青天。」「金鞍玉勒尋芳者，肯信吾廬别有春。」即此可以知其孤介絶俗之操。如：「香熱雕盤籠睡鴨，燈煇青瑣散棲鴉。」「風穿疎牖銀燈暗，月轉高城玉漏遲。」「岸幘耻爲寒士語，調羹不用腐儒酸。」即此可以知其經略閎典之才。如：「天外冥鴻何縹緲？雪中孤鶴太清癯。」「醉來掃地卧花影，閑處倚牕看藥方。」「渭水西風吹鶴髮，嚴灘孤月照羊裘。」即此可以知閑雅恬淡之思。其他忠直之氣，獎與古今，如詠蘇武則曰：「富貴儻來君莫問，丹心報國是男兒。」送人致仕則曰：「解組還鄉未白頭，身安意適更何求！」題十八學士圖則曰：「都將治世安民策，散作裁冰剪雪詞。」喜高僉憲病起則曰：「一團清氣難隨俗，百甕黄虀足養廉。」此皆直寫胸襟，不當以風雲月露比擬也。

景泰初，于肅愍公監修京城，見石灰，口占一絶云：「千槌萬鑿出深山，烈火叢中煉幾番。粉骨碎身都不顧，只留青白在人間。」後以冤被刑，此詩預爲之讖云。少保又題桑絶句云：「一年一度伐枝柯，萬木叢中苦最多。爲國爲民皆是汝，卻交桃李聽笙歌。」又題犬云：「護主有恩當食肉，卻啣枯骨惱饑腸。于今多少閒狼虎，無益於民盡食羊。」

于少保先娶董夫人卒，少保悼之詩云：「世緣情愛總成空，二十餘年一夢中。疏廣未能辭漢主，孟光先已棄梁鴻。燈昏羅幙通宵雨，花謝雕闌驀地風。欲覓音容在何處？九原無路辯西東。」

于司馬謙一日與俞司寇士悦偕其僚佐會坐，司寇侍郎戲司馬侍郎曰：「于公爲大司馬，公非少司驢乎？」司馬侍郎即應之曰：「俞公爲大司寇，公則少司賊也！」舉坐爲之絶倒。

王清 字一寧，濟寧衞指揮，有建櫜集行世。

王清慷慨多勇略，宣德間，率所部出喜峰口，及至鴛鴦海覘虜，累立奇功。曾有句云：「落日龍荒覘虜還，劍光直射斗牛寒。少年氣節應無敵，肯負平生一寸丹？」正統間，王清總督廣東軍務，廣賊黄蕭養劫鄉民叛，衆十餘萬圍攻廣州，清帥舟師赴援，至沙角尾，水淺舟膠，失利被執。賊素知清威望，不敢害。清投水不死，因寄衣還廣城中，大書詩云：「兩捧天書鎮百蠻，偶因兵敗不生還。飄零身世輕於葉，磊落襟懷重似山。半夜愁吟珠海寺，幾回夢墮鬼門關。憑君獨有衣相寄，爲我招魂宇宙間。」數日，賊擁清至城下，使諭衆開門降，清罵賊不絶，遂遇害。

郭登 字元登，鞏昌侯郭子興孫也。己巳之變，力守大同，大小十數戰，設飛天網、攪地龍等法，發其機，頃刻數里皆陷。

郭定襄謫甘日，岳季方繼至，相與甚驩。及岳取回京，郭送以詩曰：「蚤登黄閣贊經綸，欲報君恩敢愛身？青海四年羈旅客，白頭雙淚倚門親。嗚瑺又喜趨仙仗，補衮還思用舊臣。謾道歸來心便了，天涯多少未歸人。」

郭定襄哀征人詩曰：「天迷離路水嗚咽，戰馬無聲寶刀折。寃鬼慘酸啼夜月，青憐螢螢明又滅，照見征夫戰時血。」

郭登詠白梅云：「疎花莫道無顔色，占斷春風天下白。三生曾用紗香薰，風韻泠泠比冰雪。疎影横斜月滿枝，任教羌笛倚樓吹。歲寒自有心如鐵，戲蝶遊蜂恐未知。」其詠紅梅云：「萼緑仙人春睡足，朱顔暈酒香生玉。胭脂初染五銖衣，幾片湘雲紅映肉。紫府曾飡换骨丹，不愁冰雪透心寒。山桃野杏雖相似，别有調羹一味酸。」嘗有人召仙請作梅花詩，仙箕遂寫「玉質亭亭清且幽」，其人云：「要紅梅。」即承云：「着些顔色點枝頭。牧童睡起朦朧眼，錯認桃林去放牛。」又一箕題雞冠花詩「雞冠本是胭脂染」，其人云：「要白者。」即承云：「洗卻胭脂似雪妝。只爲五更貪報曉，至今猶帶一頭霜。」

郭登詠蠧魚絶句曰：「瑣瑣如何也賦形，雖無鱗甲有魚名。元來全不知文意，乾向書中過一生。」

尹昌　吉水人，行人司正。

正統己巳之變，尹昌扈駕北征，預知勢不可爲，賦詩十一首，有曰：「故人欲效新亭泣，羈客猶懷禮國憂。」又曰：「授命臨危非愛死，全軀避難是偷生。」尋自刎而死。英廟在虜廷時，閭省城元夕燈最盛，鰲山社廟皆有燈句。三司亦遊玩焉。有隱者題句云：「鰲山北聳今宵盛，龍駕公巡幾日還？」諸藩臬見之，皆掩泣而歸，不復出遊。

徐晞　江陰人，初爲郡吏，正統中，以郎中試兵部侍郎，鎮甘涼，累遷至兵部尚書。及爲殿試讀卷官，刻録惟書江陰人而已。

徐晞爲郡吏日，偶隨守步庭墀中，見一鹿伏地，守得句云：「屋北鹿獨宿。」晞應聲曰：「溪西雞齊啼。」守大驚異，遂不以常禮遇之。

徐晞既貴顯，乘傳歸里，守令率諸生郊迎，諸生以其不由科目，俱眇忽不成禮，郡守怒，因命諸生句云：「擘破石榴，紅門中許多酸子。」諸生久不能屬，晞代爲答云：「咬開銀杏，白衣裹一箇大人仁。」諸生驚服，遂相率請罪。

徐有貞 先名珵，以倡南遷之議，爲太監金英所鄙，乃更名有貞，至於于謙之死，人尤歸咎焉。

徐有貞年十二三，已能古文詞，始從吴公訥游，訥奇其材，祭酒胡儼有人倫鑒，訥進之儼所，請授進士業。適儼病卧，見之，令爲詩，公援筆立就云：「共喜斯文有主盟，諸生誰不仰儀刑。當時已見尊喬岳，後代應傳是列星。上報明君心獨赤，下延晚學眼能青。童蒙久抱相求志，請向賢關授一經。」儼見詩，不覺躍起繞床曰：「此鼎鉉器也。」遂以其業授之。

天順初，論復辟功，封徐有貞爲武功伯，賜鐵券。言者以券文出公自製，草授詞官，中有「纘禹」之語，禹爲天子，而有貞云「纘」，有不臣意；且上令自擇封，而武功定曹操始封，操後卒傾漢室，公出此，亦應有異懷。舉此爲公罪，遂安置金齒爲民。公行時，有詩云：「聖主憐予好遠遊，故教行樂過南州。誰言六詔非諸夏，也似三山與十洲。雪净瑶臺光見月，霜餘紅樹不知秋。閒心自覺功名淡，卻笑留侯勝酇侯。」

四明姚堂守蘇郡，被調鎮江，代之者爲林一鶚，徐武功送姚詩云：「袖歸白璧原無玷，移去寒梅不改香。」童謡亦有「雙木撑篙不如摇」之句。

徐武功晚年遊浪山水，嘗登靈巖，調水龍吟自慰云：「佳麗地是吾鄉，看西山更比東山好。有罨畫樓臺，金碧岩扉，彷彿十洲三島。卻也有風流安石，清貞逸少。向西施洞口，望湖亭畔，對雲影天光，上下相涵相照。似寶鏡裏，翠娥粧眼，且登臨、且談笑。眼前事、幾多堪吊。香徑蹤消，屧廊香杳，麋鹿還遊未了。也莫管、吴越興亡，爲他煩惱。是非顛倒，古與今一般難料。嘆宦海風波，幾人歸早，得在家中老？遇酒美花新，歌清舞紗，儘開懷抱。又何須較短量長，此生心應、自有天知道。醉呼童更進餘杯，便拚得到三更，乘月迴仙棹。」

徐武功又有登獅子山詩云：「麥黄天氣爽如秋，乘興聊爲岸嶼遊。香徑踏花來洞口，小舟送酒過溪頭。横塘樹色連龍塢，茂苑煙光接虎丘。絶勝竹林觴詠處，即今誰數晉風流。」

湯胤勣 字公讓，東甌王諸孫也。徐武功、李文達用事時，湯繪二公像，朝夕事之。李公遂有意引用，而武功知其人，止之。已，竟用爲將。湯每自誇：獨當邊方一面，必有可觀。及守邊，胡人突至，一箭中其兩腮而斃。時人遂傳曰：「湯一面，湯一箭。」

湯胤勣嘗有守宫詩：「誰解秦宫一粒丹，記時容易守時難。鴛鴦夢冷腸堪斷，蜥蜴魂消血未乾。榴子色分金釧曉，茜花光映玉韝寒。何時試捲香羅袖，笑語東君子細看。」時有知詩者曰：「此不減李商隱也。」

湯胤勣廳事春聯曰：「東坡居士休題杖，南谷先生且濫竽。」後堂曰：「片言曾折虜，一飯不忘君。」蓋東谷嘗從興濟伯、禮部尚書楊忠定公善奉迎鑾輿，故云。

鄒御史亮作三夸詩，其一言蘇平，其二言湯公子，曰：「湯家公子善夸詡，好似蜉蝣撼大樹。文章光燄萬丈長，卻説杜陵無好句。」其三言劉草牕。湯在江陰時，與劉欽謨同寓舍，有松陽學諭錢端學聞胤勣名，乃候拜之。坐定，端學屢質所爲詩，胤勣始曰：「可。」中而厭，終而勃然怒：「何絮絮如此！」端學踼蹐去。劉戲之曰：「向有人言公謂杜陵無好句。以今觀之果然。」胤勣曰：「吾詩正學杜，何嘗云杜無好句。若云學杜者無好句，則有之耳。」

劉欽謨在史館時，日請良醖酒一斗，然飲少，多有藏者，湯東谷從劉索之，詩曰：「兼旬無酒飲，詩腹半焦枯。聞有黄封在，何勞市上沽？」劉悉其所藏與之。欽謨名昌，以字行，平生所歷大都曰金臺，南都曰雨花臺，河南曰嵩臺，廣東曰瓊臺，蘇曰胥臺，故有五臺集。

湯胤勣爲參將守邊，突與胡戰，敗死。後數月，口外某驛，天色將暝，忽有兵官至，騶從甚盛，坐中堂，令免供具，第索筆硯燈燭，閉户而寢。明早，驛卒俟其起，開户寂然無人，但見壁間留詩，末有「血污游魂歸不得，當年空築望鄉臺」之句，始知爲胤勣云。

王偉 長沙人，永樂間，年十二，獻平胡頌，授翰林院秀才。

王偉爲郎官時，厭御史手本大書署名，口占貼之云：「諸葛大名垂宇宙，今人名大欲如何？雖于士體無妨碍，只恐文房費墨多。」諸司傳以爲笑，一時大書之風稍息。

景泰間，劉主靜陞洗馬，王偉時爲兵部侍郎，戲曰：「先生一日洗幾馬？」主靜應聲答曰：「大司馬洗得乾浄，少司馬尚不乾浄，我固當洗之。」衆聞之噱然。後主靜與李克述同陞庶子，劉宣化戲謂主靜曰：「衆人皆是假庶子，先生真庶子。」蓋主靜庶出，聞之默然，無以答。

韓雍 字永熙，吴縣人。父以閒右徙實京師，占籍宛平。劉儼榜進士，歷仕正統、成化間，官至右都御史。

天順中，寇都憲深視院篆，剛悻自用，馭其屬甚嚴。一日，歷事監生考勤，命題曰「道盛德至」。同列駭然，莫敢啓齒。雍時爲僉院，從容請曰：「題難作。若加一『善』字，庶易成文。」公欣然從之。

韓襄毅公巡江西日，方鞫死獄，忽誦句云：「水上凍冰冰積雪，雪上加霜。」久不能對，一囚曰：「囚冒死敢對。」公曰：「汝能對，貸汝死。」囚曰：「空中騰霧霧成雲，雲開見日。」公撫掌稱善，果爲減死。

韓襄毅公招友人賞雪不至，以詩促之云：「南征五載不見雪，今見江鄉臘雪飛。老我不禁清興發，故人何事賞心違？包含梅柳春無跡，照耀乾坤夜有輝。預想來遊須秉燭，瓊瑶還襯馬蹄歸。」

韓襄毅公與夏公塤飲，各出酒令，公欲一字内有大人小人，復以諺語二句證之，曰：「傘字有五人，下列衆小人，上侍一大人。所謂『有福之人人服事，無福之人服事人』。」夏云：「爽字有五人，旁列衆小人，中藏一大人。所謂『人前莫説人長短，始信人中更有人』。」有鎮邊都憲與兵官不合，都憲於酒席間出令云：「天上有天河，地下有蕭何。蕭何手裏持一本律，口稱犯法之事莫做，發病之物莫吃。」有所指於兵官也。兵官云：「天上有太陽，地下有張良。張良手裏持一把劍，口稱銅刀雖快，不斬無罪之人。」時一太監在坐，欲爲分解，即云：「天上有雲山，地下有寒山。寒山手裏持一把掃箒，口稱各人自掃門前雪，莫管他人瓦上霜。」遂一笑而散。

王越

字世昌，濬人。廷試時，風捲試卷飛揚空中，不知所之，竟以内閣别紙賜寫，後拜都御史。滅威寧海子，封威寧伯，人謂試卷飛揚之讖。

王威寧所作詩，皆粗豪震蕩如其人，嘗作雁門紀事一律曰：「雁門關外野人家，不養絲蠶不種麻。百里全無桑柘樹，三春那見杏桃花。簷前雨過皆成雪，塞上風來總是沙。説與江南人不信，只穿皮襖不穿紗。」人以爲曲盡大同風景。

定海沃太守泮，性褊急，宦路鮮合者。王襄敏公嘗爲詩規之，有云：「今日牧民當尚簡，此行聽訟貴從寬。黄堂正是三公路，莫負吾儒洗眼看。」沃公終不能用。晚年家居，猶指摘大臣過失訐奏，坐戍榆林，窮苦特甚，久之宥還。

王襄敏公有題四皓弈棋圖一絶云：「暴楚强秦一局收，不應末着又安劉。就中諸吕真勍敵，賴得旁觀有絳侯。」朱克粹亦有一絶云：「一局殘棋尚未終，白頭何事到青宫。可應千里冥飛翼，卻墮留侯智網中。」

王威寧尤善詞曲，嘗於行師時，見村婦便旋道傍，遂作塞鴻秋一曲：「緑楊深鎖誰家院？見一個女嬌娥，急走行方便。轉過粉墻來，就地金蓮，清泉一股流銀綫。衝破緑苔痕，滿地珍珠濺。不想墻兒外，馬兒上人瞧見。」

王威寧又作朝天子一曲云：「燒蘿蔔下茶，宰鴛鴦剁鮓，到惹得傍人駡。人人駡我是箇老庄家。我就裏，乾坤大。萬古千秋，一場閒話。説英雄都是假，你就笑我剌麻。你休説我哈沓，我做箇没用的神仙罷。」一日，忽思退休，賦詩云：「歸去來兮歸去來，千金難買釣魚臺。也知世事只如此，試問古人安在哉？緑醑有情憐我老，黄花無主爲誰開？平生事業心如火，一夜西風化作灰。」未幾，竟以事敗，徙陸安州安置。遂符「一夜化灰」之速、「黄花無主」之讖。當時翰苑有和云：「那有伊周事業來，恥隨郭隗上金臺。權謀術數何深也，局量規模莫少哉！半世功名如隙過，一場富貴似花開。于今門下三千士，一半寒心一半灰。」嘲王附汪直故云。時兵部尚書陳越，亦婿直。有中官阿丑者，善詼諧。一日，上前作汪持雙斧趨蹌而行。或問故，答曰：「吾將兵惟仗此兩鉞耳。」問鉞何名，曰：「王鉞陳鉞也。」上微哂焉。自此斥逐直輩。江西古諭蕭大山，好奇之士，名其堂曰「堂堂堂」，軒曰「軒軒軒」，亭曰「亭亭亭」。陳越經江西，蕭邀飲，偏歷亭館，以觀其扁。至一洞，因戲之曰：「此何不名曰『洞洞洞』。」蕭爲不懌。

堯山堂外紀卷八十四

國朝

劉溥

字原博，號草窗，長洲人。太醫吏目。與郭登、湯胤勣同稱「吟豪」。

劉原博八歲時，賦溝水詩云：「門前一溝水，日夜向東流。借問歸何處？滄溟是住頭。」後仕雖不甚顯，然卒以詩名。

劉草窗嘗爲藹窩詩，有「言今茫茫白雲老」之句，衆推其工。有謂：「雲者，聚散無常之物，豈得謂老？」草窗曰：「不聞『天若有情天亦老』乎？」其人辯不已，草窗怒曰：「不讀二萬卷書，看不得溥詩。」

劉欽謨在京師，嘗與湯胤勣同過劉草窗，胤勣沈禮甚恭，携八詩就評，草窗以手掩之，問：「何詩？」胤勣曰：「北京八景詩。」草窗曰：「比在當時，胡文穆公、楊文敏公、曾狀元、王侍講詩皆未易及。公所作能勝之則出，不然，不如已也。」胤勣曰：「第讀之。」

草窗爲讀一首，即以還曰：「不如多矣。」又言：「昨與揚帥作白鵲詩，殊不佳。我亦嘗作乃真邊將白鵲詩。如公之作，直學課詩耳。」草窗詩曰：「早隨金印出邊州，晚送懽聲入御樓。剪取白羅飛繡幕，旗竿十丈掛胡頭。」胤勣大稱服。

劉珏 字廷美，號完菴。景泰、天順間，爲吴中詩人之最，京師號爲劉八句。

劉廷美爲刑部主事居京師，與徐武功、劉原博諸公爲詩友，每相過，必談論達旦。嘗歲除，原博邀之守歲，廷美因挾所藏鍾馗畫像求題，原博遂援筆大書一詩於上。明旦持歸，縣之中堂。京師每正旦，主人皆出賀，惟置白紙簿并筆研於几，賀客至，書其名，無迎送也。是日朝罷，劉定之、黄廷臣兩學士首至，見此詩，各摘簿一葉録之去。朝士繼至者，皆摘録之。頃間，簿已盡矣。廷美晚回，索簿閲賀客以圖往報，家人告其故。明日，復置一簿，亦如之。中書舍人金本清戲謂廷美曰：「此鍾馗乃耗紙鬼也。」一時京師傳爲奇事。原博詩曰：「長空糊雲夜風起，不忿成群跳狂鬼。倒提三尺黄河冰，血灑蓮花舞秋水。飛螢負火明月羞，櫟窠影黑啼鵂鶹。綠袍烏帽逞行事，磔腦刳腸天亦愁。中有巨妖誅未得，盍駕飇輪驅霹靂。如何袖手便忘機，回首東方又生白。」

劉完菴薄于仕宦，年五十遂解組，時有憲臣索題牧牛圖，爲賦詩曰：「牧子驅牛去若飛，免教風雨濕蓑衣。回頭笑指桃林外，多少牧牛人未歸。」憲臣亦感泣掛冠去。

成化初，瓊臺邢公宥爲蘇守，以梅華求題，廷美賦絶句云：「歲寒相見在天涯，玉色珠光帶露華。笑殺玄都狂道士，種桃何不種梅華？」邢公得詩甚喜。後邢公以郡中久荒，陂蕩起稅，民心頗怨，有投詩刺之者曰：「量盡山田與水田，只留滄海與青天。漁舟若過閒洲渚，爲報沙鷗莫浪眠。」邢公聞之，以爲廷美所作，銜之。或勸往白，廷美曰：「彼奈我何？」後廷美卒，邢公弔祭皆不往，人多非之。

聶大年

號東軒，臨川人。通詩、書二經，篤意古文及唐人詩，書法李北海。

景泰間，聶大年用薦起爲仁和訓導，藩憲諸公與一時達官顯人過杭者，皆禮重之，其名傳於遐邇。癸酉歲，值大比，兩廣、湖湘、山西、雲南皆以交文來聘，大年以老而廢學，就辭以疾，兼以詩謝之云：「名藩較藝遺徵書，使者頻煩走傳車。老大難遵太行路，平生厭食武昌魚。五羊城古仙遊遠，八桂霜寒木落疎。寄與青雲舊知己，莫因辭賦薦相如。」卒就雲南之聘。

聶大年之掌教武林也，歷官九年，不以家眷自隨，嘗有答内子寄衣詩云：「山妻憐我舊蘇秦，寄得衣來穩稱身。落日故園歌白苧，秋風京洛染緇塵。同心意重思偕老，結髮情深不厭貧。萬里莫如歸去好，幾多衣錦夜行人。」又有諭兒輩詩云：「四兒五歲六兒三，莫與肥甘習口甜。清白家傳無我愧，詩書世業要人擔。三飡淡飯何須酒，一筯黄虀略用鹽。聞説有人曾餓死，算來原不爲官廉。」

聶大年在武林日，有二僧争住禪院，招而飲之。因贈詩曰：「蕭蕭落日下荒基，古殿淒凉白塔低。燕子不知身是客，秋風猶戀舊巢泥。」二僧慚愧罷去。

聶大年嘗賦卜算子二首，蓋自況也。辭云：「楊柳小蠻腰，慣逐東風舞。學得琵琶出教坊，不是商人婦。忙整玉搔頭，春笋纖纖露。老却江南杜牧之，懶爲秋娘賦。」「粉淚濕鮫銷，只恐郎情薄。夢到巫山第幾峰？酒醒燈花落。數日尚春寒，未把羅衣着。眉黛含顰爲阿誰？但悔從前錯。」馬浩瀾和云：「歌得雪兒歌，舞得霓裳舞。料想前身跨鳳儸，合作蕭郎婦。顔色雪中梅，淚點花梢露。雲雨巫山十二峰，未數高唐賦。」「花壓鬢雲低，風透羅衫薄。殘夢曹勝下翠樓，不覺金釵落。幾許別離愁，猶自思量着。欲寄蕭郎一紙書，又怕歸鴻錯。」

聶大年詩翰著名一時，而不得預京銜，或曰大年在錢唐時，嘗署桃符云：「文章高似翰林院，法度嚴如按察司。」以此見忤達官。天順初，被徵修史，竟以疾卒于京師旅邸。翰林諸生多惜不獲見者。時童大章在座，素善滑稽，因曰：「不必識其人，彼但多一耳，少一目而已。」衆爲鬨然。蓋大年姓聶，而眇一目也。

聶大年之被徵修史也，時朝廷鋭意俟書完日開館，諸閣老乘閒抵本院官怠緩，完期不可必，因各薦所知。於是，丁參議珵等皆被召。大年扶病入館，退食松林下，經宿而死。其中病如章主事諏，老如劉治中實。劉宣化先生因譏之曰：「生、老、病、死、苦，史館備矣。」一日，丁參議與宋尚賓懷尚氣失色，忿詈於館中，陳緝熙遽成一詩云：「參議丁公性大剛，宋卿淩慢亦難當。亂將毒手抛青史，故發傖言污玉堂。同輩有情難勸解，外郎無禮便傳揚。不知班馬韓歐輩，曾爲脩書鬧幾場？」明日，二人聞之，悔恨自解，謝曰：「毋更貽斯文咲也。」識者以是知此書畢竟無成。蓋執筆者多非其人也。

初，大年嘗言：「王抑菴冢宰求戴文進畫，十年不得。何如移十年求畫之心，求天下之才。」此言頗聞於抑菴。大年病不起乃使所親投詩于公，中二聯云：「鏡中白髮難饒我，湖上青山欲待誰？千里故人分橐少，百年公論蓋棺遲。」公得詩泣下，曰：「大年欲吾銘其墓耳。」明日，而大年卒。公爲墓誌。

劉泰　字士亨，錢唐人，號菊莊。景泰、天順間，隱居不仕，所著有菊莊、晚香諸集。

劉菊莊嘗次聶大年韻，題詩於南屏浄慈寺壁云：「步聯苔磴翠層層，方外幽尋我最能。虎熟不驚團社客，鷗閑常送過湖僧。支那踏徧無雙寺，臨濟傳來有一燈。話久頓忘饑渴想，詩懷清似玉壺冰。」時按察使泰和曾蒙簡見之，笑謂寮寀曰：「如此閒情，我輩不及也。」

劉士亨晚春漫興云：「單羅初試怯春風，金鴨香銷翠被空。江燕低翻三寸黑，海棠微褪一分紅。酒因睡淺醒難解，詩爲愁多句未工。晴日漸長兒女懶，鞦韆閒在曲欄東。」嘗自謂人曰：「此當與楊眉庵孟載頡頏也。」

劉士亨題芍藥云：「緑陰庭院已非春，紅芍翻堦露朵新。綽約嬌姿誰得似？天風吹下衛夫人。」其詠黄菊云：「芳叢燁燁殿秋光，嬌倚西風學道妝。一自義熙人採後，冷煙疎雨幾重陽？」其秋葵云：「露華燁燁照秋林，誰把紅芳暗傳金。白露不凋霜不剪，也知中有向陽心。」其墨菊云：「自是中黄第一家，雁來時節傲霜華。如何秋色無人管？移向龍香道士家。」士亨大書門曰：「老年賣詩爲業，求者當求善價。」卒無一人能承其意。劉菊莊與夏少卿善，人有問其姓字者，則答曰：「夏少卿之俗友。」更不言己姓。同時有沈循與都憲錢鉞有屬，人詢其不，亦曰：「錢員外是我外兄。」有好事者爲之語曰：「沈循只説錢員外，劉泰常稱夏少卿。」一時傳以爲笑。時有桂廷珪者，嘗館於錦衣門達家，刻私印曰：「錦衣西席。」又，松陵驛丞甘某，洗馬江朝宗之壻，亦有私印曰：「翰林東牀。」一時傳笑，以爲的對。

陸昂

字元偁，號清溪，與馬鶴牕洪偕出劉菊莊之門，而清溪得詩律，鶴牕得詞調，異體齊名。

陸元偁梅花絶句云：「春到南枝與北枝，花開的皪照寒漪。何人似解相憐意？不把東風玉笛吹。」

馬浩瀾著花影集，花影者，月下燈前，無中生有，以爲假則真，謂爲實猶涉虚也。其中秋鵲橋僊云：「不寒不暑，無風無雨，秋色平分佳節。桂花香散夜凉生，小樓上簾兒高揭。多愁多病，閒憂閒悶，緑鬢紛紛成雪。平生不作負恩人，惟負了今宵明月。」其落花滿庭芳云：「春老園林，雨餘庭院，偏惹蝶駭鶯猜。蔫紅皺白，狼藉滿蒼苔。正是愁腸欲斷，朱箔外，點點飄來。分明似，身輕飛燕，扶下避風臺。當初珍重意，金錢競買，玉砌新栽。更翠屏遮護，羯鼓催開。誰道天機繡錦，都化作，紫陌塵埃。紗牕裏，有人憐惜，無語托香腮。」

錢唐湖山之勝，以飛來峰爲最。馬鶴牕所居，去飛來峰不十里，以貧累，不能數往，因題詩曰：「飛來峰在脚跟頭，十五年間兩度遊。説與山靈應笑我，先生忙到幾時休？」

王澄 字天碧，號雪村，馬鶴窗詩友。

王雪村幼攻詩書。有趙法里甲，報吏名於有司，藩司因辭而怒焉，撥授處州府架閣庫役，不得已就之。一日，因題馬一絶云：「一日行千里，曾施汗血勞。不知天廐外，誰是九方臯？」書府門罘罳間。府主召而詢曰：「汝曾爲弟子員耶？」對以農民。太守駭而試以「南山晴雪」之題，雪村信筆呈云：「雪霽南山正坐衙，瑩然相對兩無瑕。瑞光曉布三千里，和氣春生百萬家。未可擁爐傾竹葉，且須呵筆詠梅花。豐年有象皆侯德，五袴歌謠偏海涯。」太守大喜，遂集府佐諸子弟而館之，命人代其吏事。一日，太守至館，見課簿有對曰：「三箇半鍾鍾半酒，一邊雙陸陸雙星。」因擊節嘆曰：「有才如此，不獲時位，豈非命乎！」自是日得親幸，名聞士夫。逮役滿歸杭，杭運使聞而請代文移，視太守尤敬之。自以出入公門不雅，堅辭以疾，日與文士往來於湖山云。嘉靖初，安仁湯賨初爲學吏，邑令洗汝實光數試諸生，學諭徐元稔每同試。一日，屬洗集試縣吏，徐命賨同試。洗命賦燭花詩，賨作絶句云：「淚滴銀檠雨。光摇綺席春。一朝懸要路，普照四方人。」洗驚異，疑其假手，命和一章，即占云：「心熱皆因火，花開不待春。自慚今寂寞，長伴讀書人。」洗大稱賞，縣吏皆閣筆，賨後官縣尉。

王雪村與馬鶴窗泛湖，雪村善召箕仙術，每吟詠有窘阻，則叩仙續之，仙箕常携以隨，鶴窗因請召之，箕既動，鶴窗問仙何名？即書云：「有事但問，問畢告名。」鶴窗曰：「有句云：『捧瑶觴南國佳人，一雙玉手。』久未有對。」即書云：「趺寶座西方大佛，丈六金身。」二人方驚愕，箕運如飛，復成一律云：「此地曾經歌舞來，風流回首即塵埃。王孫芳草爲誰緑？寒食梨花無主開。郎去排雲叫閶闔，妾今行雨在陽臺。衷情訴與遼東鶴，松柏西陵正可哀。」後書云錢唐蘇小小敬和鶴窗疇昔湖橋首唱。已而，箕寂然不動，二人相顧若失，稱嘆久之。

林玠 字廷珪，閩侯官人，領天順壬午鄉薦。

林玠與其弟瑭同赴會試，至鵝湖驛，玠得疾，瑭扶以歸，甫及門卒，其魂鬱不散，家人每接之夢寐，彷彿聞其聲迹，靈几間器物或自動。乃如紫姑神法置箕，布灰干几，箕輒自舉，遂令人扶之，箕運不休。就視，則皆詩文也。别父母有句云：「如今我已終天别，何計能酬寸草心。」别兄弟云：「鴻雁層雲憐隻影，池塘芳草憶殘春。」别妻云：「寄言與爾無他説，節義冰霜不可虚。」賦書樓極目云：「清風摇動硯池雲，飛鴻點破江山影。」觀蓮云：「呼童泛美酒，對此紅芳傾。若人已僊去，此花空自馨。」作文贈序凡七十餘首，家人次以成編，自名之曰靜庵遺玉。初箕動成文之時，親友臨者，毛髮竦豎。久之，則答問如平生矣。如是年餘乃已。瑭後爲御史，提學南畿，語人如此。

張錫 字天錫，號海觀，錢唐人。領天順壬午鄉薦，授山陰縣教諭，作文極敏捷，而用事多出杜撰，人有質之者，則高聲應曰：「出太平廣記。」蓋其書世所罕也。

張天錫才華灑落，跌宕不羈。不經意語，往往動人。一日與客遊湖，客指魚叢索賦，天錫應聲曰：「誤入在泥沙，青山是故家。無心棲燕雀，有意戀魚蝦。春到萍爲葉，冬來雪作花。莫教張子見，錯認是僊槎。」

張天錫所居爲回禄所燬，作四六短疏以干知識，有云：「秃和尚只化凡夫，老癡儒惟求達士。曾聞晉將軍爲戴逵造室，頗極富饒；宋丞相爲康節買居，務期寬廣。何昔賢之好事，豈今日之無人。敢希輪奐之維新，聊冀土茨之苟合。使我春誦夏絃，勝彼朝鐘暮鼓。貯清風明月於無窮，藏奇書異畫於不朽。是所望也。惟善圖之。」不數月，而新居落成，所構有望海亭、見山樓、育奐軒等數十間。

錢唐俞鳴玉珩，杭州前衛軍餘也，善詩字，多辯才，然其性狙獪貪侈。弘治初，投身爲鎮守内官張慶掾史，遂虎而翼，起家巨富。其末爲掾史時，亦欲如富貴相。張海觀作詩譏云：「輕羅細葛稱身裁，今恐無憑換得來。莫道此人窮盡了，出門還要轎兒擡。」時金陵陳棨知仁和，爲適虎爲害，命獵人捕得之，縉紳多賦詩歌册帙以贈，珩賦一詩云：「虎告相公聽我歌，相公比我食人多。相公若肯行仁政，我自雙雙去渡河。」張慶兄弟三人，皆爲宦寺，親幸用事，勢張甚。珩爲慶所親任，假其威，故敢爲此言。張慶死，外臺治珩罪，謫嶺南，戍海邊。初珩嘗至海寧，適有人爲子行賄得中鄉試者，會試卒於道。珩爲詩吊之云：「門外長旛百尺高，昔人曾此逞英豪。黄金散盡買科舉，不見賢郎着紫袍。」

沈宣　字明德，與張天錫齊名，後應貢，授安慶府訓導。

沈明德在庠時，嗜酒能文，尤工于詩畫，一時當道重之。嘗以課試不完，董學憲副吴原明因其疎于經學，且重聽，命賦耳聾詩，因草書「聾」字于水板，沈望見「耳」脚帶長，以爲「打」字，亟奔去。復召喻以作詩，遂口占云：「紅塵飛滿舊青衫，貧病年來笑更兼。四十無聞聾亦順，半生多事老何堪！山蟬一任鳴方歇，穴蟻從教鬭正酣。兀坐無言心似水，對人袖手倦清談。」

沈明德嘗有詩詠蟹云：「郭索横行逸氣豪，秋來興未滿江皋。玉缸十斛酴醾酒，不待先生賦老饕。」頗豪俊可愛。劉邦彦嘗爲題畫，有云：「雪消岳色露真容，澗道奔泉走玉龍。千仞高寒凝不動，行人知是丈人峰。」

劉英　字邦彦，號賓山，沈明德壻也。

劉邦彦有上元五夜觀燈詩，十三夜云：「近喜元宵雪更晴，千門翠竹結高棚。珠簾半捲月將圓，玉指初調未合笙。新放華燈連九陌，舊傳金鑰啓重城。少年結伴嬉遊去，遮莫雞聲下五更。」十四夜云：「燈光漸比夜來饒，人海魚龍混暮潮。月照梅花青瑣闥，煙籠楊柳赤闌橋。鈿車過去拋珠果，寶騎重來聽玉簫。共約更深歸及早，大家明日看通宵。」十五夜云：「一派春聲送管絃，九衢燈燭上薰天。風回鰲背星毬亂，雲散魚鱗碧月圓。逐隊馬翻塵似海，踏歌人盼夜如年。歸遲不屬金吾禁，爭覓遺簪與墜鈿。」十六夜云：「次第看燈俗舊傳，寶箏重按十三絃。人心未必今宵絕，兔魄還如昨夜圓。尚覺繁華誇樂土，何須廣樂聽鈞天。追歡獨羨兒童健，靜對梅花憶往年。」十七夜云：「繡簾窣地護輕寒，明月來遲鳳蠟殘。風掃煙花春爛熳，雲沉星斗夜闌珊。醉敲馬鐙還家去，誰抱龍香隔院彈？試看燒燈如白日，鰲山無影海漫漫。」

劉邦彦暮春陪陳太常西湖宴集詩云：「六橋柳色翠迷津，畫舫移遲送酒頻。醉眼不知三月暮，賞心又度一年春。鶯諧急管催歌板，燕蹴輕花墮舞裀。年少莫將行樂悮，座中半是白頭人。」又載酒過湖詩云：「寒食清明次第來，紫苞紅蕚裏池臺。東風似與人商略，最好花教最後開。」

周鳳 字岐鳳，江陰之青陽人。

周岐鳳性敏絶倫，亦諳邪術，肆爲奸淫，以故不齒於人。後坐事亡命，日無定居。嘗抵蘇，蘇人錢曄投以詩曰：「琴劍飄零西復東，舊遊清興幾時同？一身作客如張儉，四海何人是孔融。野寺鶯花春對酒，河橋風雨夜推篷。機心盡屬東流水，惟有家山在夢中。」岐鳳得詩大慟，後入都，圖自直，竟病死邸中。曄亦豪黠，以貲爲都司經歷。鄉人訟其不法，知府楊貢執而罪之，曄多所囑託，反訐奏貢罪，錦衣官校奉命與巡撫崔都憲恭同訊。有旨以同寮不和，俱黜爲民。曄本一富民，第以貲得冠帶，與貢並無寮友之義。命下之日，人無不驚謬。

周岐鳳死後，三吴間有召僊者，周忽至，運箕如飛，頃刻數百言，往往奇中，有詩云：「長安萬里月，杜陵三月春。一茗一罏香，清風來故人。」又云：「海外獨身遊，風雲際會秋。我傳靈德去，仗劍鬼神愁。」書其後曰：「設茗與香誦此詩，吾即至。」後試之，信然。

淞江守私廨失金首飾，請仙問之，則大書四句云：「久旱逢甘雨，他鄉遇故知。洞房花燭夜，金榜掛名時。」求釋其意，不答。請書名，乃書曰周岐鳳。守不悦，以爲鬼語不足憑。間爲一學官言之，對曰：「此世俗所傳四喜詩耳。」守愕然，曰：「吾家有小女奴，實名四喜，得無是乎？」執而訊之，物果爲所竊，猶藏廨後灰中。乃悟前語。

翟永齡

號海槎，武進人。滑稽多端，儕輩無不受其侮謔者。

翟永齡與陸廉伯並以才學馳名，後陸發解而翟名最後，以書柬所親曰：「至矣盡矣，方知小子之名；顛之倒之，反在諸公之上。」蓋以自嘲因嘲陸云。翟赴試南京，患無貲，乃買乾棗數十斤，每至市墟，則泊舟呼群兒至，兒與一掬棗，教之曰：「不要輕，不要輕，今年解元翟永齡。」自常州至丹陽，民謠載道，聞者爭覓其旅訪之，大獲贐利。

翟永齡平日不詣學宮，教官責之，罰論一篇，以「牛何之」命題，翟操筆立就，結語云：「考『何之』二字，兩見於孟子之書：一曰『先生將何之』。一曰『牛何之』。先生也，牛也。一而二，二而一者也。」教官一笑而罷。

翟永齡偶過靖江，人咸以相公稱之，時有一吏在坐，亦稱相公，翟意謂人不加敬。後有出扇求詩者，此吏捉筆竟題於前，次至永齡，故爲不能之狀，題曰：「山不山，水不水，一片板上兩箇鬼。扇景一船二人，一吹笛，一摇櫓。一個吹火通，一個摇大櫓，嚇得雞婆飛上天。扇上畫雁。世間名畫見萬千，不知此畫出何譜。」詢知海槎，衆人甚赧。

靖江人言語，俗謂之沙骨碌。翟海槎詩曰：「馬洲風景亦不俗，依舊桃紅併柳緑。林間好鳥樹頭啼，聲聲只叫骨碌碌。」靖江本江陰之馬馱沙也，天順間始設縣。有郭某知縣事，題謁客所送扇轉贈之云：「馬馱沙上縣新開，城郭民稀半草萊。寄與江南諸子弟，秋風切莫過江來。」今人干謁者謂「打秋風」，故云。

有髹匠求翟海槎題春聯，翟改「陽春布德澤」云：「陽春生德澤，萬物布光輝。」「布光輝」者，布光灰也。一時哄然。

翟海槎自嘆曰：「人生七十古稀有，處世誰能得長久？光陰恰似過隙駒，緑鬢看看成白首。積金過斗皆是閒，幾人買斷鬼門關。不將歌舞送樽酒，徒廢鉛汞燒金丹。白日飛昇無此理，畢竟有生還有死。眼前富貴一枰棊，身後功名半張紙。古稱彭祖壽最多，八百歲後還如何？勸君有酒舞且歌，窮通壽夭皆由它。」

馮徽

勸學詩有：「少小須勤學，文章可立身。滿朝朱紫貴，盡是讀書人。」成化間，馮御史徽以事謫戍，馮易前詩云：「少小休勤學，文章悮了身。遼東三萬衛，盡是讀書人。」

沈質

字文卿，號玄谷，居太倉。

沈文卿家甚貧，以授徒爲生。一夕，寒不成寐，穿窬者穿其壁，文卿知之，口占云：「風寒月黑夜迢迢，辜負勞心此一遭。架上古書三四束，也堪將去教兒曹。」穿壁者一笑而去。

堯山堂外紀卷八十五

國朝

施槃

字宗銘，蘇之東洞庭山人。正統戊午，吴縣學池蓮一莖三花，巡撫周公忱見之曰：「行有當之者。」明年，槃以縣學生狀元及第，年纔二十餘。時皆以「洛陽年少」遇之，公卿争前席。亡何遽卒。

施槃少有奇質，其父携之商山陽主富人羅鐸家。有張都憲者來飲，鐸命其子與槃偕出見，都憲令屬對，曰：「新月如弓，殘月如弓，上弦弓，下弦弓。」槃應曰：「朝霞似錦，晚霞似錦，東川錦，西川錦。」都憲異之，謂鐸曰：「有資如此，何不成之？」鐸即俾與子同學，給其貲費，業成還鄉，久之登薦魁天下，時年二十三。

施槃嘗詠蝴蝶云：「莫怪風前多落魄，三春應作探花郎。」赴會試留别云：「紅雲紫霧三千里，黄卷青燈十二時。」恩榮宴賦詩曰：「千里觀光我獨行，辭親無奈惜離情。玉堂未擬登三輔，金榜先叨第一名。麟鳳騈臻欣道泰，車書混一仰文明。太平天子恩如海，虎嘯龍吟會匪輕。」

張和　字節之，號篠庵，崑山人，施槃榜進士。既仕猶學，讀漢書必三十遍。

張篠庵初登第，施狀元一日出釋老侮孔子圖，即口占云：「釋老倡狂侮大儒，書生爲爾發長吁。不知過宋圍匡日，還似于今畫裏無。」又曰：「拂鬚揮鼻彼何人？放誕能無愧此身。名教萬年齊日月，須知魯國一儒真。」

張篠庵眇一目，嘗贊千眼觀音云：「汝有千目，衆皆了了。我有雙目，一明一眇。多者忒多，少者忒少。」

宣城湛銓構南山清隱，張篠庵贈詩曰：「遁跡甘從鹿豕群，南山深處隔囂氛。屋前流水連青嶂，堦下寒松護白雲。栗里自蒭元亮酒，草堂不辱穉珪文。紛紛車馬塵中客，高節能無愧隱君。」

天順間，張節之官浙江憲副時，寵妾新亡，有悼詩云：「桃葉歌殘思不勝，西風吹淚結紅冰。樂天老去風流減，子野歸來感慨增。花逐水流春不管，雨隨雲散事難憑。夜來書館寒威重，誰送薰香半臂綾。」

林聰 字季聰，閩寧德人。施槃榜進士。

林莊敏公九歲時，邑宰包姓者謁其尊翁梅所先生，公侍側，有白犬在門，顧梅所，包曰：「公子能對乎？」梅所曰：「頗能。」包出句云：「白犬當門，兩眼睜睜惟顧主。」公應聲曰：「黄蜂出洞，一心耿耿只隨王。」包嘆異曰：「公輔之器也。」

林莊敏公初爲給事中，以言謫國子學正，嘗坐率性堂，有書懷詩，曰：「東風吹雪弄餘寒，樸棫歌來興未闌。聖世誰云輕冷職，菲材元不稱言官。蠹芸香煖圖書靜，爐篆煙銷午漏殘。自笑此身宜懶散，敝冠塵土不須彈。」

成化間，林莊敏公爲司寇。一日，與陝西楊司馬鼎會坐，林戲曰：「胡兒十歲能騎馬。」蓋楊多鬚而年少之故。楊遽答曰：「獺子三年不似人。」林在位已久，而閩地有獺也。

劉儼 字宣化，號時雨，吉水人。

正統七年，廷試進士姚夔等百五十人，劉儼擢第一。有邵進者在甲尾，劉嘗致柬于邵，自稱爲年末，或謂邵云：「劉公笑子殿甲尾，故云然。」邵怒曰：「狀元不是工夫上人做。我見劉必辱之。」笑而解之以詩，云：「狀元本是龍頭選，龍尾分明屬邵卿。龍尾棹時天必雨，龍頭未必敢相輕。」邵聞之亦解顔。

姚夔

字大章，浙桐廬人。正統中鄉、會試，皆第一。國朝謚法，出自翰林者得謚曰「文」。若魏驥謚文靖，葉盛謚文莊，吳訥謚文恪，夔謚文敏，皆不由翰林。

本朝開科取士，京畿與各布政司鄉試在子、卯、午、酉年秋八月，禮部會試在丑、辰、未、戌年春二月，蓋定規也。洪武癸未，太宗渡江，天順癸未，貢院火。皆以其年八月會試，明年三月殿試，於是二次有甲申科。貢院火時，舉人死者九十餘人，蘇州奚昌元啓爲詩云：「回禄如何也忌才，春風散作禮闈災。碧桃難向天邊種，丹桂翻從火裏開。豪氣滿場争吐焰，壯心一夜盡成灰。曲江勝事今何在？白骨稜稜漫作堆。」是年姚夔爲知貢舉官，自謂不能致防，殃及賢俊，請諭祭于郊。祭時，夔伏地慟哭，觀者以萬數，哀震數里。時御史焦顯爲監臨官，火起，顯鎖其門，不容出入，致死者藉藉。後人詩云：「先兆或從焦御史，未然奎焰可爲災。」奚昌弱冠領鄉薦，負重名。一日，游金陵，少宗伯倪公克讓適生子，設湯餅會，元啓與焉，賀以詩。所生子即大宗伯舜咨也。後元啓蹭蹬禮闈三十年，至宗伯爲翰林編修佐試，始獲一第，因題其坊曰老桂。

舊制，學校生員，廩膳有額，增廣無額，故名之。增廣亦有額，自宣德四年始。至景泰元年，照舊無額。後成化三年又額。時京師語曰：「和尚普度，秀才拘數。禮部姚夔，顛覆國祚。」不得已，又附學之名立焉。

周洪謨

字堯佐，四川長寧人。商輅榜第二，初鄉試以減場，中解元。減場者，頭場止經書義五篇。國初舊制也。

周文安公赴公車日，舟泊邗江，夜見一異人謂曰：「吾子前身也。前程萬里，終身清要。」公問：「子何人？」曰：「吾友鶴山人也，姓丁，家維揚。」及公官南京翰林，以詩試維揚太守三原王侯恕曰：「生死輪迴事杳冥，前身幻出鶴仙靈。當年一覺揚州夢，華表歸來又姓丁。」侯得詩甚訝，集郡中耆者詢之，羅文節曰：「友鶴山人名鶴年，吾友丁宗啓之父。父官武昌，遂家焉。伯氏登進士者三人，友鶴獨恬然布素，以詩名家。元末隱處，至建文元年没于成都。以儒雅重于藩王，有德人也。」侯即以此復公，世以爲異，如羊祜、房琯之事云。

卞榮　字華伯，江陰人，商輅榜進士。善畫，世所珍卞郎中山水是也。

卞郎中榮，姚御史綬，皆一時詩人，嘗集古句聯老妓詩云：「天涯歸計欲如何？記得雲間第一歌。氣力已無心尚在，鬢毛白盡興還多。池邊命酒憐風雨，洞口經春長薜蘿。留得舊時殘錦在，往來星騎一相過。」

卞户部未第時，一日過常熟，聞錢允暉曄詩名，往謁之，二公未嘗會晤，卞及門，與閽者曰：「可語汝主，詩人特相訪。」錢訝何人自負如此，適讌客有妓，錢令僕者出語之曰：「若賦贈妓詩一絶方接見，仍以『艎、降、湘』爲韻。」卞不搆思，一揮而就，詩曰：「琵琶斜抱出艅艎，貌與荷花兩不降。今夜彩雲何處宿？空留明月照瀟湘。」允暉見詩，嘆服不已，倒屣迎入，遂定交焉。

卞榮在某閣老坐，適外報某廷試首選矣。閣老曰：「狀元卻是瞌睡漢。」卞答曰：「宰相須用讀書人。」蓋諷之也。

岳正

字季方，號蒙泉，順天漷縣人。正統戊辰會試，考官誤置落卷，侍講杜寧取第一。廷試前一月，上夢儒、釋、道三人來見。至揭曉，狀元彭時，由儒士；榜眼陳鑑幼曾爲神樂觀道童；正爲探花，幼曾爲慶壽寺書記云。

天順初，岳季方自翰林入閣，英廟深所眷注。後爲曹、石所嫉，謫欽州同知。瀕行，親交無敢送者，欽天監漏刻博士馬軾餞以詩曰：「灤江江上水悠悠，送客江邊莫上樓。五嶺瘴高煙蔽日，兩孤雲濕雨鳴秋。豐城劍氣東南起，合浦珠光晝夜浮。祭罷鱷魚歸去晚，刺桐花外月如鈎。」季方宿張家灣舟中，用韻賦和曰：「被罪承恩嶺外遊，思鄉何處仲宣樓？風霜萬里蠻荒夜，煙雨三江澤國秋。不信功名成夢覺，蚤聞富貴等雲浮。令人卻羨桐江叟，長擁羊裘把釣鈎。」

岳季方將赴欽州，道漷縣，以母老留閱月，爲曹、石黨所訐，逮繫錦衣衛獄，拷掠備至，謫戍甘肅。有自京師來者，傳天語於甘曰：「岳正倒好，只是大膽。」或以賀岳曰：「上念公如此，行召公矣。」曹生爲寫容，遂隱括其辭題于上云：「岳正倒好，只是大膽。惟帝念哉，必當有感。如或赦汝，再敢不敢？臣嘗聞大人之言，蓋將之死而靡憾也。」

公性不能容人，或謂公曰：「不聞宰相腹中撑舟乎？」曰：「順撑來可容，使縱横來，安容得耶！」

成化初，有忌岳正者，僞爲正劾内閣李賢疏草，賢銜之。會部院大臣薦正宜大用，賢乃假歷練之説，票旨陞知興化府。命下，有以濯足圖求題者，正感而有作曰：「踏遍天涯兩足存，西馳未定又南奔。人間有水皆堪濯，何必滄浪一段渾。」

岳季方在興化，有燕臺懷古一律，云：「督亢陂荒蔓草生，廣陽宫廢故城平。秋風易水人何在？午夜蘆溝月自明。召伯封疆經幾换？荆卿事業尚虚名。黄金不置高臺上，似怪年來士價輕。」

岳蒙泉有古樂府一闋：「短短床，太跼促。徒能坦郎腹，未得展郎足。縱郎有意爲合歡，床短安能薦郎宿。」「太跼促，短短床。流蘇苦不長，蘭麝無馨香。郎欲招妾妾不來，可憐春色空輝光。」

柯潛　字孟時，别號竹嵒。景泰辛未狀元。聞翰林有亭一區曰柯亭，有柏二株曰柯學士柏。

杭州徐童子霖，五六歲精於書法，柯學士潛贈詩云：「徐家之子真奇絶，風骨自與凡人别。神駒矯矯步天衢，雛鳳翩翩出丹穴。前身可是張文舒，不然年纔五六那能書。當筵握筆不停手，驚風颯颯蛟龍走。掃盡鸞箋三百張，鐵畫銀鉤大如斗。君不見，東隣老翁生一子，癡絶無才事紈綺。從來紙筆不相親，見此奇才應愧死！」成化初，兵書王竑致仕歸河州，柯學士潛有詩送之，末云：「不知白髮隆鍾者，猶踏清霜候早朝。」吏書王翱見之曰：「柯君此詩蓋謂我也。」

陸杲

字孟昭，蘇之太倉人，柯潛榜進士。倜儻好客，時人擬爲鄭當時、陳孟公。

陸杲爲刑部郎中，嘗往一朝士家，駕牛，投刺不書名，惟云「東海釣鰲客過」。朝士歸見之，知爲杲也。亦遞一帖，云「西番進象人來」。蓋杲黑面白齒，人皆嘲爲象奴云。杲與麗水金文，二人皆景泰二年進士，善戲謔，文嘗嘲杲曰：「黑象口中含玉齒。」杲應聲曰：「烏龜背上嵌金文。」又聞一朝士麻臉鬍鬚，一朝士面歪而眇一目。眇士戲麻士云：「麻臉鬍鬚羊肚石，倒栽蒲草。」麻士答云：「歪腮白眼海螺杯，斜嵌珍珠。」衆爲之絶倒。

陸杲自以歷任年深，當有不次之擢。道逢刑部尚書陸公瑜、大理卿王公槩乘肩輿，因避馬，即爲口號云：「陸老前頭去，王公逐後來。明年二三月，也有轎兒擡。」諸公聞而惡之，遂有福建參政之擬。杲行，寮寀餞之，對衆朗吟云：「非是區區欲大參，奈因兩鬢雪毿毿。諸公側耳朝端聽，一道清風振斗南。」後又寄詩京師諸故舊云：「再三上覆衆哥哥，人事無多没奈何。只有新書并手帕，並無段疋與紗羅。」聞者益怒，遂不復進云。

陸孟昭居郎署時，好結納四方，邸第外隙地搆屋數間，扁曰清風館，朝士迎送，必假之爲宴樂，孟昭復益以餚酒，不惜所費。一日，風雨大作，平地水深三尺，館爲之傾，客有戲之者，云：「昨日清風館，今朝白水村。」水退，孟昭復新之，方落成，已擢閩省藩參，其居轉與侍郎滕某，滕蓋白水村人。一時戲語，遂成讖云。

彭華安福人。景泰五年會元，是科狀元孫賢，河南人，榜眼徐溥，宜興人，探花徐鎋，武進人。賢面黑，溥面白，鎋面黄，時謂鐵狀元、銀榜眼、金探花。

景泰甲戌，選進士十八人改翰林庶吉士，入館脩寰宇通志，書成授官。首則丘文莊公濬，次則彭學士華、尹學士直，俱編脩，而牛綸以太監玉姪，亦與焉。脩書兼攻課業，惟此科爲然。彭長於絶句，詠陶淵明云：「解印歸來雪鬢飄，呼童滴露寫前朝。丁寧莫取江頭水，恐是金陵一夜潮。」題王明妃云：「抱得琵琶不忍彈，胡沙獵獵雪漫漫。曉來馬上寒如許，信是將軍出塞難。」

鄭文康

崑山人，生有疾，第後不受職，歸卧山林，清望聳然。

天順初，有歐御史者考選學校士，去留多不公，富室子弟懼黜者，或以賄免。鄭文康送一被黜生詩篇，末云：「王嬙本是傾城色，愛惜黄金自悞身。」時有被黜者，相率鳴訴于巡撫曹州李公秉，公不爲理。未幾，李得代，順德崔公恭繼之。諸生復往訴，公一一親試之，取其可者檄送入學。不數年，有中鄉試者，有登進士第者。

黎淳

字太樸，號樸庵，岳之華容人。

天順丁丑，黎淳會試入京，已二月四日矣。禮部主司嫌其遲至，拒之曰：「少汝作狀元邪！」淳應聲曰：「此亦在吾輩也。」至邸，見壁題畫有云：「昨夜簷前乾鵲噪，聲聲報道狀元來。」已而果舉第一。

黎淳性淳厚，不事遊冶，自言絶跡青樓，同輩欲戲之，使人先約妓曰：「若遇吾輩同行，爾可呼黎淳，吾輩當至也。」一日，相邀過之，見一妓以手招呼曰：「黎淳，黎淳。」諸友哄然排之，淳不與辯，即口占曰：「十里紅樓五里程，忽聞花底唤黎淳。狀元本是天生定，故遣嫦娥報姓名。」雖談笑中，其自負如此。

陸釴 字鼎儀，號靜逸，崑山人，與張滄洲同年進士。張名泰，字亨父，尤長於詩。

天順癸未，崑山陸文量會試寓京邸，戲爲魁星圖，左手握筆一枝，右手握錙一錠，取必定意。文量題其上云：「天門之下，有鬼踢斗。癸未之魁，必定入手。」貼於坐壁，亡何失去。時陸鼎儀寓友人温秉中家，出以爲玩，文量爲之惘然。問所從來？云：「昨日倚門，一兒持此示，我以果易之。」文量默以爲吾二人得失之兆矣。未幾，鼎儀中第一名，文量下第。

陸靜逸嘗對景試張滄洲云：「楊柳花飛平地上，滚將春去。」滄洲應聲答云：「梧桐葉落半空中，撇下秋來。」

陸鼎儀、張亨父同在翰林日，招李西涯、謝方石不赴，聯句柬之，李倡云：「月白庭空樹影寒。」謝云：「禁林高處有棲鸞。一枝自分鷦鷯足，」李云：「兩地休憐羽翼單。東壁往年詩在否？」謝云：「西堂深夜夢回難。懷人豈必仍千里，」李云：「幾度書來墨未乾。」

羅璟　字明仲，號冰玉，泰和人，天順甲申探花。

羅璟自習舉子業至登科，不知何謂之詩。後考庶吉士，學士試以秋宮怨，默然無以答，遍問同考者，同考對以韻脚、起結、聯對如此。然後即作一詩云：「獨倚欄杆強笑歌，香肌消瘦怯春羅。羞將舊恨題紅葉，添得新愁上翠娥。雨過玉階秋色浄，月明青瑣夜凉多。平生不識春風面，天地無情奈老何！」主試皆語之曰：「爾後必能詩。」已而果然。

羅明仲爲福建提學日，同年謝方石、李西涯忽憶念之，因聯句以寄，謝倡云：「落落平生幾憶君，」李云：「舊遊風月尚朝曛。詩豪慣作分壇戰，」謝云：「談洶真疑隔坐聞。人道越閩今闕里，」李云：「天教房杜出河汾。詞林好是優閒地，」謝云：「白髮休看鏡裏勳。」

山陰司馬通伯亜，乃羅永玉春闈所取士也，同爲閩臬副使。一日，偶並坐，羅貽詩云：「歲在壬辰春試勞，至今朝著列英豪。此行亦有堪誇處，座主門生相並高。」司馬遂爲肉袒。

堯山堂外紀卷八十六

國朝

程信

字彥實。世居徽之休寧，敏政學士之父，劉儼榜進士，號晴洲釣者。

程襄毅公參贊南都日，左璫安寧時爲守備，燕公設席，中爲己坐而以公位其下，公心不平。蓋中官雖爲主，亦居首席，六卿而下，皆列坐焉。公戲爲一絶云：「主人首席客居旁，此理分明大不祥。若使周公來守備，定因屋上放交床。」安見詩，遂分賓主。

李西涯爲程襄毅公賦晴洲釣者曰：「一曲晴洲勝浣花，尚書不似野人家。溪頭雨過雲隨日，浦口鷗來水動沙。詩興平生在泉石，宦途憂國換年華。江南舊宅經遊地，分付春風管釣槎。」

盛杲

字允高，吴江人，柯潛榜進士。

盛允高初爲御史有聲，後奏事被謫，爲古田典史。未幾，陞羅江知縣。所至皆有山水之勝，爲詩曰：「性懶才疎官亦拙，天然處處有青山。銓司頗信爲知命，一度遷移一度閒。」羅江縣公署後有土地祠，前令所主，頗著靈異，令有事必禱焉，祭享無虚月。自杲涖任不復然。一日，私廨失所畜雞，尋之，乃在神前舒翼伏地如被釘者，以問輿皂輩，皆言神以久不祭，故見譴耳。杲怒至神祠，斥數其神，因舉意欲毁之。是夜，夢中見神來謝罪，懇曰：「余血食於此者累年，不敢爲過。昨日雞被釘，乃鬼卒輩苦饑，故爲之，非余敢然也。公幸憐之勿毁。」杲不許，明旦遂撤去之。其前令者，既秩滿，即留家於縣署後，夜夢神來訴乞立廟。詰之曰：「何不更訴新令？」神蹙額曰：「須公自爲之耳。彼盛公嚴威，不敢干也。」令乃即所居旁建祠祀之。

張寧

字靖之，號方洲，海寧人，孫賢榜進士。景泰、天順間，爲諫官第一。英廟嘗稱爲「我張寧」云。

張方洲有感事詩二首，蓋爲英宗北狩而作，其一云：「羽書昨夜報居庸，百萬雄師下九重。天子垂衣臨大漠，群臣端笏扈元戎。禁中已乏回天諫，閫外誰成闢地功？千古澶淵扶日轂，令人長憶寇萊公。」其二云：「寶馬朱輪接上游，時危誰解奉天憂？

鼎湖龍去英雄盡，劍閣雲深日月愁。玉輦已隨胡地草，青山依舊漢宮秋。元勳野死潼關破，誤國何人更首丘？」

成化初，張方洲忤權要，出爲汀州知府。無何，引疾歸田，雅好山水，歲率一再至杭州，至輒携親朋出遊西湖，訪孤山，吊岳墳，登天竺，綵舟蠟屐，隨意所之。興至呼筆，大篇短章，頃刻立就。題蘇堤春曉云：「楊柳滿長堤，花明路不迷。畫船人未起，側枕聽鶯啼。」平湖秋月云：「風静片雲消，寒波浸凉月。疑有夜吟人，推篷落楓葉。」花港觀漁云：「圉圉復洋洋，芡青露藻香。前湖張水戲，誰解步濠梁。」柳浪聞鶯云：「藜杖憩蘇灣，風温翠漲間。鶯聞雙語鳥，如在畫船間。」三潭印月云：「片月生滄海，三潭處處明。夜船歌舞處，人在鏡中行。」南屏曉鐘云：「幽夢忽驚覺，嚴城方向晨。看花春起早，已有曉粧人。」兩峰出雲云：「南峰雲乍晴，北峰雲欲雨。中有化霖人，高眠兩峰裏。」雷峰夕照云：「爽朗忽蒼茫，山高易夕陽。百年歌舞地，消得幾昏黄？」麯院風荷云：「凉氣度方洲，香來水正流。時聞採蓮曲，不見採蓮舟。」孤山梅雪云：「春意逼溪橋，寒香閉蓬户。山人不出門，驛使在途旅。」

方洲又善丹青，題若水石榴圖云：「凉風蕭颯紅錦裳，翠袍漸染燕支香。琅玕枝重壓欲折，青女夜拆珍珠囊。金鋼碾碎鵶鶻石，絳綃迸徹玲瓏色。葡萄酒盡蔗漿空，一顆靈丹透詩骨。」又枇杷圖云：「東州奇花淩早寒，吳山月廊香半酣。何人誤作上林賦，病骨卻思黃蠟丸。同時不數楊家果，三寸吳柑空萬顆。會須載酒醉西園，一樹黃金壓枝墮。」方洲有二妾：一寒香，姓高氏；一晚翠，姓李氏。年可十六七，皆端潔慧悟。公老益愛重之。及病將革，無子，諸姬年長者，悉命出之。二氏獨不忍去，因泣請曰：「妾二人有死無貳，幸及公目未瞑，願賜一閣同處且封鑰之，第留一竇以進湯粥，誓以死殉公也。」遂引刀各截其髮，以示無他腸。公命從之。乃寂居小閣，絕不與外間通聲問。及卒，乃設席閣中，旦夕哭臨，服三年喪，不闚户者五十餘年。嗣子曰嘉秀，字文英，舉嘉靖己丑進士。其晝錦歸也，二氏因語人曰：「妾等犬馬之齒，已踰七旬，幸不辱先公于地下，他日相從可無汗顏矣。又況有佳後邪！」于是，即日令啓鑰而出之，則皤然雙老媪矣。親戚莫不憐且敬之，遂爲之奏聞，旌之曰「雙節」云。

丘濬 字仲深，號瓊山，孫賢榜進士。最號博學强記，洛陽劉少師健戲之曰：「丘先生是有一屋散錢，卻少一條索子。」公聞之曰：「劉先生有一屋索子，卻少散錢。」蓋報之也。其所作史論，必以嗚呼起之，人遂稱爲丘嗚呼。

瓊州定安縣南有五指山，即黎母山，瓊崖之望也。丘文莊公少時詠詩曰：「五峰如指翠相連，撐起炎州半壁天。夜盥銀河摘星斗，朝探碧落弄雲煙。雨餘玉筍空中見，月出明珠掌上懸。豈是巨靈伸一臂，遥從海外數中原。」識者知其異日必貴，後竟如言。

丘瓊山嘗過金陵，寓新河客邸，鄉友馮元吉誦宋人周明老龜山迴文詩，瓊山笑曰：「此詩用意曲折，命辭瀏亮，信爲難及矣。但其中潮、浪、浦、泉、波、水等字太多，不免重復。既曰『緑水』，又有『雲接海』之句，則一意而兩出矣。當『漁舟釣月』之時，又安得『紅霞映日』乎？」乃以夜宿江館爲題，次韻一首曰：「潮生海岸兩崖傾，落月江楓映火明。橋透白波流水遠，屋連紅樹帶霜清。迢迢漏盡寒更曉，片片雲收夜雨晴。遥望楚天江渺渺，茭蒲盡處落鴻輕。」

丘文莊公學博貌古，然心術不可知。嘗與同寅劉閣老吉不協，劉作一對書其門曰：「貌如盧杞心尤險，學比荆公性更偏。」時論頗以爲然。丘嘗以糯米淘浄拌水粉之，瀝乾，計粉二分，白麵一分，搜和團爲餅，其中餡，隨用熯熟，爲供軟膩，甚適口。以此餅托中官進上。上食之嘉，命尚膳監效爲之。進食不中式，司膳者俱被責。蓋不知丘之法製耳。因請之，丘不告。以故中官嘆曰：「以飲食、服飾、車馬、器用進上取寵。此吾内臣供奉之職，非宰相事也。」識者貴其言而鄙丘。由是京師傳爲「閣老餅」。又所進衍義補，中間並無斥及内臣一言，說者謂其書必欲進，進必揣近侍喜，斯刻之。此其心術之微也。

丘仲深初與餘姚戚文端瀾同館，友善，文端以母喪歸，服闋，將入都，至錢塘，疾作，死。杭有神降，自稱「戚編修死爲錢塘潮神」。人敬祠之。弘治甲寅，瓊山夫人吴氏至京師，道出鄱陽，夜夢戚揖之，且告以來日將有風波之阨，戒勿行。比明，天極晴朗，夫人故以他事緩之，同艤數十舟行，無何，皆遇暴風雨漂没，獨夫人舟無恙。至京以告公，公爲詩文，遣官賫御酒香帛至浙江，屬布政使李贇望錢塘祭之。其詩曰：「幽顯殊途隔死生，九原猶有故人情。曼卿真作蓉城主，太白常留翰苑名。念我明明來入夢，哀君惻惻每吞聲。朝回坐對黄封酒，悵歎雞壇負舊盟。」明年公薨，夫人扶柩歸，經錢塘時，贇猶在任，仍設祭江滸，以戚公配享。戚學士瀾，美髯，院中呼戚髯。與陳司成鑑會宴，投漆木壺，陳顧戚曰：「戚髯投漆壺，真壺也？假壺也？」戚應聲曰：「陳鑑看臣鑑，善鑑歟？惡鑑歟？」

吴伯通　字原明，蜀順慶人，彭教榜進士。

吴伯通爲浙省提學副使，士子專取功夫，時初學作文，多不根，爲其罷出者衆。群往御史臺求試，御史復發吴公，吴出題黿鼉蛟龍魚鼈生焉論，題乃一滚出來，文難措辭，而論又涉于性理，取者無幾，甚爲吴所辱。有嘲之者曰：「三年王制選英才，督學無名告柏臺。誰知又落吳公綱，魚鼈蛟龍滾出來。」聞者絶倒。正德中，御史某按浙，以龍宮海藏命題試，且云：「記出處者東立，不記者西退。」東西各半。已而，東立者所作不稱意，無賞。西退者作詩誚之云：「東廊且莫笑西廊，我笑東廊枉自忙。海藏龍宮無你分，大家隨我渡錢唐。」

陸容

字文量。著述甚富，有式齋稿、菽園雜記等書。

陸式齋少美風儀，天順三年應試南京，館人有女善吹簫，夜奔公寢，公紿以疾，與期後夜，女退。遂作詩云：「風清月白夜牕虛，有女來窺笑讀書。欲把琴心通一語，十年前已薄相如。」遲明托故去之，是秋領薦，時年二十四。

陸式齋在成化間，留滯郎署最久。其遷職方也，李西涯時爲學士，戲語之曰：「先生其知幾乎？曷爲又入職方也。」式齋應聲曰：「太史非附熱者，奈何只管翰林耶！」聞者以爲善謔。

陸式齋一日與張給事宴，投壺中耳，給事曰：「信是陸兵曹，開手便中帖木耳。」式齋答云：「可惜張給事，閉口常學磨兜堅。」給事有慚色。

「焚書祇是要人愚，人未愚時國已虛。惟有一人愚不得，又從黄石讀兵書。」此題焚書坑，不知何人所作，陸式齋常誦之。

吴中鄉村唱山歌，大率多道男女情致而已。惟一歌云：「南山脚下一缸油，姊妹兩箇合梳頭。大箇梳做盤龍髻，小箇梳做羊蘭頭。」不知何意。朱廷評樹之嘗以問陸式齋，陸思之，翼日報云：「此歌得非言人之所業，本同厥初，惟其心之趣向稍異，則其成就遂有大不同者。作如是觀可乎？」樹之云：「君之穎悟過我矣。作如是觀，此山歌第一曲也。」

莊昶 字孔陽，江浦人，羅倫榜進士。成化丁亥冬，上命製明年元宵煙火花燈，令翰林各賦詩，爲上元賞翫之具。時黄仲昭、章懋爲編脩，昶爲檢討，不應制。先是倫以論李賢被謫，號翰林四諫。

莊昶喜爲詩，詠包節婦云：「二十夫君棄妾身，諸郎癡小舅姑貧。已甘薄命同衰葉，不掃蛾眉别嫁人。化石未成猶有淚，舞鸞雖在不驚塵。鎖窗獨對東風樹，歲歲花開他自春。」羅一峰見之曰：「可以泣鬼神矣。」昶不以爲然。惟乾坤、鳶魚、老眼、脚頭之類，自謂爲佳云。

陳公甫作詩多用日月，莊孔陽多用乾坤。有嘲者曰：「公甫朝朝吟日月，莊生日日弄乾坤。」

莊定山詩：「贈我一壺陶靖節，還他兩首邵堯夫。」有滑稽者，改作外官答京官苞苴云：「贈我兩包陳福建，還他一匹好南京。」聞者捧腹。

張弼　字汝弼，華亭人，羅倫榜進士。家近東海，因以自號。

張東海下第渡江，賦詩云：「揚子江頭獨問津，風波如舊客愁新。西飛白日忙于我，南去青山冷笑人。孤枕不離鄉國夢，敝裘猶帶帝城塵。交遊落落俱星散，吟對沙鷗一愴神。」

張東海作假髻篇諷刺時事，其詞曰：「東家女兒髮委地，日日高樓理高髻。西家女兒髮垂肩，買妝假髻亦峩然。金釵寶鈿圍珠翠，眼底誰能辯真僞。夭桃窗下來春風，假髻美人先入宫。」當路銜之，乃出領郡符，爲南安守。南安，小郡也，以張故爲名邦。

張東海將赴南安，作長短句一篇云：「東海先生歸也，南安太守新除。一挑行李兩船書，被人笑道癡愚。書也書，寒不堪穿，饑不堪煮，收拾許多何用處？況而今，白髮蒼顏，坐黄堂之署，乘五馬之車，那得工夫再看渠？又將載到南安去！古人糟粕，誰味真腴？枉説道：黄卷中，時與聖賢相對語。」

張汝弼赴南安，道經毘陵，時陸詹事簡方得告南歸，張訪之，適展幕，不及見，乃索紙筆題一絶於陸世經堂徑去，詩曰：「雲意模糊雪意兼，六龍城下晚風尖。始知東閣先生貴，不放南安太守參。」詹事歸，亟追之，已行遠矣。既去，復令驛吏裹送武城梨數顆，亦侑以詩，有「毘陵驛裏饋生梨」之句。蓋叶「梨」爲「離」，亦戲也。此後不復一見以終，遂以爲讖。

成化間，妖人王臣者跛一足，人稱王瘸子。遊食京師，以左道事中貴，得授錦衣千户。請爲上合大丹，以採藥爲名，與中貴偕出川、廣、直、浙等處買辦，搜索寶玩，需求珍異，騷擾郡縣。及回京，爲各處撫巡、守令交章飛劾，而科道併彈。於是，上大怒，斬臣首，傳詣所歷地方梟令，民心大快。初臣至廣東，張東海時守南安，目覩其驕横，嘗作詩歎曰：「過嶺囊箱下瀨船，丁夫晝夜少安眠。薄田蕩盡猶輸税，惡客時來横索錢。窮髮東南皆赤子，舉頭西北是青天。不才無計甦民困，食禄乘軒自赧然。」

王景明之南京，張東海贈之詩曰：「谷陽城外送離船，矯首南都思惘然。一語煩君三致意，同鄉同志及同年。」冬官王公偉輩以爲未盡交游者，乃益之曰：「同官同事同游者，問及都將此意傳。」因著六同詩話。

張東海休致既早，子皆成名，殊無一事累心。蘇州别駕周德中目爲神仙太守，張以詩答云：「歸休太守似神仙，布被蒙頭日夜眠。卻怪門前來熟客，馬蹄踏破紫芸煙。」

張東海詠寒號蟲云：「得過且過！飲啄隨時度朝暮。得隴望蜀徒爾爲，未知是福還是禍。得過且過！」

張東海過蘇步坊，賦詩曰：「東城昔日此閑行，此地遂留蘇步名。何事章惇瘞毛骨，子孫羞認是先塋！」

宋徽宗時，朱勔領花石綱，有龍鱗薜荔一株，費銀二千兩。東海偶見薜荔，感而賦之：「薜荔長龍鱗，相看似可人。聖朝無艮嶽，那值二千銀？」

陳獻章

字公甫，居廣之新會縣白沙村，天下稱白沙先生，至兒童婦女亦皆目爲陳道統云。嘗夢拊石琴，見一偉人，笑謂曰：「八音中惟石音難諧，今諧若是，子異日得道乎！」因别號石齋，既老更號石翁。

陳白沙當成化初會試，雖負重名，亦投時好，競出新奇。作「老者安之，朋友信之，少者懷之」一題，其破云：「物各有其等，聖人等其等。」考官戲批其傍云：「若要中進士，還須等一等。」傳者莫不絶倒。

陳白沙下第，有神見夢於人曰：「陳先生卷爲某投之水矣。」先是，獻章寓居神樂觀，科道群公往來請益，既而某被劾，疑出白沙，故特惡之，且曰：「彼戴秀才頭巾爾，動人若是，脱居要路，當何如耶？」揭曉，編修李東陽爲同考官，主書經房，索落卷，不可得，欲上章自劾，冀根究焉，不果。時京師有「會元未必如劉戩，及第何人似獻章」之謡，以及輿夫、販卒莫不嘖嘖歎恨。戩，字景元，安福人。後乙未榜眼及第。

成化壬寅，陳白沙應詔之京，道過南安，太守張東海欲用曹參禮蓋公故事，款留數月受教，白沙不可，東海不能强，白沙有詩曰：「玉枕山前逢使君，西風吹破玉臺巾。」巾乃白沙自製，類華陽巾，直方而無襞幘者。東海恨謂白沙譏己，遂以一絶激之，曰：

「白沙村裏玉臺巾，不奈風吹易染塵。莫笑烏紗隨俗態，宋廷章甫是何人？」白沙得詩謂東海侮己太甚，便口占玉枕山詩曰：「一枕横秋碧玉新，金鰲閣上見嶙峋。使君得此元無用，賣與江門打睡人。」東海和答曰：「炎瘴多收一雨新，獨看天柱聳嶙峋。横秋玉枕真無用，自是乾坤不睡人。」天柱峰亦南安照山也，蓋東海欲自依天柱而以玉枕與白沙云。既而，又作二絶：「客囊羞澁客衣單，卻買南安玉枕山。縱有枕頭那得睡，雞聲催入紫宸班。」「寄語江門打睡人，而今天地正芳春。覺來莫管閑花鳥，須掃崑崙頂上塵。」又繼之一絶曰：「青茸鋪榻玉枕横，白雲爲被天作帲。東海先生睡不着，日月當天正大明。」未幾，武選郎餘干蘇文簡由廣東使還，具道白沙之師吴康齋，亦千載人物，東海方悟，不惟深喜得聞前輩名德有所持循，且以謝玉臺巾之過，漫賦一詩曰：「耳根何處得浮塵？浪説康齋識未真。風月周臺燈火夜，伊川路上見斯人。」因遺書白沙曰：「玉枕山不必買，當長揖白送矣。」

張東海又有贈陳白沙一絶云：「平生渾未識丹砂，赤土時將向客誇。忽憶自家丹一寸，辰砂猶自隔天涯。」蓋譏其不得進士，乃假道學以欺人也。此時猶未釋然於白沙，故云。

按察使薛綱始疑白沙，及見，即欲解官從學，有詩曰：「欲抛事業留門下，老驥那能學駿奔。」進士姜麟以史事使貴州，特取道如白沙，以師禮見，至京師，有問之，對曰：「活孟子，活孟子！」

憲廟升遐，哀詔至廣，白沙哭之慟，有詩曰：「三旬白布裹烏紗，六載君恩許卧家。溪上不曾携酒去，空教明月管梅花。」成化丙午，嘉興巫者召仙降筆問時事，以十二辰爲詩，云：「勸君莫讀相鼠詩，勸君莫歌飯牛辭。騎虎之勢不能下，狡兔三窟將焉之？神龍未遇困淺水，虺蛇鰍鱔争雄雌。千金駿馬買死骨，神羊觸耶安所施！沐猴也作供奉官，鬭雞亦是五百兒。猘犬下陛走牧猪，奴獻令人嗤次年。」憲宗厭代。

白沙初年甚窶，嘗貸粟於鄉人，都御史鄧廷瓚檄有司月致米一石，歲致人夫二名，卻之以詩云：「孤山鶴啄孤山月，不要諸司費俸錢。」行人左輔出使外夷，以其師意致白金三十星，亦拒而不受。

白沙能作古人數家字，天下人得其片紙，藏以爲家寶。山居，筆或不給，至束茅代之。晚年專用，自成一家，時呼爲「茅筆字」。有詩曰：「神往氣自隨，氤氲覺初沐。聖賢一切無，此理何由矚。調性古所聞，熙熙兼穆穆。耻獨不耻獨，茅根萬莖秃。」

弘治間，李若虚任廣之憲使，有以舊交謁者，若虚轉致以見白沙，併求言贈之。白沙少學於臨川吴聘君。詢知其人所居，與舊同學聘君之壻厚郭胡君全者爲里閈，乃以幅紙寫一絶云：「居鄰厚郭一雞飛，桂樹于今大幾圍？老憶舊時燈火伴，青山何處望霏微？」桂樹，乃昔遊豐城時見胡庭之所植也。蓋以憲使代請，不得不言；在其人又不欲輕言。故贈之如此。

陳白沙善畫梅，人持紙求索者，多無潤筆，白沙題其柱云：「烏音人人來。」或詰其旨，乃曰：「不聞烏聲曰『白畫，白畫』。」客爲之絶倒。

弘治庚申三月，白沙病亟，前數日，蚤具朝衣、朝冠，命子弟扶掖焚香，北面五拜三叩首，曰：「吾辭吾君。」復作一詩云：「託仙終被謗，託佛乃多修。弄艇滄溟月，聞歌白玉樓。」曰：「吾以亂世。」殁之日，頂出白氣，勃勃如蒸，竟日乃息。

胡居仁 餘干人，敬齋先生。

胡敬齋嘗夜行山曲間，後有鬼呼胡先生數聲，公若不聞，鬼復曰：「我有一對，請先生對：『風急有舟人莫渡。』」公亦不答，復笑曰：「我替先生對之：『月明無伴路休行。』」公前行不顧，鬼遂不見。

胡敬齋嘗過徐孺子祠下，作詩曰：「漢豎紛紛不可爲，先生明哲已先知。如何不把幾微事，説向陳蕃下榻時。」

陳愛 成都人。

成化間，陳愛隱居華陽，有臬使兩以書召見，輒逃不應。臬使怒，使人拘至，將譴責之，處士從容以詩投曰：「折簡慇懃累見尋，布衣寧敢謁朝簪？明公有道持身正，賤子無能感德深。柏府風霜尊偉望，柴門山水遂閒心。雲泥兩地無勞顧，魚戀深淵鳥戀林。」臬使覽詩，從容禮遣之。

堯山堂外紀卷八十七

國朝

李東陽

字賓之，號西涯，茶陵人。父名淳，金吾衛軍餘。微時爲渡子，日嘗見一婦人早渡午歸，迨晚復渡，如此者幾月。李一日詰其故？婦曰：「有夫縶獄，日往給其飲食，又復歸膳翁姑耳。」李聞其言，甚憫之，遂卻其直，早晚任其渡。他日，一叟見李告曰：「聞汝素有善念，必獲善報。汝有親骨未埋，吾當爲擇吉地瘞之。後當有發。」因與擇一山，指曰：「有白狐卧處，即佳壤也。汝可潛舁親骨埋其中。」李一夕往彼，果見白狐稔眠不起，李恐天明人知，因折樹枝有聲，狐驚，聳身三立而去，遂即其穴埋之。明日，叟來詢葬事，李告以故。叟曰：「俟狐自起，乃爲玅爾。今驚去，當中衰，汝子當不失爲三公。」後西涯公果大貴。子兆先早卒，年未三十，公竟至無嗣。

李東陽四五歲即能運筆作大字，順天府以「神童」薦召入内庭。過門限，太監云：「神童脚短。」李高聲答云：「天子門高。」即聞于上，景皇命書麟、鳳、龜、龍十餘字，大喜，抱置懷中，賜果、鏹，令翰林院作養。公此時入朝，小紅履一雙，白綾襪一雙，後爲耿天臺所得，貯以一篋，自撰小文記之。

李西涯、程篁墩同朝，見適直隸貢蟹至，英廟即試以對句，曰：「螃蟹渾身甲胄。」程應聲曰：「鳳凰遍體文章。」上加稱賞。時李尚伏地，徐對曰：「蜘蛛滿腹經綸。」上遂大異之，曰：「是兒他日作宰相耶！」俱賜寶鏹而出。後李出入館閣四十年，而程終于學士，竟如其對云。

李西涯在翰林時，諸翰林齋居閉户作詩，有僮僕窺之，見面目皆作青色，彭敷五以青字韻嘲之，幾致反目。西涯爲解之，有曰：「擬向麻池争白戰，瘦來雞肋豈勝拳。」聞者皆笑。

李西涯與程篁墩同教習庶吉士，每至院檢閲會簿，悉注病假而去，西涯口占一絶云：「迴廊寂寂鎖齋居，白日都消病曆除。竊食大官無寸補，緑陰亭上看醫書。」

謝方石鐸在翰林學詩時，自立程課，限一月爲一體，如此月讀古詩，則凡官課及應答諸作皆古詩也。西涯嘗爲崖山詩，内一聯謝意不滿，西涯以爲更無可易。謝笑曰：「微觀子胸中似不止此。」最後曰：「廟堂遺恨和戎策，宗社深恩養士年。」謝又笑曰：「我子不到此。」西涯又爲端禮門古樂府，謝以爲末句未盡，往復再四。最後乃曰：「碑可毁，亦可建，蓋棺事，久乃見。不見奸黨碑，但見奸臣傳。」謝不待辭畢，躍然而起。

羅明仲嘗謂三言亦可爲體，出「樹、處」二韻，迫西涯題扇，即援筆云：「揚風帆，出江樹。家遥遥，在何處？」又因圍棋，出「端、觀」二韻，即曰：「勝與負，相爲端。我因君，得大觀。」

羅明仲、謝鳴治、李賓之、陳師召同飲陸鼎儀宅，夜歸，馬上聯句，羅倡云：「駐馬赤欄橋，」謝云：「東風見柳條。水聲通苑近，」李云：「山色去城遥。令節招尋晚，」陳云：「名園聚會饒。夜歸休秉燭，」羅云：「須憶紫宸朝。」

李西涯與客聯句，嘗拆敝褥中故絮以代燭，其次白洲留别詩有「看花不厭傷多酒，燃絮猶供未了詩」。蓋紀其實也。

上元節，京師燒糯汁爲瓶，以貯水畜魚，旁映屏燭，通明可愛，俗呼「泡燈」。黄巖王古直買置于館，日玩弄爲兒戲。李西涯以詩嘲之曰：「買得長安市上春，玉壺清水貯金鱗。卻看塵土疑無地，未掣波濤亦有神。眼底功名聊此幻，杖頭風月且教貧。西堂燈火元宵夜，又向東風作旅人。」一日，古直誤觸碎魚瓶，意怫然不樂，曰：「吾平生家計在此，今蕩盡矣！」西涯復疊前韻慰之曰：「白髮華燈一夜春，江南江北兩窮鱗。飛騰有地歸塵土，訶護無錢役鬼神。物以泡名終合盡，家隨身在更何貧？清詩素壁猶堪玩，休羡揚州鶴上人。」古直名佐，字仁甫，以字行，又號鐵老，以布衣遊京師，鄉人有坐事者，古直候諸官，官併捕入刑部獄，獨暴立烈日，不與衆囚伍。李主事廷美異之，檢衣帽間，得柯學士諸詩，問之曰：「爾能詩耶？」使賦日影，詩成，縱之歸，長揖而出，獄吏皆大笑，自是得名。旅食三十年，無僮僕，不置釜甑，有大籠五六，惟詩畫數百幅，中貯酒壺，辰出飲一兩勺，已復鐍之以去。或勸使仕，大言曰：「我來爲爵禄圖耶！」「盍科舉乎？」則歎曰：「安得以少年處我。」嘗在酒所，嘆曰：「此亦功名事業也！」蓋亦一世奇士云。

王古直、李西涯同集謝方石宅，西涯與方石聯句，戲贈仁甫，李倡云：「木枕綈袍着地眠，」謝云：「謝公堂上有神仙。」李云：「身存尚覺無家累，」謝云：「客久何妨與世懸。」李云：「書笥不勞僮僕守，」謝云：「酒杯羞共俗人傳。此生蹤跡真奇怪，」李云：「一度詩成一宛然。」

蘇人織蒲爲茵二片，置床倚間，藉背及足，甚宜冬寒，凌季行以書來惠西涯，道經彭敷五太史，輒爲所留，西涯作詩報季行并柬敷五曰：「輕蒲一簇軟如花，巧織重鋪意未華。吟處迴宜孤背倚，坐來温愛兩趺加。未沾南國佳人惠，已落東瀧病叟家。幸有題封三十字，慇懃留向手中誇。」

蕭文明以榛子惠西涯，西涯以詩謝曰：「野簇蹊叢滿地垂，飽霜經雨亦多時。長疑塞外隨車遠，錯恨山中結子遲。竹籠舊封勞夜到，茗芽香盌人春宜。知君情比投桃重，不愛瓊瑶卻愛詩。」

陳師召有盲馬，售錢六百，西涯諗之以詩曰：「六百青蚨十里才，忍將筋骨付塵埃。驚魂已脱池邊險，往事無勞塞上猜。師召已連失二馬。斗酒杜陵堪再醉，用三百青銅語。千金郭隗幸重來。知公自是忘機者，一笑能令萬事該。」西涯嘗得良馬以贈師召，師召騎入朝，歸至門，成詩二章，怪而還其馬，西涯問故？師召曰：「吾舊所乘馬，朝回必成六詩方至門，此馬止二詩耳，非良也。」西涯笑曰：「馬以善走爲良，此固非良耶？」公唯唯，復繫而去。

李若虛秋官，舊有屋一區，爲積潦所壞，數年不售，竟得銀四兩，聞陳師召售馬，自謂與此價略相近，索西涯詩，因用前韻曰：「臺署元非駔儈才，直看金璧等浮埃。頹垣已付池蛙管，賀客翻同野燕猜。白老有詩行復問，樂天詩云：「江邊欲買三間屋，問遍人家不要詩。」寇公無地去還來。詞林馬價誰多少？不待相逢意已該。」

李西涯以絲瓜饋李若虛，誦瓜瓞詩爲祝，若虛有詩，馮佩之以和章見索，西涯因用韻饋瓜如例并呈二公曰：「地接東陵路不賒，冷官生計只籬瓜。閒行似愛涼陰薄，醉筆多隨野蔓斜。名自雅歌傳聖代，例分風味與詩家。從今記取宜男祝，賀客來時好薦茶。」

李若虚餽匏瓜西涯，仍叠前韻奉謝曰：「野意相看總不賒，園匏雖大亦稱瓜。青叢摘罷煙仍濕，翠籠擎來日半斜。吟有舊題成左券，酌無清酒愧西家。郎曹興味清如此，絶勝春風諫議茶。」

傅白川以無花果餽西涯，答其絲瓜之贈，西涯叠前韻曰：「翠籠珍果望還賒，報我真應愧木瓜。采掇恐沾秋徑濕，傳看不學夜燈斜。飽知實德非虚語，脱盡浮華是大家。異物清詩兩奇絶，渴心何必建溪茶。」

李西涯以瓜饋楊維立編脩，楊以桃答西涯，叠前韻曰：「手種丹桃歲月賒，感君報我勝投瓜。來疑度索山城遠，去恐天台石磴斜。已託神仙稱壽域，敢教兒輩惱隣家。餐餘便有通靈意，不待盧仝六盌茶。」又以瓜饋曾文甫編脩，曾以冬瓜答西涯，亦叠前韻曰：「晚花秋蔓野堂賒，不道冬園别有瓜。未遣堦苔封徑合，肯緣籬竹掛簷斜；後時豈敢爲君惜，多子還應勝我家。預報明年湯餅會，嘉期須及雨前茶。」

馮佩之饋西涯石首魚，有詩，西涯次韻謝曰：「夜網初收曉市開，黄魚無數一時來。風流不鬬蓴絲品，軟爛偏宜豆乳堆。碧盌分香憐冷冽，金鱗出浪想崔嵬。高堂正憶東鄰送，詩句情多不易裁。」

馮佩之以筍乾饋西涯，自稱「玉版老師」，吴原博饋西涯以冬筍，佩之目爲「吴山少俊」，西涯疊前韻謝佩之曰：「玉版山深石路開，東軒真被籠盛來。飽諳南國煙霞味，不入長安酒肉堆。老覺禪心終苦淡，瘦看詩骨共崔嵬。叢林年少休相笑，脱卻緇衣更懶裁。」又疊前韻謝原博曰：「翠籠青筍一時開，爲有清風竹巷來。（原博居脩竹巷。）池鳳羽毛應比秀，籜龍鱗甲漫成堆。襪材有派分洋谷，綳錦無心鬬馬嵬。莫笑北人曾煮簀，久從湘客問烹裁。」

謝于喬（遷）送楊梅乾於西涯，無詩，西涯用前韻索之曰：「深夜柴門闔更開，楊梅香送滿甖來。霜乾淺帶層冰結，紅爛紛成萬粟堆。坐愛春盤裝磊落，憶從秋樹採崔嵬。莫教俗卻先生饋，佳句重煩答後裁。」他日，以柑答贈，復用前韻併柬王世賞曰：「凍地經寒裂欲開，南柑初載北車來。霜隨玉爪冰絲落，日照金盤火齊堆。高價敢論燕市踊，遠懷還憶楚山嵬。也知黄陸當時傳，健筆應勞太史裁。」

蕭文明生日，西涯以龍尾硯爲壽，并致一詩云：「我持龍尾溪頭石，來壽鳳毛池上人。清愛石將人比德，壽看人與石爲鄰。長留天地詩家事，坐鎮浮澆靜者身。記取翰林揮翰客，年年來此頌芳辰。」

西涯素不善飲，蕭文明詩來，有「西涯爛醉欲人扶」之句，且以二樽見惠。西涯步韻答之：「夢斷高陽舊酒徒，坐驚神語落虛無。若教對飲應差勝，縱使微醺不用扶。往事分明成一笑，遠情珍重得雙壺。次公亦是醒狂客，幸未麤豪比灌夫。」

沈禮部時暘以隻鵝斗酒饋西涯，家僮誤送于顧刑部天錫，時暘去，始知之，戲作小詩寄之云：「隔城風雨送歸驂，斗酒籠鵝意未堪。何令別時無長物，殷郎書到只空函。十年世事成春夢，千里神交入夜談。他日相逢應大笑，亂山深處是江南。」

三山林亨大脩撰得第四男，西涯用舊韻賀之云：「莫謂三山道路賒，人間仙果不論瓜。筵前會客犀錢散，醉裏題詩蠟炬斜。三鳳豈須誇薛氏，八龍今已半荀家。他時細説熊羆夢，夜榻流連到幾茶。」

西涯次張亨父韻，題醉楊妃菊云：「誰采繁花席上題，偶將名姓託唐妃。日烘花萼醺時面，雨換華清浴後衣。隔坐似邀秦國語，揮毫不放謫仙歸。欲從顏色窺生相，已落詩家第二機。」

李西涯嘗有岳陽樓詩云：「吴楚乾坤天下句，江湖廊廟古人情。」鏡川楊文懿公亟稱之，有同官者不以爲然，駁之曰：「吳楚乾坤之句，本妙在『坼』字『浮』字，今去此二字，則不見其妙矣。」楊曰：「然則必云『吳楚東南坼乾坤日夜浮天下句』而後爲足耶！」後以語西涯，爲之一笑。

李西涯丙午長至祀陵紀行詩，末韻云：「朝趨未報梟飛信，庭覲先陳鯉退詩。二紀兹行今卜度，春來風物合分誰？」未幾，先生遂丁慤菴憂，間爲何孟春言之，以爲詩讖。

李西涯北上時，得句曰：「山色畫濃淡。」兩日不能對，忽曰：「鳥聲歌短長。」羅冰玉殊不首肯，曰：「對似未過。」然竟不能易。

弘治中，虜使語館伴，有一偶語無對者，因舉曰：「朝無相，邊無將，氣數相將。」李西涯聞之，隨應曰：「天難度，地難量，乾坤度量。」宋時，有士人嘗以非辜至訟庭，守不直之，士人憤懣，大聲稱屈，守怒曰：「若爲士乃敢爾？爲我屬對，不能，且得罪。」因唱曰：「投水屈原真是屈。」士人應聲曰：「殺人曾子又何曾？」守曰：「吾句有二『屈』字，而汝句尾乃『曾』字。汝之不學明矣，顧何所逃罪耶？」士人笑曰：「此乃使君不學爾。按屈姓流俗皆如字呼，而『屈到』『屈原』皆九勿切，史君嘗研究否？」守慙，釋遣之。

李西涯當國時，嘗冬月五更入朝，至長安街，值崔後渠銑方在道上酣飲。後渠拱立轎前，請少飲數酌，以敵寒氣，西涯即下轎連舉數大白，升轎去。

李西涯當國時，其門生滿朝，西涯又喜延納奬拔，故門生或朝罷、或散衙後，即群集其家，講藝談文，通日徹夜，率歲中以爲常。一日，有一門生歸省，兼告養病還家，西涯集同門諸人餞之，即席賦詩爲贈，汪石潭俊詩先成，中一聯云：「千年芝草供靈藥，五色流泉洗道機。」諸人傳翫，以爲絶佳。呈稿西涯，西涯抹後一句，令石潭重改，衆皆愕然。石潭思之，亦終不復能綴。衆以請於西涯曰：「吾輩以爲抑之此詩絶好，不知何故以爲未善？」西涯曰：「歸省與養病是二事，今兩句單説養病，不及歸省，便是偏枯。且又近於合盤。」衆請西涯續之，西涯即援筆曰：「五色宫袍當舞衣。」衆始歎服。

李西涯善詩，門下多詞客，劉晦菴閣老忌之，嘗云：「後生輩，纔得科第，卻去學做詩。做詩何用？好是李、杜。李、杜也只是兩個醉漢。撇下許多好人不學，卻去學醉漢。」

李西涯善謔，居政府時，庶吉士進見，公曰：「今日諸君試屬一對：『庭前花始放。』」衆哂其易，各思一語應之，曰：「總不如對『閣下李先生』。」衆一笑而散。

李長沙在京邸，款會試貢士若干人，酒數行，俱起辭謝，公曰：「且止。有塲中題願商之：『東面而征西夷怨，南面而征北狄怨。』諸君亦知所以然乎？」衆思頗久，未解。公笑曰：「無他意也，只是『待湯』。」滿坐捧腹。

焦閣老芳面黑而長如驢，嘗謂西涯曰：「君善相，煩一看。」李久之乃曰：「左相像馬尚書，右相像盧侍郎。必至此地位。」「馬」與「盧」合乃一「驢」字，始知其戲。一日，西涯與焦公及禮書傅公瀚早朝，焦見校尉有露臥者，焦戲傅云：「曉日斜穿校尉頭。」蓋以傅爲新淦人，時有「江西校尉」之號。傅不能答。李頤指焦耳，傅悟，遽云：「秋風正貫先生耳。」蓋俗有「秋風貫驢耳」之説，焦像驢，故戲之。

翰林院素稱清貴，無簿書之擾，舊有語曰：「一生事業惟公會，半世功名在早朝。」所謂清者如此。李西涯時爲學士，因衆失朝，罰運灰炭，續兩句云：「更有運灰并運炭，翰林身上不曾饒。」一時閧然。聞有一檢討討裹河之夫，其驛丞不接，甚不平，或謂之曰：「人多不知檢討何官，可只呼學士就好。」次日，果稱學士，仍前不出。乃賦詩云：「翰林檢討被人輕，卻冒瀛洲學士名。依舊所司全不理，由來知要不知清。」

弘治丙辰科進士有孟春、季春、夏鼎、周鼎，西涯閣老嘗即席命對「孟仲季春惟少仲」。已而，即應聲云：「夏商周鼎獨無商。」

湖廣彭民望有學而老貧，謁故友于京不遇，回，李西涯以詩寄云：「斫地哀歌興未闌，歸來長鋏尚須彈。秋風布褐衣猶短，夜雨江湖夢亦寒。」彭讀之，黯然不樂。至「木葉下時驚歲晚，人情閱盡見交難。長安旅食淹留地，慚愧先生苜蓿盤」，乃潸然淚下，爲之悲歌數十遍不休。謂其子曰：「西涯所造一至此乎！恨不得尊酒重論文耳。」自是不閱歲而卒。弘治間，浙江有一方伯，未第時，與一生交好甚密，及仕江西，故人遠造焉，送館於章江門外石亭寺僧房，略無眄念之意。其生題一絶於壁云：「十年心事酒杯間，坐對江鷗去復還。一帶西山青入眼，幾人青眼似西山？」竟不辭而去。寺僧抄詩入報，方伯大慚，遣人追之，生竟不返。又嘉靖末，客有與成國公厚者，然特與飲食而已。俞院判見客衣敝，寄詩云：「長安車馬自肥輕，獨爾鶉衣冷不勝。聞説孟嘗多好客，好將心事托平生。」成國聞詩，特送衣一篋。

李少師少小入詞林，暨在館閣垂四十餘年，正德中爲首揆。揚州陸滄浪矚其亡，投以尺素，公歸啓之，一絶云：「文章聲價斗山齊，伴食中書日已西。回首湘江春草綠，鷓鴣啼罷子規啼。」末句蓋以鳥語：「哥哥行不得也，不如歸去。」公得詩，但解嘲而已。

李西涯子兆先，文名甚高，然遊俠無度，以是致病。公一日過其書館中，適外出不在，時弘治甲子，當大比，乃書其几曰：「今日花街，明日花街。秋風桂子，秀才秀才。」明日，兆先亦書四句於西涯几上曰：「今日東風，明日西風。陰陽燮理，相公相公。」兆先，字徵伯，號鎖菴，甚有家學。是秋以誤落題字，竟不得第以死。公之相業，後到逆瑾弄權時，不知其於「燮望」如何耳。

李兆先嘗見西涯祀陵詩「野行愁夜虎，林卧起秋蠅」之句，問曰：「是爲秋蠅所苦，不能卧而起耶？」西涯曰：「然。」曰：「然則『愁』字恐對不過。」西涯曰：「初亦不計。『妨』字外亦無可易者。」曰：「似亦未稱。請用『迴』字如何？蓋謂爲夜虎所遏而迴也。」西涯曰：「然。」遂用之。

李徵柏嘗與何孟春席上題夢筆圖，徵伯詩云：「工文慕奇筆，精思入幽夢。會有取去時，何如不相送。」西涯頗不樂，謂徵伯曰：「汝非子元敵矣。」其年徵伯下世。

李西涯與楊邃菴素相善，初劉瑾欲害楊，西涯力救乃免。及西涯病劇，楊慰之曰：「國朝以來，文臣未有謚『文正』者，公如不諱，請以謚公。」西涯倚榻頓首，遂卒。有無名子改宋人譏京堂詩云：「文正從來謚范王，如今文正卻難當。大家吹上梧桐樹，自有傍人説短長。」

陳音

字師召，號愧齋，莆田人。李東陽同榜。性寬坦，在翰林時，夫人嘗試之，會客至，呼茶，曰：「未煮。」公曰：「也罷。」又呼乾茶，曰：「未買。」公曰：「也罷。」客爲捧腹。時因號陳也罷。

陳師召擢南京太常，門生會餞，有垂涕者，李西涯大學士在席爲句云：「師弟重分離，不陞他太常卿也罷。」公應聲曰：「君臣難際會，便除我大學士何妨。」一座絶倒。師召後召爲翰林學士，同官投刺招飲。明日，公忘爲誰，乘馬漫行，一給事中設席，公曰：「招我者此也。」遂入席。頃之，同官使人來速，夫人曰：「此必胡撞，不知投誰家矣。汝認所乘馬可覓也。」使者踪跡見公，公曰：「我誤，我誤。」又嘗檢書，得友人招飲帖，師召忘其昔所藏也，如期而往，累茶不退，主人請其來故。答曰：「赴君飲耳。」主人訝之，而難於致詰，具酒共酌。席罷，方悟去年今日曾邀陳也。又嘗自院中歸，語從者曰：「今日訪某官。」從者不聞，引轡歸舍，師召謂至某官家矣，升堂周覽，曰：「境界全似吾家，何也？」又覩壁間畫，曰：「是我家物，何緣在此？」其僕疑以告，其夫人出視之，公訝曰：「何爲亦在此？」士林傳以爲笑。

陳師召時苦吟重九會白雲觀分韻得然字詩云：「長春宫殿鎖寒煙，駐馬斜陽錦樹邊。白鶴不歸雲影外，黄花仍發酒杯前。龍山又落參軍帽，藍水長歌子美篇。聚散幾回時序别，令人對此一茫然。」

陳師召在内直，誤繫李西涯牙牌角帶以去，西涯戲以詩曰：「倦摩雙眼出長安，東帶懸魚總誤看。裝飾不嫌非異物，標題猶喜是同官。酒防太白狂時換，腰愧休文病後寬。堪笑玉堂叢話裏，向來詩筆幾曾乾。」師召嘗清旦入朝，誤置冠纓於背，及覩同列垂纓，俯視頷下，駭曰：「公等悉冠纓，而吾獨無，何也？」一人遽持其纓而正之，曰：「公自有纓，獨無背後眼耳。」諸公大噱。

陳媿齋在南京，嘗有夢中詩寄李西涯，李戲答之曰：「舉世空驚夢一場，功名無地不黃粱。憑君莫向癡人說，說向癡人夢轉長。」

陳師召官四品時，夫人爲鬻得金獅緋袍，不知爲武臣服色，公亦竟不察。一日，命工肖像，公整容服獅袍而坐，李西涯適至，因乞爲贊，西涯遽題曰：「觀其鬢則齊，觀其衣則非。若人也，可信而可疑。使蓬其鬢，更其衣，嗚呼庶幾。」西涯嘗戲陳師召，擲骰子得幺，則指曰：「吾度其下是六。」反之果六也。各色皆然。師召大驚，語人曰：「賓之天才也。」或論之曰：「彼詒公耳。上幺下六，自是定數，何足爲異？」師召笑曰：「然則我亦可爲。」因詣西涯告之，西涯已先度其必至，別製六骰，錯亂其數矣。師召屢商不中，乃嘆曰：「兄真不可及也。」

程敏政　字克勤，號篁墩，羅倫榜第二。

程敏政以神童至京，李賢學士許妻以女，因留飯，李指席間果出一對曰：「因荷何而得藕偶。」程應聲曰：「有杏幸不須梅媒。」李大奇之。

李西涯與程篁墩過采石，李得句云「五風十雨梅黃節，」程即應云：「二水三山李白詩。」一時服其巧麗。

弘治改元七月，文華後殿講書畢，上賜講臣程敏政等各織金緋衣、金帶及紗帽、烏靴，皆叩頭謝訖。上顧謂曰：「先生辛苦。」咸對曰：「此皆職分當爲。」頓首而退。敏政有詩記之曰：「映日罘罳曉殿深，湛恩稠疊駕親臨。褒衣紅濯天機錦，束帶黃分內帑金。久幸清班容宦履，漸漸華髮點朝簪。經生職分尋常事，消得君王念苦辛。」

弘治己未，程篁墩主考會試，以言者去位。未幾，發背卒。是年京師有雪夜祈仙者，先生至降筆云：「夜偕東坡遊，聞有召仙者，予亦謫仙流也。事之不偶，殆有甚焉，詩以紀之。」因書一絶云：「江山何日許重來？白骨青林事可哀。吾黨莫言清夢遠，海東東更有蓬萊。」又二律云：「紫閣功名近已休，文章空自壓儒流。孤忠敢許懸天日，浩氣還堪射斗牛。蘇子蟄松遭衆謗，杜陵荒草喚窮愁。乾坤不盡江流意，回首青山一故丘。」又云：「斯文今古不堪哀，道學真傳已作灰。鴻雁未高羅網合，麒麟偶見信時猜。迅雷不啓金滕惑，紫電誰憐武庫才？此氣那同芳草合，渾淪來往共盈虧。」

程主考日，其第三問策題，程所出，以「四子造詣」爲問，計魯齋一段，出劉靜修退齋記，士子多不通曉。程得一卷甚異之，將以爲魁，而京城内外盛傳其人先得題意，乃程有所私，爲華給事中昶等所劾，謂私徐經、唐寅等。上命李公覆閱，遲三日始揭曉。言路復論列，欲窮治之。上怒，下都給事中林廷玉等于獄，落言官數人職，而程亦致仕以去。又聞弘治時，南京龍霓精於文義，中壬子書魁。乙卯，代金都御史澤子逵入試浙塲，中第八，又與同中甲科。人有詩嘲之曰：「阿翁一自轉都堂，百計千方幹入塲。金澤財多子孫劣，龍霓家窘手兒長。有錢使得鬼推磨，無學卻將人頂缸。寄與兩京言路者，好排閶闔説彈章。」其詩盛傳於時，後二人皆不容於清議，一止浙僉，一止太僕丞。今科塲要令批首立貢院門内，辨閲同試者面貌方入，蓋由此始。聞入試日，亦甚秘密。惟有一人見其鬚不類，心頗疑之，始傳其事云。

邵珪 字文敬，宜興人。在郎署日，自號東曹隱者。

邵文敬爲童子時，塾師出對云：「柳暗鶯無語。」即對云：「花慵蝶有愁。」師以爲工。及登第後，與翰林諸公賦春陰詩，即用此作一聯云：「春雲黯黯閣林頭，雨意兼旬尚未收。李白錦囊空好句，杜陵玉勒阻清遊。長堤柳暗鶯無語，上苑花慵蝶有愁。睡起不知簾幙午，紙窗圍翠篆煙浮。」遂擅塲。邵文敬善書工棋，詩亦有新意，如「江流如白龍，金焦雙角短」之類，又有「半江帆影落尊前」之句。人稱爲邵半江。

邵半江一日題陳圖南小像云：「盤陀石上浄無塵，岳色江聲共此身。莫怪吴儂渾不醒，百年俱是夢中人。」詩成，求質於李西涯，西涯紿之曰：「尚有一二字欠穩，待予更之。」西涯乃默記，竊爲己有，先題吴公畫上。後邵公見之，撫掌大笑。

邵文敬字體間變蘇書，李西涯亦以蘇書答之，跋云：「戲效東曹新體。」邵誤以爲郊其詩，作依字韻詩抵西涯，首句云：「東曹新體古來稀。」西涯因戲次其韻曰：「東曹新體古來稀，此意茫然失所歸。字擬坡書聊共戲，詩於崑法敢相譏？休誇騕褭才無敵，未必葫蘆樣可依。卻問棋場諸國手，向來門下幾傳衣？」相與大笑而罷。

邵東曹墮馬傷足，李西涯次秦武昌韻謔之：「十年雙足躪詞場，我亦憐君墜後傷。歷塊敢誇千里俊，乘船翻笑四明狂。扶顛老僕空隨路，學仆嬌兒更倚堂。應似崔家亭下鷺，獨拳秋雨向寒塘。」

天順朝，某國貢名馬，云能搏虎，英廟命置虎城中，虎鬭不勝，死。邵文敬賦得馬鬭虎曰：「天門名馬真龍媒，萬里新自流沙來。先皇知爾才磊落，放入虎圈與虎搏。霜蹄蹴踏虎即斃，英風颯爽來天際。當時觀者應嘆嗟，唐家豈有拳毛騧。」

楊光溥

莒州人。邵文敬同年進士。仕至山西按察司副使。

楊光溥有詠梅集句百首，其最可稱者：「北風萬木正蒼蒼，粉色淩寒透薄粧。嚼蕊不妨浮白飲，愛閑猶有和詩忙。月來忽送闌干影，風過還聞遠近香。最是一年春好處，數株如玉照寒塘。」又：「聞道春還已有期，梅花一夜遍南枝。不嫌艷杏夭桃俗，長愛蠻煙瘴雨欺。狂客興多惟載酒，閒身事少只題詩。千林掃跡愁無奈，羌管悽涼更忍吹。」又：「花開正屬小春時，一氣纔新物未知。嶺外江南千萬樹，小窗斜日兩三枝。臨溪照影爲誰好？步月聞香每自疑。幸有微吟可相狎，詩人所賞是風姿。」又：「怕愁貪睡獨開遲，政爾寒陰慘淡時。姑射仙人冰作體，漢家公主玉爲肌。蒼松翠竹爲三友，流水空山見一枝。不比西園艷桃杏，等閑開落只春知。」同時錢唐沈行亦有百二十首，其可稱者：「梅花不肯旁春光，百卉前頭第一芳。信是乾坤容晚景，亦知草木有真香。踈踈籬落娟娟月，淺淺池塘短短墻。此際最宜何處看，孤山園裏麗如粧。」又：「青帝邀春隔歲還，分香多是畹中蘭。開花占得春風早，數朶先欺臘雪寒。鬚裊黃金危欲墮，蒂凝紅蠟綴初乾。林塘得爾偏增價，無限行人立馬看。」又：「南北枝頭玉蕊皺，陽和先已到孤根。看花弄水聊爲樂，賞月吟風不要論。欲賦妍華無健筆，忍教落片點空尊。江邊一樹垂垂發，粉蝶如知合斷魂。」又：「且喜春光動物華，數枝粧點野人家。謾疑海上神仙侶，不是人間玉樹花。又恐好枝爲雪壓，故生幽處被雲遮。遲遲欲去猶回望，援筆題詩到日斜。」行又有香奩集句百二十首：「垂柳陰陰晝掩扉，流鶯百囀最高枝。春閨多少關心事，夫壻多情亦未知。」又：「宿雨厭厭睡起遲，曉鶯啼斷緑楊枝。夢中無限風流事，盡在停針不語時。」又：「紅芳落盡井邊桃，病酒懨懨日正高。百尺朱樓閒倚遍，靜看燕子疊新巢。」又：「細草春莎没繡鞋，閒尋女伴過西家。春風不管人憔悴，開遍薔薇一樹花。」又：「冰雪肌膚力不勝，酷憐風月爲多情。自慚不及鴛鴦侶，雙宿雙飛過一生。」又：「倚闌無語倍傷情，夜合花開香滿庭。羌管一聲何處笛？細風斜雨不堪聽。」又：「郎上孤舟妾上樓，感時傷别思悠悠。離心不異西江水，流到瓜州古渡頭。」又：「曉角昏鐘爲底忙，怕黄昏後又昏黄。近來欲睡兼難睡，半是思郎半恨郎。」又：「盡日無人獨倚樓，愁來對鏡懶梳頭。深知身在情長在，嫁得蕭郎愛遠遊。」又：「香塵微涴合懽鞋，花影無人自上堦。折得一枝香在手，思君簪向鳳凰釵。」又：「一更更盡到三更，冰簟銀牀夢不成。欲把傷心問明月，清光此夜爲誰明？」

堯山堂外紀卷八十八

國朝

羅倫　字彝正，一字應魁，號一峰。殿試卷謄真以十三幅爲格本，朝廷對策，惟一峰極長。蓋一峰既中會試，於禮部頒卷時，自言：「久於場屋，有志廷對，願增紙以畢所欲陳。」禮部官壯其志，許之。謄真遂有二十幅。時李文達進讀羅卷，幾一時餘。李年漸高，跪久至不能起，上命兩内臣掖之。是年羅遂爲大魁。至次科會試，亦有欲比羅例者，禮部官以爲有意希望，竟不從。故至今惟以十三幅爲式。

成化乙酉，羅倫赴春闈，道經蘇州，爲文謁范文正公祠。是夕宿舟中，夢文正遺詩曰：「賜帶横腰重，宫花壓帽斜。勸君少飲酒，不久卧煙霞。」明年狀元及第。不久謝政，歸隱而卒。

羅倫上疏論閣老南陽李賢奪情事，調廣東市舶提舉。時學士陳文爲李晝策，故有此貶。後倫復官，李已謝世。及文死，薛之綱御史作詩挽之曰：「學士先生早蓋棺，薤歌聲裏路人歡。填門客散名猶在，負郭田多死亦安。鹽井已非今日利，冰山不似舊時寒。九原若見南陽李，爲道羅倫已復官。」

畢瑜 貴溪人，羅倫榜進士。

畢瑜爲山東提學日，有張驛丞者，鄉試中式，瑜贈之詩曰：「一官耻不與清流，忙裏遺編自校讐。枳棘豈能留彩鳳，鹽車未必困驊騮。東藩領薦名初顯，西蜀題橋志已酧。脱却樊籠入佳境，春雷萬里步瀛洲。」

張昇 字啓昭，號柏崖，南城人。成化己丑，傳臚前一夕，夢登天，兩手挈二人頭，云皆同姓者。及開榜，一甲首爲昇，二甲首張燧，三甲首張曉。

張昇爲翰林侍讀，會風雹發自天壽山，毁瓦傷物，震驚陵寢，朝廷戒諭群臣修省，遣官祭告。於是，昇數劉閣老吉十罪，謫南京工部員外郎。同鄉何喬新贈以詩曰：「鄉邦交誼最相親，忍向離筵勸酒頻。抗疏但求裨聖治，論思端不忝儒臣。自憐石介非狂士，任詆西山是小人。暫别鑾坡非遠謫，莫將辭賦弔靈均。」由是人目吉爲劉綿花，以其耐彈也。吉聞而大怒。或告以出自監中一老舉人善詼諧者，吉奏：「凡舉人，監生三次不中者，不許會試。」

翰林院學士惟一人，多或三五人，弘治壬戌秋，閣老洛陽劉公健因修會典成，欲德翰林，一時陞學士者十人，時禮部尚書已有六人，謝遷以在内閣，張昇爲禮書掌鴻臚事，崔志端以禮書掌太常事，并南京爲六人。崔由神樂觀道士。京師爲之語曰：「禮部六尚書，一員黄老；翰林十學士，五箇白丁。」一時盛傳，以爲的對，且有譏讐。蓋此五人，謂山西張、陝西楊、大興劉并某某，皆成化戊戌閣老萬公安以私意選爲庶吉士者。

費誾 字廷言，丹徒人。成化己丑會元。

費廷言自進士至司業，纔九年。未受命兩月前，李西涯嘗夢廷言拜是官，已而果然。後赴廷言飲，留題廂壁云：「壁水橋門别是天，瀛州東望亦登仙。館中群士有同輩，天下此官無剩員。南京舊多闕，惟北監一人。坐擁圖書消暇日，夢隨冠蓋入新年。班行舊會今稀少，莫怪相過意惘然。」

費誾爲祭酒日，鳳翔之麟遊有虎臣者，貢入太學，適聞萬歲山架棕棚以備登眺，臣上疏極諫，憲廟奇之。闇初不知也，懼其賈禍，乃會六堂鳴鼓聲罪，鐵索鎖項以待。俄有官校宣臣，至左順門，中官傳温旨勞之曰：「爾言是也，棕棚即拆卸矣。」命銓選，予臣七品正官。闇聞而大慚，臣名遂播天下。後知雲南鄂嘉縣，卒于官。楚雄姚鵬哭之以詩曰：「獻策當年爲國憂，至今浩氣貫皇州。只期事業垂千古，豈料形骸付一丘。青史有名書虎氏，錦衣無復耀麟遊。蒼天不管忠良士，空使窮荒草木愁。」

吴寬　字原博，號匏菴，長洲人。應試南畿時，同寓有施焕伯者中榜，逮鹿鳴宴罷，焕伯出曰：「吾意兄策臯撝之騎，遵崇化之途矣。」寬曰：「同行無疎伴。」其有養如此。

吴原博寬未第時，已有能詩名。成化壬辰春，李西涯省墓湖南，時未始識也。蕭海釣文明爲致一詩曰：「京華旅食變風霜，天上空瞻白玉堂。短刺未曾通姓字，大篇時復見文章。神游汗漫瀛洲遠，春夢依稀玉樹長。忽報先生有行色，詩成獨立到斜陽。」西涯陛辭日，見考官彭敷五爲誦此詩，戲謂之曰：「場屋中有此人不可不收。」敷五問其名，曰：「予亦聞之矣。」已而果得原博爲第一。

李西涯赴吴原博飲，席上用擊鼓催花令，戲成一詩曰：「擊鼓當筵四座驚，花枝絡繹往來輕。鼓翻急雨山頭脚，花鬧狂峰葉底聲。上苑枯榮元有數，東君去住本無情。未誇判燭多才思，一遍須教八韻成。」

館閣諸公同集吴寬邸賞菊，即席聯句，陸簡倡云「醉愛寒香佛紫貂」，陳璚云「玉堂風采宴官僚」，李傑云「肯孤晚歲花神約」，王鏊云「須仗今朝酒聖澆」，寬云「風雨尚懷前會阻」，李東陽云「雪霜猶喜後時凋」，林瀚云「不知陶徑孤吟處」，謝鐸云「零落何人許見招」。

吴原博雪後入朝詩云：「天門晴雪映朝冠，步澁頻扶白玉闌。爲語後人須把滑，正憂高處不勝寒。饑烏隔竹餐應盡，馴象當庭踏又殘。莫向都人誇瑞兆，近郊或恐有袁安。」

王鏊

字濟之，少隨父游京師，葉盛試所學，奇之。時冢宰王翺新逝，盛曰：「失一王翺，得一王鏊，安知非後來忠肅乎？」後鄉會試皆第一，廷試策又冠塲。時商文毅公秉衡，恐其軋己，抑置第三。

王文恪公六七歲時，附學於舅氏，一小女使送茶，公戲以手握其手，舅氏出一對，曰：「奴手爲拏，此後莫拏奴手。」王即對曰：「人言是信，從今毋信人言。」

王文恪公年十二能詩，有以呂純陽渡海像求題，公援筆書其上云：「扇作帆兮劍作舟，飄然直渡海洋秋。饒他弱水三千里，終到蓬萊第一洲。」識者已知公爲遠器矣。

劉戩 字景元，安福人，乙未榜眼及第。

劉景元以侍講使交南，時交人吞占城，侵緬甸，頗難其行，劉毅然上道，携二僕由南寧直抵其境，交人驚曰：「昔之人皆航海來，颶檣蔽洋，貿重易奇。今公豈天人耶？何其簡速也！」奉迎館候，視昔倍恭。陪臣拜跪，劉據大明集禮之文受之，不與交一語。至之日頒詔，明日宴畢即行，王大驚曰：「一國生靈命緣天使。」致饋遺豐腆倍昔，金珠犀象珍玩甚多，劉大不顧即行。復遣陪臣要於路，期必致之，劉復書文以初入關詩曰：「咫尺天威誓肅將，寸心端不愧蒼蒼。歸裝若有關南物，一任關神降百殃。」交久益敬悚，遣陪臣入謝，表有「廷臣清白」之語云。

王琰

字良璧，東陽人，乙未第進士。

王琰初授行人，擢御史，巡按蘇松有聲。吴地號繁劇，徧詢輿臺，巨奸宿蠹一剔而盡。平生清苦，人所不堪。卒之日，衾襯不備，合臺助焉。嘗題夏太常昶墨竹曰：「幽人研玉露，寫此青琅玕。清標正相似，翛然同歲寒。」蓋言志也。昶本名昶，字仲昭，東吴人。登進士時冒姓朱，後復其姓。以善書徵入翰林，文皇以所書爲第一。覩見其名，謂曰：「太陽麗天，照臨萬國。日宜書在永上。」昶頓首受命。士夫以爲榮，一時同名者皆改焉。

傅凱

南安人，曾彦榜進士。

傅黄門使夷域，道經仙遊縣九僊祠，傅禱以驗出使事，夢有孺子歌云：「青草流沙六六灣。」傅度之，漠然於中。至夷域，館燕殊隆，飲間，夷王令主客者請曰：「『黄河濯水三三曲』。願天使爲我對之。」傅念前夢，詞意兼絶，即對云：「青草流沙六六灣。」夷王驚服，盡以珍寶奇玩厚遺而還。蓋吾華有九曲，而是夷有三十六灣，彼謂知吾華之勝，吾亦能博彼夷之界故也。臨海錢參政爲諸生時，嘗夢月夜泛舟中流，賦詩一聯曰：「夜色一蓬月，江聲兩岸潮。」後二十年，自嶺南謝事歸，帶月行舟，潮聲初至，恍然如見往時夢中之景，感嘆人生行止似不偶然，因慘然不樂。至五鼓，不疾而終。豐城涂副使爲諸生時，祈夢於九鯉湖仙祠，夢入古寺，花木映簾，泉聲滿户，壁間有唐詩一絶云：「月華星彩坐來取，嶽色江聲暗結愁。半夜燈前十年事，一時和雨到心頭。」既覺悵然，自分科目絶望矣。越數年，登進士，爲御史，以仙祠之夢不足信。後爲廣東副使，巡海至山中古寺，風景依然如夢，仰見所夢唐詩，濃墨大字，盡在壁間，乃愓然驚疑，達旦不睡，次日乃得罷官之報。蓋仙祠之夢多驗於結局也類如此。

羅鑒　號湘川，茶陵人。傅凱同榜進士。

羅湘川退居柳坪之上，鑿池架亭，名曰頤樂，日處其間，爲詩云：「亭中樂事與誰傳？朱紫身閑更大年。明月泛遊蘇軾後，北窗高卧伏羲前。林泉茹飲貧無辱，花木栽培靜有權。一室蕭然無俗慮，卻疑身世是壺天。」

趙寬　字栗夫，吴江人。少以論手稱於吴中。成化辛丑會試第一。

趙栗夫與楊君謙同中應天府鄉試，栗夫年二十一，君謙年二十，次年同在太學。吾常王文肅公爲祭酒，雅重之，每致引試，二人遂爲契交，後同在郎署。君謙得請將還，栗夫與王古直、陳一夔、王存敬、侯公繩、徐栗夫來餞。時日暮雨作，諸君叙坐，而古直老人以隱者野服居首席。君謙請於諸君，顧按京師例作長句爲樂，因復請立一人爲詩監以典賞罰，就請命題，以趙栗夫爲之。栗夫曰：「今對夜雨，只此可詠，詩用五言，以『落』字爲韻。只詠雨夜事，不許汗漫無干。」於是，古直老人先唱一句曰：「高筵啓秋雨，」次徐栗夫曰：「頓爾浄餘熇。得非洗我塵，」時栗夫初使回，故云。趙栗夫曰：「似欲添君酌。堦前渠溜走，」陳一夔曰：「燈下簷花落。來遲路遂阻，」入門而雨，王存敬曰：「坐久衣轉薄。暫停得耳静，」楊君謙曰：「忽至令心愕。蕭蕭佐歸懷，」侯公繩曰：「潺潺亂歡謔。翻盆入杜詠，」古直老人曰：「名亭見蘇作。浸深墻可危，」徐栗夫曰：「泛滿庭堪濯。徙穴蟻何智？」趙栗夫曰：「歸林禽亦樂。來如御枚陣，」陳一夔曰：「響失巡更柝。諸公競解帶，」王存敬曰：「群僕皆赤脚。積陰已連朝，」楊君謙曰：「浮潤先黴昨。良濱坐自固，」侯公繩曰：「好主投不錯。決明色猶鮮，」古直老人曰：「梧桐意方索。滴成老況愁，」徐栗夫曰：「激起鄉思惡。吾方利河漲，」趙栗夫曰：「我亦思屐着。試將聽官舍，」陳一夔曰：「何如枕山閣？朝街泥想尺，」王存敬曰：「漏地水驚勺。忙身夜竊暇，」楊君謙曰：「病體凉得藥。對酒今則同，」侯公繩曰：

「逐事明又各。搜吟思已倦，」古直老人結之曰：「願且更束約。」是爲聯句，古直老人爲之終始，凡三巡而畢，爾我交評，咸以爲佳詠云。

方七人聯句時，一客秉筆搆思，則有六客無事，一巡詩至，須待二三刻。楊君謙復立一令，裂紙如掌濶者七紙，請於趙栗夫曰：「聯句未至時，請各自述一首，述不當者，君詩監主之。」時徐栗夫先成曰：「黄金臺下雨聲稠，白玉橋邊水亂流。戀闕思親情更切，不堪今夜故人留。」陳一夔次成，曰：「自笑馮郎老更迂，故山田舍半荒蕪。縱然麟閣在平地，未有丹青畫老夫。」王存敬次成，曰：「七賢言志一燈前，次到迂夫獨莞然。食禄十年官再徙，不曾留得買書錢。」楊君謙次成，曰：「長揖諸公從此辭，病人筋力自家知。如今只把醫方看，做得功名也是癡。」古直老人次成，曰：「秋雨曉簷聲滴滴，夜堂燒燭影輝輝。自怜王粲身飄泊，白首人間尚未歸。」侯公繩次成，曰：「馬蹄日日走紅塵，自怪微官繫此身。滄海煙波無限好，未歸真是不如人。」趙栗夫次成，曰：「苦憶東南山水限，已無情緒走塵埃。何人先自清游去，我有青鞋亦共來。」時雨益甚不止，而聯句猶未成，諸君各作此自述詩，與聯句無妨，一時樂甚。

陳一夔，華亭人，與蘇去三百里，於趙栗夫固鄉人也。兩人交甚厚，若兄弟然，無一會不俱者。一夔好作詩，醖藉典則，時有真詣語，如詠秋懷云：「人老漸驚生白髮，家貧未辦買青山。」楊君謙以爲自然玅句。一夔崛强，每遇事不可意，必云：「吾只不作官乃已耳。」其心能輕功名如此。故七人聯句之夕，一夔作詩，田園意屢見。時各有互相贈答詩，一夔贈栗夫云：「菜市街西新卜居，荳棚瓜蔓共蕭踈。胸中富有書千卷，誰笑家無儋石儲。」栗夫得詩，仰面撫掌大笑，連稱妙甚。衆客傳觀，皆賞以爲雅製。栗夫答云：「風流故與時情別，樗散偏於酒趣深。未老便爲投紱計，知公天性在山林。」君謙笑云：「一夔未去，若據君言，則是一夔即今就去也。」栗夫戲曰：「吾欲促其去耳。」筵中爲之一噱。

彭福

字綏之，樂平人，晚號懶農。

彭綏之守泰州，以直道忤部使者歸，時寓鄱陽。里中有新登進士第者，綏之具酌邀飲，值微雨，累速不至，綏之遺以詩云：「倘來名利若游塵，何事癡兒太認真。咫尺泥塗行不得，山陰雪夜是何人？」

彭懶農落職家居，縣當大造，其子囑司書者飛稅他户，懶農知之，招司書飲，戲贈之詩曰：「洛陽城中桃李花，飛來飛去落誰家？」司書答曰：「舊時王謝堂前燕，飛入尋常百姓家。」懶農曰：「既不飛上天，飛入地，不過飛入百姓家耳。安忍爲此！」乃爲詩謝之曰：「洪水推沙塞兩涯，推來推去只交加。誰知二世宫中鹿，走過劉家又李家。」飛税竟止。

弘治間，樂平有趙尹考滿還任，邑中士夫皆趨迓之，彭懶農獨投以詩云：「洎陽纔駐使君標，本欲趨迎懶折腰。莫怪野人踈禮節，好從陽晝説陽鱎。」人皆莫喻其意。一日，編修程念齋見之，笑曰：「綏之譏我邑中人深矣。蓋用宓子賤事也。」子賤爲單父宰，過於陽晝，晝曰：「吾少也賤，不知治民之術。有釣道二焉，請以送子。夫極綸錯餌迎而吸之者，陽鱎也，其魚薄而不美。若存若亡若不食者，魴也。其爲魚也，博而厚味。」子賤曰：「善。」未至單父，冠蓋迎之，交接於道。子賤曰：「車驅之，車驅之。夫陽晝所謂陽鱎者至矣。」於是至單父，請其耆老尊賢者，而與之共治。

儲巏 字靜夫，號柴墟，先世毘陵人，元末徙泰州。

儲巏初游州庠，少循矩度，學官示以句曰：「賭錢、喫酒、養婆娘，三者備矣。」儲應聲曰：「齊家、治國、平天下，一以貫之。」已而，舉應天癸卯鄉試第一，甲辰會試第一。比廷對，巏以三元自期。内閣聞其自負，乃抑置二甲第一。自後，勵行檢，務文學，遂得全終身名。

李旻字子陽，號東崖，錢唐人，與王華同庚而長三十五日。庚子，考官取華爲解首，監臨謝御史嫌華白衣，乃更李。李、王皆嘗膳所正班，班主文者。夢中得「一舉中雙元」之句，以爲必無此事，後相繼首擢。

李子陽少有文名，成化庚子秋試，八月二日，與同輩入學晨參，忽五色一鳥飛入明倫堂，盤旋不去。諸生喧縱聚觀，竟棲止於梁間二日，衆以此殆文明之兆。子陽爲詩慶之曰：「文采翩翩世所稀，講堂飛止正相宜。定應覽德來千仞，不但希恩借一枝。羡爾能知鴻鵠志，偕人同上鳳凰池。解元魁選皆常事，更向天衢作羽儀。」是歲，子陽果以易經發解，甲辰廷試第一。

成化癸卯冬，李子陽將赴春闈，友人鎖懋堅者送之，賦正宫謁金門詞云：「人艤畫船，馬鞁上錦韉。催赴瓊林宴，塞鴻聲裏暮秋天。緑酒金盃勸，留意方深，離情漸遠，到京廷中選。今秋是解元，來春是狀元，拜舞在金鑾殿。」已而，子陽果魁天下。懋堅，西域人，扈宋南渡，遂爲杭人，代有詩名。懋堅尤善吟寫，成化間遊苕城，朱文理座間索賦其家假山，懋堅賦沈醉東風一闋云：「風過處香生院宇，雨收時翠溼琴書。移來小朵峰，幻出天然趣。倚闌干盡日披圖，謾説蓬萊恐是虚。只此是神仙洞府。」爲一時所稱。

有人命題云：「新竹似村姑，遇節略施薄粉。」李子陽即對曰：「落梅如老妓，下稍猶帶餘香。」

邵寶

字國賢，號二泉，無錫人。與儲巏領袖文苑。嘗節俸入，略倣范文正義田，於所居晝小井田，扁曰横渠遺意。

邵寶爲大司徒，疏乞終養不允，其詩云：「乞歸未許奈親何！帝里風光夢裏過。三月春寒青草短，五湖天遠白雲多。客囊衣在縫猶密，驛路書來字欲磨。聖主恩深臣分淺，百年心事兩蹉跎。」讀之令人感發，最爲海内傳誦。

程楷

字廷澤，號念齋，樂平人。

程念齋初發棹北上赴會試，是夕，夢人有携扇面畫梅枝一，念齋題云：「誰把枯根紙上栽，瓊花錯落帶晴開。天公預報春消息，占斷江南第一魁。」覺而喜，明年丁未，果中禮部第一，官編修。無嗣而卒，人謂「枯根」之語意爲先讖云。

堯山堂外紀卷八十九

國朝

敬皇帝　升遐之日，大風拔木，市中繖盡騰空中，衆見有黄袍人乘龍而升者。

孝廟御製靜中吟曰："習靜調元養此身，此身無恙即天真。周家八百延光祚，社稷安危在得人。"是時召學士張元禎進講太極圖，契於皇心，見於皇言，深符"主靜、立極、純心、用賢"之説。

孝廟體稍不佳，即誦詩云："自心有病自心知，身病還將心自醫。心若病時身亦病，心身原是病生時。"

弘治三年，會元錢福狀元及第，上爲句曰："春闈得士，狀元元是會元。"詞臣應制曰："曉殿遷官，少保保爲太保。"十月頒曆，上爲句曰："鳳曆初頒，春意遠孚於四海。"詞臣應制曰："麟經繼作，聖心允契於百王。"皆以稱旨聞。

孝宗端午自書一對云：「綵綫結成長壽縷，丹砂書就辟邪符。」重陽出一對云：「今朝重九，九重又過一重陽。」命大監蕭敬等對之，皆不能應，後亦未聞有能對者。

孝廟優禮大臣，無大故，未嘗斥辱。如尚書劉大夏、都御史戴珊輩，往往召至幄中，從容講論，天顔和悦，真如家人父子，内閣諸臣皆稱爲先生。李西涯有詩云：「近臣嘗造膝，閣老不呼名。」蓋實録也。

孝廟徧祀宗藩，秦王送朝使詩曰：「九重聖主篤同宗，遣使明禋禮秩崇。卿相敬恭承德意，廟靈彷彿著儀容。客山夜静風雲會，大地春回雨露濃。歸覲重煩陳一語，親藩存没感恩同。」

癸亥正月郊，上以微恙不果行，有旨：「俟平復親舉。」至二月中旬始克行。蓋上謂天子祭天地不可假，諸臣下必俟疾愈方舉，故鑾輿出郊，遠近快睹，皆呼萬歲。李閣老東陽有詩云：「聖躬已豫思蠲潔，願達平安上紫宸。」紀其實也。

鄒智

字汝愚，號立齋，四川合州人。居龍泉庵，貧無繼晷之給，則掃樹葉蓄之，焚以照，讀書達旦，如是者三年，遂成通儒。

鄒立齋年十六，發解蜀省，迎宴日，閭巷觀者藉藉歎羨。公馬上占絶句云：「龍泉山下一書生，偶占三巴第一名。世上許多難了事，市兒何用喜相驚。」比上春官時，鄉里一尊官見而欣羨之，謂曰：「某省一解元，與子相若，可一訪否？」尊官蓋俗輩，第羨其均以妙齡掇巍科云爾。公初以其爲同志也，亟訪之，才晤坐，以其人忽問曰：「子省榜首，坊金視衆舉子爲增幾何？」公大恚，即拂衣起，不答而出。

孝廟登極，御史湯鼐等交章薦起三原王恕爲吏部尚書，公素禮重風義之士，李文祥及鄒智十餘人與鼐往來，高自標榜，謂鼐爲先鋒，文祥爲大將。既而，鼐謫戍甘肅，辭連及智，併下之獄。智在獄中寫懷詩有曰：「人到白頭終是盡，事垂青史定誰真。夢中不識身猶繫，又逐東風入紫宸。」

初，劉吉憾鄒智嘗劾己，諷錦衣衛逼供，智與湯鼐等往來，欲處以死。刑部侍郎彭韶辭疾，不爲判案，始獲免，乃謫雷州石城千户所吏目。辭朝詩曰：「盡披肝膽知何日？望見衣裳只此時。但願太平無一事，孤臣萬死更何悲。」及赴謫所，道經廣州，有司留館坡山，士民争先謁焉。其同年蒼梧吴獻臣廷舉尹順德，令邑民李焕於古𥜥村建亭居之，扁曰謫仙。其父來視，責以不能禄養，箠之，泣受不辭。弘治辛亥十月卒，獻臣往治其喪，適方伯東山劉公大夏至邑，不暇出迎，廉知其故，反加禮待，共資䘏還其喪。獻臣自是知名。白沙陳公甫追次智詩曰：「遷客一亭遺海濱，當時誰號謫仙人。花汀柳市無疆界，盡是乾坤一樣春。」獻臣和曰：「浮雲浩浩南海濱，落花獨照窮愁人。狼藉幾株桃李盡，謫仙亭上可憐春。」趙進士璜曰：「拄頰孤亭野水濱，閬壺風月謫仙人。而今只有殘鵑在，啼老東溟二月春。」蔣知縣昇曰：「謫仙亭子海之濱，仙去亭空月傍人。二十四番花落盡，一杯誰共送殘春。」

李文祥 麻城人，鄒智同年進士。

初，萬安子翼第進士，官至侍郎。翼子弘璧復倖雋，李文祥爲其同榜，時負才名，將奉大對，安欲以弘璧託之，因許及第，文祥以正對。安乃使弘璧延於别館致款，屬題畫鳩，文祥奮筆作詩，其末句云：「春來風雨尋常事，莫把天恩作己恩。」安銜之。弘治初，有媒孽文祥妄議朝政者，謫隆興衛經歷。西涯贈詩，一聯云：「戒酒不從花底醉，愛舟多在水中居。」李後被酒過河，冰陷溺死。人以爲讖。

楊茂仁

字志道，文懿公守陳子也，鄒智同榜進士。

吴江爲刑部主事，差還復命，鴻臚寺官語之曰：「聲音要洪大，正選通政時也。起身不要背上。」至日早，吴果努力高聲，亦無音節。又横走下御街西。孝廟爲之解顔。時同僚楊郎中茂仁作一對句云：「高叫一聲，驚動兩班文武；横行幾步，笑回萬乘君王。」一時盛傳資譃云。

胡爟

字仲光，蕪湖人，毛澄榜進士。

胡仲光初改庶吉士，内閣試上苑聞鳩詩，曰：「春日晴和欲醉人，耳邊忽聽一聲新。似將明主三推意，唤起良農四海春。花鳥有情憐好景，雨暘無補愧微臣。聽餘忽起江南思，百畝沙田野水濱。」内閣以「暘雨」句爲譏己，遂出爲户部主事。

盧瀚 揚州人，胡爟同榜進士。

盧瀚妻李氏，名妙惠，有貞操。弘治初，盧會試不第，留京講學，有同姓名者死，誤傳至家。會歲饑，父母憐李寡，强以聘江西新淦巨商謝能之子啓，李自經者再，不得已，歸於謝。謝繼母亦揚州人，李懇乞爲婢，以全節操，啓不能奪。李侍母不離。啓先載鹽赴江西，母與李繼歸，舟泊金山，母與李登寺酬愿，李題詩於壁云：「一自當年拆鳳凰，至今消息兩茫茫。蓋棺不作横金婦，入地還尋折桂郎。彭澤曉煙歸宿夢，瀟湘夜雨斷愁腸。新詩寫向金山寺，高掛雲帆過豫章。」署其後曰：「揚州盧某妻李氏題。」既而，盧舉進士，以修實録差往江西，過揚州，知李已嫁。及登金山寺，見所題詩而泣，及至江西訪鹽船，多艤河下，教慧隸誦詩往來鹽舡間二日，李聞知，唤問詩從何處得？隸告以故。李驚喜曰：「吾夫尚存耶！」密約暮夜以舟來迓，蓋恐明言之則聲揚不雅也。是夜，果附舟昇至盧寓館，爲夫婦如初。蓋李歸謝逾二年，貞操益勵，謝母亦爲護持，以遂其志。及是歸，盧母亦嘆異。

李瓚

濮州人，號杏岡，朱希周榜進士。

李杏岡嘗謫判饒州，時長興箬溪顧公應祥爲節推，同寓景德鎮行館。壁有舊題，杏岡和云：「世態等川流，浮生到處留。榮枯一場夢，今古兩眉愁。誓志堅如柏，持心赤似榴。上方如可借，請斬佞臣頭。」時有暴縱，故末句云。既乃屬箬溪和云：「逝者無端晝夜流，少年一去仗誰留？酒星照我何嘗醉，世事憑他不用愁。槐影怕看當戶月，賞心惟愛隔墻榴。寒虫不管興亡恨，底事啾啾在砌頭。」杏岡大稱賞。

趙鶴

字叔鳴，揚州人。李瓚同榜。詩耻凡語，於古愛謝靈運，於唐愛孟郊，於元愛劉因。

趙叔鳴督學山東，誓情膠庠，所至考校生員，多所罷黜，衆議紛然，縉紳亦多厭之，竟以此罷官。鶴去，貴溪江潮代之，潮亦風裁凜然，生員之傷弓者猶畏之。潮出巡至齊河縣，其分司壁間有題對句云：「趙鶴方翦羽翼，江潮又起風波。」潮見之，自科舉後，不復再歲考。

陳琳　莆田人，亦李瓚同榜。

陳琳典南畿學政，甚得士子心，後以諫去國。諸生中獨朱良育送詩最爲傳誦，其詩云：「春風露星出郊原，落日停驂望國門。抗疏要談天下事，謫官應過海南村；湯湯江漢羈臣淚，納納乾坤聖主恩。歷試古來名節士，爲言身屈道尤尊。」識者以爲不下李師中送唐御史也。

張恩　南城人。柏崖狀元之子，倫文叙榜進士。

弘治間，西曹有一對云：「一雙狀元子，兩個探花爺。」是雖資謔，然亦奇事。蓋主事有張恩、王守仁，其父尚書昇、學士華，皆狀元；又有劉鳳儀、李瓚，其子内翰龍、内翰廷相，皆探花也。

張兩山方伯恩歸自嶺南，與樂平朱肅川大尹文選聯舟倡和，過青灣，兩山吟云：「輕篙短棹下青灣，一抹嵐光四座環。水底有天天映水，山前含樹樹連山。忘機野鳥高應下，卧煖沙鷗去復還。卻笑煙波江上客，越南江北路間關。」朱和云：「浩歌一曲下溪灣，仰漢流光似轉環。縱我酒豪拚歲月，逼人詩債爲江山。懶飛梟舄天邊去，卻駕仙槎海上還。歸到故園深絶處，草堂長借白雲關。」兩山嘆服。

張兩山嘗寓白沙驛，聞武廟北巡，作詩曰：「龍馭奔胡戰膽寒，男兒此去負衣冠。平生犬馬心無補，幾夜風波夢未安。愁極黄沙千里外，望窮紅日五雲端。綱常一束無人任，卻説中原宇宙寬。」

魯鐸 字振之，湖廣景陵人。弘治壬戌春初，京師有善占天文者，禮部諸公詰之曰：「魁在何處？」占者曰：「文星在楚，魁當在湖廣。」越一月，將揭曉，復命占之。占者訝曰：「文星入楚淺，入秦深，魁當在陝西。」已而，鐸中會元，武功康海中狀元。

魯文恪公爲秀才時，曾有詩云：「古樹岡頭屋數椽，主人家世只殘編。居臨江漢東南會，運到雲龍五百年。七澤鳶魚渾道體，九州兄弟或顛連。西周老鳳雛將近，會見梧桐君影圓。」其志趣如此。

魯文恪公爲舉人時，屬遠行，遇雪雨泥濘，夜止旅舍宿，憐馬卒寒苦，即令卧之衾下，因賦詩云：「半破青衫弱稚兒，馬前怎得浪驅馳？凡由父母皆言子，小異閭閻我卻誰！事在世情皆可笑，恩從吾幼未難推。泥途還藉來朝力，伸縮相加莫漫疑。」

魯文恪公同榜復有一魯鐸，永平人，又有兩朱衮，一美貌，一不揚，時有對曰：「魯鐸分南北，朱衮別妍媸。」

董玘 字文王，號中峰，初名元。

弘治乙卯，張御史泰按雲南，會鎮守太監劉昶、總兵黔國公沐琮、巡撫都御史張浩保舉神童董元者，紹興人，知雲南府復次子也，八歲能詩，詠胡桃曰：「形狀如雞子，剛柔實未分。擘開混沌殼，渾是一團仁。」梅月曰：「夢覺羅浮夜已闌，君賢雲靜月團圓。玉人不學桃花面，浄洗紅粧鏡裏看。」九歲以來，真、楷、草書，歌、賦、序、記及三場文字，亦皆能之。今十三矣。請查照李東陽、程敏政、楊一清、洪鐘事例，考送翰林院讀書，疏上，上召試不如所言，命還籍，乃充會稽縣學生，更名玘。乙丑會元登第。

顧鼎臣

字九和，初名仝，號未齋，崑山人。父恂，年五十餘始生公。既壯，每夜焚香表祈父壽。一夕，夢黄鶴從天飛來，近視之，即所焚表也，後有硃批字數行，末云：「自此以後，聞田單火牛，通行無滯。」蓋乙丑之兆云。

崑山之俗，以八月十八日爲潮生日，合邑往東門觀潮。弘治甲子，鼎臣觀潮詩云：「海若鞭潮出海門，霆奔雪捲帶靈氛。六鼇駕撼三山動，萬馬聲傳百谷聞。應識更期人似玉，往觀誰使女如雲。傅巖舟楫真時用，康濟功成日未曛。」明年，大魁天下。

魏校

號莊渠，崑山人，顧鼎臣榜進士。

魏莊渠督學嶺南，以正學迪士，始一二年，校士以文，暨後專崇行檢。士未試文而高下進退已有定列，臨試止書一破而已。然親信一二生徒，惟言是用。有林生者，竟以賄敗。公嘗會十郡之士，講於臬司之愛蓮堂，有書一韻絶句云：「自疑自失自驚心，卻笑斯人巧用心。惟有愛蓮堂上月，分明照破此人心。」

馮蘭

弘治間，姚江馮蘭爲董學憲副，有同年嘉禾侍郎屠勳相遇錢塘，屠談往與東郎中結奏事曰：「東已死於軍，妻子流落。予官尚未艾乎？」繼而出棋局扇面索題，馮援筆曰：「白雲堆裏四公亭，亭下只遺空石枰。相逢莫自誇高手，一遍輸來一遍贏。」屠遂默然。

堯山堂外紀卷九十

國朝

馬文升

字負圖，鈞州人。弘治間，自本兵晉冢宰，嘗曰：「吾在兵部，每夜心行天之邊者一周；在吏部，每夜心行天之内者一周。行邊者思武備，行内者計人才。」

弘治丙辰春，吏部缺尚書，衆推兵部尚書馬文升、在都御史屠滽，馬自以部次年勞當得之，不意竟歸於屠，馬意不平，賦一近體，有「清朝有意推公道，白髮無心着錦鞭。天上浮雲偏晻靄，地中陰氣已凝堅」。屠既得吏部，當班于馬之上，固辭居下。是雖謙讓，亦其中有未安也。滽，鄞人。掌銓曹時，平湖屠公勳亦掌南銓。二屠源流莫考，朝紳以其一時並掌兩京家部，聯輝競貴，遂爲通譜，二家子姓貴盛，望于兩浙。蓋近時鮮儷云。

馬文升久居兵部，專以險刻爲事，朝廷有時賞賚各邊，多奏裁之。京軍布糧，亦從減削。弘治庚申夏，彗星出，虜犯大同，柝長城入關，兵出屢不利。京師爲十七字謡曰：「天上有掃星，地下有達兵。若走，須殺馬文升。」馬由是因冢宰闕位，營遷以避禍云。

潯州張尚書瀠爲翰林學士時，與同寅限韻聯句，得單字，公成，句有「衝雨邪飛燕子單」。時服其當。馬端肅以「燕子單學士」稱之。

楊一清

字應寧，雲南安寧州人，僑居鎮江，舉神童，吴寬榜登第。

楊一清爲冢宰日，有設爲選官求改事爲口實者，曰：「有選人既注官，意弗慊，思改，將決於神籤。其妻曰：『君儒人，當聽命於儒之靈者。』選人於是求禱於仲尼。既至廟，乃先詣從配諸賢，首至閔子，曰：『某欲改官，何從而可？』閔曰：『何必改？』問顔子，顔曰：『也不改。』問宰予，予曰：『於予改。』問其自，則曰：『鑽燧改。』」楊號邃菴，其所注除遷擢，皆由賄賂鑽刺而得，故云。

楊邃翁冬天氣盛，而李西涯怯寒。二公並坐，涯翁屢以足頓地作聲，邃翁曰：「地凍馬蹄聲得得。」涯翁見其吐氣如蒸，遽云：「天寒驢嘴氣騰騰。」相與一笑。

宸濠謀逆，武宗親征，既得凱旋，駐蹕金陵，復渡江幸楊一清第，賜絶句十二首，公又有應制律詩四首、應制賀聖武詩絶句十二首，編爲二卷，名車駕幸第録。公自叙謂：「虞廷賡歌之後，古帝王有以詩章寵臣下者，不過一篇數言而止，未有聯章累牘若是其盛者；至於屈萬乘之尊，在位者或有之，然亦鮮矣；若罷政歸休者爲尤鮮。」守溪王公鏊有四絶句云：「相國移家江水湄，金山望幸已多時。太平金鏡無由進，願得迴鑾一顧之。」「趙普元爲社稷臣，君臣魚水更何人。難虚雪夜相過意，海錯尤堪佐酒巡。」「北固山前駐翠華，慇懃來訪相臣家。太湖怪石慙多幸，也得相隨載後車。」「賡歌千載盛明良，宸翰如金更煒煌。漫衍魚龍看未了，梨園新部出西廂。」

楊邃翁壽日，貴溪陶公爲揚州分教，畫葡萄一幅，題絶句以賀云：「萬斛驪珠帶雨鮮，摘來浸酒薦春筵。枝頭剩有千千顆，一顆期公壽一年。」楊大喜之。今傳奇有還帶記，嘉定沈練塘所作，以壽邃翁者也，故曲中有「昔掌天曹，今爲地主」等語，邃翁喜圈此八字。

楊邃菴致政後，賦雁兒落詞曰：「俺也曾握虎符鎮塞垣，俺也曾假黄鉞誅叛亂，俺也曾掌天曹統百官，俺也曾草黄麻侍主言。念鸞凰勝鷹鸇，怕蒿艾混芝蘭。小人哉多行險，君子兮不素飡。清閑不知，機心怎閒？平也么安，不知足，心怎安？」

劉績詠楊花詩譏楊邃菴云：「點鬢縈眉西復東，悠楊無力任春風。謝家擬雪真兒女，到處生蟲不殺蟲。」

陸滄浪好作俚語，正德間，從戍京師，嘗有「楊果不果，一清不清，朱安不安，朱寧不寧」等語。寧知而執之，問曰：「汝作詩時，曾吃醉否？」陸正色曰：「我實不醉。」寧竟釋其罪，僅調邊方而去。時有人投陸詩云：「落魄當年老陸郎，知囊今已作詩囊。醉中又復重來醉，狂裏如何更着狂！踰海踰河何日了？奔南奔北自家忙。不如檢點親經史，一榻清風舊草堂。」或云即邃菴所作，以復其諷己者。

林俊 字待用，號見素，莆田人。曾彥榜進士。

成化間，林見素以部署言事謫姚安，士林偉之，渡楊子江詩云：「親見朝廷政令新，小臣何事浪憂民？一言雖忤九重意，萬死猶存七尺身。沙畔白鷗閑待我，鏡中華髮苦催人。十年楊子江三渡，此日何勞更問津！」初貶時，有國子生用李師中贈唐子方韻送之：「八千里外未爲遠，三十名成始是難。自信孤忠能報國，誰憐赤手可移山。沙門有地黄金盡，溝壑無由白骨寒。愧我布衣空引領，九重何日詔君還？」

正德中，林見素以右都御史受命平蜀寇。未幾，即乞休致，時閹宦與佞倖用事故也。李空同以詩寄公云：「錦水啼鶯起，巴山春望微。干戈滿眼急，江漢一舟歸。花送琴書色，霜留斧鉞威。所傷豺虎亂，公也惜鷗機。諸葛能安蜀，穰苴本善兵。向來優起詔，番作急流行。老益丹心壯，憂惟白髮驚。秖憐川父老，涕泣挽歸旌。」

林廷玉

字粹夫，號南澗，侯官人。父芝司訓信宜，母没，留葬焉。及父遷韓府紀善，占籍平涼，遂領陝西解首，連第李旻榜進士。以葬魯都憲使廣，因趨信宜訪得母墓，慟哭祭之。欲負骨以歸，陳白沙止之，有「不與皇華共載」之句，乃圖山形而去。

林廷玉醉中戲作清江引曰：「世上人心真箇歹，牽鬼街頭賣。哄了白尚書，聽過陳員外。漢鍾離看見通不採。」「没嘴葫蘆就地滚，好歹休相問。花粧扮戲棚，紙做盛錢囤。陳搏華山閑打盹。」「春花正紅春酒美，多少蟠桃會。休做看財奴，枉着金銀累。死到黄泉纔是悔。」「勝水名山和我好，每日家相頑笑。人情下苑花，世事襄陽砲。霎時間虚飄飄都過了。」

林廷玉詠愁塞鴻秋詞云：「姤離情，輾轉相迍逗。惹羈懷，來往閑交搆。對菱花，怕照容顔瘦。數歸鴻，難展眉峰皺。秋風葉落時，夜雨燈昏侯。那其間、淚濕香羅袖。」洪武間，張彥倫詠愁詩：「來何容易去何遲？半在胸中半在眉。門掩落花春去後，窗含殘月酒醒時。濃如野外連天草，亂似空中惹地絲。除卻五侯歌舞地，人間無處不相隨。」亦警策可誦。

林廷玉詠酒塞鴻秋詞云：「米明王，原掌奇門印。麯將軍，會擺迷魂陣。水中郎，穩坐雲安鎮。柴令公，傳示蘭陵信。祭遵壺矢威，李白蠻書令。那愁城、攻破難逃命。」

林廷玉又有高陽臺詠春睡云：「旅思閨情，酒愁花病，庭前樹影平分。蝶混蜂迷，莫因迤逗殘魂。黄鸝窗外聲聲好，喚覺來卻又昏昏。困瞢騰，滿地飛花，倦數還嗔。東風簾幙無塵，見悠悠楚水，漠漠巫雲。柳絮多情，故來尋襲腥裙。彈棋駁啄知何處？夢中特地驚聞。起凭闌，青鸞摇拽，金鴨氤氳。」

林廷玉挑燈杖詩云：「檠椀常存竹木莖，餘功時或賴扶傾。卻憐形體纖還短，能使光芒暗復明。天上長庚原有焰，人間太乙又騰精。心燈聞説無明滅，何用區區得擅名？」

喬宇

字希大，號白巖，林廷玉同年進士，山西平定州人，與遼州王雲鳳、太原王瓊稱「晉中三傑」，亦云「河東三鳳」。

喬白巖賀人生子詩：「問時曉散龍墀後，紀月春分昴宿中。」蓋子以二月望日寅時生也，士林服其精細，爭傳誦之。

正德庚辰，有方士者挾巫史之術，遨遊江湖，人扣以未然事，輒召古名僊運乩賦詩以答，隨所限韻，敏若夙搆。是年秋至吴，吴中諸生梁廷用往問，答曰：「吾回道人也。君乞喬白巖詩，吾當邀李謫仙同賦，用十六韻。」梁蓋白巖門下士也，喬時爲留都大司馬。其用十六韻詩曰：「六丁持斧施神工，鑿開西南萬仞之崆峒。芙蓉一朵插天表，勢壓天下群山雄。冰壺倒月色澄徹，瑶臺倚斗光玲瓏。百丈虹霓望吞吐，八埏霖雨瞻空濛。虚室不受一塵染，靈光直與銀河通。乳泉掛壁噴晴雪，玉梅懸谷摇春風。上有神仙玉虚子，淩風出没游太空。登虬伐蛟下入海底水晶窟，朝真謁帝獨步天上璚瑶宫。頭角嵯峨自卓立，胸襟磥砢誰磨礱。憶昔江樓吹鐵笛，明月一醉三人同。邇來一别世間甲子不知數，但見幾度玉洞桃花紅。金龜老，黄鶴翁，各分一諱貽此公。天然意趣自相合，芳稱長在塵寰中。好將大手整頓乾坤了，歸來一笑拂雲看劍重會滄溟東。」白巖公得詩大喜。按此方士王姓，無錫人，呼百韻可頃刻就。蓋借儽鬼售其術耳。梁後名宏，字裕夫，二人實相與，謬爲之，以欺白巖公者。

胡世寧　字永清，仁和人，黑面巉顔，電眸獅鼻，見者咤之。

胡世寧，弘治壬子舉鄉試第二，巡按御史檄計偕銀百兩，世寧曰：「彭侍郎以災傷故減半，吾不敢盈取。」竟卻其半。舉進士，授德安府推官，廉明有聞。一日患劇疾，召醫視之，曰：「還有神光。」世寧力疾賦詩，有「萬死神光還自在，再生事業敢能爲」之句。

胡端敏公推重林見素，及公謝病歸，見素亦致仕，以詩招公，公和之，有云：「朝野正愁元老去，雲莊新報主人歸。」又云：「事業廣平真宰相，風流康節舊人豪。」

王守仁　字伯安，餘姚人。初名雲，以太夫人夢五色雲入懷而生也。有一老僧以名露天機，改今名。

王陽明年十一時，過金山寺，龍山公與客酒酣賦詩未成，陽明從旁曰：「金山一點大如拳，打破維揚水底天。醉倚妙高樓上月，玉簫吹徹洞龍眠。」客大驚異，復使賦蔽月山房詩，隨應曰：「山近月遠覺月小，便道此山大於月。若人有眼大如天，還見山小月更濶。」客益奇之。

王文成初主禮部政，章忤劉瑾擅權，謫貴州龍場驛丞。後懼禍迫身，至海濱遺履於岸，賦詩一律云：「學道無成歲月虛，天乎至此意何如？生曾許國慚無補，死不忘親恨有餘。自謂孤忠懸日月，豈知遺骨葬江魚。百年臣子悲何極，頻聽濤聲哭子胥。」詩畢，即赴水，俄二童子維腋而行，足如履空，耳傍直聞風濤淜湃。須臾至一洞口，簾捲珊瑚，二叟處其中，騶從女樂及左右所置明珠。白壁平地，未之覩也。與二叟弈棋聯句，浹旬而别，其二童子復引登陸。時瑾已服上刑矣。先生始起擢用。

王文成赴謫，次杭之北新關，喜見諸弟，有詩：「扁舟風雨泊江關，兄弟相看夢寐間。已分天涯成苑别，寧知意外得生還。投荒自識君恩遠，多病心便吏事閒。携汝耕樵應有日，好移茅屋傍雲山。」

王文成赴謫過閩中，覆舟幾厄，時有漁人泛溪中，拯之上山。方徘徊間，適遇一道者自稱舊識，邀至中和堂主人處，盤桓數日。主人乃仙翁也。臨行，作詩送之云：「十五年前始識荆，此來消息最先聞。君將性命輕毫髮，誰把綱常重一分？寰海已知誇令德，皇天終不喪斯文。武夷山下經行處，好對清樽醉夕曛。」

王文成養痾陽明洞時，與一布衣許璋者相朝夕，取其資益。璋，上虞人，淳質苦行，潛心性命之學。嘗躡屩走嶺南訪陳白沙，其友王司輿以詩送之曰：「去歲逢黄石，今年訪白沙。」璋故精於天文、地理、兵法、奇門、九遁之學，文成後擒逆濠，多得其力，成功，歸贈以金帛，不受。文成每乘筍輿訪之中山，菜羹麥飯，信宿不厭。歿後，文成題其墓曰：「處士許璋之墓。」

王文成之既擒宸濠也，忽傳王師已及徐淮，遂乘夜遄發至錢唐，凛凛不勝憂慄，作詩云：「靈鷲高林暑氣清，竺天石壁雨痕晴。客來湖上逢雲起，僧住峰頭話月明。世路久知難直道，此身那得尚虛名？移家早定孤山計，種果支茅卻易成。」頃之，王師遣人追宸濠，復還江西，遂謝病居淨慈寺，作詩云：「老屋深松覆古藤，羈棲猶記昔年曾。棋聲竹裏消閒晝，藥裏窗前對病僧。煙艇避人常曉出，高峰望遠亦時登。而今更自多牽俗，欲似當年又不能。」又云：「常苦人間不盡愁，每拚除是入山休。若爲此夜山中宿，猶自中宵煎百憂。百戰西江方底定，六飛南甸尚淹留。何人真有回天力，諸老能無取日課。」

王陽明嘗遊僧寺，見一室封鎖甚密，欲開視之，寺僧不可，云：「中有入定僧，閉門五十年矣。」陽明固開視之，見龕中坐一僧，儼然如生，貌酷肖己，先生曰：「此豈吾之前身乎？」既而，見壁間一詩云：「五十年前王守仁，開門原是閉門人。精靈剥後還歸復，始信禪門不壞身。」先生悵然久之，建塔以瘞而去。

韓邦奇 字汝節，朝邑人，同邑劉太守偉死已廿年，邦奇復見之，與之飲食，亦不敢問其何來，此事甚異。

宸濠令一士詐爲羽客往説韓副使邦奇，假以所繪松請題，韓爲詩曰：「勁節貞心本自奇，四時常見緑猗猗。笑他江上桃花樹，爲放春光三兩枝。」士喻意不敢言而退。

正德末，韓汝節爲浙江按察僉事，廉勁自持。時鎮守太監王堂怙勢害人，如茶、筍、鰣魚，種種勒辦，民不聊生。汝節數裁抑。堂遂以沮遏進貢誣之，詔錦衣械治，百姓感泣，哀動城市。汝節爲詩云：「非才尸位聖恩深，士庶何勞淚滿襟。明主昌言神禹度，斯民直道葛天心。還看匣有平津劍，更喜囊無暮夜金。惆悵此時不忍去，且維輕舸越江潯。」

韓苑洛作乃弟邦靖行狀，末云：「恨無才如司馬子長、關漢卿者，以傳其行。」北人粗野乃爾。邦靖，字汝慶，邦奇同科進士，爲山西參政，養病回，書一山坡羊於驛壁曰：「肯排山南山北偃，肯倒海東海西翻。我如今，心兒裏不緊，意兒裏有些懶。如今一箇箇平步裏上青天，一箇箇日日近龍顏。青山緑水，且讓我閒遊玩。明月清風，你要忙時我要閒。嚴潭，你會釣魚，誰不會把竿？陳摶，你會睡時，誰不會眠？」

黄鞏　字伯固，莆田人，嘗題其書室曰：「茅屋石田，爲生太拙。鴟夷馬革，自許何愚。」

正德己卯，朝廷有旨南巡。黄鞏時爲武選郎，以其事出邊將江彬之誘，因疏六事。彬大怒，欲必寘之死，乃下詔獄。廷跪五日，杖百餘，除名。鞏體極修羸，幸得甦。以詩遺弟曰：「不用女謀方至此，須知我道固當然。」可謂萬死而不悔也。

嘉靖丁亥，馬伯循理陞南京通政，赴任，過河池，見驛丞貌類黄鞏者問之，乃其弟肇叔開也，公即泫然淚下。既，乃作詩贈之，有「六年復見先生面，爲過河池見叔開」之句。蓋公舉禮闈，寔鞏所取生，與同官，既師事之，死後猶依依若此。

堯山堂外紀卷九十一

國朝

桑悦 字民懌，號思亥，居海虞之沙溪。家貧亡所蓄，書從肆中鬻得，讀過輒焚棄之。敢爲大言不自量，時以孟軻自況，原、遷而下弗論，而更非薄韓愈氏曰：「此小兒號嗄之聲。」問翰林文學，曰：「虚無人。舉天下亦惟悦最高，其次祝允明，其次羅玘。」每書刺曰：「江南才子桑悦。」

桑悦十九舉鄉試，春闈策有「胸中有長劍，一日幾回磨」等語，爲吴檢討汝賢所黜。又作學以至聖人之道論，有「我去而夫子來」等語，考官縮舌曰：「豈江南桑生耶？狂士！狂士！」遂下第。

桑悦再試春官得乙榜，年二十六，籍誤以二爲六，用新例辭，不許，遂有泰和訓導之命。李西涯送以詩曰：「十年三度試春闈，親見聲名滿帝畿。甲第久慙唐李郃，奇才終誤宋劉幾。功名歲晚非蓬鬢，湖海官貧尚布衣。試看孤鷹下林落，壯心還向碧天飛。」初，大學士丘濬慕悦名，召令觀所爲文，紿曰：「某人譔。」悦心知之，曰：「明公謂悦不怯穢乎？奈何得若人而令悦觀。」濬曰：「然則生試更爲之。」歸譔以奏，濬稱善。及是調邑博士，濬贈之牡丹一種，戲曰：「後當遷洛陽令，故遺生袁家紫。」對曰：「明公知未形事，豈已飲上池水乎？」踰年，按察視學者别濬，濬曰：「吾故人桑悦，幸無以屬吏視也。」按察既行部抵邑，不見悦，顧問長吏：「悦令安在？豈有恙乎？」長吏素恨悦，皆曰：「無恙，自負不肯迎耳。」乃使吏往召之，悦曰：「連宵旦雨淫，傳舍圮，守妻子亡暇，何候若？」按察久不能待，更兩吏促之，悦益怒曰：「若真無耳者！即按察力能屈博士，可屈桑先生乎？爲若期三日，先生來；不三日，不來矣。」按察欲遂收悦，緣濬不果。三日，悦詣按察，長揖立不跪。按察厲聲曰：「博士分不當得跪耶！」悦前曰：「漢汲長孺長揖大將軍，明公貴豈踰大將軍，而長孺固亡賢於悦，奈何以面皮相恐，寥廓天下士哉！」因脱帽徑出。按察度亡已，乃下留之。

嘉魚李承箕幼有大志，不喜舉子業，好作古詩文，非禮不言動，時人目爲李道學。成化庚子鄉試，桑悦時爲考官，欲取其卷爲解，監臨者不聽，悦遂題一絶於硃卷云：「三復斯文感慨深，扶桑枝上鳳皇吟。臨風不盡英雄淚，湘水衡山知此心。」尋上書政府論學，丙午方領鄉薦，丁未禮闈下第歸，即從陳白沙游，不復求仕。

故事，御史出按郡邑，博士侍左右立竟日，桑悦請曰：「犬馬齒長，不能以筋力爲禮，亦不能久任立，願假借且使得坐。」御史聞悦名，數召問，謂曰：「匡説詩，解人頤。子有是乎？」曰：「悦所談玄玅，何匡鼎敢望？即鼎在亦解頤。公幸賜清燕畢，頃刻之長。」御史壯之，令坐講。少休，悦除襪，跣而爬足垢，御史不能禁，令出。尋復薦之遷長沙倅，再調柳州，悦實惡州荒落，不欲往，人問之，輒曰：「宗元小生擅此州名久，吾一旦往，掩奪其上，不安耳。」爲柳州歲餘，不堪，思歸，因作詩有「鷓鴣道我行不得，杜宇勸人歸去休」之句。會丁外艱服闋，遂不起。

桑民懌宿茶陵五峰菴，留題曰：「攀蘿躡磴路盤紆，出澗流泉百折餘。地獻秋田充佛供，天留松徑作僧居。數聲清磬紅塵隔，一瓣名香黑葉除。喜共山雲分半榻，通宵魂夢寄空虚。」

桑民懌既家居，益任誕，褐衣楚製，往來郡邑間。沈石田寄詩云：「驅馳一倅厭爲州，歸就高閒未白頭。竹篋理詩春草亂，糟床聽酒夜泉流。農桑舊課今家事，山水清談昔宦遊。因愛西湖風月好，近時知買木蘭舟。」

桑民懌題碧溪詩曰：「五兩簑衣百尺竿，碧溪十里足盤桓。卧分芳草爲衾枕，坐愛清流照肺肝。花落無聲雲影動，鳥飛不度鏡光寒。平隄多種芙蓉樹，惟有秋容耐晚看。」

桑民懌嘗過一富家，見其碌碌置田産，戲爲口號遺之曰：「廣買田産真可愛，粮長解頭專等待。轉眼過來三四年，挑在檐頭無人賣。」

祝允明　字希哲，右手騈拇指，號枝指生，拜廣中邑令歸，槖中裝可千金，日張酒呼故狎游宴，歌呼爲壽，不兩年都盡。允明好負逋責，出則群萃而詬誶者至接踵，竟弗顧去。

祝枝山爲人，好酒色六博，不修行檢，嘗傅粉黛從優伶酒間度新聲，俠少年好慕之，多賫金游。嘗賦金落索四景詞，爲時膾炙。其一：「東風轉歲華，院院燒燈罷。陌上清明，細雨紛紛下。天涯蕩子，心盡思家，只見人歸不見他。合歡未久難拋捨，追悔從前一念差。傷情處，懨懨獨坐小窗紗。只見片片桃花，陣陣楊花，飛過了鞦韆架。」其二：「楊花亂滚綿，蕉葉初成扇。翠蓋紅衣，出水新蓮現。金爐一縷，微爇沉煙，睡起紗幮雲鬢偏。無端好夢誰驚破，風外鶯聲柳外蟬。羞臨鏡，千愁萬恨對誰言？只見舊恨眉間，新淚腮邊，界破殘粧面。」其三：「閑堦細雨收，翠幙新凉透。衰柳殘荷，正值愁時候。近來都減，卻舊風流，爭奈新愁接舊愁。白雲望斷天涯遠，無盡頭。相思病，無明徹夜幾時休。只見雁過南樓，人倚西樓，人比黃花瘦。」其四：「銀臺絳蠟籠，翠幄金鉤控。錦帳紅爐，獨自無人共。月明初轉，過小房櫳，不放清光照病容。愁聽畫角聲三弄，吹落梅花一夜風。關山夢，魚沉雁杳信難通。孤眠人最怕隆冬，又值嚴冬，做不盡鴛鴦夢。」

祝枝山在金陵，春晚，與客步秦淮，客摘園林誦曰：「紅杏枝頭春意鬧，」枝山即眺落暉，曰：「烏衣巷口夕陽斜。」少間，枝山自書所爲文，客戲曰：「君之富學善書，應以多指爾。」枝山猝應曰：「誠不以富，亦衹以異。」座客皆笑。

祝枝山學佛語，作叉袋謎云：「無佛物少不開口，開口便成佛盛物。盤多羅詰結多，羅破多刹撒多。佛白多難陀駝。」

沈周

字啓南，號石田，亦稱白石翁。文待詔稱爲先生，每謂人：「吾先生非人間人也，神仙人也。」

沈石田初未知名，嘗與諸詩人集一貴官宅，其人出禿嫗牧牛圖索諸公詩，並不愜意，石田題云：「貴妃血濺馬嵬坡，出塞昭君怨恨多。爭似阿婆牛背穩，笛中吹出太平歌。」諸公媿服，由是其名遂著。啓南以詩豪名海内，而其詠物尤妙，如詠錢云：「有堪使鬼原非謬，無任呼兄亦不來。」門神云：「檢爾功名惟故紙，傍人門户有長情。」謝簾云：「外面令人倍惆悵，裏邊容眼自分明。」混堂云：「未能潔己著先亂，亦復隨波惜衆同。」

沈石田嘗寓杭之天竺寺，人無知之者，因題一絶於竹云：「買書賣畫出春城，着破青衫白髮生。四海固無知我者，空教啼殺樹頭鶯。」又武昌登黄鶴樓，適有數客飲其上，石田題云：「昔聞崔顥題詩處，今日始登黄鶴樓。黄鶴已隨人去遠，楚江依舊水東流。照人惟有古今月，極目深悲天地秋。借問回仙舊時笛，不知吹破幾番愁？」詩成，大書於壁而去。客見其詩，驚謂衆曰：「此必仙也，何不凡如此！」尋物色之，迺知爲石田云。

沈石田工畫山水人物，嘗寓西湖寶石峰僧舍，爲求畫者所窘，劉邦彦嘲之云：「送紙敲門索畫頻，僧樓無處避紅塵。東歸要了南遊債，須化金僊百億身。」沈石田送蘇守五馬行春圖，守怒曰：「我豈無一人跟者耶！」沈知，寫隨從者送入，守方喜，沈因戲之曰：「奈絹短，少畫前面三對頭沓耳。」守曰：「也罷，也罷。」

越僧某，嘗索畫於石田，寄一絶云：「寄將一幅剡溪藤，江面青山寫幾層。筆到斷崖泉落處，石邊添個看雲僧。」石田欣然畫其意答之。

沈石田暑中爲人寫雪圖，因題其端云：「六月添衣唤童子，自畫雪圖茆屋裏。玉花出筆飛上樹，慘淡陰山無乃是。老生放筆還自笑，顛倒炎涼聊戲爾。門前有客來借看，滿眼黃塵汗如雨。」石田作畫，皆先成一詩，就詩意描寫，間有畫畢後題者，百中一二。

沈石田有化鬚疏，其序曰：「茲因趙鳴玉髡然無鬚，姚存道爲之告助於周宗道者，於其于思之間，分取十鬚，補諸不足，請沈啓南作疏以勸之。」疏曰：「伏以天閹之有刺，地角之不毛，鬚需同音，今其可索。有無以義，古所相通。非妄意以干，迺因人而舉。康樂著舍施之跡，崔諶傳插種之方。惟小子十莖之敢分，豈先生一毛之不拔。惟有餘以補也，宗道廣及物之仁；乞諸隣而與之，存道有成人之美。使離離緣坡而餙我，當榾榾擊地以拜君。把鏡生歡，頓覺風標之異；臨流照影，便看相貌之全。未容輕拂於染羹，豈敢易撚於覓句。感矣，荷矣！珍之，重之！敬疏。」

王文恪自内閣歸時，沈石田已病亟，文恪即遣人問之，石田書一絶爲謝曰：「勇退歸來説宰公，此機超出萬人中。門前車馬多如許，那有心情問病翁。」字黑慘淡，遂爲絶筆。後二日卒。

陳震　字啓東，長洲人，吴文定公友也。公游卿校時，與震同試于督學，公名在前，當廪食。以震貧，請以是讓。主司多其義，許焉。又買舟與同赴鄉試，震中式而公失解，乃出貲設宴，且曰：「陳君貧不能買舟也。」俟震同歸。

陳啓東善屬對，嘗思「的頸葫蘆」四字未就，方浴而得之曰：「『空心蘿蔔』，天生語也。」喜而躍，浴盤頓破。

翰林舊有句云：「賓之李西涯字訪東之江朝宗，東之賓之。」無能屬者。適陳啓東謁選至，吴文定以扣之，答曰：「回也待由也，由也回也。」西涯爲之擊節。

陳啓東訓導分水，一人題橋云：「分水橋邊分飯吃，分分分閤。」啓東過而見之，續曰：「看花亭下看花回，看看看到。」皆其邑地名也。

陸文量參政湖藩，與陳啓東飲，見其寡髮，戲之曰：「陳教授數莖頭髮，無計可施。」啓東曰：「陸大人滿臉髭髯，何須如此。」陸大賞嘆，笑曰：「兩猿截木山中，這猴子也會對鋸。」啓東曰：「有犯幸公勿罪。」乃云：「匹馬陷身泥内，此畜生怎得出蹄。」相與撫掌竟日。

楊循吉

字君謙，吳縣人，其父夢人告郎君當中五十四名。已而，鄉、會、廷試皆得一十八名，合之果五十四，除儀部主事。性好山水，嘗論郡中奇勝，得金山，因結廬居焉。後徙南峰，號南峰山人。每讀書得意，則手足不能禁，人謂之「顛主事」。

楊君謙題畫扇云：「一竹竿，一笠簑。知是陸魯望，知是張志和。醉醒張眼問人世，我是何人識得麽？」又題云：「蠶豆香生澗水深，溪邊閒立聽風吟。有人識得寒山子，直到天台寺裏尋。」此皆在友人坐，頃刻而書者。君謙每以文示，其人曰：「佳。」即捲卷，曰：「何處佳？」其人卒不能答。便去不復别。

毛栗菴瑆往謁楊南峰，適浴，閽者以告，不獲見。後南峰答拜，栗菴亦以浴報稱不見。南峰即題所投刺曰：「君來拜我我洗浴，我來拜君君洗浴。君拜我時四月八，我拜君時六月六。」四月八日爲浴佛之辰，六月六日，吳俗悉投猫犬於水中。

楊南峰罷部郎歸，作水仙子詞云：「歸來重整舊生涯，瀟灑柴桑處士家。草庵兒不用高和大，會清標豈在繁華。紙糊窗，柏木榻，掛一幅單條畫，供一枝得意花。自燒香，童子煎茶。」正德末，循吉老且貧，嘗識伶臧賢爲上所幸愛，上一日問：「誰爲善詞者？與偕來。」賢頓首曰：「故主事楊循吉，吳人也，善詞。」上輒爲詔起循吉。郡邑守令心知故，强前爲循吉治裝，見循吉冠武人冠，韎韐戎錦，已怪之，又乘勢語多侵守令。已見上畢，上每有所幸燕，令循吉應制爲新聲，咸稱旨受賞。然賞亡異伶伍，又不授循吉官與秩，間謂曰：「若嫺樂，能爲伶長乎？」循吉愧悔，汗洽背，謀於賢，乃以它語懇上放歸。

都穆

字玄敬，楊南峰同里，號南濠，父卬，字維明，嘗詣九仙祠祈穆前程事，夢一叟告云：「汝子功名在何處？」覺而思之，已絶望矣。穆年四十，館吴匏菴家，懸一文於吴堂上，值巡撫何公謁吴，見而嘆賞，詰之，知爲布衣也。白宗主，命邑令禮聘之，穆始出領鄉薦，第倫文叙榜進士，官至太僕少卿。

都維明九歲，即能爲詩。年十二，隨其父月樓之杭，時值中秋，月樓與諸文士觀潮，維明侍側。諸文士分韻賦詩，維明亦以能詩，得擎字詩云：「海門擁雪銀山傾，怒濤洶洶争奔騰。疾聲頃刻如雷霆，衝擊三島鰲難擎。只疑蒼龍迸斷黄金繩，六丁不敢施威靈。陽侯宫中神鬼驚，鼓盪元氣時降升。更與明月同虧盈，天地至信無遷更。凭闌望望詩已成，百川萬壑如掌平。」維明呈詩，諸公皆大驚，酒間呼爲奇童。維明博學多藝，務爲韜晦。怪玄敬好名，每笑之云：「别人著書别人開，我家都穆著書自開。」

都南濠小時學詩於沈石田，石田問：「近有何得意作？」南濠以節婦詩首聯爲對曰：「白髮真心在，青燈淚眼枯。」石田曰：「詩則佳矣，然有一字未穩。」南濠茫然，避席請教，石田曰：「爾不讀禮經乎？經云：『寡婦不夜哭，』何不以『燈』字爲『春』字！」

南濠不覺嘆服。

都玄敬最善濟人之急，尤愛食客，所有輒盡，盡則解衣爲質。一歲除夕絶粮，作詩寄故人朱堯民曰：「歲云暮矣室蕭然，牢落生涯只舊氈。君肯太倉分一半，免教人笑竈無煙。」堯民儲錢千文爲新歲之用，遂分半贈之。義興儲遇一日過金沙鄧孺孝，鄧爲言絶粮狀，因口占數語自寬云：「有口無糧不用愁，有粮無口政須憂。真人解得其中意，煩惱坑中好出頭。」儲曰：「某去年貧無袴，亦有口號。」遂謂曰：「西風吹雨聲索索，這雙大腿没下落。朝來出榜在街頭，借與有袴人家著。」坐客皆貧士，爲之大哄。

唐寅

字伯虎，一字子畏，吴縣吴趨里人，號六如居士，私印曰「江南第一風流才子」，又曰「普救寺婚姻案主者」。

唐寅初爲諸生，嘗作悵悵詩，其詞曰：「悵悵莫怪少時年，百尺游絲易惹牽。何歲逢春不惆悵？何處逢情不可憐？杜曲梨花杯上雪，灞陵芳草夢中煙。前程兩袖黄金淚，公案三生白骨禪。老去思量應不悔，衲衣持鉢院門前。」後中第一，因持一帛詣程宫詹敏政乞文，餞梁洗馬儲奉使南行，後被逮，竟以此論之，寅罷歸，蓋詩讖也。自是作多怨音，其自詠曰：「擁鼻行吟水上樓，不堪重數少年遊。四更中酒半床病，三月傷春滿鏡愁。白面書生期馬革，黄金説客剩貂裘。近來檢校行藏處，飛葉僧家細雨舟。」六如中解元日，適江陰徐經者，其富甲江南，是年與六如同鄉舉，奉六如甚厚，遂同舡會試至京。六如文譽藉甚，公卿造請者闐咽街巷。徐有戲子數人隨從六如日馳騁於都市中。是時都人屬目者已衆矣，况徐有潤屋之資，其營求他逕以進，不無有之。而六如踈狂，時漏言語，因此罣誤，六如竟除籍。

唐伯虎行素不羈，及坐廢，益游酒人以自娱，故爲俚歌勸人及時行樂。其辭曰：「人生七十古來少，前除幼年後除老。中間光景没多時，又有炎霜與煩惱。過了中秋月不明，過了清明花不好。花前月下得高歌，急須滿把金樽倒。世上錢多賺不盡，朝裏官多做不了。官大錢多心轉憂，落得自家頭白早。請君試點眼前人，一年一起埋青草。草裏高低多少墳，年年一半無人掃。」又花下酌酒歌曰：「九十春光一擲梭，花前拍手唱山歌。枝上花開能幾日？世上人生能幾何？昨朝花勝今朝好，明朝花落隨秋草。花前人是去年身，去年身比今年老。昨日花開又謝枝，明日來看知是誰？明年今日花開否？今日明年誰得知？天時不測多風雨，人事難量多齟齬。天時人事兩不齊，便把春光付流水。好花難種不長開，少年易老不重來。人生不向花前醉，花笑人生也是呆。」

唐伯虎又有嘆世詞四闋，調寄對玉環帶清江引。其一：「春去春來，白頭空自挨。花落花開，紅顔容易衰。世事等浮埃，光陰如過客。休慕雲臺，功名安在哉！休想蓬萊，神仙真浪猜。清閑兩字錢難買，苦把身拘礙。人生過百年，便是超三界。此外更無別計策。」其二：「極品隨朝，誰似倪宮保？萬貫纏腰，誰似姚三老？富貴不堅牢，達人須自曉。蘭蕙蓬蒿，算來都是草。鸞鳳鴟梟，算來都是鳥。北印路兒人怎逃？及早尋歡樂。痛飲千萬觴，大唱三千套。無常到來猶恨少。」其三：「禮拜彌陀，也難憑信他。懼怕閻羅，也難迴避他。枉自受奔波，回頭纔是可。口若懸河，不如牢閉呵。手若揮戈，也須牢袖呵。越不聰明越快活，省了些閑災禍。家私那用多，官職何須大！我笑別人人笑我。」其四：「暮鼓晨鍾，聽得咱耳聾。春燕秋鴻，看得咱眼朦。猶記做頑童，俄然成老翁。休逞姿容，難逃清鏡中。休使英雄，都歸黄土中。算來不如閑打哄，枉自把機關弄。跳出麵糊盆，打破酸虀瓮。誰是惺惺誰懵懂？」

唐伯虎寓京師日，觀鰲山燈，有詩云：「仙殿深巖號太霞，寶燈高下綴靈槎。沈香連理三珠樹，綵結分行四照花。水激葛陂龍化杖，月明緱嶺鳳隨車。簫韶沸處開宫扇，法仗當墀雁隊斜。」

唐子畏僑居南京日，嘗宴一通侯家，即席爲六朝金粉賦，時文士雲集，子畏賦先成，其警句云：「一顧傾城兮再傾國，胡然而帝也胡然天。」侯大加稱賞。

唐六如雅不喜燒煉，一日有術士求見，出扇求詩，唐大書曰：「破布衫巾破布裙，逢人便說會燒銀。君何不自燒些用？擔水河頭賣與人。」士大慚而去。

唐伯虎嘗見降仙，令對云：「雪消獅子瘦。」乩即書云：「月滿兔兒肥。」又令對云：「七里山塘行到半塘三里半。」乩即書云：「五溪蠻洞經過中洞五溪中。」刑部郎中黄暐亦嘗令仙對「羊脂白玉天」。乩云：「當出丁家巷田夫口。」公明日往試之，見一耕者鋤土，懇懇問此何土，耕者曰：「此鱔血黄泥土也。」公始信其果仙降云。又江西有提學出對曰：「雨洒芭蕉，恰似千手佛摇摺疊扇。」諸生不能應，乃相與祈鸞仙降書，曰：「吾李太白也，何事延我？」衆以對告，則書曰：「風飄荷葉，渾如獨脚鬼帶逍遥巾。」又浙士出對：「菱角三尖，鐵裹一團白玉。」人亦不能應，仙降應曰：「石榴獨蒂，錦包萬顆珍珠。」

唐伯虎嘗夢有人惠墨一囊龍劑千金，由是詞翰繪素，擅名一時，因構夢墨亭。晚年寡出，常坐臨街一小樓，惟求畫者携酒造之，則酣暢竟日，雖任適誕放，而一毫無所苟。有言志詩云：「不煉金丹不坐禪，不爲商賈不耕田。閒來就寫青山賣，不使人間造業錢。」六如有人求畫，若自己懶於着筆，則倩周東村代爲之。東村名臣，字舜卿，蘇州人。

唐子畏過閶寧德，宿旅邸館，人懸畫菊，子畏愀然有感，題絶句：「黄花無主爲誰容？冷落疎籬曲徑中。儘把黄錢買脂粉，一生顏色付西風。」蓋自況也。宸濠甚慕六如，嘗遣人持百金至蘇聘之。既至，處以别館，待之甚厚。六如住半年餘，見其所爲多不法，知其後必反，遂佯狂以處。宸濠差人來饋物，則倮形箕踞以手弄其人道，譏呵使者。使者反命，宸濠曰：「孰謂唐生賢直？一狂生耳。」遂遣之歸。

唐子畏詣九仙祈夢，夢人示以「中吕」二字，語人莫知其故。後訪同邑閣老王鏊於山中，見其壁間揭東坡滿庭芳詞，下有「中吕」字，子畏驚曰：「此余夢中所見也。」誦其詞，有「百年强半，來日苦無多」之句。默然歸家，疾作而卒，年五十三。果應「百年强半」之語。東坡黄州二詞内有此語，人或憂之。而公歇歷禁從、節帥、則郡，又十有六年而殁。四百年後乃有伯虎作讖，異矣。

張靈

字夢晉，吴縣人。與祝允明、唐寅皆誕節猖狂，嘗雨雪中作乞兒，鼓節唱蓮花落，得錢沽酒野寺中，曰：「此樂惜不令太白知之。」

張靈本寠人子，力作自給，而靈生乃有爽氣，嗜酒醉則作狂曰：「日休，小豎子耳，尚能稱醉士，我獨不能醉耶！」所與遊者，吴趨唐寅最善，寅嘗擬遊武丘，召靈與俱往，促之，尚卧，寅抵寢所呼曰：「日高舂矣，睡何爲？」靈覺，怒曰：「今者無酒，雅懷殊不啓。方入醉鄉，又爲相覺。」寅曰：「所以來，固欲邀子。」靈喜，加衣起，遂與寅上舟扣舷痛飲，作野人歌。會數賈飲于可中亭，且詠詩，因更衣爲丐者，上賈與食啖之，靈請續和。時賈所爲詩有「蒼官」、「青士」、「扑握」、「伊尼」諸詞，因以問靈，靈曰：「蒼官，松也；青士，竹也；扑握，兔也；伊尼，鹿也。」賈始駭令賡，靈即揮毫不已，凡百絶。抵舟，命童子易維蘿陰下令跡絶。賈使人察之，不見也。皆以爲神仙。賈去，復上亭，朱衣金目，作胡人舞形狀，殊絶。

祝允明嘗偕陸濟民、張夢晉、韓壽椿登虎丘浮屠。登至絶頂，但見八荒洞然，萬籟齊發，飲酒樂甚。奉椿出紙筆賦詩以紀其遊，允明詩先成，云：「草木衣裳下，煙霞掌握中。偶然飛咳唾，珠玉滿天風。」濟民云：「極目飛鴻小，致身雲路中。詩人少知己，發付與東風。」夢晉云：「慮遣塵寰外，天歸眼界中。新詩三百首，句句答松風。」壽椿云：「詩寄千峰杪，春横一鏡中。携壺兼荷鍤，不減晉人風。」詩成閣筆，天風颯然飄其詩草，盤旋直上太虚，如神物掀舞。將擲地，又爲蒼鷹所舉，竟不知其所止。遂名爲「飛詩會」。

初，張靈與唐寅俱爲郡學生，博古相尚。適鄞人方誌來督學，惡古文詞，察知寅，欲中傷之，靈挹鬱不自遺。寅曰：「子未爲所知，何愁之甚？」靈曰：「獨不聞龍王欲斬有尾族，蝦蟆亦哭乎？」後靈果爲所斥罷。或謂之曰：「以子之才，顧不得激致青雲，乃重遭顯棄，豈無雉經之用，而何以立於世？」靈曰：「昔謝豹化爲蟲，行地中，以足覆面作忍恥狀。吏靈用子言，亦當如是矣。縱不爾，亦安得更銜鑿落耶！」靈臨終前三日作詩云：「一枚蟬蜕榻當中，命也難辭付大空。垂死尚思玄墓麓，滿山寒雪一林松。」後一日又作詩云：「彷佛飛魂亂哭聲，多情於此轉多情。欲將衆淚澆心火，何日張家再托生？」聞者莫不悲之。

蔣燾

徐有貞無子，有九女，有三甥最著，一爲魏校，一爲祝允明，一爲燾。後燾夭殁，年僅十四。瀕死，告其母曰：「兒病決不起，昨夜夢上帝召兒爲紫府雲臺記。」果死。

蔣燾年十一爲府學生，遇聖節，赴玄妙觀習儀，巡按某御史見二鶴飛集三清殿，命屬對云：「三清殿上棲雙鶴。」燾隨應以「五色雲中駕六龍」。御史驚歎曰：「他日人中龍也。」

蔣燾嘗遊市中，值內迫出於旁舍，主人偶見，不及拭以遁。主人知爲燾，追及，以此爲題，令破。熹應聲曰：「内有所急，君子不擇地而施；外有所遺，君子不潔身而去。」其聰穎如此。

陳玉

弘治間，海寧塔下陳玉善畫山水，其年五十，忽欲讀書。坐閉一室，晝夜不息者五年，遂成詩人。嘗題賈似道湖山圖云：「山上樓臺湖上船，平章醉後懶朝天。羽書莫報樊城急，新得蛾眉正少年。」意亦佳。

𨚗夢堂 餘姚僧。

𨚗夢堂貌寢有學，詩文高出流輩。一日，于五雲門外覓舟，遇詞客見夢堂因不識，皆易之，坐久，諸客分韻賦詩爲樂，夢堂預坐無聊，不覺伎癢，乃起告曰：「諸公間有落韻，毋吝見施。」一客云：「小郎也能詩耶？」遂以蕉字與之，夢堂爲韻，頃間告曰：「我詞就矣。」衆皆怪其詩捷，意無佳句，因促誦之，夢堂云：「平明飲罷促高標，撐出五雲門外橋。一離越王城一百里，到曹娥渡十分潮。白飄暗雪楊花落，緑弄晚風蒲葉摇。南北沉沉天作雨，卧聽蓬韻學芭蕉。」此體作浙音，於是衆客悚服，因嘆曰：「不可謂秦無人也。」

明月舟 蘇州僧。

明月舟善爲詩，有索米口號：「去歲河橋冰凍，有米無人相送。今日月舟米上門，莫作一塲春夢。」

明月舟喜聲色，沈石田紿以名妓招之，即來，而實無所有。壁間有菜花蛺蝶圖，遂題其上云：「桃花生子菜生苔，細雨蛙聲出草萊。一段春光都不見，卻教蝴蝶誤飛來。」

明月舟與都玄敬交，其臨終一首警句曰：「草煙胡蝶夢，花月杜鵑吟。」玄敬愛誦之。

堯山堂外紀卷九十二

國朝

李夢陽

字獻吉，號空同，慶陽人，家大梁，毛澄榜進士。初，母娠公時，夢日入懷，故名。後公病，夫人夢日沉海中，公卒。

李獻吉爲户部郎，以上書極論壽寧侯事下獄，賴上恩得免。一夕，醉遇侯于大市街，罵其生事害人，以鞭稍擊墮其齒。侯恚極，欲陳其事，爲前疏未久，隱忍而止。獻吉後有詩云：「半醉唾罵文成侯。」蓋指此事。

李空同督學江西，有士子適同其姓名，公呼而前曰：「汝不聞吾名而敢犯乎？」對曰：「名命於父，不敢更也。」公思久之，曰：「我且出一對句試汝，能對則已，否則終不恕。」曰：「藺相如、司馬相如，名相如，實不相如。」其人思不久，輒應曰：「魏無忌、長孫無忌，汝無忌，我也無忌。」公笑而遣之。李既以直節忤時，起憲江西，名重天下。俞中丞諫督兵平寇，用二廣例，抑諸官長跪，李獨植立。俞怪問：「足下何官耶？」李徐答：「公奉天子詔督諸軍，吾奉天子詔督諸生。」竟出，後與御史有隙，即率諸生，手銀鐺欲鎖御史，御史杜門不敢應，坐搆免。名益重。

李空同以詩著名，其古意云：「内厩飛龍馬，君王賜玉鞭。長鳴彩仗下，立在紫騮先。放逐緣何事？飄零竟不旋。如蒙弊帷顧，萬里爲君前。」又除架云：「種豆高於屋，垂瓜或滿庭。根深歷夏茂，蔓弱望秋零。猥雜沉霜露，縱横礙月星。斧斤呼稚子，欲代幾回停？」皆有意義可玩。空同作詩，極苦思。垂成，如一二句弗工，即棄之。田深父見而惜之，空同曰：「是自家物，終久還來。」黄可務問詩法，空同指塲圃中莖豆而言曰：「顔色而已。」

李空同限韻詠缾中柏云：「愛汝側葉寒能青，插之銅缾依古瓶。晝屯雲氣果不俗，夜飛光芒疑有靈。森聳似學鸞鳳翼，屈曲已具虬龍形。更欲移栽萬仞嶺，待與松檜淩冥冥。」

李空同冬至觀菊賦詩云：「至日貪看九日花，弄霜吞雪轉宜誇。思將正色留天地，肯使陰陽管歲華。寒蒂已包重放蕚，暖根應抱更生芽。書雲莫誤禎祥奏，斗酒東籬自有家。」

正德辛巳，李空同年五十，立春賦詩云：「冬晴轉覺冰霜厲，日散俄還海嶽春。綵勝恩光曾侍帝，菜盤風俗謾隨人。雪融樓閣沾沾薄，煙動松筠裊裊新。人壽幾何吾半百，到唇杯酒莫辭頻。」元日賦詩云：「倏忽吾生五十春，兩朝遺佚太平身。望鄉心逐關雲起，懷國情將汴柳新。自信右軍非墨客，王右軍五十書始成。誰言高適是詩人。適年五十始詩。南征昨報龍旗返，佇想嵩呼動紫宸。」生日賦詩云：「吾今五十頭半霜，大兒已壯孫已長。力田頗自識草木，出門每與憂豺狼。風晴野冰白晶晶，臘近山日寒蒼蒼。但能草澤射猛虎，豈須熊館誇長楊。」是歲除夕立春，復賦詩曰：「改元明日初開曆，除夕今年暗入春。天地漸分三極色，行藏已半百年身。和煙浥浥梅應劇，滴露瀼瀼竹吞勻。喧歲不知宵遽曙，北雲何處望楓宸。」蓋世廟以是歲登極，明年壬午改元嘉靖也。壬午元日，又有詩曰：「元年元日光華異，青帝青陽左个開。北斗不將天地轉，春風那使萬方回。蛟龍窟宅寒猶閉，鴻雁雲霄暖自來。迴首玉顏慚大藥，許身元擬是仙胎。」

先是正德七年、九年，黃河連清，爲世廟入繼大統之兆，故嘉靖改元，李空同有歌曰：「元年正月又王春，四海人稱拱聖人。已報岐山鳴彩鳳，更傳闕内出麒麟。大明十帝轉神明，天意分明賜太平。紫蓋復從嘉靖始，黃河先爲聖人清。」

周憲王者，定王子也。好臨摹古書帖，曉音律，所作雜劇凡三十餘種，散曲百餘。

雖才情未至而音調頗諧，至今中原絃索多用之。李獻吉汴中元宵絶句云：「齊唱燕王新樂府，金梁橋上月如霜。」蓋實録也。

江陰高賓、高貫兄弟皆舉進士，縣北有君山高得馬自稱君山主人，李空同爲作君山詩寄之，曰：「一山背城起，萬古號爲君。秀攬江心月，雄吞海面雲。金陵通地脉，玉港發人文。羡彼投簪客，中年卧紫芬。」又：「季札墳邊業，春申邑後山。一江平展鏡，兩港曲成環。不雨雲煙擁，長春草木斑。隱君梯萬丈，倘許世人攀。」

李空同有海棠數株，長六七尺許，李主政隔墻見之，有詠，因次其韻曰：「種汝深愁樹不長，數年今遽出吾墻。臨衢幸不矜全色，隔院應難掩暗香。敢向紛紛争俗眼，私憐裊裊壓時粧。臙脂强半喧蜂少，倘過同傾花下觴。」

陶臺使蘭陽公廨五色葵花盛開，李空同賦詩曰：「炎天小縣葵葵好，五色空庭日日香。開正得時須讓赤，見宜尊禮莫欺黄。交枝接葉誰爲衆？異蕊同心自向陽。此物煩君獻天子，上枝閒地草蒼茫。」

陶臺使誇其分司桃花獨樹，李空同往觀之，次其韻曰：「老嬾今來特爲花，花奇親見主人誇。入門風片時時墜，近酒春枝故故斜。湖海一尊憐舊侣。乾坤雙鬢愧年華。

明朝許赴柴門約，共醉東園萬樹霞。」

李空同出塞詩云：「黄河水遶漢宫墻，河上秋風雁幾行。客子過壕追野馬，將軍韜箭射天狼。黄塵古渡迷飛輓，白月横空冷戰場。聞道朔方多勇略，只今誰是郭汾陽？」

李空同遊西山，有集古句五首，景帝陵云：「北極朝廷終不改，崩年亦在永安宫。雲車一去無消息，古木回巖樓閣風。」望湖亭云：「與客携壺上翠微，千家山郭静朝暉。平沙渺渺來人遠，黄鳥時兼白鳥飛。」功德寺云：「憶昔霓旌下南苑，江亭晚色净年芳。重門深鎖無人到，僧在翠微開竹房。」翠華巖云：「曉行不厭湖上山，别有天地非人間。安得移家此中老，白雲常在水潺潺。」香山云：「二月已破三月來，山下碧桃春自開。半醒半醉遊三日，並馬今朝未擬回。」

李空同嘗與袁永之僉憲晝，極言其内弟左國璣猜忌之狀，末有云：「此人尚爾，何况邊、李耶？」邊、李，尚書庭實與獻吉，素稱國士交者。左號中川，開封舉人也。有妹夫不憐其妹，取妓以充後房。一日妓逃，左作詩嘲之云：「桃葉歌殘事可傷，家池莫養野鴛鴦。閉門連日春容減，仍對無鹽老孟光。」世傳誦之。

顧璘　字玉華，號東橋，吳郡人，家金陵，朱希周榜進士。有知人鑒，爲當時風雅主盟。

顧東橋才華在鄭少谷之上，嘗有詩送鄭歸鼇峰云：「四月燕山雨雪寒，省郎多病復辭官。路經海上三神島，興在仙人九轉丹。王洞桃花留笑靨，滄江秋水濕漁竿。爾家谷口空長往，安石東山望未闌。」鄭得詩，擊節嘆賞，每哦詠之。

顧東橋集徐君叔宅，懸燈賞梨花，君叔索詩，東橋即席賦云：「銀燭高懸玉樹寒，素花流影晃朱闌。驚看月出層柯裏，惡說風吹一片殘。絃管橫催春爛熳，房櫳斜見色檀欒。明朝此欒知難續，莫惜殷勤醉後看。」

顧東橋有擬宫怨二首：「翠靨金蟬入内家，擬將新寵屬鉛華。君王自信圖中貌，靜女虚迎夢裏車。帳殿秋陰生角枕，屧廊空響聽琵琶。含情獨倚朱闌暮，滿院微風動落花。」又：「漢皇宫殿月明時，曾侍宸遊百子池。舞馬登牀春進酒，盤龍銜燭夜觀棋。御前卻輦言無忌，衆裏當熊死不辭。舊恨飄零同落葉，春風空遶萬年枝。」

邊貢

字廷實，號華泉，歷城人，顧東橋同年進士。爲按察日，移疾還，每醉則使兩伎肩臂扶跑唱樂，觀者如堵，了不爲怪。

邊廷實與李獻吉友善，時號邊李。在京師日，以詩酒往來。後獻吉歸大梁，元夕卧病，有詩柬廷實云：「憶昔金錢並卜懽，稱心燈火獨長安。鑪香欲散尚書省，環珮先歸太乙壇。才載酒杯諠五夜，九衢遊馬閲千官。蓬飛轉合今同此，月滿梁園卻自看。」邊舊爲太常，故有「太乙壇」之句。廷實除夕卧病，亦有詩柬獻吉云：「天涯卧病驚除夕，河上逢人感昔遊。歲月浮生雙鳥翼，風塵遠道一狐裘。君還豈爲鱸魚膾，我出真同雪夜舟。梅蕊柳條俱動色，幾時携杖並登樓？」又春日有懷下吉云：「南中數枉故人書，北上蹉跎信轉踈。四海酒盃形影外，十年詩草夢魂餘。藏身笑我同方朔，作賦憐君過子虛。春入吹臺芳草徧，塔雲樓月近何如？」

鎮江之墟有亭峙焉，左松右竹，前梅後柏，許氏四兄弟居之，扁曰「四友」，索邊華泉詩，華泉爲賦四章，伯氏曰：「我所友兮在徂徠，直幹矯矯排風雷。十秋萬歲倚崔嵬。美人贈我雲錦青，何以報之松下苓。朝湌暮餌通仙靈，駕青牛兮淩紫庭。」仲氏曰：「我所友兮在淇澳，苦節娟娟樂幽獨。千秋萬歲無翳收。美人贈我緑錦裾，何以報之竹上茹。朝飡暮餌康且癯，駕青鸞兮淩紫虚。」叔氏曰：「我所友兮在孤山，繁英燦燦開冰顔。千秋萬歲倚清寒。美人贈我素錦緺，何以報之梅白華。朝飡暮餌神精加，駕青禽兮淩紫霞。」季氏曰：「我所友兮在新甫，銅柯蹇蹇霜皮古。千秋萬歲辭斤斧。美人贈我翠錦裙，何以報之柏子仁。朝飡暮餌容色新，駕青虬兮淩紫雲。」

郄文範御史謫温州節推，邊華泉送以詩云：「萬松深護理官衙，嵐翠陰中閲歲華。策馬暫抛臺府印，登樓常眺海門霞。六朝秀句憐康樂，四海名山説永嘉。落落曉星雲霧裏，斗牛何日轉仙槎？」

毛汝礪爲御史時，河内宴，承差奉酒太溢，曰：「承差差矣乎？」邊庭實時爲副使，應曰：「副使使之也。」時以爲的對。

邊華泉繼娶胡氏，通書識字，邊以子遲，多置姬侍，每與胡反目。邊致仕家居時，妾生有二子，邊復欲求姝麗，託其弟某圖之，將委禽，爲胡所沮。後族弟偕客携酒過邊，許酒酣，舉觴令曰：「討小老嫂惱。」坐客不能繼，皆舉觥。胡以片紙書「相娘狂郎忙」五字于上，曰：「何不以此對？」邊卒，所寵姬侍皆嫁賣，惟留其生子者與居，待之亦寡恩。王元美卮言：邊庭實聞己卯南征事云：「不信土人傳接駕，似聞天語詔班師。」此欲爲古人惻怛忠厚之語，而未免紐造也。至結語「東海細臣瞻巨斗，北樞終夜幾曾移？」愈有理趣而愈不佳。「東海」、「北樞」，猶爲彼善，「細臣」、「巨斗」二字何出？吾最愛其「庭際何所有？有萱復有芋。自聞秋雨聲，不種芭蕉樹」。然「芭蕉」豈可言樹？「芋」豈庭中佳物，且獨無雨聲乎？俱屬未妥。若作「自憐秋雨滴，不復種芭蕉」，或云「自聞秋雨聲，不愛芭蕉色」。則上韻亦自可押，而意尤深婉。如題文山祠：「花外子規燕市月，柳邊精衛浙江潮。」卻甚精麗。

王九思

字敬夫，號渼陂，鄠縣人。劉瑾以擴充政務爲名，諸翰林悉出補部屬。敬夫其鄉人也，獨爲吏部郎，不數月，長文選。會瑾敗，謫同知壽州。敬夫有雋才，尤長於詞曲，而傲睨多脱踈。人或讒之李文正，謂敬夫嘗譏其詩，御史追論敬夫，褫其官。敬夫編社少陵游春傳奇劇罵所謂李林甫者，蓋指西涯也。李聞之，益大恚。雖館閣諸公，亦謂敬夫輕薄，遂不復用。

王敬夫與康德涵俱以詞曲名一時，其秀麗雄爽，康大不如也。敬夫將填詞以厚貲募國工，杜門學唱三年，然後操筆。德涵於歌彈尤妙，每敬夫曲成，德涵爲奏之，即老樂師毋不擊節歎賞也。然敬夫作南曲：「且盡杯中物，不飲青山暮。」猶以物爲護也。折桂令云：「望東華人亂擁，紫羅襴，老盡英雄。」此是名語。又有一詞云：「暗想東華，五夜清霜寒駐馬。尋思別駕，一天霜雪曉排衙。」句特軒爽，四押亦佳。敬夫散套中「鶯巢濕，春隱花梢」，何元朗以爲金、元人無此一句。

王敬夫工於小詞，而詩亦不落元、宋體，時謂兼才。有無題一首云：「寂寞西風翡翠樓，黄昏斜抱玉箜篌。彩鸞影逐秦簫斷，紅葉新隨御水流。天外行雲難入夢，手中團扇易驚秋。愁來只恐嫦娥笑，明月踈簾不上鈎。」

王渼陂與李空同十四月夜飲，有詩云：「萬户秋風砧杵哀，殊鄉今夕故人來。竹間凉露蕭蕭下，樓上浮煙細細迴。地僻柴門無過客，家貧樽酒有餘杯。踈簾碧簟須同醉，明月青天爲爾開。」

朱應登　字升之，寶應人，倫文叙榜進士。與李夢陽、何景明、王九思、邊貢、徐禎卿、鄭善夫、康海、顧璘、陳沂，時稱十子，李空同作淩溪墓誌，中有言：「是賣平天冠者，與作詩到李、杜，亦一酒徒耳。」此劉晦菴語。

顧東橋赴台州，朱淩溪湖上送别，作長短句曰：「子從京華來，問我滄洲路。暫作淮南留，相淹桂華樹。桂樹團團蔭楚宫，秋來樹樹起香風。歸驂向夕停金路，寶劍當門解玉虹。主人聞客來，終日笑顔開。盤中苜蓿闌千頴，甕裏瓊漿琥珀醅。五湖雲水歸無埃，疑是山陰雪下迴。放浪每爲河朔飲，風流重接建安才。一夕復一夕，開軒偶瑶席。不知逸興安從生，坐使窮愁向君失。我生未聞道，四十已歸田。豈爲折腰思絶粒，翻翻傷翮惡驚弦。黄河之清不可俟，世人視我尋常耳。釣竿不掛吞舟魚，疇昔論交竟誰是？感君山嶽心，眷我無轉移。送君江海上，悔不相追隨。他時若有天台興，儻寄興公一賦之。」

朱淩溪爲陝西提學時，校文至涇陽，與一士有龍陽狎，瀕歸，朱贈以詩曰：「欲發不發花滿枝，欲行不行有所思。我之所思在涇渚，春風隔樹飛黄鸝。」後竟以是罷官。

康海

字德涵，號對山，陝西武功人，弘治壬戌狀元，與王敬夫名位差亞，而才情勝之。倡和章詞，流布人間，遂爲關西風流領袖。

西亭宗室送康對山白牡丹一本，康走筆寄謝云：「曾傍瓜田搆藥欄，欲憑光景慰哀殘。聊同楚客憐芳草，敢冀梁園送牡丹。老病只疑花解笑，春風預想雪成團。攀援不減三株樹，報答真慚雙玉盤。」

康狀元被廢，肆意詞曲，雖俚語遭其櫽括亦自可喜。有山坡羊曰：「我和尚發了善，離了庵觀。我和尚發了誓，再不去看經向善。這寺裏出家的儘有，成佛的也不曾見。七大八小許多僧禪，論成佛輪不着你，俺到不如還俗了罷手，佛也不與我衆生爲怨。娶一箇美貌佳人也，錦帳羅帷受用上幾年。成就了我的姻緣，我把那阿彌陀佛拾得過來撩的他遠。成就了我的姻緣，那怕他碓搗磨碾，去上過兒刀山。」又沉醉東風曰：「裝幾車兒羊毛筆管，載幾車兒各樣花箋。鳳陽墨三兩房，天來大三台硯。請孔門弟子三千，一夜離情寫半年。添硯水盡，都是離情淚點。」

初，李夢陽代韓文草疏劉瑾，已調出之，猶不快前忿，羅以他事械至京下獄，將置之死。時康海與夢陽同有才名，各自負不相下。瑾慕海，嘗欲招致門下，而海不往。瑾恒先施，必欲其一至，海每瞯亡答之。至是，夢陽所親左國璣詣獄謂夢陽曰：「子殆無生路矣，唯康子可以解之。」夢陽曰：「吾與康子素不相能，今臨死生之際，乃始托之，獨不愧于心乎？吾寧死矣。」左曰：「不謂李子而爲匹夫之諒也。」强之再三，以片紙請書數字。夢陽乃援筆曰：「對山救我。唯對山能救我。」左持書詣海，海曰：「是誠在我，我豈敢吝惡人之見，而不爲良友一辟咎也。」遂詣瑾，瑾焚香迎海，延置上座。海不少遜。瑾曰：「今日有何好風吹得先生來也？」命左右設席。海曰：「吾有言告公，公如聽吾言當爲公留，不然，吾且去矣。」瑾曰：「云何？」海曰：「昔唐明皇任高力士，寵冠群臣，且爲李白脱靴，公能之乎？」瑾曰：「瑾即請爲先生脱之。」海曰：「不然。今李夢陽高於李白數倍，而海固萬不及一者也。下獄而公不爲之援，奈何欲爲白等脱靴哉？」即奮衣起。瑾固止之曰：「此朝廷事，今聞命即當斡旋之。」海遂解帶與痛飲，天明始别。夢陽遂得釋歸，而海自是與瑾往復，竟以此廢棄。

康對山里居時，最好聲色，嘗嬖一伎名狠架子。伎適被罪當罰米，康以事在劉憲副大謨，廼柬劉曰：「狠架子是我表子，馬公順是他老子。拜上遠父先生，乞望饒些草子。」劉笑而從之。馬公順乃馬憲副應祥字，亦嘗狎此妓者。遠父乃劉字。對山有四姬，目爲隨身四帥，其名爲全菊、小斗、芙蓉、彩蓮。初，對山無子，適有妓鬻歌于市，又有招公飲者，妓在焉。公善琴，妓亦能之。試彈一曲，公太喜，招其母來，授二百金，四幣納焉，即生子，成孝廉。又對山常與妓女同跨一蹇驢，令從人賫琵琶自隨，遊行道中，傲然不屑。陸儼山常至關中，以對山舊同在館中，特往詣之，相見共談舊事，即取琵琶鼓二三曲，欷歔者久之。時有楊侍郎庭儀者，少師介夫弟，以使事北上，過康，康故契分不薄，大喜，置酒至醉，自彈琵琶唱新詞爲壽，楊作謂：「家兄居恒相念君，但得一書，吾爲道地史局。」語未畢，康大怒，罵「若伶人我耶！」手琵琶擊之，格胡牀迸碎，楊踉蹌走免。康遂入，口咄咄：「蜀子更不相見！」

王騏 鳳翔人。

弘治間，王騏以進士授吴橋知縣，僅八月，免官居家，以詞曲自樂。嘗有妓爲人傷目，睫下有青痕，遂作沉醉東風曰：「莫不是捧硯時太白墨灑，莫不是畫眉時張敞描差。莫不是檀香染，莫不是翠鈿瑕。莫不是蜻蜓飛上海棠花，莫不是明皇宫墜下馬。」又清江引曰：「醜猢猻，眉稍上松油抹，桑椹子掠畫過。半邊藍凝粧，一堆青泥汙。醜回回婆，眼窩兒到像我。」

堯山堂外紀卷九十三

國朝

何景明

字仲默，號大復，康海榜進士。在京師日，每有燕席，常閉目坐，不與同人交一言。一日，命隸人携圊桶至會所，手挾一册坐圊桶上，傲然不屑。客散，徐起去。

何仲默少時輒能文，善於破冒。鄉老長見其破無不善，疑之，因出不擬題梁惠王章句上一句命破，即應聲曰：「以一國僭竊之主，冠七篇仁義之書。」嘗遇端午節，鄰族相饋角黍，號羊角粽，有出以爲題者曰：「羊角粽，東家送了西家送。」破曰：「以物之象象乎物，以人之惠惠乎人。」又有出其鄉嗲爲對者，曰：「張豆腐，李豆腐，一夜思量千百計，明朝依舊賣豆腐。」破曰：「姓雖異而業則同，心無窮而分有限。」年十七，中鄉舉，北上途中，有同會友聞善破名，因出小車題求破，乃舉成説二句以應之曰：「任重而道遠，待人而後行。」同會友相與驚服而散。今南科祝無功世禄亦善散破，嘗爲黄陂博士。有某邑令心易之，而嗔其抗直，謂祝曰：「吾有一破。其題曰大哉堯之爲君一節，曰：以齊天之大聖，極天下之無狀焉。」祝曰：「吾亦有一破。其題曰不得已而之景丑氏宿焉。曰：處無可奈何之地，遇大不相干之人。」聞者哄然大快。是年，祝登第。

何仲默九月八日王宗哲宅見菊，有詩曰：「燕臺菊樹艷秋堂，楚客鄉心益渺茫。人世幾回逢一笑，天涯明日過重陽。高雲錦石寒相映，細雨晴沙濕不妨。况是右丞多雅詠，可能無興醉花傍？」

李西涯生日，何仲默壽以詩。時篇章成帙，西涯獨喜何詩，其詞曰：「黄閣文章鳴大雅，玉機功業贊維新。十年天下先憂淚，五畝園中獨樂身。南極壽星朝北斗，靈芝仙草映長春。裴公郭相看前代，社稷蒼生望老臣。」

何仲默與李獻吉交誼良厚，李爲逆瑾所惡，仲默上書李長沙相救之。以後論文相掊擊，遂致小間。何駁李詩有云：「詩意象應曰合，意象垂曰離。空同丙寅間詩爲合，江西以後詩爲離。試取丙寅作，叩其音，尚中金石，而江西以後之作，辭艱者意反近，意苦者辭反常，色黯淡而中理披慢，讀之若摇鞞鐸耳。」李駁何則曰：「如摶沙弄泥，散而不瑩，澗大者鮮。把持之，又無針綫。」王敬夫、薛君采各有漫興詩，王詠何云：「若使老夫須下拜，便教獻吉也低頭。」薛云：「俊逸終憐何大復，粗豪不解李空同。」何晚出若遽抗李，李漸不能平。何病革屬後事，謂墓文必出李手。時張以言、孟望之在側，私曰：「何君没，恐不能得李文；李文恐不得何意。吾曹與戴仲鶡、樊少南共成之可也。」今望之銘亦寥落不其稱。

何仲默有回文詩云：「絃中曲怨不同諰，早見相如病骨銷。眠獨夜烏啼渺渺，夢多春草碧迢迢。煙生暗閣鸞沈鏡，日落空樓鳳罷簫。年往恨花飄水逝，傳書有雁一停橈。」

正德戊辰，戴仲鶡冠將赴春官來别何仲默，仲默作寶劍篇贈之曰：「我有雙龍之寶劍，重之不減雙吴鈎。雄遊九天横素秋，鷲鳴匣中聲啁啾。扶風豪士邯鄲俠，千金在旁不敢酧。雪花星文照玉玦，贈汝慰我心所求。汝今年纔二十四，北上長安見天子。手毉鳳皇跨騏驥，肝膽意氣無與比。杏花江頭春風起，緑袍青綬帶秋水。相見提携白日前，更看結佩青雲裏。我初鑄此良已勞，昆吾鐵冶風雷號。寶鞘玉弭黄金錯，何以繫之赤錦縧。砍地翻虞滄溟倒，倚天未覺虹蜺高。十年在匣尚未試，常恐棄置成鉛刀。君不見，豐城紫氛埋古獄，星辰夜摇魍魎哭。奇器逢人自有時，肯使塵沙竟湮没。又不見，藍田寶山空突兀，頑石卻指神鋒秃。平生雖有百鍊鋼，一用不謹爲棄物。吁嗟戴生爾無忽！」是年仲鶡登第。

徐禎卿　字昌穀，琴川人，徙宗吴縣，遂占籍焉。與吴趙唐寅相友善。寅獨器許，薦于石田沈周、南濠楊循吉，由是知名。論者謂吴中如徐博士詩、祝京兆書、沈山人畫，足稱國朝三絶。

徐昌穀屢臺試不捷，父惡之，禎卿嘆曰：「橋梓之間正須和協，今而及此，誠爲可痛。且處囊脱穎，君子之常，何至逢衆步乎？」因感屈子離騷作嘆嘆集，論者以「文章江左家家玉，煙月揚州樹樹花」爲集中驚句。又斷作詩之妙爲談藝録，陳内翰霽見之，曰：「它日當獨秀吴中可也。」

徐昌穀詩，初沿晚季，迨舉進士，見李獻吉，始大悔，改其樂府、選體、歌行、絶句，遂與獻吉争雄旗鼓，有寄獻吉一律云：「汝放金鷄别帝鄉，何如李白在潯陽？日暮經過燕市曲，解裘同醉酒罏傍。徘徊桂樹涼飈發，仰視明河秋夜長。此去梁園逢雨雪，知予遥度赤城梁。」又感興懷獻吉云：「旅舍秋風動客哀，殘花秋日伴殘杯。虚名久愧爲水累，白眼那能免物猜。落魄京華空老大，旅魂江漢好歸來。山川翹首浮雲迴，倚杖遥登何處臺？」

市街。徐昌穀有雜謡云：「夫爲虜，妻爲囚。少婦出門走，道逢爺孃不敢收。東市街，西市街。黄符下，使者來。狗觫觫，鷄鳴飛上屋，風吹門前草肅肅。」

鄭善夫 字繼之，號少谷，福州人，徐昌穀同年進士，仕至南京驗封郎中。嘗與友人期曰：「明年海上有紫氣東來，是吾觀化至矣。」赴官留省，中道奄殂。

鄭少谷好遊名山，嘗登金山妙高臺，留詩云：「雲海冥冥望不迴，鯨波東蹴巨靈開。中天樓閣虚無裏，南國風煙江漢來。世短動經多事日，愁長况上望京臺。白門金鼓維揚卒，落日空傳黄竹哀。」

鄭少谷汶上對月聞笛，作商調哀切，命舡人度曲爲和，因賦醉歌云：「焉耆八月風高起，鴻雁群飛渡淮水。月下清砧愁遠人，天涯芳草思公子。王郎哀時最蕭瑟，萬里迢迢向南國。呼我上船設冰鱠，仰天頌酒開胸臆。關山茫茫何處邊？但見急管哀中天。馮夷聽曲波面出，楊柳亂落西風前。酒酣月落歌未已，隴思江情嗒然起。未掛姓名玉策上，願添海水金尊裏。人生合歡那可測，有似大海翻萍葉。回首親朋各别離，豈無江漢通舟楫。流光過鳥不復駐，達官好爵身之蠹。况迺豺狼横地軸，何限驊騮窘天步。竹林諸賢皆酒徒，嗣宗只顧步兵廚。古來賢達一澌盡，醉鄉之托今何如！」

鄭少谷竹枝詞云：「西澗西邊東澗東，千山不斷萬山通。謝豹見春啼出血，王孫上樹捷如風。梨嶺遥於楓嶺遥，小關高比大關高。傭夫過嶺如平地，一歲來迴一百遭。」

鄭少谷初不識王浚川，作漫興十首，中有云：「海内談詩王子衡，春風坐遍魯諸生。」後鄭卒，王始知之，爲位而哭，走使千里致奠，爲經紀其喪，仍刻其遺文云。王廷相字子衡，號浚川，潞州人，籍河南儀封。弘治壬戌進士。官左都御史兼大司馬。其詩如飛廉煽吹，白羽失凉。有五月題云：「五月涪江信水生，凄迷風雨下夔城。舟經巴子峽東夜，心折清猿樹裏聲。逐客漫搴幽岸芷，孤臣空濯舊時纓。沅湘何處三閭國？欲擬招魂弔屈平。」又寄何粹夫云：「蓬影邅迴灞曲秋，文星縹緲鳳池頭。比年書信勞想慰，此日風塵悵獨游。學士官閒今緑水，道人心遠夢滄洲。何時五嶽同携手，石耳龍芝遂所求。」

孟洋 字望之，號無涯，更有涯，信陽人。

孟望之與何仲默同生一區，時稱二美。其詩逸氣超群，横不可制。嘗登驪山絶頂，題云：「翠巘丹梯雲霧端，朝元高閣盛遊觀。芙蓉映日三秋出，檜柏生風五月寒。

花外旌旗春駐輦，柳邊燈火夜迴鑾。漢宫秦墓俱芳草，渭水終南歲歲看。」又九日登泰山，題云：「泰嶽風高不可當，登臨况復是重陽。杯傾下映滄溟色，帽不平依北斗傍。魯甸風雲流野日，薊門鴻雁入煙霜。雄圖盛節俱陳跡，城郭蕭蕭自八荒。」

殷雲霄

字近夫，山東壽張人。官南工科給事中。

殷近夫與太白山人多倡和，其風度似之。有友人携酒過官舍，近夫次杜韻謝云：「縣齋微雨過蒼苔，越客芳樽向晚開。池畔好風驅暑去，松間明月逐人來。三年戎馬身無定，千里鄉書雁未回。痛飲狂歌聊復爾，不堪愁病兩相催。」

殷近夫之青田令，何仲默送以詩云：「石川居士昔飡霞，爲吏風塵不怨嗟。海上故栽彭澤柳，江邊新種洛陽花。飄飄暮送淩空舄，渺渺春迴上漢槎。安得便同仙令去，遠從勾漏覓丹沙。」

戴仲鶡有堂名晚宜，殷近夫寄以詩云：「醉後分携不記吾，晚宜堂畔費招呼。人歸別浦江聲遠，鶴舞閒庭月影孤。邂逅我堪懷叔度，風塵誰復問狂夫。他時相憶還勞子，已約東溟舊釣徒。」

王韋　字欽佩，南京人。與朱應登、顧璘、陳沂皆長文章，時謂江南四才子。

弘治乙丑，内閣試庶吉士，以春陰爲詩題，下注不拘體。王韋作歌行爲諸老所賞，時儲柴墟瓘爲太僕少卿，過訪韋，陸深子淵在座，因索其稿讀之，至警句云：「朱闌十二晝沉沉，畫棟泥融燕初乳。」儲擊節歎賞曰：「絶似温、李。」陸戲曰：「本是王、韋。」蓋指摩詰、蘇州以謔之。爲之一笑。

方豪　字思道，開化人。鄭少谷之友。凡江南山水佳處，皆有題詠。

方棠陵雅好山水，築室杭之石屋。少師夏公言爲都諫時，贈以詩云：「錢塘西湖好林麓，白石青泉翳修竹。湖山有樓出木杪，勝處凴高此奇獨。棠陵野客善題詩，彩毫落紙無停思。日日出遊湖上寺，有時醉卧湖舡裏。風流不減李太白，氣岸真同杜子美。倚欄拍手長短歌，白雲飛起青山多。胸中萬叠煙霞癖，不受人間一塵逼。只有看山眼最青，無奈憂時髩先白。樓中把酒送飛鴻，酒醒夢迴滄海東。客來時出袖中草，大半江山收翰藻。」

西湖飛來峰石上佛像，是勝國時楊璉僧所琢，下天竺後壁是王叔明畫，其剥落處，時孫宰子補之。方棠陵爲秋官郎，慮囚江南，歸省過杭，索筆題曰：「飛來峰，天奇也，自楊總統琢之，天奇損矣。叔明畫，人奇也，自孫宰子補之，人奇索矣。此二者乃山中千載不平疑案，予法官也，不翻是案，何以服人？」

方棠陵以廣東憲副入賀，張崑崙山人餞之，方曰：「君詩雖佳而非情實，如無山稱山，無水賦水，非懽而暢，不戚而哀。予詩雖劣，情實具在。」答曰：「詩人婉辭託物，若文王之思后妃，豈必臨河洲見雎鳩耶？即如餞行，何必携百壺酒？而云『清酒百壺，惟笋及蒲』。若據情實，則老酒一瓶，豆腐、麵觔耳。」京師聞者大快。

孟淑卿 蘇人，訓導澄之女，自號荆居士，其詩見徐昌穀紀事。

孟淑卿嘗論朱淑貞詩曰：「作詩須脱胎化質。僧詩無香火氣乃佳，女子鉛紛亦然。朱生故有俗病，李易安可與語耳。」然性踈朗不忌客，世以此病之。嘗過惠日菴訪尼僧，書其亭曰：「矮矮墻圍小小亭，竹林深處晝冥冥。紅塵不到無餘事，一炷煙消兩卷經。」

淑卿又有春歸詩云：「落盡棠梨水拍堤，凄凄芳草望中迷。無愁最是枝頭鳥，不管人愁只管啼。」又對鏡云：「清晨對鳳奩，含情强裝束。既已命如塵，何須顔似玉。」又楊妃菊云：「霓裳舞罷小腰肢，低首臨風幾許思？莫怪姿容太妖冶，半緣卯酒半燕支。」又觀蓮美人圖云：「緑槐蟬靜日偏長，懶爇金爐百和香。莫摘池中蓮子看，箇中多半是空房。」又春閨圖云：「粧樓倚倦怯啼鴉，寶髻慵簪茉莉花。蝶粉蜂黄渾褪卻，不應人尚在天涯。」又席上贈妓云：「石榴裙子稱纖腰，唱徹新聲换玉簫。背倚東風偷拭淚，爲誰腸斷爲誰嬌？」

朱桂英　海昌女子，號養誠道人。

朱氏嘗過虎丘山，題詩壁上云：「梵閣頻臨入紫霞，憑欄極目渺無涯。天連淮海三千里，煙鎖吴城十萬家。南北舟航摇落日，高低丘隴接平沙。老僧不管興亡事，安坐蒲團課法華。」

朱氏又嘗詠白髮云：「白髮新黍數百莖，幾番拔盡白還生。不如不拔由他白，那得工夫與白争。」

鄒妙端

角妓鄒妙端，色藝絶人，名出教坊右，風流之士咸修飾以求狎。晚年色衰，遂暮閒寂。及死，佯爲坐化。有作詩以挽之者云：「歌舞風流世所傳，老來圓寂竟端然。超昇已出平康巷，解脱還登般若舡。具足神通由此日，廣修方便在當年。莫言柳翠燒衣事，功德誰分孰後先。」傳播一時。正德間，有伎女失其名，於客所分詠，以骰子爲題，伎應聲曰：「一片寒微骨，翻成面面心。自從遭點汙，抛擲到如今。」極清切感慨可喜。又一伎得一聯云：「故國五更蝴蝶夢，異鄉十里子規心。」亦自成語。

堯山堂外紀卷九十四

國朝

毅皇帝

武廟樂以異域事爲戲，又更名以從其習。學韃靼言，則自名曰忽必列；習回回食，則自名曰沙吉敖爛；學西番剌麻僧教，則自名爲太寶法王領占班丹。嘗命工人作盈尺小畫，上數層，畫喜佛及供養物。所畫佛如番僧披衣而坐者，蓋即上自狀。軸下横書正德十四年九月二十四日，大護國崇聖寺太寶法王領占班丹。字用金書。以此畫施于近侍諸閹。其生以弘治辛亥九月。正德庚辰間，一星士推帝造爲老松棲鶴，格松老將壞，鶴立不久，至辛巳果升遐云。

武宗嘗自易名爲壽，命所司給御馬監太監天字一號牙牌與之。正德戊寅二月巡邊還，文武官具陣詞以迎，其文曰：「恭惟總督軍務威武大將軍朱，負出類之奇才，抱超群之絶藝，以聖賢之德專將相之權。時因小醜跳梁，遂率大軍征討。深思遠慮，後殿前驅。陣方布於疆埸，賊已落於陷穽。上以安乎社稷，下以慰乎臣民。操御之精，湯武與之同烈；戰攻之妙，孫吴爲之下風。福及當年，慶流後裔。班師有待，觀示無疆。某等欲罄愚心同呈俚語，詞曰：曉來聽得平胡報，工賈士農開口笑。一鞭傾倒虎狼巢，萬騎踏平荆楚道。旌旗旋，邊奏繳。凱歌回，光九廟。將軍福力重如山，萬國千邦人倚靠。」右調寄玉樓春。是年冬，駕幸維揚，河冰方合，上問：「冰何時解？」權瑺彬對曰：「立春後始解，然尚有旬餘日。」上曰：「春迎之即至矣。」即命迎春於揚之東郊。明日，百花盛開，河冰盡泮，萬姓駭觀，懽聲動地。

武宗幸薊之湯泉，宫女王氏隨行，題詩賜之云：「滄海隆冬也異常，冰池何自煖如湯？溶溶一脉流今古，不爲人間洗冷腸。」

武宗南巡，道中見一村婦，令後乘載歸，因賦詞曰：「出得門來三五，偶逢村婦謳歌。紅裙高露足，挑水上南坡。俺這裏停驂駐蹕，它那裏俊眼偷睃。雖然不及俺宫娥，野花偏有艷，村酒醉人多。」正德末，駕駐南都日，以泛龍舡爲戲，忽欲幸蜀，諫者皆不從。適上所嬖娼號劉娘娘者言：「上往，吾不能從。」上乃止。

寧庶人

先是，寧藩世畜異志，迨宸濠奸惡尤甚。至是，因上巡游無已，儲貳未建，外議籍籍，遂興異圖。

正德己卯正月下旬，有請紫姑鸞者，將卜它事，及降，乃書云：「天下蒼生未足愁，三邊胡虜亦何憂？獨憐一片西江土，不是當年舊日頭。」識者以爲寧王宸濠殆不免歟。未幾，果舉兵，殺守臣，將犯京闕。其移檄省郡，皆去正德年號，只稱大明己卯。始悟「不是舊日頭」之説云。

初宸濠之謀爲不軌也，嘗作秋懷詩，有曰：「莫向西風問彭蠡，盤渦怒欲起蛟龍。」妻妃探知其意，嘗泣諫之，不聽，因作早行詩見意曰：「鷄聲忽叫五更月，馬足先追十里風。欲買三盃壯行色，酒家猶在夢魂中。」後宸濠兵敗成擒，群小皆鼠竄，獨妻妃投水死。宸濠檻車北上，與監押官言往事，輒痛哭，且曰：「昔紂用婦言而亡天下，我不用婦言而亡家國。」又有句云：「池臺春色知何在？紫燕黄鸝各自飛。」

寧庶人既就擒，拘宿公館，以銅盂與盥洗，仍責取銀者，其習於奢侈如此。嘗作二律貽巡撫王守仁，一曰：「可憐輕棄牡丹臺，細掩重門晝不開。楊柳宫中和淚舞，芙蓉雨上帶愁回。痛思狗監真非輔，始信狡童自不才。金馬玉堂歸去路，等閑惟有庶人來。」二曰：「懶與乾坤擔此憂，我今隨步過瀛州。清風明月人三箇，荒草斜陽土一坵。夢去夢來俱是夢，愁多愁少揔成愁。許多心事憑誰訴？滿目黄花别樣秋。」「狗監」，指劉養正、李士實；「狡童」，蓋自謂也。

劉瑾

陝西西安興平人。景泰初，以浄身進，坐内臣李廣奸黨，充南京海子口軍，夤緣取用。乾清宫災，復發配，又召回僉書。正德元年十月掌司禮監事，提督團營，與馬永成、谷大用、張永、羅祥、魏彬、丘聚等爲八黨，肆惡無忌，僞傳詔旨，變亂成法，謀爲不軌。五年八月，張永憾瑾，因征寧夏安化王歸，疏瑾大奸一十七罪，伏誅。

南京守備太監劉瑯，或以爲即瑾昆季也。瑾本姓日，因與瑯狎，遂冒其姓。瑯自陝西、河南鎮守至金陵，貪婪益甚。資積既厚，於私第建玉皇閣，延方外以講爐火。有術士知其信神異也，每事稱帝命以動之，饕其財無算。瑯有玉縧環，值價百鎰，術士紿令獻於玉皇，因遂竊之而去。或爲詩笑曰：「堆金積玉已如山，又向仙門學煉丹。空裏得來空裏去，玉皇元不繫縧環。」廬江有監司某者，謝事懸車，延方士煉丹，敬信之如鍾、吕復生。其夫人頗知書史，嘗戲問之曰：「丹成何以謝方士？」監司曰：「渠自能點化，不圖謝。」夫人曰：「渠既不圖謝，何故以丹法傳君？」監司曰：「渠謂我有仙風道骨，故傳。」夫人笑曰：「君垂涎點化，志在貪財，妾未聞蓬萊三島，乃有貪財神仙。」話間，其壻來謁之，夫人曰：「令丹若成，當傳之壻。」於是監司有難色。夫人曰：「君得金丹不肯傳壻，君非方士之壻，渠胡爲獨肯傳耶？」監司終不悟。居無何，方士化爲烏有先生，而丹鼎從之。夫人又戲之曰：「夜來方士去赴蟠桃之會，未知騎黄鶴去耶？騎赤鯉去耶？」監司黯然，長吁而已。

江東有太守某者，文雅風流，頗著時名。在郡二年，遣吏攜二百金入京賂劉瑾求速化。苞苴既入矣，越數日，劉瑾事敗伏誅，太守亦以鑽刺落職。初太守遣賂入京也，尋慮事不諧，悔之，乃禱紫姑仙以決疑。仙姑降筆曰：「幾樹甘棠種未成，使君何事苦經營？雷霆怒擊冰山碎，只恐錢神也不靈。」

劉瑾既誅，餘黨逃竄，其義子劉六、劉七、趙風子、邢老虎、楊寡婦倡亂內地，號爲流賊。後被獲，有陳姓者，僞著軍諮祭酒，過衞輝時，書一詩於驛壁云：「志氣軒昂今已休，傷心兩眼淚横流。秦庭有劍誅高鹿，漢室無人問丙牛。野鳥空啼千古眼，長江不盡百年愁。西風動處多寥落，一任魂飛到故丘。」又曰：「碌碌男兒懶做官，赤眉混戰黑羊山。閒來夜月獻金鐙，多少英雄破膽寒。」攻河南時，揭一榜，有「能擒伊王者，賞及累世；敵大軍者，罪及三族」之語。至京師，皆剥皮西市。

孫一元 字太初，號太白山人，本平凉宗室子，其母孕孫，將免身，歸寧父母，因生孫於其家，適有不懲，遂不復繫孫帝籍，乃冒前姓名云。

正德間，孫一元長寓吴越，因家杭之南屏山。其新卜居詩云：「石上藤蘿對夕曛，解衣長日坐來頻。挽回滄海真無計，領略青山合有人。養鶴似嫌雙口累，爲漁又過一生身。相逢惟是南屏老，獨樹柴門許結鄰。」

孫太初與殷近夫泛舟西湖，太初戴華陽巾，被高士服，把酒四望，謂近夫曰：「昔青蓮居士李白與尚書郎張謂泛沔州南湖，因改爲郎官湖。今日予與子遊，頗追蹟前事，西湖因可爲高士湖矣。」時已極醉，信口成長篇云：「我聞唐家李白一世賢，郎官之湖至今傳。我今與子繼其蹟，勝事豈許昔人專！方冠野服興不減，駕舡載酒淩蒼煙。千山萬山兩岸如群龍，蜿蜒盡在几席前。青天落盃底，白日行舟邊。鼋鼉突兀波面出，大魚小魚争避舡。君把斗酒，我歌扣絃。天風下來，雲葉翩翩。爛醉騎鯨，遊崑崙巔。」

殷近夫養二鶴，每孫太初至，輒相對舞。太初愛而作詩贈之云：「爲愛使君雙舞鶴，杖藜相過水雲鄉。入門瘦影當空見，隔樹間行共我長。碧海青天憐昨夢，朱碧瑶月鬬圓吭。他年結屋羅浮上，萬樹梅花待汝翔。」

孫太初嘗以所佩日本小劍遺殷近夫，因作公莫舞云：「晴空一夜走白螭，河鼓下照寒江湄。葛盧之山元氣裂，神物將化天有爲。鐔頭驚見赤花古，轆轤純鈎皆莫數。

千年碧血燐火明，萬里陰風髑髏語。帝王氣象佳葱葱，玉虹提携行相從。座上酒酣公莫舞，要是當年隆準公。」

李參戎汝盛南征功成，着野服訪孫太初于南屏山中，既與棹舟湖上，放歌飲酒於渚蒲沙鷗之間，盡日樂甚，因謂西湖自坡仙逝後五百載無此樂矣。爲作一律以志之云：「虎旅將軍功業新，也來林下放歌頻。幾年天地傷多事，此日江湖合有人。菱葉亂迎青雀舫，波光忽動白綸巾。君王若念南征意，乞與西湖寄此身。」

孫太白之寓西湖也，與鄭繼之善，其夢繼之詩云：「不見平生鄭廣文，風塵側望隔青雲。殊方物色偏憐客，雨夜燈花頻夢君。隔葉山鳩高自語，避人江鶴獨爲群。眼中世事堪惆悵，塞北音書久未聞。」繼之亦有寄太白詩云：「爲問山人孫太初，交情歲晚莫教疎。孤山梅萼春相惱，滿地松苓日自鋤。江夏肯容禰處士，茂林初卧馬相如。知君不廢苕溪釣，書帛能無寄鯉魚？」

孫太初晚歲卜居吴興，新築苕溪草堂，有詩曰：「白沙翠篠浄江潭，新築堂成映色寒。旋有飛鳧臨釣石，即看浴鷺傍清湍。扁舟此日鴟夷子，木榻經年管幼安。長暇南鄰呼酒伴，一尊相對坐林巒。」

孫太白初談導引，人疑其仙，晚婚吳興施氏妻妹，李空同聞之，輒詩嘲曰：「范子無端出五湖，西施並載有耶無？詩人只合鶯鶯伴，施家今是大姨夫。見説仙人萼緑華，萼緑華，晉昇平中降羊權家。麻姑亦降蔡經家。即防獅子河中吼，背癢無言爪得爬。」費文憲罷相東歸，訪孫太初，值其晝寢，孫故卧不起，久之，費坐語益恭，孫乃出，又了不謝，送之及門，第矯首東望曰：「海上碧雲起，遂接赤城。大奇，大奇！」文憲出，謂馭者曰：「吾一生未嘗見此人。」

王磐

字鴻漸，高郵州人，儲柴墟、莊定山與善。

王磐生富室，獨厭綺麗之習，雅好古文詞，家於城西，有樓三楹，日與名流談詠其間，因號西樓。嘗分韻得楊字，自詠其號云：「乾坤老棟梁，雲霧開屏障。煙霞生几案，河漢逼軒窗。高據胡床，坐指坤元向，居臨太白方。門前列華岳三拳，屋後近瑶池一掌。梁州　右壁廂，掛萬丈璇璣斗柄，左壁廂，接萬里錦繡封疆。一重重直步到銀河上。琴橫新月，劍倚斜陽。朱研曉露，筆掃秋霜。陪金母共住仙鄉，與白帝緊靠宫墻。我這裏，比南軒少了些雲日炎蒸，我這裏，比東坡避了些鶯花鬧攘。我這裏，比北海躲了些風雪飄揚。詩狂酒狂，更壓着元龍豪氣三千丈。忒風流，忒踈放，愛的是高卧天風一枕凉，夢熟羲皇。尾聲 托賴着皋陶禹稷賢卿相，扶佐着虞舜唐堯聖帝王。因此上，巢由得高尚，沐蒼冥寵光，吸清虚颯爽，遥望着萬里蓬萊慶雲長。」

閏元宵無張燈者，故古詞云：「依舊試燈何礙。」正德初，郵守好事，令再張燈，王西樓有曲云：「重開不夜天，再造長春境。復遊三市月，又看六街燈。連賀昇平，閏月今番盛。元宵兩度晴。錦模糊世界重修，光燦爛乾坤又整。梁州 滄海上，六鰲山重重出現。碧天邊，雙鳳輦往往巡行。喜新年更遇新時令。猜空詩謎，踏遍歌聲。醉番豪俠，走困娉婷。飲不竭、春酒繩繩。扮不了、社火層層。平添上，錦重重五百座琥珀歌樓。再湧出紅灼灼三千年珊瑚寶井。又展開，紫巍巍十萬里瑪瑙長城。前正後正，一年兩度元宵勝。酒有情，詩添興，催逼的雪月風花不暫停，運轉豐登。尾聲 那元宵，盛張燈燎淡銀河影。這元宵，連迓鼓敲殘玉漏聲。管倩取，天上人間兩重慶。喜天清地寧，愛風輕月明。這的是太平年，夜夜元宵四時景。」是時高郵元宵最盛，好事者多携佳燈美酒即西樓爲樂，公製新詞，令叢歌之。此類曲子是也。至公老年雖減曩心，而少年好事者猶然。公詩有云：「是誰東道遺燈火，爲我西樓破寂寥。」又云：「年光已屬諸年少，四座春風按六幺。」後經荒歲苛政，閭閻凋敝，良宵遂索然矣。及公謝世，愈不復覩盛事。張紘有詩云：「年征歲役萬民凋，太守風流興盡消。火樹星毬俱寂寞，惟餘明月作元宵。」又有懷公六言云：「一自此翁去後，人心無復風流。燈火樓中夜話，鶯花寺裏春游。」

王西樓有沉醉東風詠千葉白桃花云：「玄覩觀風霜易老，武陵溪冰雪難消。香飄茉蕠魂，清奪酴醿俏。喜重重叠叠瓊瑶，生怕煙脂點污着。傍流水橋邊卧倒。」

王西樓有清江引閨中八詠，煖帽云：「玉釵冷來雲慢挑，按上昭君帽。窗前雪意濃，簾外風寒峭。嫩花頭，要將春護了。」寒衾云：「蒙茸紫貂籠瑞雪，暗把香光惜。一團白玉温，兩朵桃花熱。透靈犀，險些兒輕漏泄。」汗衫云：「輕衫短裁防過暑，堪可包香玉。秋千打罷時，歌舞收迴處。濕浸浸，似沾花上雨。」暑襪云：「淩波襪兒真箇罕，不肯教人看。霜籠玉笋尖，水浸金蓮瓣。隔紗裙，幾迴偷抹眼。」浴裙云：「温泉起來權護體，帶濕雲拖地。翻嫌月色明，偷向花陰立。俏東風，有心輕揭起。」睡鞋云：「惺紅軟鞋三寸整，不着地，偏乾净。燈前换晚粧，被底勾春興。醉人兒，幾迴輕撥醒。」棕履云：「玲瓏結成雙翠蠒，兜的弓鞋蒨。苔沾翡翠根，露滚珍珠面。下瑶臺，不愁春醉軟。」蒲靴云：「銀絲細盤雙鳳腦，緊束淩波鞦。青蓮兩瓣開，玉笋雙尖蹻。踏青去來天氣早。」

王西樓平生不見喜愠之色，其家嘗走失鷄，公戲作滿庭芳云：「平生淡薄，鷄兒不見，童子休焦。家家都有閑鍋竈，任意烹炮。煮湯的，貼他三枚火燒。穿炒的，助他一把胡椒。到省了我開東道。免終朝報曉，只睡到日頭高。」

太虚上人索題紙鳶，王西樓爲作紅繡鞋一闋云：「平地上白雲一片，駕東風飛上青天。任兒童牽引且隨緣。你道是閒遊戲，我道是小登仙。有一日斷塵根歸閬苑。」

正德間，閹寺當權，往來河下者無虚日。每到輒吹號頭齊丁夫，民不堪命。王西樓有詠喇叭朝天子二首，云：「喇叭鎖哪，曲兒小，腔兒大，官舡來往亂如麻。全仗您擡聲價。軍聽了軍愁，民聽了民怕。那里去辨甚麽真共假？眼見的、吹翻了這家，吹傷了那家。只吹的水浄鵝飛罷。」

佛事已無謂，轉五方尤可笑。王西樓作南吕一枝花嘲之曰：「大揚旛，做道場。齊秉燭，齋神像。亂敲鈸，驚地府。鑾擂鼓，振天堂，鬧動街坊。顯手段的唐三藏，逞風流轉五方。赤緊的行者能頑，又撞着東家好攘。梁州　頭直上，連聲鋝鋝。耳邊廂，一片鐺鐺。撮擁着這夥能奔快跑喬和尚。他道是，才走回東土，又趕到西方。立追翻羅漢，直碾上金剛。急波波似爺死娘亡。忙劫劫擬救火奔喪。趲的雙寶公鞋、止兩條滑顈。扯的領達麽衣、只半片精襠。撞的箇昆盧帽，剩一道光箵。手慌脚忙，旋風般旋的頭昏脹。轉不及，趕不上，跌一箇海嘯朝天大放光。連叫收塲。尾聲　一箇道，差三分兒撞着擲折了項。一箇道，再一會兒難熬掙斷我腸。一箇道，早是我生來腦皮壯。一箇道，也是我今生合當。一箇道，也是我前生業障，不轉上千遭，骨頭痒。」

強晟　字景明，汝南人，秦府左長史。

正德初，關中盛傳朝議復欲起三原王公恕，其友強景明上公詩曰：「八十耆年一品官，歸來清節雪霜寒。雖然海内歸心在，可奈君前下拜難。鷗鷺恐疑威鳳起，風雲長護老龍蟠。三公事業三槐傳，留取完名久遠看。」蓋規之也。

陝西車御史梁按部某州，欲私一拽轎小童，至州命易，門子吏目以無應，車曰：「即途中拽轎小童亦可。」吏目又以小童乃遞運所夫。有驛丞諭其意，進言曰：「小童曾供役上官。」乃易之。強景明戲作拽轎行云：「拽轎拽轎，彼狡童兮大人要。」末句云：「可惜吏目卻不知，好箇驛丞到知道。」南京王祭酒嘗私一監生，其人忽夢鱣出胯下，以語人，人因爲句曰：「某人一夢甚蹺蹊，黃鱣鑽臀事可疑。想是翰林王學士，夜深來訪舊相知。」聞者咸相與一笑。

陳全 江浦人。

陳全患瘧疾，製叨叨令云：「冷來時，冷的在冰淩上卧。熱來時，熱的在蒸籠裏坐。疼時節，疼的天靈破。顫時節，顫得牙關挫。只被你害殺人也麽哥！只被你害殺人也麽哥！真箇是寒來暑往人難過。」

陳全與妓何瓊仙飲，適見雄雌雞交者，瓊仙請詠之，其詞曰：「女靈禽，非走獸。風流事，誰不有。只好背地偷情，那許當塲弄醜。若是依律問罪，應該笞杖徒流。更加一等强論，殺來與我下酒。」

戴宗吉

饒州有女尼從士人張生者，鄉士戴宗吉爲詩贈之曰：「短髮鬔鬆緑未匀，袈裟脱卻着紅裙。于今嫁與張郎去。羸得僧敲月下門。」

堯山堂外紀卷九十五

國朝

戴大賓

字寅仲，莆田人。正德戊辰探花及第，時年十四，授翰林院編修。尋卒，其家以喪歸。凡旅柩用繩縱横束結甚固，及抵家，父母悲泣過當，必欲發柩省視衣衾。柩發，乃一白鬚叟，大駭異之，棄屍于地，以詰責奴從，奴從莫能對。其夜夢大賓，曰：「此叟非故吾，然向者貌亦非故吾。叟，固我前身，上帝憫其苦學，白首不第，托生汝家，暫享榮名，以酬其志耳。變形者，不忘其初也。」父母由是罷，悲泣納屍柩中，以從斧屋。

戴大賓八歲遊泮，主師指廳上椅屬對云：「虎皮褥蓋學士椅。」即對曰：「兔毫筆寫狀元坊。」主師大奇之。十三中鄉試，有貴公來謁其父，見戴戲庭側，尚是嬰稚，以爲業童子秇也，出一對曰：「月圓。」即應曰：「風扁。」問：「風何嘗扁？」曰：「側縫皆入，不扁何能？」又出一對曰：「鳳鳴。」即應曰：「牛舞。」問：「牛何嘗舞？」曰：「百獸率舞，牛不在其中耶？」貴公大加嘆賞，詢之即大賓也，已成鄉舉矣。對語皆含刺云。

海昌董氏，二十嫁爲朱俊妻，三載夫亡，生子鑑甫三歲，董水漿不入口者三日，或勸曰：「子在而同夫死爲諒，溝瀆無益。」乃强起飲食，晝夜哭不絶聲，聞者憐之。戴大賓弔以詩曰：「望夫歸，夫歸定何時？兒啼夫不聞，妻哭夫不知。此身不惜化爲石，汝兒無母當怨誰？芳草年年青，吁嗟夫兮歸不歸？兒勿哭，兒哭傷母心。汝翁棄汝去，汝母愛汝不敢嗔。何日兒當言，何日兒當步？母養兒兮苦復苦，吁嗟兒兮莫作潘郎負阿母。」後鑑果能樹立，當道爲表其閭曰慈節云。

楊慎 字用修，號升菴，四川成都人，年二十四狀元及第。

正德庚午，揚州一士夫偶遇樟柳神，因叩明春狀元何處人？神云：「川新都種樫，肅氏頭上名。喬木無灰易，真心用修行。」慎既及第，乃知爲蜀地姓名字也。

舊制，殿試讀卷大臣，凡有血屬與試，俱請迴避。正德辛未，楊少師廷和在内閣，其表子慎會試既列名第二，將殿試，廷和亦以迴避爲請，一不准，即如常以入。是年慎遂爲大魁。京師目爲「面皮狀元。」有無名子送一詩於楊宅，末云：「假使四公皆有子，狀元不識着誰填。」時内閣有四閣老，故云。正德某科士子中塲用徐幹中論全篇而得高第。明年，海内之士交相謂曰：「徐幹中論，翰林先生所最重也。」於是購中論而讀者紛然。京師爲之語曰：「秀才好請客。徐幹偶擅席。也只好一遭，良會難再得。」

太宰夏松泉公七十，楊用修壽以詩曰：「赤舄歸來鬢未星，紫垣光焰照涪陵。山中宰相無塵事，河上仙翁有道經。春色又驚梅蕊白，薰風幾换荔枝青。停雲問月多篇詠，何日滄浪一共聽？」

山東女子趙小錢年十五，爲賊所掠，駡賊不從，以擣衣杵擊賊，遇害。事聞，詔旌其門。楊用修爲賦擣衣杵曰：「戕賊金鈷鉧，擊賊擣衣杵。今見趙小錢，昔聞楊慇女。」

楊用修才情蓋世，所著有洞天玄記、陶情樂府、續陶情樂府，流膾人口，而頗不爲當家所許。蓋楊本蜀人，故多川調，不甚諧南北本腔也。摘句如：「費長房縮不就相思地。女媧氏補不完離恨天。別淚銅壺共滴，愁腸蘭焰同煎。和愁和悶，經歲經年。」又：「傲霜雪鏡中紫髯，任光陰、眼前赤電仗平安，頭上青天。」皆佳語。它曲多剽元人樂府，如「嫩寒生，花底風，風兒踈剌剌」諸闋，一字不改，掩爲己有。蓋楊多抄録秘本，不知久已流傳人間矣。

楊用修浣溪沙云：「首夏偏宜淡薄妝，銅青衫子紫香囊，清歌一曲送霞觴。羅襪淩波回洛浦，淡雲輕雨拂高唐，紗厨今夜賀新涼。」

楊用修塞垣鷓鴣詞云：「秦時明月玉弓懸，漢塞黄河錦帶連。都護羽書飛瀚海，單于獵火炤甘泉。鶯閨燕閣年三五，馬邑龍堆路十千。誰起東山安石卧？爲君談笑靜風煙。」又詠柳曰：「垂楊垂柳管芳年，飛絮飛花媚遠天。金藺抱春寒食後，玉蛾翻雪暖風前。别離江上還河上，抛擲橋邊與路邊。遊子魂銷青塞月，美人腸斷翠樓煙。」

楊用修有羅江怨四闋，押四「熱」字最妙，其詞曰：「離亭月影斜。東方亮也，金雞驚散枕邊蝶。長亭十里，陽關三叠。相思相見何年月？淚流襟上血，愁穿心上結。鴛鴦被冷雕鞍熱。」「黄昏畫角歇。南樓報也，遲遲更漏初長夜。茅簷滴溜，松稍霽雪。帋窗不定風如射。墙頭月又斜，床頭燈又滅。紅爐火冷心頭熱。」「青山隱隱遮。行人去也，羊腸鳥道幾回折？雁聲不到，馬蹄又怯。惱人正是寒冬節。長空孤鳥滅，平湖遠樹接。倚樓煨得闌干熱。」「關山望轉賒。程途倦也，愁人莫與愁人説。離鄉背井，瞻天望闕。丹青難把衷腸寫。炎方風景别，京華書信絶。世情休問凉和熱。」

楊用修婦亦有才情，楊久戍滇中，婦寄一律云：「雁飛曾不到衡陽，錦字何曲寄永昌？三春花柳妾薄命，六詔風煙君斷腸。曰歸曰歸愁歲暮，其雨其雨怨朝陽。相聞空有刀環約，何日金雞下夜郎。」又黄鶯兒一詞：「積雨釀春寒，見繁花樹樹殘，泥塗滿眼登臨倦。江流幾灣？雲山幾盤？天涯極目空腸斷。寄書難，無情征雁，飛不到滇南。」楊又別和三詞，俱不能勝。楊詞云：「夜雨滴空階，傍愁人枕畔來，鄉心一片無聊賴。淚眸懶揩，狂歌懶裁，沈郎多病寬腰帶。望琴臺，迢迢天外，懷抱幾時開？」「霽雨帶殘虹，映斜陽一抹紅，樓頭畫角收三弄。東林晚鍾，南天晚鴻，黃昏新月弦初控。望長空，披襟誰共？萬里楚臺風。」「絲雨濕流光，愛青苔繡粉墻，鴛鴦浦外清波漲。新篁送涼，幽芳弄香，雲廊水榭堪遊賞。倒金觴，形骸放浪，到處是家鄉。」楊以「議禮」戍永昌，僑寓安寧，遍遊臨安、大理諸郡。所至携娼伶，通良家婦女，皆大理董秀才爲楊羅致之，呼爲董牽頭。諸夷酋欲得其詩翰不可，乃以精白綾作裓遺諸伎服之，使酒間乞書，楊欣然命筆，醉墨淋漓裙袖。酋重賞伎女購歸，裝潢成卷。楊後亦知之，便以爲快。

楊用修在滇中與張含愈光最善，含有寄用修詩曰：「金馬秋風十載餘，芙蓉深巷閉門居。登樓莫作依劉賦，奉使曾傳諭蜀書。卧病可憐天一柱，獨醒無奈楚三閭。北來消息風塵動，白首滄江學釣魚。」又「東觀聲名北斗齊，鳳凰踪跡戍雕題。八千里外潮陽馬，十九年來海上羝。銅柱蒹葭鴻雁響，鋏城煙雨鷓鴣啼。連宵數有懷人夢，記得分明錦水西」。

草書百韻歌，乃宋人編成，以示初學者，託名於羲之。嘉靖間，有一中書取以刻石，而一鉅公序之，信以爲然。有自京師來滇，持以問楊用修曰：「此羲之草韻也？」楊戲之曰：「字莫高於羲之，得羲之自作草書百韻歌，奇矣。又如詩莫高於杜子美，子美有詩學大成。經書出於孔子，孔子有四書活套。若求得一書，與此爲三絶矣。」其人愕然曰：「孔子豈有四書活套乎？」楊曰：「孔子既無四書活套，羲之豈有草書百韻乎！」其人始悟。

楊用修在滇中，有懷歸詩：「星橋南望沉犀渚，雪嶺西連抱珥河。關塞渺茫魂夢隔，山川迢遞别離多。汀洲春雨搴芳杜，茅屋秋風帶女蘿。心事未從詹尹卜，生涯聊聽僰童歌。」後暫歸瀘，已七十餘。而滇士有讒之撫臣昺者。昺，俗戾人也，使四指揮以銀鐺鎖來。用修不得已至滇，則昺已墨敗。然用修遂不能歸，病寓禪寺以没。用修在瀘州嘗醉，胡粉傅面，作雙丫髻插花，門生舁之，諸伎捧觴，游行城市，了不爲怍。

張鰲山

號石磐，安福人，簡肅公之子。少爲翰林庶吉士，其子鳳林名秩者，又在翰林，三代皆聞人，爲國朝一盛事。

張石磐爲南直隸提學，所取文字，專尚清新，一時陳腐者皆被黜，江南文體爲之一變。其巡歷松江，適一巡撫劉姓者在松，劉先發，石磐設席餞之，贈以詩曰：「我送中丞君，黄梅三月雨。紫燕語雕梁，滑鶯坐春渚。風便快輕帆，花落怨東主。人生貴適意，適意應如許。」其詩今寫在李塔匯寺壁云。

張鰲山按廬試士，出孟子題：「不受於褐寬博，亦不受于萬乘之君。視刺萬乘之君，若刺褐夫。」後與宸濠變，械繫北上。廬江知縣劉夢熊，其同年也。因前爲屬官，處非其禮，即乘間嘲之曰：「公素有無君之心，得此非誣。」張訝之，因曰：「公考廬陽出題一節，已可驗矣。」公不覺爲愧屈，嘗有詩云：「没馬淤泥路轉賒，看山好興濕雲遮。僧房春盡渾無主，開遍庭前木槿花。」後敗事，以爲詩讖。

張鰲山被罪赦還，門下士往見。酒間，問公巡江北有可笑之文否？張云：「吾在徐州，以『馮婦善搏虎』爲題，一秀才云：『嗟乎！馮婦一婦人也，而能搏虎。不惟搏也，而又善搏焉。夫搏虎者何？扼其吭，斬其頭，剥其皮，投於五味之中而食之也。豈不美哉！』」舉坐皆大笑。

常倫　字明卿，沁水人，與張石磐並楊慎榜進士。常多力善射，雖爲文法吏，時韎韋附注兩鞬騎而馳于郊。諸徼侯子弟從俠少年飲，常前突據上坐，起角射，咸不及，問稍知爲常評事，敬之，奉大白爲壽。常引滿沾醉，竟馳去弗顧。又時過倡家宿，至日高春徐起，或參會不及，長吏訶之，敖然曰：「故賤時過從胡姬飲，不欲居薄耳。」竟用考調判陳州，庭詈御史，以法罷歸，益縱酒自放。居恒從歌伎，酒間度新聲，悲壯艷麗，稱其爲人。又好彭老御内術，自謂得之神仙，可立致。一日，省墓，從外舅滕洗馬飲，大醉，衣紅，腰雙刀，馳馬塵絶，從者不及，前渡水，馬顧見水中影，驚蹶，墮水，刃出於腹，潰腸死。年僅三十四。

常明卿有詩弔韓信曰：「漢代稱靈武，將軍第一人。禍奇緣躡足，功大不謀身。帶礪山河在，丹青祠廟新。長陵一抔土，寂寞亦三秦。」至今爲中原豪俠之冠。

唐臯　字守之，徽州歙縣人。嘗夢與鄭佐同榜，時臯年已三十餘，而佐方生。後佐年十九，與臯兩榜皆同捷。

唐臯在歙庠日，每以魁元自擬，雖累蹶場屋而志不怠。鄉人誚之曰：「徽州好箇唐皋哥，一氣秋闈走十科。經魁解元荷包裹，争奈京城剪柳多。」唐聞之，志益勵，因題書室壁曰：「愈讀愈不中，唐皋其如命何？愈不中愈讀，命其如唐皋何？」又嘗見人所持便面畫一漁翁網魚，題曰：「一網復一網，終有一網得。笑殺無網人，臨淵空嘆息。」自正德癸酉甲戌，果連捷經魁，狀元及第。唐皋以翰林出使朝鮮，其主出對命屬云：「琴瑟琵琶，八大王，一般頭面。」皋即對云：「魑魅魍魎，四小鬼，各自肚腸。」主大駭服。

薛蕙

字君采，亳州人。唐皋榜進士。

薛蕙有料絲燈詩：「淮南玉爲盌，西京金作枝。未若兹燈麗，擅巧昆明池。霏微狀蟬翼，連娟婢綱絲。煙空不碍視，霧弱未勝持。碧水點葱一，彩石染萎蕤。霞疊有無色，雲攢深淺姿。棼蘭發香氣，對蠋映紅滋。明月詎須侈，夜光方可蚩。」

張子醇搆西峰草堂，薛君采題云：「山人卜築城西郭，日日西山爽氣來。細雨濛濛丹磴濕，晴雲裊裊翠屏開，堦前蔓草穿書閣，石上松林覆奕臺。況有春湖可乘興，它時須作泛舟迴。」

舒芬　進賢有石人灘，相傳謂灘合則狀元出，人遂以石灘稱先生，先生遜避，別號梓溪。正德丁丑，閩人劉世揚會試入京，夢神告之曰：「今年狀元名國裳。」世揚即以國裳易己之字。劉是科登進士，而舒狀元，其字則國裳也。

舒梓溪及第未幾，即以言出爲福建提舉，作詩云：「御筆新題墨未乾，寸心耿耿向長安。九重宮闕浮雲鎖，萬里江山赤子寒。午夜人争摇拘尾，一封誰肯犯龍顔。鳳凰臺上歸宜早，不作盲聾暗啞官。」平生精於天文，尤熟於數學，能決己之休咎云。

舒狀元春遊，用重叠意作詩曰：「春風春日兢春華，春水春山春景佳。新柳戀鶯鶯戀柳，好花迷蝶蝶迷花。尋芳子入遊芳伴，買酒人投賣酒家。去是路兮歸是路，馬頭相對日頭斜。」又用曲牌名作詩曰：「惟愛宜春令去遊，風光猶勝小梁州。黄鶯兒唱今朝事，香柳娘牽舊日愁。三棒鼓催花下酒，一江風送渡頭舟。嗟予沉醉東風裏，笑剔銀燈上小樓。」宸濠所嬖幸妃名趣妃，謂有趣之妃也。後爲舒狀元所獲。

崔桐　字來鳳，號東洲，海門人。

正德間，崔桐以歲貢生卒業南雍。丙子，司成將考選監生就鄉試者，崔忽夢在一屋題柱曰：「文章已冠三千士，國學先標二十名。」覺，告同舍生，生言：「子小試當列名一十，然必爲榜首。」將揭曉，崔又夢王大化餽以羊首。同舍生又言：「王爲丙子榜首，今以羊首餽子，是亦冠多士之兆也。」後二夢俱驗。

舊制，國學春秋二祭，各衙門胙肉，皆國子生押送。崔東洲值太常寺，太常卿忽不相接，崔投以韻語曰：「吾聞千里能相見，一見如何反拒之。國子使非蘧玉使，太常辭豈孺悲辭。七科不第天留意，四十無聞我自知。不屑教中承教誨，退而脩省是吾師。」太常卿得詩，亟延款之。由是其名益著。

汪應軫 字子宿，號青湖，山陰人。

吳維新鼎初任臨淮知縣，汪應軫其同年也，時爲給事中，送行詩曰：「青年縣尹延陵子，掛劍豐城牛斗間。車馬風塵今日始，乾坤身世幾人間。家分吳越一江水，官隔淮河萬里山。歌罷驪駒人已遠，夕陽芳草對愁顔。」不數月，汪貶知泗州。果然官止隔於淮河，人以爲讖。

汪應軫由諫垣出僉江右，巡歷郡縣，名山勝跡多有題詠，登餘干東山書院，題云：

「趙相空懷汗馬勞，紫陽曾此吊英豪。乾坤何地忘淵聖？日月中天讀楚騷。江水帶雲來晚棹，山風吹雨濕春袍。前途疑是楊花泊，錯認鄱湖雪浪高。」考之趙汝愚罷相，請晦翁訓其子崇憲，因注楚辭，人皆服其用事切實云。

王廷陳 字稚欽，黄岡人。少爲文，頃刻便就，多奇氣，然好狎遊黏竿、風鷂諸童子樂。又蹶不可馴，父母扶扑之，輒呼曰：「大人奈何輒虐海内名士耶？」爲翰林庶吉士，詩已有名，其意不可一世，僅推何景明，而好薛蕙、鄭善夫。故事，學士二人爲庶吉士師，甚嚴重，稚欽獨心易之。時登院署中樹而窺學士過，故作聲驚使見大恚，然度無如何，徉爲不知也，乃已。嘗授官給事中，用言事故，詔特予外補裕州守。既中不屑州而以諫出，知當召，益驕甚。臺省監司過州，不出迎，亦無所托疾。人或勸之，怒曰：「齷齪諸盲官，受廷陳迎耶？當不愧死？」一日，出候其師蔡潮以他藩隨者，潮好謂曰：「生來候我固厚，而分守從後來，亦一見否？且生厚我，以師故，即分守，君命也。」稚欽曰：「善。」乃前迎分守，而分守既下車，數州吏微過，當稚欽笞之十，稚欽大駡曰：「蔡師誤王先生見辱。」挺身出，悉呼其吏卒從守勿更侍，一府中慴伏，亡敢留者。分守窘不能具朝餔，謀於蔡潮，潮爲謝過，稍給之，僅得夜引去。於是監司相戒，莫敢道裕州，而恨稚欽益甚。爲文致逮下獄，削秩歸。家居，愈益自放，達官貴人來購文好見者，稚欽多蓬首垢足，因服應之。間衣紅紵窄衫跨馬，或騎牛嘯歌田野間，人多望而避者。

王廷陳贈方士詩云：「仙客芝田傍白雲，偶逢鶴馭到人群。酒酣射覆多奇中，歌罷談玄總異聞。使劍向幽驅鬼物，焚香當晝下神君。人間妙術運難盡，欲續齊諧志怪文。」

王穉欽晚節詩律尤精，好縱倡樂，有聞箏一首：「花月可憐春，房櫳映玉人。思繁纖指亂，愁劇翠蛾顰。授色歌頻變，留賓態轉新。曲終仍自叙，家世本西秦。」又一書答人云：「綺席屢改，伎倆雜陳。絲肉競奏，宫徵暗和。羲和既逝，蘭膏嗣輝。逸興狎悰，干霄薄雲。禮廢罰弛，履遺纓絶。」俱妙極形容，可謂才子。

仁和江暉爲翰林修撰，好以奇癖字作文，初若不易解者，解之得平平耳。王穉欽有詩嘲之云：「江生突兀揚文風，千奇萬怪難與窮。博物豈惟精爾雅，識字何止過揚雄。古心已出丘索上，邃旨或與神明通。求深索隱苦不置，一言忌使流俗同。令弟大篆逼鐘鼎，絶藝耻作斯邕等。生也爲文遺弟書，一出皆稱二難並。縱有楚史不可讀，滿堂觀者徒張目。少年往往致譏評，生也不言但捫腹。君不見，好醜從來安可期，豪傑有時翻自疑。伯牙竟爲知音惜，卞氏能無抱璞悲。請君實此無易輒，聖人復起當相知。」

陳沂

字魯南，號石亭。丁丑年，凡入翰林者，皆有一諢名，如沂喚做陳木匠，鄺灝喚做姐，皆以其狀貌相似而言。

陳魯南謝官東歸，小至舟泊衢城下，灘聲月色，愴然有懷，賦詩云：「倦客東歸一繫船，天涯行役自堪憐。空江月色孤城下，永夜灘聲獨枕前。豈有微勞酬厚禄，秪餘衰病寄殘年。愁長未覺寒更減，星斗惟看直北懸。」

王臯

字汝陳，金壇人。

王汝陳自四明解任赴萊州，過清江，有感劉寵一錢之事，作詩云：「鑿井耕田意自真，堯民誰解識堯仁。百錢出餞劉君者，猶是當年好事人。」臯嘗與任元朴書曰：「鄙心自盟，不欲於舊裝衣携一物以歸故鄉。」其廉静無求，不見可欲如此。

黄佐

字才伯，號太泉，香山人。

黄才伯詩，有：「倦游卻憶少年事，笑擁如花歌落梅。」自注云：「欲盡理還之喻。」

蓋此公作美官講學，恐人得而持之也。詞林傳以爲笑。

敖英

字子發，號東谷，清江人。

敖東谷，壯歲因蹴死皮工，逃入寧州。年久，比其反也，則妻議他嫁。迎婦者已在門，厨中酒食亦具，適敖公突歸，方始散去。或作詩云：「傷心鴛侶乍分行，鴻斷鱗潛十五霜。歸馬不隨今夜月，桃花應向别園芳。」公自念家貧難娶，隱忍與居，連生二子。公既貴，竟啣其結髮欲背己，而改適爲南京主事時，不挈以自隨，乃於留都納次室，極巧慧，善承事，公甚嬖焉。然卒無子，而子皆正室所出，不教以詩書，及長，但事生産作業。公著緑雲亭雜言，嘗病朱買臣事，蓋亦有爲而發者。

堯山堂外紀卷九十六

國朝

肅皇帝

獻皇帝在興邸雅重文士，有朝者輒令見帝。毛御史伯温朝時，亦獲見帝。毛以手撫弄帝首與額，且曰：「貌相良雅秀。」時帝年十一，退屏後，憤然不平。比正位，嘗以問内侍曰：「何御史大如此？」或對曰：「彼以代巡爲職。」故當時敢爲傲肆。』上然之。因是漸以裁抑御史爲念，後益嚴云。

正德駕崩，大學士毛澄迎肅皇帝駕至藁城，過橋，偶爾橋崩，有碑出焉，碑文曰：「橋崩天子遇，碑出狀元來。」毛乃弘治癸丑狀元也。

肅皇帝後，承天有謡曰：「飛上一條龍，留下八隻虎。天下皆快活，安陸獨受苦。」八虎，謂千户翟俗輩，皆京師人，隨獻皇至興國。洎上正位後，以潛邸恩擢千户，無衛，仍在承天，頗縱肆，故有八虎謡。後乞列御承天衛，朝命移錦衣，始失望。

孝廟升遐，武宗以正德改元，出於劉少師健所定，蓋妃前文。馬端肅公在吏部考選，以「宰相須用讀書人」命題諷之。肅皇帝入繼紀元，内閣初擬明良，次嘉靖，次紹治，上時用嘉靖云。一日，命翰林賦嘉靖二字，徐階應制曰：「土本原來大丈夫，口稱萬歲與山呼。一横直過乾坤大，兩竪斜飛社稷扶。加官加禄加爵位，立綱立紀立皇圖。主人自有千秋福，月正當天照五湖。」上大悦。

嘉靖庚寅間，四郊並建，一時工部司官督工者，以營建功，類陞太僕少卿、順天府丞等官。又有不能得者，有爲急就語以紀其事者云：「馬前雙，馬後方。腰間黄，立堂傍。管工郎，郎不郎，堂不堂。」其時有以工部營繕郎中陞少卿乃管司事者，是以云然。

或取嘉靖初元大臣名爲詩云：「穆穆文孫交景運，端居喬宇撫清時。綵綸遥起山林俊，化雨重陶琰琬資。韶樂楊庭和舜吕，溪毛澄水薦先師。功如墮費宏謨遠，壽比籛彭澤慶垂。共説天王守仁義，萬年磐石瑶圖維。」

嘉靖乙巳年間，上一日召大學士嚴嵩、吏部尚書熊浹至西苑，嵩、浹黎明赴召，至未初始得入，上謂嵩、浹曰：「朕偶得一對句，曰：『閣老心高高似閣。』可對之。」嵩、浹聞命，皆惶悚伏地，不敢仰視。上曰：「若不能對，朕代爲對，曰：『天官膽大大如天。』」乃的對也。嵩、浹惶悚益甚，伏不能起。上曰：「朕偶以此相試，何意焉？」笑而遣之。

甫二日，即有復召夏閣老言之旨。

世廟又一日出一對云：「洛水靈龜獻瑞，天數五，地數五，五五還歸二十五，數數定元始天尊，一誠有感。」或對曰：「丹山彩鳳呈祥，雌聲六，雄聲六，六六總成三百六，聲聲祝嘉靖皇帝，萬壽無疆。」上大喜，賞賚甚厚。元始天尊，乃上龍潛時所祝禧之神。及御極建元祐宫，頗極尊崇，所謂誠感也。

嘉靖辛亥間，有無名子揭詩於都市曰：「侍郎一載擢天官，獵等超陞固有緣。屬下晚生門簿寫，部前嚴示衆人看。曾嗔厨役捶三十，爲謝當塗僭八千。反覆小人逢敵手，始援終陷勢應然。」

嘉靖間，有進士作令楚邑，爲詩自嘲曰：「巴陵知縣是區區，三甲元來不讀書。忙裏偷閒淘冷飯，鬧中取靜嚼乾魚。縣丞主簿皆僚友，通判推官也上司。寄與榜中京宦者，巴陵知縣是區區。」甲榜作邑者多稱以自慰。其人後官至按察使云。

嘉靖初，駙馬鄔公景和尚永福公主，選時例教養於禮曹，毛宗伯澄方視篆，嘗課以對句：「御溝冰泮聞流水。」鄔即應聲云：「金屋春殘見落花。」方朞歲，公主下世，蓋其讖云。

世廟宫人張氏恃貌不肯阿順，匿閉無寵，早卒，殯於宫。後宫制：凡殯者必索其身畔。得羅巾，有詩，以聞於上，上傷之。以宫監不早聞，杖殺數人。詩曰：「悶倚雕欄强笑歌，嬌姿無力怯宫羅。欲將舊恨題紅葉，只恐新愁上翠蛾。雨過玉堦天色浄，風吹金鎖夜凉多。從來不識君王面，棄置無情奈若何！」南寧伯毛舜臣在南京留守時宫，被命洒掃舊内，見别院墻壁多舊時宫人題詠，年久剥落，不可盡識。其一署云媚蘭仙子書，末二句猶存，云：「寒氣逼人眠不得，鍾聲催月下斜廊。」字畫婉麗，辭意淒怨，雖不免襲取舊句，而風神月思，亦足想見。

蔣冕　年十四舉廣西鄉試第一，入貢監，時丘文莊爲祭酒，雅愛蔣，與同卧起，人頗議之。

蔣閣老冕歷仕三朝，始告歸田里。世廟慕其賢，使使三聘之，不至，睿制詩一闋頒云：「聞説江南一老牛，徵書聘下已三秋。主人有甚相虧汝？幾度加鞭不轉頭。」冕稽首俯伏以對，詩云：「老牛用力已多年，領破皮穿只愛眠。犁耙已休春雨足，主人何用苦加鞭？」終不就。

張孚敬

初名璁，號蘿峰，辛巳進士，以議興獻禮稱旨，遂致柄用，免相至三。既歸，尤冀起用。已而，得半身不遂疾。浙人言蘿峰至此，一身兩屬，以其望環召爲半屬朝廷；患痿痺爲半屬地獄。張竟以是疾死。

張蘿峰久困禮闈，將謁選于銓曹，會稽蕭靜菴素以台輔期之，力沮不從，復危言動之曰：「若必欲就職，它日僉事等官皆能杖汝，長髯掃地矣。爾時得無悔乎！」於是乃止。三年復入試，試畢，題詩于蓆舍曰：「月色團團照舉場，河光片片落天章。風雲交會人初散，星斗芒寒夜未央。敢向人心論用舍，直于吾道卜行藏。至公堂上焚香在，吾力猶能繫紀綱。」是年，遂登第，其詩今刻于至公堂後之壁云。

嘉靖初大禮之議，張氏爲是，楊氏爲非，其説詳明倫大典。張文忠公應召過桐江，題子陵祠堂有云：「先生挺高節，可爲百世師。兹余赴三召，載拜先生祠。君臣有大義，行藏復何疑？此心不自昧，獨有明主知。光武本中興，尊親固有宜。如何考元帝，終未明天彝。先生煙水志，此憾能無遺。」詩譏光武不合考元帝，而子陵不合救正也。文忠公晰理精深，故其論人審覈穩確如此。

嘉靖壬辰，北直隸提學御史胡明善待士慘刻，庠序甚怨，以私取房山所窠石爲碑，事發，擬侵盗園林樹木，以石窠近皇陵故也。是年七月間，彗星見東井，自辛卯至是，已三見。有旨令大臣自陳，張少傅孚敬遂致仕。有爲句以紀其事者云：「石取西山，胡明善殃從地起；星行東井，張孚敬禍自天來。」又曰：「彗孛掃除無駐足，石碑壓倒不番身。」

嘉靖癸巳四月，世廟演馬南城，有玉驎騄、白玉馴、碧玉驕、照夜璧、銀河練、瑶池駿、飛雲白，皆天閒選乘也。因召大學士張孚敬、李時、方獻夫、翟鑾同遊環碧殿嘉樂館，錫宴重華殿，賜孚敬蟒服，時等飛魚服。上賦律詩一首紀之，群臣應制奉和，張孚敬詩云：「傳宣萬乘御重華，得賜同遊即賜茶。環碧殿前先看馬，蒼龍門外更觀花。君臣自古原同體，海宇于今總一家。錫宴從容還錫服，聖恩莫報實無涯。」李時詩云：「聖王御極萬方安，試馬宸遊愜衆懽。内苑草茵迎玉輦，行宫花氣襲雕鞍。薰風拂拂當朱夏，翠藹葱葱映紫鑾。千載明良真不偶，流傳青史後人看。」方獻夫詩云：「御林初夏晴明日，天子乘龍喜色多。共訝飛雲擎白玉，渾看匹練下銀河。同遊環碧臣何幸？賜對重華語更和。應制慚無天馬賦，南薰惟誦舜廷歌。」翟鑾詩云：「宸遊内苑御飛龍，盡是神駒渥産雄。巧翦緋羅纏寶鐙，分題玉箓佩花騌。三千駿内名稱貴，十二閑中品料崇。從此受恩何以報？願將赭汗從長風。」又云：「選得龍媒新賜名，習從環碧殿頭行。草茵似錦蹄過軟，宫路如絃踏去平。立向天墀應自慶，穿將仙仗絶無驚。微臣得侍瑶池上，願播聲詩頌聖明。」嘉靖間，鑾二子登第，時謂「一鑾當道，雙鳳齊鳴」。肅皇内批曰：「鑾在朕左右，二子才如軾、轍，亦不當並中。」鑾并二子俱削籍。

桂萼 謚文襄。

雲南傅巡撫習于桂少保萼爲同鄉，在滇時，令一僕以金石二礶通於桂，標題曰「黄雀銀魚」。桂受而語僕曰：「語爾主，此處來不得，南京去罷。」踰月，遂擢南京大理寺卿，行至鎮遠而亡。士有紀以一絶曰：「黄雀銀魚各一罌，長安陌上肆公行。若教冢宰持公道，安得南京大理卿？」

方獻夫 廣東有西樵山，方因號焉。

方獻夫賜告里居，遂以廣田益宅爲務，有緇廬地勝屋多，方因規爲己業，假官府法驅逐僧釋一空，主僧有識曉詩，瀕行，大書一律於壁曰：「慌忙收拾舊袈裟，點檢行囊没一些。袖拂白雲歸洞口，擔挑明月到天涯。可憐松頂新巢鶴，孤負籬邊舊種花。分付犬猫隨我去，莫教流落俗人家。」霍尚書韜亦嘗取寺基爲宅，浼縣令逐僧，僧去，書于壁云：「學士家移和尚寺，會元妻卧老僧床。」霍愧而止。方獻夫、湛若水家居時，邑有婺婦多貲有色，欲改適，方、湛皆欲納爲妾，兩兢委禽，婦曰：「吾將自擇所歸。」方、湛乃各放舟遊湖，婦潛觀之，語媒曰：「吾欲適方。」以方雖羸年則少。方遂納之。湛亦小有言。湛語人，每以「隨處體認天理」爲要。居鄉時，凡山川佳勝、田莊膏腴者，假以建書院、置學田爲名，必得之爲自殖計，皆資勢于門生官其地者經營。鄉人嘗曰：「此甘泉『隨處體認天理也』。」

夏言　謚文愍。少時，父鼎爲臨清知州，侍父宦邸，雅意漁色，嘗潛延娼宿邸中，爲諸無賴所執，賄以數百金始免。娼有一塊玉者，尤夏所昵。後夏以議四郊禮驟擢部佐，時猶屢寓書州人王姓者俾致爲妾，則娼已久嫁歙商而南矣。王嘗集夏顯晦劄爲册耀人，此書亦在内，因得聞于見者。

嘉靖庚寅間，夏公言爲兵科都給事中，以議郊禮，加翰林院學士掌科事，又服四品服色。許公誥指其事爲對曰：「七品銜門五品官，四品服色。」以學士五品，給事中七品也。竟無人能對。

嘉靖壬辰，天下選貢之士就教職，試禮部者一百人。是日雨，尚書夏言爲詩一律云：「涼雨堦前老鶴鳴，廣堂長日試諸生。秋風桂闕飛騰意，春水魚龍變化情。須信朱衣能指點，未論藻鑒盡分明。聖朝雅重師儒職，莫使蘇湖獨擅名。」侍郎顧鼎臣、湛若水、吏部尚書汪鋐和焉。夏公命諸生皆和，諸生各一詩進，公諭曰：「子輩雖以貢來，實無異於科甲。故吾詩中『秋風桂闕飛騰意，春水魚龍變化情』，道其實也。子輩勉之。蓋自禮部考試以來，未有以詩慰勉諸生者，諸生亦未有人人能和者。今日亦一奇事，盍相與傳之。名曰南宮試士倡和録。」夏言在禮部時，內閣惟李時一人，夏日久望入閣。脩九廟，甎甋瓴甑不堪者，皆運積東長安街側，多爲有力者潛取用。李時偶與郭武定勛言：「甎甋類，舊皆爲目，今何其零落？」郭笑曰：「孰敢竊？皆夏宗伯搬去禮部，躧以望內閣耳。」言雖戲，實得夏心。是年冬，夏遂入閣。

李時嘗以「臘鷄獨擅江南味」戲夏言，夏即應以「響馬能空冀北群」。人嘲江西以臘鷄，畿輔以響馬。故二公各指所籍爲戲。

嘉靖戊戌間，江行人鯤以進士授，素有心疾，憂貧雉經。王御史弘道以小事拂意自剄。夏公言即事爲對曰：「自經溝瀆，其何以行之哉！執其鸞刀，不可以入道也。」人以爲警切。不踰十年，夏又身首異處於都市。世事不可料如此。

嘉靖戊申間，夏公言以議套致大辟，士爲桂州行吊之，曰：「大江之西神物多，有洲寄在廣陵阿。八月桂花發奇種，望中鬱鬱還莪莪。繫艇登岸窮勝槩，樵渚漁磯互款乃。負手行吟前致辭，笑入竹叢殊賴喰。老翁顧予指點云：『此地名卿胡不聞？當年貴幸固無匹，于今久廢成荒濆。天子欲正四郊禮，特遣近臣宣上意。公時秩主講禮官，倉皇奏入輒稱旨。神機中外窺莫由，雲龍風虎渠能投。一歲九遷未爲晚，身緋腰玉如公侯。詔許治第東華陌，飛樓高插青雲拍。洞房㝠窅藏麗人，廣庭虛靚延詞客。有時休沐出承明，盡筵列炬排簪纓。翠盤玉袖淩波舞，明眸皓齒蹋歌行。東方未明趨大禁，中貴傳宣侍休問。從容賜饌大庖羞，咫尺龍顔日親近。萬幾清暇茂對時，君臣同遊樂可知。三春沂水鶯花曲，五月重華御作詩。元首股肱心膂共，鹽梅舟楫相資重。文明遠過夏商周，治効何云漢唐宋。司扇承望風旨嚴，芳洲新桂誰敢拈？每遇中秋時序至，香雲千頃飄濂纖。樂極生悲泰生苦，河湟議起邊臣死。甲第南消桂嶺雲，繁華東咽石塘水。藪莩騈首就芟屠，桂林從此亦蕭踈。夜月聯翩聚梟雁，秋風日夕謌樵漁。』言竟飄然鼓枻去，覺悟浮生如寄語。欲往從之盡古今，白蘋滿地無尋處。」桂洲，乃公别號。

嘉靖己酉間，有貼飛語輔臣門曰：「夏桂洲，夏桂洲，不識羞。天晴不肯走，只待雨淋頭。嚴介溪，嚴介溪，損他人，安自己。善惡到頭終有報，只爭來早與來遲。」夏言、曾銑皆不得其死。及咸寧侯仇鸞疾篤，親見二公守之，乃于牀上稽首謝罪。對妻子名言之。竟以疽發背死。

嚴嵩

字維中，號介溪，分宜人。

嚴嵩十二歲游郡庠，有提學爲句曰：「玉關千里，鄉心一片雨絲絲。」嚴曰：「金闕九重，聖壽萬年春蕩蕩。」識者以爲有宰輔氣。

弘治乙丑，潯州張涇川澯爲受卷官，見嚴嵩制策驚人，擊節稱賞，既而不得預一甲之選，爲之扼腕太息。後嵩以編修使粤過全，澯贈以詩曰：「回首玉堂天上遊，驚看玉樹過南州。登科豈必傳三唱，受卷曾知讓一籌。館閣栽培他日地，文章經濟古人流。湘山夜雨皇華驛，傾倒能令老病瘳。」嵩詶詩曰：「曾隨玉署瞻先達，愧謁龍門已後時。往事殷勤勞晤語，非才流落負心知。湘山夜雨留觴久，灕浦春波放棹遲。别後雙魚難定覓，但吟佳句一相思。」

楊少師晚號石齋，嚴介溪爲賦云：「自昔愛此石，齋居因得名。省身成砥礪，比德象堅貞。色染雲嵐古，陰留竹柏清。補天功已鉅，障海力猶勍。瑞擬川珍貢，高看國柱擎。鑴崕方紀頌，漱渚詎關情。願以如磐固，千秋奉聖明。」

國初故事：立春日，京兆役民以鼓笛管歌沿門報春。嚴介溪有詩曰：「舊都遺俗是昇平，又聽盈門鼓吹聲。柏酒競傳知臘味，土牛初獻識春耕。萬家梅柳開煙市，雙闕星河隱鳳城。萍海客遊今老大，自慙癯質玷華纓。」

胡孝思纘宗，自號可泉，嚴介溪題云：「秦安卦山北，相傳有異泉。胡公讀書處，釣月弄潺湲。漱玉雲根浄，牽蘿雪瀑懸。夜絃龢雅調，春甕瀉芳涓。江海覃餘澤，山林結靜緣。鑑澄心比瑩，膏潤喝同蠲。地以高賢勝，圖將美蹟傳。次山文筆健，巖石幾銘鐫？」

唐汝楫狀元及第，嚴介溪贈以詩曰：「榜書華蓋徹明開，第一仙人得上才。三月韶光融禁苑，九天嘉氣擁樓臺。文成盡説蟠胸錦，臚唱初驚遶殿雷。此日重闈占喜信，泥金借問幾時迴？」

胡纘宗 字孝思，天水人。

胡孝思嘗爲蘇郡守，才敏風流，前後罕儷。公暇，多游行湖山園亭間，從諸名士一觴一詠，題墨淋漓，遍於壁石。後遷御史中丞，撫河南。肅帝幸楚，爲一律紀事云：「聞道鑾輿曉渡河，嶽雲縹緲護晴珂。千官玉帛嵩呼盛，萬國衣冠禹貢多。鎖鑰北門留統制，璿璣南極扈羲和。穆天八駿空飛電，湘竹英皇淚不磨。」刻之石。後以他事坐罷，家居者數載矣。嘗朴一貪令王聯，其人爲户部主事，以不職免，殺人下獄當死，乃指「穆天」「湘竹」爲怨望呪詛而所繇成獄，及生平睚眦，皆指爲孝思奸黨奏之，上大怒，悉捕下獄，欲論死，分宜相、陶真人力救解，久之乃罷免，猶摘杖孝思三十。當是時，孝思將八十矣，了不怖懾。取錦衣獄中杻械之類八，曰制獄八景，爲詩紀之。衆爭咎孝思，掣其筆曰：「君正坐詩至此耳！尚何吾伊爲？」孝思澹然，詠不輟，曰：「坐詩當死，今不作詩得免死耶？」出獄時，謝茂秦貽之詩，有云：「白首全生逢聖主，青山何意見騷人。」孝思方病杖創甚，呻吟間，猶口占韻以謝。人謂孝思意氣差勝蘇長公，才不及耳。孝思守吴日，於諸生最好黄勉之、王履吉、袁永之，而不能知陸浚明，黄、王俱不振以死，而永之領解甲、第臚傳。浚明再魁省，會試館選第一，爲給事中。主試浙江時，孝思以左參政與鹿鳴宴，頗遭譏訕，人兩不與也。

任即 舒芬榜進士。

嘉靖間，任佃以御史謫江陵知縣，或有公移與隣縣知縣，輒稱「即將某人如何，某事如何」。隣縣知縣不堪，因署其公移尾答之曰：「即將即將又即將，即將二字好難當。寄與江陵任大尹，如今不是繡衣郎。」任見之嘿然。聞者爲解頤。

徐如珪

徐侍郎如珪謫出，復以遷廷評入，不欲忘舊御，投臺中刺曰「臺末」，於他刺曰「臺駁」。又有太常少卿白若珪性謙下，投諸權貴人刺曰「眇眇小學生」。一好事者作詈云：「臺末臺駁，眇眇小學。同是一珪，徐如白若。」聞者絶倒。

嚴訥

嚴相君訥，蘇人，面麻；高相君拱，河南人，作文常用腹稾。俚語誚蘇人曰「鹽豆兒」。誚河南人曰「驢」。二公相遇，高笑嚴曰：「公豆在面上。」嚴即應聲曰：「公草在腹中。」一時捧腹。

張居正

字叔大，號太岳，江陵人。萬曆間官少師。

張太岳舟泊漢江，望黄鶴樓，賦詩曰：「楓霜蘆雪浄江煙，錦石遊鱗清可憐。賈客帆檣雲裏見，仙人樓閣鏡中懸。九秋槎影横清漢，一笛梅花落遠天。無限滄洲漁父意，夜深高詠獨鳴舷。」

萬曆丁丑，張太岳子嗣修榜眼及第。庚辰，懋修復登鼎元。有無名子揭口占於朝門曰：「狀元榜眼姓俱張，未必文星照楚邦。若是相公堅不去，六郎還作探花郎。」後俱削籍。故當時語曰：「丁丑無眼，庚辰無頭。」

李言恭

字惟寅，號秀巖，泗州人。隆、萬間臨淮侯。

李月渠僉憲，招臨淮侯飲黄鶴樓，臨淮有詩曰：「勝地慚非作賦才，青尊今向大江開。當年黄鶴雲中去，何處梅花笛裏來？風捲潮聲喧島嶼，日斜帆影上樓臺。相逢俱是它鄉客，休問湘陵杜宇哀。」

李臨淮再過京山縣觀音崖，留詩云：「車塵千里楚江西，今得高山且暫栖。湖海幾年違故國，春風兩度入招提。飛泉常傍懸崖落，野鳥獨藏深樹啼。爲覓老僧談四諦，半樓煙月暮雲低。」

堯山堂外紀卷九十七

國朝

文璧

字徵明，以字行，温州刺史林次子也。原籍衡山人，故父子皆寫衡山。父自號交木。徵明生少後于祝允明，而與徐禎卿、唐寅齊名友善。已又與蔡羽、王寵同傾一時，諸人皆先卒，惟徵明在，名益起。

文衡山不就寧藩之徵，有病起遣懷二律，云：「潦倒儒宫二十年，業緣仍在利名間。敢言冀北無良馬，深愧淮南賦小山。病起秋風吹白髮，雨中黄葉暗松關。不嫌窮巷頻回轍，消受爐香一味閑。」「經時卧病斷經過，自撥閒愁對酒歌。意外紛紜如命在，古來賢達患名多。千金逸驥空求骨，萬里冥鴻肯受羅。心事悠悠那復識，白頭辛苦服儒科。」後寧藩敗，凡應辟者崎嶇萬狀，公獨晏然，始知公不可及云。

文衡山食性多禁，尤不喜楊家果，人或笑之，作解嘲詩曰：「南風微微朝夜吹，暑雨未到山中時。此時珍果數何物？五月楊梅天下奇。纖牙彷彿嚼冰雪，染指頃刻成臙脂。論名列品俱第一，我雖不解猶能知。天生我口慣食肉，清緣卻欠楊梅福。冰盤堆浸紫葳蕤，常年只落供吟目。千金難致漠北寒，北人老去空垂涎。渠方念之我棄捐，食性吾自知吾偏。十年枉卻蘇州住，坐令同儕笑庸鄙。幾回欲作解嘲詩，曾未沾唇心不死。葉生生長楊梅塢，眼看口啖日千顆。願從君口較如何，補作西崦楊梅歌。」

嘉靖初，林見素再起爲刑部尚書，方到京，適文衡山應貢至，見素首造其館，遍稱於臺省諸公。時喬白巖爲太宰，素重見素，乃力爲主張，授翰林待詔。見素曰：「吾此行爲文徵仲了此一事，庶不爲徒行矣。」在翰林大爲姚明山、楊方城所窘，時昌言於衆曰：「我衙門中不是畫院，乃容畫匠處此耶！」惟黄泰泉、馬西玄、陳石亭與衡山相得甚歡，時共酧唱，有雨中放朝詩云：「霏微芳潤浥霓旌，歷落丹墀散履聲。暝色浮煙迷左掖，碧雲將雨近西清。抑垂青瑣千絲重，水落銀橋萬玉鳴。沾灑不辭袍袖濕，天街塵浄馬蹄輕。」

承光殿在太液池上，一名圓殿，中有古栝，數百年物也。文衡山有詩云：「小苑平臨太液池，金鋪約户鎖蟠螭。雲中帝座團瑶蓋，城上鈎陳繞翠旂。紫氣曾迴雙鳳輦，青松猶並萬年枝。從來清蹕深嚴地，開盡碧桃人未知。」

文衡山致仕出京，馬上口占云：「白髮蕭踈老秘書，倦遊零落病相如。三年虛索長安米，一日歸乘下澤車。坐對西山朝氣爽，夢回東壁夜窗虛。玉蘭堂下秋風早，幽竹黄花不負予。」

文徵明詠蛙詩云：「青燈照壁睡微茫，閣閣群蛙正繞堂。細雨黄昏貧鼓吹，誰家青草舊池塘？年來水旱真難卜，我已公私付兩忘。寄謝繁聲休强聒，吴城明日是端陽。」

錢同愛，少美才華，且有俠氣，與文衡山最相得。衡山長郎壽承即其壻也。同愛每飲必用伎，衡山平生不見伎女。二公若薰蕕不同器，然相與一世，終不失歡。衡山嘗題一畫贈同愛云：「團坐清談麈尾長，墨痕狼籍練裙香。水亭紈扇歌楊柳，春院琵琶醉海棠。王謝風流才子弟，齊粱煙月錦篇章。毫華豈是泥沙物，好在揮書白玉堂。」蓋寫同愛之風流，宛如畫出，而衡山才情美麗，當亦不減宋廣平矣。錢同愛，字孔周，其家累代以小兒醫名吴中，所謂「錢氏小兒」者是也。同愛少年時，一日請衡山泛石湖，僱遊山舡以行，喚一妓女匿之梢中，舡既開，呼此妓出見，衡山倉惶求去，同愛命舟人速行，衡山窘迫無計。同愛平生極好潔，有米南宫、倪雲林之癖。衡山真率不甚點檢服飾，其足紈甚臭，至不可向邇，衡山即脱去襪以足紈玩弄，遂披拂於同愛頭面上。同愛至不能忍，即令舟人泊舡，放衡山登岸。錢同愛與馬承學同學，承學好馳馬，同愛戲曰：「馬承學學乘馬，汲汲而來。」馬應曰：「錢同愛愛銅錢，孜孜爲利。」二人撫掌大笑。

文衡山最喜評校書畫，每客至，輒入書房中捧卷出，展過，復捧入，數反不倦。一日，何元朗來訪，衡山書一掛幅贈之，曰：「高天厚地千年句，虹月蒼江百里舟。君似南宫抱深癖，我於東野欲低頭。蒼苔白石柴門迥，寂晝清陰别院幽。自笑子雲甘落寞，故人籠糲肯淹留。」後題云：「元朗自雲間來訪，兼載所藏古圖書見示，淹留竟日，奉贈短句。」「高天厚地」，乃孟東野詩中語也。

徐髯仙霖，金陵人，數遊狹斜，其所填南北詞皆入律，青樓俠少，推爲渠帥。文衡山題一畫寄之，後曰：「樂府新傳桃葉渡，彩毫遍寫薛濤箋。老我别來忘不得，令人常想秣陵煙。」蓋亦有所取之也。正德末，上南征，嬖伶臧賢薦霖於上，俾填新曲，絶愛幸之，令提調六院事。霖皇恐甚，然不敢辭也。後迴鑾，事始解。南都自徐髯仙後，惟金在衡鸞最爲知音，善填詞，其嘲調小曲極妙，每誦一篇，令人絶倒。散套中「馬上抱鶏三市鬭，袖中携劍五陵遊」最勝。乃用晚唐人羅江東詩也。

王寵 字履吉，號雅宜，蘇州人。嘉靖間貢士，清夷恬曠，與物無兢，人擬之黄叔度云。

王雅宜嘲六十再娶詩云：「六十作新郎，殘花入洞房。聚猶秋燕子，健亦病鴛鴦。

戲水全無力，啣泥不上梁。空煩神女意，爲雨傍高唐。」浙人有嘲年六十三娶十六歲女爲繼室者云：「二八佳人七九郎，婚姻何故不相當？紅綃帳裏求歡處，一朵梨花壓海棠。」

黄省曾 字勉之，號五嶽山人。

黄五嶽從空同子刻意爲詩，竟成一家，歲暮述志云：「揚雄草玄閉環堵，夜夜青藜徒自苦。荒徑三條翳草萊，仙經一帙披龍虎。綵綬浮雲昔已看，黄金北斗何須數。世務紛紛不可干，寸心獨抱羲皇古。」

黄勉之風流儒雅，卓越罕群。嘉靖戊戌，當試春宫，適田子秇過吴門，與談西湖之勝，便輟裝不北上，往遊西湖，盤桓累月。勉之自號五嶽山人，其自稱於人亦曰山人。田戲之曰：「子誠山人也。癖耽山水，不顧功名，可謂山興。瘦骨輕軀，乘危陟險，不煩笻策，上下如飛，可謂山足。目擊清輝，便覺醉飽，飯纔一溢，飲可曠旬，可謂山腹。談説形勝，窮狀奥妙，含腴咀雋，歌詠隨之；若易牙調味，口欲流涎，可謂山舌。解意蒼頭，追隨不倦，搜奇剔隱，以報主人，可謂山僕。備此五者而謂之山人，不亦宜乎！」坐客爲之大笑。

李嵩 南所先生。

李南所隱居陽山，以詩酒自娱。性狷介，不妄交游。日惟獨憑一几，焚香玩易而已。所居之室，扁曰學易處。嘗有詩曰：「一室焚香几獨憑，蕭然興味似山僧。不緣嬾出忘巾櫛，免得時人有愛憎。」年七十二病亟，家人迎醫，閉目摇手曰：「數盡矣！留連何益？」竟坐逝。嘉靖壬辰六月也。

高瑶 閩人。

高瑶尹番禺日，鎮守府紅桃盛開，時九月也。三司諸公並有詩詠，久之，索題於高，乃爲絶句云：「九月雷聲震海涯，絳桃開遍五侯家。殷勤報與寒梅道，莫逐東風浪放花。」

陳瓚 字成玉，閩人。

陳成玉善謔，友人周行可續絃，謔以詩云：「十分春色海棠開，雲雨漫天暗裏來。

可是東君勤愛惜，煙簑乘夜護花臺。」行可多鬚，故嘲之云。

張傑 字子興，仁和人。

杭州西湖盛起於唐，至南宋建都，則遊人仕女，畫舫笙歌，日費萬金，盛之至矣。時人目爲「銷金鍋」。

張子興有詩云：「誰爲鴻濛鑿此坡，湧金門外即瑶池。平沙水月三千頃，畫舫笙歌十二時。今古有詩難絶唱，乾坤無地可争奇。溶溶漾漾年年緑，銷盡黄金總不知。」

宋太素中酒詩云：「中酒事俱妨，偷閒就黑房。靜嫌鸚鵡鬧，渴憶荔枝香。病與慵相續，心和夢尚狂。自今改題品，不號醉爲鄉。」張子興亦有中酒詩云：「一枕春寒擁翠衾，試呼侍女爲扶頭。身如司馬原非病，情比江淹不是愁。舊隸步兵今作敵，故交從事卻成讐。淹淹細憶宵來事，記得歸時月滿樓。」時以爲非真中酒者不知此味。

金編修璐未仕時，爲外家張氏作誌，謹依金石之例，不書婦姓婦家，乃俗夫也。意編修爲輕己而背言詆之。張子興口占長短句嘲曰：「張翁墓誌，金生執筆，不書婦氏，婦家稱屈。金生自謂能文字，纔動筆時便忍氣。韓退之，柳柳州，蘇東坡，歐陽修。當時墓誌做多少，畢竟門前罵不休。」

郎瑛 字仁寶，杭州人。

正德中年，京都士人勿以巾易帽，四方效之，販夫走卒亦有僭用者，郎瑛有口占曰：「忽出街衢不奈看，今時人物古時冠。望塵走俗人心厭，况又庸人戴一般。」友人孫體時一日戴巾來訪，恐瑛誚之，途中預搆一絶。瑛見而方笑，孫對曰：「予亦有巾之詩。」遂吟曰：「江城二月暖融融，折角紗巾透柳風。不是風流學江左，年來塞馬不生騌。」二人相對一笑。

嘉靖初，郎瑛將遊南都，有事于學宫，適值葉教諭相新至，召而言曰：「汝能作詩則行。」遂指亭前芙蓉爲題。瑛書一絶呈之云：「名花不鬬艷陽粧，自向儒宫醉晚陽。莫道秋容顔色淡，野梅淩雪有天香。」葉知有爲，故意復曰：「我欲題折枝者。」瑛不得已，憤而口占：「天香國色美丰姿，祇是西風颭墜枝。今日悲秋人見汝，有何奇句動吾師。」葉笑而放之。逾二年，乃子索題芙蓉扇面，偶感前事，書曰：「莫向芙蓉怨不平，風塵從古困儒生。當年錯怪淮陰少，自有王孫未有名。」它日，乃父見之，謂瑛曰：「汝尚記憶前事耶？」因出酒命酌，痛歡而罷。

嘉靖中，有好爲六朝詩者，不獨巧麗，且欲用不經人道之語易字換句，遂至妄誕不稽。金編脩璐作詩嘲云：「何處歌新調，旖旎固不群。剪花金瑣瑣，鬬葉玉紛紛。巧疊空中錦，輕裁水上雲。自慚心太拙，到此不能文。」又虞子匡一日遞一詩示郎仁寶請商之，仁寶三誦不知何題。虞曰：「吾効時人換字之法，戲改岳武穆送張紫陽北伐詩也。其詩曰：『誓律颷雷速，神威震坎隅。遐征逾趙地，力戰越秦墟。驥蹀匈奴頸，戈殲韃靼軀。旋師謝彤闕，再造故皇都。岳之號令，風霆迅大，聲動北輒。長驅渡河洛，直擣向燕幽。馬蹀月氏血，旗梟克汗頭。歸來報明主，恢復舊神州。』不過逐字換之。」遂撫掌相笑。璐與珊兄弟齊譽，嘉靖乙巳，天下十荒八九，百物騰湧，時疫大行，餓莩橫道。珊除夜作二轉語云：「年去年來來去忙，不飲千觴飲百觴。今年若還要酒吃，除卻酒邊酉字旁。」謂飲水也。「年去年來來去忙，不殺鵝時也殺羊。今年若還要鵝吃，除卻鵝邊鳥字旁。」謂殺我也。

程文憲 鄱陽人。

程文憲少與其兄隘齋及友人徐朝信修業於南天寺，主僧名復先者，後文憲筮仕鎮江，一日，僧持朝信所撰提緣疏并隘齋書，令爲遍干門第之媒，文憲贈金帛歸。後文憲謝病還里，隘齋仕維揚興化，僧亦往謁之。口占一絶寄云：「南天和尚雪盈頭，遠泛維揚一葉舟。帶去潤州抄化疏，也應添卻隘齋愁。」不二年，朝信官東安，僧又告文憲而往，文憲寄詩云：「東安官舍冷如冰，杖錫秋風興欲乘。疏是先生親筆撰，不須懊惱怨山僧。」僧因梗於足不果啓行，無何，事不戒於火，文憲聞之，作詩云：「紺宇緇宮盡掃除，如何回禄妬浮圖？不知跛足髡頭子，救得提緣疏也無？」聞者大笑。

鄱陽荻湖灘有神祠，祀楚三閭大夫，鄉人崇信極篤，稍有拂逆，疑神爲祟，香炬輝煌，牲軟無虚日，每歲有秋抄化鉦鼓動地。程文憲偶寓其所，童子請肅衣冠、捧爐香遠迓之，文憲笑而作詩曰：「懷襄利禄渺如塵，魚腹甘心葬此身。可笑鄉人污忠節，沿門抄穀漫扛神。」粘門扉而高卧，至則周旋數回而去。不數日，莊僕子女疾作，陰有怨言，文憲聞，書數語命往决之。「靈均之號兮奚憑？同列之讒兮奚名？相將以蠱惑兮奚君？離騷既作兮九歌復鳴。精忠凛凛兮披誦猶生，願言一白兮庶幾乎徵君之靈。」神降茫然無知，惟曰：「汝有災咎，神本不祐。但念汝主甚賢，故爲轉移之無憂。」僕喜而歸，疑竟釋。用是鄉人諂褻之態少這焉。

張嘉猷 字獻叔，閩人。性嗜酒，有晉人風致。

張嘉猷爲龍泉教諭，王御史應箕亦同鄉人，巡按至處州，張欲王以出格之禮相待，而王反甚踞，王合檗府縣學官而試之，張不得已，勉强就試。王以秋江晚霽命題，張落句云：「芙蓉最是無情物，又向前溪作晚陰。」王覽之大怒，痛恨入骨。蓋王之未遇時，其母改節適人前溪，故張辱之也。次日，對衆官漫然嗔駡。將别，一教官重責十五下，而張亦竟署最下考左遷。張他作如：「獨憐芳草别，共醉菊花盃。」「坐席流花氣，征鞍拂柳絲。」可謂俊雅。

何良俊 字元朗，號柘湖，華亭人。與弟叔皮稱東海二何。

何元朗爲南京翰林院孔目，董潯陽贈五言律三首，其一曰：「執戟余方倦，摛詞爾獨雄。人分兩都别，官爲陸沉同。長路多秋草，虚堂急暮虫。更憐他夜月，清影隔江東。」其二曰：「載筆新供奉，承恩舊帝京。離宫通秘署，江水切蓬瀛。待問稱書府，高談謝墨卿。邇來聞紙貴，知爾賦初成。」其三曰：「行行遠送將，此去羡仙郎。作吏真成隱，之官卻到鄉。千峰在城闕，一水限河梁。别後憑誰寄？秋籬歲歲芳。」

嘉靖戊午，何元朗致仕，南都諸公押鶯字韻詩以贈，朱射陂後一聯云：「煙灌野陰滋畎蕙，宮城曙月響山鶯。」其前一句諸公悉不能解，獨許石城一聯云：「買得曲池堪鬬鴨，種成芳樹好藏鶯。」爲諸公嘆賞。

何元朗寓居姑蘇時，嘗過皇甫百泉小飲，百泉次日作詩來謝，中一聯云：「甕非隣舍酒，鱠是故鄉魚。」後己巳年，元朗移家歸松，王玉遮來訪，泊舟河下，酒半作詩贈元朗，舟中自取一軸書之，對客揮灑立就，中一聯云：「門柳舊五樹，江鱸新四腮。」同時諸人以爲摹寫極工。葑門老儒朱野航頗攻詩，館于王氏，與主人晚酌罷，主人入内，適月上，朱得句云：「萬事不如杯在手，一年幾見月當頭。」喜極，發狂大叫，叩扉呼主人起，詠此二句。主人大加擊節，取酒更酌。明日，偏請善詩者賞之，大爲張具，徵戲樂，留連數日。吴下風流雅致如此。

鎮江鄔佩之以詩名家，其子亦有文，何元朗款之飯，見其扇頭有細書詩數首，取視之，中有一聯云：「匣有魚腸堪借客，世無狗監莫論才。」何極愛之，以爲近代之詩，亦難得如此者。後題名曰陸君弼。後訪之，陸乃江都人，歐崙山弟子。

田藝蘅　字子秇，錢唐人，汝成子。

李白浣沙石上女詩：「一雙金齒屐，兩足白如霜。」屐以木爲之，即今之木屐，古婦女亦着之。今廣東婦女雖晴天白晝亦穿木屐。田子秇嘗戲給事中李孺徵云：「樂府有雙行纏，今南海可謂雙行屐矣！」因作雙行屐云：「荔枝醉頳顏，末麗蟠清馥。孔雀隱蘭皋，佳人出茅屋。繡帛謝纏綿，赤脚幸馳逐。白足越羅裙，紅屐奇南木。金齒滑不磨，玉趾纖可掬。西子畫屧聲，東陽素波沐。不雨石琳瑯，無雷車轣轆。烈日響洞房，良宵展郎腹。非乏蓮花承，頗厭笋芽縮。知音美自然，絲竹不如肉。」孺徵笑曰：「足可補香奩新詠也。」他日，與李兵部少偕在西湖席上，以金蓮小命題索賦，田復戲之曰：「貴地惟有雙行屐耳。」舉以誦之。軒渠不能自已。

具區東山有井，淵深叵測，世呼柳毅井。即唐所傳洞庭君女歸柳毅事。言至今風月夜，往往見彼雙雙出遊。嘉靖辛丑，田子秇同中書舍人王子、蔡子同游，酒酣，因吟曰：「橘花垂蔭碧闌干，此地曾經柳毅傳。卿亦有書吾肯寄，汲深千尺轆轤縣。」時林月漸明，隱隱見橘柚影中一美人，掩映若隔煙霧，卻前遙吟曰：「橘花如雪晚風清，迢遞關山春夢驚。明月一天凉似水，不堪重省舊時情。」即追討其跡，杳不可得。質明，欲鬭地祠之，鋤下硜然有聲，得一石碑，題曰龍井神女祠，因建宇于其上。

蕭鳳質　奉新女子。

嘉靖間，蕭鳳質之夫游學在外，屬小疾，鳳質爲言寄之，有云：「聞不安，恨東西相隔，妾職有所不能書，徒涕泣懷念而已。小詩慰勉。」詩云：「欲把相思遠寄君，恐教牽動讀書心。閑花野草休關念，養取葵心向紫宸。」瑞州劉舉人文光、廖舉人暹，嘉靖乙丑會試京師，廖從老嫗買妾，僞指劉曰：「娶汝劉君也。」女即拜劉，劉辭謝。明日，老嫗詣劉講婚，劉曰：「娶妾者，廖也，非我也。」嫗歸語女，女誓曰：「吾既拜劉，業已許之，豈肯易志？不然，有死而已。」劉不得已曰：「後三年方得來娶。」女矢無它適，劉遂納聘，辭赴南雍，酹酒爲別，贈詩云：「玉手纖纖捧玉盃，仙郎南去幾時回？天涯到處生芳草，須記淩寒雪裏梅。」

堯山堂外紀卷九十八

國朝

廖道南

字鳴吾。湖廣先是中卷。正德辛巳會元。張治，茶陵人，廖，蒲圻人，其三人亦並楚産。考官笑曰：「此湖廣鄉試榜也。」先是，帝星明於江漢，故世廟以此歲由興藩入繼大統，而魁選又應文星，故改湖廣爲南卷，而鄉試亦增五名。

廖道南爲舉人，卒業南雍，與南妓陳淑女狎，廖有詠裹足一絶曰：「白練輕輕裹，金蓮步步移。莫言長在地，也有上天時。」又嘗與陳聯句詠穩卓一絶云：「木屑原來斧鑿成廖，暫來低處立功名陳。雖然不作擎天柱廖，也斷人問枉不平陳。」

嘉靖甲午間，廖道南以議建九廟被眷，大擢如在即。時倫公以訓與廖同官，遇弗逮，心頗不平。廖忽謂倫曰：「吾有句云『人心不足蛇吞象』。」倫即應聲曰：「天理難容獺祭魚。」倫籍廣東，廖籍湖廣，百粤有蛇蠻之誚，荆楚有乾魚之譏。故舉以相嘲云。廖後以父喪歸，西迎上於承天，衣紅，上弗悦，罷其官。

高叔嗣　字子業，號蘇門，洛陽人，嘉靖癸未進士。生支干與僞漢友諒同，既遷楚臬，恒邑邑不自得，發病卒，寔友諒彭湖之歲。

高蘇門飲平定孫太守宅，孫時壽八十二，蘇門贈詩曰：「榆關月出滿晴暉，留客芳尊盡夜歸。本戀青山辭虎竹，甘垂白髮守漁磯。藥欄傍户花香入，藤樹當庭葉露微。便向磻溪問衰健，周王仍欲夢熊非。」叔嗣未弱冠，著申情賦萬言，大梁之士駭曰：「高氏才子也。」

袁袠　字永之，嘉靖丙戌進士，授兵部主事，因兵部火，謫戍松江以終。

袁袠七歲時，即潁悟殊等。所親有仕爲泰安吏目歸者，以扇索詩，遂信手書云：「蓮幕清風滿泰山，歸來林下一人間。宦情恰似秋雲薄，相對黄花滿笑顔。」袁胥臺次黿白觀海，留詩云：「黿白城高海上開，飛樓千尺俯蓬萊。三山隱見從空起，八極溟濛入望來。蜃氣朝蒸疑是霧，潮聲晝湧忿如雷。遥思驅石當年事，直欲乘槎去復回。」

陸粲 字浚明，一字子餘。

陸貞山幼善屬對，錢漕湖秋日過其家，指庭中樹曰：「秋聲在樹鳴金鐵。」即對云：「山色當窗罨畫圖。」謝欒全見其目秀，言：「聰明露在眼上。」應聲云：「錦繡羅於胸中。」時年甫六七歲耳。稍長，同陸象孫會客，曰：「圍棋賭酒，一着一酌。」客無以應。粲即云：「何不對『坐滿觀書，五更五經』。」他若「臣作股肱耳目」對「予敷心腹腎腸」；「五事貌言視聽思」對「七音宮商角徵羽」。又「棗棘爲薪，截斷劈開成四束；闔門起屋，移多補少作雙間」。此類甚多。

粲兄采亦善屬對，東郊巡按蘇松刷卷，許御史戲云：「北臺東御史，西人巡按南方。」東不能屬。采私爲對云：「冬宮夏侍郎，春日辦完秋税。」又一人出對與學子云：「呵硯作書，口内風雲生黑雨。」采亦代爲屬云：「鋪牌買快，掌中天地現金星。」

陸世明、陸浚明同宗也，俊材藻思，聲稱藉甚，舉于鄉，赴省試下第歸，過臨清，鈔關錯認爲商，令納税，陸即書一絶呈主事云：「獻策金門苦未收，歸心日夜水東流。扁舟載得愁千斛，聞説君王不税愁。」主事見詩驚愧，亟迎入，款贈甚厚。

金陵一妓能詩善鼓琴，以月琴自號。陸世明過其家，口占點絳唇贈之云：「三尺冰絃，夜深彈破青天竅。意中人杳，只有清光到。雲雨無緣，總是相思調。愁懷抱，嫦娥心照，訴與他知道。」妓求室中春聯，即援筆書云：「半窗花影人初起，一曲桐音月正中。」妓讚誦不已，徐言：「中字恐不如高字。」世明欣然易之。金陵教坊妓齊錦雲者，能詩善鼓琴，嘗對人雅談終日不倦。與庠士傅春眷愛，更不他接。春受仇事誣繫獄，錦雲脱簪珥爲餽給，時或不繼，售卧褥供之。後謫戍遠方，錦雲欲隨行，春恐途中反生禍端，力止之。錦雲因贈一絶：「一呷春醪萬里情，斷腸芳草斷腸鶯。願將雙淚啼爲雨，明日留君不出城。」錦雲既歸，蓬首垢面，閉户不出，日讀佛書，未幾病没。人多義之。

顧明 號霞山，武進人。

顧明同陳總戎宴白康敏園，留詩曰：「山城春盡柳花香，亂樸王孫雲錦裳。萬巧共看金作谷，百壺那惜玉爲漿。賓朋得意心俱醉，節鉞宜人氣自揚。愧我請纓今已暮，江東留滯一清狂。」

有業縫衣者，以賄得獎冠帶，顧霞山嘲曰：「近來仕路太糊塗，强把裁縫作士夫。軟翅一朝風盪破，分明兩個剪刀箍。」

顧霞山坐事亡命，過河墅關，關吏呵止之，顧獻詩曰：「落魄江湖過滸頭，瀟瀟行李一扁舟。撑腸拄腹三千卷，盡欲濡君助國謀。」主事亟延接之，厚贈去。

皇甫汸　字子循，號百泉，録之子，長洲人，嘉靖己丑進士。官稽勳郎中，兄冲、涍，弟濂，並擅才名，而司勳尤爲白眉。

皇甫涍詩特工五言，至七言近體，薄不多作。涍卒，蔡子木悼之云：「五字沉吟詩品絶，一官顦顇世塗難。」時以爲實録，蔡每對人讀，輒哽咽淚下。

皇甫涍赴丹陽廣福寺與弟汸言别云：「古寺碑題西晉年，澄湖如練倚窗前。寒雲自覆金光殿，荒草猶埋玉乳泉。楓葉染霜秋後色，雨花和梵夜中禪。亦知閲水同觀世，不奈潮聲送客船。」

皇甫汸訪李伯華太常，有詩云：「拂衣歸卧一丘安，命駕何辭千里難。書插高樓蟲蠹盡，棋抛别墅鳥污殘。雄心每向詞中發，變態都將戲裏看。自愧交知成白首，猶持長劍倚人彈。」伯華以善相名，又嘗作寶劍記，故司勳及之。

唐錢起、郎士元並擁大名，自丞相以下，更出作牧，二子無詩祖餞，時論鄙之。皇甫子循與蔡子木同官陪都，頗亦似之。後子循在澶州，寄懷詩末云：「日月江頭聞送客，每于詩卷恨錢郎。」

崐山顧茂儉妹，乃雍里方伯之女，皇甫百泉之甥也，嫁孫僉憲家爲婦，甚有才情。嘗有春日詩云：「春雨過春城，春庭春草生。春閨動春思，春樹叫春鶯。」

蘇志皋

京師宣武門外有寺曰歸義，凡士大夫送行多于其間。嘉靖中，刑部副郎蘇志皋一日餞客先至，僧房壁間有李鎮所畫判子一副，迺脱靴爲壺，令一鬼執而投之，一鬼執酒壺於判後竊飲之。蘇因暇戲題詩以嘲云：「芭蕉秋影送婆娑，醉裏觥籌射鬼魔。到底不知身後事，酆都城外更如何？」蘇友高東谷時爲光禄少卿，夜夢緑衣使者揖曰：「蘇司寇嘲戲太重，求爲解之。」次日，高告于蘇，蘇思而告以歸義之故，兩人相笑别去。高復夢緑衣曰：「我以公與蘇司寇交厚，專爲求解，何置不言？」高明日顓往蘇處，特拉同至歸義，復題云：「蟠桃頻竊酒頻傾，總是區區兒女情。莫道不知身後事，目光如電照幽冥。」是夕，高復夢緑衣來謝。蓋亦異云。

蔡汝楠

字子木，號白石，德清人。嘉靖壬辰進士。官大司空。

揚州郝侍御搆東園寅樓，蔡子木題云：「大隱結樓城市裏，獨憐樓户向東開。瓊花不受西風落，虚幕常迎曙色來。海畔三山堪寄眺，林間五老共傳盃。知君别訪長生訣，倚檻時時待鶴回。」

許穀

字仲貽，號石城，上元人。嘉靖間太常卿。

許石城乙酉中鄉試，己丑、壬辰俱落第，出都門，口占自嘲，有「歸去南京無别事，算來依舊念書經」之句。聞者爲之捧腹。至乙未會試第一。

許仲貽潞河道中寄都下諸君云：「長河南下客程遥，北望燕山翠不消。散吏衣冠今故國，美人簪珮總丹霄。風前驛樹枝摇落，天外江鴻影寂寥。何日金門還曳履，雲中重聽奏簫韶。」

王維禎字允寧，號槐野，陝西華州人。生平所推伏者，獨杜少陵。一日謂王元美曰：「趙刑部某治狀何如？」曰：「循吏也。甚慕公詩，且苦吟。」大笑曰：「循吏可作，詩何可便作？」又謂元美曰：「見王謀詩否？」曰：「見之。」又曰：「曾示我一册，吾欲與評之，渠意不受評；渠欲吾延譽，令吾無可譽。」後念其母老病乞南，得國子祭酒，歸省，道經華山，爲文祭之，大約以母素敬神，而不蒙庇，即愈吾母病，吾大吏也，能爲文以不朽神。其辭頗支離怪誕。居無何，以地震死西安。李户部愈素恨允寧，假華山神爲文，詈而僇之，今並傳關中。

王允寧，臨潼初度，有詩自嘲云：「辛丑仲冬月二日，吾今三十五年過。漫將車馬驅塵海，豈有文章艷綺羅。冉冉松雲依閣度，輝輝梅日傍人和。他鄉杯酒難成醉，策杖驪山望故阿。」

朱曰藩字子价，號射陂，寶應人。嘉靖間，官副使。

嘉靖中，火災後，朝廷將鼎新三殿，令兩京各衙門官出銀助工。時朱射陂爲主客正郎，嘗作一詩云：「五雲深處鳳樓開，中外欣欣盡子來。敢謂鷺鷥能割股，願同鸜鵒可消災。司空怪見如無物，村僕何如歎破財。安得黄金高北斗，即教三殿麗蓬萊。」雖則戲調之詞，然有諷有諭，人以爲切中事情云。

朱射陂雨中過天隆寺，檢楞伽遺教諸經，作詩曰：「歷陽飛雨過江寒，亂石高杉路萬盤。不向諸天行處險，豈知三藏到時難。深林貝葉僧翻少，中夏枇杷鳥啄殘。獨怪世緣非偶爾，入門先認説經壇。」

朱射陂又有秋閨怨曰：「合歡樹上烏欲栖，空房織錦竇家妻。遥遥夜夜誰能奈，三三五五並相携。鏡花對影嚬雙笑，燭淚分行伴獨啼。莫道迴文能妙絶，陽臺雲雨隔安西。」

喬世寧　字景叔，耀州人。嘉靖間官學憲。

喬景叔己酉歲，以楚藩參入賀萬壽，携行卷百餘首示王元美，元美最愛其寄王太史元思謫戍玉壘一律，云：「學士兩朝供奉年，上林詞賦萬人傳。一從玉壘長爲客，幾放金鷄未擬還。聞道買田臨灌口，能忘歸馬向秦川。五陵它日多豪俊，空望城南尺五天。」

王仲山問將至金陵，聞喬景叔遷官赴蜀，詩以志慨曰：「共期江上聽潮聲，幾歲秋風旅雁情。正喜舟臨桃葉渡，忽聞君向蜀山行。巴川水映琴臺落，劍閣雲隨馬足生。後會不知何日是？鍾陵西望淚縱横。」

劉鳳 字子威，號羅陽，嘉靖間侍御。

客有談飛來峰疑其妄者，劉子威戲爲徵事一首云：「怪山絶越未嘗無，逃石臨流不可呼。縣鼓夜穿雙去鶴，澤鍾晨響匹棲鳧。牡飛此日來城闉，雄化何年走轆轤？豈有鐸驚翩自至，不須流血用鞭驅。」

劉子威賦緑牡丹云：「萼華開縹鳥，異色艷新姝。柳蒂煙堪似，樽傾光未殊。芰荷衣欲濕，鸚鵡貌中圖。若向河陽覓，石家應自無。」

劉子威擬詠彈琴孌童應令云：「鴛袂玉琴清，移宫作上聲。小來元識曲，出性愛吹笙。掩抑兩三弄，低徊一再行。千秋無假喻，自絶此時情。」

張幼于所幸陳姬亡後，幼于忽夢姬問佛圖澄是佛是道？劉子威戲贈曰：「月明多露夢來時，落葉哀蟬曲正悲。瞰見愁魂疑慘黛，似聞小語乍低眉。塵中幻劫元隨世，在日神通亦應期。除是解禪情總謝，定知無箇罷相思。」

隆慶二年五月，陝西民李良雨本男子，無恙，忽變爲婦人，與同夥一人合爲夫婦，其弟李良雲報官奏聞，劉子威有詩曰：「鴻蒙乃與陰陽事，猶疑天地未分明。有時挺埴作狡獪，倏忽善幻非常情。不見晉人一旦遂爲雌，人事反覆絶難知。牛哀已爾成異類，蟬蚹齊后何論爲？大夫作計無自喜，早晚會隨風雲起。但爾藏頭向閨裏，世間不復幾男子。」

李春芳 字子實，揚州興化人，號石麓。

嘉靖甲午秋，有士子赴鄉試，題詩于讀書之屋而行，尾句云：「明歲看花三月麗，滿城桃李先春芳。」蓋自寓也。明年春榜，李春芳作狀元。以此詩爲讖。

世廟自號天河釣叟，命群臣賦詩，李春芳應制獨爲稱旨。其詩曰：「紅竿百尺倚潢流，獨汎仙槎犯斗牛。光拱衆星爲玉餌，象垂新月作銀鈎。撒開煙水三千丈，坐老乾坤億萬秋。相遇玉皇如有問，絲綸今屬大明收。」

初，李石麓讀書句曲崇明寺中，有詩與寺僧，曰：「年年山寺聽鳴鐘，匹馬長途憶遠公。它日定須留玉帶，題詩未許碧紗籠。」及作相，僧携詩抵京師，公解玉帶以贈，僧歸建樓藏之，名玉帶樓。

楊繼盛　容城人。其父母不睦者十年。一日自遠歸，去家三十里，暮不及至，因假宿二郎神廟，夜夢其神呼曰：「爺可速回，娘候汝久矣。」及回一合，遂生椒山，厥狀與神最肖，故小字二郎。

楊椒山夜感月有懷，賦詩云：「鎖合西臺煙霧浮，孤燈相對夜悠悠。寒欺草榻涼如洗，風捲星河曙欲流。報主獨憐盛孟浪，論交誰復憶同游。多情惟有舊時月，猶自偷光入氣樓。」

嘉靖壬子，楊椒山渡江訪唐荆川先生不值，因登焦山，題碍月亭壁云：「楊子懷人渡楊子，椒山無意合焦山。地靈人傑天然巧，瞬息神游萬古間。」後豫章謝廷傑督學南畿，摹此詩刻之石。未幾亭圮，墨跡湮滅云。

楊椒山臨刑詩：「浩氣冲太虛，丹心照千古。平生未了事，留與後人補。」其子應尾因號補亭，後以廕官京師，每過西市，輒涕泣回車。西市，椒山受刑處也。

諸大綬 字端甫，號南明，山陰人。嘉靖丙辰狀元。

高崑崙太史奉使還蜀，諸南明送以詩云：「清宵天禄正然藜，暫捧周圭出玉墀。回望五雲天咫尺，行看三峽路逶迤。晚風亂度猿聲急，曉月横浮嶽色奇。知是相如擅詞賦，登臨到處有新詩。」

范應期 字伯禎，號屏麓，烏程人。

范屏麓爲國子時，赴京鄉試，將送者皆集，丹甫發，忽一喪舟至，哭甚哀，衆爲不懽。忽又一舟至，載一麗妓，衆邀至，屬以侑觴，妓曰：「前三年此時有客上京，妾得事之。」問爲誰？曰：「記是徐瑶泉者，尚不知已首捷也。」衆爲鼓掌，大蹴舉觴，屬公酣飲極歡，曰：「兆定矣。」是夜，公卧舟中，夢入廣寒宫，老桂輪囷，飄香散采，爲嫦娥者千百輩，皆齊聲歌曰：「絲綸閣下文章靜，鐘鼓樓中刻漏長。獨坐黄昏誰是伴？紫薇花對紫薇郎。」既醒，知其爲吉兆，而衆皆聞天香經日不散。是科果成殿元，極鑾坡之選。泥金報日，夫人訃音已至，續娶吴夫人，小字紫薇。

袁宗道 字伯修，萬曆丙戌會元。

袁伯修、黄平倩二太史，寒夜集朱静甫侍中維摩室，作禪語、莊語，兩相倡和，以捷爲勝，頓成五十七字對。禪語曰：「那畔消息，見半點兒，有甚巴鼻。若非是千了萬了，説不盡百樣郎當。因此上、雪山中忙倒了釋迦。喫麻喫米，受苦擔饑，生怕放逸魔，花費了眼前日子。」莊語曰：「這邊事情，到十全處，還未稱心。忽地便七旬八旬，嘆原來一場扯淡，只落得、漆園裏笑殺箇莊周。應馬應牛，逍遥散誕，都將逆順境，交付與頭上天公。」

堯山堂外紀卷九十九

國朝

李攀龍

字于鱗，號滄溟，濟南人。嘉靖間，官按察使。其詩多風塵字樣，人謂之李風塵。其終也，以舉筆作文，心痛即死。何大復亦然。

李于鱗爲按察副使視陝西學，而鄉人殷者來巡撫。殷以刻覈名，尤傲而無禮，嘗下檄于鱗代撰奠章及送行序，于鱗不樂，移病乞歸，殷固留之。入謝，乃請曰：「臺下但以一介來命，不則尺號見，屬無不應者，似不必檄也。」殷愕然起謝過。有所屬撰，以名刺往，而久之復移檄，于鱗恚曰：「彼豈以我重去官耶！」即上疏乞休，不待報竟歸，吏部惜之，用何景明例許養疾，疾愈起用，蓋異數也。于鱗歸杜門，自兩臺監司以下請見不得去，亦無所報謝。以是得簡倨聲。又嘗爲詩，有云：「意氣還從我輩生，功名且付兒曹立。」諸公聞之，有欲甘心者矣。

李于鱗懷宗子相詩：「薊門秋杪送仙槎，此日開尊感歲華。卧病山中生桂樹，懷人江上落梅花。春來鴻雁書千里，夜色樓臺雪萬家。南越東吴還獨往，應憐薄宦滯天涯。」子相每誦中聯，自歎以爲不可及。于鱗守順德時，有胡提學者過之，其人蜀人也。于鱗往訪，方啜茶次，漫問之曰：「楊升菴健飯否？」胡忽云：「升菴錦心繡腸，不若陳白沙鳶飛魚躍也。」于鱗拂衣去，口咄咄不絶。後按察關中，過許中丞宗魯，許問：「今天下名能詩何人？」于鱗云：「唯王元美，其次爲宗子相。」時子相爲考功郎，許請子相詩觀之，于鱗忽勃然曰：「夜來火燒卻。」許面赤而已。

殷太史正甫至自泰山，李于鱗贈詩曰：「明堂天子昔登壇，御道風流擁漢官。海色迴臨三觀動，春陰不散五松寒。白雲忽向封中出，玉牒誰從篋裏看。此日滿朝求禪草，相如早晚入長安。」又作詩問正甫云：「上宫春色自何年？阿閣神房幾洞天？囊裏定携三秀草，懷中曾擬四愁篇。射牛漢蹟今猶在，繫馬吴門似杳然。七十二家論祀典，還朝可奏聖人前。」

「舊河通瓠子，新浪漲桃花。」元人張仲舉詩也。嘉靖中，河決徐沛，大司空萬安朱公衡排衆議，改築新渠。百年河患，一旦屏息。海内名士咸有頌章。李于鱗詩云：「河堤使者大司空，兼領中丞節制同。轉餉千年軍國壯，朝宗萬里帝圖雄。春流無恙桃花水，秋色依然瓠子宫。太史但裁溝洫志，丈人何減漢臣風！」「春流」一聯，王元美亟稱之，以爲不可及。然實用張語，而意稍不同。後元美過新河，亦有詩呈朱公云：「日出煙空匹練飛，大荒中劃萬流依。連山盡壓支祁鎖，逼漢疑穿織女機。九道徵輪寬氣象，六軍容物迥光輝。甘棠欲讓金堤柳，曾護司空卻蓋歸。」論者以「支祁」「織女」一聯又在「桃花水」「瓠子宫」之上。

李于鱗寄題王元美藏經閣云：「岧嶢飛閣太湖傍，有客翻經日滿牀。白馬尚留霜練影，彩毫應帶日花香。當年張掾生秋興，何處支公坐道場。君自風流兼二子，吴門極目正茫茫。」

李于鱗題周天球小象云：「落魄吴門五十春，懶從高閣畫麒麟。此中墨客争知紗，何處詞人更有真？白眼自宜置丘壑，紅顔元不染風塵。東墻休挂喬家女，夜恐周郎作後身。」

王世貞 字元美。弟世懋，字敬美，海上有鳳麟洲，故兄弟各以爲號。

王元美十五時，受易山陰駱行簡先生。一日，有鬻刀者，先生戲分韻教元美詩，元美得漢字，輒成句云：「少年醉舞洛陽街，將軍血戰黄沙漠。」先生大奇之，曰：「此子異日必以文鳴世也。」

楚人陸生嘗從軍得官，而善按摩，多戲術。王元美贈詩曰：「翩翩裘馬俠兒風，青眼人間計未窮。早歲散金收劍客，中年殉玉禮壺公。顔從熊鳥方中駐，尊向魚龍戲裏空。日月任他雙轉轂，江湖隨意一飄蓬。」

王弇州贈湯生裝潢者云：「金題玉躞暎華堂，第一名書好手裝。卻怪靈芝針綫絶，爲他人作嫁衣裳。」

王弇州有鴿詩云：「綺質霜毛種種殊，飛鳴元只戀庭除。籬邊斥鷃聊同適，韝上饑鷹故不如。悕後長依阿育塔，馴來還寄曲江書。相看總是銜恩侣，翹首雲霄思有餘。」

何元朗嘗至閶門，偶遇王鳳洲在河下，是日攜盤榼至友人家夜集，元朗袖中偶帶王賽玉鞋一隻，醉中出以行酒，蓋王足甚小，禮部諸公亦嘗以金蓮爲戲談，鳳洲樂甚。次日即以扇書長歌來惠，中二句云：「手持此物行客酒，欲客齒頰生蓮花。」元朗擊節嘆賞，以爲才情紗絶。

王弇州有解語花一闋，題美人捧觴云：「檀槽細壓，紫溜泠泠，滴碎珠千斛。鸕鶿初瓚，誰偕醒、卓女遠山黛緑。朱櫻小蹙，風裊處，山香幾曲。捧屈巵，徐露春芽，一樣纖纖玉。何事錦圍翠簇，只枝頭一點，買斷金谷。靈犀輕囑。微酣後，記取夜來題目。雙鬟趁逐，扶掩向、碧紗厨宿。誇醉鄉，還傍温柔，此際平生足。」

王弇州又有折桂令二闋云：「問先生酒後如何？潦倒模糊，偃蹇婆娑。枕底煙霞，杖頭日月，門外風波。儘皇都眼眶看破，望青天信卻胡過。好也由他，歹也由他，便做公卿，當甚么麼！」「問先生不飲何如？一點篝燈，數卷殘書。冷卻扁舟，悶他五柳，淡殺三閭。太行路都來胸腹，帝京塵滿上頭顱。睡也憂虞，醒也憂虞。不得酕醄，怎便糊塗？」

王敬美自謂詩自江西後，頗覺有進，其題華夷互市圖云：「大漠高空寂建牙，兩軍相對醉琵琶。天閑苜蓿多羌種，胡女臙脂盡漢家。雲裏射生旋入市，日中歸騎不飛沙。金錢半減犂庭費，五利應知晉史誇。」

余應舉

字德甫，南昌人。王元美初成進士，隸事大理山東李伯承，伯承爲通於李于鱗。已，于鱗所善謝茂秦來，已，徐子與、梁公實、宗子相來，已，吴明卿及德甫來，已，張肖甫來。吟詠時流布人間。或稱七子，或稱八子。

余德甫與王元美諸人爲詩，聲名頗相上下，其再寄元美兄弟云：「濁酒柴門老更狂，不因時俗問行藏。芙蓉秋晚空江海，薜荔春深勝鷫鸘。楚曲何人堪孺子？吴中二美得王郎。天門夜半風雷起，銷盡人間六月霜。」

吴化卿先官中舍，後爲侍御，余德甫贈詩曰：「三湘芳草隔天涯，一自嗚珂幾歲華。烏府新栽周史柏，鳳池舊染漢宫麻。賦成秋色寒飛雪，興引春杯夜注霞。偶爲詞源相問訊，到知郢里是君家。」

吴國倫

字明卿，號川樓，興國州人。

吴川樓爲余德甫賦湖上草堂云：「萬户朱樓夾廣衢，憐君小築寄城隅。坐中山色群書擁，枕上江聲四壁虚。奇字故人争載酒，席門長者漫停車。我來竟日壚頭醉，風景何曾異漱廬？」

吴明卿貴陽初度，其兄遣兩僮適至，兩僮並善吹笛，聞之悵然，因賦詩曰：「東風搔首夜郎城，一字鄉書百感生。侍子雙調雲夢管，當筵忽作鳳鸞聲。梅花落盡春難寄，律吕和來怨未明。卻是吹塤人萬里，關山何處不含情？」

歐楨伯寄詩吴明卿，有云「可能一字寄蓬蒿」。明卿答詩曰：「一失風波萬里餘，十年消息數行書。張騫異域迷通道，詹尹江潭困卜居。自是青雲遊子薄，非關白髮故人踈。君今且莫深巖穴，合有新知薦子虛。」

吴明卿將發貴州，留題署中云：「已分孤臣老百蠻，除書猶自發燕關。官同太史周南寄，節似張騫異域還。白首從人增薄禄，彩毫隨處紀名山。夜郎臺畔江如珥，別去仍懸夢寐關。」

宗臣 字子相，號方城，揚州興化縣人，嘉靖間，官學憲。

宗子相夜召吴明卿飲，明卿報言病目畏燈火，子相走筆戲簡二絶云：「秋雲落盡瀟湘曲，更有何人抱寒玉。堂前銀燭豈黄塵，相逢不肯開君目。」「昨日見君雙眼青，今日見君雙眼赤。江南百戰天地催，豈應欲化萇弘碧。」

宗方城喜談神仙昇舉之術，督學閩中時，忽謂其家人曰：「某日有胡僧相訪，當歸化矣。」及期，謂僧且至，出門迓之，登堂分賓主坐定，相與話丹鉛之事，議論酬答，亹亹不倦，歷三晝夜辭去，左右初未見也。既而，命家人具湯沐浴，作遺詩三首，遂擲筆而逝。其一曰：「長嘯一聲歸去來，玉龍高駕彩雲迴。獨留明月詩千首，萬古寒光燭上台。」其二曰：「二謫人間四九年，青山萬里隔蒼煙。于今更返華陽洞，千樹桃花待舉鞭。」其三留别知己曰：「四海相逢盡卧龍，清江夏夏抹芙蓉。我今先跨晴虹去，遲爾崆峒第一峰。」

徐中行 字子與，號龍灣，長興人。嘉靖間，官方伯。

徐子與尊信李于鱗、王元美，二公亦每推轂子與。于鱗又云：「不意吴越一隅土，乃生元美、子與、吾。鼎立中原，豈不大奇！」子與有喜于鱗起家浙憲二首云：「青門祖帳故賢哉，丹詔新從海岱開。閶闔萬年真主出，風雲一日卧龍來。中興堪借文章色，漢柱曾題侍從才。最幸探奇司馬後，逢君重上禹王臺。」「衣冠朝散未央鐘，鞭弭中原豈易逢，忽自東方驅駟馬，遂令南斗合雙龍。霞標欲避天台賦，紫氣仍來日觀峰。何但故人忻御李，風流誰不慕詞宗。」

李于鱗書徵王元美、徐子與爲文會于吴山，意氣豪甚，子與賦二詩壯之。「龍門高倚浙江邊，海内賢豪大會年。詞賦有盟歸掌握，櫜鞬何地不周旋？縱横南紀星辰動，氣色中興日月懸。萬態盡銷吾黨在，狂歌還似薊門前。」「禹壇文會遠相同，不讓談天碣石宫。授簡中原高白雪，被襟大海起雄風。重來五嶽神逾王，老去千秋計轉工。卻笑永和修禊者，虚將翰墨擅江東。」

梁有譽

字公實，號蘭汀居士。嘉靖中，官主事。

梁公實有吊吴宫詩曰：「月墮平湖漫不流，煙波何處可消愁？千年人傍要離塚，百頃誰尋范蠡舟。廊下悲風聞響屧，堂前清宴憶傳籌。竹枝似寫當年恨，聲起吴江葉葉秋。」又揚州悼隋離宫詩云：「李花歌罷益淒其，正是迷樓縱樂時。夜月遼魂哀鐵騎，春風淮柳拂鸞旗。斗邊蛇起妖誰識？帳裏鵰來事可悲。千載故基何處覓？杜鵑啼上野棠枝。」「藻井雕甍駐彩霞，錦帆一去已無家。淒涼夜月樓前舞，零落春風仗外花。殘燒繞原碑卧草，夕陽依岸柳藏鴉。可憐河水滔滔逝，不識人間有歲華。」

謝榛

字茂秦，號四溟山人，以救盧次楩北游燕，刻意吟詠，遂成一家。

謝茂秦曳裾趙藩，嘗謁崔文敏銑，崔有詩贈之云：「三月清洹上，翩翩兩度來。摛詞傾玉海，弔古賦銅臺。岐路楊朱淚，江湖李白杯。令公今謝事，迴首尚憐才。」

謝茂秦遊天壇，賦七言一律。「天畔飛霞照萬山」，尋易「山」字爲「峰」，遂成絶句曰：「度嶺攀崖自一笻，黄冠竹下偶相逢。振衣直上昇仙石，天畔飛霞照萬峰。」

謝茂秦賦牡丹曰：「花神默默殿春殘，京洛名家識面難。國色從來有人妬，莫教紅袖倚欄杆。」及讀羊士諤郡中即事曰：「紅香落盡暗香殘，葉上秋光白露寒。越女含情已無恨，莫教長袖倚欄杆。」因與暗合，遂删已作。

有客問作詩之法於謝茂秦，請出一字爲韻，以試心思，乃得「天」字，遂成三十六句，云：林開鳥雀天，鴟號月黑天。春陰欲雨天，斜陽禾黍天。明河半在天。一棹劃江天。荷影亂湖天。江清魚在天。蛾影瘴江天。千江各貯天。海氣混茫天。霜冷菊花天。雲慘戰場天。野燒氣蒸天。鷹揚朔漠天。馬見渥洼天。神龍穴海天。湖抱岳陽天。饑鼯叫雪天。鐘磬徹諸天。心空走裏天。鶴夢不離天。濁水混青天。東南百越天。江波不定天。雲蘿隱洞天。丹氣夜薰天。登嶽上捫天。隴樹插秦天。霜清瘴癘天。氣霮漢家天。冰開雁沼天。海簌大鵬天。嶺斷五羊天。微茫晝裏天。人老醉鄉天。又用「天」字起，得十二句，云：天馬行無跡。天覆空青色。天高籠鳥心。天陰鬼火亂。天寒鷹力健。天聚峨嵋雪。天勢海相吞。天風助鬬虎。天山雄漢塞。天長接鄧林。天晴百鳥散。天垂四野青。又第二用「天」字，得十二句，云：井天開地鏡。釣天奏太和。蜀天低劍閣。雲天渾一色。木天通夜鼠。羅天昭象緯。楚天三峽斷。海天騰蜃氣。諸天空色界。江天月雨分。霜天紅樹老。通天鳥道寒。又第三用「天」字，得十二句，云：夜爽天街露。孤峰天外出。風暖天絲度。靜中天籟起。隱見天河影。峽開天一綫。漢北天常雪。日高天更青。霞明天姥峰。禪林天雨花。雲疎天色澹。井平天影出。又第四用「天」字，得十二句，云：風響參天樹。鑿嶺蜀天開。混沌是天胚。萬物各天機。出塞胡天盡。龍鬬海天翻。雁得楚天春。虹截江天碧。王氣浮天闕。蹄涔縮天影。秋氣澄天宇。到海得天多。客謝而去。顧茂秦笑曰：「子何太泄天機耶！」

大梁李生，謝茂秦詩友也。早過茂秦，留酌，談及造句之法，因出「燈」字爲韻，得四十句，云：煙葦出漁燈。書聲半夜燈。山扉樹裏燈。風幢亂佛燈。心空一慧燈。塔閃半空燈。石火點船燈。蛾影隔籠燈。厨煙夜罩燈。倦客望村燈。風雨異鄉燈。山鬼弄昏燈。夜慘病中燈。穴鼠暗窺燈。霜風逼旅燈。紀夢坐呼燈。江樓兩岸燈。屋漏夜移燈。金粟吐華燈。仙家月是燈。思婦背孤燈。形影共寒燈。窗昏夢後燈。調鷹徹夜燈。農談共瓦燈。棋罷暗篝燈。呼壚夜盡燈。樹隱酒樓燈。村夜績麻燈。除夜兩年燈。鬼火戰塲燈。林踈見遠燈。夜泊聚船燈。海舶浪摇燈。殿列九華燈。靈談鳳膏燈。春宫萬户燈。李生曰：「少陵止有『舟雪灑寒燈』之句，子何燈字之多耶？」因大嘆服。王元美爲比部郎，嘗與蔡子木、徐子與、吴明卿、謝茂秦飲。謝時再遊京師，詩漸落，子木數侵之。已，被酒高歌其夔州諸詠，亦平平耳。甫發歌，明卿輒鼾寢，鼾聲與歌相低昂，歌竟鼾亦止，爲若初醒者，子木面色如土。子與復與子木論文，不合而罷。後五歲所，而子木以中丞撫河南，子與守汝寧，明卿謫歸德司理，張肖甫謫裕州同知，皆屬吏也。子木張宴，備賓主身行酒炙曰：「吾烏得有其一以慢三君子。」尋具疏薦之。

侯一元 號二谷，浙樂清人。嘉靖間，官布政。

侯二谷贈王公督學楚中詩云：「長江千里白波來，畫舸風輕五兩催。新雨曉看雷澤漲，冰壺秋映洞庭開。洲前落月聞湘瑟，峽外飛雲見楚臺。辭賦郢中應一變，漢家方重馬卿才。」

侯一麟酷倣右丞，如：「四顧徒餘壁，一牀空有書。」「好道髮新白，爲儒家舊貧。」「每因枕上夢，識得屋前山。」皆得意句也。與一元時稱「華蕚」。

穆文熙 字敬甫，號少春，東明人。

莆田陳本容，也罷先生孫也，將詣都下，穆少春贈之詩，且曰：「爾書法自兹有價，周公瑕之後，即當以毛穎登壇也。」詩曰：「隔歲别悰喜乍舒，憑陵彩筆近何如？劍鋒自悟張顛草，石鼓兼傳史籀書。客裏秋風一榻外，行邊寒雨片帆除。知君到處名逾重，洛下人争款應徐。」

葉龍塘夢熊，以言事放逐，後十餘歲始爲安慶太守，穆少春寄詩云：「傾蓋當年事已奇，更於霄漢幾追隨。直名頓向批鱗起，俠氣兼從説劍知。一別羅浮空有夢，十年漳水杳無期。循良何日徵黄霸？惆悵天南歲暮時。」

石拱辰、穆敬甫與王敬美善，兩人日計敬美當督學，俄得報，柄文關内。敬甫有詩曰：「蘭省當年識大家，雄飛今始動黄麻。一官攬轡還驄馬，四輔傳經有絳紗。斗下青萍時自起，秦庭白璧久争誇。昆明池畔支機石，指點全歸上漢槎。」「吴楚何辭擁傳勞，清時共羨領時髦。人才自數三秦盛，伯仲同推六代豪。藻鑒湟中空駿馬，壯遊華頂駐旌旄。五千言後重堪著，會見關門紫氣高。」

陳本容善作矮人行，爲南音若鳥語。一日，自魏遊越，穆少春贈詩曰：「緑陰池館坐斑荆，客子南歸渺去程。醉後侏儒空有態，花時鶗鴂已無聲。中山兔盡揮毫去，越水鵝肥載筆行。書法如君稱墨妙，乾坤何處不逢迎。」

南欒陳藎齋三失内子，穆少春嘲曰：「十載元龍嘆各天，書來心事轉凄然。芙蓉并蔕三經兩，鳳嘴成膠兩續弦。萊子幾堪唫麥雉，裴航翻苦遇仙緣。定知鬚鬢時時黑，酷似周郎弱冠年。」

堯山堂外紀卷一百

國朝

倭國　吴自泰伯至夫差二十五世，勾踐滅吴，其子孫支庶，入海爲倭，故通鑑前編注云：「今日本國，吴泰伯之後。」

國初嘗欲征倭，其國王遣使嗐哩嘛哈奉表乞降，上問：「倭國風俗如何？」嗐哩嘛哈以詩答曰：「國比中原國，人如上古人。衣冠唐制度，禮樂漢君臣。銀甕蒭新酒，金刀膾細鱗。年年三二月，桃李一般春。」

成化甲午，倭人入貢，見蜀葵花不識，問何名？人給之曰：「此一丈紅也。」其人以紙狀其花，題云：「花於木槿花相似，葉與芙蓉葉一般。五尺闌干遮不盡，尚留一半與人看。」

正德間，有日本國使者經西湖，題詩云：「昔年曾見此湖圖，不信人間有此湖。今日打從湖上過，畫工還欠着工夫。」

倭人入貢，每艤舟定海通津橋，時防閑之法頗嚴，賦絶句云：「棄子抛妻到大唐，將軍何事苦相防？通津橋上團團月，天地無私一樣光。」

嘉靖間，倭子從終興雨中往曹娥江，賦詩曰：「渺渺茫茫浪潑天，霏霏拂拂雨和煙。蒼蒼翠翠山遮寺，白白紅紅花滿川。整整齊齊沙上雁，來來往往渡頭船。行行坐坐看無盡，世世生生作話傳。」又：「天連泗水水連天，煙鎖孤村村鎖煙。樹繞藤蘿蘿繞樹，川通巫峽峽通川。酒迷醉客客迷酒，船送行人人送船。此會應難難會此，傳今話古古今傳。」

萬曆二年三月，倭子三人同一破船漂至登州府。其一能詩，是日雨雪，登守就出爲題，倭即寫云：「一夜東風勝北風，鵝毛飛亂滿長空。梨花樹上白加白，桃杏枝頭紅不紅。鶯問幾時能出谷，燕愁何日化泥巢？寒冰鎖住鞦韆架，路阻行人去不通。」

安南 古交趾，其國人之足大指交，故名。

交趾王原姓陳氏，後有黎季犛者，江西人，幼時販至其國，登岸時，見沙上有字云

「廣寒宮裏一枝梅」。鼇後夤緣得官。一日，陳王避暑於清暑殿前，有桂千樹，王出對云：「清暑殿前千樹桂。」群臣皆未對，鼇憶沙上所見，遂以對之，王大驚曰：「子何以知吾宮中事？」鼇以實告，王曰：「此天數也。」蓋王有女名一枝梅，建廣寒宮以處之也。遂配之。

弘治間，安南使過吉水，吊文丞相詩曰：「吉水江頭繫客舟，緬懷丞相舊風流。堂堂大義勤王日，耿耿孤忠就死秋。北伐自期終復漢，東征誰謂竟亡周？一身獨任綱常責，肯戴南冠學楚囚？」

交趾使遊京師、西湖，賦一絕曰：「一株楊柳幾枝花，醉飲西湖賣酒家。我國繁華不如此，春來遍地是桑麻。」

嘉靖初，都御史毛伯温征安南，其國王以萍詩諷云：「錦鱗密砌不容針，帶葉連根不計深。常與白雲爭水面，豈容明月墜波心？千層浪打誠難破，萬陣風顛永不沉。多少魚龍藏未見，太公無計下鈎尋。」毛伯温依韻答之云：「隨田逐水冒稘針，到底原來種不深。空有根苗空有葉，敢生枝節敢生心？寧知聚處焉知散，但識浮時不識沉。大抵中天風勢惡，掃歸湖海竟無尋。」國王見詩大驚，由是貢服。

交南莫登庸稱降，遣侄文明赴京，事畢瀕回，辭兵部云，言不能達意。遂上一啓。乃同行阮文泰所撰。文泰，其國以狀元及第者。詞曰：「乾坤發育萬物，必資六子以成其功；聖人統御萬邦，必籍六曹以宣其教。上下一理，古今同符。文明等抱本投降，赴京伺命。駪駪周隰，風霜靡憚於馳驅；蕩蕩堯天，雲日第厪於就望。孚顒正切，驚惕殊深。恭惟兵曹鈞座下，量度包荒，忠形納約。上俾帝介，宏推一世之仁；外溥海隅，咸遂並生之願。文明等觀光伊邇，受賜良多。車製指南，欣覿遺還之禮；心存拱北，敢忘造命之恩。」

占城 地在交趾南，濱海，古越裳氏。

占城使人入貢詩，其初發云：「行盡河橋柳色邊，片帆高掛遠朝天。未行先識歸心早，應是燕山有杜鵑。」其揚州對客云：「三月維楊富風景，暫留佳客與同床。黄昏二十四橋月，白髮三十餘丈霜。玉句詩聞賢太守，紅蓮書寄好文章。欲尋何遜舊東閣，落盡梅花空斷腸。」其江樓留别云：「青嶂俯樓樓俯渡，遠人送客此經過。西風楊子江邊柳，落葉不如離思多。」

附録：四庫全書總目提要

堯山堂外紀一百卷，明蔣一葵撰。一葵字仲舒，常州人。堯山其讀書堂名也。是書取記傳所載軼聞瑣事，擇其稍僻者，輯爲一編。上起古初，下迄明代，每代俱以人名標目。雅俗並陳，真僞並列，殊乏簡汰之功。至以明諸帝分編入各卷之中，尤非體例矣。

蕘山堂偶雋

堯山堂八朝偶雋目録

偶雋題辭……一五四七
堯山堂偶雋叙……一五四九
偶雋引……一五五一
堯山堂偶雋卷一
六朝……一五五三
堯山堂偶雋卷二
唐……一五七三
堯山堂偶雋卷三
唐五代附載……一五九五
堯山堂偶雋卷四
宋……一六一七
堯山堂偶雋卷五
宋……一六三七
堯山堂偶雋卷六
宋……一六五七
堯山堂偶雋卷七
宋元附載……一六七五
附録：四庫全書總目提要……一六九七

偶雋題辭

原夫儀有兩曜，有奇偶，固所從來。麟有腊，鱠有腠，雋永因之不乏。第取譏駢拇，操美旅餕，日之降也，風斯下矣。迺觀天下之文以觀人文，而嗜人之炙□以□於嗜吾炙，則不能不資奠麗於義仲，藉飳飣於易牙耳。故尼父删詩，悉誅蕪累；梁昭選藝，特采菁英。美豈在多，傳非由愛乎？余友仲舒氏誕秀綺歲，妙契九知，博綜軒年，夙通五際。時寄駱丞之慨，更深韓子之悲。適自六朝，近沿勝國。函探僻購，擬暢玄風。采擷芳搴，□臻白雪。笙簧五典，欲存鑑於周文；金玉三墳，尚取裁於魯晉。正謂嬴炎而降，反古實難。斷自昭代以前，於今爲烈。若夫比屬意義，漢雋謝工；弋釣篇章，左奇讓博。豈曰文章末品，庶幾世代徽音。至其雕琢瓊瑶，遺憂於完璞；刻畫梓杞，抱悵於成材，則尺璧寸珪，詎云非寶，而裂繒挼藻，豈掩至文耶？嗟夫！特秀之幹，匪藉植於豐麻；春華之艷，貴必藝於秋實。或者非混沌之始而左慈之瓶乎？引而申之，存乎其人。

年弟吴宗儀象于甫題

堯山堂偶雋叙

偶雋曰：側聞元凱傳癖，士安書淫。奇字珠連，文心璧呈。清霜凝於武庫，紫電掣於步兵。龍雕球璿，虎繡璣衡。霏談縱之玉屑，工雅繪以瑶琳。比孤操於九珥，懸國門而千金。一辭披激，片楮繽紜。牙曠清耳，般輸巧心。隻字魯璵結響，六諧楚玉鳴音。捷抒鬼運，百鍊千成。馳玄湛於虛朗，振裁剪於主賓。眇三都之摭蕪，陋七發之縱横。此偶言之慧典而清翰之秘靈也。仲舒氏膏腴六籍，蒐獵三墳。浮彩沉華，噴古薄今。公車之暇，恬收博評。鈎玄擿藻，秋實春英。採貝蛟宫，摘瓊象溟。代不擇人，人不擇言。會心逼境，巧合絶徵。驟發阮嘯，徒解匡頤。超趣滲投，譏誡並陳。清靄借之永日，宏詞托而青雲。烏乎！技小而弗鉅，斯誠綺偶之元勳，千秋爲之目懾，八朝允矣其色澤云。

友弟曹日昌伯甫書於蔣氏之堯山堂

偶雋引

今朝伊鼎一臠，不減兼人之饌；易庖三和，凡增飲酒之飫。何則？芳旨爽口，朵頤者知濃；芻豢娛腸，染指者屬厭。是以雞跖熊蹯，實維時而維有；陸毛海錯，靡貴多而貴精。故犓牛肥羜，要以烹鮮之技爲長；四膳六和，匪直屠門之嚼稱快。爰用連珠，爲顯偶雋。

句吴蔣一梅識

堯山堂偶雋卷一

晉陵蔣一葵編著

六朝

晉魏間，尚未知聲律對偶。荀鳴鶴隱、陸士龍雲二人會張茂先華坐，張以其並有大才，可勿作常語。陸舉手曰：「雲間陸士龍。」荀答曰：「日下荀鳴鶴。」張撫掌大笑。【笑許多意思。】後釋道安自北來荆州，與習鑿齒相見，道安因自通曰：「彌天釋道安。」習答曰：「四海習鑿齒。」此四公相謔之辭，當時指爲的對，乃知此體自然，不待沈約而能也。舊不解「四海」「彌天」爲何語，因讀高僧傳，鑿齒與道安書云：「天不終朝而雨六合者，彌天之雲也；弘淵源而潤八極者，四海之流也。」兩人摘其語以爲戲耳。

晉前鋒都督平兖青州露布，相傳爲謝玄作，然殊不類晉人口吻，疑後人擬撰。其略曰：「徐方既同而來庭，宣王復古；齊地悉平而振旅，世祖重光。恭惟皇帝陛下，凝江寧神璽之祚，至於萬年；開吴分歲星之祥，綏以多福。有方行海表之略，無晏安江沱之心。惟氏鞠凶，至堅孔熾。吞燕涼而薦食介鱗，易我衣裳；闖荆益以長驅蝨賊，荒我居圉。敢行稱亂，不戢自焚。師克在和，雖武騎無所用；天助者順，聞風鶴皆爲兵。一戰成淝水之勳，三捷取壽陽之境。匹馬觭輪無反，乃滅而亡；簞食壺漿以迎，曰徯予后？臣安請乘破竹之機，分命采薇之率。辟四方，徹我土，誕將天威；奬三軍，定中原，翦此朝食。齊變至魯，魯變至道，載戢干戈；汶達於濟，濟達于河，底謹財賦。【兗青事語，妙在天然。】斯皆帝德廣運，聖武布昭。歸鄲讙田，用儒無敵；揚文武烈，圖功攸終。于以正六龍御天之居，豈止保五馬浮江之緒。臣等共武之服，賴天之靈。洛邑朝諸侯，望翠華之回軫；營丘發嘉號，竢玉牒之修封。」通篇緝經史如綴狐白裘，燦然一色，不見痕縫，非胸中包藏萬卷，兼之天才駿發不及此。最妙處在「徐方既同」「江寧神璽」「匹馬觭輪」「齊變至魯」數聯，字字是當時境界。

宋史稱劉穆之目覽辭訟，手答牋書，耳行聽受，口並酬應，不相參涉，悉皆贍舉。嘗判恩賜綾錦出關，其辭云：「某就日輪琛，占風削衽，既踰葱嶺，便集藁街。頻承湛露之恩，幾荷油雲之施。至若綾開翥鶴，映睢浦以成文；錦縟翔鸞，艷江波而濯色。【語語見景生情。】近九重之厚錫，充萬里之輕齎。關司以寄重咽喉，任光襟帶。物皆違様，既生非馬之疑；事乃出蕃，須計鳴雞之失。既緣恩賜，有異常途，勘責不虛，固難留滯。」觀此判則穆之決斷如流，信有倍萬恒品者矣。

孝武帝文章華敏，其祈晴文略云：「幸輟霖而吐景，權停風而斂翳。昭鸞輅於天郊，光龍旂於田際。耒耨得施，黍稷獲藝。增高廪於嘉年，登十千於茲歲。」古帝王遇災而懼，皆自責以答天譴，此文殊無自責之意，然格調音響卻俱在漢魏上。

元嘉中，南平王獻赤鸚鵡，普詔群臣爲賦。太子左衛率袁淑文冠當時，賦畢，賫示謝侍中莊。時莊賦亦竟，其文云：「慧性昭和，天機自曉。審國音於中寰，達方聲於遐表。及其雲移霞峙，霰委雪翻，陸離暈漸，容與鴻軒。躍林飛岫，焕若輕雷激銀漢；集埸棲圃，曄若夭桃被玉園。」【極其形容，是才人之致。】又云：「月圓光于緑水，雲瀉影于青林。遡還風而聳翮，霑清露而調音。」袁見而歎曰：「江左無我，卿當獨秀。我若無卿，亦一時之傑也。」【語意俊爽而事亦奇。】遂隱其賦。

謝希逸莊月賦云：「日以陽德，月以陰靈。擅扶光於東沼，【日出處。】嗣若英於西冥。【日没處。】引玄兔於帝臺，集素娥於后庭。」歌曰：『美人邁兮音塵闕，隔千里兮共明月。臨風歎兮將焉歇？川路長兮不可越。』」孝武帝吟歎良久，謂顔延之曰：「希逸此作，可謂前不見古人，後不見來者。」延之對曰：「美則美矣，但莊始知『隔千里兮共明月』。」帝召莊以延之答語語之，莊應聲曰：「延之作秋胡詩，始知『生爲久別離，没爲長不歸』。」【善詠。】帝撫掌笑曰：「人好嘲謔，未有不遇其敵者。」

謝惠連嘗爲雪賦，以高麗見奇，其文曰：「始緣甍而冒棟，終開簾而入隙。既因方而爲珪，亦遇圓而成璧。眄隰則萬頃同縞，瞻山則千岩俱白。」【得境。】説者謂與謝莊月賦爲一時勍敵。

王元謨問謝莊：「何者爲雙聲，何者爲叠韻。」莊答曰：「『互護』爲雙聲，『磝碻』爲叠韻。」按：毛詩「蝃蝀在東」，又「鴛鴦在梁」，此雙聲之所由起；古詩「月影侵簪冷，江光逼履清」，此叠韻之所由來。【雙聲叠韻，自是天造。】

元嘉中，詔郡國各舉士，凡薦舉皆有表，劉孝儀薦賀瑒表曰：「伏見賀瑒結卷就賢，擔簦來學，鄉塾染其丹采，朋友扣其洪鐘。聲無愧於東箭，材有踰乎西杞。」陸徽在廣州，薦從事朱萬嗣表曰：「伏見朱萬嗣理業冲夷，秉操純白。年既知命，廉尚愈高。冰心與貪流争激，霜情與晚節彌茂。歷宰金山，家無寶鏤之飾；連組珠海，室靡璫珥之珍。」二表莊語可人。

齊永明末，都下人士盛爲文章，吴興沈休文約、陳郡謝玄暉朓、瑯琊王元長融以氣類相推轂，爲文皆用宮商，以平上去入爲四聲，以此制韻，不可增減，謂之「永明體」。朓謝隨王賜紫梨啓云：「味出靈關之陰，旨潤玉津之澨。豈徒真定歸美，大谷滋慙，將恐帝臺妙棠，安期靈棗，不得孤擅玉盤，獨甘仙席。【偶語乃復流動。】雖秦君傳器，漢后推飡，望古可儔，於今誰答？」融謝武陵王賜弓啓云：「融揖讓未工，濫陪弁飲之賞；操弧反正，繆奉招賢之錫。文韜鏤景，逸幹捎雲，玩溢百齡，佩流千載。」又謝安陸王賜銀鉢啓云：「素金之貴，有訪仙經。鐫刻可奇，見符神鼎。撤膳器於珍羞之席，降寶玩於簞瓢之門。」

沈約撰四聲譜，自以爲得天地秘傳之玅。其謝敕賜絹葛啓云：「素采冰華，綈文霜潔。變溽暑於閨閤，起涼風於襟袖。」【賞應字絹，耦寔屨葛。】任昉見之，歎曰：「此休文字字錦也。」

竟陵王少有清尚，傾意賓客，一時文學之士，競凑竟陵西邸。王融、沈約、王僧孺輩並見親信。融有啓謝竟陵王示扇云：「輕踰雪羽，潔並霜文。子淑賞其如規，班姬儷之明月。【雋。】況復動製聖衷，垂言炯戒，載摹聽眎，式範樞機。」約有啓謝竟陵王教撰高士傳云：「明公愛奇商洛，訪美東都。蓋欲隱顯齊功，出處同致。巢由與伊旦並流，三辟與四門共軌。肅奉明規，思自罄勖。」僧孺有啓謝竟陵王使撰修書籍云：「伏惟殿下銅爵始成，早摛從後之句。柏梁初搆，首屬驂駕之辭。」又云：「徒以顧託後車，乃望西園之客；【陳思王諸才子。】攝齊下坐，有糅南皮之游。【魏文帝、吴質。】謬服同於魯儒，竊吹等乎齊樂。」竟陵王咸嗟賞之。

沈休文爲安陸王謝荊州章有云：「身班帝穆，爵首藩圭。好禮慙河，敦詩愧楚。」【組織兩王，工甚。】江文通淹爲建平王拜荊州刺史章有云：「襲禮炫衷，迎恩震色。」又爲建平王慶登祚章有云：「魂泣江郊，心泫京國。」詞極追琢有章。

江淹到功曹參軍牋詣竟陵王云：「竊惟明使君鉞下：道耀神源，德鑄靈極。變瑶光之暉，贊玉燭之色。功邁翊殷，績起匡漢。是以赤瑕瓊寶之文，睇影而夐集；青虬遺風之乘，晞光而遠至。如民者，謬以一氣之微，邀百載之會。潤厚累璧，恩重兼金。漏越之琴，竊莊文之價；缺鬣之劍，盗頃襄之名。心羞秦媵，志慮楚櫝。抱魄踊躍，憂集如燻。」又到主簿日牋詣建平王云：「某乃庸人，素非奇士。身輕恩重，猥奉末光。承枉白璧之惠，降黑貂之私。不謂咸池再暉，瑶光重照。開高天之慈，布厚地之施。命以驚，巡走且失。」又奏記詣新安王云：「伏惟殿下，爰求儒雅，旁招異人。削赤野之玉，翦燕山之金。至如某者，遂遭煙露餘彩，日月末光。惟恩知泰，變色薰心。某聞齊石既撫，無待巴人之唱；檀臺已搆，寧俟不才之木。某幼乏鄉曲之譽，長匱斤藻之德，豈宜炫璞鄭氏，獻鳳楚門哉？願避職吏，緩其召書。」讀三牋，知文通信才子也。

江文通嘗宿冶亭，夢一美丈夫自稱郭璞，呼文通曰：「吾有筆在卿處多年，可以見還。」江探懷中得五色筆授之。爾後爲文，絶無美句。時謂才盡。文通代蕭侍中作敦勸表，雖極刻練，但音節殊覺艱澀，此豈其才盡時耶？【才安有盡不盡，自是精神衰不衰耳。】然其間有云：「臣不能遵煙洲而謝岐伯，迎雲山而揖許由。激昂榮華之間，沉潛印組之内。光飾既超，寵臨亦遠。」此等句，唐宋來亦少。

孔稚珪有謝賜生荔枝啓云：「緑葉雲舒，朱實星映。離離昔聞，曄曄今睹。信西岷之佳珍，諒東鄙之未識。」按：王逸荔枝賦曰：「角昂興而靈華敷，大火中而朱實繁。灼灼丹華吐日，離離繁星著天。」左思蜀都賦：「傍挺龍目，側生荔枝。布緑葉之萋萋，結朱實之離離。」稚珪啓正用二賦中語。

晉木玄虛（華）、孫興公（綽）、齊張思光（融）並作海賦：「噏波則洪連踧蹜，吹澇則百川倒流。」【賦之爲言，富也。若非腹笥，焉得口珠？】此玄虛之雄也。「舉翰則宇宙生風，抗鱗則四瀆起濤。」此興公之雄也。「湍轉則日月似驚，浪動則星河如覆。」此思光之雄也。三賦措語無大懸絶，融後以其賦示鎮軍徐凱之，凱之曰：「卿此賦實超玄虚，但恨不道鹽耳。」融即求筆增曰：「漉沙構白，熬波出素。積雪中春，飛霜暑路。」【遂在意外】

梁氏帝王，簡文爲勝，湘東次之。其謝賚諸表啓並稱精麗。簡文謝東宫賜裘表云：「才慙齊相，受白狐之飾；德謝漢蕃，均黑貂之賜。地卷朔風，庭流花雪。裙生惠氣，袖起陽春。」謝敕賚方諸劍等啓云：「纔發玉函，雕奇溢目；始開牙檢，麗飾交陳。已匹丹霞之輝，乍比青雲之制。身文自貴，器用惟宜。寒暑兼華，左右相照。」謝賚賜玉佩啓云：「藍田麗彩，槐水鏤文。飾以金闕之珠，製以魯般之巧。故以裾端照色，影外生光。恩發内府，猥垂霑賜。臣方温謝德，比振慙聲。沐浴深慈，欣荷交至。」【只敲得碎、揉得匀、搦得團，便是佳境。】謝敕賚廣州堀等啓云：「淮南承月之杯，豈均符彩？西國浮雲之椀，非謂瓌奇。」謝敕賚長生米啓云：「堯禾五尺，未足稱珍；漢苗九穗，方斯非擬。如隨瑞鹿，若降神烏。暮律向游，獻春方始。食乃民天之貴，粒有延齡之名。藉此資身，因斯養性。」謝敕賚益州天門冬啓云：「逮自星橋，見珍玉壘。本草稱其輕身，延壽實爲上藥。姬晉之重丹桂，曹丕之愛落英。一家恩錫，竊幸往代。」謝敕賚城邊橘啓云：「甘踰石蜜，味重金衣。暉章縹李，豈止稱於晉世？上林美棗，非獨高於漢日。」謝敕賚河南菜啓云：「海水無波，來因九譯。周原澤洽，味備百羞。堯韭未儔，姬歠非喻。」謝敕賚大菘啓云：「吴愧千里之蓴，蜀慙七菜之賦。是知泮宫、採茆，空入魯詩，流火、烹葵，徒傳豳曲。」【挑在菜藍中俱是菜。】謝賜柹啓云：「懸霜照采，凌冬挺潤。甘清玉露，味重金液。雖復安邑秋獻，靈關晚實，無以匹此嘉名，方兹擅美。」

陶貞白有二刀名善勝、威勝，武帝以賜簡文，簡文謝啓云：「名均素質，神號脱光。五寶初成，曹丕先荷其一；二勝今造，愚臣總被其恩。錫韓非之書，未足爲比；給博山之筆，方此更輕。」

簡文又有謝賚扇啓及答定襄侯餉卧簟書，亦並灑然可愛。啓云：「某奉宣敕旨，垂賚細綾大文畫柳蟬雀扇一柄者，文均析縷，香發海檀。肅肅清風，即令象簟非貴；依依散彩，便覺夏室含霜。飲露青蜩，應三伏之修景；群飛黄雀，送六月之南風。蔽日垂陰，薰澤慙采；浮凉滌暑，蘋末愧吹。」其答書云：「筠篁多品，篠簜雜名。校色比奇，獨此爲貴。自含蒼紫，似久暴于柯亭；乍舒黝素，若屢霑于湖水。三伏餘炎，九折成用，便可旅食南館，高卧北窗。」

湘東謝東宮賜彈棋局啓云：「繹本慙游藝，彌愧拂巾。緣邊之法，庶遵細柳之陣；徘徊之勢，方希明月之樓。」謝東宮賚辟邪子錦白褊等啓云：「江波可濯，豈藉成都之水；登高爲艷，取映鳳凰之文。至如鮮潔齊紈，聲高趙縠，色方藍浦，光譬靈山。試以照花，含燭銀之狀；將持比月，亂含璧之輝。」【字字麗藻。】謝東宮賚花釵啓云：「麗玉澄暉，遠過玳瑁之飾；精金曜首，高踐翡翠之名。」謝東宮賚瓜啓云：「金縈始薦，瓊蕊載珍。味奪蔗漿，甘踰石蜜。」

湘東嘗出軍，有人將婦從者，湘東爲勘語曰：「才愧李陵，未能先誅女子；將非孫武，遂欲驅戰婦人。」徐君蒨時爲諮議參軍，應聲曰：「項籍壯士，猶有虞兮之情；紀信成功，亦資姬人之力。」

洛陽王偉從侯景叛，景敗，元帝愛其才，欲全之，朝士請曰：「前日偉作檄文甚佳。」帝求視之，有云：「項羽重瞳，尚有烏江之敗；湘東一目，寧爲赤縣所歸。」【侵人太甚。】乃大怒，殺之。

昭明文學藻思高於一時，方之簡文、湘東，難爲兄弟。謝敕賚地圖啓云：「漢氏輿地，形兹未擬。晉世方丈，比此非紗。匹之長樂，惟畫古賢；儔之未央，止圖將帥。未有洞該八藪，混觀六合。域中天外，指掌可求；地角河源，户庭不出。豈問千秋，自識烏桓之地；脱逢莊武，方著博物之書。」

昭明亡後，蕭子範求撰其集表云：「臣蟬翼輕身，未從塵露；豹斑嚴駕，永輟騑驂。戀生懷慈，伏深涕慕。昌乞銓次遺藻，勒成卷軸。」

梁自大同之後，雅道淪缺，争馳新巧，簡文、湘東，啓其淫放，徐、庾諸人，分路揚鑣。簡文在東宫時，徐摛爲家令。摛文體輕麗，春坊學之，時人謂之宫體。嘗有一人病癰，摛撰四言云：「狀非快馬，蹋脚相連。席異儒生，帶經長卧。」【戲語如詈。】其好爲新奇如此。

簡文在東宫日，雅好文士，庾肩吾預其選，賜賚甚厚。每賜必有謝啓。謝東宫賚檳榔云：「無勞朱實，兼荔支之五滋；能發紅顔，類芙容之十酒。登玉案而上陳，出珠盤而下逮。澤深温柰，恩均含棗。」謝東宫賚米云：「滍水鳴蟬，香聞七里。瓊山合穎，租歸十縣。某人慙振藻，徒降雲間之松；職濫更繁，空撤家承之俸。成珠委地，事重逢仙；游玉爲糧，珍踰入楚。」謝東宫賚朱櫻云：「異合浦之歸來，疑藏朱實；同秦人之逐彈，似得金丸。」【思巧。】謝東宫示古跡云：「仰巖遺篆，入握成塵。【泰山李斯碑。】孔壁藏文，隨開已盡。豈有跡經四代，年踰十紀，芝英雲氣之巧，米損松鉛；鵲反鸞驚之勢，不侵蒲竹。【斑垢。】謝賚銅硯筆格云：「煙磨青石，已踐孔氏之壇；管撫銅龍，還笑王生之璧。西域胡人，臥織成之金簟；游仙童子，隱芙蓉之行幢。莫不並出梁園，來頒狹室。」謝曆日云：「登臺視朔，覩雲物之必書；拂管移灰，識權衡之有度。【妙在杜撰而非杜撰。】初開卷始，暫謂春留；未覽篇終，便傷冬及。裴回厚渥，比日爲年。」

肩吾又有謝東宮賜宅啓云：「卻瞻鍾阜，前枕洛橋。池通西舍之流，窗映東鄰之棗。來歸高里，翻成待封之門；夜坐書臺，非復通燈之壁。」西舍東隣，景物亦甚落落，但在毫端，便成佳句。

湘東王亦雅重肩吾，數有賜賚。肩吾謝湘東賚米啓云：「味重新城，香踰滂水。連舟入浦，似彦伯之南歸；積地爲山，疑馬援之西至。」【即有山川之勢。】答湘東賚粳米啓云：「椽斛瀉珠，嘉聞陶量；翻庭委玉，欣見馬圖。」謝湘東賚柑啓云：「傳名地理，遠自武陵之洲；族茂神經，遥聞建春之嶺。王逸爲賦，取對荔枝；張衡制辭，用連石蜜。足使萍實非甜，蒲萄猶餇。」謝賜梨啓云：「睢陽東苑，子圍三尺；新豐箭谷，枝垂六斤。未有生因枌水，産自桐丘。影連鄧橋，林交苑柿。來薦中厨，爰頒下室。事同靈棗，有願還年；恐似仙桃，無因留核。」

武陵王嘗賚肩吾絹二十疋。肩吾謝啓云：「清河之珍，丘園懃其束帛；關東之紗，潛織陋其卷綃。下官謬忝扁舟，暫瞻還旆。而天人渥眄，增餘論之榮；江漢安流，無泝洄之阻。遂使鶴露宵凝，輕絺立變；雁風朝急，治服成温。」【富有出之自新詞人伎倆如此。】

肩吾少事陶隱居，頗多藝術，隱居饋以术蒸，肩吾啓謝云：「味重金漿，芳踰玉液。足使芝懃明麗，丹愧芙蓉。坐致延生，伏深銘戴。」

肩吾有謝炭啓云：「識懃曼倩，似見昆明之灰；清愧伯鸞，不復因人之熱。」可謂化臭腐爲神奇矣。同時劉孝威亦有謝炭啓云：「鑪生熢焰，室滿紅光。雉裘入而識奢，鼠布焚而無污。」語非不佳，去肩吾遠甚。

孝威兄弟並有才名，其謝賜諸啓有極工者。孝儀起家始興王法曹，其謝始興王賜花紈簟啓云：「麗兼桃象，周洽昬明。便覺夏室已寒，冬裘可襲。雖九日煎沙，香粉猶棄；三旬沸海，團扇可捐。」又謝東宫賜橘啓云：「俛匹穰橙，俯聯楚柚。寧似魏瓜，借清泉而得冷？豈如蜀食，待飴蜜而成甜？」孝威謝賚錦被啓云：「色艷蒲桃，采踰聯璧。鄂君蹔繡，楚侍羞珠。雖復帝賜鶴綾，客贈鴛綺，高懸麗藻，遠謝鮮明。」又謝東宮賚藕啓云：「色華玉樹，味奪瓊漿。根出楊池，聞之僮約；子爲靈散，得自莊篇。楚后江萍，秦公海棗，凡厥水羞，莫敢相輩。」【腸肺清楚，一想拈着磕着都米。】又謝南康王饟牛啓云：「直宿九重，獲免疏步。路休三逕，且息徒行。從祀甘泉，方無假於丞相；騎至清廟，又永笑於博陽。」六朝人語，每簡練穠浥若此。

丘遲謝示青毛神龜啓云：「玄甲應於姬渚，青髯符於夏室。翺翔卷耳之陰，【逸禮。】浮游蓮葉之上。【龜策傳。】藏采千載，獻狀一朝。斯誠至德動天，窮神爲化，故能寶瑞開圖，珍祥映諜。懷星抱月，負字銜書。」【六朝人只是儲材之富，筆下便自有餘。】江總上毛龜啓亦云：「影合四靈，光分五色。懷星抱月，負字銜圖。」後二語只不同一字。

陳文人徐陵稱首。陵父摛爲梁左衛率，時庾肩吾掌管記，陵及肩吾子信並爲抄撰學士。父子東宮，出入禁闥，既文並綺艷，故世號「徐庾體」。陵在梁日，王僧辯等勸進元帝表乃其所撰，三四讀，轉轉可人，蓋四六中絶有體制者也。略云：「自氛氳渾沌之世，驪連栗陸之君，卦起龍圖，文因鳥跡。雲師火帝，非無戰陣之風；堯誓湯征，咸用干戈之道。星躔東井，時破崤、潼，雷震南陽，初平尋邑，未有援三靈之已墜，救四海之群飛，赫赫明明，躬行天罰，如當今之盛者也。於是卿雲似蓋，晨映姚鄉；甘露如珠，朝垂原寢。芝房感德，咸出銅池，蓂莢伺辰，無勞銀莭。久應旁求掌故，詢詔天官。斟酌繁昌，經營高邑。楊龍旂以饗帝，御鳳扆以承天。伏承聖旨謙冲，爲而不宰。或云洛陽未復，函谷無泥，旋駕金陵，方膺天睠。愚謂大庭少昊，非有定居；漢祖殷宗，皆無恒宅。登封岱嶽，且睪明堂；巡狩荆州，時行司隸。何必西瞻虎踞，乃建王宫？南望牛頭，方稱天闕？」帝覽表展轉久之，乃即位於江陵。

丹陽上庸路碑亦徐孝穆陵撰，詞頗雋蔚，其文曰：「濤如白馬，既礙廣陵之江；山曰金牛，孰辨梅湖之路。專州典郡，青凫赤雁之船；皇子天孫，鳴鳳飛龍之乘。莫不欣斯利涉，玩此修渠。乍擁楫而長歌，乃擬金而鳴籟。」

徐陵侯安都碑文：「望杏敦耕，瞻蒲勸穡。室歌千耦，家喜萬鍾。春鶊始轉，必具籠筐；秋蟀載吟，必鳴機杼。」前四句勸耕，後四句勸織。後蜀孟昶勸農文全用之。

周明帝、武帝並好文學，庾子山信特蒙恩禮，趙王招、滕王逌周旋款至，有若布衣之交。信有謝趙王賚米二啓，俱極穠艷。一云：「上林紫水，雜蕰藻而俱浮；雲夢清池，間芙容而外發。珍踰百味，來薦畫盤；恩重千金，遂沾菲席。凌霜朱橘，愧此開顔；含露蒲桃。」一其不餌。」一云：「丹烏銜穟，既集西周；黄雀隨車，還蜚東市。漬而爲種，不無霜雪之精；取以論兵，即有山川之勢。【直思到人不意處。】某陋巷簞瓢，櫛風沐雨。剥榆皮于秋塞，掘蟄蟗于寒山。仰費國租，遂開塵甑。非丹竈而流珠，異荆臺而炊玉。東方朔之捧米，既息長饑；西門豹之墾田，方慙此賚。」【天然之偶。】

趙王好屬文，嘗以新詩示信，信答啓云：「落落詞高，飄飄意遠。文異水而湧泉，筆非秋而垂露。」

趙王賚信雜色絲布三十段，又賚其子絲布等五段，信總以啓謝云：「南冠獲宥，既預禮延；稚子勝衣，還蒙拜謁。關尹津梁之職，鄴地雙絲；扶風彩文之機，仙園獨璽。青衿宜襲，書生無廢學之詩；春服既成，童子得雩沂之舞。況復栖烏挾子，同知桂樹之恩；澤雉將雛，共喜行春之令。根株一閏，枝葉俱榮。」其云「南冠獲宥」，則子山初入周時也。

趙王賚信白羅袍袴一具，信謝啓云：「懸機巧緤，變躡奇文。鳳不去而恒飛，花雖寒而不落。【作手妙絶古今。】披千金之暫煖，棄百結之長寒。永無黄葛之嗟，方見青綾之重。對天山之積雪，尚得開衿；冒廣厦之長風，猶當揮汗。白龜報主，終自無期；黄雀謝恩，竟知何日！」

庾開府謝趙王賚乾魚啓云：「不勞獅子之亭，即勝雷池之長。翻驚河伯，獨不受人；足笑任公，終年垂釣。」又謝滕王賚猪啓云：「白腹見珍，度遼東之水；赤欄爲重，對襄陽之城。忽降全恩，謹充炮烙。孫弘牧于淄水，惟以求錢；卜式養于上林，豈知其味。」乾魚肥豕，俗物耳，乃發雅思如此。

滕王賚信鹿子巾一枚，信謝啓云：「解角新胎，戴籜初朵。盤龍之刀既翦，長命之縷仍縫。翠羽懸推，芙蓉高讓。游斯隱士，足笑鼓皮。入彼春林，方誇笋籜。」

庾開府謝滕王賚烏騮馬啓云：「柳谷未開，翻逢紫纛。臨源猶遠，忽見桃花。【使故事工。】流電争光，浮雲連影。張敞畫眉之暇，且走章臺；王濟飲酒之歡，長驅金埒。」同時王司空褒有謝馬啓亦精練，爲時所稱。啓曰：「漢時樂府，偏愛權奇；晉世桑門，特憐神駿。黄金作勒，足度西河；白玉爲鐙，方傳南國。儻逢漢帝，仍駕鼓車；若值魏王，應驚香氣。」

庾開府進白兔表云：「光鮮越雉，色麗秦狐。月德符徵，金精表瑞。」借白雉、白狐形容玅絶。

庾開府温湯碑直自温泉摹寫生色，起語云：「咸池浴日，光應緑甲之圖；砥柱浮天，始受玄夷之命。」中段云：「其色變者，通爲五雲之漿；其味美者，結爲三危之露。【美自富來，才兼學出。】煙青于銅浦，色白于鉛溪。非神鼎而長拂，異龍池而獨涌。灑胃湔腸，興羸起瘠。秦皇餘石，仍爲雁齒之階；漢武舊陶，即用魚鱗之瓦。」末段云：「豈若醴泉消疾，聞乎建武之朝；神水蠲痾，在乎咸康之世。嵩岳三僊之館，不孤擅于天池；華陰百丈之泉，豈獨高于蓮井。」

庾開府從南朝初至北方，文士多輕之，後出枯樹賦示衆，乃無敢言者。時温子昇作寒山寺碑，信讀而寫其本。南人問信：「北方文士何如？」信曰：「唯寒山一片石堪共語耳。」子昇嘗爲王延明作讓國子祭酒表云：「臣聞寶劍未砥，猶乏切玉之功；美箭闕羽，尚無充石之勢。況才非會稽之竹，質謝昆吾之金。至于敷教東序，流化上庠，曠官何仰？」此表亦爲一時傳誦。大抵温故北方之士，足稱才子，未是名家。

邢邵、魏收與温子昇齊譽，世號三才。邢邵嘗謂魏收之文剽竊任昉，魏收亦謂邢邵之賦剽竊沈約。【變化成當剽竊，都忘此處政需工夫耳。】蓋六朝氣習如此。

北齊蕭愨，梁室上黄侯之子，工於賦詠，曾秋夜得偶句云：「芙蓉露下落，楊柳月

中踈。」顔之推輩咸嗟賞之，謂其蕭散宛然在目，獨盧思道雅所不愜。【情景雖真，氣象殊儉，所以有賞者亦有不愜者。】

盧思道與宗人詢祖並爲北州人俊，詢祖舉秀才，至鄴，趙郡李祖勳嘗宴諸文士，齊文宣使小黄門敕祖勳曰：「蠕蠕既破，何無賀表？」使者佇立待之，諸賓皆爲表，詢祖俄頃便成。其詞有云：「十萬横行，樊將軍請而受屈；五千深入，李都尉去以不歸。」時重其工。

齊文宣崩，當朝文士各作輓歌。魏收等得一二首，盧思道獨有八篇，時人稱爲「八米盧郎」。關中語歲以六米七米八米分上中下，八米取數多也。盧後相隋，有代爲百官賀甘露表甚佳，略云：「飛甘灑潤，玉散珠連。【濃浥可咽。】昔魏明僊掌，竟無靈液；漢武金盤，空望雲表。豈若神漿可挹，流味九户之前；天酒自零，凝照三階之下。休矣美矣，皇哉唐哉！臣等並邀昌運，俱沐玄造。振鱗撫翼，空馳魚鳥之心；瘞玉編金，方待云亭之后。」

隋書多四六句。如曰：「銜甲示于姬壇，吐卷徵于孔室。」不知何謂。詩疏言文王受命云：季秋之月，甲子，赤雀銜丹書入豐，止于昌户，再拜稽首受。按：此是銜丹，非銜甲也。「銜甲」二字出論語中候説，又是言堯，非言文王。又拾遺記：孔子生之先，有麟吐玉書于闕里人家云：水精之子，系衰周而素王。徵在以繡紱係麟角。下句當出于此。然「吐卷」二字亦牽强，不如「銜丹」「吐玉」爲佳。

凡啓並自稱名。隋齊王暕遺崔賾書，賾答書云：「祖濬燕南贅客，河朔惰游。本無意于希顏，豈有心于慕藺。况復桑榆漸暮，藜藿屢空，舉燭無成，穿楊盡棄。但以燕求馬骨，薛養雞鳴，謬齒鴻儀，虚班驥皁。挾太山而超海，比報德而非難；堙崑崙以爲池，匹酬恩而反易。」王得書，賚米五十石，並衣服錢帛。王又聞王貞名，以書召之，且索文集。貞啓謝云：「孝逸學無半古，才不逮人。適鄢郢而迷塗，入邯鄲而失步。終朝擊缶，匪黄鍾之所諧；日暮卻行，何前人之能及？」王得所上集，賜馬四匹。賾字祖濬，貞字孝逸。此書與啓並自稱字。【古人多以字行。】

六朝氣靡，齊梁以還，綺縟彌甚。隋初，治書侍御史李諤上書以爲：「連篇累牘，不出月露之形；積案盈箱，盡是風雲之狀。棄大聖之軌模，構無用以爲用。」識者謂其能救時弊。要之，昔人有言：「唐律女工也；六朝文亦女工也。」此體自不可少。

堯山堂偶雋卷二

晉陵蔣一葵編著

唐

李百藥七歲能屬文。父德林嘗與其友陸乂、馬元熙宴集，讀徐陵文曰「既取成周之禾，將刈琅琊之稻」，並不知其事。百藥時侍立，進曰：「傳稱：『鄅人藉稻。』杜預注曰：『鄅國在琅琊開陽。』」乂等大驚異之。

貞觀間，皇太子寄詩長孫趙國公無忌，時許敬宗爲代作謝牋云：「伏惟殿下，温文表裕，藻清漢於離暉；麗則凝華，縟春宮於博望。乃以監守餘暇，俯貺清篇。詞運理而參神，氣凌雲而含粹。五章間發，若啓榮光之圖；六律相宣，如覿奏金之字。無忌幸從神武，愧乏王粲之才；忝列斯文，益深吴質之戀。於是扣寂求音，繼震方之逸響；披肝見意，吐嚼火之微光。」敬宗十八學士中人，其深于掞藻如此。

貞觀間，除太師制曰：「晨謁金墀，事切于忠蹇；夜隨銀桀，義先于調護。」【是六朝遺語。】亦許敬宗筆。

王勃六歲能屬文。年十三，省其父至江西，會府帥宴僚屬於滕王閣。帥有壻喜爲文章，欲誇之賓友，乃宿搆滕王閣序，俟賓合而出之，若即席而就者。既會，帥授簡，諸客無敢當，次至勃，勃輒受。帥既非意，色甚不怡。【俗態。】乃使人伺其下筆，初報曰：「南昌故郡，洪都新府。」帥曰：「此老生常談耳。」次曰：「星分翼軫，地接衡廬。」帥沉吟移晷。又曰：「落霞與孤鶩齊飛，秋水共長天一色。」帥瞿然曰：「天才也，斯不朽矣。」因請成文，極歡而罷。【末復殷勤。識趣識趣。】唐人詩文，或于一句中自成對偶，謂之當句對，蓋起于楚辭「蕙蒸蘭藉」「桂酒椒漿」「桂櫂蘭枻」「斲冰積雪」。自齊梁以來，江文通、庾子山諸人亦如此。王勃宴滕王閣序，一篇皆然。若「襟三江帶五湖，控蠻荊引甌越」、「龍光牛斗」、「徐孺陳蕃」、「騰蛟起鳳」、「紫電青霜」、「鶴汀鳧渚」、「桂殿蘭宮」、「鐘鳴鼎食」、「青雀黃龍」、「落霞孤鶩」、「秋水長天」、「天高地迥」、「興盡悲來」之辭是也。于公異破朱泚露布亦然。如：「堯舜禹湯之德，統元立極之君。」「卧鼓偃旗，養威蓄鋭。」「夾川谷而左旋右抽，抵丘陵而浸淫布濩。」「聲塞宇宙，氣雄鉦鼓。」「貔兕作威，風雲動色。」「山傾河泄，霆鬭雷驅。」「自北徂南，輿尸折首。」「左文右武，銷鋒鑄鏑。」之辭是也。

三國典略蕭明與王僧辯書：「霜戈電戟，無非武庫之兵；龍甲犀渠，盡是雲臺之仗。」王勃「紫電清霜，王將軍之武庫」，【不露戈戟字，更佳。】正用此事。以十三歲童子，胸中萬卷，千秋之下，宿儒猶不能知其出處，【宿儒自淺，童子自深。】豈非間世奇材。杜子美、韓退之極其推服，良有以也。

文選王簡栖頭陀寺碑文有云：「層軒延袤，上出雲霓；飛閣逶迤，下臨無地。」滕王閣序亦云：「層臺聳翠，上出重霄；飛閣流丹，下臨無地。」【换字有色。】不唯蹈襲其步驟，而雕琢愈工矣。

文選王儉作褚淵碑：「風儀與秋月齊明，音徽共春雲等潤。」庾信集三月三日華林園馬射賦序：「落花與芝蓋齊飛，楊柳共春旗一色。」隋長壽寺舍利碑：「浮雲共嶺松張蓋，明月與巖桂分叢。」【插出桂影。】滕王閣序「落霞」二句本此，然勃之語何啻青出於藍，雖曰前無古人可也。或以落霞作鳥名者，反覺意味淺短。

滕王閣序「天高地迥，覺宇宙之無窮；興盡悲來，識盈虚之有數」，其意義頗遠。又：「馮唐易老，李廣難封。屈賈誼於長沙，非無聖主；竄梁鴻於海曲，豈乏明時？【非無聖主等語亦説得好。】所賴君子安貧，達人知命。老當益壯，寧知白首之心；窮且益堅，不墜青雲之志。」子安雖復詞人，胸中故自豁落。

王勃益州夫子廟碑云：「帝車南指，【北斗。】遁七曜于中階；華蓋西臨，藏五雲于太甲。」張燕公讀碑至此，四句悉不解，訪之一公，一公言：「北斗建午，七曜在南方，有是之祥，無位聖人當出。『華蓋』以下，卒不可悉。」老杜出瞿塘峽詩：「五雲高太甲，六月曠摶扶。」全用王語，注亦不釋其義。老杜讀書破萬卷，自有所據，或入蜀見此碑而用其語也。晉天文志：「華蓋杠旁六星曰六甲，分陰陽而配節候。」太甲恐是六甲一星之名。

王勃時與楊炯、盧照鄰、駱賓王皆以文詞知名，海内稱爲「王楊盧駱」，亦號「四傑」。炯歎曰：「吾愧在盧前，耻居王後。」及序勃集，有云：「薛令言朝右文宗，托末契而推一變；盧照鄰人間才傑，覽清規而輟九知。」【用漢書「九變復貫，知言之選」語。】則又推服如此。張燕公嘗謂人曰：「楊盈川之文，如懸河注水，酌之不竭，既優于盧，亦不減王。『耻居王後』，信然；『愧在盧前』，謙也。」

唐初，改秘書省爲監，掌書籍圖史天文曆數之事，領著作、太史二局，楊盈川序云：「周王群玉之山，漢帝蓬萊之室。觀星文而考南北，天象入於璣衡；披帝册而質龍神，負圖出於河洛。」

唐著作局有雙槿樹，盧照鄰同崔少監作賦，序云：「蓬萊山上，即對神仙；芸香閣前，仍觀祕寶。金懸秦市，楊子見而無言；紙貴洛城，陸生聞而罷笑。故知柔條朽榦，吹嘘變其死生；落葉凋花，剪拂成其光價。【吕覽新語遂作佳偶。】方且傳石渠之故事，得槿樹之新名，足以脂粉仙臺，丹青祕府者也。」賦云：「地則圖書之府，人則神仙之靈。中有芳蕣，鬱鬱亭亭。兩砌分植，雙階並耀。葉鏤五衢，榮分四照。青陸至而鶯啼，朱陽升而花笑。【神與境會。】紫蒂紅蕤，玉蕊蒼枝。露華的皪，風色徘徊。寂寞條利，棲閑此地。委命卷舒，隨時榮顇。【亦有致。】外無嬰夭之禍，内有逍遥之致。」賦出，一時競寫，因名著作爲「雙槿署」云。

楊盈川爲文好以古人姓名連用，如：「張平子之略談，陸士衡之所記。」「潘安仁宜其陋矣，仲長統何足知之。」人號爲「點鬼簿」。駱賓王文好以數對，如：「秦地重關一百二，漢家離宮三十六。」人號爲「算博士」。即滕王閣序中，如「徐孺、陳蕃」「馮唐、李廣」及若「三江、五湖」「三尺、一介」，亦未嘗不點鬼、握算也。

駱賓王爲齊州父老請陪封禪表云：「鄒魯舊邦，臨淄遺俗。俱沐二周之化，咸稱一變之風。境接青疇，俯瞰獲麟之野；山開翠屺，斜連辨馬之峰。【工麗真與泰岱增色矣。】豈可使稷山遺氓，頓隔陪封之禮；淹中故老，獨奉告成之儀？是用就日披丹，仰璧輪而三舍；望雲抒素，叩天閽于九重。」句句俱是齊州父老口吻。

賓王請陪封禪表有云：「河浮五老，啓赤文于帝期；海薦四神，奉丹書于王會。」【表詞鍊得春容露布，語亦復精悍。用鬆用緊，亡所不可。】後作姚州道破設蒙儉露布亦用之云：「四神踐雪，五老飛星。」論語讖：「堯與舜遊首山，觀河渚，有五老遊河，一老曰：『河圖將來告帝期。』一老曰：『河圖將來告帝謀。』一老曰：『河圖將來告帝書。』一老曰：『河圖將來告帝圖。』一老曰：『河圖將來告帝符。』言訖，飛于天，入于昴。」又武王伐紂，天大雨雪，南海神祝融、北海神玄冥、東海神勾芒、西海神蓐收四神及河伯詣王門曰：「天伐殷立周，謹來受命。」各奉其使。賓王用此二事。

賓王上裴侍郎書云：「義士期乎貞夫，忠臣出乎孝子。既不能推心以奉母，亦焉能死節以事人？假物議之無嫌，實吾斯之未信。況流沙一去，絕塞千里，子愴入塞之魂，母切倚廬之望。就令歡以卒歲，仰南薰之不貲；而使憂能傷人，迫西山而何幾！」裴侍郎即行儉也，時欲以書記之事委駱，駱有母在，欲終養，故辭之如此。誰謂賓王才士而無器識耶？及上司刑太常伯啓則云：「膾餘之魚，希振鱗于吴水；膳後之豕，翻化龜于魯津。」上兗州啓則云：「奮短翮于搶榆，希高標之餘拂；濯纖鱗于涓滴，望鴻浪之微霑。」上瑕丘韋明府啓則云：「沉骸九死，終望銜珠；殞首三泉，徒希結草。」又汲汲于干進若不及者。【前非真情，後是本相。】前後兩截人，宜爲行儉識破。

賓王諸啓，纚纚千餘言，如宮商相間，繪素相雜，然前後多雷同，不耐檢，如上司刑太常伯啓云：「登小魯之巖，辨練光于曳馬；臨大吳之國，識寶氣于連牛。垂秋實于談叢，絢春花于詞苑。」末云：「庶望顧兔維箕，動薰風于舜海；從龍潤礎，霈甘澤于堯雲。」上廉使啓復襲用之。上李少常啓云：「片善必甄，挹虞翻于東箭；一言可紀，許顧榮以南金。某蟠木朽株，散樗賤質，退無毛薛之交，進乏金張之援。塊然獨居，十載于兹矣。然而日夜遷代，歎溝壑之非遥；貧病交侵，思薜蘿而可託。欲乘幽控寂，進綺季于青山；樂道棲真，從魯連于滄海。」上張司馬啓復襲用之。豈文章大家亦自有帖括耶？【如諸啓同時而發則可，異日而修則不可。】殆不能爲駱丞解嘲也。

賓王冒雨尋菊序：「參差遠岫，斷雲將野鶴俱飛；滴瀝空庭，竹響共雨聲相亂。仰折巾于書閣，行閲飄蜨；挹雅步于琴臺，坐聞流水。字中蝌蚪，競落文河；筆下龍蛇，争投學海。珠簾映水，風生曳露之濤；錦石封泥，苔浥印龜之岸。墜白花于濕桂，落紫蒂于疎藤。雖物序足悲，而人風可愛。留姓名于金谷，不謝季倫；混心跡于玉山，無慙叔夜。」此篇與滕王閣序競爽。蓋一時詞家意興所到，下筆自同，譬之富人肆筵，彼此珍錯，不必詢其倣效誰何也。

賓王揚州看競渡序：「臨波笑臉，艷出浦之輕蓮；映渚蛾眉，麗穿波之半月。能使洛川迴雪，猶賦陳思；巫嶺行雲，專稱宋玉。」【麗筆賦艷麗語。】錦心繡口，落筆自是不凡，然而比于淫矣。

駱丞在徐敬業府，爲敬業檄武后罪狀，武氏覽及「入門見嫉，娥眉不肯讓人；掩袂攻讒，狐媚偏能惑主」，微笑而已。至「一抔之土未乾，六尺之孤安在？」【是時冒宗兄弟及白馬寺主皆未到手，少了幾句稱頌話頭。】不悦曰：「宰相何得失如此人！」【邪后亦自能鑒賞。】

狄梁公仁傑告老表曰：「脱簪公府，歸杖私門。」又曰：「采羅含歸老之蘭，飲胡廣延年之菊。」人知梁公反周爲唐，勳烈表表當時，而知其文者蓋鮮。

狄梁公巡撫江南日，奏毀吴楚淫祠千七百所。西吴有西楚霸王廟亦在毁中，公自爲檄文曰：「自祖龍御宇，横噬諸侯，任趙高以當軸，棄蒙恬而齒劍。沙丘作禍于前，望夷覆滅于後。七廟墮圯，萬姓屠原。鳥思静于飛塵，魚豈安于沸水？赫矣皇漢！

膺赤帝之貞符，當四靈之欽運。俯張地紐，彰鳳紀之祥；仰緝天網，鬱龍興之兆。而君矜扛鼎之雄，逞拔山之力，莫測天符所會，不知曆數攸歸，遂奮關中之翼，竟垂垓下之翅。蓋實由于人事，焉有屬于天亡？【只説羽不知天命，更不數羽之罪何等樣大，令他人爲之，便將瑣碎。】固當匿魄東峰，收魂北極，豈合虛承廟食，廣費牲牢？今遣焚燎祠宇，使蕙幃銷燼，羽帳隨煙。君宜速遷，勿爲人患！」

武周以御覽博要等書，聚事未備，令麟臺監張昌宗、少監李嶠廣召文學之士徐彥伯、員半千等，增定千三百卷，更加佛教道流等部，御名曰三教珠英。所刊定佛經序皆御製，或稱則天，或稱中宗，或稱睿宗，雖不能盡窺禪宗秘密，而半滿共貫，根葉備設，其警句有云：「真空無象非象，教無以譯其真；實際無言非言，緒無以籥其實。」【妙在以本色生色。】又：「貝葉靈文，北天之訓逾遠；貫花微旨，西秦之譯更新。」又：「大乘小乘，逗根基而演教；半字滿字，逐權實而敷文。」又：「龍持貝葉，函傳摩竭之城；象負蓮花，遂滿真丹之境。」又：「再懸佛日，重補梵天。龍宮將八柱齊安，鷲嶺共五峰俱峻。」又：「舜河與定水俱清，堯燭共慈燈並照。」又：「戒香與覺花齊馥，意珠共明月同圓。」此皆彥伯諸人潛撰，托云聖製以欺世者也。佛以獨體字爲半字，合體字爲滿字。魚莊飾門柱曰摩竭。真丹，震旦也。

徐彦伯爲文，多變易求新，以「鳳閣」爲「鵷閣」，以「龍門」爲「虬户」，以「金谷」爲「銑溪」，以「玉山」爲「瓊岳」，以「蜀狗」爲「卉犬」，以「竹馬」爲「篠驂」，以「月兔」爲「魄兔」，以「風牛」爲「飈犢」，後進效之，謂之「澀體」。【「疾霆未邉塞聰」，蓋如此。】

武三思，武后之姪，當時亦以文稱，有賀老人星表曰：「澄霞助月，非唯石氏之占；散翼垂芒，何獨斗樞之説？」按：運斗樞曰：「老人星見，常散翼垂芒。」石氏星占曰：「星出澄霞助月，主人君壽。」三思用作一聯，工甚。

張文成鷟以詞學知名，凡七應舉，四參選，其判策皆登甲第，員半千謂人曰：「張子之文，如青銅錢，萬揀萬中。」故人號爲「青錢學士」。時有明經董萬，舉九上不第，號「白蠟明經」。與鷟爲對。

唐世選士之科不一，書判拔萃，其尤也。張鷟龍筋鳳髓判，自省臺寺監以至州縣，爲題僅百，而辭章藻麗，頗多可採。如中書通事舍人崔暹奏事口誤，御史彈付法，大理斷笞三十，徵銅四觔。暹款，奏事雖誤，不失事意，不伏徵銅。判云：「裴楷之英姿肅肅，朝野羽儀；魏舒之容止堂堂，群僚領袖。自可曳裾紫禁，伏奏青規，【内禁地以青規畫。】助朝廷之光輝，贊明時之喉舌。芝泥發彩，宣鳳藻而騰文；蘭檢浮香，潤龍縑而動色。【天子制詔，以紫芝爲泥，以封蘭英爲檢。】豈容金馬之對，未被譽稱；神羊之威，俄聞奏劾。罰金既罷于踈網，辨璧無捨于明珠。雖觸凝霜，理宜清雪。」又御史王銓奉劾推衡州司馬鍾建，未返制命，輒干他事解來陽縣令張泰，泰不伏，判云：「棲烏之府，地凛冽而風生；避馬之臺，氣威稜而霜動。某位參持斧，職在理輪，履暴勝之清徽，乘葛豐之雄烈。冠施鐵樹，貴戚傷心；花發繡衣，姦豪斂手。推鍾建之罪，特奉絲言；舉張泰之辜，無虧格式。正當直指，豈是輒干？」又户部侍郎韋珍奏稱：「諸州造籍，脱漏丁口，租調破除，倍多常歲。請取由付法。」判云：「班固申犬牙之制，疆埸綺分；應璩論馬齒之規，井田鱗次。【西都賦。】户標九等，俱陳萬國之圖；人有十倫，【從王公至輿臺。】並掛三年之籍。豈容丁口脱漏，任意踈遺；租調破除，恣情抽減？」又禮部奏：海州奏朱雁集，岐州奏白麟見。及薦郊廟，二項俱無。判云：「典朕三禮，大舜委于姜夷；分敕六卿，成王任于彤伯。建兹歲首，寔曰春官。敦叙九族之親，欽若五常之教。祀天郊地之典，舉其宏綱；朝日夕月之儀，撮其機要。岐州俯鄰八水，斜瞻鸑鷟之峰；海部近控三山，迴瞰鯨鯢之穴。陳敬所奏，瑞雁翻朱；薛泰申文，翔麟孕素。艶丹霞于日羽，晃若朝輪；晶白雪于霜毛，皎同秋練。【朱洵孔陽白堪受采。】既無狀驗，空有奏章。尋鳥跡于雲空，察人形于冰鏡。語同捕影，不可誣神；狀等繫風，如何薦廟？」數條字字有來歷，雖疊用故事，不厭其多。洪景盧見謂堆垛，不切于蔽罪議法，遂云無一可讀，似非至當之論。

張鷟龍筋鳳髓判，末有藉田親蠶二條，亦極典則。籍田云：「青壇岳立，翠幕煙平。百司於是駿奔，三公以之肅事。紺轅黛耜，克遵應劭之儀；緑耦朱紘，允備曹褒之禮。」親蠶云：「鳴鳩醉椹之朝，戴勝降桑之日，鴛帷就列，一十四位導其前；鷩服斯臨，百二十官隨其後。三盆事畢，獻于王公；五服功成，陳之宗廟。」

李嶠兒時夢人遺雙筆，自是有文辭。神龍初爲中書令，時有道士馮道力讓官封，嶠爲作表云：「某潛形草澤，不將皋鶴，並聞浪性。雲霞惟慕，海鷗相狎。十步徒歡於飲啄，一官匪尚於榮華。所冀資此俸秩，永修齋供。庶玉清垂貺，增實祚於三光；金籙開祥，固珍圖於萬劫。」【又是道家語。】

景龍初，置修文館學士，選公卿善爲文者李嶠等二十餘人爲之，陪侍遊宴，賦詩屬和。三年元日，清暉閣登高遇雪，宗楚客詩云：「蓬萊雪作山是也。」嶠爲百寮賀表云：「縈樓棲檻，疑璧臺之九重；落絮飄花，似芳林之三月。豈惟洛神呈象，來舞帝宮；固亦海騎相趨，下朝仙闕。東皋欣而望歲，南史慶而書祥。萬寶登秋，居然可詠；雙桐叶唱，即事非遥。」復賦詩有「千鍾聖酒御筵披」之句，是日甚懽。

李嶠有爲臨川王讓千牛將軍表，視它表更饒風力。其辭云：「臣某夙奉皇明，已忝銜珠之秩；兄某近承天澤，又當執金之位。弟兄齊列，伯仲分曹。咸典禁戎，比參宸衛。匪唯官崇禄厚，思滿盈而增憂；固亦秉勢操權，顧章程而自惕。」又云：「伏乞收跡丹墀，歸骸素里。庇堯雲之光彩，浴舜海之波瀾。柳蔚桃濃，聽南鄰之鐘磬；茅舒桂滿，陪北闕之簪纓。飡厚渥而忘饑，樂太平而愈疾。」

崔融擢八科高第，爲崇文館學士，武后美其文，進鳳閣舍人。是時有芝草生殿中，融表賀曰：「伏惟天后化含萬物，訓正六宫。天下被塗山之音，海内仰河洲之教。芝英繞殿，蹔疑王母之臺；靈草成田，聊比宓妃之館。【使兩事譽女后，巧。】斜臨綱樹，分貝葉而重開；近對淪池，接蓮花而倒下。豈與夫生於石室，空傳好道之言；産自珠宫，徒事不經之説。」句句從天后殿上討出便妙，若只泛泛在芝草上着脚，假饒生色，亦無雋永矣。融後撰武后哀册文最高麗，絶筆而死，時謂思苦神竭。

崔融賀嘉麥表與張説奏嘉禾表，時並稱其精絶。崔表曰：「纖芒濯露，疑因黑壤之宜；香稼摇風，若吐黄金之色。」張表曰：「臣初見衆苗亘壟，香穎垂秋，嘉玩繁滋，欲觀成粒。左右無識，折以呈臣。臣異其緑葉緩舒，葱芒壁秀，【四六亦要流動員轉。】熟視奇狀，迺知嘉祥。下則異畝合莖，上又同連雙穗。昔雍熙之代，政理之君，雖祥出應時，而生不擇地。未有託根神域，彰孝德之弘深；吐秀壽宫，助粢盛之豐潔。」此段光景如畫，然殊不滯于四六，與崔表另一格。

張説讓封燕國公表云：「且如人臣之義，二則爲罪；愚智之分，一心不回。譬如犬馬有不背之性，草木有不凋之理。知何德于天壤，而欲蒙造化之偏施哉？臣之無功，正與此類。」此段反覆譬喻，四六文不多得。文至此又一變矣。

燕公國子祭酒表云：「東朝束帶，銀榜增華。西序彯纓，環林益潤。」其文冠冕高華，蔚有采色，自來作國子表並不及。

庾信碑云：「龜顧印函，蛇盤綬笥。」燕公改用「龜顧印房，蛇盤綬篋」。愈佳。

姚崇與張説同相，頗懷疑阻，張銜之。崇病，戒諸子曰：「張與吾釁隙甚深，然爲人奢侈，好服玩，吾没後當來弔。汝具陳吾平生服玩寶帶重器致之，仍以神道碑爲請。

既獲文，即時鐫刻。張見事遲，數日後必悔，欲索回删正。當引使者視石，告云：『且已聞于上矣。』」崇没，張果至，目其玩器者三四，諸子悉如崇戒。不數日文成，叙足該詳，時謂極筆。略曰：「八柱承天，高明之位列；四時成序，亭育之功全。」【想張説當時政欲删去此四語。】後果悔，遣使取本，以辭未周密爲辭，將加删改，姚諸子告以云云。使者復命，張大恨，撫膺曰：「死姚崇能算生張説。」河圖括地象曰：「崑崙山爲柱，氣上通天。崑崙者，地之中。地下有八柱，柱廣十萬里，有三千六百軸，互相牽制。名山大川，孔穴相通。」

蘇頲襲封許國公，自景龍後與張説以文章顯，稱望略等，故時號「燕許大手筆」。玄宗愛其文，曰：「卿所爲詔令，當别録副本，署臣某撰，朕當留中。」後遂爲故事。其草幸新豐及同州敕曰：「朕受命膺期，勵精設教。幸乾坤幽贊，風雨咸若，百物既阜，三農已登。同穎薦于宗廟，雙穗生于郡國。我無人桀，實欣于歲取；人有小康，未果于時邁。但左翊之地，近附黄圖；新豐之邑，甫鄰青綺。山川宫館，咫尺相望。欲過灞亭而涉滻，經沙阜而臨渭。見彼耆耋，問其疾苦，察長吏之政，恤黎甿之冤。蓋所以展義陳詩，觀風問俗，始自畿甸，化于天下。並令所司，不得干擾州遴，飛騎不須别遣，兵馬各勉所職。副朕意焉。」其後，李德裕著論曰「近世詔告，惟頲叙事外自爲文章」云。

唐人賦公主事多用「鳳皇樓」「烏鵲橋」作偶。小許公太平公主南莊應制詩曰：「主第山門起灞川，宸遊風景入初年。鳳皇樓上交天仗，烏鵲橋頭敞御筵。往往花間逢彩石，時時竹裏見紅泉。今朝扈蹕平陽館，不羡乘槎雲漢邊。」長寧公主下嫁楊慎交，制亦曰：「鳳皇樓上，宛符琴瑟之歡；烏鵲橋前，載協松蘿之契。」【二事本的對，自不忍捨。】

小許公之子晉亦善屬文，數歲作八卦論，王紹宗歎曰：「後來之王粲也。」景雲中，居修文館，玄宗監國，制命多晉藁定，時有丞相少傅拜職，帝作三傑詩以命宴，晉爲之序曰：「一心天工，戮力帝載。寢黑山之柝，苞青海之戈。雲雨賢才，水火菽粟。日詠魚藻，歲陳由庚。頤殷趙之年，留魯陽之景。爰命在宴，乃賡載歌。」

崔沔舉賢良方正高第，覆試對益工，遂擢第一，岑羲薦爲左補闕，當官不屈，帝嘗有手詔優獎。沔謝表云：「初喜麗天之象，遠燭輝光；【聲高調朗。】旋驚垂露之蹤，曲覃霈澤。鸞鶴迴翔而變態，烟雲舒卷以呈姿。賦彩飛空，聳神蕩目。」岑羲見之，擊節不已。

開元相張九齡謝賜香藥面脂表云：「捧日月之光，寒移雪海；沐雲雨之澤，春入花門。【雪海花門俱屬寒垣。】雕奩或開，珠囊暫解，蘭薰異氣，玉潤凝脂。藥自天來，不假淮王之術；香宜風度，如傳荀令之衣。臣材謝中人，位參上將。疆埸効淺，山岳恩深。唯因受遇之多，轉覺輕生之速。」又建中相常衮謝緋表云：「臣學愧聚螢，才非倚馬。典墳未博，謬居良史之官；詞翰不工，叨辱侍臣之列。唯知待罪，敢望殊私？銀章雪明，朱紱霞映，魚須在手，虹玉横腰。衹奉寵榮，頓忘兢惕。蜉蝣之羽，恐刺國風，螻蟻之誠，難酬天造。」二表才數語耳，曲盡賜予之意。謝賜物者，宜以爲法。

明皇既在位久，稍怠庶政。張曲江在相位，每見帝極言。李林甫方同列，陰欲中之。會將加牛仙客實封，曲江稱其不可，甚不叶帝旨。它日，林甫請見，屢陳曲江誹謗。于時方秋，帝命高力士持白羽扇以賜，將寄意焉。曲江乃獻賦自況，其末曰：「苟效用之得所，雖殺身以何忌？」又曰：「縱秋氣之移奪，終感恩于篋中。」【寓意佳。】又爲燕詩以貽林甫曰：「海燕何微眇，乘春亦暫來。豈知泥滓賤，只見玉堂開。繡户時雙入，華軒日幾回？無心與物競，鷹隼莫相猜。」林甫覽之，知其必退，恚怒稍解。

天寶初，老子降丹鳳門，告錫靈符在尹喜故宅上，遣使得之，乃追尊聖祖玄元皇帝，仍詔州郡立紫極宮，畫象事之。上黨郡奏啓：玄元玉石真容、主上聖容，其夜殿内有光非常，及開殿門，其光彌盛，滿堂如畫，久之方散。王摩詰維爲表賀云：「伏惟陛下，挾風雲之質，敬想猶龍；寫日月之儀，欽承大象。仍迴舊邸，以奉清都。真容、聖容，既明四目；照殿照室，忽類三光。琪樹韜華，瑶池奪映。」

明皇晚年頗修漢武故事，王維奉旨往名山修功德，至南海，恍惚見一老人云：「是羅浮神人，常七曜洞來往。昔曾九疑山桂陽石室中藏天樂一部，歲久變爲五野猪，【大是異事。】彼郡百姓捉獲，可往取獻皇帝。每祈祭，但依方安置，奏之，即五音自和，天仙百神，應聲降福。」維奉神言。即往桂陽尋問，百姓云：「天寶二載，村人見有五野猪，逐之，走入石室，化爲石物五枚。」維取扣之，與神人言不異，因作賀表奏進云：「伏惟陛下，奉先天之聖祖，玄化協于無爲；育率土之群生，至仁侔于陰騭。然猶精意不倦，聖祀逾崇。遍體群仙，思祐九服。故得龐眉皓髮，遥同入昴之人；【序事有次，語意亦真。】真訣玄言，來告馭風之客。棲身七曜，以俟唐堯；藏樂九疑，而傳虞舜。留兹石室，思獻玉墀。憑野豕以呈形，表洞仙之屬意。亦既考擊動諧，律吕韶濩，慙其九奏雲咸，失其八音。翠鳳入于洞簫，殊非雅韻；朱鷺傳于鼗鼓，敢比仙聲。」

摩詰爲畫人謝賜表云：「臣猥以賤伎，得備衆工。誤點屏風，乏成蠅之巧；偶持團扇，無事犉之能。特奉詔旨，令寫功臣。運偶鳳翔之初，無非鷹揚之士。燕頷猨臂，裂眥奮髯，髮衝鶡冠，力舉龍鼎，愛風猛毅，眸子分明。皆就筆端，別生身外。傳神寫照，雖非巧心；審象求形，或皆暗識。妍媸無枉，敢顧黄金！取舍惟精，時憑白粉。且如日磾下泣，知其孝思；于禁懷慚，媿此忠節。【竿頭進步處。】迺無聲之箴頌，亦何賤于丹青？」

摩詰送晁秘書還日本詩：「九州何處遠？萬里若乘空。向國唯看日，歸帆但信風。鰲身映天黑，魚眼射波紅。鄉樹扶桑外，主人孤島中。」神境俱到，送日本無過之者。又有序云：「鯨魚噴浪，則萬里倒迴；鷁首乘雲，則八風卻走。扶桑若薺，鬱島如萍，沃白日而簸三山，浮蒼天而吞九域。黄雀之風動地，黑蜃之氣成雲。」【摩詰故詩中有畫，畫中有詩，不謂文中亦復有畫有詩。】此段叙海景如畫，與詩義頗合，疑一時贈别所作。

安禄山反，王維陷賊中。賊大宴凝碧池，維痛悼賦詩曰：「萬户傷心生野煙，百官何日更朝天？秋槐落葉深宫裏，凝碧池頭奏管絃。」詩聞行在，後得免死，下遷太子中允。其謝表云：「穢汙殘骸，死滅餘氣。伏謁明主，豈不自愧于心！仰廁群臣，亦復何施其面！」肅宗深憐之。

摩詰謝集賢學士表有云：「聞相如在蜀，恨不同時；徵枚乘于齊，惜其已老。急賢之旨，欲賜追封，如臣不才，豈宜濫吹！」此段用事，實有滑稽意，與凡稱引者不同。

初，安禄山死，陷賊官三等定罪。時維弟縉位已顯，請削官贖維罪，因得下遷。久之，三遷尚書右丞，縉爲蜀州刺史未還。維自表已有五短，縉五長，臣在省户，縉遠方，願歸所任官、放田里，使縉得還京師。上乃召縉爲左散騎常侍。維作謝狀云：「不材之木，跗萼聯芳；斷行之雁，飛鳴接翼。自天之命，特出宸衷；塗地之心，難酬聖造。」帝答詔云：「建禮朝昇，鵷行並列；承明晚下，雁序同歸。乃眷家肥，無忘國命。」後代宗朝，縉爲宰相，裒維集上之，其表云：「曲承天鑒，下訪遺文。魂而有知，荷寵光于幽穸；歿而不朽，成大名于聖朝。」代宗答詔云：「卿之伯氏，天下文宗。位列先朝，名高希代。抗行周雅，長揖楚辭。調六氣于終篇，正五音于逸韻。泉飛藻思，雲散襟情。乃眷棣華，克成編録。聲猷益茂，歎息良深。」傳稱維與縉俱有俊才，閨門友悌。讀表詔爲之憮然。【不獨兄弟友于，其君臣間亦不可不謂知遇。】若二公，可謂真兄弟矣。

安禄山死，高適表賀云：「臣得河南道及諸州牒，皆言逆賊安禄山苦痛而死，手足俱落，眼鼻殘壞。【痛快。】臣適誠懽誠喜，頓首頓首。逆賊孤負聖朝，造作氛祲，嘯聚吠堯之犬，倚賴射天之矢。【適表開口見喉嚨，酷似其詩，令人爽然。】臣恨不得血賊于萬戟，肉賊于三軍，空隨率土之歡，遠奉九霄之慶。即當總統將士，憑恃威靈，驅未盡之犬羊，覆已亡之巢穴。」表出，天下傳誦稱快。

郭子儀收復西京，玄宗在蜀，太子即位于靈武，已，表請東歸。李泌曰：「上皇不來矣。請更爲群臣賀表，言上思戀晨昏，就孝養之意，則可。」時常衮賀表云：「敗符融于淝水，自可嘶功；破王邑于昆陽，未云快意。遂封尸于京觀，旋振旋于王城。耆艾雲迎，久思周德；衣冠雨泣，還覩漢儀。謳吟變噢咻之聲，氣象迴嚴凝之慘。廓丹霄以瞻羽衛，肅黄道而復鑾輿。正寶位于北辰，道光土𡆸；迎上皇于西蜀，歡展奉親。【便自名正言順。】永惟宗社之靈，實荷乾坤之慶。」其後，成都使還，言上皇初得上表，彷徨不能食，欲不歸。及群臣表至，迺大喜，命食作樂，下誥定日。

張巡守睢陽，城孤勢蹙，人困食竭，以絺布煮食之，而意氣自如。其謝金吾將軍表曰：「想峨眉之碧峰，豫遊西蜀；追騄駬于玄圃，保壽南山。逆賊禄山，殺戮黎獻，腥膻闕庭。臣被圍七旬，親經百戰，主辱臣死，當臣致命之時；惡稔罪盈，是賊滅亡之日。」

【慷慨激烈，有味乎其言之也。】

許遠亦有文，其祭纛文爲時所稱。謂：「太一先鋒，蚩尤後殿，蒼龍持弓，白虎捧箭。」【語短精悍，大有氣魄。】又祭城隍文云：「智井鳩翔，老堞龍攫。」其與張巡皆文武雄健，志氣不衰，真忠烈之士也。

堯山堂偶雋卷三

晉陵蔣一葵編著

唐五代附載

陸宣公贄隨德宗自奉天還闕。興元元年，下悔過制書曰：「失守宗祧，越在草莽。不念率德，誠莫追于既往；永言思咎，期有復于將來。明徵厥初，以示天下。」【宣公奏議，其全書悉格言名論，別當盡讀。不具載。】宋王荊公罷相守金陵，謝上表，末云：「經體贊元，廢任莫追于既往；承流宣化，收功尚冀于將來。」用宣公語意。

李晟收復京城，朱泚亡走。晟遣掌書記于公異作露布上行在，略曰：「逆賊朱泚，委身凶德，假翮奸徒。熒惑我主人，僭賊我神器。聚爲起穢之物，腥彼宮闈；散作旬始之妖，孛于躔次。」末云：「臣已肅清宮禁，祇謁寢園，鐘簴不移，廟貌如故。」【傷心之言政不必多，自堪墮淚。】上覽及此，感涕失聲，左右六宮皆嗚咽。論者以有唐一代，捷書露布，無如此者。

韋皋破吐蕃，露布亦是于公異代作，通篇用成句，妙絶。其文云：「天討有罪，兵應者勝，義者王；夷不亂華，師直爲壯，曲爲老。」又云：「懷梟鴟，銷祲沴，稟仰天和；翦鯨鯢，清郊原，掃除群穢。王猷允塞，我武惟揚。」【天造處亦有人工。】又云：「夷德無厭，弗悔袵金之戕；楚氛甚惡，輒興衷甲之謀。蠢爾爲讎，整居匪茹。」又曰：「盍竄匿于龍荒，復虔劉于麟塞。戕我守將，墮我陴隍。修戈矛與同仇，靡室家不遑處。」又云：「烏蠻撓其腹心，回鶻擣其肘腋。梟素飽矣，壹大治之。」又云：「九攻九卻之計窮，七縱七擒之威速。連連執訊，矯矯獻囚。不然我薪而自焚，有如破竹之立解。穹廬魚潰，甌脱兔犇。谷静山空，行就焉耆之僇；區殫域滅，汔聞智盛之降。」末云：「斯皆廟謨淵深，神斷天造。明見萬里，運奇堂上之兵；守在四夷，制勝目中之虜。勒功滇池之柱，植表赤嶺之碑。一怒安民，文之勇也；三軍用命，克何力焉。」

扶風郡掘地得金盞甕子，于公異狀進云：「表孝通誠，美已彰于盈缶；徵神録異，慶常美于化鈞。況其賦質堅剛，鑄形盞斝，【思多巧發。】膺大雅獻酬之用，告太平歡樂之符。時佇休明，潛耀久同于瓦礫；道合交泰，成器堪佐于尊罍。」

德宗朝，制誥闕人，時有與韓翃同姓名者，中書具二人同進，御批曰：「『春城無處不飛花，寒食東風御柳斜。日暮漢宮傳蠟燭，青煙散入五侯家。』與此韓翃。」蓋翃在幕府久，諸藩牋表多翃之筆，帝素知其名也。嘗爲田神功作謝茶表云：「榮分紫筍，寵降朱宮。味足蠲邪助其正直，香堪愈病沃以勤勞。飲德相歡，撫心是荷。」高仲武謂「翃一篇一詠，朝野珍之，爲多士之選」云。

元和初，杜佑爲司徒，年過七十猶未請老，裴晉公度時知制誥，因高郢致仕，命詞曰：「以年致仕，抑有前聞，近代寡廉，罕由斯道。」【語不煩而意已至。】蓋譏佑也。

元和九年，裴晉公爲御史中丞，十年遷中書侍郎同中書門下平章事，韓昌黎愈時知制誥，代爲讓表云：「臣少涉經史，粗知古今。天與朴忠，性惟愚直。知事君以道，無憚殺身；慕當官而行，不求利己。」又曰：「受恩益大，顧己益輕。於裨補無涓埃之微，而讒謗有丘山之積。」【於而字爲對。】又曰：「豈意陛下擢臣于傷殘之餘，委臣以燮和之任，忘其陋汙，使佐聖明。此雖成湯舉伊尹于庖厨，高宗登傅説於版築，周文用吕望于屠釣，齊桓起甯戚于飯牛，【散開再合，有幻有法。】雪恥蒙光，去辱居貴，以今準古，擬議非倫。」晉公覽表大喜，遂不復更一字。

裴晉公平淮西，憲宗以玉帶賜之，公臨薨卻進，使舊僚作表，皆不如意，遂令子弟執筆，口占奏狀云：「内府之珍，先朝所賜。既不敢將歸地下，又不合留在人間。【自有主張，即結纓易簀不難，矧筆舌乎？】謹卻封進。」聞者歎其不亂。

昌黎爲宰相賀雪表曰：「陛下深念黎甿，屢形詞旨。神監昭達，皇情感通。春雲始繁，時雪遂降。實豐穰之嘉瑞，銷癘疫于新年。東作可期，南畝有望。【與「藍關馬不前」又一境界。】見天人之相應，知朝野之同歡。」時武元衡、張弘靖、韋貫之等爲相，公知制誥。

昌黎爲袁州刺史，有慶雲見州西北，至暮方散，乃以表圖稱賀云：「五采五色，光華不可偏觀；非煙非雲，容狀詎能詳述。抱日增麗，浮空不收。【雋。】既變化而無窮，亦卷舒而莫定。斯爲上瑞，實應太平。」時元和十五年六月也。

舊大朝會慶賀及春秋謝賜衣、請上聽政之類，宰相率百官奉表，皆禮部郎官之職，唐謂之南宫舍人。柳河東宗元在儀曹，表文多出其手。賀冊尊號有云：「潢汙比陋，河清幸遂于千年；壥壤均微，山呼願同于萬歲。」【五金石鑄于一火。】其自敘處插入祝意，妙哉句也。凡此樣表必有此樣句，乃能動人。

唐初沿六朝綺麗之風，賓王輩四六聲帨寔工，羊骨稍掩，至河東始麗以則。賀甘露表云：「朝光初燭，方湛湛而未晞；晨景轉炎，更瀼瀼而未已。綴葉而珠璣積耀，盈器而冰玉呈姿。芳襲椒蘭，味兼飴醴。」金莖玉露，只在河東公脣吻。

河東賀雨表凡五，有曰：「宸衷暫惕，已矯御天之龍；聖謨既宣，遂洽漏泉之澤。」【四六至子厚，色澤已化爲神理，非復曩時脂粉。】有曰：「布濩垂陰，隨聖澤而俱遠；滂沱積潤，與恩波而俱深。」有曰：「未成旱暵之虞，已積幽勤之慮。衆靈受職，薈蔚且躋于南山；百穀仰榮，霶霈遂霑于東作。」有曰：「聖謨廣運，驅百靈以從風；神化旁行，滋五稼而流澤。油雲四合，膏雨溥周。農壤遂一于肥磽，滲漉盡霑于遐邇。蒸黎詠德，知必自於聖心；草木欣榮，如有感於皇化。」有曰：「瑞鳥迎舟，掩商羊之舞；仙雲覆水，協從龍之徵。初茫洒於上宮，遂霶霈於率土。殷后徒勤于自剪，周公空媿于舞雩。」昔人謂：「子厚諸山遊記，將死物俱説活了。」觀諸表説天人感應處，若有肹蠁，信筆端巧奪化工矣。

越州山陰縣移風鄉産嘉瓜，二實同蒂，觀察使賈全進圖，宣示百寮，河東表賀曰：「質惟同蒂，見車書之永均；地則移風，知化育之方始。雖七月而食，豳土歌王業之難；五色稱珍，東陵咏佳賓之會，未聞感通若茲昭著者也。」

河東又有賀白龍並青蓮花合懽蓮子黄瓜等表曰：「天地非遠，睿感必通；叠瑞重祥，累集宫禁。池蓮表異，靈化非常。敷彼清光，徵佛書而尤絶；成其嘉實，驗祥經而甚稀。積慶旁流，自中徂外。遂使龍騰白質，乘秋果應于金行；瓜合黄中，表聖更彰于土德。况復邦畿之内，雨霽必時，宿麥大穰，嘉穀滋茂，和風孕育，靈氣陶蒸。【以客作主是歸宿處。】是皆發自聖心，達于天意，周流升降，成此歲功。惠被群生，自爲嘉瑞。」青蓮、合懽、蓮子，瑞之小者，宿麥穰、嘉穀茂，瑞之大者，篇終及之，有旨。

河東進瓷器狀云：「藝精埏埴，制合規模。稟至德之陶蒸，自無苦窳；含太和以融結，克保堅貞。」所進陶器耳，而文雅乃如是。

唐制，四月一日内園進櫻桃，寢廟薦訖，頒賜百官各有差。王維詩云：「芙蓉闕下會千官，紫禁朱櫻出上欄。纔是寢園春薦後，非關御苑鳥銜殘。歸鞍競帶青絲籠，中使頻傾赤玉盤。飽食不須愁内熱，大官還有蔗漿寒。」子厚爲武中丞謝賜表曰：「使發九霄，集繁星而積耀；味調六氣，承湛露而不晞。盈眥而外被恩光，適口而中含渥澤。」【曲盡形容。】此數語，與摩詰詩並膾炙人口。

子厚在柳州得進奏官狀，逆賊李師道就戮，淄青悉平，恩制大赦，爲表賀曰：「鄆城自潰，寧同莒魯之争；齊地悉平，無俟耿陳之戰。【切淄青。】五兵永戢，七德無虧。含生比堯舜之仁，率土陋成康之俗。介丘霧息，已望翠華之來；沂水風生，更起舞雩之詠。」爲裴中丞表賀赦曰：「虞巡可復，告成將慶于岱宗；漢典方興，講禮再榮于闕里。謹已施行郡邑，宣示軍戎，莫不動地歡呼，若醉千鍾之酒；騰天鼓舞，如聞九奏之音。」

宋延清之問代田歸道讓殿中丞表有云：「足臨鯨壑，未偕聞寵之憂；首戴鼇山，豈喻承恩之重。」柳子厚爲樊左丞讓官表亦有云：「泛大鯨之海，但覺魂揺；戴巨鼇之山，未如恩重。」張燕公謝衣藥表有云：「當褫從服，轉承直吉之衣；宜肆典刑，反加有喜之藥。」令狐楚謝春衣并端午衣物表亦有云：「罪當褫帶，忽頒御府之衣；憂可傷生，重延長命之縷。」柳語全出于宋，令狐語全出于張。【凡事類，辭家少不得用，未必全蹈襲。】

令狐楚爲太原從事，自掌書記，靈武破吐蕃，楚表賀云：【當是濬才作手。】「伏惟陛下，臣妾兆人，庭衢六合。溟波静息，車軌混同。萬里清平，三分底定。兵既落于天上，虜乃陷于轂中。箝口之馬，僨車而縶者千蹄；辮髮之人，輿屍爲俘者萬指。遥知水赤，坐想風腥。」又恩赦表云：「幽室盡曉，枯條遍春。雷雨作而蟄蟲昭蘇，風雲行而籠鳥飛舞。」楚才思俊灑，德宗好文，每太原奏至，能辨楚之所爲，頗稱之。

令狐楚自河南召入，至闅鄉，暴風，有裨將飼馬逆旅，屋毁馬斃。到京，公遂大拜。

裨將南還，慮馬死，帥或加罪狀，請一字爲據。公援筆判曰：「廐焚魯國，先師唯恐傷人；屋倒閿鄉，常侍豈宜問馬。」【口頭好話。】時魏義通以檢校常侍代鎮三城。

唐京兆府解送，率以在上十人謂之等第，小宗伯倚而選之，同華解與京兆無異，若首送無不捷者。元和中，令狐楚鎮三峰，時及秋試，牓云，特加試五場，蓋詩歌文賦帖經爲五。常年以清要詩題求薦者，率不減十數人，其年莫有至者，惟盧弘正獨詣華請試。已試兩塲，有馬植下解狀，植將家子，從事輩皆竊笑，楚曰：「此未可知。」既而試登山採珠賦，略曰：「文豹且異於驪龍，採斯疎矣；白石又殊於老蚌，剖莫得之。」【春甫兄有句曰：「訪隋侯于卞氏，遡合浦于崑崙。」】楚大服其精當，遂奪弘正解頭。後弘正自丞郎使判鹽鐵，俄爲植所據，弘正以手札戲植曰：「昔日華元，已遭毒手；今來鹺務，又中老拳。」【「毒手」「老拳」本石勒傳。】

喬彝京兆府解試，時有二試官，彝日午扣門，試官令入，則已醺醉，視題曰幽蘭賦，彝不肯作，曰：「兩箇漢相對，作得此題？速改之。」遂改渥洼馬賦，彝奮筆斯須而成，警句云：「四蹄曳練，翻瀚海之驚瀾；一噴生風，下湘山之亂葉。」【是神來語。】便欲首送，京兆曰：「喬彝峥嶸甚，以解副薦之可也。」

明皇晝寢，夢有藍衣鬼曰：「臣終南進士鍾馗也。上帝命我除虛耗之孽。」帝覺，迺命工繪像，歲盡以賜群臣，後因爲例。劉禹錫謝賜鍾馗並曆日表云：「圖寫威神，驅除群厲。頒行律曆，敬授四時。施張有嚴，既增門户之貴；【馗。】動用叶吉，常爲掌握之珍。」【曆。】唐宋皆有賜鍾馗故事。吴冲卿爲相，受賜，神宗酬賚，賜内臣五千，明年復賜，吴戲同列曰：「一馗足矣。」【詣語撩人。】皆大笑。

長慶初，幽州軍士作亂，詔授劉悟檢校司空、幽州節度使，元稹行制曰：「朕以遼陽巨鎮，自我底寧。姑欲撫之以仁，然後示之以禮。而守臣嬰疾，幕吏擅權，撓政行私，虧恩剥下，過爲捶楚，妄作威靈。不均饗士之羊，但養乘軒之鶴。致兹撓變，職此之由。不有將材，孰懲兒戲？」唐自廣德以來，垂六十年，藩鎮跋扈，河南北三十餘州自除官吏，不供貢賦。此制可謂明見萬里之外。

憲宗采君臣行事可爲龜鑑者，集成十四篇，自製序，寫于屏風，宣示宰臣。李藩等皆表賀。白居易有批李夷簡及百寮嚴綬等賀表，其略云：「取而作鑑，用以爲屏。與其散在圖書，心存而景慕；不若列之繪素，目覩而躬行。【此表又如宋人言語。】庶將爲後事之師，不獨觀古人之象。」又曰：「森然在目，如見其人。論列是非，庶幾爲坐隅之戒；發揮獻納，亦足開臣下之心。」居易代言，可謂詳盡，亦以見唐世人主作一事，而中外表賀、答詔勤渠如此，亦幾于叢脞矣。

白樂天甲乙判凡數十條，按經引史，比喻甚明，此洪景盧謂其「非青錢學士所能及」也。甲去妻，後妻犯罪，請用子蔭贖罪，甲怒不許。判云：「不安爾室，盡孝猶慰母心；薄送我畿，贖罪寧辭子蔭。縱下山之有怒，曷陟屺之無情？」【諸判大都小巧之文。】又辛夫遇盜死，求殺盜者許爲之妻，或責其失節，不伏。判云：「夫冤不報，未足爲非；婦道有虧，誠宜自耻。詩著靡他之誓，百代可知；禮垂不嫁之文，一言以蔽。」又丙居喪，年老毀瘠，或非其過禮，曰哀情所鍾。判云：「況血氣之既衰，老夫耄矣；縱哀情之罔極，吾子忍之。」丙妻有喪，丙于妻側奏樂，妻責之，不伏。判云：「室方在疚，庭不徹懸。鏗鏘無倦于鼓鐘，好合有傷于琴瑟。既愆夫義，是棄人喪。儼麻縗之在躬，是吾憂也；調絲竹以盈耳，於汝安乎？」丙請預附馬，所司糾云：「丙庶子也，且違格令。」科家長罪，不伏。判云：「下嫁王姬，旁求都尉。選吹簫之匹，雖則未獲真人；預傅粉之郎，豈可濫收庶子？【不管正說反說，只是說得於題目有情。】況媧連天族，榮冠人倫。嗣既異於承祧，禮難當於釐降。」甲夜行被執。辭云：「有公事，欲早趨朝，所由以犯禁。」不聽。判云：「非巫馬爲政，焉用出以戴星；同宣子候朝，胡不退而假寐？」乙在田，妻餉不至，路逢父告饑，以餉餽之，乙怒，出妻。判云：「夫也望深饁彼，方期相敬如賓；父兮念切嚻然，旋聞受哺于子。義雖乖于齊體，孝則見于因心。盍嘉陟岵之仁，翻肆送畿之怒。孰親是念，難忘父一之言；不爽可徵，無效士二其行。」【用左傳、衛風語，妙妙。】丙娶妻三年無子，舅姑將出之，訴云：「歸無所從。」判云：「雖配無生育，誠合比于斷絃；而歸靡適從，庶可同于束緼。」【隨事見奇辟則小道可觀。】丙有志行，隱而不仕，爲郡守所辟，稱是巫家，不當選吏。功曹按其詭詐，丙不伏。判云：「太守以舉爾所知，將申蒲帛之聘；夫子以從吾所好，不顧弓旌之招。【用論語二句，妙妙。】懼俗吏之徒勞，引巫家以自穢。冀其言遜獲免，翻以行詐論辜。況商洛拂衣，漢且求之不得；潁川洗耳，堯亦在而弗論。」乙爲三品，見本州刺史不拜，或非之，稱品同。判云：「或商周不敵，敢不盡禮事君？今晉鄭同儕，安得降階卑我？」若此之類，皆不背人情，合於法意，真老吏判案。若金粉淋漓，又其餘事耳。

李程初試日五色賦，先榜落矣。楊於陵遇程於省門，詢其破題，曰：「德動天鑒，祥開日華。」【冠蓋語。】於陵謂：「須作狀元。」翌日無名，於陵深不平，廼於故册末繕寫而斥其名氏，携詣主文，給以舊題舊文，主文歎賞不已。於陵曰：「當今場中若有此賦，何以待之？」主文曰：「有，即非狀元不可。」於陵曰：「苟如此，已遺賢矣。此乃李程所作。」亟命取落卷面對，不差一字。主文致謝，於是擢爲狀元。前牓已出重收。程後出鎮大梁，聞浩虛舟應宏詞復試此題，頗慮浩愈於己，專馳介取至，將啓緘，色尚不豫，及覩浩破題曰：「麗日焜煌，中含瑞光。」程喜曰：「李程在裏。」至末韻：「侵晚水以芒動，俯寒山而秀發。」程大咍曰：「李程賦且在端日，何爲到夜秀發？」由是浩賦不能凌邁。

杜樊川牧四六多雜散語，惟宴畢殿前謝表最謹嚴，其文云：「遲日正麗，廣塲洞開。張仙樂者三千餘人，列正羞者二十六豆。酒傾瑶甕，食置雕盤。列圭組以成行，酌金罍以爲勞。【筆下富貴，絶無寒乞態。】屬饜而止，飽德以歸。既醉太平之風，共樂仁壽之域。」

武宗素重封敖，拜爲翰林學士。敖搆思敏速，語近而理勝，不務奇澀。嘗草賜陣傷邊將詔，警句云：「傷居爾體，痛在朕躬。」帝覽而善之，賜以宫錦。【此帝王之言堪與天地同德，非書生語也。】李德裕在相位，定策破回鶻，誅劉稹。議兵之際，同列或以爲不可，惟德裕籌計指畫，竟立奇功。武宗深賞之，封衛國公，爵太尉。其制語有：「遏橫議于風波，定奇謀于掌握。逆稹盗兵，壺關晝鏁。造膝嘉話，開懷静思。意皆我同，言不他惑。」制出，敕往慶，德裕口誦此數句，撫敕曰：「陸生有言：『所恨文不迨意。』如卿此語，秉筆者不易措言。」坐中解其所賜玉帶遺敕。【根枯管博，得宮錦玉帶來。稽右之榮如此。】

李贊皇嘗左宦宜春，盧肇以文見知。肇工于賦咏，見有舞柘枝者，賦云：「帽瑩隋蛇，熠熠泛蘭之露；裾翻莊蝶，翩翩狎蕙之風。」牛奇章亦重其文，嘗延于中寢，會侍妾沐髮、方捧髻插釵，奇章曰：「何妨一詠？」肇即應聲曰：「神女初離碧玉堦，彤雲猶擁牡丹鞋。知道相公憐玉腕，故將纖手整金釵。」

令狐綯是楚相之子，宣宗朝亦大拜。謝賜口脂紫雪表云：「靈膏有瓊液之名，仙散擬雪花之狀。職當喉舌，匪效魯廟之三緘；任在燮調，請獻謝連之六出。」【其思運來官樣。】人以爲得宰相體。

李商隱初不喜對偶，從令狐楚學，遂以牋奏見知，有爲滎陽公桂州謝上表云：「三梁路阻，九嶠山遥。浮江遇楚澤之萍，望國隔番禺之桂。遐思白烏，率飈音于周圃之中；遠羡仙蓂，永固本于堯階之上。」爲濮陽公陳許謝上表云：「奉違軒鏡，幾落堯蓂。比園葵以自傾，晝唯向日；羡海槎之不繫，秋則經天。」【機鋒流貫。】

商隱又有爲滎陽公端午謝賜物狀云：「五神定位，祝融司長養之功；六律鈞和，蕤賓有酬酢之義。故節推戴禮，日著漢儀。彼艾人遠具于歲時，角黍近標于風土。乃耆舊傳聞之末，亦君親慶賜之原。」末云：「况又將以朱絲，縈諸畫軸。用禳故烝，兼續殘齡。爰自微臣，頗流諸校。鞠躬被寵，全踰錫帶之榮；覩物傳輝，實動請纓之思。」商隱爲文多檢閲書册，左右鱗次，號「獺祭魚」云。

温庭筠才思艷麗，工于小賦，每入試，押官韻作賦，凡八叉手而八韻成，時號爲「温八吟」云。李商隱謂曰：「近得一聯句云：『遠比趙公三十六年宰輔』，未得偶句。」温曰：「何不云：『近同郭令二十四考中書。』」【正平一揮，子建七歲，自來才捷者元不少。至若嘔心腐毫，又非此類。要以極才人之致爲美，無問遲速也。】

温庭筠遇宣宗于逆旅，不識龍顔，傲然詰之曰：「公非長史司馬之流？」帝曰：「非也。」又曰：「得非六參簿將之類？」帝曰：「非也。」明日謫爲方城尉。制詞有「徒負不羈之才，罕有適時之用」句，竟流落而死。後光啓中，庭筠子憲爲山南李巨川草薦表，盛述先人之屈，曰：「娥眉先妬，明妃爲去國之人；猿臂自傷，李廣乃不侯之將。」【一言兩語，逾手痛哭。】人多憐之。

宣宗舅鄭光鎮河中，封其妾爲夫人，不受，表辭曰：「白屋同愁，已失鳳栖之侣；朱門自樂，難容烏合之人。」上笑曰：「誰教阿舅作。」左右對：「掌書記田絢。」上欲以翰林處之，論者以不由進士科，又無引援，乃止。

咸通間，劉瞻爲荆南節度使，時温璋貶振州司馬，仰藥卒。韋保衡與路巖共譖瞻云：「與醫官通謀，投毒藥。」貶康州刺史。翰林學士承旨鄭畋草制曰：「安數畝之居，仍非己有；卻四方之賂，惟畏人知。」【東方曼倩割炙語意。】巖謂畋曰：「侍郎乃表薦劉相也。」坐貶。

崔沆及第年爲主罰録事，同年豆盧瑑甫近開讌，堅請假往洛下拜慶，及同年讌曲江，瑑以雕幰載妓，微服䩚鞚，縱觀其側，爲團司所發，沆判曰：「深攙席帽，密映氊車。紫陌尋春，便隔同年之面；青雲得路，可知異日之心。」

王徽在中書，五年後繼盧携爲相，只一日，及除昭義節度。徽上表乞免，詞曰：「六年内署，雖叨捧日之榮；一日台司，未展致君之懇。」時田令孜聞黄巢已入關，乃歸罪于盧携，而薦王徽、裴徹。是日巢入長安，僖宗幸蜀。

裴徹自賊中奔詣行在，時百官未集，乏人草制，左拾遺樂朋龜謁田令孜而拜之，由是擢爲翰林學士，陳敬瑄迎帝請幸成都，進爵太尉，賜鐵券。其文曰：「烹巨鰲者，鼎大于滄海；斬長鯨者，劍倚于青天。【奇語驚人。】既立異勳，勉膺殊寵。朕税駕褒斜，省方邛蜀，匍匐而來迎鳳輦，驅馳而速建龍宫，致朕身安，由卿忠藎。今賜卿鐵券，赦其十死。望泰山而立誓，指黄河以爲盟：『山無盡時，河無竭日。君君臣臣，父父子子。永遠貴昌，並皆如此。』」此朋龜筆也。然父子豈必皆賢，世降宜有等殺，免其十死則亦何所不至？唐制如此，藩臣烏得不亂？按：敬瑄、令孜，兄弟也。僖宗善擊毬，令孜使敬瑄擊毬得第一，鎮西川，後令孜得罪，亦被流。會昭宗立，不奉詔，令孜自出監西川軍，又召王建，激之亂。建屢請殺二人，不許，乃使人告敬瑄作亂，令孜通鳳翔，書皆殺之，使判官馮涓草表奏之，曰：「開柙出虎，孔宣父不責他人；當路斬蛇，孫叔敖蓋非利己。專殺不行于閫外，先機恐失于彀中。」

唐制，舉人試日，既暮，許燒燭三條。德宗朝，主文權德輿於簾下戲云：「三條燭盡，燒殘舉子之心。」舉子遽答云：「八韻賦成，驚破侍郎之膽。」【口才頗利。】僖宗朝有秦韜玉者，出入田令孜之門。車駕幸蜀，韜玉已拜丞郎，判鹾，及小歸公主文，韜玉准敕放第，仍編入其年榜中。韜玉致書謝新人，皆呼同年。略曰：「三條燭下，雖阻文闈；數仞墻邊，幸同恩地。」

盧光啓受知于租庸張濬，濬出征并、汾，盧每致書疏，一事別爲一幅，朝士效之。蓋重疊別紙，自光啓始也。其族弟汝弼爲濬出征判官，傳檄四方，有云：「自朱耶之狼狽，致赤子之流離。」自謂人曰：「天生赤子、朱耶，供我之筆。」【不惟「朱」對「赤」，「耶」對「子」，且狼狽獸名流也。朱耶，李克用祖姓。】

唐世節度、觀察諸使辟置僚佐，以至州郡差掾屬，牒語皆用四六，大略如告詞，李商隱樊南集、羅隱湘南雜藁皆有之，故韓昌黎送石洪河陽幕府序云：「撰書辭，具馬幣。」李肇國史補載：崖州差故相韋執誼攝軍事衙推，亦有其文。非只以吏牘行遣也。錢武肅鏐在鎮，牒鍾廷翰攝安吉主簿云：「前件官儒素修身，早昇官緒。寓居霅水，累歷星霜。克循廉謹之規，備顯温恭之道。今者願求録用，特議掄材。安吉屬城，印曹闕吏，俾期差攝，勉效公方。倘聞佐理之能，豈悋超昇之獎。」此牒當時掌書記所撰，殊爲不工，然謂主簿爲印曹，亦佳。

羅隱初游京師，不遇，歸謁錢武肅，辟爲錢唐令，尋掌書記。時鏐初授鎮海軍節度，命沈崧草謝表，盛稱浙西繁盛，成以示隱，隱曰：「是自賈征索也，請更之。」乃極言兵火凋弊，有「天寒而麋鹿來游，日暮而牛羊不下」之語，廷臣見之，曰：「此羅隱詞也。」【世傳隱能詩，多語讖，人唯恐得其惡言。乃此詞極言兵火凋弊，無乃太不祥耶？可一笑。】又賀昭宗更名曄表曰：「左則姬昌半字，右則虞舜全文。」京師稱爲諸鎮第一。

晚唐士人作律賦多以古事爲題，寓悲傷之旨，如吴融、徐寅諸人是也。黄文江滔亦以此擅名。賦唐明皇回駕經馬嵬坡，隔句云：「日慘風悲，到玉顔之死處；花愁露泣，認朱臉之啼痕。褒雲萬疊，斷腸新出于啼猿；秦樹千層，比翼不如于飛鳥。【黯然銷魂。】羽衛參差，擁翠華而不發；天顔愴恨，覺紅袖之難留。神仙表態，忽零落以無歸；雨露成波，已沾濡而不及。六馬歸秦，卻經過于此地；九泉隔越，幾悽惻于平生。」又賦景陽井云：「理昧復隍，處窮泉而詎得？識乖馭朽，攀素綆以胡顔？青銅有恨，也從零落于秋風；碧浪無情，寧解流傳于夜壑？荒涼四面，花朝不見朱顔；滴瀝千尋，雨夜空啼碧溜。莫可追陪，玉樹之歌聲邈矣；最堪惆悵，金瓶之咽處依然。」又賦館娃宫云：「花顔縹渺，欺樹裏之春風；銀焰熒煌，卻城頭之曉色。恨留山鳥，啼百卉之春紅；愁寄壠雲，鎖四天之暮碧。【鍾情悽惻，寄語卻又濃滿。】遺堵塵空，幾踐群遊之鹿；滄洲月在，寧銷怒觸之濤。」又賦陳皇后因賦復寵云：「已爲無雨之期，空懸夢寐；終自凌雲之製，能致煙霄。」又賦秋色云：「空三楚之暮天，樓中歷歷；滿六朝之故地，草際悠悠。」【模擬處空中一拳。妙。】又賦白日上昇云：「較美古今，列子之乘風固劣；論功晝夜，嫦娥之奔月非優。」凡此十數聯，皆研確精微，當時傳諷。

黄滔爲王審知推官，審知遺之魚，徐寅代爲謝牋曰：「銜諸斷索，纔從羊續懸來；列在彫盤，便到馮驩食處。」【二事一貫，如貫魚然。】當時亦大稱之。

寇豹、謝觀同在崔裔孫相公門下，以詞藻相尚，豹謂觀曰：「君白賦有何佳語？」對曰：「曉入梁王之苑，雪滿群山；夜登庾亮之樓，月明千里。」豹唯唯，觀大言曰：「僕已擅名海内，子才調多，胡不作赤賦？」【「大言」「厲聲」見兩人狂態，至「唯唯」「駭服」又自貶損任真。】豹未搜思，厲聲曰：「田單破燕之日，火燎平原；武王伐紂之時，血流漂杵。」【或欲改火燭燒乎。】觀大駭服。楊用修與諸才士宴集，偶談及此，一客效之，作黑賦曰：「孫臏銜枚之際，半夜失蹤；達磨面壁以來，九年閉目。」一客賦青曰：「帝子之望巫陽，遠山過雨；王孫之别南浦，芳草連天。」一客賦黄曰：「杜甫柴門之外，雨漲春流；衛青油幕之前，沙含夕照。」或謂：「『月明千里』得白之神，曰『火』曰『血』，不免着跡。且『燎原』事與『田單』不相干。」一客改之曰：「堯時十日並出，鑠石流金；秦宫三月延燒，照天燭地。」用修謂：曰『血』曰『火』，及『十日並出』『秦宮延燒』，皆非佳境。或改之曰：「孫綽賦天台景，高城霞起而建標；杜牧詠江南春，十里鶯啼而映緑。」稍有風韻。又賦黄曰：「靈均之歎木葉，秋老洞庭；淵明之啜落英，霜清彭澤。」信勝舊矣。黑賦亦非佳况。余居堯山堂，與家兄春甫復談及此，春甫應聲曰：「驪驥成群，雲暗陰山之北；烏鴉作陣，風霾柏府之旁。洗硯而墨池渾，迴車而松林暮。」並不作點鬼簿語，因相與鼓掌大噱。

潤州金山寺居大江中，張祜、孫魴留詩爲第一。張詩云：「一宿金山頂，微茫水國分。僧歸夜船月，龍出曉堂雲。樹影中流見，鐘聲兩岸聞。因悲在朝市，終日醉醺醺。」魴詩曰：「萬古波心寺，金山名日新。天多剩得月，地少不生塵。過櫓妨僧定，驚濤濺佛身。誰言張處士，題後更無人。」魴初避亂依鄭谷于宜春，頗爲誘掖，後有能詩聲，終于南唐。魴父，畫工也，王澈爲中書舍人，草魴誥詞云：「李陵橋上，不吟取次之詩；顧凱筆頭，豈畫尋常之物？」魴終身恨之。【謔語耳，何必恨。】

韋莊，唐末舉進士，李詢爲西川宣諭和協使，辟爲判官，以中原多故，潛欲依王建，辟爲掌書記，時一縣宰乘時擾民，莊爲建草牒云：「正當凋瘵之秋，好安凋瘵；勿使瘡痍之後，復作瘡痍。」時以爲口實。【今特獨無此人爲此語，余爲愴怳云。】

後唐莊宗滅梁，納其妃郭氏，許收葬末帝，殷鵬作誌文，警句云：「七月有期，不見望陵之妾；九嶷無色，空餘泣竹之妃。」【勝句。】聞者爲之悽然。

五代間，士人作賦用事有甚工者，如江文蔚天牕賦云：「一竅初啓，如鑿開混沌之時；兩瓦歘飛，類化作鴛鴦之後。」【巧合。】又土牛賦云：「飲渚俄臨，訝監津之捧塞；度關倘許，疑函谷之丸封。」

江文蔚，後唐長興二年盧華榜下進士八人，與張沆、吴承範、湯鵬、范禹偁五人爲學士。范初冒張姓，後入蜀，有謝啓云：「昔年上第，誤標張禄之名；【淺而見成。】今日故園，復作范睢之裔。」此語殊露，然殆有所本。唐鄭準爲荆南節度使成汭從事，汭本姓郭，代爲作乞歸姓表云：「居故國以狐疑，望鄰封而鼠竄。名非伯越，浮舟難效于陶朱；志在投秦，出境遂稱于張禄。未遑辨雪，尋涉艱危。」其後范文正公以隨母冒姓朱，後乞還姓表遂全用之，議者謂，公雖襲用古人全語，然本實范氏當家，故事非攘竊也。

堯山堂偶雋卷四

晉陵蔣一葵編著

宋

太祖之受周禪也，百官班定，猶未有禪詔，翰林承旨陶穀出諸袖中，遂用之。穀意希大用，及范質拜相，穀草制，詞曰：「十年居調燮之司，一旦得變通之術。」【嘲質，適所以自嘲。】質泣訴于太祖，由是薄其爲人，終身不獲大用。

陶穀使江南日，韓熙載遣家妓奉盥匜，及旦，以書謝云：「巫山之麗質初臨，霞侵鳥道；洛浦之妖姿自至，月滿鴻溝。」【才人之致便自落紅滿地。】舉朝不能會其辭，熙載因召家妓訊之，云是夕忽當浣濯。

陳希夷摶嘗舉唐長興中進士不第，遂隱華山。晉漢以後，每一朝革命，嚬蹙數日，及聞宋祖登極，曰：「天下自此定矣。」太平興國中，嘗兩入朝，皆以賓禮見。後再召，乃表辭云：「九重仙詔，休教彩鳳銜來；一片野心，已被白雲留住。」【山林語。】帝深諷之。

盧丞相多遜謫海外，其謝表末云：「流星已遠，拱北極以無由；海日空懸，望長安而不見。」【失意人出口固黯然。】臨終自作遺表，略云：「昔日位居黄閣，衆口鑠金；此時身謝朱崖，蔓草縈骨。」雖有五代衰氣，然亦可哀矣。

張洎在江南，李後主時爲大臣，國亡受知太宗，復作輔臣，時王元之禹偁爲翰林學士，洎手書古律詩兩軸與之，元之以啓謝云：「追蹤季札，辭吴盡變爲國風；接武韓宣，適魯獨明于易象。」【中自刺譏。】謂其自他國入中朝也。

王元之擬李靖平突厥露布，其叙頡利求降且復謀竄曰：「穽中餓虎，暫爲掉尾之求；韝上饑鷹，終有背人之意。」【亦詈罵。】

王元之謫居黄州，後徙蘄，謝上表曰：「宣室鬼神之問，敢望生還；茂陵封禪之書，惟期死報。」上覽之曰：「禹偁其亡乎？」踰年果卒。杜詩：竟無宣室召，徒有茂陵求。

王元之臨終作遺表曰：「豈期游岱之魂，遂協生桑之夢。」蓋昔人夢生桑而占者云：「桑字廼四十八。」果以是歲終。元之亦以四十八而殁也。臨殁用事精當如此。

錢熙，泉南才雄之士，進四夷來王賦萬餘言，太宗愛其才，擢館職，嘗撰三酌酸文，世稱精絶。略曰：「渭川凝碧，早抛釣月之流；商嶺排青，不逐眠雲之客。」又：「年年落第，春風徒泣于遷鶯；處處羈遊，夜雨空悲于斷雁。」鄉人李慶孫哭之曰：「四夷妙賦無人誦，三酌酸文舉世傳。」

真宗每賜進士第，必召高等數人，視其器識，察其形神，取其文詞有理趣者，始擢第一。徐奭鑄鼎象物賦云：「足惟下正，詎聞公餗之欹傾；鉉乃上居，實取王臣之威重。」【俱用易。】遂以爲第一。

大中祥符間，龍溪邑民於九龍溪網魚得珠一顆，一圍闊三寸七分，中有小珠七顆，如七曜，次如七曜者不可勝數。漳州守王冕列表以進，其略曰：「吐非蛇口，産異蚌胎。熒煌外散于月華，皎潔内含于星彩。遐稽信史，迥殊照乘之光；洞究祥經，弗類媚川之色。」【月華星彩，呈露篇中。】表出，一時傳誦，稱其妙絕。

丁晉公謂文字雖老不衰，在朱崖答胡則侍御書曰：「夢幻泡影，知既往之本無；地水火風，悟本來之不有。」久之，作陳情表，叙策立之勞，有云：「臣有彌天之罪，亦有彌天之功。」乃北遷道州，謝表云：「心若傾葵，漸暖長安之日；身同旅雁，乍浮楚澤之春。」又謝復祕書監表云：「炎荒萬里，歲律一周。傷禽無振羽之期，病樹絕沾春之望。」人亦哀之。國朝陳學士循釋罪謝恩表云：「幽谷春生于腐草，廢爐煖發于寒灰。繫鳥出籠，復遂山林之素性，涸魚得水，遂逃鼎俎之横災。」語亦工而有味。

丁晉公南遷時，作南嶽齊疏文，有云：「補仲山之衮，雖罄一心；調傅説之羹，難諧衆口。」後人改云：「雖曲盡于巧心，終難諧于衆口。」至魯子宣謝宰相表曰：「方傷錦敗材之初，奚堪于補衮？况覆餗折足之際，何取于和羹？」此又妙矣。「傷錦敗材」四字，後漢傳全語。

丁晉公進新茶表云：「産異金沙，名非紫筍。江邊地煖，方呈彼茁之形；闕下春寒，已發其甘之味。有以少爲貴者，焉敢韞而藏諸？見謂新茶，蓋遵舊例。」

李後主歸宋後，乞潘慎修掌記室。慎修，李氏之舊臣也。其表略云：「昨因先皇臨御，問臣頗有舊人相伴否？臣即乞徐元楀。元楀方在幼年，于牋表素不諳習。後來因出外，問得劉鋹曾乞得廣南舊人洪侃。今來已蒙遣到徐元楀，其潘慎修更不敢陳乞。所有表章，臣且勉勵躬親。臣亡國殘骸，死亡無日，豈敢别生僥覬，干撓天聽。只慮章奏之間，有失恭慎，伏望睿慈，察臣素心。」奉聖旨：「光禄寺丞徐元楀，右贊善大夫潘慎修，並令往李煜處。」後楊大年億作慎修墓志云：「俾事舊君，是爲上介。思喬木于故國，尚見世臣；曳長裾于王門，兼掌記室。」【數語盡其生平履歷。】

學士院壁間有題云：「李陽生，指李樹爲姓，生而知之。」久無對者。楊大年爲學士，乃對云：「馬援死，以馬革裹屍，死而後已。」【「姓」從「生」，「屍」從「死」，亦巧。】

楊文公爲學士時，草答契丹書云「鄰壤交歡」，草既入，真宗自注其側云：「朽壤？鼠壤？糞壤？」大年遽改爲「鄰境」。明旦，引唐故事：學士作文書，有所改，爲不稱職，當罷。因亟求解職。真宗語宰相曰：「楊億不通商量，真有氣性。」

楊文公爲執政所忌，母病謁告，不俟朝旨，徑歸韓城，與弟倚居，踰年不調，有啓謝朝中親知云：「介推母子，願歸綿上之田；伯夷弟兄，甘受首陽之餓。」後除知汝州，而希旨言事者攻擊不已，公又有啓與親知云：「已擠溝壑，猶下石而弗休；方困蒺藜，尚關弓而相射。」當事諸人益惡之。

楊文公常戒其門人，爲文宜避俗語，而公自作表云：「伏惟陛下，德邁九皇。」【語涉非黄。】門人鄭戩遽請於公曰：「未知何時得賣生菜？」【滑稽。】公笑而改之。

鄭戩知開封府，又知杭州，及知長安，謝表曰：「聽嚴城之更鼓，未卜何辰？植勁柏于雪霜，更觀晚節。」上曰：「戩器識英豪，朕欲用爲宰相，故詳試于外也。」

天聖中，劉子儀筠有賀五王出閤啓，其間一聯，隱用五字甚佳，云：「芝函曉列星飛，降天上之書；棣萼晨趨嶽立，受日中之字。」

范希文仲淹少時作虀賦，其警句云：「陶家甕内，淹成碧緑青黄；措大口中，嚼出宫商角徵。」蓋親嘗世味，故得虀之妙處。

范希文未遇時，作金在鎔賦云：「如令區别妍媸，用爲藻鑑；倘使削平僭亂，請就干將。」【其致大雅，更勝虀賦。】人皆期其有將相器。公又爲水車賦云：「方今聖人在上，五日一風，十日一雨，則斯車也吾其不取。」謂水車唯施于旱，不旱則無所施。公在寶元、康定間，邊鄙有警，驟加進擢，晏静則置而不問，與水車何異。

范希文少孤，隨母適朱氏，因冒其姓，登第時名朱説，後復姓，謝表云：「名非霸越，乘舟偶效于陶朱；志在强秦，入境遂同于張禄。」用蠡睢事精切如此。

范希文謝賜鳳茶表云：「念犬馬之微志，錫龍鳳之上珍。馨掩靈芝，味滋甘醴。濯五神之精爽，祛百疾之冥煩。允彰仁壽之恩，特出聖神之眷。謹當餠爲良藥，飲代凝冰。思苦口以進言，勵清心而守道。」

韓魏公琦謝除使相判相州表云：「宰職隳功，莫副宵衣之治；鄉邦得請，重叨晝錦之行。」公本相人，自宰相出判，故云。

王德用號黑王相公，年十九，從父討西賊，威名大震。西人兒啼，即呼「黑大王來」以懼之，後除樞密使，孔道輔上言：「德用狀類藝祖，宅枕乾岡。」乃出知隨州，謝表曰：「狀類藝祖，父母所生；宅枕乾岡，朝廷所賜。」【善解。】時人莫不多其言。

夏英公竦辭免起復奉使契丹表略云：「頃歲先人没于行陣，春初母氏始棄孤遺。義不戴天，難下單于之拜；哀深陟屺，忍聞禁侏之音。」【奸邪之人亦自能爲孝義語。】又云：「王姬築館，接仇之禮既嫌；曾子回車，勝母之游遂輟。荷兩宫之大庇，戴三事之昌言。退安四壁之貧，如獲萬金之賜。」不拜單于，用鄭衆事，而公羊謂夷樂曰禁侏。此以生事對熟事也。歐陽公修甚稱之，後作歸田録，改云：「義不共天，難下穹廬之拜；禮當枕塊，忍聞夷樂之聲？」是時文章，方掃除五代陋習，故英公此等語見稱于時。自是而後，四六之工，蓋什伯于此矣。

陳恭公執中素不樂歐陽公，其知陳州時，公自潁移南京過陳，拒而不見。後歐公還朝爲學士，陳爲首相，公遂不造其門。已而陳出知亳州，公當草制，陳自謂必不得美辭，至云：「杜見郤掃，善避權勢以遠嫌；處事執心，不爲毁譽而更變。」陳大驚喜，曰：「便與我深知者不能道此。」手録一本寄其門下客李師中曰：「吾恨不早識此人。」

歐陽公乞休致表曰：「俾其解組官庭，還車故里。披裘散髮，逍遥垂盡之年；鑿井耕田，歌詠太平之樂。」客有面歎其雅致平淡者，公曰：「尚不如老蘇秀才『有田一廛，足以爲養；行年五十，將復何求？』」【不難自屈如此。】蓋老泉牋中語，公甚愛之。

宋朝百官致仕，宰執换東宫官，歐陽公始以太子少師、觀文殿學士致仕，示特恩也。其謝表曰：「道愧師儒，廼忝春宫之峻秩；身居畎畝，猶兼書殿之清名。」自是以爲例。

宋人四六，以楊大年、劉子儀爲體，必謹四字六字律令，然其弊類俳。歐陽公深嫉之，曰：「今世人所謂四六者，非修所好。少爲進士，不免作，自及第，遂棄不作。在西京佐三相幕，于職當作，亦不爲作。」其亳州謝上表云：「昨怨出仇家，搆爲死禍。造謗于下者，初若含沙之射影，但期陰以中人；宣言于庭者，遂肆鳴梟之惡音，孰不聞而掩耳？」又乞致仕表云：「伏念臣家世單平，性姿中下。少從官學，未免饑寒。不自意于遭逢，遂進階于華顯。然而群材方茂，蒲柳未秋而早衰；衆駿並馳，駑駘中道而先乏。【箇中只是長長短短，便覺不折，無甚奇異。】而况荷難勝之任用，竊逾分之寵榮，風波憂畏而慮以深，疾病侵凌而老亦至。故自辭于機政，即願謝于軒裳。」諸表脱去畦逕，與楊劉自是迴別。

景祐初，張唐卿牓賜恩澤出身章服等制云：「青衿就學，白首空歸。屢陳鄉老之書，不預賢能之選。靡務激昂而自勵，止期華皓以見收。」仁宗怒曰：「後世得不詒其子孫羞乎？」【仁主之主。】御筆抹去。宋鄭公庠別進云：「久淪巖穴，夙藴經綸。鶯遷未出于喬林，鶚薦屢光于鄉校。縱譽誠虧于遠到，摶風勉屈于卑飛。」上頗悦。

錢希白易子彦遠、明逸俱以賢良登科，族人藻既應説書進士，俱中第，又應中大科。熊伯通以啓賀藻知制誥，曰：「七年三第，閲賢良文學之科；一門四人，襲潤色討論之職。」四人謂易、惟演、明逸及藻也。

鄭毅夫獬少年自負，監中送以第五，意甚不平，其謝主司啓云：「李廣事業，自謂無雙；杜牧文章，止得第五。」【頗自負，能占地位。】

鄭毅夫久負魁望，滕元發甫名亦不在其下，及廷試圜丘象天賦，將唱名，二公相遇，各舉賦破。滕云：「大禮必簡，圜丘自然。」鄭云：「禮大必簡，丘圜自然。」【一倒便覺做作，語氣遂是。】滕即歎服，曰：「公在我先矣。」滕嘗預爲笏記云：「朝廷取士，唯求一日之長；畎畝愛君，咸務積年之學。」及唱第，鄭果第一，滕第三。鄭卻無陛謝之備，遂用

滕記。【兩人所稱知己，後世傾危之士，便爲敵國。】

神宗首用富鄭公弼作上相，以司空、侍中爲昭文館大學士也。制乃鄭毅夫所草，末云：「上理乎天工，則日月星辰以之順；下遂乎物宜，則山川草木以之蕃。近則諸夏，仰德以承流；遠則四夷，傾心而待命。」毅夫自負此文敏贍，因爲詩曰：「中使傳宣内翰家，君王令草侍中麻。紫泥金印封題了，紅燭纔燒一寸花。」元祐中，司馬温公作相，除左僕射，時學士鄧温伯草制，其末曰：「上寅亮于天工，則陰陽風雨以之順；下咸遂乎物理，則山川草木以之靈。内阜安于兆民，外鎮撫于四裔。」此二白麻特相類，人謂非二公不能稱此大訓。

富彦國辭起復表云：「況今中外無事，左右得賢，共輔聖明之期，安有瘝曠之務？曲蒙下詔，更起孤臣，在陛下馭國之方，蓋欲不遺于舊物；於朝廷敦化之道，必恐有誤于蒼生。兼臣悲傷之餘，衰病交至，精力已耗，神觀未還。假此充員，豈堪應務？伏望日月臨照，天地包容，盡母氏平生之恩，憐人子罔極之苦，曲矜末志，得滿鉅憂。生意凋零，或尚未捐于溝壑；清光咫尺，終期伏望于雲天。悲感增深，懇願兼劇。」【從頭至尾，言有倫次，足當一貫之章。】

富鄭公居洛，文潞公彥博等用白居易故事，【就非俗態。】就鄭公第置酒相樂，尚齒不尚官，鄭公在筵，潞公請范純夫祖禹作致語，曰：「衮衣繡裳，迎周公之歸老；安車駟馬，奉漢相之罷朝。」【一場好事，政須有此佳語。】鄭公大喜。

熙寧間，鄧温伯作邢妃麻云：「周南之詠卷耳，無險詖私謁之心；齊詩之美雞鳴，有警戒相成之道。」四句一字不着安排，真大方語也。王荆公安石退居金陵屢用之，賀册皇妃表云：「關雎之求淑女，無險詖私謁之心；雞鳴之得賢妃，有儆戒相成之道。」【此只管神里相合，更不問做作。老頭巾不悟，乳臭子亦不悟。】

王介甫賀生皇子表云：「鳬鷖之雅，媚于神祇；芣苢之風，燕及黎庶。【一字不浮。】弓韣嗣燕禖之報，旐旟仍羆夢之祥。無疆惟休，永保桑苞之固；有室大競，方觀椒實之繁。」此數語驟而視之，如布帛菽粟，只在目前。徐而察之，若規矩範型，不可增減。所謂風行水上，不求文而自文者。

許貳卿奕丁艱服除，入朝謝啓曰：「終三歲予寧之制。」「予寧」二字，或謂即「喪與其易也，寧戚」，殊無意義。蓋漢詔：「士大夫遭父母喪者，予寧三歲。」即假寧之寧，俾之治喪耳。王荆公謝給蔡卞假、將臣女子省侍、令卞傳宣撫問表曰：「飭蠱遺使，已叨訓勉于禔身；輟侍與寧，重累顧哀于慈子。」正以與寧爲給假也。

王荆公在金陵，有中使傳宣撫問，並賜銀合茶藥，令中外各作一表，既具藁，無可於公意者，公遂自作，其詞云：「信使恩言，有華原隰。寶奩珍劑，增賁丘園。」蓋五事見四句中，言約意盡，衆以爲不及。

王荆公與吴冲卿丞相，同年同歲又修婚姻之好。熙寧中，越兩制舊人三十餘輩，用爲樞密使副，又薦代己爲相。冲卿遂擺其跡，欲與荆公異，力薦與荆公論事貶斥之人如吕晦叔、李公擇、程伯淳還朝，又欲稍變新法，及言荆公家事。荆公去而不復召者，冲卿力也，公在金陵熟聞之。因中使傳宣撫問，以表謝曰：「晚由朴學，上誤聖知。智曾昧于保身，忠每懷于許國。讒誣甚巧，竊憂解免之難；危拙更安，特荷眷憐之至。況遠跡久孤之地，實邇言易間之時。而離明昭晢于隱微，解澤頻繁于疎逖。」所謂「邇言易間」，乃謂冲卿也。未幾，冲卿薨于位，公作挽詞云「氣鍾舊國山川秀」者，譏其鄉里本建州也。

王荆公父名益，以都官員外郎通守金陵，而元厚之絳爲金陵幕官，其契分久矣。

荆公既相，神宗欲慎選翰林學士，時厚之久在外，老于從官，荆公對曰：「有真翰林學士，但恐陛下不能用耳。」上固問之，因道姓名，上久之曰：「元絳在外久，不以文稱，且令爲制誥何如？」荆公曰：「陛下果不能用耳。況已作龍圖閣直學士，難下遷知制誥。」遂自外徑除翰林學士，中外大驚。既就列，有稱職之譽，不久，遂參大政，故厚之深德荆公。其後，荆公居金陵，厚之以太子少保致仕歸平江，以啓謝荆公曰：「眷林泉之樂，方遂乞骸；望衮繡之歸，徒深引脰。」

元厚之久作藩郡，後聞儂智高餘黨寇二廣，移知廣州，而所傳乃妄改知越州，厚之謝上表云：「忽聞羽檄之馳，謂有龍編之警。橫水明光之甲，得自虛聲；雲中赤白之囊，倡爲危事。」【其詞蒼老乂目。】用李德裕獻替記伐劉稹：楊弁令中人馬元貫奏：「橫水明光之甲曳地，何由取他？」德裕曰：「從伊十五里精兵明光甲曳地，必須破卻此賊。」後所傳果妄，遂誅楊弁焉。

神宗友愛嘉、岐二王，不許出閤，固辭者數十，其後改封。先召翰林學士元厚之謂曰：「卿可于麻辭中道殺，勿令更辭也。」略云：「列第環宮，彌聳開元之盛；側門通禁，共承長樂之顔。」

太原城逐節度使李石，推其部將楊弁爲留後。武宗以賊積未殄，又因起太原之亂，心頗憂之。遣中使馬元貫往太原宣諭，覘其所爲。元貫受楊弁賂，欲保祐之，四年正月，使還，奏曰：「楊弁兵馬極多，自牙門列隊至柳子，十五餘里，明光甲曳地。」

宋元憲晚歲有詩云：「老矣師丹多忘事，少之燭武不如人。」其後，元厚之作執政，參知政事，一日，奏事差誤，神宗顧謂曰：「卿如此忘事耶？」明日乞退，遂用元憲語，作乞致仕表云：「少之燭武尚不如人，老矣師丹仍多忘事。蠡智窮于測海，蚊力困于負山。」神宗讀表至此，憐其意而留之。【只是意思真。】

神宗自潁王即位，元豐中，陞潁州爲順昌軍節鎮。時元厚之罷參政，作潁實令，郡中老儒士胡士彦作謝表，公覽之，以筆抹去，疾書其紙背，一揮而成。略曰：「燾土立社，是開王者之封；乘龍御天，厥應聖人之作。按圖雖舊，錫命惟新。」【無此見餒餡氣。】又曰：「興言駿命之慶基，宜建中軍之望府。謂文武之德，聖而順，唐虞之道，明而昌。合爲嘉名，以侈舊服。」

元章簡公致政表云：「正至衣冠，莫綴邇聯之列；歲時牛酒，尚霑甲令之恩。」又謝越州表云：「驅車萬里，虚出玉關之門；乘駟一麾，幸至會稽之邸。」謝子耆寧除職表云：「疲牛抱犢，同均豐草之甘；倦鳥將雛，不失上林之樂。」皆爲人稱誦。又作王荆公相麻，亦世所稱工，然其腦詞「若礪與舟，世莫先于汝作；有衮及繡，人久佇于公歸」，或猶病其先後失倫云。

歐陽公致仕表有云：「雖伏櫪之馬，悲鳴難戀于君軒；而曳尾之龜，涵養未離于靈沼。」元厚之後作致仕表云：「蹌蹌退舞，敢忘舜帝之笙鏞；翯翯歸飛，亦在文王之靈沼。」【殊有體面。】又謝致仕表云：「冥鴻雖遠，正依天宇之高華；微藿既傾，尚遡日華之明潤。」其意謂萬物不離于天地，雖致仕亦不離君父也。蘇子瞻爲筆説，大以此爲妙，云：「古人謝致仕表，未有能到此者。」日華、明潤，用李德裕唐武宗畫像贊。

諫臣被黜到任，謝表往往詆訐，熙寧三年，傅獻簡堯俞言新法不便，謫知和州，表云：「以臣性本天成，惟朴忠之是狥；謂臣官有言責，盍去就之當然。」人以爲得體。

劉丞相摯舊以詞賦知名，晚爲表章，尤温潤閑雅，其罷省官謝起知滑州表云：「視人郡章，或猶驚畏；諭上恩旨，罔不歡欣。」又云：「詔令明具，止于奉行；德澤汪洋，易于宣究。」人愛其語整暇，有大臣氣象。

劉莘老守鄆謝表云：「雖進退必由其道，所願學者古人；顧功烈如此其卑，終難收于士論。」【謙而彌光。】此真罷相表也。

劉丞相自鄆徙青，謝表云：「東方大國，莫如鄆青；微臣何人，繼爲帥守。」【佳語自不須脂粉。】趙清憲挺之自禮部侍郎除中司，謝表云：「省部六曹，禮爲清選；憲臺三院，丞總大綱。」語俱莊雅可誦。

劉斯立跂，丞相長子，賢而能文，丞相謫死新州，至元符末，用登極恩追復故官，斯立以啓謝執政，略曰：「晚歲離騷，難招魂于鬼域；平生精爽，或見夢于故人。」用李衛公夢于令孤綯乞歸葬，精爽可畏故事也。一本：「晚歲離騷，魂竟招于異域；平生精爽，夢猶託于故人。」

王文恪公陶嘗言：「四六，如『蕭條』二字須對『綽約』，與『據鞍矍鑠』須對『攬轡澄清』，若不協韻，則不名爲聲律矣。」文恪謝正字啓，略云：「雕蟲篆刻，童子尚耻于壯夫；血指汗顏，斲者徒羞于巧匠。」又謝自陳移守許表一聯云：「有汲黯之直，未死淮陽之郊；無黄霸之才，願老潁川之守。」【因地尋人，因得故事，遂成佳句。】謂陳州，淮陽郡，許州乃潁川郡。黄霸自潁川入爲三公，而我不敢願也。用事親切類如此。

賜生辰器幣，起于唐以寵藩鎮，五代至遣使命。周世宗眷遇魏宣懿，始以賜之。自是執政爲例。王華陽珪居政府日久，生日禮物謝表最多，有云：「記犬馬始生之日，知有感于劬勞；推君臣同體之心，欲俯均于憂樂。」或謂以「犬馬」對「君臣」未妥。【此各自爲對法，然似不雅觀。】又有云：「禄不逮于養親，空懷永世之慕；忠可移于報主，何惜一身之捐。」又有云：「笥衣出賜，衰微不稱于身章；厩乘分班，勉强自慚于駑力。」又有云：「餼羊豐碩，蓋使知自養之榮；醪酒旨清，又將蒙既醉之福。隆漢家推食之惠，增周室錫朋之休。」又有云：「良金燭乘，嚴寶靷于天駒；藻帛絢文，雜華章于笥服。拜漢庭之寵，雖慚稽古之工；報周雅之章，願上如岡之壽。」【不脱生日意。】數篇命意措詞並無一雷同者。

華陽賀老人星見表曰：「金行貫敘，顥氣肅乎西成；珠緯纏空，祥輝麗乎南極。【三五參昴亦自粲然。】乾文燁潤，宵景澄夷。」又曰：「薦人君之壽，既稽元命之圖；表天下之安，又載西京之志。」一時慶語，無出其右。

四六貴出新意，用景太多而氣格低弱，則類俳矣。唯用景而不失朝廷氣象，語劇豪壯而不怒張，然後爲工。王岐公作慈聖皇后山陵使，掩壙慰表云：「雁飛銀漢，雖閲景于千齡；龍繞青山，終儲祥于百世。」滕元發乞致仕表云：「雲霄鴻去，免罹矰繳之施；野渡舟横，無復風波之懼。」吕太尉謝賜神宗御集表云：「鳳生而五色，悵丹穴之已遥；龍藏乎九淵，驚驪珠之忽得。」凡此之類，皆以氣勝與語勝也。

滕元發少居鄉里寺中修業，主僧出，諸生夜盜其犬烹之，僧歸覺，笑曰：「能作滕先生偷狗賦，即不申理。」元發立成，其警句云：「搏飯引來，喜掉續貂之尾；索綯牽去，驚回顧兔之頭。」即日傳播諸郡。上官榮傳：「逐麋之犬，豈顧兔耶？」二字出此。按：天問實有「顧兔在腹」之句。

滕元發賀吕正獻公公著拜相啓云：「玉璜釣瀨，家傳渭水之符；金鼎調元，代出山東之相。」又云：「寰區大抃，盡還仁祖之風；朝野一辭，復見申公之政。」【不用故事亦佳。】當時稱誦。

正獻公自中司罷後，數年起知河陽，謝上表云：「三學士之職，嘗忝兼榮；中執法之司，亦蒙真授。」蓋公嘗爲翰林學士兼侍讀學士、寶文閣學士。官至侍郎，拜中丞，銜内不帶權字。公爲中丞時，官已至侍郎，故云「亦蒙真授」也。

滕元發受知神宗，最在諸公之先，以議政與荆公不合，遂出爲帥。後又中飛語，再謫知筠州，托汝陰玉公銍之父撰陳情表自辨。滕公讀至「戀闕之心徒切，見君之日無期」【痛切處真令人掉淚。】，起執汝陰手揮涕曰：「此予心欲言而不可得者也。」表入，神宗大悅，以滕公知湖州。湖乃公所乞也。是時林子中作禮部員外郎，與公婿何洵直同曹，聞公得湖，以詩賀曰：「清風樓下兩溪春，三十餘年一夢新。欲識玉皇香案吏，水晶宮裏謫仙人。」蓋公初第即倅湖州，距是三十年矣。

唐張籍用裴晉公薦爲國子博士，而東平帥李師道辟爲從事，籍賦節婦吟見志以辭之，云：「君知妾有夫，贈妾雙明珠。感君纏綿意，繫在紅羅襦。妾家高樓連苑起，良人持戟明光裏。知公用心如日月，事夫誓擬同生死。還君明珠雙淚垂，何不相逢未嫁時？」元祐中，汝陰除知陳留縣，唐君益帥荊南，方董辰沅邊事，辟汝陰通判沅州，汝陰已得陳留而辭之，以啓謝君益曰：「抱璧懷沽，雖免匹夫之罪；還珠自歎，空成節婦之吟。」

孫公素賁除河東轉運使，託汝陰代作謝表，蓋河東，堯故都之地，曰：「富歲三登，有唐叔得禾之異；輿情百樂，興堯民擊壤之歌。」末云：「過太行回顧雲下，義感親闈；望長安遠在日邊，心馳帝闕。」【寓意妙。】公素讀之，笑曰：「公末篇乃寓忠孝之意也。」

汝陰嘗言：「四六，須只當人可用他處不可使，方工。」邵龢自陝西運使移知鄧州，汝陰以啓賀之云：「教實自西，浸被南明之國；民將愛父，竚興前古之歌。」【有致。】乃邵氏自陜移鄧之啓也。

顧敦詩起罷臺官，久之得太原倅，與汝陰同官，素相好也。敦詩作火山軍試官，歸詫得人，且言其解頭作謝啓甚工，云：「夢蕉中之鹿，奚辨其真；探頷下之珠，適遭其睡。」汝陰戲謂敦詩曰：「主文何太恍惚耶？」

阮思道子昌齡醜陋吃訥，聰敏絶人，年十七八，海州試海不揚波賦，即席一筆而成，文不加點，其警句云：「收碣石之宿霧，斂蒼梧之夕雲。八月靈槎，泛寒光而静去；三山神闕，湛清影以遥連。」【隱隱着題，自不易得。】

有士人登科，作太原職官，能文輕脱，嘲侮同官，爲衆所怨，太師戒之，因作啓事謝云：「才非一鶚，難居累百之先；智異衆狙，遂起朝三之怒。」副總管，武人，嘗戲之使對句云「快咬鹽虀窮措大」，其人應聲對曰：「善飡倉米老衙官。」

堯山堂偶雋卷五

宋

治平中，英宗患歷代史繁，令司馬光編進君臣事跡，光請置局辟官，與劉攽、劉恕、范祖禹及子康編集，神宗賜名資治通鑑。會光出知永興軍，以衰病乞閒，乃差判西京留司御史臺及提舉崇福宫，前後六任，聽以書局自隨，歷十九年成書。元祐初，光還朝作門下侍郎，用宰相蔡確劄子，方下國子監開板杭州雕造，令光門下士及館職校讎之。板成，遍賜宰執侍從及校讎官，各以表謝，獨張舜民表能盡著書始終，略見通鑑本末，其辭曰：「英宗皇帝患學者不能遍窺，况人主何暇周覽？思有所述，頗難其人。疇若臣哉，莫如光者。神宗皇帝揮宸翰以錫名，敕講筵而進讀。目爲通鑑，時則弗迷，資彼治原，捨兹安出？」又曰：「上下馳騁于數千載間，出入相隨于十九年内。尚假言官之督責，熟諳里俗之謗嗤。卒成一代之書，仰副兩朝之志。雖古者興亡事跡，固已粲然；而光之筋力精神，于此盡矣。」又曰：「旅遊東國，嘗屢歎于斯文；留滯周南，遂克終于先業。嗟君臣之際遇，已極丹青；何父子之淪亡，忽悲風露。」舜民又有謝祖禹詩云：「通鑑初成賜近臣，不遺疎賤帝恩均。我投湘水五千里，君住周南二十春。東觀汗青身是夢，西齋削藁事如新。細論當日修書者，秖有三人今一人。」謂攽、恕、祖禹也。祖禹時爲講筵，舜民爲臺官云。

司馬公永興謝上表云：「維此咸秦，昔爲畿甸。山川秀美，土地膏腴。論其平時誠爲樂土，在于今日適值凶年。經夏亢陽，苗青乾而不秀；涉秋淫雨，穗黑腐而無收。廩食一空，家乏蓋藏之粟；襁負相屬，道有流離之人。老弱懷溝壑之憂，姦猾蓄萑蒲之志。正宜安静，不可動摇，譬諸烹魚，勿煩擾則免于麋爛；如彼種木，任生植則自然蕃滋。」讀此篇憂國憂民，可以泣鬼，真有用文章也。公平日謂不能爲四六，豈誠不能，特不能爲雕人刻士耳。

神宗初即位，王中父介、劉貢父攽同考試進士，中父以舉人卷子用「小畜」字，疑「畜」字與御名同音，貢父争以爲非，中父不從，固以爲御名，貢父曰：「此字非御諱，乃中父家之諱也。」【惡語侵人。】因相詬駡。既出試院，御史以爲言。貢父坐罷，同判太常禮院罰銅歸館。有啓謝執政云：「虚船觸舟，忮心不怨；强弩射市，薄命何逃？」一時稱其工。

李復圭自慶州以軍變事左遷知曹州，謝表曰：「誤蒙恩制，更守陋邦。」神宗赫怒云：「曹，股肱郡，乃爲陋邦，不遜如此！」乃知廣濟軍。劉貢父自修起居注，守曹南，謝表云：「薄淮陽者願留禁闥，厭承明者樂在會稽。臣不敢然，仕本爲禄。」亦不足之語，但婉而成章耳。

蘇子瞻軾十歲時見老蘇誦歐陽公謝對衣並馬表，老蘇曰：「汝可擬作一聯。」曰：「匪伊垂之，帶有餘；非敢後也，馬不進。」老蘇喜曰：「此子他日當自用之。」至元祐中，再召入院作承旨，因有此賜，用爲表謝云：「枯羸之質，匪伊垂之而帶有餘；斂退之心，非敢後也而馬不進。」【見成語，亦復見成用之。】後爲兵部尚書，又作謝對衣帶表，略曰：「物生有待，天地無窮。草木何知，冒慶雲之渥采；魚鰕至陋，借滄海之榮光。雖若可觀，終非其有。」四六至此，涵造化妙旨矣。

東坡謝賜對衣金帶馬非一，俱警策可誦，有曰：「陛下至誠樂與，有緇衣之好賢；俊民用章，無白駒于虛谷。不違寒陋，亦被光華。攬佩以思，遂識斷金之義；舉鞭自誓，敢忘希驥之心。」有曰：「命服出司，榮動縉紳。左驂在庭，光生徒馭。慨然攬轡，敢有意于澄清；束以立朝，尚可言于賓客。」有曰：「臣山野之資，非文繡之所及；疲駑之質，雖鞭策以何加？方祈冗散之安，更忝便蕃之錫。據鞍有愧，束衽知榮。敢不奉以牧民，永思去害之指；施之治邑，庶無學製之傷。」有曰：「子衣安吉，不待請而有之；我馬虺隤，蓋知勞而賜者。【坡老只是聰明。】敢不勉思忠蓋，務報恩勤。永爲廄庫之珍，莫非民力；無忘獄市之寄，以副上心。」

東坡又有謝賜衣襖表云：「齊官三服，已寬卒歲之憂；漢札十行，更佩先春之煖。惟德其物，豈曰無衣？敢不推廣朝廷之仁，益收凍餒；申嚴祖宗之法，少肅惰婾。庶收汗馬之勞，以解濡鵜之誚。」【自然合拍。】

四六不得用經全句，惡其近賦也。然子瞻作吕申公制云：「既得天下之大老，彼將安歸？乃至國人皆曰賢，夫然後用。」【蘇表之于唐表，猶蘇詩之于唐詩。】氣象雄傑，格律超然，固不可及。

吕微仲誨性沉厚剛果，遇事無所回屈，身幹長大而方，望之偉然。東坡每戲之曰：「公真有大臣體。此坤六二所謂『直方大』也。」【直恁要人。】及拜相，東坡草麻云：「果藝而達，有孔門三子之風。直大以方，得坤爻六二之動。」吕以爲謔己，憾焉。

蘇子瞻與吕吉甫惠卿同在館中，吉甫既爲介甫腹心進用，而子瞻外補，遂爲仇讎矣。元祐初，子由作右司諫，論吉甫之罪，莫非蠹國殘民，至比之吕布，自資政殿大學士貶節度副使，安置建州。而子瞻作中書舍人，行謫詞又劇口詆之，號爲元凶，其詞曰：「先皇帝求賢如不及，從善如轉圜。始以帝堯之明，姑試伯鯀，終焉孔子之聖，不信宰予。尚寬兩觀之誅，薄示三苗之竄。」吉甫既至建州謝表，末曰：「龍鱗鳳翼，固絶望于攀援；蟲臂鼠肝，一冥心于造化。」以子瞻兄弟與我所争者，蟲臂鼠肝而已。子瞻見此表于邸報，笑曰：「福建子難容，終會作文字。」【今人有此意趣否？】

子由代子瞻作中書舍人啓稱：「伏念某草茅下士，蓬蓽書生。」子瞻以筆圈「伏念某」，用「但卑末」三字。【用「但」字便若增一轉。】

蘇子瞻作翰林，林子中希方以言者去國在外，以啓賀曰：「父子以文章名世，盡淵雲司馬之才；兄弟以方正决科，邁晁董公孫之學。」與其後爲中書舍人謫二蘇告詞之語異矣。

蒲傳正在翰林，因入對，神宗曰：「學士，職清地近，非它官比，而官儀未寵，自今宜加佩魚。」遂着爲令。東坡入翰林，謝表曰：「詔語春温，再命而僂；使華天降，一節以趨。」起用成語妙甚。又曰：「雖職親事祕，號爲『北門學士』之榮；而禄薄地寒，至有『京兆掾曹』之誚。【是一篇翰林院記。】豈如聖代，一振儒風，非徒好爵之縻，兼享大烹之養。玉堂賜篆，仰淳化之彌文；寶帶重金，佩元豐之新渥。」蓋淳化中，太宗嘗御書「玉堂之署」四字扁。翰林院故事，學士賜御仙花帶而不佩魚，惟二府佩之，號曰「重金學士」。得佩則元豐新制也。

東坡謝兼侍讀表曰：「以爲兄弟之同升，自是朝廷之盛事。承明三入，僅比古人；大雅一門，無慙舊史。」時潁濱已居政地，不許引嫌故也。

東坡受知神廟，雖謫而實欲用之。東坡微解此意，論賈誼謫長沙事，蓋自況也。在元祐間獲魁章，作告裕陵文云：「將帥用命，爭酬未報之恩；神靈在天，難逃不漏之網。」後人輒謂東坡以微文謗訕，夫寧有是？

東坡嘗夢數吏持紙一幅，其上題云：「請祭春牛文。」因取筆疾書云：「三陽既至，庶草將興。爰出土牛，以戒農事。衣被丹青之好，本出泥塗；成毁須臾之間，誰爲喜愠？」【恰是一場好夢。】吏微笑曰：「此兩句，復當有怒者。」傍一吏云：「不妨不妨，此是唤醒它。」宋人有祭勾芒神文，曰：「天子命我盡牧南海之民，農人告予將有西疇之事。念銅虎謹頒春之職，出土牛示嗣歲之期。」此當是帥廣所作。意雖與東坡不同，而詞語瓌妙則似之。

子瞻在徐州日，河水浸城，幾至淪陷，子瞻日夜守捍得全。其賀表云：「維豐沛之大澤，實汴泗之所鍾。伊昔橫流，凛孤城之若塊；殆兹平定，蔚秋稼以如雲。」

子瞻謝量移汝州表云：「隻影自憐，命寄江湖之上；驚魂未定，夢遊縲紲之中。憔悴非人，猖狂失志。妻孥之所竊笑，親友至于絶交。疾病連年，人皆相傳爲已死；饑寒併日，臣亦自厭其餘生。」【達者之談。】

表章自叙，以兩臣字對説，東坡多用之，然須審度君臣之間情義厚薄，及姓名眷顧于君前如何，乃爲合宜。東坡湖州表云：「知臣愚不適時，難以追陪新進；察臣老不生事，或能牧養小民。」登州表云：「于其黨而觀過，謂臣或出于愛君；就所短以求長，知臣稍習于治郡。」侍讀謝表云：「謂臣雖無大過人之才，知臣粗有不欺君之實。」惠州表云：「念臣奉事有年，少加憐愍；知臣老死無日，不足誅鋤。」凡此所言，皆可自表于君前者，後人不諳事宜，至有碌碌常流，乍得一官，亦輒云知臣察臣，甚非體也。汪浮溪亦多用此。謝徽州云：「謂臣不改歲寒，故起之散地；察臣素推月旦，故付之本州。」爲陸藻謝給事中云：「知臣椎鈍無他，故長奉賢王之教；憫臣踐揚滋久，故亟陞法從之班。」爲汪樞密謝子自虜中歸不令入城降詔奬諭表曰：「知臣齒髮已凋，常恐鄧攸之無後；憐臣肺腑可見，有如去病之辭家。」

杭、潁皆有西湖。東坡連鎮二州，故謝啓云：「入參兩禁，每玷北扉之榮；出典二邦，輒爲西湖之長。」晚謫惠州，州有豐湖，亦名西湖。淳熙中，秘書楊監使廣東，過惠遊豐湖，賦詩云：「三處西湖一色秋，錢塘潁水更羅浮。東坡原是西湖長，不到羅浮那得休？」

東坡潁州謝表曰：「賓主皆賢，蓋宗資范孟博之舊治；文獻相續，有晏殊歐陽修之遺風。」【當家語，渾雄典則。】又謝中書舍人表曰：「在唐之盛，以馬周岑文本爲得人；近世所傳，有楊億歐陽修之故事。」此以近事對古事也。後周益公謝除兵侍兼直學士院表曰：「歷考貞元之後，惟陸贄衛次公之並充；載稽南渡以來，有汪藻綦崇禮之故事。」乃用此格。

東坡帥定武，有武臣狀極朴陋，以啓事來獻，東坡讀之，喜曰：「奇文也。」以示幕客李端叔，問：「何者最爲佳句？」端叔曰：「『獨開一府，收徐庾於幕中；並用五材，走孫吴于堂下。』此佳句也。視此郎眉宇，決無是語，得無假諸人乎？」【人固不可貌相。】坡曰：「使其果然，固亦具眼矣。」即爲具召之，與語，甚歡。一府皆驚。

紹聖初，東坡以論事爲衆所忌，頻年謫居，先奉誥命落兩職，知英州軍州事，謝表云：「瘴海炎陬，去若清涼之域；蒼顔素髮，誰憐衰暮之年？」續奉誥命惠州安置，謝表云：「湯網解其三面，舜干舞于兩階。【真是作家。】明降德音，許全餘息。故使氈饘之馬，猶獲蓋帷；觳觫之牛，得違刀几。」未幾，復責授復州别駕、昌化軍安置，謝表云：「並鬼門而東騖，浮瘴海以南遷。子孫慟哭于江邊，以爲死别；魑魅逢迎于海外，寧許生還？」【愴然心悲。】

徽宗初即位，詔復元祐黨人官，徙蘇軾于内地，遂自昌化移廉徙永，更三赦復提舉玉局觀。廉州表云：「風波萬里，顧衰病以何堪；煙瘴五年，賴喘息之猶在。憐之者嗟其已甚，嫉之者謂其太輕。考圖經正繫海隅，以風土疑非人世。食有併日，衣無禦寒。淒冷一身，顛躓萬狀。恍若醉夢，已無意于生還；豈謂優容，許承恩而近徙。」永州表云：「先皇帝明罰敕法，使萬里以思愆；今天子發政施仁，無一夫之失所。」玉局觀表云：「没齒何堪，不厭飯疏之陋；蓋棺未已，猶懷結草之忠。」

東坡玉局觀表：「七年遠謫，不意自全。萬里生還，適有天幸。」所襯字皆漢人語也。又黄門謝復官表：「一毫以上，皆出于帝恩；累歲偷安，有慙於公議。」「秋毫以上，皆帝力也。」用張敖語。

東坡啓云：「天雨何私，笑流行之木偶；滄溟不改，歎自蕩之波臣。」或謂「天雨」「流行」皆有來處，而「滄溟」「自蕩」，莊子本文無之。蓋謝朓辭隋王牋云：「不寤滄溟未運，波臣自蕩。渤澥方春，旅翮先謝。」

東坡雅意卜居吴會，其湖州謝表曰：「臣頃在錢塘，樂其風土。魚鳥之性，既自得于江湖；吴越之人，亦安臣之教令。」登州謝表曰：「擊鼓登聞，止求自便。買田陽羨，誓畢此生。」杭州到任謝表曰：「始衰而病，豈非滿溢之災；乞越得杭，又過平生之望。江山故國，所至如歸；父老遺民，與臣相問。」杭州謝執政啓曰：「湖山如舊，魚鳥亦怪其衰殘；争訟稍希，吏民習知其遲鈍。」乞常州居住表云：「與其彊顔忍恥，干求于衆人；不若歸命投誠，控告于君父。敢祈仁聖，少賜矜憐。飽食無思，但日陶于新化；杜門自省，當益念于往愆。」其拳拳于吴會如此。後自嶺外歸，僑寓常州卒焉。【地以人重，人亦以地重。】

東坡死，李方叔誄之曰：「道大不容，才高爲累。皇天后土，知平生忠義之心；名山大川，還千古英豪之氣。」當時以爲知言。

黄岡道士李思立重建東坡雪堂，何斯舉頡作上梁文，其略云：「歲在辛酉，蔚爲鸞鳳之棲；堂毁崇寧，奄作鼪鼯之野。」又云：「冲妙大師前身化鶴，嘗從赤壁之游；故事博鵝，無復黄庭之字。」數語皆警策。

秦少游觀在元祐諸館職最後，自校對黄本書籍方除正字，以啓謝諸公，當時稱之。略云：「切觀前史，具見鄙宗。西蜀中郎，孔明呼爲學士；東海釣客，建封任以校書。雖爲將相之品題，且匪朝廷之選用。夫何寡陋？遽爾遭逢。」三國志：蜀秦宓博識，諸葛呼爲學士。唐詩人秦系，自號東海釣鰲客，張建封署爲校書郎。蓋秦氏當家二故事也。

少游謝啓有云：「始憐貧女，稍分秦壁之光；終念波臣，爲激越江之水。」【遜語激語，俱不可少。】此感恩之譚。至云：「以古人行己之方，爲國士報君之義。千金敝帚，聊依翰墨以自娱；一割鉛刀，或冀事功之可立。」此誓報之語。

少游又有謝中書舍人表云：「上潤色于訓詞，下稽參于政理。自非文章絶妙，可先諸子之鳴，吏術精通，能最群工之課，則何以當文臣之極任，備宰相之屬官？伏遇皇帝陛下，在宥中區，統和元氣，上則承周太姒求賢之意，下則納召康公用士之言。者老畢歸，俊英咸事。鏌鋣滿庫，未忘一割之鉛刀；驥騄成群，不棄十駕之駑馬。」時宣仁太后臨朝，故以太姒稱頌，而其文流麗，無字不佳，有此文足稱此職。

少游賀吕申公啓云：「太公入國，固知天下之父歸；伊尹得君，益見聖人之任重。」【言者不諂，受者不作。】賀司馬温公啓云：「姦邪失匕著而自驚，忠義引壺觴而相慶。」二啓前後凡同十四語，如云：「力足以扶持顛危，風足以興起貪懦。青天白日，奴隸亦知其明；璞玉渾金，鑒識莫名其器。」又云：「欣衆正之路開，信太平之責塞。願稽故事，就封富民之侯；請與諸生，更上得賢之頌。」並不易一字。議者謂：「非申温兩公不能當此啓，非此啓亦不足以當申温兩公。」

少游賀元會表云：「十三月爲正，既前稽于夏道；二千石上壽，乃參承于漢儀。」【奇思。】十三月爲正月，並舊年十二月而數也，見白虎通。

元祐初，起范蜀公鎮于家，力辭不至，其表曰：「六十三而致仕，固不待年；七十九而造朝，豈云知禮？」時文潞公年八十，方以太師入爲平章軍國事，覽之笑曰：「景仁也不看脚下。」【老成長者之言，亦自有趣。】

沈存中括緣永樂陷没謫官，久之，元祐中復官分司，以表謝曰：「洪造與物，難回霜霰之餘；聖恩及臣，更過天地之力。」又曰：「雖奮竭之心，難伸于已廢之日；惟忠孝之志，敢忘于未死之前。」皆新語也。

鄧安惠温伯自翰苑出帥成都，謝表曰：「捫參歷井，敢辭蜀道之難；就日望雲，已覺長安之遠。」用李太白語。自後，凡官兩川者，謝表相承用此一聯。又嘗有啓云：「三山已到，輒爲風引而還；九闕神遊，不覺夢驚而失。」

紹聖乙亥，詞科代嗣高麗王修貢表，其中選者，首聯曰：「襲爵海邦，猥被承家之寵；露章天陛，聿修任土之誠。」又：「嗣守海邦，已遠霑于聖化；踐修臣職，庶仰紹于前人。」又：「承祧繼世，方遵守土之儀；修貢效珍，敢後充庭之禮。」俱是先説襲封，方及來王之意。惟第一人黄符先説本朝，【政須冠蓋爲體。】首聯曰：「仰被王靈，獲承基緒；敬修臣職，敢後要荒。」羅畸曰：「中國明昌，適際聖神之運；遠邦奔走，宜修臣子之恭。」雖不及嗣王之意，亦以首言中國，遂爲第二人。畸中聯：「地瀕日出，每輸葵藿之心；天闊露零，亦被蓼蕭之澤。」【略工，遂不類宋表。】二事人用之極熟，此聯稍鍊語，遂爲佳句。其斷句云：「矢來肅慎，用昭遠慕之誠；弓掛扶桑，永荷誕敷之德。」亦好。

章惇，元祐初簾前争事無禮，責出知汝州，錢穆父勰行詞云：「鞅鞅非少主之臣，悖悻無大臣之節。」子厚後見穆父，責其語太甚，穆父笑曰：「官人怒，雜職安敢輕行杖？」【雋而有味。】及紹聖初，子厚拜首台，翰林曾子宣布草麻，洎庭宣，有「赤舄几几，南山巖巖」之語。時士大夫語云：「今則几几巖巖，奈鞅鞅悻悻乎？」未幾，錢自吏部尚書責知池州。

曾子宣三直玉堂，作牋表有氣而備朝廷體。其賀章子厚復資政啓曰：「浩若江海，風波莫之動揺；屹如棟梁，蚍蜉無以傾撓。」其自南遷歸丹陽，聞大觀元會，作表以賀，略云：「九賓在列，鏘劍佩而肅鴛鸞；五輅在庭，明旂常而載日月。」【老子無私惑。】蓋雖老而文字不衰，亦久在朝居文字職，習性然也。

紹聖中，陸農師佃、曾子開肇，俱以曾預修神宗實録被謫中書舍人，林希草詞云：「謂爾同爲謗訕，則于今其藁不存；謂爾有所建明，則未嘗争論而去。」【又是鍾情之語。】人以爲得實。

陸佃謝吏部尚書表有云：「六燕相停，試銓衡其輕重；乙鴻遼遠，欲審别其飛翔。」【對六燕妙。】按：九章算術：「五雀六燕飛集于衡，衡適平。一雀一燕而異處，則雀重而燕輕。」張融曰：「鴻飛天首，遼遠難明。楚人以爲鳧，越人以爲乙鴻，常一耳。」

曾子開預修宋史，受朝奉郎，謝表有云：「簡策之傳固多，帝王之書爲重。文章之用非一，述作之體爲難。」又云：「自周而上，具載百篇之言；由漢以還，各成一代之史。典謨之辭略而雅，春秋之法謹而嚴。子長雖謬于是非，見稱事核；孟堅頗推于詳贍，或患文繁。」史館諸人，無不推其精雅。

元符末，蔡京爲學士承旨，曾肇爲學士，曾布、韓忠彦並爲執政。一日，中使召元長鎖院草麻，拜韓公爲左僕射，京欲探上意，徐奏請曰：「麻詞未審合作專任一相，或分作兩相之意？」上曰：「專任一相。」翌日京出，言曰：「子宣不復相矣。」已而，復召子開草曾公右僕射制，子開力辭，上曰：「弟草兄麻，太平美事，禁中已檢見韓絳故事矣，不須辭。」子開始受命。其破題云：「東西分臺，左右建輔。」蓋有爲而發。

隆祐復位制，蔡元長草其詞，云：「雖元符建號，已位于中宫；而永泰上賓，無嫌于並后。」陳了翁瓘作蔡彈文云：「北門翰長，乃手草廢詔之人；復后麻詞，又躬寫慈闈之旨。」以謂訓出東朝，則先帝當時不得不從事于泰陵，則陛下今日安敢輕改。

陳了翁著尊堯集，累遭貶逐，蔡京再相，了翁之子止彙告京，言語不順，父子追逮對獄。正彙以心疾竄海島，公移置通州。遇赦自便，謝表略曰：「狐突教子，素存不貳之風；曾參殺人，寧免至三之惑。事既匿而難曉，時浸久而益疑。制所深嚴，就逮于重江之外；獄辭平允，閲實于片言之中。尋沐寬恩，移置近地。海島萬里，不如無子之無憂；淮壖一身，彌覺有生之有患。擢髮不足以數臣之罪，瀝血不足以寫臣之心。」

元符末，劉元城安世自貶所起帥鄆，當過闕，公謝表云：「志惟許國，如萬折之而必東；忠以事君，雖三已之而無愠。」坐是遂不得入見。大觀間，陳了翁在通州，編修政典局取尊堯集，了翁以表繳進，其語有云：「愚公老矣，益堅平險之心；精衛眇然，未捨填波之願。」後竟再坐貶。此二表于用事下字亦皆精切，而氣節凜凜，如嚴霜烈日云。

范忠宣純仁上遺表，其略云：「蓋嘗先天下而憂，期不負聖人之學。此先臣所以教子，而微臣資以事君。」【來得真。】又云：「萬里波濤，僅脱江魚之葬；五年瘴癘，幾從山鬼之游。目已不明，無復仰瞻于舜日；身猶可勉，或能親奉于堯言。」又云：「惟宣仁之誣謗未明，致保佑之憂勤不顯。臣所惜者，陛下上聖之資；臣所愛者，宗社無疆之業。」表既奏，蔡京用事，下有司，欲罪其子。李端叔云：「代作。」遂廢錮終身。

謝任伯克家參政在西掖草蔡京謫散官制，大爲士大夫所稱，其數京之罪曰：「列聖貽謀之憲度，掃蕩無餘；一時異議之忠賢，耘鋤略盡。」其語出于張文潛論唐明皇，曰

「太宗之法度廢革略盡，貞觀之風俗蠹壞無餘」也。

蔡元長父子既敗，言者攻之不遺餘力，李泰發時爲侍御史，獨不露章，且勸勿爲太甚，坐是責監汀州酒税，謝表云：「當垂涕止彎弓之射，人以爲狂；然臨危多下石之徒，臣則不敢。」【工而有致。】士大夫多稱之。

楊子安侍郎坐黨籍謫官洛陽，其謝再任宫祠表云：「地載海涵，莫測包荒之度；春生秋殺，皆成造化之功。」【好語，亦似存養中來。】邸報至丹陽，蔡元度在郡，見報驚歎，諷味之。

王安中履道初任大名府元城主簿，吕吉甫一見奇之，未知其有文也。會熙河捷奏，令代爲賀表，其末云：「方叔壯猷，顧自嗟於老矣；臯陶賡載，尚希贊於康哉。」吕尤加嘆，蓋能發其微也。

王安中大燕樂，語曰：「五百里宋，五百里衛，外包有截之區；八千歲春，八千歲秋，上祝無疆之筭。」【思奇而語工。】

宣和中取燕山，群臣稱賀，蔡元長令一館職代作表，仍語以「燕人悦則取之」一句，不得不使其人搜經句，欲對未得。王安中曰，何不曰「昆夷駾其喙矣」。遂用之。【捷。】

蔡天啓肇紹聖、元符間爲中書舍人時，嘗與元祐諸公游，遂曹斥不復用。嘗守睦州，到任謝表有曰：「城譙闃寂，一葉落而知秋；島嶼縈迴，二水合而成字。」復有詩曰：「叠嶂巧分丁字水，臘梅遲見二年花。」人謂能狀桐廬郡景物。

蔡天啓又有明州謝到任表云：「人有能有不能，聖主量材而受職；士或去或不去，人臣秉義以事君。臣結約無奇，間闢少與。徙溪潭之醜類，素乏雄文；嬴賈客之購金，初無佳句。」按：韓愈爲文祭鱷魚，鱷魚去惡溪之潭。雞林賈購白樂天詩，一首一金。二者皆南方故事。

蔡天啓初召試中書舍人。故事，宰相於中書堂試詔制。天啓揮毫立就，文不加點。擬授節度使制云：「嗚戲！千里繆之毫釐，朕不從中御也；萬世垂之竹帛，卿其以身任之。」張天覺讀之，擊節稱美。

張天覺商英既相，謝表有云：「十年去國，門前之雀可羅；一日歸朝，屋上之烏亦好。」徽宗親題所御扇焉。丁晉公詩：「屋可占烏曾貴仕，門堪羅雀稱衰翁。」

宋惠直爲江州德化簿，王彦昭出帥長沙，郡守令作樂語宴之，時有王積中者，知名士也，爲簽幕，亦俾預席，其中三聯云：「少年射策，有賈太傅之文章；落筆驚人，繼沈中丞之翰墨。從來汝潁之間，固多奇士；此去瀟湘之地，遂逢故人。【一撒旋空皆花，自是才手。】况有錦帳之郎官，來爲東道；且邀紅蓮之幕客，共醉西園。」郡守讀之大喜，謂「句句着題」。薦于時相何清源執中，即除書局，繼中詞科，聲名籍甚。

宋新仲在王彦昭幕下，代作春日留客致語，有云：「寒食止數日間，纔晴又雨；牡丹蓋數十種，欲拆又芳。」皆魯公帖與牡丹譜中全語也。彦昭好令人歌柳詞，又嘗作樂語云：「正好歡娱，歌緑樹數聲啼鳥；不妨沉醉，拚畫堂一枕春醒。」皆柳詞中語。

崇寧中，高麗自明州海道入貢，偶乘風自江路至豫章，其先狀云：「泛槎馭以尋河，遠朝天闕；望桃源而迷路，誤入仙鄉。」自驚漂泊之餘，獲奉笑談之雅。」政和間，北使謝柑實表云：「聘禮式陳，祝帝齡于紫闕；宸恩特異，錫仙宴于公郵。方厥包未貢之期，捧兹德惟馨之賜。天香滿袖，染湘水之清寒；雲液盈盤，浥洞庭之餘潤。梓里豈遑于遺母，楓庭切願于獻君。」夷狄四六亦工如此。近年張應雷有謝柑表云：「剥膚而露入心凉，分瓣而漿侵甲冷。清泉流齒，陋萍實之非甘；香霧噴人，鄙葡萄之猶澀。」又謝楊梅表云：「如珠綴樹，三春葉裏青丸；似火燒林，五月枝頭赭幔。映石門而龍睛交濕，隨盧橘而次第以新。」世亦並稱其工。

堯山堂偶雋卷六

宋

政和中，新創禁中儺儀，有旨令翰林撰文。翟公巽汝文當直，其略曰：「南正司天，無俾神人之雜；夏禹鑄鼎，以紀山林之姦。苟非聖神，孰知情狀。」頃刻進入。人服其敏而工。

高平范相謝罷相表云：「常欲慎惜名器，俾士夫革奔競之風；不敢妄圖事功，冀宗社獲和平之福。」翟公巽與公書即用此語云：「庶幾『革奔競之風，格和平之福』，如公所云也。」

翟公巽行外國王加恩制曰：「宗祀明堂，所以教諸侯之孝；大賚四海，不敢遺小國之臣。」【天然。】

翟公巽以顯謨閣學士知越州。建炎二年秋，杭州卒陳通等嬰城叛，囚守臣，殺官吏，公聞變發兵爲援，作擒賊露布曰：「古者賜諸侯以弓矢，使得專征；用公侯爲腹心，欲其守衛。三軍賈勇，悉勵貔虎之師；元惡就擒，卒正鯨鯢之戮。」暨王淵平寇，朝議以公不能成功，降爲直學士，又以不俟報援，發常平米賑越民饑，降一官。併作謝表曰：「欲安劉氏，無嫌晁氏之危；豈比秦人，坐視越人之瘠？」【巧凑。】二事可謂兩盡。迨公去越，越人安其政，相率投牒借留，公知之，命取牘來，即書其上曰：「固知京兆，姑爲五日之留；無使稽山，復用一錢之送。」【其情思愈鬆，其語言愈緊。】其用事精當如此。

宣和間，吴元中敏爲中書舍人、給事中，召還兼直禁林，制詞温厚，人多傳誦。河北德音云：「桑麻千里，皆祖宗涵養之休；忠義百年，亦父老訓誨之力。」元中筆也。

宣和乙巳，上皇内禪，吴元中建議。及謝門下侍郎表云：「上皇勤勤，授皇圖于元子；微臣攝直，適視草于禁中。」初無一言以贊大議，君子與其不伐。

梅和勝執禮，宣和初爲給事中，與時相王黼論事不合，改禮部侍郎，遂黜守蘄，復落職，責守滁。王黼罷相，復職，知鎮江。靖康初，以翰林學士召，其謝表有曰：「喜照壁間而見蝎，乍離楓下而聞鐘。」蓋「照壁喜見蝎」，此韓退之詩句也。下句用劉夢得詩語，夢得自武陵例召赴京，詩曰：「雲雨湘江起卧龍，武陵樵客躡仙蹤。十年楚水楓林下，今日初聞長樂鐘。」

宣和間，順州得枸杞宿根于土中，綦北海崇禮屬聯云：「靈根夜吠，變異質于千年；驛騎朝馳，薦聖人之萬壽。蓋荒裔沉藏之久，實王師恢復之初。物豈無知？時如有待。」表進，天子爲之改容。凡作表，須是胸中有物，乃可展布得一篇，若平時不知枸杞爲何物，焉能造語如此？朱孺子幼事道士王元正，居大若巖，一日汲于溪，見一花犬，逐之，入于枸杞叢下，掘之，根形如二犬，烹而食，忽覺身輕，飛于峰上。古詩：「不知靈性根成狗，怪得時聞夜吠聲。」

南渡之行，綦叔厚在帝側，實代王言，詔旨所至，讀者感動，如陸宣公之在奉天也。呂忠穆以首相開督府，訓辭尤爲宏偉，有曰：「盡長江表裏之封，悉歸經略；舉宿將侯王之貴，咸聽指呼。」其能布宣威靈，張大國體類此。又賀忠穆啓云：「嶽降神而生申，實維周翰；帝賚弼而得説，用作商霖。」

高宗駕幸平江，有旨，放鄒浩追復龍圖閣待制，綦叔厚當行詞，推上所以褒卹遺直之意，有曰：「言期瘖意，引裾嘗犯于雷霆；計不惜身，去國再遷于嶺徼。」又曰：「英爽不亡，想生氣之猶在；姦諛已死，知朽骨之尚寒。」同省舍人李正民見之曰：「比吏房詞頭，皆常常除目，不足騁辭。今君爲鄒草制，良可喜也。」及録黄具，叔厚告假，而李獨直，以己名行下，叔厚戲曰：「君欲掛名道鄉公制，但恐潤色非工，反爲名累耳。」李笑曰：「人當知出君手，不知吾併得掠美，幸矣。」其文爲同舍所重如此。

川陝宣撫副使吴玠以功進檢校少師、兩鎮節度使，綦叔厚當制，有曰：「陸海神臯，既失秦川之利；銅梁劍閣，敢言蜀道之難？」言者謂，秦雖淪陷，而川未嘗失也，指以爲病。上知其非，公猶援唐故事，自謂失職，力引病求去，遂除知紹興。

綦北海賀林宰啓云：「山川增爽，共迎鳬舃之臨；風俗還淳，暫屈牛刀之試。」謝宫祠表曰：「雜宫錦于漁簑，敢忘君賜？　話玉堂于茅舍，更覺身榮。」時歎其工。又一表曰：「欲掛衣冠，尚低回于末路；未先犬馬，僅邂逅于初心。」尤佳。

秦會之罷右僕射，制有云：「予奪在我，豈云去朋黨之難；終始待卿，斯無負君臣之義。」此綦叔厚之文。褫職告詞云：「聳動四方之聽，朕志爲移；建明二策之謀，爾材可見。」此謝任伯之文。綦、謝，姻家也，秦大憾之，亦不能深害。初，檜欲得相位，揚言「爲相數月，必聳動天下」，又陳二策，欲以河北人還金，中原人還劉豫。至是，帝召叔厚入對，語以是事，播告中外，故公制詞亦有「自謂得權而舉事，當聳動于四方；逮兹居位以陳謀，首建明于二策」之語。

孫仲益覿代高麗王謝賜燕樂表爲詞科第一名，卷有云：「環居島服，習聞夷靺之聲；仰睇雲門，實眩咸池之奏。」次云：「監二代以敷文，命一夔而典樂。登歌下管，天地同流；鼓瑟吹笙，君臣相説。」次云：「有懷疏遯之臣，亦預分敘之數。玉帛萬國，干舞已格于七旬；簫韶九成，肉味遽忘于三月。」此先説遠夷不足以知雅樂，然後序作樂之盛，受賜之寵，得尊中國體。又云：「蕩蕩乎無能名，雖莫覩宮墻之美；欣欣然有喜色，咸與聞管籥之音。」【四書只在目前，人自思量不到。】與登歌四句，並全用經語。大凡詞科四六，須間有此一二聯則易入眼。他卷云：「徵角並揚，慶君臣之相説；塤篪迭奏，與天地以同流。」因不全用，故弱。

孫仲益山居，上梁文云：「老蟾架月，上千崖紫翠之間；一鳥呼風，嘯萬木丹青之表。」又云：「衣百結之衲，捫虱自如；拄九節之笻，送鴻而去。」奇語也。

何文縝㮚以四六知名，其謝召還表云：「兩曾參之是非，浮言猶在；一王尊之賢佞，更世乃明。」孫仲益謝復官啓曰：「兩曾參而或是或非，一王尊而乍賢乍佞。」語簡益工。

靖康間，劉中遠觀作百官賀道君還京表云：「漢殿上皇，本是田野之叟；唐朝肅帝，又非揖遜之君。」何文縝時爲中書侍郎，索筆塗之，用此二事別作一聯云：「擁篲卻迎，陋未央之過禮；執鞚前引，笑靈武之曲恭。」

何㮚位中書日，雙親具慶生日，賜生餼，謝表云：「況臣千載逢時，雙親就養。用羞甘旨，無煩潁谷之陳；誓竭疲駑，何止翳桑之報。」乃汪浮溪藻文也。

靖康間，京尹程伯起謝賜出等牙簡表云：「看山拄頰，敢爲晉士之清狂；上馬設囊，豈有唐賢之風度。」亦汪浮溪筆。其末聯尤勝，曰：「入趨表著，知文竹之非珍；傳示子孫，庶甘棠之不朽。」【魏睿事。】

李丞相綱罷，京師士民伏闕撾鼓，乞復用綱。欽宗遣内侍宣諭，衆尚未退，暨召綱入，仍令綱面諭遣之，乃退。浮溪有啓賀曰：「士訟公冤，競舉首而集闕下；帝從民望，令免胄以見國人。」蓋用故事以配今事。汪嘗舉以謂人：「作四六，要當如此。」

靖康末，虜人立張邦昌，顏博文作赦書，有「無德者亡，知謳歌之已去；當仁不讓，信曆數之有歸」等語，無非吠堯之辭，聞者駭愕。及以大寶歸上，表云：「孔子從佛肹之召，意在尊周；紀信乘漢王之車，誓將誑楚。」【曲貸邦昌。】

靖康之亂，六宫有位號者皆北去，獨元祐皇后孟氏以廢居私第獲免，張邦昌從呂好問請，乃尊元祐爲宋太后，遣使迎康王構于濟州，【智哉宣仁，真女中堯舜乎？ 當哲宗册哲宗册孟后時，因曰：「此公福薄，異日國家有難，必此人當之。」至是驗矣。】汪彦章時爲起居舍人，草皇太后告天下手書曰：「歷年二百，人不知兵；傳序九君，世無失德。雖舉族有北轅之釁，而敷天同左袒之心。乃眷賢王，越居近服。漢家之厄十世，宜光武之中興；獻公之子九人，唯重耳之尚在。」或謂帝王受命，不當以重耳爲比，不知太后誥命用此，卻無礙情真事切，足以深感人心。

汪彦章代群臣勸進康王表曰：「整襄城之駕，早戒修途；除高邑之壇，亟臨大寶。力圖後效，如成王小毖之詩；光復丕基，邁文帝大横之兆。」又表曰：「雖以位爲樂，非堯舜之本心；然其命維新，蓋周邦之舊物。」又賀登極表曰：「必國步艱難，始天地出非常之主；及治功宏濟，乃子孫承罔極之體。取炎精用事之月，即藝祖興王之邦。有三千同德之臣，共扶鴻業；用十百卜年之數，重立丕基。」【構後來曾不愧乎？】中興之初，文章與時俱高如此。

浮溪草建炎德音有：「曰眷我中原，漢祚必期于再復；而迫于彊敵，商人幾至于五遷。」又曰：「惟八世祖宗之澤，豈汝能忘？顧一時社稷之憂，非予獲已！」可謂説盡當時事情。或謂：「徽廟時留虜庭，不可謂八世祖宗。」後行馬忠河北經制使制曰：「田野三時之務，所至一空；祖宗七世之遺，厥存無幾。」此以爲七世，乃爲穩當。

浮溪草紹興改元德音曰：「聖人受命以宅中，莫大邦圖之繼；王者體元而居正，盍新年紀之頒？」又曰：「小雅盡廢，宣王嗣服于宗周；炎正中微，光武系隆于有漢。」詞壯而事切。

建炎初，募使虜庭者，修職郎王倫改朝奉郎充大金通問使，浮溪行制曰：「朕惟疆事未寧，親庭在遠。夙宵軫念，庶孝悌通于神明；物色求人，儻忠信行于蠻貊。」又曰：「以爾肯出公侯，資兼智勇。言念主憂而臣辱，何有於生？如皆己佚而人勞，孰當其責？」【倫自可憐。胡銓攻之太過。】又曰：「朕既俯同晉國，用魏絳以和戎，爾其遠慕侯生，御太公而歸漢。」哀情苦語，可泣鬼神。第高宗肺腸未必如彥章耳。

靖康之亂，柔福公主北去，建炎四年，有妄女子詣闕，自稱柔福虜中潛歸。詔老宮人視之，其貌良是，問以舊宮事，彷彿能言之。高宗惻然，詔授福國長公主，下降高世榮，汪浮溪草制詞，曰：「彭城方急，魯元嘗困于面馳；江左復興，益壽宜充于禁臠。」引用故事，莫切于此。紹興中，顯仁太后回鑾，言柔福死虜中久矣，始知其詐，付詔獄執之，乃女巫也。嘗遇宮婢，言其貌酷類柔福，遂以舊宮之事告之，因而爲詐，乃伏誅。

前后賜賚四十七萬緡籍入官。

建炎、紹興間，汪彦章爲中書舍人，尋除翰林學士，謝表云：「文章雖本一技，命令實行四方。故自古禁林之除，極當時儒者之選。矧今學士，尤重他官。內敷帝制之坦明，外應軍書之警急。學非閎博，難酬跋燭之咨；【柳公權事。】思或淹遲，將誤掣鈐之召。」【宋制院中，以待傳呼。】既拜職，一時詔令多出其手，凡上所以指授，諸將感厲，戰士訓飭，在位哀閔元元之意，具載誥命之文學，士大夫傳誦，以比陸宣公焉。

紹興元年正旦，高宗在越州帥百官遥拜二帝，浮溪撰表曰：「帝堯遊汾水之陽，久忘天下；文王遇明夷之卦，益見聖人。臣自遠威顔，薦更時序，當璣衡之載復，悵旒扆之猶睽。鴻雁雖賓，莫致帛書于沙漠；風濤中阻，徒瞻雲氣于蓬萊。」【眉宇好。】

汪彦章賀吕忠簡初大拜啓云：「方群臣憂杞國之天，靡遑朝夕；乃兩手取虞淵之日，重正乾坤。」

浮溪行韓蘄王制有曰：「見無禮于君，爾既殫丁忠藎；歸飲至于廟，我何愛于寵褒。惟功名烈士之始終，惟爵禄有邦之勸沮。尚圖後效，更揜前休。」此誅苗劉後酬勛者。有曰：「跪推轂而遣將軍，守境既騰于戎捷；歌出車而勞還率，疇庸敢廢于邦彝！

縱精兵于數路，若珠走盤；擠醜虜于長江，如杵投臼。」此破兀朮後酬勛者。

王綯爲從弟投拜金人自刎，不久，浮溪草詔曰：「昔羊舌坐誅，靡連叔向；王敦稔惡，猶赦茂宏。蓋古者君臣相與于腹心之間，未嘗以兄弟輒投于形跡之地。」後王綱復官，浮溪制曰：「聖人之心如權衡之公，法無私者；君子之過如日月之食，人皆見之。衛侯醇謹，初豈有于他腸？顔子庶幾，尚何憂于貳過！」【織造佳。】

紹興中，汪彦章草高麗不許入貢詔云：「壞晉館以納車，庶無後悔；閉玉關而謝質，匪用前規。」上稱其得代言體。久之，高麗謝表至，上以所御白團扇親書「紫誥仍兼綰，黄麻似六經」十字以賜，縉紳榮之。

浮溪代嘉王謝及第表曰：「鵬激天潢之浪，鶯遷仙苑之春。昔慚假寵于分茅，今喜成名于拾芥。既與在廷之多士，同值文興；將令就傅之百男，悉從隗始。」

浮溪謝進書賜茶藥表曰：「遭漢家百六之災，漫無載籍；取武城二三之策，烏足全書？分北苑之上腴，用濡燥吻；乞西山之靈劑，使制頽齡。」

汪彦章賀赤烏白鵲表云：「孝能致哺，煌煌儀則之新；喜必傳音，翯翯羽毛之潔。徊翔有煒，協周家王屋之符；粹美而真，異莊子彫陵之見。」【畫來是赤烏白鵲。】國初，楊士奇改賀白鵲一聯云：「與鳳同類，蹌蹌于帝舜之庭；如玉其輝，翯翯在文王之囿。」仁廟喜曰：「此方是帝五家白鵲。」適內廚進膳，遂命内臣徹以賜之。

漢石建爲郎中令，書奏事，事下，建讀之，曰：「誤書！『馬』字與尾當五，今乃四，不足一。上譴死矣。」甚惶恐。汪彦章「書馬者并尾而五，常負譴憂」，蓋用此事。孫仲益謝表亦有云：「名節壞于謗讒，孰聽鼠牙之訟；精神銷于憂患，屢驚馬尾之書。」

顏魯公自湖移刺撫州，浮溪紹興初亦自湖移撫，謝表曰：「惟臨汝之故都，有魯公之遺跡。時當大曆，來自吴興。雖賢愚比擬之非倫，然明聖選除之所似。奉明王十行之詔，願布隆寬；想英賢百世之風，更思奇節。」【字法。】又謝表有曰：「去國三年，長近蓬萊之氣；移官千里，未離牛斗之墟。采薇遣戍，何昆吾玁狁之足憂；細柳勞軍，知李牧廉頗之可用。」下聯文意微有牽强，而無前數聯，恐是謝廟堂啓。

浮溪後知徽州，以宗祀赦文授新安郡侯。徽故汪鄉郡也，其謝表云：「久客還家，方憩南飛之鵲；通侯授印，忽成左顧之龜。」宋人洴澼以得封，望胡及此；漢將銀黄而夸里，榮乃過之。」又有謝宰相啓曰：「城郭重來，疑千載去家之鶴；交游半在，或一時同隊之魚。」未幾改知泉州，到任表云：「素號迂疎，無問馬及羊之智；乃蒙安便，得維桑與梓之州。二年而勞力勞心，一身而畏首畏尾。力祈罷免，反冒遷除。雖賣劍買牛，老猶堪于渤海；然舉頭見日，身益遠于長安。」

劉禹錫聽舊宫人穆氏唱歌一詩云：「曾陪織女度天河，記得雲間第一歌。休唱貞元供奉曲，當時朝士已無多。」劉在貞元任郎官御史，後二紀方再入朝，故有是語。浮溪始采用之，其宣州謝上表云：「新建武之官儀，不圖重見；數貞元之朝士，今已無多。」汪在宣和間爲館職符寶郎，是時紹興十三四年中，其用事可謂精切。

秦相子以狀元登第，浮溪賀啓曰：「三年而奉詔策，固南宫進士之所同；一舉而首儒科，乃東閣郎君之未有。雖迫于典故，姑令王勃以居前；然積此眷知，行見魯公之拜後。」【時檜引嫌，陳誠之爲首。】或以爲有譏刺，用是得謗，逐落職永州居住。謝表云：「缾居井眉，雖有措身之地；狐正丘首，未知歸骨之期。」在永積十二年，更四赦不得還。間遇勝日，幅巾葛屨，登西山，循鈷鉧潭，入愚溪，並湘流，爲文以弔古人，而自肆于山水。孫仲益稱其「年益高，文益奇，詩益工，華紗精深，與柳儀曹相伯仲」云。

崔嗣道詞科，宇文彬代大理國王謝賜曆日表曰：「坐明堂而朝群后，預觀月令之布新；先諸夏而後四夷，永賴德輝之旁燭。」第三人張守云：「舜齊七政，治罔逮于要荒；武通八蠻，賜不聞于正朔。豈伊絶域，輒預頒時。」亦不減前表。

建炎四年，駐蹕越州，明年改元紹興，遂陞府號，後移蹕臨安，命資政殿學士張守知守事，謝表曰：「履勾踐之故棲，厲嘗膽枕戈之志；想神禹之遺跡，服卑宫菲食之勞。」【恰好當家甚。】又謝賜行宫充府治表曰：「六蜚回御，想清蹕之餘音；一札疏恩，復黄堂之舊觀。家在樓臺，真羨詩人之勝；戟森兵衛，稍知州將之尊。廣廈千間，已免震凌之患；土階三尺，尚存簡素之風。」言上于宫室無所增葺也。

紹興初，胡康侯安國爲給事中兼侍讀，專講春秋，以論事忤旨，遂乞侍養，許之。其謝表曰：「叱馭戒塗，夢寐碧雞之佳境；牽衣結戀，徘徊烏鳥之深情。矧當喜懼之年，深計短長之日。」【情到。】牽衣結戀四字，畫出依依情態，妙甚。康侯没，子寅進文集云：「丘木成陰，雖鬱春秋之志；囊書奏御，何知旦暮之逢。」亦自悲款有致。

宋朝詞科以露布命題凡四，其膾炙人口者，薛嘉言唐西海道破土谷渾露布，曰：「龍駒千里，越流沙青海而來；鳳曆萬年，頒玉朔白蘭之外。」【使事處如鐵如意搥碎珊瑚。】秦檜唐擒頡利露布曰：「整王旅之雲屯，依天聲而電擊。氣調時豫，豈容微祲之弗除；地闢天開，奚有纖埃之未掃。」

秦檜又有代宰臣賀日下有五色雲表云：「如蓋如盤【日。】，方顯照臨之用；非煙非霧【雲。】，共呈承戴之華。休矣祥開，灼乎貺施。臣等誓勤綿薄，【雲。】求介昭明。【日。】帝衮長瞻，固已傾心于就望；官名久正，毋庸紀號于青黄。」此亦詞科試卷。

當檜用事時，佞士盈廷，引古今而頌功德者，例沐汲獎。檜嘗建一德格天閣，朝士有賀啓曰：「在昔獨伊尹格于皇天，到今微管仲吾其左衽。」【奇語。】檜喜，超擢之。

李漢老邴有賀丞相二啓，無非媚竈之語，然其文自佳。賀朱相曰：「際天飛之運，蚤參駿命之元；叶帝賚之求，寔冠群公之表。十龜成朋，曾莫助告猷之益；五龍爲輔，念嘗同遭變之艱。」賀秦相曰：「昆夷維其喙矣，豈云屬耆老而居岐山；周公方且膺之，庶其會諸侯而朝洛邑。大節著乎本朝，嘗左袒以爲劉氏；孤忠奮乎絶域，真不食而哭秦庭。」【好對便作驚人伎倆。】檜初爲議狀于金師，言張邦昌不可立，願復嗣君以安四方。金人怒，執檜去。

李文肅又有賀秦相進師垣啓曰：「推赤心于腹中，君既同于光武；有大勳于天下，相自比于姬公。」秦以爲譏己，答啓曰：「君既同于光武，仰歸美報上之誠；相自比于姬公，其敢犯貪天之戒。」文肅得之，不能不恐，然亦終不能加害。

王仲嶷，岐公暮子也，善詞翰，尤工四六。建炎初，知袁州，虜寇江西，坐失守削籍。嘗以啓干秦會之曰：「黄紙除書，久無心于夢寐；青氊舊物，尚有意于陶鎔。」會之爲之開陳，詔復元官。

張彦實掌誥制，楊原仲並居西掖，代言多彦實與之潤色，偶戲成一毫筆絶句云：「包羞曾借虎皮蒙，筆陣仍推兔作鋒。未用吹毛强分别，即今同受管城封。」原仲以爲誚己，大怒，愬于檜，檜訹言官彈之，【文字亦能爲祟。】彦實罷爲宫祠，謝表云：「雖造化之有生有殺，本亦何心？然臣下之或賞或刑，咸其自取。」

紹興七年，趙忠簡公鼎重修哲宗實録，書成，轉特進，吕本中草制有曰：「謂合晉楚之成，不若尊王而賤霸；謂散牛李之黨，未如明是而去非。惟爾一心，與予同德。」檜以爲破和議，深恨之。制詞中又有「惟宣仁之誣謗未明，致哲廟之憂勤不顯」，此蓋用范忠宣遺表中語。兩句但易兩字而甚不然。范辭云「致保佑之憂勤不顯」，專指母后而言，正得其實，今以「保佑」爲「哲廟」，了非本意。

趙忠簡安置潮州，凡五年，杜門謝客，時事不掛口，及移吉陽軍，有謝上表曰：「白首何歸，悵餘生之無幾；丹心未泯，誓九死以不移。」【忠膽淋漓。】檜見曰：「此老倔强猶昔。」

紹興八年，詔侍從臺諫詳奏和金得失，胡澹菴銓抗疏乞斬秦檜，連貶竄，王盧溪廷珪以詩送之曰：「癡兒不了公家事，男子要爲天下奇。」陳彦柔剛中以啓賀之云：「屈膝請和，知廟堂禦侮之無策；張膽論事，喜樞庭經遠之有人。身爲南海之行，名若泰山之重。」又云：「知無不言，願請尚方之劍；不遇故去，聊乘下澤之車。」檜聞之，盧溪貶辰陽，彦柔貶安遠。

紹興九年，和議成，大赦。直學士院樓炤草赦文曰：「乃上穹開悔過之期，而大金報許和之約。割河南之境土，歸我輿圖；戢宇宙之干戈，用全民命。」岳武穆飛在鄂州，上疏力陳其非，有曰：「臣身居將閫，功無補于涓埃；口誦詔書，面有慚于軍旅。願定謀于全勝，期收地于兩河。唾手燕雲，終欲復讎而報國；誓心天地，尚令稽首以稱藩。」疏入，檜益怒，遂成讎隙。

紹興間，黄公度榜第三人陳修，福建解，試四海想中興之美賦，第五韻隔對云：「葱嶺金隄，不日復廣輪之大；太山玉牒，何時清封禪之塵。」時諸郡試卷多經御覽，高宗親書此聯，粘之殿壁，及唱名，上云：「卿便是陳修。」因誦此聯，凄然出淚。其年第五人方翥解試中興日月可冀賦一聯云：「佇觀僚屬，復光司隸之儀；忍死須臾，咸泣山東之詔。」亦經御覽，唱名特加一資。

紹興間，太傅吴元美創嶽宫三清殿，以題梁屬黄龜年，龜年即解手帕濡墨大書云：「風馬雲龍，儼百順鈎陳之衛；金枝玉葉，拱萬齡宸極之尊。」詞語鏗潤，書法高古。吴初見公略不經思，復疑濡筆染墨非法，既而雙美，始大喜心服。歸語子侄曰：「此公不特詞翰可敬，其才出人數等。」

玉牒所紀，非止本支而已。凡一朝大政事、大號令、大更革、大拜罷，皆在焉。仙源積慶特其一條耳。前此進玉牒成書表，罕能備言之，惟張于湖孝祥一表，始終對説，其辭有云：「帝系勒鴻，燦科條于屬籍；聖謨啓佑，嚴訓典于寶儲。堯統漢緒，肇派別于天潢；周誥商盤，麗光躔于東壁。惟昭穆親疎之有序，與文章號令之當傳。麟趾振振，共仰宗盟之益茂；虞書渾渾，更瞻聖作之相輝。」其形容玉牒，方爲兩盡。

凡表中謝後當説「竊以」，各隨題意。如洪景盧邁代樞密使謝賜玉帶表云：「竊以裴度視師，服章武通天之寶；衛公戡難，拜文皇于闐之珍。」視師、戡難，俱見樞臣之意。又如湯岐公思退謝賜御書周易尚書表云：「竊以法始四營，莫辯乎易；文兼五典，皆聚此書。續東魯之韋編，發先秦之竹簡。意廣大而莫測，辭灝噩以難窺」是也。或用事，或不用事，亦無定格。

湯岐公謝賜御書周易尚書表是詞科試卷，代守臣作者，其中警語云：「删妄論于九師，掇微言于四代。月將日就，彰聖學于祇勤；墨妙筆精，竦侯藩之瞻對。」又云：「垂衣裳而致治，蓋取乾坤；廣視聽以御圖，一似堯禹。祕書深刻，已參淳化之孝經，方國咸頒，遂陋漢光之手札。臣叨分符竹，獲覩寶奎。八法難知，徒驚端勁遒偉之狀；一圻所治，願布精微疏通之風。」洪景盧亦有警語云：「八卦之説謂之索，奉以周旋；百篇之義莫得聞，坦然明白。」又斷句云：「但驚奎壁之輝從天而下，莫測龜龍之秘行地無疆。」

楊政除太尉，湯岐公行制曰：「遠覽漢京，傳楊氏者四世；近稽唐室，書系表者七人。」【親切從博洽中來。】謂楊震子秉，秉子賜，賜子彪，四世爲太尉。李德裕辭太尉云：「國朝重惜此官，二百年間才七人。」其用事精確如此。

堯山堂偶雋卷七

宋元附載

建炎初，朱少章弁洪忠宣皓俱銜命使虜，拘在虜庭。紹興五年，道君皇帝崩于五國城，少章在燕山聞之，服斬衰，朝夕哭，爲文以祭，有曰：「歎馬角之未生，魂消雪窖；攀龍髯而莫上，淚洒冰天。」後王倫歸，傳其文至，上覽之感愴。忠宣在冷山諱聞，北鄉泣血，即開泰寺薦之，其辭曰：「千載厭世，莫遂乘雲之仙；四海遏音，同深喪考之戚。況故宮爲禾黍，改館徒饋于秦牢；新廟游衣冠，招魂漫歌于楚些。【言言愴悦。】伏願盛德之祀，傳百世以彌昌；在天之靈，繼三后而不朽。」故臣讀之，無不掩涕者。

唐竇叔向上正懿皇后哀挽詩有「命婦羞蘋葉，都人插柰花」之句。晉史：「成帝時，三吳女子相與簪白花，望之如素柰。傳言，天宮織女死，爲之著服。已而，杜后崩。」紹興五年，寧德皇后訃音自北庭來，知徽州唐煇使休寧尉陳之茂撰疏文，有云：「十年罹難，終弗返于蒼梧；萬國銜冤，徒盡簪乎白柰。」是時，正從徽宗蒙塵，其對偶精確如此。

欽宗嗣位未幾，遽罹狄禍，紹興末，訃音入國，任元受盡言時爲下僚，率縉紳爲位佛宮以致哀，作疏文曰：「臣等從軍以出，始慚晉國之亡臣；御主而還，終愧趙王之養卒。【一腔熱血淋漓楮墨之間。】攀號靡及，摧殞何窮！義不戴天，扣九關而無路！禮應投地，庶十力之可憑！恭願神游超越，睿識圓明。區脱塵空，【虜地。】來即寶華之法會；兜離響滅，【虜音。】常聞金鼓之妙音。」又疏曰：「恭惟大行孝慈淵聖皇帝，蹈千仞之淵冰，脱群生之塗炭。【徽宗自是可惱，欽宗真是可憐。】皇天降割，裔土告終。萬乘墨縗，將禦徐戎之難；六軍縞素，咸聲義帝之冤。恭願法證三乘，趣超十地。如天子名爲善寂，【佛號。】萬有皆空；如世尊身就涅槃，【死化。】一真不滅。」昔人有言：「讀出師表而不泣者，必非忠臣。」余謂：「彼二表已堪流涕，此二疏乃可痛哭。」

任元受有賀湯侍御鵬舉啓，專言秦檜之惡，其略曰：「請言自古之姦臣，【争臣口，詞臣筆。】無若亡秦之巨蠹。公攘名器，報微時簞食之恩；擅肆刑誅，箝當代縉紳之口。忠臣不用而用臣不忠，實事不聞而聞事不實。私富貴之龍斷，豈止使子弟爲卿；奪造化之鑪錘，乃不許人主除吏。【即巧詆毒罵不惡于此。】忠義扼腕，知識寒心。並愧漢臣，初乏朱雲之請劍；下塹唐室，未聞林甫之斲棺。」元受，元符諫官伯雨之孫，可謂不愧其祖。楊誠齋謂其文：「孤峭而有風稜，忠鯁而有義氣。」良非溢美。

洪忠宣三子，适、遵、邁，並中詞科。紹興、乾道間，繼入西掖。邁謝表有云：「父子相承，四上鑾坡之直；弟兄相望，三陪鳳闕之遊。」時有賀三洪啓云：「有是父有是子，相傳忠義之風；難爲弟難爲兄，俱擅詞章之譽。」【自然語。】

張魏公都督江淮軍馬，會詔歸朝，未至而免相。洪景伯适當制，其詞曰：「棘門如兒戲耳，庸謹秋防；衮衣以公歸兮，庶聞辰告。」【好剪裁。】所謂兒戲者，指邊將也，而讀者乃以爲詆魏公。其末句曰：「春秋責備賢者，既功業之維艱；天子加禮大臣，固始終之不替。」所以悵惜之意，至矣。

紹興間，洪景嚴遵代福州謝曆日表，其頌德一聯云：「神祇祖考，既安樂于太平；歲月日時，久明章于庶證。」用詩鳧鷖序及書洪範文，皆未嘗輒增一字。乾道中，有外郡上表謝曆，采取用之，以爲用事精切，景嚴笑謂曰：「今光堯在德壽，所謂考者何哉？此大有利害，不可不審。」

紹興間，洪景盧邁撰淵聖乾龍節疏曰：「應天而行，早得尊于大有；象日而動，偶蒙難于明夷。」大有卦，柔得尊位，應乎天而時行。左傳：叔孫豹筮遇明夷，象日之動，故曰「君子于行」。彖辭云：「內文明而外柔順，以蒙大難。」亦純用本文。

顯仁皇后小祥，洪景盧爲慰表曰：「漢中天二百而興，益隆大業；舜至孝五十而慕，獨耀前猷。」【不做而做是佳境。】時高宗聖壽五十四也。

洪景盧草辛巳親征詔曰：「惟天惟祖宗，方共扶于基緒；有民有社稷，敢自佚于宴安。」【是慣手。】又曰：「歲星臨于吴分，定成淝水之勳；鬬士倍于晉師，可决韓原之戰。」是時，歲星在楚，未幾，金人弑亮于瓜洲，帝猶未啓行也。有作賀誅虜亮表曰：「蓋瓜步既應童謡，那無天道？棘門或如兒戲，將屈帝尊。」又曰：「詎容去腹以實鹽，政可漆頭而爲器。」二聯語壯而對切，與親征詔檄相爲伯仲。但上聯意若未順，如曰「恐棘門或如兒戲，將屈帝尊；而瓜步果應童謡，那無天道？」則尤爲全美。

吴璘在興元修塞兩縣决壞渠，洪景盧爲奬諭詔曰：「刻石立作三犀牛，【三説熟化。】重見離堆之利；復陂誰云兩黄鵠，詎煩鴻郤之謡。」用老杜石犀行云：「秦時蜀太守，刻石立作三犀牛。」及漢書翟方進壞鴻隙大陂，童謡云：「反乎覆，陂當復。誰云者，兩黄鵠」等語也。

乾道初，以葉顒、魏杞爲尚書左右僕射並兼樞密使，顒初爲諫議林安宅所擊，罷去，林遂副樞密，已而置獄其言，皆無實，林責居筠，葉乃召拜左揆。洪景盧草制曰：「既從有北之投，亟下居東之召。有欲爲王留者，孰明去就之忠；無以我公歸兮，大慰瞻依之望。」【巧舌而運熟筆。】後顒坐冬雷罷相，容齋又當制，曰：「調陰陽而遂萬物，所嗟論道之非；因災異而劾三公，實負應天之愧。」蓋因有諷云。

魏杞初爲宗正少卿，使金定和議，及還，慰藉甚厚，旋致大用。故景盧草杞贈父詞曰：「大名之後必大，非止其身；和戎如樂之和，幸哉有子。」贈母詞曰：「藏盟府於園功，不殊魏絳；成外家之宅相，重見陽元。」【天生自然，無獨必有對。】封妻姜氏詞曰：「筮仕于晉曰魏，方開門户之祥；取妻必齊之姜，孰盛閨闈之美。」

乾道甲午改元純熙，既已布告天下，景盧時守贛，賀表云：「天永命而開中興，方茂十年之統；時純熙而用大介，載新紀號之年。」迨詔至乃爲淳熙，蓋以出處有「告成大武」之語，故不欲用。

洪景盧代樞密使謝玉帶表有云：「從枕席以過師，未逢戎韜之略；執干戈而衛社，莫參盟府之勳。遽膺一札之書，申賁萬鎰之寶。有璞于此必使斲，恍驚制作之工；匪伊垂之則有餘，允謂便蕃之賜。【宋人之習固然。】于玉比德，雖君子之莫追；束帶立朝，庶嘉賓而可對。」昔人謂，將帥表須雄壯，此足當之。其用充國傳及禮、詩、論、孟尤稱巧手。

周益公必大紹興丁丑詞科以交阯進馴象命題，就試之士，僅能形容畫象及塑象而已，惟公表曲盡馴象生意，【從象説便實而死，於馴字上生情遂覺虛活。】有云：「名應周郊之五路，克協馭儀；耳聞舜樂之八音，能參率舞。」又曰：「靡憚奔馳，幸舍鳶飛之跕跕；無煩教擾，俾陪獸舞之般般。」主司驚異，遂中首選。

高宗初一兒三歲，誤爲苗、劉所擁，遂爲張浚所殺，自是屢禱燕禖，故詞科以賀皇太子生命題。周益公試卷起云：「天祐聖神，君萬年而錫祚；祥開禁掖，震一索而得男。」結云：「使壽使富而多男，方協堯封之祝；宜民宜人而受禄，載歌周雅之章。」當時稱其擅場。有竊後一聯者，改作「多富多壽而多男」對「克長克君而克類」，不知當時果有「多富多壽」之祝否？又以「華封」對「皇矣」，「矣」對「封」，果當否？

周益公初試館職，即以掌制手見稱，乾淳間在翰林凡六年，制命温雅，周盡事情，爲一時詞臣之冠。有除禮部侍郎誥云：「分六職于中臺，【原原本本。】共釐庶務；正貳卿于宗伯，尤號清曹。非夫令聞廣譽施諸身，前言往行畜其德，何以助我中和之化，儀于侍從之班？久歎才難，盍從試可？朕旁招彥士，盻飾隆平。稽三王損益之文，閔五季襲沿之陋。禮樂自天子出，【後謝表亦用之。】將成列聖之典章；籩豆則有司存，兼采諸儒之論議。資爾直清之譽，副予制作之官。上而修神天廟社之盛容，下而正玉帛鼓鐘之末節。使漢文煥焉可述，則周道粲然復興。」此篇組織之工，已並天巧矣。

周益公謝除吏部侍郎表云：「知人非堯帝之難，巧壬奚患？選衆有皋陶之舉，枉直自分。」謝除禮部侍郎表云：「惟宗伯古之清曹，惟貳卿今之膴仕。禮樂自天子出，雖上禀于聖謨；籩豆則有司存，當俯求于故實。【思到筆隨，亦由儲材之富。】夫何鄙朴，而許攝承？夙夜直哉惟清，莫遂夔龍之遜；文章煥焉可述，更慚乘馬之工。」謝除禮除尚書兼翰林學士謝表云：「宗伯綴文昌之座，已高曳履之班；翰林依華蓋之星，尚玷綸綸之直。」諸表含經吐史，戛玉樅金，一時詞垣諸人，皆歎以爲不可及。

淳熙間，周必大除參知政事，謝太上皇帝表曰：「雖含生之類，夙仰戴于陶成；然太極之功，終莫窺其運用。」後進左丞相，謝上表云：「惟尹暨湯，雖乏格天之效；安劉必勃，尚存念祖之心。」【有體有貌之言。】讀者謂其字字不苟，具有宰相風度。

周益公謝宮祠表曰：「晨趨鳳闕，綰五組之光華；夕侶漁舟，披一簑之藍縷。」又曰「負茲有疾」，人多疑「茲」字誤，公後自箋曰：「出公羊：威公十六年，諸侯有疾，曰負茲。」茲，新生草也。

凡臣僚上表所稱「惟臣」「誠惶誠恐」「誠歡誠忭」「稽首頓首」者，謂之「中謝」「中賀」，自唐以來，其體如此。「蓋某」以下，亦略叙數句，便入此語，然後敷陳其詳。後人不察，或于首聯之後，湊用兩短句，言震惕之意，而復接以中謝之語，則遂成重復矣。【方員自有規矩，何可不知？】周必大謝復益國公表曰：「華陽黑水，裂地而封；舊物青氊，從天而下。磨玷之勤未泯，執圭之寵彌加。臣誠惶誠恐。」或以爲疑問公，公答之如此。

史真翁浩有侍講説書官爲經筵進講孟子終篇謝賜金帶牙簡同侍讀修注官謝賜御筵及鞍馬香茶進詩表，【題目瑣碎，極難者匀稱。】題中轉摺極多，最難整次，而史表委曲圓活，有餘采而無澀語，可謂四六中子長，其略曰：「逮聖神尊德以有爲，于學問逢原而自得。細旃晝訪，聆責難陳善之規；【就用孟子語妙。】袞弁星環，探知性盡心之藴。華編甫撤，謏問奚裨。疇侍講説書之勞，暨著記纂修之職。鏐鞶【金帶。】絢采，復攽象齒【牙簡。】之珍；玉斝【御筵。】示慈，咸綴麟臺之席。上駟【鞍馬。】式調于沃轡，團龍【香茶。】交粲于奇芬。稽古所無，省躬莫稱。歸美以報，拜手載朝。贊至聖之大成，述君臣之相說。辭陳【進詩。】約禮，遠希積翠【唐太宗。】之篇；句寫賜箋，俯效集仙【唐玄宗。】之飲。」

史真翁八十，孝宗特遣使賜御筆褒諭，俾介眉壽，又賜金器香茶等物，真翁表謝云：「貂璫飛鞚于川塗，翰墨騰光于龍鳳。謂臣浮生之稀有，又過十春；祝臣暮齒之再延，俾逢千歲。杯盤羅列，盆盎錯陳，率皆粟縷于兼金，况乃環裝于百寶。分上方之清馥，掇正焙之龍芽。」蓋真翁曾侍帝于潛邸，帝即位，遂大拜，寵錫最渥，故表中復有「乾坤長養，父母愛憐。自執卷于潛藩，暨秉鈞于初政。撫存特異，終始弗渝」等語。

朱紫陽熹除浙東提刑到任謝表有云：「雖駑馬之十駕，後者鞭之；然鼯鼠之五窮，技止此耳。」【工於編插。】按荀子：「驥一日而千里，駑馬十駕亦及之矣。」又：「鼯鼠五技，能飛不能上屋，能緣不能窮木，能浮不能深浴，能穴不能掩身，能走不能先人。是謂五窮。」莊子：「善養生者，若牧羊然，視其後者而鞭之。」柳子黔之驢說：「技止此耳。」只此四句，鎔鑄古詞何等神妙。世之不能四六者，類言「雕蟲小伎，壯夫不爲」，孰知前代大儒乃爾！

二程毓秀黄岡，前此祠堂闕焉，郡守李訦經始締創，朱晦翁大書扁牓，且爲之記，李自爲上梁文曰：「江趨廬阜而東，實接濂溪正傳之派；山揖浮光而北，又鄰司馬載毓之邦。」【趨字揖字更下得好。】蓋温公生光州故名光。周元公隱廬山之陰，濂溪在焉。光黄江皆鄰州，亦異事也。李乃文肅之孫，文學典刑，固有自云。

吕成公祖謙進僊源類譜表有云：「德隆澤厚，命既積于萬年；冑遠族蕃，譜方新于六世。」此上高宗者也。前布告手書曰：「傳序九君。」而此僅云六世者，蓋以帝論，則至欽宗已九君，以世論，比高宗纔六世耳。嗚呼，以舉族北轅之後而有此譜牒，可爲於咽。

乾道初，有自翰林學士除同知樞密院事者，吕成公草誥云：「在咸平有若臣旦，在嘉祐有若臣修。擢繇禁林，登貳樞極。帷幄收頗牧之績，樽俎折玁狁之謀。無競維人，式序在位。翰林學士知制誥兼侍讀某，代言温雅，發號施令罔不臧；勸誦從容，陳善閉邪謂之敬。【如今用成語便以爲舊話，前輩政不如此。】屢訪河西之邊事，咸聳山東之詔書。嘉其知軍戎之情，進而與甲兵之問。爾猷則告，我武惟揚。噫！夙夜宥密，單厥心，勿替協恭之助；國家閒暇，明其政，具嚴思患之防。可授同知樞密院事。」此語妙在將翰林與樞密紐揑成團，殊無苦色。宋人又有賀翰林遷兵部啓云：「縱横經庫，甲乙丙丁四部之書；馳驟詞垣，天地風雲八方之陣。」

凡制誥不稱爲某人作者，以其人不稱也。東萊又嘗撰中書舍人除翰林學士誥云：「具官某，增主之明，洋洋晁董之對；發帝之令，渾渾虞夏之書。休有德聲，最于邇列。是用進陟鑾坡之邃，深居鈴索之嚴。近天子之光，允賴謀猷之啓沃；見王者之志，遹觀詔命之發揮。」此誥文極清華，亦不稱爲某作。

呂東萊通張魏公啓有云：「先知覺後知，傳斯文之正統；小德役大德，爲善類之宗盟。扶日轂于慶霄，握斗樞于宥府。國家再造，高鴻烈于汾陽；天地重開，翊丕圖于建武。」東萊與魏公之子南軒友善，故極其推尊，而自叙處復極其挹損，云：「每原念于衰宗，嘗屢投于化冶。雖跡遥履舄，莫伸磬折之恭；然氣激肺肝，竊效鐘鳴之應。」

楊誠齋萬里賀張魏公除都督啓曰：「胡馬南牧，拆箠以斃其酋；衮衣東征，投戈而拜吾父。」語亦奇壯。

楊誠齋謝提舉廣東警聯云：「九天曉日，念孤臣將遠于長安；四乘秋風，忽寵命載驅于原隰。至于南海，保彼東方。」又云：「海若祝融，彈壓波瀾之險；朔雲邊雪，驅除江嶺之氛。」謝知福州警聯云：「米蘗自將，粗謹酌泉之誓；繭絲是戒，少寬竭澤之嗟。」又云：「政苟安恬，寧有駭輿之馬；吏無侵枉，誰爲游釜之魚。」若此之類，俱意新調新。大抵宋人四六，荆公謹守法度，東坡雄深浩博，出于準繩之外。由是分爲兩派。後來汪浮溪、周益公諸人類荆公，孫仲益、楊誠齋諸人類東坡。

范石湖成大帥蜀，上巳日，大燕樂，語僚佐撰呈，皆不愜意，有石生者一聯云：「三月三日，豈無長安麗人；一詠一觴，載講山陰禊事。」公心肯之。

孝宗時，上庠試卷時經御覽，辛丑大旱七月，私試閔雨有志乎民賦，魁士劉大譽賦中有「商霖未作，相傳說于高宗；漢旱欲蘇，烹弘羊于孝武」之句。時趙温叔爲相，孝宗遂欲因此罷之，會有詔迎天竺觀音就明慶寺請禱，有爲詩者曰：「走殺東頭供奉班，傳宣聖旨到人間。太平宰相堂中坐，天竺觀音卻下山。」温叔聞之，遂乞免。

宋初有年八十二魁大廷者，謝啓云：「白首窮經，少伏生之八歲；青雲得路，多太公之二年。」【二絶。】或以爲梁顥。紹熙間，有士子年十九以詩賦擢第，梁溪費衮爲作啓云：「年踰賈誼，亦濫置于秀材；齒少陸機，顧何能于文賦？」蓋二者年齒適相上下也。

樓攻媿鑰草光廟遜位詔：「雖喪紀自行于宮中，而禮文難示于天下。」蓋孝廟上仙，光宗以疾不克親臨喪，遂傳位于嘉王也。又草立韓后制曰：「書稱堯舜禹之傳，朕克艱于負荷；詩美姜任姒之聖，后宜謹于儀刑。」于時吴謝李三后皆在長樂，其用姜任姒可謂精切。

樓攻媿謝除參知政事表有云：「朝廷建輔，號天子之四鄰；政事參聞，下丞相之一等。」又云：「負二宜去，有七弗堪。宿恙漸侵，將籲天而致禱；誤恩狎至，真蹐地以靡遑。」句句從肺腸中搜出。二宜去，七弗堪，何等精確。唐孔戣云：「吾二宜去：年老，一也，爲左右丞不得進退郎吏，二也。」晉嵇康七不堪，見絶山巨源書。

李𪩘詞科，趙彦中代進國史列傳表云：「録公卿而爲世本，肇自有熊；傳臣子而易編年，俶繇司馬。」高崇奎辭免内相兼修史表曰：「玉堂揮翰，譽殊乏于令狐；金匱紬文，才當延于司馬。」一則詞臣令狐綯，一則太史公司馬遷，不惟事精，又且對切，視彦中詞科表以有熊對司馬，此又勝焉。

慶元初，奉孝宗御製藏華文閣詔曰：「經緯天地，道存渾噩之書；鼓舞雷風，仁溢温沌之命。寫之琬琰，炳若丹青。太微三光之庭，丕闡鳳巢之勢；上帝群玉之府，遂通龍紀之聯。」【文亦冠裳。】此高崇奎筆。

寧宗朝，以伐金詔四方凡二，開禧詔曰：「含垢納汙，在人情而已極；聲罪致討，屬胡運之將傾。」翰林學士李壁之詞也。嘉定詔曰：「犬羊跨我中原，天厭多矣；狐兔失其故穴，人競逐之。」【後聯較勝。】與前詔旨大約相似。

寧宗朝，真西山德秀權直學士院，嘗代制置司撰瑞慶節表云：「無思無爲，化自隆于鼓萬；有容有立，德參貫于函三。故修齡與日以長存，雖巧歷窮年而莫盡。臣馳神拱北，將指落南。奉萬歲之玉巵，遥想鵷行之隔；上千秋之金鑑，庸伸鰲忭之恭。」當時推其雅秀。後來翰苑諸公多襲用之。

西山掌内制六年，因母請外便養，得除江東運使，謝表云：「軺傳初馳，旄倪争覩。謂朝廷所以輟柱下之吏，蓋聖主將以惠江左之民。【筆端馳騁。】因博采于風謡，頗究知其疾苦。賦難遽省，盍漸捐賦外之征；民未易蘇，當先去民間之蠹。」【四六中見經濟。】及到任，惠政深洽，不愧其言。

寶慶初，史彌遠殺濟王于湖州，真德秀入對，極言其寃，忤彌遠意，爲梁成大所劾，遂罷直學士院，提舉萬壽宫，尋祠禄亦罷，有謝表云：「聖君非不受言，臣自疎于開導。國人皆稱有罪，上獨示于矜容。」【誠然哉！忠義之言。】四方人士，誦其文，想見風采焉。

真希元謝復官表云：「自退屏于山林，寖遜違于軒陛。憂時之髮益白，悵去國之十年；戀闕之心爲丹，敢忘君于一飯。」又謝宣召入翰林院表云：「修除翰苑，在環除出守之餘；軾待禁庭，亦赤壁歸來之後。豈非加歲月，【見識。】則其文老；涉憂患，則其慮長。乃登邃嚴，以備顧問。如臣者，才華弗競，戇拙自將。結茅屋于雲邊，已甘終老；瞻玉堂于天上，若隔前生。敢云白首之重來，誤入清衷之妙簡。」時彌遠死，公再起用，正端平更化初也。

真希元進大學衍義表：「曩叨侍從論恩之列，適當姦諛蒙蔽之時。念將開廣于聰明，惟有發揮于經術。使吾君之心，炳如白日；于天下之理，洞若秋毫。雖共兜雜進于堯朝，豈魍魅能逃于禹鼎。」【回護好。】曰姦諛，曰共兜，曰魍魅，蓋指彌遠。

凡進書稱頌處，即「竊本書之意」乃佳，史真翁講孟子表云：「恭惟陛下居安資深，守約施博。覽大賢之論集，興盛治之雍熙。德醉從容，秩太清之華燕；幣將爲奕，邁崇政之彝文。臣等職媿痞疑，恩沾同樂。讀古書而尚友，諒懷望道之思；頌清廟以致平，期盡事君之義。」真希元進大學衍義表云：「恭遇陛下，乾旋坤轉，日就月將。方將切磋琢磨，而篤于自修；定静安慮，而進于能得。事欲明于本末，理期貫于精粗。適萃成編，冒塵清燕。止其所止，願益加止善之功；新以又新，更推作新民之化。」二表當並觀。

李功甫謁真西山丐詞科文字，西山留之小飲書房，指竹夫人使作制，功甫援筆立成，末聯云：「保抱攜持，朕不忘兩夜之寢；展轉反側，爾尚形四方之風。」西山歎賞，蓋八字用詩書全語，皆婦人事，而「形四方之風」，又見竹夫人玲瓏之意。其中頌德云：「常居大夏之間，多爲凉德之助。剖心析肝，陳數條之風刺；自頂至踵，無一節之瑕疵。」

嘉熙己亥四月誕皇子，告廟祀，文學士李功甫當筆，內用四柱作一聯云：「亥年巳月，無長蛇封豕之虞；午日丑時，有歸馬放牛之喜。」蓋時方有蜀捷，其用事可謂中的。

王伯厚應麟宋季以博洽稱，嘗見臨安進野蠶繭及絲綿紗絹，因謂同學者曰：「萬一以此命題，中間將何鋪叙？」皆相顧無語。伯厚擬一聯云：「繅絲纖纊，無慙禹貢之征；冰素方空，不數齊官之獻。」【插花絽籬。】絲綿紗絹四者皆備，同學嘆服。嘉靖初，黃瀾考補野蠶成繭聯云：「園客抽絲，坐看五色；龍精散魄，不假三繅。被皐以生，表漢家之熙洽；食槲而化，彰唐室之隆平。」後聯宋人原表。

漢唐文儒之戲，曰客難，曰解嘲，曰賓戲，子虛、烏有之問答，翰林墨卿之應酬，至韓昌黎作毛穎傳，遂牽陶泓、陳玄、楮先生得書。淳祐間鄭越公清之發昌黎未盡之蘊，託王命，出高爵，合文房四友，例有除授，訓辭甚美。【文房生色。】門下客林肅翁希逸、劉潛夫克莊各擬謝表，人争傳誦。林代毛穎謝云：「楮知白嘗反面，以臣點汙而見疑；石虚中恃麄才，欲臣流落而後已。獨蒙拂拭，未忍棄捐。豈非以內劄施行，無漏言于片字；中書進擬，或任怨以一勾。忠粗竭于毫芒，恩久居于掌握。對揚麻卷，幸襲元鋭之封；期效棘心，時進公權之諫。」代石虚中謝云：「濡染固勤，愧淵源之易涸；氣質難化，知圭角之未除。徒堅石不轉之心，莫效璧俱碎之報。幸不折于屢挫，幾見買以一官。從我而無所取材，小器偶叨于承乏；掌制而不善爲斲，拙工未免於包羞。」劉代陳玄謝云：「上恩甚渥，月輒給于一枚；舊學都荒，歲纔磨于寸許。研精游藝，摩頂酬知。潤色廟謨，不假丹青之力；劑量人品，尤嚴皂白之分。」代楮知白謝云：「臣無他技，方虞劄惡之譏；帝有恩言，迺示衮褒之意。委穆之以百函之多，餉張華至萬番之富。大事則書之策，安能措一字之謹嚴；小子不知所裁，徒自愧成章之狂簡。」

縣令之任最難，蓋監司府州之責成，鄉社百姓之争訟，征歛以供軍國，嚴慎以防吏胥，能否黜陟，皆繫于此。宋林崇父德嘗爲劇縣，有聲，其與監司啓云：「鳴琴堂上，將貽不治事之譏；投巫水中，必得擅殺人之罪。」【中事情。】時以爲名言。劉濬夫宰建陽，亦有一聯云：「每嗟民力，至叔世而張弓；欲竭吏能，恐聖門之鳴鼓。」語意尤勝。

劉克莊除廣東提舉，謝表云：「今百端之供億，殆遍國中；餘一髮之本根，獨惟嶺外。方且羅舟之發銜尾，鹺課之收及膚。空熙豐以來之儲，增紹淳未有之額。使賈生之及見，哀痛謂何！雖劉晏之復生，變通安出？【酷似今日。】乃如臣者，豈其任哉？惟無瑕者裁人，必先己責；以不貪而爲寶，少戢吏饕。」【二句俱左傳。】廣東提舉即楊誠齋舊任也。誠齋謝表猶有「物衆地大，壤沃泉甘」之語，至劉時凋瘵迺爾，蓋宋事至此已不可爲矣。

開慶初，元人攻鄂州急，賈似道密遣使請稱臣納幣，元太弟不許，會憲宗訃聞，而阿里不哥欲襲尊號，乃約歲幣之數，拔砦而去。太弟旋定内難，即位于開平，改元中統，李仁卿治賀車駕班師表云：「惟聖人必欲去害，肆天子所以有征。衣暫試于一戎，月連飛于三捷。既多算以勝少算，况至仁而伐不仁。【崢嶸。】是宜氛祲廓清，車書混一。大統會歸于中統，太平今覩于開平。」是時胡運初興，其典章文物，傾壓中國如此。孟德卿攀龍賀平宋表云：「國家之業大一統，海岳必明主之歸；帝王之兵出萬全，蠻夷敢天威之抗？【鋪張。】際丹崖而述職，奄瀚海以爲家。獨此宋邦，弗遵聲教，連兵負固，踰四十年，背德食言，難一二計。崛强心在，四郊之横草都無；飛走計窮，一片之降幡始竪。兹惟睿算，卓冠前王，視萬里爲目前，運天下于掌上，致令臣等獲對明時。歌七德以告成，深切龍庭之想；上萬年而爲壽，更陳虎拜之詞。」孟故北方遺老，是時幽燕境土陷虜已久，見聞習染，不復知宋中華之統不可絶。雖劉夢吉因大儒，亦作渡江賦以籌畫忻幸之，又何怪乎德卿之謂宋爲蠻夷也？【自是乾坤大變，何論文章。】

東昌路賀平宋表是翰林學士徐世隆撰，略云：「蠢爾三苗之弗率，命予群后之徂征。一鼓而定荆襄，再駕而降鄂岳。蘄黄面縛，江沔心歸。鐵瓮之堅城已摧，金陵之王氣何在？楚地六千里，不勞秦將之增兵；錢塘十萬家，坐見吴王之納土。僞將悉朝于闕下，幼君遐竄于海中。方知恃險而亡，應悔求和之晚。」世隆嘗以詩哭文丞相，有曰：「精忠貫日華夷見，氣節淩霜天地知。」似非昧于春秋内外之辨者。表中亦云：「弗圖島夷，輒拘使節。」蓋可浩歎。

元人賀登極表第一推虞伯生集，賀聖節表第一推鄧善之文原，賀正旦表第一推夾谷士常之奇，賀親祀南郊表第一推謝敬德端。虞表云：「鴻業啓圖，世守肇基之跡；龍庭受賀，躬膺大曆之歸。」中聯云：「立長式遵于家法，計宜允協于輿情。車服旌旗，皆我祖宗之舊；星辰河嶽，赫乎宇宙之新。」【酷似子瞻。】末聯云：「臣等叨承重任，適際昌期。建皇極以敷言，親揚彝訓；坐明堂而布政，永贊成能。」鄧表云：「天開景運，篤有道之曾孫；電繞神樞，受介福于王母。」中聯云：「至仁育物，得秋而萬寶成；盛德在躬，居所而衆星拱。」【成語如合。】末聯云：「臣等名叨玉署，目極璇霄。廣文王有聲之詩，載歌律呂；衍殷宗無逸之壽，虔祝華嵩。」夾谷表云：「位拱少陽，仗簇黄麾之曉；氣暄太簇，祥開青禁之春。」中聯云：「重明繼照，陰邪常遏于未形；九四在淵，陽德克潛于已著。兹履端之云始，宜介福之孔多。」末聯云：「臣等素乏長材，叨居端尹。星輝海潤，莫酬沾被之恩；月恒日升，第祝綿延之算。」謝表云：「四方于理，事天致恭己之誠；三年而郊，卜日叶用辛之吉。」【己辛政對妙。】中聯云：「大呂黄鍾，音協雲門之奏；鎮圭繅籍，輝聯蒼璧之華。祥風和氣之與游，景星慶雲之疊見。」末聯云：「臣等叨佐清朝，欣觀熙事。列圜壇之八陛，幸陪漢畤以侍祠；陳泰階之六符，願舉兕觴而上壽。」勝國一代文章，於斯爲極盛矣。

表涉一代興廢，不可無斷制。歐陽原功玄進宋史表云：「聲容盛而武備衰，議論多而成功少。」【遂爲定案。】可謂盡之。我朝丘文莊公濬爲祭酒時，出元史表云：「非無一善之可稱，終是大綱之不正。」自謂不減前語，世亦以爲信然。

宋以仁厚立國，不幸侮于遼，肉于金，亡于元，然人心終有不忍忘者。初，宋亡，宗室有遺落中山者，衆共立爲主，期欲興復，不克而滅。元末，韓山童自言祖父係宋胤，國亡變姓。汝潁兵起，卒推之爲主。山童敗，子林兒稱宋帝亦十二年。其他所在兵起者，皆以興宋爲詞。而紅巾揭旗有聯云：「虎賁三千，直抵幽燕之地；龍飛九五，重開大宋之天。」【英雄欺人。】此見宋仁厚之德入人之深，雖易姓未泯。蓋漢唐以下所未有也。

附録：四庫全書總目提要

堯山堂偶雋七卷，明蔣一葵編。一葵有堯山堂外紀，已著録。是書取前人比偶之文，自六朝迄宋元，凡制誥牋表賦序啓劄中名雋之句，及尋常應對俳語，次而録之。蓋王銍四六話之類。然摭拾未廣，所採亦不盡工。